Knaur.

Über die Autorin:

Karin Engel lebt und arbeitet als Journalistin und Autorin an der Westküste Schleswig-Holsteins, in Dithmarschen. Sie schreibt seit 15 Jahren für Frauenmagazine über Psychologie und aktuelle Themen. Die Liebe hat sie vor zehn Jahren an die Küste geführt, doch ihre Wurzeln liegen in Bremen, denn sie ist eine echte »Tagenbarin«, wie die gebürtigen Bremer genannt werden, deren Großeltern und Eltern ebenfalls in der Hansestadt an der Weser geboren wurden.

Karin Engel

Die Kaffeeprinzessin

Das Erbe der Kaffeeprinzessin

Zwei Romane in einem Band

Knaur Taschenbuch Verlag

Besuchen Sie uns im Internet:
www.knaur.de

Sonderausgabe für GALERIA Kaufhof GmbH
Mai 2009
Die Kaffeeprinzessin:
Originalausgabe August 2006

Ein Unternehmen der Droemerschen Verlagsanstalt
Th. Knaur Nachf. GmbH & Co. KG, München
Das Erbe der Kaffeeprinzessin:
Originalausgabe August 2007

Umschlaggestaltung: ZERO Werbeagentur, München
Umschlagabbildung: Bridgeman – Laszlo,
Philip Alexius de (1869–1937)
Location: © Tabley House Collection,
University of Manchester, UK
Satz: Adobe InDesign im Verlag
Druck und Bindung: C. H. Beck, Nördlingen
Printed in Germany
ISBN 978-3-426-50599-1

2 4 5 3 1

1

»Nicht zu stark und viel Milch statt Sahne, richtig?«
Felicitas lächelte. Der Kellner war fast so alt wie das Kaffeehaus, fragte sie immer dasselbe und bekam stets dieselbe Antwort, denn niemals würde sie den Kaffee trinken, wie man es in Bremen gewohnt war. So stark, dass der Löffel drin stecken blieb, wenig Sahne, noch weniger Zucker. Oder, noch schlimmer, pechschwarz und stark gezuckert. Nein, Felicitas mochte ihn leicht und mit so viel Milch, dass die Farbe des Getränks dem ihres Haares glich. Wie ihn die Franzosen tranken.

Wie immer war Andreesens Kaffeehaus gut besucht. Seine Lage am Marktplatz der Hansestadt und direkt gegenüber dem Rathaus nutzten die Senatoren und Kaufmänner gern, um eine Tasse Kaffee und ein Stück Wickelkuchen lang von den Geschäften des Alltags zu pausieren oder um Gästen aus anderen Städten, oft sogar aus Übersee, die norddeutsche Lebensart vorzuführen. Nach dem Kaffee wurde so eine Besprechung meistens im Ratskeller fortgeführt, dem ausgebauten Gewölbe unter dem Amtssitz des Bürgermeisters, der eine ausgezeichnete Küche und vor allem eine exquisite Weinsammlung zu bieten hatte.

Unter all den dunkelgrau und schwarz gekleideten Herren wirkte das junge Mädchen in dem hellblauen Kleid mit der Krinoline wie ein provozierender Farbklecks. Das war Felicitas durchaus bewusst, aber es scherte sie so wenig wie die Tatsache, dass es als unschicklich galt, wenn eine Siebzehnjährige ohne Begleitung ein öffentliches Etablissement besuchte. Von ihren Eltern hatte sie gelernt, nicht alles als gegeben hinzunehmen und sich notfalls über das hinwegzusetzen, was ihr sinnlos erschien. Felicitas war sich allerdings nicht ganz sicher, ob sich das auch auf den Besuch eines Kaffeehauses bezog. Doch ihre Eltern mussten es ja nicht erfahren.

Sie liebte es, an dem kleinen Tisch am Fenster zu sitzen. So konnte sie die flanierenden Spaziergängerinnen beobachten, die eilenden Kaufleute, fliegenden Händler und Marktfrauen, die sich zu Füßen des Rolands zu einem Schwätzchen trafen. Lieber noch betrachtete Felicitas aber die Fremden, die mit ihren Geschäftspartnern bei Andreesens Kaffee und Likör tranken. Einige besaßen milchkaffeehelle Haut und feine, wie gemeißelte Züge, andere hatten kräftige schwarze Locken und trugen gedrehte Bärte, deren Enden geziert nach oben zeigten. Felicitas malte sich aus, woher diese Männer stammten, wie sie wohnten, ob sie mit Baumwolle, Kaffee, Gewürzen oder Tabak handelten und was sie während der Überfahrt von Brasilien, Jamaika oder Indien erlebt haben mochten. In ihrer Fantasie sah sie mächtige Felder, weite Meere und dunkelhäutige Menschen in bunten Kleidern vor sich und eine Sonne, die sich nicht hinter Wolken versteckte, wie es in Bremen so oft der Fall war. Eines Tages werde ich diese Länder bereisen, hatte Felicitas sich wohl schon hundertmal gesagt.

Doch Neugier und Fernweh waren es nicht, weshalb sie so häufig den Weg von der Contrescarpe 6, ihrem Elternhaus, zum Marktplatz fand. Franziska Ferrik war der Grund. Die stets in schwarze Anzüge gekleidete und mit bizarrem Silberschmuck behängte Schauspiellehrerin erteilte Felicitas seit einem Jahr Unterricht in Ballett, Singen, Fechten, Sprecherziehung und Rollenstudium, und nichts wäre Felicitas lieber gewesen, als zu Lisa Bergmann zu wechseln, der freundlichen Korrepetitorin, mit der Felicitas' Mutter ihre Sprech- und Gesangsrollen einstudierte. Doch davon wollte ihr Vater nichts wissen. Franziska Ferrik hatte ihn vor fünfundzwanzig Jahren in die Geheimnisse der Schauspielkunst eingeweiht und ihn zu dem Darsteller geformt, der er heute war. Kein anderer Schauspieler vermochte Faust und Othello und Prosperos mehr Leben, mehr Leidenschaft zu geben als er.

Ihr kleines Haus lag nur wenige Schritte vom Marktplatz entfernt am Anfang der Böttcherstraße, und Felicitas nutzte häufig die Gelegenheit, sich bei Andreesens noch einmal auf den Text, den sie hatte lernen sollen, zu konzentrieren, sich die Pausen, Gestik und Mimik, die sie einstudiert hatte, in Erinnerung zu rufen. Sie wollte keinen Fehler machen, denn Franziska Ferrik arbeitete mit unerbittlicher Strenge, kritisierte oft und lobte selten. Vor allem aber hatte sie bereits nach der zweiten Unterrichtsstunde den Finger in eine Wunde gelegt, von der nur Felicitas wusste, dass es sie gab.

»Du bist talentiert, mein Kind, sehr talentiert, aber dir fehlt das Herz fürs Theater. Du liebst die Rollen nicht, die du spielst, du benutzt sie, um dich selbst darzustellen.«

»Das ist nicht wahr, ich wünsche mir nichts mehr, als Schauspielerin zu sein.«

»Eben. Du willst es sein, du willst es nicht lernen. Es geht nur um dich, nicht wahr? Aber das Theater ist nicht dazu da, persönliche Eitelkeiten zu befriedigen.«

Franziska hatte sich einen Zigarillo angezündet, Felicitas nachdenklich angeschaut und von einem »wahrhaftigen Theater« zu sprechen begonnen, einem Theater, das wie in den Stücken Gerhard Hauptmanns die Wirklichkeit des Lebens abbildete und das zwar brillante Darsteller brauchte, aber solche, die ihre Leistung in den Dienst einer höheren Sache stellten.

»Diese Aufgabe kann nur der Schauspieler meistern, der sich selbst zurücknimmt. Und genau das, meine liebe Felicitas, wirst du niemals können.«

In diesem Augenblick hätte Felicitas am liebsten ihre Textbücher genommen und Türen knallend das Haus verlassen. Aber sie riss sich zusammen. Eine andere Lehrerin kam nicht infrage, also blieb Franziska Ferrik ihre einzige Chance. Das war jedoch kein Grund, sich von ihr ins Bockshorn jagen zu lassen.

»Wie hat es bloß jemals ein Schüler bei Ihnen aushalten können? Wie hat mein Vater es ertragen?«

Franziska hatte schweigend geraucht und sich ans Fenster gestellt. Ihre Stimme wurde eine Nuance weicher. »Dein Vater, mein Kind, ist ein ganz anderes Kaliber. Er war viel jünger als du, als er zu seiner ersten Stunde erschien. Mon dieu, er war aufgeregt und schüchtern, wild entschlossen und naiv. Und natürlich völlig ungeformt. Er übertrieb so sehr, es war schlimmste Charge. Aber ich sah in seinen Augen die Liebe und die Hingabe, die man für diesen Beruf braucht. In deinen Augen sehe ich eine Kälte, die mich erschreckt.«

»Ich glaube, Sie mögen mich einfach nicht«, hatte Felicitas entgegnet. »Sie hassen mich, weil ich jung bin und weil viele Jahre vor mir liegen, in denen ich auf der Bühne stehen und den Applaus hören und fühlen werde. Sie neiden es mir, weil Ihre Zeit vorbei ist.«

Franziska Ferrik hatte gelächelt. »Du weißt, dass ich Recht habe. Und ich weiß, dass du es weißt.«

Seit diesem Gespräch herrschte eine Art Waffenstillstand zwischen ihnen. Felicitas übte runde Vokale und exakte Konsonanten, Lieder und Chansons, Pirouetten und Arasbesquen, das Gretchen, das Käthchen und die Katharina. Franziska korrigierte und ermahnte mit gleichgültiger

Härte, lobte immerhin die Singstimme ihrer Schülerin und ihre angeborene Grazie, die ihr bei den Ballettübungen zugute kam, doch sie versäumte es nicht, Felicitas immer wieder daran zu erinnern, was sie von ihr hielt.
Felicitas tröstete sich damit, dass die Ausbildung schließlich nicht ewig dauern würde und dass sie eigentlich auf dem hohen Ross sitzen könne. Denn was ihre Lehrerin damals nicht ausgesprochen hatte, was aber beiden bewusst war, war die Tatsache, dass Franziska auf das Geld angewiesen war, das sie für Felicitas' Stunden erhielt. Schauspiellehrer, mochten sie noch so gut sein, bekamen ein bescheidenes Salär, und abgesehen davon hielt sich die Anzahl der jungen Bremer, die den Weg zu den Brettern, die die Welt bedeuteten, einschlagen wollten, in engen Grenzen. Die Welt der Hansestädter roch nicht nach Talkum, Theaterschminke und Lampenfieberschweiß, sondern nach Baumwolle, Tabak, Kaffee, Reis, Korn und Schifffahrt.
Außer Felicitas unterrichtete Franziska Ferrik nur fünf andere Schüler, und drei von ihnen würden ihre Ausbildung in absehbarer Zeit beendet haben. Dieses Wissen vermochte jedoch nicht das Unbehagen, das Franziskas Worte in Felicitas ausgelöst hatten, zu vertreiben.
»Findest du, dass ich irgendwie, nun ja, kalt wirke?«, hatte sie ihre Mutter einmal gefragt.
Helen Wessels hatte nicht aufgehört sich das Haar zu bürsten und silberhell gelacht. »Das will ich hoffen, mein Schatz. Eine gewisse Kälte hat noch keiner Frau geschadet. Dies ist eine Welt, die für Männer gemacht ist, und wenn du klug bist, schlägst du sie mit ihren eigenen Waffen.«
»Ich meine es ernst.«
»Schau dich an«, hatte ihre Mutter gesagt. »Schau uns an.«
Prüfend betrachtete Felicitas ihr Gesicht und das ihrer

Mutter im Spiegel der Frisiertoilette. Sie ähnelten einander wie Schwestern, beide aschblond, ovale Gesichtsform, ein kantiges Kinn, eine feine, fast spitze Nase, hohe Wangenknochen und blaue Augen, die so hell schimmerten wie ein geschliffener Aquamarin.

»Es sind die Augen, Felicitas. Die Wessels-Augen. Meine Mutter hatte sie und deine Urgroßmutter auch. Es ist dieses Blau, das andere Menschen irritiert. Aber auch fasziniert. Dein Vater hat sich als Erstes in meine Augen verliebt.« Sie lächelte. »Und denke dran, es ist nur eine Farbe. Kühl zu wirken und kalt zu sein sind zweierlei. Vergiss das niemals.«

Die Worte ihrer Mutter hatten sie ein wenig beruhigt, aber der Zweifel blieb. Vielleicht wäre es vernünftiger gewesen, ihr ihre Probleme mit Franziska Ferrik anzuvertrauen. Doch das hätte bedeutet, die Karten auf den Tisch zu legen, und das wollte Felicitas nicht, denn tief in ihrem Innern wusste sie, dass es in der Tat nicht das leidenschaftliche Gefühl von Berufung war, was sie empfand, wenn sie die Rollen studierte und spielte. Aber gleichwohl spürte sie eine Kraft in sich, eine mächtige Sehnsucht, die sie vorantrieb und nicht aufgeben ließ. Gab es denn wirklich nur eine Quelle, die den wahren Schauspieler speisen konnte? Hatte Franziska Ferrik Recht, und wenn ja, was würde das für Felicitas' Pläne bedeuten?

Missmutig rührte sie ihren Kaffee um. Es wurde Zeit. Sie trank aus, bezahlte und verließ Andreesens Kaffeehaus.

Es nieselte. Felicitas spannte ihren kleinen blauen Schirm auf und machte sich entschlossen auf den Weg. Und wenn schon, soll sie doch denken, was sie will. Das wird mich nicht davon abhalten, meinen Weg zu gehen, dachte Felicitas. Bald werde ich in Berlin sein, und ich schwöre bei Gott, dass ich's schaffen werde.

»Elfriede!«
Helen Wessels' klarer Sopran hallte durch die Flure, und Elfriede rollte mit den Augen.
»Wenn sie noch mehr Gäste eingeladen hat, kündige ich auf der Stelle.«
Arthur lächelte. Niemals würde Elfriede kündigen, genauso wenig wie er. Seit zehn Jahren versorgten sie den Haushalt der Wessels. Elfriede kochte, wusch, bügelte und flickte, er reparierte, schleppte Holz für die Kamine und pflegte den Garten, der Helens ganzer Stolz war. Es war ein Glücksfall, der sie zu dem Ehepaar und ihrer hübschen Tochter geführt hatte. Arthur arbeitete schon eine Weile als Gärtner bei den Wessels, als Helens Garderobiere eines Tages mit einem Matrosen durchbrannte.
Eine Katastrophe, denn das Commedia dell'Arte-Stück *La donna serpente*, das die nächsten zwei Wochen en suite gespielt werden sollte, sah für die Hauptrolle der Schlangenfrau komplizierte Kostümwechsel vor, die Helen nicht allein bewältigen konnte. Der Inspizient rang die Hände, war aber nicht imstande, schnell Ersatz zu finden.
Elfriede, Arthurs Frau, war eingesprungen. Bislang hatte sie sich durch Näharbeiten ein kleines Zubrot verdient, wodurch Arthur und sie etwas besser über die Runden kamen. Dies jedoch war eine Chance, und was für eine! Elfriede Engelke, Garderobiere der berühmten Helen Wessels!
Helen war mehr als skeptisch, doch zwei Tage vor der Premiere blieb ihr kaum eine andere Möglichkeit, als es in Gottes Namen mit der Frau des Gärtners zu versuchen. Elfriede, angespornt von der Vorstellung, ihrem bescheidenen Dasein einen Hauch von weiter Welt zu verleihen, erledigte ihre Aufgaben mit großem Geschick und wirkte durch ihr resolutes Wesen überdies außerordentlich

beruhigend auf die sensible, stets sehr angespannte Helen. So kam es, dass Helen auf ihre neue Perle auch dann nicht verzichten wollte, als die fahnenflüchtige Garderobiere zwei Monate später unverheiratet, aber schwanger wieder aufgetaucht war. Kündigen mochte Helen der unglücklichen jungen Frau nicht, sie war schließlich schon gestraft genug. Also engagierte sie Elfriede kurzerhand als Haushälterin für die Contrescarpe 6.

Das war zehn Jahre her, 1892. Helen und Max Wessels lebten damals gerade seit zwei Jahren in Bremen und hatten das Publikum der Hansestadt im Sturm erobert. Sie bildeten ein attraktives, charmantes Paar, das die Bühne mit seinem Spiel zum Leuchten brachte. Elfriede und Arthur platzten fast vor Stolz, bei ihnen angestellt zu sein, und galten seitdem in der Langenstraße als etwas Besonderes, vor allem, weil sie nun im Gegensatz zu vielen anderen Bewohnern der Neustadt nicht mehr gezwungen waren, in der nahe gelegenen Volksküche ein Mittagessen für dreißig Pfennig oder eine Suppe für fünf Pfennig einzunehmen.

»Da bist du ja!« Helen betrat die Küche, die unpraktischerweise im Souterrain des Hauses lag und nur mit immensen Kosten ins Parterre hätte verlegt werden können. Doch so waren die meisten Bremer Häuser nun einmal gebaut, der Himmel mochte wissen, warum. »Elfriede, es tut mir Leid, aber du wirst dich noch auf vier weitere Gäste einstellen müssen.«

Elfriede knetete schweigend, aber viel sagend den Brotteig weiter.

»Ich weiß, ich weiß, du magst Überraschungsgäste nicht. Aber schau, Constanze und Dorothee kommen zur Premiere, und sie können ja schlecht ohne ihre Eltern anreisen, nicht wahr? Und bis übermorgen ist ja noch genug Zeit.«

»Genug Zeit«, brummte Elfriede, klatschte den Teig auf den Küchentisch und bearbeitete ihn, als wollte sie ihn erwürgen. »Weiß die gnädige Frau eigentlich, wie viel Zeit es kostet, Brot zu backen, Wachteln zu marinieren, Betten zu beziehen und Zimmer herzurichten?«

»Ich weiß es«, entgegnete Helen leichthin, »schließlich bin ich nicht als Schauspielerin auf die Welt gekommen. In Sorau habe ich Kühe gemolken und Gerstengrütze zubereitet.«

Mit gerunzelter Stirn betrachtete Elfriede den fertig geformten Laib und schnitt mit geübter Hand einige Kerben in die Oberfläche, öffnete die Luke des Backofens und bugsierte den Teig hinein. In kürzester Zeit würde der verführerische Duft frisch gebackenen Brotes durch die Küche ins Entree ziehen, und Helen freute sich jetzt schon auf ein dickes Stück vom Knust mit Butter und Salz. Dafür ließ sie jedes Menü stehen.

»Aber nicht wieder den Knust naschen, gnädige Frau. Das Brot ist für unsere Gäste gedacht!« Elfriede drohte scherzhaft mit dem Zeigefinger, und Arthur seufzte erleichtert. Er fürchtete stets, dass Elfriedes Starrsinn eines Tages zum Zerwürfnis mit den Wessels führen würde, und womit sollten sie dann ihren Lebensunterhalt verdienen?

Helen ahnte, was in Arthur vorging, und lächelte. »Dann ist ja alles klar, nicht wahr?«

Meine Güte, dachte Helen, als sie die geschwungene Treppe in den ersten Stock hinaufging, über die Jahre ist Elfriede doch ein recht harter Knochen geworden.

Seufzend setzte sie sich auf ihr Bett und nahm das Rollenbuch in die Hand, in dem der Text über und über mit handschriftlichen Anmerkungen versehen war.

Regieanweisungen und persönliche Notizen, auf die kein Schauspieler verzichtete, sie bildeten das Gerüst der Darstellung. Mit jeder Eintragung machte sich Helen die Figur mehr zu Eigen, wie ein Maler, dessen Pinselstriche irgendwann ein fertiges Gemälde zeigten. Doch dieses Mal schien es ihr, als würden sie die Worte gar nicht erreichen. Die Rolle war ihr fremd geblieben. Dabei war die Alkmene nun wirklich kein so schwieriger Part. Kleist hatte auf amüsante und zugleich tieftragische Art eine Frau gezeichnet, die zwischen ihrem geliebten Mann Amphitryon und dem Gott Jupiter, der die Gestalt ihres Mannes angenommen hat, nicht mehr unterscheiden kann. Sie ist überzeugt von ihrer reinen Liebe zu Amphitryon, doch vor die Wahl gestellt, welcher von beiden denn nun ihr Gatte sei, entscheidet Alkmene sich für Jupiter.

Helen legte das Buch zur Seite, stand auf und setzte sich an ihre große, mit vielen Details verzierte Frisierkommode und bürstete sich mit kräftigen Strichen das volle aschblonde Haar, das sie seit Jahren aller Mode zum Trotz schulterlang, glatt und schlicht gescheitelt trug. Sie betrachtete sich im Spiegel und war nicht zufrieden mit dem, was sie sah. Ich bin müde, dachte sie, und man sieht es mir an. Ich habe Angst vor der Premiere. Ich habe weder Lust, diese Alkmene zu spielen, noch die charmante Gastgeberin. Ich möchte mir die Bettdecke über den Kopf ziehen und erst in einer Woche wieder aufstehen.

Vielleicht lagen die Stimmungsschwankungen, die sie in letzter Zeit plagten, wirklich an den Umstellungen ihres Körpers, wie ihr der Hausarzt zögernd erklärt hatte. Vielleicht hatte jedoch Elfriede Recht und Max und sie, Helen, übertrieben es einfach mit ihrer Idee von einem »offenen Haus«, in dem Freunde und Verwandte stets willkommen waren.

Mit dem traditionellen Jour fixe, den die Gattinnen einflussreicher Bremer gewöhnlich einmal im Monat abhiel-

ten, hatten Max und Helen zwar nichts im Sinn, doch zu jeder Tages- und Nachtzeit, meist gegen Mitternacht, wenn die Vorstellung beendet war, musste man gewahr sein, dass unangemeldeter Besuch vor der Tür stand. Vor allem Max liebte es, Menschen um sich zu haben, unabhängig davon, ob es sich um hoffnungsvolle Nachwuchsautoren, depressive Philosophen, betrunkene Künstler aus Worpswede oder Schauspielkollegen handelte. Rang und Namen waren Max gleichgültig, »interessant, geistreich, originell« – das waren die Schlüssel, die die Tür zur Contrescarpe 6 öffneten.
Helen indes hätte nichts dagegen gehabt, diesen Kreis um den einen oder anderen Senator oder Geschäftsmann zu ergänzen, aber Max wollte nichts davon wissen.
»Sie sind so sterbenslangweilig. Sie unterhalten sich über das Wetter, die Baumwollbörse und den Bürgerpark. Schon das Wort Gewerkschaften verursacht ihnen Übelkeit, und wenn ich zum Besten geben würde, wie viele Frauen Goethe gehabt hat, würden sie sich an ihrem Kaffee verschlucken. Nein, bitte verschone mich mit diesen Leuten.«
Das war natürlich reichlich übertrieben, doch Helen vermied jede weitere Diskussion, weil sie den wahren Grund für seine Ablehnung ahnte. Trotz aller Erfolge war Max fest davon überzeugt, dass eine feine, aber stählerne Linie ihn und Helen von der Bremer Gesellschaft, den alteingesessenen Unternehmern und deren Familien trennte. Er glaubte, zum Duft erlesener Tradition wollte der Stallgeruch seiner und auch Helens Herkunft nicht passen. Der uneheliche Sohn einer Frau, die zu oft dem Alkohol zusprach, und die Tochter eines verarmten ostpreußischen Gutsbesitzers tranken nicht Likör mit den Andreesens, den Hansens und den van der Laakens.
Es mochte zwar durchaus sein, dass Schauspielern immer

noch ein gewisser Hautgout von fahrenden Komödianten anhaftete, dennoch schien es Helen, als zöge Max allein mit seinem Gefühl der Unterlegenheit diese Linie, die zu überschreiten die feinen Bremer sich angeblich weigerten. In Wahrheit war er es, der es nicht fertig brachte, über seinen Schatten zu springen.
Diese Meinungsverschiedenheit trübte nicht als einzige die Harmonie ihrer Ehe.
Sie mochten selten dieselben Stücke, stritten sich über Inszenierungen und Max' Freunde, die in Helens Augen keine waren. Er liebte es, die Nacht zum Tag zu machen, sie wachte beim ersten Vogelzwitschern froh gelaunt auf. Max wollte mindestens vier Kinder, Helen höchstens eins, und auch das nur als Zugeständnis an ihre Pflicht als Ehefrau. Im Grunde ihres Herzens verspürte sie nicht das Bedürfnis, sich um ein hilfloses Wesen zu kümmern, das für eine ganze Weile völlig von ihr abhängig sein würde. Mitunter schien es ihr, als wären sie und Max wie Sonne und Mond – sie bedingten einander, ohne wirklich je zueinander zu kommen.
Der stete Neuanfang in anderen Städten und an anderen Theatern und die damit verbundene prickelnde, inspirierende Aufregung ließ ihre Differenzen jedoch wie charmante Unterschiede funkeln, die ihre Leidenschaft schürte und ihrer Liebe das gewisse Etwas verlieh.
Einig waren sie sich nur darin, das Leben zu leben, wie es ihnen vom Schicksal, von Gott oder sonst wem zugedacht war. Max und Helen haderten nie mit den Umständen, und zu jammern oder sich gegenseitig Vorwürfe zu machen kam ihnen nicht in den Sinn. Sie packten die Dinge an, und wenn es ihnen misslang, lachten sie darüber. Dieser fröhliche Fatalismus bildete, ohne dass es ihnen bewusst wurde, die Grundlage ihrer Ehe.

Nach vielen Jahren des Umherziehens fand Max es an der Zeit, eine Weile sesshaft zu werden, damit ihre kleine Tochter in einem geordneten Haushalt aufwuchs.
Der Ruf des Bremer Schauspielhauses kam ihnen gerade recht. In der Hansestadt wurde bodenständiges Theater gespielt, doch auch gelegentlichen Experimenten verschloss sich der Intendant nicht. Das Ensemble hatte einen guten Ruf, und eigentlich gab es keinen Grund, das Angebot abzulehnen. Bis auf Max' Befürchtung, die Hansestädter könnten in ihm nicht den Schauspieler sehen, sondern nur den Bastard.
»Das ist fünfunddreißig Jahre her«, erinnerte ihn Helen. »Du glaubst doch nicht im Ernst, dass irgendjemand in der Vorstellung aufsteht, mit dem Finger auf dich zeigt und ruft: ›Das ist kein Schauspieler, sondern der uneheliche Sohn der feschen, leider inzwischen verblichenen Mimi!‹«
Sie unterschrieben den Vertrag und zwei Wochen später reisten Max, Helen und Felicitas nach Bremen.
Vom ersten Augenblick an hatte Helen sich in das Haus in der Contrescarpe verliebt, das ganz im Stil der neureichen Bremer erbaut und dabei doch erschwinglich gewesen war. Das dreistöckige, reich mit Stuck verzierte Gebäude lag nur einen Katzensprung vom Theater, von den Osterdeichwiesen und der Weser entfernt und ganz weit weg vom Buntentor, wo Max aufgewachsen war.
Felicitas bekam das helle, sonnendurchflutete Zimmer mit dem kleinen Balkon. Von dort aus konnte man in den Garten schauen, in dem drei prachtvolle Apfelbäume, ein Mandelbaum und handtellergroße, süß duftende Rosen ab Mai um die Wette blühten. Helen fand das Zimmer viel zu prätentiös für eine Siebenjährige, aber Max redete so lange, bis Helen nachgab.
Max verwöhnte Felicitas grenzenlos. Zwei Tage nach ihrer

Geburt behauptete er, in den weichen, runden Zügen des winzigen Babys die ersten Ansätze für eine spätere Schönheit zu erkennen. Das feine Näschen, das zarte Kinn, die silbrig blonden Löckchen und diese aquamarinblauen Augen – nein, seine Tochter würde bestimmt nicht zu einer Allerweltserscheinung heranreifen. Und später, als Felicitas sieben Jahre alt war, schien sich seine Euphorie zu bewahrheiten.

Leider ließ die kleine Felicitas keinerlei musische oder theatralische Begabung erkennen. Statt lustiger Gutenachtgeschichten las Max dem Kind Goethe und Schiller vor, schaffte eine Blockflöte und ein Klavier an und ließ ein kleines Cello anfertigen. Doch Felicitas zeigte sich gänzlich uninteressiert an klassischen Versen, Instrumenten und Noten. Sie verkleidete sich gern mit den Stoffen, aus denen ihre Mutter Kleider nähen lassen wollte, mit deren Schals und Stolen und spielte Prinzessin oder Scheherazade, aber das taten alle kleinen Mädchen. Auch als Felicitas zum jungen Mädchen heranwuchs, beschränkte sich ihr Interesse an der Kunst darin, die Premieren ihrer Eltern zu besuchen. Umso verwunderter waren Max und Helen, als Felicitas vor einem Jahr mit ihrem Wunsch herausrückte, Schauspielerin werden zu wollen. Max war sofort Feuer und Flamme für ihren Plan und verpflichtete noch am selben Tag Franziska Ferrik.

Helen hielt den überraschenden Sinneswandel ihrer Tochter für die Frucht ihrer, besonders Max' Erziehung und ihrer Art zu leben. Beides hatte ihrer Tochter gar keine andere Wahl gelassen.

Hätte sie Gouvernante werden sollen?, fragte sich Helen und legte die Bürste zur Seite. Oder einfach heiraten und Kinder kriegen? Das wäre wirklich Verschwendung.

Und Begabung ließ sich schließlich entwickeln. Sie, Helen,

war das beste Beispiel dafür. Jeder Intendant hätte damals nicht einen Pfifferling auf ihr Talent gesetzt. Nur Max hatte an sie geglaubt, so verliebt, wie er war, und mit ihr gearbeitet, Stunde um Stunde. Hatte ihr den singenden ostpreußischen Dialekt abgewöhnt und ihr das Gefühl für Nuancen und Pausen vermittelt. Das Ergebnis war handwerklich solide, aber, wie Helen fand, ohne Brillanz. Sie hatte sich nie etwas vorgemacht, und sie wusste, dass sie ihren Erfolg in erster Linie ihrer kühlen Schönheit verdankte. Sie schmückte die Bühne und überspielte auf diese Weise alle darstellerische Schwäche.

Aber diese Alkmene! Diese unsägliche Rolle! Helen wurde das Gefühl nicht los, in zwei Tagen gnadenlos unterzugehen.

Sie hörte das Klappen der Haustür und Max' eilige Schritte, die immer zwei Stufen auf einmal nahmen. Er klopfte an Helens Tür, und ohne ihre Antwort abzuwarten, betrat er das Schlafzimmer, warf seiner Frau einen Kuss zu und ließ sich in einen zierlichen, mit rosa Chintz bezogenen Sessel fallen. Mit einer Hand lockerte er die schwarze Hemdschleife, mit der anderen fasste er sich an den Kopf.

»Die Hauptprobe wird ein einziges Chaos. Nichts ist fertig. Das Bühnenbild ist zu klein geraten, das Publikum hat einen schönen Blick auf die Kulissen und die Seilzüge, mein Kostüm sitzt wie ein Sack, und an Merkurs Helm haben sie die Flügel vergessen, er sieht aus wie ein Nachttopf.« Max lachte, stand auf und nahm sie in den Arm. »Es ist eben wie immer. Und übermorgen feiern wir eine wunderbare Premiere. Wie immer.« Er küsste sie auf die Nase und verzog das Gesicht. »›Lass das, Max, jetzt glänzt meine Nase. Du weißt doch, dass ich das nicht mag. Wo ist meine Puderdose?‹«, äffte er sie liebevoll nach. Helen

löste sich von ihm, doch er hielt sie an den Schultern fest und sah ihr prüfend in die Augen. »Was ist los, Helen? Ist Elfriede die Pastete für unsere Gäste missraten?«
»Keine Witze, Max, bitte. Ich fühle mich entsetzlich.«
»Du hast Lampenfieber, meine Liebe.« Er betrachtete angelegentlich Helens Bonbonniere aus Kristallglas, die er ihr zum ersten Hochzeitstag geschenkt hatte, wählte sorgfältig eine von den Pralinen aus und biss genüsslich hinein. »Champagnertrüffel. Ich liebe Champagnertrüffel.« Sie sieht wirklich etwas angegriffen aus, dachte er nüchtern und überlegte, ob es klug sei, auf ihre Hysterie einzugehen. Denn das war es, was sonst. Darüber nachzudenken lohnte sich nicht, weil sich das in der Regel binnen drei Minuten vor dem Publikum in Luft auflöste. »Du magst die Alkmene nicht, ich weiß.«
Helen zuckte hilflos mit den Schultern. »Das ist es nicht. Ich finde nur einfach keinen Zugang zu ihr, ich begreife sie nicht.«
»Das hast du bis jetzt aber ganz gut überspielt.« Das war nur die halbe Wahrheit, denn tatsächlich hatte ihn der Intendant nach der letzten Probe zur Seite genommen und gefragt, ob Helen etwas fehle. Irgendwie sei sie nicht ganz sie selbst.
Max war zwar nicht entgangen, dass Helens Darstellung etwas farblos wirkte, doch da es nicht das erste Mal war, dass seine Frau erst kurz vor der Premiere in eine Figur glitt wie in ein maßgeschneidertes Kleid, hatte er dem keine Bedeutung beigemessen. Er, Max, erfasste eine Rolle mit präzisem Instinkt, während Helen sie Satz für Satz und mit Intellekt eroberte. Bislang war das nie ein Problem gewesen, es war einfach ihre Art. Außerdem hatte sie mit keinem Wort erwähnt, dass es Schwierigkeiten gebe. Auch das war ihre Art.

Er nahm noch eine Praline und wog kauend ab, wie er Helen über die Klippe helfen könnte.
»Vielleicht solltest du ihr ein wenig mehr Leidenschaft geben. Alkmene liebt Amphitryon über alle Maßen, und die Erkenntnis, dass sie sich getäuscht hat, dass sie ein Ideal liebt, nicht den sterblichen, fehlbaren Menschen, stürzt sie in blanke Hoffnungslosigkeit. Alkmene ist voller Hingabe, in der Liebe wie in der Verzweiflung.« Er hoffte, dass seine Worte beiläufig genug geklungen hatten, wie ein gut gemeinter Rat ohne tiefere Bedeutung. Doch Helen starrte ihn an, und Max wusste, dass er besser den Mund gehalten hätte.

»Du hast es wirklich gut, Feli!« Constanze ließ sich auf Felicitas' breites Bett mit dem blassblauen Seidenüberwurf fallen und seufzte. »Ein eigenes Zimmer! Und so groß!«
Stirnrunzelnd betrachtete Felicitas ihre Cousine. Sie hasste dieses »Feli«. Kein Mensch hatte sie je so genannt außer diesem Mädchen aus Sorau, das schon als Kind für Felicitas' Geschmack eine Spur zu laut war in allem, was sie tat. Constanze schien Felicitas' Unmut nicht zu bemerken und plauderte munter weiter. »Wir haben jetzt Trakehner. Drei Stuten und einen Hengst, und ein Fohlen ist unterwegs«, erzählte sie begeistert. »Ich werde es Connie nennen, wie findest du das?«
»Wahnsinnig originell«, sagte Felicitas bissig.
Constanze drehte sich langsam um und blickte Felicitas wütend an. »Seitdem du Schauspielerin werden willst, ist mit dir nichts mehr anzufangen. Du hältst dich wohl für etwas Besseres, was?« Sie schwang sich vom Bett und zupfte mit übertriebener Sorgfalt die Decke zurecht. »Aber das bist du nicht, niemand ist es. Wir sind alle gleich.«
»Wer hat dir denn den Unsinn erzählt?«, fragte Felicitas amüsiert.

»Ein Junge«, antwortete Constanze und errötete.
»Du bist verliebt«, sagte Felicitas aufs Geratewohl, und das Gesicht ihrer Cousine wurde noch eine Spur dunkler. Ausgerechnet Constanze! Felicitas war überrascht, denn ihrer burschikosen, für ihr Gefühl wenig charmanten Verwandten hätte sie eine romantische Schwärmerei gar nicht zugetraut. Andererseits war aus dem Mädchen, das schneller melken und auf Bäume klettern konnte als die Burschen von Sorau, eine junge Frau geworden, die ihren eigenen Liebreiz besaß. Dunkelbraune Locken umspielten ein rundes Gesicht mit hohen, kräftigen Brauen über rehfellfarbenen Augen, einer etwas zu groß geratenen Nase und einem hübsch geschnittenen weichen kleinen Mund. Im Gegensatz zu Felicitas wirkte sie nicht im mindesten gefährlich, sondern fröhlich, gesund und patent. Wahrscheinlich wird sie bald heiraten und jedes Jahr ein Kind bekommen, dachte Felicitas ohne Neid, doch mit Erstaunen, denn plötzlich wurde ihr bewusst, dass sie selbst an die Liebe noch gar keinen Gedanken verschwendet hatte. Sie war viel zu sehr mit sich und ihren ehrgeizigen Plänen beschäftigt.
»Nun sag schon, wer ist er?«, fragte Felicitas aufmunternd.
Es klopfte an der Tür, und Constanze rollte mit den Augen. »Das ist Dorothee.«
Felicitas öffnete, und schüchtern betrat Dorothee das Zimmer. »Störe ich euch?«
»Sei nicht albern«, entgegnete Felicitas und nahm sie am Arm. »Natürlich nicht. Constanze wollte mir gerade etwas von diesem jungen Mann erzählen, der ihr den Kopf verdreht hat.« Mit einem Schmerzensschrei sank Constanze aufs Bett, und Dorothee sah Felicitas verschreckt an.
»Constanze? Wieso? Ich meine, ich wusste ja nicht …«

»Und morgen weiß es die ganze Welt«, stöhnte Constanze.
Dorothee sah ihre Schwester verletzt an. »Das ist nicht wahr. Ich habe dich noch nie verraten.« Hilfe suchend wandte sie sich an Felicitas. »Ist Constanze in Schwierigkeiten?«
»Nein!« Constanze kreischte fast, und Dorothee zuckte zusammen.
»Um Himmels willen!« Felicitas blickte ihre Cousinen streng an. Wie konnten zwei Schwestern nur so verschieden sein? »Reißt euch zusammen. Willst du das ganze Haus rebellisch machen, Constanze? Und du, Dorothee, hör auf wie ein weidwundes Tier zu gucken. Passt auf, wir schließen einen Pakt. Constanze, du beichtest jetzt alles, was es zu beichten gibt. Und wir, Dorothee, schwören, es sofort zu vergessen. Einverstanden?«
Dorothee nickte.
»Wenn du nicht den Mund hältst«, giftete Constanze ihre Schwester an, »schneide ich dir das Haar ab.«
Dorothees dunkelbraune Augen füllten sich mit Tränen. Noch nie hatte sie der ungestümen Vehemenz ihrer Schwester etwas entgegenzusetzen vermocht außer stillem Leiden. Sie schluckte und sah Constanze flehend an.
»Also gut.« Constanze faltete die Hände und legte die ausgestreckten Zeigefinger an ihre Nase, als müsste sie sich konzentrieren, um nichts Wichtiges zu vergessen. »Er ist drei Jahre älter als ich und Halbrusse. Seine Mutter ist aus Königsberg, sein Vater aus Moskau. Er ist nie zur Schule gegangen, weil er mal hier und mal dort gelebt hat, aber er ist viel klüger als wir alle.« Ihre Augen leuchteten, und Felicitas verkniff sich eine bissige Bemerkung. »Er hat sich das Lesen selbst beigebracht und arbeitet mit seinen Freunden an der Weltrevolution.«

Das Wort hing im Raum, als würde es sich fragen, wie es dahin gekommen war zu diesen drei hübschen Mädchen in duftigen Kleidern und glänzenden Haaren, doch Felicitas empfand die unfreiwillige Komik nicht. Sie war ehrlich entsetzt.

»Aber Constanze, diese Leute gehören nicht zu uns. Sie sind gegen den Kaiser, gegen das Bürgertum, gegen das Theater, ach, gegen alles.«

»Sie sind dafür, dass es allen Menschen gut geht, nicht nur den Reichen. Sie wollen das Geld und das Land gerecht verteilen, und ich kann nicht einsehen, was daran falsch sein soll.«

»Die Idee ist eine Illusion«, entgegnete Felicitas, »weil eben nicht alle Menschen gleich sind. Was für den einen gut ist, ist für den anderen schlecht. Ich will nicht, dass mir jemand vorschreibt, wie es zu sein hat. Jeder ist für sein Glück selbst verantwortlich, und wenn das Schicksal aus mir keinen Großgrundbesitzer gemacht hat, dann packe ich es an und werde einer. Aber das ist meine Entscheidung.«

»Du weißt ja nicht, was du redest«, sagte Constanze wegwerfend. »Du bist die Prinzessin von der Contrescarpe.«

»Und ihr habt Trakehner«, gab Felicitas zurück.

»Mag sein, aber unsere Nachbarn wissen nicht, woher sie das Geld für die Aussaat nehmen sollen, ihre Kinder gehen in Lumpen, und sie essen jeden Tag Haferbrei.«

»Aber das ist doch nicht dein Problem!«, rief Felicitas. »Hilf ihnen, wenn du glaubst, dass du dich dadurch besser fühlst. Zweig ein paar Kartoffelpflanzen von euren ab, und klau drei Schinken aus der Vorratskammer. Das ist in jedem Fall vernünftiger und praktischer als einem Hirngespinst nachzujagen.«

Constanze hörte Felicitas ruhig zu. Ihre Augen blickten spöttisch, doch Felicitas las in ihnen eine wissende Gelas-

senheit, die ihre Cousine plötzlich sehr erwachsen erscheinen ließ. Eine unsichtbare Kluft tat sich zwischen ihnen auf, die die goldenen Sommer ihrer Kindheit verschluckte, die Erinnerungen an endlose duftende Levkojenwiesen und weite Tannenwälder, an Spiel und Spaß und verträumte Nachmittage im Rosengarten des Guts. Jeden Juni waren sie und ihre Eltern nach Sorau gereist, um in den Theaterferien ein wenig Landleben zu schnuppern und sich den Ostwind um die Nase wehen zu lassen. Auf diese Weise demonstrierte ihre Mutter ihrem Bruder Carl und ihrer Schwägerin Verena dezent, dass ihr ihr Elternhaus und die wenigen Ländereien, so heruntergekommen alles auch sein mochte, durchaus am Herzen lagen. Nachdem die Familie in Bremen sesshaft geworden war, erschien ihnen die Reise zu anstrengend, und sie zogen es vor, nur jeden zweiten Sommer in Ostpreußen zu verbringen und den anderen an der Nordsee oder in Bremens malerischer Umgebung, in Fischerhude und Worpswede.
Felicitas fühlte sich Sorau und den Menschen dort verbunden, ihre Cousinen waren die Schwestern, die sie nicht gehabt hatte. Ein Band, geknüpft aus geteilten Geheimnissen, gebeichteten Träumen und selbstverständlichem Vertrauen, schien sie bis in alle Zeiten zu verbinden, und selbst die Unterschiede ihrer Persönlichkeit, die Felicitas so gravierend empfand, vermochten es nicht zu durchtrennen. Doch plötzlich gab das Band nach.
Constanze schien es auch gespürt zu haben. Sie nickte bedächtig. »Wir sind erwachsen. Du hast deinen Plan, und ich habe meinen. Wenn er mich fragt, werde ich mit ihm gehen.«
Dorothee war grau im Gesicht wie ein altes Handtuch, das einmal weiß gewesen war, aber Felicitas und Constanze bemerkten es nicht.

Felicitas besaß die bemerkenswerte Gabe, schnell und vollständig zu vergessen, was sie unangenehm oder schmerzhaft berührte. Nie wäre sie deshalb auf den Gedanken verfallen, Constanze von ihrer Idee abzubringen, mochte sie noch so naiv und unbedacht, vielleicht sogar riskant sein. Es ist nicht deine Sache, dachte sie. Kämpf nicht einen Kampf, der nicht der deine ist. Es führt zu nichts. Doch wider Willen musste sie zugeben, dass Constanzes Entschlossenheit ihr imponiert hatte.
Sie öffnete den schweren, blank polierten Eichenholzschrank, der zu Helens Aussteuer gehört hatte und in dem jetzt Felicitas' Kleider auf lackierten Bügeln hingen. Ihre Lieblingsfarben waren ein helles Blau, weil es die Farbe ihrer Augen so eindrucksvoll unterstrich, und ein zartes Rosé, weil es ihren Wangen einen Hauch mehr Farbe verlieh. Gelb und Grün weigerte sie sich stets auch nur in Betracht zu ziehen. Sie fand, sie ähnle darin einem Stück Käse.
Vorsichtig holte sie ein in Seidenpapier gehülltes Kleid aus dem Meer von Baumwolle, entfernte das hauchdünne Papier und hielt sich die Robe vor dem Spiegel an. Gestern hatte Elfriede das Kleid bei der Schneiderin abgeholt, und gestern hatte es Felicitas noch gefallen. Jetzt kam ihr der blaue Organza-Traum mit dem schwingenden Rock und dem kurzen, hochgeschlossenen Seidenjäckchen wie ein Babykleidchen vor. Wütend warf Felicitas es aufs Bett. Der glatte Stoff rutschte an dem Seidenüberwurf ab, und leise knisternd sank das Kleid, das sie zur Premiere hatte tragen wollen, zu Boden.
Es wird Zeit, eine Regel zu brechen, dachte Felicitas.
Auf dem Dachboden fand sie, wonach sie gesucht hatte. Die große Holzkiste enthielt alte Spielsachen, einen zerliebten Teddy und eine rot-gelbe Watschelente, die den

Bindfaden zum Hinterherziehen schon lange verloren hatte, einige Stoffe, mit denen Felicitas Verkleiden gespielt hatte, und die abgelegten Kleider ihrer Mutter, die sie nicht mehr tragen mochte, die aber zum Weggeben zu schade waren.

Und da war es, ganz zuunterst, das dunkelrote mit den winzigen schimmernden Perlen, das Helen vor vielen, vielen Jahren gekauft und in der Kiste vergessen hatte. Das Kleid war weder aus der Mode, noch wies es Flecken auf. Felicitas fragte sich, was in aller Welt ihre Mutter daran auszusetzen hatte, doch sie schüttelte den Gedanken ab, drückte das Kleid an sich und eilte in ihr Zimmer.

Die mit Samt überzogenen Knöpfe im Rücken konnte sie nicht schließen, doch sie sah auch so, dass das Kleid passte – und dass es aus ihr eine andere machte. Der Stoff umschmeichelte ihre Formen, gerade so, dass es nicht anstößig wirkte, aber dennoch nichts verbarg, was ihr, da war Felicitas sicher, viele Blicke einbringen würde. Ihre schmale Taille und der gut geformte Busen kamen vorzüglich zur Geltung, und das Dunkelrot ließ ihre nackten Schultern, Arme und das Dekolleté cremeweiß schimmern.

Zufrieden nickte Felicitas ihrem Spiegelbild zu.

2

Wie wäre es, wenn du das Kontor schließt und das tust, was man diesem herrlichen Frühlingstag schuldig ist?« Bernhard Servatius warf seine Melone in die Luft und fing sie geschickt mit der Spitze des Zeigefingers auf, sodass sein Lieblingshut flink rotierte. Die ungewöhnliche Kopfbedeckung hatte er vor zehn Jahren in London erstanden, nachdem er die Gärten von Cornwall bis Wales besucht hatte, um sich Anregungen für seine Arbeit in Deutschland zu holen.

»Und das wäre, lass mich raten – ein wenig flanieren, eine Tasse Kaffee trinken, hübschen Damen hinterherschauen.«

»Ich sehe, mein Einfluss macht sich endlich bemerkbar. Carpe diem!«

Heinrich Andreesen lachte. Bernhard genoss das Leben, und er, Heinrich, sollte sich davon eine dicke Scheibe abschneiden.

»In Ordnung, ich sage nur Frantz Bescheid, dass wir morgen weitermachen.«

Heinrich verließ sein Büro und ging den schmalen Korridor entlang, bis er zu den Labors gelangte, in denen Elias Frantz und zwei Assistenten von morgens bis abends Proben analysierten, Mischungen zubereiteten und das Ergebnis unter großen Mikroskopen begutachteten. In gewaltigen Kolben brodelte eine braune Flüssigkeit, überall lagen hölzerne Klemmbrettchen mit komplizierten Zahlenkolonnen herum, und in einer Ecke des Raums bollerte ein Ofen, auf dem stets eine Kanne mit frischem Kaffee stand. Elias Frantz war klein und korpulent und sah in seinem weißen Kittel wie eine dicke Schneekugel aus. Der Leiter der Andreesen-Labors hatte nicht bemerkt, dass Heinrich den Raum betreten hatte, blieb über das Mikroskop gebeugt und murmelte halblaut vor sich hin. Unverkennbar Flüche.

»Machen Sie Schluss, Frantz«, sagte Heinrich, und Frantz fuhr herum.

»Es ist wie verhext, Herr Andreesen. Wie verhext.« Er breitete die Arme aus.

Seit dreißig Jahren gehörte der Chemiker zum Haus. Seine Mitarbeiter fürchteten sein überschäumendes Temperament und bewunderten seine Findigkeit. Keine Aufgabe, die der alte Fuchs nicht zu lösen vermochte. Die Familie achtete sein Können und seine unverbrüchliche Loyalität, und Heinrich liebte ihn. Frantz war freundlicher zu dem kleinen Heinrich gewesen als der eigene Vater.

»Wir müssen einen Weg finden, den Kaffee in seine Bestandteile zu zerlegen«, sagte Frantz und zupfte ungeduldig an seinen Augenbrauen.

»Morgen, Frantz, morgen. Gehen Sie nach Hause. Sie alle.« Die beiden Assistenten nickten erfreut und zogen bereits die Kittel aus.

Frantz schüttelte bedächtig den Kopf und murmelte: »Ich will nur noch schnell die Proben aus Brasilien anschauen.« Heinrich schloss die Tür. Wie so oft würde Frantz erst um sieben oder acht Uhr das Labor verlassen. Daheim wartete niemand auf ihn. Er war mit seiner Arbeit verheiratet.

»Wie hältst du es hier nur aus?«, rief Bernhard, als Heinrich ins Büro zurückkehrte. »Keine Blumen, nur dunkles Holz, dunkle Vorhänge, düstere Gemälde.« Beide schauten auf das Bild von Hans Heinrich Andreesen, Heinrichs Urgroßvater, der vor fast hundertfünfzig Jahren die Dynastie und das Unternehmen begründet hatte und jetzt in Öl, aber sehr präsent, auf die beiden jungen Männer herabzublicken schien.

»Du hast eben kein Gefühl für Tradition«, entgegnete Heinrich und nahm seinen Mantel. »Drei Uhr. Viel zu früh für einen Erben.« Er bemühte sich, den ungezwungenen Ton seines Freundes zu treffen, doch das schlechte Gewissen saß ihm im Nacken.

Bernhard lächelte. »Na komm schon. Ganz Bremen und halb Deutschland trinkt deinen Kaffee. Das reicht für heute, oder?«

Als sie das Firmengebäude am Wall verließen, überfiel der Frühling sie. Gestern noch hatte es genieselt, die Wolken hatten den Himmel düster grau angestrichen. Jetzt übernahm der Lenz die Regie. Sanft schlugen die Wellen der Weser an die Ufer der Osterdeichwiesen, die Flaggen der ersten Ausflugsboote wehten im leichten Wind, am Deich saßen Frauen und Männer im Gras und hielten ihre Gesichter in die Sonne, ein paar Kinder fütterten die Enten am Anleger der Sielwall-Fähre.

Heinrich und Bernhard spazierten über die Wallanlagen, vorbei an der Mühle Richtung Bürgerweide. Das achthundert Morgen große Areal hatte die legendäre Gräfin Emma von Lesum den Bremern 1032 geschenkt, und mehr als achthundert Jahre diente es den Hansestädtern als Weideland für ihr schwarzbuntes Milchvieh, als Gemüseacker und Wiese zur Heugewinnung. Kein Baum, kein Strauch beschattete die zweckmäßige Fläche, und das wäre vermutlich jetzt noch so, wenn nicht der totale Reinfall des Deutschen Bundesschießens ein Umdenken zwingend erforderlich gemacht hätte. 1865 waren sechstausend Schützen und eine Delegation aus New York zum Wettbewerb auf der Bürgerweide angetreten, doch von den erhofften viertausend Zuschauern ließen sich gerade vierhundert blicken. Die Sonne brannte tagelang vom Himmel, und die Bremer lagen lieber am Strand von Weser und Ochtum, als sich gar kochen zu lassen. Die Schützen zeigten sich höchst ungehalten und kühlten ihren Durst mit Gallonen von Wein, was der Treffsicherheit nicht sehr zuträglich gewesen sein soll. Deutschland lachte über das Desaster im Norden, und die Bremer Kaufleute, in heller Aufregung um den respektablen Ruf der Hansestadt, leiteten umgehend Konsequenzen ein.

Gustav Andreesen, Heinrichs Vater, gründete ein Komitee zur »Bewaldung der Bürgerweide«, in dem zwölf der angesehensten, mächtigsten Bremer Kaufleute ihrer Kreativität und vor allem ihren finanziellen Mitteln freien Lauf ließen. Nach vielem Hin und Her wurde der Lübecker Landschaftsgärtner Wilhelm Benque engagiert, der für seine rüden Manieren ebenso berühmt war wie für sein gestalterisches Können. Das Ergebnis waren fünfundsiebzig Hektar prachtvolle Parkanlage mit Platanen und Eichen, Kastanien und Linden, Wasserläufen, Teichen, romantischen Brücken, Marmorpavillons und Springbrunnen, gewundenen Waldpfaden und weiten Lichtungen. Der Bürgerpark wurde schnell zum beliebtesten Ausflugsziel der Bremer. Sie kamen zu Fuß und mit Pferd und Wagen aus Hastedt, der Neustadt, der Vorstadt. Nur die Schwachhausener hatten es bequemer. Die Elektrische brachte sie von der Schwachhauser Chaussee mit neun Stundenkilometern direkt zur Meierei, einem von sechs Eingängen zum Park.

Für Heinrich bedeutete der Weg durch den Bürgerpark eine Art Niemandsland zwischen den Geschäften am Wall und dem Familiensitz, der Villa an der Parkallee, die ein wenig erhöht auf einem kleinen Hügel am Ende des Parks lag, als würde sie über den Park und die ganze Stadt wachen. Heinrich hatte nichts dagegen, das Andreesen-Unternehmen zu

führen, aber er genoss die Dreiviertelstunde, in der er weder der Erbe war, der Entscheidungen treffen, noch der Sohn, der sein ganzes Tun rechtfertigen musste.
Aus diesem Grund mied er in der Regel auch einen Besuch im Kaffeehaus am See, denn dort wurde das Niemandsland wieder zu Andreesen-Territorium und er »zum jungen Herrn Andreesen«. Gustav Andreesen hatte sich damals als Leiter des Komitees und dessen großzügigstem Sponsor das Sahnestück des Bürgerparks gesichert und am Ufer des Sees ein zweistöckiges verspieltes Gebäude mit Terrasse errichtet, das Platz für dreihundert kaffeedurstige Gäste bot. Von der Terrasse führte ein schmaler Weg zu einem Bootssteg, an dem zehn rot und grün lackierte Ruderboote zu einer Fahrt durch die verschlungenen Kanäle einluden. Im Sommer brauchte es pures Glück, um ab mittags noch ein Boot zu ergattern, denn viele Liebespaare nutzten die Gunst der mit Schilf bewachsenen Ufer, um sich vor neugierigen Blicken zu schützen.
Vom Kaffeehaus wehten die Klänge eines Klaviers, einer Violine und eines Cellos zu ihnen herüber; das Bremer Kaffeehaus-Orchester machte das Kaffeehaus am See erst zu dem, was es war. Bernhard wippte im Takt und ließ seine Melone kreisen. Die Schönheit des Parks machte ihn nervös, weil sie ihn stets daran erinnerte, noch nichts Vergleichbares geleistet zu haben. Gewiss, mit seinen fünfundzwanzig Jahren hatte er allerhand erreicht. Viele der vermögenden Bremer, die sich Ende des 19. Jahrhunderts nach Schwachhausen und in unmittelbare Nähe des Bürgerparks zurückzogen, vertrauten ihm Bau und Gestaltung ihrer Häuser und Gärten an. Bernhard arbeitete wie besessen, aber der große Wurf, der blieb aus, und er befürchtete ernsthaft, Mittelmaß zu bleiben, was ihm deprimierender erschien als richtig schlecht zu sein.

»Kennst du das Gefühl, dass irgendwie Sand im Getriebe ist?« Bernhard breitete seinen Gehrock aus und setzte sich auf die noch leicht feuchte Wiese weit hinter dem Emmasee. Er kannte Heinrichs Unlust, im Kaffeehaus einzukehren, und respektierte sie. Aus der Innentasche des Gehrocks holte er einen lederbezogenen Flachmann heraus, schraubte ihn auf und goss in den fingerhutgroßen Verschluss, der als Becher diente, Kognak und bot ihn Heinrich an.
»Nein, danke, ich hab nachher noch großen Bahnhof zu Hause. Mutter hat zum Tee geladen.«
»Du kennst also das Gefühl«, sagte Bernhard amüsiert, trank von dem Kognak und blinzelte in die Sonne.
»So habe ich es nicht gemeint. Mutter legt eben viel Wert auf gesellschaftliche Verpflichtungen. Das ist kein Sand im Getriebe, sondern Schmieröl. Alles gleitet geräuschlos und leicht dahin.« Und mit einem Unterton, der keine Diskussion zuließ, fügte er hinzu: »Zerbrich dir nur nicht meinen Kopf.«
Bernhard kaute auf einem Grashalm und dachte über Heinrichs Worte nach. Vermutlich glaubte der Freund wirklich, was er sagte, und vielleicht war er darum sogar zu beneiden. Doch in dem Punkt waren und blieben sie geteilter Meinung. Geschmeidig sprang Bernhard auf und klopfte Heinrich auf die Schulter. Er wollte sich nicht streiten, sondern das Beste aus diesem Tag herausholen.
»Es ist Sonnabend, und ich habe keine Verabredung. Kannst du dir das vorstellen?«
Heinrich lachte. »Haben Mitzi und Lola und Emmi etwa keine Zeit für dich?« Es war nicht zu glauben. Bernhard, so charmant, so elegant, so gewissenlos, saß auf dem Trockenen! »Wenn es weiter nichts ist. Heute Abend ist Premiere im Schauspielhaus, und ich bin sicher, Mutter hat noch eine Karte in Reserve, für alle Fälle.«

»Das klingt verlockend.« Zumindest besser, als den ganzen Abend allein zu verbringen.
»Also abgemacht. Mutter wird sich freuen.«
Bernhard grinste. Elisabeth Andreesen würde den Teufel tun, aber allein deshalb versprach es, ein amüsanter Abend zu werden.

Dreimal hatte Emelie van der Laaken sich umgezogen, schätzte Elisabeth. Ein viertes Mal hätte ihr gut getan, denn das lindgrüne Ensemble aus Chinaseide besaß zweifellos Klasse, biss sich aber mit dem Blau, das den Salon dominierte, und stand der jungen Frau mit den flaumfederweichen fahlblonden Haaren überhaupt nicht. Sie wirkte so dezent wie das Gurkensandwich, das sie vorsichtig zum Mund balancierte, und Elisabeth wusste, dass sich hinter der zurückhaltenden Fassade nichts versteckte, das Anlass zur Besorgnis gegeben hätte. Emelie benahm sich, wie es üblich war, wenn eine junge Frau aus bester Gesellschaft mit der Einladung zum Tee bei den Andreesens einmal mehr die Gelegenheit nutzte, sich als die passende Partie für den Erben der Kaffee-Dynastie zu präsentieren. Was angesichts der Tatsache, dass ihr Vater als Senator und Intimus des Bürgermeisters zu den einflussreichsten Männern Bremens gehörte, eigentlich kaum notwendig war. Elisabeth taxierte die junge Frau, als ob sie eine Zuchtstute vor sich hätte. Ausdruckslose, etwas gelangweilt dreinblickende blaue Augen, gute Figur, nicht zu dünn, nicht zu dick, ideal, um gesunde Erben auf die Welt zu bringen. Freundliches Lächeln, sanfte Stimme, gute Manieren, sicherlich etwas verwöhnt. Aber kein Hinweis auf verborgene Widersprüche oder attraktives Feuer. Heinrich würde bekommen, was er sah.
»Einfach vorzüglich, gnädige Frau«, sagte Emelie gedehnt,

tupfte sich die Lippen mit einer Damastserviette ab und griff nach der Teetasse. »Solche Teezeremonien erlebt man in Bremen ja leider nicht so häufig.«
»Alles zu seiner Zeit, meine Liebe«, entgegnete Elisabeth und schenkte sich aus der silbernen Kanne mit dem chinesischen Tee nach, den sie bekömmlicher fand als den indischen, den sie in einer zweiten zwillingsgleichen Kanne anbot, der Vollständigkeit halber. So war es in Großbritannien schließlich üblich. »Morgens bevorzuge ich Kaffee, nachmittags Tee.«
»Ich mag lieber Kaffee«, zwitscherte Désirée gut gelaunt. Sofort legte Anton seine Hand auf ihre linke. »Aber Liebchen, wir trinken doch auch häufig Tee.«
Er streichelte ihre weiche Haut, doch Elisabeth hatte das Gefühl, er hätte am liebsten tüchtig zugekniffen. Die Ehe ihres zweitgeborenen Sohnes stand nicht zum Besten, das war Elisabeth seit langem klar. Désirée war ebenso niedlich wie dumm. Vor drei Jahren hatte Anton das nicht gestört, weil sie seine Sinne völlig beherrschte. Er war verrückt nach Désirée, und weil sie die Tochter des nicht sehr reichen, aber angesehenen Kaufmanns Busch war, der in Kolonialwaren machte, hatten Elisabeth und Gustav nicht gezögert, ihre Zustimmung zu der Vermählung zu geben. Inzwischen hatte die Leidenschaft aber offensichtlich erheblich nachgelassen, wenn sie Antons ständige Gereiztheit und Désirées aufgesetztes Getue richtig deutete.
»Emelie, wo haben Sie nur dieses entzückende Ensemble machen lassen?«
Ellas tiefe Stimme durchschnitt die angespannte Atmosphäre, und Elisabeth Andreesen lächelte fein. Auf Ella war Verlass. Sobald sie drohende Unstimmigkeiten witterte, versuchte sie die Wogen zu glätten. Elisabeth wusste, dass es Ella nicht darauf ankam, ihren gesellschaftlichen

Schliff unter Beweis zu stellen. Ihre Tochter ertrug es einfach nicht, wenn Menschen sich stritten. Als kleines Kind war sie mehrfach weggelaufen und stundenlang im Park gesucht worden, nur weil ihre Eltern eine kleine Meinungsverschiedenheit ausfochten. Ella war sensibler als Heinrich, von Anton ganz zu schweigen, der das Wort sicher nicht einmal buchstabieren konnte. Diese Empfindsamkeit stand in krassem Widerspruch zu ihrer Erscheinung. Ella maß gut einssiebzig und war nicht besonders zierlich geraten, ihre Taille brauchte ein starkes Korsett, um diese Bezeichnung zu verdienen. Elisabeth hoffte für sie, dass ein zukünftiger Ehemann sich von dem robusten Äußeren nicht täuschen ließ.

»Oh, die Seide hat mir Papa aus Paris mitgebracht«, antwortete Emelie freundlich und vergaß, was sie erzählen wollte, als Heinrich den Salon betrat.

»Entschuldige, Mutter, die Proben aus Brasilien …« Er küsste seine Mutter auf die Wange und galant Emelies rechte Hand. »Ella, Désirée, Anton.« Heinrich ließ es bei einem freundlichen Nicken in ihre Richtung bewenden. »Wo ist Vater?«

»Du bist der Einzige, dem seine Abwesenheit auffällt«, sagte Elisabeth und blickte milde, aber tadelnd in die Runde.

»Ich wollte vor den Damen nicht darauf zu sprechen kommen«, beeilte sich Anton zu erklären.

»Falls es etwas Schreckliches ist«, fügte Désirée hinzu.

Gleich würde Anton sie doch noch kneifen, dachte Elisabeth, und ich könnte es ihm nicht verübeln.

»Keine Sorge, meine Lieben.« Elisabeth schenkte Heinrich eine Tasse von dem chinesischen Tee ein. Sie sah auf die Wanduhr aus Ebenholz und erhob sich. »Wenn ihr mir bitte folgen wollt …«

Zwanzig Minuten warteten sie nun schon vor der weißen Villa, dass sich das Geheimnis endlich lüften möge, doch keiner traute sich, Ungeduld zu zeigen, oder war mutig genug, wieder zu seinem inzwischen erkalteten Tee zurückzukehren. Désirée beobachtete mit offenem Mund zwei schnäbelnde Tauben, Emelie trat von einem Bein aufs andere, als ob sie fürchten würde, ohnmächtig zu werden, Anton lehnte an einer der weißen Eingangssäulen, die dem Gebäude einen klassizistischen Charakter gaben, und rauchte gelangweilt. Heinrich und Ella spazierten an der Auffahrt entlang zu dem mächtigen schmiedeeisernen Tor, das nachts stets verschlossen wurde. Der weiße Kies knirschte unter ihren Schritten und verschluckte ihr leises Gespräch. Elisabeth wunderte sich über die Folgsamkeit der jungen Leute und ein wenig auch über die ihre, die sie hier stehen und auf etwas warten ließ, das sie ohnehin für überflüssig hielt. Sie vernahm das Geräusch, lange bevor die anderen aufmerksam wurden. Es klang warm und rund und kraftvoll wie ein zufrieden schnarchender Bär im Winterschlaf und gehörte offensichtlich zu dem weißen Gefährt, das langsam die Auffahrt heraufschnurrte und ohne Rucken vor dem Eingangsportal zum Stehen kam. Fast geräuschlos öffnete sich die Tür auf der Fahrerseite, und Gustav Andreesen stieg schnaufend und mit rotem Kopf aus.
»Kleine Überraschung!«, rief er und breitete triumphierend die Arme aus. »Der erste Mercedes in Bremen!«
»O Schwiegerpapa, das ist ja wunderbar!« Désirée quietschte fast vor Begeisterung und eroberte sofort den Fahrersitz, während Anton anerkennend über den Lack strich und leise durch die Zähne pfiff.
»Tolles Ding, Vater, wirklich. Eine echte Verbesserung zu dem Opel.«
Emelie eilte herbei und drückte Gustav die Hand. »Herz-

lichen Glückwunsch, Herr Andreesen! Sie wissen natürlich, dass mein Vater Ihnen sehr, sehr böse sein wird, weil Sie ihn wieder einmal ausgestochen haben.«
»Das wird der alte Knabe schon überstehen. Außerdem hat er selbst Schuld. Er ist einfach zu geizig für diese kleinen Eskapaden.«
Gustav strahlte Emelie an, die ihre Verärgerung über seine Worte nur mühsam verbergen konnte, und legte den Arm um seine Frau. »Nun sag doch, ist er nicht schön?«
Elisabeth nickte, doch sie konnte weder den Wirbel, den der Mercedes im Ausland und im Deutschen Reich ausgelöst hatte, noch die Begeisterung ihres Mannes nachvollziehen, denn ihrer Ansicht nach sah dieses angeblich so ungewöhnliche Automobil nicht viel anders aus als die üblichen Fabrikate, die im Grunde herkömmlichen Pferdekutschen glichen, denen nur das Pferd abhanden gekommen zu sein schien.
»Vier Zylinder, 16 PS, Pressstahlrahmen, Bienenwabenkühler«, verkündete Gustav und fügte hinzu: »Damit kann ich Vanderbilts Rekord brechen!« Der amerikanische Multimillionär war vor kurzem mit 122,4 Stundenkilometern durch Frankreich gebraust, was Gustav sehr imponiert hatte.
»Das wollen wir doch nicht hoffen«, sagte Elisabeth leichthin. Niemals würde sie ihren Ehemann im Beisein der Familie kritisieren, aber dass er sein Versprechen gebrochen hatte und statt des Chauffeurs selbst gefahren war, der nun sichtlich verlegen aus dem Fond kletterte und entschuldigend seine Mütze vor Elisabeth zog, würde sie keinesfalls so hinnehmen. Sie hatte den Kauf dieses Automobils nur unter der Voraussetzung gebilligt, dass Gustav es nicht selbst steuern würde, und er hatte Stein und Bein geschworen, es nicht zu tun. Es wurde Zeit, ein ernstes Gespräch mit ihm zu führen, und zwar so bald wie möglich.

Gustavs gesundheitliche Verfassung ließ seit einiger Zeit zu wünschen übrig, vor allem sein angegriffenes Herz bedurfte der Schonung. Keine Aufregung, keinen Kaffee, keine Zigarren und tägliche Spaziergänge hatte Professor Becker verordnet, sonst könne er für nichts garantieren, doch Gustav schlug beständig alle Warnungen in den Wind. »Dann kann ich mich ja gleich in den Sarg legen«, lautete sein Kommentar, wenn Elisabeth ihn ermahnte, an die frische Luft zu gehen oder wenigstens auf seine tägliche Ration von drei dickbauchigen Brazils zu verzichten.
Kindisch fand Elisabeth dieses Benehmen, kindisch und verantwortungslos und auf eine gewisse Weise auch beängstigend. Leichtfertigkeit hatte nie zu Gustavs Charakter gehört. Im Gegenteil, früher hatte sie ihn kaum dazu überreden können, mal alle fünfe gerade sein zu lassen, die Geschäfte seinen Prokuristen zu überlassen und zwei Tage mit ihr und den Kindern in die Sommerfrische nach Norderney zu verreisen.
Doch selbst im Strandkorb und bei dreißig Grad Hitze studierte Gustav lieber Akten, als mit Heinrich, Ella und Anton Sandburgen zu bauen oder mit ihr einen Strandspaziergang zu unternehmen, was Elisabeth für eine unerträgliche Ignoranz hielt, die weder sie noch die Kinder verdient hatten.
Oft hatte Elisabeth sich gefragt, wieso ihr für ein junges Mädchen vom Lande verblüffender Scharfsinn, dem kaum etwas entging, sie genau zu dem Zeitpunkt im Stich gelassen hatte, als die Entscheidung für ihr ganzes weiteres Leben von einer Sekunde auf die andere getroffen werden musste. Eine befriedigende Antwort hatte sie nie gefunden, und der Vorstellung, dass damals, vor siebenunddreißig Jahren, vielleicht ein Zauber in der Luft gelegen hatte, der sie und Gustav unwiderstehlich in seinen Bann zog,

mochte sie nicht nachgeben, damit sich der Schmerz über das jähe Ende der mystischen Kraft keinen Platz in ihrem Herzen schaffen konnte. Doch in ihrem tiefsten Innern wusste sie, dass es genauso gewesen war, dass nämlich die betörende Macht der Liebe an jenem Sonntag von ihr Besitz ergriffen hatte, so ungestüm und elementar, wie sie nur diejenigen überfällt, die eigentlich nicht an sie glauben wollen.

Wie die fünfundzwanzigjährige Elisabeth, Tochter der Thormählens aus Syke, die es mit einer Hannoveraner-Zucht zu großem Ansehen und bescheidenem Vermögen gebracht hatte. Das und die unübersehbare Tatsache, dass Elisabeth hübsch und gescheit war, machten sie zu einer begehrten Partie für den Landadel dritter Klasse und nicht ganz so blaublütige Pferdezüchter, doch Elisabeth zeigte keinerlei Neigung, sich verheiraten zu lassen. Keinesfalls wollte sie wie ein dümmliches Wesen an der Seite eines Mannes leben, sondern als eine Frau mit Geist und klarem Verstand ernst genommen werden. Wenn sie schon heiraten und ihr Leben fortan teilen musste, dann wäre es wohl nicht zu viel verlangt, sich mit diesem Menschen wenigstens vernünftig unterhalten zu können.

»Ich warte auf den Richtigen«, pflegte sie zu entgegnen, wenn ihre Mutter so regelmäßig wie eine tibetische Gebetsmühle die Vorzüge des jungen Hartmann oder des älteren, aber reichen Sonderkamp pries.

»Der Richtige, der Richtige«, seufzte Anna Thormählen dann jedes Mal. »Wer soll das bloß sein?«

Die Antwort saß eines Sonntagmorgens in einem grün lackierten Ruderboot auf dem Emmasee und betrachtete das Kaffeehaus , das am nächsten Tag feierlich eingeweiht werden sollte. Es war Ende Mai und schon so heiß, dass selbst Gustav Andreesen, die Korrektheit in Person, die Hemdsärmel aufgekrempelt hatte, was ihm verteufelt gut stand. Elisabeth, die mit ihren Eltern zu einem sterbenslangweiligen Besuch bei Tante und Onkel in Bremen weilte, hatte ihren Willen durchgesetzt und ein Ruderboot gekapert, während ihre Verwandten am Ufer des Sees spazieren gingen, und als sie Gustav erblickte – sehnige Unterarme, schwarze Locken, kräftiges Kinn –, wusste Elisabeth, was sie wollte.

Mit voller Kraft steuerte sie auf sein Boot zu. Der Zusammenstoß war so heftig, dass Elisabeths breitkrempiger Sommerhut ihr ins Gesicht rutschte, was sehr komisch aussah, und an beiden Booten ein wenig grüner und roter Lack abplatzte. Sie lachten, sahen sich eine Sekunde zu lang in die Augen, und der Mai entfaltete seinen Zauber.

Ein Schwanenpaar zog anmutig seine Kreise auf dem See, in dem sich hunderte von Federwölkchen spiegelten, die dem Blau des Himmels seine Vorherrschaft streitig machen wollten. Am Ufer dösten einige Enten, die ganz unbeeindruckt von den Kapriolen der Erpel blieben, die das Gefieder spreizten, mit den Flügeln schlugen, rasant aufstiegen und sich gegenseitig im Wasser jagten. Schmatzend klatschten kleine, aufmüpfige Wellen gegen die Planken des Bootstegs, an dem ihrer beider Ruderboote nebeneinander vertäut lagen und sanft vor sich hin schaukelten. Die Luft war lau und schien sich wie ein schützender Schleier über die Landschaft und die zwei Menschen zu legen, deren Wege sich soeben gekreuzt hatten. Die Welt schien auf diesen Flecken Erde zusammengeschrumpft und alles schien am richtigen, vom Schicksal vorgesehenen Platz angekommen zu sein. Gustav ließ sich hineinziehen in die Unendlichkeit mattgrüner Augen, in die Süße eines strahlenden Lächelns und die Wärme glänzender schwarzer Locken. Elisabeth ergab sich endgültig.

Drei Monate nach dem Zusammenstoß der Ruderboote sagten Gustav und Elisabeth im Bremer Dom und vor dreihundert Gästen Ja zueinander, und bis heute hielt Gustav für einen glücklichen Zufall, was in Wirklichkeit ein geglücktes weibliches Manöver gewesen war.
Doch nur wenige Wochen nach der glanzvollen Hochzeit verwandelte sich der schmucke Pirat in ein schnödes Arbeitstier, das seine Tage von frühmorgens bis weit in den Abend im Kontor verbrachte und sich wie eh und je in den Bann von Bilanzen, technischen Neuerungen und wirtschaftspolitischem Kalkül ziehen ließ.
Nach einigen tränenreichen Szenen, die Elisabeth Gustavs Liebe nicht zurückbrachten, meldete sich jedoch ihr Scharfsinn wieder zur Stelle. Sie erkannte, dass die Zeiten keinen Piraten mit wildem Herzen brauchten, sondern einen Strategen mit klarem Kopf. Bismarck wurde Reichskanzler, und seine Politik brachte dem Bürgertum den ersehnten wirtschaftlichen Aufschwung, was durch den Deutsch-Französischen Krieg zwar kurzfristig, aber nicht nachhaltig gebremst wurde. Durch den Verlust von Elsass und Lothringen lag die französische Wirtschaft in Agonie, was Gustav ausnutzte, um Kaffeeröstereien in Nancy, Paris und Marseille aufzukaufen und damit fast den gesamten französischen Markt zu kontrollieren. Zur gleichen Zeit explodierte die industrielle Revolution im Norden des Reiches statt wie befürchtet in Österreich. Gustav ließ einen Stab von Technikern die Gasröstanlagen für die industrielle Nutzung weiterentwickeln und errichtete eine zweite, weit größere Rösterei vor den Toren Bremens. 1880 war Gustav der reichste Mann Norddeutschlands und das Andreesen-Unternehmen eine Größe, mit der man in Hamburg, Leipzig und Berlin zu rechnen hatte.
Wie die meisten Ehen kam die von Elisabeth und Gustav

einem Zweckbündnis gleich. Sie hatten sich arrangiert, gingen respektvoll miteinander um und führten jeder ein Leben, in dem der andere keinen Platz hatte und auch nicht beanspruchte. Gustav war seiner Frau dankbar, dass sie ihn in Ruhe arbeiten ließ, und Elisabeth gefiel es, sich unabhängig zu fühlen. Sie verbannte ihre betrogenen Hoffnungen so tief in ihrem Herzen, dass sie sie fast völlig vergaß. Sie ritt wie der Teufel, organisierte das erste Bremer Trabrennen für Damen, kümmerte sich um den Ausbau der Andreesen-Villa und ihre betagten Schwiegereltern, zog drei Kinder groß und hütete ein Geheimnis, das unter keinen Umständen je gelüftet werden durfte.

Laut hupend steuerte Anton den Mercedes um das Rondell, das den Mittelpunkt der Auffahrt bildete, und Elisabeth fuhr zusammen. Musste der Junge denn immer gleich übertreiben? Sie liebte ihren zweitgeborenen Sohn mehr als Heinrich und Ella, hatte sich aber nicht vor der Erkenntnis verschlossen, dass er keinen guten Kern besaß. Anton war das Kind, das ein junges Kätzchen brutal am Schwanz ziehen konnte, ohne eine Spur von Reue oder Scham zu zeigen. Er war der Jugendliche, der sich tagelang in seinem Zimmer verschloss, seine Eltern anlog und nachts heimlich das Haus verließ, um sich am Hafen herumzutreiben. Und er war zu einem Erwachsenen gereift, der sein Leben nicht in den Griff bekam. Es ist meine Schuld, dachte Elisabeth wie so oft, doch es gibt keinen Weg, diese Schuld zu begleichen. Sie fröstelte und beschloss, dieser übermütigen Automobil-Schau den Rücken zu kehren, als Gustav galant ihre Hand nahm.
»Bitte sehr, gnädige Frau, darf ich Sie zu einer Probefahrt überreden?«
Wider Willen raffte Elisabeth ihre Röcke und bestieg das

Gefährt, zu dem sie ebenso wenig Vertrauen fassen würde wie zu seinen Vorgängern. Pferd und Wagen, darauf konnte man sich verlassen, nicht auf diesen asthmatisch röchelnden Haufen Blech.

Gustav strahlte und tätschelte ihre Hand. »Keine Sorge, ich werde dich unbeschadet wieder nach Hause bringen. Und morgen, denke ich, sollten wir einen kleinen Ausflug unternehmen. Wir könnten nach Worpswede brausen und uns einige Werke von Mackensen ansehen. Was meinst du?«

»Schöne Idee«, sagte Elisabeth in einem Ton, der unmissverständlich zum Ausdruck brachte, dass sie nirgendwohin fahren, geschweige denn brausen würde. Gustav schwieg gekränkt, und Elisabeth beschloss, das Gespräch, das sie ohnehin mit ihm führen musste, jetzt gleich zu beginnen. »Würdest du bitte anhalten?«

»Sicher.« Überrascht trat Gustav auf die Bremse.

»Gustav, seitdem Heinrich die Führung des Unternehmens übernommen hat, hast du dich sehr verändert«, fing Elisabeth an.

»Nun ja, ich verfüge endlich über etwas mehr Zeit.«

»Das meine ich nicht. Du missachtest die Ratschläge deines Arztes, du trinkst, isst und rauchst zu viel, hast nur noch diese Automobile und anderen Schnickschnack im Kopf und benimmst dich einfach nicht, wie ein Mann es mit fünfundsiebzig Jahren tun sollte.«

»Wie sollte sich ein Mann in diesem Alter denn benehmen? Im Garten sitzen und warten, bis der Tod ihn endlich von dieser unerträglichen Langeweile und der Sinnlosigkeit seines Daseins erlöst?« Gustav sprach leise, aber mit einer Schärfe, die Elisabeth irritierte. Sein schütteres graues Haar war zerzaust, ein paar Strähnen fielen ihm ins Gesicht, und seine dröhnende Fröhlichkeit war schlagartig einer Mattigkeit gewichen, die ihr Mitgefühl weckte.

»Natürlich nicht«, sagte sie deshalb sanfter, als sie es eigentlich für richtig hielt, um ihn wieder auf einen vernünftigen Kurs zu bringen, »ich habe nur den Eindruck, du willst mit Macht deine Jugend zurückholen, und das wirkt, entschuldige, wenn ich das so direkt sage, ein wenig lächerlich.«

»Ja, das mag schon sein«, entgegnete Gustav und blickte starr geradeaus. »Und wenn schon? Ich werde noch einige Pläne in die Tat umsetzen, die euch alle überraschen werden. Ich werde eine Ballonfahrt unternehmen, mit der Transsibirischen Eisenbahn fahren und in Rom auf der Spanischen Treppe sitzen.«

»Das kann doch nicht dein Ernst sein. Gustav, du bist ein schwerkranker Mann!«

»Aber ich bin noch nicht unter der Erde!«

Wütend und außer sich schlug er auf das Lenkrad ein, als wäre es schuld an seiner Verfassung, und Elisabeth zuckte zusammen. Einen solchen Ausbruch hatte sich Gustav zeit ihres gemeinsamen Lebens nie erlaubt, und sie erkannte, dass ihr Mann von einer Verzweiflung ergriffen war, gegen die ihre Vernunft nicht ankam. Sie schwieg und dachte darüber nach, ob es ratsam sei, seine Hand zu nehmen, oder ob durch diese liebevolle Geste alle Dämme brechen und er sich ganz seinem Selbstmitleid hingeben würde. Gustav nahm ihr die Entscheidung ab, indem er seine Hand auf ihre legte.

»Entschuldige bitte. Du kannst ja nichts dafür. Ich bin alt und habe Angst zu sterben, bevor ich zu leben begonnen habe. Kannst du dir vorstellen, dass ich mir manchmal gewünscht habe, aus meiner Haut zu können und der zu sein, der ich einmal für eine kurze Zeit war?«

So hatte er noch nie zu ihr gesprochen, und ohne dass Elisabeth es verhindern konnte, stiegen Bilder dieses einen vollkommenen Sommers in ihr auf, die sie längst verschüttet geglaubt hatte. Nie wäre sie auf den Gedanken verfallen, dass er unter seiner Unfähigkeit, das Leben an sich und mit ihr und den Kindern zu genießen, litt, und wohl wissend, dass ihre Worte ihm keinen Trost spenden würden, sagte sie leise: »Wir haben doch das Leben gelebt, wie du es wolltest ...«

»Und wie du es wolltest«, entgegnete Gustav. »Aber das ist müßig, und wir sollten nicht damit anfangen, einander die Schuld für ein Versäumnis zu geben, von dem wir beide erst jetzt erkennen, dass es eines ist. Weißt du, meine Jahre sind so verlaufen wie die Parkallee – schnurgerade. Ich will wissen, ob es nicht noch einige interessante Kurven gibt.« Er blickte Elisabeth offen und hoffnungsvoll an und drückte ihre Hand, dass es fast schmerzte. »Wir könnten das gemeinsam tun.«

Eigentlich sollte ich mich freuen, dachte Elisabeth. Wie viele lang gehegte Wünsche hatte jedoch auch dieser an Kraft verloren, und seine unerwartete Erfüllung vermochte daran nichts zu ändern. Vor siebenunddreißig Jahren, ja, noch vor zwanzig Jahren hätte sie seine Worte empfangen, in sich genährt und als tief empfundene Lebensfreude wieder in die Welt gebracht. Jetzt war sie außerstande, etwas anderes zu fühlen als Verwunderung und Ungeduld über das Ansinnen ihres Mannes. Zudem schuf sich eine vage Ahnung in ihr Raum, dass das gewohnte Gefüge, das der ganzen Familie stets sicheren Schutz geschenkt hatte, im Begriff war, seine Stabilität zu verlieren und sie allein es sein würde, die es in Zukunft stützte. Energisch schüttelte Elisabeth den Kopf.

»Tut mir Leid, Gustav. Ich werde nicht damit anfangen, irgendwelchen Verrücktheiten hinterherzujagen, um mir vorzugaukeln, ich sei noch jung genug dafür. Und du soll-

test das auch nicht tun. Es wäre gescheiter und gesünder, wenn du dir eingestehen könntest, dass es dafür zu spät ist. Es gibt Wichtigeres, um das du dich kümmern musst. Anton zum Beispiel.«
»Natürlich. Wie konnte ich bloß Anton vergessen, wenn es ausnahmsweise mal um mich geht?«, sagte Gustav bissig.
Elisabeth gefror zu Eis. »Wir sollten diese Unterhaltung beenden.«
»Wie du meinst …« Gustav startete den Motor und lenkte den Mercedes vorsichtig auf die Parkallee.
Schweigend fuhren sie zurück.
Heinrich erwartete seine Eltern, öffnete die Beifahrertür und reichte Elisabeth die Hand. »Mutter, Bernhard Servatius würde uns heute Abend gern begleiten. Hättest du etwas dagegen?«
»Ja, in der Tat. Es sollte ein Familienabend sein.« Elisabeth griff nach der Stola, die auf dem Rücksitz lag, und wandte sich zum Gehen. Alles, was sie jetzt brauchte, waren ein Bad, ein heißer Tee und genug Muße, um den unerfreulichen Ausklang des Nachmittags zu verdrängen.
»Aber Emelie ist doch auch dabei«, entgegnete Heinrich verblüfft.
»Das kann man wohl kaum miteinander vergleichen, nicht wahr?«
»Ach nun komm schon, Mutter. Sei nicht so hartherzig.«
»Servatius? Das ist eine wunderbare Idee!« Gustavs Miene heiterte sich auf. Theaterbesuche waren ihm ein Gräuel, aber mit Servatius versprach es doch noch ein vergnüglicher Abend zu werden. »Ich wollte sowieso mit ihm sprechen. Was hast du eigentlich gegen ihn, Elisabeth? Du weißt doch, dass sein Vater und ich gute Freunde waren, bevor er …«

»Selbstmord verübte. Sprich es nur aus, Gustav.«
Gustav starrte Elisabeth an, als würde er sie gleich umbringen, doch er erhob nicht einmal die Stimme, sondern sagte nur leise und schneidend: »Dann sollte man sich gerade um seinen Sohn kümmern. Servatius begleitet uns, und damit ist das Thema für mich erledigt.« Ohne ein weiteres Wort ging er ins Haus.
Elisabeth blickte ihm nach.
Heinrich sah betreten zu Boden, und Elisabeth ergriff seine Hand.
»Weißt du, Heinrich, ich habe nichts gegen Bernhard Servatius. Ich fürchte nur, dass Ella sich in diesen charmanten Tunichtgut verliebt. Er wird ihr das Herz brechen.« Das war nur die halbe Wahrheit, aber es klang glaubhaft. »Ich habe Angst um sie. Sie ist nicht so stark, wie sie aussieht.«
»Und Bernhard ist nicht so schlecht, wie du denkst.«
Elisabeth seufzte. »Also schön, sag ihm, er soll um halb acht hier sein.«

»Ich an deiner Stelle würde heute Abend das Blaue tragen. Es steht dir wirklich gut.« Elisabeth blickte Ella aufmunternd an, und Marie, die junge Zofe, die Elisabeth vor kurzem eingestellt hatte, beeilte sich, ihr beizupflichten.
»Ihre Frau Mutter hat Recht, Fräulein Ella. Und dann werde ich Ihnen eine schöne Frisur machen, sie haben so wundervolles Haar …«
Ella nickte unglücklich. »Das ist auch das Einzige, womit ich glänzen kann.«
Elisabeth bedeutete Marie, sich zurückzuziehen, und sobald das Mädchen die Tür hinter sich geschlossen hatte, sagte sie leise, aber energisch: »Nicht vor den Dienstboten, Ella. Wenn du in Selbstmitleid baden möchtest, bitte sehr. Doch mach das mit dir ab. Dein Wunsch nach Harmonie

in allen Ehren, aber für die Dienstboten sind wir ohne Fehl und Tadel. Hast du mich verstanden? Ich schicke dir Marie, wenn ich fertig angekleidet bin.« Mit diesen Worten drehte Elisabeth sich um und verließ das Zimmer.

Ich habe es verdient, dachte Ella. Ich bin nicht die Tochter, die sie sich wünscht, und ich werde es niemals sein. Ich bin nicht besonders hübsch, besitze keine Contenance und kleide mich lieber selbst an. Lustlos begann sie an den Knöpfen ihres karierten Nachmittagskleides herumzunesteln. Am liebsten hätte sie Kopfschmerzen vorgeschützt, um zu Hause bleiben zu können. Sie würde den Pferden ein paar Äpfel bringen, ein wenig mit dem Stallburschen plaudern und durch den Garten schlendern. Aber daran war nicht zu denken. Elisabeth würde ihr die Hölle heiß machen.

Ella hatte nichts gegen das Theater, im Gegenteil, sie liebte diese Spannung, wenn der rote Samtvorhang in der Oper oder im Schauspielhaus sich leise rauschend öffnete und Blicke in fremde Welten und mächtige Gefühle preisgab. Doch sie hasste die Pausen, in denen sie umhergehen und belanglose, heitere Gespräche führen musste. Sie konnte sich noch so bemühen, ihre Gedanken blieben immer ganz woanders, und sie wusste, dass sie deshalb ungeschickt und steif wirkte.

Aber brauchte diese Welt wirklich noch mehr Menschen, denen es genügte, sich im schönen Schein von Lüstern, knisternder Seide und kostbarem Schmuck zu spiegeln? In Bremen hatte sich in den letzten Jahren eine große Kluft zwischen den wenigen ganz Reichen, einigen gut situierten Familien und den vielen Armen aufgetan, die mit einem Tageslohn von drei Mark für Männer und zwei Mark für Frauen ihre Familien durchbringen mussten. Selbst ihr Bruder Heinrich, der doch ein gutes Herz hatte, zahlte den Kaffeeschleppern nur fünfzehn Mark in der Woche. Mehr

Lohn wäre zwar sicherlich gerecht, hatte er zugegeben, als Ella ihn danach gefragt hatte, doch wirtschaftlich völlig unrentabel.

Gleichzeitig waren die Mieten unverschämt hoch. Selbst in heruntergekommenen Vierteln wie dem Schnoor und in Woltmershausen kostete ein Haus, das nicht größer als eine Hutschachtel war, hundertfünfzig Mark im Monat, sodass die Vermieter gezwungen waren, so viel Menschen wie möglich dort unterzubringen, die das Geld gemeinsam aufbrachten. In der Violenstraße wohnten in dreiundfünfzig Häusern zweihundert Familien mit eintausendeinhundertacht Personen, im Schnoor teilten sich zehn Menschen drei Zimmer.

Diese Zahlen hatte der *Bremer Kurier* vor einiger Zeit veröffentlicht, und als Ella den Bericht gelesen hatte, fühlte sie sich aufgefordert, etwas zu unternehmen. Am nächsten Tag war sie mit einem Korb voll Obst in den Schnoor marschiert und zurückgeprallt vor dem Elend und dem bitteren Spott, der ihr entgegenschlug. »Dieses mildtätige Getue können Sie sich sparen«, hatte eine junge Frau gekeift. »Was soll ich mit 'nem Appel, wenn mein Baby mir krepiert?«

Einige Male wiederholte Ella ihren Besuch im Schnoor, verteilte heimlich gekaufte Decken, Medikamente, Seife und Lebensmittel, doch sie erkannte, dass all dies nur ein Tropfen auf den heißen Stein war. Vor allem für die verhärmten Mütter und deren Kinder musste endlich etwas getan werden, für die Säuglinge mit den spitzen Gesichtchen, stumpfen Augen und Ärmchen dünn wie ein Besenstiel, für die Größeren, die sich um ihre Geschwister kümmern mussten, weder lesen noch schreiben lernten und deshalb nie aus diesem Kreislauf der Armut ausbrechen würden. Wenn sie ihnen doch nur helfen könnte!

Dabei hatte sie nicht einmal genug Mumm, Elisabeth von ihren barmherzigen Streifzügen zu erzählen und ihr zu erklären, warum diese Arbeit für sie so wichtig war. Sie wagte es nicht, weil sie trotz ihrer zweiundzwanzig Jahre im Herzen immer noch das gehorsame kleine Mädchen war, das sich den Konventionen und den Regeln der Familie beugte.
Ungeduldig zerrte sie sich das Kleid vom Leib. Allein dieses Zimmer, das nur ihr gehörte und die Größe eines Tanzsaales besaß, würde bestimmt vier Müttern und ihren Kindern ein Heim bieten, das tausendmal schöner und geräumiger wäre als die Bruchbuden, in denen ein widriges Schicksal sie hausen ließ.
Ella hielt den Atem an. Ein Heim für Frauen und Kinder – das wäre doch die Lösung. Die Frauen würden eine Schulbildung erhalten, und die Kleinen würden in der Zwischenzeit essen und spielen. Alles, was man dafür brauchte, wären ein großes Haus, entsprechendes Personal und jemanden, der reich genug war, für den Unterhalt aufzukommen. Zum Beispiel die Andreesens! Ihre eigene Familie lebte doch in unbeschreiblichem Luxus und konnte sich ein wohltätiges Steckenpferd leisten, ohne Mangel zu leiden.
»Warum bin ich bloß nicht eher darauf gekommen?«, sagte Ella laut und zwinkerte ihrem Spiegelbild vergnügt zu. »Das ist gut, Ella Andreesen, das ist richtig gut!« So bald wie möglich würde sie Heinrich und ihren Vater von ihrer Idee überzeugen. Sie kicherte. Selbst ihre Mutter musste diese Idee gutheißen.
Es klopfte. »Darf ich Ihnen helfen, Fräulein Ella?« Schüchtern stand Marie in der Tür.
»Gerne«, antwortete Ella. Schon lange war sie nicht mehr so glücklich gewesen.

3

Langsam, als dürfte sie ihren ersten Auftritt in einer neuen, noch ungewohnten Rolle nicht verpatzen, schritt Felicitas die große Freitreppe zur Diele hinunter, wo die Familie bereits ungeduldig auf ihr Erscheinen wartete. Der rote Samt schien auf ihrer Haut zu brennen, und Felicitas genoss dieses Gefühl aus Aufregung und Erwartung.

Helen wurde leichenblass. Max hüstelte nervös und flüchtete mit der Bemerkung, sie müssten sich beeilen und er wolle schon einmal nach dem Wagen sehen, was so unnötig wie sinnlos war. Schließlich gingen sie den kurzen Weg zum Goetheplatz stets zu Fuß.

»Ich habe etwas vergessen«, sagte Helen leichthin zu Constanze, Dorothee und deren Eltern. »Wir kommen gleich nach.« Constanze zögerte, als ob sie spüren würde, dass etwas in der Luft lag, das interessant zu sein versprach, doch Verena und Carl zogen sie energisch zur Tür.

»Mutter?« Felicitas war am Treppenabsatz stehen geblieben und beobachtete ihre Mutter, die sich hastig ihren Pelzumhang zuknöpfte. »Es ist Ende Mai. Meinst du nicht, dass es zu warm für den Nerz ist?«

»Ach ja, sicher.« Helen legte den schwarzen Nerz geistesabwesend wieder ab und nahm die leichte Wollstola in die Hand.

»Mutter, ich dachte, ich bin zu alt für blaue Rüschen, und deshalb …« Felicitas' Stimme erstarb, denn ihre Mutter schaute sie an, als ob die Hölle sich aufgetan hätte. Schmerz und Verlust spiegelten sich in ihren Augen. »Was hast du,

ist dir nicht gut?« Felicitas ging einen Schritt auf sie zu, doch Helen wandte sich ab.
»Ist schon gut. Mir liegt nur dieses unsägliche Stück auf der Seele, und diese vielen Menschen im Haus machen mich ganz verrückt.«
»Das allein ist es doch nicht. Vor einer Stunde warst du aufgeregt wie immer vor einer Premiere. Aber nun …« Felicitas suchte nach Worten, die die unsichtbare Mauer, die sich so plötzlich zwischen ihnen aufgebaut hatte, einreißen würden. »Du wirkst wie versteinert, und ich werde das Gefühl nicht los, dass es mit diesem Kleid zusammenhängt. Es lag in der Kiste auf dem Dachboden, und da dachte ich …«
»Du siehst hübsch aus, Felicitas. Es steht dir gut«, entgegnete Helen. »Du bist offensichtlich erwachsen, was deinem Vater und mir wohl entgangen ist. Deshalb sind wir beide etwas aus der Fassung. Und dann diese Premiere. Ich wünschte, sie wäre schon vorbei. Sollen die Kritiker mich doch in Stücke reißen. Ich will es um Himmels willen nur hinter mich bringen.« Helen bemühte sich, ihr Lachen silberhell klingen zu lassen, und ging auf die Haustür zu. »Kommst du?«
Felicitas glaubte ihrer Mutter kein Wort, erkannte jedoch, dass es sinnlos wäre, auf einer ehrlichen Antwort zu beharren, und folgte ihr. Welches Geheimnis dieses Kleid auch immer umgeben mochte, es war ihr nicht zu entlocken. Und jetzt war es sowieso zu spät, um sich umzukleiden.
»Vergiss die Stola nicht, Felicitas. Nachher wirst du frieren.«
Felicitas winkte ab und sagte kühl: »Macht nichts. Das Blau passt wirklich nicht zu diesem Rot.« Sie schaute ihrer Mutter in die Augen, und diese erwiderte den Blick. Da

war nicht mehr Schmerz und Verlust, Felicitas nahm nur die gewohnte Kälte ihrer blauen Augen wahr und einen Hauch von Resignation.

»Hab es nur nicht so eilig, erwachsen zu werden, mein Kind. Das Leben ist wie eine immerwährende Premiere. Du kannst keinen Fehler rückgängig machen.«

Aber kein Fehler soll mich je so verletzen, dass ein dummes, altes Abendkleid die Wunden wieder aufreißen kann, dachte Felicitas, behielt es jedoch für sich. Sie straffte die Schultern und marschierte schweigend neben Helen her, die so schnell ausschritt, als würde sie vor ihrer eigenen Tochter fliehen.

Vor dem Bühneneingang blieb Helen stehen, und mechanisch spuckte Felicitas ihrer Mutter dreimal über die linke Schulter und wünschte »toi, toi, toi«, wie sie es als kleines Kind gelernt hatte. Helen streichelte ihrer Tochter versöhnlich über die Wange und verschwand hinter der mächtigen Eisentür.

Felicitas verspürte keine Lust, nach ihren Verwandten zu suchen, und schlenderte ziellos durch das Foyer, das mit seinen goldenen Lüstern, großen Spiegeln, roten Läufern und wertvollen Gemälden einem Märchenschloss glich. Als Mädchen hatte sie sich hier immer wie eine Prinzessin gefühlt, und so war es heute noch.

Obwohl es erst eine Stunde vor Beginn der Premiere war, hatten sich schon zahlreiche Besucher eingefunden, um sich bei einem Glas Sekt auf das bevorstehende glanzvolle Ereignis einzustimmen. Die Herren waren natürlich in Schwarz gekleidet, die Damen in gedecktem Blau, Lindgrün und blassem Rosa. Nur Felicitas trug Rot, und die Wirkung verblüffte sie selbst am meisten. Als hätte sie mit dem roten Kleid eine neue Felicitas übergestreift, ein verborgenes Ich sichtbar gemacht, das so hell leuchtete, dass

niemand es übersehen konnte, schaute jede Frau kurz zu ihr und dann geflissentlich an ihr vorbei und sah jeder Mann, ob alt oder jung, sie bewundernd an.
Sie besaß zu wenig Erfahrung, um in den Blicken auch Gier, zweideutige Versprechungen und Provokation zu lesen, doch das herausfordernde Lächeln, mit dem dieser Unbekannte, der lässig an einer Säule lehnte, sie bedachte, war nicht misszuverstehen. Fehlt nur noch, dass er meine Zähne begutachten will, um zu sehen, ob ich eine gute Zuchtstute bin, dachte sie wütend, drehte sich um und schlug dabei einem groß gewachsenen Mann das Glas Sekt aus der Hand.
»Verzeihen Sie«, rief sie halb erschrocken, halb ärgerlich und tauchte in ein Paar dunkelblaue Augen voller Wärme.
»Ist doch nichts passiert«, sagte der Mann freundlich. »Und Ihr schönes Kleid haben Sie zum Glück auch verschont.«
Er lächelte charmant und winkte einer Serviererin, die mit Lappen, Schaufel und Besen herbeieilte, um die Scherben aufzufegen und die Sektlache aufzuwischen. Die fahle Blonde an seiner Seite zog ein Gesicht, als hätte Felicitas sie tief beleidigt, und tupfte sich mit einem lindgrünen Spitzentaschentuch, das perfekt zu ihrem Ensemble passte, ein paar nicht vorhandene Tropfen vom Ausschnitt.
»Wie kann man nur so ungeschickt sein«, murmelte sie leise, aber laut genug, damit ihr Begleiter, Felicitas und einige umstehende Besucher es hören konnten.
»Aber Emelie …«, hob der Mann mit den warmen blauen Augen an, doch sie unterbrach ihn mit einem gekünstelten Seufzer.
»Es ist von Lanvin, Liebling. Wenn der Sekt Flecken hinterlässt, wäre das wirklich katastrophal, aber so etwas versteht ihr Männer ja nicht.«

»Ich komme selbstverständlich für den Schaden auf«, sagte Felicitas kühl, die das Getue der Blonden unerträglich, aber typisch für die so genannte feine Gesellschaft fand. Ihr Vater hatte schon Recht mit seiner konsequent ablehnenden Haltung.

»Machen Sie sich keine Sorgen. Ich bin überzeugt, dass die Sache schon vergessen ist, nicht wahr, Emelie?« Er sah Felicitas mit einer Offenheit an, die ihr Herz traf, kleine Wirbel oberhalb des Magens drehte und zwei Handbreit tiefer beträchtliche Turbulenzen verursachte. Verwirrt schob Felicitas eine Haarsträhne zurecht, die sich gar nicht gelöst hatte.

»Das kommt dabei heraus, wenn man vor mir zu fliehen versucht«, mischte sich der Mann, der das Theater mit einer Viehauktion verwechselt hatte, ein.

»Gestatten, Bernhard Servatius.« Sein Lächeln erschien Felicitas noch frecher als vorhin, doch statt aufzubrausen, entschied sie sich, ihn zu ignorieren. Intuitiv erfasste Felicitas, dass die feinste ihrer Waffen diesen Mann empfindlicher treffen würde als grobe Kaliber.

Erleichtert, einen Vorwand gefunden zu haben, dieser Situation und vor allem diesem ungewohnten Gefühl zu entkommen, das von ihr Besitz ergriffen hatte, nickte sie Heinrich Andreesen höflich zu und ging hocherhobenen Hauptes davon.

Bis auf dieses Malheur hatte Felicitas einen glanzvollen Auftritt inszeniert, und als ihr das bewusst wurde, fielen ihr die Worte von Franziska Ferrik wieder ein, die sie so gern vergessen hätte. Felicitas schob den Gedanken beiseite und machte sich auf den Weg in ihre Loge.

Behutsam, als würde er ein Gemälde von Tizian berühren, strich Thomas über die Leinwand, seine Finger liebkosten

die Marmorsäulen, fuhren über die Saiten der Leier und folgten der Neigung der Palmblätter, die sich sacht im Wind zu wiegen schienen. Lindström hatte seine ganze Kunst in dieses Bühnenbild gelegt, das wie alle seine Werke Kraft und Lebendigkeit verströmte. Diese Kulissen waren den Schweiß wirklich wert, den es ihn und seine Kollegen gekostet hatte, sie vom Himmel des Schauspielhauses vorsichtig zwanzig Meter tief auf die Bühne hinabzulassen. Die Seile, obwohl gefettet, hatten rote Striemen in seine Handflächen gebrannt, aber Thomas spürte den Schmerz kaum. Er war viel zu glücklich, hier sein zu dürfen, in einer Welt, die so anders war als die, die er gewohnt war, doch die eines fernen Tages, dessen war er sich sicher, die seine sein würde. Irgendwann würde seine Kunst die Menschen begeistern, sein Name auf einem Theaterplakat stehen. Bühnenbild: Thomas Engelke – so sah er es in seinen Träumen geschrieben, solange er denken konnte.
Im Moment musste er sich jedoch damit zufrieden geben, ein kleines Rädchen im Getriebe des Bremer Schauspielhauses zu sein. Dass er überhaupt die Chance bekommen hatte, diese Arbeit zu tun, grenzte ohnehin nahezu an ein Wunder. Für einen Zwanzigjährigen, der nur eine dürftige Schulausbildung genossen hatte und sein Brot seit fünf Jahren auf der größten Bremer Werft verdiente, hatten die Kulturbonzen in der Regel keine Verwendung. Und für einen Kulissenschieber war er eigentlich nicht kräftig genug. Zum Glück arbeiteten seine Eltern für Helen und Max Wessels, und wenn sie auch nicht ganz einverstanden mit den Ambitionen ihres Sohnes waren, hatten sie dennoch alles darangesetzt, dass die beiden Schauspieler einen Blick auf seine Zeichnungen und Entwürfe warfen. Helen Wessels zeigte sich wie immer kühl und skeptisch, doch Max Wessels war ganz begeistert von Thomas' Arbeiten

gewesen und hatte den Inspizienten überredet, es mit dem jungen Engelke zu versuchen.
Arthurs einzige Bedingung war, dass Thomas seine Anstellung auf der Werft so lange behielt, bis sich abzeichnete, dass eine Theaterlaufbahn ihm Lohn und Brot sichern würde, und so schweißte Thomas von sieben Uhr früh bis abends um sechs bei der AG Weser an der Stephaniekirchenweide Rümpfe und Deckenverstrebungen zusammen, die das Skelett der mächtigen Dampfer bildeten, und schleppte abends im Schauspielhaus Kulissen. Ein Pensum, das er nur bewältigen konnte, weil er tief im Innern überzeugt war, seinem Stern folgen zu müssen, wie mühsam der Weg auch sein mochte.
Mehr als zwei Jahre schob er nun schon die Kulissen hin und her, ohne dass er seinem Ziel auch nur eine Handbreit näher gekommen wäre. Gewiss, er hatte Lindström über die Schulter blicken und dem großen schwedischen Bühnenbildner einige seiner Entwürfe zeigen dürfen, aber das war auch alles. Dennoch war sein Glaube, zum Künstler berufen zu sein, nicht zu erschüttern. Um sich Tusche, Papier und Bleistifte leisten zu können, wohnte er im billigsten aller Bremer Viertel, im Schnoor – bei seinen Eltern zu wohnen verbot ihm sein Stolz –, und verzichtete auf manche Mahlzeit. Er ging selten aus, denn die dröhnenden Gelage seiner Kollegen mit Unmengen an Alkohol gaben ihm nichts. Er zeichnete vor dem Frühstück und nach der Vorstellung oft bis tief in die Nacht. Sein Kopf war voller Bilder. Bühnenbilder natürlich, er wollte Szenarien für *Faust* schaffen, für *Macbeth* und für die Stücke von Hauptmann, deren Naturalismus er mit wilder, verstörender Fantasie bildnerisch zu konterkarieren beabsichtigte. Seine Bühnenbilder sollten nicht nur Bühnenbilder sein, sondern eigenständige Werke, die auch noch Bestand hatten und

Bewunderer fanden, wenn der Vorhang längst gefallen war.
Doch da gab es noch etwas anderes in ihm, etwas Wildes, fast Beängstigendes. Anfangs hatten ihn die unerhörten, frechen, beißenden Motive, die aus ihm herausströmten, erschreckt, doch inzwischen wehrte er sich nicht mehr dagegen. Er hatte sich daran gewöhnt, die Menschen so lange wie durch ein Vergrößerungsglas zu betrachten, bis sich ihm ihre Schwächen und Abgründe offenbarten, und die hielt er mit dem Bleistift fest. Das Ergebnis war oft erschütternd, immer erbarmungslos wahr und nur selten mit einem versöhnlichen Unterton vermischt. Thomas zeichnete aufgeputzte Theatergäste, spröde Kaufleute und soignierte Politiker, und wohl niemand der Porträtierten wäre glücklich über sein Abbild gewesen. Er hielt aber auch Szenen aus dem Schnoor fest, den Dreck, den Unrat, weinende Kinder, betrunkene Männer, keifende Frauen und diese reiche junge Frau, die mildtätig Wolldecken und Lebensmittel verteilte. Seltsamerweise hatte sein Bleistift sich geweigert, ihre Züge zu karikieren, sondern sie gezeichnet, wie sie waren – rund, sanft und mit einem Hauch der Verzweiflung, als würde sie sich fragen, ob es richtig sei, was sie tat. Die Zeichnung besaß etwas Anrührendes, fast Kitschiges, und dennoch brachte Thomas es nicht über sich, sie zu zerreißen.
Ob er einmal von diesen Arbeiten würde leben können, bezweifelte er; keine Zeitung im ganzen Land hatte je etwas Ähnliches veröffentlicht. Doch im Augenblick hatte er ganz andere Sorgen. Die Werft würde bald von der Stephaniekirchenweide nach Gröpelingen an einen neuen, viel größeren Hafen verlegt, was für ihn mehr als die doppelte Fahrtzeit mit der Elektrischen und einen strammen Fußmarsch von zwanzig Minuten bedeutete, und wie er

das mit der Arbeit im Theater vereinbaren sollte, war ihm schleierhaft. Er würde sich zwischen seinen beiden Leben entscheiden müssen, und zwar bald.

»Noch drei Minuten!« Balthasar Meier, der Inspizient, flüsterte und bedeutete Thomas, ihm an den Vorhang und das Guckloch zu folgen, durch das man die Theaterbesucher in aller Ruhe betrachten konnte und selbst ungesehen blieb.

Der stämmige Inspizient wurde von allen Mitarbeitern des Schauspielhauses gefürchtet, weil er ein strenges Regiment führte, doch Thomas mochte ihn, weil er so anders war als seine rabiaten Kollegen, die die Bühnenbilder lieblos durch die Gegend schoben und derbe Witze rissen. Thomas erkannte unter der harten Schale seine große Liebe zur Kunst, weshalb er Balthasar Meier immer wieder einen Blick in seinen gehüteten Skizzenblock gewährt hatte, ohne zu ahnen, dass das Konsequenzen haben würde, die seinen Weg in ganz andere Bahnen lenken würden.

»Heute ist alles da, was Rang und Namen hat. Ein gefundenes Fressen für dich, mein Junge. Dein Zeichenblock wird Gift spritzen. Sieh mal, der Bürgermeister und seine Gattin da vorne rechts.« Er wies auf einen spitznasigen Mann mit grauweißem Vollbart in einem markanten, mageren Gesicht und eine dickliche Frau, die in Rüschen und Goldschmuck ertrank. »Sehen sie nicht aus wie Meister Meckmeckmeck und Witwe Bolte?«

Thomas lachte leise und zückte Block und Bleistift.

»Sogar der Abgeordnete gibt uns die Ehre, sieh einer an! Zweite Reihe, Mitte rechts. Er wird immer blasser. Färbt wohl ab, wenn man nichts zu sagen hat.«

In der Tat vermochte der unscheinbare Herr im schwarzen Gehrock im Reichstag nichts auszurichten, was man ihm allerdings nur schwer anlasten konnte. Der Einfluss der

Hansestädte auf die Reichspolitik war sehr schwach, da die großen Flächenstaaten mit ihren starken Agrarinteressen das Übergewicht besaßen. Die drei Hansestädte Bremen, Hamburg und Lübeck hatten eben nur drei von einundsechzig Stimmen, und der einzige Reichstagsabgeordnete konnte nur über die Partei, dessen Fraktion er angehörte, auf die Politik einwirken. Dabei standen oftmals Parteiinteressen über Landesinteressen, weshalb für die Städte selten ein Krümel vom Tisch des Herrn Reichskanzlers fiel.

»Hast du das gesehen?« Der Inspizient feixte. »Wenn ich mich nicht täusche, hat der Herr Abgeordnete soeben das Fräulein Lola gegrüßt, mit einem ganz zarten Kopfnicken. Das gibt's ja nicht!«

Thomas starrte Fräulein Lola an, die die Augen sittsam niedergeschlagen hatte, doch deren gelbblondes Haar und knallrotes Rouge auch den Naivsten sofort überzeugte, »so eine« vor sich zu haben. Ihr rundes, fein geschnittenes Gesicht strafte ihre Aufmachung allerdings Lügen, und Thomas fragte sich, welches Schicksal dieses Mädchen in die Helenenstraße und in die Arme der Männer, die für Liebe bezahlten, getrieben haben mochte. Blitzschnell fuhr der Bleistift übers Papier. Doch ehe er eine Antwort gefunden hatte, stieß Balthasar Meier ihn an.

»Ganz großer Bahnhof, Thomas. Meine Güte, da kommen die Kaffeesäcke, die Andreesens. Die musst du zeichnen! Siehst du die Geldstücke in ihren Augen funkeln, siehst du, wie schwarzer Kaffee durch ihre Adern fließt und dass ihre Herzen verschrumpelten Kaffeebohnen ähneln?«

»Was ist los, Balthasar?« Thomas war erstaunt über den harten Ton und die Heftigkeit. »Haben sie dir was getan?«

Balthasar lächelte. Wenn er es darauf angelegt hätte, wäre

vielleicht doch ein ganz passabler Schauspieler aus ihm geworden. »Nein, nein, keine Sorge, ich wollte dich nur ein wenig anstacheln. Weißt du …« Er legte eine Kunstpause ein. »Ich habe gehört, dass es in Berlin ein paar interessante Menschen gibt, die etwas völlig Neues auf die Beine stellen wollen.«

»Du machst es aber spannend.«

»Es handelt sich dabei um ein Magazin, eine Satire-Zeitschrift, die Politik und Gesellschaft aufs Korn nehmen will – mit Polemiken und Zeichnungen. So ähnlich wie der *Simplicissimus,* aber noch bissiger. Soweit ich weiß, suchen sie noch Mitstreiter. Unentdeckte Talente.«

Thomas schluckte, seine Kehle war plötzlich staubtrocken. War das der Moment, auf den er so lange gewartet hatte? Der sein Leben aus den Angeln heben und für immer verändern würde?

»Ich habe dir eine Adresse aufgeschrieben. Einen Versuch ist es wert. Und jetzt sollten wir machen, dass wir von der Bühne runterkommen.«

»Warte! Lass mich noch einen Blick auf die Andreesens werfen. Vielleicht wäre es nicht schlecht, noch ein paar Bonzen im Bild festzuhalten. Für Berlin.«

Durch das Guckloch spähte Thomas in den bereits halb abgedunkelten Zuschauerraum. Die Andreesens hatten doch gewiss die besten Plätze, und suchend sprang sein Blick von Loge zu Loge. Bis er sie sah und die Andreesens vergaß.

Eigenartig. Manchmal war er ihr auf den Fluren des Theaters begegnet, aber entweder hatte er sie nie wirklich wahrgenommen, oder sie hatte sich über Nacht verändert.

Sie erschien ihm ganz anders, anders als alle Mädchen, die er kannte. Sie strahlte eine Kraft aus, die ihm bekannt vorkam, weil sie ihn an seine eigene erinnerte, doch ihre war gepaart mit einer Kälte, die ihre Schönheit schimmern ließ wie einen Mondstein. Er musste sie zeichnen, nicht für Berlin, sondern ganz allein für sich – Felicitas.

Dorothee öffnete ihre kleine perlenbestickte Abendtasche und holte eine Schachtel Konfekt heraus. »Von Mama. Magst du eins, Felicitas?«
»Danke schön, gern.« Felicitas mochte keine Pralinen, aber sie wollte ihre Cousine nicht kränken. Dorothee würde es glücklich machen, wenn sie das blöde Konfekt aß, also sei's drum. Sie hatte schon genug unter ihrer resoluten Schwester zu leiden.
»Du siehst wunderschön aus, Felicitas. Und so erwachsen. Ich komme mir wie ein kleines Mädchen neben dir vor. Dieses Rüschen-Monstrum hat Mama mir genäht, und ich traute mich nicht, ihr zu sagen, dass ich's scheußlich finde.« Dorothee lächelte verlegen und zupfte an dem blassrosa Stoff herum, der an dem bescheidenen Ausschnitt zu gewaltigen Rosetten gerafft war, um zu verbergen, dass sich dahinter schwelgende Weiblichkeit anschickte zu knospen. Felicitas drückte ihren Arm. »Du bist doch erst fünfzehn, Dorothee. Aber falls es dich tröstet, das Kleid, das ich heute Abend hätte tragen sollen, sah nicht viel anders aus. Jetzt liegt es zerknüllt neben meinem Bett.« Sie kicherte. »Ich hab mir eine von Mutters abgelegten Roben stibitzt. Besonders erfreut schien sie darüber zwar nicht zu sein, aber das Ergebnis zählt, nicht wahr?«
»Du hast Nerven«, sagte Dorothee und blickte Felicitas bewundernd an. »Ich bin so stolz, dass du meine Cousine bist.«
»›Du siehst wunderschön aus‹«, äffte Constanze ihre Schwester nach. »O Gott, Dorothee, was bist du doch für ein Kind. Felicitas ist nicht schön, sie bedient nur den all-

gemeinen Geschmack, und der wird von Männern diktiert. Wespentaille, blondes Haar, beeindruckendes Dekolleté. Mehr brauchen sie nicht, um eine Frau gefällig zu finden. Ihre Persönlichkeit interessiert sie nicht im Geringsten.«
»Was deine anbelangt, hätten sie wohl auch nicht viel Freude«, gab Felicitas kühl zurück. »Du meinst, wenn eine Frau sich unvorteilhaft kleidet und frisiert, sehen die Männer sie mit anderen Augen. Das mag sein, doch auf mitleidige Blicke kann ich gut verzichten.«
»Die Gleichung lautet: Wenn dir nur genügend Männer zu Füßen liegen, erhöht sich dein Marktwert. Aber glaubst du wirklich, ein Senator oder einer dieser reichen Bonzen würde die Tochter von Schauspielern heiraten?« Constanze lachte verächtlich und machte eine wegwerfende Handbewegung.
»Jetzt hör endlich auf mit deinen dummen Sticheleien«, zischte Felicitas, weil die letzten Kerzen gelöscht wurden und der Vorhang sich leise rauschend öffnete. »Nur weil du dich in einen russischen Bauern verliebt hast und Revolution spielen willst, soll das plötzlich das einzig Wahre für den Rest der Menschheit sein.«
Constanze blickte Felicitas nachdenklich an. »Ich denke nur, dass du gerade im Begriff bist, einen falschen Weg einzuschlagen. Es ist verführerisch, wenn man so aussieht wie du, aber er bleibt falsch. Für dieses Kleid hat eine Näherin ein halbes Jahr gearbeitet und, wenn es hochkommt, dreißig Mark dafür erhalten. Jede Perle ist mit einer Träne angeheftet. Findest du das richtig?«
»Behalt deine Weisheiten für dich. In zehn Jahren werden wir ja sehen, welcher Weg der bessere war. Und jetzt halt den Mund.«
Felicitas hatte die Streitereien mit ihrer Cousine gründlich satt. Sie musste ihr allerdings zugute halten, dass sie offen-

sichtlich mit der gleichen Leidenschaft für ihre Überzeugung eintrat wie sie selbst für die ihre. Beide wollten sie Spuren in diesem Leben hinterlassen, nur ihre Ziele konnten unterschiedlicher nicht sein. Constanze meinte ihre Bestimmung in der Hingabe an einen schlichten Mann und eine vage politische Idee gefunden zu haben. Sie, Felicitas, strebte nach schauspielerischem Ruhm und theatralischer Ehre – und, wenn sie ehrlich mit sich war, nach Bewunderung. Beider Ambitionen vertrugen sich nicht miteinander, doch die Quelle, aus der sie gespeist wurden, war dieselbe.
Vielleicht ist es das, was sie so an mir hasst, dachte Felicitas. Wir sind zwei Seiten einer Medaille, und wenn das Schicksal die Karten anders gemischt hätte, wäre sie auf meiner Seite gelandet, die ohne Zweifel wesentlich attraktiver ist.

Jupiter und Merkur waren in den Theaterhimmel entschwebt, Amphitryon und Alkmene allein zurückgeblieben, allein mit dem Scherbenhaufen, in den Jupiter ihre Liebe verwandelt hatte. Amphitryon hatte das Ausmaß der Tragödie noch gar nicht recht begriffen, aber in Alkmenes berühmtem »Ach!«, mit dem das Kleist'sche Stück endet, musste ihre ganze Bitterkeit, ihr Kummer, den Gott mit dem Gatten verwechselt zu haben, und die Erschütterung darüber, einen Halbgott, Herkules, zur Welt zu bringen, mitklingen. Helens »Ach!« gelang, wie ein schwarzer Trauerschleier lag es über dem ergriffen lauschenden Publikum. Langsam schloss sich der Vorhang, eine Sekunde vollkommener Stille einte Zuschauer und Schauspieler, dann brandete der Applaus auf.
Donnernd, nicht enden wollend. Immer und immer wieder wurde das Ensemble auf die Bühne zurückgeklatscht,

Max und Helen mit Pfiffen der Begeisterung und ungezählten »Bravos!« überschüttet.
Felicitas war so erleichtert, als hätte sie ihre eigene Premiere überstanden, und drängte sich an Constanze und Dorothee vorbei, um so schnell wie möglich in die Garderobe zu gelangen. Die Irritation, die sie zu Beginn der Aufführung empfunden hatte, war also bloß Einbildung gewesen, wahrscheinlich hatte ihr schlechtes Gewissen ihren Blick getrübt. Dennoch fand sie, dass ihre Mutter etwas blass neben ihrem Vater geblieben war, der den Jupiter so betörend verführerisch verkörperte und ihm zugleich eine Souveränität verlieh, die nur ein Gott ausstrahlen konnte. Er lebt in der Rolle, dachte sie, und Mutter spielt. Aber sie spielt perfekt.
»Mutter, du warst wunderbar!« Felicitas strahlte ihre Mutter an, die gelöst zurücklächelte.
»Es hätte schlimmer kommen können, in der Tat.« Helen begann die vielen Nadeln, die ihre kunstvolle griechische Frisur zusammenhielten, herauszuziehen.
»Zwanzig Vorhänge! Mein Gott, Helen! Das ist sensationell! Wir haben uns selbst übertroffen.« Max, schon im schwarzen Frack, doch noch ganz Jupiter, griff sich ein Glas Champagner und stürzte es fast in einem Zug hinunter. »Du siehst, alles ist im Lot. Wie immer.«
»Nichts ist im Lot, und du weißt es, mein göttlicher Geliebter«, entgegnete Helen zynisch.
»Ach, nun komm schon. Ich weiß zwar nicht, was ich verbrochen habe«, witzelte er in übertrieben zerknirschtem Ton, »mache es aber wieder gut. Zieh dich um und lass dich überraschen.«
Vergnügt wie ein Lausbub und laut pfeifend verließ Max die Garderobe.
Helen runzelte die Stirn und sah ihm nach. »Ich hoffe nur,

dass er seine Originalität etwas bremsen kann. Ein fünfzigster Geburtstag ist für eine Schauspielerin nicht unbedingt ein Grund zum Jubeln. Hat er dir verraten, um was es geht?«

»Mit keiner Silbe«, log Felicitas und hoffte inständig, dass das bevorstehende Ereignis die Gereiztheit, die ihre Mutter in letzter Zeit immer häufiger an den Tag legte, nicht noch schürte. Doch sie wusste, dass genau dies der Fall sein würde.

»Tu mir einen Gefallen, Felicitas, und schau dich oben um«, sagte Helen und zog eine Grimasse. »Wenn ich diesem Budenzauber schon nicht entgehen kann, soll wenigstens mein Kleid dazu passen.«

Felicitas lachte befreit auf.

Sie folgte ihrem Vater ins Foyer und blieb staunend stehen. Die Pförtner hatten den Zuschauern die Einladung des Intendanten, doch freundlichst an der Premierenfeier teilnehmen zu wollen, übermittelt, und die meisten waren der ungewöhnlichen Aufforderung neugierig gefolgt. Mit Efeu, Lorbeer, goldgefärbten Schaffellen, Palmwedeln und Lyren aus Pappe hatten die Garderobieren dem Renaissance-Raum einen Hauch von griechischer Antike verpasst. Das Ballhaus-Orchester intonierte mit Schwung den Frühlingswalzer und begleitete die letzten Handgriffe der Platzanweiserinnen, Kulissenschieber und Statisten, die das vorbereitete Büfett in Windeseile aufgebaut hatten. Champagner perlte funkelnd in dreihundert Kristallgläsern, Unmengen an Lachs, Forelle, geräuchertem Aal waren zu üppigen Türmen arrangiert, Rollbraten, Kasseler und Roastbeef appetitlich aufgeschnitten, und alles war mit kandierten roten Rosenblättern dekoriert.

»Elegant und trotzdem schlicht, nicht wahr?«, fragte Max augenzwinkernd und legte seinen Arm um Felicitas.

»Schließlich soll es eine Feier für alle sein und nicht nur diejenigen, die eine Wachtel zu sezieren wissen.«
Felicitas lachte. »Deshalb wirst du trotzdem heute Abend mit Kaffeesäcken, Tabakfritzen und Senatoren plaudern müssen, denn bis jetzt macht keiner Anstalten, nach Hause zu gehen. Selbst der Bürgermeister streicht schon ums Büfett herum.«
»Tja, ich fürchte auch, dass ich mich heute ausnahmsweise einmal wirklich gut benehmen muss.« Max grinste. »Aber für deine Mutter würde ich eben fast alles tun.«
»Nur fast alles?« Felicitas tat so, als wäre sie entrüstet. »Mein zukünftiger Gatte wird für mich alle Sterne vom Himmel holen, nicht nur die, die ihm gerade gefallen.«
»Wünsch dir das nicht, mein Kind«, entgegnete Max immer noch in scherzhaftem Ton, doch Felicitas entging die Spur Besorgnis nicht, die in seinen Worten mitklang.
»Warum nicht?«
»Weil …«, begann Max, löste den Blick von Felicitas und fixierte einen Punkt in der Ferne, als würden ihm von dort die richtigen Worte souffliert. »Weil du dann irgendwann erst den Respekt verlierst und schließlich die Liebe.«
So jung Felicitas war, wusste sie doch, dass niemand so etwas sagen konnte, wenn er nicht auch die entsprechende Erfahrung gemacht hatte, und sie schwankte zwischen der Neugier einer Siebzehnjährigen, die ein wenig mehr über die Alchemie der Liebe wissen möchte, und der Tochter, die lieber nicht zu viel über die Geheimnisse ihrer Eltern erfahren will. Als ob Max ihre Verwirrung ahnen würde, verließ er das gefährliche Terrain so schnell, wie er es betreten hatte. »Nun sag schon, gefällt es dir?«
»Es ist wundervoll«, antwortete Felicitas und verstaute ihre unausgesprochenen Fragen erleichtert in eine Ecke ihres Herzens, in der sich im Laufe der Zeit noch viel

verstecken würde, was darauf wartete, hervorgeholt, betrachtet und beantwortet zu werden.

»Siehst du, ich wusste doch, dass deine Zweifel ganz unbegründet waren.«

»Das glaube ich nicht. Ich finde es wundervoll, aber ob es Mutter gefallen wird, weiß ich nicht. Ich fürchte, es könnte ihr ein wenig zu viel sein. Sie ist in letzter Zeit so nervös und ungeduldig.«

»Das gibt sich wieder, mein Kind, verzeih, meine junge Dame. Du siehst entzückend aus in Mutters Kleid.«

Überrascht sah Felicitas ihren Vater an. »Vorhin hatte ich nicht den Eindruck, dass ihr sehr erfreut …«

»Wir waren lampenfiebrig, deine Mutter und ich«, unterbrach Max sie und winkte dem Intendanten Robert Lichtenstein von weitem zu, der jovial lächelnd durch das Foyer segelte. »Er tut doch tatsächlich so, als wäre es seine Idee. Dabei hat es mich wirklich einige Nerven gekostet, ihn davon zu überzeugen. Aber seinem besten Pferd im Stall mochte er wohl keinen Wunsch abschlagen, zumal, wenn dieser dazu beitragen wird, den außergewöhnlichen Ruf seines Hauses zu festigen.«

Felicitas küsste ihren Vater auf die Wange. »Ich sehe mal nach Mutter.«

»Ja, und sorge dafür, dass sie rechtzeitig nach oben kommt. In einer Viertelstunde wird der Blumenwalzer gespielt, du weißt schon, ihr Lieblingslied von Tschaikowsky. Und dann werde ich eine flammende Rede halten. Bin schon ganz aufgeregt.«

Felicitas spuckte ihm dreimal über die Schulter. »Du schaffst das schon, o Jupiter!«

»Nein, Gustav, so einen Zirkus werde ich gewiss nicht mitmachen.«

Max drehte sich um und suchte die Frau zu der Stimme, deren dunkles Timbre er interessant gefunden hätte, wenn in ihm nicht ein Unterton von Oberklasse mitschwingen würde. Perlenkette, beige Seide, dezenter teurer Goldschmuck. Natürlich, eine dieser Gattinnen, er hatte es ja geahnt. Bleib doch, wo der Pfeffer wächst, dachte Max grimmig und sagte laut und galant: »Aber gnädige Frau, eine großartige Schauspielerin, meine Frau, wird in einer Stunde ihren fünfzigsten Geburtstag begehen, und ich möchte Sie herzlichst bitten …«
»Wunderbare Idee, Herr Wessels!«, rief Gustav Andreesen begeistert und schlug Max jovial auf die Schulter. »Wir haben die grandiose Aufführung genossen, und wir nehmen Ihre Einladung mit größtem Vergnügen an. Kommt ja nicht alle Tage vor, dass wir Kaffeesäcke mit Künstlern feiern dürfen.«
Max lachte. »Mit Verlaub, aber umgekehrt ist das auch nicht häufiger der Fall.«
»Sehen Sie«, sagte Gustav und zuckte bedauernd mit den Schultern, »meine Generation hat das Leben mit Arbeit verwechselt. Aber die Jugend hier«, er wies auf Heinrich, Bernhard, Emelie, Ella, Anton und Désirée, »sollte den Fehler nicht wiederholen.«
Max hatte nicht den Eindruck, dass diese jungen Leute große Lust verspürten, einen Ausflug aus ihrem goldenen Käfig zu unternehmen. Bis auf einen, dem die Unternehmungslust ins Gesicht geschrieben stand, schauten sie unschlüssig bis blasiert aus der Wäsche und bestätigten Max' Vorurteile, die Gustav mit seiner polternden, sympathischen Art um ein Haar ins Wanken gebracht hätte.
Als würde Gustav Max' Unbehagen spüren, beugte er sich vertraulich zu ihm. »Wäre es möglich, vor dem großen Ereignis noch einen Blick hinter die Kulissen zu werfen? Es

interessiert mich brennend, und jetzt wäre die Gelegenheit doch günstig …«

»Verzeihen Sie bitte.« Felicitas raunte ihrem Vater zu, so schnell wie möglich zu Helen zu gehen, um sie zu beruhigen. »Sie tobt und ist im Begriff, das Theater zu verlassen.«

Max verstand. »Herr Andreesen, ich bin leider unabkömmlich, aber meine Tochter Felicitas wird Ihnen gern das Haus zeigen. Sie ist als Kind in alle Verstecke geklettert und kennt es bestimmt noch besser als ich. Felicitas, wenn du so freundlich wärst …«

»Natürlich, Vater.« Sie lächelte Gustav höflich an, der sie fürsorglich am Arm fasste.

»Es ist mir eine Ehre, gnädiges Fräulein. Darf ich Ihnen meine Familie vorstellen?«

Sieben Augenpaare richteten sich auf Felicitas.

Als sie Bernhard und Heinrich wiedererkannte, hätte sie am liebsten auf dem Absatz kehrtgemacht, doch mit einer für ihre Jugend erstaunlichen Disziplin fasste sie sich so schnell, dass nur ein sehr aufmerksamer Beobachter ihr leises Zögern bemerkt hätte. Distanziert, aber freundlich begrüßte sie die Familie, sah geflissentlich über Bernhard hinweg, gab jedoch mit einem kurzen Nicken in Heinrichs Richtung zu erkennen, dass sie sich sehr wohl an ihre Begegnung erinnerte. Ihre Blicke trafen sich, und eine Sekunde der Stille hing in der Luft, die eine zweite und dritte gebraucht hätte, damit ihre Botschaft verstanden worden wäre, doch eine schneidende Stimme ließ ihr diese Zeit nicht.

»Eine Führung durch die Katakomben eines Theaters ist gewiss nicht ohne Reiz, aber wir werden uns in Anbetracht der fortgeschrittenen Stunde zurückziehen.«

Elisabeth lächelte höflich, doch in ihren Augen lag unverhohlene Geringschätzung und eine Härte, die Felicitas gleichzeitig unerklärlich und so vertraut schien, als würde sie in einen Spiegel schauen. Was du kannst, kann ich auch, dachte sie und quittierte Elisabeth Andreesens Blick mit aquamarinblauer Kälte.

»Wie bedauerlich, gnädige Frau. Falls Sie die Führung an einem anderen Tag nachholen möchten, wenden Sie sich doch bitte vertrauensvoll an unseren Pförtner. Guten Abend.« Mit einer geschmeidigen Bewegung wandte sich Felicitas ab, doch Gustav hielt sie zurück. »Nicht so schnell, junge Dame. Elisabeth, ich denke, Anton, Désirée und Ella begleiten dich nach Hause. Heinrich, Emelie, Bernhard, ihr kommt mit mir. Also, Fräulein Wessels, wo beginnen wir?« Ohne sich weiter um seine Frau zu kümmern, hielt Gustav Felicitas seinen Arm hin, die eine Sekunde zögerte. Ganz offensichtlich hatte der alte Herr die Situation genutzt, um seinen Platz als Patriarch zu demonstrieren und seine Frau in die Schranken zu weisen, und es behagte Felicitas keineswegs, wie eine Schachfigur behandelt zu werden. Doch mit feinem Instinkt spürte sie, dass Gustav Andreesen nicht nur deswegen für sie Partei ergriffen hatte. Sie lächelte ihn an und ergriff den dargebotenen Arm. »Unter dem Dach. Ich hoffe, ein paar Treppenstufen machen Ihnen nichts aus.«

»Ist eine Kindheit am Theater nicht herrlich aufregend?«, fragte Gustav, nachdem er mühsam wieder zu Atem gekommen war. Fasziniert betrachtete er die Seilwinden und Flaschenzüge, mit denen die mächtigen Kulissen von oben nach unten auf die Bühne rangiert wurden, und betastete vorsichtig das Bühnenbild, das den schattigen Palmenhain für Amphitryon und Alkmene darstellte.

»O ja, sehr sogar«, entgegnete Felicitas und breitete die

Arme aus, als wollte sie den Raum umarmen. Sie liebte diesen Teil des Theaters besonders, weil die breite Galerie und der tiefe Ausblick auf die Bühne ihr schon als kleines Mädchen ein Gefühl von Erhabenheit und Ruhe geschenkt hatten, das sie auch heute noch überkam, sobald sie die letzte Stufe der schmalen Treppe erreicht hatte. Als würden die alten Mauern und der abblätternde Putz eine geheime Energie verströmen, die ihr Kraft gab, flüchtete Felicitas, wann immer sie Kummer hatte oder eine Weile mit sich allein sein wollte, auf die Galerie. »Ja«, sagte sie noch einmal.

Sie spürte Heinrichs Blick und erwiderte ihn. Diese samtigen blauen Augen waren ihr vorhin schon aufgefallen, und sie fragte sich, ob dieser Mann hielt, was sie versprachen. Die fahle Blondine, die an seinem Arm hing wie festgeschweißt, ließ allerdings das Gegenteil vermuten. Wie sie hier umherstolzierte, als würden überall ansteckende Krankheiten lauern, stieß Felicitas übel auf. Und dieser Bernhard Servatius hatte ihr auch gerade noch gefehlt. Mit frechen Blicken und schlüpfrigen Kommentaren hielt er sich zwar zurück, doch er strahlte eine fast animalische Vitalität aus, die Felicitas vulgär, aber zu ihrer Beschämung auch anziehend fand. Verstohlen betrachtete sie den hoch gewachsenen Mann, der lässig an einem Pfeiler lehnte, als ginge ihn das alles nichts an.

Attraktiv war er, ohne Zweifel, doch seine Züge offenbarten eine unterschwellige Aggressivität, die weder von einer sanften Augenfarbe noch von einem freundlichen Gesichtsausdruck gemildert wurde. Ein eleganter Freibeuter, verantwortungslos und gefährlich, hungrig darauf lauernd, das nächste Schiff zu kapern, dachte Felicitas und wandte ihren Blick zu Heinrich, der ihr wie der perfekte Gegensatz erschien. Ein souveräner Kronprinz, der es sich leisten kann,

freundlich in die Welt zu schauen, weil er es nicht nötig hat zu kämpfen. Ihm gehört sowieso schon alles, eine Firma, eine standesgemäße zukünftige Frau, ein vorgezeichnetes Leben in Reichtum und mit allen erdenklichen Privilegien. Wer den einen hat, sehnt sich nach dem anderen, schoss es Felicitas durch den Kopf. Hier ein Pirat, dort ein Prinz. Der eine für wilde Abenteuer und brennende Luft, der andere für tiefe Gefühle und eine große Familie. Sie erschrak über ihre kühnen Gedanken und rief sich zur Ordnung. Was um Himmels willen war auch nur in sie gefahren, wildfremden Menschen den Ort zu zeigen, der ihr so viel bedeutete! Ungeduldig wandte sie sich zur Treppe, um diese Führung hinter sich zu bringen.
»Was für ein wunderbares Versteck«, sagte Heinrich lächelnd, doch mit leiser Wehmut in der Stimme, und Felicitas fuhr herum. »Als ich ein kleiner Junge war, habe ich mich immer auf den obersten der Kaffeespeicher geschlichen und mir eingebildet, die Packer würden mich inmitten der Kaffeesäcke nicht finden. Freundlicherweise haben sie so getan, als würden sie mich tatsächlich nicht sehen, und so hatte ich Zeit, mir Geschichten auszudenken. Von Indien und Afrika …« Er blickte Felicitas in die Augen. »Es gibt sogar heute noch Momente, da sehne ich mich nach diesem Platz.«
»Ich glaube, es ist wichtig, solch einen Ort zu haben, und gäbe es ihn nur in der Fantasie«, erwiderte Felicitas. Ihr Unmut war vollständig verflogen, und zu ihrer Überraschung verspürte sie plötzlich den Wunsch, Heinrich einen tieferen Blick in ihre Welt zu gewähren. Sie lachte leise und öffnete mit Schwung eine mächtige Schiebetür, die sich am Ende der Galerie befand. »Hier können Sie sich drei Wochen verstecken, ohne sich zu Tode zu langweilen. Das ist die Schatztruhe des Theaters. Hier werden

die empfindlichen Stücke aus der Requisite verwahrt, solange sie nicht benutzt werden. Kommen Sie.« Heinrich und Gustav folgten ihr und blieben wie verzaubert stehen. Schatullen und Porzellanvasen, silberne Bilderrahmen und Steingutgeschirr, Gläser, Körbe, Schaukelpferde und Puppenhäuschen warteten, sorgfältig etikettiert, auf ihren nächsten Einsatz im Rampenlicht.

»Darf ich?« Behutsam nahm Heinrich eine zierliche chinesische Vase in die Hand und hielt sie ins Licht.

»Ein Original«, sagte Felicitas und fuhr mit dem Zeigefinger eine hauchdünne Linie entlang. »Sehen Sie diese Sprünge? Nun ja, kurz vor der Premiere von *Turandot* habe ich sie mir für mein Kasperletheater ausgeliehen, was natürlich streng verboten war, und natürlich hat sie der dumme Kasper fallen lassen.« Sie lachte leise. »Der Inspizient hat sie mit Melasse geklebt, doch während der Aufführung brach sie entzwei und zerschnitt meiner Mutter die Hand. Zur Strafe musste ich zwei Wochen daheim bleiben. Ein Porzellandoktor hat sie später repariert.«

»Wie aufregend«, murmelte Emelie und unterdrückte geziert ein Gähnen. »Heinrich, bitte lass uns gehen, es ist entsetzlich stickig hier.«

»Sei nicht so zimperlich, Emelie, wir haben doch noch längst nicht alles gesehen«, sagte Gustav und tätschelte begeistert einen ziegengroßen Elefanten aus Ebenholz. »*Entführung aus dem Serail?*«

Felicitas schüttelte lachend den Kopf. »Der wäre wohl etwas zu klein geraten, um Eindruck zu schinden. Nein, nein, der Elefant gehört zur Ausstattung des *Nussknacker* von Tschaikowsky. Er ist eins von den vielen Geschenken, die das Mädchen zu Weihnachten bekommt.«

»Verzeihen Sie meine Unwissenheit«, brummte Gustav und zog eine Grimasse.

»Ich kenne mich eben nur mit Kaffee aus.«
»Wir kennen uns alle nur mit dem aus, was uns vertraut ist. Wenn wir unbekannten Seiten mehr Raum in uns geben würden, würden wir uns verändern, und das macht Angst. Also bleiben wir bei unseren Leisten.« Bernhard sagte es wie für sich selbst und betastete dabei vorsichtig die Bronzebüste einer Balletttänzerin. »Deshalb wollen Sie gewiss auch Schauspielerin werden, nicht wahr?« Er blitzte Felicitas belustigt an. »Die Bühne ist Ihr Revier. Daheim sitzen und auf den Gatten warten und nebenbei stricken und sticken und Tee trinken mit Senatoren, das entspricht sicher nicht Ihrem Temperament.«
»Was meinem Wesen entspricht und was nicht, Herr Servatius, geht Sie, mit Verlaub, nichts an«, erwiderte Felicitas so kühl wie möglich, um ihren Ärger, aber auch ihre Verblüffung darüber zu verbergen, dass ein völlig Fremder nach fünf Minuten in ihr zu lesen vermochte wie in einem offenen Buch.
»Ich weiß nicht, was an der Aufgabe, Ehefrau und Mutter zu sein, schlecht sein soll«, mischte sich Emelie ein und blickte Zustimmung heischend zu Heinrich auf. »Allerdings bedarf es in unseren Kreisen dazu natürlich einer gewissen Bildung und Ausbildung. Ich meine, Schauspielerin kann doch wohl jede werden.«
»Nein, gewiss nicht«, entgegnete Heinrich und legte seine Hand fest auf Emelies, als wollte er sie zum Schweigen bringen. »Große Schauspielerei bedarf einer großen Begabung, eines Talents, das sich gar nicht unterdrücken lässt, egal, wie sehr wir dagegen ankämpfen.«
»Kunst hat immer etwas mit Berufung zu tun, in der Tat«, ergänzte Bernhard. »Wo sie fehlt, bleibt nur Mittelmaß.«
»Meine Jungs werden ein wenig philosophisch, guck an«, sagte Gustav und lächelte breit. »Ist das die moderne Art

von heute, junge Damen zu beeindrucken?« Ohne auf eine Antwort zu warten, beugte er sich verschwörerisch zu Felicitas. »Aber neugierig bin ich auch: Werden Sie in die Fußstapfen Ihrer begnadeten Eltern treten?«
Felicitas lachte auf. Dieser alte Herr hatte ihr Herz im Handstreich erobert. In seinen Knopfaugen funkelte der pure Schalk, der sein rotbackiges Gesicht in tausend freundliche Falten legte. Von dem strengen Patriarchen, der seine Frau öffentlich in die Schranken wies, war nichts mehr zu spüren.
Felicitas beschloss, auf seinen Ton einzugehen und auf diplomatische Weise nichts zu sagen, was ihre Pläne allzu offensichtlich machte, Sympathie hin oder her. »Glauben Sie, dass jemand aus einem solchen Stall Gouvernante werden möchte?«
»Nein, aber es könnte doch sein, dass das Leben einen anderen Weg für Sie vorgesehen hat«, kam Heinrich seinem Vater zuvor, der sich anschickte, etwas zu sagen, aber nach einem Blick auf seinen Sohn und Felicitas den Mund zumachte und unmerklich mit dem Kopf nickte.
Felicitas zögerte, gefangen von Heinrichs Blick, der es ihr schwer machte zu erwidern: Nein, sicher nicht. Es wird für mich niemals ein anderes Leben geben als das Theater. Es schien ihr, als würde sie mit diesem Satz eine Tür zuwerfen, die sich gerade einen Spaltbreit geöffnet hatte. Aber andererseits, was war das denn für ein Wille, für eine innere Berufung, wenn der erstbeste Mann mit einem Augenaufschlag alles ins Wanken bringen konnte, woran sie geglaubt hatte. Franziska Ferrik hatte schon ganz Recht mit ihrem Urteil. Felicitas holte tief Luft.
»Nein, sicher nicht«, sagte sie mit fester Stimme. »Es wird für mich niemals ein anderes ...«
»Heinrich ...« Gustav griff nach Halt suchend in die Luft

und sackte mit einem gurgelnden Geräusch, das nach Tod klang, zusammen. Emelie schlug die Hand vor den Mund und unterdrückte einen spitzen Schrei. Heinrich kniete sich hin, öffnete Weste und Hemd seines Vaters und bettete seinen Kopf so gut es ging auf seinen zusammengerollten Gehrock. Gustav hatte die Augen geschlossen und atmete schnell und schwer.

»Er braucht Luft«, rief Felicitas und riss die großen Fenster auf, sodass ein heftiger Windstoß durch den Requisitenraum fegte.

»Sind Sie verrückt?«, schrie Emelie und begann ihre bloßen Schultern mit gekreuzten Händen zu reiben. »Sollen wir uns alle den Tod holen?«

»Dein Taktgefühl ist bemerkenswert«, sagte Bernhard bissig.

»Dürfen mir in einer solchen Situation die Nerven nicht durchgehen, nein?«, entgegnete Emelie beleidigt und rieb hektisch, fast hysterisch auf ihrer Haut herum.

»Hört auf zu streiten. Ein Arzt muss her, schnell«, sagte Heinrich gepresst und tätschelte die Wangen seines Vaters im instinktiven Bemühen, ihn bei Bewusstsein und damit am Leben zu halten.

Felicitas raffte den Saum ihres roten Kleides und wandte sich zur Treppe.

»Ich komme mit. Vielleicht haben wir Glück, und Professor Becker ist unter den Gästen«, sagte Bernhard, nickte dem Freund zu und erstarrte.

Felicitas hielt in ihrer Bewegung inne und begriff. Es war zu spät.

4

Das Kranzler war perfekt. Zufrieden mit ihrer Wahl, lehnte Felicitas sich zurück und blinzelte in die Juli-Sonne. Constanze hätte gewiss voller Ehrfurcht in dem langweiligen Café Stehely gesessen, nur weil Karl Marx dort vor fünfzig Jahren sein Kommunistisches Manifest ausgebrütet hat, dachte sie und schüttelte amüsiert den Kopf.
Nein, das Kranzler passte besser zu Felicitas. Es war keins der Häuser, in denen statt Kaffee getrunken sozialkritische Ideen ausgebrütet wurden, kein Ort der Irritation noch der antibürgerlichen Gesinnung, die ihr von Herzen zuwider war, weil sie jeder Fröhlichkeit und aller Leichtigkeit entbehrte, die eine junge, selbstsüchtige Frau für sich reklamierte. Der emanzipatorische Geist, der die Arbeiterviertel von Bremen bis Berlin längst erobert hatte, hatte die Schwelle des Kranzlers noch nicht einmal berührt, im Gegenteil. Die Zeit schien an den dunkelroten Plüschstores zu kleben wie alter Sirup, in der Luft lagen das ungestüme Lachen und stiefelknallende Salutieren der k.u.k. Gardeleutnants, die ihrem Landsmann, dem Georg »Schorschi« Kranzler, in Preußen nur allzu gern einen Besuch abstatteten. Sie brachten einen Hauch der eigenartigen Wiener Melange aus Melancholie und lebenslustigem Fatalismus mit, die dem intellektuellen, blasierten, gierigen Berlin zeigte, was es an Lauschigkeit alles verpasste.
Das einzig Revolutionäre waren die kleinen runden Tische, die nach Pariser Vorbild zur Sommerzeit vor dem Kranzler auf dem Trottoir standen. Selbst Damen ohne Begleitung nahmen hier für eine Verschnaufpause Platz,

tranken Kaffee, aßen Windbeutel, plauschten mit dem Oberkellner oder genossen still für sich das Schauspiel auf dem Kurfürstendamm.
So viele Automobile tuckerten den von mächtigen Kastanien gesäumten Prachtboulevard entlang, dass es einem schwindlig werden konnte. Dazwischen behaupteten Pferdegespanne und Radfahrer ihren Weg, ein Süßigkeitenverkäufer bot rot gestreifte Zuckerstangen und kandierte Nüsse an, zwei Musikanten mit Leierkasten und Cimbeln jagten ihrem Kompagnon, einem quirligen Äffchen mit rotem Jäckchen, hinterher, elegante Herren in schwarzem Gehrock und Zylinder eilten hier und dort grüßend vorbei, auffällig farbenfroh gekleidete Frauen führten penibel getrimmte Hündchen mit lachsfarbenen Schleifen im Fell spazieren, Kindermädchen mit weißen Häubchen bugsierten kleine Jungen in Matrosenanzügen und Mädchen mit blonden Zöpfen, karierten Kleidchen und Strohhütchen mit übermütig flatternden rosa Bändern durch die flanierende Menge. Trotz der drückenden Juli-Hitze verströmte die Stadt pulsierendes, wildes, nervöses Leben.
Wie gut, dass sie ihr braves blaues Kleid mit der Krinoline gegen ein sündhaft teures zweiteiliges Ensemble aus rauchblauer Wildseide getauscht hatte, kaum dass sie Berliner Boden betreten hatte, dachte Felicitas. Der Rock saß zwar so verwegen auf Figur, dass ihre Mutter nach Luft geschnappt hätte, doch die Farbe vertiefte das Funkeln ihrer aquamarinblauen Augen, und der Schnitt gab Felicitas' Erscheinung den letzten Schliff. Und außerdem befand sie sich weit entfernt von der mütterlichen Fürsorge.
Und weit weg von Bremen und ihren Erinnerungen.
»Kaffeekönig stirbt in Theaterkulisse« hatte der *Bremer Kurier* reißerisch getitelt, damit jedoch durchaus der hysterischen Atmosphäre entsprochen, die seit Gustav An-

dreesens Tod im Schauspielhaus herrschte, geschürt von einem untröstlichen Intendanten, der die Zukunft in düsteren Farben ausmalte, weil die einflussreiche Witwe gewiss einen Bannfluch über das Theater aussprechen würde. Um kein Öl ins Feuer zu gießen, hatte Helen vorgeschlagen, der Beerdigung fernzubleiben, aber Max hatte darauf bestanden, um einerseits dem Toten, dem er spontane Sympathie entgegengebracht habe, die letzte Ehre zu erweisen, aber auch, um, wie er es nannte, »Zeuge einer pompösen bürgerlichen Inszenierung zu werden«.

Elisabeth Andreesen tat ihm den Gefallen jedoch nicht, seine Vorurteile und die manch anderer Bremer zu bestätigen. Der Tote, der die Geschicke seiner Stadt so nachhaltig geprägt hatte, ruhte in einem schlichten Eichensarg, die Trauerfloristik war ebenso dezent gewählt wie die Orgelstücke, die Witwe hatte die Zahl der Trauerredner auf die ganz Unvermeidlichen beschränkt und dem Pastor eingeschärft, die Darstellung des göttlichen Willens in Grenzen zu halten.

Die erste Reihe links war für den Bürgermeister und die Senatoren reserviert, die rechte Seite für die Familie. Die Kirchendiener hatten alle Hände voll zu tun, den Ansturm der Trauergäste einigermaßen würdevoll zu bewältigen, und Max, Helen und Felicitas konnten sich gerade noch in eine der hinteren Bänke quetschen. Punkt elf Uhr läuteten die Domglocken, und die Andreesens begannen den endlosen Gang zum Sarg.

Als Felicitas Heinrich wiedersah, krampfte sich ihr Magen schmerzhaft zusammen, und sie nahm weder Elisabeth Andreesen wahr, die marmorweiß geradeaus blickte, noch irgendjemanden sonst. Nicht Anton, der der schluchzenden Désirée mit unwilligem Gesichtsausdruck etwas ins Ohr flüsterte, nicht Emelie, die sich ein paar Tränen mit einem

schwarzen Spitzentüchlein abtupfte, selbst Bernhard Servatius nicht, der die versteinert wirkende Ella behutsam untergefasst hatte und damit vielen Anwesenden das Rätsel aufgab, wieso dieser Gartengestalter plötzlich zur Familie zählte.
Heinrich schritt an ihr vorbei, blicklos, wie an den vielen anderen Menschen auch, doch die Nähe, die Felicitas ihm gegenüber so unvermittelt empfunden hatte, wurde mit jedem Atemzug intensiver. Gleichzeitig fürchtete sie, dass das Geschehene eine erneute Begegnung unter anderen, angenehmeren Vorzeichen unmöglich machen könnte. Als ob die Tatsache, dass sie ihn beim intimsten aller Gefühle, der Trauer, hatte erleben dürfen, ein ehernes Band flocht, das sie sowohl aneinander knüpfte als auch auf Distanz hielt.
Das war vier Wochen her. Der Glanz der unerhörten Gefühle war verblasst, und das war auch gut so. Heinrich würde in absehbarer Zeit diese dumme Emelie heiraten, und sie, Felicitas, war auf dem besten Weg, ihr Leben in Bewegung zu bringen und Tatsachen zu schaffen. Berlin! Hier brannte die Luft, hier schlug der Puls des Theaters. Berlin, das hieß Max Reinhardt, der in nur einem Jahr die Ära des Naturalismus beendet und das Regietheater etabliert hatte, in dem die Schauspieler die Achse bildeten, um die sich alles drehte. Wie immer dieses Abenteuer, in das sie sich gleich stürzen würde, auch ausgehen mochte, es markierte ihren Absprung in das Leben, wie sie es sich vorstellte.
Ihre Eltern hatten ihr zwar dringend geraten, ihr Glück zunächst an kleineren Bühnen als ausgerechnet am Deutschen Theater zu versuchen, doch Felicitas hatte nichts davon wissen wollen, sodass ihr Vater schließlich seinen guten Namen spielen ließ und für Felicitas einen Vor-

sprechtermin arrangierte. Auch ihre Mutter hatte eingesehen, dass es unmöglich war, sie von ihrem Vorhaben abzubringen, ihre Rolle der Alkmene ihrer zweiten Besetzung überlassen und Felicitas begleitet, um die Gelegenheit zu nutzen, weiterzureisen und drei Wochen in Sorau zu verbringen. Die Theaterferien würden schließlich bald beginnen, sie wollte ausspannen und sich Gedanken um ihre künstlerische Zukunft machen, was Felicitas allerdings für einen Vorwand hielt. Die verkorkste Geburtstagsfeier war nun wirklich nicht die Schuld ihres Vaters, und dennoch herrschte seitdem zwischen ihren Eltern eine leise Spannung, die sich von den gewohnten Neckereien und kleinen Meinungsverschiedenheiten unheilvoll unterschied. So sehr Felicitas sich auch bemühte, den Gedanken abzuschütteln, wusste sie doch, dass das Zerwürfnis ihrer Eltern mit dem roten Samtkleid zusammenhing. Kurz nach Gustav Andreesens Tod, nachdem sie ins Foyer geeilt war, um ihren Vater zu suchen, hatte sie ihn mit Franziska Ferrik hinter einer der griechisch anmutenden Säulen stehen sehen und gerade noch die Bemerkung ihrer Schauspiellehrerin gehört, dass er, Max, das Kleid wohl besser vernichtet hätte. Als sie ihren Vater später darauf ansprach, gab er vor, sich nicht daran erinnern zu können. Seitdem wurde sie das Gefühl nicht los, dass sich ein Unwetter über ihrer Familie zusammenbraute und alle Beteiligten nur dastanden und die Wolkenwand anstarrten, statt Regenschirme zu besorgen. Diese Tatenlosigkeit machte Felicitas mehr Angst, als es die Wahrheit wohl vermocht hätte, zumindest war sie davon fest überzeugt.

Felicitas holte ihr Portemonnaie aus ihrer Tasche, um den Milchkaffee zu bezahlen, der ihr selbst hier, in der weltoffenen Hauptstadt des Reiches, nur nach einigen Erklärungen serviert worden war, und das Reclamheftchen, in

dem sie Penthesileas Monologe mit rotem Buntstift markiert hatte. Penthesilea – die Leidenschaft und Stärke der unglücklich liebenden Amazonenkönigin passten zu ihr, fand sie, und außerdem pflegte Max Reinhardt eine Vorliebe für Kleist und hatte das *Käthchen von Heilbronn* gerade neulich so fulminant inszeniert, dass es die Kritiker von den Stühlen gerissen hatte. Franziska Ferrik sah sie mit der Rolle zwar wie stets völlig überfordert, hatte ihr aber immerhin viel Glück gewünscht.
Felicitas schlug das Büchlein auf, um sich Penthesileas Begegnung mit Achill noch einmal durchzulesen, obwohl sie seit Wochen gelernt hatte und jedes Semikolon kannte, als der Wind einen losen Zettel erfasste und mit sich fortgetragen hätte, wenn nicht der Kellner geistesgegenwärtig zugegriffen hätte.
»Danke schön«, sagte Felicitas und nickte dem blonden jungen Mann freundlich zu, der heftig errötete und beinahe vergessen hätte, abzukassieren.
Mühsam entzifferte sie die Buchstaben auf dem Zettel. Ach ja, Thomas Engelke. Den hatte sie völlig vergessen. Elfriede hatte ihr die Adresse ihres Sohnes aufgenötigt, der für eine Weile in Berlin wohnte, um seine Zeichnungen an eine Zeitung zu verkaufen, die es noch gar nicht gab und die einen so unaussprechlichen Namen hatte, dass kein Mensch sie je kaufen würde. Felicitas stopfte den Zettel achtlos in ihr Handtäschchen.
Max Reinhardt wartete. Sie wunderte sich bloß, dass dies keinerlei Gefühle in ihr hervorrief.

»Irgendeine Nachricht für mich?«, fragte Felicitas mechanisch, weil man das in einem Hotel so machte.
Der Empfangschef vom Dorian, dem nicht allzu teuren Haus Unter den Linden, das aber einen höchst respekta-

blen Ruf besaß, nickte freundlich. »Zwei, wenn ich nicht irre, Fräulein Wessels.« Er griff in das Fach von Zimmer 421 und überreichte Felicitas zu ihrer Überraschung zwei Kuverts, ein beiges, unverkennbar das Briefpapier ihres Vaters, und ein schlicht weißes mit Relief-Monogramm auf der Rückseite. Felicitas nahm sie an sich und wandte sich zum Fahrstuhl.

Das Einzige, was sie nach diesem Nachmittag im Theater noch wollte, war ihre Ruhe. Sie musste nachdenken, einen klaren Kopf bekommen, um ihre Illusionen und die Wirklichkeit auseinander zu dividieren. Ihre Erwartungen hatten sich nicht erfüllt, doch sie war weit davon entfernt, hysterisch zu werden, und ihre Wut über ihre Naivität hatte sie auf dem Weg vom Theater durch den Tiergarten bereits abgearbeitet.

Mit einem erleichterten Seufzer schloss sie die Tür hinter sich und trat ans Fenster. Ihr Zimmer lag im vierten Stock und bot einen atemberaubenden Blick über die Stadt, den sie mehr genoss als mittendrin zu sein im Trubel der vielen Menschen, die von der Friedrichstraße bis zur Leipziger Zerstreuung und Ablenkung suchten.

Max' und Helens große Sorge, ihre schöne Tochter würde sich kopfüber ins wilde Leben der unzähligen Tanzbars und Animierlokale stürzen, um sich vom provinziellen Bremen zu häuten, war völlig unbegründet. Selbst die neueste Attraktion der Metropole, das Kaufhaus Wertheim, ein gewaltiger Tempel für Waren aller Art, konnte Felicitas nicht locken. Sie verspürte nicht die geringste Lust, das großzügig bemessene Taschengeld, das ihr Vater ihr zugesteckt hatte, für hübsche Unsinnigkeiten zu verwenden.

Nicht einmal den Kaiser würde ich bemerken, dachte sie ironisch, dabei soll er doch angeblich ständig in seiner elfenbeinfarbenen Limousine vom Schloss zum Brandenburger Tor fahren und mit seiner Zweiklanghupe die jubelnden Untertanen grüßen.

Nein, die schillernde Metropole ließ sie kalt. Sie würde Berlin zwar bezwingen, wenn sie denn die Chance dazu erhielte, was nach diesem Nachmittag unwahrscheinlich schien, aber niemals lieben. Die Frage, warum sie dann eigentlich hier leben und arbeiten wollte, begann sich gerade zu formen, doch Felicitas verbot sich energisch jeden Gedanken, der eine Änderung ihrer Pläne auch nur ansatzweise streifte.

Sie zog die Handschuhe aus, knöpfte die Kostümjacke auf, schlüpfte aus den Schuhen und knautschte das mächtige Kopfkissen zu einer Kugel zusammen, sodass sie halb lag, halb saß, und öffnete den Brief ihres Vaters.

»Mein liebes kleines Mädchen«, schrieb er mit kühn geschwungenen Buchstaben. »Denke immer daran: Auch Max Reinhardt geht auf die Toilette. Er ist gewiss einer der ganz Großen, aber du solltest dich nicht allzu sehr fürchten. Spiel! Zeig, was du kannst! Funkel mit den Augen! Und bedenke auch dies: Was immer geschieht, ist ein Teil deines Weges, auch wenn der Sinn dir zunächst verborgen bleibt.

Dein Pa

PS: Deine Mutter hat sich entschlossen, noch eine Woche in Sorau zu verbringen, und möchte, dass du auch kommst. Wie wäre es? Constanze wird grün vor Neid, wenn sie hört, dass du vorgesprochen hast.«

Das glaube ich nicht, dachte Felicitas und lachte laut auf. Was ist schon ein Berliner Intendant gegen einen Revolutionär, der noch nicht trocken hinter den Ohren ist? Aber die Idee, einige Tage im sommerschönen Sorau zu verbringen, gefiel ihr, selbst wenn sie dann Constanzes Sticheleien und Prahlereien in Kauf nehmen müsste.

Ihr Blick fiel auf das weiße Kuvert. Die Schrift kannte sie nicht, doch als sie das Monogramm entzifferte, schlug ihr Herz zwei Takte schneller. H.A. Hastig riss sie den Brief auf. Das Schriftbild war harmonisch, fast weiblich weich. Heinrich schrieb, dass er sie gern heute um neunzehn Uhr zum Abendessen ins Kaisereck, ein Restaurant am Gendarmen-Markt, »oder welches Haus Sie wünschen« einladen wolle. Es sei ihm bewusst, dass dieses Ansinnen ein wenig kurzfristig komme, doch er habe ihren Vater besucht, um sich persönlich für die Anteilnahme und das Trauergesteck zu bedanken, und erfahren, dass sie ganz allein in Berlin weile.

»Der Zufall wollte es, dass ich zur selben Zeit einige Geschäfte hier zu tätigen habe, und Ihr Vater erlaubte mir, Ihnen meine Gesellschaft …«

Felicitas las nicht weiter und ließ das Blatt sinken. Warum hatte ihr Vater nichts davon erwähnt? Und überhaupt – war er von Sinnen? Wie peinlich, Heinrich nahe zu legen, sich um sie zu kümmern. Ihr Stolz verbat ihr, diese Einladung anzunehmen, doch ihre Neugier und die Erinnerung an den Ausdruck seiner warmen blauen Augen machten es ihr schwer, abzulehnen.

Felicitas sprang auf und strich ihren Rock und die hochgeschlossene weiße Bluse glatt. Zu brav. Für den Abend hatte sie aber nichts Passendes mitgenommen, schließlich hatte sie nicht erwartet, ausgeführt zu werden. Sie betrachtete stirnrunzelnd die Kostümjacke. Wenn sie die Bluse ausziehen und nur das Jäckchen tragen würde? Etwas gewagt, fand sie, als sie in den Spiegel sah, aber gut improvisiert.

Nein, sie würde nicht kneifen, denn dann würde sie nie erfahren, ob Heinrich aus reiner Höflichkeit und ihrem Vater zuliebe gehandelt oder einen willkommenen Vorwand gefunden hatte, sie wiederzusehen.

Heinrich erwartete Felicitas in der Hotelhalle und ging ihr strahlend entgegen.
»Ich hatte eigentlich befürchtet, dass Sie mir meine nicht sehr formvollendete Einladung ... nun ja ... um die Ohren hauen«, sagte er und lächelte so unwiderstehlich freundlich, dass Felicitas fast der Atem wegblieb, doch mit einer Nonchalance, die sie herausforderte.
»Das kann ja noch kommen«, gab sie süffisant zurück, und beide mussten lachen.
»Wollen wir?« Heinrich bot ihr seinen Arm und führte sie zu einem schneeweißen Mercedes, dessen Türen von einem Chauffeur diensteifrig aufgehalten wurden.
»Guten Abend, gnädiges Fräulein«, grüßte er und tippte an seine dunkelblaue Schirmmütze, die doch wahrhaftig mit dem Wappen der Kaffeefirma bestickt war.
»Wollen wir eine kleine Rundfahrt vor dem Essen unternehmen? Oder haben Sie Berlin schon von oben bis unten durchkämmt?«, fragte Heinrich augenzwinkernd.
Felicitas schüttelte den Kopf. »Ehrlich gesagt habe ich außer dem Bahnhof, dem Ku'damm und dem Hotel noch nicht viel gesehen.«
»Nicht zu vergessen das Deutsche Theater.«
»Ja, natürlich«, erwiderte sie leichthin, als ginge sie jeden Tag dort ein und aus, und blickte aus dem Fenster, um weitere Fragen zu vermeiden.
Heinrich sah sie kurz an und tippte dem Chauffeur auf die Schulter. »Ich denke, wir lassen den Gendarmen-Markt Gendarmen-Markt sein. Am Wannsee gibt es ein nettes kleines Restaurant mit wunderschönem Ausblick, und ein Abstecher ins Grüne würde mir auch gut tun. Es war ein anstrengender Tag.«
Felicitas blickte ihn fragend an.
»Verhandlungen«, sagte er abwehrend. »Elektrische Pum-

pen, die das Kaffeerösten beschleunigen könnten. Nichts, womit wir uns den Abend verderben sollten.«
Sie fuhren über den Ku'damm Richtung Grunewald. Die Dämmerung webte sanftes Grau ins fahle Sonnenlicht und legte sich samtig auf Felicitas' Gemüt. Sie wechselten während der Fahrt kein Wort miteinander, doch das Schweigen wirkte nicht beklemmend. Felicitas fühlte sich bei diesem Mann, der doch eigentlich ein Fremder war, auf eine selbstverständliche Art beschützt und geborgen, die sie sich nicht erklären konnte. Viel zu schnell erreichten sie das Wiesenthal.
Zwischen all der abenteuerlich zusammengewürfelten Architektur, hier ein Stück Versailles, dort Reminiszenzen aus Italien, Babylon und Ägypten, mit denen die neureichen Bauherren die Ufer des Wannsees quälten, machte sich das streng klassizistische weiße Gebäude des Restaurants wohltuend schlicht aus.
»Gefällt es Ihnen?«, fragte Heinrich, und Felicitas nickte. Offensichtlich hatte er für Pomp und Prunk der Metropole genauso wenig übrig wie sie.
»Es würde gut nach Bremen passen.«
Das Wiesenthal war gut besucht, die Dezenz und unaufdringliche Behaglichkeit des Interieurs zog Menschen an, die das Leise schätzten und das Laute mieden. Teppiche in satten Farben und so zarten Mustern, als hätten Feenhände die Fäden verwebt, verschluckten jedes Geräusch und schienen sogar die Gespräche an den mit weißem Damast bedeckten Tischen zu dämpfen. Kerzen statt der üblichen wuchtigen Kronleuchter spendeten ein gnädiges Licht, das jede Frau zur Schönheit erblühen ließ. Dennoch erregte Felicitas' Erscheinung Aufmerksamkeit, die sie umso mehr genoss, da sie das Interesse nicht sich allein zuschrieb, sondern ihnen beiden – als würde die gemein-

same Attraktivität ihr Vergnügen an der eigenen potenzieren.
Während sie die Speisekarten studierten, betrachtete Felicitas Heinrich verstohlen und fand, dass er noch besser aussah, als sie in Erinnerung hatte. Nur zwei feine Falten, die sich von den Nasenflügeln bis zu den Mundwinkeln eingegraben hatten, verrieten seinen Kummer über den Tod seines Vaters und die Anstrengung, die es ihn kostete, die Firma ohne Gustavs Hilfe auf Kurs zu halten, eine Aufgabe, die gewiss schwierig war, vor allem, wenn einem eine Mutter, die wohl kaum daran dachte, die Zügel ganz aus der Hand zu legen, im Nacken saß.
»Ich kann Ihnen den Lachs empfehlen«, sagte Heinrich.
Felicitas verzog das Gesicht. »Ich verrate Ihnen ein Geheimnis. Ich hasse Fisch. Als Bremerin darf man das ja nicht laut sagen, aber Sie können mich damit jagen. Allerhöchstens Hummer findet Gnade vor meinen hungrigen Augen. Am liebsten esse ich Fleisch.« Sie zuckte mit den Schultern. »Ich gestehe, ich bin ein Raubtier. Und noch eins beichte ich, und dann sollten wir zu einer normalen Unterhaltung übergehen. Ich trinke Milchkaffee.«
Heinrich ließ die Speisekarte sinken und lachte schallend. »Und ich bevorzuge Tee.«
Das Eis, das sich normalerweise krustig und kühl zwischen zwei Menschen legt, die sich zum ersten Mal allein begegnen, damit der kalte Kokon den Schmerz möglicher Missverständnisse und Abweisungen lindert, hatte keine Chance. Sie lächelten sich verschwörerisch zu.
»Da ich jetzt zwei Ihrer Geheimnisse kenne«, sagte Heinrich und behielt den heiteren Ton bei, »und Sie wenigstens eins der meinen, darf ich doch so kühn sein und fragen, wie es Ihnen auf der großen Bühne ergangen ist.«
»Wunderbar, ganz wunderbar«, antwortete Felicitas leicht-

hin, jedoch mit einer Spur Sarkasmus, die ihm nicht entging.

»So schlimm?«

»Schlimmer.« Sie hatte sich eingebildet, Max Reinhardt vorsprechen zu dürfen, und nicht einen Gedanken daran verschwendet, dass außer ihm vermutlich noch ein Regieassistent, eine Souffleuse, tausend Beleuchter und weiß der Himmel wie viele Menschen Zeugen ihrer Bemühungen werden könnten, mit wenigen Sätzen einen Saal von der Größe halb Bremens mit ihrer Stimme und Präsenz zu dominieren. Eine Viertelstunde hatte sie mit Penthesilea gekämpft und ein nachdenkliches »Sie sind noch sehr jung« aus der Tiefe des Raums kassiert. Dann war doch noch das Wunder geschehen, und der Mann, dessen Charisma so legendär wie seine Erscheinung unscheinbar war, hatte ein paar freundliche Worte mit ihr gewechselt und ihr Grüße an die Eltern mit auf den Weg gegeben. Das war's. So siegessicher, wie sie ins Deutsche Theater marschiert war, so desillusioniert und wütend über sich selbst war sie wieder gegangen. Aber das behielt sie lieber für sich. »Na ja«, sagte sie und gab sich Mühe, einen abgeklärten Gesichtsausdruck hinzukriegen, »es war eben Theater. Man weiß nie, ob man gut oder schlecht ist und muss die Nerven bewahren, bis die Kritiken da sind. Ich hoffe nur, dass sie gut ausfallen.«

»Das heißt, Sie wissen noch nicht, ob Sie engagiert sind?«

»So schnell geht das nicht. Was glauben Sie, wie viele Schauspielerinnen täglich in Berlin vorstellig werden, um Lucie Höflich zu beerben?«

»Und Sie? Wollen Sie das auch?« Heinrichs Interesse war zu intensiv, um nur höflich zu sein. Er beugte sich sogar ein wenig nach vorn, als wollte er ihrer Antwort entgegenkommen. Felicitas wich nicht zurück.

»Nein, ich habe nicht vor, irgendjemandem seinen Platz streitig zu machen. Aber ja, ich wollte schon immer auf der Bühne stehen, solange ich denken kann. Für mich kommt nichts anderes infrage.« Sie sprach aus, was sie damals in den Kulissen nicht mehr hatte sagen können, doch die Worte klangen seltsam hohl in ihr wider, eine Aneinanderreihung von Silben, die harmonisch tönten und durchaus ihrem Wesen und Wollen entsprachen, aber dennoch eine andere, feinere Melodie unterdrückten. Sie blickte Heinrich offen an, plötzlich sicher, dass er sie verstehen würde. »Manchmal frage ich mich allerdings, was mich antreibt, und ich finde keine Antwort. Meine Schauspiellehrerin hält mich für unbegabt, und meinen Eltern ist es egal, ob ich in Berlin Theater spiele, in Bremen oder gar nicht. Sie möchten nur, dass ich meinen Weg finde.«
»Das spricht für Ihre Eltern, nicht gegen sie. Sehen Sie, ich habe meinen Weg geerbt, ich musste ihn einschlagen, ohne dass ich eine besondere Fähigkeit oder Neigung zum Kafferösten verspürt hätte. Nun ja«, sagte Heinrich und lächelte schief, »ich denke, mit einer Leidenschaft zum Kafferösten wird kein Mensch geboren.« Er sah Felicitas mit einer Mischung aus Wehmut und Selbstironie an. »Noch ein Geheimnis, nicht wahr? Behalten Sie es bloß für sich.«
»Da ich jetzt immerhin zwei Ihrer Geheimnisse kenne und Sie inzwischen drei der meinen«, sagte Felicitas im gleichen Ton, zögerte aber und fuhr dann ernster fort, »möchte ich gern wissen, wie es Ihnen geht.«
Ihre Direktheit schien Heinrich nicht im Geringsten zu stören.
»Ich wusste, dass mein Vater sehr krank war, obwohl er versucht hat seinen Zustand vor der Familie zu verbergen. Er schmiedete verrückte Pläne, kaufte Autos und gab niemals zu, dass ihm irgendetwas zu viel wurde. Trotzdem habe ich

versucht, mich auf seinen Tod einzustellen, mir den Verlust klar zu machen. Aber das nützte mir gar nichts.«

»Das ist nicht Ihr Fehler«, sagte Felicitas behutsam. Am liebsten hätte sie tröstend seine Hand genommen. »Kein Mensch kann sich so auf den Tod vorbereiten. Wenn wir das könnten, würden wir jede Begegnung mit dem geliebten Menschen betrachten, als wäre es die letzte, jeden Kuss, jedes Wort. Das Leben wäre wie der Tod selbst.«

»Sie sind eine kluge Frau, Felicitas«, entgegnete Heinrich. »Vielleicht können wir einen plötzlichen Schmerz, der uns fast ohnmächtig macht, tatsächlich besser verkraften als eine ständige Dosis. Ich weiß es nicht.«

»Sie vermissen ihn sehr, nicht wahr?«

»Ja, und ich wünschte, er hätte noch irgendetwas zu mir gesagt, etwas, das ich im Herzen tragen kann, eine Formel, die seine Erfahrungen und sein Leben in einem Satz bündelt. Ich fürchte mich davor, die Erinnerungen an ihn nicht festhalten zu können, ja, ich habe Angst, ihn zu vergessen.«

»Sie werden ihn nicht vergessen, das passt gar nicht zu Ihnen«, erwiderte Felicitas mit Nachdruck. »Sie sind so wahrhaftig ... Allein die Art, wie Sie geradeheraus reden. Sie taktieren nicht, schlagen keine rhetorischen Haken, sondern sagen, was Sie fühlen, ohne zu kalkulieren, was ich davon halten könnte.« Das ist revolutionär, dachte Felicitas grimmig, nicht die Liebe zu einem Revolutionär. Ihr Herz raste.

»Sie irren sich. Ich versuche, nie etwas dem Zufall zu überlassen und mich nach Möglichkeit nicht überraschen zu lassen«, gab er zurück.

»Bestimmt nicht. Ihrem Freund Servatius sähe das ähnlich, Ihnen nicht.«

»Wie können Sie sich da so sicher sein?«

»Ich weiß es eben«, beharrte sie leise und ein wenig störrisch. Hätte sie bloß den Mund gehalten. Was sollte das werden? Von Shakespeare bis Schiller gab es eine Fülle hinreißender, charmanter oder tragischer Beispiele, wie man sich in einer solchen Situation am besten verhielt, doch jenseits der Bühne und der Dichtkunst musste man leider ohne Regieanweisungen auskommen, und ihr Talent zur Dramaturgie war offensichtlich begrenzt. Weil du nicht weißt, was du willst, flüsterte eine Stimme in ihr, und innerlich seufzend gab Felicitas ihr Recht. Offenbar schaffte es Heinrich im Handumdrehen mit freundlichen Worten und einem exquisiten Abendessen aus ihr einen schwärmenden Backfisch zu machen. Aber wenn er das vermochte, wie wichtig waren ihr dann um Himmels willen ihre hochtrabenden Pläne? Etwa gar nicht? Reiner Romanstoff, der das Vakuum zwischen dem träumenden Mädchen und der liebenden Frau füllte? Nein, das konnte nicht sein. Auf den Gedanken, dass sich vielleicht beides, die Liebe und das Theater, miteinander verbinden ließ, kam Felicitas nicht. Sie schwieg und sah Heinrich herausfordernd an.

»Sie haben Recht«, sagte er nachdenklich, ohne auf ihre Gereiztheit zu reagieren. »Manche Dinge weiß man einfach, auch wenn man keine Ahnung hat, auf was sich dieses Wissen stützt. Es ist instinktiv, und selbst wenn eigentlich alle äußeren Umstände dagegen sprechen, weiß man, dass man ihm trauen kann.«

»Das nützt einem aber nur, wenn man sich traut, ihm zu trauen«, ergänzte Felicitas übermütig, weil sie der Versuchung einer kleinen Wortspielerei nicht widerstehen konnte. Erst viel später wurde ihr bewusst, dass in diesem Augenblick die Weichen für ihr ganzes weiteres Leben gestellt wurden.

Irgendetwas fehlte. Irritiert sah Elisabeth auf.
Wie jeden Nachmittag seit Gustavs Tod verbrachte sie einige Stunden in der Bibliothek und sichtete die Unterlagen und Berge an Korrespondenz, die er in seinem englischen Schreibtisch verwahrte, dessen Schubladen er stets penibel verschlossen hatte. Den Schlüssel hatte Elisabeth nicht lange suchen müssen, sie wusste, dass Gustav ihn unter der Holzfigur eines afrikanischen Götzen aufbewahrte, die Emelies Vater ihm von einer seiner Reisen in die Kolonien des Reiches mitgebracht hatte. Die Figur war primitiv gearbeitet, fand Elisabeth, und mit dem aufgerissenen Mund auch ein wenig obszön, aber Gustav hatte sie gemocht, weil sie aus Togo stammte, dem einzigen der so genannten Schutzgebiete, das mehr einbrachte, als es kostete, und in das Gustav auf Anraten seines Freundes mehr als hunderttausend Reichsmark investiert hatte.
Blatt für Blatt, Brief für Brief, jede Rechnung, jede Notiz, jede Aufzeichnung hatte sie geprüft. Sie wollte nichts übersehen, nichts verpassen, fand das meiste, bis auf die Mitteilung, der Wert der Togo-Papiere habe sich inzwischen verdoppelt, jedoch nur mäßig interessant.
Elisabeth überlegte. Alles schien wie immer und war es eben doch nicht. Das sanfte Ticken der Standuhr, an die nur Gustav hatte Hand anlegen dürfen, war schon vor drei Wochen verstummt, sein goldener Drehbleistift lag nicht mit dem Griff nach rechts in der Messingschale, sondern nach links, die Lampe stand nicht mehr im korrekten Winkel zur ledernen Schreibunterlage. Banalitäten, die aber die endgültige Abwesenheit eines Menschen schonungsloser dokumentierten, als es das Bild eines Sarges vermocht hatte.
Elisabeth klappte die Mappe zu und lehnte sich zurück, die Augen geschlossen. Den wilden Schmerz der ersten Trauer hatte sie mit eiserner Disziplin niedergestreckt,

jetzt bohrte er sich mit feinen Nadelspitzen zurück in ihr Herz. Sie stand auf und schenkte sich aus der silbernen Kanne Assam-Tee nach. Es wurde Zeit, an die Zukunft zu denken statt die Vergangenheit zu verwahren und zu verwalten. Das Leben musste in dieses Haus zurückkehren, und wie konnte man es besser willkommen heißen als mit einer Hochzeit? Das Trauerjahr war zwar noch lange nicht vorbei, dennoch konnte es angesichts der zu erwartenden Gästezahl nicht schaden, wenigstens die Eckpfeiler der Feier schon einmal festzulegen. Im Dom würde die Trauung stattfinden, darüber herrschte gewiss auch bei den van der Laakens kein Zweifel, ein Empfang im Schütting für die Honoratioren der Stadt wäre unerlässlich, die abendliche Feier im Deutschen Haus angebracht. Dezent, aber stilvoll würde so eine neue Ära im Hause Andreesen eingeläutet. Heinrich liebte Emelie nicht, aber das würde schon noch kommen. Und falls nicht, wäre gegen eine Zweckehe wohl kaum etwas einzuwenden. Emelie musste natürlich noch eine Menge lernen, war aber von ihrer Erziehung und ihrem Stand her bestens geeignet, eines Tages ihre Position einzunehmen, wenn sie, Elisabeth, endgültig zu alt dafür sein würde. Leider interessierte sich ihre Schwiegertochter in spe überhaupt nicht fürs Trabrennen, aber Elisabeth würde ihr schon beibringen, wenigstens die geneigte Schirmherrin zu spielen.

Mit den Plänen war ihre alte Tatkraft zurückgekehrt, und Elisabeth beschloss, sich Indonise satteln zu lassen. Wie lange war sie nicht mehr geritten!

Anton unterbrach ihre Gedanken.

»Ich muss mit dir sprechen, Mutter.« Er lehnte lässig in der Tür.

Elisabeth runzelte die Stirn. »Muss das jetzt sein? Ich bin auf dem Weg in den Stall.«

»Es dauert nicht lange. Ich möchte dich bitten, mir mein Erbe auszuzahlen.«

»Bitte?« Elisabeths Augen verengten sich.

»Nun, es ist wenig genug, und es gehört mir. Ich …«

»Braucht Désirée etwa neues Geschmeide, um bei Laune zu bleiben? Oder drücken dich mal wieder einige Spielschulden?«, fragte Elisabeth kühl. Sie hasste sich, weil sie ihren Sohn so behandelte, und sie hasste Anton, weil er sie zwang, ihn so zu behandeln. Elisabeth war nur froh, dass Gustav in weiser Voraussicht Anton den geringstmöglichen finanziellen Spielraum für seine Eskapaden hinterlassen hatte. Nie würde sie vergessen, wie der Notar bei der Testamentseröffnung eine Liste mit Antons Schuldscheinen vorgelesen hatte. Allerdings hatte auch Bernhard Servatius Geld geerbt, und zwar eine beträchtliche Summe. Mit Schrecken hatte Elisabeth den Passus im Testament gehört und sich gefragt, welches Wissen Gustav mit ins Grab genommen hatte.

»Ich möchte in die Politik gehen«, sagte Anton langsam und so würdevoll, wie er konnte.

»Dann geh«, beschied Elisabeth ihm und widmete sich erneut den Papieren. Ihr war die Lust aufs Reiten vergangen.

Wütend stürmte Anton durch die Halle davon.

Eine Wagentür klappte. »Mutter?« Heinrichs Stimme klang fröhlicher, als es in einem Trauerhaus angemessen war, und intuitiv erfasste Elisabeth, dass ihre Pläne bereits Makulatur waren. Inständig hoffte sie, dass ihre Ahnung unbegründet war, doch als sie Heinrich sah, zuckte sie unmerklich zusammen. Sie kannte diesen Gesichtsausdruck, diese Aura der Unverletzlichkeit. Es war zwar lange her, doch sie hatte es nicht vergessen.

»Du hast gute Nachrichten, deiner Miene nach zu urteilen? Das Geschäft ist unter Dach und Fach?«, fragte sie dennoch.

»So gut wie«, antwortete Heinrich, ging um den Schreibtisch herum und nahm seine Mutter in den Arm. »Wir haben zwar einen Konkurrenten, natürlich aus Hamburg, aber ich bin sicher, dass die Berliner uns den Zuschlag geben.«
»Wunderbar, mein Junge. Vater wäre stolz auf dich. Möchtest du eine Tasse Tee?«
»Nein, vielen Dank. Mutter, es ist zwar nicht der richtige Augenblick, aber ich würde gern eine Flasche Champagner öffnen. Ich … ich werde heiraten.«
Elisabeth blieb stumm, hob nur ein wenig die Brauen. Sie würde jetzt gewiss keine Maskerade veranstalten und hilflose Dummheiten äußern, um das Unvermeidliche hinauszuzögern. Er wollte also heiraten, aber seine Frau sollte nicht Emelie heißen. Die Frage war allerdings, ob sein Entschluss so unerschütterlich war, wie es den Anschein hatte, und vor allem, welche Frau es geschafft hatte, seine Leidenschaft zu entfachen.
»Wer ist es?«, fragte sie deshalb geradeheraus, was Heinrich kurz aus der Fassung brachte. Sie lächelte flüchtig. »Ich bin deine Mutter, und es ist mir nicht verborgen geblieben, dass die Verbindung mit Emelie nicht gerade eine Liebesheirat wäre.«
»Du kennst sie«, sagte er, ohne auf ihre Bemerkung einzugehen. »Felicitas Wessels.«
Vorsichtig setzte Elisabeth die Teetasse ab und öffnete die große Verandatür, die auf die Terrasse und von dort in den Garten führte. Die Eichen, die sie eigenhändig vor dreißig Jahren gepflanzt hatte, obwohl Gustav dagegen gewesen war, beschatteten den kleinen Pavillon, dessen Bau sie ebenfalls durchgesetzt hatte. Die englischen Kletterrosen, die sich anmutig an die Säulen des Wintergartens schmiegten, dufteten süß. Alles hier trug ihren Stempel, und sie würde

dafür sorgen, dass es so blieb. Keine Komödiantin mit dem Herzen einer Piratin und den Augen einer Schneekönigin würde ihren Fuß in ihr Refugium setzen. Die Frage war nur, wie sie Heinrich die Unmöglichkeit seines Vorhabens klar machen sollte. Wie hätte irgendwer Gustav seinerzeit davon abbringen können, als er ihrem, Elisabeths, Zauber erlegen war? Nur die Zeit, gab sie sich selbst die Antwort. Die Zeit war ihre Verbündete. Sie drehte sich um.

»Heinrich, ich will dir keinen Vortrag darüber halten, dass du im Begriff bist, eine Dummheit zu begehen und eine viel versprechende Ehe aufs Spiel zu setzen für das Risiko, die Tochter von, sagen wir, nicht sehr standesgemäßen Leuten zu heiraten. Darüber bist du dir sicher im Klaren.«

»Mutter, Felicitas hat eine Saite in mir angeschlagen, von der ich gar nicht wusste, dass es sie gibt.«

Elisabeth starrte ihn an. Dieselben Worte, mit denen Gustav einst versucht hatte ihr zu erklären, warum er sie und keine andere wollte. Trügerische Worte, die so schnell ihren Klang verloren hatten. Heinrich war seinem Vater offenbar ähnlicher, als es ihr bislang bewusst gewesen war, und wenn seine Leidenschaft so kurzlebig sein sollte wie Gustavs, war sie, Elisabeth, auf dem richtigen Weg. Liebevoll sah sie ihn an und drückte seine Hand.

»Ich möchte dich nur bitten, mit der Hochzeit zu warten, bis wir das Patent für den magenschonenden Kaffee schwarz auf weiß besitzen.«

»Aber Mutter, das kann noch zwei Jahre dauern. Du weißt doch, dass wir erst am Anfang stehen und mit welchen Schwierigkeiten wir zu kämpfen haben. Die Gerbsäure lässt sich nicht isolieren. Nun gewiss, Frantz testet gerade ein neues Verfahren, es sieht viel versprechend aus, aber …«

»Bitte verschone mich mit den chemischen Einzelheiten«,

entgegnete Elisabeth lächelnd. »Siehst du, ich hätte auch toben können oder dir die Sache einfach verbieten, weil ich befürchte, dass du uns lächerlich machst. Aber ich bitte dich nur um diesen einen Gefallen. Ich finde, das ist nicht zu viel verlangt.«
»Aber es ergibt keinen Sinn. Das Patent macht doch keinen Unterschied.«
»Aber ja, weil es dir Zeit gibt, herauszufinden, ob dieses Mädchen wirklich die ist, für die du sie hältst. Ob sie den Charakter hat, eine Andreesen zu sein, und ob ihre Liebe stark genug ist, auf dich zu warten.« Sicher nicht, fügte Elisabeth in Gedanken hinzu. Sie würde zur Bühne gehen, ihre Erziehung und ihr Aussehen ließen ihr gar keine andere Wahl, und wenn sie erst einmal in Applaus gebadet hatte, würde ihr die Welt der Andreesens trocken und langweilig erscheinen.
Prüfend sah Heinrich seine Mutter an. »Du schätzt sie falsch ein, Mutter, du glaubst, sie wäre auf eine gute Partie aus, aber ich kann dir versichern, dass das nicht der Fall ist. Im Gegenteil, ich werde Mühe haben, sie davon zu überzeugen, lieber meine Frau als eine gefeierte Schauspielerin zu werden. Und du schätzt auch mich falsch ein.«
»Du bist so sehr der Sohn deines Vaters …«, begann Elisabeth und zögerte. Vielleicht wäre es angebracht und fair, ihm die Geschichte ihrer Ehe zu erzählen, aber es ging hier schließlich nicht darum, Gefühle offen zu legen, sondern darum, die Geschicke des Hauses zu sichern. »Ihm ging das Unternehmen über alles, und deshalb bin ich überzeugt, dass du in seinem Sinne handeln wirst.« Wie gut, dass sie nicht ans Fegefeuer glaubte. Weniger robuste Menschen würden wohl angesichts dieser dreisten Verdrehung der Tatsachen heute noch drei Vaterunser beten.
»Schon gut, Mutter. Du brauchst Vater nicht zu bemühen,

und es liegt mir fern, mich mit dir zu streiten. Du bekommst das Patent und ich Felicitas.«

»Sobald wir das Patent besitzen.«

»Sobald wir das Patent besitzen.« Er wandte sich zur Tür, nahm seinen Koffer und verschwand ohne ein weiteres Wort.

Er ist beleidigt, dachte Elisabeth amüsiert. Ein großes Kind wie alle Männer, das heulte, weil es den bunten Kreisel haben wollte statt des grünen. Doch es war ihr gleichgültig. Sie würde alles daransetzen, die Familie und das Unternehmen zusammenzuhalten, und eine Frau wie Felicitas, wild und unstet, eine Schauspielerin!, hatte hier nichts zu suchen. Tief in ihrem Innern erschrak sie über ihre eigene Härte, die von Einsamkeit und bitteren Erfahrungen geschmiedet worden war. Doch was sie am meisten fürchtete, ohne diesen Gedanken jedoch zuzulassen, war die bange Frage, ob Felicitas Heinrich das Gleiche antun würde wie sie einst Gustav.

»Bleibst du nicht zum Essen?«, fragte Ella überrascht, als sie sah, dass Heinrich mit der Aktenmappe in der Hand zur Haustür ging. Sie hatte sich so darauf gefreut, ihren Bruder wiederzusehen, denn drei Tage nur mit Mutter, Anton und Désirée zu speisen war anstrengend. Désirée gab mit ihrer zirpenden Stimme stets nur den neuesten Klatsch zum Besten oder käute bei unbefriedigender Nachrichtenlage aus der Gesellschaft den alten wieder. Anton schob das Essen hin und her und trank eindeutig zu viel Wein, und ihre Mutter bemühte sich um die Art der perlenden Konversation, die sie besser mit Emelie teilen konnte als mit Ella. Das gepflegte Gerede war Ella zuwider, und sie musste sich sehr zusammenreißen, um nicht in unhöfliches Schweigen zu versinken. Als ihr Vater noch lebte, war das gemeinsame Essen fröhlicher und rustikaler verlaufen. Heinrich war zwar auch noch nie eine Stimmungskanone gewesen und in den Wochen nach dem Tod ihres Vaters oft in sich gekehrt, aber seine freundliche, anteilnehmende Art tröstete Ella und machte das Leben im Hause Andreesen erträglich. »Du bist doch gerade erst nach Hause gekommen!«, fügte sie hinzu und ging ihm entgegen. Er breitete die Arme aus, und sie flog hinein, als wäre sie noch das kleine Mädchen, das vom großen Bruder beschützt werden wollte. Und so war es eigentlich auch tatsächlich, denn Ella brannte darauf, Heinrich von ihrem Geheimnis zu berichten und von ihm zu hören, dass bestimmt alles gut werden würde.

»Hübsch siehst du aus«, sagte er und umschloss ihr Kinn mit seiner Hand, wie Vater es gern getan hatte. Ella schluckte, und Heinrich zog sie an sich. »Ich weiß, ich weiß, wir vermissen ihn beide.«

Eine Weile standen sie so beisammen, bis Heinrich sich sanft von ihr löste und die Aktentasche wieder in die Hand nahm. »Ich muss noch einmal im Büro nach dem Rechten sehen. Drei Tage sind ziemlich lang, wenn man eine Firma leitet.«

»Aber es ist schon so spät«, sagte Ella. »Meinst du nicht, dass deine Akten bis morgen Zeit haben? Und die Mäuse freuen sich auch, wenn sie noch etwas länger auf dem Tisch tanzen können.«

Heinrich zögerte. Er hatte immer gespürt, wenn seine kleine Schwester etwas auf dem Herzen hatte, und dies war offensichtlich jetzt der Fall. Ihre Augen glänzten, und ihre Wangen waren gerötet, als bekäme sie Fieber. Aber ausnahmsweise gewann sein Egoismus die Oberhand, und ein nie gekanntes Misstrauen, seine Mutter würde die Dinge anders darstellen, als sie waren, ließ es ihm ratsam erscheinen, seine Schwester selbst einzuweihen.

»Ella, es gibt da etwas, was du wissen solltest …«, begann er und schilderte in einem Tempo, das ihm selbst viel zu hastig erschien, was geschehen war und noch geschehen musste, um kein Traum zu bleiben. »Und deshalb werde ich ab sofort jeden Tag und jeden Abend im Büro und im Labor verbringen, bis das Patent uns gehört«, schloss er und sah seine Schwester so triumphierend an, dass sie unwillkürlich lachen musste.

»Das nenne ich Courage, lieber Bruder. Du weißt aber doch, dass Mutter nichts auf dieses blöde Papier gibt, nicht wahr? Sie glaubt, dass du wieder zur Besinnung kommst, wenn nur genug Zeit ins Land gegangen ist.«

»Mag sein«, entgegnete er, erstaunt über Ellas Scharfsinn. »Aber ich habe ihr mein Wort gegeben, also werde ich alles tun, um es zu halten.«

»Du bist zu gut für diese Welt«, seufzte Ella. »Ich hoffe, Felicitas weiß, was für einen wunderbaren Ehemann sie bekommt.«

»Noch nicht«, sagte er, winkte ihr zu und verließ das Haus.

Ach herrje, das konnte ja heiter werden. Mutter schmiedete Pläne, wie sie die Heirat verhindern konnte, Felicitas wusste noch gar nichts von ihrem Glück, und Emelie wähnte sich immer noch in der Rolle der zukünftigen Frau Heinrich Andreesen.

Und ich?, dachte Ella und grinste verstohlen. Ich bin im Begriff, die brave Tochter hinter mir zu lassen.

Unschlüssig sah sie auf die Uhr. Um sich für das Abendessen umzukleiden, war es noch zu früh, und um noch einmal in den Schnoor zu gehen, eindeutig zu spät. Außerdem hatte sie bereits am Vormittag ihre Familien besucht, die sich an den festen Rhythmus, den Ella einigermaßen gefahrlos beibehalten konnte, gewöhnt hatten. Mittwoch-

und freitagvormittags brachte sie den Frauen, die krank oder ohne Arbeit waren, Lesen, Schreiben und Rechnen bei, und montagabends, wenn ihre Mutter Bridge spielte, unterrichtete sie diejenigen, die nach der schweren Arbeit auf den Werften und in den Nähstuben noch einigermaßen aufnahmefähig waren. Ihrer Mutter hatte sie das Märchen aufgetischt, ihre Leidenschaft für lange Spaziergänge entdeckt zu haben, um etwas für ihre Figur zu tun, doch es war natürlich nur eine Frage der Zeit, bis diese erfuhr, was ihre Tochter tatsächlich unternahm. Aber sie fürchtete den Zorn nicht mehr, im Gegenteil, manchmal hoffte sie sogar, für ihre Ambitionen einstehen zu müssen, denn Ellas Engagement hatte sich seit dem Tod ihres Vaters von einem gelegentlichen wohltätigen Zeitvertreib zu einer Aufgabe entwickelt, die sie nicht mehr missen mochte, auch wenn ihre Bemühungen nur langsam und ganz wenige Früchte zeigten.
Ihr neues Selbstbewusstsein verdankte sie vor allem der Gewissheit, dass es jemanden gab, der ihre soziale Einstellung teilte und ohne Rücksicht auf eigene Belange dort zur Stelle war, wo der Schuh am meisten drückte.
Peter Gerhard war buchstäblich vor Ella auf die Knie gefallen, um die Äpfel und Birnen aufzusammeln, die aus ihrem Korb gekullert waren, weil ein frecher kleiner Streuner die Kurve zwischen dem Korb und der Hövergasse falsch eingeschätzt hatte. »Nett gemeint«, hatte der Mann freundlich und ohne Sarkasmus bemerkt und auf das Obst gedeutet, »aber die Menschen hier brauchen etwas anderes.« Höflich hatte er seine Schiebermütze gelüpft und war schon fast hinter der nächsten Ecke verschwunden, als Ella ihm kurz entschlossen »Und was?« hinterhergerufen hatte. Aus dieser Frage hatten sich intensive Gespräche, immer häufigere Begegnungen und eine tiefe Vertrautheit

entwickelt. Peter Gerhards ganze Leidenschaft gehörte der Idee, eines Tages Automobile zu bauen, die die Welt noch nicht gesehen hatte und die ihm nicht nur Ruhm und Reichtum bringen sollten, sondern vielen Menschen hinlänglich Lohn und Brot. Als dritter Konstrukteur der Lloyd-Werke hatte er zwar bereits einen beachtlichen Aufstieg hingelegt, doch seine Herkunft nicht vergessen. Um seinen Beitrag für eine gerechtere Welt zu leisten, wie er es nannte, organisierte Peter politische Veranstaltungen, in denen es um Bürgerrechte und eine soziale Neuordnung der wilhelminischen Gesellschaft ging. Ellas Idee, ein Heim für verwaiste Schnoorkinder zu gründen, begeisterte ihn, und er ermutigte sie, ihren Plan voranzutreiben.

Peter mochte ein Stück kleiner als sie sein und zur Korpulenz neigen, doch sein Enthusiasmus und die visionäre Kraft, mit der er seine Ziele verfolgte, machten ihn attraktiver als alle Männer, die Ella kannte, ausgenommen ihren Bruder Heinrich und vielleicht noch Bernhard Servatius.

Oft hatte Ella darüber nachgedacht, ob sie Peter vielleicht liebte, war aber zu keinem Ergebnis gekommen. Er stärkte ihr den Rücken und kritisierte nicht an ihr herum. Selbst wenn man das nicht Liebe nennen konnte, war es doch genau das, wonach sie sich sehnte. Bald würde sie mit Heinrich sprechen müssen, ganz gleich, wie beschäftigt er war.

»Langeweile, mein Kind?« Elisabeth bedachte die träumende Ella mit einem Blick, in dem ihre ganze Entrüstung über die nachlässige Erscheinung ihrer Tochter lag.

»Nein«, gab Ella patzig zurück und fügte scheinheilig hinzu: »Ich dachte nur gerade darüber nach, wie Emelie es wohl auffassen wird.«

»Gute Nachrichten verbreiten sich offensichtlich schnell«, entgegnete Elisabeth kühl und ging langsam die Treppe

hinauf. »Vergiss nicht, dich umzukleiden. Dieses Kattunkleid ist eine einzige Katastrophe.«
Ella sah ihr nach und schüttelte den Kopf. Die Laune ihrer Mutter war nicht auszuhalten. Ganz offensichtlich würde heute Abend jeder, der ihr in die Quere kam, zum Sündenbock für Heinrichs unerwartete Eröffnung degradiert. Es würde die Lage also nicht wesentlich verschlechtern, wenn sie sich ebenfalls kräftig danebenbenahm. Kurz entschlossen marschierte Ella in die Küche, um Marie zu sagen, dass sie ein Gedeck weniger auflegen solle, und verließ die Villa durch den Hintereingang.
Die Juli-Wärme umfing sie weich, und Ella atmete tief durch. Sie wusste nicht, wohin sie gehen sollte, doch eine eigenartige Leichtigkeit trug sie und lenkte ihre Schritte in den Bürgerpark und von dort direkt zu den Wallanlagen.
Als sie Heinrichs Büro betrat, sprang Bernhard Servatius galant auf und deutete eine komische kleine Verbeugung an. »Ella, mit Ihrer Anwesenheit ist das Festkomitee zur Feier des Sieges der Liebe über die Vernunft vollzählig.«
Ella wurde rot und gab ihm die Hand. »Wieso klingen solche Witze bei Ihnen bloß immer gleich so …«
»Schlüpfrig?«, ergänzte Bernhard grinsend und ließ sich in den Sessel zurückplumpsen. »Der Schein trügt. Denken Sie sich nichts dabei. Mein Herz ist rein. Also, Heinrich, wann beichtest du es Emelie?«
Heinrich schüttelte den Kopf, als verstünde er sich selbst nicht mehr. »Ich habe es ihr schon gesagt, bevor ich zu Mutter gefahren bin.«
»Das nenne ich schnell entschlossen«, entgegnete Bernhard und lachte. Ella sah ihn missbilligend an. »Und wie hat sie reagiert?«
»Contenance bewahrt«, sagte Heinrich knapp und strich einen nicht vorhandenen Krümel vom Schreibtisch. »Wir

haben nie über eine Heirat gesprochen, aber seit unserer Kindheit war sie für beide Familien beschlossene Sache, und weder Emelie noch ich sind je auf den Gedanken verfallen, unsere Verbindung in Zweifel zu ziehen. Dass ich die Dinge von heute auf morgen auf den Kopf stelle, hat sie glaube ich mehr verwundert als getroffen. Vielleicht wünsche ich mir das aber auch nur, um mein Verhalten zu rechtfertigen. Ich weiß es nicht.« Er zuckte mit den Schultern.

»Du bist derlei Eskapaden nicht gewöhnt«, sagte Bernhard mit einer Spur Nachsicht in der Stimme. »Aber es gibt keinen Grund, sich zu geißeln. Du hast dich verliebt, und du hast dich entschieden, das ist alles. Welchen Preis du dafür zahlen musst, wirst du allerdings erst später sehen.«

»Was für ein Preis soll das denn sein, wenn man jemanden liebt?«, fragte Ella stirnrunzelnd.

»Der Zyniker in ihm ist fest davon überzeugt, dass alles eine böse, dunkle Kehrseite hat, die man in Kauf nehmen muss, wenn man die glänzende Seite haben will«, antwortete Heinrich. »Ich halte das jedoch für ausgemachten Unsinn, der ihm lediglich den Vorwand liefern soll, sich nicht festlegen zu müssen.«

»Gut pariert, altes Haus«, gab Bernhard augenzwinkernd zurück. »Aber bevor wir weiter mein Innenleben analysieren, würde ich gern erfahren, was Fräulein Felicitas hat, was Emelie dir nicht geben kann. Ich meine, nicht, dass es nicht offensichtlich wäre, schön, wie sie ist …«

»Sie ist die einzige Frau für mich, und nichts wird sich je daran ändern. Mehr gibt es dazu nicht zu sagen«, entgegnete Heinrich ruhig und öffnete eine von mehreren Mappen, die sich auf seinem Schreibtisch stapelten. »Und nun, meine Lieben, seid mir nicht böse, aber gefeiert wird später. Das Patent ruft!«

Bernhard und Ella verließen das Kontor. Rosenrot hatte

sich die Sonne verabschiedet, die Temperatur war ein wenig abgekühlt, und die Nacht lag bereits in der Luft, frisch und ein wenig süß.

»Der Duft der Weserwiesen«, sagte Ella sehnsüchtig. Plötzlich verspürte sie das unbändige Verlangen, diesen Tag der großen Überraschung nicht an sich heruntergleiten zu lassen wie ihr Kleid, wenn sie ins Bett ging, sondern etwas zu tun, was dem Anlass gerecht wurde – schwimmen gehen, sich im Gras des Osterdeichs trocknen lassen, danach in den Ratskeller gehen, laut singen, sich von fremden Männern Komplimente anhören, sich betrinken. Sie lächelte. Nichts davon würde sie tun, sie hatte es ja nicht einmal fertig gebracht, Heinrich von Peter zu erzählen. Nun gut, Bernhards Anwesenheit und sein florettscharfer Zynismus hatten ihr die Zunge auch nicht gerade gelockert, aber dennoch …

»Wenn Sie eine rothaarige Tänzerin von zweifelhaftem Ruf wären, würde ich Sie fragen, ob wir jetzt nicht tüchtig einen heben und finstere Geheimnisse austauschen sollten«, sagte Bernhard nonchalant, der ihren Gesichtsausdruck offensichtlich gut zu deuten wusste. »Aber da Sie die Schwester meines besten Freundes sind, bleibt mir nur, Sie nach Hause zu bringen.«

»Danke schön«, sagte Ella steif, weil es ihr peinlich war, dass er sie bei so unerhörten Gedanken ertappt hatte, aber auch, weil sie seine scheinbare Ehrenhaftigkeit für schlichtes Desinteresse hielt. Vermutlich würde er, nachdem er sie in der Villa abgeliefert hatte wie ein Paket, genau das tun – eine rothaarige Tänzerin treffen. Rasch schob sie den Gedanken beiseite.

Die Lupinen wuchsen in Sorau höher als irgendwo sonst. Sanft wiegte der Wind die kerzengeraden, fetten Dolden hin und her, eine blühende Grenze zwischen dem Gut und den goldenen Mais- und Weizenfeldern, die sich bis zum Horizont erstreckten. Noch vor zwei Jahren hatten Felicitas, Constanze und Dorothee hier verbotenerweise Verstecken gespielt und manche Ähre geknickt, was angesichts der Fülle der Ernte nicht ins Gewicht gefallen war, doch jetzt war keiner von ihnen nach kindischen Spielereien zumute. Felicitas gab sich alle Mühe, die Tage unbeschwert zu genießen, doch während sie ausritt, spazieren ging oder beim gemeinsamen Essen redete und lachte, wiederholte, drehte und wendete sie in Gedanken die Begegnung mit Heinrich wieder und wieder, bis sie selbst das Gefühl hatte, aus zwei Personen zu bestehen, und ihre Mutter besorgt fragte, ob sie krank sei, so geistesabwesend, wie sie sich gebärde. Ihr Nein klang lahm, doch ihre Mutter ließ es dabei bewenden. Vermutlich glaubte sie, dass ihrer Tochter das Erlebnis im Theater im Magen lag, und Felicitas verspürte kein Verlangen, diesen Irrtum aufzuklären.

Immerhin blieb Felicitas von Constanzes Sticheleien und Dorothees Weinerlichkeit verschont. Die Schwestern gingen freundlich, fast liebevoll miteinander um, und was Felicitas anfangs wie eine wundersame Begleiterscheinung des Erwachsenwerdens vorkam, mutete immer merkwürdiger an. Nachts bei Kerzenlicht ließ Dorothee die Nähte von Constanzes Kleidern aus, sie nahm ihrer Schwester schwere Arbeiten wie das Stallausmisten ab und ritt die Pferde, was sonst Constanzes ganze Leidenschaft war. Bis Sergej kam, dachte Felicitas eines Morgens so bissig wie hellsichtig. Sie beeilte sich, aus dem Bett zu kommen, frühstückte und machte sich auf die Suche nach ihren Cousinen. Vor dem Stall traf sie Constanze, die mit verbissener Miene Dorothee beobachtete, wie sie Apollon, den betagten Apfelschimmel, vor die Kutsche spannte.

Dorothee winkte Felicitas zu. »Ich muss nach Königsberg fahren!«, rief sie. »Hast du Lust, mitzukommen?«
Felicitas schüttelte den Kopf und verschränkte die Arme vor der Brust, als hätte sie zwei ungehorsame Schülerinnen vor sich.
»Lange könnt ihr das nicht durchhalten«, sagte sie nüchtern mit einem Blick auf Constanzes Bauch, der sich verräterisch unter dem karierten Sommerkleid wölbte. »Im Moment denken alle, du stehst bloß gut im Futter, aber bald wird auch der letzte Dorfdepp kapieren, was mit dir los ist.«
Erschrocken ließ Dorothee die Trense fallen und sah zu Constanze hinüber, die die Fäuste ballte und Felicitas wütend anfunkelte. »Mag sein, aber bis dahin ist Sergej aus Russland zurück, und wir werden heiraten«, erwiderte sie gewohnt kämpferisch, doch mit einem verzweifelten Unterton, als hielte sie ihre Lage in Wirklichkeit für aussichtslos.
Sie weiß nicht, was sie redet, dachte Felicitas. Wie hatte ihre Cousine bloß dermaßen den Kopf verlieren können – für einen Mann, der doch sicher nicht die Klassenfeindin heiraten würde. Das Gut mochte nicht das größte in Sorau und Umgebung sein, und wie Felicitas zufällig mit angehört hatte, plagten Verena und Carl zudem finanzielle Sorgen, was zu einem handfesten Streit mit ihrer Mutter geführt hatte, gleichwohl blieben die Ländereien und die Trakehnerzucht Sinnbilder für den Kapitalismus, den Sergej und angeblich auch Constanze verachteten. Was für eine verfahrene Situation! Und so unnötig. Felicitas hatte Mühe, ein wenig Mitleid mit ihrer Cousine aufzubringen.
»Meinst du nicht, dass deine Eltern es vielleicht vorher erfahren sollten?«
»Wozu sollte das gut sein?«, fragte Constanze schulterzuckend.

Felicitas zuckte ebenfalls mit den Schultern. Sie wusste es auch nicht, aber ihr angeborener Sinn fürs Praktische sagte ihr, dass nichts zu tun die Sache auch nicht besser machte. Doch Constanze wollte nichts davon wissen, und so verbrachten sie den Rest der Woche in einvernehmlichem Schweigen über das Wesentliche.
Felicitas war froh, als sie ihren Koffer packen konnte. Nicht nur, weil sie Constanzes kindisches, bockiges Verhalten nicht mehr zu ertragen vermochte, sondern auch, um sich selbst wieder in den Griff zu bekommen. Nur noch einmal, nur noch während dieser Zugfahrt wollte sie ihren Tagträumereien von Heinrich gestatten, ihr ganzes Denken zu beherrschen. Ab Bremen-Hauptbahnhof sollte sofort Schluss sein mit diesem Unsinn. Schließlich hatte sie andere Pläne und nun auch noch erlebt, wohin es führt, wenn eine Frau den Kopf verliert. Doch als Felicitas ihr Mädchenzimmer betrat, fühlte sie sich fremd, wie rausgewachsen, und nur die Tatsache, dass Elfriede geschäftig das Bett bezog und dabei über die Neuigkeiten in der Nachbarschaft plauderte, gab Felicitas die Gewissheit, dass es bloß eine Frage der Zeit sein würde, bis sie wieder in den gewohnten Rhythmus ihrer Pläne finden würde, finden müsste.
»Du hast mir noch immer nichts von Thomas erzählt, junges Fräulein«, klagte Elfriede und stemmte die Arme in die Hüften.
»Tut mir Leid«, entgegnete Felicitas leichthin. Sie hatte weiß Gott andere Sorgen. »Ich hatte keine Gelegenheit, mich mit ihm in Verbindung zu setzen.«
»Jaja, der Egoismus ist in dieser Familie recht ausgeprägt«, gab Elfriede zurück. »Dabei hätte es sich gelohnt, einen Blick über deinen Tellerrand zu werfen.«
»Wie meinst du das?«, fragte Felicitas und begann lustlos Kleider und Wäsche aus ihrem Koffer zu nehmen.

»In seinem letzten Brief hat Thomas uns mitgeteilt, dass er nun ganz nach Berlin umziehen wolle. Seiner neuen Stellung wegen muss er sozusagen an der Quelle sitzen«, erzählte Elfriede sibyllinisch, aber mit unverhohlenem Stolz. »Stell dir vor, er darf sich jetzt politischer Karikaturist nennen. Ist das nicht wunderbar?« Sie strahlte über das ganze glänzende Gesicht.

Felicitas brachte es fertig, eine bissige Bemerkung hinunterzuschlucken und stattdessen erfreut zu nicken. Schließlich war es nicht nötig, Elfriedes Illusionen zu zerstören, auch wenn die eigenen einen herben Dämpfer erfahren hatten. Allerdings, das musste sie zugeben, verspürte sie auch ein wenig Neid. Neid, dass jemand seine Pläne ohne viel Federlesens in die Tat umzusetzen wusste. Oft hatte sie Thomas im Theater gesehen, wie er die Kulissen und Requisiten schleppte, und nie hatte sie einen Gedanken daran verschwendet, dass der schlichte Arbeiter, als den sie ihn sah, insgeheim von einer künstlerischen Passion ergriffen war, die so stark sein musste, dass sie auch andere überzeugte. Mehr denn je zweifelte Felicitas an ihrem Können und letztlich auch an ihrem Wollen, denn sie war fest davon überzeugt, dass man alles schafft, wenn man es nur wirklich und leidenschaftlich will. Und auch ihre Eltern mussten dieser Meinung sein, denn wie sonst war es zu erklären, dass weder ihr Vater noch ihre Mutter das Thema Max Reinhardt anschnitt?

»Hörst du schwer?« Elfriede tippte ihr auf die Schulter. »Hallo? Jemand zu Hause? Ich sagte, auf dem Tisch in der Diele liegt ein Brief für dich. Vielleicht bringt dich der auf fröhlichere Gedanken.«

Felicitas fuhr herum. Heinrich!

Die Zeilen waren mit Tinte geschrieben und sehr sparsam. »… und so freuen wir uns bei einer Zusage Ihrerseits, Sie

am 1. August in unserem Hause begrüßen zu dürfen. gez. M. Reinhardt«
Sie hatte ihren Vater nicht kommen hören und zuckte zusammen, als er ihr seine Hand auf die Schulter legte und ihr mit der anderen in die Wange kniff. »Das Schreiben liegt schon seit zwei Wochen hier. Ich hab's mir aber verkniffen, es unter Wasserdampf zu öffnen und heimlich zu lesen«, sagte er schmunzelnd. »Doch ich könnte schwören, dass es gute Nachrichten enthält.« Rasch warf er einen Blick auf die Zeilen und nickte. Felicitas wusste nicht, was sie sagen sollte. Sie empfand nur eine vage Beklemmung, die ihrem Vater nicht entging. »Ich freue mich für dich – wenn es das ist, was du wirklich willst«, bemerkte er diplomatisch. Felicitas nickte, und Max fuhr fort: »Berlin ist natürlich nicht Bremen, nicht so beschaulich. Du wirst dich neu orientieren müssen. Ich denke, es ist am besten, wenn wir so bald wie möglich reisen und eine Pension für dich suchen, wo du dich ein bisschen zu Hause fühlen kannst. Vielleicht wäre es nett, wenn du in Thomas' Nähe Quartier beziehst. Wenigstens ein halbwegs vertrautes Gesicht.« Er lächelte sie aufmunternd an. »Aber weißt du, ich mache mir überhaupt keine Sorgen. Das Theater wird dir in kürzester Zeit neue Freunde zuspielen. Schneller, als du atmen kannst, wirst du so beschäftigt sein, dass du sogar vergisst, deinen lieben alten Eltern begeisterte Briefe zu schicken.« Als Felicitas immer noch nicht reagierte, hob Max die Brauen und wurde ernst. »Du warst felsenfest davon überzeugt, versagt zu haben, nicht wahr? Und jetzt will es nicht in deinen kleinen Dickschädel rein, dass du dich getäuscht hast. Aber, Mädchen, du bist engagiert!«
Endlich lächelte Felicitas ein wenig, ihm zu Gefallen. »Es ist ein Anfang«, stellte sie nüchtern fest und faltete den

Brief so sorgfältig wieder zusammen, als könnte sie damit den Inhalt ungelesen machen.
»Und was für einer!«, rief Max. »Freust du dich denn gar nicht?«
»Doch, sehr. Es ist nur so, wie du sagst. Ich kann's noch nicht fassen.« Felicitas war bewusst, dass sie log, doch sie hoffte, dass ihre Worte wahr werden würden. Gewiss brauchte sie nur eine kleine Weile, um die Überraschung zu verdauen.
»Dann ist es ja gut«, erwiderte Max und küsste sie auf die Wange. »Bevor wir nach Berlin fahren, müssen wir allerdings noch ein kleines Problem aus der Welt schaffen, und das so elegant wie möglich.« Fragend sah Felicitas ihn an. Max fuhr sich verlegen durchs Haar. »Nun, in deiner Abwesenheit trudelte nicht nur dieser Brief ein, sondern auch ein Schreiben aus dem Hause Andreesen, in dem Heinrich Andreesen mich um ein Gespräch bat.«
»Und?«, fragte Felicitas tonlos.
»Ein freundlicher Mann, das muss ich schon sagen. Schlägt wohl mehr nach seinem Vater als nach der arroganten Mutter.«
»Vater, bitte!«
»Tststs, eine Kunstpause wird ja wohl erlaubt sein, oder? Also wir verplauderten eine nette Viertelstunde über dies und das, bis er schließlich mit dem Grund seines Besuchs herausrückte. Er bat mich um die Erlaubnis, um dich zu werben. Rosenbuketts, kleine Briefchen, Einladungen zum Tee und zum Trabrennen …«
»Was hast du geantwortet?«, unterbrach Felicitas ihn schroff. Ihre aquamarinblauen Augen schimmerten dunkel, und Max begriff.
»Felicitas, er will dich heiraten. Das ist wohl eine Frage, die nur du beantworten kannst.«

5

Du faltest die Hände, führst sie in einem Bogen nach vorn und stößt dich gleichzeitig ab. So!« Ihr Vater glitt elegant ins Wasser und schwamm mit kraftvollen Zügen, getragen von den sanften Wellen der Weser, die in der klaren Sommersonne glitzerten, als hätte der Himmel eine Hand voll kleiner Diamanten verloren. In der Mitte des Flusses drehte er sich um, lachte und winkte. »Komm schon!«
Felicitas saß im Sand und fror. Sie hatte keine Angst, zögerte aber, auf das zu vertrauen, was ihr Vater ihr beizubringen versuchte, weil das Schwimmen seiner Meinung nach gesund, in bestimmten Situationen lebensrettend und deshalb eine Fertigkeit war, die jeder beherrschen sollte. Sie misstraute dem fremden Element. Wer sagte denn, dass es sie ebenso tragen würde wie ihren Vater? Vielleicht mochte es kleine blonde Mädchen nicht und verwandelte sie, kaum dass ihr Fuß das sichere Ufer verlassen hatte, in einsame Meerjungfrauen, die ein Leben lang auf Erlösung durch irgendeinen Prinzen warteten, der ihnen seine Liebe bewies? Mama und Elfriede konnten schließlich auch nicht schwimmen, und gewiss hatten sie ihre Gründe dafür. Ihr Vater winkte, fröhlich und aufmunternd. Er wusste nichts von den geheimen Fantasien seiner Tochter, und Felicitas hatte nicht vor, sie mit ihm zu teilen.
Das war zehn Jahre her.
Felicitas war ziellos umhergestreift, das Orakel von Delphi herbeisehnend, und schließlich an dem kleinen Strand gegenüber der Sielwall-Fähre gelandet, wo sie sich wie früher in den warmen Sand setzte. Zwei kleine Jungen in

völlig versandeten Matrosenanzügen bauten schiefe Burgen aus Sand, ein Mädchen trug einen Schwimmring aus Kork, mit dem es sich mühsam über Wasser hielt. Ein Schlepper tutete ohrenbetäubend, teilte das Wasser und trug Wellen ans Ufer, die das Kind ängstigten. Es paddelte zurück, warf seinen Schwimmring fort und lief weinend zu einer alten Frau, die es besorgt in die Arme nahm und tröstend wiegte. Die Jungen lachten.

Nein, geweint hatte sie damals nicht, nur trotzig im Wasser gestanden, bis ihre Beine taub und ihre Finger blau angelaufen waren. Ihr Vater hatte nicht die Geduld verloren. Er war zurückgeschwommen, hatte ihr über das Haar gestrichen und sich neben sie gestellt. »Du kannst nicht untergehen, ich bin schließlich bei dir.« Doch Felicitas war sich nicht sicher, ob ihr Vater gegen ein mächtiges Element anzukommen imstande war, und rührte sich nicht vom Fleck. Als die Sonne langsam an Kraft verlor, fasste sie einen für eine Siebenjährige bemerkenswert fatalistischen wie mutigen Entschluss. Wenn der Himmel es wollte, dass sie eine Meerjungfrau wurde, sollte es wohl so sein. Und falls nicht, nun, umso besser, dann konnte sie endlich schwimmen. Mit klopfendem Herzen tat sie den ersten Schwimmzug ihres Lebens.

Von dem Moment an hatte es kein Halten mehr gegeben, sie entwickelte sich zu einer Wasserratte, wie ihr Vater sie nannte. Springen, tauchen, stundenlang. »Komm raus, dir wachsen noch Schwimmhäute«, pflegte ihre Mutter zu rufen, die es gar nicht fassen konnte, wie überaus geschickt ihre Tochter sich im Wasser anstellte.

Wenn es doch immer so einfach wäre, dachte Felicitas, stand auf und klopfte sich den Sand vom Kleid. Einfach losschwimmen und schauen, was der Himmel mit dir vorhat.

Schnaufend legte die Sielwall-Fähre an und klappte ihr Achterdeck mit Getöse auf den Strand. Der Kapitän zündete sich gemächlich eine Pfeife an, während ein Schaffner den Passagieren, die aufs Deck strömten, Fahrscheine verkaufte. Fragend sah er zu Felicitas hinüber, die erst lächelnd den Kopf schüttelte, um es sich in letzter Sekunde doch anders zu überlegen. Der Weg zurück erschien ihr jetzt recht weit und angesichts der Hitze zu mühsam.
Die Fähre tuckerte zufrieden über die Weser, und Felicitas genoss den leichten Fahrtwind, der ihr Haar wie ein Segel hob und sich unter die Ärmel ihrer weißen Bluse schmuggelte, um sie aufzubauschen, als gehörten sie in Wirklichkeit zu einem Piraten.
Ich liebe es, dachte Felicitas plötzlich. Ich liebe das alles hier.
Gewiss fehlte es Bremen an romantischer Staffage, die einer Hafenstadt entsprochen hätte – bunte Wimpel, leuchtende Segel, braun gebrannte Seeleute –, aber das Meer war nun einmal weit weg, und die norddeutsche Nüchternheit erlaubte es nicht, so zu tun, als läge es um die Ecke. Andere mochten das vielleicht langweilig finden, aber mit jedem Meter, den die Fähre zurücklegte, wurde Felicitas klarer, dass sie diese unaufgeregte Atmosphäre, diese beruhigende Überschaubarkeit liebte, auch wenn das glitzernde Berlin und seine unendlichen Möglichkeiten ihr eine andere Welt eröffnen würden. Ich will schwimmen, aber nicht nass werden, dachte sie selbstironisch. Ich muss mich für eins entscheiden, doch kann nicht von dem anderen lassen. Wie denn auch, wenn zwei Wege in die Zukunft führten, die verlockend und viel versprechend schienen und jeweils mit einem großen Fragezeichen versehen waren, das keine Instanz in ihr in ein Ausrufungszeichen verwandeln konnte. Ihre Eltern hatten ihr beigebracht, an sich selbst und in

schwierigen Fällen an eine göttliche Kraft zu glauben, die ihr damals beim Schwimmenlernen genau das Richtige eingeflüstert hatte, jetzt jedoch beharrlich schwieg.
Nicht einmal auf die Liebe war Verlass. Hatten nicht Hundertschaften von Dichtern ihre stürmische Kraft beschworen, die über alle Wenn und Aber hinwegfegte? Bei Felicitas' unbedingtem Willen, die richtige Entscheidung zu treffen, schien sie zu kapitulieren.
Ja, sie war in Heinrich verliebt, eigentlich vom ersten Moment an. Aber wie sollte sie sich für ihn entscheiden, wenn sie nichts von ihm wusste? Wenn sie Max Reinhardts Angebot annahm, wusste sie wenigstens, was sie erwartete, schließlich hatte sie dieses Leben, auch seine Widrigkeiten, von klein auf mit jeder Pore aufgesogen. Die Rolle einer Ehefrau, noch dazu des Erben einer der ersten Familien Bremens, sagte ihr nichts, auch wenn der Lauf der Dinge für junge Mädchen im Allgemeinen direkt auf eine Heirat zusteuerte.
Die Fähre machte am Sielwall fest, und Felicitas marschierte von Bord. Kurz entschlossen lenkte sie ihre Schritte zum Wall.

»Eine Dame möchte Sie sprechen, Herr Andreesen«, sagte ein junger Mann mit flaumweichem Bartansatz laut in die Muschel eines schwarz glänzenden Telefons und bedeutete Felicitas, Platz zu nehmen in einem der zierlichen Gobelinsessel, die links und rechts neben einem marmorumrandeten Kamin standen. Sie blieb stehen und betrachtete das goldgerahmte Gemälde darüber, das einen streng dreinblickenden Herrn zeigte, dessen gütige Augen seine Attitüde Lügen strafte.
»Mein Urgroßvater«, hörte sie Heinrich sagen und wirbelte herum.

Sie sahen sich an, und aquamarinblauer Zweifel wurde von samtblauer Sanftheit umfangen, sodass kein gesprochenes Wort mehr nötig gewesen wäre zu erklären, was die Seele längst wusste. Doch natürlich legte die gesellschaftliche Konvention ein Veto ein und erinnerte Heinrich geschickt an das, was sich gehörte. »Bitte«, sagte er etwas steif und fügte in einem weicheren Ton hinzu, nachdem er die Tür geschlossen hatte: »Sie überraschen mich immer wieder, Felicitas.«

»Sie mich auch«, entgegnete sie, und ein Anflug von Röte schoss ihm ins Gesicht.

»Darf ich Ihnen einen Kaffee anbieten? Unsere Hausmischung schmeckt schwarz oder mit Zucker ganz passabel, aber ich kann Ihnen auch einen Franziskaner, einen Kaffee verkehrt oder eine Kaisermelange servieren lassen. In Wien schwärmen alle davon – ein Mokka mit geschlagenem Eigelb und Honig und Zucker versprudelt.«

»Du liebe Zeit«, platzte Felicitas heraus, und Heinrich lachte.

»Also einen Kaffee verkehrt, viel Milch, wenig Kaffee, und den bitte schön mild.«

»Perfekt«, entgegnete Felicitas und knetete die Spitzenverzierungen ihrer Ärmelaufschläge. Auf ihrer Nase sammelten sich ein paar feine Schweißperlen, die sie unauffällig zu trocknen versuchte, als Heinrich zur Tür ging und den jungen Mann bat, ihnen das Gewünschte zu besorgen. Nach einem kleinen Wortwechsel kam Heinrich zurück.

»Meine Sekretärin pflegt derzeit ihre kranke Mutter, und da ihr Sohn Michael sowieso in die Fußstapfen seines verstorbenen Vaters treten soll, der lange Jahre unsere Korrespondenz erledigte, lasse ich ihn bei dieser Gelegenheit schon einmal Kontorluft schnuppern. Und dazu gehört natürlich auch das Wissen ums korrekte Kaffeekochen und Mischen. Das war dem jungen Mann aber offensichtlich ganz neu. Wenn uns der Kaffee nicht schmeckt, klauen wir im Labor eine ordentliche Tasse. Wir dürfen uns nur nicht erwischen lassen. Der gute Frantz ist da sehr eigen.« Felicitas kicherte, beeilte sich aber, etwas Kluges zu erwidern.

»Ehrlich gesagt dachte ich immer, Kaffee sei Kaffee.« Um Himmels willen, was redete sie für einen ausgemachten Blödsinn! Aber Heinrich schien das nicht so zu sehen, im Gegenteil. Er strahlte sie an und wies auf zwei Sessel, die mit glänzendem braunem Leder bezogen waren. Überhaupt wirkte sein Büro mit den schweren Eichenmöbeln so dunkel wie eine Bärenhöhle, und Felicitas wusste nicht, ob sie sich wohl fühlen oder lieber das Weite suchen sollte.

»O nein, es gibt unendlich viele Sorten in vielen Ländern. Wir unterscheiden grundsätzlich zwischen den Sorten Arabica und Robusta. Arabica wächst im Hochland und bringt das Aroma, Robusta gedeiht in der Ebene und bringt Koffein und Bitterstoffe. Die Java-Bohne ist zum Beispiel süßlich, die brasilianische hat kaum Säure, ist weich, aber auch ein bisschen langweilig. Die Grundlage unseres Kaffees kaufen wir deshalb in Brasilien, die anderen Sorten liefern den typischen Geschmack.«

»In Brasilien versuchen doch zurzeit ganz viele Menschen aus Europa ihr Glück zu machen, nicht wahr?« Das war immerhin eine einigermaßen geistreiche Bemerkung, dachte Felicitas. Die hatte sie zwar auch nur irgendwann einmal in Andreesens Kaffeehaus aufgeschnappt, aber der Zweck heiligte die Mittel.

»Ja, das stimmt«, erwiderte Heinrich überrascht. »Nach dem Sturz des Kaiserreichs bauten plötzlich alle wie verrückt Kaffee an, und abertausende Einwanderer strömten nach Brasilien. Die Folge war eine fatale Überproduktion.

Damit die Preise stabil blieben, hat die Regierung ganze Ernten vom Markt zurückgehalten oder vernichtet.«

»Handeln Sie denn trotzdem noch mit Brasilien?«

»Ja, denn die Plantagen, die uns mit Kaffeebohnen beliefern, tun dies schon seit vielen, vielen Jahren. Mein Urgroßvater hat die Beziehungen geknüpft, und ich konnte mich nicht entschließen, die Verträge zu kündigen. Ich glaube fest daran, dass sich das Chaos irgendwann legen wird, auch wenn unser Prokurist das Gegenteil behauptet. Wir werden sehen …«

Es klopfte, und der junge Mann trat ein, vorsichtig ein Tablett mit zwei Tassen balancierend, die er auf das Rauchtischchen aus Messing zwischen Felicitas und Heinrich stellte.

»Ich hoffe, er schmeckt Ihnen«, brachte Michael verlegen heraus und ging rückwärts zur Tür, einen Diener vor Felicitas andeutend.

»Danke schön«, erwiderte sie freundlich, nahm die weiße Porzellantasse in die Hand und pustete hinein. Michael schloss die Tür, und Felicitas pustete weiter, weil ihr partout nichts einfiel, was sie hätte sagen können, außer dass diesem Kaffee eine gehörige Portion Milch fehlte.

»Verzeihen Sie mir, wenn ich nur über Kaffee spreche, aber er ist gewissermaßen mein Leben. Er bestimmt sogar, in welche Sommerfrische unsere Familie fährt. Leipzig, Amsterdam, Rom, Wien, überallhin, wo es Kaffeemischungen zu entdecken gibt. In Wien habe ich achtzehn verschiedene Variationen gezählt, mit Schlagsahne und Brandy, Vanilleeis und Marillenlikör. Sehr interessant.« Er nahm einen Schluck und zog die Augenbrauen hoch. »Gar nicht schlecht für den Anfang, nicht wahr?«

Felicitas nickte. »Wenn es so viele Möglichkeiten gibt, Kaffee zu servieren, warum bieten Sie sie nicht an?«

»Eine Frage der Tradition. Ich konnte meinen Vater nie davon überzeugen, etwas anderes als Bremer Kaffee auf die Karte zu setzen. Und vielleicht hatte er mit seiner Skepsis sogar Recht. Die Bremer sind ein bisschen zu nüchtern für solche Spielereien.«

»Probieren Sie es doch mal aus«, schlug Felicitas vor, »für drei Tage oder eine Woche. Sie könnten ja ein kleines Kaffeefest veranstalten, mit Salonmusik aus den verschiedenen Ländern und Rezitationen zum Thema Kaffee. Oder noch besser: mit einem Gedicht-Wettbewerb. Wer das schönste Kaffeegedicht schreibt, bekommt eine Woche lang jeden Tag eine Gratis-Melange.«

Heinrich lachte und sah sie bewundernd an. »Und als Trostpreis gibt es löslichen Kaffee. Den hat ein Japaner gerade erfunden. Gefriergetrocknete Krümel, heißes Wasser drauf, fertig. Schmeckt scheußlich, ist aber praktisch, wenn man es eilig hat.«

Seine Augen folgten ihren, die eine Fotografie in einem groben Ebenholzrahmen betrachteten. Sie zeigte Gustav Andreesen auf einer Plantage, zwei kräftige dunkelhäutige Arbeiterinnen neben ihm, am Boden Kaffeekirschen, nichts als Kaffeekirschen, die offensichtlich in der Sonne trockneten.

»Ein einziges Mal hat Vater es sich erlaubt, nach Brasilien zu reisen. Er mochte dieses Gefühl, im Ursprungsland des Kaffees vom Pflücken und Waschen der Bohnen bis zum Trocknen alles zu kontrollieren. Von dieser Reise hat er bunte Ponchos mitgebracht und farbige Armbänder für Ella und Bilderrahmen wie diesen. Als ich ein ganz kleiner Junge war, musste mir Papa noch mal und noch mal die Geschichten von der Entdeckung des Kaffees erzählen.«

»Und die wären?«, fragte Felicitas und entspannte sich. Sie hatte sich entschlossen, die Bärenhöhle gemütlich zu finden, jetzt, da das Gespräch anmutig plätscherte, statt gefährlich zu versiegen und Raum für Unausgesprochenes zu öffnen.

»Wollen Sie das wirklich hören?«, fragte Heinrich zweifelnd, und Felicitas nickte. »Nun, in der Legende, die ein Mönch aus Syrien 1671 aufzeichnete, spielen Ziegen die Hauptrolle. Zwei Hirten aus Kaffa im Lande Abessinien beklagten sich bei den Mönchen eines nahe gelegenen Klosters, dass ihre Tiere bis nachts keine Ruhe finden würden und überhaupt keine Müdigkeit zeigten. Die Mönche versprachen, den Hirten zu helfen, und untersuchten die Stelle, wo die Tiere grasten. Dort fanden sie eine dunkelgrüne Pflanze, die grüne, gelbe und rote kirschenartige Früchte trug, von denen die Tiere geknabbert hatten. Die Mönche bereiteten sich daraus einen Aufguss, und ohne das geringste Bedürfnis nach Schlaf konnten sie nun nachts wachen, beten oder angeregte Unterhaltungen führen. Die zweite Sage mochte ich allerdings noch lieber. Sie handelt von einem jungen Derwisch namens Omar. Verleumdet und unschuldig verurteilt, wurde er mit seinen Gefährten in eine abgelegene Steinwüste verbannt. Halb verhungert und am Ende seiner Kräfte probierte er von den Früchten eines ihm unbekannten Strauchs. Wie durch ein Wunder genesen, kehrte er in die Stadt zurück und brachte Kunde von der magischen Frucht. Alle wollten nun davon kosten, und Omar wurde mit Ehren überhäuft, und der Kalif schenkte ihm einen Palast.« Heinrich breitete verlegen die Arme aus. »Habe ich Sie sehr gelangweilt?«

»O nein, überhaupt nicht«, erwiderte Felicitas. Tatsächlich war sie hingerissen von seiner weichen Stimme, die sie einhüllte, fasziniert von seiner Freundlichkeit, die ihr wie schon zuvor in Berlin das Gefühl gab, beschützt und geborgen zu sein.

»Und wie war es wirklich?«, fragte sie nach einer kleinen Weile.
»Sehr viel weniger märchenhaft. Die Kaffeepflanze wurde von Franzosen oder Portugiesen geraubt und von Ostafrika in die ganze Welt gebracht.«
Heinrich sah sie intensiv an, und Felicitas fürchtete, er könnte ihr Herz pochen hören, das gegen ihre Rippen hämmerte, als wollte es hinaus, um zu hüpfen, zu springen und zu singen.
»Darf ich Ihnen den Betrieb zeigen?«, fragte Heinrich, stand auf, knöpfte seinen Gehrock zu und reichte Felicitas die Hand, als würde es ohnehin keiner Antwort bedürfen. Eigentlich nicht, dachte sie, eigentlich will ich hier sitzen und dich anschauen. Aber sie nahm seine Hand und erhob sich.
Sie verließen das Büro, gingen einen schmalen, braun getäfelten Flur entlang und betraten durch eine Eisentür eine Halle, deren Größe hinter der Fassade des Kontorhauses niemand vermutet hätte und in der unglaublich viele Geräte aus blankem Metall von ebenso vielen Arbeitern bedient oder kontrolliert wurden. Felicitas kam sich vor wie in einer Zauberwerkstatt. Überall zischte, prasselte, knallte, strömte es. Und es roch verführerisch nach frisch gebrannten Kaffeebohnen.
»Kaffee ist eine Wissenschaft geworden«, rief Heinrich ihr zu. »Das hier sind Trommelröster, die die Bohnen bei zweihundertdreißig bis zweihundertsiebzig Grad etwa fünfzehn Minuten rösten. Einige Minuten weniger, und die Röstung wird heller, der Säureanteil bleibt hoch, der Geschmack leicht. Soll der Kaffee intensiver schmecken, wird er länger geröstet.«
»Und das hier?«, fragte Felicitas und wandte sich ihm zu, um den Lärm zu übertönen. Dabei kam sie ihm so nah,

dass sie sein leichtes Eau de Toilette und einen Hauch seines Körperduftes einatmen konnte.
»Die neue Heißluftröstung«, antwortete er und erwiderte ihre Bewegung, indem er sich zu ihr neigte, was verwirrende und ganz und gar köstliche Empfindungen in ihr auslöste. »Die Bohnen werden in einem Heißluftstrom bei zweihundert bis zweihundertachtzig Grad durch die Luft gewirbelt und frei schwebend geröstet, das ist schonender. Allerdings muss besonders exakt gearbeitet werden. Eine einzige verbrannte Bohne macht die ganze Röstung kaputt, was uns zu Anfang einige Male passiert und natürlich sehr ärgerlich ist. Danach werden die Bohnen abgekühlt, und nach zwölf Stunden serviere ich Ihnen röstfrischen Kaffee.«
Elias Frantz wehte an ihnen vorbei, die Stirn gerunzelt, das Klemmbrett im Takt seiner Schritte energisch schwenkend. Heinrich winkte ihm zu, und der Laborleiter verlangsamte sein Tempo sichtlich widerstrebend.
»Felicitas, das ist Elias Frantz, das Herz des Unternehmens. Ohne ihn würde alles zusammenbrechen.«
»Nicht ganz, aber fast«, gab Frantz zurück, erinnerte sich aber rechtzeitig an seine Manieren und reichte Felicitas seine große, erstaunlich weiche Hand. »Willkommen, gnädiges Fräulein. Sie sind – das darf ich doch sagen, Heinrich, nicht wahr? – die erste junge Dame, die unsere heiligen Hallen betreten hat.«
Sie lächelte ihn an. »Wirklich? Nun, dann muss ich dieses Ereignis ja noch ein wenig auskosten.«
Mit einem freundlichen Nicken wollte Frantz sich verabschieden, doch Heinrichs besorgter Gesichtsausdruck ließ ihn in der Bewegung innehalten. »Ich weiß, dass ich hier wie ein Derwisch durchs Kontor rase«, gab er seufzend zu, »aber die Sache mit dem Japaner liegt mir im Magen.

Wenn diese Erfindung gemacht ist, liegt die nächste in der Luft, und ich würde mir ein Ohr abbeißen, wenn es sich dabei um unsere Sache handeln würde«, fügte Frantz mit einem Blick auf Felicitas hinzu.
»Sie können ruhig offen sprechen«, beruhigte Heinrich ihn. »Fräulein Wessels wird unsere Geheimnisse gewiss nicht auf die Bühnen dieser Welt tragen. Sehen Sie, Felicitas, wir arbeiten seit einiger Zeit daran, eine Kaffeesorte zu züchten, die den Magen nicht angreift und deshalb für empfindliche Menschen, Kranke und Ältere verträglicher ist als der herkömmliche Kaffee. Und das ist sehr viel schwieriger, als wir dachten.«
Frantz nickte grimmig. »Doch wenn wir wissen, wie es geht, werden wir die größte Kaffeefirma Europas. Denn die Erfindung lassen wir uns patentieren, sodass jeder, der magenschonenden Kaffee herstellen will, von uns die Lizenz erwerben muss. Wir werden sozusagen Kaffee zu Gold spinnen.«
»Das wäre wirklich eine fantastische Erfindung«, sagte Felicitas begeistert. »Mein Vater verträgt auch keinen deutschen Kaffee und lässt sich immer Kaffee aus Italien schicken. Der schmeckt zwar genauso stark, verursacht aber bei ihm keinerlei Magendrücken, obwohl er mitunter fünf Tassen und manchmal sogar mehr davon trinkt.«
Frantz sah sie an, als hätte sie etwas furchtbar Dummes gesagt, da zerschnitt eine dunkel tönende Glocke das kurze Schweigen zwischen ihnen. Der Lärm der Röstmaschinen verebbte glucksend und klackernd, und die Rufe der Arbeiter, die sich gegenseitig auf Plattdeutsch »Fofftein!« oder »Feieramd!« wünschten, indem sie typisch bremisch die letzte Silbe verschluckten, wurden leiser. Frantz verabschiedete sich zerstreut.
Der warme Duft von Kaffee hing in der Luft, ein letzter

Sonnenstrahl kitzelte den Holzfußboden, ein kurzes Lachen wehte zu ihnen hinein.
»Ich weiß, dass dies für Sie eine unmögliche Situation ist, Felicitas, eigentlich gehören viele Aufwartungen und Rosen und ein Ring zum Üblichen, aber ...« begann Heinrich leise, doch Felicitas unterbrach ihn.
»Warum wollen Sie mich heiraten, Heinrich? Sie kennen mich doch gar nicht.«
»Das muss ich auch nicht. Alles, was ich brauche, ist die Gewissheit, mein Leben mit Ihnen verbringen zu wollen. Ich möchte keinen Tag mehr ohne Sie sein, ohne Ihr Lächeln, ohne einen Blick in diese Augen ...«
»Wie können Sie sich so sicher sein?«, fragte sie ungläubig und suchte in seinen Augen die Antwort.
»Es ist einfach so«, sagte er schlicht und nahm behutsam ihre Hand. »Denken Sie darüber nach. Bitte.«
Felicitas nickte. Schweigend brachte Heinrich sie zum Ausgang und bat seinen Fahrer, der bereits mit laufendem Motor wartete, Felicitas nach Hause zu fahren. Sie nahm in dem weißen Mercedes Platz und beobachtete, wie Heinrichs Gestalt allmählich im Dunkelgrau der Dämmerung mit dem Kontorhaus eins wurde.
Als sie in die Contrescarpe zurückkehrte, waren ihre Eltern bereits im Theater. Nur das Geräusch von klapperndem Geschirr drang aus der Küche in den Flur. Felicitas verspürte weder Hunger noch die Neigung, mit Elfriede zu plaudern, und schlich auf Zehenspitzen die Treppe hinauf. Die Gedanken kreisten wie ein Karussell, und schließlich nahm sie den *Kleinen Hey* zur Hand, in der Hoffnung, die monotonen Stimmübungen würden die immer gleichen Fragen übertönen. »Barbara saß nah am Abhang ...«, begann sie und lauschte, ob ihre Stimme die hellen Vokale lautrein hervortreten ließ. »Sprach gar sangbar, zaghaft

langsam. Mannhaft kam alsdann am Waldrand Abraham a Sancta Clara.« Die Konzentration auf die korrekte Artikulation lenkte sie tatsächlich ab, sodass sie eifrig fortfuhr und sich keine Pause gestattete. Sie arbeitete sich gewissenhaft durch die Vokale, wiederholte besonders schwierige Passagen und nahm sich dann die Konsonanten vor.

»Plump bricht der bepackte Bauer
Die Laubpracht falbprangend beim Birnbaum;
Prompt bläut der erprobte Pächter
Den Dieb im baumbuschigen Parke,
Mit Bambus beim Pumpbrunn.«

»Mit Bambus beim Pumpbrunn! Lass die Luft beim P etwas schneller durch die Lippen flitzen, und es ist perfekt.«

»Mama!«, rief Felicitas überrascht. »Ist die Vorstellung schon vorbei?«

»Gott sei es gepfiffen und getrommelt, ja«, entgegnete Helen und setzte sich zu ihrer Tochter aufs Bett. »Zum letzten Mal Alkmene! Ich bin heilfroh, wirklich, diese Rolle lag mir so quer wie keine andere jemals zuvor.«

Das Gesicht ihrer Mutter glänzte wie ein polierter Apfel, nur an der Nasenwurzel klebte noch ein Hauch zimtfarbener Theaterschminke. Sie roch nach Kampfer und Pfefferminz und etwas Schweiß, ein Duft, der untrennbar mit Felicitas' Kindheit verbunden war. Nach jeder Vorstellung war sie noch einmal zu Felicitas gekommen und hatte ihr kleines Mädchen in den Armen gewiegt, um es zu trösten, dass nicht sie, ihre Mutter, sondern Elfriede es ins Bett gebracht hatte. Die Erinnerung an die zärtliche Geborgenheit dieser Minuten trieb Felicitas die Tränen in die Augen.

»Na, na«, sagte Helen leise und hob Felicitas' Kinn an. »So schlimm?«

Felicitas nickte, kämpfte die Tränen aber zurück. »Ich bin

so entsetzlich hin und her gerissen.« Sie verstummte. Ihre Gefühle mitzuteilen, einen Menschen in ihr Innerstes schauen zu lassen, und sei es auch die eigene Mutter, war ihr peinlich. Helen, die die Verschlossenheit ihrer Tochter verstand, weil sie der eigenen entsprach, nahm ihre Hand und wärmte sie. Die Haustür klappte geräuschvoll ins Schloss, und bald darauf schmeichelten sich die ersten Takte von Mozarts Jupiter-Sinfonie in ihr Schweigen.
Helen lächelte nachsichtig, eine Spur Resignation in den blauen Augen, die in dem sparsamen Licht der Petroleumlampe auf Felicitas' Nachttisch unwirklich hell, fast wie Mondsteine schimmerten. »Er hat den Amphitryon wirklich gern gespielt. Und so ergreifend.«
Wann hast du begriffen, dass du Papa liebst?, dachte Felicitas, sprach es aber nicht aus, wissend, dass sie damit eine unsichtbare Grenze überschreiten und nicht mehr als eine ausweichende Antwort erhalten würde.
»Felicitas, ich verstehe dich so gut. Es ist nicht einfach, einen Traum zu opfern«, sagte Helen plötzlich sanft, »aber wenn du ihn liebst, heirate ihn. Liebe ist ein Geschenk, das einem nicht oft zuteil wird. Und, Liebes, so wichtig im Weltengefüge ist die Bühne nicht. Im Gegenteil, der Applaus und der Ruhm wärmen dich nicht, wenn du frierst.« Eindringlich blickte sie Felicitas in die Augen. »Manchmal muss man etwas aufgeben, um etwas anderes zu gewinnen, verstehst du? Und die Rolle der Kaffeekönigin von Bremen will schließlich auch ausgefüllt sein.« Sie lächelte wieder ihr perfektes Helen-Wessels-Lächeln und stand auf. »Falsche Entscheidungen gibt es im Übrigen nicht, mein Kind. Das Leben will gelebt sein, so oder so.«
Die nächsten drei Tage verbrachte Felicitas damit, Elfriede beim Großreinemachen zur Hand zu gehen. Sie probierte den brandneuen Staubsauger aus, den ersten seiner Art,

den ihr Vater sofort angeschafft hatte, um Elfriede die Arbeit zu erleichtern, die ihr immer schwerer fiel, was sie natürlich vehement abstritt. Max war klug genug, die Anschaffung als reinen Spieltrieb seinerseits zu tarnen, doch Elfriede traute dem lärmenden Ding nicht und hatte es nur einmal angefasst. »Das ist das Ende der französischen Salonkomödien mit staubwedelnden Straußenfedern als Requisit«, hatte Helen feinsinnig angemerkt, und Max hatte laut gelacht.

Am vierten Tag traf ein Paket ein. Darin waren eine venezianische Maske und ein Brief.

»Wenn ich spielen könnte, würde ich mit Ihnen ein Leben auf der Bühne teilen. Da ich nur die Rolle des Heinrich Andreesen beherrsche, bin ich darauf angewiesen, dass Sie mein Leben in Bremen teilen. Es ist ungerecht, dessen bin ich mir bewusst. Aber die Liebe ist nur einem Gesetz verpflichtet – sie ist einfach da und vertraut darauf, dass die Menschen ihr vertrauen. Glauben Sie an uns, Felicitas.«

Sie las die Worte, und ein seltsames, beruhigendes Gefühl der Unausweichlichkeit nahm von ihr Besitz. Alles schien seine Richtigkeit zu haben. Vielleicht hatte ihre Mutter Recht – das Leben wollte gelebt werden, so oder so. Und wer weiß, vielleicht war es möglich, nach der Hochzeit in Bremen Theater zu spielen. Heinrich hätte gewiss nichts dagegen.

Ellas Laune hätte schlechter nicht sein können. Der Termin bei der Schneiderin, den ihre Mutter für sie angesetzt hatte, hatte ihr wieder einmal vor Augen geführt, dass sie diesem Leben aus Rüschen und Seide endlich den Rücken kehren musste, wenn sie nicht in Melancholie versinken wollte. Andererseits hatte sie das Gefühl, auf ihre Mutter Rücksicht nehmen zu müssen. Ella konnte die Härte, mit

der diese Heinrich begegnete, zwar weder verstehen noch gutheißen, doch in dieser einen Woche, die seit Heinrichs überraschendem Geständnis vergangen war, hatte sie etwas von ihrer stählernen Spannkraft eingebüßt. Sie war eine alte Frau und vielleicht doch nicht so belastbar, wie sie alle Welt glauben machen wollte.
Das Mädchen knickste und nahm Ella den Mantel ab.
»Ist meine Mutter im Salon?«
»Ja, gnädiges Fräulein. Sie trinkt Tee mit Fräulein van der Laaken. Ich lege gleich noch ein Gedeck auf.« Marie beeilte sich, in die Küche zu kommen, und Ella zögerte. Was hatte das zu bedeuten? Leckten sich die beiden gegenseitig ihre Wunden?
Die Tür zum Salon war geschlossen und aus massivem Mahagoni, sodass nicht ein Laut in die Diele dringen konnte. Das hatten sie als Kinder bereits erfahren müssen, als sie ihre Ohren so fest wie vergeblich an das Holz gepresst hatten, um etwas von den Geheimnissen ihrer Eltern zu erhaschen. Bis Anton entdeckt hatte, dass der Kaminabzug die Stimmen zwar leise, aber verständlich nach oben ins Schlafzimmer ihrer Eltern trug. Dort hatten besonders vor Weihnachten Heinrich, Anton und Ella dann gekauert, eingehüllt in ihre weißen Nachthemden, und gelauscht. Als die Unterhaltungen gereizter wurden und immer öfter in Streit oder, fast schlimmer, in Schweigen endeten, hörten sie damit auf.
Daran erinnerte sich Ella und eilte die Treppe hinauf. Sie schalt sich töricht, kindisch und intrigant, doch sie hockte sich wie damals vor den Kamin, den Kopf dicht an den zum Verfeuern geschichteten Scheiten.
Emelies maliziöse Stimme perlte den Abzug hinauf: »Ich weiß dieses Angebot wirklich zu schätzen, Frau Andreesen, aber was, um ehrlich zu sein, nützt mir Ihre Unterstützung,

wenn ich Heinrichs nicht habe? Nein, ich denke, dieses Kapitel ist für mich abgeschlossen, so schmerzlich diese Erfahrung auch für mich ist.« Teetassen klirrten dezent, und Servietten raschelten. »Noch ein Ingwerplätzchen, meine Liebe?«, fragte ihre Mutter leichthin und ohne sich ihre Verärgerung im mindesten anmerken zu lassen, die sie, da hätte Ella die Pferde drauf verwettet, ganz gewiss empfand. »Ich muss leider gehen«, erwiderte Emelie, und Ella hatte genug gehört. Ingwerplätzchen und Intrigen. Nicht zu fassen, wozu ihre Mutter imstande war, für die sie eben noch Mitgefühl empfunden hatte. Sie sprang auf, stellte sich an den Treppenabsatz und wartete, bis sich die Tür hinter Emelie schloss.

Langsam stieg sie die Treppe hinab. Mit jeder Stufe wurde sie zorniger, ihr rundes Gesicht lief rot an, und Schweißperlen krochen aus ihrem Haaransatz.

»Wie kannst du nur!«, rief sie ihrer Mutter aufgebracht zu, die auf dem Weg in die Küche war. »Was ist bloß los mit dir? Wie kannst du hinter Heinrichs Rücken mit Emelie um eine Heirat feilschen, die dein Sohn überhaupt nicht will! Hast du denn kein bisschen Wärme in deinem Herzen, Mama?«

Elisabeth betrachtete ihre Tochter kühl und erwiderte gefährlich leise: »Mäßige dich, Ella. Du hast gelauscht, aber nichts begriffen. Wärme und Herz!« Sie lachte ironisch und setzte ihren Weg fort. »Es geht um das Unternehmen, mein Kind!«

»Aber dem geht es doch blendend!«, rief Ella und schüttelte den Kopf. »Genau wie den van der Laakens und der ganzen reichen Bremer Mischpoke, die Stuck an den Wänden und Gold in der Kloschüssel hat, sich aber nicht das Geringste aus den Problemen anderer Menschen macht. Weißt du, was es bedeutet, Hunger zu leiden, sich keinen

Arzt leisten zu können, in Häusern schlafen zu müssen, durch die der Wind pfeift?«

»Nein, das weiß ich nicht, und auch dir sind dank deiner Herkunft solche Erfahrungen erspart geblieben«, sagte Elisabeth schneidend, aber mit einem Hauch Müdigkeit in der Stimme, was Ella trotz ihrer Wut durchaus nicht entging. Elisabeth drehte sich um, kehrte in den Salon zurück, schenkte sich noch eine Tasse Tee ein und wartete, bis Ella ihr gefolgt war. »Ich werde diese Diskussion nicht mit dir führen, Ella. Es ist mir einfach zu dumm, dir zu erläutern, dass unsere Aufgabe nicht die ist, die barmherzigen Samariter zu spielen. Das überlasse ich anderen«, sagte sie ironisch. »Wir müssen das Erbe der Andreesens sichern, und das geht nur, wenn wir uns nicht von anderen Firmen die Butter vom Brot nehmen lassen. Der Kuchen reicht nämlich langfristig nicht für alle. Vor zwei Jahren gab es in Bremen zweiundvierzig Kaffeegroßhändler, elf Versandgeschäfte und vierzehn Röstereien. Heute haben wir vierzig Großhändler, fünfzehn Versandgeschäfte und fünfzehn Röstereien. Das ist nicht gut für uns, wir müssen aufpassen.«

Ella schwieg, weniger aus Einsicht als vielmehr aus Resignation. Ihre Mutter lebte in einer anderen Welt, und eine Debatte über die gesellschaftlichen Notwendigkeiten schien sinnlos und vor allem dazu angetan, die Distanz zwischen ihnen zu vergrößern statt Verständnis füreinander zu wecken. Dennoch wollte sie nicht einfach klein beigeben.

»Aber wenn sich die, die das Geld haben, nicht kümmern, wird sich das eines Tages bitter rächen«, sagte sie leise. »Die Menschen werden aufstehen und sich nehmen, was ihnen zusteht. In Russland haben sie es doch schon getan.«

»Und was hatten sie davon?«, fragte Elisabeth sarkastisch.

»Der Aufstand ist sang- und klanglos wieder zu Ende gegangen, und nichts hat sich verändert. Dein Idealismus geht mir auf die Nerven, Ella. Du gefällst dir als Jeanne d'Arc, während sich eine wirtschaftliche Krise abzeichnet, die auch uns brotlos machen kann, wenn wir nicht geschickt taktieren. Nach der Marokko-Krise dachten alle, jetzt sei die Kuh vom Eis, und haben wie blind investiert, die Schuldenberge wachsen und der Dollar zittert. Nichts ist mehr sicher.«

»Du hast Angst!«, rief Ella erstaunt, doch ihre Mutter machte eine abfällige Handbewegung.

»Unsinn. Ich bin alt und verfüge über genug eigenes Vermögen, das nicht an die Firma gebunden ist, sodass ich im Notfall mich und die Meinen satt durch jede Krise bringe. Was soll mir schon geschehen? Aber die Firma! Wir müssen uns Verbindungen schaffen, die das Unternehmen indirekt stabilisieren, und Emelie und ihr Vater wären der Garant dafür gewesen. Doch so, wie die Dinge stehen, bleibt uns nur, endlich den magenschonenden Kaffee zu erfinden – und wie soll Heinrich sich darauf konzentrieren, wenn er eine hübsche Kokotte im Sinn hat, die sich langweilt und alle naselang zur Räson gebracht werden muss?«

»Aber so ist es doch nicht …«, wandte Ella ein.

Elisabeth sprach weiter, als wäre ihre Tochter gar nicht anwesend. »Überall grassiert dieses Fieber. Töchter machen, was sie wollen, Söhne missachten, was ihre Väter geschaffen haben, und stürzen sich in zweifelhafte Vergnügungen, als wäre es egal, was morgen kommt.«

»Das trifft ja wohl eher auf Anton zu als auf Heinrich!«, rief Ella, zutiefst gekränkt darüber, wie ihre Mutter über sie und Heinrich urteilte. »Hast du vergessen, dass Heinrich Felicitas liebt, von ganzem Herzen liebt?«

»Liebe …«, sagte Elisabeth verächtlich und klingelte nach dem Mädchen, damit der Tee abgeräumt wurde.
»Ja, Liebe!« Unbemerkt hatte Heinrich den Salon betreten und schmetterte das Wort in den Raum wie ein Marktschreier auf dem Domshof. »Liebe verleiht Flügel, und offensichtlich auch denen, die nur indirekt daran beteiligt sind, zwei sich liebende Menschen zusammenzuführen.«
»Du sprichst in Rätseln, Heinrich«, sagte Elisabeth, und mit drei Schritten war Heinrich bei ihr und küsste sie auf die Wange.
»Wir haben den Ansatz zur Lösung. Und ausgerechnet Felicitas hat Frantz auf die richtige Fährte gebracht.«
»Erzähl!« Ella war Feuer und Flamme.
»Nun, sie hat Frantz erzählt, dass ihr Vater von italienischem Kaffee keine Magenschmerzen bekommt, von deutschem aber schon. Das hat Frantz nachdenklich gemacht, denn wirklich, für einen bestimmten Kaffee werden die Bohnen bei wesentlich höheren Temperaturen gebrannt. Außerdem wird das Kaffeemehl durchs Wasser gepresst statt in einem Schwall gebrüht.«
»Und?«, fragte Elisabeth kühl.
Heinrich setzte sich und nahm ein Ingwerplätzchen. »Das Problem waren immer die Säuren, Essigsäure, Zitronensäure, Apfelsäure und Buttersäure. Wir wussten nicht, wie wir eine Pflanze züchten sollten, deren Kaffeekirschen keine Säuren beinhalten. Dabei brauchen wir gar keine Neuzüchtung.« Er machte eine Pause und blickte seine Mutter und Ella begeistert an. »Die Lösung ist Wasserdampf. Einfach Wasserdampf und hoher Druck, dem die Bohnen ausgesetzt werden. Dadurch lösen sich weniger Gerb- und Bitterstoffe – und der Kaffee hat weniger Säuren.« Heinrich biss in das Plätzchen und ignorierte das angespannte Gesicht seiner Mutter. »Frantz variiert derzeit

den Druck, aber in absehbarer Zeit werden wir es geschafft haben.«

»Gratuliere!«, rief Ella und klatschte in die Hände. »Du hast es geschafft!«

Heinrich sah seine Mutter an. »Du weißt, was das bedeutet, Mutter?«

»Ja«, sagte Elisabeth schlicht.

Ella grinste. Ihre Mutter hatte ihr Wort gegeben und würde es halten müssen, auch wenn sie vermutlich inständig hoffte, dass sich die Erde auftun und Felicitas Wessels verschlingen möge.

6

Als Felicitas die Menschenmenge sah, die den Domplatz einnahm, wurde ihr bewusst, wen sie heiratete. Ein Auftritt wie im Theater, dachte sie und spürte, wie ihre Hände feucht wurden. Heinrich sah sie besorgt an. Auch er schien überrascht, wie viele Bremer sich dieses Ereignis nicht entgehen lassen wollten. Aber es war ein schöner Samstag, dieser 13. April 1907, erstes Blau schmückte den Himmel, die Verlockung des Frühlings lag in der Luft, viele Menschen flanierten durch die Stadt und nahmen die Gelegenheit wahr, etwas zu sehen, was dem Tag noch mehr Glanz verlieh. Vier weiße Pferde, eine weiße, mit Rosen geschmückte Kutsche, davor die Mercedes und Opel, eine Parade von Geld, Macht und Ansehen mit Felicitas als Prinzessin, die mit dem Jawort die Welt der Unwägbarkeit, in der Tristesse und Arbeitslosigkeit stets auf der Lauer lagen, verließ und eine neue betrat, die Sicherheit, Sorglosigkeit und Glück versprach. Als Felicitas aus der Kutsche stieg und Heinrichs Hand ergriff, ging ein Seufzen durch die Menge.

Das Brautkleid ein Meer von Spitze, im griechischen Stil, schlicht, aber raffiniert im Schnitt. Puffärmel und Schleifen-Schnickschnack passten nicht zu Felicitas, hatte die Kostümbildnerin des Schauspielhauses entschieden, die es sich nicht hatte nehmen lassen, das Kleid zu entwerfen und zu nähen, was zu einem ersten, sehr unerfreulichen Disput zwischen Felicitas und ihrer künftigen Schwiegermutter geführt hatte, die diese Aufgabe lieber der Hausschneiderin überlassen hätte. Felicitas hatte sich jedoch

durchgesetzt, indem sie die Termine, die Elisabeth bereits arrangiert hatte, schlichtweg ignorierte.
Felicitas blieb einen Moment stehen und ließ Ella und Désirée, die in apricotfarbene Seide gehüllten Brautjungfern, die Schleppe richten, die sich wie ein silberweißer Wasserfall über die schmutzig grauen Domstufen ergoss. Eigentlich hätten Constanze und Dorothee als Cousinen der Braut diesen Part übernehmen sollen, doch die Sorauer waren mit der fadenscheinigen Entschuldigung, die Hilfsarbeiter im Frühjahr mit der Aussaat nicht allein lassen zu können, ferngeblieben. Helen hatte sich maßlos aufgeregt und postwendend eine wütende Antwort nach Sorau geschickt, doch Felicitas wusste es besser, woher der Wind wehte. Ein uneheliches Kind – damit konnte man sich wohl kaum bei der Bremer Verwandtschaft, zumal der angeheirateten, blicken lassen. Ein seltsames Band der Solidarität zu ihrer ungeliebten Cousine hielt sie allerdings davon ab, irgendjemandem, nicht einmal ihrem Vater, den wahren Sachverhalt anzuvertrauen.
»Felicitas?« Heinrich unterbrach ihre Gedanken und sah sie liebevoll und stolz an. »Bist du bereit?«
»Ja.« Die weißen Lilien in ihrem Arm nickten im Takt ihrer Schritte.
Auf dem langen Weg zum Altar nahm Felicitas ein Meer gut angezogener Männer und elegant herausgeputzter Damen wahr. Westen, Schnüre, Knöpfe, Korsagen hielten die Körper zusammen wie die nach strenger Geometrie zur Schau gezeigte Haltung, die den Geist so in Anspruch zu nehmen schien, dass er sich dem Leben nicht widmen konnte und sich verschloss vor dem, was im Land ganz allmählich, aber kraftvoll Gestalt gewann.
Felicitas erkannte Dr. Alfred Dominicus Pauli und Dr. Victor Wilhelm Marcus, Bürgermeister seit 1899, zwei Wirt-

schaftspolitiker, fleißig, honorig, aufgeschlossen für Kunst und Literatur und ausgestattet mit zwei großen spitzen Nasen, wobei die von Dr. Pauli spitzer aussah, besonders von der Seite. Wenn Pauli sich den Vollbart wie Marcus zum Spitzbart mit Schnauzer gestutzt hätte, wären sie als Zwillinge durchgegangen.

Die meisten der anderen Gesichter, die sie, die Braut, erwartungsvoll, neugierig oder auch verhalten musterten, waren ihr unbekannt, doch Felicitas wusste, dass nur die Bürgerschaftsmitglieder geladen waren, die die erste und zweite Klasse des Acht-Klassen-Wahlrechts bildeten: Akademiker und Kaufleute, die vierundfünfzig Sitze inne und damit die entscheidende Mehrheit hatten. Die Sozialdemokraten, die die dritte, und die übrigen Bürger, die die vierte bis achte Klasse bildeten, überwiegend linksliberal waren und erstaunlicherweise nicht müde wurden zu versuchen, dieses ungerechte System auszuhebeln und ein Wahlrecht zu verankern, das dem Bild der Gesellschaft entsprach, natürlich nicht.

Zweihundert Gäste waren geladen, wovon mehr als zwei Drittel auf Elisabeths und Heinrichs Konto gingen. Felicitas hatte lediglich auf ihrer Familie einschließlich Elfriede und Arthur sowie dem Intendanten des Schauspielhauses und einigen Schauspielern bestanden, die sie von klein auf kannte und mochte.

Die letzten Takte von Beethovens »Ode an die Freude« verklangen, und der Dompastor Oscar Mauritz empfing Felicitas und Heinrich mit ausgebreiteten Armen und strahlendem Lächeln am Altar. Nach einigen Diskussionen hatte er sich bereit erklärt, beider Wunsch nachzukommen und die Zeremonie von allem liturgischen Bombast fern zu halten und stattdessen das Hohelied der Liebe aus dem ersten Brief an die Korinther in den Mittelpunkt seiner Predigt zu stellen.

»Die Liebe ist langmütig«, begann er mit tiefer Stimme, als Heinrich und Felicitas auf den mit rotem Samt ausgepolsterten unbequemen Stühlen Platz genommen hatten, und fixierte das Brautpaar, als wollte er ihnen die Worte gleichsam einbrennen, »die Liebe ist gütig. / Sie ereifert sich nicht, / sie prahlt nicht, / sie bläht sich nicht auf. / Sie handelt nicht ungehörig, / sucht nicht ihren Vorteil, / läßt sich nicht zum Zorn reizen, / trägt das Böse nicht nach. / Sie freut sich nicht über das Unrecht, / sondern freut sich an der Wahrheit. / Sie erträgt alles, / glaubt alles, / hofft alles, / hält allem stand. / Die Liebe hört niemals auf.«
Hoffentlich, dachte Felicitas und bekam den Rest der Predigt kaum mit, so angespannt wartete sie auf die entscheidende Frage, die Heinrich und sie für immer verbinden sollte und die sie, als der Pastor sie endlich stellte, mit einem warmen, tönenden »Ja« beantwortete. Die Sinfonie aus Räuspern, Hüsteln und scharrenden Füßen wurde vom fröhlichen Glockengeläut abgelöst. Es war getan, es war endgültig.

Der Schnelldampfer Kaiser Wilhelm der Große, in Bremen beim Norddeutschen Lloyd gebaut, galt als das modernste der Passagierschiffe, die Amerika ansteuerten. Das illustre Publikum vertrieb sich die Zeit zwischen den Mahlzeiten mit gepflegten Gesprächen, Spaziergängen vom Bug bis achtern und wieder retour, gelegentlichen Tennismatches, Schachpartien, Bridgerunden und Golfunterricht auf einem mit einem gewaltigen Netz abgeschirmten Abschlagareal. Der Pro, so der lässige Titel des Trainers, hatte Felicitas beigebracht, wie der Schwung korrekt ausgeführt wurde, was ihr außerordentlich gut gelang, im Gegensatz zu Heinrich, der den Ball wieder und wieder verfehlte und sich schließlich der Verlockung des Liegestuhls ergab.

Nach dem Abendessen drehten sie meist eine Anstandsrunde an Deck, plauderten hier eine Weile, schauten dort den Schachspielern zu und betrachteten, wie die Sonne im Meer versank, bevor sie die Kabine aufsuchten, um das zu tun, wonach es sie seit der ersten gemeinsamen Nacht trieb und was ein stärkeres Band zwischen ihnen flocht, als Felicitas sich je hätte vorstellen können. Ihre Mutter hatte von Pflichten gesprochen, von einem möglicherweise nicht immer angenehmen körperlichen Vorgang, der halt zur Ehe gehöre, doch mit keinem Wort erwähnt, welch sanfte Süßigkeit, als würde man in Schokolade baden, sich darin entfalten konnte. Warum sie ihr diesen Teil verschwiegen hatte, blieb Felicitas ein Rätsel, und plausible Erklärungen wie die, dass ihre Eltern andere, weniger schöne Erfahrungen gemacht hatten, waren ihr peinlich, sodass sie solche Gedanken nicht weiter verfolgte. Wozu auch? Sobald Heinrich und sie ihre Suite betraten, fielen sie in einen endlosen Kuss, der sie berauschte und das Interieur aus Louis-quinze-Möbeln, Messinglampen, Perserteppichen, honiggelbseidenem Sofa und mit einer honiggelbseidenen Tagesdecke bezogenem Bett zu einem goldenen Meer werden ließ, in dem sie versanken, um nach einer Weile verschwitzt und atemlos wieder aufzutauchen.

Am vierzehnten Tag der Reise nahm die Küste Südamerikas erste Umrisse an. Die Koffer wurden gepackt und die Ruhe an Bord, die die Tage in gleichförmiger Glückseligkeit hatte ineinander fließen lassen, wich einer aufgeregten Erwartung.

Obwohl das Schiff in aller Herrgottsfrühe den Hafen von Santos erreichte, schien halb Rio de Janeiro auf den Beinen zu sein, um den deutschen Stolz der Ozeane zu bestaunen und die Gäste aus Übersee willkommen zu heißen. Am Kai spielten fünf Musiker in gestreiften Ponchos eine

Musik, die Felicitas noch nie vernommen hatte und die ihr verboten, wild und sinnlich erschien. Dunkelhäutige Frauen in bunten Kleidern klatschten dazu, lachten und wiegten sich in den Hüften. Männer in khakifarbenen Shorts und nacktem bronzefarbenem Oberkörper schleppten Jutesäcke auf ihren Schultern und ließen sie schwungvoll auf Maultierrücken gleiten, soignierte Herren mit dicken Bäuchen in weißen Uniformen und Tropenhelmen standen hoch erhobenen Hauptes neben rot und grün lackierten Zweispännern oder, seltener, schwarzen Automobilen ohne Verdeck, in denen feine Damen, vermutlich ihre Ehefrauen, gehüllt in weiße und beige Seide, warteten und sich mit zierlichen Schirmen gegen die brasilianische Sonne schützten.

»Da ist Paolo!«, rief Heinrich und winkte einem etwa vierzigjährigen schwarzhaarigen Mann neben einem der wenigen Automobile zu, der, als er Heinrich erkannte, vor Begeisterung seine grüne Mütze vom Kopf riss und wie eine Flagge schwenkte. »Paolo ist Fahrer, Vorarbeiter und guter Geist von Don Alfredos Plantage. Er wird uns ins Hotel bringen. Komm!« Er küsste sie und lotste sie dann zur Gangway, auf der die weiblichen Passagiere Mühe hatten, ihre langen Röcke zu raffen, Sonnenschirme und Täschchen festzuhalten und gleichzeitig nicht aus der Balance zu kommen. Eine Dame verlor ihren mit weißem Organza bezogenen und mit Volants verzierten Stockschirm, der unter ihren spitzen Schreien im Wasser landete und wie ein Klecks Schlagsahne auf schwarzem Kaffee schaukelte. Felicitas kicherte, klappte ihren Schirm sicherheitshalber zu und passte ihren Schritt dem Rhythmus der hoch und runter schwankenden Metallstufen an.

Paolo stürzte auf sie zu, ergriff ihre Hand und küsste sie länger, als ein Bremer es je gewagt hätte.

»Sie sind wunderschön, gnädige Frau!«, rief er aus und sah Heinrich mit glühenden schwarzen Augen an. »Ich wusste es. Ich wusste, wenn der Sohn von Gustav Andreesen heiratet, wird er heiraten eine Fee, doch er hat genommen eine Prinzessin, schönste Prinzessin.« Er strahlte und wies auf die geöffnete Wagentür. »Wir fahren schnell, sehr heiß heute.«

Tatsächlich lag die Temperatur bei fünfundzwanzig Grad, was ungewöhnlich hoch war für den brasilianischen Herbst, der dann begann, wenn Deutschland sich gerade an den Frühsommer gewöhnte. Während Paolo ihr Gepäck verstaute und mit Lederriemen festzurrte, zog Felicitas die Schleife unterm Kinn auf und setzte ihren Hut ab, mit dem sie sich ein wenig Luft zufächelte. Die Hitze hatte ihre Wangen gerötet und einen leichten Schweißfilm auf die Schläfen getrieben, an dem ein paar ihrer blonden Haare festklebten und sich ganz unverschämt sinnlich kringelten. Die Sonne schenkte ihren kühlen aquamarinblauen Augen einen goldenen Schimmer, der den Eindruck von Kälte vertrieb. Das Klima stand ihr gut.

Hupend und gestikulierend manövrierte Paolo den Opel durch die lärmende Menschenmenge. Sie verließen den Hafen und bogen nach links auf eine von meterhohen Palmen gesäumte Küstenstraße ein. Nach rechts fiel ein breiter Sandstrand ab, an den sich feine Schaumkronen schmiegten, die an Steinen und Muscheln leckten, bis das Meer sie wieder hinauszog, links wechselten sich freie Flächen und schmucklose Gebäude ab, die der Straße ein trostloses Flair gaben und nichts von der emsig-lebensfrohen Stimmung am Hafen spiegelten. Die Seiten passten nicht zusammen, und Felicitas fragte sich, wer für diesen Pfusch die Verantwortung trug.

Paolo, der ihre gerunzelte Stirn richtig deutete, wies mit

wegwerfender Handbewegung nach links. »Der Kaiser ist fort, seit fünfzehn Jahren. Seitdem sie drehen Däumchen und wissen nicht, was sie sollen anfangen mit neuer Hauptstadt. Vor fünf Jahren hat Bürgermeister geniale Idee«, fuhr Paolo fort und schnitt einen Mercedes, dessen Fahrer wütend gestikulierte. »Halt Klappe, du! Nicht Sie, Señora! Also … Bürgermeister hat geniale Idee und machen platt alte Kolonialhäuser und schlagen Schneisen für neue Häuser. Alles soll aussehen wie in Paris«, schloss Paolo und hieb auf das Lenkrad ein, als hätte es Schuld an der brachialen Umgestaltung der Stadt.

»So kurz hat noch niemand die Geschichte Rios zusammengefasst«, sagte Heinrich grinsend, und Felicitas lachte.

»Sehen Sie«, rief Paolo wenig später und zeigte auf das Fundament eines Neubaus, »dort entsteht Theatro Municipal, eine perfekte Nachbildung des Pariser Opernhauses.«

»Ist doch seltsam«, meinte Felicitas, doch Heinrich unterbrach sie.

»Besser gut geklaut als schlecht ausgedacht. Außerdem wirkt die Stadt sauberer und überschaubarer.«

Felicitas knuffte ihn liebevoll in die Seite. »Höre ich da gerade einen stockkonservativen Bremer heraus? Diese Seite kenne ich ja noch gar nicht an dir. Bislang«, fügte sie hinzu und senkte die Stimme, »habe ich dich für feuriger gehalten.«

Heinrich griff ihren neckenden Ton auf. »Mag sein, aber jetzt sind wir schon ein paar Wochen miteinander verheiratet, und es wird Zeit, dass du mein wahres Gesicht siehst.«

Felicitas blickte ihn an, und ihr schoss der Gedanke durch den Kopf, wie wenig sie einander kannten und sich den-

noch nicht fremd waren. Sie begann einen Satz, und Heinrich vollendete ihn. Heinrich hatte eine Idee, und sie sprach sie aus. Eine Kongruenz, die in der ersten Zeit der Liebe das Herz wärmt, weil sie das Gefühl vermittelt, sich dem richtigen Menschen hinzugeben, mit der Zeit jedoch in immer gleiche Bahnen lenkt, die sich zu Parallelen entwickeln, welche sich nicht mehr berühren. Felicitas schloss ihre Hand um die seine. Ihnen würde das nicht geschehen, und falls doch, würde sie die Parallelen schon wieder zu einem Kreis zurechtbiegen.
Paolo brachte den Wagen zum Stehen. »Wir sind da«, sagte er, stieg aus und öffnete die Türen.
»Das ist ein Traum«, entfuhr es Felicitas beim Anblick des weißen Grandhotels, das stolz und trutzig über die Bucht blickte und mit seinen geschwungenen Balkonen und verspielten Ständerwerken eine elegante Reminiszenz an vergangene Zeiten darstellte. Eine ausladende Marmortreppe führte in die Halle, die mit Mahagonimöbeln und mannshohen Alabasterfiguren bestückt war, die allesamt schwarze Menschen in dienender Haltung zeigten. Der Portier empfing sie mit majestätischer Miene und erlesenem Portugiesisch, bevor er in ein etwas weniger erhabenes Englisch wechselte, Heinrich antwortete mit Oxford-Akzent und steinerner Miene.
»Der mag uns nicht«, stellte Felicitas fest, als sie und ein Page mit dem Paternoster in die zweite Etage fuhren.
»Der mag niemanden, der schon von weitem nach Kolonialherr aussieht, unabhängig davon, ob er einer ist«, entgegnete Heinrich gleichmütig.
»Bist du einer?«, fragte Felicitas und hob die Brauen.
»Wie man's nimmt«, antwortete er lakonisch. »Für die Brasilianer reicht es, dass wir aus einem europäischen Land kommen und mit Kaffee handeln. In der Tat besitzen wir

einige Ländereien in Übersee, aber nicht hier, sondern in Togo. Doch im Vergleich zu anderen Kaufleuten wie zum Beispiel den van der Laakens sind wir koloniale Waisenkinder. Also, nein, wenn du mich fragst, ich bin kein Kolonialherr. Frag aber die Brasilianer, und sie behaupten das Gegenteil.«

Im zweiten Stock stiegen sie aus. Der Page schloss die Tür zu ihrer Suite auf und machte sich in der Hoffnung auf Trinkgeld noch ein wenig im Vorflur zu schaffen, bis Heinrich ihm einige Münzen in die Hand drückte.

»Bist du müde?«, fragte Heinrich, und Felicitas schüttelte den Kopf.

»Ich bin viel zu aufgeregt, um zu ruhen. Wir sind schließlich in Rio de Janeiro, nicht in Fischerhude.«

Sie ließen die Koffer Koffer sein und gingen Hand in Hand die breiten, geschwungenen und mit rotem Sisalteppich ausgelegten Stufen hinunter in die Halle, die vom Schein eines mächtigen Kronleuchters erhellt wurde, obwohl es erst kurz vor Mittag war. Paolo hatte den Wagen unter einer Kokospalme geparkt und döste auf dem Fahrersitz. Sehr erfreut über Heinrichs und Felicitas' spontanen Plan schien er zwar nicht zu sein, fand seine gute Laune aber recht bald wieder, als er hörte, dass er sie nur ins Zentrum bringen, dort absetzen und auf ihre Rückkehr warten sollte.

Sie bummelten durch den Botanischen Garten mit seinen Orchideen und Palmen, besuchten die Barockkirche Igreja de Nossa Senhora da Glória do Outeiro und das neue Museu Nacional de Belas Artes, das mit vierzehntausend Werken die größte Sammlung brasilianischer Malerei des 19. Jahrhunderts beherbergte.

»Sieh dir diese Farben an«, sagte Felicitas und blieb fasziniert vor einem Gemälde von Fran Fontanelli stehen. »Wie schade, dass man solche Werke nicht bei uns sehen kann.«

»Mein Geschmack ist es nicht gerade«, meinte Heinrich. »Ich bin eher die Worpsweder gewöhnt.«
»Diese hier«, entgegnete Felicitas nachdenklich, »besitzen so viel Kraft. Sie zeigen diese mitreißende Lebensfreude. Aber auch unendlich viel Leid. Vielleicht sollte man diese Werke in der ganzen Welt sehen, nicht nur in Brasilien. Wenn man ein anderes Volk verstehen will, sollte man seine Kunst betrachten.«
»Das verhindert auch keinen Krieg«, gab Heinrich nüchtern zurück. Felicitas sah ihn mit gerunzelter Stirn an, verzichtete aber auf eine hitzige Erwiderung, um ihnen die Stimmung nicht zu verderben.
Nach zwei Stunden verließen sie das Museum, um sich mit der Drahtseilbahn auf den dreihundertneunzig Meter hohen Zuckerhut fahren zu lassen – eine ruckelnde, laute und ziemlich beängstigende Tour, die ihnen jedoch einen atemberaubenden Ausblick über die Bucht von Rio und seine goldgelbe Copacabana schenkte.
Felicitas fühlte sich frei und unerhört kosmopolitisch und war Heinrich unendlich dankbar für diese Reise, die ihn, wie sie vermutete, einige Diskussionen mit Elisabeth gekostet hatte. Was ist die Bühne in Berlin gegen diese Weltbühne?, dachte sie und fühlte das Glück, diese Entscheidung und keine andere getroffen zu haben, wie einen vom Zwerchfell zum Bauch auf und nieder hüpfenden Ball.
Am nächsten Morgen setzten sie ihre Reise fort.
São Paulo, von Jesuiten 1554 gegründet, von wo sie ihren Missionsauftrag im Sinne des heiligen Paulus versehen wollten, wirkte mit seinen unregelmäßig angelegten Straßen und engen Gassen viel romantischer als Rio. Der Stadtkern mit der Kathedrale schmiegte sich zwischen die Bäche Anhangabaú und Tamanduateí, die in den Rio Tietê mündeten, und schien viel zu klein für die vielen Menschen, von denen

die wenigsten brasilianisch aussahen, sondern von europäischer und sogar asiatischer Herkunft zu sein schienen.
»Landsleute!«, rief Paolo und zeigte auf eine Gruppe junger Männer. »Aber hier auch viele Deutsche und Japaner. Wollen alle Kaffeeplantagen gründen.« Paolo blickte finster und hupte die Männer zur Seite.
»Es gibt seit einiger Zeit ein Gesetz, demzufolge jeder das Recht hat, Land zu kaufen, sofern er das Geld dazu hat«, erklärte Heinrich. »Dadurch sind die Besitzverhältnisse geklärt. In der Monarchie wurde das Land verschenkt und galt als eine Gnade, die gewährt, aber eben auch genommen werden konnte. Das bringt natürlich viele auf die Idee, hier ihr Glück machen zu können. Die Einwanderungsquote ist gewaltig gestiegen.«
»Und alle wollen in Kaffee machen«, brummte Paolo dazwischen.
»Die Männer sahen aber nicht gerade nach Plantagenbesitzern aus«, fand Felicitas und schaute Heinrich an. »Nicht wahr?«
»Wohl kaum«, gab er ihr Recht. »Sie arbeiten entweder gar nicht oder versuchen das für den Kauf notwendige Geld auf den Plantagen zu verdienen, was in der Regel Jahre dauert.«
Nachdenklich betrachtete Felicitas die Männer, die dem Automobil unwillig Platz machten. »Dann ist es hier auch nicht viel anders als in Europa. Wer das Geld hat, hat das Sagen.«
»So ist es wohl«, entgegnete Heinrich.
Schweigend fuhren sie weiter, bis sie am Rande der Stadt das kleine Hotel erreichten, in dem sie eine weitere Nacht verbringen wollten. Felicitas war müde von der beschwerlichen Fahrt über die schmalen, holprigen Straßen und hungrig.

»Ich habe so einen Appetit auf Schwarzbrot«, sagte sie zu Heinrich, als sie das Zimmer betraten, das stickig und heiß war. Weil das Hotel nur über einen Pagen verfügte, der trotz lautstarker Rufe des Portiers verschwunden blieb, schleppte Paolo die Koffer schnaufend in den ersten Stock.

»O nein, nix Schwarzbrot«, rief er. »Heute Sie meine Gäste. Ich zeigen Ihnen, wie richtig gute brasilianische Küche schmecken. Wir gehen zu Mamalita. Kein weiter Weg, nur um die Ecke, drei Stufen in Keller. Magnifico!« Er verdrehte die Augen vor Wonne, und Felicitas und Heinrich sahen sich schmunzelnd an.

»Also gut«, sagte Heinrich. »Wir ruhen uns eine Stunde aus und dann darfst du uns zu Mamalita führen.«

»Muito bem!« Paolo nickte erfreut und zog die Tür hinter sich zu.

Sie schliefen nicht, sondern erforschten ihre Körper. Trotz eingehender nächtlicher Expeditionen entdeckten sie immer wieder Stellen, die sie noch nicht liebkost hatten, und folgten ihrem Instinkt, der ihnen ganz unerhörte Wege zur Lust zeigte, die, davon war Felicitas überzeugt, ihnen beiden gewiss einen Platz im ewigen Fegefeuer sicherten, wenn sie denn daran glaubte. Was zum Glück nicht der Fall war.

Erfrischt vom Rausch der Sinne und einem anschließenden Bad, gingen sie gemächlich in die kleine Hotelhalle, wo einige ziemlich britisch aussehende Damen mit blasser Haut und erdbeerblondem Haar entkräftet in den Sesseln saßen und sich Luft zufächelten.

»It's not amusing«, murmelte die älteste von ihnen und nickte Felicitas und Heinrich matt zu.

»Nice to meet you«, antwortete Heinrich höflich und blieb stehen. Er stellte sich und Felicitas vor, erfuhr, dass die Ladys Schwestern aus London waren und hier auf den Ehemann der einen warteten, der sich vor fünf Tagen in Richtung einer Kaffeeplantage aufgemacht hatte, um gewisse Verhandlungen zu führen, bis jetzt aber nicht wieder aufgetaucht war. Was die Damen besorgte, zumal für morgen die Rückreise nach Rio geplant war. »If you need any help, please let me know«, schloss Heinrich das kurze Gespräch und verabschiedete sich. »Ihr Mann soll sich auf der Plantage befinden, die wir morgen besuchen. Ich bin gespannt, ob wir Mr. Hammond treffen«, sagte er und fügte ernst hinzu: »Und vor allem, was ein Engländer dort zu suchen hat.«

Paolo erwartete sie vor dem Hotel. Er trug ein frisches weißes Hemd, einen breitkrempigen schwarzen Hut und hatte sich eine bunt gestreifte Bauchbinde umgelegt. Sie folgten der Straße, an der das Hotel lag, und bogen nach etwa zweihundert Metern nach rechts in eine schmale Gasse, die noch schmaler wirkte, weil üppig blühende Bougainvilleen einen rotviolett schimmernden, betörend duftenden Bogen von einer Seite der Gasse zur anderen schlugen.

»Aquí. Hier ist es«, sagte Paolo gedämpft, als wollte er den Zauber dieser Gasse nicht stören, in der außer ihnen kein Mensch unterwegs war. Sie gingen die Stufen hinunter, öffneten eine Holztür und noch eine weitere und fanden sich in einem Gewölbe wieder. Große derbe Holztische bildeten lange Reihen, an denen Männer und Frauen saßen und aßen und sich gedämpft unterhielten. Eine Gitarre schluchzte eine Melodie, die süß und traurig zugleich klang.

Eine indianisch aussehende Frau mit hohen Wangenknochen und schwarzen zu einem Zopf geflochtenen Haaren so dick wie ein Tau stellte sich ihnen in den Weg, und

Paolo sprach in schnellem Tempo und auf Portugiesisch auf sie ein. Sie nickte zögernd, betrachtete Felicitas und Heinrich abschätzend, und ohne die Spur eines Lächelns wies sie auf einen freien Tisch am Ende des Gewölbes, der von den anderen Gästen etwas entfernt war, sodass Felicitas sich fragte, ob sie hier überhaupt willkommen waren. Unfreundlich fragte die Frau Paolo etwas und ging wortlos davon, nachdem dieser geantwortet hatte.
Er wischte sich den Schweiß von der Stirn und sagte lächelnd: »Wir essen, wo alle wichtigen Geschmackskitzel Brasiliens drin sind. Palmöl, Kokosmilch und Gewürze, roter Pfeffer, Ingwer, Koriander, Muskat. Wir essen Churrasco, das ist Fleisch von Holzkohle. Aber erst eine Überraschung.«
»Ist das Mamalita?«, fragte Felicitas und beobachtete, wie die Frau von Tisch zu Tisch ging, hier lachte, dort eindringlich redete.
»Sim«, sagte Paolo wortkarg und zündete sich einen Zigarillo an. Er rauchte schweigend, und Felicitas wurde das Gefühl nicht los, dass Paolo seinen Entschluss, sie hierher einzuladen, inzwischen nicht mehr für eine so gute Idee hielt.
»Sie wirkt etwas, nun, etwas verbissen«, begann sie, wurde aber von Mamalita unterbrochen, die drei Teller, Besteck, Wein und Gläser auf einem Tablett balancierte und geräuschvoll abstellte.
»Fejioada«, verkündete sie würdevoll und beobachtete, wie Felicitas und Heinrich auf den Anblick dieses buntgewürfelten Essens reagierten.
Heinrich lächelte höflich. »Gracias.«
Felicitas spießte eins der kleinen Würstchen, dünn wie ein Zeigefinger, auf die Gabel und biss hinein. Eine Feuersbrunst entfaltete sich, schlug Gaumen und Zunge in Brand

und trieb ihr die Tränen in die Augen. »Donnerwetter«, entfuhr es ihr. Sie griff nach dem Weinglas und stürzte den Inhalt hinunter, setzte es ab und sah Mamalita mit funkelnden Augen an. Dann lachte sie laut und eine Spur zu wild, sodass Heinrich fragend seine Augenbrauen hob, als hätte seine Frau den Verstand verloren. Mamalita grinste schließlich, fiel in Felicitas' Gelächter ein, schwenkte die Arme und schrie etwas, woraufhin alle Gäste anfingen zu lachen.

Als sie sich umdrehte und lachend zurück zur Küche ging, fragte Felicitas: »Was hat sie gesagt?«

Paolo errötete. »Ich habe es nicht verstanden.«

»Du lügst«, sagte Heinrich scharf und starrte angewidert auf das Essen.

»Desculpe! Verzeihen Sie«, gab Paolo seufzend zu. »Sie haben gesagt, wenn blonde Frau nicht blond wäre, könnte sie eine von uns sein. Gute Frau.« Er nahm den Löffel und begann das Essen in sich hineinzustopfen. »Probieren«, forderte er Heinrich und Felicitas auf. »Schwarze Bohnen, gekocht mit Lorbeerblättern, Knoblauch, Zwiebeln und viel Fleisch. Schweinsohren, Rindfleisch, Schweinsrüssel, Wurst und Speck, gedünstete Kohlblätter, Maniak-Mehl, Orangenscheiben und Reis. Und viel Malageta-Pfeffer!«

Felicitas kostete und war entzückt. So scharf die Würstchen waren, so aromatisch war dieser Eintopf. Schmatzend gestand Paolo, dass Sklaven dieses Gericht aus Not erfunden hatten. »Sie sammelten, was die Herrschaften wegwarfen, und rührten es zusammen.«

Heinrich schwieg und kaute mit langen Zähnen. Felicitas spürte, dass seine Verstimmung nicht am Essen lag, sondern an Mamalitas provozierender Bemerkung, doch offensichtlich hatte er sich entschieden, jedwede Diskussion darüber hinunterzuschlucken, um den Abend in diesem merkwürdigen Lokal nicht unnötig in die Länge zu ziehen. Felicitas beobachtete verstohlen die Menschen und fühlte sich ihnen auf eine seltsame Art verbunden, weil sie in ihrer halb resignierten, halb rebellischen Haltung an die Gemälde von Fran Fontanelli erinnerten.

»Paolo«, sagte sie sanft und fragend.

»Hm?«

»Paolo, kann es ein, dass du uns heute Abend die andere Seite Brasiliens vorführen willst?«

Paolo errötete. »Ich verstehen nix.«

»Doch, doch, du weißt, was ich meine«, erwiderte sie und nahm sich von dem ofenwarmen Maisbrot.

»Wir wollen zahlen«, unterbrach Heinrich und zückte seine Geldbörse.

»Sie meine Gäste«, sagte Paolo, doch Heinrich zählte drei Geldscheine ab und legte sie auf den Tisch.

»Danke, Paolo, aber danke nein. Ich kann mich des Eindrucks nicht erwehren, dass wir heute Abend Zielscheibe für internen Hohn und Spott geworden sind. Gute Nacht, wir finden schon hinaus.« Damit stand er auf, legte Felicitas ihren Schal um und wartete ungeduldig, bis sie sich erhob.

»Es tut mir Leid«, sagte Felicitas zu Paolo und ignorierte Heinrichs Arm. Sie nickte Mamalita zu und verließ drei Meter vor Heinrich das Lokal. Beinahe hätte sie ihm die Schwungtür an den Kopf geknallt, so wütend war sie. Wie konnte er sich anmaßen, über sie zu verfügen! Und wie konnte er nur so engstirnig sein!

Im Hotel warf sie den Schal von sich, riss sich die Schuhe von den Füßen und pfefferte sie gegen die Badezimmertür, sodass einer der zierlichen Absätze brach und eine hässliche Schramme im elfenbeinweißen Schleiflack hinterließ. Heinrich hing seinen Gehrock sorgfältig über den stummen Diener und nestelte seine Fliege auf.

»Ich lasse mich nicht zum Hanswurst machen«, sagte er beiläufig. »Und auch wenn es dir nicht gefällt, Felicitas, wirst du lernen müssen, dass du zu einer bestimmten Klasse gehörst, die von sehr vielen Menschen gehasst wird. Dagegen hilft es nicht, sich mit solchen Menschen gemein zu machen, dagegen hilft nur Contenance. Haltung. Und Entschiedenheit.« Die Fliege hatte sich verknotet und er trat an den Spiegel, um das seidene Knäuel unter seinem Adamsapfel zu lösen. Felicitas saß auf dem Bett und beobachtete ihn dabei. Ihre Blicke trafen sich, hielten sich aber nicht fest.

In den frühen Morgenstunden wachte Felicitas auf, die Arme um Heinrich geschlungen, was verriet, dass ihre Körper eine Versöhnung herbeigeführt hatten, die der Verstand vor dem Schlaf nicht hatte formulieren können. Felicitas seufzte und atmete Heinrichs Nachtduft ein, den sie so sehr liebte. Sie entschied, die Sache nicht noch einmal anzusprechen, denn weder würde sie Heinrichs Meinung teilen noch er die ihre. Er fühlte sich durch Mamalitas Verhalten in den Grundfesten seines Lebens verhöhnt, während sie den Vorfall wie einen naturalistischen Einakter betrachtete. Sie billigte zwar weder seine Worte noch die Art, wie er sie behandelt hatte, aber wer wusste, ob sie seine Loyalität nicht ebenso harsch einklagen würde, wenn sie sich einmal der Lächerlichkeit preisgegeben sähe.

Sie küsste ihn auf die Nasenspitze. Er blinzelte sie verschlafen an und zog sie näher zu sich heran.

»Wieder gut?«, murmelte er.

Sie nickte. »Alles wieder gut.«

Nach einem kargen Frühstück mit süßen Hörnchen und rabenschwarzem Kaffee setzten sie die Fahrt fort. Paolo hatte sie freundlich, aber mit einem ängstlichen Unterton begrüßt und schwieg seitdem. Behutsam lenkte er das

große Automobil vorbei an Siedlungen mit deutschen und Schweizer Namen. Friedburg, Helvetia, Kirchdorf, von Auswanderern gegründet, lagen in der Hochebene São Paulos, achthundert Meter über dem Meeresspiegel, wo fruchtbare Böden und ausreichende Niederschläge die Kaffeebohnen am besten gedeihen ließen.
»Es sind nur zehn Kilometer bis zur Plantage hinter Campanira, aber die Strecke hat es in sich. Nur Serpentinen, Sand und Geröll.« Heinrich sah Felicitas besorgt an, doch sie nickte.
Das Land hatte sie gefangen genommen. Was die Natur sonst auf einzelne Länder verteilt hatte, schien hier in voller Schönheit konzentriert. Satter Regenwald wurde abgelöst von Tijuca-Wäldern mit gigantischen Jacaranda-Bäumen, Seen, Höhlen, Wasserfällen. Papageienschwärme stoben auf, als sie ein Flussbett überquerten, und Ringstörche zogen majestätisch vorbei, auf die Alligatoren hinunterschauend, die ihre Leibspeise davonfliegen sahen.
Hinter einer Haarnadelkurve musste Paolo bremsen. Hunderte von schwer beladenen Maultieren trotteten in der sengenden Sonne die Straße hinunter, angetrieben von dünnen braunhäutigen Männern in zerschlissenen Hemden, Shorts und löchrigen Sombreros. Sie schlugen mit Peitschen auf die Tiere ein, schrien unverständliche Worte und spien roten Saft aus. Das Automobil und seine Insassen interessierten sie nicht. Gleichmütig zogen sie vorüber, warfen nur gelegentlich einen finsteren Blick ins Wageninnere.
»Sie sind auf dem Weg nach Santos«, erklärte Paolo. »Maulesel ist einziges Transportmittel, das sie haben. Leider sehr schwere Reise für Mensch und Tier. In Regenzeit bildet sich Treibsand, in dem sie umkommen, andere werden bei Überfällen getötet. Alles wegen Kaffee, so ist das. Wir können nur warten.«

Mit wachsender Beklemmung sah Felicitas den Elendstreck vorbeiziehen. Eins der Maultiere brach zusammen. Eine Lawine von Kaffeekirschen ergoss sich aus den Säcken und rollte die Straße hinunter.
»Um Himmels willen!«, rief Felicitas und sprang aus dem Wagen, bevor Heinrich sie daran hindern konnte. Paolo folgte ihr.
»Sieht nicht gut aus, Säcke sehr schwer, dreihundert Pfund. Rückgrat kaputt«, sagte er tonlos und starrte geradeaus.
Das Tier schrie.
»Gibt es denn niemanden, der ihm den Gnadenschuss geben kann?«, rief Felicitas und sah sich wild um.
»Womit, Señora? Alles Sklaven. Sklaven haben keine Pistolen.«
Felicitas war entsetzt und kniete neben dem Tier nieder, das verzweifelt schrie und schwer atmete. Die gelbunterlaufenen braunen Augen blickten ins Leere. Einer der Männer versetzte dem Tier im Vorbeigehen einen Tritt und grinste hämisch, bevor er aufreizend langsam weiterging, Kaffeekirschen vor sich herkickend.
Felicitas weinte. Heinrich nahm sie in den Arm und zog sie hoch.
»Du kannst nichts für das Tier tun«, sagte er mitfühlend. »Wir haben keine Waffen bei uns. Vielleicht war es naiv von mir, aber ich hätte nicht gedacht, dass wir sie in diesem Land brauchen.« Er reichte ihr ein Taschentuch, und Felicitas wischte sich über die Augen. Die Schreie des Maultiers erstarben.
»Ich dachte, die Sklaverei sei längst abgeschafft worden«, sagte Felicitas tonlos, als das letzte Maultier sie passiert hatte und sie ihren Weg fortsetzten.
»Das war nicht sehr praktikabel«, erwiderte Heinrich und faltete sein Taschentuch zusammen. »Einwanderer kamen

in Scharen, als die Sklaverei offiziell für beendet erklärt worden war, und nahmen gewissermaßen ihren Platz ein.«

»Ja, aber sie konnten die Sklaven nicht ersetzen«, fügte Paolo mit beißender Ironie hinzu, »denn sie weigerten sich zu arbeiten, wollten Zehnstundentag und Schulen für die Kinder. Ha! Sie glaubten, einfach zahlen Schulden ab und danach frei.« Er lachte grimmig. »Mich nicht wundern, dass Kaffeebarone zur Sklaverei zurückkehrten.«

»Und du, Paolo?«, fragte Felicitas. »Was bist du?«

Er sah in den Rückspiegel und traf Felicitas' Blick. »Ich haben irgendwie durchgehalten«, sagte er betont munter, »viel gearbeitet und legen viel zur Seite, damit eines Tages ich eigenes Land kaufen kann. Dann ich werde holen meine Familie aus Portugal.«

»Wann wird das sein, Paolo?«

Die Frage verklang, und Felicitas schloss die Augen. Sie fühlte sich müde und staubig und im Innersten wund. Die Schreie des Maultiers hallten in ihr wider, als wären sie die wahre Melodie dieses Landes, das vorgab, im Samba-Rhythmus zu leben, und sie spürte, wie sich ein Knoten der Wut und Verzweiflung über die Grausamkeit der herrschenden Klasse in ihrer Brust bildete. Sie sah Heinrich von der Seite an und fragte sich, wen sie eigentlich wirklich geheiratet hatte. Sein Mitgefühl schien einzig und allein auf sie, seine Frau, begrenzt, das Maultier, Paolo und das Elend der Männer waren ihm offenbar völlig gleichgültig, und das machte ihr Angst.

Mit der letzten Serpentine erreichten sie eine Anhöhe. Vor ihnen erstreckte sich ein schnurgerader Weg, links und rechts davon kilometerweit purpurrote Erde, kein Baum, kein Strauch.

»Terra Roxa«, sagte Paolo. »Kein Schatten, nur Kaffee ...«

Heinrich fiel ihm ins Wort. »Tatsächlich wuchs hier früher ein undurchdringlicher Regenwald, der zwar schön grün, aber zu nichts nutz war. Jetzt wachsen hier vier Millionen Kaffeesträucher. Ich weiß, dass es dir nicht gefällt, Felicitas, aber für mich ist dies ein wunderbarer Anblick.«

Unzählige schwarze Leiber glänzten in der glühenden Sonne. Bunte Tücher umhüllten ihre Gestalten, Männer wie Frauen trugen auf dem Rücken große Weidenkörbe, in die sie die gepflückten Kaffeekirschen gekonnt in hohem Bogen warfen.

»Wenn man ein paar Bäume hätte stehen lassen, müssten diese Leute nicht verbrennen«, sagte Felicitas bissig und sah Heinrich provozierend an, obwohl es ihr ins Herz schnitt, ihn so zu behandeln.

»Schattenkaffee ist teurer«, gab er freundlich zurück. »Je mehr Bäume, desto geringer die Ernte, desto weniger Einnahmen. Eine simple Gleichung, die viele Arbeitsplätze – auch in Bremen – bedeutet.«

Felicitas sagte kein Wort, doch das brauchte sie auch nicht. Weder Paolo noch Heinrich konnte ihren Gesichtsausdruck missdeuten. Was sie hier sah, gefiel ihr nicht, gefiel ihr ganz und gar nicht, doch sie rief sich zur Ordnung. Sie hatte kein Recht, in dieses Land zu kommen und alles zu bekritteln. Vielleicht war sie auch nur überreizt von der anstrengenden Reise, von der Hitze und den fremden Eindrücken.

Vor einer weißen Fazenda ließ Paolo den Wagen ausrollen. Eine breite Holzveranda führte um das Haus herum, vier Schaukelstühle aus Mahagoni wiegten sich sacht im Wind. Eine weiße Holztreppe führte zum Haupteingang, der weit offen stand. Ein im Türrahmen befestigtes Moskitonetz bauschte sich anmutig vor und zurück. Gerade als Felicitas fragen wollte, ob sie nicht erwartet würden, stürmte ein livrierter Diener die Treppe hinunter, dessen Uniform falsch zugeknöpft war, sodass die goldenen Haken und Bänder völlig schief auf seiner Brust baumelten. Der Mann deutete eine Verbeugung an, warf Felicitas und Heinrich einen ängstlichen Blick zu, ergriff wortlos drei der vier Koffer und schleppte sie zur Tür. Um ein Haar wäre er mit einem außergewöhnlich distinguierten Herrn zusammengestoßen, der im gleichen Moment die Tür von innen öffnete und Felicitas und Heinrich zulächelte. »Herzlich willkommen«, sagte er gelassen und mit weichem Akzent. »Ich freue mich, dass Sie die Fahrt offensichtlich gut überstanden haben.« Federnd nahm er zwei Stufen auf einmal und klopfte Heinrich leicht auf die Schulter, was dieser mit der gleichen Geste beantwortete. »Entschuldigen Sie, gnädige Frau, aber ohne den abraço darf niemand ein brasilianisches Haus betreten. Gestatten, man nennt mich Don Alfredo.« Er küsste Felicitas formvollendet und mit katzenhafter Eleganz die Hand. »Eine alte Sitte, um sich gegenseitig nach Waffen abzutasten.« Unvermittelt begann er zu lachen, umarmte Heinrich und hielt ihn an den Schultern fest, um ihm aufmerksam ins Gesicht zu schauen. »Ich sehe Gustavos Augen. Gut.« Er nickte Heinrich zu. »Betrachten Sie meine Fazenda als die Ihre. Um sieben Uhr wird das Abendessen serviert. Ich freue mich auf interessante Neuigkeiten aus der Alten Welt. Muito bem, não?«

Beim Abendessen, das aus Roastbeef, gebratenen Kartoffeln, Plumpudding und Obst bestand und von leisem Klavierspiel begleitet wurde, lernten sie Don Alfredos Ehefrau kennen, Doña Isabella, eine schwarzhaarige verblühte Schönheit, die elegant und sicher Konversation betrieb, sowie den Engländer, der in São Paulo bereits vermisst wurde.

»Sie wird sich wieder beruhigen«, sagte er abwinkend, als Heinrich ihm von den Sorgen seiner Frau berichtete. »Das Leben ist zu kurz, um sich über verpasste Schiffe aufzuregen. Ich habe mich entschlossen, noch zwei Tage länger hier zu bleiben und mich zwei Tage weniger mit Audreys Nörgelei zu belasten.« Er lachte scheppernd.

Don Alfredo lächelte maliziös. »Lassen Sie uns den Kaffee auf der Veranda nehmen«, schlug er vor, und Felicitas war diesem merkwürdigen Mann, den sie überhaupt nicht einzuschätzen wusste, dankbar für die Unterbrechung. Sie folgte Heinrich, doch Doña Isabella legte ihr die Hand auf den Arm.

»Darf ich Ihnen meinen Salon zeigen?« Felicitas stutzte und begriff. Die Herren wollten offenbar unter sich sein. So unterschiedlich die Sitten der Länder sein mochten, darin waren sich anscheinend alle Männer einig.

In Isabellas kleinem gemütlichem Salon, der ganz in cremigem Orange gehalten war, setzten sich die beiden Frauen an ein zierliches Tischchen. Eine sehr junge Dienerin brachte ihnen süßen, sehr aromatischen Zitronenlikör, der mit Rum gemischt wurde und ganz und gar köstlich die Kehle hinunterlief.

»Gut gegen die Auswirkungen zu fetten Essens«, sagte Doña Isabella höflich und nahm rasch noch einen Schluck. Sie betrachtete Felicitas wohlwollend und ein wenig amüsiert. »Es gefällt Ihnen nicht bei uns, habe ich Recht?«

Felicitas wusste nicht, ob sie die Wahrheit sagen oder sich in Höflichkeiten ergehen sollte. »Das Land ist wunderschön«, begann sie, »die Musik, die Farben. Dieses Haus.«

»Aber …?«, ermunterte Doña Isabella sie mit hochgezogenen Brauen.

»Aber viele Menschen leben in Elend, sind unfrei. Kinder arbeiten auf den Feldern, fast jede Frau ist hochschwanger, und trotzdem arbeitet sie in der sengenden Sonne«, sagte Felicitas leise, als könnte der Ton ihre harten Worte weicher machen, die sie vielleicht die Gastfreundschaft dieser Frau kosten würden.

Doch Doña Isabella lachte sanft. »Mein liebes Kind, ich darf Sie doch so nennen, nicht wahr? Das Leben ist ungerecht. Hier wie überall. Auch in Deutschland fristen viele Menschen ihr Dasein mit dem Allernötigsten, ohne Aussicht auf Verbesserung. Hier wie dort gibt es Arme und Reiche. Als Alfredo, damals noch Alfred, aus Deutschland auswanderte, war er arm wie eine Kirchenmaus. Der Kaffee hat ihn reich gemacht, aber er hat hart dafür gearbeitet.« Nach einer kleinen Pause fragte sie: »Haben Sie sich in Bremen einmal umgesehen, wo die Menschen leben, die Ihren Kaffee rösten?« Felicitas schüttelte beschämt den Kopf. »Aber einen Unterschied gibt es.« Doña Isabella stand auf und öffnete die Fenster des Salons. »Hier verstehen sie zu singen. Das ist das Geschenk Gottes an diese Menschen, denen Er das Schicksal der Armut auferlegt hat. Sie singen. Hören Sie!«

Felicitas lauschte dem melancholisch-schönen, aber nicht traurigen Gesang, der ins Zimmer wehte. Doña Isabella sang leise mit und blickte ins Dunkel, das von einigen Feuern vor den Hütten der Sklaven ein wenig erhellt wurde.

»Sie sind auf ihre Art glücklich. Ich habe lange darüber nachgedacht und bin zu dem Schluss gekommen, dass sie vielleicht froh sind, nicht für sich sorgen zu müssen, einfach nur arbeiten zu müssen, auch wenn die Arbeit mühsam ist. Arbeiten ohne nachzudenken, wie man eine Fazenda führt, wie man Verhandlungen führt und die Zukunft plant. Einfach nur leben.«

»Entschuldigen Sie, Doña Isabella, aber ich finde es schrecklich, dass Menschen in Ketten liegen, um eine Pflanze ab-

zuernten, die ihnen gestohlen wurde«, sagte Felicitas höflich, aber entschlossen, sich nicht von sanften Worten einlullen zu lassen. Es musste einen anderen Weg geben, eine Kaffeeplantage zu führen, und sie nahm sich fest vor, mit Heinrich darüber zu reden. Es konnte nicht sein, dass sein Reichtum auf dem Rücken anderer erwirtschaftet wurde. Bei allem Eifer fühlte sie sich aber plötzlich auch belastet von Problemen, die nicht die ihren waren, und sie fragte sich, inwiefern sie eigentlich gezwungen war, sich damit zu befassen. Hatte sie nicht so schon Schwierigkeiten vor sich, mit denen ihr neues Leben als Frau Andreesen gewiss nicht sparen würde? Andererseits ging ihr Doña Isabellas Hinweis auf die Armut in Bremen nicht aus dem Kopf. Konnte sie davor wirklich die Augen verschließen – wenn es denn tatsächlich so war?
Doña Isabella setzte sich und schenkte Likör nach. »Eines Tages werden Sie anders darüber denken, Felicitas. Denken Sie an meine Worte, wenn Sie einmal so alt sind wie ich. Und nun lassen Sie mich wissen, wie Sie Heinrich kennen gelernt haben.«

Die nächsten Tage verstrichen in anmutiger Gleichförmigkeit. Nach dem Frühstück ritten Heinrich, der Engländer und Don Alfredo stundenlang über die Felder und kamen erst am frühen Nachmittag zurück zur Fazenda, um Felicitas und Doña Isabella auf der Veranda bei eisgekühlter Limonade und Zitronengebäck von ihren Erlebnissen zu berichten. Don Alfredo wurde nicht müde zu betonen, wie stolz Gustavo gewiss auf seinen schneidigen Sohn gewesen war. Gustav Andreesens Tod bewegte ihn sehr, denn nach seinen Worten hatten die beiden Männer, obwohl sie sich nur einmal begegnet waren, eine innige Freundschaft füreinander empfunden.

Das Abendessen nahmen sie stets im Haus ein, um zum Kaffee auf die Veranda und in den Salon zu wechseln. Gelegentlich unterbrachen Felicitas und Heinrich die behütende Monotonie und unternahmen einen kurzen Ausflug mit dem Auto zum Fuß der nahe gelegenen Berge, wo sie ein wenig spazieren gingen. In diesen seltenen Momenten fühlte Felicitas sich ihrem Mann wieder nah, während das Band, das sie zusammenhielt, in der übrigen Zeit, die Heinrich nicht mit ihr verbrachte, etwas dünner zu werden schien. Selbst die körperliche Anziehungskraft hatte an Zauber verloren; meist schlief Felicitas bereits, wenn Heinrich sich müde vom vielen Reden, Trinken und Lachen ins Zimmer schlich.

Am zehnten Tag – Mr. Hammond war inzwischen abgereist –, die Männer waren in der Dämmerung aufgebrochen, beschloss Felicitas, allein einen Ausritt zu wagen. Sie suchte Paolo, der sich in der ganzen Zeit nicht hatte blicken lassen, fand ihn bei den Hütten und bat ihn, ihr ein besonders lammfrommes Tier auszusuchen, weil ihr Reitstil gelinde gesagt nicht sehr entwickelt sei.

»Dann Sie reiten mit mir«, sagte Paolo energisch, brüllte zwei Männer an, die sofort Richtung Stall verschwanden und nach wenigen Minuten mit zwei gesattelten Pferden zurückkamen. Ein großes schwarzes Tier und eine braun struppige freundliche kleine Stute, auf die Felicitas unter dem Gekicher der Männer zusteuerte.

In leichtem Trab ritten sie los und ließen die Fazenda schnell hinter sich. Felicitas gab das Tempo und die Richtung vor, und Paolo folgte ihr bis zum Rand des Dschungels, den sie nach einer Stunde erreichten und der sich smaragdgrün vor ihnen ausbreitete. Trommeln schlugen einen langsamen, hypnotisierenden Rhythmus. Die Stute scheute und weigerte sich, weiterzugehen.

Felicitas starrte ins Grüne und versuchte einen Weg zu erkennen. Plötzlich stand eine Frau in zwanzig Metern Entfernung vor ihnen.
»Hallo«, sagte Felicitas und winkte. Die Frau bewegte sich nicht. Ihr schwarzes Haar stand vom Kopf ab wie ein geplatztes Rosshaarkissen, und ein blutroter Stoff umhüllte ihre hoch gewachsene Gestalt. Sie trug weder Schuhe noch Schmuck und sah Felicitas mit unbewegter Miene an.
»Sie da nicht hingehören. Wir umkehren«, sagte Paolo beschwörend und blickte sich um, als wären alle Geister Brasiliens hinter ihnen her. Felicitas erkannte, dass er sich Vorwürfe machte, eigenmächtig gehandelt zu haben, was schreckliche Bestrafungen von Don Alfredo nach sich ziehen würde. Er tat ihr Leid, doch sie gab nicht nach.
»Wir bleiben, Paolo«, sagte sie und stieg umständlich vom Pferd. »Und du übersetzt.«
»Sie nicht gehen«, flehte Paolo, doch Felicitas marschierte los, und Paolo folgte ihr schließlich leise fluchend.
Die Frau sagte kein Wort, betrachtete Felicitas aus unergründlichen Onyx-Augen und deutete auf Felicitas' Augen, deren Farbe sie offensichtlich begeisterte. Dann machte sie ihr ein Zeichen, ihr in den Dschungel zu folgen, was sie nach kurzem Zögern tat. Sie mochten etwa zehn Minuten auf einem schmalen Pfad unterwegs gewesen sein, als sich das Grün plötzlich zu einer ovalen Lichtung öffnete, in deren Mitte eine große Hütte aus Palmwedeln und notdürftigen Bretterwänden stand. Unerschrocken trat Felicitas ein. An den Wänden hingen kopfüber allerlei Kräuter, die einen aromatischen, schweren Duft verströmten, der mit nichts, was Felicitas je gerochen hatte, zu vergleichen war. Eine aus Palmholz geschnitzte Maske mit Furcht erregenden, nackten Augenhöhlen schien jeden Besucher abschrecken zu wollen, und Felicitas fuhr zurück. »No«,

sagte die Frau mit tiefer Stimme, hielt Felicitas am Arm fest und zeigte auf ein junges Mädchen, das leise weinend auf einer Strohmatte lag. Um sie herum dampfte es aus vier Gefäßen, die auf ofenähnlichen, aber viel kleineren Gebilden standen, in denen Feuerchen brannten und knackten. Die Frau kniete nieder und murmelte einige unverständliche Worte. Dann griff sie zu einer Art Handfeger, der statt Borsten orangefarbene Federn besaß, die die Frau nacheinander in die Gefäße tunkte, um die ölige Flüssigkeit über dem Mädchen abzuschütteln. Der Duft und ein monotoner Singsang, mit dem sie ihre Tätigkeit begleitete, wirkte narkotisierend. Das Mädchen hörte auf zu weinen und schlief ein.
»Was fehlt ihr?«, fragte Felicitas und sah Paolo an, der ihre Worte widerwillig übersetzte. Die Frau stieß einen kehligen Laut aus und redete auf Felicitas ein. »Was hat sie gesagt?«
Paolo wand sich wie ein Aal. »Äh ... nun ... Mädchen hat sich wehgetan«, antwortete er lahm, doch Felicitas durchschaute, dass er sie anlog.
»Wenn du mir nicht sofort sagst, was die Frau erzählt hat, werde ich es Don Alfredo wissen lassen, wie aufsässig sein Vorarbeiter sich benimmt«, drohte sie ihm und schämte sich sogleich für ihre Worte. Sie war nicht besser als die brasilianischen Kaffeebarone. Doch die Drohung wirkte.
»Mädchen ausgepeitscht«, übersetzte Paolo.
»Sie kann aber doch nicht älter als zehn Jahre sein!«, rief Felicitas entsetzt. Das musste ein Irrtum sein, vielleicht hatte Paolo die Frau falsch verstanden.
»Heißen Florinda«, fuhr Paolo mit unbewegtem Gesicht fort. »Der Don und der Engländer sie mit der Chicote geschlagen, das ist fünfschwänzige Peitsche mit Metallspitzen.«
»Warum?«

»Sie ist mit dem Engländer zusammengeprallt, und als er sie festhalten wollte, hat sie ihm in die Hand gebissen …«

Die Frau sprach weiter, und Paolo übersetzte.

»Sie Glück gehabt, andere vergewaltigt, gebären Kind auf dem Feld und pflücken weiter.«

Felicitas rang nach Atem, Übelkeit stieg in ihr hoch, die sie mühsam niederkämpfte.

»Sie ist Heilerin, machen Mädchen gesund, schon viele Mädchen gesund gemacht.«

»Frag sie, ob sie meine Hilfe braucht.«

Nach einer Weile, in der nur das Knacken des Feuers zu hören war, durchfuhr die Frau ein Schütteln, ein leises Kauderwelsch quoll aus ihrem verzerrten Mund, und sie rang die Hände zum Himmel. »Preto Velho«, stöhnte sie laut, »Preto Velho, Preto Velho!«

»Wovon redet sie?«

»Sie spricht mit Preto Velho, das ist Geist der alten afrikanischen Sklaven, Söhne und Töchter jetzt hier, müssen leiden«, flüsterte Paolo beeindruckt. »Sie nicht verrückt im Kopf. Mamalita machen das auch und sprechen mit Geist und sagen Zukunft.« Seine Angst vor der Frau schien plötzlich von ihm abzufallen, und er straffte die Schultern.

Die Frau kam wieder zu sich, stand auf und holte mit bloßen Fingern etwas aus einem der kleinen Öfen heraus, wischte es ab und drückte es Felicitas in die Hand – eine Figur aus schwarzem Holz. Seltsamerweise fühlte sie sich glatt und kalt an, nicht als ob sie eben noch in den Flammen gelegen hätte. Die eine Seite zeigte ein lächelndes Gesicht, die andere ein verwundetes. »Fran«, sagte die Frau, wedelte mit den Händen und verließ ohne ein weiteres Wort die Hütte. Als Felicitas an die Tür trat und ihr nachschauen wollte, hatte der Dschungel sie bereits verschluckt.

»Jetzt wir gehen«, stieß Paolo erleichtert aus.
»Was hat sie gesagt?«
Paolo seufzte. »Nix wichtig. Nur, dass Sie eines Tages wissen, was können tun.«
»Und?«, beharrte Felicitas.
»Wenn Zeit der Tränen vorüber ist«, sagte Paolo, und Felicitas fühlte, wie sie trotz der feuchten Hitze zu frieren begann.
Sie fanden die Pferde friedlich grasend, wo sie sie verlassen hatten, und ritten zurück zur Fazenda, wo Heinrich sie bereits besorgt erwartete. Aus einem Grund, den sie sich nicht erklären konnte, verschwieg Felicitas ihr Erlebnis im Dschungel und gab vor, rasch baden zu wollen, um sich für die bevorstehende Fiesta, die ihnen zu Ehren heute Abend gefeiert werden sollte, umzukleiden. Als sie allein im Bad war, nahm sie die Figur in beide Hände, betastete und betrachtete sie und fand, dass sie so etwas Schönes und zugleich Trauriges noch nie gesehen hatte. Die schmerzliche Vollkommenheit erinnerte sie an die Werke Fran Fontanellis. Stammte die Schnitzerei womöglich von ihm? Warum sonst hätte die Frau den Vornamen des Künstlers nennen sollen?
Felicitas wickelte die Figur in ein Seidentuch und verstaute sie sorgfältig zwischen ihrer Wäsche, zusammen mit ihrem Entsetzen, den drängenden Fragen und dem Wunsch, die Frau, das Mädchen und den Schmerz über die eigene Ahnungslosigkeit zu vergessen.

7

Bremerhaven empfing sie mit Nieselregen aus bleigrauem Himmel.

»Ó Pátria amada / Idolatrada / Salve! Salve!«, sang Felicitas die ersten Takte der brasilianischen Nationalhymne und übersetzte sie so laut und unüberhörbar glücklich, dass einige umstehende Passagiere sie belustigt ansahen. »O geliebte Heimat, Hochverehrte, sei gegrüßt!«

»Ist schon was dran, nicht wahr?«, rief ein älterer Herr ihr zu. »In Bremen ist allerbest, da kann die Sonne noch so schön scheinen in Brasilien.«

Felicitas nickte, und Heinrich lüpfte höflich seinen Hut. Der Herr zwirbelte vergnügt lachend an seinem mächtigen Schnurrbart herum und schwenkte seinen Zylinder, was ihm einen kleinen Knuff seiner matronenhaften, schmallippigen Gattin einbrachte.

»Mäßige dich, Friedrich, du bist ja ganz aus dem Häuschen!«

»Ach Erna, altes Mädchen, nun guck doch nicht so bedröppelt aus der Wäsche. Die Heimat hat uns wieder! Was freu ich mich auf eine Portion Knipp. Und Butterkuchen! Und Speckaal!«

Felicitas konnte sich das Lachen nicht verkneifen und kuschelte sich in ihr pelzbesetztes Wollcape, das sie wohlweislich mitgenommen hatte. Heinrich zog sie an sich und gab ihr einen Kuss auf die Stirn. Die zweiwöchige Rückreise hatte die Erlebnisse in Brasilien mit jedem Wellenschlag in milde Ferne gerückt, die das Schöne schimmern und das Fremde, Trennende verblassen ließ. Einmal hatte sie begonnen, behutsam von ihrem Erlebnis im Dschungel zu berichten, doch Heinrich hatte ihr das Wort abgeschnitten. »Du kannst dir doch nicht im Ernst von einer Verrückten einen solchen Unsinn weismachen lassen! Wirklich nicht, Felicitas. Im Übrigen lege ich für Don Alfredo meine Hände ins Feuer.«

Felicitas beließ es dabei. Sie begriff, dass ihr Mann den brasilianischen Patriarchen unter allen Umständen mögen wollte, weil er glaubte, dies seinem Vater schuldig zu sein. Sie berührte das Thema nie wieder. Stattdessen lobte sie die brasilianische Gastfreundschaft und die Liebenswürdigkeit, mit der Doña Isabella ihrer, Felicitas', norddeutscher Reserviertheit begegnet sei. Zusammen riefen sie sich den Zauber des Landes in Erinnerung, gaben Anekdoten beim Dinner zum Besten und lachten über die Geschichten, die andere Passagiere erzählten, bis alles Erwähnenswerte erschöpft und das Unaussprechliche restlos unter die Teppiche gekehrt worden war. Am dritten Tag konzentrierten sich Felicitas und Heinrich wieder auf die Annehmlichkeiten der Passage, das Golfspiel und frühes, lustvolles Zubettgehen.

Ihre Ankunft in Bremerhaven verlief norddeutsch unspektakulär. Kein charmantes südliches Durcheinander, dafür preußische Aufgeräumtheit. Keine Kapelle begleitete den Auszug der Passagiere und ihrer gigantischen Mengen Gepäck, keine Kinder schwenkten Fähnchen, und die Automobile warteten in Reih und Glied darauf, ihre reichen Besitzer wieder nach Hause zu fahren, nach Bremen, Hamburg, Hannover, Kiel und Frankfurt.

Alfons grüßte zackig, als er Felicitas und Heinrich gewahr wurde, und riss die Wagentür auf. Er war vor allen anderen am Kai gewesen und hatte sich einen günstigen Platz sichern können, sodass sie ohne Verzögerung nach Bremen aufbrechen konnten. Trotz des Nieselregens, der das Kopfsteinpflaster in Rutschbahnen verwandelte, erreichten sie die Parkallee zwei Stunden nach ihrer Abfahrt in der kleinen Schwesterstadt. Die weiße Villa wirkte verschlossen, kein Licht brannte trotz der Dunkelheit, die der Nieselregen mit sich brachte. Alfons hielt den Wagen so nah wie möglich am Eingang und eilte mit einem Schirm zu Felicitas. Heinrich soll offenbar selbst sehen, wie er trockenen Fußes ins Haus kommt, dachte Felicitas amüsiert und wartete auf ihren Mann.

»Er ist halt nicht mehr der Jüngste«, flüsterte Heinrich ihr zu und öffnete die schwere Tür. Stille schlug ihnen entgegen, die Felicitas wie eine Ohrfeige empfand und die Heinrich mit bemühter Heiterkeit zu überspielen suchte.

»Na, so was, haben wir uns im Datum geirrt?« Er klingelte, und Marie eilte ihnen entgegen, einen spitzen Schrei unterdrückend.

»Junger Herr, o mein Gott, was machen Sie denn hier?«

»Oh«, entgegnete Heinrich leichthin, »nun, ich denke, wir wohnen hier.«

»O Gott, ja, selbstverständlich, aber die gnädige Frau hat nichts erwähnt, und wir haben kein Gebäck im Haus, und die gnädige Frau ist ausgegangen, und Herr Anton und Frau Désirée sind verreist … und Fräulein Ella, ach, ich weiß nicht …« Ihre Worte erstarben. Sie war den Tränen nahe und knickste verlegen.

»Guten Tag, Marie«, sagte Felicitas ruhig und reichte ihr die Hand. Elisabeth Andreesen hätte den Zeitpunkt für einen Affront nicht günstiger wählen können, doch Felicitas dachte nicht daran, sich dem Mädchen gegenüber eine Blöße zu geben, die es dann beim ganzen Personal weitertratschen konnte. »Ich freue mich, dich endlich kennen zu lernen.« Sie hielt Marie ihren Hut und das Cape hin, die

hastig zugriff, um diesem peinlichen Moment zu entgehen.
»Die Sachen müssen rasch getrocknet werden«, meinte Marie und verschwand erleichtert.
»Danke, mein Liebling«, sagte Heinrich und nahm Felicitas in die Arme. »Verzeih, dass meine Familie dich nicht begrüßt. Es wird sicher etwas Wichtiges dazwischengekommen sein. Darf ich dir unser kleines Reich zeigen?«
Felicitas behielt ihre Ansicht über Elisabeths Motive für sich und ließ sich in den ersten Stock der Villa führen. Den rechten Flügel bewohnten Anton und Désirée und, in einem separaten Raum, Ella, den linken sollten Heinrich und Felicitas beziehen. Elisabeth thronte in der Mitte. Wie eine Spinne im Netz, dachte Felicitas, schob den Gedanken aber beiseite. Um Heinrichs willen würde sie sich bemühen, mit ihrer Schwiegermutter und dem Rest der Familie auszukommen.
Ella, so viel war sicher, sollte dabei das geringste Problem darstellen, mehr noch, sie würde im Laufe der Zeit gewiss zu einer guten Freundin werden, schließlich hatte sie schon auf der Hochzeitsfeier im Kaffeehaus am See mit ihrer liebenswürdigen Art gezeigt, dass sie aus anderem Holz geschnitzt war als ihre Mutter, die sich den ganzen Abend nur mit ihresgleichen unterhalten und Felicitas' Familie und Freunde so gut wie ignoriert hatte. Genützt hatte es ihr nichts, denn die Schauspieler mit ihrem unbedingten Willen zur Heiterkeit hatten nach dem offiziellen Teil mit vielen öden Ansprachen schließlich die Regie übernommen und das steife Fest in ein fröhliches Ereignis verwandelt. Als ihr Vater und Bernhard sich sogar anschickten, ein freches Couplet anzustimmen, verabschiedete sich Elisabeth Andreesen schockiert, aber weitestgehend unbemerkt. Ella, die sich gerade auf der Toilette die Nase pu-

derte und ihr Haar sorgenvoll betrachtete, verpasste den Abgang ihrer Mutter und verwandelte sich, nachdem sie es gemerkt hatte, in die wahre Ella, die tanzte, lachte und vor Übermut glühte.

»Und hier, dachte ich«, sagte Heinrich und öffnete eine weitere Tür, »kannst du ein Zimmer ganz für dich einrichten. Was hältst du davon?«

Felicitas war entzückt. Der Raum war mit Abstand der schönste in diesem Flügel. Gewiss waren alle großzügig und hell, doch dieser besaß durch zwei kleine Erker einen besonderen Charme. Zwei Kisten mit ihrer Kleidung und ihren persönlichen Dingen waren während ihrer Abwesenheit geliefert worden und machten sich recht klein in der Weite aus.

»Ich glaube, die nächste Zeit werde ich damit verbringen, Möbel und Stoffe auszusuchen«, sagte sie lächelnd und öffnete eine der Kisten, aus denen ihre Kattunkleider quollen. »Oje, da werde ich wohl etwas bügeln müssen.«

»Nein, mein Liebling«, entgegnete Heinrich. »Du willst doch das Personal nicht vor den Kopf stoßen, oder? Komm, lass uns weitergehen. Das Beste kommt noch.« Das Schlafzimmer war mit dicken Teppichen und einem zierlichen Himmelbett ausgestattet, bei dem Felicitas sich insgeheim fragte, ob es ihrer erotischen Ausdauer würde standhalten können. »Was hältst du davon, wenn ich Marie bitte, uns ein kleines Abendbrot zu richten? Wir könnten den Kamin anfeuern, uns in dicke Pelzdecken wickeln und unsere Hochzeitsreise fortsetzen. Wie klingt das?«

»Perfekt«, flüsterte Felicitas und dankte Elisabeth im Stillen für diesen freien Abend.

Das Bett knarrte, als Heinrich sich so leise wie möglich erhob.

»Schlaf weiter, Felicitas«, raunte er ihr zu. »Ich trinke rasch eine Tasse Kaffee mit Mama und fahre dann ins Büro.«
Eine Viertelstunde später hörte sie, wie die Schlafzimmertür leise geschlossen wurde. Felicitas räkelte sich faul in den weichen Kissen, die viel, viel weicher waren als daheim. Daheim, durchfuhr es sie, und sie setzte sich auf. Daheim war jetzt dies hier. Dieses Zimmer, dieser Flügel und diese Villa, wo niemand sie willkommen geheißen hatte. Sie sprang aus dem Bett und öffnete die schweren Brokatvorhänge. Licht flutete ins Zimmer, und Felicitas blinzelte. Der Regen hatte aufgehört und einer strahlenden Sonne Platz gemacht, die zu einem Erkundungsspaziergang einlud. Sie öffnete die Balkontüren und trat hinaus, die Grenzen des parkähnlichen Grundstücks suchend, die nicht auszumachen waren. Dichter Rasen ergoss sich wie eine Welle von der Terrasse bis zum Beginn des Waldes, üppige Rosen fassten ihn rosarot und weiß ein. Rechter Hand lagen die Stallgebäude, die durch hoch gewachsene Linden, dicken Buchsbaum und Hainbuche vom übrigen Garten optisch getrennt wurden und nur von oben zu sehen waren. Einige Pferde wieherten. Felicitas atmete tief durch. Sie würde es lieben lernen, da konnte Elisabeth Andreesen machen, was sie wollte.
Sie entschied sich für ein praktisches, luftiges Baumwollkleid und schloss gerade die letzten Knöpfe auf der Brust, als es klopfte und Marie vorsichtig die Tür öffnete. Entgeistert blieb sie im Türrahmen stehen.
»Sie sind schon angekleidet, gnädige Frau?«
»Aber sicher, Marie«, entgegnete Felicitas leichthin. Natürlich hatte sie es vergessen, dass man sich in der Villa Andreesen bei jeder Handbewegung von dienstbaren Geistern helfen ließ, aber in diesem Augenblick beschloss Felicitas, dass sie nicht die Einzige sein würde, die sich an neue Regeln würde gewöhnen müssen.

»Wir werden es in Zukunft so halten: Wenn ich dich brauche, lasse ich dich rufen. Ganz einfach, nicht wahr?«
Marie nickte zögernd. »Darf ich Ihnen denn wenigstens helfen, Ihre Koffer und Kisten auszupacken?« Sie wirkte ein wenig beleidigt, doch Felicitas schüttelte den Kopf. Wenn sie jetzt nachgab, würde sie bald von vorne bis hinten bedient werden, und das widersprach ihrer Erziehung und ihrer Selbstständigkeit.
»Nein danke, Marie, aber vielleicht könntest du dafür sorgen, dass der Kamin gereinigt wird.« Marie schluckte, knickste und verließ sichtlich gekränkt das Schlafzimmer. Felicitas kämmte ihr Haar, das durch die satte südliche Sonne leuchtete, kniff sich in die Wangen und lächelte sich zu. Auf in den Kampf. Mal sehen, wie gemütlich das erste Frühstück mit ihrer Schwiegermutter sein würde. Sie ging hinunter in die Halle und öffnete eine Tür nach der anderen, bis ein Diener aus dem Nichts auftauchte.
»Gestatten Sie, gnädige Frau, das Speisezimmer befindet sich neben dem Wintergarten. Wenn Sie mir folgen wollen.«
»Danke schön ...?«
»Ludwig, gnädige Frau. Ich bin der Hausdiener«, sagte er und schritt voran durch die Halle, die links von der Treppe in einem Rundbogen mit einer großen Schiebetür mündete, die Ludwig geräuschlos aufzog und sich verbeugte.
»Danke schön«, wiederholte Felicitas und trat ein. Eine riesige Palme versperrte die Sicht auf den Esstisch, doch eine kühle Stimme wies Felicitas den Weg.
»Wie freundlich von dir, dass du zu vorgerückter Stunde doch noch zu frühstücken geruhst.« Elisabeth Andreesen faltete die Zeitung zusammen und blickte erst hoch, als Felicitas näher gekommen und unsicher stehen geblieben war. »Nun setz dich schon. Der Kaffee dürfte noch heiß

sein.« Sie klingelte, und Marie erschien. Nachdem sie Felicitas wortlos eine Tasse Kaffee eingeschenkt hatte, knickste sie und wartete. »Es ist gut, Marie«, sagte Elisabeth, und das Mädchen verließ das Speisezimmer, in dem man mühelos eine Gesellschaft von fünfzig Menschen und mehr hätte bewirten können, mit einem scheuen Blick auf Felicitas.
Felicitas nahm schweigend ein paar Schlucke des leidlich heißen, starken Kaffees, während Elisabeth sie ebenfalls schweigend beobachtete.
»Ich mache kein Hehl daraus, dass mir die Wahl meines Sohnes nicht gefällt. Umso mehr, als du an deinem ersten Tag in unserem Hause nichts Besseres zu tun hast, als das Mädchen zutiefst zu kränken. Es ist Maries Pflicht, uns beim Ankleiden und den Dingen des Alltags zur Seite zu stehen, und indem du diese Hilfe ausschlägst, stellst du ihren Lebenssinn infrage. Für die Reinigung der Kamine ist der Stallbursche zuständig, der sich abgesehen von seinen Arbeiten bei den Pferden um derlei Dinge kümmert. Ich gehe davon aus, dass du dein Verhalten in Zukunft deinem neuen Stand entsprechend korrigierst.« Elisabeth seufzte und faltete ihre Serviette zusammen. »Im Übrigen erwartet dich eine Zeit des Lernens. Du wirst dich mit dem Haus und seinen Gepflogenheiten vertraut machen müssen. In Maßen natürlich nur, da ich nicht vorhabe, die Führung des Anwesens aus der Hand zu geben. Heinrich und ich sind uns in diesem Punkt einig. Hier hast du eine Liste mit den Aufgaben, die dich im Laufe des Jahres erwarten. Wenn du sie studiert hast, wirst du gewiss viele Fragen haben, die ich dir natürlich beantworten werde.« Elisabeth erhob sich, legte ein Bündel Büttenpapier auf den Tisch und verließ das Speisezimmer. Im Gehen drehte sie sich noch einmal zu Felicitas um. »Wir essen Punkt neunzehn Uhr. Guten Tag, Felicitas.«

Blöde Kuh, sagte Felicitas halblaut, nachdem die Tür geräuschlos zugeglitten war, und schnappte sich ein frisches Brötchen, das sie dick mit Butter beschmierte und mit duftendem Lachsschinken belegte. Den Appetit würde sie sich nicht verderben und sich auch nicht den Schneid abkaufen lassen. Kauend warf sie einen Blick auf die mit dunkelblauer Tinte beschriebenen Blätter.

»Schirmherrin beim Trabrennen, darauf vorbereiten
Freimarktseinladung für ausgesuchte Kaufleute
Eiswette und Schaffermahlzeit (dabei bleiben Frauen unsichtbar, aber sie feiern natürlich auch – daheim und unter sich)
Einladungen an befreundete Familien und Senatoren:
van der Laakens
Gerbers
Jacobi
Müllerschöns
Nowaks
Martins
Pfeiffers
Püschels
Eschenbachs …«

Die Liste nahm kein Ende, und seufzend legte Felicitas sie zur Seite. Sie würde nicht drum herumkommen, sie gewissenhaft zu studieren, und vermutlich auch nicht, sie Punkt für Punkt zu befolgen. Aufgaben dieser Art hatte sie sozusagen mitgeheiratet, das war ihr durchaus bewusst gewesen, nicht aber, dass es tatsächlich so viele sein würden.

Sie beendete ihr Frühstück und wanderte ziellos durch das leere Haus.

Der Tag lag in deprimierender Länge vor ihr.

Das Patent für den magenschonenden Kaffee und die Entwicklung einer neuen Produktionslinie nahmen Heinrich voll in Anspruch. Oft kehrte er erst spät am Abend nach Hause zurück, erschöpft und einsilbig. Andere Kafferöster bezichtigten ihn des Plagiats und drohten mit Klagen. Felicitas tat, was sie konnte, um ihn zu unterstützen, und das bedeutete vor allem, ihn nicht mit ihren Problemen zu behelligen.

Erst zaghaft, dann mit wachsender Hingabe und gutem, aber ungewöhnlichem Geschmack suchte sie Möbel, Stoffe und Gemälde für ihren Flügel aus, eine Aufgabe, die ihr Spaß machte und sie durchaus herausforderte, weil sie sich das Ziel gesetzt hatte, jeden Raum in einem anderen Stil einzurichten. Den Salon stattete sie mit Alabastersäulen, Gobelins, rotem Marmor und weißen Kerzen aus, dem Schlafzimmer verpasste sie mit roten Brokatkissen, Perserteppichen und Pfauenfedern ein orientalisches Flair, und ihr Zimmer, und auf diesen Einfall war sie besonders stolz, verwandelte sie in eine Mischung aus Theaterkulisse, Garderobe und Werkstatt. Dem Intendanten des Schauspielhauses hatte sie, wenn auch nur leihweise, den Ebenholzelefanten aus der Requisite abgeluchst, der jetzt imposant neben dem Kamin stand und die vielen, vielen Bücher, die sich auf Tischen und auf dem Boden stapelten, bewachte.

Die Wände hatte Felicitas dunkelrot streichen lassen, bis auf eine, die für eine zarte Trompe-l'œil-Malerei vorgesehen war. Heinrich fand das Ambiente etwas gewöhnungsbedürftig, freute sich aber an Felicitas' Begeisterung.

Wenn sie nicht über Stoffen und Skizzen für die Malerei brütete, besuchte sie ihre Eltern, ließ sich von Elfriede den neuesten Klatsch aus der Nachbarschaft erzählen und mit frisch gebackenem Brot verwöhnen.

Felicitas füllte ihre Zeit, fühlte sich aber zunehmend unbe-

friedigt. Als der letzte Vorhang drapiert war, war die Aufgabe erledigt. Was blieb, war ein enervierend monotoner Tagesablauf. Kuscheln mit Heinrich, Frühstück um halb acht mit Elisabeth, Ella, Anton und Désirée, das wie das Mittagessen um halb eins und das Abendessen um sieben in gezwungener Atmosphäre verlief, dazwischen Spaziergänge und die unvermeidlichen Termine mit Elisabeth, die dazu dienten, Felicitas beizubringen, wann sie wen zu welchem Anlass und warum einzuladen hatte.
Elisabeths Ton blieb stets der gleiche, ihre Haltung reserviert.
»Du wirst dich daran gewöhnen«, hatte Ella eines Morgens zu ihr gesagt. »Wir haben uns alle daran gewöhnt. Ich meine, Heinrich, Vater und ich. Anton hatte seltsamerweise weniger unter Mutter zu leiden.« Sie machte eine Pause. »Weißt du, es gab eine Zeit, da war unsere Mutter fröhlich und freundlich, aber wie ein Ballon, aus dem langsam die Luft entweicht, hat sie ihre gute Laune verloren, immer ein bisschen mehr. Es begann etwa ein Jahr vor Antons Geburt. Niemand hat bis heute eine Erklärung dafür, was mit ihr geschehen ist, und du wirst sie auch nicht finden. Du verschwendest nur deine Kraft, wenn du versuchen solltest Mutters Anerkennung zu erlangen.«
Felicitas hatte lange über Ellas Worte nachgedacht. Es fiel ihr schwer, hinzunehmen, dass ein Mensch sie in Bausch und Bogen ablehnte, doch genau das musste sie tun, um sich auf das Wesentliche konzentrieren zu können – das Glück mit Heinrich zu leben und zu gestalten.
Als Erstes traf sie deshalb die Entscheidung, morgens mit Heinrich allein und in ihrem Schlafzimmer zu frühstücken, was ihm trotz gewisser Vorbehalte wegen seiner Mutter ausnehmend gut gefiel. Felicitas ließ das Tablett von Marie vor die Tür stellen und servierte Brötchen, Ho-

nig und Kaffee dann im Nachthemd und mit leidenschaftlichen Küssen als Dessert. Wenn sie den Tag schon so gut wie ohne ihn verbringen musste, sollte wenigstens der Morgen, abgesehen von den köstlichen Nächten, ihnen gehören.
Wie zu erwarten gewesen war, kritisierte Elisabeth ihren Entschluss vehement, doch Felicitas beschied ihr freundlich, aber bestimmt: »Er ist mein Ehemann, ich finde die Gemeinsamkeit wichtig. Und ich werde sie pflegen, bevor sie uns abhanden kommt.«
Sie blickte Elisabeth dabei in die Augen und bemerkte überrascht, dass sich in ihnen zum ersten Mal ein Funke Respekt spiegelte.

»Iss ihn ja mit Genuss, nicht schlingen, du!« Ella stemmte die Arme in ihre runden Hüften und pustete sich eine widerspenstige Haarsträhne aus der geröteten Stirn. Sie hatte eigenhändig Butterkuchen gebacken in dieser primitiven Küche, in der es nicht mal einen Ausguss gab, aber immerhin einen wenn auch ziemlich ramponierten hustenden Ofen. Beim Feuermachen hatte sie allerdings lachend kapituliert und gemeint, dies sei Aufgabe des Herrn im Haus.
Peter lachte sie verliebt an. Was für eine wunderbare Frau. Am liebsten hätte er sie in die Arme genommen und alle ihre Bedenken hinweggeküsst und das getan, was ihm schon lange die einsamen Nächte wenn auch nur in der Fantasie versüßte. Doch er wusste, dass er Ella nicht drängen durfte. Allerdings entwickelte sich ihr Zusammensein zu einem skurrilen Arrangement. Ella besaß einen Schlüssel zu seiner Wohnung in der Braunschweigerstraße am Peterswerder und ging dort nach Belieben und Gelegenheit ein und aus. Das heißt, sie schlich sich hinein, das Gesicht

sorgsam hinter einem Schleier versteckt, damit kein Nachbar sie erkennen konnte. Hätte man sie als eine Andreesen identifiziert, hätte sich, fürchtete sie, die Nachricht binnen Stunden in Bremen herumgesprochen. Der Skandal wäre perfekt.

Doch trotz der Gefahr des Erkanntwerdens dachte Ella nicht daran, auf das Zusammensein mit Peter zu verzichten, denn hier, in diesen winzigen billig möblierten Räumen, fiel das Korsett ihrer Herkunft von ihr ab. War Peter unterwegs, nutzte sie die Zeit, um politische Bücher zu lesen und sich das Wissen anzueignen, das sie brauchte, um die vage Vorstellung von einem Heim für Frauen und Kinder zu einem konkreten Plan reifen zu lassen. Doch je mehr sie las, umso deutlicher stand ihr vor Augen, was alles getan werden müsste, um dem Elend und sozialer Ungerechtigkeit etwas entgegenzusetzen, eine Erkenntnis, die ihr nach und nach den Glauben zerstörte, irgendetwas ausrichten zu können. Das Gespräch mit Heinrich verschob sie ein ums andere Mal und redete sich ein, die passende Gelegenheit habe sich einfach noch nicht ergeben, doch in ihrem Innern wusste sie, dass sie keine Kraft aus ihrer schönen Idee schöpfen konnte. Nur Peter gab ihr den Halt, den sie brauchte. War er daheim wie heute, debattierten sie miteinander, beratschlagten, welche Familie mehr Unterstützung benötigte, lasen oder schwiegen wie ein altvertrautes Ehepaar.

Peter biss in ein Stück Butterkuchen und stöhnte lustvoll. »Köstlich!« Er leckte sich die Finger ab, von denen sattgelb die geschmolzene Butter troff. »Wo hast du das nur gelernt? In der Freischule oder in der entgeltlichen Volksschule?«, fragte er augenzwinkernd, wohl wissend, dass die Unterteilung des Schulsystems für Arme und Reiche nach Ellas Ansicht eine der Keimzellen für soziale Ungerechtigkeit bildete.

Ella errötete. »Wir waren in der entgeltlichen Volksschule …«
»Da habe ich mir ja eine schöne Revoluzzerin angelacht!« Er gluckste und brach dann in Gelächter aus, in das Ella schließlich einfiel. Sie liebte seinen Humor und seine Lebensfreude. Er war keiner von den verbissenen Linken, die Ella Angst machten, sondern ein Menschenfreund, der versuchte in anderen einen Funken der Leidenschaft für das Leben zu entfachen, die ihn selbst beseelte und beständig antrieb. Doch er erreichte nur wenige, die Mehrzahl suchte Trost im Alkohol. Hunderte Schnapsbrennereien und Schnapskneipen machten ihr Geschäft mit der Hoffnungslosigkeit und dem Vergessen, das sich die Speiseröhre hinunterbrannte und in der Leber auf mehr wartete.
Ella seufzte, als sie daran dachte. »Manchmal erscheint es mir so sinnlos, an der einen Ecke zu beginnen, während du die anderen vernachlässigst, wo genauso viel Leid und Elend ist. Neulich habe ich das Fräulein Lola auf der Straße gesehen, du weißt schon.« Ella setzte sich auf den wackligen Küchenstuhl, der gleichzeitig als Wohnzimmersessel diente. »Vor einem Jahr noch schauten ihr alle Männer hinterher, sie war schön, wenn auch ein wenig vulgär. Bei der Amphitryon-Premiere saß sie im Parkett, und ihr Haar leuchtete. Jetzt ist sie nicht wiederzuerkennen, grau und krank sieht sie aus.«
»Wahrscheinlich hat sie Syphilis«, meinte Peter und griff nach Ellas Hand. »Die meisten Mädchen in der Helenenstraße sterben daran.«
»Siehst du, was ich meine? Was immer wir tun, es ist alles nur ein Tropfen auf den heißen Stein. Stirbt halt eine von fünfzig Prostituierten, na und?«
»Wir dürfen den Mut nicht verlieren«, entgegnete Peter mit Nachdruck. »Wenig zu erreichen ist immer noch besser, als

gar nichts zu tun.« Er stand auf und holte unter seinem Bett ein Bündel Papiere hervor, die er auf dem Küchentisch ausbreitete. Aufmerksam studierte er die Bleistiftzeichnungen, die wie von einem anderen Stern schienen, jedoch entfernte Ähnlichkeit mit einem Automobil aufwiesen. »Du musst an dich glauben, an deine Vision und deine Kraft, sie zu verwirklichen«, sagte er leise und strich liebevoll über das Papier. Dann nahm er einen Bleistift und war von einer Sekunde auf die andere versunken in einer Welt aus Achsen, Schrauben und komplizierten Berechnungen, von denen Ella nichts verstand, um die sie ihn aber beneidete, weil sie seinem Leben Richtung und Sinn verlieh.

Sie seufzte wieder und setzte Wasser auf, um das Geschirr abzuwaschen.

Wenn er sich auf die Zehenspitzen stellte, den Hals reckte und mit dem Körper eine Vierteldrehung nach links machte, konnte Thomas die andere Seite der drittgrößten Metropole Europas sehen. Die Schornsteine der Fabriken stießen schwarze, graue und weiße Wolken aus, Rauchzeichen, die jeden Indianer schwindlig gemacht hätten, hier aber von Arbeitsplätzen in Pumpwerken, Gießereien, Kesselschmieden kündeten, die Jahr für Jahr Massen von Zuwanderern anzogen, die sich Hoffnung auf ein besseres Leben machten.

Das Dachfenster war kaputt, scharfer Herbstwind zwängte sich unablässig durch den Sprung, und Thomas zog fröstelnd seinen Hemdkragen hoch. Die meisten strandeten in den Mietskasernenvierteln in Wedding, Neukölln oder Friedrichshain. Oder, am schlimmsten, in den schmalen, feuchten Gassen des Scheunenviertels nördlich vom Alexanderplatz, wo Kriminalität und Prostitution blühten und die Hoffnung einging. Thomas hatte ein Zimmer im Dachgeschoss einer vierstöckigen Mietskaserne in der Andreasstraße gemietet, die quadratisch um einen Innenhof angelegt war. Es stank nach verbranntem Kohl und billigem Schnaps, verdorbener Milch und Notdurft. Vierzig Menschen teilten sich eine Gemeinschaftstoilette. Keine Luft, kein Licht, Kinder, die Blut spuckten, Mütter, die anschaffen gehen mussten, um den Schnaps zu bezahlen, den die Väter brauchten, um sich besinnungslos zu betrinken, nachdem sie die Familie verprügelt hatten.

Thomas hatte sich hier einquartiert, um Impressionen einzufangen, ein Parasit gewissermaßen, der die Ärmsten der Armen für seine Arbeit benutzte, wenn auch mit dem lauteren Ziel, ihr Schicksal in die Welt zu tragen. Dennoch fühlte er sich schlecht dabei, denn das Ziel existierte nur mehr in seinem Kopf, er war außerstande, das Elend, die ausgehöhlten Augen und Wangen, den Dreck und die Brutalität auf Papier zu bringen. Außerdem war ihm ein anderer, besserer zuvorgekommen, einer, der das Berlin verstand, das er zeichnete, die derben Witze und den verzweifelten Zynismus. Heinrich Zille schaute den Leuten aufs Maul und traf den Ton.

»Du bist zu weich für Berlin«, hatten seine Kollegen gesagt. »Geh nach Paris, du bist kein Zeichner, du bist ein Künstler.« Er tröstete sich damit, dass das *Anaconda*, das Satire-Blättchen, das sich vollmundig angeschickt hatte, dem *Simplicissimus* den Rang abzulaufen, schon nach wenigen Ausgaben eingestellt worden war. Doch die Redakteure arbeiteten schon wieder an einem neuen Konzept – ohne ihn. Das Kompliment war nur ein hübsch verpackter Rauswurf gewesen.

Thomas fröstelte. Die Kälte hatte Besitz von dem Zimmer ergriffen, in dem außer einem Bett, einem Kocher und einem Stuhl, über dessen Lehne er sorgfältig seine wenige

Kleidung gelegt hatte, nichts mehr Platz hatte außer der Sehnsucht, per Dampfer das Land Richtung Übersee zu verlassen, um wo auch immer neu anzufangen.
Er stellte den Kocher an, um Wasser heiß zu machen. Heißes Wasser dämpfte den Hunger. Dann schraubte er den Füller auf, den seine Eltern ihm bei der Abreise nach Berlin geschenkt hatten, und begann einen seiner regelmäßigen Begeisterungsbriefe an sie zu schreiben, die er stets so kurz wie möglich fasste und mit »In Eile, Euer Thomas« unterzeichnete. Als er fertig war, faltete er das Blatt, schob es in einen seiner letzten Umschläge, adressierte den Brief schwungvoll und legte ihn vor die Tür, damit er nicht vergaß, ihn mitzunehmen. Er trank das inzwischen lauwarme Wasser aus, verzog das Gesicht und rückte seinen Hemdkragen und die Jacke zurecht, bevor er die bunte Palette und den Skizzenblock unter den Arm klemmte, jene Requisiten, die den reichen Frauen, die Unter den Linden flanierten, gut gefielen. So gut, dass es immer eine gab, die ihn von seinem Stammplatz ins gegenüberliegende Café zu Cremetörtchen und Kaffee einlud und ihm den Vorschlag machte, ihm daheim, wenn der Gatte seinen Geschäften nachging, Modell zu sitzen und vor allem zu liegen.
Thomas hatte irgendwann aufgehört, die Frauen, die er malte, bevor er mit ihnen schlief, zu zählen. Er hatte auch aufgehört, darüber nachzudenken. Was die Frauen ihm zusteckten, sicherte sein Überleben. Wenn er wollte, könnte er auf diese Weise richtig zu Geld kommen, doch das kam für ihn nicht infrage. Irgendwann würde sich das Blatt gewiss wenden, irgendwann würde er wissen, wie die Weichen neu zu stellen waren, irgendwann würde dieser Albtraum einfach vorbei sein.
Nur manchmal, wenn er neben einer dieser Fremden lag

und ihrem Atem lauschte, sah er ihr Gesicht plötzlich vor sich. Gut, dass er nicht zur Hochzeit eingeladen worden war, er hätte es nicht ertragen, sie an der Seite dieses Kaffeeschnösels zu sehen, hätte wegen seiner Eltern aber auch nicht absagen können.
Vielleicht sollte er zu Weihnachten wieder einmal nach Hause fahren. Drei bis vier Bilder, und er würde sich die Bahnfahrt leisten können.

»Den da! Der ist schön, den nehmen wir!«
Der Schnee knirschte, als Felicitas mit großen Schritten auf den Baum ihrer Wahl zulief und ihn aufmerksam umrundete, um seinen Wuchs von allen Seiten zu prüfen. Sie nickte und strahlte Heinrich an, der in seiner pelzgefütterten Jacke, den Tweedhosen und den Gummistiefeln, aus denen dicke graue Wollsocken herauslugten, wie ein Förster wirkte. Ein ziemlich gut aussehender Förster, dachte Felicitas und schaute an sich hinunter. Das Wollkleid war vom Saum bis unter die Knie klitschnass und klatschte ihr beim Gehen um die Beine, was sich eklig und kalt anfühlte, aber keinen Grund zur Sorge gab, da der halblange Waschbärmantel sie warm hielt.
»Du hast Recht, der ist schön«, sagte Heinrich und packte die Säge aus. Der Stamm hatte einen Durchmesser von etwa fünfzehn Zentimetern. Ihn durchzusägen würde keine Kleinigkeit sein.
»Ich würde dir ja die Sterne vom Himmel holen, aber nein, die gnädige Frau verlangt einen Tannenbaum«, neckte er sie gutmütig und zog die Säge über den Stamm.
»Geh bitte ein Stück dort hinüber«, bat er sie mit einem Nicken in die Richtung, aus der sie gekommen war.
Felicitas ging ein paar Schritte zurück und lehnte sich an eine Tanne, erfüllt von Vorfreude auf das Fest. Es ist, als

würde Weihnachten Anlauf nehmen, hatte sie als Kind zu ihrem Vater gesagt, der begeistert gelacht und das Bonmot seiner Tochter in seine persönliche Liste der besten geflügelten Worte aufgenommen hatte.
Jedes Jahr waren sie und ihr Vater Anfang Dezember auf die Pirsch gegangen, um einen Baum, den sie aussuchen durfte, zu schlagen und mit einem geliehenen Fuhrwerk nach Hause zu bringen. Ihr Vater versteckte den Baum dann auf dem Treppenabgang zum Hof, weil sie ihn erst an Heiligabend zur Bescherung wiedersehen durfte, was ihre Geduld erheblich strapazierte.
Felicitas liebte es zu schenken und Geschenke zu bekommen. Sie freute sich über Nachthemdchen und Söckchen ebenso wie über das von ihrem Vater so benannte »Hauptgeschenk«, das er mit viel Mühe und Lauferei irgendwo in einem Import-Export-Geschäft oder einem Antiquariat aufgetrieben hatte – die golden lackierte Südsee-Muschel hütete Felicitas immer noch, ebenso die gehämmerte Silberkette, die man im fernen Indien angeblich ums Fußgelenk trug, und das aus Palmblättern gefertigte Tagebuch.
Waren alle Geschenke ausgepackt und die Ohs und Ahs verklungen, lasen ihre Mutter und ihr Vater die Weihnachtsgeschichte vor, natürlich mit verteilten Rollen und schauspielerischer Verve, und schließlich sangen sie alle Weihnachtslieder, in den letzten Jahren unterstützt von Elfriede und Arthur, die den Heiligabend bei ihren Verwandten gefeiert hatten, aber in der Regel früh wieder zurück waren.
Die Säge ächzte, Heinrich fluchte, und Felicitas musste kichern. Er war gewiss froh, wenn er diese ungewohnte körperliche Arbeit, die eigentlich zu den Aufgaben der Stallburschen gehörte, hinter sich hatte. Doch Felicitas hatte darauf bestanden, einen eigenen Baum in ihrem Salon zu

haben, den sie und Heinrich schmücken konnten, wie sie es wollten. Die übrigen Bäume konnten ruhig die Angestellten schlagen; für die Andreesens mussten es ja gleich mehrere sein, eine Dreimeter-Nordmanntanne in der Halle, eine kleine Edeltanne im Salon, eine im Wintergarten, selbst das Kontor am Wall wurde nicht vergessen. Aber diese Bauminvasion entsprang nicht einer überbordenden Begeisterung für das Fest, sondern entsprach nur dem, was man ohnehin von einer der ersten, wenn nicht der ersten Familie Bremens erwartete.

Heiligabend sah Felicitas deshalb mit gemischten Gefühlen entgegen. Wie herzlich und stimmungsvoll ein Abend nach strenger Etikette und in einer Familie verlaufen würde, mit der man nicht warm wurde, lag für sie auf der Hand.

Aus Höflichkeit hatte Elisabeth auch ihre Eltern eingeladen, die jedoch ebenso höflich und bedauernd »wegen unserer beruflichen Verpflichtungen« absagen mussten, was Elisabeth sichtlich erleichtert und Felicitas betrübt hatte. Nur am ersten Weihnachtstag würden sie und Heinrich ihre Eltern beim gemeinsamen Festessen in der Contrescarpe sehen. Um die Form zu wahren, hatte Helen Elisabeth dazu eingeladen, doch postwendend die Absage »wegen gesellschaftlicher Verpflichtungen« erhalten. Kindisch fand Felicitas das alles, doch es bedrückte sie mehr, als sie sich selbst oder gar Heinrich gegenüber zugeben würde.

Quietschend arbeitete sich die Säge durch das Holz, und die Tanne fiel mit einem dumpfen Geräusch in den Schnee.

»Gib es zu, ich bin ein Held!« Heinrich schüttelte sich den Schnee von den Knien.

»Ja doch, du bist Artus und Siegfried in einer Person«, erwiderte sie und schlang ihre Arme um seinen Nacken. Ihre

Lippen fanden sich zu einem dieser Küsse, die nicht enden wollten, ihre Zungen erforschten zärtlich, was längst bekannt, aber stets von neuer Süße war. Langsam lösten sie sich voneinander und sahen sich tief in die Augen.

»Was haben wir für ein Glück, wir beide, dass wir uns gefunden haben«, sagte er leise und streichelte ihr Haar, ihre Wangen, die Ohrläppchen und den Halsansatz.

»Hm«, stöhnte sie, weil er so genau wusste, welche Stellen er berühren musste, um sie schwindlig und verrückt zu machen. »Hör sofort auf damit. Was soll denn der Baum von uns denken?«

»Der Baum ist ihr wichtiger als ich«, rief er in gespielter Verzweiflung in den Wald hinein und begann die Äste zusammenzubinden, bis die Tanne einer Dauerwurst ähnelte, die er einigermaßen gut schultern konnte.

Mit offenem Verdeck und wippender Baumspitze, die die kopfschüttelnden Passanten ironisch zu grüßen schien, fuhren sie vom Wald zurück in die Villa, die schneidende Kälte ignorierend.

Die Temperaturen stiegen in den nächsten Tagen und verwandelten den Schnee in schmutzig grauen Matsch, der nicht gerade zu vorweihnachtlichen Spaziergängen einlud, Felicitas aber nicht davon abhielt, eines Vormittags von der Parkallee zum Schauspielhaus zu laufen. Erstens brauchte sie dringend mehr Bewegung, und zweitens konnte sie sich einfach nicht daran gewöhnen, dass Alfons stets bereitstand, um sie kreuz und quer durch die Lande zu fahren, wenn ihr danach war. Elisabeth hatte sie zwar dazu ermutigt, in der Hoffnung, Felicitas würde auf diese Weise lernen, ein wenig mehr von dem Andreesen'schen Lebensstil anzunehmen und vielleicht so der Schwiegertochter zu ähneln, die sie gerne gehabt hätte, doch Felicitas beharrte darauf, zu Fuß zu gehen.

Sie schritt kräftig aus und erreichte nach einer Dreiviertelstunde das Theater.
Die Probe zu Shakespeares *Sommernachtstraum* war noch nicht vorüber, sodass Felicitas Gelegenheit gehabt hätte, eine Weile zuzusehen. Doch sie verwarf den Gedanken und ging die Treppe hinunter zu den Garderoben, die links und rechts von einem breiten Flur abgingen. Die Garderoben ihres Vaters und ihrer Mutter lagen auf deren Wunsch am Ende des Flurs nebeneinander und durch eine Schiebetür miteinander verbunden.
Der typische Geruch von Puder und Schweiß schlug ihr entgegen. Sie setzte sich an den Schminktisch und öffnete nach kurzem Zögern eine von zwei kleinen Schubladen. Da war es wieder, wenn auch nur für den Bruchteil einer Sekunde, dieses unbeschreibliche Gefühl, einen Schatz gefunden zu haben. Sie lächelte und tauchte den kleinen Finger der linken Hand in das silberne Glitzerpulver, das ihre Mutter vor Jahren aus Versehen verschüttet und mangels besserer Ideen sich selbst überlassen hatte. Felicitas mochte zehn oder elf gewesen sein, als sie wie jetzt auf ihre Mutter wartend aus Neugier die Schublade aufgezogen hatte.
»Der Glitzer wird noch in zehn Jahren auf dich warten«, sagte Helen lächelnd und breitete ihre Arme aus. »Wie schön, dich zu sehen, mein Kind. Blass schaust du aus.«
»Jetzt klingst du wie eine ganz normale Mutter«, erwiderte Felicitas mit einer Spur Trauer in der Stimme, die Helen natürlich nicht entging.
»Es ist wegen Weihnachten, nicht wahr?«
»Hm, ja.«
»Du hast doch noch etwas anderes auf dem Herzen.«
»Nein, es ist nur dieser Geruch, diese Atmosphäre hier. Irgendwie holt mich gerade die Sehnsucht nach früher ein«, sagte sie mit schiefem Lächeln.

»Und gleichzeitig erinnert es dich daran, dass du auf etwas verzichtet hast, nicht wahr? Deshalb hast du dich in meine Garderobe verkrochen, statt zuzuschauen, wie wir proben, wie wir mit den Rollenbüchern gestikulieren und lautstark miteinander diskutieren. Hör auf, in Selbstmitleid zu versinken, Felicitas. Ehrlich gesagt hätte ich nicht gedacht, dass du auch nur einen Gedanken ans Theater verschwendest. Aber wenn deine Sehnsucht so mächtig ist, warum spielst du dann nicht einfach? Geh zum Intendanten, bitte ihn um eine Rolle und spiel. Heinrich hat bestimmt nichts dagegen, und um die feine Verwandtschaft nicht vor den Kopf zu stoßen, nimmst du einen Künstlernamen an.«
»Ich kann mich erinnern, dass du vor meiner Hochzeit behauptet hast, das Theater sei nicht der Nabel der Welt«, entgegnete Felicitas unwirsch.
»Das ist es auch nicht«, gab Helen zurück. »Ich wollte damit nur sagen, dass du es dir nicht so schwer machen sollst. Die Welt der Andreesens wird doch nicht erschüttert, nur weil du einmal auf der Bühne stehst. Und wer weiß, vielleicht eroberst du das Publikum im Sturm, bist morgen berühmt, und alle platzen vor Stolz, dass du eine Andreesen bist …«
»Bitte, Mama, es ist auch so schwer genug für Heinrich und mich …«
Felicitas brach verstimmt ab und verspürte nicht mehr die geringste Lust, Weihnachtseinkäufe mit ihrer Mutter zu machen.

Es hätte schlimmer kommen können. Irgendwann zwischen Putenschenkel und Weinschaumcreme musste Felicitas zugeben, dass die Andreesens es sehr wohl verstanden, einen Abend lang in wenn nicht herzlicher, so doch freundlicher Eintracht zu verbringen.

Elisabeth wirkte mit ihrem weißen Haar und einem halben Lächeln, mit dem sie das Geschehen verfolgte, wie ein Erzengel auf Kokain. Désirée war sprachlos vor Glück, was ein Segen war, und nestelte immerfort an der Perlenkette herum, die Anton, der seine aufgeräumte Stimmung mit reichlich Wein begoss, ihr geschenkt hatte. Selbst Ella hatte ihre Leidensmiene abgelegt. Nach dem Essen gingen sie hinüber in den Wintergarten und widmeten sich dem ausgiebigen Betrachten und Betasten der Geschenke – Aquamarin-Ohrringe, ein Persianermuff und zierliche Mokkatassen für Felicitas von Heinrich, eine Aktenmappe aus Kalbsleder und ein goldener Drehbleistift für Heinrich von Felicitas, eine pelzverbrämte Pelerine und ein silbernes Abendtäschchen für Ella, ein Schachspiel aus Elfenbein und eine Pelzmütze für Anton von Désirée und ein neuer Sattel mit Silberbeschlägen für Elisabeth von allen. Gegen halb acht brach die Familie geschlossen zum Weihnachtsgottesdienst auf, der weniger aus religiösen Gründen denn aus Tradition zum festen Bestandteil des Andreesen'schen Heiligabends gehörte, und Felicitas fühlte, wie eine Welle der Erleichterung sich in ihr Bahn brach. Der erste Heiligabend war ohne Zwist und Katastrophen abgelaufen.

Am nächsten Vormittag trafen Heinrich und Felicitas in der Contrescarpe ein, beladen mit Geschenken. Ein köstlicher Putenduft zog bereits durchs Haus. Max begrüßte sie grinsend. »Willkommen zum göttlichen Aroma!«

Felicitas kicherte. »Elfriede ist berühmt für das göttliche Aroma«, raunte sie Heinrich zu.

»Und was soll das sein?«

»Na ja, ihre Braten haben immer so einen besonderen Geschmack, der mit nichts zu vergleichen ist. Bis wir herausfanden, dass dieses Aroma der Tatsache zu verdanken ist, dass Elfriede immer alles anbrennen lässt. Mit viel Sahne versucht sie das zu vertuschen, und in der Tat schmeckt es wirklich fantastisch.«

»Das muss natürlich unter uns bleiben. Elfriede wäre tödlich beleidigt, wenn sie erführe, dass wir uns ganz unchristlich über sie lustig machen.« Max lachte und drückte Heinrich herzlich die Hand. »Frohe Weihnachten, meine Lieben! Heinrich, wir verziehen uns an den Kamin. Helen legt letzte Hand an ihre Goldlöckchen, und du, Felicitas, kannst Elfriede helfen. Sie rotiert bereits in der Küche und ist kurz vor einem Nervenzusammenbruch.«

Felicitas warf Heinrich eine Kusshand zu und drohte ihrem Vater spielerisch mit dem Zeigefinger. »Erzähl ihm ja keine peinlichen Geschichten aus meiner Kindheit.«

Sie sauste die Treppe hinunter, glücklich, wieder daheim zu sein, und hoffte, dass Elfriede den Hals des Puters wie jedes Jahr abgetrennt und extra gebraten hatte, damit sie ihn schon vorher abnagen konnte. Doch in der Küche traf sie statt Elfriede ihren Sohn, der wie bestellt und nicht abgeholt herumstand.

»Hallo«, nuschelte Thomas unfreundlich. »Frohes Fest.«

»Gleichfalls. Wo ist deine Mutter?«

»Muss sich umziehen. Der Kittel ist ihr nicht fein genug für das vornehme Essen, das uns erwartet.« Er lächelte schief, aber charmant, und Felicitas entspannte sich. Vermutlich ist er nur verlegen, dachte sie und lächelte freundlich zurück.

»Wollen wir einen Kaffee trinken?«, schlug sie vor.

»Gern.«

Sie nahm zwei Becher aus dem Küchenschrank, setzte Wasser auf und füllte sechs Löffel Kaffee in die Metallkanne.

»Seltsam, dass wir uns nie angefreundet haben«, bemerkte sie. »Es hätte doch eigentlich nahe gelegen, als wir klein waren, nicht?«

»Na ja, damals fand ich Mädchen blöd. Wie Jungs halt so sind. Außerdem warst du immer die Prinzessin, genau wie heute.«

Sie registrierte die versteckte Feindseligkeit, die in seinen Worten lag, und schwieg bestürzt. Was bildete er sich ein, ein Urteil über sie zu fällen? Doch statt aufzustehen und ihn sich selbst zu überlassen, was ihrem ersten Impuls entsprochen hätte, blieb sie sitzen und suchte nach Worten, ihm die Andreesens zu erklären. Anscheinend war ihm das nicht entgangen, denn er winkte ab.

»Du musst dich nicht verteidigen.«

»Das weiß ich. Aber ich kann es nicht leiden, wenn Menschen mit Vorurteilen hausieren gehen, ohne auch nur den Ansatz einer Ahnung zu haben, wie es sich tatsächlich verhält. Ich muss mich schon sehr wundern. Bist du als politischer Zeichner nicht der Wahrheit verpflichtet?«

Ein Schatten huschte über seine Züge, doch Thomas hatte sich schnell wieder in der Gewalt. »Doch, gewiss.«

Seltsamer Kauz, befand Felicitas. Verschroben und verstockt. Dabei klangen seine Briefe, die Elfriede ihr immer stolz vorlas, liebevoll und verbindlich, so kurz sie auch waren.

Felicitas stand auf. Sie wollte sich die Laune nicht verderben lassen, sondern das Festessen und das Beisammensein mit ihren Eltern genießen.

Sie nickte ihm zu und verließ die Küche, traf Arthur und plauderte eine Weile mit ihm, suchte ihre Mutter auf, die einsilbig ihre Frisur richtete, gesellte sich zu Heinrich und ihrem Vater, bewunderte den Weihnachtsbaum und naschte rosé Baiser-Kringel und tat so emsig wie vergeblich alles, um das unbestimmte Gefühl einer Bedrohung loszuwerden, dessen Ursache sie in Thomas' Benehmen vermutete. Was nicht der Fall war.

8

Zum Jahreswechsel lag Bremen unter einer für norddeutsche Verhältnisse dicken Schneedecke von fast einem halben Meter. Automobile fuhren im Schritttempo und eierten um die Kurven, Haflinger zogen unbeirrt die Fuhrwerke durch die Stadt, Kinder probierten ihre neuen Schlitten am Osterdeich oder die neuen Gleitschuhe auf dem Hollersee aus, der im Gegensatz zur Weser, deren Eisschicht noch recht dünn wirkte, Vertrauen erweckende tragfähige zehn Zentimeter Eis vorweisen konnte.
Schnee und Eis dämpften die Geräusche der Hansestadt, als läge sie unter Watte.
Die Villa Andreesen wirkte wie das Schloss der Schneekönigin, verwunschen und eisig, das Weiß im weitläufigen Garten war nahezu unberührt, abgesehen von den zierlichen Spuren, die Dompfaffen, Spatzen, Meisen, Eichhörnchen und Katzen auf der Suche nach Futter hinterließen. Nur die Zufahrt von der Parkallee zum Haus, freigeschaufelt von den Stallburschen und zweimal täglich mit Sand versehen, störte den märchenhaften Anblick, sicherte aber die Knochen der Bewohner und deren Gäste.
Max seufzte erleichtert, als er den Streifen rutschfesten Bodens erreicht hatte. Das Auto war kaputt, eine Reparatur im Moment zu teuer, und eine Kutsche war nicht aufzutreiben gewesen. So hatte er sich widerstrebend zu Fuß auf den Weg zu Felicitas gemacht. Was er zu sagen hatte, war nichts fürs Telefon. Außerdem mochte er diese neue Technik nicht besonders. Man sah nicht die Augen seines Gegenübers und konnte Gestik und Mimik nicht deuten, die

beredtere Informationen preisgaben als das gesprochene, allzu häufig trügerische Wort.

Er putzte sich die Nase und zog an der Türklingel. Marie öffnete und strahlte ihn an. Sie schwärmte für ihn und besuchte an ihrem freien Tag stets die Vorstellungen im Schauspielhaus, sofern Max Wessels mitspielte.

»Herr Wessels!«

»Marie, Sie werden immer hübscher.« Er wusste seine Bewunderinnen zu bedienen. »Ist meine Tochter da?«

Marie nickte eifrig und nahm seinen Hut und den Mantel entgegen, als wären es Reliquien. Max lächelte ihr zu und sah sich um. Fast hätte er vergessen, wie prachtvoll diese Halle gestaltet war. Es hätte zwar besser in sein Bild gepasst, das er von den Andreesens hatte, wenn der hohe kuppelförmige Raum vor Kitsch aus den Nähten geplatzt wäre, aber dem war nicht so, im Gegenteil. Die Worpsweder Gemälde kamen auf der elfenbeinfarbenen Wandbespannung perfekt zur Geltung. Irgendwann würde er herausfinden, ob das Haus seine geschmackvolle Einrichtung Elisabeth verdankte oder einem Innenausstatter.

»Papa!« Felicitas flog in seine Arme.

»Na, mein Herzenskind? Hast du ein wenig Zeit für deinen alten Vater?«

Felicitas täuschten seine Worte nicht. »Was ist los?«

»Wo können wir in Ruhe miteinander reden?«

Sie lotste ihn die Treppe hinauf in ihren Flügel und in ihr Zimmer. Max pfiff leise durch die Zähne, als er sah, welche Bühne sich Felicitas hier geschaffen hatte, und fuhr neugierig mit dem Finger die Buchrücken entlang, bis Felicitas sich räusperte.

»Nun, ich will nicht um den heißen Brei herumreden. Es gibt schlechte Nachrichten aus Sorau. Sehr schlechte.« Er machte eine Pause. »Constanze ist schwer krank, tod-

krank, um genau zu sein. Gestern Abend erreichte uns eine Depesche von Verena, in der sie uns um Hilfe bittet.«
»Todkrank«, wiederholte Felicitas. »Aber wieso, ich meine, woran leidet sie denn?«
Max wandte den Blick ab und fuhr sich nervös durchs Haar. »Eine dumme Geschichte. Constanze hat, wie soll ich sagen, heimlich ein Kind zur Welt gebracht, ungefähr zu der Zeit, als ihr geheiratet habt. Deshalb auch diese merkwürdige Absage aus Sorau. Zunächst hat sie das Kind versteckt, bis die Leute, bei denen sie es untergebracht hatte, eines Tages zu Carl und Verena gegangen sind.«
»Das kann doch einfach nicht wahr sein!« Felicitas konnte die Dummheit ihrer Cousine kaum ertragen und verdrehte die Augen. »Und was hat das mit ihrer Krankheit zu tun?«
»Das weiß man noch nicht so genau. Tatsache ist wohl, dass sie immer schwächer wurde, bis sie vor einer Woche zusammengebrochen ist. Seitdem liegt sie in tiefer Bewusstlosigkeit. Aber das ist noch nicht alles …«
»Was denn noch?«
»Dorothee …«
»Was ist mit ihr?« Eiskalter Schrecken durchfuhr Felicitas.
»Sie ist dem Wahnsinn nahe. Redet nicht mehr, nimmt überhaupt nicht mehr am Leben teil. Die Ärzte sind ratlos. Und Carl gibt Verena für alles die Schuld. Als Mutter hätte sie das Unheil voraussehen müssen, behauptet er. Dieser Idiot. Er lässt sie mit allem allein, kümmert sich nur um das Allernotwendigste. Kurz und schlecht, Verena ist am Ende ihrer Kraft.«
Felicitas sah ihn an und wusste, was er dachte. Sie kannte ihren Vater viel zu gut, um es nicht zu wissen. »Und ich soll mit Mama nach Sorau reisen, weil du im Theater un-

abkömmlich bist, während Mama froh ist, die Rolle der Titania loszuwerden.«
Max lächelte schief. »So in etwa. Es ist nicht die erste Rolle, die ihr Probleme bereitet. Denk nur an die Alkmene. Und in der Tat gibt es niemanden, der den Oberon übernehmen könnte …«
»Constanze mag mich nicht.«
»Sie mag dich sehr wohl, ihr seid euch nur zu ähnlich. Dickköpfig und stur, alle beide. Aber das spielt ja jetzt auch gar keine Rolle. Dorothee braucht dich. Und deine Mutter auch. Was sie natürlich nie zugeben würde.«
»Eine schöne Wahl habe ich«, stöhnte Felicitas. »Wenn ich nicht fahre, lasse ich Mama allein. Reise ich stundenlang durch die Steppe, um womöglich tagelang an Constanzes Bett zu hocken, lasse ich meinen Mann allein.«
»Der, wie du weißt, das größte Verständnis dafür hätte«, gab Max zurück.
Sie funkelte ihn wütend an. Warum zum Teufel betrugen sich Verena und Carl nicht wie vernunftbegabte Menschen, rissen sich zusammen und kriegten die Situation selbst in den Griff?

Seit Stunden hatte sich die Landschaft kaum verändert, kleinere Dörfer und weite Landstriche bildeten eine in Eis erstarrte Märchenlandschaft, die ab Berlin von einem prächtig blauen Himmel überspannt wurde. Der Zug schob sich rhythmisch schnaufend gen Osten und schaukelte die Passagiere unsanft hin und her. Einige unterhielten sich, andere spielten Karten, die meisten dösten vor sich hin oder schliefen kurz ein, wurden vom eigenen Schnarchen geweckt und sahen sich peinlich berührt um, ob auch niemand das Malheur mitbekommen hatte.
Felicitas und Helen saßen in Decken gehüllt am Fenster,

wechselten ab und zu ein paar Worte, lasen und machten sich manierlich über den köstlichen Proviant her, den Elfriede in der Contrescarpe und die Köchin der Villa zubereitet hatten.

»Gebratene Hühnerschenkel gegen Trüffelmousse«, staunte Felicitas. »Ich glaube, da sind die beiden stillschweigend zu einem kulinarischen Wettbewerb angetreten.«

»Und wer gewinnt?«, fragte Helen und strich mit einem zierlichen Obstmesser die Mousse auf ein Stück Pumpernickel.

»Für meinen Teil sind es eindeutig die deftigen Schenkel. Elfriede mariniert sie vorher mit Paprika, und dadurch wird die Haut so einmalig knackig.«

»Unsinn, du kultivierst nur deine Herkunft, mein Kind. Du glaubst, es sei ein Zeichen von Charakterstärke, schlicht zu bleiben und sich nicht zu sehr an exquisite Genüsse zu gewöhnen. Das hast du von deinem Vater.« Sie schüttelte den Kopf und zog die Nase kraus. »Er weigert sich bis heute, zuzugeben, dass wir der alten Klasse der Komödianten längst entwachsen sind. Wenn wir wollten, könnten wir uns sogar ein neues Automobil leisten. Ich würde es tun, aber dein Vater ist davon überzeugt, dass derlei Luxus den Charakter verdirbt.«

»Vielleicht hat er ja nicht ganz Unrecht«, erwiderte Felicitas und dachte an Anton und Désirée.

»Mag sein, aber das ist nicht der Punkt. Ich finde es einfach unehrlich, sich mit seiner Verweigerung ein gutes Gewissen zu kaufen.«

»Du kannst ganz schön hart sein, Mama. Aber das gestattet mir die Gegenfrage: Wie bewahrst du dir denn deine guten Seiten?«

»Indem ich erst einmal herausfinde, welche das sind.« Helen blickte aus dem Fenster und überließ Felicitas sich selbst, als wollte sie erreichen, dass das Gesagte seine Saat in Ruhe entfalten konnte, statt zu einem Nichts zerredet zu werden.

Fünf Stunden später erreichte der Zug Königsberg.

Die meisten Passagiere wollten hier aussteigen und bildeten Schlangen vor den Ausgängen der Waggons. Felicitas und Helen reihten sich ein, in der einen Hand Proviantbeutel und Handtasche, die andere an einer Sitzlehne, um das gewaltige Ruckeln des bremsenden Zugs auszubalancieren. Schließlich kam der Zug zum Stillstand, und die Reisenden quollen aus den Waggons auf Königsberger Boden.

Keine Spur von Carl.

»Wir warten hier«, schlug Helen vor. »Er hat sich gewiss nur verspätet.«

Felicitas nickte. Sie sah sich suchend um. Die Gelegenheit war günstig, Heinrich ein Telegramm zu senden. Das Gut verfügte schließlich noch nicht über ein Telefon. Felicitas fragte den Bahnhofsvorsteher und erhielt die Auskunft, das Amt befinde sich in der Kaiserstraße, nur fünf Minuten vom Bahnhof entfernt, und dort gebe es seit neuestem sogar ein Telefon. Felicitas' Herz tat einen Sprung bei dem Gedanken, Heinrichs Stimme zu hören.

»Wir sind in Königsberg gelandet. Hier ist alles meterhoch verschneit.«

»Das beruhigt mich. Aber ich vermisse dich. Ich habe dich schon vermisst, als ich dich zum Zug gebracht habe.« Heinrichs Stimme klang sehnsüchtig, und Felicitas lächelte verliebt in den Hörer. »Ich werde die ganze Zeit brav im Kontor sitzen, bis du wiederkommst.«

»Unsinn, mach dir ein paar Junggesellenabende«, sagte sie und fügte hinzu: »Geh mit Bernhard aus.« Der Vorschlag kostete sie Überwindung. Sie traute Bernhard nicht über den Weg und fand sein Verhalten grundsätzlich provokant.

Selbst seine humorvollen, geistreichen Einlagen auf ihrer Hochzeit waren für sie nur der Ausdruck für einen Lebemann, dem nichts heilig war. Doch da sie wusste, dass Heinrich große Stücke auf ihn hielt – »Im Herzen ist er ein Künstler. Du müsstest mal seine Skulpturen sehen. Das ist der wahre Bernhard …« –, akzeptierte Felicitas Bernhards gelegentliche Anwesenheit in der Villa.

»Danke, mein Liebling. Vielleicht mach ich das tatsächlich. Mal sehen. Ich muss sehr viel arbeiten …«

»Wie du meinst. Ich muss jetzt zurück zum Bahnhof. Hoffentlich ist Carl inzwischen eingetroffen.«

»Pass auf dich auf. Ich küsse dich.«

»Ich dich auch.«

Als sie den Bahnhofsvorplatz erreichte, erkannte sie Carls massige Gestalt schon von weitem. Ihre Mutter trat fröstelnd von einem Bein aufs andere, während Carl ihr Gepäck verstaute. Felicitas winkte, doch keiner von beiden reagierte. Als sie näher kam, erschrak sie. Carl war entsetzlich gealtert. Tiefe Falten zogen sich von der Nase zu den Mundwinkeln, dunkle Schatten lagen um seine Augen, in denen nichts von seiner früheren gemütlichen Jovialität zu lesen war.

»Guten Tag, Felicitas. Danke, dass du gekommen bist«, sagte er mechanisch und schüttelte kurz ihre Hand.

Er öffnete die Kutschentür, wartete, bis Felicitas und Helen Platz genommen hatten, und deckte ihre Beine sorgfältig mit einer Decke aus Wolfsfell zu, ohne ein Wort zu sagen. Als die Kutsche anfuhr, wechselten Felicitas und ihre Mutter einen sorgenvollen Blick.

Zwei Stunden kämpften die Pferde sich mühsam durch den Schnee. Ein Verbrechen an den Tieren, wie Felicitas fand. Sie wäre lieber zu Fuß gegangen, musste aber zugeben, dass sie vermutlich bis zu den Knien im Schnee versunken wäre.

Außerdem, wer sollte das Gepäck tragen? Das Gespräch mit ihrer Mutter schoss ihr kurz durch den Kopf, doch sie schüttelte den Gedanken schnell wieder ab.
Dann endlich leuchtete das gelbe Gutshaus auf.
Helen seufzte leise. »Zu Hause«, murmelte sie für sich und schlug die Pelzdecke zurück. Verena hatte das Klingeln der Pferdegeschirre gehört und stand frierend vor der geöffneten Eichentür. Ihre Miene hellte sich auf, als sie Felicitas und Helen erblickte.
»Kommt herein, kommt herein«, rief sie und wedelte mit den Armen, als gälte es, eine Schar Gänse in die Diele zu locken. Carl folgte ihnen mit ihrem Gepäck, setzte es in der Diele ab und ging wortlos und mit schweren Schritten in den ersten Stock des Hauses.
»Constanze?«, fragte Helen, und Verena nickte mit gesenktem Kopf.
Helen und Felicitas legten Cape und Mütze ab und stiegen die Treppe empor. Eine bescheidene Galerie rahmte den oberen Flur ein, von dem sechs Zimmer abgingen. Sie betraten Constanzes Zimmer, in dem es nach Kampfer und Menthol roch.
Constanze lag auf dem Rücken, den Kopf zur rechten Seite gedreht, in tiefer Bewusstlosigkeit. Ihr Mund stand ein wenig offen, ihre Züge wirkten wie glatt gebügelt.
Der Anblick erschreckte Felicitas. Sie musste zugeben, dass sie die Situation unterschätzt hatte.
Carl stand wie versteinert vor ihrem Bett, drehte sich nach einer Weile abrupt um und ging hinaus. Seine Stiefel knallten auf den Holzfußboden.
Felicitas schüttelte den Kopf und schnaubte leise. »Davon wird sie auch nicht wach.«
Das Kind begann zu weinen. Niemand hatte dem kleinen Wesen in der Wiege bislang Beachtung geschenkt. Felicitas

ging zu der Wiege und nahm das winzige Bündel auf den Arm, das augenblicklich seine lautstarken Hinweise auf ein elementares Bedürfnis oder gleich mehrere noch verstärkte. Die feinen schwarzen Haare klebten an seinem runden Köpfchen, die Augen waren vor Wut, Trauer, Hunger oder Blähungen zusammengekniffen, und die kleinen Füße wehrten sich strampelnd gegen die Decke, die seinen Körper fest umwickelt hielt. Instinktiv begann Felicitas das Baby sanft zu schaukeln und beruhigende Unsinnigkeiten zu murmeln, als die Tür vorsichtig geöffnet wurde und eine junge Frau ins Zimmer huschte. Behutsam nahm sie Felicitas das Baby ab, setzte sich, öffnete ihr Mieder und legte das Kind an ihre linke Brust. Gierig begann es zu trinken, bis sein Hunger gestillt war.

»Alexander«, sagte die Frau mehr zu sich selbst. Sie wartete, bis der Kleine eingeschlafen war, und bettete ihn in die reich verzierte Wiege, in der, wie Felicitas wusste, schon ihre Mutter und Verena sich ans Licht der Welt hatten gewöhnen müssen.

»Sie sind die Amme«, stellte Felicitas fest und die Frau nickte.

»Tochter hat keine Milch«, erklärte sie mit slawischem Akzent und wies mit dem Kopf zum Bett. »Gott gibt mir mehr Milch, als mein Kind braucht. So bin ich viermal am Tag hier, und Baby trinkt.« Sie nickte Felicitas noch einmal zu und verließ nach einem mitleidigen Blick auf Constanze und Verena geräuschlos das Zimmer.

»Warum lasst ihr das Baby bei Constanze?«, fragte Felicitas ungehalten. »Wie könnt ihr den Kleinen seiner bewusstlosen Mutter überlassen? Niemand hört ihn doch hier oben, wenn er schreit.«

Helen sah sie warnend an. Verena waren die Tränen in die Augen gestiegen, und mit zitternder Stimme antwortete

sie: »Weil wir hofften, Constanze würde spüren, dass ihr Baby sie braucht, und deshalb vielleicht aufwachen.«
Natürlich, dachte Felicitas grimmig. Constanze hatte ja auch so viel Mutterliebe im Leib, ihr eigen Fleisch und Blut monatelang anderen Menschen zu überlassen, statt für ihren Fehltritt einzustehen. Da würde sie doch gewiss auch aus der Ohnmacht erwachen, sobald das Baby brüllte. Sie schluckte hinunter, was ihr auf der Zunge lag, doch damit schnürte sie den Knoten aus Wut und Angst nur noch fester.
Was richtete das alles in der kleinen Seele des Kindes an? Warum trieb Sergej sich sonst wo herum und ließ Frau und Kind allein? Oder wusste er am Ende gar nicht, dass Constanze ein Kind erwartet hatte und jetzt im Sterben lag? Ihre Mutter fing ihren Blick auf. Sie schien zu spüren, was in ihr vorging.
»Lasst uns einen Tee trinken und etwas essen. Wir müssen unsere Kräfte zusammenhalten.«
Zu dritt verließen sie das Zimmer, in dem Constanze dem Tod entgegenschlief und ihr kleiner Sohn dem Leben. Sie würde ihn nachts zu sich holen, beschloss Felicitas, egal, ob Verena das passte oder nicht.

In der Küche, wie in vielen Gutshäusern in Ostpreußen der kuscheligste Platz im Winter, lief Verena geschäftig hin und her, kochte Tee und zauberte einen frischen, köstlich duftenden Apfelkuchen aus der Speisekammer, der Felicitas kurz mit der Tatsache versöhnte, die nächste Zeit hier in dieser Tristesse verbringen zu müssen. Sie aß drei Stück und fühlte sich plötzlich bereit, allen Schwierigkeiten zu trotzen. Es nützte ja nichts, über das seltsame Verhalten der Menschen zu lamentieren, es galt, Lösungen zu finden.
»Wo ist Dorothee?«, platzte sie unvermittelt in Verenas immer wieder von Schluchzern unterbrochenen Beschrei-

bung, wann und wie das ganze Elend offenbar geworden war.
Verena stöhnte leise. »In ihrem Zimmer. Vielleicht auch im Stall. Oder irgendwo. Ich weiß es nicht.«
Felicitas sprang auf. Die Larmoyanz ihrer Tante war einfach unerträglich. »Kommst du mit, Mama?«
Helen schüttelte den Kopf und schenkte Tee nach. »Ich denke, Verena und ich haben einiges miteinander zu bereden. Aber geh nur.«
In stillem Einverständnis beschlossen Mutter und Tochter eine Art Aufgabenverteilung. Zum ersten Mal seit langem war Felicitas dankbar, eine Mutter zu haben, die ihre Gefühle unter Kontrolle hatte und die Dinge kühl taxierte.
Sie entschied sich, zunächst das Haus zu durchkämmen, bevor sie sich wieder in die Kälte begab. Doch weder im Haus noch in den Stallungen fand sie ihre Cousine. Beunruhigt beschloss sie, den Feldweg Richtung Wald einzuschlagen, der unterschiedliche Spuren im frischen Schnee aufwies, darunter auch solche, die zu Dorothees zierlichen Füßen passen konnten. Und tatsächlich nahm Felicitas nach zehnminütigem Marsch eine Gestalt in etwa hundert Metern Entfernung wahr.
»Dorothee? Dorothee!« Felicitas rief laut, doch die Angesprochene reagierte nicht auf ihre Rufe. Felicitas heftete sich schwer atmend an ihre Seite. »Dorothee! Halt doch mal an! Dorothee!« Sie schrie fast, und schließlich blieb ihre Cousine stehen.
»Felicitas«, sagte sie mechanisch, den Blick in der Weite verloren.
»Dorothee, um Himmels willen, was ist mit dir los? Wie siehst du überhaupt aus, du bist viel zu dünn angezogen!«
Dorothee zuckte mit den Schultern, drehte sich um und lief den Weg zurück, sorgfältig darauf achtend, nicht in

alte Spuren zu treten, sondern frische zu hinterlassen. Sie lächelte. Nichts deutete darauf hin, dass sie Felicitas' Anwesenheit registrierte.
Zögernd folgte diese ihr. Ihr Vater hatte also nicht übertrieben. Ihre Cousine war völlig übergeschnappt.

Der Doktor kämpfte sich alle drei Tage zum Gut vor, untersuchte Constanze und machte »Tstststs«, ein Geräusch, das Felicitas bald auf die Nerven ging. Die Diagnose des alten Mediziners lautete: Durch die unsachgemäße Geburt habe sich Constanze eine böse Unterleibsentzündung zugezogen, die Blase und Nieren angegriffen habe, was aber in den Griff zu bekommen gewesen wäre, wenn sie rechtzeitig ärztlichen Rat eingeholt hätte. Aber da sie es vorgezogen habe, die Infektion zu ignorieren, habe sich der geschwächte Körper irgendwann kampflos einer Lungenentzündung ergeben, die obendrein vermutlich das Herz entzündet habe. »Die Bewusstlosigkeit ist ein Trick der Natur«, erklärte der Doktor, »um Kräfte zu sparen und sich auf die Heilung zu konzentrieren. Allerdings, ich verhehle es nicht, macht mir die Dauer des Zustandes große Sorgen. Zwei Wochen, das ist lang. Verdammt lang, wenn Sie mir den Ausdruck gestatten.«
»Gibt es irgendetwas, was wir tun können, um sie da herauszuholen?«, fragte Helen.
Der Arzt wiegte den Kopf hin und her. »Die meisten meiner Kollegen empfehlen in diesen Fällen absolute Ruhe. Allerdings gibt es auch Kritiker dieser Methode, die der Meinung sind, der Patient sollte so oft wie möglich vertraute Geräusche hören, damit er den Teil seines Lebens nicht vergisst und vielleicht dadurch spürt, dass es Zeit wird, aufzuwachen. Lesen Sie ihr vor, erzählen Sie ihr was, oder singen Sie meinetwegen.«

»Und wenn das nicht funktioniert?«
»Dann … könnte es sein, dass der Patient einen Grund hat, nicht ins Leben zurückkehren zu wollen. Irgendein Problem, eine Sehnsucht, ein unerfüllter Wunsch. Aber bitte, gnädige Frau, dies ist eine sehr neue, sehr umstrittene Theorie. Weiß der Himmel, ob sie nicht im nächsten Jahr widerlegt ist …«
»Und Dorothee?«, mischte sich Felicitas ein. »Schläft sie nicht auch auf irgendeine Art?«
»Nein, das kann man nicht miteinander vergleichen. Constanze hält die Wachfunktionen des Körpers sozusagen auf Sparflamme, um alle Kräfte gegen die Krankheit einzusetzen. Bei Dorothee ist ein seelischer Schaden entstanden, dessen Heilung vermutlich Jahre braucht, wenn es überhaupt Hoffnung gibt.« Er ließ die Verschlüsse seiner Tasche zuschnappen und fügte leise hinzu: »Tut mir sehr Leid.«
Nach diesem Gespräch begannen Helen, Verena und Felicitas mit Constanzes planmäßiger Beschallung. Alle zwei Stunden wechselten sie sich am Krankenbett ab. Helen sang Lieder, Couplets und Chansons, Felicitas rezitierte alles, was sie von Penthesilea noch auswendig konnte und Verena las ihrer Tochter ihre Lieblingsmärchen und das Neueste aus dem *Sorauer Boten* vor.
Nach ihrem Dienst, wie Felicitas es insgeheim nannte, machte sie Spaziergänge im Schnee, meist allein, um die unglaubliche Schönheit der Landschaft ungestört in sich aufzunehmen wie eine Injektion der Lebensfreude, Hoffnung und Gelassenheit. Gelegentlich blieb sie stehen, schloss die Augen und stellte sich vor, wie Sand, Wald und das Wasser des nahe gelegenen Sees sich im Sommer zu einer lieblichen Stille vereinten, die vom Singsang sich im Wind wiegender Kornfelder begleitet wurde.
Doch der Winter besaß seinen eigenen, geometrischen

Reiz. Die breite Allee von hundertjährigen Eichen und die schmalen Wege an den Feldrändern durchschnitten das Weiße und gliederten die Fläche, die sich am Horizont mit einem hellgrauen Himmel vereinte. Äußere Ordnung gegen das Chaos der Ereignisse. Es wirkte beruhigend und vertrieb die Fragen, auf die niemand Antworten wusste. Wie war es möglich, dass Constanze ihren Zustand so lange vor ihren Eltern geheim halten konnte? Wollten die beiden nichts sehen, hatten sie sich daran geklammert, dass nicht sein konnte, was nicht sein durfte? Was ist mit Dorothee passiert, dass sie das Leben nicht mehr ertrug?

Bevor Felicitas ins Haus zurückkehrte, besuchte sie die Trakehner, die ungeduldig wieherten und mit den Hufen scharrten, als ob sie es nicht erwarten könnten, endlich wieder mit wehender Mähne an goldgelben Feldern vorbeizugaloppieren, um ihre ganze Kraft und übermütige Lebensfreude auszutoben.

Dampfwolken stiegen von den glänzenden Pferdeleibern auf, deren Muskeln sich unter dem braunen Fell abzeichneten, was Felicitas stets aufs Neue faszinierte. Sobald sie wieder in Bremen war, würde sie mit dem Reitunterricht beginnen. Eine Schirmherrin fürs große Trabrennen, die nicht vernünftig reiten konnte, gab eine lächerliche Figur ab, fand sie. Außerdem hatte sie ihre Scheu vor den Tieren inzwischen fast völlig verloren. Am liebsten mochte sie Kobold, der seinen Namen nicht zu Unrecht trug und Felicitas' Zuneigung vehement erwiderte. Wann immer sie seine Box betrat und unabhängig davon, ob sie einen leckeren Apfel dabei hatte oder nicht, knuffte der Hengst sie behutsam mit dem mächtigen Kopf, rieb seine Nüstern an ihrem Wollschal und schnaubte.

Draußen huschte Dorothee durch den Schnee, in dünner Bluse und ohne Schal. Sie ist zu zart für dieses Leben, dachte Felicitas, tätschelte Kobolds Hals zum Abschied und beeilte sich, ihre Cousine einzuholen.

»Lass uns ins Haus gehen«, sagte sie freundlich und war erleichtert, dass Dorothee ihr folgte. In ihrem Zustand würde sie vermutlich bis Sibirien laufen, ohne etwas zu merken. Felicitas seufzte. Es war alles höchst deprimierend. Verena erging sich in bitteren Selbstvorwürfen, Carl kümmerte sich nur noch um das Notwendigste und vernachlässigte das Gut, Dorothees Zustand war unverändert, und Constanze dämmerte vor sich hin, gelegentlich die Augen öffnend und die Umgebung sekundenlang abschätzend, als ob sie etwas suchen würde. Ein winziges Zeichen der Hoffnung, gewiss, dennoch schien es Felicitas, als gäbe es rein gar nichts, was durch ihr Handeln in den letzten zwei Wochen beeinflusst worden war. Sie konnte nichts weiter tun, als einfach da sein.

Und Sergej benachrichtigen.

Der Gedanke schoss ihr wie ein Feuerpfeil durch Kopf und Herz.

Dass sie nicht gleich darauf gekommen war. Sergej. Ihn suchte Constanze, wenn sie die Augen aufschlug. Sie liebte ihn. Er würde ihr den Lebensmut wiedergeben, den sie verloren hatte, auch wenn er ein Riesenschuft sein mochte.

Beim Abendessen sprach Felicitas es aus.

»Niemals«, sagte Carl.

»Doch«, sagte Verena leise.

Felicitas und ihre Mutter wechselten einen Blick.

Mürrisch und in abgerissenen Kleidern stand Sergej drei Wochen später vor Felicitas, Helen und Verena, Misstrauen und trotzige Sorge in den tiefbraunen, eigentlich sanften Augen. Felicitas hatte drei Tage gebraucht, um bei seinen Eltern und Nachbarn einzelne Hinweise und Gerüchte in

Erfahrung zu bringen, die sie zu einem Ganzen zusammenzusetzen verstand. Sergej hatte mit seiner Familie gebrochen und hielt sich in Moskau auf. Angeblich war seine Rolle bei den Geschehnissen nach der Revolution 1905 nicht unrühmlich gewesen, es hieß sogar, er könnte es bei den Roten weit bringen. Felicitas und Helen glaubten daher eher, dass er sich vor der Verantwortung drücken und dort bleiben würde, wo er war.

Sie hatten ihn unterschätzt.

Helen trat einen Schritt zur Seite und deutete mit knapper Geste nach oben. »Schnell, bevor Carl zurückkommt …«

»Ich habe nichts zu verbergen«, erwiderte Sergej entschlossen. »Wenn ich gewusst hätte, was los ist, wäre ich nicht weggegangen.«

»Willst du etwa behaupten, dass Constanze dir nicht gesagt hat, dass sie ein Kind von dir erwartet?« Felicitas verschränkte die Arme vor der Brust. Dieses Märchen konnte er seinen roten Genossen auftischen, nicht ihr.

»So ist es.« Er sah Felicitas geringschätzig und ein wenig spöttisch an. »Sie gehört zu den Frauen, die einen Mann seinen Weg gehen lassen. Nie hätte sie mich zurückgehalten, um eine Familie zu gründen, wenn das gleichzeitig bedeutet hätte, meine Ziele aufzugeben. Aber das versteht eben nicht jeder.«

»Und warum bist du dann nicht dort geblieben, wo du deiner Meinung nach hingehörst?«

»Weil sie mich braucht. Und weil ich sie liebe.« Er ließ die drei Frauen einfach stehen und ging die Treppe hinauf. Sie sahen ihm nach.

»Unhöflicher Kerl«, murmelte Felicitas.

»Lassen wir sie ein bisschen allein«, sagte Helen. »Und hoffen wir, dass Carl noch eine Weile in Königsberg zu tun hat.«

Nach einer halben Stunde hielt Felicitas es nicht mehr aus, belud ein Tablett mit Tee und Kuchen und machte sich leise auf den Weg nach oben. Die Tür zu Constanzes Zimmer war geschlossen. Widerwillig, hatte dieser Kerl doch keine Ahnung, wie man das Wort Manieren auch nur buchstabierte, klopfte Felicitas an und öffnete die Tür. Das Bild, das sich ihr bot, hatte etwas Biblisches, eine stille Größe, die Felicitas überrumpelte und jäh mit der Erkenntnis konfrontierte, dass Liebe mehr mit Hingabe zu tun hatte, als ihre Erfahrungen sie bislang gelehrt hatten.

Sergej saß an Constanzes Seite, hatte ihren Kopf an seine Brust gebettet und hielt das Baby mit der linken Hand fest an sich gedrückt.

Felicitas setzte das Tablett vorsichtig auf dem Tisch ab, nickte Sergej zu und wandte sich zur Tür, als Constanzes Stimme, rau und sehr leise, sie zurückhielt.

»Siehst du, er hält zu mir. Hättest du nicht gedacht«, flüsterte sie, und ein Funke der alten Streitlust schien in ihren Augen aufzuglimmen, was Felicitas aus tiefstem Herzen freute, war es doch ein sicheres Indiz dafür, dass sich Constanze auf dem Weg der Besserung befand. Sie machte sich keine Illusionen, dass sie und Constanze sich jemals wirklich verstehen würden, egal, wie lange die eine am Krankenbett der anderen wachte, aber sie würden füreinander da sein, ihr ganzes Leben lang.

»Was wollt ihr tun?«, fragte sie.

»Heiraten«, erwiderte Sergej schlicht, als hätte es der Frage wirklich nicht bedurft.

In den darauf folgenden Tagen erholte Constanze sich in einem Tempo, das den alten Doktor von einem Wunder sprechen und Verena zu ihrer Fröhlichkeit zurückfinden ließ. Sergej kümmerte sich mit der gleichen Intensität

um Constanze, wie sie, mutmaßte Felicitas ironisch, normalerweise seinen politischen Ambitionen vorbehalten war.
Nur Carl stellte noch ein Problem dar. Nachdem er am Tag von Sergejs Ankunft wie eine Trompete von Jericho getönt hatte, den Taugenichts umbringen zu wollen, verfiel er in ein dumpfes, mürrisches Brüten. Verena und Helen redeten auf ihn ein, diskutierten und argumentierten, dass doch ein Kind zum Vater gehöre und Liebende zueinander, egal, wie verschlungen und mühsam ihre Wege dorthin verlaufen seien, doch Carl wollte nichts davon hören, bis Helen eines Morgens beim Frühstück der Geduldsfaden riss.
»Ich habe es satt, deine männliche Ignoranz noch länger zu ertragen. Finde dich damit ab, dass die Dinge sind, wie sie sind, und hör auf, dich selbst zu bemitleiden. Wenn du besser auf deine Tochter Acht gegeben hättest, wäre das Ganze nicht passiert. Und falls du es vergessen hast, du hast noch eine Tochter, die deiner Hilfe bedarf. Was Dorothee jetzt braucht, ist kein wild gewordener Vater, sondern Menschen, die ihr Stabilität geben. Also reiß dich endlich zusammen.«
»Ich bin dir keine Rechenschaft schuldig«, entgegnete er, stand auf und wandte sich zum Gehen.
»Doch, das bist du«, zischte Helen. »Mir gehört dieses Gut ebenso wie euch, und ich werde nicht zulassen, dass deine gekränkte Eitelkeit und deine Lethargie diesen Besitz in Grund und Boden wirtschaften. Ich hatte in den vergangenen Wochen Zeit genug, mich mit den Büchern zu beschäftigen, und was ich da lesen musste, gefiel mir nicht. Ganz und gar nicht. Aus Rücksicht auf Constanze habe ich den Mund gehalten, aber jetzt ist es genug. Und setz dich gefälligst wieder hin!«
Felicitas hätte am liebsten applaudiert, so bühnenreif war

der Auftritt ihrer Mutter. Verena strich nervös über die Tischdecke, unablässig nicht vorhandene Krümel wegfegend, Dorothee saß starr und gerade da, als hätte sie einen Spazierstock verschluckt.
Carl zögerte und setzte sich schließlich. Seine Stimme klang resigniert und müde wie die eines alten Mannes, der nicht mehr die Kraft besaß, seine Werte und Prinzipien gegen den Ansturm neuer Ideen zu verteidigen.
»Du glaubst also zu wissen, wie man ein Gut bewirtschaftet. Und wie ich meine wahnsinnige Tochter behandeln soll, damit sie wieder gesund wird. Und du meinst auch noch, dass ein dahergelaufener Bolschewik unter meinem Dach leben soll. Du bist verrückt, Helen, du bist die Verrückte, nicht meine Tochter.«
Helen zuckte mit den Schultern und schwieg. In ihren Augen war die Hochzeit beschlossene Sache. Außerdem war sie mit Verena übereingekommen, Dorothee mit nach Bremen zu nehmen. Fern von allem, was geschehen war, würde sie gewiss gesunden, da konnte Carl denken, was er wollte.
Zwei Wochen und einige dramatische Auseinandersetzungen später fand in der kleinen Kirche zu Hasenberg eine stille, schmucklose Hochzeit statt, an der außer dem Brautpaar nur die Brauteltern, Helen und Felicitas teilnahmen. Dorothee hatten sie in der Obhut der Amme gelassen. Nichts sollte sie zusätzlich irritieren. Die Fahrt nach Bremen stellte ohnehin schon ein Risiko dar. Aber Helen und Verena hielten es dennoch für das Beste, Dorothee eine Weile eine andere Umgebung zuzumuten.

Hinter Berlin verabschiedete sich der Schnee, und nichts als graue Tristesse blieb übrig, die Felicitas in einen Mantel milden Gleichmuts hüllte, der ihr half, die Ereignisse der vergangenen Zeit gelassen zu betrachten. Während ihre

Mutter vor allem las, aß und Dorothee lustige Geschichten erzählte, die diese mit einem abwesenden Lächeln quittierte, hing Felicitas zwei Gedanken nach. Der erste war die Einsicht der Notwendigkeit, ihr Leben mit Sinn zu erfüllen. Niemals wollte sie so an Heinrich kleben wie Constanze an Sergej und ein Leben ohne ihn als so nutzlos empfinden, dass ihr Körper jeden Lebensmut fahren ließ. Niemals. Vielleicht war es tatsächlich das Beste, eine kleine Rolle unter anderem Namen anzunehmen. Vielleicht.

Der zweite war die Erkenntnis, dass sie Heinrich nicht vermisst hatte. Natürlich hatte sie ihrer Mutter und Verena gegenüber stets behauptet, die Trennung zerreiße ihr das Herz, aber sie war nicht ehrlich gewesen. Sie hatte noch nie einen Menschen vermisst, und Heinrich bildete da keine Ausnahme. Sie glaubte auch nicht, dass Liebe und einander vermissen eins sein mussten. Dennoch dachten und fühlten die meisten Menschen wohl so, wenn sie liebten. Sie dachte an Constanze und Sergej und das rührende Bild, das die beiden abgegeben hatten und das sie fast mit Neid erfüllt hatte. Aber Constanze würde immer diejenige sein, die mehr lieben und mehr leiden und dieses Leid wie eine Siegesfahne vor sich hertragen würde: Seht her, ich leide, also liebe ich wirklich! Nein, sie, Felicitas, war nicht imstande, auf diese Weise zu lieben, und sie bezweifelte, dass das erstrebenswert war. Dennoch fühlte sie sich schuldig, als hätte sie Heinrich verraten.

Als sie Heinrich auf dem Bahnsteig stehen sah, überflutete Wiedersehensfreude ihr Herz, die den feinen Stich schlechten Gewissens vertrieb.

Nieselregen, der, von einem heftigen Wind gepeitscht, gegen Kleider und Koffer schlug, kürzte die Begrüßung und den Abschied von ihrer Mutter und Dorothee, die von Arthur abgeholt wurden, unsentimental ab.

»Ich habe dich vermisst«, sagte Heinrich, als sie pudelnass im Mercedes saßen, dessen Scheiben im Handumdrehen diskret beschlugen, sodass kein neugieriger Blick erfasste, mit welchem Hunger Heinrich sie an sich zog, Lippen, Nase, Hals und wieder Lippen koste, küsste, verschlang. Ein Hunger, den Felicitas umso heftiger erwiderte, weil er ihr eine Antwort ersparte.

Wider Erwarten strahlte auch die Villa in heller Festbeleuchtung. Neue schmiedeeiserne Bürgermeister-Laternen säumten die Auffahrt, und durch jedes Fenster schimmerte es bernsteingelb.

»Herzlich willkommen, mein Liebling«, sagte Heinrich, und Felicitas lächelte ihm voller Wärme zu. Sie küsste ihn leicht und glitt aus dem Wagen, als die Haustür sich öffnete und Elisabeth auf sie zukam.

»Herzlich willkommen, Felicitas.« Elisabeths Stimme klang freundlicher als gewöhnlich, und in ihren Augen spiegelte sich nur leise Missbilligung, was Felicitas im Allgemeinen und ihre wochenlange Abwesenheit im Besonderen betraf. »Ich habe für euch im kleinen Salon decken lassen«, sagte sie. »Ich gehe doch recht in der Annahme, dass ihr ein wenig für euch sein wollt, nicht wahr? Du hast gewiss manches erlebt, das du in Ruhe überdenken musst.«

Felicitas lächelte sie amüsiert an. Sie fragte sich, welche Überwindung Elisabeth diese Freundlichkeit kostete und welche Hebel Heinrich in Bewegung gesetzt hatte, um ihr einen Funken Menschlichkeit zu entlocken.

»Danke, ich bin wirklich etwas müde«, sagte sie, und mit dem ungestümen Willen, Elisabeths Contenance zu erschüttern, fügte sie hinzu: »Es ist in der Tat nicht einfach, mitzuerleben, wie die eine Cousine fast stirbt und die andere dem Wahnsinn anheim fällt.«

Elisabeth zuckte nicht mit der Wimper. »Nun, das eine ist

ja nun offensichtlich glimpflich abgegangen. Und um das andere sollte sich meiner Meinung nach Professor Becker kümmern. Er unterhält Kontakte zu einem renommierten Psychiater, bei dem deine Cousine gewiss am besten aufgehoben wäre. Ich verstehe zwar nichts von Sigmund Freud und seinen Theorien, aber es heißt, sie bewirken mehr als heiße Wickel oder Elektroschocks. Doch das hat ja Zeit bis morgen.« Sie nickte Heinrich und Felicitas zu und wandte sich zur Treppe.

»Tut sie das, um Dorothee zu helfen oder um diesen Makel so schnell wie möglich aus ihrer unliebsamen angeheirateten Verwandtschaft zu tilgen?«, platzte Felicitas heraus.

Heinrich zuckte mit den Schultern. »Ich weiß es nicht, aber sie hat Recht, so viel ist sicher.«

Intensiv und mit äußerster Akribie hatte sich Felicitas jedes Komma und jedes Stichwort einverleibt, doch das half ihr nicht im mindesten, das Gefühl der Unzulänglichkeit abzuschütteln. Seit vier Wochen laborierte sie an ihrer kleinen, aber für die aristophanische Komödie *Die Frösche* nicht unbedeutsamen Rolle der Dienerin von Persephone herum, doch weder bei den Leseproben, die das Fundament der Inszenierung bildeten, indem sich die Schauspieler lässig im Halbrund auf der Bühne sitzend und laut lesend mit dem Text vertraut machten, noch bei den darauf folgenden Stellproben, in denen die Worte der Darsteller in Handlungen gebettet wurden, erwischte sie ein Zipfelchen von dem Glück, das sich angeblich einstellt, sobald man auf den Brettern steht, die die Welt bedeuten.

Sie nahm heimlich an diesen Proben teil. Der Intendant hatte zwar bedächtig mit dem Kopf geschüttelt und Bedenken vorgetragen, aber letztlich eingewilligt. Schließlich konnte man nicht ermessen, welche förderliche Wirkung es für den Kartenverkauf zeitigen würde, wenn man Felicitas' wahre Identität kurz vor der Premiere lüften würde.

Felicitas wollte die Heimlichkeit beenden, sobald sie sicher sein konnte, die Rolle auch tatsächlich zu bewältigen. Andernfalls wäre es unnötig, bei Heinrich die Pferde scheu zu machen. Sie würde das Abenteuer beenden und nie wieder ein Wort darüber verlieren. Heute befand sie sich an dem Punkt, genau dies zu tun – aufzugeben. Sie verpasste zwar keinen Einsatz, befolgte alle Regieanweisungen mit traumwandlerischer Sicherheit und vergaß kein Wort ihres Textes, doch sie spürte, dass sie den Worten kein Leben einzuhauchen vermochte. Sosehr sie sich auch bemühte, es blieben Worte einer Person, die nichts mit ihr zu tun hatte.

»Das gibt sich«, hatte ihre Mutter gemeint. »Du musst ein wenig Geduld mit dir aufbringen.«

Aber das war leichter gesagt als getan. Andererseits hatte der große Max Reinhardt sie vom Fleck weg engagiert, also musste sie ein gewisses Talent besitzen.

Ihr Blick fiel ins Parkett. Dorothee saß still in einer der hinteren Reihen; es war nicht zu erkennen, ob sie die Probe verfolgte oder ins Leere starrte.

Vielleicht hatte sie, Felicitas, sich aber auch durch die Geschehnisse der letzten Monate so sehr verändert, dass ihr Blickwinkel ein anderer wurde und sie sich gegen eine Rolle, die nichts mit dem wahren Leben, ob in Sorau oder São Paulo, zu tun hatte, sperrte. Vielleicht hatte das Theater für sie an Bedeutung verloren, so seltsam ihr dieser Gedanke schien.

»Felicitas, bitte.« Jetzt hatte sie doch den Einsatz verpasst und beeilte sich, ihre Sätze abzuspulen. Der Regisseur neigte den Kopf und lauschte ihrer melodiösen, für eine junge Frau recht dunklen Stimme und nickte ihr zu. »Du fühlst dich noch nicht wohl, Felicitas, und das merkt man. Aber das kriegen wir schon hin.« Er unterdrückte ein Seufzen und fügte an alle gewandt hinzu: »Danke schön, das war's für heute.«

Felicitas nahm ihren Mantel und eilte ins Parkett, froh, dass die Probe vorbei war.

»Hat es dir gefallen?«, fragte sie Dorothee, die artig nickte. Seitdem sie bei Dr. Wischmann in Behandlung war, nahm sie quälend langsam zwar, aber erkennbar wieder am Leben teil. Sie redete immer noch nicht viel, hörte aber immer öfter zu, wenn man mit ihr sprach, und ihre Augen hatten den Schimmer völliger Absenz verloren und hefteten sich aufmerksam auf ihr Gegenüber. Felicitas und ihre Mutter fanden die Methode dieses neuen Zweigs der Medizin, bei der man, auf einer Chaiselongue liegend, seine Träume zeichnete oder schilderte, merkwürdig genug, doch der Erfolg gab ihr Recht. Der Arzt hatte inzwischen anhand der Zeichnungen herausgebracht, dass Dorothee ihre Schwester im Stall gefunden haben musste, in einer Blutlache liegend, das Baby leise atmend zwischen den Beinen. Er vermutete, dass der Schock dieses Anblicks Ursache für ihren Zustand war, und nur eine behutsame Heranführung an das, was geschehen und von ihr ins Unterbewusstsein verdrängt worden war, würde sie ins Leben zurückführen können.

Felicitas wollte ihren Teil dazu beitragen. Jeden zweiten Tag besuchte sie Dorothee in der Contrescarpe, was ihr im Übrigen Gelegenheit gab, das Gefühl des Zuhauseseins auszukosten, ging mit ihrer Cousine spazieren, formulierte gemeinsam mit ihr Briefe an ihre Eltern oder las ihr vor.

Gestern wirkte sie so stabil, dass Felicitas und ihre Mutter übereingekommen waren, dass ein Ausflug ins Theater nicht schaden könnte.

»Hat es dir gefallen?«, wiederholte Felicitas, weil Dorothee nicht geantwortet hatte.

»Ja, sehr«, sagte sie jetzt.

»Lass uns nach Hause gehen und Elfriedes Apfelkuchen vertilgen, einverstanden?«

Dorothee nickte. Sie verließen das Theater und spazierten die wenigen Meter hinüber in die Contrescarpe. Ihre Eltern waren im Theater, aber Heinrichs Mantel hing an der Garderobe. Felicitas' Herz klopfte.

»Heinrich?«

»Ich bin hier«, sagte er und kam aus dem Salon in die Diele. Sein Gesicht wirkte verschlossen.

»Was machst du hier?«

»Nun ja, ich wollte dich überraschen und muss mir von Elfriede berichten lassen, dass du Theater spielst.«

Dorothee sah zu Heinrich, dann zu Felicitas. »Ich gehe in mein Zimmer«, sagte sie leise und verschwand lautlos wie ein Schatten.

Felicitas blickte ihr besorgt nach. Dann sahen sie sich an und schwiegen.

»Ich dachte, du vertraust mir …«, begann Heinrich nach eine Weile.

»Das tue ich auch«, unterbrach ihn Felicitas.

»… doch jetzt bestätigst du Mutters Vorurteile. Sie wird dir und mir die Hölle heiß machen.«

»Hast du davor etwa am meisten Angst? Vor deiner Mutter?«

»Nein, ich habe Angst um unsere Ehe. Ich liebe dich und will, dass wir glücklich sind. Deshalb sollten wir meiner Mutter so wenig Munition wie möglich in die Hand geben. Ich weiß, dass sie nicht besonders nett zu dir ist, aber dies hier wird die Lage nicht verbessern.«

»Du wolltest mich gar nicht überraschen. Du hast es gewusst«, erkannte Felicitas plötzlich und sah, wie der Anflug eines resignierten Lächelns über sein Gesicht huschte.

»Ich kann dir weniger vormachen als du mir. Ja, du hast Recht. Einer von der Presse hat mich angerufen und gefragt, warum du unter einem anderen Namen spielst. Offensichtlich hat einer deiner Kollegen geplaudert.«

»Das wundert mich nicht«, erwiderte Felicitas und zuckte mit den Schultern. »Einige glauben, ich habe die Rolle nur bekommen, weil ich die Tochter meiner Eltern bin. Und sie haben natürlich Recht.« Sie seufzte und begann im Kreis zu laufen, sich auf ihre Gefühle konzentrierend, die sie Heinrich vermitteln wollte. »Jeder schaut mich an und vergleicht mich mit meiner Mutter, und das Resultat fällt gewiss nicht besonders schmeichelhaft aus. Das wäre in Berlin anders gewesen ... Ich weiß nicht, ob ich das aushalten will ... Ich weiß nicht einmal mehr, ob es mir wichtig genug ist.«

Heinrich unterbrach ihren Lauf und nahm sie sanft in den Arm. »Armer Liebling, was für eine verfahrene Situation.«

»Eigentlich brauche ich vor allem eine Aufgabe«, murmelte sie in seinen Gehrock, »etwas, das mich ausfüllt und sinnvoller ist als die Zusammenstellung von Tischordnungen.«

»Vielleicht sind wir ja irgendwann auch mal zu dritt oder zu viert«, entgegnete er zärtlich und strich ihr tröstend über das feine Haar. »Dann hättest du mehr zu tun, als dir lieb wäre.«

9

»Du bist dir sicher?«, fragte Helen leichthin und zog sich die Lippen nach. Fünf Minuten mussten reichen, um ihr müdes Gesicht wieder flott zu machen, damit die Elfenkönigin Titania nicht ausschaute wie ihre eigene Großmutter. Gestern Nacht hatte sie eine ganze Flasche Rotwein geleert und sich dennoch schlaflos hin und her gewälzt. Das Ergebnis war ein mimischer Totalschaden, den sie sich nicht einmal auf einer unbedeutenden Stellprobe durchgehen lassen konnte. Felicitas hatte wirklich eine ungünstige Zeit gewählt, sie über ihren plötzlichen Sinneswandel zu unterrichten.

»Ja, ich gebe die Rolle ab.« Felicitas kam sich vor wie auf Besuch, nicht einmal den Mantel hatte sie abgelegt. Das verständnisvolle Gespräch zwischen Mutter und Tochter, wie sie es sich vorgestellt hatte, fand wieder einmal nicht statt.

»Warum?« Die Puderquaste flog über ihr Gesicht, eine gütige milchweiße Schicht über Falten und Augenschatten legend.

»Sie ist es nicht wert, dass ich mir mein Leben mit Heinrich und in dieser Familie erschwere.«

»Und deine Sehnsucht? Mir scheint, du bist recht sprunghaft. Hast du vergessen, dass du vor kurzem inständig darum gebeten hast, etwas Sinnvolles zu tun?« Mit geübtem Schwung verlieh Helen ihren Augenbrauen den spöttischen, eleganten Bogen.

»Ich weiß, aber …« Felicitas zögerte.

»Aber?« Sie spuckte in ein schwarzes Kästchen, vermischte

Speichel und Farbe, legte den Kopf in den Nacken und übertrug die Farbe mittels eines Kämmchens auf ihre blonden Wimpern, was ihre blauen Augen sensationell funkeln ließ und den Eindruck schlaffer Müdigkeit endlich aus ihren Zügen zwang.

»Es ist für mich nicht so sinnvoll, wie ich dachte. Ich meine, es bedeutet mir nichts mehr, auf der Bühne zu stehen«, fuhr Felicitas leise fort, wohl wissend, dass ihre Mutter ihre Worte wie eine Ohrfeige empfinden könnte. »Ich suche etwas anderes, kann dieses Gefühl aber nicht dingfest machen. Es ist, als würde ich den Anfang des Regenbogens jagen, der aber immer dort ist, wo ich gerade nicht bin. Kannst du mich verstehen?«

»Natürlich, mein Kind.« Vehement fuhr Helen mit der Bürste durch ihr Haar. Sie lächelte ihrem Spiegelbild zu und wandte sich zu Felicitas. »Es tut mir Leid, aber ich muss jetzt wirklich los. Ich sage im Theater Bescheid, wenn du willst. Valentina wird dir unendlich dankbar sein.«

Felicitas grinste schief. »Die zweite Besetzung, die jetzt die erste sein wird. Wenigstens mache ich einen Menschen mit meiner Entscheidung glücklich.«

Helen wickelte sich einen Pelzschal um den Hals und rückte ihn in den Spiegel sehend zurecht. Als ihre Augen die von Felicitas trafen, hielt sie plötzlich inne. Widerstreitende Gefühle spiegelten sich in ihrem Gesicht, und sie zögerte, ihnen mit Worten den Raum zu geben, den sie ihnen beharrlich verweigert hatte. Nicht nachdenken. Nicht dem Wissen folgen, selbst einem Traum aufgesessen zu sein, der sich letztlich als Schimäre erweisen würde, jetzt, da das Publikum begann ihr mit schwindender Schönheit adieu zu sagen, um sich in Stehkinos, die wie Pilze aus dem Boden schossen, wacklige Filmchen mit Klavierbegleitung vom Grammophon anzusehen, lächerliche Geschichtchen von

Kaisern und schneidigen Rosenkavalieren und dämlichen, grotesk geschminkten Gänschen.
Nicht daran glauben, dass sie dafür, dass ihr nun die Liebe der Masse entzogen wurde, damals aufgegeben hatte, was sie wirklich glücklich gemacht hätte. Sie versuchte Gedanken und Bilder zurückzudrängen, doch sie konnte nichts dagegen tun, sich in dem roten Kleid die Treppe in Sorau hinunterschweben zu sehen. Nein, Schluss damit.
Vielleicht würde es ihrer Tochter helfen zu wissen, wie schwer man sich das Leben machen konnte, wenn man nicht aufrichtig zu sich selbst war. Vielleicht. Aber nein, nicht jetzt. Vielleicht nie.
Aufmunternd klopfte sie Felicitas auf den Arm. Das war die einzige Geste, zu der sie in diesem Augenblick imstande war.

Die Tage sprangen zurück in die Routine. Felicitas hatte mit Reitunterricht begonnen und genoss es, der erdrückenden Atmosphäre der Villa zu entkommen, indem sie sich mit Ausrüstung, Haltung und Gangarten, vor allem aber mit den Tieren beschäftigte, deren Sensibilität sie stets aufs Neue beeindruckte und faszinierte.
Sie las viel, ging spazieren, besuchte ihre Eltern und Dorothee und traf sich gelegentlich mit Swantje Petersen, der Tochter des Tabakhändlers Petersen, die sie bei einer Theater-Matinee kennen gelernt hatte und die sich durch eigenwilligen Humor und sympathische Direktheit auszeichnete. Übermütig und vielseitig talentiert, lehnte sie es ab, sich mit einer Heirat auch nur ansatzweise zu befassen. »Eines Tages nehme ich mein Erbe und mache mich auf in ein Land, wo Milch und Honig fließen« lautete ihr Credo, wovon Felicitas zwar nicht überzeugt war, das aber in erfrischendem Gegensatz zum konservativen

Muff stand, der ihr seit der Heirat oft genug den Atem nahm.
Vor allem Désirée ging ihr damit gewaltig auf die Nerven. Sie spielte die hirnlose Gattin des reichen Mannes par excellence und steckte jede Kränkung von Anton scheinbar gleichmütig weg. Nie hatte sie Felicitas gegenüber etwas anderes zu erkennen gegeben als ungetrübtes Glück, nie einen Moment der Vertraulichkeit gesucht, um sich über Anton zu beklagen. Ganz selten huschte ein Zug von Beklommenheit über ihr milchig feines Gesicht.
Auch Ella, auf deren Freundschaft Felicitas gehofft hatte, erwies sich als schwieriger Fall. Die Stunden zwischen den Mahlzeiten verbrachte sie entweder allein in ihrem Zimmer oder außer Haus. Wo sie dann war und was sie tat, behielt sie für sich.
Einmal hatte sie Heinrich darauf angesprochen, doch sein zögernder Kommentar, Ella suche wohl noch ihren Platz im Leben, hatte ihr nur das Gefühl gegeben, dass er dazu durchaus mehr zu berichten wusste, es aber aus geschwisterlicher Loyalität nicht tat.
Sein Wunsch, Dissonanzen innerhalb der Familie zu vermeiden, war für Felicitas' Geschmack ein wenig zu ausgeprägt. Waren sie zwei Abende hintereinander allein in ihrem Flügel der Villa, drängte er darauf, den nächsten mit seiner Mutter zu verbringen. Hing beim Mittagessen eine giftige Bemerkung in der Luft, fing er sie mit einem Lächeln ab und erzählte eine Anekdote aus dem Betrieb. Er hatte stets gute Laune, war liebevoll um Felicitas bemüht, aufrichtig interessiert an ihren Gedanken und schenkte ihr nach wie vor die Geborgenheit, die sie von Anfang an in seiner Gegenwart empfunden hatte. Es war sogar fast unmöglich, einen Streit anzuzetteln.
Bis zu diesem ersten Sonntag im August.

In zwei Stunden würde das traditionelle Trabrennen und damit Felicitas' Feuertaufe als Repräsentantin der reichsten Familie Bremens beginnen. Elisabeth hatte ihr den Ablauf wieder und wieder vorgebetet, sodass Felicitas sich sattelfest genug fühlte. Als Heinrich ihr mitteilte, dass er sie nicht werde begleiten können, änderte sich das schlagartig. Felicitas war entsetzt.

»Es tut mir unendlich Leid, mein Liebling, aber es gibt ein großes Problem. Eine Hamburger Firma versucht uns das Patent streitig zu machen, und all meine Bemühungen, mit den Inhabern zu sprechen, waren bislang vergeblich. Doch vor einigen Tagen erhielt ich einen Brief.« Heinrich lächelte entschuldigend. »Sie schlugen für heute ein Treffen vor. Ich musste zusagen, das verstehst du doch.«

»Nein, nicht im Geringsten! Gestern, vorgestern, morgen, übermorgen, aber doch nicht heute. Du kannst mich nicht allein lassen, das geht nicht!«

»In diesem Fall muss es gehen. Ich bin überzeugt, dass du deine Aufgabe ganz hervorragend meistern wirst. Sie werden dir alle zu Füßen liegen. Selbst die Pferde.«

»Sehr witzig.«

Heinrich seufzte. »Felicitas, hör bitte auf, so eine große Sache daraus zu machen. Worum geht es? Du bist beim Trabrennen dabei, wirst allen Anwesenden vorgestellt, taufst irgendein Pferd auf einen Namen …«

»Vielen Dank. Wenn ich eine Dosis Geringschätzung brauche, war bislang deine Mutter die erste Adresse. Du bist aber auch nicht schlecht«, sagte sie sarkastisch.

»Felicitas, bitte.«

»Begreifst du denn nicht, Heinrich! Es geht nicht um das, was ich da tue. Das würde selbst Désirée hinkriegen. Es geht um die Wirkung, die deine Abwesenheit haben wird. Das Signal an die Leute, das da lautet: Seht her, meine Frau

ist mir nicht so wichtig. Was sie tut, ist nicht wichtig. Sie ist nicht wichtig. Verstehst du?«
»Ich finde, du übertreibst.« Er schüttelte verständnislos den Kopf.
»Heinrich, ich habe dich geheiratet und dafür etwas aufgegeben, wodurch ich meine eigene Bedeutung erworben hätte, die nur mit mir zu tun gehabt hätte und nicht mit der Frage, wessen Ehefrau ich bin.« Sie erschrak, als ihr bewusst wurde, was sie gesagt hatte.
»Willst du damit ausdrücken, dass du es bereust?« Heinrich sah sie überrascht und gekränkt an, in ihren Augen nach einer Antwort forschend.
Sie wandte sich ab. »Ich möchte nur, dass du zu mir stehst.« In Gedanken fügte sie hinzu: Und mir die Bedeutung gibst, die ich brauche, um mich nicht nutzlos zu fühlen.
»Das tue ich, Felicitas, in jeder Sekunde meines Lebens. Auch jetzt. Daran wird sich nichts ändern, auch wenn mein Entschluss feststeht, heute nach Hamburg zu fahren.«
Er küsste sie auf die Wange und verließ das Schlafzimmer. Sie hatte sich getäuscht. Sein Wunsch nach Harmonie ging offensichtlich nicht so weit, andere Sichtweisen zu respektieren und sein Verhalten entsprechend zu überdenken. Er macht seinen Stiefel und basta, dachte Felicitas zornig. Gegen diese stählerne Ignoranz kam sie nicht an, nicht in Brasilien, als er sich geweigert hatte, einen anderen Horizont wahrzunehmen als den der Kaffeebarone, und jetzt auch nicht. Die Wut loderte wie eine Stichflamme auf, und Felicitas hätte allzu gerne ein ganzes Kaffeeservice an die Tür geknallt. In ihren Zorn mischte sich jedoch ein plötzliches Begreifen. Diesen Konflikt, den sie schon viel zu lange mit sich herumgetragen hatte, konnte Heinrich nicht für sie lösen. Das konnte nur sie allein. Und es wurde Zeit, den ersten Schritt zu tun.

Sie atmete tief durch, hing das weiße Kostüm, das sie eigens zu diesem Anlass hatte schneidern lassen, zurück in den Schrank und entschied sich für ein rotes, raffinierteres. Mit der Farbe Rot hatte sie schließlich schon einmal einen neuen Abschnitt ihres Lebens markiert.

Sie bestand ihren Parcours tadellos.
Ein leichter Wind hatte die Flagge des Reitclubs gebläht und den herausgeputzten Damen und schwarz-grau gewandeten Herren willkommene Erfrischung zugefächelt. Wettscheine wurden ausgefüllt, Prognosen ausgetauscht, der neueste Klatsch machte die Runde. Ein Fanfarenstoß lenkte schließlich die Aufmerksamkeit aller auf das Podium vor der großen Tribüne, wo der Vorsitzende des Reitclubs sich räuspernd anschickte, eine rustikal-sportliche Begrüßung loszuwerden. Er endete mit einem aufmunternden »Denn man tau« und übergab das Wort an die langjährige Schirmherrin des Trabrennens. Elisabeth lächelte huldvoll, ließ die Geschichte des Bremer Reitclubs, der heute sein fünfzigjähriges Jubiläum feierte, und den Wechsel der Trabrennbahn vom Gröpelinger Wied in die Vahr Revue passieren, immer wieder unterbrochen von respektvollem Applaus.
»Nun ist es an der Zeit, mein Amt jüngeren Händen zu überantworten. Und ich bin der Überzeugung, dass der Vorstand und ich eine gute Entscheidung getroffen haben, wenn wir heute meine Schwiegertochter Felicitas Andreesen als neue Schirmherrin begrüßen.« Elisabeth wandte sich Felicitas zu und klatschte dezent.
Felicitas' rotes Kostüm leuchtete wie ein Strauß frischer Mohnblumen. Lächelnd bedankte sie sich bei Elisabeth und machte eine kleine Pause.
»Allerdings, ich verhehle es Ihnen nicht, habe ich zwei,

drei Momente gezögert, diese ehrenvolle Aufgabe zu übernehmen, denn – ich kann nicht gut reiten.« Ein Raunen ging durchs Publikum, hier und da löste sich ein Lächeln. »Aber nach einiger Überlegung sagte ich mir: Felicitas, eine Schirmherrin muss nicht reiten können, sie muss vor allem dafür Sorge tragen, dass die Geschicke des Reitclubs stets unter einem guten Stern stehen. Und ich bin bereit, genau dies zu tun, mit ganzem Herzen.« Applaus brandete auf. »Dennoch«, schloss sie mit blitzenden Augen und charmantem Lächeln, »probiere ich seit einigen Wochen, mich auf dem Rücken eines lammfrommen Wallachs zu halten. Der Reitlehrer hat schon graue Haare bekommen, aber dem Tier geht es noch gut. So hoffe ich, dass mich bald nicht nur Sie, hochverehrte Gäste, sondern auch die Helden des Trabrennens, die Pferde, als neue Schirmherrin akzeptieren werden.«
Unter tosendem Applaus und einigen begeisterten Pfiffen verließ sie das Podium. Der Vorsitzende des Reitclubs strahlte sie an und schüttelte ihr begeistert die Hand. Selbst Elisabeth rang sich ein anerkennendes Lächeln ab, das Felicitas erleichtert erwiderte.
Drei Stunden und dreizehn Trabrennen später absolvierte Felicitas Teil zwei ihrer Aufgabe und heftete den Siegerpferden hübsche rot-gelbe Papierrosetten an die Trensen, streichelte ihnen über die Blessen und schüttelte den Fahrern die Hände.
Nun begann der gesellige Teil des Tages. In pagodenförmigen weißen Zelten wurden Champagner, Andreesen-Kaffee und Häppchen mit Lachs und geräuchertem Aal gereicht. Riesige Hüte, hohe Zylinder, viel Weiß, perlendes Lachen und fleißiges Bemühen, den Hauch von aristokratischer Noblesse vorzutäuschen, wirkten wie ein plakativ inszeniertes Theaterstück.

Felicitas hatte sich nach einer kleinen Anstandsfrist von der Familie abgesetzt und schlenderte von Zelt zu Zelt, das Kunststück fertig bringend, höflich hier und da zu lächeln, dort zu grüßen, mit älteren Damen ernsthafte Ansichten über das Wetter auszutauschen und Herren jeden Alters mit zwei, drei in die Luft geküssten Sätzen zu beglücken. Felicitas gab eine glänzende Vorstellung, und sie wusste es.
»Dafür, dass Sie das hier völlig unerträglich finden, machen Sie sich verdammt gut.«
Felicitas fuhr herum und begegnete Bernhard Servatius' amüsiertem Blick.
»Ach Sie«, gab sie kühl zurück, innerlich kochend. Was bildete dieser Mensch sich ein, und warum durchschaute er sie immer?
»O bitte, nicht schimpfen«, sagte er lachend und hob die Hände in gespielter Ängstlichkeit. »Nur einmal möchte ich nicht Ihren Unmut herausfordern, sondern in den Genuss des schönsten Lächelns von Bremen kommen. Gewähren Sie mir die Gnade?«
»Nein. Und hören Sie auf, sich lächerlich zu machen.« Sie blickte sich suchend um und sah Swantje Petersen mit ihrer Schwiegermutter reden. »Entschuldigen Sie mich.«
»Was haben Sie eigentlich gegen mich, Felicitas?«
Sie hielt inne und entschloss sich, ihm die Wahrheit zu sagen, damit er sie ein für alle Mal in Ruhe ließ. »Sie sind alles das, was ich keinem anderen wünsche – unberechenbar, laut, respektlos und vermutlich gewalttätig. Ich traue Ihnen nicht einen Zentimeter über den Weg.«
Bernhard legte den Kopf zurück und lachte schallend, sodass einige Leute sich verwundert umsahen. »Sie haben Recht!«
»Seien Sie doch leise«, zischte sie.

»Gehen wir ein paar Schritte?«, flüsterte er. Widerwillig und nur um kein Aufsehen zu erregen nahm sie seinen Arm, winkte Elisabeth und Swantje zu, die ihnen verblüfft nachsahen, und verließ mit ihm das Zelt.

»Eins haben Sie in Ihrer so treffenden Charakterisierung vergessen. Ich mag ein Lump sein, bin meinen Freunden aber äußerst loyal ergeben. Heinrichs Vertrauen würde ich niemals missbrauchen, und deshalb müssen Sie auch keine Angst vor mir haben.« Er lächelte ironisch. »Ich sehe nicht die Frau in Ihnen, sondern gewissermaßen eine Schwester.«

Sie nickte, aber der Hauch von Erstaunen, der auf ihrem Gesicht erschien, entging Bernhard nicht.

»Ihnen kann man aber auch nichts recht machen.«

»Stimmt«, erwiderte sie schnippisch. »Ich bin launisch und geradezu eine Plage, wenn ich mich langweile.«

»Und zurzeit langweilen Sie sich sehr?«

»Ziemlich«, sagte sie lapidar und biss sich auf die Lippen. Es war in Ordnung, höflich zu Heinrichs bestem Freund zu sein, nicht aber, ihn an ihrer Stimmungslage teilhaben zu lassen. »Nur ein wenig«, fügte sie hinzu.

»Vielen Dank!« Bernhard tippte lässig an seinen Hut. »Mir wurden ja schon eine Menge Schmeicheleien an den Kopf geworfen, aber mangelnde Unterhaltsamkeit ist neu.«

»Typisch. Eitle Menschen wie Sie beziehen jedes Wort auf sich. Ich meinte es eher allgemein. Es passiert einfach nichts, was einen aus der Sommerlethargie reißen könnte. Und das Trabrennen wirkt auch nicht gerade inspirierend.«

»Wollten Sie nicht mit ganzem Herzen bei der Sache sein? Wenn ich Ihre brillante kleine Rede richtig verstanden habe …«

»Ach halten Sie doch den Mund«, fiel sie ihm ins Wort. Bernhard lächelte wie ein Raubtier. »Schon gut, schon gut.

Ich weiß, was Sie meinen. Mir ging es auch eine Weile so, genau genommen fast mein halbes Leben lang, weshalb ich häufig, geradezu maßlos, um ehrlich zu sein, Zerstreuung gesucht habe. Mal in London, mal in Berlin. Irgendwann habe ich jedoch begriffen, dass ich nur nicht gelernt habe, richtig hinzusehen.«

»Wie meinen Sie das?«, fragte Felicitas. Ihr Interesse war geweckt. Statt einer Antwort griff Bernhard nach ihrem Arm und zog sie mit sich.

»Kommen Sie, wir unternehmen einen kleinen Ausflug.«

Er steuerte durch die Reihen der vor der Trabrennbahn geparkten Automobile auf einen roten Opel mit offenem Verdeck zu und öffnete schwungvoll die Beifahrertür. »Darf ich bitten?«

Felicitas schüttelte den Kopf. »Sie sind verrückt.«

Er lachte. »Mag sein. Aber nicht so verrückt, auch nur eine Sekunde länger dieser Veranstaltung beizuwohnen. Dieses Getue macht mich krank, und Ihnen geht es genauso. Warum also kostbare Zeit mit etwas verplempern, was unzufrieden macht? Sie haben Ihre Pflicht doch zur Genüge erfüllt, oder etwa nicht?«

Sie nickte langsam und kletterte so elegant es ging in das Vehikel. »Wenn Sie mich langweilen, steige ich sofort aus. Und fahren Sie endlich los, sonst überlege ich es mir noch anders.«

Er lachte und reichte ihr galant einen Sonnenschirm. »Wir sollten alles tun, um unerkannt zu bleiben.«

Gelassen warf sie einen Blick auf die rote Seide. »Das ist ja auch ein besonders diskretes Modell. Nein, ich denke, diesen Schirm sollte besser die Dame benutzen, die ihn in Ihrem Wagen vergessen hat.«

Bernhard grinste sie an. »Na dann, bitte festhalten!«, rief er und manövrierte das kleine Auto mit einem Ruck auf

die Straße. »Ab jetzt sehen Sie bitte nur nach oben, einfach nach oben. Kümmern Sie sich nicht um Leute und Geschäfte. Sie werden staunen, was Sie plötzlich alles entdecken.«
Folgsam legte Felicitas den Kopf in den Nacken. Während sie fuhren, erklärte Bernhard ihr, was sie sah: malerische Portale aus Klinker und Sandstein, zierliche Balkone mit Ohrmuschel-Ornamentik, Hängebögen und Portaltürmchen der Großen Weserbrücke, den siebzig Meter hohen Turm der Michaeliskirche mit Ziegeln und Terrakotten, den fünfundsiebzig Meter hohen Turm des Verwaltungsgebäudes des Norddeutschen Lloyd mit seiner schier unglaublichen Fülle von Sandsteinreliefs, den zierlicheren Turm der Baumwollbörse, fürstliche Barockfassaden, Renaissance-Bauwerke und klassizistische wie die Kunsthalle am Ostertor, die sich in die sanft hügligen Wallanlagen schmiegte, als hätte der liebe Gott persönlich den Bau entworfen.
Am Domshof hielt Bernhard den Opel kurz an. »Wussten Sie, dass für diesen Brunnen hundertvier Entwürfe vorlagen? Und ausgerechnet den mussten sie nehmen!«
Felicitas betrachtete den Brunnen, an dem sie schon so oft vorbeispaziert war, nachdenklich. Ein nackter Merkur thronte auf einem Schiff inmitten felsiger Meerlandschaft. »Ein bisschen monumental«, sagte sie, verblüfft darüber, dass es ihr erst jetzt auffiel.
Bernhard nickte. »Schade, nicht wahr? An einem anderen Standort käme er weiß Gott besser zur Geltung. Aber ich wollte Sie auf etwas anderes aufmerksam machen.«
»Und das wäre?«, fragte Felicitas versonnen. Während der Fahrt hatte ein seltsames Gefühl von ihr Besitz ergriffen, ähnlich dem, das sie als Mädchen empfunden hatte, wenn sie die Schule geschwänzt hatte. In diesen gestohlenen Stunden schimmerte der Himmel blauer als sonst, roch die

Luft frischer, alles schien intensiver auf sie einzuströmen, wie um sie zu bezaubern und davon zu überzeugen, dass der Sinn des Lebens das Leben selbst war. Nichts zählte mehr in diesem Moment, nicht der unerfreuliche Streit mit Heinrich, nicht die zu erwartende Missbilligung, mit der Elisabeth ihrer Flucht von der Rennbahn begegnen würde, selbst die Tatsache, dass es ausgerechnet Bernhard war, dessen frecher Initiative sie diesen kleinen Urlaub für ihre Seele verdankte, störte sie nicht wirklich.

Langsam wendete Bernhard den Wagen und fuhr Richtung Rathaus. »Sehen Sie die Reiterfiguren vor den Ostportalen? Den Turmbläserbrunnen? Das Bismarck-Denkmal? Oder denken Sie an das Reiterdenkmal für Kaiser Friedrich III.« Er sah sie kurz von der Seite an. »Ohne Franz Schütte gäbe es dies alles nicht. Und ohne Gustav Teichmann auch nicht. Die Stadt verdankt ihre Reichtümer nicht nur, aber vor allem ihren großzügigen Mäzenen.« Bernhard lachte leise und fügte hinzu: »Auch wenn viele Kritiker es wahrlich lieber gesehen hätten, wenn der Kaiser in preußischer Generalsuniform und nicht mit nacktem Oberkörper auf dem Streitross gesessen hätte.«

Felicitas lächelte, beeindruckt von seinen sachkundigen, doch amüsanten Schilderungen. »Die Kunst scheint Ihnen viel zu bedeuten.«

Bernhard zuckte lässig mit den Schultern. »Ein wenig.« Schweigend fuhr er weiter, die Obernstraße entlang zum Brill, rechts Richtung Bahnhof und zurück nach Schwachhausen. »Was fehlt, ist die Moderne. Ein ungestümer Geist, der nicht die Vergangenheit feiern will, sondern die Gegenwart. Das Leben.«

»In Rio haben wir wunderbare Gemälde gesehen, die das Land, seine Geschichte und seinen Alltag so wahrhaftig wiedergaben, dass man meinte, hineinspringen und am

Leben der Menschen, ihren Freuden, aber auch ihrem Leid teilhaben zu können. Einige dieser Bilder machten mich nicht zur Betrachterin, sondern zu einem Teil dessen, was sie darstellten. Meinen Sie so etwas?«

»Ja, auch.« Nachdenklich warf er ihr einen Blick zu, den sie nicht zu deuten vermochte. »Ich möchte Ihnen etwas zeigen, Felicitas. Was halten Sie davon, das Atelier eines völlig unbekannten Künstlers zu besuchen?«

Der Nachmittag lag noch vor ihr, und sie verspürte keine Lust, jetzt schon in die Villa zurückzukehren, zumal sie Heinrich nicht vor dem Abendessen erwartete. »Warum nicht? Wenn es sich lohnt.«

»Ich hoffe, das werden Sie mir sagen.«

»Womit beschäftigt sich dieser Künstler?«, fragte Felicitas. Viel Erfolg konnte der Unbekannte nicht haben, jedenfalls nicht, wenn man von dem Viertel, in dessen Richtung Bernhard steuerte, aufs Portemonnaie schloss. In der östlichen Vorstadt wohnten keine reichen Leute, bestenfalls eine Hand voll gutbürgerlicher Familien fühlte sich zwischen Dobben, Lüneburgerstraße und weiter bis nach Hastedt wohl, den ganzen Rest teilten sich Kleinbürgertum und Arbeiter. Die Häuser, schmal, aber stolz und zweigeschossig, bildeten idyllische Straßen und verfügten über gepflegte Vorgärten. Je weiter sie gen Osten fuhren, desto kleiner wurden die Häuser, bis sich die Bebauung schließlich fast verlor. Vor einem Schuppen aus Holz und Steinen stoppte Bernhard den Wagen.

»Da sind wir.« Er stieg aus, öffnete die Beifahrertür und half Felicitas heraus. Dann nestelte er an einem Schlüsselbund und schloss den Schuppen auf.

Felicitas folgte ihm, skeptisch, auf welches Abenteuer sie sich da eingelassen hatte, und blieb überrascht stehen. Der Schuppen bestand aus einem einzigen großen Raum, durch mannshohe Fenster strömte das Licht hinein und malte goldene Streifen auf den Holzfußboden und die weiß getünchten Wände. Überall standen, hingen und lagen Skizzen und wild bemalte Leinwände, es roch nach Ölfarbe, Papier, Leim und feinem Staub.

Wie hypnotisiert ging Felicitas auf ein ovales Gebilde zu, das sich herkömmlicher Bezeichnung entzog, weder eine Skulptur noch ein Relief zeigte. Aus einem suppenterrinengroßen ovalen Feldstein wuchsen hunderte von flachen Steinen, solche, die man mit etwas Geschick über eine Teichoberfläche hüpfen lassen konnte, und bildeten ineinander verschlungene Brücken und Spiralen.

»Das ist unglaublich«, flüsterte Felicitas. »Wer hat das gemacht?«

Sie schaute sich um und entdeckte das Spiralenmotiv in den flüchtigen Skizzen, in einem düsteren, offenbar unvollendeten Gemälde und einer Skulptur, die einen verzweifelten, wütenden Mann darstellte, dessen Körper sich wand wie unter Schlägen, und die ganz und gar aus feinen Gräsern bestand, ein Halm neben dem anderen formte Mimik und Gestik in absoluter Perfektion.

»Das ist unglaublich«, wiederholte Felicitas. »Wunderschön und zerbrechlich auf der einen Seite, roh und brutal auf der anderen.« Sie wies auf die Leinwände. »Ein Spannungsfeld, das einen umbringt, wenn man es nicht in Kunstwerke wie diese leiten kann.« Sie wandte sich Bernhard zu, der die ganze Zeit lässig an der Wand gelehnt, eine Zigarre geraucht und sie beobachtet hatte. Als sich ihre Blicke trafen, keimte ein Verdacht in ihr auf. »Es sind Ihre Werke, nicht wahr?«

Er lachte. »Scharfsinnig wie immer, meine Liebe. Ja, das hier sind meine kleinen Geheimnisse, mein Spannungsfeld sozusagen.«

»Und wann stellen Sie sie aus?«
»Gar nicht. Das bleibt alles hübsch hinter Schloss und Riegel.«
»Aber Kunst ist doch nicht dafür da, in einem Schuppen vor sich hin zu rotten. Sie muss nach draußen, zu den Menschen, am liebsten auf den Marktplatz, damit jeder im Vorbeigehen die Ahnung von einem anderen Leben mitnehmen kann.«
»Hinter der schönen Schale schlägt also ein idealistisches, höchst revolutionäres Herz.«
»Wenn Sie so wollen.« Sein Zynismus perlte an Felicitas ab wie Wasser an einer Ölhaut, denn in diesem Moment stieg eine Ahnung in ihr auf, eine Idee, zart wie gesponnenes Glas, bereit, geformt zu werden.

Wo soll es stattfinden? Brauche ich eine Genehmigung? Was kostet das Ganze? Wer sorgt für die Sicherheit? Wie überzeuge ich Bernhard, seine Werke auszustellen?
Die letzte Frage hatte Felicitas rot unterstrichen.
Sie kaute auf dem Bleistift herum und strich energisch einen Namen von ihrer Liste durch. Auf Thomas Engelke brauchte sie nicht zu setzen. Sie hatte geglaubt, als freischaffender Künstler verfüge er über eine gewisse Erfahrung, was unkonventionelle Konzepte anbetraf, doch auf ihren freundlichen Brief hatte sie heute, zwei Wochen später, die knappe Antwort erhalten, er habe keine Zeit, sie bei ihrem Vorhaben zu unterstützen. Dann eben nicht.
Heinrich trat, sich den Kragen zuknöpfend, vom Ankleideraum ins Schlafzimmer.
»Willst du die Sache nicht doch einfach meinem Adlatus überlassen? Als Frau, selbst als eine Andreesen, könnte es schwierig werden.«
»Dann kann ich es auch ganz lassen«, gab sie unwirsch

zurück, weil er nicht begreifen wollte, wie entscheidend es für sie war, ihre Ambitionen aus eigener Kraft in die Tat umzusetzen.
»Auf die Idee kommt es an, nicht darauf, jedes Detail selbst zu erledigen.« Endlich saß der Kragen. Zufrieden betrachtete Heinrich sich im Spiegel, zog einen grauen Gehrock über das weiße Hemd und die steif gestärkten Manschetten heraus, damit sie die korrekten zwei Zentimeter unter den Ärmeln des Gehrocks hervorlugten. Sein Haar schimmerte leicht. Zum Glück besaß er die Angewohnheit, nur einen Hauch von Pomade zu benutzen, sodass sein braunes Haar einigermaßen natürlich fiel.
Felicitas lächelte. Heinrich wirkte ausgesprochen anziehend auf sie, seine hoch gewachsene, athletische, aber schmale Gestalt weckte in ihr Vorstellungen, die morgens um acht unverschämt deplatziert waren, zumal sie in einer halben Stunde in der Kunsthalle erwartet wurde.
»Schau mich nicht so an«, sagte Heinrich gespielt kühl, »sonst kannst du deine Frisur samt deiner Verabredung mit einem fremden Mann vergessen.«
Felicitas flüchtete kichernd in ihren Teil des begehbaren Kleiderschranks. »Untersteh dich! Dieser Mann ist mir viel wichtiger als du.«
»Wenn du das noch mal sagst, reiche ich die Scheidung ein!«, rief er zurück.
»Wunderbar, dann kann ich mich endlich meinen ausschweifenden Fantasien hingeben.« Felicitas hielt sich ein grau-weiß gemustertes Jackenkleid unters Kinn. »Dieses? Oder«, sie wies auf ein Kostüm mit Schößchen aus schwerer smaragdgrüner Seide.
»Das graue Kleid«, fand Heinrich. »Sieht nicht so pompös aus.«
»Ich will pompös aussehen«, entgegnete sie, hing das grü-

ne Kostüm jedoch wieder auf die Kleiderstange, die sich wenige Monate nach Felicitas' Einzug und ihren ersten Fischzügen bei Bremens besten Schneidern bereits zu biegen begann und vor kurzem verstärkt werden musste.
Heinrich fasste sie an der Schulter, und mit einer eleganten Drehung glitt sie in seine Arme, froh, dass sie den Streit vom Trabrenntag so schnell an den Rand ihrer Erfahrungen drängen konnten, wo er zunächst nicht störte.
Er küsste sie lange. Als sie wieder zu Atem kamen, sagte er: »Lass dich von einem alten Kaffeesack nicht entmutigen. Es ist eine gute Idee.«
Sie löste sich sanft aus seiner Umarmung. »Hoffentlich findet Dr. Meiners das auch.«
Nachdem sie sich voneinander verabschiedet hatten, trank Felicitas rasch einen Schluck Kaffee und zwang sich, trotz ihrer Aufregung ein paar Bissen Brot zu sich zu nehmen. Dann ging sie hinunter in die Halle, schlüpfte leise in ihren Mantel und verließ die Villa, erleichtert, dass Elisabeth ihr nicht in die Quere gekommen war. Seit Felicitas' Flucht von der Rennbahn war ihr Verhältnis bei minus zehn Grad festgefroren, und Felicitas' Pläne würden nicht dazu beitragen, es anzutauen.

Dr. Heribert Meiners, mittelgroß, leichter Bauch, Spitzbart und Seitenscheitel links, hatte einen Teil seines Lebens damit zugebracht, sich aus dem Schatten seines Vaters, des großen Bremer Bürgermeisters, zu lösen. Doch schließlich war es ihm gelungen. Zufrieden saß er an seinem Schreibtisch in der Kunsthalle, blickte gelegentlich auf die Wallanlagen und eine Hand voll spielender Jungs in Matrosenanzügen, die aus Zweigen gebaute Flöße, groß wie zwei Handteller, zu Wasser ließen, und widmete sich wieder seinem Besuch. Seit zehn Jahren trug er die Verantwortung für die Sammlung der Kunsthalle. Akribisch ordnete er die Bestände neu, bereicherte sie durch Neuanschaffungen und organisierte wechselnde Ausstellungen. Er zeigte sich offen für Impressionismus und Neue Malerei und unkonventionelle Ideen, es sei denn, sie erwiesen sich als zu unkonventionell.

»Zusammengefasst wollen Sie mir also sagen, der Künstler wisse noch nichts von seinem Glück, und zudem bestehe sein Werk vornehmlich aus Gräsern und Steinen …«

Felicitas errötete. »Vielleicht habe ich mich falsch ausgedrückt …«

Meiners schmunzelte. »Ich glaube, ich habe Sie ganz gut verstanden. Wissen Sie eigentlich, wie viele so genannte Künstler Schlange stehen, um hier auszustellen? Und bei allem Respekt für Ihre Familie, reiche Damen brauchen einen Zeitvertreib, und Sie sind nicht die Erste, die sich auf die Kunst werfen will. Außerdem«, er räusperte sich verlegen, »ist es in Ihrer Familie nicht gerade Usus, sich um etwas anderes als den Handel zu kümmern.«

»Sie wollen mir also nicht helfen?«

Er lehnte sich zurück und legte die Fingerspitzen aneinander. »Ehrlich gesagt, sehe ich mich außerstande.«

Vielleicht war es wirklich nur eine dumme Idee. Als Felicitas' Zorn verraucht war, musste sie zugeben, dass Dr. Meiners nicht ganz Unrecht hatte mit seinen Einwänden. Besonders die Bemerkung, unter den Andreesens habe es noch nie einen Mäzen, geschweige denn eine Mäzenin gegeben, war nicht von der Hand zu weisen. Wenn sie, Felicitas, mit diesem ungeschriebenen Gesetz brach, musste das Vorhaben der gesellschaftlichen und wirtschaftlichen Stellung der Familie in Bremen entsprechen. Wenn Gustav Teichmann einen Brunnen für viele tausend Mark spendierte, konnte

Felicitas Andreesen nicht mit einer unbedeutenden Ausstellung punkten. Das wäre dilettantisch. Sie würde die Familie und sich selbst der Lächerlichkeit preisgeben.
»Einen schönen Tag noch, Frau Andreesen«, wünschte der Fahrer, als er vor dem Eingang der Villa hielt. »Frau Andreesen?«
»Ja?«, fragte sie geistesabwesend.
»Ich wollte nur sagen, dass Sie mir Glück gebracht haben. Beim Trabrennen. Ich habe zwanzig Mark gewonnen.«
»Das freut mich.« Felicitas nickte ihm freundlich zu.
Sie betrat die Halle und zog sich ungestüm den Mantel aus. Reiten – das war jetzt genau das Richtige. Sie würde sich die kreisenden Gedanken aus dem Kopf galoppieren. Schlagartig hellte sich ihre Stimmung auf, und sie begann, den Rock bis übers Knie gerafft, zwei Stufen auf einmal zu nehmen.
»Guten Tag, Ella«, begrüßte sie ihre Schwägerin im Vorbeigehen, blieb aber stehen, als sie Ellas Miene sah, die noch bedrückter wirkte als sonst. »Was ist los?«
»Ach, nichts«, antwortete sie und ließ den Brief, offensichtlich der Grund ihrer Betrübnis, sinken.
Felicitas ging schulterzuckend weiter. Niemandem in dieser Familie würde sie sich je aufdrängen, und wenn Ella ein Problem hatte, aber keinen Mumm, sich Rat zu holen, dann musste sie wohl oder übel allein damit fertig werden.
»Felicitas?«

Es war wirklich eine Situation, die einem das Leben gründlich versauern konnte, fand Felicitas. Seit einer halben Stunde saßen sie nun in ungewohnter Vertrautheit beieinander. Ella berichtete erst stockend, dann entströmten ihr die Worte. Felicitas hörte zu und staunte, welches Doppelleben ihre Schwägerin in den letzten Monaten geführt hatte, ohne dass ihr Elisabeth auf die Schliche gekommen war.

»Na ja, und jetzt hat der Schuldirektor, dieses aufgeblasene Ekel, Mutter einen Brief geschrieben, in dem er darum bittet, dafür zu sorgen, dass ich mich anderweitig betätige.« Ella lachte unfroh. »Weil ich schließlich nicht qualifiziert sei, Frauen einen wie auch immer gearteten Unterricht zu erteilen.«

»Woher weißt du das?«

Ella wedelte mit dem Brief. »Weil ich ihn abgefangen und geöffnet habe.«

»Was ist mit Peter Gerhard?«

»Er will, dass wir heiraten.«

»Und was willst du?«

Ella zuckte mit den Schultern. »Ich weiß es nicht. Ich liebe ihn, aber …« Sie errötete und blickte zu Boden. »Ich empfinde nicht so … körperlich für ihn. Aber ich bin gern mit ihm zusammen. Ich möchte ihm gern helfen, sein Unternehmen aufzubauen. Mit dem Gewinn könnten wir Karitatives leisten …«

Es klopfte, und gleichzeitig wurde die Tür geöffnet – Elisabeths Art, Höflichkeit zu wahren und trotzdem ihren Anspruch auf Kontrolle zu demonstrieren.

»Hier seid ihr. Wie schön.« Elisabeth wirkte überrascht und tatsächlich erfreut, Ella und Felicitas im Gespräch zu sehen. »Ich wollte euch mitteilen, dass ich beschlossen habe, nächsten Sonntag einen Ausflug mit der ganzen Familie zu unternehmen. Das Ziel ist mein Geheimnis. Wir fahren um zehn Uhr los.«

10

Der blaue September-Himmel mit vereinzelten Wolken, die sich aufplusterten wie frierende Vögel im Winter, ließ es ratsam erscheinen, eine dicke Jacke mitzunehmen. Allzu schnell könnten sie in die Moorniederungen herabsinken und sich als Nebel zwischen den von Birken gesäumten Feldern und Wiesen verstecken.
Elisabeth stand auf dem Balkon ihres Schlafzimmers, blinzelte ins Blau und musste über sich selber lächeln. Ein romantisches Abenteuer dieser Art war ihr nicht beschieden gewesen. Abgesehen von den Reisen nach Rom und Wien, die in erster Linie geschäftlichen Interessen dienten, konnte sie die Ausflüge mit Gustav an den Fingern einer Hand abzählen. Immerhin hatte Worpswede zweimal zu den Abstechern vom Alltag, die Gustav mit seiner Pflichterfüllung hatte vereinbaren können, gehört.
Nachdem ihre Jugendideale vom Liebesglück mit Gustav sich in nichts aufgelöst hatten, hatte sie alles darangesetzt, wenigstens jene Zufriedenheit herbeizuzwingen, die Macht und Kontrolle über andere mit sich brachten. Mit straffer Hand hatte sie die Familie geführt, keine Fehler bis auf einen unentschuldbaren geduldet, und verweichlichte Befindlichkeiten aus ihrem Vokabular und dem ihrer Kinder verbannt. Dennoch, ein gemeinsamer Ausflug musste sein, und das idyllische Worpswede bot sich an. Es war weit genug von Bremen entfernt, um ihnen allen genügend Abstand von den Anforderungen ihres täglichen Lebens und den eingespielten Mustern ihres Verhaltens untereinander zu schenken, und bot mit seinen vielfältigen künstleri-

schen Anregungen zu viel Kurzweil, um sich miteinander zu langweilen.
Ihr Vorschlag, der auf milde Überraschung gestoßen war, entsprang, das gestand sie sich ein, nicht dem Wunsch, an Wärme und Liebe nachzuholen, was durch ihr Zutun versäumt worden war, das war ohnehin unmöglich, sondern dem unbestimmten Gefühl, dass die Fäden ihr aus der Hand glitten.
Zunächst hatte Elisabeth geglaubt, es läge am Alter, doch das war es nicht. Sie fühlte sich sowohl was den Körper als auch den Kopf betraf kräftig und elastisch genug, um es problemlos mit den Jüngeren aufzunehmen. Damit ihre gute Form auch niemandem verborgen blieb, hatte sie sich für ein cremeweiß-weinrot kariertes Kleid mit knapp geschnittener Jacke in tiefem Weinrot entschieden, ein passendes Seidentuch um den Hals gewickelt und die unvermeidliche Perlenkette in der Schatulle gelassen. Ein mutiger Aufzug, vielleicht sogar ein wenig gewagt, aber schließlich würde sie in Worpswede so Gott wollte niemand erkennen, und außerdem ging ihr das ungeschriebene Gesetz, demzufolge Frauen über fünfzig, Witwen zumal, wenn nicht ganz in Schwarz, so doch wenigstens in gedecktem Grau ihr Leben fristen mussten, insgeheim gewaltig gegen den Strich.
Nein, am Alter lag es nicht. Elisabeth musste zusehen, wie die Dinge sich auf eine Weise entwickelten, die ihr nicht gefiel. Anton offenbarte sich immer mehr als eine merkwürdige Mischung aus der Dekadenz des reich Geborenen und einer unterschwelligen Aggression, deren Ursache Elisabeth nach wie vor völlig schleierhaft war.
Ella hatte ihre Bockigkeit zwar weitestgehend abgelegt, schien sich aber unaufhaltsam in einem Zustand schwerster Melancholie zu verlieren. Selbst Heinrich bereitete ihr

Sorgen. Er arbeitete zu lange und ließ Felicitas zu oft allein. Noch schwangen die beiden im selben Takt, doch wie schnell eine solche Situation aus dem Ruder laufen konnte, wusste Elisabeth aus eigener leidvoller Erfahrung.
Felicitas allerdings, das musste sie zugeben, stellte sich keineswegs als so schlechte Wahl heraus, wie sie befürchtet hatte. Ein Diamant, ungeschliffen zwar, aber ein Diamant. Niemand in diesem Hause machte es ihr besonders leicht, sich wohl zu fühlen, nicht einmal der eigene Mann, dessen Harmoniebedürfnis mitunter etwas unmännlich wirkte, wie Elisabeth manchmal schon gedacht hatte. Dennoch schien Felicitas sich ihren Schneid nicht abkaufen lassen zu wollen, bewies Standfestigkeit, eleganten Charme und Persönlichkeit. Irgendetwas in ihr sagte Elisabeth, dass die Familie genau diese Eigenschaften noch brauchen würde. Sie fröstelte. Die Sonne verschwand hinter den Wolken. Hoffentlich würde es nicht regnen.

Weiße, silbrig schimmernde Birken mit Blättern, die im Wind wisperten wie keine anderen, rahmten das im 18. Jahrhundert entstandene Moordorf mit dem bescheidenen Weyerberg, der mehr ein Hügel war, ein. Still und abgelegen, stellte es jene Idylle dar, nach der manche sich ein Leben lang sehnen, während andere ihre Sehnsucht verwirklichen, die Koffer in Berlin, München oder Frankfurt zuklappen und mit Sack und Pack in die Einöde ziehen. Diese Konsequenz besaßen meist nur wahrhaftige Künstler, die ihr Werk schaffen müssen, getrieben von einem inneren Dämon oder liebevoll geleitet von einem Engel. Die einzige Sehenswürdigkeit, bevor die Künstler um Fritz Mackensen das Dörfchen Ende des 19. Jahrhunderts aus dem Schlaf rissen, war die Zionskirche mit dem Rokokoaltar, neben dem ein Wappen mit den Initialen König

Georgs II. von Hannover und England prangte, der 1750 eintausend Taler für den Bau gestiftet hatte. Doch wen interessierte noch das Kirchlein, als die Künstler Pinsel, Paletten und Leinwände ausgepackt hatten und sich ans Werk machten, Gemälde von ergreifender verinnerlichter Schlichtheit zu schaffen? Ihre Werke beeinflussten das Kunstempfinden der Hansestädter und kam einer Strömung entgegen, die den Kunstwert der großen dekorativen Werke der Gründerjahre in Zweifel zog. Es gab nicht nur Kunstausstellungen der Worpsweder in Bremen, einige von ihnen schufen auch die Innendekoration für Wohnhäuser und Schiffe des Norddeutschen Lloyd. Heinrich Vogeler, der Beste von allen, verpflichtete sich dem Jugendstil und gestaltete die Güldenkammer im Alten Rathaus – ornamental, dekorativ, pompös. Das Ausnahmetalent illustrierte Bücher, schrieb bewegende Lyrik, entwarf Möbel, Teppiche, Geschirr und Bestecke.

Felicitas' Vater fand die Jugendstilmalerei Vogelers degoutant, viel zu bourgeois. Ihre Mutter dagegen liebte die Worpsweder Künstler und hatte hin und wieder einige von ihnen zu kleinen Abendessen geladen, die regelmäßig in von ihrem Vater angezettelten lautstarken Diskussionen und wilden Besäufnissen endeten, bis ihre Mutter sich weigerte, je wieder solche Zusammenkünfte unter ihrem Dach zu gestatten, geschweige denn zu initiieren. Einmal mehr fand Felicitas ihre Eltern seltsam. Gemeinhin pflegten Schauspieler lebhaften Austausch mit anderen Künstlern, debattierten kontrovers, aber geistreich. Doch ihr Vater blieb lieber bei seinen vertrauten Kollegen, und ihre Mutter gab es irgendwann auf zu versuchen, mit ihm auf einen Nenner zu kommen.

Später hatten sich ihre Ambitionen erübrigt; Worpswede

war mittlerweile berühmt und Ziel vieler Ausflügler, die zwischen Kaffee und Kuchen ein wenig Kunst atmen wollten. Die meisten Künstler ertrugen die Anwesenheit des Banalen nicht und zogen fort.
Was niemanden der Besucher ernsthaft störte. Hauptsache, man konnte ein paar Andenken erstehen oder womöglich sogar einen erschwinglichen Druck, der sich gut im Gästezimmer machen würde. Vor allem sonntags wurde Worpswede von kunsthungrigen Hansestädtern heimgesucht. Automobile aller Klassen säumten die Gassen des Dörfchens und verstopften die Zufahrt zum Barkenhof, der sich ob des Andrangs in einem Belagerungszustand befand.
Felicitas vermutete, dass die wenigsten, schon gar nicht die Kinder, die bereits jetzt verdrießlich in der Schlange standen und ihre Geschwister an den Haaren zogen, die Kunstweberei von Martha Vogeler sehen wollten. Vielmehr hofften die meisten, dass Heinrich Vogeler in persona ihnen für einen unvergesslichen Moment über den Weg laufen würde, ihnen eine Sonderführung durch sein Werk angedeihen ließ oder, besser noch, sie an der Planung einer seiner nächsten, bis ins Detail durchkomponierten legendären Feste, bei denen alles aufs i-Tüpfelchen passte, teilhaben lassen würde. Was, wie Felicitas wusste, wohl kaum der Fall sein dürfte, da der Künstler sich längst öfter in München aufhielt als in Worpswede.
Elisabeth machte ein Gesicht, als hätte sie auf eine Zitrone gebissen, bemühte sich aber um einen gelassen-heiteren Ton. »Na denn wollen wir mal. Ich bin zuversichtlich, dass sich dieser Volksauflauf binnen kurzem aufgelöst hat.« Aufmunternd sah sie der Reihe nach Heinrich, Felicitas und Ella an, die sich daraufhin ins Unvermeidliche schickten und aus dem Wagen kletterten. Keiner verspürte die

geringste Lust, sich nach der zweistündigen Autofahrt in die stetig wachsende Schlange einzureihen.
Désirée und Anton, die mitsamt einem gigantischen Proviantkorb in einem nagelneuen Zweisitzer hinterhergefahren waren und neben dem Mercedes parkten, blieben missgelaunt sitzen.
»Da kriegen mich keine zehn Pferde rein«, murmelte Anton.
»Wenn sie Elisabeth heißen, dann schon«, flüsterte Désirée ironisch, unterdrückte ihr Kichern aber, als Elisabeths Blick sie traf.
»Ich bin nicht schwerhörig, Désirée, und ganz sicher zwinge ich niemanden, sich einem Kunstgenuss hinzugeben, wenn ihm der Sinn dafür abgeht. Schade.« Abrupt wandte sie sich ab, überquerte langsam den Platz und reihte sich in die Warteschlange ein, eine zierliche Gestalt, die in der Entfernung zerbrechlich und müde wirkte. Das weinrote Kleid verlor sich im Rot der Backsteine.
Felicitas warf Heinrich einen Blick zu, und wortlos setzten sie sich in Bewegung.
Als sie endlich ins Innere des Hofes vorgelassen wurden und sich schlagartig mit düsteren Gemälden hohläugiger Frauenporträts konfrontiert sahen, fuhr Felicitas zurück. Der Mangel an Licht und Farbe in den Bildern und die bedrängende Anwesenheit von Verstörung und Verzweiflung waren kaum zu ertragen, doch gleichzeitig so bewegend, ergreifend, dass ihr die Tränen in die Augen stiegen. Elisabeth warf ihr einen schnellen Blick von der Seite zu.
»Man ist fasziniert und abgestoßen von Paula Modersohn-Becker«, sagte sie. »Es ist, als würde sie ihren frühen Tod vorausahnen.«
»Ich finde die Bilder entsetzlich«, erwiderte Heinrich. »Das mag ganz große Kunst sein, aber mal ehrlich: Wer

will sich diese freudlosen Geschöpfe über den Kamin hängen?«
»Ich entsinne mich, dass du die angeblich schönen Worpsweder den farbenfrohen Brasilianern vorgezogen hast«, entgegnete Felicitas.
»Aber doch nicht diese hier. Ich meine Künstler wie Vogeler.«
Elisabeth schüttelte den Kopf. »Das ist ignorant, mein Sohn. Die Werke von Paula Modersohn-Becker sind wohl kaum dafür gemacht, welchen Salon auch immer zu zieren. Sie sind Ausdruck eines Schicksals und einer Haltung, wenngleich ich sie auch nicht sonderlich schön finde. Aber das sollen sie auch nicht sein.«
»Wer zwischen den Pinselstrichen lesen kann, entziffert vielleicht noch die Aussage, wie ungerecht Frauen in der Kunst behandelt werden«, mischte sich eine ältere Besucherin ein, die ihr Gespräch mit angehört hatte. Unwillig maß Elisabeth die Frau von Kopf bis Fuß, konstatierte billigen Kleiderstoff und abgetretene Schuhe und schwieg peinlich berührt. »Sie wurden und werden ignoriert oder bekämpft«, fuhr die Frau ungerührt fort und sprach in den Raum, als wollte sie alle Anwesenden zum Zuhören zwingen. »Ihre Ehemänner geben ihre Werke für die eigenen aus, die Gesellschaft ächtet sie. Und kaum jemand hält es für nötig, ihnen Respekt zu zollen, geschweige denn Hilfe anzubieten.« Sie nickte den Andreesens zu und ließ sich von dem Besucherstrom wegtreiben.
Felicitas starrte der Frau nach. Die Erinnerungen drängten jäh und machtvoll in ihr Bewusstsein und fügten sich zusammen mit den Worten der Unbekannten und den vagen Gefühlen, die der Besuch in Bernhards Atelier in ihr ausgelöst hatte, zum Fundament einer Idee, die sich schon bald zu einer Vision verdichten sollte.

»Meine Güte, was für eine seltsame Person«, murmelte Elisabeth und blickte ihr kopfschüttelnd hinterher.
Sie setzten ihre Besichtigung fort, wurden es aber bald müde, sich zwischen den vielen Menschen durchzuschieben und verbrauchte Luft einzuatmen. Als sie zu den Wagen zurückkehrten, hatten Anton und Désirée sich nicht einen Meter von der Stelle gerührt, stattdessen eine Flasche Wein aus dem Proviantkorb geöffnet und zur Hälfte geleert. Désirée hing gelangweilt in ihrem Sitz und hielt ihr Gesicht in die Sonne. Anton warf Karten in die Luft und versuchte sie mit dem Mund aufzufangen, was ihn wie einen gestrandeten Karpfen aussehen ließ.
»Ein Bild vollkommener Harmonie«, spottete Ella. Ihre Miene ließ keinen Zweifel daran, dass dieser Ausflug ihretwegen ruhig hätte ins Wasser fallen können. Gespannt beobachtete sie, wie ihre Mutter auf Antons Provokation reagieren würde, doch diese tat ihr nicht den Gefallen, die Unternehmung vorzeitig abzubrechen. Mit eiserner Heiterkeit gab sie den Befehl zum Durchhalten. »Wir picknicken auf der Wiese hinter dem Haus.« Anton schleppte den Picknickkorb, Heinrich zwei Wolldecken und Ella und Felicitas teilten sich die Krocket-Ausrüstung. Niemand verspürte wirklich Lust, die dicken Kugeln mit bauchigen Holzschlägern durch kleine Torbogen aus Draht zu treiben, doch die germanische Volksversion des britischen Cricket sollte ein wenig englisches Flair verbreiten, das Elisabeth so schätzte. Im Schatten einer mächtigen Eiche hatten sie die Decken ausgebreitet, Hühnerbeine und Kartoffelsalat auf Wedgwood-Porzellan verteilt und bis auf gelegentliche Bitten um Salz, Brot oder noch etwas Wein schweigend verzehrt. Schließlich verteilten sie die Tore auf der Wiese und überließen sich träge dem Spiel und den eigenen Gedanken. Pock. Pause. Pock. Pause. Pock. Das dumpfe Geräusch

der auf die Holzkugeln treffenden Schläger bildete den Pulsschlag dieses Nachmittags.
Nach einer Weile legte Felicitas den Schläger hin. »Vielleicht ist es jetzt etwas ruhiger im Hof. Wenn ihr nichts dagegen habt, sehe ich mir noch einmal einige Skulpturen genauer an.« Sie gab Heinrich einen Kuss, und bevor er etwas erwidern konnte, lief sie bereits über die Wiese, froh, dass niemand sie begleiten wollte.
Im Barkenhof eilte sie ohne einen Blick für die Kunstwerke von Zimmer zu Zimmer, doch die unbekannte Frau war nirgends zu finden. Enttäuscht ging Felicitas zurück zum Picknickplatz.

Die Gasse war schmal, so schmal, dass ihr Körper die glatten, kühlen Wände berührte. Sie lief schnell und immer schneller, die Wände schienen sich ihr zuzuneigen, bis sie plötzlich lautlos zur Seite kippten und den Blick freigaben auf eine dunstverhangene Ebene. Rote Erde und braune Leiber mischten sich mit Bildnissen leidender Frauen, das Grün der Palmen wurde überströmt von frischem Blut, aus dem üppige Rosen sich entfalteten, auf deren Blütenblättern goldene Figuren, halb lachend, halb schreiend, tanzten und verschwanden, sobald sie sich ihnen näherte. Dann kamen sie zurück und zogen sie mit sich in ein Kaleidoskop wirbelnder Farben, welche sich spiralförmig zum Himmel wanden, und riefen ihr etwas zu, was sie verzweifelt bemüht war zu verstehen.
Seit Wochen verfolgte und ängstigte dieser Traum Felicitas. Seine Intensität und die Regelmäßigkeit, mit der er sie heimsuchte, gaben ihr aber zugleich das Gefühl, dass dies kein hysterisches Gewitter aus Herz und Hirn war, sondern eine Botschaft, von woher auch immer. Wenn Träume Aufschluss über die Vergangenheit geben konnten,

warum nicht auch über das Hier und Heute, vielleicht sogar das Morgen?
Es war fünf Uhr, zu früh zum Aufstehen. Sie kuschelte sich an Heinrichs Rücken, atmete seinen Duft ein, und eine Welle der Liebe durchströmte sie. Nach ihrem Streit hatten sie zu dem wortlosen Gleichklang zurückgefunden, der ihre Ehe von Beginn an bestimmt hatte und naturgemäß die Gefahr barg, in gleichgültigem Schweigen zu enden. Doch Felicitas fühlte tief im Innern, dass das Schicksal sie davon verschonen würde, zumal ihre Körper stets eine eindeutige Sprache fanden, ihre Liebe auszudrücken und zu erfrischen. Ihre Sehnsucht, einander zu berühren und sich selbstvergessen ineinander treiben zu lassen, war mächtiger als je zuvor. Oft liebten sie sich im Morgengrauen und sanken danach zurück in einen kurzen, zärtlichen Schlaf. Dennoch erschien es ihr zuweilen seltsam, wie wenig Neigung sie verspürte, ihn an ihren Gedanken teilhaben zu lassen. Sie hatte ihm weder von der brasilianischen Figur erzählt, die sie zwischen ihrer Wäsche versteckte, gelegentlich in die Hand nahm und betrachtete, ohne ihr Geheimnis zu ergründen, noch, dass die Worte der Frau im Barkenhof etwas in ihr ausgelöst hatten, das sie noch nicht erfassen konnte. Sie gab nichts preis von den unbestimmten Gefühlen, die in ihr kämpften, und nichts von diesem merkwürdigen Traum. Alles schien auf rätselhafte Weise miteinander in Verbindung zu stehen, doch wie sollte sie etwas formulieren, das gerade dabei war sich zu formen? Nein, nichts davon würde sie Heinrich erzählen, zumindest jetzt noch nicht. Mit dem Jawort hatten sie sich schließlich nicht zugleich uneingeschränkten Zugang in ihre Seele zugestanden. Es war, wie es war, und es war gut, wie es war.
»Wir eröffnen heute den Freimarkt«, sagte Heinrich in die

Stille und drehte sich erwartungsvoll zu Felicitas um, früher Schalk in den morgenschweren Augen.
»Wir?«
»Ja, wir, du und ich und der Bürgermeister.«
Hellwach setzte Felicitas sich auf. Freimarkt, das war wunderbar. Freimarkt, das war die fünfte Jahreszeit im Herzen der Hansestädter, ein Meer von Lichtern und Farben, ein spätsommerlicher Gruß an die Lebensfreude, bevor der Herbst sich über die Stadt senkte. Selbst der sprödeste Bremer steckte eine Nelke ins Knopfloch und machte sich auf, sich den Magen mit Zuckerwatte und Liebesäpfeln, Würstchen und Schaschlik, Bier und Brause zu füllen, um ihn sich in der Schiffsschaukel und auf dem hohen Rücken von Haberjahns Pferden endgültig zu verrenken. Erst war das Spektakel auf dem Marktplatz angesiedelt, doch als sich Bude um Bude dazugesellte, hatten die Stadtobersten Anfang des 19. Jahrhunderts beschlossen, das Treiben auf den Liebfrauenkirchhof, Domshof, Domsheide, die Wallanlagen und das Bahnhofsgebiet zu verlegen. Weil die Karusselle immer größer wurden, konnte jedoch die Sicherheit der Bürger in der Stadt nicht mehr gewährleistet werden, sodass man den Grünenkamp in der Neustadt und die benachbarten Straßen zum festen Schauplatz des Freimarktes wählte.
Felicitas liebte den Freimarkt. Als sie zehn Jahre alt war, hatte ihr Vater ihr den Verboten ihrer Mutter zum Trotz fünf Mark gegeben und ihr erlaubt, die abenteuerliche Welt der Schausteller allein zu betreten und sich von den bunten Lichtern und betörenden Gerüchen verzaubern zu lassen. Drei Mark hatte sie wieder mit nach Hause gebracht; vor lauter Schauen und Staunen war sie außerstande, das Geld auszugeben. Hundert Lebkuchenherzen mit rosa Zuckerguss, die an grün und rosa schimmernden

Bändern hingen, waren das Paradies, ein einzelnes war nur ein schwacher Abglanz. Deshalb hatte sie nur einen Scherenschnitt ihres Profils erstanden und ihn wie einen Schatz nach Hause getragen. Weil sie das Vertrauen ihres Vaters nicht missbraucht hatte, durfte sie von diesem Jahr an immer allein auf den Freimarkt gehen. Sie fuhr allein Karussell, lernte quietschrote Papierrosen zu schießen, kaufte Lose über Lose, ohne je »Freie Auswahl« zu gewinnen und damit eins der hübschen Püppchen, die sie gewählt hätte, wenn Fortuna ihr gesonnen gewesen wäre. Später unterhielt sie sich gern mit den Schaustellern über ihre Reisen und ihr fahrendes Leben, streifte zwischen den Wagen umher, die als rollende Wohnungen dienten und zum Teil gemütlich, zum Teil aberwitzig dekoriert waren. Freimarkt, das war Felicitas' einsames Abenteuer, das sie nie mit jemandem geteilt hatte.

Um elf Uhr trafen sie sich mit dem Bürgermeister Dr. Pauli am Riesenrad. Die roten Kabinen schaukelten beängstigend im leichten Septemberwind, eine Blaskapelle spielte »Alte Kameraden«, und zu hunderten hatten sich die Bremer eingefunden, um zu hören, mit welchen Worten Dr. Pauli ihnen dieses Mal den Freimarkt übergeben würde. Es waren fast die gleichen wie jedes Jahr mit dem Unterschied, dass die Familie Andreesen einen großen Kaffeeausschank zum Vergnügen beigesteuert hatte, was Dr. Pauli begeistert betonte. Die Menge klatschte, Heinrich winkte, und Felicitas lächelte.

Wie gern hätte sie sich davongestohlen, um den Zauber auf ihren gewohnten einsamen Wegen durch das Labyrinth der unzähligen Buden zu finden. Sie stand neben dem Riesenrad, ihre Hand auf dem eiskalten Gestänge der unteren Verstrebung, und beobachtete, wie der Wind mit den Haaren der Frauen spielte, hier einen Hut, dort einen

Schal mit sich nahm, Staub hochwirbelte und Papierfetzen tanzen ließ. Die Worte des Bürgermeisters drangen wie durch einen Watteschleier zu ihr, zunehmend leiser. Sie merkte nicht, wie besorgt Heinrich sie beobachtete. Wie von einer dünnen Membran umhüllt, fühlte sie sich getrennt von dieser Zeit und diesem Ort und reiste zurück in die Vergangenheit, sah sich als Kind durch die damals sehr engen Gassen wandern, aufmerksam und ziellos, Karussell fahren und sich fest an die Zügel der Holzpferde klammern, dem Gefühl hingegeben, die Welt würde an Konturen verlieren und nur sie selbst bliebe übrig und wäre alles, worauf sie sich wirklich verlassen könnte. Sie sah sich von der alten zahnlosen Frau die Handlinien lesen, sah, wie die Schere des Papierkünstlers über den grauweißen Karton wirbelte, sah sich im Zelt der Boxer in die vordere Reihe drängen und an den Knien der Umstehenden vorbei atemlos wieder ins Freie jagen und sich tausendundeiner Impression ausgesetzt, die sie elektrisierend durchdrangen, bis Körper und Kopf summten und brummten.

Und ganz sacht, von ganz fern und tief unten begann das Wissen sie zu durchströmen. Endlich bekam alles einen Sinn. Das Widerstrebende fügte sich ins Naheliegende, das Unmögliche ins Mögliche, das Nichtgedachte ins Kühne. Das Meer ihrer Ängste teilte sich und machte ihrer Bestimmung Platz.

»Ich habe Dr. Pauli eingeladen, in unserem Kaffeehaus einen Imbiss mit uns einzunehmen. Kommst du?«

Felicitas erwachte aus der anderen Welt und sah sich benommen um. Sie fühlte unbändige Lust, sich zu schütteln und die Verzweiflung der letzten Wochen von sich zu werfen wie ein Hund den Regen. Stattdessen strahlte sie Heinrich an und nahm seine Hand.

»Gern.«
Prüfend sah er in die blauen Augen, die von innen erleuchtet schienen. »Geht es dir gut? Ich hatte vorhin den Eindruck, dass du mit deinen Gedanken weit weg warst, zu weit, um dich je wieder zu erreichen.«
»Ja, ich war ein wenig abwesend. Die Rede von Dr. Pauli war wirklich nicht sonderlich mitreißend. Ich glaube, ihm geht der Sinn für den Freimarktspaß etwas ab.«
»Ach was, das liegt nur daran, dass er seine Worte so wählen muss, dass ihm die Journalisten sie nicht im Munde umdrehen. Er befürchtet stets, nicht richtig verstanden und falsch zitiert zu werden, mithin seine Beliebtheit einzubüßen. In Wirklichkeit ist er ganz umgänglich, du wirst schon sehen.«
Die Menge, wild entschlossen, sich nicht einen Tropfen von dem Freikaffee durch die Lappen gehen zu lassen, den Heinrich jedem versprochen hatte, der bis Mittag Punkt zwölf seine Bestellung aufgegeben hatte, folgte ihnen auf dem Weg zu Andreesens Kaffeeausschank. Sprachlos blieb Felicitas stehen. Heinrich hatte keinen gewöhnlichen Ausschank bauen lassen, sondern einen orientalischen Pavillon, der mit niedrigen achteckigen Tischen und dazu passenden fein geschnitzten Stühlen ausgestattet war. An den Wänden hingen bunte Mosaik-Repliken, die zeigten, wie Frauen, die Salome oder Scheherazade heißen mochten, Sultanen und Großwesiren dampfenden Kaffee kredenzten.
»Ich muss schon sagen, lieber Andreesen«, meinte Dr. Pauli verblüfft, »ungewöhnlich, höchst ungewöhnlich.« Er nahm sich einen Stuhl, befingerte unschlüssig die Rückenlehne und setzte sich mit einiger Mühe. »Bequem, durchaus. Obwohl sie wirklich nicht so aussehen.«
»Gefällt es dir, Prinzessin aus dem Morgenland?«, mur-

melte Heinrich Felicitas zu, die jedes Detail musterte, als wären sie auf das »Sesam öffne dich« gestoßen. Sie war zutiefst überrascht, wie viel Fantasie und Mut zum Unkonventionellen ihr Ehemann aufgebracht hatte, und fühlte den letzten Stein von ihrem Herzen plumpsen. Er würde sie unterstützen, ganz gewiss, auch wenn ihr Plan verrückt sein mochte.

»Es ist märchenhaft, geliebter Sultan«, flüsterte sie augenzwinkernd zurück. Sie hätte ihn gern geküsst, aber Dr. Pauli musste bei Laune gehalten werden. Sie würde seine Hilfe in absehbarer Zeit brauchen. Mit einem charmanten Lächeln wandte sie sich dem spitzbärtigen Bürgermeister zu. »Wie mögen Sie Ihren Kaffee am liebsten, Dr. Pauli?«

Eine kühne Idee, tollkühn, aber nicht unmöglich. Sie, besser gesagt Heinrich konnte das erforderliche Geld gewiss aufbringen. Und hatte er nicht auch einmal gesagt, die Kunst sei wichtig, Brot für die Seele? Oder war es Bernhard gewesen? Egal. Sie würde ihren Ehemann überzeugen, und hatte sie ihn für die Sache gewonnen, würde sie auch andere überzeugen.

Nach dem Mittagessen war Heinrich wieder ins Büro gefahren, was Felicitas köstliche Stunden schenkte, sich ihrer Vision, und das war es zweifelsfrei, hinzugeben und das Bild, das aus ihrem Innern aufstieg, zu vervollkommnen. Ein Park der Kunst, der Magie, der Lichter, des Skurrilen würde es werden, eine Anderswelt mit offenen Ateliers, in denen gearbeitet wurde, mit Ausstellungen internationaler Kunst, die fremde Chiffren und Zeichen in die Hansestadt brachten und Verständnis weckten über alle Grenzen hinaus. Eine Begegnungsstätte und Talentschmiede mit Restaurants, Cafés, einer kleinen Theater- und Varietébühne, auf der ohne Zensur experimentiert werden durfte. Mit

einem Debattierclub für Philosophinnen und einer Werkstatt für Instrumentenbauerinnen. Ein Park für die Kunst von Frauen, einzigartig im ganzen Reich und in ganz Europa.
Der letzte Gedanke brachte Skepsis mit und die Frage, die schon viele gute Ideen zu Fall gebracht hatte: Wer war sie denn eigentlich, sich so etwas zuzutrauen? Doch mit erwachtem Selbstbewusstsein drehte sie die Frage einfach um. Wer war sie denn, sich so etwas nicht zuzutrauen? Sie war intelligent, verfügte über Beziehungen und war in der Lage, strukturiert zu denken. Und sie glaubte an diesen Stern, der ihr Universum so unvermittelt erhellt hatte. War es nicht vor allem dies, der unbeirrbare Glaube an sich, der Menschen von jeher die Kraft verliehen hatte, aus einer Eingebung eine Handlung zu gestalten, die am Ende zum Ziel führte?
In den nächsten Tagen war Felicitas kaum ansprechbar und ständig unterwegs. Sie plünderte die Bibliothek ihrer Eltern zu deren größtem Erstaunen, entlieh in der Stadtbibliothek Standardwerke über Kunst von der Antike bis zum Impressionismus, las und las und machte tausend Notizen auf riesigen Papierbogen, die sie in der Druckerei des *Bremer Kuriers* nach vielen Wenn und Aber hatte erstehen können. Sie streifte durch die Kunsthalle und machte dem Vorsitzenden des Kunstvereins schöne Augen, um ihm zu entlocken, wo es weibliche Talente zu entdecken galt, die ihr Leben noch unterm Deckel männlicher Kunstvorherrschaft fristen mussten. Sie erstellte Listen mit Namen derer, die sie brauchte, um eine offizielle Genehmigung der Stadt und des Senats zu bekommen, und solcher, deren fachliche, vielleicht auch moralische Unterstützung sie benötigen würde. Sie stopfte sich mit Informationen voll wie eine Weihnachtsgans.

Vor allem aber ging sie spazieren und ließ sich mit der Elektrischen in Gegenden tragen, die sie nie zuvor betreten hatte. Welche Straße, welche Gasse, welches Gebiet war hübsch und zentral gelegen oder wenigstens bequem zu erreichen? Ein Park für die Kunst von Frauen nützte niemandem, wenn er zu weit vor den Toren Bremens lag. Und im Herzen der Stadt war es schlechterdings unmöglich, ihren Plan zu verwirklichen. Zu schmal die Gassen, zu viele Menschen, die dort Haus und Hof besaßen.
Die Standortfrage entschied über Erfolg oder Misserfolg und bereitete ihr deshalb erhebliches Kopfzerbrechen. Ihre Eltern um Rat zu fragen, fand Felicitas nicht angebracht. Ihre Mutter war zu kühl und zu skeptisch für so ein Unternehmen, und ihr Vater würde ihr Geheimnis womöglich ausplaudern. Bernhard Servatius würde gewiss eine gute Idee auf Lager haben, zumindest war er unkonventionell genug, gegen den Strich zu denken, aber selbst wenn er ihr beim Trabrennen eine andere Seite seines Charakters gezeigt hatte, blieb er doch ein Hasardeur, dem sie ihr Vertrauen ganz bestimmt nicht schenken würde. Und Heinrich wollte sie ja erst einweihen, wenn der Plan fix und fertig war, um ihn zu beeindrucken und ihm möglichst wenig Angriffsfläche zu bieten. Sie musste sich auf sich selbst verlassen.
Stolz blickte sie auf die Unmenge von Büchern und Notizen, die in säuberlichen Stapeln, thematisch geordnet, den roten Isfahan in ihrem Zimmer fast völlig bedeckte. An der Wand hatte sie vier aneinander geklebte Bogen aufgehängt, die das Grundgerüst des Parks zeigten. Jeden Nachmittag holte sie ihr Material aus einer großen messingbeschlagenen Eichentruhe, breitete es auf dem Teppich aus und ergänzte es um neue Informationen und Ideen. Bevor sie zum Tee in den Wintergarten ging, packte sie es

sorgfältig zusammen und verstaute es wieder in der Truhe. Marie hatte sie verboten, die Truhe zu öffnen, doch zur Vorsicht deckte sie das Material noch mit ihrem Brautkleid zu und legte einen Zettel darauf mit den Worten: »Finger weg, Marie!« Außerdem tat sie ein Haar von ihr zwischen Deckel und Wand. Ein Vorhängeschloss wäre die einfachste Lösung gewesen, aber das hätte nur unnötigen Verdacht erregt.
Felicitas saß im Schneidersitz inmitten ihrer Bücher, trank eine Tasse heiße Schokolade und betrachtete nachdenklich ihre Zeichnung an der Wand. Wo in aller Welt sollte sie die Volkstänzerinnen unterbringen?
Sie hatte von einer interessanten Truppe älterer Frauen gehört, die in Mythen und Legenden nach traditionell weiblichen Tänzen forschte, um sie zu rekonstruieren und zu neuer Blüte zu führen. Die Frauen brauchten Platz, um die Schritte einzustudieren, was sie aber keinesfalls auf einer Bühne tun wollten, sondern unbedingt in der Natur.
Felicitas zog die Stirn kraus und kaute auf ihrem Bleistift herum. Sie fuhr zusammen, als es klopfte. Elisabeth war ausgegangen. Anton und Désirée besuchten sie nie. Ella?
»Moment«, rief Felicitas, doch da öffnete sich bereits die Tür, und ein Bukett roter Rosen schob sich schüchtern durch den Spalt.
»Darf ich?«, fragte Heinrich, senkte den Strauß und lächelte sie an.
Während sie fieberhaft überlegte, wie sie das Kunststück fertig bringen sollte, ihn von den Papierstapeln abzulenken, flog sie ihm in den Arm, piekste sich an den Rosen und flüsterte atemlos: »Wie schön … Ich habe dich noch gar nicht erwartet …«
»Es ist so ein herrlicher Tag. Ich habe mich aus dem Büro geschlichen, um mit dir auszufahren.« Liebevoll sah er ihr

in die Augen, doch natürlich entging ihm das geordnete Chaos in ihrem Zimmer nicht. »Was ist das?«
»Nun ja …«, begann Felicitas zögernd, erwog blitzschnell tausend Schwindeleien und verwarf sie wieder. Jeder Moment ist der richtige, wenn die Idee richtig ist, fuhr ihr mit einem Mal durch den Kopf, und sie zog ihn zu ihrer Chaiselongue. »Bitte setz dich. Es ist nämlich so …«
Einmal vom Zügel gelassen, galoppierten ihre Worte davon, als hätten sie nur darauf gewartet. Mit Leidenschaft, Kraft und Tempo entwarf Felicitas ihren Plan vor Heinrich, erläuterte ihre Zeichnung und erklärte ihm das Konzept, das sie aus der Fülle an Material destilliert hatte. In ihren aquamarinblauen Augen glomm ein Feuer, das Heinrich faszinierte und ihm eine völlig neue Seite von Felicitas offenbarte. Er hörte zu, ohne sie ein einziges Mal zu unterbrechen, und Felicitas spürte, dass er das Wesen ihres Plans begriffen hatte, und auch, welche Bedeutung er für sie besaß.
»Nun, was denkst du?« Gespannt und erwartungsvoll sah sie ihn an.
Er nickte nachdenklich. »Du wirst den Senat und einen Haufen einflussreicher Leute von deiner Idee überzeugen müssen. Ein Spaziergang wird das nicht werden.«
»Ich weiß. Das ist aber nicht die entscheidende Frage«, erwiderte sie und sah ihm unverwandt in die Augen. »Ich brauche deine Unterstützung, moralisch wie finanziell. Wenn ich den Kunstpark alleine auf die Beine stellen will, wird es Jahre dauern, die erforderliche Summe zusammenzubetteln. Und abgesehen davon, wie würde das ausschauen, wenn ich mir Mittel von anderen Bremer Kaufleuten und Banken besorge, während sich die Andreesens vornehm zurückhalten? Nein, der Park soll ein Andreesen-Projekt sein. Andere spendieren der Stadt Brunnen und Gemälde, wir schenken ihr eine andere Welt. Denk doch

nur, welche Wirkung das über die Landesgrenzen hinaus haben wird. Die Menschen werden zu tausenden Bremen besuchen, hier Quartier beziehen, hier ihr Geld lassen – und Kaffee trinken.«

Heinrich lachte und hob abwehrend die Hände. »Schon gut, schon gut, ich ergebe mich.« Doch sogleich wurde er ernst. »Es ist ein wunderbarer Plan. Aber dir ist klar, dass dabei der Name der Familie auf dem Spiel steht, nicht wahr? Aus dem Grund wird es auch nicht einfach sein, meine Mutter mit ins Boot zu holen. Sie hat einen untrüglichen Instinkt für Details. Das heißt, die Planung und die Finanzierung müssen absolut wasserdicht sein, und dafür fehlt dir das Wissen.« Felicitas wollte aufbegehren, doch er fuhr fort: »Ich werde dich unterstützen, aber mir fehlt die Zeit, mich intensiv damit zu befassen. Deshalb schlage ich vor, du holst dir einen Berater an die Seite, dem du vertrauen kannst und der etwas von solchen Sachen versteht. Bernhard wäre genau der Richtige. Er hat einiges von der Welt gesehen und in London an der Anlage eines großen Parks mitgearbeitet. Er hat Ideen und jede Menge Kontakte zur Kunstszene.«

Felicitas runzelte die Stirn. Ausgerechnet Bernhard.

»Du weißt doch von seinen künstlerischen Ambitionen. Du bist die einzige Frau, der er je sein Atelier geöffnet hat.«

»Mag sein, aber er ist und bleibt ein windiger Typ, auch wenn er dein Freund ist«, beharrte sie. »Und außerdem ist er ein Mann. Ich will einen Kunstpark für Frauen gestalten.«

»Aber auf dem Weg wirst du an den Männern dieses Landes nicht vorbeikommen. Es wäre von Vorteil, wenn du dir von Bernhard helfen lassen würdest. Schau mal, Frauen haben doch noch nicht einmal das Recht zu wählen! Du

wirst mit Verhandlungspartnern konfrontiert sein, die sich schlichtweg weigern werden, mit einer Frau, und sei sie noch so charmant, Gespräche dieser Tragweite zu führen. Bernhard könnte als Unterhändler fungieren.«
Sie seufzte. »Wahrscheinlich hast du Recht. Ich überlege es mir.«
Eine Weile schwiegen sie, während der jeder seinen Gedanken nachhing.
»Wie willst du vorgehen?«
»Als Erstes muss ich ein geeignetes Grundstück finden. Dann informiere ich die Bürgermeister. Ich hoffe nur, dass der Plan nicht ruchbar wird. Was meinst du, muss ich Konkurrenz fürchten?«
Heinrich brach in schallendes Gelächter aus. »Nein, ich glaube nicht. Auf diese Idee kommt außer dir kein Mensch!«
Er holte die goldene Taschenuhr von Gustav, die er seit dessen Tod bei sich trug, aus der Westentasche, klappte sie auf und nickte. »Halb fünf. Was hältst du davon, noch ein wenig durch die Gegend zu fahren? Vielleicht stoßen wir unterwegs zufällig auf genau den Flecken Erde, der darauf wartet, ein Kunstpark zu werden.«

Verflixt noch mal, jetzt hatte sie endlich einen Termin bei Dr. Pauli und Dr. Marcus, und sie saß im Rathaus vor der Kloschüssel. Felicitas fror. Der November war in diesem Jahr ungewöhnlich kalt. Die Köchin der Andreesens servierte traditionsgemäß deftige Eintöpfe als Vorspeise, die einem gehörig einheizten, doch heute hatte sie es mit dem Meerrettich in der Kürbiscremesuppe wohl etwas übertrieben.
Allmählich beruhigte sich ihr Magen, und sie stand auf, um sich den Mund zu spülen und den Schweiß von der Stirn zu tupfen. Das fahle Licht in dem Toilettenraum verlieh ihrem

Teint eine gelbliche Blässe. Sie fand, sie sah einfach grauenhaft aus. Aber schließlich sollen die Herren nicht mein Aussehen bewundern, sondern meine Ausführungen, dachte Felicitas, ordnete ihr verklebtes Haar so gut es ging und marschierte entschlossen los in den ersten Stock, ihre Mappe mit den Zeichnungen und der doppelten Ausfertigung ihres Konzepts fest unter den Arm geklemmt.
Leutselig, aber mit kaum verhohlener Überraschung segelten die Bürgermeister mit fliegenden Rockschößen auf sie zu, höflich bot der eine Felicitas den Arm, während der andere eine einladende Bewegung in sein Amtszimmer machte, das so groß war, dass man dort mit Blick auf Marktplatz und Roland hätte Federball spielen können.
Auf einem niedrigen kleinen Biedermeiertisch schnaufte ein silberner Samowar vor sich hin, Dominosteine und Mürbeteigplätzchen verströmten intensives Vanillearoma, das vergeblich gegen den Muff aus kaltem Zigarrenrauch, dem Angstschweiß politischer Gegner und dem Staub alter Brokatvorhänge in dem dunkel möblierten, wichtigsten Raum Bremens ankämpfte.
Die Bürgermeister nahmen auf zwei ausladenden Ratsherrenstühlen Platz, Felicitas überließen sie ein mit blaßgrün gestreiftem Chintz bezogenes Sofa. Sie plauderten ein wenig über das Wetter und wie schnell Weihnachten wieder vor der Tür stehen würde, bis Felicitas es nicht mehr aushielt.
»Sie wundern sich sicherlich ein wenig über meinen Besuch«, sagte sie charmant und ließ ihre Augen blitzen, »aber ich wüsste nicht, wen ich in einer solchen Situation um Rat bitten sollte, wenn nicht Sie.« Geschickt machte sie eine kleine Pause, schlug dann ihre Mappe auf und sagte strahlend: »Es fällt mir leichter, wenn ich es Ihnen anhand einiger Darstellungen erläutern kann.« Sie entnahm der

Mappe Zeichnungen und Notizen, die sie auf Karton geklebt hatte, und sah sich suchend um. Die Anrichte neben dem Sofa war genau richtig. »Darf ich?« Ohne eine Antwort abzuwarten, schob sie eine Zigarrenkiste und eine Obstschale aus Bleikristall, auf der ein feiner Staubfilm lag, beiseite und stellte die Schaubilder darauf, teilweise an die Wand, teilweise an ein Porträt des Kaisers Wilhelm II. gelehnt. »Wenn Sie Ihre Stühle ein wenig herumrücken, können Sie besser sehen.«

Folgsam korrigierten die Bürgermeister ihre Position. Dr. Pauli nahm seinen Zwicker ab, putzte ihn und setzte ihn umständlich wieder auf, mit der Nase zuckend wie ein Kaninchen. Dr. Marcus saß stocksteif da und zwirbelte seinen Spitzbart noch spitzer. Die Situation war ihm sichtlich suspekt.

»Also …«, sagte Felicitas heiter, obwohl ihre Knie zitterten und ihr der Schweiß ausbrach. Sie zwang ihre Stimme in das souveräne Bühnentimbre, das sie gelernt hatte, atmete in den Bauch und deutete auf die erste Tafel. »Was könnte die Menschen dazu bewegen, eine Stadt wie Bremen zu besuchen und ihr Geld hier auszugeben, wenn eine ungleich größere Stadt wie Hamburg sozusagen gleich um die Ecke liegt? Nur etwas ganz Besonderes. Eine Attraktion, die es nirgendwo im Deutschen Reich gibt – nicht in Hamburg, nicht in Lübeck, nicht einmal in Berlin …«

Felicitas redete sich warm und erläuterte Tafel für Tafel schlüssig und wortgewandt ihr Konzept.

»Drei Gebiete sind besonders geeignet für die Umsetzung des Vorhabens«, sagte sie und deutete auf die letzte Tafel, die eine Karte von Bremen und drei markierte Flächen zeigte. »Der Stadtwald, das Blockland und der Lehester Deich. Der Stadtwald gehört der Stadt und liegt natürlich außerordentlich zentral, doch auch das Blockland und der Lehester Deich wären mit Autos und Kutschen gut erreichbar. Die Eigentumsverhältnisse sind weitestgehend geklärt. Wir hätten es mit drei Grundbesitzern zu tun, die sich aber nach Erfahrungen meines Mannes durchaus kooperativ anstellen sollen.«

»Diese Gebiete liegen alle im Norden der Stadt«, wandte Dr. Marcus ein.

»Ja, weil ich davon ausgehe, dass die meisten Besucher aus dem Süden des Landes anreisen werden und so durch die Stadt fahren müssten. Das bedeutet, sie würden auch anhalten, ein Essen zu sich nehmen oder etwas kaufen. Läge der Park im Süden, würden sich die Besuche möglicherweise auf den Park beschränken, und das wäre nicht ganz in unserem Sinn.« Beide Bürgermeister nickten. »Damit Sie meine Ausführungen noch einmal nachlesen können, habe ich Ihnen zwei Ausfertigungen mitgebracht«, sagte Felicitas abschließend und reichte beiden jeweils ein Exemplar.

Dr. Marcus betrachtete das geheftete Bündel Papier, das auf seinem Schoß lag, wie eine Zeitbombe, die jede Sekunde hochgehen konnte. Felicitas sah die beiden Männer gelassen an, obwohl ihr Herz raste. Schließlich brach Dr. Pauli das Schweigen.

»Frau Andreesen, dies ist ein bemerkenswertes Vorhaben …«

»Aber schwierig, sehr schwierig«, fuhr Dr. Marcus dazwischen. »Vor allem die Einschränkung, der Park sei nur für Frauen gedacht, wirkt gelinde gesagt etwas eigenwillig.«

»Wenn natürlich die Familie Andreesen als Mäzen auftritt, sehe ich gewisse Möglichkeiten. Sie stimmen mir zu, Dr. Marcus?«

Dr. Pauli warf seinem Kollegen einen Blick zu, den Felicitas nicht zu deuten vermochte.

»Wir werden darüber beraten«, sagte Dr. Pauli und stand auf.
Felicitas nickte zufrieden. Mehr konnte sie zunächst nicht erwarten.
Sie verstaute ihre Schaubilder in der Mappe, ließ sich in den Mantel helfen und verabschiedete sich. Auf dem Weg in die Halle fühlte sie, wie ihr Magen erneut begann Alarm zu schlagen. Eigentlich wollte sie nur noch nach Hause, aber sie hatte ihrem Vater fest versprochen, einen Kaffee mit ihm zu trinken. Seitdem sie mit den Planungen beschäftigt war, hatte sie sich in der Contrescarpe kaum noch blicken lassen, und das schlechte Gewissen plagte sie schon eine ganze Weile.
Felicitas beschloss, den Weg zu Fuß zu gehen. Durch die Wallanlagen brauchte sie höchstens zehn Minuten, und die frische Luft würde ihr nach diesen eineinhalb Stunden olfaktorischer Zumutung sicher gut tun.
Kurz vor der Bischofsnadel rettete Felicitas sich zum ersten Mal hinter einen Baum, auf Höhe der Contrescarpe Nr. 40 ein zweites Mal. Als sie ihr Elternhaus erreichte und Elfriedes aufmerksamem Blick begegnete, in dem sich satte Zufriedenheit und drängende Neugier mischten, begriff Felicitas, dass der Meerrettich wohl doch nichts mit ihrem Zustand zu tun hatte.

11

Das Leuchten, das Heinrichs Züge erhellt hatte, nachdem Felicitas ihm gesagt hatte, dass sie ein Kind erwarte, die Freude, die ihre Eltern und selbst Elisabeth immer wieder aufs Neue zum Ausdruck brachten, waren, wenn sie es recht bedachte, das Schönste an ihrer Schwangerschaft. Den Rest konnte man sich wirklich schenken.

Felicitas stand vor ihrem Kleiderschrank und sortierte ungehalten aus, was ihr nicht mehr passte. Für die trapezförmigen Monster von Umstandskleidern war ihr Bauch noch nicht rund genug, doch die schicken, auf Taille geschnittenen Kostüme kamen im fünften Monat auch nicht mehr infrage. Nur das Graue saß noch einigermaßen, war aber eindeutig zu dünn für den frostigen Februar, der heute eine trügerische Sonne übers Land schickte.

Seufzend nahm sie eins der dunkelblauen Umstandskleider vom Bügel und schlüpfte hinein. Prüfend betrachtete sie sich im Spiegel. Ihr Haar glänzte, doch ihre Haut wirkte müde. Kein Wunder, schließlich hatte sie wochenlang unter heftigen Übelkeitsattacken gelitten. Professor Becker hatte ihr Obst und Gemüse und einen stärkenden Kräutertrunk verschrieben, dessen Geruch allein sie schon ins Badezimmer trieb. Als ihr Magen sich im vierten Monat endlich mit der Situation abgefunden zu haben schien, jetzt zwei ernähren zu müssen, hatte der Hausarzt eine Infektion diagnostiziert, und, um Mutter und Ungeborenes zu schützen, strengste Bettruhe verordnet. Die Bediensteten liefen auf Zehenspitzen durchs Haus, Elisabeth persönlich brachte ihr mittags die extra für Felicitas zubereitete Schonkost ans Bett, und selbst die Pferde schienen gedämpfter zu wiehern, um sie nicht zu stören. Felicitas kam sich vor wie eine Kreuzung aus einer Porzellanpuppe und einer Zuchtstute. Allerdings, das musste sie zugestehen, gaben sich fast alle Familienmitglieder größte Mühe, sie aufzuheitern.

Heinrich brachte ihr jeden Tag Blumen und ein kleines Geschenk mit, war an den Abenden bei ihr, erzählte Anekdoten aus dem Betrieb und machte Vorschläge, wie sie das Kinderzimmer einrichten könnten; nachts legte er ihr schützend seine Hand auf den Bauch.

Ella besuchte sie häufig am Vormittag und hatte Felicitas in ihren Plan eingeweiht, eines Tages politische Vorträge zu halten, und las ihr sogar einige ihrer ersten Entwürfe vor, die sie zur Tarnung in eine Erstausgabe von Goethes *Wahlverwandtschaften* geklebt hatte. Am meisten freute sich Felicitas über Dorothees Besuche. Ihre Cousine hatte sich prächtig erholt und war, seitdem sie Klavierunterricht bei einem jungen Orchestermusiker der Bremer Sinfonie nahm, kaum wiederzuerkennen. Nur manchmal und aus heiterem Himmel huschte ein dunkler Schatten über ihr weiches, zartes Gesicht. Dann nahm Felicitas ihre Hand, und so saßen sie eine Weile in stillem Einvernehmen beisammen. Über Sorau sprach Dorothee niemals.

Nur von ihrem Vater, der wesentlich häufiger als ihre Mutter den Weg in die Parkallee fand, hörte Felicitas gelegentlich, dass man sich Verenas Briefen zufolge auf dem Gut einigermaßen arrangierte. Carl hatte einen neuen Trakehner Hengst gekauft und kümmerte sich fast nur noch um die Pferde, während Sergej sich der Bewirtschaftung der Felder angenommen hatte. Der kleine Alexander schien Verenas ganze Freude zu sein. Während ihre Schilderungen

sonst eher mager ausfielen, beschrieb sie ihren Enkel begeistert als robust, freundlich und wissbegierig.
Felicitas hätte gern gewusst, ob Dorothee nicht ihre Heimat vermisste, die Weite der Landschaft und die Ruhe der Seen, ob sie sich nach einer Umarmung ihrer Mutter und ihrer Schwester sehnte, doch sie traute sich nicht, das Thema anzuschneiden.
Zu Felicitas' größtem Erstaunen verging kaum ein Tag, an dem Désirée nicht ihren Kopf in die Tür steckte und neckisch fragte: »Willst du das Allerneueste hören?« Bewaffnet mit köstlichen Keksen und Pralinen von der Andreesen-Konkurrenz aus der Obernstraße, setzte sich ihre Schwägerin dann mit Schwung auf ihr Bett und servierte den neuesten Klatsch und Tratsch. Gestern hatte sie statt der Süßigkeiten die neuesten Schnittmuster für die Frühjahrssaison ausgebreitet und hin und her überlegt, welche davon sie sich in Moiré und welche in Seide würde schneidern lassen. Als sich kurz ihre Blicke trafen, rollte Désirée mit den Augen.
»Ach verzeih, ich bin ja so dumm. Du denkst an diese schrecklichen Zelte, die du demnächst tragen musst. Aber weißt du, mit ein bisschen Reiten hast du deine alte Figur bestimmt in null Komma nichts wieder.«
Felicitas hatte schweigend die Seiten weitergeblättert. Eine Frage drängte sich ihr auf die Lippen, mit der sie Désirée vielleicht zu nahe treten würde, aber sie wollte es wissen.
»Möchtet ihr nicht auch irgendwann Kinder haben?«
Mit allem hatte Felicitas gerechnet, aber nicht damit. Ein feines ironisches Lächeln umspielte Désirées Mund, und drei Sekunden betrachtete sie Felicitas, als würde sie prüfen, wie viel sie von sich preisgeben durfte, dann antwortete sie leise und mit einem spöttischen Unterton, den Felicitas ihr niemals zugetraut hätte: »Nein, danke. Solange sich

Anton nicht dramatisch ändert, denke ich gar nicht daran, meine Figur und meine Zukunft von einem Baby ruinieren zu lassen.«

»Und wie … ich meine, wie verhinderst du das?« Allein der Gedanke, dass es solche Möglichkeiten geben könnte, erschien Felicitas verwegen.

»Na ja, es gibt in Bremen die eine oder andere sachkundige Frau …«, erwiderte Désirée gedehnt und beugte sich vor, als hätten die Wände in Felicitas' Zimmer Ohren. »Man bekommt einen ekligen Trank, und zwei Tage später bist du es los. Wenn du dir das ersparen willst, nimmst du eine Art Schwämmchen …« Sie senkte ihre Stimme, bis sie kaum mehr war als ein Wispern. »Das musst du vorher einführen, du weißt schon. Da kommt nichts durch, was ein Kind machen kann.« Désirée schwieg einen Moment und sah Felicitas verschwörerisch an. »Wenn du interessiert bist, sag mir Bescheid.«

»Nein, nein«, hatte Felicitas abgewehrt. »Danke, aber nein.«

Als wäre nichts von Belang gewesen, war Désirée zu den Schnittmustern zurückgekehrt und hatte sich schließlich mit einem vertraulichen Zwinkern verabschiedet und mit dem Zusatz: »Das bleibt unter uns, nicht?« Kichernd war sie verschwunden und hatte Felicitas einigermaßen erstaunt zurückgelassen. So viel kühle Berechnung hätte sie Désirée, die doch stets die kleine Naive gab, gar nicht zugetraut. Andererseits, wie klug war Désirées Schachzug wirklich? Kinder schützten in erster Linie die Mütter. War die Nachfolge in den Familien gesichert, konnten die Frauen darauf vertrauen, nicht verstoßen oder durch eine Mätresse ersetzt zu werden.

Plötzlich lachte Felicitas unfroh. Für die Nachfolge hatte sie zu sorgen, die Frau des Erstgeborenen …

Sie legte die Hände auf ihren Bauch. Von überbordenden Muttergefühlen hatte sie bislang nur gelesen, sie selbst spürte keinerlei Verbindung zu dem kleinen Wesen, das da in ihr heranwuchs, außer gelegentlichen Anflügen von Ärger, den sie, da sich sofort ihr schlechtes Gewissen meldete, unterdrückte, so gut es ging. Sie ärgerte sich über ihren schwächlichen Zustand und darüber, dass, seitdem sie schwanger war, nichts anderes mehr zu zählen schien.
Die Herren Pauli und Marcus hatten einen Brief geschickt und »die Angelegenheit mit Rücksicht auf Ihren Zustand bis auf weiteres vertagt«, wie es hieß. Als ob sie krank wäre oder wie eine Elefantenkuh erst in eineinhalb Jahren niederkommen würde.
Doch sie dachte nicht daran, aufzugeben. Im Gegenteil.
Sie kniff sich in die Wangen, um die Blässe zu vertreiben, nickte ihrem Spiegelbild zu und verließ ihr Zimmer. Am Treppenabsatz wurde ihr schwindlig und sie zwang sich, langsamer zu gehen und tiefer zu atmen, bis das Schwächegefühl wieder verging.
Bernhard erwartete sie bereits im Wintergarten und sprang auf, als Felicitas näher kam. Besorgt sah er in ihr blasses Gesicht, lächelte aber erfreut, als er ihren aquamarinblauen Augen begegnete.
»So schnell lassen Sie sich nicht unterkriegen, nicht wahr?«
»Sie haben es erfasst«, erwiderte sie und reichte ihm die Hand. Sie war sich keineswegs sicher, ob Heinrichs Rat, seinen Freund einzubinden, und ihr Entschluss, dies jetzt tatsächlich zu tun, ihre Pläne vorantreiben würden. Aber es war das Einzige, was sie im Moment tun konnte, um zu verhindern, dass Pauli und Marcus Gras über die Sache wachsen ließen, um es zu gegebener Zeit selbst abzufressen und den freigelegten Schatz für sich und in ihrem Sinne zu reklamieren. Garantiert würde auf diese

Weise der Anteil der Künstlerinnen auf ein Minimum reduziert, wenn sie überhaupt noch an dem Kunstpark beteiligt würden. Nein, niemand sollte sich mit ihren, Felicitas', Federn schmücken und Schafwolle daraus spinnen. Selbst wenn sie dafür einen Mann wie Bernhard um seine Hilfe bitten musste. Nach wie vor weckte er höchst widersprüchliche Gefühle in ihr, doch der Zweck heiligte die Mittel.

Ohne Umschweife begann Felicitas ihren Plan zu erläutern, welche Vorarbeit bereits getan war, wie die Bürgermeister auf ihren Vortrag reagiert hatten und welche Rolle sie Bernhard zugedacht hatte.

»Sie haben allen Ernstes die Anrichte leer geräumt und den beiden alten Aktenträgern Papptafeln unter die Nase gehalten? Das ist großartig!« Bernhard lachte schallend.

Felicitas runzelte die Stirn. »Was hätte ich denn sonst tun sollen?«

»Nun ja, Sie hätten einen Beraterstab um sich scharen können, der ein lupenreines Dossier …«

»Was ich gesagt habe, war lupenrein!«

»… angefertigt hätte, was durch einen der Familie geneigten Senator ins Gespräch gebracht worden wäre. Das wäre aller Wahrscheinlichkeit nach von mehr Erfolg gekrönt gewesen als der Überfall einer, mit Verlaub, noch recht jungen Dame.«

Felicitas winkte ab. »Mag sein. So etwas hat Heinrich auch angedeutet. Doch ich denke nicht daran, mich hinter irgendwelchen Senatoren zu verstecken.«

»Aber der Sache wäre ein solcher Schachzug gewiss dienlicher gewesen.« Süffisant lächelnd beugte er sich vor. »Es sei denn, es geht Ihnen nicht nur um die Sache, sondern auch darum, es selbst durchzuboxen. Mithin die Lorbeeren selbst zu kassieren.«

Wütend funkelte Felicitas ihn an. »Sie müssen mir nicht helfen, ich bin weiß Gott nicht auf Sie angewiesen.«
»Ich habe nicht gesagt, dass ich Ihnen nicht helfen werde«, gab er gleichmütig zurück. »Nur erwarten Sie nicht von mir, dass ich mich wie ein Claqueur benehme. Ich erkenne einen gesunden Egoismus, wenn ich ihn sehe, und ich benenne ihn auch so. Im Übrigen habe ich eine Schwäche für aussichtslose Abenteuer.«
Felicitas wusste nicht, ob sie ihm einen Tee anbieten oder ihn zum Teufel wünschen sollte. Doch Bernhard war der Familie Andreesen verpflichtet, wenn sie auch nicht wusste, auf welcher Grundlage dieses seltsame Bündnis beruhte, und deshalb sprach mehr für ihn als für jeden anderen Bremer Architekten. Sie biss in den sauren Apfel.
»Alles, was ich von Ihnen will, ist eine unkonventionelle Gestaltung des Parks und seiner Gebäude. Erschaffen Sie eine andere Welt, verwunschene Gärten, in denen sich Skulpturen verstecken, Labyrinthe und meinetwegen verspiegelte Flussläufe. Ich brauche Modelle, etwas zum Anfassen, damit man im Rathaus begreift, dass ich trotz anderer Umstände nicht gedenke den Plan aufzugeben. Den Rest überlassen Sie mir.«

Nachdem Bernhard gegangen war, merkte Felicitas, wie sehr sie das Gespräch angestrengt hatte. Sie hatten gefochten, zwei ebenbürtige Gegner, die sich nichts schenkten, doch sie hatte gewonnen. Zwar hatte sich Bernhard mit einem sibyllinischen »Ich werde darüber nachdenken« verabschiedet, aber Felicitas wusste, dass es nicht dabei bleiben würde. Er hatte Feuer gefangen, das hatte sie in seinen Augen gesehen, und fast wider Willen empfand sie tiefe Vorfreude bei der Vorstellung, welche außergewöhnliche Architektur aus seiner Feder fließen würde, so fein und fi-

ligran und voller Überraschungen wie seine Kunstwerke, zu denen er ihr in einer sentimentalen Anwandlung Zugang gestattet hatte. Kein Zweifel, seine Mitarbeit an dem Kunstpark würde eine große Bereicherung sein.
Sie erhob sich und begann die Kissen aufzuschütteln, um die Spuren ihrer Anwesenheit und damit offenkundigen Bettflucht vor Elisabeths Rückkehr zu verwischen, als die Tür geöffnet wurde.
»Ich habe dir ein wenig Ingwer mitgebracht, Felicitas. Wie ich sehe, meinst du, dass es dir besser geht. So viel besser, dass du bereits Herrenbesuch empfangen kannst.« Elisabeth stellte ein Päckchen auf den Tisch und wartete.
»Vielen Dank«, entgegnete Felicitas. »Ja, ich denke, ich sollte mich allmählich wieder den Dingen des Lebens zuwenden statt zuzusehen, wie mir langsam die Decke auf den Kopf fällt.« Sie lächelte harmlos, doch Elisabeth erwiderte das Lächeln nicht. Sie setzte sich Felicitas gegenüber in den Sessel, in dem kurz zuvor Bernhard gesessen hatte, und betrachtete ihre Schwiegertochter wie eine Katze die Maus. Felicitas wusste nicht, worauf das zweite Spiel dieses Nachmittags hinauslaufen sollte, doch sie war entschlossen, es ebenso für sich zu entscheiden wie das erste. Sie blieb bei ihrem Lächeln und schwieg, bis die Sekunden zäh wie Ahornsirup verrannen. Schließlich war es Elisabeth, deren Frage die Stille durchschnitt.
»Möchtest du mir etwas sagen, mein Kind?«
»Nein, nicht dass ich wüsste. Für den Ingwer habe ich mich ja bereits bedankt«, antwortete Felicitas leichthin, ahnend, wohin der Hase laufen sollte, Heinrich für seinen Gehorsam verfluchend und wissend, dass sie sich dieser Inquisition jetzt nicht entziehen konnte außer durch einen Ohnmachtsanfall.
»Schade, dass du so wenig Vertrauen zu mir hast«, begann

Elisabeth und machte eine Pause, als hoffte sie, Felicitas würde ihr ersparen zu sagen, was sie sagen musste. »Heinrich hat mir von deinem Plan erzählt, und ich muss zugeben, er nötigt mir einen gewissen Respekt ab. Allerdings gefällt mir dein eigenmächtiges Handeln überhaupt nicht. Mit Dr. Pauli und Dr. Marcus zu sprechen, ohne dass ich davon in Kenntnis gesetzt, geschweige denn um Erlaubnis gebeten werde, ist eine Anmaßung, die dir nicht zusteht.« Felicitas fuhr hoch, doch Elisabeth ließ sie nicht zu Wort kommen. »Bleib sitzen, und halte an dich. Ich bin noch nicht fertig. Ist dir eigentlich klar, dass ich solange ich lebe Mitspracherecht habe bei dem, was in diesem Haus und in dieser Firma geschieht? Aber gut«, fügte sie in sanfterem Ton hinzu, »ich erkenne deine Tatkraft an und habe Heinrich gesagt, er möge dir ein Konto einrichten, über das du verfügen kannst, sobald das Baby gesund auf die Welt gekommen ist. Hast du mich verstanden? Wenn du das Leben des Kindes gefährdest, kannst du deinen Plan vergessen.«

»Es ist nicht nötig, mich an meine Pflichten zu erinnern«, entgegnete Felicitas schneidend. »Und schon gar nicht in diesem Ton. Ich bin es allmählich leid, mich von dir herumkommandieren und unfreundlich behandeln zu lassen. Wenn du dir Sorgen um das Baby machst, kannst du das zur Abwechslung ja auch mal freundlich äußern, ohne mir gleich ins Gesicht zu springen. Aber dazu bist du offensichtlich nicht imstande. Kein Wunder, dass niemand in dieser Familie Lust hat, um des schönen Scheins willen mit dir Ausflüge nach Worpswede oder sonst wohin zu unternehmen. Du tust mir Leid, Elisabeth.« Felicitas stand auf und nickte ihrer Schwiegermutter zu. Bevor sie den Wintergarten verließ, drehte sie sich um. »Und was den Kunstpark anbelangt, lass dir eins gesagt sein: Ich werde ihn verwirklichen. Ob mit oder ohne euer Geld.«

Felicitas fegte aus dem Wintergarten und riss ihren Waschbärmantel von der Garderobe. Sie brauchte frische Luft, um ihren inneren Aufruhr zu betäuben. Und das Baby vermutlich auch, dachte sie und musste unwillkürlich lächeln. Zum ersten Mal hatte sie instinktiv an ihr Kind gedacht, daran, es vor den Giftpfeilen in seiner Umgebung zu schützen. Wozu ein Streit doch gut sein konnte! Ihrer Stellung in der Familie und ihrem Plan hatte sie jedoch zweifellos geschadet. Dennoch bereute sie kein einziges Wort, im Gegenteil. Lange genug hatte sie gute Miene zum bösen Spiel gemacht, immer wieder einen Pflock zurückgesteckt mit Rücksicht auf Heinrich. Dabei hielt er es nicht einmal für nötig, sie über die wahren Entscheidungsbefugnisse im Hause Andreesen in Kenntnis zu setzen. Sie fühlte sich getäuscht und gedemütigt, doch gleichzeitig entfaltete sich in ihr die Erkenntnis, dass es wahr war, was sie Elisabeth spontan entgegengeschleudert hatte. Sie würde es schaffen, mit oder ohne Unterstützung der Familie. Felicitas wusste nicht, woher sie dieses Wissen schöpfte, aber es belebte sie, als hätte sie in Champagner gebadet.

Nachdem sie den Park umrundet und durch die Ställe geschlendert war, kehrte sie erfrischt und mit rosigen Wangen in die Villa zurück, bereit, den Kampf fortzuführen.

Sie hörte Heinrich und Elisabeth im Wintergarten angeregt plaudern, verspürte aber nicht die geringste Lust, ihren Mann zu begrüßen. Leise schlich sie durch die Halle. Ihr Blick fiel auf das Messingtablett am Fuß der Treppe, auf dem die Post abgelegt wurde. Ein elfenbeinfarbenes Kuvert erregte ihre Aufmerksamkeit, und als sie den Absender entziffert hatte, atmete sie tief durch. Diese Chance würde sie nutzen, und niemand würde sie davon abhalten können.

Das Stimmengewirr, das den großen Bankettsaal im Rathaus summen ließ wie tausend Bienenkörbe, erstarb und wich minutenlanger gespannter Stille. Das Licht von hunderten weißer Kerzen und drei gewaltigen Kristalllüstern am gewölbten Himmel des Saales brach sich in den Juwelen der Damen und Monokeln der Herren. Seide und Taft raschelten leise, hier und da quietschten ein Paar blank geputzte schwarze Lackschuhe übers spiegelglatte Parkett, ein unterdrücktes Niesen und vornehm leises Räuspern waren die einzigen Verlautbarungen, die gerade noch geduldet wurden. Mit strengem Blick und einer auf einem Klemmbrett befestigten Liste schritt ein Uniformierter mit drei Pfund Orden auf der Brust die Reihen ab und kontrollierte, ob auch alle Gäste den Platz eingenommen hatten, wo sie dem Protokoll nach hingehörten. Als er das letzte Häkchen auf der Liste gemacht hatte, nickte er einem anderen Uniformierten zu, der wiederum einem anderen zunickte. Eine Weile tat sich nichts. Dann endlich wurde die Doppeltür geöffnet. »Seine Majestät der Kaiser«, rollte es von den Lippen eines Uniformierten, und im Saal fielen die Damen in einen tiefen Knicks und die Herren in klappmesserscharfe Verbeugungen.
Wilhelm II. betrat den Saal, gefolgt von einer Entourage, deren stolze Spitze Dr. Pauli und Dr. Marcus bildeten, und zur Enttäuschung der Damen ohne seine schamhafte Kaiserin Auguste Viktoria, mit der er im Jahrestakt Prinzen zeugte und die man auch in Bremen gar zu gern einmal von der Nähe betrachtet hätte, um mit eigenen Augen zu sehen, ob sie wirklich so unscheinbar und blass und teigig wirkte, wie es allgemein hieß. Wilhelm II. entschädigte sie

dafür, indem er sich für eine seiner fantastischen Uniformen, die seine Behinderung geschickt verbargen, entschieden hatte und den entschlossenen Blick zeigte, den man von Fotos und Gemälden kannte.

Auf ein Zeichen des Kaisers hin klappten die Senatoren und einflussreichsten Kaufleute der Stadt nebst ihren Gattinnen wieder in die Senkrechte und warteten, bis der hohe Gast, der Bremen jedes Jahr besuchte, dieses Mal aber nur Zeit für eine Stippvisite und ein inoffizielles Abendessen gefunden hatte, seinen Platz am größten der runden, mit weißem Damast bedeckten Tische eingenommen hatte.

Links davon teilten sich die Andreesens mit den van der Laakens, dem Präsidenten der Baumwollbörse und seiner Frau sowie drei Honorarkonsuln einen Tisch. Nachdem Wilhelm II. das Gespräch mit seiner seltsam ruckenden Stimme, als würde der Kehlkopf im Sekundentakt seinen Dienst verweigern, eröffnet hatte, setzte das Geplauder an allen Tischen ein. Es perlte vom Wetter im März zur Baumwollausbeute in Virginia, vom neuesten Mercedes-Modell zu Wilhelms Herrschaft, die ihm, seit er 1888 angetreten war, viel Zeit für seine Lieblingsbeschäftigungen ließ. Er liebte die Jagd, Paraden, Feste, Pomp und Prunk und den Frieden, der, davon war man fest überzeugt, auch durch gelegentliches Säbelrasseln aus serbischem Untergrund und angelsächsisches Gemeckere nicht ernsthaft gefährdet werden konnte.

Und er liebt die Kunst oder das, was er dafür hält, dachte Felicitas voller Genugtuung. Sie wusste, dass sie heute Abend ganz besonders bezaubernd aussah, selbst ihr Siebenmonatsbauch wölbte sich nicht allzu aufdringlich unter der blassblauen Seide, gerade so, dass man ihr vielsagend und augenzwinkernd alles Gute wünschte statt sich in Verlegenheit zu winden. Schönheit und Schwangerschaft, dieses Kapital würde sie heute Abend zu nutzen wissen. Möglicherweise hatte Elisabeth geahnt, was in Felicitas vorging. Jedenfalls hatte sie besorgt vorgeschlagen, Felicitas solle sich die ganze Aufregung des Kindes wegen lieber ersparen und auf die Einladung verzichten. Auch Heinrich plädierte dafür, dass sie daheim blieb, doch Felicitas schmollte und bat so lange, bis er schließlich nachgegeben und sich der Debatte mit Elisabeth gestellt hatte, die ziemlich lautstark ausgefallen war. Doch er hatte sich dieses Mal durchgesetzt.

Nur mit halbem Ohr folgte Felicitas der Unterhaltung, ihre ganze Aufmerksamkeit galt Wilhelm II. Fasziniert beobachtete sie, wie der Kaiser sich einer eigens für ihn angefertigten, seitlich zum Messer geschliffenen Gabel bediente. Das Besteck ersparte ihm die Peinlichkeit, sich das Fleisch von Bediensteten zerteilen lassen zu müssen, was aufgrund seines um fünfzehn Zentimeter kürzeren linken Arms ohne die Erfindung unabdingbar gewesen wäre, es sei denn, er hätte ausschließlich von Hackfleisch und Kartoffelpüree leben wollen.

Nach dem Zitronensorbet zwischen drittem und viertem Gang passierte es. Der Kaiser stand auf und verließ den Saal.

Auch Majestäten müssen mal, dachte Felicitas. Das war der Moment, auf den sie gewartet hatte. Sie machte ein leidendes Gesicht und drückte sich ein Spitzentaschentuch auf die Lippen.

»Entschuldigen Sie mich bitte«, murmelte sie. Die Herren sprangen auf.

»Ich begleite dich«, sagte Heinrich, doch mit sanftem Druck auf seinen Arm und einem besänftigenden Blick bedeutete sie ihm, dass das nicht nötig war.

Felicitas begab sich gemessenen Schrittes zur Saaltür, obwohl sie lieber gerannt wäre. Zwei Uniformierte bewachten den Ausgang. Niemand durfte den Saal verlassen, solange der Kaiser seinem Geschäft nachging.
»Bitte«, sagte Felicitas flehend und blickte verschämt auf ihren Bauch. Die Uniformierten sahen sich unsicher an, gaben aber schließlich den Weg frei.
Die Halle war menschenleer, bis auf drei Sicherheitsbeamte, die vor der Toilettentür warteten. Felicitas versteckte sich hinter einer Säule und schickte ein Stoßgebet gen Himmel, dass ihre Taktik aufgehen möge. Nach einer Weile rauschte es hinter der Tür, und wenig später wurde sie schwungvoll geöffnet.
Jetzt, dachte Felicitas, glitt hinter der Säule hervor und fiel vor Wilhelm II. in einen tiefen Hofknicks. Überrumpelt ergriff er ihre Hand.
»Wen haben wir denn da?«, fragte er und sah sie mit traurigen, merkwürdig leeren blauen Augen an.
»Kaiserliche Hoheit!«, rief einer der Beamten entsetzt und wollte Felicitas zur Seite ziehen.
»Nun lassen Sie das doch, Timmermann«, sagte der Kaiser ungeduldig. »Die junge Dame wird gewiss kein Attentat im Sinn haben.«
»In gewisser Weise doch, Majestät«, erwiderte Felicitas so charmant und strahlend, wie sie konnte. »Mein Name ist Felicitas Andreesen, und ich habe einen Plan, der in Bremen leider wenig Unterstützung erfährt …«
Kurz und prägnant setzte sie den Kaiser ins Bild, der erst skeptisch, dann immer amüsierter an seinem Bart zupfte. Als sie fertig war, verzog er den Mund zu einem tonlosen Lachen.
»Nicht zu fassen, welche Ideen manche Damen ausbrüten, wenn sie in anderen Umständen sind.« Er ließ Felicitas ste-

hen und marschierte Richtung Festsaal zurück. Die Uniformierten rissen die Tür auf, und Wilhelm II. drehte sich um. »Andererseits kann ein Kunstpark nicht schaden, nicht wahr? Aber nur für Frauen!? Was für eine Idee! Timmermann, sehen Sie zu, dass Dr. Pauli sich der Sache annimmt. Und Sie, junge Dame, erstatten mir regelmäßig Bericht nach Berlin. Wie war noch der Name?«

»Andreesen, Felicitas Andreesen«, sagte sie atemlos. »Andreesen-Kaffee.«

»Kenne ich. Kennt ja wohl jeder. Tochter von Gustav Andreesen?«, schnarrte der Kaiser.

»Nein, frisch verheiratete Andreesen.«

»Jaja, Andreesen. Sagt mir was. Guter Mann. Wie geht es ihm?«

»Er ist verstorben, schon vor einiger Zeit …«

»Bedauerlich. Schade, schade.«

Geistesabwesend reichte er Felicitas seinen Arm und führte sie unter den neidischen, neugierigen oder ungläubigen Blicken der Gäste zurück an ihren Tisch.

»Andreesen«, sagte der Kaiser, und Heinrich sprang auf. »Gnädige Frau, lieber Andreesen«, fuhr der Kaiser fort. »Ich möchte Ihnen, wenn auch etwas spät, mein tief empfundenes Beileid ausdrücken. Ich hoffe, Sie finden die Kraft, um das Lebenswerk Ihres Mannes und Vaters fortzuführen. Wie ich hörte, erfahren Sie fabelhafte Unterstützung.«

»Danke, Majestät«, erwiderte Heinrich so freundlich wie erstaunt.

»Ein Kunstpark! So was Verrücktes. Alle Achtung.« Damit drehte er sich um und überließ Felicitas der losgetretenen Lawine.

»Aber mein lieber Heinrich«, sagte van der Laaken lächelnd mit kalten Augen. »Musst du jetzt schon deine Gattin vor-

schicken, um deine Pläne unter Dach und Fach zu bekommen?«
»Spannen Sie uns nicht auf die Folter, Andreesen«, polterte der Präsident der Baumwollbörse laut und jovial los. »Was hat es damit auf sich?«
»Wie überaus interessant«, lispelte einer der Honorarkonsuln. »Geht es dabei nur um deutsche Kunst, oder wäre es möglich, auch internationale Strömungen mit einzubinden?«
»Wir werden sehen«, antwortete Heinrich freundlich und schnitt damit weitere Fragen elegant ab.
Spätestens morgen, davon war Felicitas überzeugt, würde ihr Plan in aller Munde sein, und die Anerkennung des Kaisers, auch wenn sie noch so zweideutig geklungen hatte, würde es dem Senat und der Bürgerschaft verdammt schwer machen, ihn zu torpedieren. Zufrieden mit sich senkte sie den Blick und widmete sich dem geschmolzenen Zitronensorbet, dessen blassgelbe Konsistenz Elisabeths Gesichtsfarbe ziemlich nahe kam.

Die Orgel dröhnte durch den Bremer Dom, und Gesa wehrte sich gegen die Lärmbelästigung mit der einzigen Gegenmaßnahme, die ein drei Monate altes Baby kannte – sie schrie dagegen an. Zärtlich flüsterte Ella ihrem Patenkind beruhigende Koseworte ins Ohr und hielt ihr den Zeigefinger vor die rosigen Lippen, damit Gesa daran nuckeln konnte. Ella ist so lieb mit ihr, dachte Felicitas. Sie wird einmal eine bessere Mutter abgeben als ich, aber dazu gehört ja auch nicht viel.
Die Geburt war beklemmend schnell verlaufen. Morgens um fünf Uhr, nachdem sie zwei Stunden lang von heftigen Wehen auseinander gerissen worden war, hatte Professor Becker Felicitas das kleine Bündel gewaschen und

gewickelt schon in den Arm legen können. Unendliche Erleichterung hatte sie überflutet, und glücklich war sie eingeschlafen, doch zu ihrer Bestürzung versickerte dieses Gefühl, sobald sie Professor Beckers Privatklinik und ihr Zimmer, das erfüllt war vom Duft roter Rosen und überfüllt mit Puppen und Teddys, Pralinenschachteln und Präsentkörben, verließ.

Auch jetzt, drei Monate später, vermochte Felicitas sich nicht wirklich über das Kind zu freuen. Gesa quengelte, schrie ganze Nächte durch und ließ sich weder von dem Kindermädchen noch von Felicitas zur Ruhe bringen. Nur wenn Heinrich sein Töchterchen aus der Wiege nahm und sanft an seine Schulter bettete, schien Gesas Welt in Ordnung zu sein. »Du bist zu ungeduldig mit ihr«, meinte er, doch Felicitas war insgeheim davon überzeugt, dass Gesa sie ablehnte, als würde sie spüren, wie wenig Neigung ihre Mutter aufbrachte, sich mit ihr zu beschäftigen, weil große Pläne ihre Aufmerksamkeit fesselten.

Felicitas' geschickter Schachzug und die Tatsache, dass Gesa gesund zur Welt gekommen war, hatten Elisabeth unter Zugzwang gesetzt. Sie verfügte nun über ein eigenes Konto und war ständig unterwegs, um die besten Künstlerinnen aus Norddeutschland ausfindig zu machen, was sich als ausgesprochen schwierig erwies. Sobald Gesa wenigstens ein halbes Jahr alt sein würde, wollte sie ihre Suche auf das ganze Reich ausdehnen, eine Vorstellung, die sie mit quecksilbriger Lebensfreude erfüllte. Das ganze Unternehmen schien dazu da, Felicitas zum Kern ihres Wesens vordringen zu lassen. Endlich konnte sie ein Ziel mit der Leidenschaft verfolgen, die sie so lange gesucht hatte. Ein Glücksgefühl, das sich mit nichts vergleichen ließ. Und aus dem Rathaus erfuhr sie nun auch Rückenwind.

Felicitas war zwar überzeugt, dass der Kaiser sie längst

vergessen hatte – auf keinen ihrer Briefe, die sie regelmäßig nach Berlin schickte, erhielt sie eine Antwort –, aber das war auch gar nicht nötig. Der Nimbus der vom Kaiser Erwählten umwehte Felicitas wie eine Gloriole. Dr. Pauli und Dr. Marcus scharwenzelten um sie herum, fragten nach dem Stand der Planungen und hielten sie auf dem Laufenden, welche Senatoren bereits eingeweiht waren, welche den Kunstpark befürworteten und welche zurückhaltend reagiert hatten. Der Senat, das war Felicitas bewusst, musste auf ihrer Seite stehen, nur dann würde sie der Abstimmung in der Bürgerschaft gelassen entgegensehen können.

Erhebliches Kopfzerbrechen bereitete ihr allerdings der Standort.

Heinrichs vernehmliches Räuspern riss sie aus ihren Gedanken.

Der Pastor, ein junger hagerer Mensch, der im letzten Jahr das Amt von seinem verstorbenen Vorgänger übernommen hatte, sah Felicitas streng an. Als er sich ihrer Aufmerksamkeit versichert hatte, fuhr er mit der Zeremonie fort und benetzte Gesas Köpfchen behutsam mit dem geweihten Wasser, was sie zu Felicitas' Verwunderung ganz still, beinahe ehrfürchtig über sich ergehen ließ.

»Im Namen des Vaters, des Sohnes und des Heiligen Geistes taufe ich dich auf den Namen Gesa Helen Elisabeth Ella Verena.«

Der Pastor setzte Gesa das weiße Spitzenkäppchen wieder auf und legte Felicitas das Baby in den Arm. Heinrich und sie schritten unter den wohlwollenden Blicken der hundert Gäste hinaus in den strahlenden Oktobertag.

»Danke«, sagte Felicitas und blickte ihn zerknirscht an.

»Schon gut. Ich weiß doch, wie viele Überlegungen in deinem Kopf Karussell fahren.«

»Andere Männer hätten mir schon längst die Hölle heiß gemacht.«
»Mag sein, aber als ich dich um deine Hand bat, wusste ich doch, dass dein Herz für die Kunst schlägt. Dann darf ich mich jetzt nicht beklagen. Auch wenn ich mir manchmal wünsche, dass du mehr Zeit mit Gesa verbringen und ... dich, nun ja, etwas mütterlicher benehmen würdest. Aber soll ich dir den Kunstpark verbieten?« Er schüttelte den Kopf. »Du würdest mich irgendwann hassen, wenn ich das täte. Außerdem liegt mir dieses patriarchale Gehabe nicht. Du hast meine Nachgiebigkeit gewiss häufig verflucht, besonders wenn es um deine Konflikte mit meiner Mutter ging. Aber du siehst, es hat auch Vorteile.« Liebevoll blickte er ihr in die Augen, und Felicitas' Herz flog ihm zu. Später würde sie sich an diesen Moment, da er sie ermutigte, ihren Talenten Ausdruck zu geben und sich dadurch ganz und heil, geborgen und angenommen zu fühlen, als einen der wenigen kostbaren, vollkommenen Augenblicke ihres Lebens erinnern.
Gemeinsam brachten sie Gesa nach Hause und überließen sie der Obhut des Kindermädchens, bevor sie zum Festessen in den Schütting am Marktplatz fuhren, um hundert Geschenke und gute Wünsche entgegenzunehmen.
Als der Strom der Gratulanten langsam verebbte, kam Bernhard auf sie zu, drückte Heinrich die Hand und verneigte sich vor Felicitas. »Meinen Glückwunsch.«
»Und?«, fragte sie leise.
»Nichts zu machen«, erwiderte er. »Der Bauer, dem das Blockland gehört, will partout nicht verkaufen. Nicht für alles Geld der Welt will er auf seinen Grund und Boden und seine zwei windschiefen Scheunen verzichten.«
»Also Lehester Deich oder Stadtwald.«

»Der Untergrund am Lehester Deich ist eine Katastrophe. Um dort bauen zu können, müssten wir den Boden komplett auskoffern und auf der ganzen Fläche Fundamente schaffen, was Ihr Budget bei weitem übersteigen würde, das wissen Sie doch.«
Felicitas seufzte. Wie sollte sie den Senat dazu bringen, den Stadtwald zu verkaufen oder für ihren Kunstpark auszuweisen? Und vor allem die Bürgerschaft? Die Sozialdemokraten würden Amok laufen, wenn das Erholungsgebiet für alle in eine eintrittspflichtige Zone umgewandelt würde. Und ohne Eintritt würde sie den Kunstpark auf lange Sicht nicht finanzieren können.
Sie blickte Bernhard nachdenklich an. »Was wissen Sie über den Kopf der Sozialdemokraten? Diesen Hendrik Nussbaum?«

Nach dem Essen fuhr die Familie zurück in die Villa. Heinrich hatte einen Fotografen bestellt, der von Gesa im Schoß ihrer Eltern und Großeltern, Cousins und Cousinen Aufnahmen machen sollte.
Der Fotograf, ein spindeldürrer, hoch aufgeschossener Mann mit Glatze, saß gleichmütig in einem Sessel und wartete auf seine Motive, die Leica neben sich, die auf einem dreibeinigen Stativ aus Holz ruhte und sich inmitten der Palmen im Wintergarten wie ein schwarzköpfiges, langbeiniges Insekt ausmachte.
»Ich glaube, ich sollte mir noch ein wenig die Nase pudern«, sagte Helen und blickte Elisabeth fragend an.
»Du kannst mein Bad benutzen. Ich begleite dich hinauf.«
Elisabeth war froh über die Gelegenheit, mit Felicitas' Mutter ein paar Worte wechseln zu können. Bislang hatte sie sich zwar darauf verstanden, den durch die Heirat unumgänglichen Kontakt auf das absolute Minimum zu

beschränken, doch die Situation ließ Elisabeth keine Wahl. Sie musste Helen ins Vertrauen ziehen.
Wie aufs Stichwort begann Gesa zu schreien. Ihr Gebrüll durchdrang die dicke Eichentür des Kinderzimmers, schien sich durch sämtliche Ritzen des dicken Gemäuers zu winden, um im Garten an den oktoberkahlen Ästen der Büsche und Sträucher zu rütteln, in der verzweifelten Hoffnung, irgendwo ein Echo zu finden.
Elisabeth und Helen wechselten einen Blick.
»Die Taufe und die vielen Menschen haben die Kleine wohl etwas durcheinander gebracht«, sagte Helen in ihrer nüchternen Art, die Elisabeth zum ersten Mal aufhorchen ließ, weil sie in keinster Weise der Reaktion entsprach, die sie von dieser Schauspielerin erwartet hätte, sondern im Gegenteil die eigene unsentimentale Haltung spiegelte. Elisabeth entschloss sich, nicht um den heißen Brei herumzureden.
»Ja, heute ist es besonders schlimm. Aber es vergeht auch sonst kein Tag und keine Nacht, ohne dass Gesa nicht das ganze Haus zusammenbrüllt.«
»Dreimonatskoliken vielleicht. Felicitas hat auch sehr darunter gelitten, ich selbst angeblich auch, wenn man meiner Mutter, Gott hab sie selig, glauben kann.«
»Professor Becker hat das Kind mehrmals untersucht und nichts dergleichen festgestellt, keine Krankheit, keine Anomalien, nur eine vage, von den Psychologen inspirierte Theorie …«
»Und die lautet natürlich: Das unstete Leben der Mutter, ihre Nervosität und Ungeduld, überträgt sich auf magische Weise auf das unschuldige Wurm.« Helen zog arrogant eine Augenbraue hoch. »Ich glaube nicht an diese Küchenphilosophie. Meiner Meinung nach werden solche Gehirngespinste erfunden, um Frauen daran zu hindern, das zu tun, was sie tun wollen.«

Wider Willen musste Elisabeth über die mit Nonchalance servierte Unverfrorenheit lachen. Sie erreichten das Bad, und Elisabeth öffnete die Tür.

»Hier in dem Schrank findest du alles, was du brauchst, wenn du dich frisch machen möchtest.« Unschlüssig blieb sie im Türrahmen stehen. Helen fing ihren Blick im Spiegel auf und hielt inne.

»Elisabeth, wir werden uns niemals so nah stehen, wie es Großmütter vielleicht sollten, aber wir sind uns ähnlicher, als du und ich gedacht haben. Deshalb lass mich dir eins sagen: Nimm Felicitas nicht das Glück, das ihr diese zugegeben bemerkenswert ungewöhnliche und verantwortungsvolle Aufgabe schenkt.« Sie machte eine Pause. »Ich weiß, wie es sich anfühlt, auf etwas zu verzichten, das dem Leben Erfüllung gibt. Allerdings war ich damals zu dumm, es zu erkennen.«

Ich auch, dachte Elisabeth. Die Worte drängten sich in den Raum. Was für ein verführerischer Gedanke, sich einmal, nur ein einziges Mal jemandem anzuvertrauen. Einmal seine Fehler eingestehen zu dürfen. Nur einmal von einer verwandten Seele ein wenig Verständnis und Trost zu erfahren. Elisabeth schüttelte leise den Kopf. Wenn sie nicht aufpasste, würde sie auf ihre alten Tage noch sentimental werden.

Die Aufnahmen gestalteten sich schwieriger als gedacht. Entweder versagte das seltsame Blitzgerät und die Glühbirne gab zischend und rauchend ihren Geist auf, oder Gesa zappelte herum, oder einer von ihnen schloss im entscheidenden Moment die Augen. Als endlich alles im Kasten war, schlug die Uhr sechs, und Helen und Max verabschiedeten sich hastig. Um sieben mussten sie im Theater sein, sie waren spät dran. Nach dem Abendessen zogen Heinrich und Felicitas sich in ihren Salon zurück. Elisa-

beth hatte über Kopfschmerzen geklagt und war schon vor dem Essen zu Bett gegangen. Und Anton und Désirée kümmerten sich ohnehin nicht darum, was sie tat.
Beschwingt schlüpfte Ella in ihre Stiefeletten, legte sich das dicke Wintercape um die Schultern und zog die Schleifen ihrer dickkrempigen Samtkappe unterm Kinn fest. Skeptisch betrachtete sie sich im Spiegel, aber ihre Erscheinung war tadellos. Nicht verspielt, nicht zu reich, sondern ernst und gemessen. Ihre Worte sollten im Vordergrund stehen, nicht ihr Aussehen.
Leise zog sie die Haustür hinter sich zu und bedachte den Mercedes mit einem bedauernden Blick. Ein Jammer, dass der Wagen samt Fahrer zu viel Aufsehen erregen würden. Sie schlug den Weg Richtung Hauptbahnhof ein. Von dort wollte sie die Straßenbahn nehmen. Eisig wehte ihr der Wind entgegen und trieb ihr die Tränen in die Augen.
Nach einem halbstündigen Fußmarsch und einer weiteren halben Stunde mit der Bahn stieg sie in der Pappelstraße aus. Am Haus Nr. 46 klingelte sie dreimal, machte eine kurze Pause und klingelte noch zweimal – das verabredete Zeichen.
»Kommen Sie rein«, begrüßte eine schwarzhaarige ältere Frau mit exotischen, fast katzenhaften Gesichtszügen die durchgefrorene Ella und maß sie von Kopf bis Fuß mit schrägen grünen Augen. »Sie sind die Rednerin?«, fragte sie freundlich, aber mit einem Hauch von Skepsis in der Stimme, als würde sie nicht glauben, dass Ella imstande war, drei zusammenhängende Sätze zu formulieren.
Ella nickte.
»Fein, wir haben schon auf Sie gewartet. Ich bin übrigens Henriette, genannt Henry.«
»Freut mich«, erwiderte Ella und folgte Henry in den ersten Stock.

Ihre Zusammenkünfte fanden stets woanders und mit wechselnder Besetzung statt, doch in letzter Zeit war die Zahl der Frauen, die sich für die Sache interessierten, so sprunghaft in die Höhe geklettert, dass der harte Kern der Bremer Frauenrechtlerinnen ernsthaft den Ankauf eines Gebäudes diskutiert hatte.

Als Ella das Wohnzimmer betrat, begann ihr Herz zu hämmern, und ihr brach der Schweiß aus. Dreißig Augenpaare musterten sie. Die meisten der Frauen kannte sie nicht, weil sie die Vortragsabende erst wenige Male besucht hatte. Jede neue Mitstreiterin musste, bevor sie in den geheimen Zirkel aufgenommen wurde, eine kleine Rede halten, in der sie ihre Herkunft, politischen Ansichten und Ziele darlegen sollte.

»Herzlich willkommen!«, sagte Gerlinde Groll. Die Vorsitzende, eine hoch gewachsene, schwere Frau mit silbernem Haarknoten, stand auf und ging mit ausgebreiteten Armen auf Ella zu und geleitete sie zu einem Pult. »Bitte schön. Wir sind alle sehr gespannt.«

Ella legte ihr Cape auf einen Stuhl und ihr Manuskript auf das Pult.

»Ich heiße Ella Gerhard«, begann sie und wurde sogleich von einer untersetzten Frau mit keifender Stimme unterbrochen.

»Das ist schon mal die erste Lüge. Sie heißen nicht Gerhard, sondern Andreesen, und sind die Tochter einer der reichsten, wenn nicht der reichsten Familie der Stadt. Ich hab Sie heute Vormittag gesehen, als Sie schick in Schale aus der Kirche kamen, und hab eine Frau gefragt, wer Sie sind. Emma, sagte ich zu mir, dann hast du dich letztes Mal wohl verhört, als Ella Gerhard sich als Ella Gerhard vorstellte. Jetzt frage ich mich allerdings, welches Spiel Sie hier spielen. Möchten Sie zur Abwechslung die Luft der rauen Wirklichkeit schnuppern? Oder bespitzeln Sie uns?« Voll grimmiger Genugtuung blickte die Frau, die sich Emma genannt hatte, in die Runde.

»Nein! Ich … nun, ich dachte, der Name tut nichts zur Sache.« Ella spürte, wie ihr das Blut ins Gesicht schoss.

»Der Meinung bin ich aber schon«, beharrte Emma. »Besonders, wenn man bedenkt, dass ihre Schwägerin ebenso im Geld schwimmt wie Sie und darüber hinaus noch einen Kunstpark für Frauen gründen will. Wäre es nicht klüger – und diese Frage richtet sich an euch alle, Genossinnen –, Felicitas Andreesen für unsere Sache zu gewinnen statt einer Ella Gerhard, die ihre Identität verheimlichen will?«

»Ich weiß nicht, was ich sagen soll«, stotterte Ella. »Ich wollte Ihnen von meiner Tätigkeit im Schnoor berichten, von dem Unterricht, den ich Frauen und Kindern erteile, die weder lesen noch schreiben können und der mir von der Behörde verboten …«

»Das ist gewiss ehrenwert«, schaltete sich eine andere Frau ein. »Aber der Vorschlag von Emma ist angesichts unserer desolaten Kassenlage nicht von der Hand zu weisen. Zumindest sollten wir darüber diskutieren.«

»Wie denken Sie darüber, Ella? Ich muss gestehen, dass mir Ihre Vorgehensweise auch nicht besonders zusagt, aber ich nehme an, Sie haben Ihre Gründe?« Die Vorsitzende beugte sich vor und blickte Ella forschend ins Gesicht.

»Ich … ich wollte einfach nur ich selbst sein und nicht die Tochter …«

»Aber wenn wir die Gesellschaft gerechter gestalten wollen, müssen wir dafür einstehen. Farbe bekennen. Und die Chancen nutzen, die wir haben, zumal, wenn sie so glänzend sind wie die Ihren. Denken Sie nur, wenn Ihre

Schwägerin uns in die Organisation des Parks einbinden würde!«
Ella nickte, nahm ihr Manuskript und griff nach ihrem Cape.
»Typisch«, raunte eine Frau. »Frauen wie die halten nichts aus, nicht mal eine kleine kritische Frage.«
»Das war keine Frage«, sagte Ella mit zitternder Stimme, »das war ein Verhör. Sie sind gar nicht an meinen Ausführungen interessiert, nur daran, dass ich eine Kuh bin, die man melken kann. Damit sind Sie nicht besser als die, die sie bekämpfen. Männer tun wenigstens nicht so scheinheilig.«
»Ella, nun beruhigen Sie sich doch«, mahnte Gerlinde Groll. »Setzen Sie sich, und lassen Sie uns gemeinsam überlegen.«
»Ein andermal.« Ella drehte sich um und floh.
Als sie auf der Pappelstraße stand, mochte es neun Uhr sein. Sie wusste es nicht, und es war ihr auch egal. Von weitem sah sie die Straßenbahn kommen. Sie stieg ein, bezahlte und setzte sich auf eine der Holzbänke. Außer ihr waren noch drei Frauen und zwei Männer in dem Wagen, die miteinander lachten und scherzten. Blicklos starrte Ella geradeaus.

»Vielleicht hatte die Frau sogar Recht.« Deprimiert nippte Ella an ihrem Tee mit Rum, auf dem Peter bestanden hatte, als sie um zehn Uhr bei ihm hereingeschneit war. Keine zehn Pferde hätten sie heute Abend in die Parkallee gebracht. Sie brauchte Peters Nähe und sein Verständnis. Fürsorglich hatte er sie in eine Wolldecke gewickelt, ihr die durchweichten Stiefeletten ausgezogen und begonnen ihre Füße zu massieren, bis wohlige Wärme ihre Lebensgeister wieder weckte.

»Ja, in gewisser Weise schon«, entgegnete er vorsichtig, um sie nicht zu verletzen. »Wie willst du für eine Sache einstehen, wenn du es nicht einmal für dich selbst tust?«

»Ich weiß. Aber ich kann nicht anders.« Sie zuckte mit den Schultern.

»Heirate mich, Ella.« Flehend sah Peter ihr in die Augen. »Heirate mich. Sag endlich ja. Du würdest mich zum glücklichsten Mann der Welt machen. Und du würdest zu dem stehen, was du bist, was du willst – und wen du liebst. Bring Ordnung in dein Leben.«

»Ach Peter, meine Mutter wird niemals ihre Einwilligung geben. Du bist nicht standesgemäß.«

»Vielleicht jetzt noch nicht, im Moment. Aber du weißt doch, dass das Ziel zum Greifen nah ist. Bald werde ich den Betrieb eröffnen …«

»Peter, bitte, lass uns morgen darüber reden. Ich bin so müde und kann nicht mehr klar denken.«

Seine Traurigkeit schnitt ihr ins Herz. Aber sie liebte ihn nicht so, wie eine Frau einen Mann lieben sollte. Anfangs hatte sie ihre Gefühle für ihn für Verliebtheit gehalten, doch im Laufe der Zeit begriffen, dass sie nur der Freude entsprangen, aufmerksam und liebevoll behandelt zu werden. Sie begehrte ihn nicht. Ihr Schoß, der ihr schon so manches Mal, wenn sie allein im Bett lag, köstlich verbotene Gefühle geschenkt hatte, schwieg, wenn Peter sie küsste und berührte. Nein, sie konnte ihm nicht die Wahrheit sagen, auch wenn das unrecht sein mochte. Dann würde sie den einzigen Menschen verlieren, der ihr Halt gab.

Behutsam streichelte sie seine Hand. Er stand auf, zog seinen Mantel an und reichte ihr das Cape.

»Es ist wohl besser, wenn ich dich jetzt nach Hause bringe.«

Hendrik Nussbaum wohnte am Peterswerder. Zu dem bescheidenen Häuschen gehörte eine Werkstatt, in der er Tische, Stühle und Kommoden anfertigte, ein Handwerk, das er von seinem Vater gelernt hatte und das ihm und seiner sechsköpfigen Familie ein bescheidenes Einkommen sicherte. Sein Talent reichte gerade aus, Gebrauchsmöbel für Arbeiter zu tischlern, was seinen Vater stets betrübt hatte, seinen Sohn aber nicht weiter bekümmerte. Hendrik Nussbaums Ehrgeiz galt der Politik. Obschon er nicht sehr gebildet war, reichte eine gewisse Bauernschläue, vor allem aber seine Kunst, andere zu begeistern und flammende Reden zu halten, um sich in der sozialdemokratischen Bewegung Bremens nach vorn und schließlich ganz nach oben zu boxen.

»Sie möchten also, dass ich Ihren Plan unterstütze. Angesichts der Tatsache, dass es in dieser Stadt Menschen gibt, die nicht wissen, wie sie ihre Kinder ernähren sollen, fällt es mir wirklich schwer, das auch nur in Erwägung zu ziehen. Nennen Sie mir einen einzigen Grund, warum ich es dennoch tun sollte.« Seine braunen Augen fixierten Felicitas einen Moment, dann wandte er sich wieder einem Vierkantholz zu. Das Schleifpapier schrappte leise, feine Sägespäne rieselten zu Boden.

Aus einem Impuls heraus hatte Felicitas beschlossen, den Kopf der Sozialdemokraten daheim aufzusuchen, um dem Gespräch eine intime Note zu geben. Doch in dieser Umgebung kam sie sich wie ein Eindringling vor, ein Paradiesvogel, der mit seinem schillernden Gefieder die Steppe der Wirklichkeit beschämte. Grüne Seide gegen braunen Drillich, das musste ja schief gehen, dachte Felicitas. Andererseits sollte ja nicht nur das betuchte Bürgertum in ihren Kunstpark gelockt werden, sondern vor allem die in braunem Drillich und grauer Wolle. Im Grunde genommen verfolgten Nussbaum und sie die gleichen Ziele: Verständigung, Gleichstellung, Bildung, Toleranz. Nur ihre Mittel unterschieden sich. Sie überlegte nicht lange und sagte ihm, was sie dachte.

»Mit dem Kunstpark schaffen wir Arbeitsplätze und ein Stück Zukunft. Wenn Sie mir helfen, den Stadtwald zu bekommen, sorgen Sie dafür, dass viele Menschen, vor allem die, um die es Ihnen geht, den Park besuchen können. Wenn Sie mir Ihre Unterstützung verweigern, muss ich den Park woanders bauen, vermutlich so weit draußen, dass Arbeiter und Handwerker kaum die Gelegenheit haben werden, dort hinzukommen. Finden Sie das etwa sozial gerecht?«

Nussbaum hatte ihr schweigend zugehört, ohne seine Tätigkeit zu unterbrechen. Jetzt legte er das Schleifpapier zur Seite und strich mit der Handfläche über das glatte Holz.

»Sie verstehen es, die Worte zu drehen und zu wenden. Doch Sie verschleiern die Tatsache, dass erstens der Besuch des Stadtwalds nicht mehr unentgeltlich sein wird, sondern Eintritt kostet, und dass zweitens Sie eine Grünfläche zubauen wollen, die den Menschen Erholung und frische Luft schenkt.«

»Aber nein. Wenn Sie sich meine Entwürfe anschauen würden, würden Sie sehen, dass der Park seinen Namen wirklich verdient. Es wird Teiche und Seen geben ...«

»Es wird Eintritt kosten.«

»Ja, aber wenn ich darauf verzichte, wäre ich auf eine langfristige Mitfinanzierung von Seiten der Stadt angewiesen. Das wird wohl kaum in Ihrem Sinn sein.«

»Liebe Frau Andreesen, das Ganze ist nicht in meinem Sinn. Ich werde Ihren Park nicht unterstützen.« Seine Stimme klang weich, fast ein wenig mitleidig.

»Aber das Eintrittsgeld kann doch nicht der Grund sein!«

Er fixierte sie, als würde er Maß nehmen, wie und an welcher Stelle sie am besten zu treffen war. Schließlich sagte er gelassen, doch mit leiser Aggressivität in der Stimme: »Ich mag Leute Ihres Schlags nicht. Die Andreesens und van der Laakens und wie sie alle heißen sind mir von Grund auf zuwider. Sie sitzen in ihren Palästen und haben keine Ahnung, wie es sich anfühlt, Hunger zu leiden und jeden Tag um die eigene Existenz bangen zu müssen. Ich werde es nicht dulden, dass es Ihnen gestattet wird, sich selbst ein Denkmal zu setzen. Und jetzt gehen Sie!«

Felicitas atmete hörbar aus. Sie hasste es, zu einem Mittel greifen zu müssen, das ihrem Charakter nicht entsprach. Aber Nussbaum ließ ihr keine Wahl. »Ist Ihnen bekannt, dass der Kaiser den Bau des Kunstparks befürwortet?«, fragte sie freundlich.

»Ich hab so was läuten hören«, antwortete Nussbaum mürrisch. Ohne sie eines weiteren Blicks zu würdigen, drehte er ihr den Rücken zu und widmete sich dem nächsten Vierkantholz.

Felicitas nahm allen Mut zusammen. Hoffentlich stimmte Bernhards Information, sonst wäre sie geliefert. »Soweit ich weiß, werden Feinde des Deutschen Reiches hart bestraft. Wer sich der Gründung einer revolutionären Zelle schuldig macht und beispielsweise anonym Flugblätter in Umlauf bringt, die das Ansehen des Kaisers herabsetzen, kann mit einer Gefängnisstrafe von schätzungsweise fünf Jahren rechnen.«

Nussbaum lachte kurz und abfällig. »Das ist eine halbe Ewigkeit her. Ich war jung, besaß ein wildes Herz und hatte Flausen im Kopf. Kein Mensch wird mich heute dafür einbuchten.«

»Aber Fragen wird man stellen. Die Zeitung wird darüber berichten, viel Staub würde aufgewirbelt.«

»Das ist infam.« Blass vor Wut starrte Nussbaum Felicitas an. Sie hielt seinem Blick stand, beschämt, aber entschlossen, ihren Plan nicht zunichte machen zu lassen von einem Mann, der seine Aversionen gegen ihren Stand austobte.

»Sie haben die Wahl.« Brüsk drehte sie sich um und verließ die kleine Werkstatt.

Bevor der Fahrer aufspringen konnte, hatte Felicitas schon die Wagentür aufgerissen und ließ sich in die Polster fallen.

»Fahren Sie in die Hastedter Heerstraße«, sagte sie tonlos. Als der Wagen wenige Minuten später vor Bernhards Atelier hielt, stürmte sie hinaus und drückte auf die Klingel. Bernhard öffnete, und aufgebracht drängte sie sich an ihm vorbei.

»Es war furchtbar«, zischte sie.

»Was um Himmels willen ist passiert? Sie sind ja völlig aufgelöst.« Bernhard trug einen weißen Kittel, sein Haar und seine Hände waren von einem feinen Staub bedeckt, doch Felicitas kümmerte es nicht, ihn offensichtlich bei der Arbeit unterbrochen zu haben. Auf einem kleinen gusseisernen Ofen dampfte eine Kanne Kaffee. Bernhard nahm zwei Becher und schenkte ein. »Trinken Sie, das beruhigt die Nerven.«

Gehorsam nahm Felicitas zwei Schlucke.

»Was machen wir denn jetzt?«, fragte sie kläglich, nachdem sie ihre Begegnung mit Nussbaum geschildert hatte. »Wenn er das ausposaunt, können wir einpacken.«

»Das wird er ganz bestimmt nicht tun.«

Eine Frage drängte sich ihr auf. »Wie haben Sie sein Geheimnis eigentlich in Erfahrung gebracht?«

Bernhard grinste. »Ach Felicitas, Sie kennen mich doch. Ein wenig Glücksspiel hier, eine aufschlussreiche Bemerkung dort …«

Sie verzog das Gesicht. »So genau wollte ich es gar nicht

wissen.« Plötzlich fiel ihr Blick auf ein halb fertiges Modell aus weißem Gips.
»O nein!« In gespieltem Entsetzen versperrte Bernhard ihr die Sicht, ging drei Schritte rückwärts und warf schnell eine Decke über die Arbeit. »Das heben wir uns für einen erfreulicheren Moment auf. Am Ende gefällt Ihnen der Entwurf nicht, und dann ist nicht nur Ihr Tag im Eimer, sondern meiner auch.«
Felicitas lachte. Bernhard war wirklich der widersprüchlichste Mensch, den sie kannte. Verschlagen und berechnend, sensibel und humorvoll. Sie wurde nicht schlau aus ihm, aber es schien ihr in jedem Fall ratsam, immer ein wenig auf der Hut zu sein.
»Was tun wir, wenn Nussbaum dagegen stimmt?«
»Die Abstimmung in der Bürgerschaft soll in drei Wochen stattfinden. Ich werde noch einmal mit dem Bauern sprechen. Vielleicht kann ich ihn ja doch noch überreden.«
»Soll ich mitkommen?«
»Besser nicht. Der Mann hat etwas gegen junge forsche Damen. Dass Frauen selbstständig denken, passt nicht in sein Weltbild. Nein, nein, überlassen Sie mir das.«
Bernhard begleitete sie zur Tür und sah dem weißen Mercedes gedankenverloren nach.

Die drei Wochen vergingen so schnell wie ein Wimpernschlag. Als der Tag der Abstimmung gekommen war, wünschte Felicitas sich ans andere Ende der Welt. Der Bauer weigerte sich nach wie vor zu verkaufen, und wie Nussbaum abstimmen würde – und damit entscheidende Teile der Bürgerschaft –, lag für Felicitas auf der Hand. Alles hing nun von Dr. Pauli und Dr. Marcus ab und von den Senatoren, die mehrheitlich für den Bau des Kunstparks waren.

Am frühen Nachmittag stillte sie Gesa noch einmal, zog sich um und ließ sich ins Kontor am Wall fahren, um Heinrich abzuholen. Nur er und Bernhard würden sie begleiten. Ihre Eltern waren im Theater unabkömmlich. Elisabeth hatte sich ohne Begründung geweigert, diesem »unwürdigen Schauspiel« beizuwohnen, und Ella, Anton und Désirée fehlte offensichtlich jedes Interesse für Felicitas' große Stunde.
Ihre Ankunft im Rathaus glich einem Spießrutenlauf, und Felicitas war froh, als sie die Galerie erreichten, der einzige Ort, an dem sich außerparlamentarische Gäste während der Sitzungen aufhalten durften.
Dr. Pauli eröffnete die Sitzung, indem er mit einem Hammer auf den mächtigen Eichentisch klopfte. Das Stimmengewirr verebbte.
»Wir stehen heute vor der Aufgabe, über einen Antrag abzustimmen, der die Geschicke unserer Stadt maßgeblich beeinflussen wird. Der Stadtwald …« begann er.
»Aufhören!«, tönte es ihm entgegen. »Ihre Aufgabe ist es, Schaden von der Stadt zu wenden und solche Ansinnen gar nicht erst zur Abstimmung zuzulassen.«
»Genau. Wo kämen wir denn da hin, wenn jede Frau, die dem Kaiser schöne Augen macht, sich das Recht herausnimmt, in Bremen was auch immer errichten zu wollen! Da hätten wir ja eine Menge zu tun – eine Menge Unsinn!«
»Kapitalblödsinn!«
Felicitas sank das Herz. Beruhigend drückte Heinrich ihre Hand.
Bernhard grinste. »Warten Sie's ab. Das ist bloß das übliche Kettenrasseln.«
»Meine Herren, mäßigen Sie sich«, mahnte Dr. Pauli und klopfte wieder mit dem Hammer auf den Tisch. »Ich habe hier einen Brief Seiner Majestät des Kaisers, in dem er zum

Ausdruck bringt, dass ihm an einem positiven Ergebnis gelegen ist …«
»Wieso weiß ich nichts davon?«, flüsterte Felicitas und blickte Bernhard fragend an.
»Vielleicht ist der Brief heute erst gekommen?«, schlug er vor und zwinkerte ihr zu.
Ein kleiner dicker Mann aus den Reihen der Sozialdemokraten sprang von seinem Platz auf. »Der Kaiser!«, höhnte er. »Dieser Mann, der uns an den Rand des nächsten Krieges treibt, dieser verantwortungslose Mensch, in dem wir das zerbröckelnde Kaiserreich erblicken …«
»Abgeordneter Ahrens! Das ist Hochverrat!« Dr. Pauli schwenkte den Hammer, als wollte er den Vorsitzenden der Sozialdemokraten damit erschlagen.
»Aber bitte, bitte«, schaltete sich ein anderer ein. »Das lässt sich doch alles demokratisch regeln. Es geht doch, wie ich dem Antrag entnehme, zunächst einmal darum, den Stadtwald einer anderen Nutzung zu überantworten.«
»Die Frage ist aber auch«, warf jemand schneidend ein, »welche Art Kunst später dort ausgestellt werden soll. Eine erbauende Ästhetik, die unserem Volk zugute kommt, oder dieses rättische, parasitäre Gepinsel einer Unterrasse. Dazu noch weiblich!«
Felicitas hielt es nicht mehr länger aus und sprang auf.
»Ja, weiblich. In der Tat wird es Zeit, dass in diesem Land mehr für die Frauen getan wird, dass sie nicht länger daran gehindert werden, ihre Kunst zu zeigen, die genauso viel wert ist wie die der Männer. Es ist meine Idee, meine Sehnsucht, etwas für unsere Zukunft zu tun, und es ist unser Geld, mit dem wir Bremen etwas schenken, das einzigartig im ganzen Reich sein wird. Sie haben es ja gehört, selbst der Kaiser stimmt mir zu. Und meines Wissens ist er – ein Mann! Und lassen Sie sich eins gesagt sein, meine Herren:

Wenn Sie dem Plan nicht zustimmen, dann wird er woanders in die Tat umgesetzt. In Hamburg, Rostock oder Lübeck. Aber verhindern werden Sie ihn nicht.«
Sie blieb stehen und hielt den entgeisterten Blicken der Abgeordneten und Heinrichs stand. Bernhard pfiff leise durch die Zähne und musterte sie anerkennend.
Nussbaum sah auf und traf Felicitas' Augen. Hasserfüllt blickte er sie an, als er zu sprechen begann. »Ihr Benehmen ist gelinde gesagt ungewöhnlich, Frau Andreesen. Doch in einem Punkt muss ich Ihnen Recht geben, die Sache der Frauen ist auch eine Sache der Sozialdemokratie. Ich stimme dem Antrag zu.«
»Na also«, sagte Bernhard gelassen. »Haben wir ihn, haben wir alle. Wir haben gewonnen.«
Eine halbe Stunde und dutzende von Wortmeldungen später erfolgte die Abstimmung.
»Achtundsechzig dafür, sechzig dagegen, zwei Enthaltungen. Damit ist der Antrag angenommen.«
Felicitas starrte hinunter auf die Abgeordneten, die aufgesprungen waren und teils wütend, teils triumphierend debattierten. Dr. Pauli hieb unverdrossen mit dem Hammer aufs Podium, ohne den Tumult unterbrechen zu können.
»Was ist los? Freust du dich denn gar nicht?«, fragte Heinrich.
Felicitas nickte. »Doch, natürlich«, entgegnete sie und brachte ein Lächeln zustande, obwohl sie wusste, dass sie eine Schlacht gewonnen hatte, nicht aber den Krieg. Nussbaum, das wurde ihr schlagartig klar, würde alles daransetzen, sie zu Fall zu bringen. Sie hatte ihn unter Druck gesetzt, und er würde zurückschlagen.
Felicitas fröstelte.

12

»Schau, so musst du es machen.«

Constanze legte ein weißes Hühnerei an ihre Lippen und blies so kräftig in das mit der Stopfnadel gebohrte Loch hinein, dass das Innere des Eis an der Eispitze herauslief und schmatzend in die Schale plumpste. »Siehst du? Jetzt ist das Ei leer und ganz leicht, und wir können es bemalen.«

Mit seinen kleinen Händen griff Alexander nach einem Ei und pustete, doch natürlich war ein fast dreijähriges Kind mit der Aufgabe überfordert. Constanze unterdrückte ihre Ungeduld, lächelte ihren Sohn an und hielt ihm eins der ausgeblasenen Eier hin.

»Komm, nimm das hier, und hier, diesen Pinsel. Jetzt kannst du es anmalen, wie du möchtest.«

Alexander krähte vor Vergnügen und tauchte, die Zunge auf die rosige Unterlippe gepresst, den Tuschpinsel in das Glas mit der gelben Farbe.

Constanze warf einen Blick hinaus auf die Felder. Obschon es noch so bitterkalt war, dass die Küche mit ihrem gewaltigen Emailleofen der gemütlichste Raum im ganzen Haus war, hatte der Winter seinen Zenit deutlich überschritten und überließ seinem fröhlichen Nachfolger das Feld, der sich eifrig dranmachte, die Tage länger werden zu lassen und das Land mit tausenden und abertausenden Narzissen in einen wogenden gelben Teppich zu verwandeln.

Im Dorf schickten sich Mütter und Mädchen an, mit Bäckereien und mehr oder weniger geschickten Bastelarbeiten das Fest vorzubereiten, das das Ende der Passionszeit bedeutete, während die Männer und Burschen das ihre dazu beitrugen, indem sie an Häusern und gepflasterten Wegen das instand setzten, was der Frost kaputtgemacht hatte. Das Klopfen und Hämmern trug der Wind von Haus zu Haus, von einem Gut zum nächsten, als wollte er die Nachricht verbreiten, dass es Zeit wurde, sich an die Arbeit zu machen. Heute jedoch schwiegen die Werkzeuge. Es war der Sonntag vor Ostern.

Constanze lächelte, als sie beobachtete, wie der schwarze Wallach Samson Bocksprünge auf der Koppel vollführte und mit übermütigem Wiehern die anderen Trakehner anzufeuern schien, es ihm gleichzutun, um die ersten Sonnenstrahlen zu begrüßen. Nur Kalinka und ihr vor zwei Wochen geborenes Fohlen mussten noch im Stall bleiben. Das Kleine kränkelte und brauchte viel Wärme und Pflege. Ihr Vater gab dem Fohlen keine Chance, doch Constanze dachte nicht daran, es abzuschreiben. Wenn sie diese Eiermalerei hinter sich hatte, musste sie unbedingt nach dem Tier sehen und ihm seine Extraportion Milch geben. Nicht, dass sie nicht ohnehin genug zu tun hätte. Nach ihrer Hochzeit hatte sich das Leben auf dem Gut mehr schlecht als recht eingespielt, und in der letzten Zeit spürte Constanze immer deutlicher, dass der Friede nur ein Waffenstillstand gewesen war. Nicht begeistert, aber konsequent hatte Sergej damit begonnen die Arbeit auf dem Gut zu übernehmen, die Carl ihm zuwies. Mit zehn Burschen machte er sich daran, die Felder zu bestellen, die Ernte einzufahren und sie mit größtmöglichem Gewinn zu verkaufen, sodass die finanzielle Schieflage, in die Carl geraten war, sich wieder stabilisierte. Mit den anderen unermesslich reichen Gütern, den vornehmen Grafen und Baronen würden sie sich niemals messen können, dafür hatten He-

lens und Verenas Vorfahren es versäumt, genügend Land in ihren Besitz zu bringen, aber sie würden immerhin zu einem ansehnlichen Wohlstand zurückfinden.
Doch je besser das Gut dastand, umso mehr schmolz Sergejs Haltung dahin. Er vernachlässigte die Felder, verschwand immer öfter in der Dorfkneipe oder streifte ziellos durch die Gegend. Mochte der Winter auch ein gewisses Maß an Phlegma tolerieren, der Frühling ließ dergleichen nicht durchgehen. Jetzt mussten die Felder bestellt werden, nicht im April. Zunächst fing Constanze Sergejs Abwesenheit auf. Sie fütterte das Vieh, sah auf den Feldern nach dem Rechten, teilte die Leute zur Arbeit ein und kontrollierte das Saatgut. Doch ihre Eltern waren weder blind noch taub. Ihre Mutter redete Sergej ins Gewissen, ihr Vater machte ihm die Hölle heiß. Vergeblich. Es schien, als ob Sergej es auf einen Bruch anlegen würde. Constanzes flehenden Fragen wich er aus, doch sie wusste auch so, dass ihn die Tatsache, ein Gut von Kapitalisten zu bewirtschaften, ja, durch die Heirat mit ihr ein Teil dieser verhassten Schicht zu sein, ihn dazu trieb, alles zu zerstören. Auch ihre Liebe. Bis auf eine halbherzige, von ihr ertrotzte Vereinigung hatte er sie seit Wochen nicht mehr angerührt.
Mit einem satten Scheppern kippte das Glas auf den Boden. Ein Teil der gelben Farbe landete klatschend am Küchentisch, der Rest drängte sich vorbei an den Scherben und versickerte in den Fasern des Sisalteppichs.
Erschrocken ließ Alexander den Pinsel fallen und schaute seine Mutter ängstlich an. Seufzend nahm sie einen Lappen und wischte die Bescherung fort. Alexander rannen Tränen über die Wangen, und linkisch strich sie ihm einmal übers Haar.
»Ist doch nicht so schlimm«, sagte sie müde. Manchmal

wunderte sie sich selbst, wie sehr sie Alexander liebte, das Zeugnis ihrer Liebe zu Sergej, das sich buchstäblich ins Leben gekämpft hatte, und wie selten sie die Kraft aufbrachte, ihm das zu zeigen. Sie ließ ihr Kind ihre Erschöpfung spüren, und das durfte nicht sein, sonst würde ihr Alexanders Liebe eines Tages entgleiten wie die Sergejs.

»Constanze! Um Gottes willen, Constanze!« Totenbleich kam Verena in die Küche gerannt. »Vater ist gestürzt, komm schnell!«

Constanze hüllte Alexander rasch in eine Decke, drückte ihn an ihre Brust und folgte ihrer Mutter zu den Stallungen. Ihr Vater lag mit schmerzverzerrtem Gesicht auf der Erde, die Leiter, die zum Heuboden führte, neben ihm.

»Vater!«, rief Constanze und sank auf die Knie. »Was ist passiert?«

»Ich weiß nicht …«, stieß er mühsam und undeutlich hervor.

Entsetzt sah Constanze, dass sein Gesicht entstellt war, schief, als würde die eine Seite nicht mehr zur anderen gehören.

»Was sollen wir nur tun?« Verena rang verzweifelt die Hände.

Constanze überlegte nicht lange. Ihr Vater musste zu einem Arzt gebracht werden, und zwar so schnell wie möglich. Sergej trieb sich sonst wo herum, und die Burschen waren unterwegs, schließlich war Sonntag. Ihre Mutter und sie konnten ihren Vater nicht in die Kutsche hieven, das war bei seinem Gewicht völlig unmöglich. Sie drückte ihrer Mutter das Kind in die Arme und lief auf die Koppel. Samson musste jetzt zeigen, was er konnte.

Ungestüm schwang sie sich auf seinen Rücken, sie hatte sich nicht einmal die Zeit genommen, das Pferd zu satteln.

Sie kannte den Wallach von klein auf, er reagierte auf ihre Kommandos wie ein Uhrwerk. Constanze peitschte Samson über die Feldwege. Als sie zu dem Wäldchen kamen, ließ sie das Tier kurz in Trab fallen. Der Weg durch den dichten Tannenhain war nicht ungefährlich, aber ein Umweg würde sie wertvolle Zeit kosten. Entschlossen trieb sie Samson in das Dickicht.
Der Ast war so dünn, dass man ihn übersehen konnte, aber dick genug, eine Reiterin zu verletzen. Constanze schrie auf, als der Schmerz durch ihre linke Schulter fuhr, Samson stieg, und sie landete in gefährlich hohem Bogen zwischen Ästen, Tannenzapfen und weichem Moos.
Constanze lag auf dem Rücken und starrte benommen in den Himmel. Sie hatte jedes Zeitgefühl verloren. Die Schmerzen durchfluteten sie, doch sie waren auszuhalten. Was wirklich wehtat, war das Gefühl, versagt zu haben. Was sie auch unternahm, sie machte alles falsch. Durch ihre Dummheit würde ihr Vater womöglich sterben. Durch ihre Unfähigkeit würde sie auch Sergej verlieren. Dabei wusste sie doch, wie sie ihm helfen konnte. Das, was ihren Mann wirklich mit Leidenschaft erfüllte, das war die Revolution, das war Russland. Sie hatte geglaubt, die Arbeit auf dem Gut und seine kleine Familie würden ihn über seine Sehnsucht hinwegtrösten, die sie nie verstanden hatte. Das Land war so kalt, so groß, seine politische Zukunft so ungewiss, niemals würde der Zar sein Zepter abgeben. Und dennoch, sie durfte die Augen nicht länger davor verschließen. Wenn sie Sergej halten wollte, würde sie mit ihm gehen müssen.
Behutsam stupste Samson sie mit der Nase an und holte sie so in die Wirklichkeit zurück. Constanze bewegte vorsichtig erst das linke, dann das rechte Bein, rollte sich auf die Seite und setzte sich auf. Gott sei Dank schien nichts ge-

brochen zu sein, doch ihre verletzte Schulter machte es ihr unmöglich, aufzusitzen. Kein Baumstumpf weit und breit, der ihr als Leiter hätte dienen können. Ihr blieb nichts anderes übrig, als den Rest des Weges zu Fuß zu bewältigen. Nach zwei Stunden erreichte sie Sorau, durchgefroren, am Ende ihrer Kraft und überwältigt von dem deprimierenden Gefühl, dass das Schicksal offenbar nicht vorhatte, ihr irgendetwas zu schenken.

»Das ist der letzte Brief für heute«, sagte Felicitas zu sich selbst und blickte stolz auf den Stapel der Papiere, die sie bereits gesichtet und in »interessant« und »absagen« unterteilt hatte. Seit der Abstimmung in der Bürgerschaft erreichten sie täglich Briefe von Künstlerinnen, die sich für den Park bewarben, und aufgebrachten Künstlern, die sich darüber beschwerten, aufgrund ihres Geschlechts ausgeschlossen zu werden. Einige waren höflich formuliert, viele jedoch geizten nicht mit Beschimpfungen und persönlichen Beleidigungen und landeten sofort zerrissen im Papierkorb. Felicitas' beschauliches Leben hatte sich in das betriebsame einer Geschäftsfrau verwandelt, ihre Zeit war ausgefüllt mit Korrespondenz, Besprechungen und der Arbeit mit Bernhard, an dessen Modell sie gemeinsam feilten, um das wirtschaftlich Machbare mit dem künstlerisch Sinnvollen unter einen Hut zu bekommen. Private Einladungen nahm sie nur noch selten an, weil Heinrich und sie ohnehin viel zu wenig Gelegenheit fanden, allein zu sein. Zum Glück erwies sich das Kindermädchen als überaus zuverlässig und liebevoll und tröstete Gesa hingebungsvoll über die häufige Abwesenheit ihrer Mutter hinweg.
Sie schlitzte das blassblaue Kuvert auf und stutzte. Franziska Ferrik lud sie zum Tee ein. Na, so was. Nach kurzem Zögern legte Felicitas die Einladung auf den Stapel »absa-

gen« und sah auf die goldene Taschenuhr, die Heinrich ihr zu Weihnachten geschenkt hatte. »Die wirst du jetzt brauchen«, hatte er liebevoll gesagt, und in der Tat war die Uhr zum wichtigsten Requisit ihres neuen Lebens geworden. Sechs Uhr. Sie würde es gerade noch schaffen, Gesa in den Arm zu nehmen, sich frisch zu machen und umzukleiden, bevor sie Dorothee von der Contrescarpe abholen musste. Sie verspürte nicht die geringste Lust, drei Stunden im Theater am Tempelberg zu verbringen und Mozart, Händel und Beethoven zu lauschen, doch sie hatte es Dorothee fest versprochen, sie heute Abend zu begleiten. Dorothee war völlig hingerissen von klassischer Musik, es schien sogar, als hätte der Klavierunterricht ihrer Seele geholfen, wieder zu genesen. Wenn sie Felicitas gelegentlich vorspielte, glitt ein heller Schimmer über ihre entspannten Züge, sie war ganz sie selbst. Felicitas verstand zwar nichts von Musik, doch sie hatte den Eindruck, dass Dorothee nicht nur gern, sondern virtuos spielte. Pierre Levi, der wie viele Musiker der Bremer Philharmonie sein bescheidenes Jahreseinkommen von fünfzehnhundert Mark mit privatem Unterricht für höhere Töchter aufbesserte, musste ein hervorragender Lehrer sein.

Händels *Wassermusik* perlte zu ihrer Loge herauf. Dorothee empfand jede Note wie ein Streicheln auf ihrer Haut, die Harmonien wie eine Nachricht aus einer anderen, besseren Welt, die Akkorde wie einzelne Sterne, die eine funkelnde Brücke zwischen ihnen bauten. Pierre im Orchestergraben zu sehen, so versunken in sein Spiel, ließ ihr Herz einen aberwitzig rasanten Takt dazu pochen. Pierre. Mit jeder Tonleiter und jeder Etüde, die er sie in den Unterrichtsstunden wiederholen ließ, war ihr Vertrauen zu diesem sensiblen Mann mit den irritierend feinen, schmalen

Händen gewachsen. Er hetzte sie nicht, tadelte nicht, erklärte sanft, wenn ihr ein Griff nicht gelingen wollte, massierte ihre stets klammen Finger, bis Wärme sie durchpulste, und schenkte ihr das Gefühl, dass es gut war, wie sie war, mit allen Schmerzen, aller Schuld, allen Schwächen. Pierre hatte mehr zu ihrer Gesundung beigetragen als Ärzte, Psychiater und alle anderen, ausgenommen Max, der sich strikt geweigert hatte, seine Einwilligung zu einer Elektroschock-Behandlung zu erteilen, die Professor Becker in Erwägung gezogen hatte, als Dorothee zunächst so gut wie keine Fortschritte erkennen ließ.

Max und Helen umsorgten Dorothee so gut sie konnten, besonders Max hatte sie ins Herz geschlossen wie eine zweite Tochter. Sie fühlte sich stark und stabil und verschwendete nicht einen Gedanken an Sorau, geschweige denn an ihre Rückkehr. Der Vater war sehr krank, gewiss. Die Nachricht von seinem Unfall, der durch einen leichten Schlaganfall ausgelöst worden war, hatte Dorothee zwar erschüttert, aber nur beinahe in die Pflicht genommen, nach Hause zu reisen. Constanze hatte einen bitterbösen Brief geschrieben, in dem sie ihre Schwester anklagte, sich der gemeinsamen Verantwortung für die Familie und das Gut zu entziehen, doch zum ersten Mal in ihrem Leben handelte Dorothee eigennützig und blieb, wo sie war. Hier in Bremen spielte für sie die Musik.

Der letzte Satz verklang, und Applaus brandete auf. Levi schaute hoch und nickte Dorothee zu. Ihr Herz vollführte einen Sprung, und sie warf ihrer Cousine einen schnellen Blick von der Seite zu. Doch Felicitas war mit dem Opernglas beschäftigt, mit dem sie die Besucher im Parkett studierte, die sich anschickten, das Theater zu verlassen.

Sie betrachtete ihre Cousine ohne Neid. Felicitas bildete den Mittelpunkt des Theaters, in der Pause wollte jeder mit ihr sprechen, ihr unerhörter Auftritt in der Bürgerschaft hatte ihr einen unwiderstehlichen Ruf von Eigenwilligkeit, Mut und Charme eingetragen. Felicitas schien den Auftrieb zu genießen. Ihre aquamarinblauen Augen blitzten wie Eis im Sonnenschein, ihre milchweiße Haut schimmerte makellos im Glanz der Lüster, und seit Gesas Geburt war alles Kindlichweiche einer marmornen Schönheit gewichen. Und sie muss glücklich sein, dachte Dorothee. Heinrich ist ein wunderbarer Mann.

»Und jetzt«, sagte Felicitas lächelnd und legte das Opernglas auf die samtene Balustrade, »verrate mir bitte den Grund, warum wir hier sind.«

»Die Philharmonie …« begann Dorothee errötend.

»Ach was, Unsinn. Ich habe das Gefühl, dir hätte ein ganz bestimmter Musiker auch genügt.« Aufmunternd sah sie Dorothee an.

»Ja, Pierre bittet uns um die Ehre, ein Glas Champagner mit ihm zu trinken.«

»Hat er sich so ausgedrückt?« Felicitas sah amüsiert aus, doch als sie Dorothees verschreckten Gesichtsausdruck bemerkte, änderte sie ihren Ton. »Komm, das ist eine gute Idee. Ich nehme die Einladung gerne an.«

Erleichtert stand Dorothee auf.

Die meisten Besucher waren zwar bereits gegangen, doch viele Musiker standen noch mit ihren Gästen in der Halle und plauderten. Als Pierre Dorothee und Felicitas die Treppen von der Galerie herunterkommen sah, bahnte er sich einen Weg durch die Menge und ging ihnen strahlend entgegen.

»Ich freue mich so, Sie endlich kennen zu lernen, Frau Andreesen«, begrüßte er Felicitas. »Dorothee hat mir so viel über Sie und Ihr Engagement für die Kunst erzählt.«

»Danke«, entgegnete Felicitas freundlich und sah Pierre in die sanften braunschwarzen Augen. Sie erkannte intuitiv, dass dieser Mann kein falsches Spiel mit Dorothee treiben würde. »Pierre Levi?«, sagte sie fragend, und er nickte gewinnend.

»Ja, ich bin eine seltsame Mischung. Meine Mutter ist Französin, mein Vater Berliner, beide sind Musiker und wollten eine klingende Harmonie für meinen Namen finden. Ein Hauch Savoir-vivre, ein wenig Schalom.«

Felicitas lachte, und Dorothee, glücklich über die spontane Sympathie, die Felicitas und Pierre offensichtlich füreinander empfanden, stimmte ein. Das Gespräch floss mühelos dahin, von Paris über Berlin nach Bremen, von Klassik zur Kaffeehausmusik, vom Kunstpark bis zum Louvre. Um Mitternacht schloss das Theater, und zusammen mit den anderen Gästen, die auch kein Ende an diesem schönen Abend finden konnten, wurden sie hinausgespült in die kühle Frühlingsnacht. Pierre begleitete Felicitas und Dorothee zum Wagen.

Ein Mann kam mit gesenktem Kopf und den Händen in den Hosentaschen langsam auf sie zu und musste sie übersehen haben, so gedankenverloren, wie er wirkte. Grob stieß er Pierre an und ging einfach weiter. Die Straßenlaternen waren schon verloschen, doch das Mondlicht erhellte das Gesicht des Mannes für einen Moment.

»Anton!«, rief Felicitas ihm hinterher.

»Lassen Sie nur«, sagte Levi und machte eine wegwerfende Handbewegung. »Das kann ja mal passieren.«

»Willst du dich nicht entschuldigen?«, beharrte Felicitas dennoch, fassungslos über Antons dreistes Benehmen.

Anton warf Pierre einen abschätzigen Blick zu. »Nein, ich denke nicht.«

»Was zum Teufel machst du hier überhaupt?«, fragte Feli-

citas wutentbrannt, aber verwirrt. Antons Augen funkelten fiebrig, doch er war nicht betrunken, zumindest roch er nicht nach Alkohol.
»Ein bisschen Glücksspiel mit Bernhard vielleicht. Mir gibt man ja kein Geld, um hirnverbrannte Ideen in die Tat umzusetzen.«
Felicitas gefror zu Eis. »Geh nach Hause, Anton. Oder besser noch in die Gosse. Da gehörst du hin.« Sie packte Levi am Arm und zog ihn zum Wagen.
»Steigen Sie ein, Pierre. Los, Dorothee, beeil dich. Fahren Sie los, Alfons. Machen Sie schon. Herr Anton hat andere Pläne.«
Gehorsam startete der Fahrer und ließ die Limousine an Anton vorbeirollen, der ihnen sarkastisch grinsend nachsah.
»Es tut mir Leid, Herr Levi, ich muss mich für meinen Schwager entschuldigen. Ich weiß wirklich nicht, was in ihn gefahren ist.«
»Machen Sie sich keine Gedanken. So was passiert gelegentlich«, sagte Pierre gleichmütig.
»Aber warum denn?«, fragte Dorothee entsetzt und kurz davor, in Tränen auszubrechen. Er nahm ihre Hand vorsichtig in die seine.
»Das nennt man Antisemitismus. Es gibt Menschen, die einen Hass auf alle Juden haben.« Pierre sah Dorothee tief in die Augen und lächelte beruhigend. »Das gab es schon immer, Dorothee, und das wird es immer geben. Aber das ist kein Grund, Ihre hübsche Stirn in Falten zu legen.«
Dorothee nickte und brachte ein kleines Lächeln zuwege.
»Na sehen Sie.«
Der Wagen rollte durch die Nacht. An der Suhrfeldstraße stieg Pierre aus.
»Vielen Dank fürs Mitnehmen, Felicitas. Ich darf Sie doch so nennen.«

»Ich bitte darum. Vor allem in Anbetracht meiner Ahnung, dass wir Sie häufiger in der Contrescarpe zu sehen bekommen werden.«
Pierre lächelte viel sagend und küsste Dorothees Hand.
Zwei Minuten später hielt Alfons in der nahe gelegenen Contrescarpe.
»Kommst du allein zurecht?«, fragte Felicitas ihre Cousine, die immer noch ein wenig blass aussah.
»Natürlich. Ich bin nicht so ein ängstliches Gänschen, wie du denkst.« Dorothee lächelte Felicitas voller Wärme an. »Es ist vielleicht albern, schließlich brauche ich deine Genehmigung nicht, um einen Mann nett zu finden, aber ich bin sehr erleichtert, dass dir Pierre gefällt.«
»Und ob er mir gefällt. Er ist klug und sensibel. Ich werde mit Elisabeth über den Vorfall reden, und Anton wird sein Fett abkriegen.«
»Ja. Gute Nacht, Felicitas.«
»Gute Nacht.«
»Felicitas?«
»Ja?«
Verlegen senkte Dorothee die Stimme. »Findest du es sehr egoistisch von mir, in Bremen zu bleiben?«
»Nein, ganz und gar nicht«, antwortete Felicitas und machte eine wegwerfende Handbewegung. »Denk nicht an Constanze. Sie sucht immer einen Grund, auf anderen herumzuhacken. Wenn deine Anwesenheit in Sorau wirklich notwendig wäre, hätte deine Mutter längst telegrafiert. Und wenn sie es dir nicht hätte sagen mögen, hätte sie meine Mutter gebeten, mit dir zu sprechen. Nein, zerbrich dir bloß nicht den Kopf. Du hast selbst genug Schlimmes erlebt und deshalb allen Grund, dein Leben erst einmal zu genießen.« Sie zwinkerte Dorothee zu. »Alles in Ordnung?«

»Ja. Danke dir.« Dorothee ließ die Wagentür los und winkte, bis der Mercedes vom Dunkel der Nacht verschluckt wurde.
Als Felicitas die Villa betrat, brannte im Wintergarten noch Licht, und der Kamin flackerte. Elisabeth saß, eine Decke um die Beine gewickelt und ein Glas Rotwein in der Hand, auf dem Sofa und schaute in das Feuer.
»Früher habe ich geschlafen wie ein Stein«, sagte sie zu Felicitas. »Aber je älter ich werde, desto weniger Schlaf scheine ich zu brauchen. Ich weiß bloß nicht, wohin mit der vielen Zeit. Vielleicht sollte ich öfter in Konzerte gehen …«
»Ist Anton schon daheim?«
»Nicht, dass ich wüsste«, erwiderte Elisabeth erstaunt. »Seit wann interessierst du dich für Antons Kommen und Gehen?«
»Seit heute Abend, genauer gesagt seit heute Nacht«, antwortete sie und schilderte den Vorfall vor dem Theater, Antons seltsam fiebrige Augen, seine abstruse Weigerung, sich zu entschuldigen, und welche Erklärung Pierre dafür hatte.
»Mein Sohn … ein Antisemit?« Elisabeth trank gelassen einen Schluck Rotwein. »Nein, ganz bestimmt nicht.«
»Aber er ist direkt auf uns zugekommen«, beharrte Felicitas, »die Straße war fast menschenleer. Er hatte keinen Grund, Pierre anzurempeln, es sei denn …«
»Felicitas, ich weiß, dass Antons Verhalten nicht immer dazu angetan ist, ihn sehr sympathisch zu finden, aber so ein Vorwurf ist völlig aus der Luft gegriffen. Wahrscheinlich hatte er ein Glas zu viel getrunken. Vielleicht war er auch einfach übermüdet. Irgendeine plausible Erklärung wird es schon geben, da bin ich sicher.«
Felicitas seufzte. »Ich verstehe nicht, warum du Anton

stets in Schutz nimmst. Er tanzt dir auf der Nase herum, aber du sagst keinen Ton dazu. Ausgerechnet du, die doch keinen Jota nachgibt, wenn es um Ella, Heinrich oder mich geht.«

»Felicitas, in diesem ganzen Kanon der Verrücktheiten, die derzeit auf der politischen Bühne Europas dargeboten werden, spielt der Antisemitismus wohl die allergeringste Rolle, meinst du nicht?«

Rasche Schritte auf der Treppe unterbrachen ihre Auseinandersetzung.

»Bist du endlich da?« Heinrich sah blass aus und wütend. »Ich glaube, Gesa hat Fieber.«

»Wo ist das Kindermädchen?«, fragte Felicitas.

»Das Kindermädchen hat seinen freien Tag, wie du vielleicht noch weißt, und deshalb habe ich die Wiege zu uns ins Zimmer gestellt. Ich bin von Gesas Wimmern aufgewacht. Sie glüht wie ein Ofen.«

Felicitas blickte ihm in die Augen und las darin etwas, was dort noch nie gestanden hatte.

»Du gibst mir die Schuld daran?« Sie schüttelte den Kopf und wandte sich zur Treppe. »Babys werden nun manchmal krank, ob die Mutter im Konzert sitzt oder an ihrem Bett.«

Sie stürmte die Treppe hinauf, marschierte ins Bad, riss zwei Handtücher aus dem Schrank und ließ kaltes Wasser ins Waschbecken laufen. Mit den Wickeln lief sie ins Zimmer. Elisabeth trat an die Wiege und fühlte Gesas Stirn.

»Ist halb so schlimm, Felicitas«, sagte sie und, zu Gesa gewandt: »Wird alles wieder gut, meine Kleine.«

Überrascht bemerkte Felicitas, wie viel Zärtlichkeit in Elisabeths Stimme lag, ging aber nicht darauf ein.

»Die Oma hat Recht«, ergänzte sie stattdessen. »Jetzt wird

es etwas kalt, ganz kalt, aber gleich geht es dir besser.« Gesa greinte, als die klammen Wickel ihre Beinchen fesselten, schlief aber nach wenigen Minuten erschöpft ein.

»Morgen früh ist sie wieder gesund«, sagte Elisabeth und sah Heinrich eindringlich an. »Vertragt euch wieder. Kleine Kinder, kleine Sorgen, so ist das nun mal. Denkt daran, dass man nie weiß, wie lange das Schicksal es gut mit einem meint.«

Heinrich fuhr sich verlegen durchs Haar. Er küsste seine Mutter auf die Wange und nahm Felicitas' Hand. »Tut mir Leid.«

Elisabeth seufzte leise und beschloss, ihren Rotwein in Ruhe auszutrinken. An Schlaf war jetzt ohnehin nicht mehr zu denken, allzu viele Fragen drängten sich auf, die Antworten suchten. Sie hatte keine Sekunde daran gezweifelt, dass Felicitas' Schilderung dessen, was vor dem Theater passiert war, der Wahrheit entsprach. Es passte zu genau in das Bild, das sie von ihrem Sohn wahrnahm, wenn sie die Brille der törichten, blinden Liebe einer Mutter zum Schwächsten, Bedürftigsten ihrer Nachkommen absetzte. Aber warum zog Anton mit Bernhard durch die Stadt? Fühlte er sich dessen wildem Charakter vielleicht instinktiv nah, so als wüsste sein tiefstes Inneres mehr, als seine Mutter je zu sagen sich getraut hatte?

Mit einem Ruck stellte Elisabeth das Glas ab. Jetzt war nicht der Moment für Selbstvorwürfe und larmoyante Anwandlungen. Jetzt galt es, Anton den Kopf zu waschen. Vorher würde sie aber noch diskret Erkundigungen einholen lassen, in wessen Gesellschaft sich ihr Sohn die Zeit vertrieb. Wenn es sich gar nicht vermeiden ließ, würde sie auch mit Bernhard sprechen müssen. Doch Elisabeth hoffte inständig, dass sie darum herumkommen würde.

Unendlich zart, als hielte er ein Küken in der Hand, ließ Bernhard das täuschend echt wirkende Modell eines Ahorns en miniature neben eine Reihe anderer, ebenso echt aussehender Bäumchen gleiten, die alle zusammen einen perfekten Kreis bildeten, der von einer geschwungenen Linie aus zehn Bäumen in zwei Hälften geteilt wurde, die von Hasenglöckchen überwuchert war. In der Mitte jeder Hälfte wuchs wiederum ein Ahorn.

»Yin und Yang. Eins ist im anderen enthalten, das Eine gibt es nicht ohne das Andere. Und das Eine ist das Tao.« Bernhard richtete sich auf und stemmte die Arme in die Hüften. »Wenn die Natur sich freundlicherweise an unsere Vorgaben hält, wird sich auch Frau Mitzouko nicht mehr darüber beklagen können, dass wir die asiatische Kultur völlig außer Acht gelassen hätten.«

»Nein«, erwiderte Felicitas staunend. »Und das ist allein Ihre Leistung.«

Zufrieden blickten beide von oben auf das Kunstpark-Modell. Fünfzig Gebäude vom Reetdachkoben bis zu einem steinernen Zirkuszelt hatte Bernhard so geschickt über die dreihundert Hektar des Stadtwaldes verteilt, dass sie mit der Vegetation zu verschmelzen schienen. Schmale Pfade und Bachläufe verbanden die einzelnen Elemente miteinander wie Talismane auf einem Bettelarmband: Alles war verschieden und gehörte doch zusammen. Selbst die baufällige Villa, auf deren Erhalt die Bürgerschaft bestanden hatte, störte die Harmonie der Sinfonie der fünfzig Stile nicht. Die Arbeit an dem Modell hatte lange gedauert, zu lange fast. Die Baufirmen, die mit den Aushubarbeiten beauftragt worden waren, lagen Felicitas in den Ohren, wann sie denn endlich beginnen könnten, und Felicitas hatte sie ein ums andere Mal vertrösten müssen. Doch das Warten hatte sich gelohnt.

Felicitas empfand immer größere Achtung vor Bernhards Können und seinem Reichtum an Ideen. Sein Privatleben ging sie nichts an, interessierte sie auch nicht, aber sie musste ihm diese Frage stellen. »Was wissen Sie über Anton?«
»Kein so übler Bursche, wie es den Anschein hat, glaube ich. Aber ich kann mir nicht wirklich ein Urteil erlauben.«
»Waren Sie denn nicht mit ihm beim Glücksspiel? Irgendwo am Theaterberg muss so eine Kaschemme sein, wo Black Jack und was weiß ich nicht alles gespielt wird.«
Er grinste sie an. »Sie kennen sich aus, Felicitas? Das wirft ja ein völlig neues Licht auf Ihre Persönlichkeit. Es bereichert sich um eine faszinierende Facette.«
»Ach, halten Sie doch den Mund!«, fuhr sie ihn an.
»Was ist denn los, Felicitas? Wollen Sie mir nicht sagen, was Sie bedrückt?« Er wechselte den Ton und sah sie ernst an, doch Felicitas funkelte wütend zurück.
»Sie wären wirklich der Letzte, dem ich meine Sorgen anvertrauen würde«, sagte sie schnippisch. »Aber es geht nicht um mich. Ich hatte nur den Eindruck, dass mein Schwager in schlechte Kreise geraten ist.«
»Ach, Sie meinen sein rechtes Getöse!« Bernhard lachte. »Machen Sie sich darüber keine Sorgen. Mit diesem Gerede von Volk und Vaterland und dem Erzfeind in Gestalt des Juden versuchen manche junge Männer Eindruck bei den Mädchen zu machen. Manchmal klappt das sogar.«
»Wollen Sie damit andeuten, Anton treibt sich mit anderen Frauen herum?«, fragte Felicitas. »Obwohl, wundern würde es mich nicht.«
Bernhard lachte wieder. »Mich auch nicht. Allerdings kenne ich kaum einen Mann, Heinrich mal ausgenommen, der sich nicht gern in Versuchung führen lässt.«
Felicitas verzog das Gesicht. Da war es wieder, dieses Unberechenbare in seinem Charakter, das sie bei aller Bewun-

derung für sein Werk stets auf der Hut sein ließ. Er war ein Glücksspieler, und er würde es bleiben. Sie wechselte das Thema.

»Werden Sie diese Ahorn-Babys tatsächlich in natura bekommen?«

»Allerdings«, stöhnte Bernhard mit einem Augenzwinkern. »Ich habe den besten Gärtnern des Reiches so lange in den Ohren gelegen, bis einer von ihnen mir zugesichert hat, die Bäume im September zu liefern.«

»Ausgezeichnet.«

»Wissen Sie eigentlich, was Sie mir antun, Felicitas? Ich habe keine Zeit mehr fürs Glücksspiel, keine Zeit mehr für Müßiggang. Ich habe nicht mal mehr die Zeit, meinen Freund Heinrich aus dem Büro zu locken. Ich habe noch nie so viel gearbeitet.«

Sie lachte. »Dann wird es wohl Zeit …«

»Wenn das alles hier getan ist, werde ich eine schöne lange Reise machen und mir die Gärten dieser Welt ansehen. Und wenn ich zurückkehre – falls ich Lust dazu verspüre –, werde ich nur noch Gärten anlegen. Die Pflanzen muss man nämlich lediglich einmal fragen, ob sie sich an dem Ort, den ich für sie vorgesehen habe, wohl fühlen, und wenn ich ihr Einverständnis spüre, hole ich den Spaten und pflanze sie ein. Basta. Eigentlich dachte ich, dass man Künstlerinnen am besten genauso behandelt. Aber nein.«

»Sie haben vielleicht Ideen. Aber ich weiß, das ewige Hin und Her geht mir auch auf die Nerven. Erst will die eine nur dann, wenn die andere nicht kann, dann wieder gar nicht. Und so fort. Ehrlich gesagt hätte ich es mir nicht träumen lassen, dass unter Künstlerinnen so viel Rivalität herrscht. Doch wie dem auch sei, hier habe ich eine vorläufig endgültige Liste fast aller zukünftigen Kunstpark-Bewohnerinnen.«

Felicitas hielt Bernhard eine stattliche Liste mit fünfzig Namen unter die Nase, von Stefanie Adamcyk, Rügen, Speckstein-Skulpturen bis Emely Winter, London, Modedesign. Leise pfiff er durch die Zähne, während er die Liste überflog.

»Das ist bemerkenswert«, sagte er ohne jede Ironie und betrachtete Felicitas, als sähe er sie zum ersten Mal. »Meine Hochachtung. Heinrich kann sich wirklich glücklich schätzen, eine Frau gefunden zu haben, die nicht nur schön ist, sondern intelligent und beharrlich.« Schnell, als würde er sich über seine unverhohlene Bewunderung ärgern, drehte er sich um und widmete sich wieder seinem Modell, sodass ihm entging, wie ein Schatten sich über Felicitas' Züge legte. Im Gegensatz zu Bernhard zeigte Heinrich nämlich deprimierend wenig Interesse an den Fortschritten des Kunstparks. Seine ganze Aufmerksamkeit konzentrierte sich auf die Firma. Er ertrank geradezu in Arbeit. Schiffsladung um Schiffsladung mit Kaffeebohnen wurde im Hafen gelöscht und in die Andreesen-Röstereien geliefert, die rund um die Uhr arbeiteten, damit Heinrich die Nachfrage aus allen Teilen des Reiches und sogar aus Belgien und Frankreich befriedigen konnte. Die Firma kam mit den Auslieferungen der Bestellungen kaum nach. Es schien, als ob alle Welt noch rasch Andreesen-Kaffee bunkern wollte, bevor ein Krieg den Handel mit Genussmitteln wie Kaffee, Tabak und Kakao erheblich behindern, wenn nicht sogar zum Erliegen bringen würde.

Heinrich und die Mehrheit der Bremer Kaufleute waren zwar der Überzeugung, dass kein Staat, weder Deutschland noch Frankreich noch Großbritannien, vom krisengeschüttelten Russland ganz zu schweigen, Interesse an einem Krieg haben konnte, doch niemand vermochte vor den Unruhen in Europa die Augen zu verschließen.

Der Balkan hatte sich zu einem gewaltigen Pulverfass entwickelt. 1912 hatten Serbien, Bulgarien, Griechenland und Montenegro der Türkei den Krieg erklärt und die türkische Herrschaft auf dem Balkan beendet, heute, ein Jahr später, standen sich die Sieger als Gegner gegenüber, weil sie sich nicht über die Aufteilung der Kriegsbeute einigen konnten.
Das Deutsche Reich hatte sich von der zurückhaltenden Außenpolitik, wie Bismarck sie betrieben hatte, verabschiedet und befand sich, gestärkt durch eine starke Wirtschaft und die rasant wachsende Bevölkerung, auf Expansionskurs. Mehr Kolonien! hieß die gierige Losung, und der Kaiser ließ Heer und Flotte massiv aufrüsten. Statt geschickter Diplomatie übte sich die deutsche Spitze in forschem Auftreten und machiavellistischen Manövern. Großbritanniens Kriegsminister Lord Richard Haldane hatte in Berlin zwar noch über die Begrenzung der Flottenrüstung auf beiden Seiten verhandelt, und das Deutsche Reich setzte auf britische Neutralität in Europa, doch London erklärte die Zugeständnisse Deutschlands für unzureichend und reagierte prompt so, wie der Kaiser es am meisten befürchtet hatte. Das Empire rüstete seine Flotte ebenfalls auf und suchte nach dem Bündnis mit Frankreich nun auch noch die Nähe Russlands.
Deutsche Militärs plädierten deshalb für einen Präventivkrieg.
Felicitas und vielen anderen schien es, als ob sich zwei mächtige Bluthunde gegenüberstünden, die wütend an ihrer Kette rissen, die gerade noch hielt, deren Glieder aber im Begriff waren, jeden Moment auseinander zu brechen. Wenn der Krieg kommt, so munkelte man, dann würde es ein gnadenloser Zweifrontenkrieg gegen Paris im Westen und Moskau im Osten.

Wie Deutschland das verkraften sollte, war Felicitas schleierhaft, und sie hoffte inständig, dass die Regierenden so viel Verstand hatten, nicht Millionen von Menschen in den sicheren Tod zu schicken. Waren der Kaiser und der Zar nicht verwandt und einander innig zugetan, nannten sich sogar Willi und Nicki?
Auch an einen Blitzkrieg, der angeblich schnell und vergleichsweise human klar machen würde, wer in Europa das Sagen hatte, glaubte sie nicht. Wie sollten tausende von Kilometern im Handstreich überrannt und besetzt werden? Nein, so dumm konnte niemand sein, dessen Hintern auf einem Regierungssitz ruhte.
In Bremen war von Kriegsgefahr und Hysterie wenig zu spüren. Die Bevölkerung hielt es mit der traditionellen Haltung des »Watt mutt, dat mutt«, ein gelassener Fatalismus, der der Zukunft die Bedrohlichkeit nahm. Anders als in der Hauptstadt, wo zigtausende junger Männer sich im Siegesrausch ergingen und die Gewehre nicht schnell genug schultern konnten, hielt man seine Gefühle hanseständisch im Zaum, die patriotisch-nationalistischen ebenso wie die pazifistischen. Der linke Flügel der Bremer Sozialdemokraten hatte zur »Demonstration gegen Militarismus, Imperialismus und Kapitalismus« aufgerufen, doch die Bremer hatten sich taub gestellt.
Auch wenn Felicitas nicht an Krieg glauben mochte, war sie realistisch genug zu erkennen, dass die Situation auf des Messers Schneide stand. Sie musste sich darauf vorbereiten, dass ein Krieg die Arbeiten für kurze Zeit unterbrechen könnte, und bevor dies der Fall sein würde, wollte sie so viel wie möglich unter Dach und Fach gebracht haben. Sie schob die Gedanken an einen Krieg und an Heinrich beiseite und konzentrierte sich wieder auf das Modell.
»Haben Sie die Statik des Paul-Huber-Hauses geprüft?«

Ein marodes Gebäude, das seit mehr als hundert Jahren am Rand des Stadtparks stand und an Ästhetik und Stabilität zu wünschen ließ, aber dennoch nicht abgerissen werden sollte.

»Ja. Wir können das Haus sanieren, das ist kein Problem. Die Frage ist bloß, warum Sie die Kosten tragen sollen. Es gehört der Stadt, und die will unbedingt, dass es bleibt, wo es ist. Meinen Sie nicht, dass die Stadt dann auch den Umbau bezahlen sollte?«

»Tolle Idee«, entgegnete Felicitas. »Hendrik Nussbaum wird mir das Geld gewiss gern zur Verfügung stellen. Besonders jetzt, wo unser Kaiser-Bonus nicht mehr funktioniert.«

»Sie meinen, weil er zurzeit andere Probleme hat als unseren Kunstpark?«

»Na ja, das liegt doch nahe.«

»Nein, nicht bei Wilhelm II. Ich glaube, dass er den Dingen, die ihn wirklich interessieren, auch verbunden bleibt. Die Politik lässt ihn in Wirklichkeit völlig kalt. Aber wenn er einen Kunstpark wie den Ihren eröffnen soll, wird ihn das begeistern – Krieg hin oder her.«

»Aus Ihrem Mund klingt das, als wäre der Kaiser ein Idiot«, erwiderte sie.

»Mit Verlaub, Felicitas, aber es kann Ihnen nicht entgangen sein, dass Wilhelms Entscheidungen nicht immer von, sagen wir, großer Weitsicht getragen waren.«

»Immerhin hat er die Sonntagsruhe und das Verbot von Kinderarbeit durchgesetzt, gegen Bismarcks Willen. Und er hat das Deutsche Reich zu einem modernen Staat geformt. Wir haben die Monarchie, aber eben auch eine Jugendbewegung. Sogar eine Freikörperkultur«, sagte Felicitas grinsend. »Bis Bremen ist die allerdings noch nicht vorgedrungen.«

Bernhard dachte über ihre Worte nach. »Sie haben Recht. Und auch wieder nicht. Denn in der Modernität hat viel Altes überlebt. Im Beamtentum, im Offizierskorps, im Großgrundbesitz, im Kleinbürgertum gibt es nach wie vor ständisches Denken und eine stockkonservative Haltung, die alles Moderne in die Hölle wünscht. Viele Juden gehören zu der verhassten Moderne und werden so selber zur Zielscheibe des Hasses. Anton ist nur ein Beispiel von vielen, Felicitas. Aber die Moderne wird sich behaupten, das ist von Anbeginn der Zeiten so gewesen.«

»Sonst würden wir ja auch noch im Paradies leben«, ergänzte Felicitas schlagfertig und sprang auf. Sie hatte sich schon viel zu lange aufgehalten. »Tun Sie für dieses Paul-Huber-Haus, was Sie können. Ihnen fällt schon etwas ein.«

Behände lief sie hinaus und öffnete mit Schwung die Tür ihres schwarzen Coupés. Stolz strich sie über das Mahagonilenkrad und startete den Wagen. Kein Chauffeur konnte Elisabeth mehr Bericht erstatten, wo er Felicitas hingefahren hatte. Sie fühlte sich frei und unabhängig. Oft fuhr sie einfach so durch Bremen, ziellos, nur, um dieses Gefühl auszukosten.

Felicitas konzentrierte sich auf die Straße. Innerhalb weniger Jahre hatte sich die Anzahl der Automobile auf fünfundsechzigtausend erhöht, und der Andreesen-Mercedes hatte auch in Bremen Gesellschaft bekommen. Aber das störte Felicitas nicht im Geringsten, sie war eine gute, sichere, nur gelegentlich etwas zu wagemutige Fahrerin. Eigentlich sollte sie sich schonen. Sie war wieder schwanger, zu Heinrichs größter Freude und Elisabeths erwartungsvoller Genugtuung. Ihre Schwiegermutter machte kein Hehl daraus, dass nach einem Mädchen ein Sohn und Erbe mehr als angebracht wäre.

Professor Becker hatte Felicitas eingeschärft, dass eine zweite Schwangerschaft nicht unbedingt leichter für sie werden würde. Doch bis jetzt verspürte sie weder Anfälle von Übelkeit noch von Schwäche. Sie fühlte sich prächtig, wie von einer inneren Kraftquelle gespeist, und solange das der Fall war, würde sie weiterarbeiten, auch wenn Heinrich anderer Meinung war.

Felicitas parkte in der Wachtstraße und ging die paar Schritte zur Böttcherstraße zu Fuß. Ihr Blick fiel auf Andreesens Kaffeehaus. Sie lächelte. Was war alles geschehen, seitdem sie dort vor langer Zeit Kaffee getrunken und sich vor dem Unterricht bei Franziska Ferrik gefürchtet hatte!

Felicitas klopfte an die Tür des schmalen dreistöckigen Hauses und wartete.

Ganz in Schwarz gekleidet und viel Silberschmuck – Franziska Ferrik sah aus, wie Felicitas sie in Erinnerung hatte. Nur ihre Lider wirkten schwerer und die Falten um die Mundwinkel tiefer. »Der Zahn der Zeit«, sagte sie lapidar, als sie Felicitas gegenüberstand und sie unverhohlen von Kopf bis Fuß musterte. Schließlich nickte sie zufrieden. »Du hast eine gute Entscheidung getroffen. Die Ehe und deine Aufgabe bekommen dir. Du wirkst lebendiger als früher, geradezu befreit. Ich wusste doch, dass das Theater dich im Innersten kalt ließ.«

Felicitas hatte damit gerechnet, dass sie sich über Franziska Ferrik ärgern würde, allerdings nicht sofort, kaum dass man sich nach sieben Jahren zum ersten Mal wieder in die Augen sah und die Hand reichte. Was sie davon abhielt, kurz und bissig zu antworten, waren allein die Stimme und der Ton ihrer alten Schauspiellehrerin. Franziska Ferrik sprach abgehackt und monoton, die Worte schienen auf dem Kehlkopf festzukleben, als hätten sie Angst, sich zu lösen.

Auf dem Treppenabsatz blieb Franziska Ferrik stehen und breitete die Arme aus. »Deswegen bist du hier, Felicitas. Das alles hier soll Teil deines Kunstparks werden. Wenn du willst.«
Fotos und Postkarten, vor allem aber viele hundert Briefe lagen gebündelt auf einem Jugendstilschreibtisch, venezianische und afrikanische Masken stapelten sich auf dem blanken Linoleumboden und Theater- und Ballettkostüme begruben ein monströses Louis-quinze-Bett unter sich.
Felicitas trat näher und strich mit den Händen über Brokat und Samt, Seide und Papier, Gips und Leder, Federn und Boas.
»Ein erstaunlicher Fundus«, sagte sie sachlich. »Aber meinen Sie nicht, dass diese Schätze in einem der Theater besser aufgehoben wären?«
»Ach was«, entgegnete Franziska Ferrik und zündete sich einen Zigarillo an. »Was sollen die mit meinen Erinnerungen? Mit den Fotos von Reinhardt und Löwenstein? Mit meinen alten Kostümen? Nein, nein, ich möchte, dass du sie bekommst. Genauer gesagt heißt das, ich will in deinen Kunstpark einziehen. Ich eröffne ein Schauspiel- und Ballettmuseum mit angegliederter Schule für Tanz und Schauspiel. Mit allem Drum und Dran, Fechten und Steppen, Singen und so weiter und so weiter. Ich brauche nur etwas mehr Platz als andere, aber das wird sich ja wohl machen lassen.«
Hin und her gerissen von der zweifellos guten Idee einer Schauspielschule, die sich perfekt in den Kunstpark einfügen würde, und Franziska Ferriks seltsamem, fast anmaßendem Verhalten, ließ Felicitas ihren Blick durch das Zimmer wandern, bis er bei den wenigen gerahmten Fotos hängen blieb, die Franziska Ferrik an ihrem Platz belassen

hatte. Sie trat näher und betrachtete die Aufnahmen genauer. »Sind das denn ebenfalls berühmte Schauspieler und Tänzer? Oder ihre Familie?« Dabei fiel ihr auf, dass sie nichts, absolut gar nichts von Franziska Ferrik wusste, außer, dass sie ihren Vater unterrichtet hatte und ihm und ihrer Mutter von Stadt zu Stadt gefolgt war.

»Nein«, antwortete Franziska Ferrik barsch und riss die Fotos herunter. »Sag mir, was du von meinem Vorschlag hältst.«

»Ich werde darüber nachdenken«, erwiderte Felicitas und meinte, was sie sagte. Sie würde sich in der Tat sehr genau überlegen müssen, inwieweit sie bereit war, Franziska Ferrik in das Unternehmen einzubinden.

»Papperlapapp«, entgegnete sie und lächelte Felicitas zum ersten Mal freundlich, und auch ein wenig amüsiert an. »Du magst mich nicht, sagst es jedoch nicht aus Rücksicht auf mein Alter. Aber weißt du was? Mich hast du nicht lange am Hals. Ich habe irgendeine Krankheit, weiß der Teufel, welche, die mich von innen auffrisst. Ganz langsam. Im Moment knabbert sie an meinem Kehlkopf, was dir sicher nicht entgangen ist. In spätestens einem Jahr bin ich weg vom Fenster.«

Felicitas erschrak.

»Sei nicht schockiert, Kindchen. Es ist nun einmal, wie es ist. Ich fürchte mich nur vor den Schmerzen. Aber letzten Endes kann man nicht tiefer fallen als in Gottes Hand.« Sie drückte den Zigarillo aus. »Sag mir Bescheid, wenn du dich entschieden hast.«

Damit drehte sie sich ohne ein weiteres Wort um und ließ Felicitas inmitten der Briefe und Fotos und Kostüme stehen. Unwillkürlich bückte Felicitas sich und hob die Fotos auf, die Franziska Ferrik heruntergerissen hatte.

Zwei Frauen in Anzügen, die eine davon unverkennbar

die Ferrik in jungen Jahren. Die Ferrik mit einem kleinen Jungen auf dem Arm. »Mon amour« stand in steilen Buchstaben auf der Rückseite. Seltsam, dachte Felicitas und legte die Fotos rasch wieder weg, als hätte sie einen Blick in eine Welt getan, in der sie nichts verloren hatte.

13

Der Frühsommer 1914 legte sich mächtig ins Zeug, als wollte er seinem großen Bruder zeigen, dass auch er es schaffen konnte, die Menschen ins Schwitzen zu bringen, die Thermometer auf dreißig Grad im Schatten zu treiben und eine gewaltige Erdbeerernte und den entsprechenden Preisverfall zu provozieren, der es auch den Ärmsten gestattete, sich für fünfundzwanzig Pfennig ein Pfund der roten Früchte zu gönnen.

Ganz Bremen stöhnte über die Hitze, die Kaufleute legten Gehröcke und Zylinder ab, um keinen Hitzschlag zu riskieren, die Frauen verzichteten auf den Unterrock und ließen den seltenen Wind kühlend um ihre Waden streichen. Auf Hollersee und Emmasee drängelten sich die Ruderboote, an den bescheidenen Stränden an Weser und Ochtum war vor lauter in geringelte Badeanzüge gehüllten Leibern kaum noch ein Quadratmeter Sand zu erkennen. Das Leben floss träge dahin, seltsam narkotisiert.

Felicitas lag unter einem mächtigen Ahorn und lauschte auf die regelmäßigen Atemzüge von Clemens und Christian. Die winzigen Zwillinge hatten sich zwar einen Monat zu früh auf die Welt gedrängt, waren aber gesund, munter und doppelt anstrengend. Nachts scheuchten sie Felicitas sechsmal aus dem Bett, um abwechselnd über ihre Brüste herzufallen, die inzwischen so empfindlich geworden waren, dass Felicitas ihre Baumwollhemden mit Watte auspolstern musste, um den schmerzhaften Kontakt mit Stoff auf ein Minimum zu reduzieren. So einig sich die Zwillinge in ihrem nächtlichen Rhythmus waren, so sehr unterschieden sich ihre Bedürfnisse bei Tag. Während Christian die meiste Zeit friedlich in seinem Bettchen lag und schlief und nur gelegentlich das Märchenmobile über seiner Wiege anblinzelte, schaute Clemens mit erstaunlich wachen Augen ins Leben, hielt weniger von Schlaf, dafür viel von Unterhaltung, als müsste er die zwei Minuten, die ihm sein Bruder an Lebenszeit voraushatte, aufholen. Kümmerten sich weder Felicitas und Elisabeth noch das Kindermädchen um ihn, begann er in einer Lautstärke zu schreien, die selbst Gesas Babygebrüll übertraf.

Doch jetzt herrschte ausnahmsweise himmlische Ruhe. Die Zwillinge schliefen, und Gesa spielte selbstvergessen mit ihrem Teddybär.

Das Blau des Himmels strahlte wie blank geputzt, kein Lüftchen schenkte sekundenkurze Abkühlung, selbst die Pferde waren zu träge, um zu wiehern. An einen Ausritt war ohnehin noch nicht zu denken, Felicitas' Muskeln waren noch zu schwach. Die letzten zwei Monate vor der Geburt hatte sie wieder liegend verbracht, um die Kinder nicht zu verlieren. Der Preis schien ihr hoch, fast zu hoch, denn alles, was ihr wichtig war, hatte sie aus der Hand legen müssen. Wäre Bernhard nicht für sie eingesprungen, der ohne viel Federlesen die Geschäfte des Kunstparks übernommen und ihr einmal in der Woche Rechenschaft abgelegt hatte, hätte sie das Unternehmen für eine ganze Weile auf Eis legen müssen, was zu unkalkulierbaren Konsequenzen hätte führen können. Hendrik Nussbaum hatte heimlich, still und leise einige Kritiker des Kunstparks um sich geschart, die nur darauf warteten, dass Felicitas etwas falsch machte. Und den Bau der ersten Häuser über mehrere Monate zu stoppen, wäre ein Kardinalfehler gewesen – der Beweis, dass eine Frau dem ehrgeizigen Plan nicht gewachsen war.

Felicitas machte sich keine Gedanken über Bernhards Motive, seine eigenen Arbeiten zu vernachlässigen, um ihr zu helfen, war aber überzeugt, er würde irgendeine Form der Genugtuung oder Befriedigung empfinden, und sei es die Tatsache, einmal in seinem Leben uneigennützig gehandelt zu haben. Doch im Grunde war es ihr gleichgültig. Sie arbeiteten Hand in Hand, sachlich, schnell und pragmatisch, und das war es, was zählte. Was Bernhard dazu trieb, sich nachts dem Glücksspiel, dem Schnaps und rothaarigen Frauen zu ergeben, interessierte sie nur insofern, als sie selbst manchmal nach etwas Verbotenem gierte, nach rotem Tüll und lautem Gelächter, nach einem wilden, rebellischen Gegenentwurf zu dem ehern strukturierten Leben in der Villa. Das behielt sie aber lieber für sich. Nicht einmal der tolerante Heinrich, bis über die Ohren verliebt in seine Familie, die nun endlich so gedieh, wie er es sich immer gewünscht hatte, würde Verständnis für ihre gedanklichen Eskapaden aufbringen.

Lautes Gebrüll riss Felicitas aus ihrem entspannten Zustand zwischen Wachen und Träumen. Gesa hatte ihren Teddybär auf Clemens' Gesichtchen gelegt und schaukelte die Wiege so sehr hin und her, dass dem Baby speiübel werden musste.

»Gesa!«, schrie Felicitas, sprang auf und riss die Hand ihrer Tochter von der Wiege. »Bist du verrückt? Das darfst du nie wieder machen, verstehst du?«

Gesa sah ihre Mutter mit aller Feindseligkeit an, die eine Vierjährige aufbringen konnte. »Mens ärgert meinen Teddy«, sagte sie trotzig.

»Du lügst. Clemens ist viel zu klein, um deinen Teddy zu ärgern.«

Wütend wandte Felicitas sich ab und tröstete den greinenden Clemens, der sich zum Glück nicht übergeben musste. Seitdem die Zwillinge auf der Welt waren, hatte

Gesa, ohnehin kein besonders fröhliches, eher schüchternes Kind, sich zu einem kleinen Monster entwickelt, das seine hilflosen Brüder zwiebelte, wann immer sich die Gelegenheit bot. Felicitas hatte ihr wieder und wieder versucht zu erklären, dass sie keinen Grund zur Eifersucht habe, dass sie, Mama, ihr kleines Mädchen genauso lieb habe wie die beiden Jungen. Doch an Gesas Haltung änderte das nichts. Felicitas hegte den geheimen Verdacht, dass ihre Tochter instinktiv spürte, dass ihre Worte nicht ganz ihren wahren Gefühlen entsprachen; in der Tat liebte sie die Zwillinge mehr, sosehr sie sich auch bemühte, das emotionale Gefälle zu korrigieren. Gesa war nur in den Augenblicken friedlich und fröhlich, wenn sie auf Heinrichs Schoß sitzen und mit ihm schmusen durfte. »Ella war in dem Alter mitunter auch sehr merkwürdig«, versuchte Elisabeth ihrer Schwiegertochter Mut zuzusprechen, doch Felicitas war überzeugt, dass es sich in diesem Fall nicht um eine vorübergehende Entwicklungsphase handelte, sondern um einen Charakterzug, mit dem sich Gesa weder jetzt noch später viele Freunde machen würde.
»Hoppla, junges Fräulein! Wer wird denn an so einem schönen Tag so ein missmutiges Gesicht machen? Da lassen die Blumen ja die Köpfe hängen.«
Gesa funkelte Bernhard zornig an, stampfte mit dem Fuß auf und lief weg.
Bernhard lachte. »Ganz die Mutter!«
Felicitas seufzte. »Sehr witzig. Sie treibt mich zur Weißglut.«
Sie sahen dem Kind nach, wie es über die Wiese lief, gefolgt von dem Kindermädchen, das Order hatte, Gesa nicht aus den Augen zu lassen. Mit seinen hellblonden Locken und dem weißen Kleidchen wirkte das Kind wie ein irrlichterndes Gänseblümchen, das über das Grün stob.

Felicitas wandte sich ab. Für heute hatte sie es gründlich satt, sich über die Mutwilligkeit ihrer Tochter zu ärgern.
»Was gibt es Neues?«
»Nicht viel. Franziska Ferrik findet das Gebäude, das wir für die Theaterschule vorgesehen haben, zu klein.«
»So etwas habe ich kommen sehen. Gib dieser Frau den kleinen Finger, und sie nimmt die ganze Hand. Vielleicht sollten wir den Kunstpark gleich Ferriks Park nennen.«
»Beruhigen Sie sich.« Bernhard sah sie amüsiert an und setzte sich in einen der weiß lackierten gusseisernen Liegestühle. »Meine Güte, sind die unbequem. Sehr schön und sehr repräsentativ, aber nicht sehr komfortabel.«
Felicitas warf ihm eins der Sitzkissen zu. »Machen Sie es bitte kurz. Es reicht, wenn meine Tochter meine Nerven strapaziert.«
»Ich kenne wirklich keine Frau, die so ungeduldig ist wie Sie. Und ich kenne viele«, entgegnete er süffisant. »Ich habe meinen ganzen Charme eingesetzt, um Franziska Ferrik von unserem Vorschlag zu überzeugen, und nach einer mühsamen halben Stunde ist es mir auch geglückt. Sie akzeptiert den Pavillon. Ein hartes Kaliber, das muss ich zugeben. Aber nicht unsympathisch.«
»Ach, ich ärgere mich schon, dass ich ihr überhaupt nachgegeben habe, doch ich konnte nicht anders. Mein Vater ist dieser Frau herzlicher zugetan als seiner eigenen Mutter, und er hätte es mir nie verziehen, wenn ich sie abgelehnt hätte, zumal sie auch noch schwer krank ist. War das alles?«
»Der Thronfolger und seine Frau sind in Sarajevo erschossen worden.«
»Ich weiß.« Felicitas wies auf den *Bremer Kurier,* der auf der ersten Seite über das Attentat, die mutmaßlichen Mör-

der und ihre Hintermänner berichtete. »Aber auf dem Balkan wird doch alle naselang jemand umgebracht.«
»Schon, nur dieser Mord wird das empfindliche Gleichgewicht der europäischen Mächte nicht gerade stabilisieren«, entgegnete Bernhard.
»Vielleicht haben Sie Recht. Andererseits darf man sich nicht wundern, wenn die serbische Seele vor Wut kocht. Ich meine, Franz Ferdinand ist im Lande des österreichischen Todfeinds aufgetreten wie ein König. Generalsuniform, Stulpenhut mit grünem Federbusch, seine Gattin ganz in Weiß. Ein wenig mehr Zurückhaltung wäre vielleicht angebracht gewesen, so prekär, wie die Lage nun einmal ist. Das rechtfertigt natürlich keinen Mord, aber die serbische Regierung kann ja nichts dafür, wenn ein wild gewordener Rebell plötzlich eine Waffe zieht.«
»Ich denke, das Ganze ist eine abgekartete Sache. Vielleicht wusste man in serbischen Regierungskreisen sogar Bescheid, hat aber nichts unternommen, weil der Tod des Thronfolgers ihnen ganz gut in den Kram passt. Sie dürfen nicht vergessen, dass Bosnien und die Herzegowina 1908 von Österreich annektiert wurden und seitdem das Unruhezentrum der Region bilden. Die muslimischen Bosnier und die katholischen Kroaten haben zwar weitgehend ihren Frieden mit der Habsburger Doppelmonarchie gemacht, doch die Mehrheit der in Bosnien lebenden Serben will die Vereinigung mit dem Mutterland, dem Königreich Serbien.«
Felicitas schnaubte. »Für den gesunden Menschenverstand klingt das logisch, doch Wien wittert natürlich Hochverrat.«
»Und nicht ganz zu Unrecht«, sagte Bernhard. »Serbien schürt die Anschlussbestrebungen nämlich nach Kräften, ihr Fernziel ist die Vereinigung aller Südslawen, Serben,

Bosnier, Kroaten und Slowenen unter serbischer Führung. Franz Ferdinand strebt für die Südslawen eine Autonomie unter dem Dach der österreichischen Monarchie an und ist deshalb ihr Todfeind.«
»War«, verbesserte Felicitas trocken und ließ es dabei bewenden. Es war einfach zu heiß für politische Diskussionen.
Die Neuigkeit schien zunächst niemanden ernsthaft zu beunruhigen. Erst als die Nachrichten in den nächsten Tagen nicht abrissen, breitete sich in ganz Deutschland die Erkenntnis aus, dass die Zeit des Friedens sich unerbittlich dem Ende zuneigte. Was hätte getan werden müssen, um einen Krieg zu verhindern, wurde versäumt.
Wilhelm II. erhielt die Nachricht an Bord der kaiserlichen Yacht Hohenzollern, mit der er an der Kieler Woche teilnahm, und geriet außer sich. Franz Ferdinand war sein persönlicher Freund, vor zwei Wochen erst hatte er ihn auf seinem böhmischen Jagdschloss besucht. Auch wenn das Deutsche Reich keine politischen Interessen auf dem Balkan hatte – diese Tat musste gesühnt werden. »Mit den Serben muss aufgeräumt werden, und zwar bald«, schrieb der Kaiser an den Rand einer Depesche und garantierte Österreich-Ungarn rückhaltlose Unterstützung in einem Krieg gegen Serbien. Ein militärischer Blankoscheck, auf den Wien prompt reagierte und Serbien ein auf achtundvierzig Stunden befristetes und praktisch unannehmbares Ultimatum stellte. Obwohl Belgrad dennoch fast alle Forderungen akzeptierte, brach Wien die diplomatischen Beziehungen ab.
Zar Nikolaus II. sprach sich für die Unterstützung Serbiens aus und befahl Generalmobilmachung, als Österreich-Ungarn Serbien den Krieg erklärte.
Am 1. August versammelten sich hunderttausende auf den

Marktplätzen großer Städte und kleiner Dörfer im Reich, um von ihren Bürgermeistern das zu hören, worauf sie gewartet, was manche herbeigesehnt, andere befürchtet und verflucht hatten: Das Deutsche Reich erklärte Russland den Krieg.

Zwei Tage später folgte die Kriegserklärung an Frankreich. Damit befand sich Deutschland in einem Zweifrontenkrieg zwischen Frankreich im Westen und Russland im Osten.

Noch war kein Schuss gefallen, da schwirrten bereits aberwitzige Gerüchte durch die Bremer Luft. Französische Spione trieben angeblich schon in Vegesack ihr Unwesen, britische Flugzeuge bombardierten Nürnberg, feindliche Saboteure vergifteten am Rhein die Brunnen, und der deutsche Kronprinz sollte erschossen worden sein. So absurd die Gerüchte auch sein mochten, schürten sie trotzdem die patriotische Stimmung. »Ein Krieg ist schrecklich, und trotzdem kann er auch eine Erlösung bedeuten«, hieß es im *Bremer Kurier.*

Fast der gesamte Abitursjahrgang 1914 meldete sich freiwillig. Es galt als Schande, auf die Einberufung zu warten oder, schlimmer noch, nicht genommen zu werden. Brücken und Unterführungen wurden von Militärposten bewacht, und der Senat amnestierte Militärdienstpflichtige, die noch bis zu einem Jahr im Gefängnis hätten sitzen müssen und sich nun auf die Freiheit im Kugelhagel und in Schützengräben freuen konnten.

In Bremen wurde das Infanterieregiment Nr. 75 mobil gemacht. Das Regiment umfasste drei Bataillone, zwei in Bremen und eins in Stade, im Ganzen fünfzehn Kompanien einschließlich einer Maschinengewehrkompanie. Bei der Mobilmachung wurde dann noch das Reserveinfanterieregiment Nr. 75 und das Landwehr-Infanterieregiment Nr. 75 mit je drei Bataillonen aufgestellt.

Jubelnd und singend oder weinend und in trunkener Katzenjammerstimmung, allein oder begleitet von Angehörigen zogen die Reservisten, Landwehrmänner und viele, die sich freiwillig gemeldet hatten, in die Kasernen. Dreitausenddreihundertsieben Mannschaften, zweihundertneunundsechzig Unteroffiziere, sechsundsiebzig Offiziere standen am 6. August zum Ausrücken bereit, gestärkt durch erbauliche Worte von Garnisonspfarrer Reinhard Großcurth und dem tröstenden Ritual des Abendmahls. Bereits in der Nacht zum 7. August wurden die ersten Teile des Regiments auf dem Bahnhof verladen, Richtung Lüttich, an die Westfront.

Die ersten Toten beklagte Bremen am 18. August, doch Trauer und Entsetzen bremsten den patriotischen Rausch der Mehrheit der Bevölkerung nicht, die den Kriegsausbruch als »Erlösung«, »Befreiung« und »innere Reinigung« feierte. Akademiker wie Arbeiter, Kaufleute wie Künstler wurden von der kollektiven Ekstase mitgerissen, selbst die Sozialdemokraten prangerten den »französischen, russischen und britischen Imperialismus« an und heizten damit die Stimmung der Genossen an.

Die Zahl der Kriegsfreiwilligen stieg beständig, viele Jugendverbände gaben sich militaristisch und ließen ihre Mitglieder mit Gewehren und Schwertern aus Holz und in improvisierten Uniformen den Ernstfall üben. Anton Andreesen war von alldem überaus angetan, kümmerte sich in seltenem Eifer um den Jungdeutschlandbund, der Fahrten und Übungen durchführte, die die Sinne schärfen und die Muskeln straffen sollten, und überlegte genau, wann er sich melden sollte und wohin. Denn dass er es tun würde, stand außer Zweifel.

Seit dem 22. August häuften sich die Siegesmeldungen von der Westfront. Deutsche Truppen waren zuvor in das neu-

trale Belgien eingefallen, um so schnell wie möglich nach Frankreich zu gelangen. Ein klarer Bruch des Völkerrechts, der Großbritannien als Garantiemacht für Belgiens Neutralität provozierte, die Rolle der letzten auf Ausgleich drängenden europäischen Großmacht abzuwerfen und in den Konflikt einzutreten. Im Osten gab die Lage zwar Anlass zur Besorgnis, weil der Zar schneller mobil gemacht hatte als gedacht und zwei Armeen mit mehr als einer halben Million Soldaten in Ostpreußen eingedrungen waren, aber dennoch glaubte die deutsche Führung unerschütterlich an einen schnellen Sieg.
In den Aushangkästen der Bremer Zeitungen, in Schaufenstern von Zigarren- und Papierläden, an Bäumen und Zäunen, überall hingen Flugblätter mit patriotischen Appellen aus, die Häuser zeigten Flaggenschmuck, Chöre sangen auf den Plätzen der Stadt vaterländische Lieder, die Denkmäler von Kaiser Wilhelm I., Kaiser Friedrich, Bismarck und Moltke sowie das Kriegerdenkmal wurden mit Blumen und Lorbeer geschmückt. Ganz Bremen badete in einem Meer aus Flaggen und Fahnen und summte die Melodie, die Bürgerschaftspräsident Dr. Rudolf Quidde komponiert hatte: »Hoch Kaiser und Reich! Hoch Heer und Marine! Hoch, Hoch, Hoch!«

Nicht im Traum hätte Felicitas an das gedacht, was sie nun, am 1. Oktober, in einem lapidaren Schreiben aus Berlin lesen musste.
»Das Unternehmen Kunstpark wird als nicht kriegsdienlich eingestuft, sämtliche Arbeiten müssen sofort eingestellt werden.« gez. Rommelmeier.
Außer sich vor Wut, telegrafierte sie nach Berlin, dass sie über genügend Bauarbeiter verfüge, die noch gar nicht eingezogen seien. Außerdem appellierte sie an diesen Herrn

Rommelmeier, dass es in Kriegszeiten für die Moral der Bevölkerung sicher besser sei, ein Zeichen fortwährenden Optimismus zu setzen. Doch ihre Worte und ihre Wut verhallten.

»Ich könnte schwören, dass Nussbaum seine Finger dabei im Spiel hat«, sagte sie zu Heinrich. Doch der schüttelte den Kopf.

Bremen wurde jetzt von Berlin regiert, und die Argumente einer Frau aus der norddeutschen Provinz gingen im todbringenden Lärm der Granaten und Haubitzen unter. Felicitas musste sich fügen.

Der Seeverkehr auf der Weser wurde eingestellt, von den vierhundertzweiundsechzig Dampfern der bremischen Seehandelsflotte gingen bei Kriegsbeginn gleich fünfzig verloren, nur wenige waghalsige Kapitäne, deren Schiffe im neutralen Ausland ankerten, gingen in Ausnahmefällen das Risiko ein, deutsche Häfen anzusteuern. Die Kaffeespeicher der Firma Andreesen waren noch gut gefüllt und würden Heinrich erlauben, noch eine Weile davon zu zehren, doch sollte der Krieg andauern, würden sich die Bremer an Ersatzkaffee gewöhnen müssen. Elias Frantz experimentierte schon seit Kriegsbeginn, um die am wenigsten eklige Variante aus Zichorien herzustellen, deren Wurzeln geröstet und gemahlen wurden – eine kriegsdienliche Aufgabe, die ihn und Heinrich bis auf weiteres von einer Einberufung befreiten.

Wie lange, vermochte niemand zu sagen, und Felicitas dankte dem Himmel für jeden Tag, an dem kein unscheinbarer grauer Briefumschlag zugestellt worden war.

Felicitas sorgte sich nicht nur, sie fühlte sich zutiefst abgestoßen von dem Kriegsgetöse, das dem Leben einen hämmernden, gnadenlosen Takt vorgab. Ihr fehlte zwar das Wissen, um einzuschätzen, ob das Deutsche Reich sei-

nen Kriegsgegnern tatsächlich so überlegen war, wie der Kaiser und die Oberste Heeresleitung behaupteten, doch unabhängig davon vermochte sie nicht nachzuvollziehen, warum Menschen Freude empfinden konnten, anderen Tod und Verderben zu bringen. In ihren Augen hatte das nichts mit Patriotismus zu tun, sondern mit Dummheit, Brutalität und niederer Gesinnung.
Gelegentlich konnte sie ihre Empörung mit Ella und Elisabeth teilen, doch in der Regel vermieden sie das Thema, vor allem bei Tisch, um sich Antons Begeisterung zu ersparen.

»Was die Weiber da krempeln und klopfen drauflos und spinnen und winden und weben! Euch ficht doch der Krieg im geringsten nicht an!«
»Im geringsten nicht? Oh, du Verfluchter! Wie? Trifft er nicht doppelt und dreifach uns Frauen? Wir haben die Knaben geboren, wir haben gewappnet ins Feld sie geschickt.«
»Schweig still von den Unglücksgeschichten!«
»In der Zeit, wo wir sollten des Lebens uns freun und die Tage der Jugend genießen, da bereitet der Krieg uns ein einsames Bett …«
»Helen, bei diesen Worten könntest du auf Max zugehen, mit langsamen Schritten, schließlich seid ihr Gegner, aber auch ein wenig sinnlich, damit er begreift, was du mit deinem Plan erreichen willst«, sagte der Intendant zu Helen, die konzentriert zuhörte.
Seit einer Woche probte das Ensemble im Schauspielhaus die Komödie *Lysistrata* von Aristophanes, eins der so genannten Friedensstücke des griechischen Dichters der Antike, in der die streitbare Athenerin Lysistrata den Frauen einen Plan zur Beendigung des Bruderkrieges gegen

Sparta schmackhaft machen will: Alle Frauen sollen so lange in den Liebesstreik treten, bis die Männer freiwillig Frieden schließen.
Helen spielte die Titelrolle, Max die des Ratsherrn, der Lysistratas Plan lächerlich machen will, aber ihrer inneren Überzeugung nicht wirklich etwas entgegenzusetzen hat.
Helen nickte dem Intendanten zu, verbiss sich ein Grinsen und schwebte mit schwingenden Hüften auf die Bühnenmitte zu. »Ungefähr so?«
Max pfiff leise, und die Statisten, die den Chor der Männer darstellten, fingen an zu klatschen und zu jubeln. Diese Inszenierung bereitete allen Akteuren Spaß, obwohl der Anlass traurig und gewiss kein Grund zur Heiterkeit war. Doch die unfreiwillige Komik, die die Anweisungen des nicht sehr Regie geübten Intendanten mit sich brachten, versetzte die Schauspieler in eine fast skurril ausgelassene Stimmung, die dem Stück zugute kam. In vier Wochen würde Premiere sein, und die, darin waren sich alle einig, würde ein »Bombenerfolg« werden, wie Helen es so zynisch wie treffend formuliert hatte.
Sie hatte fast zu ihrer alten Form zurückgefunden, was einerseits daran lag, dass sie einen Arzt aufgetan hatte, der ihr Johanniskraut und Mönchspfeffer verschrieb, zwei Kräuter, die ihre Wechseljahrsbeschwerden ein wenig linderten, und andererseits daran, dass Max und sie in stillem Einvernehmen zu einer heiteren Inszenierung ihres Zusammenlebens gefunden hatten, die so wunderbar gespielt war, dass nur dem sehr aufmerksamen Beobachter auffallen mochte, dass unter der Oberfläche der Leichtigkeit einiges im Argen lag. Helens wie zufällig weggedrehter Kopf, der Max' Kuss auf ihrer Wange landen ließ, seine Hand, die ins Leere streichelte.

Dennoch entlastete das Spiel ihren Alltag. Helen genoss es, nicht mehr ständig darüber nachdenken zu müssen, ob und vor allem wie sie ihrem Leben eine andere Richtung geben sollte. Gelegentlich luden sie wieder zu ihren beliebten Soupers in die Contrescarpe ein und schienen befriedet mit dem, was sie hatten.

Als Max und Helen an diesem Mittag nach der Probe nach Hause schlenderten, fanden sie einen Brief aus Sorau vor. In wenigen Zeilen teilte Verena ihnen mit, dass Sergej sich aus dem Staub gemacht habe. »Er will auf Seiten der Russen kämpfen, der Wahnsinnige, und Constanze ist mit ihm gegangen. Ich bin am Ende meiner Kraft.«

Helen ließ das Blatt sinken. Max fing ihren Blick auf und begriff, dass er sie nicht würde zurückhalten können. Das Spiel war vorüber.

»Das ist verrückt, Helen, das kannst du nicht auf dich nehmen, nur weil deine Schwester zu wenig Mumm hat, die Dinge selbst zu regeln. Ich meine, was sollst du in Sorau tun, was sie nicht selbst tun könnte?«

»Es ist das Gut meiner Eltern. Du weißt, wie viel es mir bedeutet. Und außerdem liegt Sorau doch ganz und gar außerhalb der Schusslinie.«

»Das stimmt nicht, und du weißt es. Mag sein, dass die Deutschen die Lage an der Ostfront derzeit im Griff haben …«

»Deine Formulierung ist gelinde gesagt ein wenig untertrieben«, unterbrach Helen ihren Mann amüsiert. »Ludendorff und Hindenburg haben die Russen geschlagen und sind im Begriff, aus Litauen, Kurland und der westlichen Ukraine die deutsche Provinz Ober-Ost zu machen. Was für ein abscheulicher Name! Doch sie bauen dort angeblich sogar schon Fabriken und Eisenbahnen!«

»In einem Krieg kann sich das Blatt jederzeit wenden«,

beharrte Max. »Ich werde dich also begleiten, wenn du auf deiner Reise bestehst.«
»Du kannst doch Felicitas und Dorothee, das Haus und das Theater nicht allein lassen, Max. Nein, das ist keine Lösung.«
»Dorothee könnte mit dir fahren.«
»Dieses Hühnchen? Sie hat gerade wieder Lebensmut gefasst.« Helen schüttelte den Kopf und sah Max ungeduldig an. Seine Reaktion erschien ihr kindisch und egoistisch, doch sie verkniff sich eine ruppige Bemerkung, weil sie einem Streit aus dem Weg gehen wollte. »Schau, Max …«, begann sie nachsichtig, doch er unterbrach sie wütend und zugleich resigniert.
»Helen, du machst alles kaputt. Es stand lange nicht gut zwischen uns, aber in den letzten Monaten rückten sich die Dinge irgendwie wieder zurecht. Das musst du doch auch bemerkt haben. Wenn du jetzt nach Sorau fährst, zeigst du mir sehr deutlich, was und wer dir wirklich wichtig ist. Ganz abgesehen von der Verantwortung, die auch du für das Theater trägst, nicht nur ich.«
Helen seufzte. Offensichtlich wollte er sie nicht verstehen. »Mein Entschluss steht fest, Max, und es würde mir und uns mehr helfen, wenn du fair bleibst statt mir Vorwürfe zu machen. Meine Rolle kann Dora Henning übernehmen. Und ich werde schließlich nicht ewig in Sorau bleiben.«
Sie starrten sich an, keiner wollte nachgeben. Schließlich senkte Max den Blick und zuckte mit den Schultern. »In Ordnung. Tu, was du für richtig hältst.« Er küsste sie flüchtig auf die Wange und begab sich zur Haustür. »Warte nicht mit dem Essen auf mich, ich gehe noch ein wenig spazieren.«
Mit einem leisen Klicken fiel die Haustür ins Schloss. Am

liebsten hätte Helen ihm eine Vase oder am besten gleich ein ganzes Service hinterhergeschmissen, um seine Haltung, diese für Max so typische Mischung aus Arroganz und Selbstmitleid, zu erschüttern. Stattdessen ging sie die Treppe hinunter ins Souterrain, um Elfriede über ihre bevorstehende Abreise und die Aufgaben, die in der Zeit ihrer Abwesenheit zu erledigen waren, zu unterrichten. Als sie die Küche betrat, bollerte kein Ofen gemütlich vor sich hin, kein Duft frisch gebrühten Kaffees noch irgendeiner Mahlzeit betörte die Nase. Elfriede saß wie versteinert auf der Ofenbank und blickte ins Leere.

»Thomas soll an die Ostfront«, sagte sie tonlos, als sie Helens Schritte hörte.

Helen setzte sich zu ihr und nahm ihre kalten Hände in die ihren.

»Im Westen soll es viel schlimmer sein, Elfriede. Sei froh, dass er nach Ober-Ost kommt. Schick ihm einen deiner köstlichen Apfelkuchen und ein Foto von euch. Und deine ganze Liebe. Mehr kannst du nicht tun.«

Elfriede blickte hoch und sah Helen in die Augen. »Unsere Nachbarn haben ihren Sohn in Ober-Ost verloren. Was ist das für eine Welt, in der die Regierenden die Söhne ihres Landes in den Tod schicken, weil sie sich nicht einigen können?«

»Die Einzige, die wir haben«, erwiderte Helen.

Eine Woche später brachten Max und Felicitas Helen zum Bahnhof. Felicitas hatte Gesa und die Zwillinge mitgenommen, um, wie Helen vermutete, dem Abschied eine versöhnliche, heitere Note zu geben. Der Versuch misslang. Clemens und Christian quengelten unablässig, aufgeschreckt durch den ohrenbetäubenden Lärm der Dampfloks und Güterwaggons, die hin und her rangiert wurden,

und Gesa heulte, weil sie keins der bunten »Für Volk und Vaterland«-Fähnchen aus Papier schwenken durfte. Max wirkte angegriffen und nervös, und Felicitas schaute argwöhnisch von ihrem Vater zu ihrer Mutter.
Meine Tochter besitzt ein feines Gespür für die emotionale Großwetterlage ihrer Eltern, dachte Helen, und im Allgemeinen auch einen Sinn für Diskretion. Doch darauf mochte sie sich jetzt nicht verlassen. Sie beschloss, diese Szene so unsentimental und kurz wie möglich zu halten, um Felicitas nicht die Gelegenheit zu geben, in letzter Sekunde unbequeme Fragen zu stellen. Sie umarmte die sich windende Gesa, streichelte die Zwillinge, küsste Max und Felicitas und stieg in den Waggon. Als sie ihr Abteil erreichte, stellte sie erleichtert fest, dass sich nur zwei Mitreisende darin befanden, ein älterer Herr und eine Ordensschwester. Sie öffnete das Fenster und winkte Max und Felicitas zu.
»Passt auf euch auf!«, rief sie ihnen zu, als sich der Zug in Bewegung setzte.
»Ruf an, sobald du in Königsberg bist!«, rief Felicitas zurück.
»Oder schick wenigstens ein Telegramm.« Max' Theaterstimme übertönte den Lärm mühelos.
Helen nickte, lächelte und schloss das Fenster. Aufatmend ließ sie sich in die Polster sinken. Träge betrachtete sie die Landschaft, die in prachtvollem Grün an ihr vorbeizog, und das Gefühl, die richtige Entscheidung getroffen zu haben, floss durch ihre Glieder wie warmer Honig.

»Du hast wirklich nicht bemerkt, was sich da zusammenbraute?«
»Nein. Constanze wirkte vielleicht nicht besonders glücklich, aber deswegen verlässt man ja nicht gleich Haus und Hof.«

»Vor allem stürzt man sich nicht mit einem kleinen Kind in so ein verdammtes Abenteuer. Nach Russland! Was will sie denn dort? An Sergejs Seite in den Krieg ziehen, das Kind im Tornister auf dem Rücken?«

»Ich weiß es nicht. Ich will es auch gar nicht wissen. Sie ist nicht mehr meine Tochter. Das ist alles, was ich wissen muss.«

Helen und Verena saßen auf der Bank vor dem Gutshaus. Die Sonne ließ das warme Gelb der Fassade leuchten, die Stimmen der Erntehelfer, ihr gelegentliches Gelächter hallten von den Feldern zu ihnen herüber. Auf den ersten Blick schien alles so zu sein, wie es immer zur Erntezeit gewesen war, doch Helen spürte die Agonie, die sich wie Mehltau über den Besitz gesenkt hatte.

Ein harter Zug lag um Verenas Mund. Ihre Schwester, früher immer die Milde von beiden, wirkte nicht verzagt, wie Helen es erwartet hatte, sondern verbittert und ohne Hoffnung. Die Pflege des kranken Carl, der inzwischen fast rund um die Uhr betreut werden musste, die Organisation der Ernte, die Verantwortung für die Trakehnerzucht überforderten sie, und der Verrat ihrer Tochter und ihres Schwiegersohns hatten ihren Glauben an das Leben zutiefst erschüttert. Welche Motive Constanze auch getrieben haben mochten und welche Trauer ihr Verhalten auch auslöste, entscheidend war jetzt einzig und allein die Frage, wie es auf dem Gut weitergehen sollte. Ein vernünftiger Plan, davon war Helen überzeugt, würde Verena schon aus ihrer Resignation locken.

»Traust du es dir zu, das Gut allein zu führen?«

»Auf keinen Fall, nicht in diesen Zeiten. Der Krieg wird schneller hier sein, als du es dir vorstellen kannst.«

»Aber wir haben die Russen doch geschlagen.«

»Eine Schlacht ist geschlagen, mehr nicht«, entgegnete

Verena müde. »Und glaub mir, der Iwan kann warten. Das Land hat ihn Geduld gelehrt.«
»Bis es jedoch so weit ist«, sagte Helen, ihre Ungeduld mühsam zügelnd, »müssen wir uns überlegen, wie wir die Situation in den Griff bekommen. Was hältst du davon, wenn wir uns nach einem Verwalter umsehen?«
»Ich weiß nicht …«
»Wir könnten es wenigstens probieren. Irgendeinen fähigen Mann wird es doch in dieser Gegend geben, der noch nicht eingezogen worden ist und der Arbeit sucht. Gleich morgen werde ich eine Annonce in die Zeitung setzen lassen, und dann sehen wir weiter.« Helen lächelte Verena aufmunternd zu und stand auf. »Ich gehe noch ein wenig spazieren. Kommst du mit?« Sie brauchte dringend Bewegung, damit die Lethargie nicht ebenfalls von ihr Besitz ergriff. Verena schüttelte den Kopf, doch Helen gab nicht nach. »Rumsitzen und den Kopf hängen lassen hat noch niemandem geholfen. Na los, lass uns zum Teich gehen und ein paar Weidenzweige sammeln. Der Kletterzaun für die Wicken muss dringend repariert werden.« Folgsam erhob sich Verena und strich sich mechanisch die fleckige Schürze glatt. »Und wenn wir das erledigt haben«, sagte Helen, »ziehen wir uns um, machen uns hübsch, nehmen einen Fünfuhrtee und tun so, als gäbe es nichts Wichtigeres als die neueste Mode. Ganz wie bei Herrschaften.«
Verena verzog das Gesicht zu einem schiefen Lächeln. »Ich wünschte, der liebe Gott hätte mir einen Bruchteil deiner Kraft mitgegeben.«
»Das hat er gewiss getan. Du hast nur immer Angst vor deiner eigenen Courage gehabt, weil sie mit deiner Bequemlichkeit kollidierte.«
»Und ich wünschte, Er hätte deine Zunge nicht so spitz geformt.«

Helen lachte und hakte Verena unter. Als sie den Weg zu dem kleinen Teich mit den Weidenbäumen einschlugen, hörten sie in der Ferne ein dumpfes Grollen.
Am Morgen des vierten Tages, nachdem die Anzeige im Lokalblatt von Sorau erschienen war, klopfte ein Mann an die Tür des Gutshauses. Er mochte Mitte fünfzig sein, sein volles gewelltes Haar war von hellgrauen Strähnen durchzogen. Seine Lederjacke war abgewetzt, und seine braunen Knickerbocker hatten die beste Zeit hinter sich, doch der Mann strahlte eine natürliche Souveränität aus, die sein schäbiges Äußeres vergessen machten.
Helen öffnete und erstarrte.
»Habe ich nicht gesagt, dass du mich eines Tages brauchen wirst?«, sagte der Mann leise. »Nun, hier bin ich.«

Als der Landser Anton Andreesen im März 1915 in Tauroggen im nördlichen Ostpreußen zusammen mit seinen Regimentskameraden aus dem Zug stieg, hatten Hindenburgs Armeen die Russen zum zweiten Mal aus Masuren vertrieben, hunderttausend Soldaten gefangen gesetzt und im Reich eine Hindenburg-Hysterie ausgelöst. Von Kiel bis Königsberg wurden Hindenburg-Eichen gepflanzt, Hindenburg-Türme gebaut, Hindenburg-Pfefferkuchen gebacken. Selbst Federhalter, Krawatten und Heringe trugen den Namen des Helden von Tannenberg. Der zweite Oberbefehlshaber, Erich Ludendorff, fiel dabei seltsamerweise unter den Tisch, obwohl beide Generäle gleichen Anteil am großen Sieg im Osten trugen und sich nun anschickten, die von Bomben, Granaten und Feuer zerstörten Städte und Dörfer nach deutschem Vorbild und deutscher Ordnung zu formen. Täglich wurden eintausendachthundert Menschen zwangsentlaust, Briefschreiben war nur auf Deutsch, das Backen nur dienstags und samstags erlaubt, Schulen wurden eingerichtet und eine eigene Währung eingeführt, das »Ostgeld«. Das paradiesische Neuland im Osten hatte nur einen kleinen Haken – viereinhalb Millionen russische Soldaten brannten darauf, es wieder in den Besitz des Zaren zu bringen. Doch diese Tatsache schien kaum jemand als Gefahr wahrzunehmen. »Ober-Ost« war deutsch, und damit basta.

Wer hierher abkommandiert wurde, hatte es besser getroffen als die meisten anderen Soldaten, die im Westen in kilometerlangen Schützengräben in zermürbendem Stellungskrieg kämpften und bangten und zu hunderttausenden von Schrapnellgeschossen, Gewehrkugeln und Haubitzen zerschmettert und zerfetzt wurden und als unkenntlicher Brei aus Uniformstoff, Knochen und Gedärm im Morast der verschlammten französischen Erde versanken.

Hier in Ober-Ost hatte man es nur mit gelegentlichen Übergriffen einiger versprengter russischer Regimenter zu tun.

Doch nicht allein deshalb war Anton Andreesen guten Mutes. Endlich fühlte er sich seinem Bruder Heinrich einmal überlegen, dem strahlenden Erbprinzen, der sich so feige hinter der Firma verkrochen hatte statt das zu tun, was ein Mann jetzt tun musste – kämpfen. Die Überzeugung, endlich eine Aufgabe gefunden zu haben, die seinem inneren Wollen entsprach, stärkte Anton auf nie gekannte Weise das Rückgrat und flößte ihm Selbstvertrauen und ein Gefühl natürlicher Autorität ein.

»Ober-Ost« begriff er als seine Chance, seine naiven Bemühungen, in der Politik Fuß zu fassen, denen seine Mutter mit zynischer Skepsis gegenübergestanden hatte, endlich von Erfolg zu krönen. Hier würde er dazu beitragen, die Bewegung voranzutreiben. War der Krieg erst vorüber, würde er seine finanziellen Mittel dafür einsetzen,

das nationalistische Gedankengut zu einer Partei reifen zu lassen, die auch in seiner Heimatstadt Fuß fassen würde. Doch jetzt galt es, als Landser mitzukämpfen, an vorderster Front den Dienst zu verrichten, dessen das wahre Deutschland jetzt dringend bedurfte. Er lächelte, als er daran dachte, wie entsetzt seine Familie auf seinen Entschluss reagiert hatte, entsetzt und erstaunt. Ausgerechnet er, der Spielsüchtige, hatte sich freiwillig gemeldet. Aber er würde es ihnen allen zeigen und mit einer Tapferkeitsmedaille zurückkehren. Denn dass er zurückkehren würde, stand für ihn außer Frage.
Er zündete sich einen Zigarillo an und trabte mit den anderen Soldaten zu den wartenden Militärwagen, die sie nach Ober-Ost, nach Libau bringen sollten.
Mehr als zwei Stunden waren sie bereits auf holprigen Wegen unterwegs. Sie passierten verbrannte Dörfer und kahle Wälder. Später zeichnete sich am Horizont das von Flüssen geäderte Tiefland mit sumpfigen Wäldern ab, das den Beginn der russischen Steppe markierte. Dahinter, so hieß es, breiteten sich mächtige Wälder aus, in denen noch Wölfe und Bären lebten, die im Westen so gut wie ausgestorben waren.
Die Dämmerung fiel wie ein Schleier über den Konvoi. Das Brummen der Motoren wiegte die Soldaten in einen unruhigen leichten Schlaf. Als Antons Kopf auf seine Brust sank, riss ein ohrenbetäubender Knall ihn wieder hoch. Die Wucht der Detonation schleuderte Wagen und Menschen durch die schwefelgelbe Luft.
Der Schmerz wühlte sich durch Antons Körper, trieb ihn an den Rand der Bewusstlosigkeit, in der er vor sich hin dämmerte. Stille und Staub senkten sich über die versprengten Leiber und die zerstörten Wagen. Anton gab auf und schloss die Augen.

»Der ist hin«, sagte ein Soldat und machte eine wegwerfende Handbewegung.
»Bist du sicher?«, fragte ein anderer, kniete nieder und legte seinen Kopf auf Antons Brust. »Er lebt. Komm, pack mit an.« Doch der andere Soldat hatte sich im Schutz der Dunkelheit davongemacht.
So blieb Thomas Engelke nichts anderes übrig, als den verwundeten, grausam entstellten Kameraden allein in Sicherheit zu bringen. Wo immer das sein mochte.

14

»Aua!« Gesas dunkelblaue Augen füllten sich mit Tränen, doch statt den Hammer, der viel zu schwer für sie war, loszulassen, hieb sie so unverdrossen wie vergeblich auf den Nagel ein.

»Nun nehmen Sie dem Kind doch endlich den Hammer aus der Hand!«, rief eine junge Frau empört. »Das kann man ja nicht mit ansehen. Außerdem wollen andere Leute heute auch noch drankommen und sich nicht bis Weihnachten die Beine in den Bauch stehen!« Ihre beiden Söhne, sie mochten sechs und sieben Jahre alt sein, grinsten Gesa spöttisch an.

»Das schafft die doch nie«, sagte der Ältere.

Sein Bruder pflichtete ihm bei. »Ist auch Männersache. Frauen können so was sowieso nicht.«

Felicitas lächelte gleichmütig. »Meine Tochter hat den Nagel bezahlt, und es dauert eben so lange, wie es dauert. Statt zu meckern, sollten Sie die Beharrlichkeit einer Fünfjährigen bewundern. Das ist die Zukunft des deutschen Volkes.« Ihr Ton troff vor Ironie, und die Frau presste die Lippen zusammen.

Weil das Reich die üblichen Gold- und Silbermünzen für den Finanzbedarf im Außenhandel benötigte, wurden sie eingezogen und durch Banknoten ersetzt. Viele Bürger kamen der Aufforderung nach und gaben nicht nur ihre Münzen ab, sondern opferten auch ihren Schmuck. Nicht wenige tauschten sogar ihre goldenen Eheringe gegen solche aus Eisen mit der Aufschrift »Vaterlandsdank 1914«.

Und jetzt auch noch der Eiserne Roland, eine Statue vor dem Rathaus, die nach dem Vorbild des echten Roland aus Holz gefertigt worden war, in die jeder Bürger gegen zehn Pfennig einen Nagel schlagen durfte. Für eine Goldmünze wurde »Freinagelung« gewährt, was bedeutete, dass der Spender drauflosnageln konnte, wie ihm der Sinn stand und seine Kraft reichte. Für die Kinder war es ein Riesenspaß, für die Erwachsenen eine patriotische Pflicht, der sie mit würdevoller Miene nachkamen.

Felicitas ging die ganze Kriegsbegeisterung auf die Nerven. Überall Fähnchen und Wimpel und verklärte Gesichter, obwohl im Feld die Männer starben wie die Fliegen. Die Roland-Einnagelung war nur ein Akt der Augenwischerei mehr, den Menschen das Geld aus der Tasche zu ziehen, um einen sinnlosen Krieg zu finanzieren. Sie ärgerte sich aber vor allem auch deshalb über die Raffgier des Reiches, weil sie sie zwang, eine viel versprechende Idee auf Eis zu legen, für die im Moment aber niemand eine Mark übrig haben würde – die Idee, jedem Bremer ein symbolisches Stück Kunstpark zu verkaufen. Für einen Obolus zwischen fünfzig und fünfhundert Mark würden die Käufer ein Zertifikat erhalten, das sie als Miteigentümer auszeichnete. Abgesehen von dem finanziellen Gewinn sollte das ungewöhnliche Vorhaben dazu beitragen, die Verbundenheit der Bremer mit dem Kunstprojekt zu fördern.

Mit einem letzten Hieb trieb Gesa den Nagel endlich so weit ein, dass er zumindest halten würde, bis sie ihm den Rücken gekehrt hatte. Stolz betrachtete sie ihr Werk, bis die beiden Jungen es satt hatten und Gesa unsanft zur Seite drängten. Felicitas nahm sie an die Hand und bugsierte sie durch die Masse der Wartenden zu ihrem Wagen.

»Hast du es gesehen, Mama? Der Nagel saß astrein!« Gesa strahlte und sah Felicitas erwartungsvoll an.
»Astrein«, bestätigte Felicitas. »Das hast du wirklich gut gemacht.«
Plötzlich zog Gesa eine Schnute. »Du konntest es gar nicht sehen, du warst viel zu weit weg.«
Felicitas startete den Wagen und lenkte ihn Richtung Domsheide, um über den Wall zum Stadtpark zu fahren, bevor sie so antwortete, wie es das Spiel verlangte.
»War ich nicht.«
»Warst du doch.«
»War ich nicht.«
»Warst du doch.«
»War ich nicht.«
»Warst du doch. Doch, doch, doch!«
Manchmal gewann Felicitas, meistens jedoch Gesa, die ihre weiche Kleinmädchenstimme in ungeahnte Höhen und Lautstärken schwingen konnte, was Heinrich dazu veranlasst hatte, ihr den Spitznamen »Kleine Primadonna« zu verleihen und darüber zu spekulieren, ob es Sinn machte, Gesa jetzt schon Gesangsunterricht erteilen zu lassen, damit ihre natürliche Gabe nicht verkümmerte. Felicitas musste ihn jedes Mal, wenn die Rede darauf kam, daran erinnern, dass Gesas Stimme zwar tragfähig war, aber die Musikalität ihrer Tochter sich in Grenzen hielt.
Doch wenn Gesa alle Ziele, die sie erreichen will, so verbissen verfolgt wie sie es meist tut, selbst beim Einschlagen eines dummen Nagels, würde einer Gesangskarriere wohl nichts im Wege stehen, dachte Felicitas amüsiert und zauste Gesa die blonden Locken.
»Lass das«, murrte Gesa, und Felicitas zog ihre Hand zurück. Ihr Verhältnis hatte sich nicht wesentlich gebessert, auch wenn Felicitas immer wieder versuchte, eine Nähe

zwischen ihnen herzustellen. Gesa war ein Vater-Kind, ganz wie sie selbst. Sie schob den Gedanken beiseite und konzentrierte sich aufs Fahren.

Der knallrote Opel von Swantje Petersen stand vor dem Eingang des Kunstparks, welcher von einem hohen Bretterzaun umgeben war, der Neugierige, vor allem aber Diebe abhalten sollte, die scharf auf brandneue Ziegel, Rotstein und andere Baumaterialien waren, die auf ihre Verarbeitung warteten.

Trotz ausdrücklicher Anweisung, die Arbeiten einzustellen, liefen sie im Verborgenen weiter, aber in so bescheidenem Umfang, dass niemand, nicht einmal Hindenburg selbst daran hätte Anstoß nehmen können. Felicitas hatte es geschafft, zwei Dutzend alte Männer anzuheuern, die den Bau der Häuser vorantrieben, langsam zwar, aber der geringste Fortschritt war besser als der deprimierende Stillstand. Darüber hinaus hatte sie versucht Frauen für das Projekt zu gewinnen, war damit aber weniger erfolgreich als gedacht, denn in Bremen wie im übrigen Reich musste das angeblich schwache Geschlecht inzwischen für die Arbeiten rekrutiert werden, die im Allgemeinen von den Männern verrichtet wurden. Vom Hafen bis in die Kontorhäuser sorgten Frauen nun dafür, dass das öffentliche und wirtschaftliche Leben nicht völlig zum Erliegen kam. Kein Wunder, dass kaum eine sich dafür begeistern mochte, ihre wenige freie Zeit mit noch mehr Arbeit zu belasten. Im Stillen hatte Felicitas auf Ella gesetzt, doch ihre Schwägerin leistete ihren Dienst an der Allgemeinheit im Soldaten-Genesungsheim im Tivoli ab, und Désirée behauptete, für »so etwas« zwei linke Hände zu haben.

Mit Feuereifer hatten sich dagegen Swantje Petersen und erstaunlicherweise Franziska Ferrik in die ungewohnte Arbeit gestürzt. Erstere genoss es, die Innenwände der zwei

bereits fertig gestellten Gebäude zu verputzen, um auf den jungfräulichen hellgrauen Flächen allerlei unterschiedliche Maltechniken auszuprobieren, die sie seit Jahren akribisch studiert hatte; ein Steckenpferd, das ihr Vater seltsam unweiblich fand, seiner Tochter aber dennoch nicht verboten hatte, was dem Kunstpark nun zugute kam. Eine Wand glänzte wie Carrara-Marmor, eine andere schimmerte hellgelb wie die aufgehende Sonne, auf der nächsten zeichneten sich täuschend echt wirkende toskanische Landschaften ab. Ein ziemliches Durcheinander, wie Felicitas fand, doch da es sich bei dem einen Haus um das Atelier zweier Täuschungskünstlerinnen und bei dem anderen um die Werkstatt einer Bildhauerin handeln sollte, würde Swantjes Experiment gewiss helle Begeisterung auslösen.
Franziska Ferrik dagegen nutzte die Herausforderung, um sich, was sie natürlich nie zugegeben hätte, von ihrer Krankheit und der Angst vor dem, was kommen würde, abzulenken, und außerdem kam es ihr höchst gelegen, ihr zukünftiges Wirkungsfeld unter Kontrolle zu haben. Keiner der alten Männer wagte es, einen Stein zu mauern, bevor Franziska Ferrik es nicht gestattet hatte.
»Sie hat ihren Beruf verfehlt, eigentlich hätte sie Polier werden müssen«, hatte Felicitas einmal zu ihrem Vater gesagt, der wie immer, wenn seine Schauspiellehrerin Ziel des Spotts oder der Kritik war, etwas pikiert reagiert hatte.
Von weitem sah Felicitas die beiden Frauen auf zwei Sandsäcken sitzen, in angeregtem Gespräch mit Bernhard Servatius vertieft. Swantje trug einen alten ausgeleierten Pullover, der ihr drei Nummern zu groß war, und eine ausgebeulte Manchesterhose und war von bunten Farbflecken übersät. Der Wind bauschte ihre roten Locken zu einer üppigen Mähne auf, die ihr rundes sommersprossiges

Gesicht ungestüm umspielte. Swantje wirkte überaus attraktiv, und die Art, wie Bernhard ihre Freundin ansah, versetzte Felicitas einen feinen Stich, zu fein, um ihm Aufmerksamkeit zu schenken.

»Einen Kaffee?«, begrüßte Bernhard sie und schwenkte die Thermoskanne. »Eine Tasse dürfte noch übrig sein.«

»Vielen Dank«, sagte Felicitas. Sie nahm die Tasse entgegen und setzte sich. Sie plauderten eine Weile über dies und das und bestärkten sich darin, den Krieg abscheulich und unmenschlich und ganz und gar sinnlos zu finden. Felicitas liebte die Offenheit, die sie einander entgegenbrachten. So unterschiedlich ihre Charaktere auch sein mochten, so kritisch Felicitas vor allem Franziska Ferrik und Bernhard betrachtete, sie waren doch Freunde geworden auf eine unpathetische, selbstverständliche Art.

»Genug pausiert!«, rief Swantje und klopfte sich auf die Schenkel. »Macht's gut, ihr drei. Ihr findet mich in Haus 2.« Der Einfachheit halber hatten sie die Gebäude, ob fertig oder nicht, nummeriert.

»Und mich in Haus 1«, sagte Franziska Ferrik und schloss sich Swantje an.

Bernhard sah den beiden hinterher und lächelte. »Wir sind schon ein bizarres Quartett, nicht wahr?«

Felicitas nickte. »Das kann man wohl sagen. Und dazu noch das Dutzend alter Herren.«

Bernhard sah ihr in die Augen. »Und Sie sind die Seele des Ganzen.«

»O nein, ich hatte lediglich die Idee. Ohne Ihre Hilfe …« Sie brach ab, alarmiert von der Ernsthaftigkeit seines Tons. »Sie wollen mir doch damit nicht sagen …«

Er nickte. »Scharfsinnig wie immer, die Dame. Übermorgen.«

»Wohin?« Ein eiskalter Ring legte sich um ihren Brustkorb. Gesa hüpfte singend umher, die Vögel zwitscherten. Alles wirkte plötzlich so unwirklich, wie eine schöne Kulisse, die die grausame Wirklichkeit barmherzig abschirmte.

»Irgendwo an der Küste. Mehr sollten Sie nicht wissen, zu Ihrer eigenen Sicherheit. Es … handelt sich um eine Sondermission«, antwortete er.

Am 22. Februar wurde der uneingeschränkte U-Boot-Krieg befohlen. Handelsschiffe Krieg führender und neutraler Staaten wurden innerhalb der erklärten Seekriegsgewässer durch deutsche U-Boote torpediert. Nach der Versenkung des britischen Passagierschiffs Lusitania wurde der Befehl zwar offiziell wieder aufgehoben, doch im Geheimen setzte die deutsche Regierung weiter auf die Sondermissionen, weil das Reich nur auf diese Weise die dringend benötigten Rohstoffe – Rohgummi, Nickel, Zinn – heranschaffen konnte.

»Hat der Kaiser die U-Boote nicht zurückgepfiffen?«

Bernhard lächelte. »Offiziell schon …«

»Wieso werden Sie zu einem U-Boot-Einsatz abkommandiert?«

»Weil ich dafür ausgebildet wurde«, entgegnete er gleichmütig.

»Das wusste ich nicht.«

»Woher sollten Sie auch?« Bernhard nahm die Kaffeetassen und die Thermoskanne und verstaute alles in seiner Aktentasche.

»Besuchen Sie uns doch noch einmal«, sagte Felicitas schnell. »Heute Nachmittag. Marie hat bestimmt einen Kuchen gebacken, und Heinrich …«

»Ich tauge nicht für Abschiedsszenen«, fuhr er ihr brüsk ins Wort und reichte ihr die Hand. »Leben Sie wohl, Felicitas.«

»Was hätten Sie gemacht, wenn ich nicht zufällig hier angehalten hätte?«, erwiderte sie aufgebracht und verschränkte die Arme vor der Brust. »Ich hatte heute gar nicht vor, hierher zu kommen. Hätten Sie mir eine Karte aus Calais geschrieben?«

Er lächelte. »Auf Wiedersehen, Felicitas.«

Stumm sah sie ihn an und nahm schließlich seine Hand. »Auf Wiedersehen, Bernhard. Passen Sie auf sich auf.«

»Die werden mich schon nicht erwischen. Unkraut vergeht nicht. Und ich bin ein verteufelt guter Seemann.« Lässig winkte er ihr zu und ging.

Wie betäubt sah Felicitas ihm nach. Ohne Bernhard würden der Park und die Arbeit daran nicht mehr dasselbe sein. Ein Gefühl leiser Panik ließ sie frösteln. Am liebsten wäre sie ihm hinterhergelaufen, um, ja, was eigentlich zu tun? Sie unterdrückte den unbestimmten Impuls und nahm ihre Tasche, um sich in einem der Häuser umzuziehen. Ein paar aussortierte Hosen von Heinrich, ein alter Pulli von ihrem Vater. Der Yin-und-Yang-Garten war ihr Revier. Die Bäume würden zwar vor Ende des Krieges nicht geliefert werden, aber die kleinen Findlinge, groß wie Handbälle, die den Rahmen bilden sollten, türmten sich seit Mai neben dem Rund. Und irgendetwas musste sie schließlich auch tun.

»Komm, Gesa.«

Zwei Stunden arbeitete Felicitas konzentriert und ohne eine Pause einzulegen. Die körperliche Anstrengung und die Gleichförmigkeit der Tätigkeit beruhigten ihre aufgewühlten Gefühle. Selbst Gesa, der Felicitas aufgetragen hatte, aus lauter weißen Kieselsteinen im Innern des Kreises ein kleines Mosaik zu legen, respektierte die unausgesprochene Bitte ihrer Mutter, eine Weile in Ruhe gelassen zu werden.

Als Felicitas auf die Uhr sah, erschrak sie. »Schon fast fünf. Die Oma wartet mit dem Tee auf uns, Gesa. Und vielleicht ist der Papa heute ja auch früher daheim.« Sie streckte sich und klopfte sich den Staub von der Hose.

»Guck mal, Mama. Ist das schön?« Hoffnungsvoll sah Gesa ihre Mutter an, und dieses Mal versäumte Felicitas es nicht, das Werk ihrer Tochter eingehend zu betrachten. Die weißen Kieselsteine bildeten einen fast perfekten Kreis, und Felicitas lächelte.

»Das hast du gut gemacht«, sagte sie und nahm Gesas Hand.

»Hab ich nicht«, krähte Gesa fröhlich und lachte.

»Hast du doch.«

»Hab ich nicht.«

»Hast du doch.«

»Hab ich nicht.«

»Hast du doch. Doch, doch, doch.«

»Mama«, unterbrach Gesa das Spiel plötzlich, »muss Papa auch in den Krieg wie Onkel Bernhard und Onkel Anton?«

Schweigend drückte Felicitas ihre Tochter an sich, unsicher, was sie antworten sollte. Gesa war zu klug, um sich mit Ausflüchten abspeisen zu lassen, aber nicht so stabil für die ganze Wahrheit.

»Weißt du«, begann sie, »Papa tut alles, um uns nicht verlassen zu müssen, und er hat viele wichtige Freunde, die ihn dabei unterstützen. Und wir müssen fest die Daumen drücken, dass das noch lange so bleibt. Verstehst du?«

Gesa nickte und hielt beide Daumen mit den Fingern umklammert. »So?«

»Genau. Das machst du ab jetzt immer vor dem Einschlafen, einverstanden?«

»Und das soll helfen?«, fragte sie misstrauisch. »Warum?«

»Nun, das ist eine alte Sitte, die Glück bringt.«
Stirnrunzelnd betrachtete Gesa ihre Händchen. »Glaub ich nicht.«
»Das solltest du aber. Es ist ein bisschen wie Zauberei. Niemand kann erklären, wie es funktioniert, doch es funktioniert.« Felicitas war sich bewusst, dass ihre Erklärungen aus dem Ruder zu laufen drohten. Heinrichs Schicksal in die Nähe einer von zwei Daumen zu beeinflussenden Macht zu rücken, schien nicht geeignet, Gesas wachen Verstand zu überzeugen. Deshalb wechselte sie abrupt das Thema. »Wir müssen uns noch von Swantje und Franziska Ferrik verabschieden, und dann sollten wir fahren. Marie hat bestimmt Kuchen gebacken.«
Schweigend lief Gesa neben ihr her.
Zu Hause angekommen, stürzte sie aus dem Wagen und lief in den Garten.
Felicitas folgte ihr und lächelte über das Idyll, das sich ihr bot.
Clemens und Christian wackelten behände und wegen der dicken Baumwollwindeln breitbeinig über den Rasen, Bauklötzchen, Rasseln, Teddys und anderes Spielzeug verliehen dem satten Grün lustige bunte Tupfer. Gesa hatte sich Heinrich in den Arm geworfen, der, auf einer Decke sitzend, das Gleichgewicht nicht hatte halten können, und Gesa lachend mit sich gerissen hatte, sodass sie nun kichernd nebeneinander lagen. Etwas weiter entfernt hatte sich Désirée auf einer Liege ausgestreckt und las.
Auf einem weißen Gartentisch wartete das tägliche Wunder – ein Kuchen, dessen Butteranteile der liebe Gott ihnen gespendet haben musste, denn so viele Buttermarken erhielten die Andreesens wohl kaum, dass es dafür reichte. Seit die Köchin ihren Dienst quittiert hatte, um ihren Eltern in Syke zur Hand zu gehen, hatte sich Marie die Kü-

che erobert und die Familie mit kulinarischem Können erstaunt, sodass Elisabeth darauf verzichtete, sich andere Bewerberinnen um den Posten anzusehen. Besonders Maries kleine Wunder hatten es ihnen angetan, auch wenn allen klar war, dass die wundersame Vermehrung von Butter, Fleisch oder Rotwein nicht mit rechten Dingen zugehen konnte. Doch Marie stellte sich stets arglos und murmelte etwas von »altem Hausfrauentrick«. Elisabeth ließ es dabei bewenden, schließlich war das Butterwunder ein Segen für die Kinder. Und Fleisch und Rotwein waren auch nicht zu verachten.

Elisabeth, eine Ente aus Holz auf dem Schoß, hatte Limonade für die Kinder und für sich und Heinrich Tee eingeschenkt und war damit beschäftigt, den Kuchen und Äpfel und Birnen in mundgerechte Stücke zu schneiden. Einmal mehr dachte Felicitas, wie viel liebevoller Elisabeth mit ihren Enkeln umging als ihre Mutter. Zugegeben, sie hatte wegen ihres Berufs und nicht zuletzt auch wegen Sorau weniger Gelegenheit, die Kinder zu sehen, doch Felicitas wettete eins zu hundert, dass diese Tatsache nicht wirklich ausschlaggebend war. Ihr fehlte der Großmutterinstinkt. Ihr Vater verdiente das Prädikat »lieber Großvater« allerdings auch nicht. Sein Engagement ließ ihm zu wenig Zeit, sich intensiv um seine Enkel zu kümmern, und seiner Eitelkeit ging es zudem ein wenig gegen den Strich, den »Opa« zu geben, wie er es lakonisch formuliert hatte.

»Liebling!« Heinrich blieb liegen, ruderte aber mit den Armen, sodass er wie ein Käfer auf dem Rücken aussah, was Gesa lachend in die Hände klatschen ließ.

»Na, du Käfer!«, stimmte Felicitas in das Spiel ein, setzte sich aber zu Elisabeth und schenkte sich durstig ein großes Glas Limonade ein, das sie in einem Zug austrank. »Entschuldige bitte«, sagte sie zu Elisabeth, »aber ich bin halb

verdurstet.« Mit einem Blick auf ihre Hände fügte sie hinzu: »Und ein wenig reinigungsbedürftig.«
»Was hast du heute gemacht? Wieder ein Haus fertiggestellt?«, fragte Heinrich neckend.
»Schön wär's«, antwortete Felicitas. »Ich habe es gerade geschafft, zehn kleine Findlinge einzugraben.«
»Wenn es im Betrieb so weitergeht, biete ich dir meine Dienste als Maurer an«, sagte Heinrich lakonisch. »Heute haben sich wieder fünfzig Männer abgemeldet, die übermorgen in irgendwelchen Schützengräben …«
»Scht«, zischte Elisabeth tadelnd. »Nicht vor den Kindern.«
»Mama hat gesagt, wenn ich dir ganz fest die Daumen drücke, musst du nicht in den Krieg. Ich hab's aber nicht geglaubt, das mit den Daumen«, sagte Gesa und sah ihren Vater eindringlich an, als würde sie von ihm einen vernünftigeren Rat erwarten.
»Aber die Mama hat Recht«, entgegnete Heinrich. »Ich mache es auch so. Schau!« Er hielt seine Fäuste mit den versteckten Daumen in die Höhe. »Wie wäre es, wenn du dieses Geheimrezept deinen Brüdern erklärst?«
»Na gut«, meinte Gesa wenig begeistert. »Ihr könnt es ruhig sagen, wenn ihr mich loswerden wollt.«
Heinrich blickte ihr nach und seufzte. »Sie müsste ja auch taub und blind sein, um nicht mitzubekommen, was los ist.«
Stille breitete sich zwischen ihnen aus, in der die Sorge fast greifbar wurde. Um Anton, der verletzt, aber außer Lebensgefahr in einer Klinik in Ober-Ost lag, in einem Gebiet, das mittlerweile von heftigen Stellungskriegen zwischen Deutschen und Russen gezeichnet war. Die Familie hatte aufgeatmet, eine Verletzung, wie schlimm sie auch sein mochte, bedeutete Heimaturlaub, doch seit vier Wo-

chen hatte kein Brief aus Libau die Andreesens mehr erreicht. Aber ihre Sorge galt auch Helen, die sich aus unerfindlichen Gründen immer noch in Sorau aufhielt und gelegentlich betont muntere Briefe schrieb, in denen sie ihre baldige Rückkehr ankündigte, aus der aber nie etwas wurde. Warum sie sich so verhielt, war nie Gegenstand der Diskussion, weder zwischen Felicitas und ihrem Vater noch innerhalb der Andreesen-Familie. Man sorgte sich, doch darüber hinaus waren Helen, aber auch Anton kein Thema. Niemand wagte daran zu rühren, als würde schon die Erwähnung schreckliches Unheil verursachen, und an dieses ungeschriebene Gesetz hielten sie sich auch dieses Mal.

Nach einer Weile sagte Heinrich: »Heute habe ich den alten Claußen getroffen. In seinem Im- und Export wurde von siebenundvierzig Kontorangestellten der Letzte einberufen, seine überseeischen Gründungen sind vernichtet, die englischen Kolonien zwangsweise liquidiert oder enteignet. Er fragte mich, ob er den Strick oder die Kugel wählen solle.« Er machte eine Pause. »Andere Firmen gehen pleite, weil ihre Außenstände nicht mehr oder nur teilweise bezahlt werden. Vorgestern wurde die fünfte von den vierzehn Bremer Brauereien stillgelegt, gestern haben Paulsen & Dallert dichtgemacht.«

»Ach um Himmels willen!«, rief Elisabeth. »Wie oft haben Gustav und ich ihnen die Pest an den Hals gewünscht, weil sie versucht haben sich in unsere Brasiliengeschäfte einzumischen und unsere Preise unterboten, aber so ein Ende haben sie nicht verdient. Ich werde Emma Paulsen nachher schreiben.«

»Spar dir die Mühe, Mutter. Sie sind fort.«

»Ja aber wohin denn?«

Heinrich zuckte mit den Schultern. »Niemand weiß etwas

Genaues. Es heißt, sie hätten sich nach Südamerika abgesetzt. Jedenfalls ist ihr Haus verrammelt, das Tor abgeschlossen.«
»Sünde.« Elisabeth schüttelte den Kopf.
»Machen wir uns nichts vor«, sagte Heinrich nüchtern, fast schonungslos, was ungewöhnlich für ihn war, »wenn der Krieg noch lange fortgeführt wird, können wir alle stempeln gehen. Nur die Kriegswirtschaft floriert noch. Kanonen und Haubitzen …« Er schnaubte verächtlich.
»Bernhard ist eingezogen worden«, warf Felicitas ein, die bislang schweigend zugehört hatte.
»Ich weiß«, meinte Heinrich und vermied Felicitas' Blick. »Er hat es mir gestern gesagt.«
Elisabeth sah zu Heinrich und dann zu Felicitas, was dieser nicht entging, und wie schon einmal heute überfiel sie ein intuitives Wissen. Wieder legte sich der eiserne Ring um ihre Brust, ihr Herz begann laut und hart zu schlagen, ihr Atem schneller zu gehen, bis Übelkeit in ihr aufstieg. Die Schonfrist für Heinrich war vorbei.
»Ich lasse euch allein«, sagte Elisabeth und ging hinüber zu den Kindern.
»Wohin?«, fragte Felicitas tonlos.
»Nach Frankreich.«
Ausgerechnet. Im Westen tobte eine verheerende Materialschlacht, die dem Krieg eine neue, entsetzliche Dimension gegeben hatte. Von Kompanien, die mit hundertsiebzig Mann ins Feld marschiert waren, kehrten nur zwanzig, höchstens dreißig Männer zurück. Von nächtelangen Granatenbeschüssen war die Rede, von Giftgas, das sich nicht sofort tödlich, aber umso qualvoller in Augen, Haut und Lungen ätzte.
Felicitas liefen die Tränen über die Wangen.
»Wie viel Zeit bleibt uns noch?«, flüsterte sie.

»Eine Woche«, antwortete er und fügte aufmunternd hinzu: »Abgesehen vom Rest unseres Lebens natürlich.« Zärtlich sah er ihr in die Augen. »Felicitas, ich …«

»Komm«, unterbrach sie ihn und zog ihn hoch.

Den restlichen Nachmittag und in der Nacht schenkten sie einander Körper und Seele, vergewisserten sich leidenschaftlich, fast ungestüm der Kraft ihrer Liebe und beschworen das Leben mit Küssen und Blicken, bei ihnen zu bleiben.

Als Offizier Heinrich Andreesen am 15. August 1915 von einem Feldwebel abgeholt wurde, weigerte sich Gesa heulend, ihrem Vater auf Wiedersehen zu sagen, weil er sie angelogen hatte. »Die doofen Daumen habe ich gedrückt. Und du hast versprochen, dass es nützt!«, schluchzte sie bitterlich. Heinrich strich ihr sanft übers Haar, aber sie versteckte ihr Gesicht in Elisabeths Röcken.

»Komm zurück zu mir, hörst du?« Eindringlich sah Felicitas in Heinrichs sanfte blaue Augen. Er nickte und küsste sie. Der Kies knirschte unter seinen Stiefeln, als er zum Wagen ging. Gesa heulte auf.

»Es gibt Schlimmeres als diesen Abschied, mein Kind«, sagte Felicitas ahnungsvoll und schaute dem schwarzen Wagen nach, bis er nicht mehr zu sehen war.

Als Martin Fromberg das Gutshaus in Sorau betrat, wusste Helen, dass sie so schnell wie möglich abreisen sollte. Doch die Ereignisse nahmen ihr die Entscheidung aus der Hand. Mit sofortiger Wirkung und bis auf weiteres, so hieß es in dem Schreiben aus Berlin, sollte das Gut als Lazarett dienen. Die Besitzer hätten umgehend Sorge zu tragen, dass der Betrieb unverzüglich aufgenommen werden konnte. Warum ausgerechnet Sorau dafür herhalten musste, konnte Helen sich denken. Vermutlich hatten die vermögenderen, einflussreichen Gutsbesitzer sich mit dem Hinweis auf ihre für die Moral und das Wohlergehen des deutschen Volkes unverzichtbare Aufgabe des Säens und Erntens des Korns aus der Affäre gezogen und dem kleinen Gut dadurch den schwarzen Peter zugespielt.

»Wie stellen die sich das vor?«, hatte Helen aufgebracht gerufen, doch Martin hatte gelassen reagiert.

»Das werden sie uns schon mitteilen.«

Zwei Tage später morgens um sechs Uhr fuhren die Militärwagen vor. Zwei Ordensschwestern kletterten aus einem Transporter und wirkten in ihren schwarzen Capes, die sich im Wind bauschten, wie zwei frierende Raben, die sich verflogen hatten. Während die Schwestern geduldig warteten, dass sich jemand von der Gutsfamilie sehen ließ, luden einige Soldaten unter den strengen Blicken eines Offiziers das Gepäck der Schwestern, Feldbetten und Pakete mit Medikamenten ab.

»Entschuldigen Sie, dass wir Sie so früh überfallen«, sagte der Offizier höflich, als Helen, Verena und Martin vor die Tür traten, und ging ihnen entgegen.

»Überfallen ist in diesem Zusammenhang wirklich eine passende Formulierung«, entgegnete Helen lakonisch und bereute ihre Worte sofort, da die Miene des Offiziers gefror.

»Und Ironie ist nicht gerade das, was dem deutschen Volk den Rücken stärkt«, gab er knapp zurück und fügte eisig hinzu: »Sie müssen kooperieren, ob es Ihnen passt oder nicht. Schwester Agathe und Schwester Monika werden im Haupthaus untergebracht. Der Stall wird von meinen Männern mit Stroh und Pritschen ausgestattet. In Kürze werden die ersten fünfzig Verwundeten ankommen.«

»Und wann dürfen wir mit den Ärzten rechnen?«, fragte Martin freundlich.

Der Offizier zögerte eine Sekunde. »Darüber wird in der Stabsstelle entschieden.«

»Sie wissen, was es bedeutet, wenn zwei Schwestern sich allein um so viele Patienten kümmern müssen, abgesehen von denen, die noch folgen werden? Ihre Kompetenz in allen Ehren, aber wir können ja wohl an den Fingern einer Hand ausrechnen, wann die Frauen zusammenbrechen.« Martin sagte dies schlicht und ruhig, ohne eine Spur von Wut oder Erregung in der Stimme, was Helen beeindruckte. Ohne es zu wollen, verglich sie ihn wieder mit Max, der spätestens jetzt den Offizier zur Schnecke gemacht und wer weiß welche Konsequenzen heraufbeschworen hätte.

»Die Schwestern schaffen das schon«, entgegnete der Offizier laut, trat etwas näher und senkte die Stimme. »Hören Sie auf damit! Es gibt weit und breit keinen Arzt mehr. Sie werden auf sich allein gestellt sein, und je eher Sie sich damit arrangieren, desto besser.« Er wandte sich ab, drehte sich aber noch einmal um. »Es tut mir Leid.«

Seit diesem Tag verbrachten Helen und Verena die meiste Zeit im Lazarett, notgedrungen, denn nach der Ankunft der ersten Verwundeten war der Strom derer, die Hilfe brauchten, nicht abgerissen. In kürzester Zeit war die befohlene säuberliche Trennung zwischen deutschen Soldaten und russischen Kriegsgefangenen nicht mehr möglich; doch keiner der Soldaten hatte die Kraft, sich daran zu stören, mit dem Feind ein Lager zu teilen. Schwester Agathe und Schwester Monika hatten Helen und Verena die wichtigsten Handgriffe, Verbandstechniken und einige Grundregeln der Pflege Schwerkranker beigebracht, aber weder vermochten sie das Leid wirklich zu lindern noch sich an den Anblick zu gewöhnen - verstümmelte Gliedmaßen, eitrige Wunden, unkenntliche Gesichter. Das Einzige, was Helen, Verena und die Schwestern für diese Männer tun konnten, war nett zu ihnen zu sein, stumm eine Hand zu halten, behutsam den Fieberschweiß abzutupfen und zu antworten, wenn sie im Delirium nach ihrer Mutter riefen. Nur wenige Soldaten waren ansprechbar, noch weniger so weit wiederhergestellt, dass sie bald in die Heimat oder im Fall der Russen ins Kriegsgefangenenlager entlassen werden konnten. Weit hinter dem Stall und außer Sichtweite des Gutshauses musste Martin mit der Hilfe einiger älterer Erntehelfer, die ihnen noch geblieben waren, ein Grabfeld anlegen, das jeden Tag um mehrere hölzerne Kreuze erweitert wurde.

Selbst wenn Helen es gewollt hätte, eine Abreise nach Bremen war unter diesen Umständen völlig indiskutabel. Sie und Verena kümmerten sich inzwischen fast rund um die Uhr um die Verwundeten, während Martin sich der Felder und der Pferde annahm, was zu schaffen so gut wie unmöglich war. Doch er beklagte sich nicht, noch verlor er jemals Geduld und Mut. Helen liebte ihn mit einer Kraft, die sie fast ängstigte, und fragte sich immer wieder, wie sie diesen Mann hatte verlassen können.

Doch sie kannte die Antwort ja. Damals, vor so vielen Jahren, als sie das schönste Mädchen weit und breit gewesen war, wollte sie nur weg aus Sorau, fort von der bäuerlichen Scholle, an der ihr Leben klebte wie die fette Erde unter dem Stiefel. Max Wessels, der junge Schauspieler, war das Ticket auf die Bühnen und in die Salons Deutschlands, Martin Fromberg, Bauer mit Herz und Seele, hatte dem nichts entgegenzusetzen außer seiner leidenschaftlichen Liebe zu ihr.

Doch Helen hatte sich nicht entscheiden können, bis zu Max' letzter Vorstellung in Sorau, der ein Tanzabend im Dorfkrug folgte. Helen hatte sich das schönste Kleid gekauft, das es in ganz Königsberg gegeben hatte, ein rotes Samtkleid, einer Diva würdig. An diesem Abend versprach sie Max, mit ihm zu gehen, doch noch in der Nacht war sie Hals über Kopf zu Martin gelaufen, und sie hatten sich geliebt, stürmisch und verzweifelt. Am nächsten Tag reiste sie mit Max ab. Neun Monate später war Felicitas auf die Welt gekommen. Das Geheimnis dieser Nacht wäre eins geblieben, wenn Helen nicht der Versuchung erlegen gewesen wäre, das rote Kleid aufzubewahren.

Kurz vor der *Amphitryon*-Premiere suchte Max auf dem Dachboden in der Contrescarpe nach dem Monokel seines Vaters, weil er es für seine nächste Rolle in Oscar Wildes *Bunbury* gut gebrauchen konnte, und entdeckte in der hintersten Kiste das rote Kleid – und ein Foto von Martin. Er machte kein Drama aus der Sache, doch das Wissen, immer nur zweite Wahl in Helens Herzen gewesen und vielleicht nicht einmal der Vater von Felicitas zu sein, ging wie ein Riss durch seine Persönlichkeit.

Helen war außerstande, auf Max zuzugehen. Stattdessen verschloss sie ihre Gefühle und wurde zu der kühlen Frau, die sie bis vor kurzem noch gewesen war. Bis sie Martin wiedergetroffen hatte. Ihr Herz heilte, und obwohl sie keine Vorstellung hatte, wie es weitergehen sollte mit ihm, mit Max, mit ihrem ganzen Leben, fühlte sie sich so lebendig wie nie zuvor. Sie liebte es, Martin zu beobachten, seinen massigen, aber von der Reiterei trainierten Körper, seiner tiefen, weichen Stimme zu lauschen, mit der er sanft auf die Pferde einredete, sie liebte es, mit ihm zu sprechen und zu schweigen und sich im tiefsten Innern verstanden zu wissen.

Verena hatte sich zu alldem nicht geäußert, sie hatte andere Sorgen.

Carls Zustand verschlechterte sich, es schien, als würde

die gedrückte Stimmung der Verwundeten seiner Seele das letzte bisschen Lebenskraft rauben. Jeden Morgen und jeden Abend verbrachte Verena eine halbe Stunde an seinem Bett, erzählte ihm, was sie bewegte und wie gut Martin trotz der widrigen Umstände das Gut im Griff hatte. Sie bemühte sich, heiter zu erscheinen, doch Carl sah durch sie hindurch, als würde er sich nach dem anderen Land, das ihn zweifellos erwartete, sehnen.

Ging Verena danach ins Lazarett, fragte sie die Schwestern als Erstes, wer von den Soldaten das Bewusstsein wiedererlangt hatte. Sie trug ein Hochzeitsfoto von Constanze und Sergej bei sich, das sie den Russen voller Hoffnung zeigte, doch sie erntete stets ein Njet oder stummes Kopfschütteln.

An einem Oktobermorgen, Verena und Helen hatten gerade begonnen eine Kohlsuppe für die Kranken zuzubereiten, traf ein neuer Verwundetentransport ein.

»Du liebe Güte«, stöhnte Verena, »wo sollen wir die armen Männer denn bloß noch unterbringen? Sie liegen doch bereits wie die Heringe nebeneinander.«

»Ich kümmere mich drum«, sagte Helen, legte das Messer beiseite und band sich die Schürze ab. Sie verließ die Küche und trat vor die Tür. Die Sonne schien fahl durch den zarten Nebel, einige Seeadler zeichneten sich wie ein Scherenschnitt gegen die milchige Helligkeit ab. Es würde ein schöner Tag werden.

»Guten Tag, Frau Wessels«, grüßte der Offizier. Obwohl er jeden Transport nach Sorau begleitete, vergaß Helen seinen Namen, sobald der Wagen vom Hof gefahren war. Immerhin hatten sie zu einer freundlichen Haltung gefunden, gelegentlich bot Helen ihm sogar eine Tasse Kaffee an, die er gern annahm.

»Wie viele sind es heute?«

»Zwanzig Männer.«
Helen seufzte. »Wir wissen nicht mehr, wohin mit ihnen. Der Stall ist voll, da passt keine Katze mehr hinein.«
Stumm wies der Offizier zum Haupthaus.
»Daran habe ich auch schon gedacht, aber wir haben einen Schwerkranken im Haus, der absolute Ruhe braucht und keine vor Schmerzen schreienden Soldaten«, entgegnete Helen. »Abgesehen davon brauchen die Schwestern und auch wir einen Hauch von Privatsphäre und Ruhe.«
»Erklären Sie das mal den Männern, die ihr Leben für Sie aufs Spiel gesetzt haben.«
Für mich bestimmt nicht, dachte Helen, schluckte die bissige Bemerkung jedoch hinunter. Der Offizier konnte schließlich nichts dafür. »Schon gut. Bringen Sie sie nach hinten. Wir haben einen Anbau für Vorräte hinterm Haus. Dort können sie erst mal bleiben.«
Als die Verwundeten teils aus den Wagen getragen wurden, teils selber gehen oder humpeln konnten, stutzte Helen. Zwei der Gesichter kamen ihr bekannt vor, und sie schrie auf. »Thomas! Anton!« Sie lachte, und gleichzeitig stiegen ihr die Tränen in die Augen, als sie an Elfriede dachte und auch an Elisabeth. »Die beiden kommen zu uns!«, rief sie dem Offizier zu. »Es sind Verwandte!«
Helen entschied, dass sie in Constanzes und Sergejs ehemaligem Schlafzimmer untergebracht wurden, und schnitt Verenas Einwände kurzerhand ab.
Aufatmend sank Anton auf die Matratze. Der Transport vom Lazarett in Libau nach Sorau hatte ihn so geschwächt, dass er kaum noch sprechen konnte. Bevor seine Augen zufielen, flüsterte er Helen zu: »Er hat mir das Leben gerettet. Ohne ihn hätten mich die Russen schon an ihre Schweine verfüttert. Nur das linke Bein, das haben sie bekommen …«

Helen wandte sich zu Thomas. »Stimmt das?«
»Na ja, ich hab ihn in ein Gebüsch geschleppt und von dort aus auf ein Gehöft ...«
»Und dort hat er eine Pritsche gebastelt und mich nächtelang durch die Gegend gezogen, bis wir endlich auf eine deutsche Kompanie stießen ...« Antons Stimme erstarb, und er fiel in einen tiefen Schlaf.
»Es ist ein Wunder, dass er überhaupt noch lebt«, sagte Thomas leise. »In Libau haben sie ihn notdürftig zusammengeflickt. Bis auf das Bein natürlich.«
»Und du? Was ist mit dir?«
»Ach, es geht schon.«
Helen wartete, doch Thomas wollte offensichtlich nicht mehr preisgeben. Das kannte sie schon von den anderen Soldaten. Das Grauen, das sie durchlitten hatten, musste so unsagbar sein, dass nur die wenigsten Worte dafür fanden. Schweigend saßen sie eine Weile beisammen.
»Warum meint man immer alles aushalten zu müssen?«, fragte Thomas plötzlich, und Helen verstand, was er ihr sagen wollte.
Sobald es die Arbeit im Lazarett zuließ, besuchte Helen die beiden im Haupthaus. Anton, den sie bei den gelegentlichen Familientreffen in der Villa als schnöselig und unterschwellig aggressiv in Erinnerung hatte, gab sich freundlich und, so weit es sein Zustand erlaubte, aufgeräumt. Sein verlorenes Bein machte ihm arg zu schaffen, doch er jammerte nicht. Helen kam es so vor, als hätten das Leid und die Schmerzen Anton verändert, ja, geläutert. Désirée würde sich freuen.
Thomas genas schnell. Er hatte sein kleines Skizzenbuch retten können und wieder angefangen zu zeichnen. Vergessen waren die gefälligen Damenporträts, mit denen er sich in Berlin über Wasser gehalten hatte, und mit ihnen

das ganze halbseidene Leben zwischen fremden Betten und schrillen Bars.
Nur einmal, als Anton schlief, gestattete er sich, das Bild von Felicitas anzuschauen, das er damals nach der Premiere von *Amphitryon* mit wenigen Strichen aufs Papier gezaubert hatte. Es hatte ihm auf eine verrückte, unerklärliche Weise Halt gegeben, ihre Augen schienen ihm provozierend zuzuflüstern: Steh auf. Kämpfe. Lass dich nicht hängen.
Er betrachtete Felicitas' Züge lange. Schließlich schüttelte er den Kopf über sich selbst und faltete das Blatt rasch zusammen. Als Thomas aufblickte, traf er Antons Augen.
»Interessant«, sagte Anton gedehnt. »Die Mutter meiner Schwägerin pflegt uns mit Hingabe, und du trägst das Bild ihrer Tochter mit dir herum und schmachtest es an.«
»Das hat nichts zu sagen«, gab Thomas so gleichmütig zurück, wie er konnte. »Nur eine Charakterstudie …«
Anton grinste und drehte sich auf die Seite.

Seitdem Peter Gerhard irgendwo in Flandern für das deutsche Reich kämpfte, hatte Ella die kleine Wohnung in der Braunschweigerstraße gemieden. Zu schmerzlich empfand sie die Leere, und die Schuldgefühle, ihn nicht geheiratet und nicht gegen alle Widerstände zu ihm gestanden zu haben, überfielen sie dort mit intensiver Wucht. Anfangs dachte sie, die Arbeit im Schnoor würde sie ablenken, doch die Frauen hatten angesichts der drückenden Sorge um ihre Männer keinen Sinn für korrekte Rechtschreibung.
Ella suchte Zuflucht und fand sie zu ihrem eigenen Erstaunen dort, wo sie es am wenigsten vermutet hätte – zu Hause, in der Villa. Da kaum noch Burschen und Hilfsarbeiter zur Verfügung standen – selbst die über Fünfundfünfzig-

jährigen mussten nun in Fabriken »Kriegsdienst« tun, und auch Kammerdiener Ludwig hatte seine livrierte Weste ausziehen müssen –, beteiligte sich Ella an der Gartenarbeit und unterstützte Marie, das Haus in Schuss zu halten. Die Zeit, die ihr blieb, verbrachte sie in ihrem Zimmer, las und schrieb. In einer roten Ledermappe, die sie unter ihrer Matratze versteckte, sammelten sich etliche Artikel und Aufsätze über die Situation der Frauen und die Rechte, die ihnen nicht länger vorenthalten werden durften. In regelmäßigen Abständen ließ sie ihre Gedanken der Vorsitzenden des Frauenvereins zukommen, die sie auf Ellas ausdrücklichen Wunsch unter einem Pseudonym im Vereinsblatt veröffentlichte.

An diesem Nachmittag hatte sie lange an einem Aufsatz über das Recht auf Abtreibung gefeilt, und als sie endlich einen Punkt unter das heikle Thema setzen konnte, schwirrte ihr der Kopf. Sie legte den Bleistift beiseite und beschloss, frische Luft zu schnappen.

Der graue Briefumschlag ließ ihr Herz klopfen. Hoffentlich ist er von Peter, dachte sie und flog die Treppe hinunter. Tatsächlich war der Brief an sie adressiert, doch die Handschrift ähnelte weder der von Peter noch der von Heinrich. Absender war die Anwaltskanzlei Höppner & Decker, und Ella fragte sich schuldbewusst, ob das Schreiben irgendetwas mit ihrer geheimen Tätigkeit zu tun haben könnte.

»Gut, dass du da bist, mein Kind. Wir erwarten heute Abend Besuch. Wilhelm Grothke und sein Sohn, du weißt schon, der von der Baumwollbörse …«

»O Mutter, bitte!«, sagte Ella, stopfte den Brief in den Ärmel ihres Kleides und wandte sich zur Haustür.

Elisabeth seufzte. »Du kannst wirklich nicht behaupten, dass ich dich über Gebühr belästige.«

»Nein, das nicht«, gab Ella zu, »aber ich glaube, du verbindest mit diesem Besuch mehr als nur die Hoffnung auf einen unterhaltsamen Abend.«

»Ella, es gibt nicht mehr so viele Männer, die für eine Heirat infrage kommen, und wenn ein vernünftiger, gebildeter Mann wie Daniel Grothke auf Heimaturlaub ist, sollten wir die Gelegenheit nutzen, ihn näher kennen zu lernen. Wer weiß, vielleicht magst du ihn sogar.«

»Ja, vielleicht, aber vielleicht auch nicht. Das ist mir auch ganz egal. Ich finde nur die eindeutige Absicht so … demütigend.« Ella stiegen die Tränen in die Augen. Sie nestelte ein Taschentuch aus ihrem Ärmel und zog dabei den Brief mit heraus.

»Was ist das?«, fragte Elisabeth.

»Ich weiß es nicht.« Ella hob den Brief auf und öffnete ihn. Sollte ihre Mutter doch alles erfahren!

Ella las die Worte, und alle Farbe wich aus ihrem Gesicht. Vor seiner Abreise hatte Peter Gerhard Ella im Falle seines Todes zu seiner Alleinerbin erklärt. Dieser Fall war vor zwei Wochen eingetreten, im flandrischen Ypern.

Nachdem sie Ella zu Bett gebracht hatte wie damals als kleines Kind, blieb Elisabeth noch eine Weile bei ihr und lauschte ihren tiefen, regelmäßigen Atemzügen.

Irgendwann hatte das Schluchzen aufgehört, und erst stockend, dann immer drängender waren die Worte aus ihr herausgekommen. Sie erzählte, was sie mit Peter verband und dass sie es sich nicht verzeihen würde, ihn im Ungewissen gelassen zu haben. Schließlich war sie erschöpft eingeschlafen.

Leise stand Elisabeth auf, löschte das Licht und schloss die Tür hinter sich.

Nein, Ellas Verhalten konnte sie beim besten Willen nicht gutheißen, aber sie verstand den Schmerz ihrer Tochter

und auch, dass es nun an ihr, Elisabeth, war, ihrer Tochter zu helfen, damit umzugehen.
Elisabeth begab sich ins Bad, wusch sich rasch die Hände und ordnete ihr Haar.
»Entschuldigen Sie bitte meine Verspätung. Eine dringende Angelegenheit«, sagte sie, als sie kurz darauf das Esszimmer betrat und die angeregte Unterhaltung von Felicitas und Désirée mit den Grothkes unterbrach. Die Herren sprangen auf und deuteten eine Verbeugung an.
»Liebe Frau Andreesen«, sagte Grothke senior und umschloss Elisabeths zierliche Rechte mit beiden Händen, »wie schön, dass wir uns einmal wiedersehen.«
»Denk dir nur«, berichtete Felicitas strahlend, »Daniel lässt uns von Heinrich grüßen. Sie waren in derselben Kompanie.«
Daniel Grothke nickte und reichte Elisabeth seine linke Hand. Der rechte Ärmel baumelte leer herunter. Elisabeth tat nicht so, als hätte sie es nicht gesehen, und blickte ihn auffordernd an.
»Fort Deaumont«, sagte Daniel und setzte sich wieder neben seinen Vater. »Eigentlich sollte unsere Einheit sich weiter südlich durch die Stellung der Franzosen kämpfen, doch plötzlich wurde der Befehl geändert, und wir sollten die Festung einnehmen. Was uns ja auch gelungen ist.« Stolz schwang in seiner Stimme mit.
Der Verlust seines Arms scheint ihn nicht weiter zu betrüben, dachte Elisabeth erstaunt, aber vielleicht hilft ihm die zur Schau getragene Sachlichkeit auch nur, die Fassung zu bewahren. Deshalb ging sie nicht näher darauf ein. »Ich erinnere mich, dass Heinrich das Fort in einem seiner Briefe erwähnte. Dort haben Sie sich also gesehen?«, fragte sie stattdessen.
»Ja, wir kämpften Seite an Seite. Wir waren die einzigen

Bremer weit und breit.« Daniel lachte kurz auf. »Danach wurde seine Einheit jedoch zum Fort Vaux abgezogen.« Er schaute in die Runde und zögerte, als würde er überlegen, wie viel militärische Information den Damen zuzumuten war. Schließlich fuhr er fort: »Drei Festungen liegen vor Verdun. Befinden sie sich in deutscher Hand, wird Verdun fallen – und damit der Krieg, zumindest im Westen, entschieden.«

»Ich verstehe zwar nichts von diesen Dingen, aber gestatten Sie mir eine Frage«, warf Elisabeth ein. »Wäre es nicht weniger zermürbend für die deutschen Soldaten und die Angehörigen, wenn man diese Entscheidung ein wenig forcieren würde? Immerhin dauert der Kampf um diesen winzigen Flecken weit vor den Toren von Paris schon mehr als ein Dreivierteljahr.«

»Nun ja«, schaltete sich der alte Grothke ein, unbehaglich seinen Schnurrbart auf Kaiserart zwirbelnd, »um die Ostfront zu verstärken, wurden einige Kompanien aus Frankreich abgezogen und nach Ober-Ost verfrachtet. Die fehlen jetzt natürlich im Westen. Aber es ist nur eine Frage der Zeit, bis wir den Franzosen Räson beigebracht haben. Durch den langen Stellungskrieg ist der Gegner moralisch ohnehin schon erheblich geschwächt.«

Und wir auch, dachte Elisabeth unwillig. Sie teilte den Optimismus der Grothkes nicht, ganz im Gegenteil, doch eine Debatte mit zwei Kriegsbefürwortern zu führen erschien ihr sinnlos und ermüdend. Heinrichs Briefe an Felicitas, die ihre Schwiegertochter mit Ausnahme der persönlichen und intimen Passagen ihr vorlas, zeichneten ein anderes, viel ernsteres Bild der Lage, und selbst dies entsprach sicher nicht der ganzen Wahrheit.

»Ich denke, wir nehmen den Kaffee im Wintergarten. Marie hat zudem eine kleine Überraschung gezaubert, die

Ihnen hoffentlich munden wird«, sagte sie und beendete damit elegant das Thema.
Als die Grothkes sich verabschiedeten, schlug die Uhr halb elf.
»Zwei Hähne im Korb«, bemerkte Désirée launig, die den ganzen Abend kaum ein Wort gesagt hatte. »Für die beiden muss es das Paradies gewesen sein. Schade, dass Ella unserem holden Reigen ferngeblieben ist. Wo ist sie überhaupt?«
»Sie fühlt sich nicht wohl«, sagte Elisabeth, die sich im selben Moment entschlossen hatte, Désirée nichts von den Ereignissen zu erzählen.

15

Früher hatte sie den würzig-herben Duft frisch geschnittener Steckrüben gemocht, heute verging Felicitas schon beim Gedanken an den orangegelben Eintopf der Appetit. Zu häufig hatte er in diesem Winter auf dem Speisezettel gestanden. Dabei musste sie noch dankbar sein, denn Marie zauberte stets eine Scheibe Speck und Kochwürste dazu, die das Mahl erträglich machten, erträglicher jedenfalls als das, was die Mehrheit der Bremer im dritten Kriegsjahr auf dem Teller hatte.

Um das wenige zu rationieren, hatte die Regierung ein Verbot vorzeitiger Schlachtung von Vieh erlassen, sämtliche Getreide- und Mehlvorräte registriert und die staatliche Kontingentierung auf fast alle Lebensmittel ausgedehnt.

Wöchentlich erhielt jeder Bremer zwei Kilo Brot, täglich rund dreihundert Gramm, die aber schon seit geraumer Zeit mit gequetschtem und geriebenem Kartoffelmehl gestreckt wurden.

Butter, Zucker, Fleisch – nach und nach wurde alles rationiert, der freie Verkauf eingestellt und Marken und Bezugsscheine eingeführt, die das nackte Überleben garantieren sollten. Doch auf der Straße regierte der Hunger, eine Million Menschen waren an den Folgen der Unterernährung bereits gestorben, die meisten davon Kinder.

»Die Granaten töten die Männer, den Rest erledigen Hunger und Skorbut«, hatte Felicitas eines Morgens sarkastisch bemerkt und Elisabeth den Vorschlag unterbreitet, eine wöchentliche Speisung für Bedürftige einzurichten.

»Das ist zwar auch nicht viel mehr als ein Tropfen auf den heißen Stein, aber immer noch besser als gar nichts.«

»Die Sozialdemokraten haben doch gerade getönt, dass sie für Massenspeisungen sorgen wollen. Ich möchte nur wissen, wo sie die Lebensmittel dafür herkriegen wollen. Ich halte das für reine Propaganda.« Elisabeth stand seit jeher mit der linken Seite der Bremer Politik auf Kriegsfuß und traute ihr nicht über den Weg und nichts zu.

»Mag sein. Das geht vermutlich auf Nussbaums Konto. Aber selbst wenn sie ihren Plan in die Tat umsetzen, sollten wir uns nicht der Verantwortung entziehen. Ich denke, es ist an der Zeit, ein wenig von dem abzugeben, was wir besitzen«, meinte Felicitas und dachte an die Mengen an Mehl, Linsen, weißen Bohnen und Graupen, die Heinrich vor dem Krieg in weiser Voraussicht gekauft und in den Speichern am Hafen unweit der Kaffeevorräte eingelagert hatte.

»Nun gut. Aber wo willst du die Menschen bewirten? Bei aller Nächstenliebe werde ich aus diesem Haus bestimmt keine Garküche machen.«

»Ich dachte erst an die Speicher im Hafen, aber dort gibt es keine Möglichkeit, das Essen zuzubereiten. Also müssten wir es hier kochen und zum Hafen transportieren, was die Sache unnötig verkompliziert. Deshalb dachte ich daran, im hinteren Teil des Gartens eins dieser großen Zelte aufzubauen.« Felicitas biss auf Granit.

»Auf keinen Fall werde ich erlauben, dass mir wildfremde Menschen durch die Rabatten laufen. Andererseits hast du natürlich Recht, unsere gesellschaftliche Stellung verpflichtet uns, einen Beitrag zu leisten.«

»Der uns auch ein wenig moralisches Prestige verleiht«, fügte Felicitas schlau hinzu.

Schließlich hatten sie sich darauf geeinigt, dass Essen in

der Küche der Villa zuzubereiten und es mit Pferden und Wagen den kurzen Weg zum Kunstpark zu transportieren, um es dort in den halb fertigen Häusern auszuteilen. Ein Kompromiss, der aber den Vorteil hatte, den Kunstpark ganz nebenbei im Bewusstsein der Menschen zu verankern.

Seit diesem Gespräch waren einige Wochen vergangen, und Felicitas hatte sich darangemacht, die notwendigen Vorbereitungen zu treffen und Ella und Désirée zu überreden, sich an der Arbeit zu beteiligen. Für Ella war es eine willkommene Gelegenheit, sich von ihren Schuldgefühlen abzulenken und sich sogar mit dem Segen ihrer Mutter karitativ zu engagieren. Désirée zeigte sich erstaunlich kooperativ; es schien, als ob Antons Abwesenheit ihr gut bekommen würde. Schließlich hatten auch Dorothee und Swantje Petersen ihre Hilfe zugesagt.

Heute nun hatte Felicitas das Tor zum Kunstpark geöffnet, und Schlag zwölf, wie es in der Zeitung geheißen hatte, strömten die Menschen auf das Gelände, um sich ihre Henkelmänner mit Suppe füllen zu lassen. Obwohl es ein bitterkalter Tag war, hatte sie für die Leute, die ihre Portion an Ort und Stelle zu sich nehmen wollten, auch Tische in einem der Häuser aufstellen lassen. Mehr als zweihundert Menschen waren dem Aufruf gefolgt und drangten sich vor den fünf Gulaschkanonen.

Désirée, Ella und Dorothee waren gut gelaunt bei der Sache. Dorothee schwebte ohnehin auf irgendeiner Wolke, weil Pierre Levi ihr in seinem jüngsten Brief mitgeteilt hatte, dass er einen guten Posten als Musiker in Ober-Ost ergattert habe. Die Offiziere legten Wert auf eine heitere Atmosphäre, und die Konzerte mit Mozart und Brahms sollten das ihre dazu beitragen.

»Bitte schön, guten Appetit«, sagte sie freundlich zu einem

alten Mann in einem zerknitterten dunkelgrauen Wintermantel, der sich geistesabwesend bedankte und mit seinem Teller zu einem der Tische schlurfte.
Das Elend der Menschen berührte Felicitas tief. Es erinnerte sie an das Leid der Plantagenarbeiter in Brasilien, an ihre ausgemergelten Körper und die Resignation in ihren Augen, und plötzlich schob sich das Bild der Frau aus dem Dschungel in ihre Gedanken. »Wenn die Zeit der Tränen vorüber ist …« Ihre Worte hallten in Felicitas nach und ein Schauder lief ihr über den Rücken.
Die Vision der Frau hatte sich bewahrheitet. Es war eine Zeit der Tränen, für alle Menschen in Europa und natürlich auch für ihre Familie. Heinrich erlebte das Grauen an der Front bei Verdun, Anton hatten sie zum Krüppel gebombt, ihre Mutter saß in Sorau fest, ihren Vater fraß die Sorge um Helen fast auf, er wirkte nervös und seine laute Fröhlichkeit war ihm abhanden gekommen, und niemand wusste, wie es Constanze, Sergej und Alexander ging, ob sie vielleicht längst in Sibirien interniert waren.
Man hörte so entsetzliche Dinge. Angeblich mordeten und vergewaltigten die Kosaken, was ihnen in den Weg lief. Und dann diese Revolution! Zweihunderttausend Menschen hatten St. Petersburg lahmgelegt, der Thron des Zaren wackelte, auf den Straßen skandierte der Mob »Brot, Brot, Brot«. Der Aufstand von 1905 war dagegen ein Spaziergang gewesen. Jetzt kämpften Soldaten gegen Bauern, Arbeiter gegen den Adel. Was zählte da ein einzelnes Leben, zumal das von irgendwelchen Deutschen, die sich in die Sache mischten!
Und keine Zeile von Bernhard.
Ja, es war eine Zeit der Tränen. Für alle.
Felicitas hoffte inständig, dass dies der Kern ihrer Prophezeiung war, doch tief in ihrem Innern wusste sie, dass die

Frau noch etwas anderes gemeint hatte, etwas, das allein Felicitas' Schicksal betraf.
Rasch schob sie den Gedanken beiseite. Sie tat ja bereits das, was die Frau ihr ans Herz gelegt hatte –helfen. Mit dem Kunstpark war sie schließlich im Begriff, eine Brücke zu bauen, eine Verbindung herzustellen zwischen den Menschen in Übersee und den Deutschen. Sobald der Krieg vorüber war, wollte sie mit Heinrich erneut nach Brasilien reisen, um Gemälde und Kunstgegenstände einzukaufen, die in einem Pavillon ausgestellt werden sollten. Vielleicht würde es sogar möglich sein, Fran Fontanelli für einige Zeit hier wohnen und arbeiten zu lassen.
»Danke«, sagte eine junge Frau.
Noch immer stellten sich Menschen ans Ende der Schlange, doch es gab kein Essen mehr.
»Es tut mir Leid«, sagte Felicitas laut. »Sie müssen nächste Woche wiederkommen.« Einige stöhnten auf, andere blieben stur stehen, in der Hoffnung, sich verhört zu haben, doch allmählich löste sich die Schlange auf.
Die fünf Frauen räumten auf und verstauten die Gulaschkanonen und das benutzte Geschirr auf zwei Wagen. Felicitas führte eins der Pferde, Ella das andere, und nach einer Viertelstunde erreichten sie die hintere Pforte zum Andreesen-Anwesen.
Nachdem sie alles abgeladen und in die Küche zum Abwaschen gebracht und die Pferde getränkt hatten, fühlte Felicitas sich abgeschlagen und müde. Es war doch anstrengender gewesen, als sie vermutet hatte.
»Ich lege mich einen Augenblick hin«, sagte sie zu Ella, band sich die Schürze ab und ging die Treppe hinauf.
»Felicitas?« Elisabeths Stimme drang leise aus ihrem Schlafzimmer.
Felicitas erschrak, als sie Elisabeth sah. Ihre Schwieger-

mutter lag im Bett, was an sich schon ein Alarmsignal war, weil sie sich trotz ihres Alters so gut wie nie ein Nachmittagsschläfchen gestattete, und sie sah schlecht aus. Sie war blass, Schweißperlen bedeckten ihre Stirn, und sie fror.

»Es ist nichts«, sagte Elisabeth, als Felicitas besorgt die Stirn runzelte. »Eine kleine Erkältung, ein wenig Fieber.«

»Ich lass sofort Professor Becker holen.«

»Nein, das tust du bitte nicht. Ich käme mir albern vor. Professor Becker hat gewiss wichtigere Dinge zu tun. Aber ich muss dich bitten, dich um das Geschäft zu kümmern, Felicitas. Nur solange ich unpässlich bin. Du musst nichts entscheiden, es ist in dieser Zeit nur wichtig, dass einer von der Familie vor Ort ist.«

»Natürlich«, erwiderte Felicitas. »Gibt es irgendetwas Besonderes, auf das ich achten muss?«

»Nein, nur Frantz liegt mir seit einer Weile in den Ohren, dass wir uns um ein Ersatzprodukt bemühen müssen. Aber das hat noch Zeit.«

»Ein Ersatzprodukt?«

»Mit dem Zichorienkaffee können wir die Firma nicht über Wasser halten.« Elisabeth schnaubte verächtlich. »Selbst dieses ungenießbare Zeug ist rationiert und bringt nicht genügend Geld in die Kasse.«

Felicitas stockte der Atem. »Heißt das, wir verlieren die Firma?«

»Nein, so schlimm ist es noch nicht. Wir haben große Aktienpakete und Wertanleihen, ganz zu schweigen von den Besitzungen in Togo. Nur können wir im Moment nichts davon veräußern. Der Krieg ...« Ihre Stimme wurde leiser, erschöpft schloss Elisabeth die Augen.

»Versuch ein wenig zu schlafen«, flüsterte Felicitas. »Ich sehe nachher wieder nach dir.«

»Ich verlasse mich auf dich, Felicitas«, flüsterte Elisabeth noch, dann war sie eingeschlafen.
Warum nicht auf deine eigene Tochter?, dachte Felicitas und ging in ihr Schlafzimmer. Aber sie kannte die Antwort. Sie, Felicitas, war aus demselben Holz geschnitzt wie Elisabeth – dickköpfig, unduldsam, dabei klug und beängstigend kühl, wenn es galt, eigene Pläne durchzusetzen. Spät zwar, aber nicht zu spät schenkte Elisabeth ihr Vertrauen.
Felicitas fröstelte, und sie begann die Holzscheite so in den Kamin zu stapeln, wie Heinrich es ihr gezeigt hatte. »Wer weiß, wie die Dinge sich entwickeln. Es ist besser, du weißt, wie es geht«, hatte er gesagt. Danach hatten sie sich vor dem offenen Feuer geliebt.
Felicitas schluckte die Tränen hinunter, kuschelte sich auf das Sofa und beobachtete, wie die Flammen um das helle Kiefernholz züngelten.
Die Stille lastete schwer auf ihr. Sie stand auf, setzte das Grammophon in Gang und lauschte den Melodien, die Heinrich und sie so liebten, nach denen sie getanzt und sich liebkost hatten. Seltsam, dass ihr jetzt bewusst wurde, wie wichtig Musik für sie beide war. Wieder stiegen ihr Tränen in die Augen, und sie stellte das Gerät aus. Es führt zu nichts, wenn ich sentimental werde, dachte sie, putzte sich die Nase und richtete ihre Konzentration auf das Problem der Firma.
Was brauchten Menschen im Krieg? Sie brauchten zu essen, ein Dach über dem Kopf und etwas, das sie moralisch stützte, ihnen einen Hauch der Lebensfreude brachte, die Tod und Verderben ihnen genommen hatten. Sie verfügte über einen großen Betrieb mit vielen Geräten, die sich vielleicht für etwas Nützliches und etwas Schönes zweckentfremden ließen, und sie hatte Ideen. Das hatte sie mit

dem Kunstpark hinlänglich bewiesen. Ich werde eine Weile darüber schlafen, beschloss Felicitas.
Ein Geräusch aus der Diele ließ sie hochfahren. Ein Blick auf die Uhr zeigte ihr, dass es weit nach Mitternacht war. Sie hatte fast acht Stunden geschlafen. Himmel, sie wollte doch nach Elisabeth schauen.
Da war das Geräusch wieder. Irgendetwas wurde über den Holzfußboden gezogen oder irgendjemand schlurfte darüber.
Felicitas glitt aus dem Bett und dankte Gott, dass Heinrich ihr auch das Versteck seines Gewehrs verraten und ihr gezeigt hatte, wie sie damit umgehen musste. Sie öffnete die verborgene Tür ganz hinten im Kleiderschrank, nahm die Waffe an sich, verließ ihr Zimmer und spähte nach rechts und links. Sie schlich zu Elisabeths Zimmer, horchte auf deren regelmäßige Atemzüge und lauschte. Das Geräusch war kaum noch zu vernehmen, aber es war da, ganz eindeutig.
Felicitas nahm all ihren Mut zusammen und ging die Treppe hinunter, das Gewehr im Anschlag. »Wer ist da?«, fragte sie laut.
»Nicht schießen! Ich bin es nur.«
Felicitas knipste das Licht an. Marie blinzelte.
»Gnädige Frau, entschuldigen Sie, ich wollte keinen Lärm machen.« Marie heulte fast.
»Was ist da drin?« Felicitas deutete argwöhnisch auf die beiden Rucksäcke, die Marie trug und die offensichtlich viel wogen.
Marie öffnete den einen, und sogleich lag der Duft von Speck und Zwiebeln in der Luft. »Drei Messingleuchter hat's diesmal gekostet …«
Felicitas seufzte. »Weiß meine Schwiegermutter davon?«
»Sie war einverstanden«, antwortete Marie und zuckte mit

den Schultern. »Der Schwarzmarkt ist der einzige, wo man noch anständige Lebensmittel bekommt. Einmal in der Woche hole ich dort das Notwendigste für uns. Die gnädige Frau hat mir gegeben, was ich eintauschen darf. Nur für die Speisung wird es nicht immer reichen.«
»Steht es so schlecht um uns?«
»Nein, aber von Linsen allein kann der Mensch nicht leben.«
Felicitas dachte einen Moment nach. »Ich finde, es wird Zeit, einen Gemüsegarten anzulegen und einen Hühnerstall zu bauen. Glaubst du, dass du irgendwo ein paar Hühner und Saatgut auftreiben kannst? Messingleuchter haben wir ja genug.«
»Ja, ich denke schon.« Marie strahlte, durchdrungen von der Gewissheit, der jungen gnädigen Frau endlich die Hilfe angedeihen lassen zu können, die Felicitas so lange verschmäht hatte. Wenn sie ihr schon nicht beim Ankleiden helfen durfte!
Felicitas lächelte. Erstaunlich, was die Umstände aus einer stets leicht beleidigten Zofe machen konnten – eine geschickte Schwarzmarkthändlerin. »Dann ist das beschlossene Sache. Gute Nacht, Marie.«
An Schlaf war indes nicht mehr zu denken. Ihre Gedanken wirbelten umher wie aufgescheuchte Vögel. Erst gegen Morgen fiel Felicitas in einen unruhigen Schlaf voll wilder Bilder und Gefühle, die sie zurücktrugen nach Brasilien, in den Dschungel, in die Hütte der seltsamen Frau, die inmitten eines großen Feuers stand und Felicitas ansah.
Die Intensität des Traums war so groß, dass Felicitas zwei, drei Wimpernschläge lang nicht wusste, wo sie sich befand, als sie erwachte. Schließlich stand sie auf, warf sich den Morgenrock über und bürstete sich das Haar. Sie beugte

sich vor und betrachtete sich im Spiegel. Eine schmale, sehr schöne Frau blickte ihr entgegen, die in vier Wochen achtundzwanzig Jahre alt werden würde und seit gestern die Verantwortung für das Unternehmen und die ganze Familie trug. Eine Sekunde lang fühlte sie Panik in sich aufsteigen, doch sie beruhigte sich damit, dass es Elisabeth bestimmt bald wieder besser gehen würde. Sie wandte sich ab und zog sich an. Das graue Kostüm war nicht der neueste Schrei, aber genau richtig, um dem Prokuristen gegenüberzutreten.

Leise öffnete sie die Tür zu Elisabeths Schlafzimmer. Gesa stand im Nachthemd am Ende ihres Betts und starrte ihre Großmutter mit vor Angst geweiteten Augen an.

»Muss Oma sterben?«, flüsterte sie.

»Unsinn«, antwortete Felicitas. »Oma hat eine Erkältung, weiter nichts.« Sie trat ans Bett. Elisabeth schlief tief und fest, ein gutes Zeichen. »Komm jetzt«, sagte sie und wollte Gesa an die Hand nehmen, doch das Kind stürmte schluchzend aus dem Zimmer. Felicitas seufzte. Zum Glück war Elisabeth nicht aufgewacht.

Sie verließ das Schlafzimmer und ging wieder hinüber in ihren Flügel. Das Kindermädchen hatte die Zwillinge bereits gebadet und gefüttert und sang ihnen leise »Fuchs, du hast die Gans gestohlen …« vor.

»Fräulein Finkemann, ich fahre zum Wall«, sagte Felicitas. »Sehen Sie bitte ab und zu nach meiner Schwiegermutter, sie liegt mit einer Erkältung im Bett. Und fangen Sie Gesa ein.«

»Ist sie schon wieder getürmt?« Das Fräulein, eine alte Jungfer, die die Stelle bei den Andreesens erst vor kurzem, nachdem das erste Kindermädchen wegen bevorstehender Heirat gekündigt hatte, angetreten hatte, schüttelte bekümmert den Kopf, dass die weißgrauen Locken wippten.

Felicitas zuckte mit den Schultern. »Ich schätze, sie finden sie bei Marie in der Küche.«
Endlich. Felicitas verließ das Haus und atmete tief durch. Die eiskalte Winterluft fraß sich durch den dünnen Stoff ihres Kostüms, doch sie hatte keine Lust, zurückzugehen, um sich den Pelzmantel anzuziehen. Für diesen Morgen reichte es ihr an Problemen, und wer wusste, ob nicht Ella oder Désirée noch eines auf Lager hatte? Sie wollte nicht riskieren, einer von beiden über den Weg zu laufen.
Aufseufzend ließ sich Felicitas in das weiche Polster ihres Coupés fallen und startete den Motor. Es war kurz vor sieben. Mit etwas Glück würde sie eine Stunde Zeit haben, um sich einen ersten Überblick in den Produktionshallen zu verschaffen.

»Ich denke, wir sollten die Frage mal anders stellen. Was können unsere Maschinen, sofern sie nicht Kaffee rösten?« Felicitas blickte den Prokuristen Emil Hausenberg, einen schmalen, hoch gewachsenen Mann Mitte vierzig, an.
»Ein etwas eigenwilliger Gedanke, gnädige Frau«, antwortete er knapp und betrachtete Felicitas mit kaum verhohlener Geringschätzung.
»Gewiss«, gab sie kühl zurück, »aber alle guten Ideen zeichnen sich dadurch aus, dass der Erfinder gegen den Strich zu denken bereit und fähig ist.«
»Unter gewissen Umständen mag das zutreffen«, begann Hausenberg, doch Felicitas unterbrach ihn.
Mochte Heinrich auch noch so große Stücke auf ihn halten, ihr war dieser Mann von Herzen unsympathisch. Kurz nach Gustav Andreesens Tod hatte Heinrich Emil Hausenberg von einer Hamburger Kaffeefirma abgeworben und mit der Verantwortung für die gesamte Buchführung des Andreesen-Unternehmens betraut. Er galt als kompe-

tent und unbestechlich. Mit messerscharfem Verstand und intuitivem Spürsinn machte er jeden Fehler in Kalkulationen und Bilanzen aus und hatte die Firma auf diese Weise schon vor Ärger und finanziellen Verlusten bewahrt. Doch jetzt waren Fantasie und die Fähigkeit, über den eigenen Tellerrand zu blicken, gefragt, und dies war Hausenbergs Sache eindeutig nicht. Seit einer Stunde bewegten sie sich im Kreis, und wieder und wieder hatte Hausenberg ihre Argumente zerpflückt, statt sie konstruktiv zu ergänzen. Sie hatte es satt.

»Diese Umstände, Herr Hausenberg, sind nun eingetreten. Das weitere Vorgehen werde ich mit Herrn Frantz besprechen und Sie von meinen Entschlüssen dann in Kenntnis setzen.« Felicitas nickte ihm zu und schwieg, bis er begriff, dass das Gespräch beendet war. Steif verabschiedete er sich. Felicitas wartete eine Weile und schlenderte dann hinüber ins Labor.

Elias Frantz kaute hektisch auf einem Brötchen herum und betrachtete unter einem Mikroskop irgendetwas, das ihm gelegentlich ein »Hmhmhm« entlockte. Als Felicitas sich räusperte, fuhr er herum.

»'tschuldigung«, murmelte er und wischte sich rasch die Hände an einem Handtuch ab. »Frau Andreesen! Welch freudige Überraschung! Was führt Sie in unsere heiligen Hallen?«

»Das Gebot der Stunde«, sagte sie seufzend und schaute sich so neugierig wie hoffnungsvoll um, als würde sich in den vielen Reagenzgläschen schon eine Lösung abzeichnen. Frantz folgte ihrem Blick.

»Trockengemüse und Wellbleche«, sagte er ruhig, ging hinüber zu einem Laborschrank, öffnete die Milchglastüren und deutete auf drei Einmachgläser mit Karotten, Porree und Blumenkohl. Das Gemüse sah verschrumpelt aus und hatte ein wenig von seiner Farbe verloren, wies aber keine schimmligen Stellen auf. »Ich entziehe dem Gemüse mithilfe unserer Röstmaschinen das Wasser. Dann wird es luftdicht verpackt. Die Hausfrau muss es nur noch ein wenig einweichen. Und hier«, fuhr er fort und nahm ein Stück gewelltes Blech in die Hand, »befindet sich das zukünftige Material, mit dem wir ungemein günstig Dächer eindecken können.«

»Und das funktioniert?«, fragte Felicitas skeptisch und betrachtete abwechselnd das schrumplige Gemüse und das Wellblech.

»Es ist kein Problem, die Produktion darauf umzustellen. Ich habe alles x-mal überprüft. Doch Herr Hausenberg ...«

»Ich verstehe.« Felicitas überlegte nicht lange. Elisabeth hatte ihr die Leitung der Firma anvertraut, also würde sie die Aufgabe auch wahrnehmen, und jetzt galt es, eine Entscheidung zu treffen. Sollte sie darauf warten, bis ein Konkurrent auf die gleiche Idee kam? Gewiss nicht. »Bereiten Sie alles für die neue Produktion vor. Fahren Sie die Herstellung von Zichorienkaffee so weit es geht runter, und setzen Sie alle anderen Maschinen entsprechend ein. Ende der Woche sehen wir uns das Ergebnis an und entscheiden, wie wir weiter verfahren. Bis dahin ist meine Schwiegermutter sicher wieder gesund, und wenn das Ergebnis für sich spricht, ist sie bestimmt die Letzte, die sich dieser Lösung verschließen würde.«

Sie lächelte über ihren diplomatischen Winkelzug, der der Firma einen neuen Weg ebnete, ohne dass Elisabeth sich über ihre Illoyalität beklagen konnte, und der dicke Laborleiter grinste verschwörerisch zurück.

»Alle Achtung, Frau Andreesen. Von Ihrem Schneid kann sich mancher eine Scheibe abschneiden.«

Es war früher Nachmittag, als sie das Kontor verließ. Auf dem Weg zum Auto verwarf Felicitas den Gedanken, sofort in die Villa zurückzukehren. Morgen war auch noch ein Tag, um Elisabeth mit der Sachlage zu konfrontieren. Stattdessen fuhr sie in die Contrescarpe.

Der Duft von frisch gebackenem Brot zog durchs Haus und lockte Felicitas sofort in die Küche, in der Elfriede fröhlich vor sich hin summte.

»Denk dir nur, unser Thomas ist auf Heimaturlaub!«, sagte sie strahlend und umarmte Felicitas.

»Ach, Elfriede, ich freue mich ja so mit euch.« Insgeheim wunderte sie sich, dass weder ihre Mutter noch Anton ein Wort darüber in ihren Briefen verloren hatten, doch das musste sie Elfriede ja nicht sagen. »Wo ist er denn?«

»Oh, er hat bei einem Gasangriff so einen kleinen Tick davongetragen, also, man könnte sagen, er hat Zuckungen, und deshalb sind Arthur und er los, um einen Arzt aufzutreiben, der was davon versteht. Ist aber nicht so schlimm. Hauptsache, der Bub ist ganz. Ach entschuldige, ich habe deinen Schwager ganz vergessen. Schlimme Sache, das mit dem Bein. Einer der Schauspieler hat einen Arm verloren, und zwei Häuser weiter, bei Krauses, kämpft der Junge irgendwo in einem Lazarett in Frankreich mit dem Tod. Dieser Krieg, furchtbar. Du siehst so schmal aus, Kind, aber das ist ja auch kein Wunder in diesen Zeiten. Ich habe von eurer Speisung gehört und …«

Während Elfriede ohne Punkt und Komma vor sich hin plapperte, nahm sie einen Teller aus dem Küchenschrank und schnitt eine Scheibe Brot ab, bestrich sie dick mit Butter und streute grobes Meersalz darauf. Hungrig biss Felicitas hinein und verdrehte genießerisch die Augen.

»Im Brotbacken kann dir keiner das Wasser reichen.«

»Das will ich meinen.«

Der Kessel pfiff, und Elfriede füllte den Ausguss mit kochend heißem Wasser, um das Geschirr vom Mittagessen und die Rührschüsseln abzuwaschen. Schweigend begann sie mit ihrer Arbeit, fuhr aber sofort in die sich ausdehnende Pause mit einem Stakkato aus Klatsch und Tratsch aus der Nachbarschaft fort.

Irgendetwas stimmte nicht. Felicitas kaute auf dem Brot herum und beobachtete Elfriede. Ihr Haar war inzwischen fast weiß, und sie hatte abgenommen, nicht viel, aber doch so, dass man es bemerkte. Doch das war es nicht, was Felicitas beunruhigte, sondern die vielen Worte, die dem kurzen Schweigen vorangegangen waren und ihm nun folgten, ein Schwall aus Lauten und Silben, der etwas anderes verhüllte.

»Was ist hier los, Elfriede?«, unterbrach Felicitas Elfriede sanft, die daraufhin innehielt und sich zu ihr umdrehte. Mitgefühl spiegelte sich in ihren Augen und auch ein wenig Verzweiflung.

»Ach, Kindchen, einmal musst du es ja doch erfahren.« Elfriede seufzte schwer, trocknete sich die Hände ab und setzte sich zu Felicitas. »Es ist so … deine Mutter will in Sorau bleiben. Für immer.«

»Was soll das heißen?«

»Mein Kind, sie hat deinen Vater verlassen …«

Viel mehr als diese magere Tatsache wusste Elfriede nicht. Max hatte vor einer Woche einen Brief aus Sorau erhalten, in dem Helen ihm ihren Entschluss mitteilte. Daraufhin hatte er sich vom Schauspielhaus freistellen lassen, um das Angebot anzunehmen und auf Gastspielreise zu gehen.

»Er hat seine Sachen gepackt und war fort.« Elfriede stand schwerfällig auf und schlurfte zum Küchenschrank hinüber. »Hier, er hat mich gebeten, dir diesen Brief zu geben.«

Felicitas betrachtete das weiße Kuvert, auf dem in der

steilen, kühnen Schrift ihres Vaters ihr Name stand. »In Eile, dein Vater«, sagte sie zynisch.

»Du darfst es ihm nicht nachtragen, mein Kind. Er ist nicht mehr er selbst. Er hat nicht geschlafen, nicht gegessen, nur ins Feuer gestarrt und jede Menge Briefe angefangen und zerrissen. Ich hab's gesehen, wenn ich ihm morgens seinen Kaffee gebracht habe. Nicht einmal den hat er angerührt.«

»Mein armer Vater«, spottete Felicitas zutiefst verletzt. »Ihm geht es so schlecht, dass er darüber seine eigene Tochter vergisst und einfach alles stehen und liegen lässt, um vor seinem Kummer davonzulaufen. Und meine liebe Mutter! Wo ist denn ihr Brief an ihre Tochter!« Tränen stiegen ihr in die Augen, doch sie unterdrückte sie mit aller Kraft. »Ich verstehe sie nicht, Elfriede, weder meine Mutter noch meinen Vater. Sind sie denn völlig verrückt geworden? Wir hatten es doch so gut …« Vor ihrem inneren Auge lief der Film ihrer Kindheit ab. Ein lachender Vater, der die kleine Felicitas in die Luft warf. Eine schöne, ernste Mutter, die sie mit kühlem aquamarinblauem Blick zur Ordnung ermahnte und zur Belohnung, wenn sie folgsam gewesen war, hübsch anzog und mit ihr zum Osterdeich spazierte, um die Enten zu füttern. Ihre Eltern, wie sie angeregt miteinander diskutierten und lachten, gelegentlich auch stritten. Gutenachtgeschichten und Kinderlieder. Das rote Kleid. Instinktiv spürte Felicitas, dass seit dem Abend das Gleichgewicht, das sie für unerschütterlich gehalten hatte, aus der Balance geraten war. Nur wie und warum, das wusste sie nicht, und offenbar hielten ihre Eltern es nicht für nötig, es ihr zu sagen. Es musste etwas mit Sorau zu tun haben. Das würde auch erklären, weshalb es ihrem Vater damals so wichtig gewesen war, dass sie ihre Mutter auf das Gut begleitete. Aber was?

Vielleicht hätte sie, wenn sie aufmerksamer gewesen wäre, die Zeichen erkannt, hätte irgendetwas sagen oder tun können. Aber diese Überlegungen waren nun sinnlos. Die Situation war, wie sie war, und sie, Felicitas, musste damit fertig werden, dass ein Teil ihres Lebens, der ihr Rückhalt und Kraft gegeben hatte, nicht mehr existierte.
»Grüble nicht so lang, mein Kind. Du hast eine eigene Familie, um die du dich kümmern musst.«
»Warum zum Teufel hat Dorothee nichts gesagt?«
»Weil sie es nicht weiß«, antwortete Elfriede seufzend.
»Aber ganz Sorau wird es doch inzwischen wissen. Und Verena wird es ihr doch mitgeteilt haben.«
»Ich glaube nicht. Dorothee bekommt eigentlich nur Briefe von dem schönen Herrn Levi. Und von deinem Vater weiß sie es bestimmt auch nicht.«
»Dann ist ja alles bestens.« Felicitas stand auf und lächelte mühsam.
Jetzt hatte sie Elisabeth wenigstens noch eine Unmöglichkeit mehr zu berichten außer dem Trockengemüse und dem Wellblech.

Elisabeth erholte sich nicht so schnell von ihrer Erkältung, wie sie es gehofft und erwartet hatte. Noch nie hatte ihr Körper sich so schwach gezeigt, und die Empörung über das Alter, das allmählich seinen Tribut zollte, machte sie zu einer ungeduldigen und launischen Patientin, sodass Felicitas beschloss, die Neuigkeiten so lange für sich zu behalten, bis sich Elisabeths Verfassung und Stimmung gebessert hatten. Die ersten Produktionsergebnisse lagen zwar am Ende der Woche vor und sahen höchst viel versprechend aus, doch die endgültige Entscheidung, wie es weitergehen sollte, konnte noch ein, zwei Tage warten. Allerdings hatte sie nicht damit gerechnet, dass Hausenberg die Unverfrorenheit besitzen würde, Elisabeth trotz ihrer Krankheit zu besuchen und sie über Frantz' und Felicitas' eigenmächtiges Vorgehen zu unterrichten.

»Wie geht es meiner Schwiegermutter?«, fragte Felicitas, als sie mit den Kindern von einem Spaziergang durch den Park zurückkehrte.

»Sie hat Besuch von Herrn Hausenberg«, antwortete Marie und fügte leise hinzu: »Und morgen baue ich den Stall. Holz und Nägel habe ich in der Sattelkammer gefunden. Die Hühner kriege ich wahrscheinlich in zwei Tagen. Mit den Samenkörnern sieht's noch nicht so gut aus, aber die gnädige Frau kann sich auf mich verlassen.«

»Wunderbar, Marie. Wenn ich helfen kann, lass es mich wissen.«

»Beim Stallbau?« Marie machte kugelrunde Augen.

Felicitas zuckte mit den Schultern. »Ich schleppe Steine im Kunstpark, also kann ich auch einen Nagel in ein Brett schlagen.«

Sie nickte Marie zu und wandte sich zur Treppe. Am besten, sie brachte es gleich hinter sich.

»Ah, Felicitas. Setz dich zu mir. Herr Hausenberg war so freundlich, mir die Details dessen zu erklären, worüber wir vergangene Woche kurz gesprochen hatten.«

Elisabeth blickte Felicitas freundlich an. Ihre Worte ließen keinen Zweifel daran, dass sie Hausenberg glauben gemacht hatte, Felicitas handle ganz in ihrem Sinn. Mit diesem Zeichen von Loyalität hatte Felicitas nicht gerechnet, und sie schalt sich, ihr nicht eher reinen Wein eingeschenkt zu haben. Sie hatte Elisabeth unterschätzt.

»Herr Hausenberg«, fuhr Elisabeth gelassen fort, »hält nicht nur den Zeitpunkt der Produktion von Trockengemüse und Wellblech für verfrüht, sondern den ganzen Plan für falsch, wenn ich Sie recht verstanden habe.«

»Das ist richtig«, sagte Hausenberg mit einer merkwürdigen Mischung aus Unterwürfigkeit und selbstgefälliger Arroganz.
»Und welche Alternative bieten Sie an?«, fragte Felicitas eisig.
»Gar keine. Wir bleiben bei Zichorien. Es gibt keinen Grund, den Produktionsschwerpunkt leichtfertig zu verlagern.«
»Leichtfertig?« Felicitas spie das Wort aus. »Es ist leichtfertig, in diesen Tagen auf die einzige Chance zu verzichten, die wir haben. Mit Zichorien lässt sich kein Geld mehr verdienen, das wissen Sie genauso gut wie ich.«
Elisabeth nickte langsam. »Herr Hausenberg, ich danke Ihnen. Aber trotz Ihrer Bedenken sollten wir es versuchen. Wir haben nicht allzu viel zu verlieren, nicht wahr?«
»Wie Sie meinen, gnädige Frau.«
Nachdem der Prokurist sich verabschiedet hatte, sahen sich Elisabeth und Felicitas an.
»Es tut mir Leid«, sagte Felicitas. »Ich hätte es dir sofort erzählen müssen, aber ich wollte warten, bis es dir besser geht.«
Elisabeth winkte ab. »Schon gut. Weißt du, mir ist dabei eines klar geworden. Ich bin zu alt und zu müde, um eine Firma dieser Größe zu leiten, für die ich mich überdies nie interessiert habe. Sie war Gustavs ganze Leidenschaft, nicht meine. Ich habe die Entscheidung hinausgezögert und mich von Hausenbergs Verzagtheit anstecken lassen.« Sie machte eine Pause. »Du hast das einzig Richtige getan. Ich bin stolz auf dich.«
Felicitas lächelte. »Danke. Eigentlich habe ich eher damit gerechnet, dass du mir die Hölle heiß machst.«
»Ich weiß. Ich habe immer so eine beunruhigende Wirkung auf die Menschen, die mir nahe stehen. Denk nur an

Ella. Erst muss die halbe Welt einstürzen, bevor sie sich mir anvertraut.«

»Bist du müde?«

»Nein, irgendwie hat mich dieser kleine Schlagabtausch mit Hausenberg sogar belebt.« In der Tat sah Elisabeth besser aus. Ihre Augen leuchteten, und die Haut hatte ein wenig von der wächsernen Blässe verloren.

»Dann wäre da noch etwas …«, begann Felicitas.

Um nicht die Fassung zu verlieren, beschränkte sie sich darauf, die Ereignisse so sachlich wie möglich zu schildern, doch ihre innere Anspannung entging Elisabeth nicht. Als Felicitas mit einem Schulterzucken und der lakonischen Bemerkung, ihr fehle für das Verhalten ihrer Eltern jedes Verständnis, endete, nahm Elisabeth ihre Hand in die ihre. Eine Weile saßen sie schweigend beieinander.

»Sie benehmen sich genauso, wie du es ihnen, den Komödianten, insgeheim immer unterstellt hast, nicht wahr? Chaotisch, kindisch, haltlos.«

Elisabeth seufzte. »Ja, vielleicht. Ich konnte eben nie über meinen Schatten springen. Aber mach du nicht den gleichen Fehler. Verurteile sie nicht, vor allem deine Mutter nicht.« Sie blickte aus dem Fenster, und Felicitas hatte plötzlich das Gefühl, dass sie nicht ihre Mutter, sondern sich selbst meinte.

Immer und immer wieder, vor dem Einschlafen, in ihren Träumen, nach dem Aufwachen und dann, wenn ihr streng gegliederter Alltag die Zügel kurz losließ, dachte sie an Heinrich. Felicitas' Leben unterlag dem Rhythmus der vielen hundert Momente, in denen sie sich vorstellte, wie es sein würde. Sie sah den Brief vor sich auf dem Tischchen in der Halle liegen, in dem er seinen Heimaturlaub ankündigte, und sah, wie die Tage von nun an in das Licht der Erwartung getaucht waren, bis er vor der Tür stand, unversehrt, vielleicht ein wenig müde um die Augen, doch heiter. Sie sah sich in seine Arme stürzen, ihre Nase in seine Halsbeuge drücken, bis sich ihre Lippen zu einem überwältigenden Kuss fanden, der ihre Seelen miteinander verband, und dem ihre Körper so schnell, wie sie sich der Hemden, Hosen, Strümpfe und Leibchen entledigen konnten, folgen wollten. Ohne ihre Arbeit im Kunstpark, im Kontor am Wall und die Organisation der Speisung, die sich als zunehmend schwierig erwies, hätte Felicitas die Flamme der Sehnsucht, die in ihr brannte und sie verzehrte, nicht ausgehalten. Trotz der vielen Beschäftigungen fühlte sie sich häufig rastlos und ungeborgen, Gefühle, die sie mit schweißtreibenden Ausritten zu ersticken versuchte oder indem sie sich über den tennisplatzgroßen Gemüsegarten hermachte, den sie mit Marie im hinteren Teil des Parks angelegt hatte, und jätete, bis kein Giersch sich mehr in die Nähe traute. Karotten, Kopfsalat, Kartoffeln, Kohlrabi und Blumenkohl gediehen prächtig, nur die Tomaten mochten den Boden nicht und kümmerten vor sich hin. Die Hühner, schöne rehbraun und weiß gesprenkelte Tiere, hatten sie direkt daneben in einem Stall mit Gehege untergebracht, wo sie friedlich vor sich hin pickten und sporadisch sogar Eier legten. Die Kinder liebten es, die Hühner zu füttern, und verstanden nicht, warum sie sich nicht streicheln lassen wollten. Nachdem Gesa wohl zum hundertsten Mal in dem Bestreben, die Hühner von der Wonne der menschlichen Berührung zu überzeugen, den Tieren hinterhergejagt war, hatte Marie es nicht mehr mit ansehen können und auf verschlungenen Pfaden zwei junge Zwergkaninchen aufgetrieben. Die Kinder waren begeistert, tauften die kleinen Seidenknäuel Flips und Flops und verbrachten seitdem halbe Tage bei ihren neuen Freunden. Ein Segen, fand Felicitas und wischte sich den Schweiß von der Stirn. Seit einer Stunde bearbeitete sie den Boden. Es war Sonntag, und als sie um halb sieben aufgewacht war, hatte der Tag in seiner ganzen öden Länge vor ihr gelegen. Die Sonntage waren besonders schlimm, sie ließen der Verzweiflung zu viel Raum. In den ersten Kriegsjahren hatten Heinrich und sie das Ritual des Sonntagsspaziergangs im Bürgerpark oder an der Weser genossen, doch seitdem zunehmend Kriegsversehrte das Bild der Stadt prägten, hatte sie darauf verzichtet. In jedem Krüppel, jedem Blinden sah Felicitas ihre namenlosen Ängste um ihren Mann verkörpert.

»Und dann sagte Flips zu Flops …« Clemens' dünnes, hohes Stimmchen wehte zu Felicitas herüber, und sie unterbrach ihre Arbeit, um den Kindern zuzusehen. Christian und Gesa saßen auf dem Rasen, und Clemens stand wie ein kleiner Moritatenerzähler vor dem Kaninchenstall und schilderte eins der Abenteuer, die Flips und Flops des Nachts erlebt hatten. Dabei ahmte er das zuckende Näschen der Tiere nach und bildete mit den Händen die Öhrchen, die je nach Stimmung und Situation fröhlich in die Höhe wiesen oder voll Misstrauen flach angelegt waren. Wieder einmal dachte Felicitas, dass es sich wirklich lohnen würde, Clemens' Geschichten aufzuschreiben, so fantasievoll und niedlich, wie sie waren.

»Jetzt ich!«, rief Gesa, bevor Clemens zu Ende erzählt hatte, und sprang auf.

»Flips und Flops schliefen ganz tief … soooo tief, als …«

»Du bist gemein!«, rief Clemens heulend. »Sie haben gar nicht geschlafen.«

Und schon war der Streit im Gange. Christian ergriff natürlich Partei für seinen Bruder, doch Gesa, vier Jahre älter und entsprechend wortgewandter, redete laut weiter und übertönte ihre Brüder.

»Gesa, erst ist Clemens an der Reihe, dann kannst du deine Geschichte erzählen«, sagte Felicitas, ließ die Harke fallen und nahm Clemens tröstend in den Arm.
»Ach, immer bist du auf seiner Seite«, erwiderte Gesa und schwieg verstockt.
»Nein, das bin ich nicht, und das weißt du auch. Ich möchte nur, dass du fair zu deinem Bruder bist. Er ist doch viel kleiner als du.«
»Blöde Ziege«, murmelte Gesa, und Felicitas rutschte die Hand schneller aus, als sie darüber nachdenken konnte. Gesas Wange färbte sich rot, Tränen glitzerten in ihren Augen, und sie öffnete den Mund zu einem Schluchzer, der ihr jedoch in der Kehle stecken blieb. »Papa«, flüsterte sie, und dann lauter: »Papa!« Sie stürzte los, Felicitas drehte sich um, und da lag Gesa auch schon in Heinrichs Armen.
Felicitas stockte der Atem, ihr Herz raste.
»Eine Woche haben sie mir bewilligt«, sagte Heinrich, während Gesa sich an ihn klammerte. »Ich wollte es dir nicht schreiben, weil ich Angst hatte, in letzter Sekunde könnte etwas dazwischenkommen.«
Felicitas konnte nur nicken. Eine Woche. Das war gar nichts. Und zugleich alles.
Seine Ankunft veränderte die Stimmung im Haus radikal, alle gaben ihr Bestes, die kurze Zeit für Heinrich so angenehm wie möglich zu gestalten. Elisabeth schwärmte von Felicitas' Tatkraft, Ella lächelte wieder, Désirée erzählte Anekdoten und las Antons seltene Briefe vor, und Marie tischte auf, was Speisekammer und Schwarzmarkt hergaben. Heinrich bemühte sich, den vielfältigen Erwartungen seiner Familie gerecht zu werden, die vor allem darin bestanden, einen Beweis zu liefern, dass es auch im Krieg Beständigkeit geben kann, dass man darauf vertrauen kann, dass nicht jeder zum Krüppel geschossen wurde oder sein

Leben irgendwo weit weg von zu Hause auf irgendeinem Acker im Westen oder Osten Europas aushauchte, um den zu kämpfen der Kaiser befohlen hatte. Heinrich sah unverändert aus, und sein Humor und seine freundliche Zurückhaltung hatte der Krieg ihm nicht nehmen können, und dennoch entging Elisabeth, Ella, Désirée und vor allem Felicitas nicht, dass die monatelange Belagerung von Verdun tiefe Wunden in seiner Seele hinterlassen hatte. Zuweilen erschien es Felicitas, als ob er mit seinem lebhaften Interesse für die Entwicklung der Kinder und des Unternehmens einen Abgrund von Verzweiflung und Resignation zu verbergen suchen würde, und ebenso häufig ermahnte sie sich, nicht hysterisch zu werden. Kein Mann, und gewiss nicht der einfühlsame Heinrich, würde es einfach wegstecken, achtzehn Monate in Schützengräben verbracht und viel zu viele seiner Kameraden sterben gesehen zu haben. Um ihm die Last des Erlebten leichter zu machen, fragte sie ihn, ob er ihr davon erzählen wolle, doch er wollte nichts weniger als das.

»Ich möchte dich unversehrt lassen«, sagte er. »Was wir da draußen erleben, sollte man nur mit jemandem teilen, der Ähnliches mitgemacht hat. Mit Bernhard …«

»Hast du Nachricht von ihm?«

»Nein, er hat mir nie geschrieben, das ist nicht seine Art. Du kennst ihn doch, durch und durch verschlossen.«

»Ach, und ausgerechnet mit ihm willst du deine Erlebnisse lieber teilen als mit mir.«

»Felicitas, ich kann dir gegenüber keine Worte finden«, sagte er leise, doch dann brach es aus ihm heraus. »Willst du wissen, wie viele Menschen ich erschossen habe? Wie viele Tote wir nicht begraben konnten? Dass wir uns von Ratten ernähren und nicht wissen, wohin mit der Notdurft? Dass einige von uns einfach den Verstand verlieren, aus dem Schützengraben klettern und sich den feindlichen Schüssen ergeben, weil es eine Erlösung bedeutet, es hinter sich zu haben?« Tränen der Wut und der Scham liefen ihm über die Wangen, und er wandte sich ab. Nach einer Weile drehte er sich wieder zu ihr und sah sie Hilfe suchend an. »Ich möchte dich einfach nur lieben und bei dir sein, um ... ja, um ein wenig Normalität geschenkt zu bekommen. Verdun ist verloren, das muss genügen.«

Der Blick, mit dem er sie ansah, ließ sie schweigen und einen Hauch von dem namenlosen Entsetzen eines sinnlosen Gemetzels begreifen, das zweihunderttausend Soldaten das Leben kostete und das für immer mit dem Namen Verdun verbunden bleiben würde.

Sie redeten nicht mehr über das Thema und taten das, was der Krieg ihnen übrig gelassen hatte. Sich nach dem Morgen zu sehnen, das so sein sollte wie das Gestern vor dem 1. Juni 1914.

Nachts indes fanden sie zu dem zurück, was sie vor mehr als einem Jahrzehnt zueinander geführt und sie seitdem nicht verlassen hatte – und das selbst das Heute erträglich machte. Als Heinrich am Ende der Woche an die Front zurückkehrte, wusste Felicitas, dass sie ein Kind bekommen würde.

Nur schemenhaft zeichneten sich die Umrisse schreiender Menschen vor dem Hintergrund einer apokalyptischen Landschaft ab. Wenn der Krieg vorbei war, würde es einen Sturm solcher Bilder geben, Zeugnisse des Grauens, die keinen Zweifel mehr zulassen würden, dass die Jahre seit 1914 alles in den Schatten stellten, was der Mensch im Lauf der Geschichte mit dem ihm anvertrauten Leben zu tun bereit gewesen war.

Felicitas betrachtete das Gemälde, eines von vielen, das ihr in den letzten Wochen zugesandt worden war. Die Anschreiben besaßen stets den gleichen Tenor. Sie, Felicitas, solle ihren Kunstpark nicht länger als weibliche Enklave definieren, sondern auch für die Kunst von Männern öffnen, um ihnen Gelegenheit zu geben, das Erlebte einer breiteren Öffentlichkeit zugänglich zu machen. In der Tat hatten diese Argumente angesichts der Geschehnisse einiges für sich, doch sie fragte sich, ob die Menschen so etwas wirklich sehen wollten. Vielleicht sollte sie dieser Kunst tatsächlich einen eigenen Pavillon widmen, andererseits verwässerte sie mit dieser Erweiterung möglicherweise ihr erklärtes Ziel, Frauen, und aufgrund der gesellschaftlichen Nichtachtung ihrer Werke nur Frauen, ein Forum zu schenken.

Sie stellte das Gemälde mit der Vorderseite zur Wand. Morgen war auch noch ein Tag, um darüber eine Entscheidung zu treffen. Jetzt verspürte sie weder die Notwendigkeit noch die Lust, sich mit der Düsternis zu beschäftigen. Die dritte Schwangerschaft hatte Besitz von ihrem Körper und ihrer Seele ergriffen, und im Gegensatz zu den beiden vorhergegangenen, die sie ihrer Kraft und guten Stimmung bisweilen beraubt hatten, wirkte die heranwachsende Leibesfrucht wie ein Aphrodisiakum auf Felicitas. Sie aß wie ein Scheunendrescher und hätte halbe Tage tanzen und singen können, wenn die Nachrichten von Heinrich, spärlich und beunruhigend, ihre hormonelle Euphorie nicht gedämpft hätten. Die Vereinigten Staaten von Amerika hatten Deutschland den Krieg erklärt und bereiteten die alliierte Gegenoffensive vor, die im Westen – und damit in Frankreich – erwartet wurde. Er befand sich mit seiner Einheit an der Somme irgendwo bei Amiens. Eine Granate hatte ihn an der linken Hand verletzt, doch nach zwei Tagen hatte das Lazarett ihn zurück an die Front geschickt.

»Mach dir keine Sorgen, ich küsse dich« stand wie stets unter diesen Briefen, doch natürlich war Felicitas halb verrückt vor Angst. So absurd es war, es wäre ihr lieber gewesen, er wäre schlimmer verletzt worden. Ein Lazarett bot doch sicher ein wenig mehr Schutz vor Angriffen.

Fast beneidete sie Désirée, deren Mann Monate in Sorau gepflegt werden musste und, wie Anton und zu Felicitas' Verbitterung auch ihre Mutter in einem gemeinsamen Brief froh ankündigten, in Kürze reisefähig sein und nach Hause fahren würde.

Auch Bernhard war nach Bremen zurückgekehrt – unverletzt. Ella hatte ihn auf ihrem Weg zu einer der seltenen Frauenversammlungen gesehen, doch er hatte nicht auf ihre Rufe reagiert. »Ich hatte sogar den Eindruck, er läuft vor mir davon«, hatte sie zu Felicitas gesagt. »Als es mir schließlich gelang, ihn einzuholen, hat er mich begrüßt, als wüsste er nicht einmal, wer ich bin.«

Als sich Bernhard auch in den nächsten Wochen nicht meldete, begann Felicitas sich Sorgen zu machen, und sie beschloss, ihn zu besuchen. Weil es kurz vor Weihnachten war und Bernhard ebenso wie Dorothee bestimmt niemanden hatte, bei dem er das Fest verbringen konnte, hatte Felicitas Elisabeth gefragt, ob sie ihn nicht auch wie ihre Cousine zu Heiligabend einladen dürfe. Elisabeth hatte unwillig und ablehnend reagiert und nur »um Heinrichs willen« letztlich doch zugestimmt.

Im Atelier an der Hastedter Heerstraße fand sie ihn nicht, also fuhr sie zu seinem kleinen, aber hübschen Stadthaus an der Schwachhauser Heerstraße. Nach mehrmaligem Klingeln öffnete er endlich die Tür, und Felicitas sah ihre schlimmsten Befürchtungen bestätigt. Mit einem Blick erfasste sie die Situation – seine roten Augen, der nicht mehr ganz klare, aber zynische Blick, die rote Kostümjacke mit den Marabufedern, die an der Garderobe hing und bestimmt nicht einer Dame von der Heilsarmee gehörte.

Er machte keine Anstalten, Felicitas hineinzubitten, und sie kam sich albern und töricht vor. »Ich sehe, Sie pflegen alte Gewohnheiten«, sagte sie ironisch, doch mit einem Unterton von Enttäuschung, der ihm nicht entging.

»Nicht traurig sein, schöne Felicitas«, erwiderte er. »Entweder man kommt als Leiche zurück, als Memme oder als Säufer. Insofern habe ich es doch gut getroffen, nicht wahr?«

Die Bestürzung stand ihr ins Gesicht geschrieben, doch als sie die hohe Frauenstimme hörte, die seinen Namen rief, hatte sie sich augenblicklich wieder in der Gewalt.

»Auf Wiedersehen, Bernhard«, sagte sie kühl. »Frohe Weihnachten.«

16

Constanze drosch auf die Wäsche ein, hielt inne und schob eine Haarsträhne zurück, die sich gelöst hatte und ihr ins Gesicht hing.
Revolution hin oder her, dachte kein Mann auch nur im Traum daran, seiner Frau die Wäsche aus der Hand zu nehmen und ihr den weit weniger mühsamen Rest der Arbeit auf diesem abgeschiedenen Hof zu überlassen – Wache schieben, Pfeife rauchen und tiefsinnige Gespräche über das glorreiche Proletariat führen.
Das würde sich vermutlich nie ändern. Sie und Jekaterina hatten versucht mit den Männern darüber zu diskutieren, aber die hatten bloß gelacht und gemeint, die Revolution habe nur im übertragenen Sinn etwas mit schmutziger Wäsche zu tun, nämlich der des Zaren und seiner Familie, und die sei bald rein bis in alle Ewigkeit. Tote würden keine Wäsche mehr brauchen, sagten sie.
Monoton klang das Klatschklatsch der Wäsche auf den Steinen. Constanze mochte diesen Platz am Ufer des namenlosen Sees, der nur einer von vielen war in einem Land, so unvorstellbar weit, dass man sich nicht die Mühe machte, jedes Dorf und jeden Wasserlauf zu benennen.
An guten Tagen liebte sie den grenzenlosen Horizont, weil er ihr das Gefühl völliger Unabhängigkeit von allen Konventionen schenkte, an schlechten Tagen richtete sie den Blick lieber auf den kleinen Wald, der links vom See lag, weil er sie an Sorau erinnerte und ihr die Geborgenheit vermittelte, die sie in Russland schmerzlich vermisste. Sie waren die Fremden, immer und überall.

Nach ihrer Flucht aus Sorau waren sie bei Nacht und Nebel über die Grenze geschlichen, um sich den revolutionären roten Truppen anzuschließen. Da hätte sie bereits erkennen müssen, dass Sergejs kühne Pläne jeder Grundlage entbehrten. Seine angeblichen Kontaktpersonen existierten nicht oder lebten nicht mehr unter der angegebenen Adresse. Ein Zurück kam für Sergej nicht infrage, also zogen sie weiter, nach irgendwo. Doch wohin der Wind sie auch wehte, mussten sie sich rechtfertigen. Niemand glaubte ihnen, dass sie auf Seiten der Arbeiter und Bauern kämpfen wollten. Sie kamen aus Deutschland, und damit waren sie Feinde. Selbst Alexanders Existenz überzeugte niemanden vom Gegenteil. Man hielt das Kind für eine raffinierte Tarnung deutscher Spione.

Schließlich gaben sie auf und zogen sich hundert Kilometer vor St. Petersburg, das seit 1914 Petrograd hieß, und einen halben Tag Fußmarsch von einem Dorf namens Nivitow entfernt in die Einsamkeit zurück, was angesichts der russischen Weite kein Problem gewesen war. Sergej baute aus Lehm und Ästen eine Hütte und versuchte zu jagen, während Constanze lernte, Feuer zu machen und aus Lerchen und Bisamratten eine schmackhafte Mahlzeit zuzubereiten. Alexander hielt ihr Leben für ein grandioses Trapper-und-Indianer-Spiel. Sein kindliches Talent, die Dinge so zu nehmen, wie sie waren, und sich sogar daran zu freuen, linderte Constanzes Schuldgefühle, ihren Sohn dem sicheren Leben in Sorau entrissen zu haben und einer ungewissen und gefährlichen Zukunft auszusetzen. Doch häufiger, als ihr lieb war, brach die Erkenntnis, blind vor Liebe zu einem Mann und völlig verantwortungslos und ohne jeden Mutterinstinkt gehandelt zu haben, auf wie eine schwärende Wunde und trieb sie hinaus, um Holz zu hacken oder Wäsche zu würgen und zu erschlagen und mit dem Schweiß die Schuld fortzuspülen aus Körper und Seele. Sergej hatte mit derlei Empfindsamkeiten keine Probleme. Er war fest davon überzeugt, dass es einen Platz für sie in der neuen Gesellschaftsordnung geben würde, einen besseren, angemessenen Platz für sie beide, die nicht länger als parasitäre Kapitalisten leben wollten. Sie mussten ihn nur noch finden.

Immerhin war durch den Adrenalinstoß des gemeinsam Gewagten ihre Leidenschaft füreinander in den ersten Wochen hell lodernd aufgeflammt, doch je länger das Exil andauerte, ohne dass einer von ihnen eine Vorstellung entwickelte, wie es weitergehen sollte, desto mehr entfremdeten sie sich wieder voneinander. Mit der Leidenschaft schwand auch Constanzes Hoffnung, dass sich hier, in diesem fremden Land, das nicht das ihre war, ihre gemeinsame Bestimmung erfüllen würde.

Auf Felicitas hatte sie arrogant herabgesehen, weil sie ihren Traum von der Bühne zugunsten der Liebe aufgegeben hatte. Doch war ihr, Constanzes, Weg wirklich so viel klüger? Immer häufiger bedrängte sie die Frage, ob sie nicht nur Sergejs Vision erfüllte, während die ihre unter einem Haufen falscher Entscheidungen begraben lag. Hätte sie nicht weiß Gott ein besseres Leben haben können? Wenn sie ehrlich mit sich war, bereute sie ihren Entschluss, Sergejs Illusion von einem erfüllten Leben in Russland nachgegeben und auf ein Leben verzichtet zu haben, das, hübsch, wie Constanze war, noch jede Menge anderer Verehrer, schöne Kleider, Tanz und Unbeschwertheit hätte bedeuten können. Ihre Verbitterung, was Sergej betraf, und ihr Zorn auf sich selbst wuchsen Tag für Tag.

Bis das Schicksal es gut mit ihnen meinte und ihnen den Genossen Fjodor quasi auf dem Silbertablett servierte.

Nach dem Volksaufstand und der Entmachtung des Zaren

waren sich die Revolutionäre uneins gewesen, wer das Zepter in Russland übernehmen sollte, und die provisorische Regierung unter dem Fürsten Lwow hatte sich als schwach und korrupt erwiesen, sodass es nur noch eine Frage der Zeit gewesen war, bis Lenin seine Emigration, die nun schon vierzehn Jahre dauerte, beenden und seine triumphale Rückkehr aus der Schweiz nach Petrograd feiern würde. Sein Weg nach Russland sollte mit deutscher Hilfe geebnet werden, denn durch die Unterstützung revolutionärer Kräfte, so hofften Kaiser, Politiker und Militärs, würde der Feind von innen heraus zersetzt und so geschwächt, dass ein deutscher Sieg im Osten unausweichlich sein würde.
Der Plan wurde zwar so schnell aufgegeben wie entworfen, aber dennoch ließen sich einige Versatzstücke der Operation nicht mehr stoppen. Genosse Fjodor Astrenkowitsch, Mitstreiter Lenins der ersten Tage, fünfundvierzig Jahre alt, blond und hünenhaft gewachsen, hatte widerstrebend, aber letztlich überzeugt von der Richtigkeit der geheimen Vorbereitungen am Abend des 19. August, getarnt als ukrainischer Bauer, den Zug bestiegen, der ihn von Letkosibirsk nach Petrograd bringen sollte, wo er die Lage für die geplante Oktoberrevolution beurteilen und sich mit einem Sonderkommando treffen sollte. Doch da die Lenin-Gegner um den zwischenzeitlich in Amt und Würden gehobenen Ministerpräsidenten Alexander Kerenski auch nicht schliefen, verhinderten seine Helfershelfer mittels einer an der Brücke bei Nivitow befestigten Ladung Nitroglycerin, dass der Zug sein Ziel erreichte.
Warum Kerenskis Schergen die Insassen des Zugs zur Sicherheit nicht einfach erschossen hatten, blieb Constanze und Sergej ein Rätsel. Aber wie dem auch sein mochte, Fjodor hatte aus dem brennenden Zug entkommen und

sich in die Wildnis retten können. Auf der Jagd nach einem Auerhahn oder irgendeinem anderen genießbaren Tier hatte Sergej den stark blutenden und halb ohnmächtigen Fjodor gefunden und ihn in ihre Hütte geschleppt.

Eine Woche hatte der Hüne gefiebert und deliriert, während Constanze und Sergej immer wieder seine Wunden auswuschen, mit Kamille umwickelten und ihm löffelweise Brühe einflößten. Schließlich obsiegte Fjodors starke Natur. Eines Morgens öffnete er die Augen und betrachtete, wem er sein Leben verdankte.

Auf der Stelle verliebte er sich in Constanze.

Ob sein Herz aufgrund dieser Tatsache milde gestimmt war oder ob ihm ihre Geschichte zu verrückt erschien, um gelogen zu sein, ließ sein verschlossener Gesichtsausdruck nicht erkennen. Jedenfalls riet er ihnen, ihre Kraft nicht länger in der Wildnis zu verschleißen, sondern mit Gleichgesinnten zu bündeln. Zwei Tage später verschwand Fjodor, und Sergej schlug vor, die Hütte zu verlassen, um den von Fjodor beschriebenen Hof nahe Petrograd zu suchen, wo eine Schar braver Bolschewiken bereits das reine Wort Lenins, den wahren Kommunismus lebte. Constanze hätte keine Kopeke darauf gewettet, dass sie auf dem Hof willkommener waren als anderswo, stimmte aber in Ermangelung anderer Ideen zu.

Fjodors Wort indes hatte Gewicht. Ohne viel Federlesens wurden Constanze, Sergej und der kleine Alexander in die bunt gewürfelte Gemeinschaft aus Hufschmieden, Metzgern, Bauern, ihren Frauen und Kindern aufgenommen.

Constanzes dumpfes Gefühl, zur falschen Zeit am falschen Ort zu sein, wich neuer Zuversicht. Sie mochte die Menschen, besonders Jekaterina, vervollständigte ihre Russischkenntnisse, sodass sie sich inzwischen nicht mehr radebrechend, sondern flüssig unterhalten konnte, und ließ sich allmählich von der Vorstellung bezirzen, ein Zuhause gefunden zu haben. Sie war Fjodor zutiefst dankbar. Natürlich war ihr seine Verliebtheit nicht entgangen, und auch sie hatte seinem muskulösen Körper mehr als einen verstohlenen Blick geschenkt, doch sie rechnete es ihm hoch an, dass er sie respektiert und nicht in Versuchung geführt hatte, unglücklich, wie sie gewesen war.

Constanze wrang das letzte Stück Wäsche aus, legte alle Teile zusammen, um sie im Haus auf die windschiefe Spindel zu hängen, und machte sich mit Jekaterina und den anderen Frauen auf den Weg. Es wurde Zeit, das Abendbrot zuzubereiten. Auch was diese häusliche Pflicht betraf, hielten sich die Männer vornehm zurück.

Nach dem Essen saßen alle wie meistens noch zusammen um das Feuer und redeten über dies und das. Eine Milchkuh wollten die Männer auftreiben, egal, woher. Die letzte war im Frühjahr an Entkräftung krepiert, ohne das Kälbchen geboren zu haben. Seitdem mussten sie auf die Milch der drei Ziegen zurückgreifen, wovon einige Durchfall bekamen. Die Frauen mahnten die Reparatur der Ofenklappe an, die wacklig in den Angeln hing, und ernteten vage Versprechen von Iwan und Sergej, dass dies morgen erledigt werde. Gegen neun Uhr löschten sie das Feuer, um zu Bett zu gehen. Der Winter zehrte an den Kräften und machte müde.

»Morgen breche ich nach Petrograd auf«, eröffnete Sergej Constanze flüsternd, weil alle Hofbewohner in der geräumigen Tenne schliefen, die sie mit Stroh zu einem leidlich bequemen Gemeinschaftslager hergerichtet hatten. »Ich habe es satt zu warten. In Petrograd wird Geschichte geschrieben, und ich beschäftige mich mit Milchkühen und Ofenklappen.«

»Bist du verrückt geworden? Du kannst mich doch hier nicht allein lassen!«
»Ich muss, verstehst du nicht? Ohne dich und Alexander ist es leichter, die Lage zu überblicken. Ich hole euch nach, sobald es möglich ist.«
»Über unsere Sicherheit hättest du nachdenken können, bevor wir Sorau verlassen haben.«
»Es war deine Entscheidung, mit mir zu gehen«, sagte er gleichmütig und drehte sich von ihr fort. Für ihn war das Gespräch beendet.
Constanze drückte den schlafenden Alexander an ihr Herz und lauschte seinen regelmäßigen Atemzügen. Auch Sergej schlief bereits, er schnarchte leise.
Ein Mann soll eine Frau glücklich machen, sonst braucht sie keinen. Das hatte ihre Mutter immer gesagt. Mutter, Vater, Dorothee. Das Heimweh kam plötzlich und unvermittelt und überflutete ihren Körper wie eine heiße Welle, in die sich Scham und Verzweiflung mischten. Eine Hand legte sich sanft auf ihre Schulter. Constanze zuckte zusammen.
»Pscht«, flüsterte Jekaterina und bedeutete ihr, mitzukommen.
Sie schlichen durch die Reihen der Schlafenden und traten vor das Haus. Wie eine kupferfarbene Scheibe hing der Mond am nächtlichen Himmel und ließ den Schnee wie eine diamantgewirkte weiße Decke glitzern. Jekaterina drückte Constanze eine Petroleumlampe in die Hand.
»Geh zum See und von dort hinter das Wäldchen«, sagte sie in glasklarem Deutsch.
Constanze starrte sie an.
»Heb dir deine Fragen für später auf. Die Zeit drängt. Geh!«
Verwirrt machte Constanze sich auf den Weg. Als sie das

Wäldchen erreichte, hörte sie leises Gewieher und erkannte die Umrisse eines Schlittens.
»Danke, dass du gekommen bist«, sagte Fjodor.
Seine dunkle Stimme umhüllte sie wie ein warmer Mantel.
»Fjodor«, flüsterte sie heiser. »Was machst du hier? Was soll ...«
»Ich bin gekommen, um dich zu warnen«, antwortete er und half ihr in die Kutsche. Fürsorglich deckte er sie mit weichen Fuchspelzen zu. »Die Revolution ist gewonnen, aber der Kampf nicht beendet. Sie durchkämmen das halbe Land auf der Suche nach Konterrevolutionären. Ihr seid hier nicht mehr sicher.«
»Aber wo sollen wir denn hin?«
»Ihr kommt mit mir.«
»Sergej will morgen nach Petrograd aufbrechen.«
»Dieser Träumer«, sagte Fjodor verächtlich. »Was glaubt er eigentlich, wer er ist? Denkt er, wir haben nur auf einen wie ihn gewartet?«
Constanze schwieg.
»Geh, pack eure Sachen, nimm dein Kind und prügle deinen Mann notfalls hierher. Ich habe nicht viel Zeit. Morgen früh muss ich zurück sein, sonst schöpft man Verdacht.«
Constanze suchte seine Augen, doch Fjodor wich ihr aus.
»Warum tust du das für uns?«
»Nenn es Sentimentalität, wenn du willst. Meine Urgroßeltern waren Deutsche.«
»Das ist nicht der Grund.«
Er wandte sich ihr zu, und mit einer plötzlichen Bewegung riss er sie an sich. Seine Lippen suchten die ihren, doch ebenso plötzlich ließ er sie wieder los.
»Jetzt geh«, sagte er mit rauer Stimme. »Jekaterina wird dir helfen. Sie ist meine Schwester.«

»Woher wusste sie, dass du kommst? Wir haben doch noch nie Post erhalten«, fragte Constanze verwirrt.

»Post! Du bist wirklich ein verwöhntes, ostpreußisches Kind«, sagte er und lachte. »Sieh her.« Er legte seine Hände zusammen, sodass sie eine Höhle bildeten, und blies in die Spalte zwischen Daumen und Zeigefingern. Ein zarter Ton stieg in die Wipfel der Tannen auf und verlor sich klagend. »Der Ruf des Käuzchens hat es ihr verraten.«

»Bei uns geht das so«, entgegnete Constanze, faltete die Hände und blies in die kleine Öffnung zwischen den Daumen.

Fjodor grinste. »Das klang aber eher nach sterbendem Schwan.«

Sie lachten sich an. Zwei Fremde in einem weiten Land, die das Schicksal scheinbar zufällig zusammengeführt hatte, amüsierten sich über ein Spiel, das keines war.

»Beeil dich«, sagte er, und Constanze kletterte aus der Kutsche. Ihr war so leicht ums Herz wie seit Monaten nicht mehr.

Moder hing in der Luft, und Spinnen hatten ihre Netze unbehelligt an Wänden, Balken und Fenstern ausbreiten können.

Ella rümpfte die Nase.

»Sie hätten wenigstens ab und zu lüften können«, sagte sie vorwurfsvoll zu dem rundlichen alten Mann, der verlegen an den Ärmeln seines zerschlissenen Gehrocks zupfte.

»Ich wusste ja nicht, dass Herr Gerhard keine Gelegenheit mehr hatte, seine Arbeit hier aufzunehmen«, rechtfertigte er sich, doch Ella unterbrach ihn.

»Aber dass ein gesunder dreißigjähriger Mann vermutlich an der Front war, hätten Sie sich wohl denken können.«

Gekränkt wandte der Vermieter sich ab. »Ich kümmere

mich nicht um die Angelegenheiten meiner Mieter«, sagte er. »Früher habe ich es getan und öfter nach dem Rechten gesehen, aber die Leute hatten das Gefühl, ich wollte sie kontrollieren, und so habe ich es gelassen. Wie man's macht, macht man's verkehrt.« Er schnaubte und begann die Fenster der Reihe nach zu öffnen, sodass Licht und frische Luft in die Werkstatt strömten. »Es tut mir Leid, das mit Herrn Gerhard«, murmelte er beiläufig, als hätte er kein Recht, Ella sein Beileid auszusprechen, weil sie schließlich nicht seine Witwe war, fuhr aber dennoch fort: »Er war ein freundlicher, intelligenter junger Mann. Ich wette, er hätte etwas aus seinem Leben gemacht.«

Ella nickte. Die schlichten Worte des alten Mannes trieben ihr die Tränen in die Augen.

»Was werden Sie jetzt tun?«, fragte er, unschlüssig, ob er gehen oder bleiben sollte. »Die Miete ist noch für drei Monate bezahlt.«

»Ich weiß es noch nicht«, antwortete sie, und der alte Mann verabschiedete sich zögernd, mit einer Miene, die sein aufrichtiges Bedauern und eine tiefe Traurigkeit offenbarte.

»Wissen Sie, mein Sohn sollte eines Tages alles erben, die Werkstatt und unser Haus. Dafür haben meine Frau und ich gearbeitet. Nun liegt er irgendwo in Belgien …« Er machte eine Pause. »Es eilt also nicht, Fräulein Andreesen. Geben Sie mir nur Bescheid, wenn Sie wissen, wie es weitergehen soll.«

Als sie allein war, wanderte Ella durch die Räume – ein kleines Büro mit einem billigen Schreibtisch und zwei mittelgroße Hallen mit einer Hebebühne und einigen Holzregalen mit Werkzeug. Von den nahe gelegenen Osterdeichwiesen hörte sie helle Kinderstimmen singen. »Ziehet durch, ziehet durch, durch die goldene Brücke …«

Peter hatte ihr nichts davon gesagt oder geschrieben, was sie irritierte. Aber vermutlich hatte er sich der Dürftigkeit der Einrichtung geschämt und wollte warten, bis er die Räumlichkeiten nach dem Krieg so eingerichtet hatte, dass er sie ihr stolz hätte präsentieren können. Sie erinnerte sich, dass er einmal begonnen hatte von einem Mann zu erzählen, der eine Werkstatt am Peterswerder vermieten wollte, doch dann war er nicht näher darauf eingegangen, und sie hatte nicht nachgehakt. Wieder einmal wurde ihr bewusst, wie wenig sie Peter gekannt hatte. Es war immer nur um sie, Ella, gegangen. Ihre Befindlichkeit, ihre Ängste, ihre nebulösen Pläne.

Sie lehnte sich an eins der Regale. Ihr Blick fiel auf eine Decke, die etwas Rechteckiges verhüllte. Sie trat näher und schlug die Decke zurück. »Gerhards Automobile« stand eingefräst und mit roter Lackschrift auf einem glatt gehobelten, lackierten Holzbrett, und sie begann zu weinen.

Nein, sie durfte nicht verkaufen, nicht flüchten vor Peters Vermächtnis.

Die Anwälte hatten ihr erklärt, was Peters Konstruktionspläne für die Automobilindustrie bedeuten würden und dass sie sich bemühen könnten, so schnell wie möglich einen Käufer zu finden. Borgward, Mercedes, Opel, irgendeine Firma würde den Wert der Pläne gewiss erkennen und bereit sein, einen angemessenen Preis zu zahlen, und Ella hatte eingewilligt.

Was ihr in der Kanzlei so logisch erschienen war, machte jetzt und hier keinen Sinn mehr. Sie fühlte Peters Anwesenheit, als wäre er zum Greifen nah, und hörte seine stumme Bitte. Und plötzlich wusste sie, was sie zu tun hatte, auch wenn das bedeutete, sich von ihrem eigenen Weg zu entfernen. Aber vielleicht waren der Kampf gegen

die Armut, das alte Schulsystem und um die Rechte der Frauen gar nicht ihre eigentliche Bestimmung. Oder andersherum – konnte sie nicht alles miteinander verbinden? Vor ihrem inneren Auge entstand ein Betriebskindergarten, sah sie Frauen in führenden Stellungen.
Für den Anfang würde ihr kleines Erbe von ihrem Vater ausreichen, sie musste nur noch ihre Mutter überreden, es auszuzahlen. Diese würde gewiss nicht begeistert sein, sondern auf sie einwirken, Daniel Grothke zu heiraten, aber da hatte sie sich geschnitten. Ella würde Automobile bauen und eine Fabrik errichten, in der es gerecht und sozial zugehen würde. So wie Peter es gewollt hatte.
Mit dem Ärmel ihrer Jacke wischte sie ihre Tränen fort.
Sie beschloss, ein Stück zu Fuß zu gehen. Als sie die Osterdeichwiesen erreichte, flogen ihre Gedanken von Peter zu Bernhard, mit dem sie vor Jahren hier entlangspaziert war, nach dem denkwürdigen Abend, an dem Heinrich die Familie damit überrascht hatte, Felicitas heiraten zu wollen.
Wie aus dem Boden gewachsen stand er plötzlich vor ihr.
»Ella, wie schön, Sie zu sehen«, sagte er, und ihr Herz machte einen Satz, weil seine Stimme weich und seine Worte aufrichtig klangen.
Wegen der Hitze hatte er seinen Gehrock ausgezogen, die Ärmel seines weißen Hemdes aufgerollt und die Weste aufgeknöpft. Beschämt erinnerte sie sich ihrer romantischen Gefühle für ihn, die sie vor langer Zeit gehegt und in die Tiefe ihres Herzens verbannt hatte, und wurde sich bewusst, dass er sie mit diesem Blick und einer flüchtigen Berührung mühelos wiederbeleben könnte. Was sie nicht zulassen durfte. Sie war nicht bereit, sich der Konkurrenz, die um Bernhards Gunst buhlte, zu stellen, sie war es nie

gewesen. Einen solchen Kampf konnte sie, ungeschickt und linkisch, wie sie war, niemals gewinnen, und ganz bestimmt nicht jetzt, nach Peters Tod, der ihr die Erfüllung eines Vermächtnisses auferlegt hatte und die Begleichung der Schuld, die darin bestand, ihm nicht die Wahrheit gesagt und sein Herz freigegeben zu haben. Sie hatte Peter an sich gebunden, weil sie Angst gehabt hatte, einsam zu sein, nicht, weil sie ihn geliebt hatte. Und dafür musste sie erst bezahlen, bevor sie auch nur einen Gedanken an eine neue Verbindung verschwenden durfte. All dies schoss Ella durch den Kopf, und auf seine Frage, wie es ihr gehe, sagte sie deshalb kurz angebunden: »Danke, gut.« Mehr nicht, um nicht in Versuchung zu geraten, ihre Gefühle preiszugeben.

Seine Augen spiegelten wie immer ein wenig Amüsement, aber auch noch etwas anderes, Unbestimmtes, das sie nicht zu deuten vermochte.

»Es scheint«, sagte er mit einem kleinen schiefen Lächeln, »dass ich in der Familie Andreesen in Ungnade gefallen bin. Felicitas will nichts mehr von mir wissen, und Sie weichen mir aus.«

Ella fühlte sich unbehaglich. »Davon weiß ich nichts, aber wenn es so ist, bin ich sicher, dass es sich nur um ein Missverständnis handeln kann und …«, sagte sie, doch Bernhard unterbrach sie.

»Nein, das denke ich nicht. Sie hat mich betrunken gesehen und in … nun ja, einer etwas verfänglichen Situation.«

Das war also der Grund, warum Felicitas ihn doch nicht zum Weihnachtsessen eingeladen hat, dachte Ella und straffte sich innerlich. Sie wollte dieses Gespräch beenden.

»Nun, das ist Ihre Sache, Bernhard«, sagte sie steif und zog ihre Jacke zu. Ein leichter Wind war aufgekommen, der sie trotz der sommerlichen Wärme frösteln ließ.

Sie setzte ihren Weg fort, doch Bernhard begleitete sie ungefragt, als hätte er ihre Verstimmung nicht bemerkt. Das graublaue Band der Weser schob sich gemächlich am grün gesäumten Ufer entlang, ein paar Möwen folgten kreischend einem kleinen Kutter, der, beladen mit frischem Fisch, Richtung Hafen tuckerte. Am gegenüberliegenden Sandstrand bauten Kinder in dunklen Badeanzügen eine Burg. Nur wenige Spaziergänger genossen den schönen Tag, die meisten Bremer waren damit beschäftigt, das entbehrungsreiche Leben an der Heimatfront zu bewältigen und irgendwo nach einem Laib Brot, einer Hand voll Kartoffeln und – Luxus! – einem Apfel anzustehen. Sie und Bernhard waren Privilegierte, dachte Ella. Das machte sie nicht glücklicher, aber wenigstens satt.

»Wie steht es um den Kunstpark?«, fragte er nach einer Weile im leichten Plauderton. Sie warf ihm einen raschen Blick zu, und plötzlich überfiel sie eine Ahnung. Bernhard war einsam. Sie spürte, wie abgespalten und nutzlos er sich fühlen musste, weil es ihren eigenen immer wiederkehrenden Empfindungen innerer Heimatlosigkeit entsprach. Doch Bernhard hatte Schlimmeres durchgemacht. Er hatte den entsetzlichen U-Boot-Krieg überlebt, aber niemand hatte seiner Rückkehr entgegengefiebert oder nur darauf gebrannt, ihm zu erzählen, was sich in der Zeit seiner Abwesenheit in Bremen getan hatte. Als Heinrichs Freund und Sohn von Gustavs verstorbenem besten Freund war er fast schon ein Teil der Familie gewesen, eine Tatsache, der ihr Vater Rechnung getragen hatte, indem er Bernhard zur Empörung von ihrer Mutter und Anton eine stattliche Summe hinterlassen hatte, doch keiner von ihnen war in den Jahren danach auf den Gedanken verfallen, dass mit eben jener Tatsache ein Stück Verantwortung einherging. Sie hätten sich kümmern, ihm das Gefühl geben müssen, willkommen zu sein, ihn nicht einfach ad acta legen dürfen, nur weil er ein Glas zu viel getrunken hatte. Gewiss hatten auch Bernhards zur Schau getragene Unabhängigkeit, sein Hang zur Leichtlebigkeit und sein zuweilen beißender Zynismus dazu beigetragen, dass sie es nicht taten. Dennoch war ihr aller Verhalten unverzeihlich. Ella war bestürzt.

»Tragen Sie es Felicitas nicht nach, Bernhard. Sie arbeitet sehr viel, mehr als alle anderen. Kommen Sie uns bald besuchen, ja?«

Bernhard nickte, den Blick unbestimmt in die Ferne gerichtet. »Gern«, sagte er, doch es klang anders, und Ella verwünschte sich für ihre ungeschickten Worte, die ihm das Gefühl geben mussten, dass er ihr Leid tat. Sie seufzte leise, und Bernhard sah sie belustigt an. »Immer noch das Leid der Welt auf Ihrem Rücken, Ella? Das ist Unsinn. An meiner Bredouille bin ich selbst schuld. Aber wenn es Sie beruhigt, morgen reise ich für einige Tage nach Berlin, und danach probiere ich, ob ich nicht doch in die Höhle der Löwin gelassen werde.«

Nahe der Parkallee trennten sie sich, und Ella fragte sich, ob er sein Versprechen halten würde. Ein Teil von ihr wünschte es sich, der andere hoffte inständig, er täte es nicht.

Als sie nach Hause kam, hörte sie erregte Stimmen aus dem Wintergarten. Antons Fistelstimme, die durch die Folgen der Verletzungen gebrochen und rau klang, Felicitas' Bühnenstimme, mit der sie kurze, knappe, scharfe Bemerkungen wie Floretthiebe austeilte, und gelegentlich Elisabeths ruhigen Alt, mit dem sie den Streit zu schlichten versuchte.

Trotz ihrer vierten Schwangerschaft erledigte Felicitas ein ungeheures Arbeitspensum, sie schien angesichts ihrer vielfältigen Aufgaben sogar aufzublühen. Sie organisierte den quälend langsamen Fortgang der Arbeiten am Kunstpark, die wöchentlichen Speisungen und fuhr jeden Tag in die Firma. Nach Elisabeths Gesundung hatten sie begonnen sich die Arbeit zu teilen. Felicitas erzählte von der laufenden Produktion und von den Schwierigkeiten, mit denen sie beim Absatz konfrontiert waren, und gemeinsam beschlossen sie ihr weiteres Vorgehen. Hausenberg hatte sich inzwischen damit abgefunden, Anweisungen von Felicitas zu befolgen, oder tat zumindest so.

Dann war Anton aus Sorau zurückgekehrt, versehrt und ewig unzufrieden, und hatte den Betrieb für sich reklamiert. Ella hatte ihren jüngeren Bruder nie von Herzen geliebt, seine Eskapaden gleichwohl schwesterlich toleriert. Aber wie er sich nun gebärdete, ging ihr entschieden gegen den Strich, weil es ihr deutlich vor Augen führte, wohin Neid und Habgier einen Menschen treiben konnten. Für Felicitas hatte er nur Verachtung übrig, und er machte kaum einen Hehl daraus, dass er Heinrichs Abwesenheit genoss. Zu allem Überfluss hatte er keine Ahnung von dem Unternehmen, weder von Kaffee noch von Zichorien und Trockengemüse. Er hatte sich ja auch nie dafür interessiert. Jetzt schwadronierte er ständig, dass die Firma »im völkischen Sinne« umstrukturiert werden müsse. Wahrscheinlich wusste er selbst nicht, was das bedeuten sollte.

Elisabeth sagte bei diesen Streitereien wenig, was Ella einerseits fuchste, andererseits aber durchaus nachvollziehen konnte. Gewiss war ihre Mutter nicht besonders erfreut über Antons Gehabe, doch natürlich war sie auch heilfroh, dass wenigstens einer ihrer Söhne wieder daheim war. Und solange Heinrich an der Front bleiben musste, konnte sie es ihm nicht verübeln, dass er seinen Teil auf

seine Art leisten wollte, um den Fortbestand der Firma zu sichern.
Ella schaute auf die Uhr. Sie verspürte keine Lust, schon wieder einem Streit beizuwohnen, und beschloss, sich umzuziehen und nach den Pferden zu sehen. Ihr Blick fiel auf die Post. Eine Karte von Felicitas' Vater, der in München gastierte, ein Brief von Heinrich an Felicitas. Ella lächelte. Die Liebe, die die beiden verband, war so greifbar, so konkret, mitunter sogar fast unromantisch. Sie hatten sich füreinander entschieden, und niemand würde je einen noch so kleinen Keil zwischen sie treiben können. Sie legte den Brief in die Schale und wandte sich zur Treppe, als Felicitas aus dem Wintergarten stürmte.
»Ich brauche frische Luft. Kommst du mit?«, rief sie Ella zu, die Hand schon auf der Klinke der Haustür.
»Du hast einen Brief von Heinrich«, sagte Ella, doch da hatte Felicitas die Tür schon geöffnet.
Im selben Moment hielt ein schwarzer Opel auf der Auffahrt, und zwei Offiziere stiegen aus. Sie nahmen die Offiziersmützen ab und kamen langsam näher.
»Sind Sie Frau Andreesen?«, fragte der ältere von beiden. »Felicitas Andreesen?«

Felicitas warf Ella einen raschen Blick zu und bat die Offiziere, Hauptmann Böttcher und Leutnant Sager, in den Salon, nicht in den Wintergarten, wo die ganze Familie saß. Was sie ihr zu sagen hatten, wollte sie alleine hören. Behutsam begann der Ältere zu sprechen. Heinrich Andreesen gelte offiziell als vermisst. Nach einem verheerenden Angriff der Gegner auf die deutschen Stellungen bei Amiens sei er wie vom Erdboden verschluckt. Als Felicitas nichts erwiderte, bat der Hauptmann den Jüngeren, ihn mit ihr allein zu lassen. Dankbar verschwand er.

»Ich darf Ihnen das eigentlich nicht sagen, aber … es gibt so gut wie keine Hoffnung.«

Der Aussage mehrerer Gefreiten hatten die Offiziere entnehmen müssen, dass Oberstleutnant Andreesen sich in letzter Minute, nachdem ein Gefreiter vor Angst ohnmächtig geworden war, einer Sondermission angeschlossen hatte, die den Auftrag hatte, sich im Schutz der Nacht in die französischen Reihen zu schleichen, um französische Gefangene zu nehmen; eine Taktik, die sehr riskant, aber unerlässlich war, um den Gegner zu demoralisieren und wichtige Informationen über seine Strategie zu erlangen.

»Drei Männer sind tot, zehn kamen zurück, aber keiner konnte sagen, was mit Ihrem Mann geschah.« Der Hauptmann machte eine Pause. »Wir müssen davon ausgehen, dass er nicht mehr am Leben ist.«

»Danke für Ihre Offenheit«, sagte Felicitas tonlos.

»Ich finde schon hinaus«, verabschiedete der Hauptmann sich taktvoll und ließ sie allein.

Die Uhr tickte im Rhythmus des einzigen Gedankens, den sie fassen konnte. Er lebt, er lebt, er lebt. Dennoch meinte sie zu spüren, wie das starke Band, das sie miteinander verknüpfte, durch ein anderes, überirdisches ersetzt worden war, genauso kraftvoll, aber … anders. Nein, hör auf damit. Vermisst heißt nicht tot. Er lebt. Er muss leben.

Nein. Er ist tot.

Der Schock nahm ihr alle Tränen, die sie später, viel später erst würde weinen können. Erstarrt saß sie da.

Sie musste es Elisabeth sagen. Als Felicitas aufstand, schwindelte ihr, ihr wurde schwarz vor Augen, und sie ließ sich in die Dunkelheit fallen wie in eine schützende Höhle. Weder Maries Aufschrei noch die hysterische Aufregung, die danach in der Villa ausbrach, die Fahrt in die

Klinik und die weiß behandschuhten Hände, die sich ihres Leibes bemächtigten, holten Felicitas zurück. Erst am nächsten Morgen konnte Professor Becker der Familie sagen, dass Mutter und Kind wohlauf seien. Schwach alle beide, die eine wegen des enormen Blutverlusts, die andere, das kleine Mädchen, weil es zwei Monate zu früh zur Welt gekommen war. Mindestens drei Wochen würden sie in seiner Klinik bleiben müssen, was angesichts der schrecklichen Situation seiner Meinung nach ohnehin das Beste für Felicitas sei.

Felicitas gehorchte, fast erleichtert über die Atempause in einer Umgebung der sterilen Gleichförmigkeit, in der sie sich sortieren konnte, bevor sie sich den Erinnerungen stellte. Aber es musste doch noch Hoffnung geben. Sie hatten ihn ja nicht gefunden. Ihre Gedanken kreisten wie eine hängende Schallplatte, hypnotisch und enervierend zugleich zwangen sie Felicitas in einen Zustand der Apathie.

Sie begann die gut gemeinten täglichen Besuche der Familie zu fürchten, weil alle versuchten – mit Pralinen und Modejournalen, mit resoluter Sachlichkeit oder bemühter Heiterkeit – sie aus eben jenem Zustand zu reißen. Ihr Vater hatte seine Tournee unterbrochen und blieb eine Woche in Bremen, bemüht, den Graben, den er durch seine überstürzte Abreise und monatelange Abwesenheit zwischen sich und Felicitas gegraben hatte, zu überwinden. Sie lachte über seine humorvollen Beschreibungen der Pleiten und Pannen, die ihm auf der Tournee widerfahren waren, und sagte, dass sie ihm natürlich verzeihe, doch in Wirklichkeit war es ihr egal. Es hatte keine Bedeutung mehr.

Teresa schlief die meiste Zeit. Sie hatte das Kind Teresa genannt. »Nikolaus?« – »Der kommt nur zu Weihnachten.« – »Andreas?« – »Zu verdreht?« – »Simone?« – »Geht auch ohne.« – »Teresa?« – »Ja, prima.« Heinrich und Felicitas hatten über ihr albernes Reimspiel gelacht und die Entscheidung vertagt. »Wenn das Kind uns zum ersten Mal ansieht, werden wir seinen Namen wissen«, hatte Heinrich gemeint. Nun, Teresa passte zu dem winzigen Wesen, dessen riesengroße aquamarinblaue Augen, mit denen es in den seltenen Momenten des Wachseins seine Mutter und die weißen Wände des Klinikzimmers betrachtete, ihm einen seltsamen Ausdruck von Weisheit verliehen.

Ende Juli hatte Felicitas die Folgen ihres lebensgefährlichen Blutverlusts überwunden und Teresa so weit an Gewicht zugenommen und an Kraft gewonnen, dass Mutter und Kind nach Hause entlassen werden konnten. »Versuchen Sie Ihre Balance zu finden«, gab Professor Becker Felicitas mit auf den Weg. »Bewahren Sie die Hoffnung im Herzen, aber verlieren Sie sich nicht an eine fixe Idee.«

Das Leben verengte sich dennoch auf die eine Frage: Wann kommt er zurück?

Die Zeit verstrich quälend langsam. Das Klingeln des Telefons und das Schellen der Türglocke ließ ihr Herz jedes Mal schmerzhaft schnell schlagen, bis die Banalität des Alltags es wieder beruhigte. Nichts interessierte Felicitas mehr außer Teresa. Nur selten vermochte sie einen Funken Interesse für Gesa und die Zwillinge aufzubringen, denen sie zwar noch nichts von der traurigen Entwicklung erzählt hatte, die jedoch sehr wohl spürten, dass etwas ganz und gar nicht in Ordnung war.

Eines Morgens sagte Gesa tonlos: »Es ist wegen Papa, nicht wahr?« Als Felicitas nichts erwiderte, fuhr sie fort: »Ich bin schuld. Ich habe nicht an die Daumen geglaubt und sie nicht genug gedrückt.«

Felicitas seufzte und wollte Gesa in den Arm nehmen, doch sie lief davon. Bald darauf begann sie wieder das Bett zu nässen. Clemens und Christian zogen sich in ihre Zwillingswelt zurück und fingen an sich in einer eigentümlichen Zeichensprache miteinander zu verständigen, was Felicitas beunruhigte, doch nicht dazu brachte, irgendetwas zu unternehmen. Sie fühlte sich schwach, als würde ihr jemand langsam die Kraft aussaugen, und verachtete sich dafür, war aber nicht imstande, ihr Verhalten zu ändern. Immer öfter verbrachte sie die Tage in ihrem Zimmer, ließ sich das Essen von Marie nach oben bringen und tat nichts außer der Zeit zuzusehen, wie sie den Sommer verabschiedete, als hätte es ihn nie gegeben, und den Herbst in die Pflicht zwang, Blätter davonzufegen und graue Wolken ins Land zu schicken.

»Wie lange wirst du ihr das durchgehen lassen? Essen auf dem Zimmer, Berge unerledigter Briefe an die Kunstpark-Direktorin.«
Anton schaufelte sich reichlich Kartoffeln auf den Teller, goss dunkelbraune Soße darüber und matschte das Ganze zu einem Brei.
Elisabeth runzelte die Stirn. Sie wusste, dass er sie mit diesem ungehobelten Benehmen provozieren wollte, und entgegnete kühl: »Solange ich es für richtig halte.«
»Anton meint ja nur, dass er sich Sorgen macht …«, eilte Désirée ihrem Mann zu Hilfe, der sie sofort unterbrach.
»Wir machen uns alle Sorgen, aber keiner von uns spielt die Primadonna.«
»Das tut sie nicht, und das weißt du auch. Sie kann nicht anders, sie verschließt sich vor allen«, sagte Ella bekümmert. »Es ist, als ob sie eine Wand zwischen sich und dem

Rest der Welt hochgezogen hätte, die niemand durchdringen kann. Die Kinder nicht, du nicht, Mutter nicht, niemand. Bernhard hat ihr einen Brief geschrieben, aber sie hat ihn zerrissen, hat Marie mir erzählt.«

»Bernhard!«, schnaubte Anton. »Als ob der etwas ausrichten könnte.« Ein harter Glanz trat in seine Augen. »Vielleicht«, sagte er gedehnt, »sollte man Thomas Engelke ausfindig machen.«

Désirée sah ihn mit einer Mischung aus Furcht und Unbehagen an.

»Warum?«, fragte Elisabeth.

»Oh, ich dachte nur… ein guter Freund aus der Vergangenheit …«

Ella hob die Augenbrauen. »Ich wüsste nicht, dass Felicitas und Thomas je viel miteinander zu tun hatten, abgesehen davon, dass er der Sohn ihrer Haushälterin ist. Und wenn sie es nicht einmal zulässt, dass ihre eigene Mutter sie besucht, wird sie auf Thomas wohl kaum gesteigerten Wert legen. Was denkst du, Dorothee?«

Aller Augen richteten sich auf Dorothee, die bislang geschwiegen hatte. »Ich weiß nicht …«, begann sie zögernd und knautschte nervös ihre Serviette. »Dieses Gefühl, wie versteinert zu sein, ist … so entsetzlich …« Ihr Blick ging in die Ferne, als würde sie sich selbst sehen in jenen Tagen, da Constanzes Unglück sie so traumatisiert hatte, dass sie kaum noch in der Lage war, am Leben teilzunehmen. »Die Musik hat mich gerettet. Ja, und Pierre natürlich.« Sie errötete. »Ich fürchte, ihr habt mich umsonst eingeladen. Ich kann ihr, glaube ich, nicht helfen. Aber ich will es weiter versuchen.«

»Wir haben dich nicht deswegen eingeladen«, entgegnete Elisabeth und lächelte Dorothee zu. »Du bist uns immer herzlich willkommen. Und etwas Abwechslung tut dir doch gut, nicht wahr? Die Contrescarpe ist ja ein wenig verwaist.«

»Ich werde heiraten«, platzte Dorothee heraus und errötete wieder.

»O Dorothee, wie wunderbar«, sagte Ella. »Herzlichen Glückwunsch. Ich hoffe, dass Levi und du, nun, dass ihr euch glücklich macht.«

»Wann soll es denn so weit sein? Eine jüdische Hochzeit mit Gläsern zerschmeißen und dergleichen merkwürdigen Sitten braucht gewiss viel Vorbereitung.«

»Anton! Ich erlaube dieses Benehmen nicht. Entschuldige dich sofort bei Dorothee.« Elisabeth funkelte ihren Sohn an, bis der die Augen niederschlug.

»Schon gut«, sagte Dorothee, blass, aber entschlossen. »In der Tat werden wir nach jüdischem Ritus heiraten. Wir wünschen es uns beide. Das Datum steht aber noch nicht fest.«

Während die Unterhaltung sich weiter um die Hochzeit drehte, überließ sich Elisabeth ihren Gedanken. Ausnahmsweise, sagte sie sich, hatte Anton Recht. Es wurde Zeit, etwas zu unternehmen, das Felicitas aus ihrer Erstarrung riss.

Zwei Tage und etliche Überlegungen später klopfte Elisabeth an Felicitas' Tür.

»Wir müssen uns den Gegebenheiten stellen, Felicitas«, sagte sie schlicht. Als Felicitas nicht reagierte, fuhr sie fort: »Vielleicht lebt Heinrich noch, vielleicht aber auch nicht. Meine Trauer ist genauso groß wie deine. Dennoch dürfen wir nicht zulassen, dass sie unser Leben zerstört, das würde Heinrich nicht wollen.«

»Aber ich will es«, stieß Felicitas hervor.

»Warum?«

»Weil ich mich schuldig fühle.« Felicitas stand am Fenster, die Arme vor der Brust verschränkt. Wie ein Scherenschnitt hob sich ihr Profil vor den bauschigen weißen Vorhängen ab. »Als Heinrich mich bat, seine Frau zu werden, fühlte ich mich hin und her gerissen zwischen seinen Träumen und meinen eigenen. Ich habe mich für seine entschieden, aber ich habe es nur halbherzig getan. Ich habe viel für mich gelebt, für den Kunstpark, zu wenig für Heinrich. Wie meine Mutter, egoistisch und rücksichtslos.«

»Hast du es ihr deshalb nicht erlaubt, dich zu besuchen? Das ist gewiss hart für sie gewesen, egal, was sie getan hat.«

Felicitas zuckte mit den Schultern. »Mag sein.« Sie schwieg eine Weile, dann sagte sie: »Ich weiß, dass du dich sorgst, und ich danke dir dafür.«

»So schnell wirst du mich nicht los, Felicitas. Du glaubst also, Heinrich etwas schuldig zu sein, ja? Und du glaubst, die Rechnung hier, abgeschottet von der Welt, begleichen zu können? Wenn du das glaubst, hast du Heinrichs Liebe zu dir nicht verstanden.« Ihr Blick fiel auf das Modell des Kunstparks, das neben der Chaiselongue stand. »Er hat alles an dir geliebt, mein Kind. Er hat deine Vergangenheit verstanden, an deine Fähigkeiten geglaubt und dich so genommen, wie du bist. Ich habe meinen Sohn niemals glücklicher gesehen als in den Jahren mit dir.« Nach einer kleinen Pause fuhr Elisabeth fort: »Eine gewisse Unzulänglichkeit tragen wir alle in uns. Aber Schuld? Das ist etwas ganz anderes.«

Ihre Gedanken gingen zurück zu dem Tag, da Gustav und sie voneinander verzaubert waren, und den Monaten, in denen die Magie sich verflüchtigte und Ernüchterung Platz machte, und dem Moment, als Ludger Servatius sie zum ersten Mal geküsst hatte. Nie zuvor, in all den Jahren nicht, hatte es eine Gelegenheit gegeben, die es sinnvoll erscheinen ließ, darüber zu sprechen. Ihr Geständnis hätte niemandem genützt, im Gegenteil. Doch jetzt schien es das Einzige zu sein, das Felicitas aus ihrer Isolation reißen könnte, indem es ihr vor Augen führte, was es bedeutete, schuldig zu sein.

Sie holte tief Luft, und in der Sekunde zwischen Ein- und Ausatmen schloss sie die Augen. Dann sagte sie: »Anton ist nicht Gustavs Sohn.«

17

Felicitas gewöhnte sich an, morgens die Erste und abends die Letzte im Kontor am Wall zu sein.
Akribisch und hochkonzentriert eignete sie sich das Wissen an, wie aus einer roten Kirsche ein schwarzes Getränk wurde. Sie lernte anhand des Duftes fertig gerösteter Bohnen zu erkennen, ob sie acht oder vierzehn Minuten geröstet worden waren, ob es sich um eine dunklere Robusta-Bohne oder eine hellere Arabica handelte. Elias Frantz brachte ihr bei, eine mittlere Röstung von einer mittelbraunen zu unterscheiden, eine feine Nuance, die aber über Aroma und Säuregehalt des Kaffees entschied. Felicitas schnupperte an Bohnen aus Sumatra, Costa Rica und Kuba, die den unterschiedlichen Andreesen-Mischungen hinzugefügt wurden, und sensibilisierte Zunge und Gaumen so, dass sie den feinen Nachmittagskaffee Andreesen-Milde Bohne vom kraftvollen Andreesen-Morgenduft am Geschmack erkannte. Sie liebte es, die Nase in die Bohnen zu tauchen und sich von dem Duft forttragen zu lassen in ihre Erinnerungen nach Brasilien.
Die sinnliche Welt des Kaffees und die gemeinsame Arbeit mit Elias Frantz bildeten den angenehmen Teil ihres Tages. Es machte einfach Spaß, neue Ideen für Mischungen und Zusatzprodukte zum Kaffee auszuhecken, wie den Andreesen-Kaffeebonbon, der, davon war Felicitas überzeugt, bald in aller Munde sein würde. Den weniger angenehmen Rest bildeten Hausenberg, die Hausanwälte und Bankiers. Ständig mussten Verträge mit Kaffeelieferanten oder Schiffseignern gekündigt oder aufgesetzt, immer

wieder Kreditrahmen neu verhandelt werden. Das Korsett aus Terminen, Besprechungen und dem Studium der Akten gab Felicitas Halt und hielt ihre Gedanken im Zaum. Dann und wann streifte ihr Blick das Hochzeitsfoto, das auf Heinrichs Schreibtisch stand, an dem sie nun jeden Tag saß und arbeitete, doch sie gestattete sich nicht, wieder in die bleierne Resignation zurückzufallen, die weder Heinrich noch ihr half.

Tausende Soldaten galten als vermisst, im ganzen Reich zitterten und bangten Frauen um das Leben ihrer Männer, deren Rückkehr aus Ost und West allein in den Händen des Schicksals ruhte, und die sich damit abfinden mussten, nichts, absolut nichts tun zu können, was der quälenden Ungewissheit ein Ende bereitete. Elisabeth und sie hatten alle Hebel in Bewegung gesetzt, um herauszufinden, ob Heinrich noch lebte und wohin er sich gerettet haben könnte, doch die Nachrichten aus Frankreich flossen zäh und widersprachen sich. An einem Tag hieß es, Heinrich sei in der Nähe von Compiègne gesehen worden, eine Woche später wurde gemeldet, er sei in der letzten Schlacht bei Amiens, der verheerenden Gegenoffensive der Alliierten, erschossen und später in einem Massengrab beigesetzt worden. Von einer Sondermission, die der Hauptmann erwähnt hatte, war niemals die Rede.

Die wirtschaftliche Lage war katastrophal. Alle Firmen litten unter dem Rohstoffmangel, es gab weder Kaffee noch Tabak, weder Zinn noch Eisen. Andreesen-Kaffee stand im Vergleich gut da, die Produktion von Trockengemüse und Wellblech hatte das Schlimmste verhindert, und dennoch offenbarten die Bilanzen, dass sich die Firma einen Schritt vor dem Abgrund befand. Felicitas musste klug handeln, sich kompetente Partner und Berater suchen, und daran, dessen war sie sich bewusst, mangelte es ihr. Sie besaß kein

Händchen für Kooperationen, sie regelte die Dinge lieber allein. Und sie war eine Frau. Ein Vorhaben wie der Kunstpark mochte für eine Frau gerade noch angehen, obwohl auch diese naseweise Einmischung in öffentliche Belange eine Zumutung darstellte, doch da Felicitas nur das Geld ihrer Familie verpulverte, konnte man darüber hinwegsehen, wenn auch zähneknirschend. Doch dies hier war indiskutabel. Man hielt sie für eine wahrlich nicht standesgemäße Nachfolgerin des allseits beliebten Heinrich und drückte das Missfallen über Elisabeth Andreesens nicht nachvollziehbare Entscheidung, Felicitas statt Anton Andreesen die Firmenleitung zu überantworten, durch Ignoranz aus. Zu keiner Besprechung führender Bremer Unternehmer wurde Felicitas geladen. Aber, sagte sie sich wieder und wieder, auf den Einfluss dieser Firma konnten die Bremer Herren auf Dauer nicht verzichten, und wenn sie es geschickt anstellte, würden sie zu ihr kommen müssen.

Hausenberg öffnete die Tür, wie üblich ohne anzuklopfen, und sagte mit sauertöpfischer Miene: »Vergessen Sie den Termin mit Nussbaum nicht.«

Felicitas seufzte innerlich. Laut sagte sie: »Ich komme gleich. Im Übrigen bin ich im Besitz eines Terminkalenders, Herr Hausenberg.«

Sie schraubte den Federhalter, Heinrichs Federhalter, zu und stand auf. Das Treffen lag ihr im Magen, und sie hätte es gern Hausenberg überlassen, aber das hätte ihm wie Nussbaum signalisiert, dass sie sich dem nicht gewachsen fühlte. Eher würde sie rohe Kaffeekirschen essen als Schwäche zu zeigen. Entschlossen marschierte sie in die Produktionshalle.

In den Betrieben sollten auf je hundert Arbeiter ein Schwerbeschädigter angestellt werden, und Hendrik Nussbaum kümmerte sich persönlich um die Einhaltung der Verordnung.

»Sie müssen zehn Schwerbeschädigte übernehmen«, sagte er statt einer Begrüßung und wies mit einer Hand auf die erbarmungswürdige Gruppe, die hinter ihm stand. Junge Männer, keine dreißig, halb blind, an Krücken humpelnd, einarmig. Der Anblick schnitt Felicitas ins Herz. »Ich habe mir erlaubt, die infrage kommenden Arbeiter gleich mitzubringen.«

Hendrik Nussbaum maß Felicitas mit einem verächtlichen und zugleich triumphierenden Blick, wissend, dass er seine Kompetenzen überschritten hatte. Felicitas erwiderte seinen Blick ruhig. Sie würde sich nicht dazu verleiten lassen, vor diesen Männern mit Nussbaum zu diskutieren und zu riskieren, den Kürzeren zu ziehen.

»Herzlich willkommen bei Andreesen-Kaffee«, sagte sie freundlich und erklärte den Männern, in welchem Büro sie die Einstellungsformulare ausfüllen mussten.

»Ich werde sie begleiten, um zu sehen, was die Leute da unterschreiben sollen«, meinte Nussbaum, machte eine Pause und fügte dann leise hinzu: »Ordnung muss sein, auch wenn Ihnen das alles hier bald nicht mehr gehören wird.« Er grinste Felicitas an.

»Sie machen mir keine Angst«, entgegnete Felicitas kühl. »Ich habe die Abstimmung in der Bürgerschaft noch in guter Erinnerung.«

»Das waren andere Zeiten«, sagte er. »Aber jetzt ist Ihr guter Freund, der Kaiser, am Ende mit seinem Latein. Sie sollten sich beizeiten an die Vorstellung gewöhnen, dass auf Ihrem Platz in Kürze einer von uns sitzen wird.« Er tippte sich an die Schiffermütze und verließ mit den Männern die Halle.

Was Nussbaum damit gemeint hatte, zeigte sich nur wenige

Tage später. In Berlin braute sich eine Revolution zusammen, deren erste Wellen auch in Norddeutschland gierig Halt suchten. Meutereien in Wilhelmshaven hatten zahlreiche Betriebe lahmgelegt, und Unruhen bei der Kaiserlichen Marine in Kiel offenbarten, dass selbst des Kaisers liebstes Steckenpferd nicht mehr treu zu ihm stand. Über dem Chaos schrillte eine Kakophonie unzähliger Stimmen von links, rechts und der Mitte, die alle meinten genau zu wissen, wie die politische Zukunft des Deutschen Reiches gestaltet werden müsste. Am 9. November 1918 wurden in Berlin von Philipp Scheidemann und Karl Liebknecht zwei unterschiedliche Republiken ausgerufen, eine parlamentarische und eine sozialistische. Der Kaiser floh nach Holland. Ein Rat der Volksbeauftragten übernahm die Regierungsgewalt, und in zahlreichen Städten bildeten sich Arbeiter- und Soldatenräte. In Bremen hielt eine zähe Opposition aus Beamten, weiten Kreisen des Bürgertums, der landwirtschaftlichen Bevölkerung und Teilen des Militärs dagegen.

Zwei Tage später, am 11. November, wurde im französischen Compiègne der Waffenstillstand beschlossen.

Der Erste Weltkrieg war beendet, doch der innerdeutsche politische Kampf entbrannte mit unverminderter Wut. Am 12. November setzte der Arbeiter- und Soldatenrat in Hamburg Senat und Bürgerschaft ab, am 14. November machte es der Bremer Arbeiter- und Soldatenrat unter Nussbaums Führung nach, besetzte das Rathaus und hisste am 15. November um elf Uhr die rote Fahne auf dem Rathaus.

»Das ist Anarchie«, sagte Anton an diesem denkwürdigen Novemberabend beim Abendessen, und Felicitas stimmte ihm zum ersten Mal, solange sie denken konnte, zu. Die Situation war völlig chaotisch. Generalstreiks lähmten die ohnehin marode Wirtschaft, die Arbeiter wollten sich bewaffnen, und Nussbaum heizte unermüdlich die Massen an und versprach ihnen das Blaue vom Himmel in einer gerechten sozialistischen Welt. Dass der Deutsche Rätekongress das Rätesystem als organisatorische Staatsform abgelehnt und Wahlen zur Nationalversammlung beschlossen hatte, kümmerte Nussbaum und seine Genossen nicht im Geringsten.

»Ich habe Angst«, gestand Ella. »Die Arbeiter sind bis an die Zähne bewaffnet.«

»Blödsinn«, erwiderte Anton. »Was sollen die schon machen?«

»Nun«, sagte Elisabeth, »Kommunisten neigen dazu, sich anderer Leute Eigentum einzuverleiben. Ich erwäge, das Silber und die wertvollsten Gemälde in Sicherheit bringen zu lassen.«

»Meinst du wirklich, dass die Arbeiter so weit gehen würden, uns auszuplündern?«, fragte Ella entgeistert.

»Solange die Bürgerschaft so tut, als ob sich der ganze Spuk ohne ihr Zutun in Luft auflösen würde, müssen wir wohl mit dem Schlimmsten rechnen«, pflichtete Felicitas Elisabeth bei. »Ich möchte nur mal wissen, wo sie denn abgeblieben sind, die mutigen Herren Unternehmer?«

Am zweiten Weihnachtsfeiertag wurde Felicitas' Frage überraschend beantwortet.

Die familiären Spannungen hatten unter dem Eindruck der Ereignisse kurzfristig nachgelassen. Anton spielte mit den Zwillingen, Désirée zeigte Gesa, wie sie sich die Haare mit einer geschickten Drehung aufstecken konnte, was die Neunjährige begeisterte, Dorothee und Pierre Levi hielten, dankbar über seine gesunde Heimkehr, die ganze Zeit Händchen und strahlten sich an, Ella las die Weihnachtsgeschichte laut vor und die Postkarten, die von Helen aus

Sorau und Max aus München eingetroffen waren. Gegen siebzehn Uhr meldete Marie einen Gast. Bernhard.

Felicitas versteifte sich. Was fiel ihm ein, uneingeladen hier aufzutauchen! Sie wechselte einen Blick mit Elisabeth, den Ella auffing.

»Es ist Weihnachten«, zischte sie empört und sprang auf.

»Frohe Weihnachten allerseits«, wünschte Bernhard ohne den gewohnten ironischen Unterton. »Entschuldigen Sie die unchristliche Störung, aber die Sache duldet keinen Aufschub.« Er machte eine Pause und sagte dann: »Ich fürchte, Sie sind in Gefahr.« Mit knappen Worten schilderte er, was sich in Verden, wenige Kilometer von Bremen entfernt, zusammenbraute. Fünf Bremer Senatoren, fünf Industrielle und fünf Kaufleute, darunter Grothke von der Baumwollbörse und van der Laaken, hatten sich in einer unverdächtigen Reetdachkate mit dem Berliner Regierungsrat getroffen, um ihn dazu zu bringen, militärisch gegen Bremen vorzugehen, um der Räterepublik ein Ende zu bereiten und eine provisorische Regierung von Mehrheitssozialisten einzusetzen, bis nach der Wahl einer bremischen Nationalversammlung verfassungsmäßige Zustände hergestellt worden waren. »Er hat zugestimmt. Das bedeutet, dass die ersten Militärtransporte in Kürze Bremen erreichen.«

»Na und?«, fragte Anton. »Was ist schlecht daran? Je eher die Arbeiter dahin zurückgejagt werden, wo sie hingehören, umso besser.«

»Begreifst du denn nicht? Die Stadt steht vor einem Bürgerkrieg. Die Arbeiter werden sich nicht einfach entwaffnen lassen und die rote Fahne vom Rathaus holen. Sie werden sich dort verschanzen, wo es den Mehrheitssozialisten am meisten wehtut – in den Villen rund um den Bürgerpark. Hier.«

Désirée schrie auf.
Elisabeth sah Bernhard an. Er bestätigte ihre schlimmsten Befürchtungen. Ihre Augen spiegelten zwar nach wie vor die Ablehnung, die sie ihm entgegenbrachte, entgegenbringen musste, um sich zu schützen, aber auch eine widerwillige Anerkennung. Sie war souverän genug, niemandem den verdienten Respekt zu verweigern. »Wenn Sie Recht haben, sind wir Ihnen zu Dank verpflichtet, Bernhard.«
»Woher wissen Sie das alles?«, fragte Felicitas. Intuitiv spürte sie, dass er die Wahrheit sagte, aber dennoch sträubte sich alles in ihr, ihm zu glauben. Er hatte sie verletzt, und sie wollte keine Versöhnung. Es war besser, jemanden wie Bernhard nicht zu nah an sich herankommen zu lassen. Man handelte sich Ärger und zwiespältige Gefühle ein, abgesehen davon, dass sie Elisabeth nicht in den Rücken fallen mochte. Bernhard durfte in dieser Familie keine Rolle spielen.
Bernhard grinste sie an. »Sie wissen doch, dass ich meine Finger überall im Spiel habe.«
»Natürlich, aber die Kreise der Mehrheitssozialisten gehören wohl kaum zu dieser Art Spiel«, gab Felicitas halbherzig zurück.
»Zu dem nicht. Aber ich spiele mehrere Spiele, Felicitas.«
»Schluss damit«, entschied Elisabeth. »Möchten Sie zum Essen bleiben, Bernhard?«
»Nein, vielen Dank. Ich …«
Ella unterbrach ihn. »Ach kommen Sie schon, Bernhard. Marie hat einen falschen Hasen zubereitet und ein Gemüsesoufflé. Wir würden uns freuen.«

In kurzer Zeit hatte das Gerücht die Runde gemacht, und die Spannung lag über Bremen wie eine Gewitterwolke.
»Es ist irgendwie so … so unwirklich«, sagte Désirée zu Felicitas, als sie das Silber zusammen mit einigen fran-

zösischen Kerzenleuchtern in Zeitungspapier wickelten und in einer Holzkiste verstauten, die in den versteckten, doppelt gemauerten Abseiten Platz finden sollte.
Die Abseiten, durch raffinierte Trompe-l'œil-Malerei von gemauerten Wänden nicht zu unterscheiden, waren voll gestellt bis obenhin. Diese Kiste würde die letzte sein, die noch hineinpassen würde. Der Rest – drei Wandteppiche, einige Gemälde, Lampen und Bücher – war so geschickt verteilt, dass nicht der Eindruck erweckt wurde, die Familie hätte alle Wertgegenstände in Sicherheit gebracht. Ob der Trick funktionieren würde, bezweifelte Felicitas, aber sie hatten keine andere Wahl. Die Sachen mit Transportwagen aus dem Haus zu schaffen, hätte zu viel Aufsehen erregt und womöglich den Gegner zu spontanen Übergriffen provoziert. Felicitas traute Nussbaum inzwischen alles zu.
»Ich meine«, fuhr Désirée fort, »in Bremen passiert doch nie etwas. In Berlin, ja, in Hamburg, selbst in Lübeck. Aber Bremen war immer so beschaulich. Und jetzt sollen wir in Windeseile alles zusammenpacken, weil der Mob meint, sich nehmen zu können, was uns gehört. Das ist eine Unverschämtheit!«
»Wir sind gleich fertig. Geh ruhig und kümmere dich um dein Gepäck«, sagte Felicitas, um Désirées beginnende Litanei zu unterbinden.
»Was nimmst du denn mit?«
»Ich weiß noch nicht.«
Sie würde ihrer Schwägerin bestimmt nicht auf die Nase binden, was selbst Elisabeth noch nicht wusste – dass sie nicht mit den anderen nach Wangerooge reisen würde. Bei der Vorstellung, die Arbeiter würden tatsächlich den Mut aufbringen, in dieses Haus einzudringen, beschlich sie zwar ein mulmiges Gefühl, aber keine Furcht. Es schien, als ob die Angst um Heinrich sie unempfindlich gegen

andere Gefahren gemacht, ja, sie sogar belebt hätte. Kurz schoss ihr durch den Kopf, dass sie sich vor langer Zeit einmal gewünscht hatte, etwas Wildes, Unwägbares zu erleben, was die engen Grenzen ihres Alltags sprengen würde. Sie schob den Gedanken beiseite. Aus welcher Quelle diese Anwandlung gespeist wurde, war nicht entscheidend. Felicitas war fest entschlossen, nicht das Feld zu räumen, und wappnete sich gegen die Diskussion mit Elisabeth, die sie zweifellos erwartete.

Doch als sie Elisabeth ihren Entschluss mitteilte, nickte diese nur. Ein feines Lächeln umspielte ihre Mundwinkel, als sie trocken erwiderte: »Dann sind wir ja zu zweit.«

Als Ella, Dorothee und Levi, Désirée, Anton, Marie und das Kindermädchen mit Gesa und den Zwillingen – Teresa war noch zu schwach für eine anstrengende Reise – am nächsten Morgen in drei Automobilen fortfuhren, schickte eine Januarsonne warmes Licht, die den Aufbruch wie den Beginn einer fröhlichen Landpartie aussehen ließ.

Die Tage verrannen, doch nichts geschah. Dann, am 29. Januar, brach der Bann. Die Militärtransporte trafen in Verden ein, und der Regierungsrat erklärte der Presse, es gehe darum, Bremen für die Einfuhr von Lebensmitteln offen zu halten. Eine Minderheit könne nicht wider alles Recht im Besitz der Macht sein. In der Nacht zum 30. Januar fuhr Nussbaum nach Verden, um mit den Mehrheitssozialisten zu verhandeln – ohne Erfolg.

Der erste Schuss fiel am 4. Februar um zehn Uhr fünfzig. Atemlos lauschten Elisabeth und Felicitas dem Rundfunkreporter, dessen Stimme sich fast überschlug, als er die Angriffe schilderte. Eine Marinebrigade unter Oberst von Rhoden führte den Angriff von Arbergen und Sebaldsbrück aus gegen Hemelingen und lieferte sich erste Schießereien mit den Arbeitertrupps. Südlich der Weser griff die III. Landesschützenbrigade unter Major Matthias an, gegen elf Uhr erreichte die Freiwilligenabteilung von Major Caspari die Huckelriede, eine Kompanie Bremer Freiwilliger besetzte den Stadtwerder, eine andere den Buntentorsteinweg und die Nebenstraßen. Die Arbeiter errichteten Barrikaden und leisteten erbitterten Widerstand. Mittags hatte die Marinebrigade die Weserbrücke erreicht. Eine andere Abteilung rückte von Huchting aus über das Hohentor durch die Neustadt vor, schoss sich den Weg bis zur Kaiserbrücke frei und besetzte den Neustadtbahnhof. Der Vormarsch durch die östlichen Vorstädte war schwieriger. Hemelingen, eine Hochburg der Arbeiter, wurde von den Soldaten um elf Uhr dreißig eingenommen, dann rückte die Truppe von Hastedt aus über den Osterdeich und das Ostertor vor. Eine Artillerie-Einheit beschoss unterdessen den Marktplatz. Um achtzehn Uhr dreißig begannen die Domglocken zu läuten.

Teresa krähte vergnügt, als wüsste sie, dass der Kampf beendet war. Felicitas lächelte und nahm sie aus dem Körbchen, das sie und Elisabeth in diesen Tagen ständig bei sich getragen hatten.

»Wir haben es überstanden.« Elisabeth erhob sich und entkorkte eine Flasche Portwein. »Das haben wir uns wohl verdient. Wer hätte gedacht, dass die Arbeiter im Handstreich entmachtet werden würden?«

»Glaubst du wirklich, dass Nussbaum sich so schnell geschlagen gibt?«

»Es wird ihm wohl nichts anderes übrig bleiben«, antwortete Elisabeth. »Dennoch sollten wir noch eine Weile warten, bis wir die Kisten wieder auspacken und die Familie zurückholen.«

Felicitas nickte. Schweigend tranken sie ihren Wein.

»Heinrich würde sich sehr freuen, wenn er uns so zusam-

men sähe«, sagte Felicitas plötzlich. »Er hat es zwar nie ausgesprochen, aber ich wusste auch so, dass es sein sehnlichster Wunsch war, uns versöhnt zu sehen.«
»Ich weiß.«
Und keine sprach aus, was beide fürchteten. Dass Heinrich diese Versöhnung nicht mehr erleben würde.
Die Türglocke riss sie aus ihren Gedanken.
»Sind Sie wohlauf?« Bernhard wirkte angespannt. Sein Gesicht war voller blutiger Schrammen, seine Jacke zerrissen.
»Das sollten wir besser Sie fragen«, entgegnete Elisabeth. »Kommen Sie herein. Felicitas, im Bad müssen noch Verbandszeug und Jod sein.«
»Nicht nötig«, sagte Bernhard leichthin. »Das sind nur ein paar Kratzer.«
»Auf welcher Seite haben Sie denn gekämpft?«, fragte Felicitas süffisant, die doch Jod aus dem Bad geholt hatte und es auf einen Wattebausch träufelte, den sie ihm auf die tiefste der Wunden drückte.
Er zuckte zusammen. »Macht Ihnen Spaß, nicht wahr?«
»Still, sonst blutet es wieder.«
Ein wenig behutsamer tupfte sich Felicitas Kratzer um Kratzer vorwärts und kam nicht umhin, seinen Duft wahrzunehmen, die feinen Härchen an den Ohren, die verwegenen Bartstoppeln und die markante Linie seines Kinns. Selbst die Verletzungen konnten seiner verteufelten Ausstrahlung nichts anhaben.
Das Geräusch von klirrendem Glas durchschnitt die Stille. Ein Stein, groß wie eine Faust, hatte eins der Fenster im Wintergarten in tausend Scherben zerlegt.
»Gehen Sie vom Fenster weg!«, rief Bernhard und zog Felicitas mit dem Körbchen, in dem Teresa schlief, in eine schützende Ecke. »Frau Andreesen?«
»Schon gut, ich bin hier.« Elisabeth hatte sich hinter das

mächtige Sofa im Wintergarten gekauert. Ihre Stimme klang gedämpft, als sie trocken konstatierte: »So viel Artistik hatte ich nicht mehr von mir erwartet.«
Bernhard und Felicitas lachten leise und spähten in die Dunkelheit.
»Vielleicht wollten die uns nur einen Schreck einjagen«, flüsterte Felicitas.
Bernhard schüttelte den Kopf. »Das glaube ich nicht. Sehen Sie das?«
Aus dem Dunkel der Büsche und Bäume des Gartens lösten sich mehrere Gestalten, und erst näherten sich zwei, dann drei, schließlich zehn Fackeln wie riesige Glühwürmchen dem Haus.
Felicitas spürte, wie eine Welle kalter Wut sie erfasste, und ehe Bernhard sie zurückhalten konnte, sprang sie auf, riss die Tür auf und ging den Arbeitern entgegen. Ihre aquamarinblauen Augen funkelten im Schein des Feuers. Kerzengerade stand sie auf der Terrasse und maß die Männer mit kühlem Blick. Etwa dreißig mochten es sein, einige Gesichter kamen ihr bekannt vor. Felicitas machte nicht den Fehler, empört zu fragen, was sie hier wollten, denn eine Frage provozierte eine Antwort, die sich vielstimmig potenzieren und den befürchteten Tumult entfesseln würde. Die Männer waren gewiss zu allem bereit und entschlossen, Widerstände zu brechen, doch einer Frau, die weder weinte noch schrie und flehte, sondern unbegreiflicherweise schwieg und sie musterte, wussten sie nichts entgegenzusetzen.
Die Stille dehnte sich aus, nur das Feuer knackte gelegentlich. Felicitas' Augen brannten, aber sie wandte den Blick nicht ab. Jede Unsicherheit konnte den Funken entzünden. Plötzlich begann Teresa zu wimmern, erst leise, dann immer lauter.

Felicitas hielt den Atem an. Dann sagte sie mit fester Stimme: »Mein Kind weint. Es ist zu früh auf die Welt gekommen und noch sehr schwach. Es kann nichts dafür, dass es in diese Familie geboren wurde – niemand kann etwas für seine Geburt. Weder mein Kind noch ich und mein Mann, von dem ich nicht weiß, ob er noch am Leben ist.« Sie machte eine kurze Pause und schaute in die Gesichter der Männer. »Ich bitte euch zu gehen. Ich muss mich um mein kleines Mädchen kümmern.«
Als der erste Arbeiter ihr den Rücken zukehrte, dann ein zweiter und dritter, wusste Felicitas, dass sie die Machtprobe für sich entschieden hatte. Fünf Minuten später lag der Garten verlassen in der Dunkelheit, nur in der Ferne leuchteten noch die Fackeln.
Felicitas begann zu zittern, Tränen der Erleichterung strömten über ihre Wangen.

Nicht überall konnten die Übergriffe der Arbeiter auf die Villen der feinen Bremer Familien abgewendet werden. Die van der Laakens beklagten die Zerstörung ihres Gartens sowie des Sommerpavillons, bei Grothkes waren fast alle Fensterscheiben im Parterre zu Bruch gegangen, und bei Petersens hatten sich fünf Arbeiter gewaltsam Zugang in das Haus an der Schwachhauser Heerstraße verschafft und drei Gemälde und Wedgwood-Porzellan mitgehen lassen. Zum Glück war niemand verletzt worden. Dennoch saß der Schreck tief, und die betroffenen Familien machten sich bei der neuen Bremer Regierung stark für die Gründung einer Schutztruppe, die nachts im Bürgerparkviertel patrouillieren und zwielichtige Elemente überprüfen sollte.
Als die Familie Andreesen Ende Februar von Wangerooge zurückkehrte, schloss sich Anton sogleich dieser Initiative an. Eine Schutztruppe mit pseudomilitärischem Auftrag war

ganz nach seinem Geschmack und entsprach einer politischen Gesinnung, die unmerklich, aber nachhaltig in Bremen wie im ganzen Deutschen Reich Fuß zu fassen begann. Felicitas hielt von dem Plan einer Bürgerwehr nichts, im Gegenteil. Obschon sie die Mittel, mit denen die Arbeiter ihr Ziel zu erreichen versuchten, zutiefst missbilligte, konnte sie deren zugrunde liegenden Motive nachvollziehen. Wer täglich zwölf Stunden arbeitete und trotz aller Schufterei nicht genug Lohn erhielt, um seine Kinder ausreichend zu ernähren und ihnen ein Leben zu bieten, das das Wort verdiente, war irgendwann, wenn die Verzweiflung ein Ventil brauchte, bereit, für seine Zukunft zu kämpfen. Wenn es sein musste, mit Gewalt. Eine Schutztruppe würde diesen Gordischen Knoten nur fester schnüren. Ihn durchzuschlagen, bedurfte es anderer Ideen.
»Wie würde unsere Bilanz aussehen, wenn wir den Lohn um fünfzig Mark im Monat anheben?«
Hausenberg sah Felicitas völlig entgeistert an, unfähig, zu seiner üblichen Haltung der trotzigen Geringschätzung zurückzufinden, die es Felicitas leicht machte, sich über seine Einwände hinwegzusetzen. Jetzt schien er ernsthaft besorgt. Schweiß trat ihm auf die Stirn, den er mit einem nicht ganz blütenweißen Taschentuch wegtupfte. Er hatte das kleine Klappfenster in seinem Büro geöffnet, doch die hereinströmende leise Brise vermochte den muffigen Geruch aus alten Akten, ausgelaufener Tinte, abgestandenem Kaffee und hunderter verzehrter Butterbrote nicht zu vertreiben. Sobald wir wieder schwarze Zahlen schreiben, dachte Felicitas, wird das ganze Gebäude vom Keller bis zum Dach entrümpelt, neu möbliert und renoviert.
»Nun?«, fragte sie nach und setzte sich vorsichtig auf den Stuhl, der vor Hausenbergs Schreibtisch stand und einige Fettflecken aufwies.

»Wenn Sie das tun, müssen Sie es gegenfinanzieren«, begann er. »Das heißt, entweder das Rohprodukt Kaffee günstiger einkaufen oder das fertige Produkt Andreesen-Kaffee teurer oder in einer erheblich höheren Stückzahl verkaufen. Letzteres ist angesichts der Preise wohl kaum möglich. Sie wissen doch selbst, dass ein Pfund dreißig Mark kostet.«
»Aber wenn wir den Kaffee billiger einkaufen, reagieren die Brasilianer mit erhöhter Produktion, um das Defizit auszugleichen. Das bedeutet, dass die Arbeiter dort noch mehr arbeiten müssen.« Die Konsequenzen mochte sie sich gar nicht ausmalen. »Das kommt nicht in Frage.«
»Ich fürchte, Sie müssen sich schon entscheiden.«
Felicitas schüttelte den Kopf. »Es muss einen anderen Weg geben. Einstweilen möchte ich Sie bitten zu prüfen, wie viel Geld wir zusätzlich einnehmen müssten, um die Mehrkosten für den Lohn zu decken. Ich erwarte Ihren Bericht Ende nächster Woche.«
Während sie sprach, fixierte Hausenberg die beiden Stapel Akten, die vor ihm lagen, mit einer Mischung aus Ungeduld und Resignation, und zum ersten Mal kam Felicitas der Gedanke, dass der Prokurist vielleicht überarbeitet war und dass er mit seiner abwehrenden Haltung nur zu vermeiden versuchte, dass Felicitas Veränderungen beschloss, die ihm noch mehr Aufgaben einbringen würden.
»Wie geht es Ihnen, Herr Hausenberg?« Ihre unvermittelte Frage brachte den Prokuristen vollends aus der Fassung. Seine Augen flackerten, als er sie kurz ansah, und seine hochgezogenen Schultern verrieten, unter welcher Anspannung er stand. Doch er nickte und schaffte ein schiefes Lächeln. »Danke, mir geht es gut.«
Felicitas zögerte. Heinrich hatte immer gut mit ihm zusammengearbeitet, und plötzlich schmerzte es sie, dass sie mit ihm überhaupt nicht zurechtkam, als wäre dies allein

ihre Schuld und ein Verrat an ihrer Liebe. Deshalb versuchte sie es noch einmal. »Falls Sie Sorgen haben …«
Doch Hausenberg unterbrach sie leise, aber bestimmt. »Diese Akten müssen bis morgen früh bearbeitet sein.«
Felicitas stand auf. »Ich wollte Ihnen nicht zu nahe treten«, sagte sie freundlich und verließ das Büro. Zurück in ihrem eigenen, öffnete sie die Fenster, so weit es ging. Sie würde einiges in dieser Firma verändern müssen. Mit einer Renovierung allein würde es nicht getan sein. Sie schaute auf ihre Taschenuhr. Gleich Mittag und damit Zeit, sich auf den Weg zum Rathaus zu machen.
Die Sonne schien, und Felicitas ließ den Wagen stehen. Ein wenig frische Luft und etwas Bewegung würden ihr helfen, das Gespräch mit Hausenberg hinter sich zu lassen. Mit seinen Problemen, und sie war fest davon überzeugt, dass er einige mit sich herumschleppte, würde sie sich ein andermal beschäftigen. Jetzt galt es, sich auf ihr Ziel zu konzentrieren.
Die Arbeiten am Kunstpark mussten endlich fortgeführt werden, doch dafür benötigte sie öffentliche Gelder. Den großzügigen Einsatz eigener Mittel konnte sich das Unternehmen nicht mehr leisten, und eine Bauruine mitten in der Stadt würde sich die Stadt nicht leisten können. Felicitas war voller Zuversicht, dass dieses Argument seine Wirkung nicht verfehlen würde. Dennoch sah sie der Unterredung mit dem neu gewählten Bürgermeister Manfred Strunz mit gemischten Gefühlen entgegen. Unter der Hand wurde gemunkelt, dass Strunz, obschon selber Mehrheitssozialist, sich gut mit Nussbaum verstand und seine Meinung schätzte. Ausgerechnet Nussbaum! Erst hatte sie sich gewundert, weshalb er dem Angriff auf die Villa ferngeblieben war, aber so dumm schien er eben doch nicht zu sein, seinen politischen Ruf durch blinde Agita-

tion aufs Spiel zu setzen. Und in der Tat hatte er sich bald darauf als respektable Stimme der Arbeiterschaft wieder ins Bremer Parlament und in das Vertrauen des Bürgermeisters schleichen können. Da die meisten Gerüchte zumindest ein Körnchen Wahrheit enthielten, würde sie klug taktieren müssen, um Strunz auf ihre Seite zu ziehen. Swantje Petersen, bei dessen Familie Strunz seit langem gut gelitten war, hatte ihr erzählt, dass er ein weiches Herz habe und insbesondere jungen schönen Frauen wenig Widerstand entgegensetze.

Sie zog ihre Kostümjacke an, deren Kobaltblau am Saum und an den Ärmeln schon leicht fadenscheinig wirkte. Nichts konnte man mehr kaufen, geschweige denn schicke Kleidung. Doch ihr Haar glänzte, und ihr Teint leuchtete milchig weiß. Sie würde Strunz um den kleinen Finger wickeln, koste es, was es wolle.

Felicitas verließ das Kontor und schlenderte über die Balgebrückstraße vorbei am Schnoor zum Rathaus. Die Sonne ließ das Band der Weser wie flüssiges Silber glitzern, einige Möwen saßen träge auf den Brückenpfeilern und glitten gelegentlich ins Wasser, um einen Appetithappen zu jagen, und die Margeriten am Ufer nickten ihnen in der sanften Brise zu. Doch niemand nahm von der Idylle Notiz. Frauen in geflickten Kleidern und aufgelösten Haaren eilten an ihr vorbei, in jeder Hand einen leeren Korb. Einige Arbeiter marschierten finster dreinblickend Richtung Marktplatz. Eine Mutter mit drei Kindern zog mit gesenktem Kopf und sichtlich angestrengt einen Bollerwagen hinter sich her, in dem ihr Mann saß und mit versteinerter Miene auf seine Beinstümpfe starrte.

Felicitas beschleunigte ihre Schritte, um die drückende Atmosphäre hinter sich zu lassen. Hätte sie es nicht getan, wären ihr die Zeichen – die seltsame Spannung, unsichere

Blicke, entschlossen geballte Fäuste – vielleicht nicht entgangen. Als sie den Marktplatz erreichte und begann, sich einen Weg an den Ständen und den Menschen vorbei zu bahnen, war es zu spät.

Unvermittelt brach das Chaos aus. Frauen wie Männer schrien und stürzten sich auf die Eiersteigen und Gemüsekisten, rissen sie den Händlern aus den Händen und stopften in ihre Taschen und Körbe, was nur ging. Radieschen und Äpfel flogen durch die Luft wie ein roter Hagelsturm, eine Frau rutschte auf Salatblättern aus und fluchte, eine andere grapschte in deren Korb und schoss triumphierend mit einem gerupften Huhn davon. Immer mehr Menschen strömten auf den Markt, Felicitas wurde von hinten geschoben, von vorne eingekeilt. Der Lärm war ohrenbetäubend, Wut und Verzweiflung stand Händlern wie Plünderern ins Gesicht geschrieben. Felicitas' Strohhut wurde ihr vom Kopf gefegt und wie eine Trophäe hochgehalten und schließlich in die Menge geschleudert. Eine Frau zog an ihren Haaren und kreischte unverständliches Zeug. Es gab kein Entkommen, keine Schneise in dem Meer aus schwitzenden Leibern und erhitzten Gemütern, durch die man hätte schlüpfen können. Der Mann in dem Bollerwagen lachte wie irre, sein Blick hatte jede Resignation verloren. Mit den Händen schob er sich unter die Verkaufsstände und klaubte vom Boden auf, was andere fallen gelassen hatten, sodass er bis zur Hüfte von Porree, Salat, Zwiebeln, Neunaugen, Kabeljau und Kartoffeln bedeckt war. Seine Augen trafen Felicitas', und für den Bruchteil einer Sekunde grinste er ihr zu.

Ohne lange zu überlegen duckte sie sich und krabbelte behände unter einen Stand mit Geflügel, Wurst und Innereien. Der Geruch von Blut stieg ihr in die Nase, und voller Ekel betrachtete sie die dunkelroten Nierchen und Leber-

stücke, die zu Boden gefallen und von unzähligen Füßen zu Brei zertreten worden waren.
Schlief die Regierung in Berlin eigentlich? Seit fast einem halben Jahr war Friedrich Ebert nun Reichspräsident, und dennoch erschütterten Streiks und Plünderungen nach wie vor die ohnehin instabile Wirtschaftslage. Man konnte es den Leuten auch kaum verdenken. Wer beim Verkauf noch einigermaßen auf seine Kosten kommen wollte, musste zu Wucherpreisen greifen. Ein Ei kostete eine Mark dreißig, ein Bund Radieschen achtzig Pfennig, ein Huhn acht Mark. Kein Mensch konnte sich das leisten. Eine Wucherzentrale sollte die Preise regulieren, bekam die Situation aber auch nicht in den Griff.
Pfiffe und Hufgetrappel kündigten den Einsatz berittener Polizei an.
Felicitas stützte sich mit den Händen ab und begann auf allen vieren von einem Stand zum nächsten zu gelangen. Als sie wenige Meter von Andreesens Kaffeehaus entfernt war, richtete sie sich auf und begann zu laufen. Ein Stein traf sie am Kopf, und sie spürte, wie das Blut aus der Wunde schoss und den Hals entlangrann. Die Tür des Cafés war verschlossen, wurde aber rasch geöffnet, und zwei kräftige Arme umfingen sie.
»Kommen Sie«, sagte Bernhard. Er musterte kurz ihre Wunde, dann nahm er Felicitas einfach auf die Arme und trug sie in den hinteren Teil des Cafés, in den die wenigen Gäste sich zurückgezogen hatten und, manche stoisch, die meisten ängstlich, auf das Ende der Plünderung warteten.
»O Gott, Frau Andreesen«, stöhnte der alte Kellner und schlug die Hände über dem Kopf zusammen. Er zitterte, die Situation ging sichtlich über seine Kräfte.
»Sieht schlimmer aus, als es ist«, sagte Felicitas gefasst, ob-

wohl ihr die Tränen in den Augen standen. Dumpf pochte der Schmerz oberhalb ihrer linken Schläfe.

»Bringen Sie der gnädigen Frau einen Kaffee und einen doppelten Kognak.« Besorgt blickte Bernhard sie an, zog sein Taschentuch aus der Westentasche und begann das Blut vorsichtig abzuwischen. »Es scheint so, dass wir bestimmt sind, uns gegenseitig die Verletzungen zu verarzten.«

»Was machen Sie denn hier?«, fragte Felicitas, ohne darauf einzugehen.

»Kaffee trinken«, antwortete er lapidar. »Und Sie?«

»Gemüse klauen«, gab sie ironisch zurück. Der Kellner eilte mit dem Tablett herbei und blieb so lange stehen, bis Felicitas einen Schluck Kognak getrunken hatte. Das sanfte Feuer des Alkohols bahnte sich seinen Weg.

»Sie haben Glück gehabt, Felicitas. Hätte es Sie zwei Zentimeter tiefer getroffen, wären Sie nicht mehr am Leben.«

»Das hat nichts mit Glück zu tun. Bevor ich mich von dieser Welt verabschiede, muss ich anscheinend noch die eine oder andere unlösbare Aufgabe bewältigen.«

»Ich verstehe.« Bernhard faltete sein Taschentuch zusammen und legte es auf ihre Wunde. »Festhalten, aber nicht drücken, sonst blutet es wieder.«

Schweigend beobachtete Felicitas das Geschehen vor dem Café. Einige Polizisten waren abgesessen und versuchten die Händler zu überreden, die Preise freiwillig zu senken, bevor sie, die Polizei, es nach Gutdünken anordnen würde, eine Praxis, die im ganzen Reich bei Plünderungen dieser Art gang und gäbe war, aber nur eine kurzfristige Lösung bot.

Ich habe es so satt, dachte Felicitas. Seit Monaten hatte sie nichts tun können, außer den Mangel zu verwalten, alle geplanten Lohnerhöhungen und Investitionspläne auf Eis zu legen und auf eine Stabilisierung der Wirtschaft zu hoffen. Doch der letzte Rest Zuversicht schwand, als die Nachricht vom Frieden und den damit verbundenen Bedingungen, die die Sieger in Versailles den Deutschen als Verursacher des Kriegs auferlegten, sich verbreitete.

Das Reich musste Elsass-Lothringen, fast ganz Posen und Westpreußen abtreten, die Unabhängigkeit Österreichs als unabänderlich anerkennen und auf alle überseeischen Besitzungen verzichten. Die Togo-Aktien der Familie waren nicht mehr das Papier wert, auf dem sie gedruckt waren. Die Röstereien in Nancy, Paris und Marseille, die Gustav Ende 1800 aufgekauft hatte, wurden von den französischen Arbeitern seit langem bestreikt, sodass ihre Schließung nur noch eine Frage der Zeit sein würde. Deutschland sollte das gesamte Kriegsmaterial abgeben, die allgemeine Wehrpflicht aufheben und sich auf ein Berufsheer von hunderttausend Mann beschränken. Und die Gesamtschuld des Deutschen Reiches sollte von einer besonderen Reparationskommission festgelegt und innerhalb von dreißig Jahren abgelöst werden.

Das bedeutete, das Land würde auf absehbare Zeit darniederliegen. Und das bedeutete auch, dass es nicht mehr genügen würde, sich auf bewährte Handelsstrategien zu verlassen, die einstmals Sicherheit und Wohlstand garantierten. Mit einem Mal wurde Felicitas klar, dass sie ganz andere Wege gehen musste und Risiken würde in Kauf nehmen müssen, um das Unternehmen in die Zukunft zu führen.

Sie sah Bernhard in die Augen. »Ich brauche Ihre Hilfe.«

»Genügen Ihnen der nette Herr Bürgermeister und sein Intimus Nussbaum nicht mehr?«

Felicitas zögerte. Woher wusste er von dem geplanten Treffen? Oder hatte er bloß ins Blaue geschossen und ins

Schwarze getroffen? Dieser Mann blieb ihr ein Rätsel, ein gefährliches Rätsel, und ihn ins Vertrauen zu ziehen könnte eine Nähe zwischen ihnen herstellen, die sie keinesfalls suchte, und womöglich eine Abhängigkeit provozieren, die sie teuer zu stehen kommen könnte. Sie wusste, dass sie sich auf unwegsamem Gelände befand, doch Heinrichs Freund war der Einzige, der, davon war sie überzeugt, über Verbindungen verfügte, die den Horizont des durchschnittlichen Bremer Kaufmanns überstiegen.

»Hören Sie auf mit den Spielchen. Sie haben mir nie erzählt, wie Sie Ihren Lebensunterhalt bestreiten und warum Sie ausgerechnet zu einer geheimen U-Boot-Mission abgerufen wurden, aber ich würde meine Hand dafür ins Feuer legen, dass Ihr Adressbuch so manche Überraschung bereithält.«

»Und an welcher Art Kontakte sind Sie interessiert?«

»Nun«, sagte sie gedehnt, um Zeit zu gewinnen, eine Formulierung zu wählen, die ihn zufrieden stellte und nicht verriet, dass ihre Bitte keinen fundierten Überlegungen entsprang, sondern einem spontanen Impuls. »Ich denke daran, die eine oder andere Niederlassung zu gründen … möglicherweise auch im Ausland …«

»Schon gut. Sie wollen meine Hilfe, die Katze aber nicht aus dem Sack lassen. Das ist Ihr gutes Recht, doch wenn ich Ihnen einen Rat geben darf, unterschätzen Sie die Gier der Leute nicht, sich Ihre Firma unter den Nagel zu reißen. In der Wirtschaft wird mit Tricks und Mitteln gearbeitet, die Sie sich in Ihren kühnsten Träumen nicht ausmalen können, und Wohltätigkeit gehört nicht dazu.«

Felicitas schwieg. Auf dem Markt kehrte ganz allmählich Ruhe ein. Die Händler richteten ihre Stände notdürftig wieder her und packten die übrig gebliebene Ware, die noch zum Verkauf taugte, in die Kisten. Mehrere Frauen zogen mit gesenkten Köpfen am Café vorbei, zwei Jungen kickten einen Salatkopf wie einen Fußball vor sich her. Der Wind briste auf und trieb Papierfetzen und einen Strohhut über das Kopfsteinpflaster, auf den die Kinder sich johlend stürzten und lachend davonliefen. Im Café nahmen die Gäste wieder Platz oder strebten in Sorge um Freunde und Verwandte nervös zur Tür.

»Na schön«, sagte Bernhard schließlich. »In der Tat kenne ich da jemanden. Ein Freund aus London, den ich Ihnen nicht leichten Herzens, aber einigermaßen guten Gewissens empfehlen kann. Doch eins müssen Sie mir verraten. Wie haben Sie Elisabeth dazu gebracht, Anton ins Aus zu schießen und Ihnen den ganzen Betrieb anzuvertrauen?«

Felicitas wich seinem Blick aus. Die Tatsache, dass Anton sein Halbbruder war, hätte Bernhards unerschütterliche, zynische Gelassenheit gewiss ins Wanken gebracht, eine Vorstellung, die Felicitas sehr wohl reizte, aber ihre Loyalität Elisabeth gegenüber ließ es nicht zu, ihn wissen zu lassen, dass Anton nicht Gustavs Sohn, sondern das Ergebnis von Elisabeths geheimer Liaison mit seinem Vater war. »Verstehst du, weshalb ich Gustav nicht noch einmal verraten und Anton zu Heinrichs Nachfolger erklären kann?«, hatte Elisabeth gesagt. »Ich habe Anton gegen jede Vernunft verwöhnt und gewähren lassen, um meine Schuldgefühle zu überdecken, doch er hat instinktiv gewusst, dass ich mich ihm gegenüber schuldig fühle, und dieses Wissen genutzt, um zu erreichen, was immer er wollte. Das hat seinen Charakter verdorben. Er kann und darf diese Firma nicht leiten.« Sie hatte eine Pause gemacht und schließlich auch den bitteren Rest der Geschichte erzählt. »Nun, und Bernhard gehe ich aus dem Weg, so gut ich kann. Ich kann ihm nicht in die Augen sehen, ohne an

Ludger zu denken.« Sie schilderte, wie sie alles darangesetzt hatte, Gustavs Freund zu bezirzen, eine Laune, inspiriert durch ihre leblose Ehe mit Gustav. Ludger Servatius jedoch hatte in ihr seine große Liebe erkannt. Als er deren Ausweglosigkeit begriff, trieb ihn die Erkenntnis in eine dunkle, alles zerfressende Depression, der er schließlich mit einem Strick ein Ende bereitete.
Plötzlich erfasste Felicitas eine Welle des Mitgefühls für Bernhard. Geheimnisse dieser Art entfalteten eine zerstörerische Macht, die Menschen verrohen ließ und sie verführte, verunsicherte und einen falschen Weg gehen ließ. Vielleicht hatte dieses schreckliche Geschehen dazu beigetragen, Bernhard zu dem zu machen, der er war? Wild und zynisch, mit einem Hang zur Selbstzerstörung?
»Elisabeth ist überzeugt, dass ich die Firma in Heinrichs Sinn weiterführen kann«, sagte sie schlicht und fügte hinzu: »Fragen Sie mich nicht, warum. Aber es ist nun einmal ihr Wunsch, und ich habe dem entsprochen. Was nicht heißen soll, dass ich diese Aufgabe nur gezwungenermaßen übernommen habe. Im Gegenteil.« Sie lächelte gewinnend und hoffte, dass Bernhard ihr diese Version abnahm.
»Und wie hat Anton reagiert?«
Felicitas schüttelte langsam den Kopf. »Ehrlich gesagt, er ist beunruhigend gefasst und lässt sich seine Wut nicht anmerken. Vielleicht ist es ihm ganz recht, wenn ich die Arbeit mache. Ich weiß es nicht.«
»Oder er hat etwas gegen Sie in der Hand, was er erst zu gegebener Zeit aus dem Köcher ziehen will.«
»Da gibt es nichts«, entgegnete Felicitas mit Bestimmtheit.
»Irgendeinen dunklen Fleck hat jeder, und wenn nicht, wird einer erfunden.«

»Ach hören Sie schon auf«, sagte sie ungehalten. Seine Worte heizten ihre Fantasie an, Anton war zu vielen Dingen fähig. Doch sie hatte andere, dringendere Probleme zu lösen. »Wo erreiche ich Ihren Freund?«

18

Vor der Glocke am Domshof herrschte mächtiger Andrang, als ob es etwas umsonst gäbe. Ein Plakat kündigte in steilen roten Lettern den Auftritt von Erwin Steinbrück an. Thomas kannte den Namen aus der Zeitung, doch die Blut-und-Boden-Fantasien dieses Mannes interessierten ihn nicht. Dieses ganze fanatische Geschwätz, das aus München allmählich nach Norddeutschland schwappte und von einem österreichischen Schildermaler namens Adolf Hitler angezettelt wurde, würde ohnehin bald in die Gosse zurückgluckern, wo es entstanden war. Hendrik Nussbaum sollte zur gleichen Zeit auf dem Marktplatz sprechen, und deswegen war Thomas hier.

Er drängte sich an den Menschen vorbei und verfluchte sein aufsteigendes Unbehagen. Mehr als drei Jahre nach Kriegsende wurden Deserteure zwar nicht mehr verfolgt und vors Militärgericht gestellt, aber dennoch wich er allen Situationen aus, in denen er sich möglicherweise mit unangenehmen Fragen konfrontiert sehen würde. Kurz hob er den Blick und musterte die Runde der Wartenden – niemand, den er kannte.

Er hatte alle getäuscht. Nur eine Person hatte geahnt, was in ihm vorgegangen war, wie der Plan in ihm gereift war – Helen Wessels. Aus der sentimentalen Anwandlung heraus, mit einem Geständnis ein Band über Helen zu ihr, Felicitas, zu knüpfen, aber auch, weil Helen verstand, zwischen den Worten zu lesen und Gesten zu deuten, hätte er ihr seinen Entschluss beinahe anvertraut. Doch sie hätte es gewiss nicht gutgeheißen, dass er nach seinem Genesungsurlaub in Bremen nach Worpswede fliehen wollte, um dort die letzten Kriegsmonate zu verbringen und zu versuchen sein verschüttetes Talent zu bergen. Sein Plan war aufgegangen, aber der Preis war hoch. Er hatte seine rechtschaffenen Eltern zu Mitwissern gemacht und trug schwer an seinen Schuldgefühlen und der Erkenntnis, das Leben wieder einmal von der verkehrten Seite angefangen zu haben. Seine Bilder gerieten so gewalttätig wie belanglos. Die wenigen neuen Freunde in Worpswede, die ihm zunächst beigepflichtet hatten, die richtige Entscheidung getroffen zu haben, wollten ihm helfen, aus dem schwarzen Loch der Depression zu klettern, doch als ihre Bemühungen nichts fruchteten, verloren sie das Interesse. Und wieder war es wie in Berlin, als sein Versagen begann Muster zu entwerfen, die ihn verfolgten – große Pläne, klägliches Scheitern. Thomas blieb in Worpswede hängen, trug sich aber seit einiger Zeit mit dem Gedanken, wieder nach Bremen zu ziehen, Reinschiff zu machen, sich bei seinen Eltern zu entschuldigen und ganz klein und von vorn anzufangen. Er war fest entschlossen, einen soliden Beruf zu erlernen und sich alle Hirngespinste einschließlich seiner idiotischen, völlig weltfremden Fantasien um Felicitas aus dem Kopf zu schlagen. Mal sehen, ob die Sozialdemokraten nicht einen jungen Mann ohne Illusionen gebrauchen konnten. Politik! Er schüttelte den Kopf über sich selbst. Aber letzten Endes war eine Tätigkeit so gut wie jede andere, wenn sie ihn nur ernährte und davon abhielt zu verzweifeln.

»Thomas! Warte doch!«

Aus der Menschentraube vor der Glocke löste sich eine humpelnde Gestalt. Thomas erkannte ihn sofort und hätte sich am liebsten in Luft aufgelöst. Gleichzeitig beschlich ihn das vage Gefühl, dass er genau dies mit seinem Besuch

in Bremen hatte erreichen wollen – entdeckt zu werden und auf diese Weise gezwungen zu sein, endlich Farbe zu bekennen.
»Mensch, Thomas!« Anton lächelte breit. »Wie oft habe ich an meinen Retter gedacht und mich gefragt, was aus dir geworden ist. Komm, schnell. Die Rede von Steinbrück beginnt gleich, und ich will versuchen möglichst weit vorne einen Platz zu ergattern.« Er klopfte auf sein Holzbein. »Kriegsversehrte haben Vortritt, aber ich bin ja nicht der Einzige.«
»Ich wollte eigentlich zu Hendrik«, wehrte Thomas ab, doch Anton nahm Thomas' Arm und ließ keine Einwände gelten.
»Ach hör bloß auf mit Nussbaum. Dieser Verlierer hat doch den Schuss nicht gehört. Steinbrück ist viel interessanter, ein faszinierender Redner. Du wirst schon sehen. Und später lade ich dich zum Essen ein. Unser Wiedersehen muss doch gefeiert werden.«
Thomas blieb nichts anderes übrig, als mitzugehen.
Der Saal war nicht ganz zur Hälfte mit Menschen unterschiedlichen Alters und unterschiedlicher Herkunft besetzt. Arbeiter saßen neben jungen Frauen, Handwerker neben Kaufleuten. Steinbrück erschien pünktlich, umfasste die Besucher mit einem kühlen Blick und begann zu sprechen, erst leise, aber schneidend deutlich, um das Publikum zur Aufmerksamkeit zu zwingen, dann lauter, mit vielen Kunstpausen, seine Worte mit präzisen Gesten unterstreichend. Von den ungerechten Reparationen derer, die sich Siegermächte nannten, war die Rede, von den Halunken in den Unternehmensetagen, die von jüdischem Blut durchsetzt waren, von der Notwendigkeit, das Deutsche Reich von allem zu befreien, was nicht deutsch war, und es so zu seiner wahren Blüte zu führen. Was Stein-

brück sagte, war erschreckend und dumm, aber rhetorisch brillant. Nach einer Stunde war das Publikum restlos gebannt und spendete frenetischen Applaus, mit Ausnahme einiger, vornehmlich Arbeitern, die keinen Finger rührten. Thomas saß stumm neben Anton, der begeistert klatschte und dessen Unmut gar nicht zu bemerken schien.

»Das stimmt doch alles nicht«, sagte Thomas auf dem Weg zu Antons Wagen.

»Kommt auf den Standpunkt an«, erwiderte Anton. »Erstens schulden die Juden den Deutschen eine Menge, und endlich traut sich das mal jemand zu äußern. Und zweitens dient die programmatische Ausgrenzung dazu, dem deutschen Volk wieder ein Gemeinschaftsgefühl zu geben und es die Kraft spüren zu lassen, die daraus erwächst. Gewiss müssen wir noch viel Überzeugungsarbeit leisten – neulich hat dieser verblendete Senat die Gründung einer Bürgerwehr doch einfach abgelehnt! –, aber ich bin zuversichtlich, dass sich schon bald der Wind drehen wird. Wir Deutsche gegen den Rest Europas!«

»Wir Deutsche haben erleben dürfen, wohin uns das bringt. Geradewegs in den schlimmsten Krieg der Weltgeschichte. Hast du das vergessen?«

»Natürlich nicht. Aber damals hat uns ein verblödeter Kaiser in die Katastrophe geführt, und das deutsche Volk muss dafür bluten. Doch bald werden wir uns erheben, und diese Revolution wird das Reich verändern.«

Antons Augen glänzten, und Thomas beschloss, das Thema fallen zu lassen. Es hatte offensichtlich wenig Sinn, darüber zu reden, und noch weniger, Antons Einladung anzunehmen.

»Sei doch kein Spielverderber, Thomas«, bat Anton. »Nur einen Happen und ein, zwei Gläser Bier. Einverstanden?«

Im Stillen sagte Thomas sich, dass eine Kneipe einen angenehmeren Aufenthaltsort bieten würde als der zugige Bahnhof, wo er noch mehr als eine Stunde auf den Zug nach Worpswede hätte warten müssen, und willigte ein. Der Chauffeur wartete in einer Seitenstraße, und sie stiegen in den Fond des Mercedes. Während der Fahrt redeten sie über den Krieg und welche Kameraden ihn überlebt haben könnten. Anton erzählte, dass Heinrich seit mehr als zwei Jahren vermisst wurde und Felicitas sich in die Arbeit in der Firma stürzte, die Anton ihr gestattete zu tun, während er sich vor allem um seine vollständige Genesung kümmerte. Thomas betrachtete ihn verstohlen von der Seite, und ein Gefühl sagte ihm, dass Anton log wie gedruckt. Wahrscheinlich geht es ihm schlechter, als es den Anschein hat, dachte er. Ich bin also nicht der Einzige, der Märchen erfindet. Er lächelte leicht und blickte aus dem Fenster. Entsetzt erkannte er, dass sie sich unmittelbar vor der Auffahrt zu einer weißen Villa befanden.
»Willkommen auf unserem bescheidenen Anwesen«, sagte Anton. »Was sollen wir in einer Spelunke herumsitzen, wenn es daheim so viel schöner ist, nicht wahr? Du wirst dich auch gewiss freuen, deine alte Freundin wiederzusehen.« Seine Augen glitzerten diabolisch, und Thomas wusste, dass er in eine Falle geraten war. Nur welche das sein mochte und zu welchem Zweck, das ahnte er nicht.

Die großzügige Halle, das goldgeränderte Porzellan, das Silber, nicht einmal der Monet an der Wand gegenüber dem Esstisch beeindruckten Thomas sonderlich. Derlei hatte er in seiner Berliner Zeit als Maler d'amour, wie er es ironisch nannte, häufig genug gesehen. Auch die gelassene Selbstverständlichkeit, mit der die Familie, sogar Felicitas' sechsjährige Zwillinge, bei Tisch parlierte und hantierte, war ihm durchaus geläufig. Was ihn verunsicherte, war Felicitas' Anblick.

Sie kam eine halbe Stunde zu spät, murmelte eine Entschuldigung und wurde seiner erst gewahr, nachdem sie schon einige Löffel Hühnersuppe zu sich genommen und Elisabeth ihr einen kurzen Blick zugeworfen hatte. Erst schien ihm, als ob sie ihn gar nicht erkannte, doch dann lächelte sie mechanisch.

»Entschuldige meine Unhöflichkeit. Ich bin mit den Gedanken immer noch im Kontor.« Ihre Stimme klang dunkler, als er sie in Erinnerung hatte, ihre Züge hatten alles Mädchenhafte verloren und spiegelten die Essenz ihrer Persönlichkeit. »Elfriede hat gar nichts erzählt. Seit wann bist du zurück?«

»Waren Sie denn in Kriegsgefangenschaft?« Ella sah ihn mitfühlend an.

»Das hätte Elfriede mir ja wohl erzählt«, warf Felicitas ein.

Thomas blickte angelegentlich auf das Stück Fleisch und die Kartoffeln auf seinem Teller. Ein letztes Mal würde er auf die Lüge zurückgreifen müssen, mit der er selbst den Arzt in Bremen davon überzeugt hatte, krank und nicht mehr wehrtauglich zu sein.

»Nein.« Er räusperte sich. »Wenn Senfgas austritt«, er senkte die Stimme, als wäre es ihm peinlich, darüber zu sprechen, und das war es ja auch, nur in anderer Hinsicht, »kann es zu Verletzungen kommen, die man nicht sieht. Manche, ich auch, reagieren mit einem Tick.«

»Was ist das?«

»Das ist eine Störung des Nervensystems. Man hat seine Bewegungen nicht mehr unter Kontrolle.«

»Das ist gewiss entsetzlich«, meinte Désirée lahm. Sie hasste Gespräche dieser Art. Anton erzählte ihr auch wieder und wieder, wie ihn die Granate auseinander gerissen hatte. Grässlich. Von Thomas indes hatte er nur wenig erzählt, umso mehr verwunderte es sie, dass er ihn kurzerhand zum Essen einlud.

»Ja, das ist es«, entgegnete Thomas. »Man kommt sich vor … nun, wie ein Idiot.«

»Aber dann hätte man Sie doch wehruntauglich erklären müssen«, meinte Elisabeth und runzelte die Stirn.

»Das hat der Arzt in Bremen auch getan. Aber ich wollte mich nicht von meiner Mutter pflegen lassen, sie ist nicht mehr so kräftig wie früher, und ich wollte ihr nicht zur Last fallen, weshalb wir übereinkamen, mich zur Kur zu schicken.«

Die meisten Kurkliniken waren wegen des Krieges geschlossen. Er muss Glück gehabt haben und Geld, dachte Felicitas. Die ganze Geschichte kam ihr höchst merkwürdig vor, doch Thomas' gelegentlich zitternder linker Arm, den er sogleich mit der Rechten festhielt, war ja der Beweis. Außerdem war es kein Wunder, wenn die Entwicklungen in der Contrescarpe an ihr vorbeigingen, so wenig Zeit, wie sie für Elfriede übrig hatte, seitdem sie die Firma leitete. Sie seufzte und blickte auf ihre Uhr. Sie wollte nicht unhöflich erscheinen, andererseits konnte sie nichts dafür, wenn Anton einfach einen Gast anschleppte. Sie legte ihre Serviette zusammen. »Ihr müsst mich entschuldigen, ich habe noch zu tun. Fräulein Finkemann, bringen Sie die Kinder heute bitte zu Bett. Auf Wiedersehen, Thomas. Grüß deine Eltern von mir, ja?«

Anton blickte ihr nach und tat überrascht. »Was war das denn für ein Abgang? Man könnte meinen, Felicitas hätte, nun ja, sich gar nicht gefreut, dich wiederzusehen, Thomas.«

»Wir hatten keine besonders enge Verbindung zueinander«, sagte Thomas leise.
»Tatsächlich.« Anton lächelte blasiert.
»Möchten Sie einen Kaffee?« Ella blickte Thomas freundlich an.
Er sah ihr in die Augen und entspannte sich ein wenig. »Vielen Dank.«
»Was haben Sie jetzt vor?«, fragte sie, entschlossen, Anton nicht mehr das Feld allein zu überlassen.
»Ich weiß es noch nicht genau. Die Politik würde mich interessieren. Ich wollte eigentlich immer Maler werden, aber das ist so lange her.«
»Ja, das ist schon eine merkwürdige Sache mit den Träumen.« Ellas Blick schweifte ab. Sie schien sich Gedanken zu überlassen, die nichts mit Thomas und nichts mit dieser Familie zu tun hatten. Mit Felicitas' kühler Schönheit konnte sie nicht mithalten, aber da war etwas in Ellas weichen, runden Zügen, das eine Saite in Thomas anschlug, die so ganz anders klang als die, die Felicitas zum Klingen brachte.
Antons Angebot, ihn nach Hause fahren zu lassen, lehnte er ab, und er wich seinen Fragen nach seiner Adresse geschickt aus. Antons seltsames Benehmen war ihm rätselhaft, und er würde ihm vorsichtshalber aus dem Weg gehen.
Seine Schritte hallten auf der menschenleeren Straße. Auf dem Weg durch den Bürgerpark zum Hauptbahnhof dachte er an Ella, ihr offenes Lächeln, ihr sanfter Blick. Und plötzlich fiel ihm ein, warum ihm ihr Gesicht so seltsam vertraut vorkam. Weil er sie schon einmal gezeichnet hatte, vor vielen, vielen Jahren, als sie im Schnoor Obst und Decken an die Bedürftigen verteilt hatte. Thomas' Herz begann zu klopfen bei dem Gedanken, ihr diese kleine Fuß-

note des Lebens, die sie miteinander verband, zu erzählen, und er fühlte, wie ein Stück seiner alten Kraft zu ihm zurückströmte. Thomas fühlte sich so gut wie seit langem nicht mehr. Und das hatte nichts, absolut nichts mit Felicitas zu tun.

Verglichen mit Berliner Etablissements machte sich das Astoria in der Katharinenstraße bescheiden aus. Der große Saal fasste vielleicht hundert Menschen, und die Atmosphäre wirkte trotz des roten Plüschs hier und da kein bisschen verrucht. Die Combo spielte »Ausgerechnet Bananen« und sogar das eine oder andere Jazz-Stück, und es wurde laut gelacht, getanzt, geflirtet, verstohlen geküsst und viel getrunken. Das war es, was zählte.

An den Fingern einer Hand konnte Felicitas abzählen, wie oft sie und Heinrich ausgegangen waren. Abgesehen von den vielen gesellschaftlichen Verpflichtungen, denen sie hatten nachkommen müssen, hatten sie sich selbst genügt. Ihre gelegentlichen Anflüge sehnsüchtiger Fantasien von Glitzer, schlüpfrigen Späßen und elektrisierender Lebensfreude hatte sie nie ausgesprochen, weil sie mit Heinrichs Unverständnis rechnete. Damals hatte es auch keine Bedeutung für sie. Doch jetzt spürte Felicitas, dass sie etwas vermisst hatte – aufregende Kleider anzuziehen, ein Glas Champagner zu viel zu trinken, sich unbekümmert und ein wenig leichtsinnig zu fühlen und einen gut aussehenden Mann an ihrer Seite zu haben, dem die Blicke zugeworfen wurden, der sie zu unterhalten verstand und sie zum Lachen brachte.

Seit einiger Zeit war Bernhard wieder der, dem sie vor dem Krieg vorsichtige Sympathie entgegengebracht hatte. Er trank weniger und arbeitete, hatte einen bezaubernden englischen Garten an der Ochtum angelegt und schuf klobige

Skulpturen, die in ihrer Hässlichkeit ebenso abstießen wie faszinierten.
Er führte sie ins Theater aus und überredete sie und die Kinder zu kleinen Ausflügen an die Wümme oder zum Korbhaus und zeigte Felicitas, was die Welt jenseits von Kükenragout, Trabrennen und gepflegten Gesprächen zu bieten hatte. Zigaretten und Alkohol, elegant-zweideutige Witze, Kaviar und Trüffelpastete. Und sie hatte sich, erst zögerlich, dann immer bereitwilliger, darauf eingelassen, weil es sie entspannte und auf andere Gedanken brachte. In Bremen waren die schöne mutmaßliche Kriegerwitwe und der Hasardeur Tagesgespräch für alle, die die Muße hatten, sich darüber Gedanken zu machen. Elisabeth hatte sie erklärt, dass sie sich nicht zum Vergnügen mit Bernhard treffe, sondern um seine Kontakte auszunutzen, was zu einem Teil ja auch der Wahrheit entsprach. Elisabeth war bereit, die Verbindung zum Wohl des Unternehmens zu tolerieren, verfolgte deren Entwicklung allerdings mit leisem Argwohn. Doch das war Felicitas gleichgültig. Sie schätzte Bernhards Unverbindlichkeit, seinen erstaunlichen Scharfsinn und seinen Rat.
»Auf Sie und das Blau Ihrer Augen!« Bernhard prostete ihr zu, und Felicitas griff nach ihrem Champagnerglas. Sie war in der Laune, sich ordentlich zu betrinken.
»Wie hat Ihnen das Stück gefallen?« Bernhards Ton klang leicht, doch Felicitas ließ sich nicht täuschen. Er spürte, wie sehr sie das Wiedersehen mit ihrem Vater bewegte.
»Gut«, gab sie im gleichen Ton zurück, um eine Spur schärfer hinzuzufügen: »Nur der Hauptdarsteller hätte dort bleiben sollen, wo es ihn in den letzten Jahren hingetrieben hat. In der Provinz.«
»Er hat die Liebe seines Lebens verloren, vergessen Sie das nicht, Felicitas.«

Sie hob die linke Braue und sagte: »Das haben andere Menschen auch und nehmen dennoch Rücksicht auf die Gefühle anderer, statt alles hinzuschmeißen und das Weite zu suchen.«
»Jeder hat seine Art, mit dem Schmerz umzugehen«, bemerkte er und bot ihr eine Zigarette an.
Felicitas blies den Rauch aus und verzichtete auf eine Entgegnung. Er wusste ohnehin, dass sie von seiner Art der Schmerzbewältigung – Glücksspiel, Frauen und Alkohol – nicht das Geringste hielt.
»Wissen Sie eigentlich, dass Ihr Vater Franziska Ferrik bei sich aufgenommen hat?«
Felicitas war wie vom Donner gerührt. »Wie bitte?«
»Ihr Vater hat es mir vorhin in der Garderobe erzählt, nachdem Sie es vorgezogen hatten, wortlos ... das Weite zu suchen, wie Sie es nennen würden.« Felicitas erwiderte nichts, und er fuhr fort: »Sie hat wohl nicht mehr lange zu leben, und aus alter Verbundenheit hat er ihr versprochen, sie nicht einsam sterben zu lassen. Ich finde, diese Geste verdient Ihren Respekt.« Er beließ es dabei, musterte Felicitas aber mit einem Ausdruck der Besorgnis. »Kann ich Sie eine Sekunde allein lassen? Die Zigaretten gehen zur Neige, und das Zigarettenfräulein flirtet gerade so hingebungsvoll mit einem anderen Gast, dass ich mich selbst bemühen muss.«
Wieder einmal kam sie nicht umhin, erstaunt zu registrieren, wie feinfühlig Bernhard sein konnte, wenn er seinen Zynismus hintanstellte, und dankbar für den Moment des Alleinseins überließ sich Felicitas ihren Gedanken. Sie war allen Problemen aus dem Weg gegangen, die nicht die ihren waren, und sie tat es noch. Sie hatte Elfriede und Arthur nicht besucht, obwohl sie es sich fest vorgenommen hatte. Sie hatte sich nicht um Franziska Ferrik gekümmert,

obwohl sie wusste, wie es um die alte Frau stand und obwohl sie sie lange nicht mehr im Kunstpark gesehen hatte und entsprechend alarmiert hätte gewesen sein müssen. Andererseits war sie wohl kaum dazu verpflichtet, die barmherzige Samariterin zu spielen, wenn sie zur gleichen Zeit darum kämpfte, mehr als tausend Menschen Lohn und Brot zu sichern und darüber hinaus ein nicht enden wollendes Projekt vorantrieb. Stets fehlte es an irgendeiner Stelle. Heute machte die Firma pleite, die die Installationen ausführen sollte, morgen das Unternehmen, das Steine und Dachpfannen liefern sollte, übermorgen die Bank, die Felicitas den Kredit bewilligt hatte. Deutschland fiel in sich zusammen wie ein Ballon, dem die Luft entwich.

Nein, sie hatte weiß Gott genügend Sorgen, sie brauchte sich nicht für das Schicksal anderer verantwortlich zu fühlen, und sie verspürte nicht die geringste Lust, sich Schuldgefühle einreden zu lassen.

In einem Zug trank sie ihren Champagner aus. Dennoch blieb ein bitterer Geschmack zurück.

»Felicitas, darf ich Ihnen einen guten alten Freund vorstellen?« Bernhard wies auf den groß gewachsenen Mann im eleganten Nadelstreifenanzug neben sich. »Steffen Hoffmann.«

»Guten Abend, gnädige Frau«, begrüßte er Felicitas und küsste ihre Hand, ohne sie mit den Lippen zu berühren. Formvollendet. Grüne Augen hielten sie einen Moment gefangen. »Es ist mir ein Vergnügen, Sie kennen zu lernen und mich davon überzeugen zu können, dass Sie wirklich so schön sind, wie man sich erzählt.«

»Vielen Dank. Das Vergnügen ist ganz auf meiner Seite«, erwiderte Felicitas, »einmal einen Freund von Bernhard kennen zu lernen.« Dabei betonte sie das Wort Freund.

Bernhard lachte schallend. »Siehst du, Steffen! Schön wie ein Engel und giftig wie eine Natter.« Lachend ließ er sich in den roten Plüschsessel fallen und forderte Steffen auf, sich zu setzen. Empört blitzte Felicitas Bernhard an, doch Steffen winkte lächelnd ab.

»Wir haben im Kohlenkeller Verstecken gespielt und später Klingelstreiche gemacht, und ich habe für unsere Untaten immer die Ohrfeigen abbekommen. Ich glaube ihm nur das Nötigste.« Steffens selbstironischer Versuch, Bernhards Bemerkung zu entschärfen, entspannte Felicitas, und sie erwiderte sein Lächeln.

»Sie sind also die Kaffeeprinzessin, von der halb Bremen spricht.«

»Ich hoffe nicht«, wehrte sie ab. »Und was sagt man Ihnen so nach?«

»Vermutlich, dass ich ein schlimmer Finger bin, der die Geschicke des *Bremer Kuriers* garantiert nicht zum Guten wenden wird«, entgegnete er schlagfertig und begann von seinem Germanistikstudium in München zu erzählen, das ihm eine nicht sehr einträgliche Stellung bei einer Leipziger Kaffeefirma einbrachte, für die er die Packungstexte verfasste, bis ihn der Ruf der Publizistik erst nach Berlin, dann nach Hamburg und schließlich vor wenigen Tagen zurück in seine Heimatstadt geführt hatte. Mit temperamentvollen Gesten unterstrich er seine lebendigen Schilderungen und fegte mit einer ungeduldigen Handbewegung immer wieder eine Haarsträhne zurück, die sich gleich darauf erneut selbstständig machte.

»Den Marxisten, der du einmal warst, nimmt dir niemand mehr ab«, warf Bernhard ein, der das Gespräch mit verschränkten Händen und einem undefinierbaren Gesichtsausdruck verfolgte.

Steffen ignorierte die Bemerkung und erhob sich. »Ich darf

meine Begleiter nicht so lange warten lassen. Auf Wiedersehen, alter Freund«, sagte er verbindlich und nahm dann Felicitas' Hand. »Frau Andreesen, vielleicht gewähren Sie mir einmal ein ausführlicheres Interview?«

»Wir werden sehen«, antwortete Felicitas sibyllinisch und blickte ihm nach, wie er zu seinem Tisch ging und sich zu einem älteren Mann und einer dunkelblonden Frau setzte.

»Kaffeeprinzessin!« Bernhard schüttelte amüsiert den Kopf. »Das ist wirklich gut.«

Die Morgensonne kämpfte sich durch die watteweiße Dunstschicht, die Bremen wie eine Käseglocke einhüllte und das Gefühl vager Beklemmung hervorrief. Letzte Tautropfen hielten sich zitternd an Gräsern und auf Blättern, bis sie sich dem freien Fall ergaben und zu Boden sanken. Felicitas stakste über die zugewucherten Wege des Stadtparks, sorgsam darauf achtend, dass ihr taubenblauer Seidenrock nicht nass wurde. Wie ein begossener Pudel wollte sie den Vertretern der Parteien, die in Kürze eintreffen würden, gewiss nicht gegenübertreten.

Zwar hatte sich ihre finanzielle Lage ein wenig verbessert, aber dennoch war sie auf die Unterstützung durch die öffentliche Hand angewiesen, um den Kunstpark zu vollenden. Ihr Termin mit Bürgermeister Strunz war wegen der Plünderung geplatzt, und als Felicitas um einen neuen gebeten hatte, war er abgewählt worden. Sie hatte eine Eingabe nach der anderen an den neuen Senat geschrieben, doch vergeblich, denn ständig wurde neu gewählt, ständig änderten sich die Mehrheitsverhältnisse. Gestern hieß der Bürgermeister Strunz, morgen Hansmann und so fort. Und ehe sich die neuen Amtsinhaber dem Thema Kunstpark widmeten, wurden sie von den Wählern schon wieder vor die Tür gesetzt. Es war zum Verrücktwerden. Diese Republik lief komplett aus dem Ruder. Heute jedoch war ein Glückstag. Alfred Bewig, der neue Bürgermeister, hatte ihr einen Lokaltermin eingeräumt. Offiziell hieß es, er und einige Senats- und Bürgerschaftsmitglieder wollten sich vor Ort ein Bild vom Zustand des Parks machen, ein Ansinnen, das Felicitas Unheil wittern ließ. Bernhard jedoch meinte: »Sie wollen sich wichtig machen, das ist alles. Widerstehen Sie einfach der Versuchung, den Auftritt der Frackträger ins Lächerliche zu ziehen, und Sie werden sie in die Tasche stecken.«

Felicitas blieb stehen. Das blaue Dach des Pavillons leuchtete von weitem, die geschwungene Silhouette fügte sich perfekt in die Sinfonie aus filigranen Gräsern und Wildkräutern, die sich stolz aus der ungemähten, vernachlässigten Wiese erhoben hatten. Vielleicht sollte man es so lassen, sagte sie sich, nur die Wege zu den Häusern freilegen und die Natur ansonsten weitestgehend sich selbst überlassen. Entsprach das nicht viel eher ihrer Intention, einen Ort der Besinnung, der Kreativität und der Magie zu schaffen?

Die Bilder allerdings sperrten sich gegen die Idylle. Viele Künstlerinnen, vor allem die Deutschen, taten sich schwer, andere als schwierige Werke zu präsentieren, die Kriegserlebnisse, Schmerz und Elend spiegelten. Einige hatten ihre Teilnahme abgesagt, weil sie sich mit Felicitas' »großbürgerlicher Vorstellung«, wie es in einem Brief geheißen hatte, nicht länger arrangieren mochten, und selbst der Kunstverein, den Felicitas zur Mitarbeit aufgefordert hatte, reagierte zögerlich, weil »die Beschränkung auf weibliche Kunst uns interessant, aber auch ein wenig problematisch erscheint«, wie der erste Vorsitzende es formuliert hatte. Eigentlich war es ohnehin ein Wunder, dass sie es bis hier-

her geschafft hatte. Doch es musste schon mit dem Teufel zugehen, sollte sie den Rest nicht auch noch meistern. Felicitas schloss die Augen und ließ eine Hand über den Sauerampfer gleiten. Die Berührung weckte Erinnerungen an Heinrichs zarte Liebkosungen und ließ sie erschauern. Nicht daran denken, nicht sich dem Schmerz überlassen.
Sie wusste nicht, welche Kraft sie trug, aber sehr genau, dass sie sorgsam damit umgehen musste. Tief im Herzen vergraben lagen die Liebe zu Heinrich und die Trauer um ihn, und dennoch verzehrten sie beide und waren der eigentliche Grund für ihre Konzentration auf sich selbst. Ohne dass sie sich dessen bewusst wurde, fürchtete sie sich davor, anderen Menschen, selbst ihren Kindern, zu geben, was ausschließlich Heinrich gehörte, denn wenn sie begann, erneut Liebe zu verströmen, würde auch die Trauer nachlassen, und nichts würde mehr bleiben außer Erinnerungen, und auch die würden mit der Zeit verblassen. Gelegentlich spürte sie, dass das Leben nach ihr griff, besonders an solchen hitzigen, amüsanten Abenden mit Bernhard, doch sie schaffte es jedes Mal, wieder in jenen Kokon zurückzuschlüpfen, aus dem Elisabeth meinte sie befreit zu haben. Gewiss, sie schloss sich nicht mehr in ihr Zimmer ein, doch dafür hatte sie Stein um Stein eine unsichtbare Mauer um sich errichtet. Die Firma war jetzt ihr Leben. Und der Kunstpark.
Eine schwarze Limousine hielt am Eingang. Ein Mann stieg aus, wechselte mit jemand anderem, der im Wagen sitzen blieb, einige Worte und wandte sich dann um. Gemächlich, fast lässig, schlenderte er auf Felicitas zu.
»Die reinste Idylle, nicht wahr?« Hendrik Nussbaum lächelte Felicitas an, doch in seinen Augen lag ein harter Glanz. Unwillkürlich straffte sich Felicitas. Suchend blickte sie über Nussbaums Schulter zum Eingangsportal. Nuss-

baum vertiefte sein Lächeln. »Wir bleiben unter uns. Es wird auch nicht lange dauern.« Umständlich nestelte er einen Brief aus seiner Jacke, die, wie Felicitas mit einem Blick bemerkte, nicht billig gewesen war und bestimmt nicht dem Einkommen eines Tischlers entsprach. Er hielt ihr den Brief hin. »Dieses Mal waren Ihre Späher wohl nicht schnell genug. Und offensichtlich hat Sie unsere Einladung zu der gestrigen außerordentlichen Sitzung von Bürgerschaft und Senat nicht erreicht.«
Felicitas runzelte die Stirn. »Was soll das heißen?«
»Oh, einige Dinge duldeten keinen Aufschub. Unter anderem mussten wir darüber entscheiden, ob wir dem Antrag entsprechen, den Stadtpark zu verkaufen. Und das haben wir getan.«
»Sie haben was?«
»Dem Antrag entsprochen. Der Stadtpark wird verkauft.«
»Gut, dann kaufe ich ihn.« Felicitas hatte keine Ahnung, woher sie die zweifellos beträchtliche Summe nehmen sollte, aber das erschien ihr jetzt nebensächlich.
Hendrik Nussbaum lachte kurz und hart. »Sie haben mich nicht verstanden, Frau Andreesen. Dem Senat liegt das Angebot eines Investors vor, das Grundstück zu kaufen und eine Wollspinnerei darauf zu errichten. Dieses Angebot werden wir annehmen. Ihr Kunstpark«, verächtlich betrachtete er den Pavillon, »oder wie man das hier nennen soll, wird geschlossen, bevor er eröffnet wird.«

Donald McGregor rührte langsam den Kaffee um, obwohl er weder Sahne noch Zucker zu nehmen pflegte, doch die gleichförmige Bewegung half ihm, Lärm und die vielfältigen Reize der Umgebung auszublenden und sich zu konzentrieren. Gelegentlich diente sein Füllfederhalter, den er minutenlang auf- und zuschraubte, dem gleichen Zweck, und wenn höchste Konzentration erforderlich war, legte McGregor die Finger der rechten Hand über den ausgestreckten Zeigefinger seiner linken und verharrte in dieser seltsamen Haltung. Er behauptete, diese Handhaltung werde in Indien von den Yogis praktiziert, die auf diese Weise Kraft aus dem Herzen schöpften, und er habe sie während eines Aufenthalts in Bangalore erlernen dürfen. Geschichten wie diese, die er ganz nebenbei erzählte, als würde es sich um die Zubereitung von Rühreiern handeln, standen im krassen Widerspruch zu McGregors eleganter Erscheinung, seinem geschmeidigen, glatten Gebaren und seiner kühlen Hingabe an die Welt der Zahlen. Wie diese Kombination auf seine Geschäftspartner wirkte, war ihm gleichgültig. Dennoch oder gerade deswegen standen die Kunden bei Donald McGregor Schlange.

»Wirtschaftlich gesehen ist der Kunstpark ohnehin keine glänzende Idee. Wenn Sie mich fragen, sollten Sie sich für die bereits fertig gestellten Gebäude entschädigen lassen und Ihr Engagement gewinnbringenderen Projekten widmen.«

»Auf keinen Fall. Ich will diesen Park, und zwar unter allen Umständen.«

Seine schräg geschnittenen zimtbraunen Augen musterten sie mit einer Art neutraler Sympathie, die Felicitas vom ersten Gespräch an irritiert hatte. Es schien, als würde dieser Mann, der mit Millionen Mark, Dollar und Pfund jonglierte, jeden Fisch, jeden Besen und jeden Kontoauszug genauso unbeteiligt betrachten wie sie.

»Das Gras wächst nicht schneller, wenn man dran zieht«, bemerkte er und betrachtete seine Hand, die den Löffel führte. »Können Sie mir erläutern, warum Ihnen an diesem Kunstpark so gelegen ist?«

Felicitas zögerte. Ihm von ihrer Vision und ihrem Erlebnis

in Brasilien zu erzählen widerstrebte ihr, doch auf eine andere, weniger dramatische und vor allem nicht so persönliche Erklärung mochte sie nicht ausweichen. Sie legte die Finger ihrer rechten Hand über den Zeigefinger ihrer linken. »Das hier können Sie auch nicht erklären, und trotzdem glauben Sie daran. Ich glaube an den Park. Es gab da … eine Art Prophezeiung.«

»Touché«, parierte er anerkennend. »Ich verstehe.« Er legte den Kaffeelöffel neben die Tasse, beugte sich ein wenig zu Felicitas und senkte die Stimme. »Dann werden wir jetzt folgendermaßen vorgehen …«

Zehn Minuten später war Felicitas' Wut auf Hendrik Nussbaum einem Gefühl erwartungsvoller Spannung gewichen. Wenn McGregors fein gesponnener Plan aufging, würde sie dem Rathaus zukünftig ihre Forderungen diktieren können. Wenn der Plan aufging.

»Zum Beweis, dass meine Prophezeiungen halten, was sie versprechen«, sagte er, als könnte er Felicitas' Gedanken lesen, und öffnete eine schmale Aktentasche, »möchte ich Ihnen gern zeigen, wo Ihre Investitionen abgeblieben sind.«

Felicitas wurde schwindlig, als sie seinen prägnanten Ausführungen lauschte. Mit dem Kredit, den McGregor in ihrem Namen bei einer britischen Bank aufgenommen hatte, hatte er nicht nur Aktien geschickt gekauft und mit Gewinn wieder verkauft, sondern auch begonnen Zulieferfirmen für Kaffeeröstereien zu erwerben, sodass Felicitas die Preise für deren Produkte kontrollieren konnte. Er war im Begriff, ein Firmenimperium zu schaffen, das Felicitas Macht und Geld in einem Maße sicherten, das über ihr Vorstellungsvermögen hinausging.

»Das bedeutet, in Kürze werden Sie sich auch offiziell den Lebensstil leisten können, den Sie sich angewöhnt haben.«

Er hob amüsiert die linke Augenbraue und stand auf. »Grüßen Sie Bernhard von mir.« Mit einem festen Händedruck verabschiedete McGregor sich und verließ die Lobby des Hotel Adlon.
Wie betäubt und gleichzeitig elektrisiert blieb Felicitas sitzen und nippte an ihrem kalten Kaffee. McGregor war ein Glücksgriff. Hatte sie vor kurzem noch leise Zweifel gehegt, ob es wirklich klug gewesen war, ihm Einblicke in alle Konten und so gut wie freie Hand über die finanziellen Transaktionen zu gewähren, fühlte sie sich nun eines Besseren belehrt. Seine letzte Bemerkung indes begriff sie überhaupt nicht, aber vor lauter Aufregung hatte sie die bestimmt nicht richtig verstanden.
Felicitas schaute auf ihre Taschenuhr, das Geschenk von Heinrich, die sie immer bei sich trug. Wenn sie sich beeilte, würde sie den Nachtzug nach Hamburg noch erreichen. Oder den nach Königsberg.
Unvermittelt stieg die Sehnsucht in ihr auf, aber sie kämpfte sie mit aller Selbstbeherrschung nieder. Nein, sie würde nicht drei Tage durch die Gegend reisen, um ihre Mutter und ihren Galan Hand in Hand über die Sorauer Felder laufen zu sehen.

Erschöpft und staubig von der Fahrt, aber in Hochstimmung erreichte Felicitas am späten Abend die Villa. In Gedanken sah sie sich bereits in einem von Heinrichs Pyjamas vor dem Kamin sitzen, ein Glas Rotwein in der einen, eine Zigarette in der anderen Hand, einige Leckereien vor sich und das Gefühl auskostend, wie sich alles zum Guten, zum Besten wenden würde. Vielleicht hatte sie Glück und Elisabeth war noch wach, sodass sie ihr die frohe Botschaft gleich würde mitteilen können.
Im Salon brannte noch Licht. Das Feuer im Kamin fla-

ckerte und malte die Schatten von zwei Menschen an die Wand.
Felicitas' Lächeln erstarb, als sich Elisabeth und Anton ihr zuwandten. Elisabeths Züge wirkten versteinert, Antons Lippen umspielte ein triumphierendes Lächeln. Er hielt einen Kognakschwenker in der Hand und lehnte lässig an einer der weißen Marmorsäulen, die den Kamin einrahmten.
»Hast du dein kleines Rendezvous genossen?«, fragte er mit öliger Freundlichkeit, fügte aber nichts hinzu, als Elisabeth eine abwehrende Handbewegung machte und ihn scharf ansah.
»Felicitas, zwei Dinge möchte ich von dir wissen. Ist es wahr, dass du ein«, sie spie das Wort aus, »Verhältnis mit Thomas Engelke hast?«
»Natürlich nicht.« Felicitas schüttelte ungläubig den Kopf. »Du lieber Gott, was für eine Idee!«
»Wie kommt es dann, dass er ein Porträt von dir bei sich trägt – seit dem Krieg?«
»Das weiß ich doch nicht. Ich kann mir nicht vorstellen, warum …«
»Wirklich nicht? Warum nimmt ein Mann die Zeichnung einer Frau mit an die Front und hält sich im Lazarett daran fest, streichelt sie, schmachtet sie an?« Elisabeth wandte sich ab, als könnte sie Felicitas' Anblick nicht mehr ertragen. »Anton hat ihn dabei beobachtet, als sie beide in Sorau waren, aber aus Rücksicht auf dich geschwiegen.«
Felicitas maß ihn mit einem kühlen Blick. »Rücksicht gehörte bislang nicht unbedingt zu deinen herausragenden Charaktereigenschaften.« Sie schnaubte verächtlich. »Ich weiß nicht, welches Spiel du hier treibst, und es interessiert mich auch nicht. Thomas Engelke ist ein Künstler, sein ganzes Leben lang hat er Menschen gezeichnet. Möglich,

dass er mich auch gezeichnet hat, vermutlich aus reinem künstlerischen Interesse, vielleicht aus Schwärmerei, was weiß ich! Ich weiß nur, dass ich mir nichts vorzuwerfen habe. Wenn ihr mich jetzt entschuldigt – ich bin zu müde, um diesen Unsinn weiter zu diskutieren.«
»Einen Moment noch.« Elisabeths Stimme klang scharf, aber auch ein wenig brüchig. »Da ist noch etwas …«
Felicitas hörte eine Weile zu, erst ungläubig, dann fassungslos. Sie starrte Elisabeth an und wiederholte deren Worte.
»Hausenberg behauptet, ich hätte ihn gezwungen, Scheinrechnungen auszustellen?«
»Ganz genau«, bemerkte Anton. »Er kam letzte Woche zu mir, weil er den Betrug nicht mehr mitmachen wollte, aber nicht wusste, wie er sich verhalten sollte, ohne den Verdacht auf sich selbst zu lenken und womöglich im Gefängnis zu landen.« Er machte eine Pause und zündete sich gemächlich einen Zigarillo an. »Der arme Teufel tat mir wirklich Leid.«
»Scheinrechnungen – aber wozu denn?«
Anton lachte leise. »Ach, nun tu doch nicht so. Ich meine, etwas geschickter hättest du schon vorgehen müssen, um die Sache zu vertuschen, aber du hast eben keine Ahnung vom Geschäft. Sich Barbeträge auszahlen zu lassen und vorzugeben, damit fingierte Rechnungen zu bezahlen, ist schon dämlich. Aber es passt zu dir.«
»Anton«, mahnte Elisabeth, »nicht in dem Ton.«
»Mutter, du bist, entschuldige bitte, einfach zu nachgiebig. Du kannst mir glauben, dass es auch mir nicht leicht fällt, die Frau meines vermissten Bruders bloßzustellen. Aber die Tatsachen sprechen nun einmal gegen sie …«
»Du verdammter Intrigant!«, entfuhr es Felicitas. »Ich habe gesehen, wie Hausenberg sich in der letzten Zeit verän-

dert hat, nervös und fahrig und bedrückt wirkte, und ich habe ihn gefragt, ob ihm etwas auf der Seele liege. Aber er ist der Frage ausgewichen.« Felicitas schoss ein Gedanke durch den Kopf. »Du hast ihn gezwungen, dieses schmutzige Spiel zu treiben. Damit ich dir endlich nicht mehr im Weg stehe, nicht wahr?«

Anton lächelte. »Ich wusste, dass du so reagieren würdest. Was bleibt dir denn auch anderes übrig?« Seine Augen wurden schmal. »Glaubst du wirklich, dass die Tochter hergelaufener Komödianten, die sich durch die Betten des Deutschen Reiches schlafen wie deine Mutter und sich alte Vetteln von zweifelhaftem Ruf ins Haus holen wie dein Vater, ein Stück von dem leckeren Kuchen abbekommt, den unsere Familie gebacken hat?«

»Du hast gar nichts gebacken«, entgegnete Felicitas, »nur dich dein ganzes Leben lang davon ernährt, ohne selbst einen Finger zu rühren. Und wage es nicht, meine Eltern zu beschimpfen, dazu hast du kein Recht!« Felicitas sah Elisabeth beschwörend an. »Du kannst diesen Unsinn nicht ernsthaft glauben! Du weißt doch, dass Anton alles tun würde, um endlich die Firma in die Finger zu kriegen! Und das war es doch, was du verhindern wolltest!«

Elisabeth senkte den Blick. »Ich weiß nicht, was ich glauben soll, Felicitas. Es tut mir Leid.«

Felicitas schloss kurz die Augen. Das hier, das war ein Albtraum.

»Tja«, meinte Anton und schüttelte bedauernd den Kopf, »Blut ist eben doch dicker als Wasser.«

»Ja«, sagte Felicitas gefährlich leise. Der Zorn und die Kränkung trieben ihr die Worte auf die Lippen, und sie konnte sie nicht mehr zurückhalten. »Selbst dann, wenn dieses Blut nicht astrein ist.«

»Felicitas!« Elisabeth sah sie flehend an.

»Frag deine Mutter, Anton.«
Felicitas drehte sich brüsk um und verließ den Salon. In der Halle hielt sie einen Moment inne. Hier konnte sie nicht bleiben, die Atmosphäre schnitt ihr die Luft ab. Die Kinder schliefen ohnehin und erwarteten sie auch nicht vor morgen. Nur fort, weg von diesem Haus, das sie für ihr Heim gehalten hatte.
Ziellos fuhr sie durch die nächtlichen Straßen. Der Mond ließ das Kopfsteinpflaster silbern schimmern, hier und da war noch ein Haus erleuchtet, gelegentlich huschte eine Katze davon. Am Osterdeich hielt Felicitas an und kurbelte das Fenster herunter. Sie zündete sich eine Zigarette an und versuchte ihre Wut zu dämpfen, die ihr Herz rasen ließ. Sie musste Ordnung in ihre Gedanken bringen.
Natürlich war Anton der Urheber dieser ungeheuerlichen Vorwürfe. Aber war es denkbar, dass Thomas und Hausenberg freiwillig mitgemacht hatten? Angesichts einer fetten Belohnung lag das durchaus im Bereich des Möglichen. Schließlich – was wusste sie von Thomas, außer dass er der schüchterne und hoch begabte Sohn von Elfriede und Arthur war, der in Berlin trotz seines Talents grandios gescheitert sein musste, andernfalls wäre er wohl kaum nach Bremen zurückgekehrt. Beim Abendessen hatte er jedenfalls nicht den Eindruck erweckt, sein Leben im Griff zu haben. Ein leichtes Opfer für Anton. Das galt allerdings nicht für Hausenberg, der sich, auch wenn Felicitas ihn nicht mochte, über Jahre einen tadellosen Ruf erworben hatte. Anton musste irgendetwas gegen ihn in der Hand haben. Aber vielleicht schätzte sie den Prokuristen auch zu hoch ein und unterschätzte, wie reine Geldgier einen Menschen dazu bringen konnte, seine Werte über Bord zu werfen.

Immerhin war jetzt klar, was McGregor mit seiner Bemerkung gemeint hatte. Lieber Gott, er musste sie doch für eine komplette Idiotin halten, solche durchsichtigen Betrügereien zu riskieren!

Sie seufzte und startete den Motor. Mit irgendeinem Menschen musste sie darüber reden, und der Einzige, der dafür in Frage kam, war Bernhard.

»Nanu, meine Liebe, um tanzen zu gehen, ist es vielleicht ein wenig zu spät.«

»Lassen Sie das«, knurrte Felicitas und drängte sich an ihm vorbei, hoffend, dass nicht wieder eine Kostümjacke an der Garderobe hing, die sie zum Rückzug zwingen würde. Aber Bernhard war allein. Die Ouvertüre von La Traviata schwebte durch den Raum, im Kamin flackerte ein Feuer, eine Flasche Bourbon und ein halb gefülltes Glas standen gefährlich schief auf einem von mehreren Fellen, die vor dem Kamin lagen. Das und ein aufgeschlagenes Buch und aufgetürmte Kissen verrieten, dass Bernhard es bis eben sehr gemütlich gehabt hatte. Der ganze Raum mit seinem sparsamen teuren Mobiliar, selbst geschaffenen Kunstwerken und allerlei exotischem Beiwerk – Straußenfedern, Palmwedel, faustgroße Halbedelsteine, die in einer Messingschale lagen – wirkte behaglich, doch Felicitas hatte keinen Sinn dafür.

»Geben Sie mir etwas zu trinken.« Sie setzte sich auf eins der Felle und starrte mit gerunzelter Stirn ins Feuer.

»Bitte schön.« Er reichte ihr ein Glas, rückte die Kissen zurecht und lehnte sich dagegen. Er schien nicht neugierig und so gelassen, als wäre Felicitas' Anwesenheit in seinem Haus eine Selbstverständlichkeit, die keiner Erklärung bedurfte.

Felicitas genoss die Stille. Nach einer Weile, als der Bourbon seine Wirkung zeigte und sie spürte, dass sie Bernhard die Geschehnisse schildern konnte, ohne vor Wut an die Decke zu gehen oder, schlimmer noch, in Tränen des Zorns auszubrechen, begann sie zu reden. Bernhard hörte zu, ohne sie zu unterbrechen, schenkte Bourbon nach und reichte ihr eine angezündete Zigarette. Felicitas ließ kein Detail aus, bis auf die letzte Bemerkung, die sie Anton ins Gesicht geschleudert hatte. Dass Bernhard Antons Halbbruder war, musste Elisabeth ihm eines Tages selbst sagen, wenn sie den Mut dazu aufbringen würde. Sie lächelte grimmig, als ihr klar wurde, dass sie Elisabeth trotz allem noch schützte.

Als Felicitas ihre Schilderung beendet hatte, stand Bernhard auf und kam nach einer Weile wieder, einen Teller mit Wurst, Käse und etwas Brot in der Hand.

»Essen Sie, sonst brummt Ihnen morgen der Schädel.«

Felicitas wehrte erst ab, griff aber schließlich doch zu. Sie hatte nicht gewusst, wie hungrig sie war. In Berlin hatte sie zuletzt etwas gegessen, und das war mehr als zwölf Stunden her. Während sie aß, dachte er nach.

»Sie haben drei Möglichkeiten. Erstens, Sie versuchen die Sache auf eigene Faust zu klären und Elisabeth zu überzeugen, dass Anton alles erfunden hat. Zweitens, Sie erstatten Anzeige gegen Anton und nennen Hausenberg und Thomas als Zeugen und lassen das Gericht entscheiden. Drittens – ich gehe davon aus, dass McGregor dafür gesorgt hat, dass nicht die Familie allein Nutznießerin Ihrer Investitionen ist, sondern dass ein Sonderkonto, vermutlich sogar eine eigene Firma unter Ihrem Namen existiert.«

»Warum sollte er das tun?«

Bernhard hob eine Braue und grinste. »Er hat Erkundigungen eingezogen, wie es um die Verhältnisse bestellt ist.«

»Bei Ihnen?«
»Wo sonst?«
»Und Sie haben ihm von Anton erzählt?«
»Natürlich.«
Felicitas pfiff durch die Zähne. »Dann muss ich mich jetzt wohl bei Ihnen bedanken.«
»Wenn es so ist, wie ich vermute«, fuhr Bernhard fort, »dann können Sie Ihr Geld nehmen und Ihre Kinder, sich ein neues Haus kaufen und ganz in Ruhe abwarten, was Anton zu tun gedenkt. Ich glaube nicht, dass er sich traut, Sie anzuzeigen. Wenn Sie das Feld räumen, hat er ja erreicht, was er wollte.«
Felicitas schwieg eine Weile, dann fragte sie: »Was würden Sie an meiner Stelle tun?«
»Ich würde mein Geld nehmen und verschwinden. Familienstreitigkeiten gehören nicht zu meinen Leidenschaften.«
Felicitas wich seinem Blick aus. Seine Worte klangen lässig, täuschten sie aber nicht. Der Selbstmord seines Vaters musste ihn zutiefst erschüttert haben und war gewiss die Ursache für seinen Zynismus und seine Unfähigkeit, andere als oberflächliche Bindungen einzugehen. Mitgefühl spiegelte sich in ihren Augen und der plötzliche Wunsch, die Mauer niederzureißen, die er – genau wie sie selbst – um sich gebaut hatte. Wir sind uns ähnlich, erkannte Felicitas verwundert.
»Sie sehen müde aus«, unterbrach Bernhard ihre Gedanken mit sanfter Stimme. »Möchten Sie vor dem Kamin übernachten, oder darf ich Ihnen mein Schlafzimmer abtreten?«
»Ich kann nicht hier bleiben.« Sie stand auf und taumelte. Sofort hielten Bernhards Arme sie umfangen. Seine Lippen waren den ihren gefährlich nah, ein süßes, unwider-

stehliches Ziehen durchzuckte ihren Schoß, ihr Körper stand in Flammen und ließ jeden anderen Gedanken verglühen, außer dem einen. Sie wollte ihn. Jetzt. Sofort. Sie fühlte seine Hitze, wusste, dass er sie auch begehrte, und hob ihm ihren Mund entgegen.

»Felicitas …«

Seine Augen spiegelten eine Mischung aus Begehren und mühsamer Selbstbeherrschung, die sie nicht sehen wollte. Nicht jetzt. Sie küsste ihn, öffnete ihre Lippen und ließ ihre Zunge seine weichen, vollen Lippen erkunden, die nach einer Sekunde des Zögerns nachgaben und leidenschaftlich, fast ungestüm antworteten. Jede Pore ihres Körpers verlangte nach seiner Berührung, und als sie endlich auf die Felle sanken, gab es nur noch seine Hände, seine Haut, seinen Atem, seinen Duft und seine Lippen, die vom Nacken zu ihrem Bauch, zu den Innenseiten ihrer Schenkel und zu ihrem pochenden Schoß wanderten, bis sie vor Lust stöhnte und ihn zu sich zog. Wie von selbst glitten sie in einen tranceähnlichen Rhythmus, der sie weit weg trug, weiter und weiter aufs offene Meer nie erlebter Fantasien, wo Welle um Welle über Felicitas zusammenschlug. Eng umschlungen schliefen sie später, viel später ein.

Im Morgengrauen erwachte Felicitas. Bernhard schlief tief und fest, seine Züge wirkten jungenhaft verletzlich. Leise stand sie auf und suchte ihre Kleider zusammen. Die Knöpfe ihrer weißen Bluse hatten ihrer Leidenschaft nicht standgehalten, und der taubenblaue Seidenrock war völlig zerknittert. Sie zog die restlichen Haarnadeln aus ihrer zerzausten Hochfrisur, glättete das Haar so gut es ging mit den Fingern und flocht es zu einem lockeren Zopf. Ihr Gesicht brannte, und eine angespannte, nervöse Lebendigkeit durchströmte ihren Körper, als wäre sie auf der Flucht vor einer drohenden Gefahr. Und irgendwie stimmte das ja

auch. Was um Himmels willen war nur in sie gefahren, sich derart hemmungslos hinzugeben! Ihr ganzes Leben war im Begriff aus den Fugen zu geraten, und sie hatte nichts Besseres im Sinn, als sich dem Nächstbesten an den Hals zu werfen. Sie hatte sich wie eine von Bernhards rothaarigen Huren benommen, und zweifellos würde er lässig und amüsiert, wenn nicht gar zynisch auf ihre Anwesenheit reagieren. In ihrem aufgewühlten Zustand hatte sie dem nichts entgegenzusetzen. Auf Zehenspitzen schlich sie zur Tür und hoffte inständig, dass er nicht wach werden würde.
Er tat ihr den Gefallen.

Elisabeth machte den Eindruck, als hätte sie die halbe Nacht nicht geschlafen. Zusammengesunken, das Gesicht grau vor Anspannung, saß sie im Wintergarten und starrte auf die prächtigen weißen und porzellanfarbenen Rosen, die dem Garten seit so vielen Jahren sein unverwechselbares britisches Flair verliehen. Felicitas hatte sich nicht die Mühe gemacht, die Spuren der Nacht zu beseitigen, sie wollte Elisabeth und Anton unverzüglich von ihrem Entschluss in Kenntnis setzen, den sie auf der Fahrt zur Villa gefasst hatte. Sie würde nicht fliehen, sondern den Kampf ausfechten.
»Ich werde Anton wegen übler Nachrede verklagen«, sagte sie mit fester Stimme. »Und damit du meinen Anblick nicht weiter ertragen musst, ziehe ich, sobald ich ein Haus für uns gefunden habe, mit den Kindern und Fräulein Finkemann aus. Im Übrigen wird mein Finanzberater die finanziellen Dinge regeln.«
Elisabeth sah sie nicht an. »Anton ist fort. Nachdem du gegangen bist, habe ich ihm die Wahrheit gesagt … über sich und mich.« Sie schwieg einen Moment. »Es war, als ob

eine Zentnerlast von meinem Herzen genommen würde, doch gleichzeitig spürte ich, dass ich ihm diese Last nun aufbürdete. Er hat mich angeschaut … so hasserfüllt, dass ich Angst vor meinem eigenen Sohn bekam. Er wird dich und mich und Bernhard hassen und verfolgen.«

»Das kann er gerne tun. Ich fürchte mich nicht vor ihm. Im Gegenteil, es wird Zeit, dass ihm jemand seine Grenzen aufzeigt. Lange genug hat er mit seinen Launen die Familie tyrannisiert.«

Elisabeth hob ratlos die Hände. »Aber eine Anklage wird die Sache nicht besser machen. Es wird nur einen Riesenwirbel geben, der die Familie in Verruf bringt und der Firma schaden wird. Tu es nicht, Felicitas.«

»Du hast ihm seine gemeinen Unterstellungen abgenommen, ohne mit der Wimper zu zucken. Was soll ich deiner Meinung nach denn tun? Alles vergessen und zur Tagesordnung übergehen? Das kann ich nicht.«

»Wir haben scharf geschossen, Felicitas, beide. Ich möchte mich bei dir entschuldigen.«

»Wie konntest du nur glauben, ich hätte eine Affäre mit Thomas?«, rief Felicitas. »All das Vertrauen, das du mir angeblich entgegenbrachtest, zählte doch plötzlich nicht mehr. Wie soll ich unter diesen Voraussetzungen jemals wieder Vertrauen zu dir haben? Ich … ich fühle mich wie ein Spielball, den du hier oder da hinwirfst, wie es dir passt.«

»Felicitas, auch ich mache Fehler. Als Anton mir von Thomas und dir erzählte, sah ich mich selbst als junge Frau … und was ich getan hatte. Ich konnte nur noch daran denken, dass du womöglich das Gleiche getan hast, was ich Gustav angetan habe, verstehst du?«

»Ich habe Heinrich nicht betrogen«, sagte Felicitas leise. Damals jedenfalls nicht, dachte sie, und ein Stich fuhr ihr

ins Herz. Sie schloss die Augen und versuchte die Bilder der vergangenen Nacht zu bannen.
»Natürlich nicht. Bitte verzeih mir.« Elisabeth nahm Felicitas' kalte Hand in die ihre, und sie schwiegen eine Weile, jede ihren Gedanken nachhängend. Schließlich sagte Elisabeth: »Ich weiß nicht, was Anton nun vorhat, aber ich halte es für das Beste, selbst mit Hausenberg zu reden. Und zwar heute Abend, bei ihm zu Hause, nicht im Kontor. Da haben die Wände Ohren, und ich möchte nicht, dass Frantz oder sonst wer Wind von der Sache bekommt. Wenn dieses Gespräch so verläuft, wie ich es vermute, werde ich mit unserem Notar reden und einen Vertrag vorbereiten lassen, in dem dir ganz offiziell die alleinige Geschäftsführung übertragen wird. Die Vollmachten, die du bereits hast, reichen nicht aus, dich gegen Anton zu schützen.«
»Glaubst du denn nicht mehr an Heinrichs Rückkehr?« Felicitas stiegen die Tränen in die Augen, Tränen der Trauer und der Scham. Ihr Körper hatte sich geholt, was er vermisst hatte, aber das war keine Rechtfertigung.
»Nein, schon lange nicht mehr. Der Krieg ist seit über fünf Jahren vorbei, so viele Kriegsgefangene sind längst wieder daheim. Vielleicht solltest auch du anfangen nach vorne zu schauen. Du bist jung, und eines Tages wirst du lernen, wieder einen Menschen zu lieben.«
Im tiefsten Innern gab Felicitas ihr Recht. Seit langem hatte sie das starke Band nicht mehr gespürt, das sie und Heinrich verknüpft hatte, und dennoch sträubte sich alles in ihr, die Hoffnung aufzugeben.
»Daran will ich nicht einmal denken«, sagte sie mit erstickter Stimme.
Elisabeth drückte ihre Hand. »Das Leben verlangt seinen Tribut, ob es dir gefällt oder nicht«, sagte sie lächelnd.

Das Haus in der Lothringer Straße wirkte im Vergleich zu seinen herausgeputzten Nachbarn klassisch schlicht. Der zweite Blick offenbarte, dass der bescheidene Eindruck nicht dem Geschmack seiner Besitzer entsprang, sondern finanzieller Nöte. Die Haustür bedurfte dringend eines neuen Anstrichs, hier und da warf der Fassadenputz Blasen, eine Fensterscheibe im Erdgeschoss zeigte einen Sprung.
Hausenberg öffnete die Tür. Er trug eine karierte Schürze, trocknete sich die Hände an einem Geschirrtuch ab und starrte Felicitas und Elisabeth für den Bruchteil einer Sekunde feindselig an. Schließlich erinnerte er sich seiner guten Manieren und bat sie mit einer knappen Geste hinein.
Aus der Küche drang der Geruch von gedämpftem Kohl. Im ersten Stock tobten zwei Kinder, unverkennbar Jungs, und ein kleines Mädchen hockte auf der Treppe und schaute die beiden Frauen neugierig an. Sein Lätzchen war bekleckert, und seine Windel sah aus, als müsste sie dringend gewechselt werden.
Hausenberg nahm das Kind auf den Arm. »Ich bringe Greta nur rasch ins Bett. Bitte nehmen Sie in der Stube Platz.«
Als er zurückkehrte, hatte er die Schürze abgebunden. Er setzte sich ihnen gegenüber in einen ausladenden teuren Ledersessel, der zu dem übrigen Mobiliar nicht so recht passen wollte, schlug die hageren Beine übereinander und legte die Fingerspitzen aneinander.
»Ich würde Ihnen gern etwas zu trinken anbieten, aber meine Frau musste plötzlich verreisen, und ich muss zugeben, dass ich mich in meinem eigenen Haushalt nicht zurechtfinde.« Er lachte nervös. »Bitte entschuldigen Sie, aber was, wen ich fragen darf, verschafft mir die Ehre Ihres Besuchs?«
Gelassen betrachtete Felicitas ihren Widersacher. Elisabeths Plan, ein Bluff, war so einfach wie überzeugend. »Ich

habe hier eine eidesstattliche Versicherung eines Mitarbeiters«, begann sie und zog ein zusammengefaltetes – leeres – Blatt Papier aus ihrer Handtasche. »Darin schildert der Betreffende, dass er Zeuge wurde, wie Anton Andreesen Sie genötigt hat, einen Betrug zum Schaden der Firma durchzuführen. Möchten Sie, dass ich fortfahre?« Hausenberg fuhr sich mit der Hand durchs Haar. Das kleine Mädchen schrie. Die Standuhr zerlegte die verrinnende Zeit in unbarmherzige Schläge. Elisabeth beugte sich etwas nach vorn und sah Hausenberg eindringlich an. »Ihre Frau ist nicht verreist, sondern davongelaufen. Es ist offensichtlich, dass Sie Hilfe brauchen, Herr Hausenberg, und ich bin die Letzte, die Sie Ihnen verweigern würde. Alles in allem handelt es sich ja nicht um eine große Summe, die der Firma verlustig gegangen ist. Wenn Sie uns erzählen, wie es wirklich war, verspreche ich Ihnen, die Polizei nicht zu informieren. Das bin ich meinem Sohn Heinrich schuldig. Er hat große Stücke auf Sie gehalten.«
Hausenberg starrte Elisabeth an. Dann schlug er die Hände vors Gesicht.

19

Das Glas zersprang, und Jubelrufe und befreites Gelächter durchbrachen die erwartungsvolle Stille. Die Geigenspieler riss es von ihren Stühlen, die Gäste umringten Braut und Bräutigam und tanzten ausgelassen zu der ebenso schluchzenden wie fröhlichen Melodie. »O wenno shalom malechem« sangen die Gäste, und die wenigen Juden unter ihnen hielten lachend mit dem korrekten »Hevenu shalom malechem« dagegen.

Dorothee strahlte. Der zarte Spitzenschleier umschmeichelte ihre feinen Züge, und das hochgeschlossene Kleid mit den langen Spitzenärmeln unterstrich ihre schlanke, ätherische Erscheinung. Pierre platzte vor Stolz und hielt seine Frau fest umfangen.

»Alles in Ordnung?«, flüsterte er ihr zu, und Dorothee nickte, erleichtert, dass sie die jüdische Zeremonie ohne Fehler gemeistert hatte. Selbst der Rabbi, der ihren Übertritt zum Judentum begleitet und gegen Skeptiker aus den eigenen Reihen mit dem Hinweis, sie sei seine beste Schülerin, verteidigt hatte, vermochte nicht ihr Mut zuzusprechen. Die Furcht, sich und Pierre vor ihrer und seiner Familie zu blamieren, hatte ihr schlaflose Nächte bereitet und ihr den Appetit geraubt, weshalb das Brautkleid vor zwei Tagen in aller Eile noch einmal enger gemacht werden musste. Wenn sie Pierre nicht so lieben würde, dachte Dorothee, wäre sie vermutlich getürmt, ängstliches Gänschen, das sie stets gewesen war und vermutlich immer bleiben würde. Sie seufzte leise. Vielleicht würde das Gefühl, endlich einen sicheren Hafen gefunden zu haben, ihr das Rückgrat stärken und nicht, was sie im Stillen befürchtete, dazu beitragen, dass sie die Hände in den Schoß legte und alle Verantwortung Pierre überließ. Sie wollte seinen Respekt nicht verlieren, und am ehesten würde ihr das gelingen, wenn sie sich ein Beispiel an Felicitas nehmen und ihr Leben ebenso tatkräftig in die Hand nehmen würde. So oft hatte Pierre sie ermutigt, am Konservatorium vorzuspielen, und immer hatte sie eine Ausrede gefunden, es nicht zu tun. Doch mit diesem ewigen Zittern und Zagen sollte nun bald Schluss sein. Nach den Flitterwochen, die sie in Paris verbringen wollten, würde sie über ihren Schatten springen und sich bei Professor Lohmann vorstellen.

»Dorothee Levi, darf ich dich an deines Vaters statt zum Tanz führen?«

»Natürlich«, wisperte Dorothee, Tränen der Rührung krampfhaft verdrängend. Max hatte sich all die Jahre wie ein Vater um sie bemüht und sie heute auch zum Altar geführt.

»Und, bist du glücklich?«, fragte er.

»Ja, sehr«, entgegnete Dorothee. Dennoch konnte sie nicht verhindern, dass ein Schatten über ihr Gesicht glitt.

»Nicht traurig sein, Dorothee. Dein Vater ist viel zu krank, um die weite Reise auf sich zu nehmen, und es ist nur natürlich, dass deine Mutter ihn nicht in der Obhut fremder Menschen lassen wollte«, sagte er aufmunternd.

Doch Dorothee schüttelte den Kopf. »Du meinst es gut, aber das ist es nicht. Ich habe einfach ein schlechtes Gewissen. Zweimal habe ich mich überwunden, nach Sorau zu reisen, und jedes Mal war es ein Albtraum. Ich werde das Bild von Constanze und dem Baby niemals aus meinem Kopf bekommen, das weiß ich, aber in Sorau wurden meine Angstzustände jedes Mal so furchtbar, dass ich nur noch wegwollte.«

»Aber das ist doch verständlich. Meinst du nicht, dass deine Eltern darum wissen?«
»Mag sein. Dennoch hätte ich mich um sie kümmern müssen.«
»Du meinst, du hättest dich aufopfern müssen und dein eigenes Glück darüber vergessen?«
Dorothee lächelte schief. »So ähnlich. Ich meine, wenn ich mir vorstelle, dass ich alt und krank bin, und keine meiner Töchter hält es für nötig, mir beizustehen.«
Max ignorierte ihre zarte Anspielung auf Constanze, um Dorothee nicht zusätzlich das Herz schwer zu machen und schaute sie stattdessen mit gespielter Entrüstung an. »Höre ich recht? Ist da etwa schon der Klapperstorch unterwegs? Tssstsss, die jungen Leute heutzutage! Können sich nicht beherrschen.«
Dorothees Wangen färbten sich dunkelrot, und sie kicherte verlegen. »Aber Max, nicht so laut.«
Er warf den Kopf in den Nacken und lachte. »Ein Nein klingt anders.«
Dorothee sah ihn bewundernd an. Mochte Felicitas noch so hart über ihren Vater urteilen, sie fand, Max war ein wunderbarer Mann. Er war verständnisvoll und gütig und versuchte sie aufzuheitern, obwohl ihn gewiss genügend eigene Sorgen bedrückten. Schön und gelassen wie eh und je, aber unverkennbar glücklich lehnte Helen an einem der Pfeiler, die die Tanzfläche des Kaffeehauses am See umrahmten, ließ sich gelegentlich zum Tanz auffordern oder unterhielt sich angeregt, wobei ihr silberhelles Lachen durch den Raum tanzte wie ein Irrlicht. Immer wieder suchte ihr Blick den von Martin. Kein Zweifel, die beiden liebten sich innig. Helens schillernde Erscheinung und Martins freundliches, zurückhaltendes Wesen ergänzten sich perfekt. Dorothee war froh, dass sie ihrer und Pierres

Einladung gefolgt waren, die sie erst ausgesprochen hatten, nachdem Max und Felicitas versichert hatten, dass es ihnen nichts ausmache. Insgeheim hoffte Dorothee auf eine Versöhnung aller Beteiligten und nahm es als gutes Zeichen, dass es noch nicht zu einer hässlichen Szene gekommen war.

»Ich danke dir, Max«, sagte sie. »Für alles.«

»Schon gut«, entgegnete Max und fügte hellsichtig hinzu: »Zerbrich dir nicht den Kopf über die Probleme anderer Menschen. Genieß dein Glück.«

Das Brautpaar hatte sich allen Konventionen zum Trotz weder für ein traditionelles Bremer noch für ein jüdisches Tellergericht entschieden, und statt Kükenragout gab es nun Köstlichkeiten von gebeiztem Lachs nach schwedischer Graved Art bis zur französischen Mousse au chocolat. Das meiste nicht so ganz koscher, aber weder Pierre noch seine Familie hielten viel von orthodoxen Traditionen. »Das Leben ist zu kurz, um es zu ernst zu nehmen«, lautete eins von zahlreichen Familiencredos, mit denen die Levis ihre lässige Nonchalance unterstrichen.

Vielleicht würde diese Einstellung ein wenig auf Dorothee abfärben, hoffte Felicitas.

Langsam, damit es nicht auffiel, dass sie so gut wie nichts aß, kaute sie an einem Stück marinierten Hühnchen und ließ ihre Blicke über die Hochzeitsgesellschaft schweifen, die sich prächtig amüsierte, lärmte und lachte. Ihr selbst lagen zu viele Steine im Magen, um die Feier sorglos zu genießen. Einer davon war Bernhard. Wochenlang hatte sie ihn gemieden, einer verdrehten Hoffnung folgend, je mehr Zeit verstrich, desto eher würde er ihre Liebesnacht vergessen. Und tatsächlich hatte er sie heute höflich begrüßt und nicht einmal mit einer amüsiert gehobenen

Augenbraue zu verstehen gegeben, dass er sich sehr wohl erinnerte. Darüber hätte sie erleichtert sein müssen, war es aber nicht. Ihre Augen folgten ihm. Bernhard tanzte mit Teresa, die auf seiner Hüfte saß und vergnügt in die Händchen klatschte, bis die Zwillinge, entzückend anzusehen in ihren dunkelroten Anzügen mit passender Fliege, ihn erlösten und ihre kleine Schwester in die Mitte nahmen. Sofort glitt Geneviève, Pierres bezaubernde Cousine aus Paris, in Bernhards Arme, als hätte sie auf diesen Moment gewartet, und lächelte ihn verführerisch an. Viel zu verführerisch für eine Sechzehnjährige, dachte Felicitas ungehalten und wandte sich ab. Sie schob den Teller beiseite und beschloss, sich frisch zu machen. Ein Blick in den Spiegel würde helfen, diesen idiotischen Anflug von Eifersucht auf eine Halbwüchsige zu ersticken. Ihr silbernes Seidenkleid rauschte, als sie sich charmant bei ihren Tischnachbarn entschuldigte und huldvoll lächelnd, als wäre sie allerbester Laune, aus dem Tanzsaal schwebte.

»Reiß dich zusammen, dumme Kuh«, befahl sie ihrem Spiegelbild und begann sich die Nase zu pudern.

»Du meinst aber nicht mich«, sagte Helen leichthin.

Felicitas fuhr herum. Das war der zweite Stein. Bislang war sie ihrer Mutter bis auf eine kühle Begrüßung erfolgreich aus dem Weg gegangen. Helen stellte sich neben Felicitas und erneuerte gelassen ihr Lippenrot. Ein kaum sichtbares Zittern ihrer Hand zeigte Felicitas jedoch, dass sie längst nicht so ruhig war, wie es den Anschein hatte.

Als Helen fertig war, wandte sie sich Felicitas zu, die immer noch Puder nachlegte, als würde sie die gleichförmige Bewegung von der Entscheidung, wortlos zu gehen oder zu bleiben, entbinden.

»Du hast auf keinen meiner Briefe reagiert und bist nie wie-

der nach Sorau gekommen. Könntest du dich jetzt überwinden, mit mir ein paar Schritte am See zu gehen?«
Felicitas starrte ihre Mutter an. Was sie ihr und ihrem Vater angetan hatte, konnte und durfte nicht so einfach befriedet werden, und dennoch sehnte sie sich danach, von ihrer Mutter in den Arm genommen zu werden und ihr alles zu erzählen, was sie bedrückte und ihr das Leben schwer machte. Andererseits war sie niemals die warmherzige Mutter gewesen, die mit klugem Rat und liebevollem Trost Wunden gelindert und Problemen den Stachel gezogen hatte. Also konnte ihr Verhältnis auch so distanziert bleiben, wie es war. Doch Felicitas nickte.
Während sie den Seeweg entlanggingen, schilderte Helen in ihrer unsentimentalen Art, was das Wiedersehen mit Martin in ihr ausgelöst hatte.
»Ich kann nicht erwarten, dass du mir verzeihst, Felicitas. Aber vielleicht kannst du mich irgendwann verstehen. Und mir glauben, wie schwer es mir gefallen ist, dich und Max zu verletzen. Dennoch bin ich davon überzeugt, das Richtige getan zu haben, denn mit einer Lüge zu leben hilft niemandem, im Gegenteil. Und jeder trägt nicht nur eine Verantwortung für andere, sondern ebenso für sich selbst, auch wenn diese Haltung nicht besonders verbreitet ist, geschweige denn respektiert wird.«
Felicitas seufzte. Jetzt, da ihr die Zusammenhänge klar waren, musste sie ihrer Mutter tief im Innern Recht geben, mehr noch, ihr Achtung zollen für einen Schritt, der Courage erfordert hatte. In der Gesellschaft war Helen Wessels unten durch, doch sie ging unbeirrt und hoch erhobenen Hauptes ihren Weg.
»Lass mir etwas Zeit«, sagte Felicitas, und Helen nickte.
Als Max seine Tochter und seine Frau scheinbar einträchtig den Weg zurückkommen sah, wusste er, dass Helen

ihre Geschichte erzählt hatte, bis auf ein entscheidendes Detail – bis auf die Vermutung, dass Martin Fromberg Felicitas' Vater sein könnte. Ohne dass er etwas dagegen tun konnte, durchflutete ihn tiefe Dankbarkeit, und wie an unsichtbaren Fäden gezogen, setzte er sich in Bewegung, um seiner Familie entgegenzugehen.

Ein Kellner kam dienstbeflissen auf Felicitas zugeeilt. Ein Anrufer wünschte sie dringend zu sprechen.

»Hoffmann vom *Bremer Kurier.*« Trotz der schlechten Verbindung floss seine Stimme weich wie geschmolzenes Karamell durch die Leitung. »Entschuldigen Sie bitte die Störung, im Kontor sagte man mir, ich könnte Sie in dringenden Fällen im Kaffeehaus erreichen.«

»In dringenden Fällen, ja«, erwiderte Felicitas, und Steffen Hoffmann lachte leise über die unausgesprochene Zurechtweisung.

»Für unsere morgige Ausgabe brauche ich unbedingt Ihren Kommentar. Also, wie haben Sie das geschafft?«

Felicitas runzelte die Stirn. Sie hatte keine Ahnung, wovon Hoffmann sprach, hielt es aber nicht für besonders klug, sich einem Chefredakteur gegenüber eine Blöße zu geben. Ihr Zögern ließ ihn ihre Unsicherheit wittern, doch glücklicherweise interpretierte er sie falsch.

»Wenn Ihnen ein Gespräch unter vier Augen lieber ist, könnte ich ja kurz zum See kommen. Wir haben erst gegen zehn heute Nacht Redaktionsschluss.«

»Ich weiß nicht …«

»Also abgemacht«, sagte Hoffmann schnell. »In einer Stunde bin ich bei Ihnen.«

»Warten Sie!«, rief Felicitas, aber die Verbindung war bereits unterbrochen. Ihr erster Impuls war, beim Kurier anzurufen und das Treffen abzusagen, doch ein zweiter riet ihr, es nicht zu tun, da es besser sein könnte zu erfahren, was Hoffmann wusste, was immer das sein würde. Pünktlich auf die Minute traf er im Kaffeehaus ein. Felicitas hatte keineswegs die Absicht, Spekulationen gleich welcher Art auszulösen und lenkte ihre Schritte zielstrebig außer Sichtweite der Familie und der Gäste hinter das Café in das verschlungene Netz der von Bäumen und Wiesen gesäumten Wege, die den Reiz des Bürgerparks ausmachten. Nach einigen Minuten höflicher Plauderei hielt Felicitas inne.

»Ist das nicht eigentlich Aufgabe der Reporter, Kommentare von irgendwelchen Bürgern zu irgendwelchen Vorgängen einzuholen?«

»Das ist richtig«, gab Hoffmann zu. »Aber um besonders delikate Fälle in der Wirtschaft kümmere ich mich lieber selbst.«

Hausenberg! Irgendjemand musste die Sache spitzbekommen haben. Fieberhaft überlegte Felicitas, wie sie Steffen Hoffmann erklären sollte, warum Elisabeth und sie die Unterschlagungen ihres Prokuristen gedeckt hatten. Abgesehen davon, dass so ein Vorgehen vermutlich strafbar war, auch wenn es sich dabei um die eigene Firma handelte, fürchtete Felicitas, dass sich Hausenberg, wenn seine Verfehlungen an die Öffentlichkeit gelangten, bestimmt nicht an die Abmachung halten würde, Anton um des guten Rufs der Familie willen zu schützen. Ein Skandal wäre das Letzte, was die Firma in diesen unruhigen Zeiten gebrauchen konnte.

Steffen Hoffmann lächelte sie anerkennend und ein wenig amüsiert an.

»Ich habe bereits mit Nussbaum gesprochen. Der kann sich das Ganze überhaupt nicht erklären, und, unter uns gesagt, er schäumt vor Wut.«

»Ach, tatsächlich«, warf Felicitas vage ein. Wie bei ihrer

ersten Begegnung nahmen seine grünen Augen sie gefangen, doch sie wandte den Blick rasch ab. Was hatte Nussbaum mit Hausenberg zu tun?

Hoffmann blieb stehen und musterte sie. »Jeder, der Sie unterschätzt, muss sich zwangsläufig die Finger verbrennen.« Er machte eine Pause, wartete, und als Felicitas nichts entgegnete, meinte er: »Gut, da Sie offensichtlich nicht gewillt sind, mir entgegenzukommen, drehen wir den Spieß um. Ich sage Ihnen, was ich weiß, und Sie bestätigen es – oder nicht.«

Felicitas nickte.

»Laut Beschluss des Senats sollte der Stadtpark an einen Investor verkauft werden, der darauf eine Fabrik errichten wollte, die viele hundert Arbeitsplätze gesichert hätte. Der Vertrag lag zur Unterschrift vor. Der Mann hat die Unterschrift aber immer wieder hinausgezögert, hier eine Korrektur eingefordert, dort eine Änderung durchgesetzt. Endlich waren alle Probleme beseitigt. Doch in letzter Sekunde hat der Mann einen Rückzieher gemacht. Können Sie sich das erklären?«

»Nein.« Doch. Das ging auf McGregors Konto. Sie hatte sich umsonst Sorgen gemacht.

»Dann haben Sie sicher auch keine Erklärung dafür, dass es aufgrund dieser Tatsache einige Stimmen im Senat gibt, die Ihnen den Kauf des Grundstücks überlassen wollen?«

»Nein«, sagte Felicitas und sah Steffen Hoffmann in die Augen, die jetzt nicht mehr amüsiert glitzerten, sondern einen Ausdruck von Enttäuschung zeigten, als hätte er viel von ihr gehalten und wäre nun eines Besseren belehrt worden. Und spontan fügte sie hinzu: »Aber es wäre die Erfüllung eines Traums.« Sie begann zu reden, schnell, fast atemlos und ohne einen Gedanken daran zu verschwenden, dass sie ihre persönliche Geschichte einem nahezu

Unbekannten und noch dazu einem Vertreter der Presse erzählte. Zum ersten Mal seit so vielen Jahren gestattete sie den längst vergessen geglaubten Bildern wieder aus der Tiefe emporzusteigen. Als ihr bewusst wurde, was sie tat, brach sie ab. »Na ja, als McGregor dann vorschlug, den Investor ausfindig zu machen und ihm eine Beteiligung an einem Firmen-Konsortium in Aussicht zu stellen, die ungleich lukrativer wäre als eine Wollspinnerei, habe ich natürlich nicht abgelehnt.«

»Und um welches Konsortium handelt es sich?«

»Mein eigenes.«

Hoffmann starrte sie an. »Das ist ein brillanter Schachzug.« Er schwieg einen Moment und fuhr sich durchs Haar. »Allerdings bringen Sie mich in arge Gewissensnöte …«

»Schreiben Sie, was Sie für richtig halten. Aber bedenken Sie bitte, dass ich den Kunstpark nicht eigennützig betreiben will. Denken Sie an die vielen Frauen, denen er zugute kommen wird.«

Hoffmann nickte.

Die Dämmerung senkte sich über den See, der glatt und silbergrau wie ein Seidentuch dalag, gelegentlich von einem sanften Wind gekräuselt. Das Grün der Bäume wich schwarzen Schatten, aus der Ferne wirkte das hell erleuchtete Kaffeehaus wie ein pulsierender Bernstein.

»Es sind die Träume, die uns am Leben halten«, sagte Hoffmann unvermittelt. Felicitas wartete, dass er fortfuhr, doch er beließ es bei der Bemerkung.

Schweigend gingen sie zurück. Felicitas spürte keine Angst, nicht einmal ein leises Unbehagen, nur ein unbestimmtes warmes Gefühl, das sie vor langer Zeit einmal als Vertrautheit erkannt hätte und das sie heute gleichermaßen genoss wie irritierte.

»Darf ich Ihnen noch etwas zu trinken holen?«
Elisabeth musterte Bernhard kühl, wie immer bereit, ihn kurz abzufertigen, ohne die Regeln der Höflichkeit allzu deutlich zu verletzen. Doch aus einem Impuls heraus tat sie es nicht.
»Ich bin noch nicht zu alt, selbst für mich zu sorgen«, spöttelte sie und fügte eine Spur milder hinzu: »Außerdem bin ich der Meinung, wir sollten Du zueinander sagen. In Anbetracht der Ereignisse halte ich es für das Richtige.«
»In Anbetracht der Ereignisse?« Bernhard sah sie überrascht an. »Die Hochzeit ...«
»Nein, nein, es hat nichts mit Dorothee und Pierre zu tun. Es geht um Anton.«
Sie erwiderte kurz seinen Blick und nahm einen Schluck aus ihrem Glas. Genau genommen war es kein Schluck, sondern ein Tropfen. Eine völlig unsinnige Handlung, die nur den Zweck hatte, den Moment hinauszuzögern, sich zu fragen, ob dies wirklich der geeignete Rahmen war, eine Bombe platzen zu lassen. Andererseits gab diese Situation ihnen beiden die Möglichkeit, sich nach dem Gespräch anderen Unterhaltungen zu widmen, was das Gewicht des Gesagten vielleicht ein wenig leichter erscheinen ließ. Außerdem war es doch absurd, Bernhard in die Villa zu bestellen, um ihm zwischen Kaffee und Keksen feierlich – so würde es doch zweifellos wirken! – die Existenz eines Halbbruders zu erklären. Und wer weiß, dachte Elisabeth, ob es Anton nicht morgen in den Sinn kam, Bernhard mit der Nachricht zu konfrontieren? Ihm womöglich etwas anzutun? Zwar trug Bernhard an all dem keine Schuld, aber Antons Hass machte ihn unberechenbar, völlig unzugänglich für vernünftige Argumente.
Sie holte tief Luft. »Du solltest dich ein wenig vor ihm in Acht nehmen.«

Bernhard grinste. »Höre ich da die besorgte Stimme der Mutter, die ihren Sohn vom Weg unlauteren Glücksspiels mit einem stadtbekannten Spieler wie mich abbringen will und dafür zu einem rhetorischen Trick greift?«

»Nein, Bernhard.« Elisabeth blickte ihm in die Augen. »Du hörst die Stimme einer Frau, die dir sagen muss, dass … Anton und du … nun, ihr seid Halbbrüder.« Als Bernhard nichts erwiderte, nicht einmal mit einer winzigen Regung zu erkennen gab, dass er Elisabeths Worte verstanden hatte, fügte sie hinzu: »Ich erwarte kein Verständnis von dir, Bernhard, ganz gewiss nicht. Ich möchte nur, dass du ein wenig vorsichtig bist. Anton ist furchtbar wütend. Auf mich natürlich, aber auch auf dich.«

Nach einer Weile, die Elisabeth wie eine Ewigkeit vorkam, sagte Bernhard, ohne sie anzusehen: »Ich schätze, Anton ist vor allem deshalb so wütend, weil durch deine delikate Überraschung seine kleine arische Welt zusammengebrochen ist. Mein Vater war Halbjude, wie du weißt, was bedeutet, dass auch in Antons Adern ein Gutteil jüdisches Blut fließt.« Er zuckte mit den Schultern. »Er wird sich schon wieder abregen.«

»Dessen bin ich mir nicht sicher. Wenn du erlebt hättest, wie er mit Sack und Pack das Haus verlassen hat … ohne Rücksicht auf seine Frau, blind vor Hass.«

»Für so dumm hätte ich ihn allerdings nicht gehalten. Er schneidet sich doch gewissermaßen ins eigene Fleisch, wenn er auf deine Unterstützung verzichtet. Doch abgesehen davon«, er schnappte sich zwei volle Champagnergläser vom Tablett eines Kellners und reichte eins Elisabeth mit einer spöttischen Andeutung einer Verbeugung, »waren Familienstreitigkeiten noch nie meine Kragenweite. Man fährt besser, wenn man sich aus all diesen Querelen raushält. Auf dein spezielles Wohl, Elisabeth.«

»Mit Zynismus hast du dir stets alle Menschen vom Leib gehalten. Ich fürchte nur, dieses Mal wird dir das nicht so einfach gelingen. Unsere Geschicke lassen dich nicht kalt, auch wenn du dich noch so bemühst. Du hast Heinrich wie einen Bruder geliebt, und du bringst Felicitas Gefühle entgegen, die es dir unmöglich machen, dich aus allem herauszuhalten.« Ihr Ton wurde eine Spur spöttischer. »Ich bin weder taub noch blind, und du musst nicht denken, es würde mir entgehen, wie du sie mit deinen Blicken verfolgst. Du liebst sie, ist es nicht so?«

Bernhard lachte leise, doch es klang nicht echt. »Es ist leicht, eine schöne Frau wie Felicitas zu lieben, ihre Art, ihren Willen, der in der Tarnung einer weichen Feder daherkommt, hinter der sich das Schwert des Roland verbirgt.«

»Du versteckst dich auch – hinter Worten.«

»Mag sein, aber, liebe Elisabeth, die Tatsache, dass du mir soeben einen Halbbruder geschenkt hast, bürdet mir wohl kaum die Pflicht auf, mich vor dir zu rechtfertigen.« Er machte eine Pause. »Deshalb hat Gustav mir also so viel Geld hinterlassen. Er wollte dich von deiner Schuld freikaufen.«

»Gustav wusste von alldem nichts.«

»Und warum dann das Geld?«

Elisabeth zuckte mit den Schultern. »Er hat dich sehr gemocht, du hast ihn stets an seinen besten Freund erinnert.«

»Das glaubst du doch selbst nicht. Elisabeth, Naivität steht dir nicht.«

»Ich muss es glauben«, entgegnete sie ohne eine Spur Larmoyanz, »sonst halte ich es nicht aus. Verstehst du?«

Ein Tusch unterbrach ihren Schlagabtausch. Dorothee und Pierre schickten sich an, das Fest zu verlassen. Es war bereits weit nach Mitternacht, das Hochzeitsbett lockte und in aller Herrgottsfrühe der Zug, der sie in die Flitterwochen nach Paris bringen sollte.

»Vielen, vielen Dank für deine Hilfe, Elisabeth«, sagte Dorothee strahlend.

»Passt gut auf euch auf«, erwiderte Elisabeth und winkte ihnen nach. »Ich hoffe so sehr, dass die beiden glücklich werden«, sagte sie zu Bernhard, erhielt aber keine Antwort. Sie sah sich suchend um. Als sie ihn schließlich erblickte, musste sie unwillkürlich lächeln. Umringt von drei Damen, spielte Bernhard den charmanten Bonvivant, als wollte er ihr beweisen, wie falsch sie mit ihrer Vermutung lag, er liebe Felicitas.

Elisabeth seufzte. Die Ereignisse der letzten Monate hatten sie ermüdet. Die Kraft, die sie früher dazu getrieben hatte, Menschen zu ihrem eigenen Besten, aber, wie sie zugeben musste, vor allem in ihrem, Elisabeths, zu lenken, war verbraucht. Sie würde weder Felicitas' Verschlossenheit öffnen noch Bernhards Selbsttäuschung aufbrechen können, nicht Ellas seltsame Anwandlungen in den Griff bekommen und schon gar nicht Antons aggressive Verzweiflung. Vielleicht hätten sich die Dinge anders entwickelt, wenn Heinrich noch am Leben und daheim wäre. Vielleicht auch nicht. Manche Ereignisse entfalteten schließlich ihre eigene Macht. Ja, es war wohl an der Zeit, die Menschen zu akzeptieren, wie sie waren. Doch die hehre Absicht traf sogleich auf einen nagenden Zweifel, ob sie dazu wirklich in der Lage sein würde. Genau genommen, dachte sie, gehöre ich doch zu denen, die dem Pastor aus dem Sarg heraus noch diktieren, wie er die Trauerrede zu halten hat. Sie lachte leise. Die Vorstellung erfrischte sie. Elisabeth stellte den schal gewordenen Champagner weg und beschloss, noch ein wenig zu bleiben.

Das Haus in der Pagentorner Straße war winzig und besaß keinen Vorgarten. Elisabeth läutete, und kurz darauf öffnete Désirée die Tür, erst Überraschung, dann Erleichterung in den Augen. Hastig ging sie voran ins Wohnzimmer, ordnete die Kissen auf dem Sofa und räumte einen Stapel Zeitungen beiseite.

»Hübsch habt ihr es«, bemerkte Elisabeth und sah sich anerkennend um. In der Tat hatte Désirée mit den wenigen Möbeln, die sie mitgenommen hatten – ein burgunderrotes Chintzsofa, einen zierlichen Damensekretär und ein Vertiko –, und einem guten Auge für geschmackvolle Dekoration eine behagliche Atmosphäre geschaffen. Nicht zu vergleichen mit der Eleganz in der Villa, aber gemütlich. Das Wohnzimmer war mit einer gläsernen Schiebetür vom Esszimmer getrennt, sodass die kleinen Räume zusammen größer wirkten, als sie waren. Wenn man nicht seit langem den Luxus von Weite und teurem Interieur gewohnt war, konnte man sich hier gewiss wohl fühlen.

Elisabeth sah Désirée prüfend an, doch ihre Schwiegertochter wirkte wider Erwarten nicht deprimiert, sondern erwachsen. Als hätten die Umstände ihr innerstes Wesen gezwungen, sich zu zeigen und den Mantel der Gefallsucht, Albernheit und Oberflächlichkeit abzulegen. Selbst Désirées Stimme hatte sich den neuen Anforderungen angepasst und von zwitschernder Höhe zu einer angenehmen, dunkleren Färbung gefunden.

»Du siehst gut aus«, sagte Elisabeth.

»Danke schön«, erwiderte Désirée freundlich und machte eine einladende Handbewegung. »Setz dich doch. Darf ich dir eine Tasse Tee anbieten? Es ist zwar kein Assam, aber gewöhnlicher schwarzer Tee tut es doch auch, oder? Ich füge immer eine winzige Prise Vanille hinzu, dann schmeckt er wirklich köstlich.«

Elisabeth nickte, und Désirée verschwand in der Küche. Als sie mit einem Tablett zurückkam, nahm sie den Faden wieder auf.

»Ich habe zu tun – das Haus instand halten, kochen. Nichts Anspruchsvolles, aber es vertreibt dumme Gedanken und Anflüge von Selbstmitleid. Es hat ja keinen Sinn, der Vergangenheit hinterherzutrauern. Obwohl ich tief im Innern immer noch hoffe, dass euer Zerwürfnis nicht von Dauer ist.«

»Désirée, ich bin gekommen, um mit Anton zu sprechen. Ich denke, nach mehr als einem halben Jahr ist es an der Zeit, Frieden zu schließen.«

»Oh, das ist … wunderbar«, sagte Désirée strahlend und warf einen Blick auf die geschwungene Messinguhr, die das Vertiko zierte. »Er müsste in einer halben Stunde zurück sein. Weißt du, er verbringt jetzt viel Zeit mit diesen Nationalsozialisten, organisiert Versammlungen, schreibt Reden und solche Sachen. Ich verstehe nicht viel davon, und ehrlich gesagt interessiert es mich auch nicht besonders, aber diese Arbeit macht ihm Freude und scheint ihm Halt zu geben.«

Elisabeth trank einen Schluck Tee. »Der ist wirklich ausgezeichnet. Eine Prise Vanille, sagtest du?«

»Ja«, antwortete Désirée und begann sich über die Kochrezepte auszulassen, die sie probierte, verwarf oder mit unterschiedlichsten Gewürzen verfeinerte. Elisabeth hörte mit halbem Ohr zu und dachte im Stillen über Antons unseliges Engagement nach. Doch dieses Thema würde sie weder mit Désirée noch mit ihm zu diesem Zeitpunkt erörtern. Das musste warten, bis die Wogen zwischen ihnen wieder geglättet waren. Wenn sie ihn gleich mit Vorwürfen oder Ermahnungen bezüglich seiner politischen Gesinnung überfiel, würde er wahrscheinlich

den Eindruck gewinnen, sie wollte sich nur versöhnen, um ihn wieder unter ihrer Fuchtel zu haben. Und so wichtig war dieser komische Verein aus München letzten Endes nicht, dass sich darüber ein neuer Streit entzünden sollte.
Nach einer Dreiviertelstunde, in der Désirée so viele Rezepte durchgekaut hatte, dass Elisabeth vom Zuhören bereits satt war, klappte endlich die Haustür, und schwere Stiefeltritte hallten durch den schmalen, mit Terrazzo belegten Flur.
Antons Züge verdunkelten sich, als er sah, wer auf dem Sofa saß. »Guten Tag, Mutter«, sagte er hölzern und machte einen Schritt zurück. »Du kommst ungelegen, ich muss noch arbeiten.«
»Ich werde so oft ungelegen kommen, bis du endlich bereit sein wirst, mir zuzuhören.« Elisabeth ließ sich nicht anmerken, ob die Provokation sie verletzt hatte.
Désirée, die ihren Mann flehentlich angesehen hatte, ohne dass er ihren Blick auch nur einmal erwidert hatte, sprang auf und verließ mit einem gemurmelten »Ich lasse euch besser allein« das Zimmer.
Anton setzte sich und schenkte sich demonstrativ eine Tasse Tee ein, als wäre Elisabeth nicht vorhanden. Er blies über den goldbraunen Tee, um ihn abzukühlen, und mied den Blick seiner Mutter. Er benimmt sich wie ein trotziges Kind, dachte Elisabeth. Solange er diese Haltung beibehält, sind all meine Worte vergeblich.
»Anton«, begann sie dennoch, »ich möchte, dass wir wieder eine Familie sind. Wir haben beide verletzende Dinge getan und gesagt, aber wir sind und bleiben doch eine Familie. Gustav hat dich geliebt, du warst sein Sohn, egal, wie es sich in Wahrheit verhält. Und ich habe dich auch immer geliebt und werde niemals damit aufhören. Das ist

es, was zählt, meinst du nicht?« Sie hielt kurz inne, mit sich ringend, ob sie den Satz aussprechen sollte, der ihr stets so schwer über die Lippen gegangen war, doch schließlich gab sie sich einen Ruck. »Ich bin bereit, dir zu vergeben. Und … ich bitte dich gleichzeitig um Verzeihung.« Da waren sie, die Worte, voller Schwäche, das Eingeständnis, einen Fehler gemacht zu haben und nun vom Wohlwollen eines anderen abhängig zu sein. Sie hasste diese Situation, doch zugleich wusste sie, das einzig Richtige getan zu haben.

Endlich sah Anton sie an, kurz, dann verlor sich sein Blick in der Ferne.

»Familie«, schnaubte er verächtlich. »Was ist das schon. Ein Haufen vom Schicksal zusammengewürfelter Gestalten. Ja, ich war wütend, o ja.« Er richtete den Blick wieder auf seine Mutter und fügte mit leisem Triumph hinzu: »Aber weißt du was? Es interessiert mich nicht mehr. Du und Ella und diese … Komödiantin, macht doch, was ihr wollt. Mit mir hat das jedenfalls nichts mehr zu tun.« Er stand auf. »Tu mir nur bitte einen Gefallen, sag niemandem, wer mein Vater war. Ich bin im Begriff, politische Karriere zu machen und … wenn herauskäme, dass mein Blut nicht hundertprozentig arisch ist, wäre das nicht gerade von Vorteil für meine Pläne.« Er nickte seiner Mutter zu und verließ das Wohnzimmer. »Désirée«, rief er durch das Treppenhaus, »Mutter will sich verabschieden.«

20

Das Verbot der NSDAP vor drei Jahren hatte der Partei im Geheimen einigen Zulauf beschert. Jetzt, da sie längst wieder legitimiert war, strömten Arbeiter wie Angestellte zu Adolf Hitler und seinen Apologeten, die von der Tatsache profitierten, dass das Deutsche Reich nach dem Ersten Weltkrieg seine Identität nicht gefunden hatte und von einer Regierungskrise in die nächste taumelte. Massenarbeitslosigkeit, eine galoppierende Inflation und die bedrückende Wohnungsnot trieben ihnen die Menschen in Scharen zu, die den teuflischen Traum von deutschem Blut und deutschem Boden für das Ende allen Unglücks und den Beginn einer hoffnungsvollen neuen Zeit hielten.

Felicitas war für die Rattenfängerei völlig unempfänglich, allerdings weniger aus politischem Bewusstsein denn aus mangelnder Notwendigkeit, ihre wirtschaftlich-politische Strategie zu überdenken. Das Unternehmen Andreesen und Felicitas' eigenes Konsortium verzeichneten satte Gewinne. Sorge bereitete ihr allein die Lage auf dem Kaffeemarkt. Brasilien hatte damit begonnen ganze Ernten zu vernichten, um den Preis in die Höhe zu treiben. In Deutschland stagnierte der Absatz von Kaffee, und die Schere zwischen dem überteuerten Einkauf und dem schleppenden Verkauf klaffte immer weiter auseinander. Felicitas hatte keine Vorstellung, was sie dagegen tun sollte. McGregor hatte ihr dringend geraten, den Handel mit Kaffee einzustellen und sich auf den Ankauf und den lukrativen Wiederverkauf von Firmen zu konzentrieren,

hatte aber auf Granit gebissen. Niemals, hatte Felicitas ihm zu verstehen gegeben, würde sie das Herz der Firma sterben lassen. Im Gegenteil, sobald die Lage sich stabilisiert habe, werde sie ein neues Handelsabkommen mit ausgesuchten brasilianischen Plantagenbesitzern abschließen, das auf gegenseitiger Fairness beruhen sollte. Dieser Plan, ließ sie ihn wissen, sei in ihr gereift, seitdem sie brasilianischen Boden betreten und die Lebensbedingungen der Arbeiter hatte mit ansehen müssen, und sie denke nicht daran, aus reiner Profitgier davon abzulassen. McGregor war entsetzt, ließ sich aber nichts anmerken und schlug vor, in diesem Fall die neuen Zweige des Andreesen-Unternehmens vom Kaffeehandel abzuspalten und eigene Firmen dafür zu gründen, sodass die Stammfirma Andreesen-Kaffee nur mehr für den Kaffeehandel zuständig war. Der Plan leuchtete Felicitas ein. Wie immer war McGregors Argumentation bezwingend. Sie mochte seine leidenschaftslose Art und traute ihm alles zu. Inwiefern sie ihm dann noch trauen konnte, darüber dachte sie nicht nach. Die Kasse stimmte, mehr wollte sie nicht.
Felicitas lächelte und strich über das cremefarbene Büttenpapier. Sie schraubte Heinrichs Füllfederhalter auf, überflog die Seiten flüchtig, obgleich sie sie wohl schon zehnmal studiert hatte, und unterschrieb schließlich mit einem schwungvollen F. Andreesen. Damit gehörte der Stadtpark ihr – endlich, nach jahrelangen Verhandlungen und etlichen Versuchen Nussbaums, den Plan zu vereiteln. Doch die angespannte Kassenlage der Stadt ließ persönlichen Aversionen keinen Raum und erlaubte es auch nicht, noch mehr Zeit mit anderen Investoren zu verschwenden, die ebenso wie der erste sich stets unvermittelt von dem Geschäft zurückzogen. McGregor hatte wirklich vorzügliche Arbeit geleistet. Felicitas erhielt den Zuschlag, und der

Handel mit der Stadt Bremen war in den nächsten Wochen still und leise über die Bühne gegangen, nur begleitet von einer Reihe von Artikeln im *Bremer Kurier*, die sehr ausgewogen Vor- und Nachteile eines Verkaufs an einen Bremer Betrieb skizzierten. Da war lediglich ein kurzer Absatz, dass einige der Investoren seit geraumer Zeit Anteile an Felicitas' Konsortium besaßen, aber keine Andeutung, dass aufgrund dieser Tatsache das Ganze vielleicht nicht mit rechten Dingen zugegangen sein mochte.

Felicitas schraubte den Füllfederhalter zu und packte ihre Sachen zusammen. Für heute hatte sie genug von Handel, Wandel und wirtschaftlichen Rätseln.

Manchmal beneidete sie Ella um ihre überschaubare kleine Welt. Mit wenig mehr als einer angemieteten Werkstatt und einigen geerbten Konstruktionsplänen hatte sie es gewagt, einen winzigen Betrieb aufzubauen. In Ermangelung weiblicher Mechaniker hatte sie zwei Männer eingestellt, die Fahrräder bauten und reparierten, womit sich der Betrieb mehr schlecht als recht über Wasser hielt, ein Dritter bastelte am Prototyp eines Kleinwagens, der schnittig und dennoch praktisch und vor allem bezahlbar sein sollte. Die großen Bremer Automobilfirmen hatten, nachdem Ella deren Kaufangebote ausgeschlagen hatte, erst alles darangesetzt, den Fortbestand der Firma zu gefährden. Doch als ersichtlich wurde, dass von Ellas Kleinstbetrieb keine Gefahr für sie ausging, hatten sie zu einer Art amüsanter Herablassung gefunden.

Felicitas hielt vor dem Gebäude am Peterswerder, in dem Ellas Werkstatt untergebracht war. Sie ließ ihre Vierklanghupe ertönen, die sie zwar scheußlich fand, aber Teresa zum Vergnügen hatte einbauen lassen, und Ella kam ihr lachend entgegen.

»Ich hätte gern das neueste Perella-Modell«, sagte sie augenzwinkernd. Perella, eine Wortschöpfung aus Peter und Ella, sollten die Automobile heißen, hatte Ella beschlossen und den Namen sofort schützen lassen.
»Tut mir Leid, aber die Warteliste ist lang, Sie werden sich bis zum nächsten Jahr gedulden müssen«, erwiderte Ella gut gelaunt, und sie lachten gemeinsam. Ella sah zufrieden und heiter aus, hatte abgenommen und sich die Haare auf Kinnlänge schneiden lassen, was ihr ausgezeichnet stand.
»Ich wollte dich fragen, ob du Gesa und mich ins Kino begleiten willst. Es gibt irgendeinen Schmachtfetzen mit Rudolph Valentino, doch ich hab's ihr versprochen. Danach könnten wir eine Kleinigkeit essen gehen.«
»Danke, lieb von dir, aber ich habe noch einen Termin«, entgegnete Ella ohne eine Spur des Bedauerns. Leise Röte schoss ihr in die Wangen, und Felicitas grinste.
»Das scheint mir aber ein sehr angenehmer Termin zu sein, hm?«
Ella winkte ab. »Keine Spur. Ein … Interessent.« Sie merkte, wie zweideutig das klang, und bekannte nach kurzem Zögern: »Es ist Thomas Engelke. Wir sind seit einiger Zeit … befreundet.«
»Ella, wie schön«, sagte Felicitas, die sich ehrlich freute, dass ihre Schwägerin nach so langer Zeit der Trauer um Peter Gerhard ihr Herz wieder zu öffnen vermochte. »Und wann erfahren wir es offiziell?«
»So weit sind wir noch nicht«, antwortete Ella verlegen und lenkte rasch vom Thema ab. »Möchtest du einen Kaffee?«
»Um Himmels willen!«, rief Felicitas lachend und startete den Wagen. »Ich bin froh, dass ich das Thema für heute hinter mir habe.«
Sie winkte Ella zu und bog in die Hamburger Straße. Im

Rückspiegel sah sie gerade noch, wie ein Mann die Tür zu Ellas Werkstatt öffnete. Felicitas lächelte in sich hinein. Wie glücklich wäre Elisabeth, wenn Ella endlich, endlich zu einem geregelten Familienleben mit Mann und Kindern finden würde, statt sich in einer Werkstatt die Finger schmutzig zu machen. Elisabeth verstand einfach nicht, dass Ella ihr Leben so liebte, wie es war, dass sie sich ausgefüllt fühlte und mit Leidenschaft ein Ziel verfolgte, mochte es auch als unweiblich gelten. Mehr noch, in ihrer wenigen freien Zeit brachte sie die Kraft auf, sich für den Frauenverein zu engagieren. Sie warb für ihren geplanten Betriebskindergarten, forderte die Frauen auf, sich nicht länger am Kochtopf aufzuhalten, sondern sich die Refugien in der Arbeitswelt zurückzuerobern, die sie im Krieg selbstverständlich hatten behaupten dürfen, und hielt sogar hin und wieder Vorträge, die sich meist mit der Notwendigkeit einer Schule für erwachsene Frauen beschäftigten, die weder eine Schule besucht noch eine Ausbildung genossen hatten, was für die Mehrheit der Frauen in den unteren Schichten zutraf.
Einmal hatte Felicitas ihr angeboten, einen gut bezahlten Posten als Koordinatorin für den Kunstpark zu übernehmen, aber Ella hatte freundlich abgelehnt.
»Ich mache zwar nur kleine Schritte, aber es sind wenigstens meine eigenen«, hatte sie gesagt; ein Argument, das Felicitas akzeptieren konnte, Elisabeth aber auf die Palme getrieben hatte.
Felicitas konzentrierte sich auf den Verkehr. Der Fahrtwind wirbelte ihre aschblonden Haare durcheinander und zauberte eine frische Röte in ihr blasses Gesicht. Eigentlich war der sonnige Oktobertag viel zu kalt, um das Verdeck offen zu lassen, doch den Wagen hatte sie sich zum geglückten Stadtparkkauf geschenkt. Gestern war er endlich geliefert

worden, und nun wollte sie den neuen Komfort auch ausnutzen. Gesa würde die Jungfernfahrt gewiss auch gefallen; ihre Tochter liebte es, im Mittelpunkt zu stehen und Aufsehen zu erregen. Hübsch, wie sie war, gelang ihr das auch meist mühelos. War dies einmal nicht der Fall, schaffte sie es aber ebenso, friedliche Stimmungen mit ihrer schlechten Laune und ihrer anstrengenden Eigenwilligkeit zu zerstören. Sie begann zu singen, wenn Christian lesen oder Clemens ein Theaterstückchen zeigen wollte, sie rannte einfach aus dem Haus, wenn Elisabeth ihr verbot, vor dem Essen zu reiten, und so fort. Gesa war von klein auf schwierig gewesen, und Felicitas hatte sich längst abgewöhnt, auf einen nachhaltigen Wandel im Charakter ihrer Tochter zu hoffen. Stattdessen war sie dazu übergegangen, Gesas Stärken, Beharrlichkeit und Wissbegier, und ihre unbestreitbar freundlichen Seiten wie ihre Liebe zu Tieren immer wieder zu loben, um sie dadurch zu fördern. Vielleicht war dies der geeignetere Weg, die Art von Nähe herzustellen, die zwischen Mutter und Tochter selbstverständlich sein sollte.

Felicitas parkte und eilte ins Haus. Sie war spät dran.

»Gesa, kommst du? Wir müssen los!«

Rasche Schritte auf der Treppe, und Gesa stand lächelnd vor ihr. »Ich bin fertig.«

Felicitas erstarrte. Gesa hatte sich eine tief ausgeschnittene weinrote Bluse von Felicitas gemopst, die den Ansatz ihrer Brüste mehr als andeutete, sich die Wimpern schwarz getuscht, die Lider anthrazit gefärbt und sich die Lippen blutrot geschminkt. Sie sah aus wie eine Kind-Hure.

»Geh nach oben und wasch dir das Gesicht«, sagte Felicitas schneidend. »Und zieh die weiße Bluse an, die Oma dir zum Geburtstag geschenkt hat. Andernfalls kannst du das Kino für heute vergessen.«

Gesas Augen füllten sich mit Tränen. Weinend lief sie

davon. An der Treppe drehte sie sich um und schrie: »Du bist so gemein! Ich will überhaupt nicht mit dir ins Kino! Ich hasse dich!«

»Gesa!« Entsetzt sah Felicitas, wie Gesa sich die Bluse vom Leib riss, auf den Boden schmiss und wutentbrannt nach oben stürmte.

Ihr erster Impuls war, Gesa hinterherzulaufen und sie in ihre Schranken zu weisen, doch sie tat es nicht. Das hatte sie einmal gemacht, mit dem Ergebnis, dass ihre Tochter geschrien hatte, bis sie blau angelaufen war und Professor Becker in aller Eile gerufen werden musste. Sie hat eine hysterische Persönlichkeitsstruktur, hatte er Felicitas damals erklärt und ihr geraten, Gesa einer Psychoanalyse zu unterziehen, was ihr absurd vorgekommen war. Alles, was Gesa ihrer Meinung nach brauchte, war eine starke, doch liebevolle Hand, die Hand ihres Vaters, die Felicitas nicht ersetzen konnte.

Felicitas seufzte und beschloss eine Weile zu warten, bis Gesa sich einigermaßen beruhigt hatte. Sie ging in den Wintergarten, wo Clemens sein Kasperletheater aufgebaut hatte. Teresa durfte offensichtlich mitspielen. Sie stand aufgeregt kichernd hinter dem Vorhang. Christian und Elisabeth saßen auf dem Sofa und warteten geduldig auf den Beginn der Vorstellung.

Elisabeth sah Felicitas fragend an, offensichtlich war Gesas Geschrei bis hierher gedrungen, doch Felicitas machte eine abwehrende Handbewegung. »Später.«

»Mama!«, rief Clemens begeistert. »Guckst du auch zu?«

»Gern«, antwortete Felicitas lächelnd.

»Gut«, sagte er mit dem ganzen Ernst eines Dreizehnjährigen. »Dann geht es jetzt los.« Er verschwand hinter dem Vorhang, der sich wenig später leise öffnete. Teresa hatte ein Tuch um den Kopf geschlungen wie Felicitas, wenn sie offen fuhr, und nahm geziert eine Kaffeetasse aus ihrem Puppenporzellan in die Hand. »Ach«, seufzte sie, »wenn es nur nicht so langweilig wäre, immer alleine Kaffee zu trinken! Ich wünschte, ein Prinz fiele vom Himmel!« Ein lautes, kratzendes Geräusch ertönte, es klang, als ob ein Kamm über den Boden eines Kochtopfs schrammen würde. Dazu brummte Clemens.

»Achtung, Achtung!«, rief er. »Bitte Platz machen! Hier kommt der Ozeanflieger und will mit der Prinzessin Kaffee trinken!« Er tat so, als würde er auf die Bühne plumpsen, rappelte sich auf, stellte sich der Prinzessin höflich vor und wandte sich dann ans »Publikum«: »Und ihr trinkt jetzt auch Kaffee, das gehört dazu.«

Den weiteren Verlauf bekam Felicitas nur noch mit halbem Ohr mit. Sie war wie elektrisiert von der Idee, die ihr durch den Kopf schoss. Die Ozeanflieger. Köhl, Fitzmaurice und von Hünefeld. Frühestens nächstes Jahr würden sie den Flug wagen, doch schon jetzt sprach alle Welt von ihnen und ihrem tollkühnen Plan.

Felicitas lächelte. Ihr dreizehnjähriger Sohn war klüger als sie und McGregor zusammen.

Als es an der Haustür klingelte, schenkten sie dem keine Beachtung. Wenig später betrat Max den Wintergarten, strahlend und mit einem Haufen lustig dreinschauender Handpuppen im Arm.

»Opa!«, rief Teresa und lief jubelnd auf ihn zu. Auch die Jungen umringten ihn sofort. So selten sich ihr Großvater blicken ließ, so sehr liebten sie ihn und seine theatralischen Späße und fantasievollen Geschichten. Felicitas passte die Störung überhaupt nicht. Ihr Vater sollte nicht denken, dass nun, da er wieder in Bremen lebte, ihr Missmut und ihr Groll verflogen waren. Aber wegen der Kinder riss

sie sich immer wieder zusammen. Hingebungsvoll spielte Max mit ihnen Theater und erzählte Elisabeth und Felicitas nebenbei, dass es aufregende Neuigkeiten gebe. »Stellt euch vor, Dorothee und Pierre haben sich entschlossen, ihren Wohnsitz in Paris aufzuschlagen.«
»Wieso denn das?«, fragte Felicitas.
»Dorothee hat gestern Abend angerufen. Pierre hat ein so hervorragendes Angebot von der Oper bekommen, das er nicht ablehnen kann.« Er lächelte den Kindern zu und französelte: »Oui, ist es nischt wünderbar, dass ihr werdet aben eine Tante in die Auptstadt Fronkreischs? Ihr werdet imreisän und klettern auf die Eiffeltürm, n'est-ce pas, mes cheres?«
Elisabeth schüttelte den Kopf. »Die kleine Dorothee! Ich kann es kaum fassen. Wir können nur hoffen, dass sie diesem Leben gewachsen ist.«
»Man wächst mit den Herausforderungen«, entgegnete Felicitas lapidar und grinste. »Ich weiß, wovon ich rede.«
Elisabeth lachte.
»Apropos Herausforderungen«, meinte Max, »Felicitas, ich möchte dich um einen Gefallen bitten.«
»Dies ist das Stichwort, um Vater und Tochter allein zu lassen.« Elisabeth erhob sich. »Kommt, Kinder. Zeit fürs Abendbrot. Danach dürft ihr Opa noch einen Kuss geben und euch eine Geschichte vom Theater erzählen lassen.« Sie scheuchte die murrenden Kinder in die Halle und schloss die Tür.
»Ich wusste doch, dass du nicht aus lauter Liebe zu meinen Kindern hier auftauchst«, sagte Felicitas ironisch.
»Hör mir doch erst einmal zu, bevor du um dich beißt«, entgegnete Max lachend und setzte sich zu ihr aufs Sofa. »Du kannst mir nämlich gratulieren: Ich werde Intendant des Schauspielhauses.«

Überrascht sah Felicitas ihren Vater an. »Donnerwetter, das ist wirklich wunderbar. Da du so lange auf Tournee warst und in anderen Städten gastiert hast, hätte ich nicht mit so etwas gerechnet.«

»Ja, ich habe es ein wenig übertrieben. München ließ mich eben nicht los. Köln war auch schön. Nun ja, umso glücklicher bin ich darüber, dass man mich in Bremen nicht vergessen hat. Allerdings gibt es da ein Problem.« Als Felicitas nichts sagte, fuhr er fort: »Der Senat hat bis auf weiteres alle Gelder bis auf ein Minimum zusammengestrichen. Das bedeutet, dass wir weder den großen Saal renovieren können, was dringend notwendig ist, noch Inszenierungen bieten können, die über das Kammerspiel hinausgehen. Keine Operette, kein Singspiel, nichts, was eine aufwändige Ausstattung erfordert.«

»Du brauchst Geld«, unterbrach Felicitas ihn, »und du glaubst es von mir zu bekommen.«

Max sah sie ruhig an. »So ist es.« Er machte eine Pause. »Ich habe natürlich schon Gespräche mit einigen Banken geführt, aber das Ergebnis war immer dasselbe. Sie wollen Sicherheiten, doch die kann ich ihnen nicht geben. Das Gebäude gehört der Stadt, und die wird einen Teufel tun, es als Pfand einer Bank in die Hände zu spielen. Und mit meiner Überzeugung, dass ein fantastischer Spielplan die Kassen füllen wird, können diese Bedenkenträger nichts anfangen. Ich habe alles versucht.«

»Ist deine Wahl zum Intendanten mit der Auflage verknüpft, eine Finanzierung auf die Beine zu stellen?«

»Offiziell natürlich nicht, aber du kennst ja die Seilschaften hinter den Kulissen. Und natürlich bin ich von Königsmördern umzingelt.« Er erhob seine Stimme. »Zu Dionys, dem Tyrannen, schlich Damon, den Dolch im Gewande …«

»… ihn schlugen die Häscher in Bande«, fuhr Felicitas wie von selbst den Schiller'schen Eingangsvers aus »Die Bürgschaft« fort. »Was wolltest du mit dem Dolche, sprich?«
»Die Stadt vom Tyrannen befreien!«
»Das sollst du am Kreuze bereuen.« Felicitas brach ab. »Nein, es tut mir Leid, aber nein. Es geht nicht.«
Max sah sie betreten an. »Ich versteh dich ja, es ist wirklich eine große Summe …«
Er stand auf und bückte sich nach seinem Hut, den er bei der Begrüßung wie ein Lasso von sich geworfen hatte, um die Kinder zum Lachen zu bringen. Als Felicitas ihren Vater dabei beobachtete, gab ihr das einen Stich ins Herz. Plötzlich schien seine ansteckende Lebensfreude wie weggewischt, und übrig blieb ein tieftrauriger Mensch.
»Wie geht es Franziska Ferrik?«, fragte Felicitas, um das Schweigen zu beenden.
»Nicht gut. Wahrscheinlich hat sie nicht mehr lange zu leben.«
Felicitas biss sich auf die Lippe. Die Frage brannte ihr schon lange unter den Nägeln, aber sie hatte das Gefühl, die Antwort gehe sie nichts an. Doch heute brach es aus ihr heraus: »Warum hast du diese Frau eigentlich damals aufgenommen?«
»Diese Frau«, erwiderte Max zögernd und rückte seinen Hut zurecht, »hat mir das Leben gerettet.« Er wandte sich zur Tür, entschied sich aber anders und drehte sich noch einmal zu Felicitas um. »Als du klein warst, hast du mich immer wieder mit der Frage gelöchert, warum du keine Großeltern von meiner Seite hast, und ich habe immer geantwortet, weil der liebe Gott sie ganz früh zu sich geholt hat, damit sie von oben auf dich Acht geben. Nun, die Wahrheit ist, ich bin unehelich geboren, und meine Mutter war eine so schwere Alkoholikerin, dass sie nicht für mich

sorgen konnte. Franziska Ferrik wohnte damals mit ihrer … Freundin nebenan, und eines Nachts, als ich es nicht mehr ertragen konnte, bin ich zu ihr gelaufen. Von dieser Nacht an habe ich für die Momente gelebt, da ich bei ihr sein durfte. Sie hat mich gelehrt, das Leben, wie schrecklich es auch sein mochte, als immerwährendes Spiel zu sehen, sie hat mich den Dramatikern und dem Theater nahe gebracht.« Er machte eine vage Handbewegung. »Als meine Mutter sich um ihren letzten Rest Verstand gesoffen hatte, bin ich zu ihr gezogen. Sie hat mich zu dem Schauspieler geformt, der ich bin.« Nach einer Pause fuhr er fort. »Weißt du, ich habe mich immer für meine Vergangenheit geschämt, ich fürchtete, die Leute könnten an Franziskas Lebensweise Anstoß nehmen. Das Leben mit einer Frau … nun ja. Nicht einmal deine Mutter kennt die ganze Wahrheit. Heute schäme ich mich dafür, Franziska Ferrik verleugnet zu haben. Dass sie jetzt ihre letzten Jahre bei mir verbringt und ich sie pflege, ist das Mindeste, was ich für sie tun kann.«

»Das wusste ich nicht«, murmelte Felicitas unsinnigerweise.

Max tippte sich ironisch an den Hut, als würde er gleich auf die Bühne springen, um den Salonlöwen in einer Boulevard-Komödie zu spielen. »Rührend, nicht wahr? Aber lass dir bloß nicht das Herz erweichen, mein Kind. Das eine hat mit dem anderen nichts zu tun.«

»Ich bin froh, dass du es so siehst«, entgegnete Felicitas steif, die sehr wohl das Gefühl hatte, ihr Vater wollte sie mit dieser Geschichte manipulieren, ihr schlechtes Gewissen auf den Plan rufen ungeachtet dessen, dass sie für so viele Menschen Verantwortung trug.

Mit einem leisen Klappen schloss sich die Tür hinter ihm.

21

Blaues Kleid, gestärkte weiße Schürze, lächelndes Gesicht und in der Hand eine weiße Porzellantasse mit dampfendem Kaffee, darunter ein tanzender Schriftzug: »Andreesen-Kaffee – mild und aromatisch!«
Mit gerunzelter Stirn betrachtete Felicitas das Plakat, das auf einer Litfaßsäule am Hauptbahnhof prangte. Mit Kohlestiften hatten vermutlich Kinder der resolut dreinblickenden Frau mittleren Alters einen Kaiser-Wilhelm-Schnurrbart aufgemalt, aber auch ohne dieses Accessoire hätte das Motiv hoffnungslos von gestern gewirkt. Unsere Reklame ist altmodisch und langweilig, dachte Felicitas. Die Farben sind matschig, die Frau schaut wie ein Zerberus aus der Wäsche. Wer um Himmels willen würde bei diesem Anblick Appetit auf unseren Kaffee bekommen?
Es tröstete sie nicht, dass die Konkurrenz mit ähnlicher Reklame aufwartete. Im Gegenteil, sie vermutete, dass ihre Kollegen genau wie sie über kurz oder lang die Zeichen der Zeit erkennen und die Absatzschwäche des Kaffees mit werbewirksameren Motiven in den Griff zu bekommen suchen würden. Das bedeutete, sie musste sich eine völlig neue Form der Reklame einfallen lassen, die sich dramatisch von den anderen unterschied und so einzigartig daherkam, dass die Käufer sie nur mit Andreesen-Kaffee in Verbindung brachte.
Clemens' kleines Theaterstück hatte sie auf die Spur einer Idee gebracht, doch um sie in allen Facetten zu entwickeln und keinen Fehlern zu unterliegen, musste sie dringend mit jemandem reden. Dieses Problem schob Felicitas be-

reits seit einigen Wochen vor sich her, denn die Einzige, die ihr dazu einfiel, war Swantje Petersen, und die pendelte zwischen dem wilden Berlin und München.

McGregor besaß zu wenig Fantasie, ihr Vater war nach ihrem letzten Gespräch auf Distanz gegangen, und einem ihr unbekannten Fachmann brachte sie kein Vertrauen entgegen. Möglicherweise trabte der mit ihren Ideen zur Konkurrenz und verkaufte sie als seine eigenen. Nein, das kam nicht in Frage.

Blieb nur Bernhard übrig. Es war Felicitas kindisch und unvernünftig erschienen, ihn von dem Kunstparkprojekt auszuschließen, nur weil sie sich damals nicht hatte beherrschen können, doch sie beschränkte den Kontakt auf das absolut notwendige Minimum, und Bernhard respektierte das. Er hatte nach ihren Vorstellungen das geplante Areal um einige Gebäude erweitert und überwachte den Fortgang der Arbeiten, um den sie sich selbst nicht kümmern konnte, und hielt sie über alles auf dem Laufenden.

Doch jetzt brauchte sie seinen Rat. Sie warf einen Blick auf die Bahnhofsuhr, siebzehn Uhr. Mit etwas Glück würde sie ihn noch im Kunstpark antreffen. Heute, war ihr eingefallen, sollten die Ahornbäume angeliefert und in Form des Yin-Yang-Motivs eingepflanzt werden, eine knifflige Aufgabe, die Bernhard nicht den Arbeitern überlassen wollte, die von asiatischen Symbolen bestimmt noch nie etwas gehört hatten. Felicitas band sich einen weißen Schal um den Kopf und knöpfte ihren neuen Pfeffer-und-Salz-Mantel zu, bevor sie den Motor startete. Die Septembersonne hatte sich hinter dicken Wolken verkrochen und die spätsommerliche Wärme gleich mitgenommen.

Bernhard und die Arbeiter schien das nicht im Geringsten zu stören. Hemdsärmelig und schwitzend wuchteten sie die letzten Bäume von der Ladefläche des Lastwagens und schleppten sie zu den vorbereiteten Pflanzlöchern. Bernhard schuftete genauso verbissen wie die Truppe, und Felicitas kam nicht umhin, seine braun gebrannten kräftigen Unterarme zu bemerken. Das Bild, wie diese Arme sie gehalten hatten, drängte sich unwiderstehlich auf – eine köstliche Sekunde lang. Rasch verscheuchte sie die Erinnerung. Einer der Arbeiter sagte etwas zu Bernhard, woraufhin er sich umdrehte und ihr zunickte. Er wischte sich die erdverkrusteten Hände an seiner Hose ab und kam auf sie zu.

»Wollen Sie die Fortschritte in Augenschein nehmen?«

»Ja«, antwortete Felicitas. »Das heißt, nein, ich … ich brauche Ihren Rat.«

»Gut, ich kann eine Pause gebrauchen.«

Ein wenig abseits von den lärmenden Arbeitern blieben sie stehen. Felicitas setzte sich auf einen der Findlinge, die den Eingang zu Franziska Ferriks Theaterschule markierten, während Bernhard sich aufatmend ins Gras legte.

»Sie gestatten doch.« Er nahm einen Halm in den Mund und kaute auf ihm herum. »Also, ich höre.«

»Ich trage mich mit dem Gedanken, eine neue Form der Reklame zu etablieren«, begann sie, schilderte die desolate Lage auf dem Kaffeemarkt und welchen Zusammenhang sie zwischen dem Verkauf und den Werbeaussagen sah. »Wir müssen den Menschen unseren Kaffee buchstäblich schmackhaft machen. Mein Sohn hat mich da auf eine Idee gebracht. Warum engagieren wir nicht Berühmtheiten, die für unseren Kaffee werben? Die Ozeanflieger zum Beispiel für den internationalen Markt. Und Lilian Harvey für den deutschen Markt. Wir werden kurze Filme mit ihnen drehen, die vor dem Hauptfilm im Kino laufen könnten, und glamouröse Szenen für die Litfaßsäulen fotografieren. Wenn ich mir vorstelle, das süßeste Mädel des deutschen

Films trinkt Andreesen-Kaffee, höre ich bereits die Kassen klingeln. Was denken Sie?«

Bernhard lächelte. »Sie sehen mich beeindruckt. Allerdings muss ich zugeben, dass ich kein Fachmann auf dem Gebiet bin. Warum reden Sie nicht mit Steffen Hoffmann?«

»Steffen Hoffmann?«

»Nun, er hat natürlich nicht nur Reklametexte verfasst, obwohl er damals, als ich ihn Ihnen vorstellte, so schnoddrig dahergeredet hat. Steffen versteht eine Menge davon. Fragen Sie ihn.«

»Und übermorgen steht es in der Zeitung«, sagte Felicitas düster.

Bernhard grinste. »Was macht Sie eigentlich so sicher, dass ich nicht mit Ihren Ideen hausieren gehe?«

»Ganz einfach, Sie sind zu faul. Es ist Ihnen viel zu anstrengend, einen Wettlauf mit mir zu inszenieren. Sie täten es nur, wenn ich Sie so geärgert hätte, dass Sie zurückschlagen müssten. Aber das ist ja nicht der Fall.« Felicitas wusste, dass Sie sich mit dieser Bemerkung auf unsicheres Terrain begab, doch da sie nur eine Nummer in seiner langen Eroberungsliste darstellte, hatte Bernhard keinen Grund, sie zu kränken oder sogar ihre Geschäfte zu torpedieren.

»Menschenkenntnis ist nicht gerade Ihre Stärke«, erwiderte Bernhard jedoch ironisch, was Felicitas einen leisen Schrecken einjagte, der sich kurz in ihren Augen spiegelte, bevor sie sich wieder im Griff hatte und Bernhards amüsierten Blick gelassen erwiderte.

»Ich hätte es wissen müssen. Mit Ihnen kann man nicht vernünftig reden«, gab sie kühl zurück.

»Ach, Felicitas, sei doch nicht immer so eine Spielverderberin«, sagte er leichthin. »Dieses ganze Theater ist doch albern. Wir sagen Sie zueinander und schleichen wie die Katzen um den heißen Brei herum. Ich fühle mich genötigt, dich wie eine Prinzessin auf der Erbse zu behandeln, damit du bloß nicht denken könntest, ich würde dich in meine Lasterhöhle verschleppen wollen, und du benimmst dich, als wäre ich gar nicht vorhanden. Wir sollten nach all den Jahren damit aufhören und uns wie Erwachsene benehmen.«

»Und wie sieht das Ihrer ... deiner Meinung nach aus?«

»Indem du zum Beispiel meinen Rat annimmst und dich mit Steffen unterhältst.«

Felicitas sah ihn forschend an. Sie hätte schwören können, dass er etwas ganz anderes hatte sagen wollen, und wartete. Doch er schwieg. Sie stand auf und klopfte sich etwas Sand von den hochhackigen schwarzen Pumps.

»Gut, ich werd's mir überlegen.«

Die Arbeiter hatten den letzten Baum gesetzt und zogen sich ihre Jacken über. Sie winkten Bernhard und Felicitas zu und machten sich auf den Heimweg. Die Silhouette des Ahorn-Kreises wirkte im matten Apricot der untergehenden Sonne harmonisch und zugleich ein wenig mystisch. Felicitas spürte eine Kraft, die von der Formation auszugehen schien, und die Lust, sich mitten hinein in das Rund zu legen, sich von der Nacht zudecken zu lassen und den Sternen beim Funkeln zuzuschauen. Die Intensität dieses Gefühls nahm sie gefangen, und so sicher wie nie zuvor wusste sie in diesem Moment, dass der Kunstpark ein einzigartiger Erfolg werden würde.

»Wunderschön, nicht wahr?« Bernhard war ebenfalls aufgestanden und hatte sich neben sie gestellt, ohne dass sie es bemerkt hatte. Felicitas nickte. Die Spannung zwischen ihnen war fast greifbar, und sie trat einen Schritt zur Seite, um ihr zu entkommen.

»Was wirst du tun, wenn der Park fertig ist?«, fragte sie.

Er zuckte mit den Schultern. »Ich weiß nicht. Gärten an-

legen. Nach Guernsey reisen, da gibt es wunderschöne Anlagen. Oder nach Cornwall. Heiraten, eine Familie gründen, Poker spielen. So etwas in der Art.«
»So etwas in der Art?«, wiederholte sie fragend und suchte seine Augen. Doch sein Blick verfing sich nicht in ihrem.
Marie räumte die Reste des ausgezeichneten Coq au vin ab und servierte Kaffee, Kognak und einen verführerisch duftenden Apfelkuchen. Steffen Hoffmann verdrehte genießerisch die Augen.
»Wenn Sie allen Ihren Geschäftspartnern solch ein Essen vorsetzen, verstehe ich, warum Ihnen jeder aus der Hand frisst«, sagte er charmant und blitzte Felicitas mit seinen grünen Augen an. »Sie sehen mich willenlos und zu allem bereit. Also, welchem Umstand habe ich Ihre Einladung zu verdanken?«
Felicitas lächelte. »Der Tatsache, dass Sie mir möglicherweise helfen können, allerdings nicht in Ihrer Funktion als Chefredakteur, sondern als Fachmann für Reklame. Bernhard hat mir erzählt, dass Sie Ihr Licht diesbezüglich gern unter den Scheffel stellen, tatsächlich jedoch eine Menge davon verstehen.«
Steffen Hoffmann schüttelte den Kopf. »Das ist in gewisser Weise richtig, aber dennoch will ich mit diesem Zweig nichts mehr zu tun haben.« Er zögerte und sah Felicitas prüfend an. Schließlich fuhr er fort: »Als Redakteur bin ich der Wahrheit verpflichtet, und das ist es, was für mich Sinn macht. Jeden Tag aufs Neue die Wahrheit zu suchen und gegen die Lüge zu verteidigen, indem ich sie als solche entlarve. In der Reklame ist man der Illusion verpflichtet, der Lüge und der Manipulation.« Er beugte sich nach vorn, um seinen Worten Nachdruck zu verleihen. »Ich kann doch nicht allen Ernstes behaupten, dieses oder jenes Produkt müsse man unbedingt kaufen, wenn

ich zugleich weiß, unter welchen Bedingungen es hergestellt wurde – mangelnde Hygiene, laxe Kontrollen und übernächtigte Arbeiter. Verstehen Sie?«
Felicitas überlegte. »Meinen Sie nicht, dass man beides miteinander verbinden kann, ein wenig Glamour und die richtige Portion Authentizität?«
»Das wäre natürlich reizvoll …«
»Ich stelle mir das folgendermaßen vor«, begann Felicitas und skizzierte ihren Plan, den sie soeben einer spontanen Eingebung folgend um ein entscheidendes Element ergänzt hatte. Wenn ihr Plan funktionierte, würde sie etwas zu Ende bringen, was vor so vielen Jahren begonnen hatte. Steffen Hoffmann beobachtete sie fasziniert und hörte zu, ohne sie zu unterbrechen.
»Sie wollen also einen Film über den Kaffeeanbau in Brasilien drehen, der zugleich Dokumentation und Werbung für Ihre Firma ist«, stellte Steffen Hoffmann so überrascht wie anerkennend fest. »Es ist Ihnen aber schon klar, dass Sie damit absolutes Neuland betreten?«
»Das schreckt mich nicht. Im Übrigen bin ich fest vom Erfolg dieses Plans überzeugt.«
Er nickte. »Ja, er hat eine Menge für sich. Aber eins fehlt in dem Ganzen, und das sind Sie.«
»Was habe ich damit zu tun?«
»Sie sind das Gesicht des Kaffees. Mit Ihrem Namen und Ihrer Schönheit verbürgen Sie sich dafür, dass die Aussage der Reklame wahr ist.«
»Um Himmels willen, nein, nein, dafür engagieren wir Lilian Harvey oder was weiß ich wen.«
»Das ist nicht das Gleiche. Lilian Harvey mag hübsch sein, aber man traut ihr doch nicht einmal zu, die Uhr korrekt abzulesen, geschweige denn eine Kaffeekirsche von einer Weinbrandbohne zu unterscheiden. Nein, das ist

eindeutig Ihre Aufgabe.« Er grinste sie an. »Kneifen gilt nicht.«
»Gleichfalls«, sagte Felicitas übermütig. »Ich mach's – wenn Sie mit ins Boot steigen.«
»Felicitas, ich bin Chefredakteur des *Bremer Kuriers*, und ich gedenke es zu bleiben«, erwiderte er ernst.
»Machen Sie mir nichts vor. Sie haben Feuer gefangen.« Aquamarinblau traf auf Smaragdgrün. »Möchten Sie noch ein Stück Apfelkuchen?«
»Sie sind skrupellos«, sagte er und lachte.
Felicitas stimmte ein.
Es war seltsam. So vieles sprach dagegen, viel zu wenig dafür, und dennoch spürten beide, dass irgendetwas – und die Vernunft war es sicher nicht – damit begonnen hatte, festgefügte Dinge auf den Kopf zu stellen.

Dieses Gefühl verließ Felicitas nicht, veränderte sich jedoch in den kommenden Wochen durch das Staunen darüber, wie die Dinge, einmal in Bewegung gesetzt, ihren eigenen, vollkommenen Lauf nahmen, wie Dominosteine, die im Abstand zueinander Rücken an Rücken gestellt, darauf gewartet hatten, vom Flügel eines Schmetterlings berührt zu werden, auf das sie fallen, fallen, fallen und atemberaubende Muster ins Leben zauberten, die vielleicht schon vom Schicksal vorgezeichnet waren, doch erst jetzt sichtbar werden sollten.
Steffen Hoffmann hatte sich nach einigem Hin und Her mit den Herausgebern des Kuriers auf einen zweimonatigen unbezahlten Urlaub geeinigt. In der Zeit seiner Abwesenheit sollte die Redaktion von seinem Stellvertreter geführt werden. Falls gravierende Schwierigkeiten auftreten würden, behielten sich die Herausgeber vor, Hoffmanns Posten neu zu besetzen. Ein Vabanquespiel, das er

mit einem Gleichmut akzeptierte, der ihn, wie er Felicitas gegenüber bekannte, selbst am meisten überraschte. Felicitas hatte, nachdem sie einen Fotografen und einen Kameramann in Personalunion ausfindig gemacht und engagiert hatte, McGregor eine auf zwei Monate befristete und notariell beglaubigte Generalvollmacht über ihr Konsortium erteilt. Außerdem hatte er zugesagt, Elias Frantz und Emil Hausenberg, die sie mit der Fortführung der Geschäfte in Bremen betraut hatte, auf die Finger zu schauen. Hausenberg hatte Felicitas offenen Mundes angestarrt und war erst nach einer Weile imstande gewesen, diesen Beweis seiner vollständigen Rehabilitation zu begreifen und mit einem vor Aufregung gestotterten Versprechen, Felicitas' Vertrauen nicht zu enttäuschen, zu quittieren.

Die Zwillinge zeigten sich schwer beeindruckt von den Plänen ihrer Mutter, nur dass sie darüber Stillschweigen bewahren mussten und die unerhörte Neuigkeit nicht in der Schule ausposaunen und damit angeben durften, verdarb ihnen ein wenig das Vergnügen. Gesa hatte mit den Schultern gezuckt und schnippisch »gute Reise« gewünscht, und Teresa malte mit Buntstiften ein Bild nach dem anderen, um eine Vorstellung davon zu bekommen, wo ihre Mutter die nächste Zeit verbringen würde. Eins zeigte einen Himmel voller Orangen, darunter eine Frau mit langem Haar – Felicitas –, die die Früchte auffing.

Gelegentlich versuchte Felicitas sich einzureden, dass dieses Abenteuer keines war, sondern nur ihren geschäftlichen Interessen entsprang, doch zugleich amüsiert wie ungehalten über sich selbst musste sie sich eingestehen, dass ihr ganzer Körper vor Unternehmungslust vibrierte. Das Leben griff nach ihr, und mit Geschäften hatte dies nur in zweiter Linie zu tun. Feinfühlig hatte Elisabeth diesen Umstand registriert und ihre anfängliche Verärgerung so gut sie es vermochte hintangestellt. »Unsere Firma wird in zwei Jahren hundertfünfzig Jahre alt, sie hat zwei verheerende Kriege und jede Menge Fehlentscheidungen und wirtschaftliche Krisen überstanden, dann wird sie es wohl auch überleben, wenn die Chefin zwei Monate fort ist.«

Die atlantischen Wellen klatschten schmatzend an den Bug der Eugenia. Wie jeden Nachmittag saß Felicitas in einem Liegestuhl, versuchte zu lesen, ließ sich aber immer wieder hineingleiten in den Sog der Erinnerungen. Die Küsse, die vielen kleinen Zärtlichkeiten, die Nächte, die Umarmungen, die Lust, die Geborgenheit. Rio. São Paulo. Das ganze Leben vor ihnen wie ein zarter Teppich, gewebt aus Träumen, Hoffnungen und tiefer Liebe. So viele Jahre her. Sie hatte erwartet, dass der Schmerz sie beherrschen würde, doch zu ihrer Verwunderung tat er das nicht immer, und wenn es doch der Fall war, stand sie auf und spazierte Runde um Runde strammen Schritts über das Deck.
In der Regel landete sie dann über kurz oder lang auf dem Achterdeck, wo Steffen und Niklas Fischer gewöhnlich eine Partie Schach spielten oder sich mit anderen Passagieren unterhielten. Steffen fragte nie, warum sie die Nachmittage allein verbringen wollte, doch wenn sie auf dem Achterdeck erschien, stand wie aus dem Nichts gezaubert bald darauf ein Eiskaffee für sie bereit. Er bezog sie in das Spiel oder die Unterhaltung mit ein und vermittelte ihr das Gefühl, sich nicht erklären zu müssen. Felicitas fühlte sich nicht herausgefordert, wie es bei Bernhard so oft der Fall war, nicht getrieben, wie es der Alltag ihr diktierte, der Rolle der funktionierenden, kalkulierenden Firmenchefin zu genügen. Was sie in die Lage versetzte, einfach zu sein, nichts zu wollen, nichts zu sollen, nichts zu fürchten, nur zu sein, wie sie war. Felicitas gab sich dem hin, ohne sich

bewusst zu sein, dass Welle um Welle an ihrer schützenden Mauer leckte und sie behutsam unterspülte.
Zwischen den Mahlzeiten und Felicitas' Alleingängen arbeiteten sie in einer ihrer Kabinen, fügten Szenen aneinander, rissen sie wieder auseinander, entwickelten Dialoge und sannen über die Drehorte nach, die sie vor Ort spontan wählen mussten. Niklas raufte sich dabei immerfort die Haare und rauchte einen Zigarillo nach dem anderen, Steffen blieb gelassen, strich mit energischen Bewegungen jedes Zuviel aus den Plänen und holte Niklas von seinen gelegentlichen künstlerischen Höhenflügen auf Normalmaß herunter. Es waren inspirierende, unterhaltsame Stunden. Sie tranken Eiskaffee und Sekt mit Orangensaft und einer Kugel Vanilleeis und genossen das gute Gefühl, einer völlig neuen Konzeption von Reklame auf die Welt zu helfen. Ein Dokumentarfilm und jede Menge Fotos würden entstehen – über Brasilien, den Kaffeemarkt, die Arbeit auf der Fazenda und Felicitas' Verhandlungen über neue, fairere Preise, die den Arbeitern ein besseres Leben garantierten. Wie schwierig sich diese Gespräche gestalten würden, war ihnen klar, doch Felicitas bestand darauf, dass diese Probleme ein Teil des Films wurden. Was sprach dagegen, den Menschen in Deutschland zu zeigen, dass gute Absichten allein nicht immer genügten? Das Ganze war ohnehin ein Wagnis. Möglicherweise interessierte sich kein Mensch für diese ambitionierte Art, ein Produkt zu verkaufen. Da konnte Felicitas, die durch den Film führte und die Szenarien und Abläufe erklären sollte, noch so schön und charmant von der Leinwand lächeln.
Deshalb wollten sie sich nicht allein auf den Film und die Fotos verlassen, sondern sie einbetten in weitere Reklamefilme, die allerdings ein wenig leichtfüßiger daherkommen sollten – die Ozeanflieger beim Kaffeetrinken über den

Wolken, Lilian Harvey beim Kaffeetrinken während einer Drehpause. Der Slogan sollte lauten: Andreesen-Kaffee – genießen mit gutem Gewissen!, was die Verbindung zu den authentischen Aufnahmen aus Brasilien herstellen sollte.
Darüber hinaus hatte Steffen vorgeschlagen, Gewinnspiele zu veranstalten und Gratisproben des Kaffees auszugeben. Alles in allem würde das Vorhaben einige Millionen Reichsmark verschlingen, was Felicitas gelegentlich Anfälle von Panik durch die Adern brausen ließ. Doch wenn sie an ihr überaus florierendes Konsortium dachte, das weit verzweigte Netz aus Aktien und Fonds, das sie längst nicht mehr durchschaute, dessen Bilanzen ihr aber die Dollarzeichen in die Augen trieben, beruhigte sie sich rasch wieder und entließ die beängstigenden Gedanken in den weiten Himmel und das unendliche Meer.

Paolo. Ein feines Netz aus tausend Fältchen hatte sich über seine Züge gelegt, doch darunter erkannte sie den Mann wieder, der von einer eigenen Fazenda, einer Familie und sozialer Gerechtigkeit geträumt hatte. Fast wäre es Felicitas lieber gewesen, es wäre ihm nicht möglich gewesen, sie abzuholen, weil er weit weg von São Paulo lebte und sich um seine Kaffeepflanzen, eine fröhliche Frau mit ausladendem Hinterteil und seine mindestens sieben Kinder kümmern musste, statt reiche Damen aus Übersee nach Terra Roxa zu fahren. Es wäre ein gutes Zeichen gewesen, ein Beweis, dass Träume wahr werden können. Doch Paolo stand am Pier.
Er drückte Felicitas' Hand, viel sagend, wie ihr schien, als wüsste er nicht, ob er Heinrichs Abwesenheit kommentieren sollte, gar kondolieren, oder ob es besser wäre, gar nichts zu sagen, und sich gerade dafür entschieden hatte.

Ihrem prüfenden Blick hielt er mit einem breiten Lächeln stand.

»Alles ist gut, Señora Felicitas. Oder wird gut. Manana.« Er begrüßte Steffen und Niklas, lud ihre Koffer und Niklas' Ausrüstung in einen blauen Transporter mit offener Ladefläche und schützte das Gepäck mit einer Plane. Ziemlich eng aneinander gedrückt saßen sie wie brütende Hühner auf der Stange neben Paolo, der dem schnaufenden Wagen die Sporen gab, dass der Staub nur so flog und ihnen den Atem nahm. Felicitas lief der Schweiß in Strömen über Rücken und Brüste und bildete nasse Flecken auf dem luftigen weißen Baumwollkleid. Steffen saß neben ihr und schwitzte genauso erbärmlich. Sie saßen so nah, dass die dunklen Haare auf Steffens rechtem Unterarm Felicitas' linken Arm kitzelten. Sie nahm den Arm nicht weg.

Da das Schiff morgens in Santos angekommen war, beschlossen sie, nicht zu übernachten, sondern durchzufahren. In Rio lud Paolo Wasser nach und kaufte Brot, Käse und Rindswurst für ein bescheidenes Mittagsmahl und eine kurze Siesta. Wie damals mit Heinrich berauschte die Schönheit und Vielfalt der Landschaft Felicitas' Sinne. Selbstvergessen ließ sie das Grün der vorbeiziehenden Bäume und Büsche in ihre Augen strömen wie ein beruhigendes Elixier. Im Schatten mächtiger Jacaranda-Bäume machten sie Halt und aßen. Während Paolo sich zusammenrollte wie ein Baby und augenblicklich einschlief und Niklas besorgt den Zustand der Plane und der darunterliegenden Gepäckstücke prüfte, wandte Felicitas sich einem schattigen Pfad zu. Nach einigen Minuten erreichte sie eine bezaubernde Lichtung. Sie setzte sich an den Rand des kleinen Sees und schloss die Augen. Die herabfallende Gischt eines bescheidenen Wasserfalls benetzten Ge-

sicht und Haare. Ein feines Lächeln umspielte ihre Mundwinkel.
»Zum Indianer sind Sie nicht geboren, Steffen«, rief sie. »Im Umkreis von hundert Metern weiß inzwischen jede Eidechse, dass ein Fremdling in ihr Revier eingedrungen ist.«
»Tut mir Leid.« Steffen löste sich aus dem Schutz eines Baums und kam näher. »Aber so idyllisch das hier auch sein mag, ist es vielleicht auch nicht ganz ungefährlich.« Er setzte sich unaufgefordert neben sie und schloss ebenfalls die Augen. Sie sagten kein Wort, überließen sich einfach der Vollkommenheit des Augenblicks, die erst unterbrochen wurde, als Paolos Stimme sie erreichte. Laut schimpfend und mit besorgter Miene tauchte er aus dem Dickicht auf. Als er sie entdeckte, breitete er die Arme aus und blickte zum Himmel. »Madre mia, Sie sich nicht verändert, Señora Felicitas! Machen, was Sie wollen. Nix gut.« Er machte eine Bewegung mit der Hand, als würde ein Messer seine Gurgel durchtrennen. Erschrocken sprang Felicitas auf.
»Dann hätten wir hier wohl besser auch nicht Rast machen sollen«, sagte Steffen, doch Paolo schüttelte den Kopf.
»Wir halten in Gebiet der Familie Conjutas. Ihr gehen in Gebiet von Gonzales Mijores. Krieg zwischen beiden. Wer sich einmischt … Nix gut.« Er war sichtlich verstimmt.
Sie gingen zurück, räumten die Essensreste zusammen und bestiegen den Wagen. Am späten Abend erreichten sie Terra Roxa.

Was hatte sie erwartet? Felicitas stieg vom Pferd. Zögernd streifte sie am Rand des Dschungels entlang.
»An welcher Stelle begann der Pfad, Paolo?«

Paolo zuckte mit den Schultern. Felicitas funkelte ihn wütend an. Schließlich tauchte sie aufs Geratewohl in das Dickicht.
»Darf ich fragen, was Sie vorhaben?« Steffen ging dicht hinter ihr.
»Sie werden schon sehen«, antwortete sie, die Augen auf den Boden geheftet, in der Hoffnung, wenigstens die Andeutung eines Pfads zu finden.
»Aquí«, brummte Paolo mürrisch und deutete nach rechts. Misstrauisch ob Paolos plötzlicher Hilfsbereitschaft, wandte sie sich in die angegebene Richtung, und tatsächlich standen sie wenig später auf der kleinen Lichtung.
Die Hütte war so gut wie nicht mehr vorhanden, das Dach war eingestürzt, das Holz der Wände morsch. Verbranntes Gras bedeckte den Boden im Inneren, die Masken und kleinen Öfen waren verschwunden. Nichts war geblieben von der Frau, um deretwillen sie hierher zurückgekehrt war. Nichts außer einem kaum wahrnehmbaren Duft von Sandelholz und Felicitas' Erinnerungen.
»Ich bin zu spät gekommen«, sagte Felicitas leise zu Steffen, dem sie den Grund für den Ausritt zwar nicht verraten, ihm aber erlaubt hatte, sie zu begleiten. Auch Paolo hatte sich nicht abwimmeln lassen. Zu gefährlich, hatte er geknurrt, war ihnen aber stur wie ein Maulesel gefolgt.
»Hast du gewusst, dass die Frau fort ist?«
Paolo wiegte den Kopf und zuckte schließlich mit den Schultern. »Ja und nein. Ich haben gehört dies und das. Die einen sagen, sie leben irgendwo im Dschungel, die anderen meinen, sie umgebracht von Banditen. Niemand hat sie mehr gesehen. Ist auch nicht wichtig. Auch für Señora Felicitas nicht wichtig. Anaiza machen viele Worte, große Gesten. Nix dahinter.«
»Anaiza heißt sie also.«

»Sim.«
Merkwürdig, jetzt, da sie die Frau nicht wiedersehen würde, bekam das Gesicht endlich einen Namen. Anaiza. Felicitas fühlte das glatte, kühle Holz der Figur in der Tasche ihres Rocks. Lange Jahre hatte das Kunstwerk verborgen vor neugierigen Blicken und beschützt vor kritischen Fragen in einer Kommodenschublade gelegen. Von Zeit zu Zeit hatte sie die Figur hervorgekramt und betrachtet. Ein Glücksbringer war sie sicher nicht, doch ein Impuls hielt sie davon ab, die Figur demonstrativ hier zurückzulassen.
Felicitas verließ die Hütte. Die Sonne, die durch die Bäume schimmerte, stand noch hoch am Himmel. Es war also noch genügend Zeit bis zum Anbruch der Dunkelheit. Ohne sich um Steffen und Paolo zu kümmern, überquerte sie die kleine Lichtung und tauchte in das grüne Dickicht ein.
»Señora Felicitas? Kommen Sie zurück!«
»Felicitas, das ist keine gute Idee!«
Sie hörte die Stimmen, beachtete sie aber nicht. Eine Kraft zog sie, unwiderstehlich und stark, die jede Ängstlichkeit betäubte. Felicitas war vielleicht zehn Minuten gelaufen, als das Grün weniger dicht zu werden begann und sie bald darauf zu einer beschatteten Lichtung gelangte. Die Frau, Anaiza, stand mit etwa zehn anderen Frauen am Ende der Lichtung. Sie pflückten Früchte von Büschen und schnippten sie in Körbe, die sie auf dem Rücken trugen. Kaffeekirschen … Schattenkaffee, schoss es Felicitas durch den Kopf.
Als wäre ihre Anwesenheit völlig selbstverständlich, kam Anaiza auf Felicitas zu, lächelte und nickte. Felicitas holte die Figur aus der Tasche ihres Rocks und hielt sie Anaiza hin, wie eine Eintrittskarte zu einer fremden Welt. Das Lächeln der Frau vertiefte sich. Sie machte eine einladende Geste, und Felicitas folgte ihr.

Die Hütte, vor der sich Anaiza schnaufend niederließ, war viel größer als die, die Felicitas kannte. Sie warf einen verstohlenen Blick ins Innere – Öfen und Masken und Lager aus Palmblättern. Offensichtlich lebten die Frauen hier gemeinsam unter einem Dach. Anaiza hielt Felicitas eine derbe Tasse aus Ton hin. Kaffee, schwarz wie die Nacht. Felicitas sog den würzigen Duft ein und nahm einen Schluck. Und noch einen. Sie kaute den Kaffee wie ein Stück Brot, um jede Nuance auszukosten. Dieser Kaffee schmeckte anders als alle, die sie in Bremen je getrunken hatte.

Anaiza grinste und wies auf einen Korb voller Kaffeekirschen. Felicitas drehte eine Kirsche, kleiner und fester als die Arabica, zwischen den Fingern, brach sie auseinander und sog den leicht süßlichen Duft der Frucht ein. Nein, diese Sorte war ihr völlig fremd. Und plötzlich wusste sie, was sie zu tun hatte.

»Wie viel könnten Sie davon liefern?«

Anaiza sah sie fragend an, und Felicitas nahm einen Stock und malte so gut es ging Kaffeesäcke, den Ozean, ein Schiff, ein Haus als Symbol für ihre Firma und Münzen, die von der Firma zurück zu Anaiza wanderten, in den Sand. Schließlich begriff Anaiza und wiegte bedächtig den Kopf.

»Preto Velho«, sagte sie und hob die Hände gen Himmel, und Felicitas erinnerte sich, dass der Gott, Anaizas Gott, erst um Rat gefragt werden musste.

»Paolo«, erwiderte Felicitas und gab Anaiza zu verstehen, dass sie ihn zu ihr schicken würde, um alles zu besprechen. Ein spontaner Gedanke, der aber überaus Sinn machte. Sie würde Paolo fragen, ob er zukünftig für Andreesen-Kaffee arbeiten und die Organisation des Transports von Anaizas Kaffee vom Dschungel bis zum Hafen in Santos und nach Bremen übernehmen wolle. Für ihn wäre die Aufgabe der Schritt in ein anderes, freieres Leben.

»Sim«, sagte Anaiza und erhob sich ächzend. Wenn ihr Gesicht auch erstaunlich wenig Falten aufwies, hatten die Jahre bei der Heilerin doch Spuren hinterlassen. Sie legte ihre Hand auf ihr Herz und drehte sie dann mit der geöffneten Fläche zu Felicitas. Wärme breitete sich unterhalb ihres Brustbeins aus, und überrascht blickte Felicitas die Frau an. Ohne ein weiteres Wort ging Anaiza voran und Felicitas folgte ihr. Der Pfad war ein anderer als der, der sie in den Dschungel geführt hatte, und nach wiederum zehn Minuten stand Felicitas hinter der zerstörten Hütte. Anaiza lächelte und verschwand lautlos im Dickicht, das sich wie ein Vorhang hinter ihr schloss.
Steffen und Paolo fuhren zusammen, als Felicitas hinter ihnen auftauchte.
»Dio mio!«, rief Paolo, und Steffen nickte seufzend. Er war sichtlich erleichtert, sie wohlbehalten wiederzusehen. »Dem ist nichts hinzuzufügen. Außer dass man Ihnen eigentlich die Ohren langziehen müsste.«
Felicitas lachte. »Ihr seid mir schöne Helden. Eine Frau allein in den Dschungel gehen zu lassen. Unverantwortlich!«
Auf dem Weg zurück erzählte sie, was sie erlebt hatte und was sie zu tun gedachte.
»Ich werde Anaizas Kaffee zu menschenwürdigen Preisen einkaufen. Auch wenn sie nicht annähernd so viel liefern kann wie eine Fazenda, helfe ich ihr und den anderen Frauen, ein besseres Leben zu führen, ihre Kinder zur Schule zu schicken und sich ein Stück Land zu kaufen. Sie werden ihre eigenen Herrinnen sein. Ist das nicht viel mehr wert, als sie mit Almosen abzuspeisen oder ihnen eine Arbeit auf einer Plantage zuzumuten, die ihnen in kürzester Zeit die Kräfte raubt? Ich habe mit eigenen Augen gesehen, wie die Arbeiter hier schuften müssen. Stimmt es

nicht, Paolo?« Und so wird sich Anaizas Prophezeiung, dass sie helfen könne, »wenn die Zeit der Tränen vorüber ist«, erfüllen, fügte Felicitas in Gedanken hinzu.
Paolo brummte, und als Felicitas ihm schilderte, welchen Part er dabei übernehmen sollte, verdunkelte sich seine Miene.
»Dio mio«, sagte er wieder und schüttelte den Kopf. »Ich ganz bestimmt nicht gehen in Dschungel zu seltsamer Frau. Wird mich verwandeln in Warzenschwein. No, gracias.« Er fluchte und ritt mürrisch neben Felicitas her. Auch Steffen sah nicht gerade begeistert aus.
»Don Alfredo wird Schwierigkeiten machen. Ich kann mir nicht vorstellen, dass er Konkurrenz, und sei sie noch so geringfügig, in seiner unmittelbaren Nähe dulden wird. Außerdem müssen Sie herausfinden, wem der Teil des Dschungels gehört.«
»Der ist sozusagen Gemeinschaftseigentum. Die Kaffeebarone sind naturgemäß nur an den Flächen interessiert. Aber Sie haben Recht, Don Alfredo kann eine Menge tun, um den Plan zu Fall zu bringen. Es gibt nur einen Weg, Anaizas Kaffee nach Santos zu bringen, und der führt über seine Plantage. Wenn er ihr das Wegerecht verweigert, haben wir ein Problem.« Felicitas sah Steffen an. »Und ob ein Gericht zu Anaizas Gunsten entscheiden würde, ist fraglich. Der Aberglaube sitzt tief«, sie wies mit dem Kopf zu Paolo, »und die Macht der Kaffeebarone reicht weit. Nein, es gibt nur eine Möglichkeit. Ich muss Don Alfredo mit ins Boot holen.«
Steffen pfiff durch die Zähne. Ihre Blicke trafen sich. Eine Weile ritten sie schweigend nebeneinander. Schließlich fragte er: »Warum tun Sie das? Irgendetwas sagt mir, dass es nicht persönlicher Ehrgeiz ist, der Sie antreibt. Warum liegt Ihnen das Schicksal dieser Frau am Herzen? Es

gibt hunderte, tausende von gebrochenen Existenzen in diesem Land und ebenso bei uns in Deutschland. Warum sie?«

Felicitas zögerte, es ihm zu erzählen, weil sie wusste, was sie möglicherweise ernten würde – Unverständnis, Skepsis, Mitleid und den Verdacht, nicht mehr ganz bei Verstand zu sein. Und so antwortete sie nur vage: »Irgendwo muss man ja anfangen.«

»Sie weichen mir aus. Haben Sie vergessen, dass ich Journalist bin und wie ein Bluthund verborgenen Fährten hinterherjage?« Er blinzelte ihr zu.

Felicitas lachte. »Na gut, aber es ist eine lange Geschichte.«

»Ich habe viel Zeit«, erwiderte er, und Felicitas begann zu erzählen. Von ihrer Hochzeitsreise, von dem Elend der Arbeiter, von der Begegnung mit Anaiza und dem jungen Mädchen, das Don Alfredo und der Engländer fast zu Tode geschlagen hatten.

»Sehen Sie, Gustav Andreesen und auch Heinrich hätten ihre Hände für Don Alfredo ins Feuer gelegt. Ihn zu beschuldigen hätte indirekt bedeutet, auch meinen Schwiegervater und meinen Mann anzuklagen. Außerdem hatte ich ja keinerlei Beweise außer Anaizas Worten. Paolo hätte ich ja wohl schlecht als Zeugen gegen seinen Herrn angeben können. Er hätte alles schlichtweg geleugnet, dessen bin ich mir sicher, auch wenn ich hundert Kaffeesäcke darauf wetten würde, dass er insgeheim auf meiner Seite steht.«

Steffen nickte. »Den Eindruck habe ich auch. Sie hätten erleben sollen, wie er sich aufgeregt hat, als Sie im Dschungel verschwunden waren. Doch gleichzeitig reagierte er klug. Es macht keinen Sinn, wenn wir uns auch noch verlaufen, meinte er. Deshalb warteten wir eine Weile. Wenn Sie nur fünf Minuten später wieder aufgetaucht wären,

wären wir unterwegs gewesen, um alle Arbeiter von der Fazenda zu alarmieren.«

Felicitas lächelte. »Du liebe Zeit, tut mir Leid, dass ich so eine Aufregung verursacht habe. Ich bin einfach meiner inneren Stimme gefolgt, ohne nach links und rechts zu gucken.«

»Ja, manchmal ist das das einzig Richtige.« Steffen sah sie voller Wärme an. »Ich wette meinerseits, dass Paolo sich letzten Endes doch für die Aufgabe begeistern wird.«

»Das glaube ich auch«, erwiderte Felicitas und fügte nach einer Weile hinzu: »Kein Kaffeeröster kann auf die Lieferungen aus Brasilien verzichten. Aber Anaiza und ihren Frauen kann ich dennoch helfen.« Dann schwieg sie und überließ sich ihren Gedanken. Zum ersten Mal seit langer, langer Zeit fühlte sie sich zur richtigen Zeit am richtigen Ort. Und ohne Steffen, gestand sie sich ein, wäre das nicht der Fall.

»Felicitas, wenn die Ereignisse sich wirklich so zugetragen haben, wie Sie sagen, und daran zweifle ich nicht, wie können Sie dann Don Alfredo guten Gewissens in Ihrem Film auftreten lassen?«

Ihre Miene verdüsterte sich. »Ich muss ihn dazu bringen, meinen Plänen zuzustimmen. Wenn das nicht gelingt, wird die Fazenda nicht vorkommen.«

Niklas war unterdessen nicht untätig gewesen und hatte sich zu Pferd und in Don Alfredos Begleitung die Ländereien angesehen, die Hütten der Arbeiter und den Platz, wo die Kaffeekirschen in der Sonne trockneten. Er war begeistert. »Wir sollten die Aufnahmen in der Früh machen, wenn das Licht noch sanft ist. In der Mittagssonne machen die Kameras und vor allem das Filmmaterial garantiert schlapp.«

Beim Abendessen auf der Veranda der Fazenda planten sie, wann und wie die Aufnahmen gemacht werden sollten. Doña Isabella strahlte. Im Gegensatz zu ihrem Mann gefiel ihr die Idee ausnehmend gut. »Ich bin eitel genug, mich auf meine alten Tage in der Vorstellung zu sonnen, dass viele Menschen in Europa mich sehen werden. Ich werde meine schönsten Kleider tragen …«
»O nein, bitte nicht, es muss alles möglichst authentisch wirken«, wehrte Niklas ab, doch Doña Isabella ließ das nicht gelten.
»Kommt nicht infrage. Was sollen die Leute denken? Dass wir arm sind oder keinen Geschmack haben? Nein, nein.«
»Den authentischen Part übernehme ich«, sagte Don Alfredo trocken. »Keine Uniform, kein Tropenhelm, hochgekrempelte Ärmel und Schweißflecken.«
»Das ist die richtige Einstellung«, entgegnete Niklas.
Felicitas nahm einen Schluck von dem kühlen Weißwein und sah Don Alfredo an. »Zuvor möchte ich noch zwei Dinge mit Ihnen besprechen, Don Alfredo. Beides wird Ihnen nicht gefallen.«
»Dann sollten wir in mein Arbeitszimmer gehen«, sagte er, und Felicitas nickte.
Es war dem alten Don schwer genug gefallen zu akzeptieren, dass er nun mit Heinrichs Frau über geschäftliche Dinge sprechen musste, »die Frauen prinzipiell nichts angehen«, wie er unumwunden sagte, und nur die alte Verbundenheit mit Gustav hielt ihn davon ab, Felicitas geringschätzig zu behandeln. Doch wenn sie ihn vor seiner Frau und Steffen und Niklas und dem Personal mit ihren Forderungen konfrontierte, würde es mit der Höflichkeit bestimmt vorbei sein. Sie verließen die Veranda. Steffen schickte ihr einen aufmunternden Blick nach.
Doña Isabella klatschte in die Hände und rief, bemüht,

den Anflug von Verstimmung zu überspielen: »Macht schnell, ihr beiden. Es gibt Honigbananen zum Dessert.«
Felicitas lächelte ihr zu und folgte Don Alfredo in den hinteren Teil des Gebäudes. Sein Arbeitszimmer war mit schweren Ledersesseln und einem gewaltigen Schreibtisch aus Mahagoni möbliert. Ein Tigerfell lag auf dem Pinienholzfußboden, und an den Wänden hingen Jagdtrophäen – Pumaköpfe, ein Jaguarfell, eine ausgestopfte Gelbe Anakonda.
Er schenkte ihnen beiden einen Whiskey ein und prostete ihr zu.
»Ich höre.«
Felicitas hatte sich zurechtgelegt, wie sie ihm ihre Pläne möglichst diplomatisch nahe bringen wollte, doch jetzt, da es so weit war, verwarf sie ihre Gedanken und kam unmittelbar zur Sache.
»Wenn Sie Ihren Arbeitern mehr Lohn zahlen und Anaiza helfen, ihre Kaffeekirschen auf den Markt zu bringen, werden Sie davon profitieren. Denn das ist die Zukunft«, schloss sie.
Don Alfredo starrte sie wie vom Donner gerührt an. Dann begann er zu lachen. »Das ist das Verrückteste, was ich je gehört habe! Sagen Sie, Felicitas, haben Sie auch nur eine blasse Ahnung, wie der Kaffeehandel funktioniert? Haben Sie in all den Jahren nichts gelernt?«
»Ich sage ja nicht, dass Sie Ihren Arbeitern und Anaiza den Hintern vergolden sollen«, gab sie scharf zurück. »Alles, was ich will, ist ein wenig mehr Gerechtigkeit. Es geht ums Prinzip, begreifen Sie das nicht? Ich bin mir bewusst, dass die Regierung in Brasilien und in allen anderen Erzeugerländern die Preise diktiert und den Kaffee je nach Lage auf dem Weltmarkt zurückhält. Ich weiß, dass es nicht nur Ihre Kirschen sind, die ich bekomme, wenn ich

brasilianischen Kaffee kaufe, auch wenn unsere Mittelsmänner ihre Tricks haben, genau dies zu gewährleisten. Aber dennoch kann ich mich für fairere Bedingungen einsetzen – und damit in Deutschland Reklame machen. Auf lange Sicht wird das seine Wirkung nicht verfehlen. Andere werden nachziehen.«

Don Alfredo kratzte sich am Ohr. »Was für eine romantische Idee.«

Seine herablassenden Worte ließ Wut in ihr aufsteigen. »Nicht wahr?«, gab sie schneidend zurück. »Romantischer jedenfalls als das, was die kleine Florinda damals erleben musste.« Sie beugte sich vor wie eine Katze auf dem Sprung und fixierte ihn. »Ich habe keine Angst vor Ihnen, Don Alfredo. Und wenn es sein muss, verlasse ich noch heute die Fazenda und werde meinen Kaffee morgen in Togo, Kolumbien oder in der Karibik kaufen. Und übermorgen strenge ich einen Prozess an, der die Ereignisse von damals aufrollt. Sie werden keine ruhige Minute mehr haben, das schwöre ich Ihnen.«

»Als ob das irgendjemanden in diesem Lande interessieren würde! Sie können mir nicht drohen, Felicitas. Ich bin zu alt und zu müde, um mich zu fürchten.«

Sie stand auf. »Das werden wir ja sehen.«

»Meine Arbeiter bekommen den Lohn, den ich für richtig halte, den alle in diesem Land für richtig halten. Wer sind Sie, dass Sie sich anmaßen, mir Vorschriften zu machen? Wir Pflanzer haben für dieses Land unsere Kraft gegeben.« Er schnaufte verächtlich. »Aber in Gottes Namen, ich werde Anaiza keine Steine in den Weg legen.«

Felicitas nickte. Don Alfredos Zugeständnis half Anaiza und den Frauen mehr, als es das öffentliche Ringen um die Wahrheit tun würde. Sie hatte nicht erreicht, was sie sich vorgenommen hatte, doch es war ein Anfang.

Später am Abend wich die angespannte Atmosphäre schläfriger Gelassenheit. Doña Isabella hatte den Männern einen Kaktusschnaps und sich und Felicitas Zitronenlikör servieren lassen, der seine Wirkung nicht verfehlte. Nachdem Don Alfredo zu Bett gegangen war, beugte sie sich vertraulich zu Felicitas hinüber. »Die meisten Pflanzer sind wie er, und er ist von ihnen nicht der schlechteste.«

»Doña Isabella ...«, begann Felicitas, hin und her gerissen zwischen Wahrheitsliebe und Rücksichtnahme, doch die alte Brasilianerin ließ sie nicht ausreden.

»Ich lasse die Vergangenheit ruhen, und Sie sollten das auch tun.« Sie drückte Felicitas' Hand. »Und ich werde dafür sorgen, dass er sein Versprechen hält.«

Schweigend saßen sie noch eine Weile beisammen. Ein leiser Nachtwind wiegte die Lampions sanft hin und her, ein paar Geckos schrien. Niklas hatte sich Don Alfredos Gitarre ausgeliehen und versuchte die sentimental-kraftvollen Gesänge aus den Hütten, die der Wind zu ihnen herübertrug, zu begleiten. Doña Isabella sang leise mit.

Felicitas verspürte das dringende Bedürfnis, allein zu sein, und verabschiedete sich. Seufzend streckte sie sich auf ihrem Bett aus. Der Alkohol hatte sie matt gemacht, doch sie fand keine Ruhe. Das Gespräch mit Don Alfredo hatte sie mehr aufgewühlt, als sie sich eingestehen wollte, und die widersprüchlichen Bilder aus Vergangenheit und Gegenwart bedrängten sie. Ihr Herz raste, und kalter Schweiß trat ihr auf die Stirn. Sie stand auf und ging leise zum hinteren Teil der Veranda. Etwas Bewegung und die frische Luft der Nacht würden ihr gut tun.

Sie hatte gehofft, dass er da sein würde, und als er sie in den Arm nahm, fühlte sie eine grenzenlose Erleichterung. Sie hielt den Atem an und wartete, dass das vertraute

Schuldgefühl sich ihrer bemächtigte und ihre innere Versteinerung rasch eine Mauer zwischen ihnen hochziehen würde, aber nichts dergleichen geschah. Sie standen einfach nur so da, vertraut und ohne Eile, etwas voranzutreiben, was gerade begann sich zu entfalten.

»Das ist mein Lieblingsfoto.« Steffen hielt eine Aufnahme von Felicitas hoch – die Haare vom Wind zerzaust, die Hand vor dem Mund, um ihr schallendes Gelächter zu verbergen, blitzende Augen. »So sieht die reine Schadenfreude aus.«

»Das war, als das Maultier ausschlug und du vor Schreck über einen Kaffeesack gestolpert bist, nicht wahr?« Felicitas konnte sich auch im Nachhinein das Lachen nicht verbeißen. Niklas schaute sie stirnrunzelnd an.

»Wenn ihr in diesem Tempo weiterarbeitet, sind wir Weihnachten noch nicht fertig«, spottete er gutmütig, und Felicitas und Steffen nahmen sich pflichtschuldigst einen weiteren Stapel Fotos vor, einer von vielen, der gesichtet und sortiert werden musste, während Niklas die nächste Filmrolle präparierte, um die Szenen auszusuchen, die später im Film Verwendung finden sollten. Felicitas war überrascht gewesen, wie viel Freude sie an dieser Arbeit gefunden hatte. Sie agierte völlig natürlich vor der Kamera, ganz anders als früher im Schauspielunterricht vergaß sie, dass sie spielte, und wirkte deshalb entspannt und überaus präsent. Niklas war hingerissen. Schon während der Aufnahmen in Brasilien hatte er gespürt, dass Felicitas wie geschaffen für dieses Medium war, und jetzt, da die Ergebnisse vorlagen, bestätigten sich seine hoffnungsvollen Erwartungen.

»Die Leute werden Sie lieben, Felicitas. Ich würde mich nicht wundern, wenn Sie nach der Premiere mit Filmangeboten überhäuft werden.«

Unsinn, hatte Felicitas erwidert. Dennoch fühlte sie sich geschmeichelt, dass ein junger Filmkünstler, Niklas war gerade dreißig, die Fältchen und leisen Spuren eines nicht einfachen Lebens in den Zügen seiner um sieben Jahre älteren Auftraggeberin einfach ignorierte.
Niklas löschte das Licht, und leise ratternd lief der Film ab. Landschaft, schwitzende Kaffeepflücker, Felicitas im Dschungel, Felicitas beim Pflücken von Kaffeekirschen.
Ich schaue nicht jung aus, aber man sieht, wie glücklich ich bin, dachte Felicitas und drückte Steffens Hand. Ihre Körper und Seelen waren ineinander geglitten wie zwei Puzzlestücke, wie Schlüssel und Schloss, wie Zwillinge, die getrennt gewesen waren und suchend, ohne zu wissen, wonach sie suchten, durch das Leben gestreift waren. Sie sagten im selben Moment dieselben Dinge. Sie mochten dieselben Dinge, hatten den gleichen Humor und empfanden Situationen und Stimmungen beängstigend ähnlich. Die Übereinstimmung schürte die Gewissheit, dass ihre Begegnung kein Zufall war, sondern eine Fügung, und ebnete so den Weg zur völligen Hingabe, ein Weg, den ihre Körper äußerst bereitwillig einschlugen. An Bord der Eugenia gab der Rhythmus der Wellen den perfekten Takt vor. Trunken vor befriedigter Lust beendeten sie die Nächte in seliger Umarmung und verdösten die Tage in schläfriger Harmonie an Deck. Ihre Liebe machte sie ungesellig, sie hatten aneinander genug.
Ich benehme mich wie ein Backfisch, dachte Felicitas gelegentlich, wenn sie staunend über ihre völlige Verwandlung nachsann und halbherzig meinte, sich vielleicht doch ein wenig die Zügel anlegen zu müssen, aber der Vorsatz war so dumm wie undurchführbar. Sie liebte.

Wieder in Bremen, störte der Alltag ihre selbstverständliche Balance. Nicht nur, weil Felicitas sich durch Berge von Vorgängen arbeiten musste, um im Betrieb wieder auf dem Laufenden zu sein, sondern vor allem, weil Steffen der Meinung war, sie sollten Felicitas' Familie nicht überrumpeln, sondern ihr die Neuigkeit in kleinen leicht verträglichen Dosen verabreichen. Felicitas hatte das impulsiv als Feigheit abgetan, aber Steffen hatte sich durchgesetzt. »Deine Kinder werden mich eher mögen, wenn sie mir unvoreingenommen gegenübertreten können«, hatte er gemeint, und schließlich hatte Felicitas nachgegeben, auch wenn diese Politik der kleinen Schritte ihrem Naturell zutiefst widersprach. So lernte die Familie Andreesen Steffen Hoffmann als den Mann kennen, mit dem Felicitas die Wochenenden verbrachte, um an der Andreesen-Reklame zu arbeiten. Manchmal nahmen sie die Kinder mit zu Niklas, der sich mit Felicitas' Geld ein Filmstudio in der Schwachhauser Heerstraße eingerichtet hatte. Während Christian sich offenkundig langweilte, war Clemens stumm vor Begeisterung, als er die technische Ausrüstung erblickte, und völlig aus dem Häuschen, als Niklas ihm erlaubte, die Filmrolle in Gang zu setzen. Gesa gab sich liebenswürdig wie selten, und Felicitas musste zugeben, dass die Widerspenstige zwar nicht gezähmt, aber zu einem sehr charmanten jungen Mädchen herangewachsen war. Sie spürte einen Funken schlechten Gewissens, als ihr bewusst wurde, dass sie die Entwicklung ihrer Kinder nicht in liebevoller Gleichmäßigkeit erlebte, wie andere Mütter es vermutlich taten, sondern ihrer in abrupten Sprüngen gewahr wurde.

Mit Ausnahme von Teresa allerdings. Mit einer für ein Kind seltsamen Gelassenheit hatte sie die Aufmerksamkeit ihrer Mutter immer wieder eingefordert und sich mit Verständigkeit revanchiert, sodass es Felicitas immer leicht gefallen war, sich trotz aller anderen Anforderungen um ihre Jüngste zu kümmern. Mit sechs konnte Teresa bereits lesen, mit acht interessierte sie sich für Felicitas' Arbeit, und heute, mit zehn, half sie mit intuitiver Sicherheit, die guten Fotos von den misslungenen zu unterscheiden.

Felicitas sah auf die Uhr. »Lasst uns für heute Schluss machen. Ich habe versprochen, zum Abendessen zu Hause zu sein.«

Niklas sah kurz hoch und versenkte sich dann wieder in die Betrachtung der Fotos. »Guten Appetit. Ich mache noch ein wenig weiter.«

Steffen grinste. »Wenn du eine Frau wärst, würde Felicitas dir sicher einen Platz im Kunstpark anbieten. Ein kleines Studio mit dem Titel »Der Unersättliche« – so was fehlt dir doch noch, nicht wahr?«

Felicitas lachte und hakte sich bei ihm ein.

Sie gingen zu Fuß Richtung Parkallee. Die November-Nebel malten silberne Schleier in die dämmrige schwere Luft, die das Geräusch ihrer Schritte dämpfte.

»Kommst du mit zum Essen?«

Steffen schüttelte den Kopf, und Felicitas spürte, wie die Ungeduld an ihr nagte und ihr wütende Worte auf die Lippen drängte.

»Die Herausgeber haben mir gestern die Kündigung zugestellt.«

»Nachdem sie sechs Wochen lang so getan haben, als wäre alles in Butter, und sich freuten, dass du wieder an Bord bist? Die haben ja Nerven. Mit welcher Begründung denn?«

»Ganz lapidar. Die Zeit nach meiner Rückkehr habe gezeigt, dass mein Stellvertreter interessante neue Akzente gesetzt habe, auf die sie nicht verzichten wollen. Blabla.«

»Das tut mir Leid, Steffen. Ich habe dich zu dem Abenteuer überredet …«
»Liebste, es war ganz allein meine Entscheidung, und bei Gott, ich bereue es nicht.« Er nahm sie fester in den Arm und drückte ihr einen Kuss auf die Schläfe. »Der Rest findet sich schon.«
»Bitte versteh mich jetzt nicht falsch, ich denke schon lange darüber nach, dir ein Angebot zu machen. Ich habe mich nur nie getraut, es auszusprechen, weil ich fürchtete, du könntest es als gönnerhaft auffassen. Aber du bist der beste Reklamechef, den ich mir denken kann. Wie wäre es?«
Steffen blieb stehen. Seine Lippen fanden die ihren, und sie verschmolzen zu einem dieser nicht enden wollenden, zugleich gierigen und liebevollen Küsse, von denen Felicitas nicht genug bekam. Als er sich von ihr löste, sagte er: »Danke. Ich weiß, du meinst es gut, aber ich könnte nicht damit leben, von dir abhängig zu sein. Ich glaube, es ist nicht gut, wenn Mann und Frau zusammenarbeiten.«
Felicitas schoss die Röte ins Gesicht. Mann und Frau – das war kein Heiratsantrag, aber ziemlich nah dran.

Beschwingt eilte Felicitas durch die Halle. Im Esszimmer war bereits gedeckt. Sie wollte sich rasch umziehen und lief die Treppe hoch, als Gesa sich ihr in den Weg stellte.
»Liebst du diesen Mann?«
Felicitas lag eine scharfe Zurechtweisung auf der Zunge, doch sie entschied sich für die Wahrheit. Sie hatte keine Veranlassung, ihre Gefühle länger zu verstecken. »Ja, mein Kind.«
»Ich bin kein Kind«, erwiderte Gesa, Feindseligkeit im Blick. »Ich bin achtzehn Jahre alt. Und ich hasse dich dafür, dass du Papa verrätst, und dafür, dass du so bist, wie

du bist. Für uns hast du nie Zeit gehabt, aber für Steffen hast du sie. Ist dir eigentlich klar, wie sehr wir dich in all den Jahren gebraucht hätten? Glaub nur nicht, dass du mit diesem Steffen Hoffmann jetzt auf traute Familie machen kannst. Da machen wir nicht mit. Und Papa auch nicht. Eines Tages kommt er zurück, und du wirst ernten, was du gesät hast.« Damit drehte Gesa sich um und stürmte nach draußen, wie sie es von klein auf getan hatte.

Felicitas stand wie vom Donner gerührt da. Der Hass in den Augen ihrer Tochter war kaum zu ertragen gewesen, auch wenn der Ausbruch sie nicht gänzlich unvorbereitet traf. Sie hatte immer gespürt, dass Gesa so dachte, und war sich auch ziemlich sicher, dass Teresa und die Zwillinge ihre Meinung nicht teilten. Doch was Felicitas, so aufgewühlt, wie sie war, mit fassungslosem Erstaunen registrierte, war die unerschütterliche Gewissheit, nichts Unrechtes zu tun. Die Liebe zu Steffen hatte die Liebe zu Heinrich und die Schuldgefühle sanft zugedeckt, und kein noch so bissiges Wort konnte sie fort- und alte Wunden aufreißen. Ein Teil von ihr würde in alle Ewigkeit mit Heinrich verbunden bleiben, doch ein anderer durfte das Wunder der Liebe neu erleben. Vielleicht war es an der Zeit, Abschied zu nehmen von jenen Jahren. Und vielleicht sollte sie dies in Frankreich tun, dort, wo der Krieg ihr altes Leben zu Grabe getragen hatte.

22

Nur wenige Menschen hatten sich an diesem sonnigen Dezembermorgen eingefunden, um Franziska Ferrik die letzte Ehre zu erweisen. Eine Hand voll Schauspieler, die sie vor vielen, vielen Jahren unterrichtet hatte, Elfriede und Arthur und natürlich Max. Zur Missbilligung des Pastors wurde es keine Trauerfeier im üblichen Sinn. Die Verstorbene hatte verfügt, dass sie einzig Mozarts »Requiem« und eine brillante Lesung von Kleists Erzählung »Über das Marionettentheater« zu hören wünschte, während sie »bereits in anderen Sphären weilte«, wie sie es am letzten Tag ihres irdischen Daseins mit schwindender Kraft notiert hatte. Kein Auftritt war Max je so schwer gefallen wie dieser.

Danach stand die kleine Gruppe am Grab – der schlichte Eichensarg sollte nach einem stillen Gebet hinuntergelassen werden –, als Max das Wort ergriff. »Verzeih mir, dass ich deinem Wunsch zuwiderhandle, aber ich kann dich nicht gehen lassen, ohne dir zu sagen, wie unsagbar traurig ich bin, dass du nicht mehr da bist.« Obschon Max nicht sehr laut sprach, trug seine ausgebildete Stimme Franziska Ferriks Lebensgeschichte über den Waller Friedhof, ihren Mut, sich gegen alle Widrigkeiten zu stellen, ihre Liebe zu ihren Schülern, ihre Unerbittlichkeit, mit der sie Faulheit, Illusionen und Schwächen, vor allem den eigenen, gegenübertrat, und die unsentimentale Selbstverständlichkeit, mit der sie einem kleinen, verwirrten Jungen Schutz und Geborgenheit gegeben hatte. Max schämte sich seiner Tränen nicht, und alles in Felicitas sehnte sich danach, ihren

Vater in den Arm zu nehmen, so wie er es einst getan hatte, wenn sie Kummer hatte.
Den Leichenschmaus – Hackepeterbrote mit Zwiebeln und Mettwurstbrötchen, Franziskas deftiges Lieblingsfrühstück – nahmen sie im Schauspielhaus ein. Einen passenderen Ort gab es nach Max' Meinung nicht, Franziskas Heimgang zu begießen und mit Anekdoten zu würzen, die nach einer Weile der für eine Beerdigung üblichen gedrückten Stimmung schnell aufs Tapet gebracht wurden. Schließlich wurde es Zeit, sich auf die Abendvorstellung einzustimmen, und die Gruppe zerstreute sich. Elfriede verabschiedete sich von Arthur, nickte Felicitas zu und wandte sich Richtung Garderoben.
»Elfriede hat darum gebeten, ein wenig in der Schneiderei auszuhelfen«, erklärte Max. »Sie sagt, ihr falle die Decke auf den Kopf, jetzt, wo sie sich um niemanden mehr kümmern muss als um ihren Mann und mich. Und ich mache ja nicht so viel Arbeit«, fügte er lächelnd hinzu. »Die meiste Zeit verbringe ich ohnehin hier.«
»Wie gefällt dir die Rolle des Intendanten?«, fragte Felicitas vorsichtig.
»Es ist verdammt noch eins viel Arbeit. Sich auf eine Rolle vorzubereiten und sich im Lampenfieber zu gefallen ist eine Sache, eine andere, mit zig Schauspielern konfrontiert zu sein, von denen sich jeder für den Nabel der Welt hält. Und dann die Verwaltung!« Max verdrehte die Augen. »Grauenhaft. Aber ich will mich nicht beklagen. Es hat schon seinen eigenen Reiz, für alles verantwortlich zu sein, was an diesem Theater geschieht. Für jede Rechnung geradezustehen, die Stücke auszusuchen und zu einer stimmigen Spielzeit zusammenzustellen, mit den Regisseuren über Werktreue zu diskutieren, Schauspielerinnen am Rande des Nervenzusammenbruchs zu beruhigen. Ich fühle mich ge-

wissermaßen wie der Vater von fünf höchst kapriziösen Töchtern.« Er machte eine Pause und blitzte Felicitas belustigt an. »Du sagst nichts? Das war doch eine perfekte Steilvorlage. Ist dir deine Schlagfertigkeit zwischen Kaffeesäcken und Geldscheinen verloren gegangen?«
»Ach Vater …« Felicitas hob hilflos die Hände und ließ sie wieder sinken. »Es tut mir so Leid.«
»Lass das, mein Kind. Du bist wie ein Dieb, der nicht weint, weil er ein Dieb ist, sondern weil ihn das schlechte Gewissen am Schlafittchen packt. Aber das gibt sich wieder. Und wie du siehst, habe ich die Schwierigkeiten auch ohne deine Hilfe überwunden.«
»Hast du doch noch eine Bank überzeugen können?«
Max zögerte. »So könnte man es nennen.«
Mehr wollte er offensichtlich nicht sagen, und Felicitas fand nicht den Mut, weiterzufragen. Nach allem, was geschehen war, ging es sie ja auch nichts an.
»Kommst du demnächst mal wieder zum Essen zu uns?«
»Aber ja«, sagte Max leichthin.
Eine Frau steckte den Kopf zur Tür herein, die Felicitas als Dora Henning erkannte, eine Schauspielerin Mitte dreißig, die sich mit erstaunlicher Würde und natürlicher Eleganz die Rollen erspielt hatte, die einst Helen verkörpert hatte.
»Verzeih die Störung, Max, aber wir brauchen deinen Rat. Oswalt will die Alkmene unbedingt als naives Mäuschen sehen. Damit würde sie eine Symbolfigur für die hypnotisierte Masse derer, die an Hitler glauben, sagt er. Das kann doch nicht sein Ernst sein.«
Sie lehnte lässig an der Tür, und Felicitas kam nicht umhin, ihre langen Beine und wohlgeformten Brüste, die sich unter dem hellgrauen Wollkleid abzeichneten, zu registrieren – und auch wie ihr Vater darauf reagierte und gleichzeitig versuchte es vor Felicitas zu verbergen, indem er die

Spitzen seiner Finger aneinander legte und Dora einen warnenden Blick zuwarf.
»Meine Tochter Felicitas«, sagte Max. »Dora Henning.«
Dora kam auf sie zu und reichte ihr eine warme, schmale Hand mit zartrosa lackierten Fingernägeln.
»Freut mich sehr«, sagte Dora, und ein strahlendes Lächeln breitete sich auf ihrem feinen Gesicht aus, das Felicitas spontan für diese Frau einnahm. »Ich sage Oswalt, du kommst etwas später, in Ordnung?«
Max nickte, Dora lächelte noch einmal und zog sich mit einer geschmeidigen Bewegung zurück.
»Amphitryon«, sagte Felicitas versonnen. »Damit hat alles begonnen. Mit Heinrich und mir, meine ich.« Und mit euren Problemen, fügte sie in Gedanken hinzu. Aber wie es schien, entfaltete sich hier gerade der Zauber eines neuen Anfangs für ihren Vater. Offensichtlich hatte das Chaos der letzten Jahre beschlossen, zaghaft eine neue Ordnung zu entwerfen. Noch war nicht alles an seinem Platz, aber das würde nur noch eine Frage der Zeit und der Geduld sein. Zuversicht durchströmte Felicitas.

Am zweiten Weihnachtstag 1928 verlor Gesa ihre Unschuld. Das war zwar nicht unbedingt Teil ihres Plans, brachte ihn aber auch nicht so durcheinander, dass sie ihre Ziele aus den Augen verloren hätte. Vor allem war da dieses heiße, wilde Bedürfnis, ihre Mutter zu kränken. Felicitas hatte alles darangesetzt, ein harmonisches Fest zu inszenieren, um sich zur Abwechslung einmal in der Rolle der liebevollen, gütigen Mutter zu gefallen. Geräucherter Puter, Waldorfsalat, Weinschaumcreme, Geschenke und Küsse. Und zu allem Überfluss das ewig lächelnde Gesicht dieses Steffen Hoffmann, der meinte sich still und leise in die Rolle eines Stiefvaters drängen zu können. Doch letztlich war es Gesa egal, mit wem ihre Mutter glaubte ihr Leben teilen zu müssen. Ihr ging es nur um das Gefühl des Triumphs, das sie auch jetzt noch erfüllte, wenn sie an heute Morgen dachte.

»Ich verbringe den Tag mit Freunden«, hatte sie kühl und lakonisch beim Frühstück verkündet, und als die vor Überraschung kugelrunden Augen der Zwillinge auf ihr ruhten, hinzugefügt: »Weihnachten ist so was von passé. Dieser ganze Zuckerguss! Das kann man gerade einen Tag ertragen. In Berlin feiert kein Mensch Weihnachten. Wozu auch? Fast zweitausend Jahre sind vergangen, ohne dass jemand die frohe Botschaft ernst genommen, geschweige denn begriffen hätte. Also, was soll's.« Gerade noch rechtzeitig merkte sie, dass sie begann sich vor lauter Genugtuung warm zu reden. Geschwätzigkeit passte nicht zu ihrem neuen Leben.

Felicitas hatte den Hieb, den ihre Tochter ihr, und nur ihr, das war ihr klar, versetzt hatte, mit einem bedauernden, aber kühlen Lächeln quittiert. »Schade. Ich vermute, wir brauchen auch mit dem Abendessen nicht auf dich zu warten.« Und noch bevor eine Antwort kam, vertiefte sie sich in ein Modemagazin.

»Richtig.« Gesa warf die blonden Locken nach hinten, faltete aufreizend langsam ihre Serviette zusammen und mied Elisabeths durchdringenden Blick. Ihre Großmutter war der Schwachpunkt ihres Plans. Sie war der einzige Mensch, der ihr, abgesehen von ihrem Vater, Geborgenheit geschenkt hatte, und sie zu verletzen tat Gesa fast körperlich weh. Später würde sie ihr erklären, warum sie so hatte handeln müssen, und ganz gewiss würde sie es verstehen.

»Wo willst du denn hin?«, fragte Teresa neugierig.

»Das allerdings würde mich auch interessieren«, sagte Elisabeth sanft, doch mit einem Unterton stählerner Härte.

»Sie knutscht bestimmt rum«, alberte Clemens und ahmte mit gespitztem Mund die übertriebene Art nach, wie Filmstars einander küssten, »und glaubt, sie ist ein Filmstar.«
Christian kicherte und leckte sich den Honig von der Hand, der von seinem Brötchen getropft war.
»Also?« Elisabeth trank in kleinen Schlucken den brühheißen Tee, ließ Gesa dabei aber keine Sekunde aus den Augen.
Schließlich erwiderte Gesa ihren Blick und sagte würdevoll: »Wir treffen uns an der Sielwall-Fähre, gehen spazieren und rezitieren dabei Gedichte. Wir halten das für eine sinnvollere Art, sich mit dem Leben auseinander zu setzen.«
»Das klingt wirklich beeindruckend. Zumal das Wetter genau das richtige für so eine weltverbessernde Unternehmung zu werden verspricht.« Elisabeth lächelte maliziös. Obschon es bereits neun Uhr war, schien der Tag zu müde, um die Dämmerung abzuschütteln. Wie ein nasses graues Laken lag der Himmel über Bremen, kein noch so stabiler Regenschirm würde dem heftigen Wind, der den Sprühregen fast horizontal vor sich hertrieb, trotzen. »Und wer sind wir?«
»Hannelore Maddaus, Elvira Bachmann und Katharina Johannson«, antwortete Gesa widerwillig.
»Schulkameradinnen?«
»Ja, Schulkameradinnen. Und wenn sich einer in diesem Haus auch nur ein wenig für meine Angelegenheiten interessieren würde, wären ihm die Namen geläufig. Aber man liest ja lieber Modemagazine …« Verflixt, das hatte sie nicht sagen wollen. Das klang viel zu sehr nach verletzter Eitelkeit, nach theatralischem Backfischgehabe. Gesa stand auf. »Wenn ihr mich jetzt bitte entschuldigen wollt. Ich bin spät dran.«

Mit der Straßenbahn fuhr Gesa schnurstracks zu Niklas, der, wie sie einer Unterhaltung von Elisabeth und Felicitas entnommen hatte, die Einladung zum Essen mit der Entschuldigung abgelehnt hatte, er nutze die Stille der Feiertage gern, ungestört zu arbeiten. Das hatte Gesa auf die Idee gebracht, die schon seit sie das Studio und die Kameras gesehen hatte in ihr gekeimt war.

»Frohe Weihnachten, Niklas«, sagte sie lässig, als er die Tür öffnete und sie verblüfft anstarrte. »Wenn du willst, können wir die Fotos jetzt machen, von denen du neulich gesprochen hast.«

Er hatte damals zwar lediglich geäußert, Gesa besitze ein ausdrucksvolles Gesicht, aber sie wettete eins zu hundert, dass er ihren Vorschlag nicht ablehnen würde. Sie besaß ein untrügliches Gespür dafür, was dieser ganz bestimmte Blick eines Mannes bedeutete, schon zu viele Blicke dieser Art hatte sie auf ihrem Körper und ihrem Gesicht ruhen sehen. Und Niklas sah sie genauso an. Neulich und jetzt auch wieder.

Niklas räusperte sich. »Solltest du nicht Pute essen und O Tannenbaum singen?«

»Offiziell bin ich zusammen mit drei Freundinnen mit der Rezitation von Gedichten beschäftigt. Du weißt schon …«

»Hör zu, Gesa, ich will keinen Ärger bekommen. Deshalb halte ich es für besser, wenn du wieder gehst.«

»Aber Niklas«, entgegnete Gesa arglos und mit silberhellem Lachen, »ich bin weit davon entfernt, dir Schwierigkeiten zu bereiten. Alles, was ich will, sind ein paar gute Fotos, mit denen ich mich beim Film bewerben kann.« Mit diesen Worten zog sie ihren Mantel aus, knöpfte ihr dunkelblaues Wollkleid auf und stand in einem ziemlich engen, ziemlich glänzenden Seidenkleid vor ihm. Sie sah umwerfend aus, und Niklas pfiff anerkennend durch die Zähne.

»In Ordnung, aber das muss unter uns bleiben. Komm mit.«
Er ging voran ins Studio und knipste Scheinwerfer und einige Lampen mit weicherer Beleuchtung an.
»Da rechts findest du Puder und Wimperntusche. Mach dich ein wenig zurecht, aber übertreib nicht.«
Während Niklas schweigend und routiniert die Kamera vorbereitete, schminkte Gesa sich sorgfältig einen noch sinnlicheren Mund, als die Natur ihr geschenkt hatte, und gab ihren wasserblauen Augen mit schwarzer Kohle einen katzenhaften Schnitt. Bedauerlich, dass sie nicht Mamas aquamarinblaue Augen geerbt hatte.
»Fertig?«, fragte Niklas, und Gesa kam zu ihm. Er betrachtete ihr Gesicht, dachte kurz nach, griff dann in ihre schicke Innenrolle und brachte sie durcheinander. Gesa schrie auf.
»Sieht mondäner aus«, sagte Niklas und wies mit dem Kopf auf ein dunkelgrünes Plüschsofa. Gesa setzte sich. Jetzt, da die Scheinwerfer auf sie gerichtet waren, fühlte sie sich nicht mehr so sicher. Ihr Körper schien nur mehr aus Einzelteilen zu bestehen, die nicht miteinander harmonierten. Die Arme waren irgendwie zu lang, ihre Waden hätte sie besser verstecken sollen, so muskulös, wie sie waren, ihre Schultern wirkten zu breit. Und wie sollte sie den Kopf halten?
»Entspann dich, denk einfach, ich bin gar nicht vorhanden«, meinte Niklas, der diese Probleme von jungen Mannequins kannte, die wie Gesa unbedingt zum Film wollten, aber keine Ahnung hatten, wie man sich vor der Kamera bewegte. Gesa sah ihn mit einem Hauch von Verzagtheit in den Augen an, und dieser Ausdruck veränderte alles. Niklas erfasste mit geschultem Blick, dass Gesa mehr sein könnte als eine von hunderten. Dieser Blick – so kindlich wie verderbt.
Er legte eine Platte mit französischen Chansons aufs Gram-

mophon. »Schließ die Augen. Fühl die Musik. Lass deinen Körper die Musik ausdrücken. Denk nicht nach, sei einfach nur Gefühl.«
Gesa schloss gehorsam die Augen, und ihr Körper übernahm die Regie. Ihre Bewegungen verloren alles Linkische, gewannen an Anmut und träger Sinnlichkeit, die sich wie ein schweres Parfum über die Szene legte. Niklas schoss Foto um Foto, flüsterte nur leise Kommandos, um weder sich noch Gesa aus ihrer beider Selbstvergessenheit zu holen. Nach einer Stunde war die Atmosphäre dermaßen erotisiert, dass Niklas sich nicht länger beherrschen konnte und Gesa küsste. Überrascht registrierte er, wie ungestüm ihre Zunge der seinen antwortete und wie heftig ihr biegsamer Körper sich ihm entgegenstreckte. Sie schliefen zusammen, schnell und atemlos. Als Niklas mit einem Stöhnen über ihr zusammenbrach, wusste Gesa, dass es andere geben würde, die es vielleicht länger und besser konnten, die sie zu den Glücksgefühlen bringen würden, die sie nachts allein unter der Bettdecke in heimlichem Entzücken so genoss, dass sie schon fürchtete, süchtig danach zu sein. Doch Niklas würde immer der bleiben, der sie zur Frau gemacht hatte.
Ihr erster Fotograf, ihr erster Mann, ihre erste Station auf dem Weg nach oben. Sie verwuschelte sein dunkelblondes Haar und küsste ihn auf die zarten Ansätze seiner Geheimratsecken. Eine lässige Zärtlichkeit, keine verliebte Geste. Ganz bestimmt werde ich nicht so dumm wie meine Mutter sein und für einen Mann meinen Traum aufgeben, dachte Gesa.
Träge lag Niklas auf dem Rücken. Mit einer Hand hielt er Gesa im Arm, mit der anderen nestelte er aus seiner Hose ein zerdrücktes Päckchen Zigaretten und zündete sich und ihr eine an.

»Hast du Lust, morgen mit zu den Dreharbeiten zu kommen?«
»Oh, ja … warum nicht?« Gesa hätte am liebsten gejubelt, riss sich aber zusammen, um sich nicht lächerlich zu machen.
»Wo denn?«
»Wir beginnen um sechs Uhr morgens im Hafen beim Löschen des Kaffees. Vielleicht kannst du zusehen, wie Maria Simon geschminkt wird.« Er zauste Gesas Haar. »Ohne Puder und gepinselte Augenbrauen sieht sie nur halb so gut aus. Du bist viel hübscher.«

Als Gesa das Esszimmer verlassen hatte, blickte Felicitas von der Zeitschrift auf.
»Ich schlage vor, wir gehen in den Wintergarten und spielen einige von den Spielen, die der Weihnachtsmann gebracht hat, einverstanden?«
»O Mama, wir glauben doch schon lange nicht mehr an den Weih…«, begann Christian und rollte mit den Augen, doch Felicitas unterbrach ihn.
»Du kannst natürlich auch in den Büchern, die du dir gewünscht hast, blättern, wenn du sie überhaupt verstehst.« Felicitas fing Elisabeths warnenden Blick auf. »Bücher über Anatomie für einen Vierzehnjährigen!«
»Und ich? Darf ich mein Florett ausprobieren?« Clemens nahm seit einiger Zeit Fechtunterricht und stellte sich äußerst geschickt an, weshalb Felicitas seinem Drängen nachgegeben und ihm ein Florett für Erwachsene gekauft hatte. Das Kinderflorett mit der stumpfen Spitze war längst unter seiner Würde.
»Einverstanden. Aber pass auf und rasier die Rosen nicht ab.«
Die Zwillinge rannten hinaus, die Matrosenkragen ihrer

Anzüge flatterten wie Segel auf und nieder. Noch ein halbes Jahr vielleicht und sie werden lange Hosen und Oberhemden tragen wollen, dachte Felicitas mit leiser Resignation.

Teresa rutschte vom Stuhl und küsste Felicitas. »Sei nicht traurig, Mama. Ich baue schon mal den Bauernhof auf, und dann können wir zusammen spielen. Du auch, Oma, ja?«

Elisabeth nickte. Beide sahen der zierlichen Gestalt in dem roten Wollkleid nach.

»Manchmal denke ich, was Gesa an Verständigkeit fehlt, hat Teresa doppelt mitbekommen. Ich fürchte fast, sie ist zu einfühlsam für ihr Alter.« Felicitas brach ab und sah Elisabeth an. »Was mache ich nur mit Gesa? Ich habe immer wieder versucht mit ihr zu reden, aber genauso gut könnte ich mit einer Litfaßsäule sprechen. Sie will nichts hören und nichts verstehen.«

»Sie versteht sich ja selbst nicht«, entgegnete Elisabeth. »Und darin ist sie dir sehr ähnlich. Genau wie du es getan hast, trägt sie den Schmerz um Heinrich mit sich herum, und der will nicht verheilen.« Nach einer Weile fügte sie hinzu: »Wir müssen auf sie Acht geben, sonst wirft sie sich in der Hoffnung auf die große Liebe dem Erstbesten an den Hals. In dem Alter interessieren sich die Männer nicht für eine verwundete Seele. Nicht so wie Steffen Hoffmann ...«

»Du magst ihn also?«, fragte Felicitas erfreut und fast ein wenig erstaunt darüber, wie wichtig ihr Elisabeths Einschätzung war. Andererseits war das durchaus kein Wunder. Ganz allmählich und mit spröder Herzlichkeit hatte sie in den vergangenen vierzehn Jahren den Platz eingenommen, der einst ihrer Mutter gehört hatte. Wie hatten sie sich in der ersten Zeit bekämpft, Felicitas hatte gemeint in einem Eispalast zu leben. Doch mit dem Krieg war vieles anders geworden, Elisabeths Herz war weicher

geworden. Felicitas lächelte, und Elisabeth erwiderte das Lächeln.
»Ich mag die Art, wie er dich und uns behandelt. Er ist feinfühlig, ohne distanzlos zu sein. Ein Gewinn für dieses Haus. Ich hoffe sehr, dass er seine Zurückhaltung aufgibt.«
Felicitas seufzte. »Das hoffe ich auch.«

Wie jeder Brief von ihrer Mutter landete auch dieser ungelesen und in kleinste Fetzen zerrissen zwischen Kartoffelschalen, abgenagten Knochen und Talgresten. Constanze wollte nichts wissen, nichts erfahren, weder vom Gut noch von ihren Eltern, geschweige denn von Dorothees Glück und Felicitas' hochtrabenden Plänen. Ein einziges Mal hatte sie ihre Neugier nicht zügeln können und einen Blick auf die eng beschriebenen weißen Seiten geworfen, doch als sich die Zeilen als Hymne auf ihre Schwester und ihre Cousine entpuppten und als Klagelied über das eigene Unglück mit einem bettlägerigen Mann, hatte sie nicht weitergelesen. In einem Moment, als sie sich gestärkt und großmütig gefühlt hatte, hatte sie einen Brief mit ihrer Adresse nach Sorau geschickt und bald darauf Antwort erhalten. In den Jahren hatte sie wohl an die fünfzig Briefe bekommen und nur einmal geantwortet – dass es ihr lieber sei, in Ruhe gelassen zu werden. Dennoch schrieb ihre Mutter mit der Regelmäßigkeit eines Uhrwerks, und genauso regelmäßig fanden die Briefe ihren Weg in den Müll.
Je weniger Constanze von Sorau und aus Bremen hörte, desto besser ging es ihr. Es enthob sie der Qual, sich vergleichen zu müssen. Sie meinte sich dadurch schützen zu können – vor dem nagenden Heimweh und dem bitteren Gefühl, eine Weiche in ihrem Leben falsch gestellt und ihren Weg nie wieder gefunden zu haben. Doch Constanze

wusste, dass es nur eines Auslösers bedurfte, und das Gefühl würde geweckt sein und sie zu Reaktionen zwingen, die sie nicht einschätzen konnte.
Dabei ging es Constanze nicht schlecht. Nach ihrer abenteuerlichen Flucht mit Fjodor und Sergej und dem kleinen Alexander waren sie in Petrograd gelandet. Unter Lenins Fittichen hatte Fjodor atemberaubend schnell einen Weg in die Spitzen des Verwaltungsapparats gefunden und mit politischem Geschick verteidigt, obwohl Stalin, der nach Lenins Tod 1924 die Macht an sich gerissen hatte, ihn mit Argusaugen beobachtete. Sergej segelte in Fjodors Windschatten. Seine Arbeit bestand im Wesentlichen daraus, die Bauernhöfe in der Umgebung zu inspizieren und sie auf ihre Umwandlung in Kolchosen vorzubereiten, eine Aufgabe, die ihn begeisterte, obschon er seine Familie sehr vermisste, wie er jedes Mal beklagte, wenn er nach wochenlanger Abwesenheit wieder nach Hause zurückkehrte, um seine Berichte zu verfassen.
Constanze glaubte ihm, doch es berührte sie nicht mehr. Sie war Fjodors Geliebte, und sie war es gern. Fjodor hatte ihrer Familie ein hübsches Haus am Maneznaja-Platz gekauft, weit entfernt von allem Elend und Hunger, den Geißeln, die den russischen Alltag grau färbten und die russische Seele verletzten. Wenn Sergej auf Reisen war, lebte Fjodor bei Constanze und Alexander, und er brachte stets eine fröhliche Stimmung mit, war aufmerksam, wusste zu unterhalten und Constanze die Zärtlichkeit zu schenken, die sie im Zusammensein mit Sergej so vermisst hatte. Sergej war nicht dumm, und so blieb ihm das Arrangement nicht lange verborgen, doch da er auf Fjodors Segen angewiesen war und seine Gefühle für Russland inniger waren als die für Constanze, lernte er, ihre Ehe zu dritt stillschweigend zu tolerieren. Constanze ihrerseits gewöhnte

sich daran, wie eine Fremde durch ihr eigenes Leben zu gehen. Um vor Langeweile nicht umzukommen, kochte sie im Sommer Marmelade nach ostpreußischer Art ein und verkaufte sie auf dem kleinen Markt am Ligovskij-Prospekt. Hin und wieder half sie in der nahe gelegenen Schule, damit es niemandem auffiel, dass ihr der Aufbau des Sozialismus von Herzen gleichgültig war.

Constanzes Lebensinhalt war Alexander. Sie liebte es, im Sommer mit ihm am Ufer der Newa spazieren zu gehen und die Flut seiner kindlichen Fragen über die Kathedralen, Zarenpaläste und die gewaltige Festungsanlage so gut sie es vermochte zu beantworten. Fielen die Temperaturen ab September, machte sie es sich und ihrem Sohn daheim gemütlich, goss starken, süßen Tee aus dem Samowar in kleine, dickbauchige Steinguttassen, wickelte ihn in eine Decke aus Fuchsfellen ein und erzählte ihm Geschichten aus Ostpreußen, von seinen Großeltern und ihrem Gut in Sorau und von seinen Verwandten im fernen Bremen. Sie tat es mit Wehmut im Herzen, überwand sich aber jedes Mal. Alexander sollte wissen, wo seine Wurzeln waren, um hier neue schlagen zu können. Als er größer wurde, hörte sie damit auf. Zu akzeptieren, dass er ihr entwuchs, fiel Constanze schwer, umso mehr, da sie keine Beschäftigung fand, die sie annähernd so auszufüllen vermochte wie die Erziehung ihres Sohnes.

Die Jahre glitten dahin wie die Kufen der Kutschen auf dem Schnee der allzu langen Winter. Nur die Brutalität, mit der Stalin das gewaltige Sowjetreich beherrschte, berührte Constanze nachhaltig. Nachbarn verschwanden spurlos und kehrten nicht zurück, hinter vorgehaltener Hand wurde über schreckliche Vorgänge in den sibirischen Arbeitslagern berichtet. Die systematische Terrorisierung der Bevölkerung ging nicht spurlos an ihr vorbei. Sie fühl-

te sich beobachtet und zutiefst verunsichert und verließ das Haus nur noch, wenn es unbedingt notwendig war.
An einem der Abende des ausklingenden Januars 1929 bereitete Constanze einen Rindfleischeintopf mit Kartoffeln vor, eine von Fjodors Lieblingsspeisen. Sergej war wieder einmal in der Weite des Landes unterwegs, und Fjodor würde bei ihnen zu Abend essen und die Nacht in Constanzes Armen verbringen. Für das Fleisch hatte sie einen Kutscher und einen Markthändler mit hundert Rubeln und ihrem schönsten Lächeln bestechen müssen. Alexander, der, inzwischen zwanzig Jahre alt, zu einem gut aussehenden, stattlichen jungen Mann herangewachsen war, schnitt das tellergroße saftige Stück in mundgerechte Bissen, eine Arbeit, die Constanze nur höchst widerwillig erledigte, weil der Geruch rohen Fleisches stets Ekel und Abscheu in ihr weckte. Dankbar sah sie ihren Sohn an.
»Man sollte seinem eigenen Sohn so etwas nicht sagen, damit er nicht überschnappt, aber du sollst wissen, dass du etwas Besonderes bist«, sagte sie in einer Aufwallung von Zärtlichkeit.
Alexander grinste gutmütig. »Ich weiß. Eines Tages werden mir die Frauen zu Füßen liegen …«
Constanze klatschte ihm leicht mit dem Geschirrtuch auf die Schulter. »Das dauert noch. Erst einmal musst du trocken hinter den Ohren werden.« Der Ofen in der geräumigen Küche rumpelte vernehmlich. Constanze öffnete die Tür und nahm aus einem Weidenkorb das letzte Stück Holz. »Oje, ich fürchte, wir brauchen noch ein paar Scheite, sonst erfrieren wir heute Nacht.«
Alexander legte das Messer beiseite. »Ich mach das schon.« Er zögerte und warf seiner Mutter einen zaghaften Blick zu. »Würdest du mir erlauben, nach Deutschland zu reisen?«
Klirrend fiel Constanze das Kartoffelmesser aus der Hand.

Sie hob es auf und begann die Kartoffel zu bearbeiten, als wollte sie sie umbringen.
»Warum?«, fragte sie leise und streng. »Die Militärakademie beginnt im Sommer. Fjodor hat viel Mühe gehabt, dich dort unterzubringen, wie du weißt.«
»Aber das ist es ja«, erwiderte Alexander mit einem verzweifelten Unterton. »Ich bin kein Russe. Sicher, ich bin hier aufgewachsen, und ich rede Russisch wie eine Babuschka …«
»Na siehst du!«
»Mama, du weißt, was ich meine. Geht es dir nicht genauso? Deine Wurzeln sind in Sorau. Ich wurde dort geboren, und ich möchte nur einmal die goldenen Felder sehen, den Wald hinter dem Gutshaus, die Pferde, alles, wovon du mir immer erzählt hast.« Und leise fügte er hinzu: »Und meine Großeltern … Es ist, als ob es einen Teil von mir gäbe, der mir verschlossen ist, verstehst du?«
Und wie sie ihn verstand! Mehr noch, die Tatsache, dass er sich nicht wie andere ungestüme Jungen in seinem Alter kopfüber auf einen Weg stürzte, der für Männlichkeit und Ansehen stand, sondern innehielt und in der Tiefe seines Herzens ein Sehnen wahrnahm, dem er nachgehen wollte, ließ ihm ihr Herz zufliegen. Diese Empfindsamkeit hatte er von klein auf bewiesen, jeden Regenwurm hatte er gerettet, schwächere Spielkameraden vor Raufbolden verteidigt und sie, Constanze, mit lustigen Geschichten aufgemuntert, wenn er spürte, wie deprimiert sie war, auch wenn sie versucht hatte es vor ihm zu verbergen. Doch diese Empfindsamkeit konnte auch ein Stolperstein für sein ganzes Leben sein, wenn sie ihn hinderte, die richtigen Entscheidungen zu treffen.
»Ich halte das für keine gute Idee«, sagte sie so sachlich wie möglich.

»Warum nicht?«
»Ich fürchte, es würde dich durcheinander bringen. Am Ende weißt du nicht mehr, wohin du gehörst.« Wie ich, fügte Constanze im Stillen hinzu.
»Aber Mama, wir machen doch nur einen Besuch!«
»Wir?«
»Nun ja, ich dachte, du kommst vielleicht mit.« Sein Mund verzog sich zu einem gewinnenden Lächeln. »Sag ja, komm schon. Wir reisen im Frühjahr und sind vor dem Sommer zurück.«
»Nein, Alexander, schlag dir das aus dem Kopf. Unser Platz ist hier und nirgendwo sonst.« Sie drehte sich um und verließ die Küche. Im Hinausgehen sagte sie: »Denk bitte an das Holz.«
Später am Abend, sie hatten zu dritt und recht schweigsam gegessen und Alexander hatte sich gleich darauf in sein Zimmer zurückgezogen, nahm Fjodor Constanze in den Arm. »Was ist los? Habt ihr euch gestritten?«
Mit unbewegtem Gesicht schilderte Constanze, was sich am Nachmittag ereignet hatte, und murmelte zum Schluss: »Dumme-Jungen-Flausen. Morgen hat er das wieder vergessen.«
»Das glaube ich nicht, Conjuschka.« Behutsam dirigierte er sie zu den beiden gemütlichen Ohrensesseln, deren Stoff einst blau gewesen war und nun etwas verschossen aussah. Doch Stoff für einen neuen Bezug war seit längerem nirgendwo zu bekommen. »Du solltest wissen, dass Alexander vor einiger Zeit mit mir darüber gesprochen hat, nachdem er seinen Vater vergeblich um seine Zustimmung gebeten hat.«
»Ich erfahre es also als Letzte. Vielen Dank«, sagte Constanze eisig.
»Alexander will niemanden verletzen, am wenigsten dich.

Sergejs Reaktion war zu erwarten, er brennt mit einer Leidenschaft für dieses Land, die selbst mir manchmal übertrieben vorkommt. In seiner Welt haben andere Überlegungen keinen Platz, schlimmer noch, sie stellen für ihn eine Gefahr dar, weil sie sein Weltbild bedrohen. Aber du, Conjuschka, hast du denn gar kein Verständnis für den Wunsch deines Sohnes?«

Constanze seufzte leise. »Doch, sicher.« Sie nahm seine Hand. »Ich fürchte mich nur.«

»Wovor? Dass Alexander nicht zu Besuch bleibt, sondern womöglich für immer?« Sie schüttelte energisch den Kopf, aber Fjodor ließ sich nicht täuschen. »Doch, das ist es, was du fürchtest. Aber du fürchtest nicht für ihn, sondern für dich. Alexanders Sehnsucht spiegelt deine eigene, und die Furcht um ihn zeigt deine eigene Angst, dort bleiben zu wollen, wo dein wahres Zuhause ist.«

»Hier ist mein Zuhause«, entgegnete Constanze trotzig, mied aber seinen Blick.

Jetzt war es an Fjodor zu seufzen. »Ich liebe dich, Constanze. Aber in all den Jahren habe ich nicht vermocht, dein Herz zu erwärmen. Da ist eine Traurigkeit in dir …« Er brach ab und stand auf.

Schneeflocken tanzten vor dem Fenster zu dem Garten, in dem Constanze im Sommer Gemüse und Früchte zog. Einer geheimen Choreographie folgend taumelten sie anmutig vom Himmel, küssten einander und fanden zwischen Milliarden anderer Flocken den Platz, der ihnen bestimmt war, um ihren Teil dazu beizutragen, eine eisige Decke auf Büsche, Bäume und Wege zu legen, bis die Frühjahrssonne jede einzelne von ihnen locken würde, als Wassertropfen wiedergeboren zu werden.

»Fahr nach Sorau, Conjuschka. Ich besorge euch die Papiere. Als Deutsche wird man euch ohnehin keine Schwie-

rigkeiten machen. Tu es für dich. Du musst deinen Frieden finden. Und wenn du zurückkommst, machen wir reinen Tisch und heiraten.«
Das war der Moment, den Constanze gefürchtet hatte. Fjodors Worte trafen ihr Herz, passten wie ein Schlüssel ins Schloss und befreiten die Sehnsucht und das Heimweh. Sie schluckte, um die Tränen zu unterdrücken, doch es gelang ihr nicht.

»Wie findest du das?«
Thomas blickte auf und nahm das Blatt Papier, das Ella ihm hinhielt. »Grundriss der Schule für Frauen« stand in feiner Sütterlinschrift über einem akkurat mit Scriptol gezeichneten Plan.
»Siehst du, hier ist der Eingang«, sagte Ella und rückte ihren Stuhl näher. Ihr Zeigefinger folgte ihren Worten. »Links liegt der Empfang. Ich habe auf eine Tür verzichtet, damit die Frauen nicht schon wieder das Gefühl bekommen, eine unüberwindliche Barriere vor sich zu haben. In den Räumen auf der linken Seite des Flurs wird unterrichtet, auf der rechten Seite sind ein Erholungsraum mit Terrasse, ein Gemeinschaftsraum und eine Küche untergebracht. Im ersten Stock befinden sich zwei Badezimmer und sechs Schlafräume für die, die kein Zuhause mehr haben. Und im Garten«, Ella hielt ihm ein weiteres Blatt hin, »werden Gemüsebeete, ein Gymnastikplatz und für die Kinder ein Spielplatz angelegt.«
Thomas pfiff geräuschvoll durch die Zähne, was ihm einen missbilligenden Blick von einer Dame am Nachbartisch eintrug, die sich beim Kaffeetrinken gestört fühlte. Mit einer gezierten Bewegung teilte sie einen mundgerechten Bissen von einem der beiden mächtigen Butterkuchenstücke ab, die auf ihrem Teller lagen, und wandte ihre Auf-

merksamkeit dann, bedächtig kauend, wieder dem Marktplatz zu, wo es an diesem frühen Samstagnachmittag ebenso wenig zu sehen gab wie in Andreesens Kaffeehaus – zwei alte Damen am Fenster schräg gegenüber, ein schwitzender, gut gekleideter Herr mit olivfarbener Haut und schwarzem Schnauzer zwei Tische weiter. Eine öde Tageszeit, um sich die Zeit zu vertreiben, eine perfekte, um einigermaßen ungestört zu sein.

Thomas wandte sich wieder dem Plan zu. »Der gefällt mir von allen am besten. Wenn du willst, werde ich ihn vergrößern und ins Reine zeichnen.«

Ella strahlte ihn an. »Ich habe gehofft, dass du das sagen würdest.« Sie nahm einen Schluck Kaffee und lächelte listig. »Und dann habe ich noch eine Neuigkeit.« Sie senkte die Stimme. »Ich habe einen Teilhaber gefunden, der bereit ist, in Perella zu investieren und fünfzig Prozent der Konstruktionspläne zu kaufen. Die anderen fünfzig Prozent behalte ich. Das bedeutet, er kann mit den Plänen nicht zu Borgward oder Mercedes gehen und sie verkaufen. Ohne die andere Hälfte sind sie wertlos.«

»Aber die Techniker bei Borgward sind doch nicht dumm. Sie werden anhand eines Teils der Pläne den Rest rekonstruieren können.«

»Mag sein, aber das Patent darauf halte nun mal ich. Da können die sich zusammenreimen, was sie lustig sind.« Ella lachte leise. »Thomas, ich bin einen weiten Weg gegangen und habe viele Umwege gemacht, aber jetzt bin ich fast am Ziel. Bremen wird eine Schule für Frauen bekommen, in der nicht Stricken und Kochen auf dem Stundenplan stehen, sondern Rechtschreibung, Politik und Geschichte. Ist das nicht großartig?«

Thomas nickte und drückte ihre Hand. »Und wie heißt dein Gönner?«

»Donald McGregor. Ein Amerikaner. Weiß der Himmel, wie der Mann auf Perella aufmerksam geworden ist. Vor einer Woche erhielt ich einen Brief, in dem mir ein Berliner Anwalt in seinem Namen dieses Angebot unterbreitete. Ich habe es von unserem Hausnotar prüfen lassen. Er hat keine Bedenken. Also wäre ich doch verrückt, wenn ich das ausschlagen würde. Es ermöglicht mir, zwei Dinge unter einen Hut zu kriegen – Peters Andenken zu bewahren und dafür zu sorgen, dass seine Ideen nicht verhökert werden, und dennoch meinen eigenen Traum zu verwirklichen.«

»Warum hast du eigentlich nicht Felicitas gebeten, bei Perella einzusteigen?«

Ellas Blick verdunkelte sich. »Das habe ich getan, aber sie hat abgelehnt.«

»Hätte deine Mutter nicht ein wenig nachhelfen können?«

»Ganz gewiss nicht. Sie lässt Felicitas schalten und walten, wie sie will. Na ja, außerdem stand Mutter meinem sozialen Engagement von jeher mehr als skeptisch gegenüber. Genau genommen hat sie es gehasst. Und sie hasst es noch heute. Dass wir damals im Krieg eine Armenspeisung durchführen durften, verdanken wir nur ihrer Angst, dass der hungernde Pöbel andernfalls ihre Küche gestürmt hätte.« Sie lachte auf. »Nach Peters Tod gab es eine kurze Zeit, in der wir uns einander genähert hatten, aber das hielt nicht lange an. Wir sind zu verschieden. Der strahlende Stern von Felicitas passt besser zu ihr.«

Sie sagte das ohne Wehmut, und Thomas sah sie bewundernd an. Das weiche Nachmittagslicht ließ ihren Teint leuchten. Wie durch ein Wunder waren die Jahre fast spurlos an ihrem runden Gesicht vorübergegangen.

»Bleib so«, sagte Thomas und zog das kleine in schwarzes Leder gebundene Skizzenbuch mit dem Drehbleistift

aus seiner Jackentasche, das Ella ihm zu Weihnachten geschenkt hatte. Mit wenigen Strichen zauberte er aus dem Weiß ihr Porträt, und wie immer, seit er das tat, wurde Ella verlegen. »Ich weiß«, sagte Thomas und lächelte, den Blick aufs Papier geheftet. »›Ich bin doch nicht schön, Thomas, lass das doch. Es gibt so viel schönere Motive …‹« Meistens sagte er dann: »Für mich nicht, denn du hast mich dazu gebracht, wieder zu malen statt zu verzweifeln.«
Wohin ihn das führen würde, wusste er nicht, es war auch nicht wichtig. Wichtig war allein die wiedergefundene Freude an seinem Talent. Die nackten Wände der kleinen Wohnung in der Verdener Straße, die er bald nach dem misslungenen Abend in der Villa bezogen hatte, in der Hoffnung, dem ersten Treffen mit Ella würden viele folgen, waren über und über tapeziert mit Porträts von Ella, den Nachbarn, spielenden Kindern im Park, Skizzen aus dem Bürgerpark, vom Markt. Hier und da hatten sich sogar wieder einige Karikaturen von Senatoren und stadtbekannten Kaufleuten und deren Frauen eingeschmuggelt, die Ella zum Lachen brachten.
Wenn Thomas nicht malte, übte er sich darin, ein guter Sozialdemokrat zu sein. Er entwarf Plakate für die Mehrheitssozialisten und diente bei deren Veranstaltungen als Ordner, eine Tätigkeit, die ihm ein bescheidenes Einkommen sicherte und viele Möglichkeiten bot, aufzusteigen, wenn er die Chancen zu nutzen wusste. Er stand am Anfang, wieder einmal, doch anders als in den Jahren zuvor fühlte er sich von einem leisen Optimismus durchdrungen, der ihn befähigte, die Dinge entspannt auf sich zukommen zu lassen.
Und das lag zweifellos an Ella. In Ella umarmte er sich selbst, seine Unzulänglichkeiten, seine Zweifel, aber auch seine eigene verborgene Kraft. Wenn er in ihre Augen blickte, las er seine Gedanken.

»Hast du mir überhaupt zugehört?«
»Entschuldige, ich war …«
»Ganz weit weg.« Sie schüttelte den Kopf und sah ihn nachsichtig an. In ihren Augen meinte er die Liebe zu erkennen, die er auch für sie empfand. »Ich sagte, im November wird ein Gebäude in der Dresdener Straße frei. Die Besitzer wollen nach Amerika auswandern. Das Haus könnte ich für meine Zwecke umbauen lassen, das ist billiger als ein Neubau. Und die Lage zwischen Hauptbahnhof und Felicitas' Kunstpark wäre ideal.«
Thomas nickte. Morgen. Morgen würde er sie fragen, ob sie seine Frau werden wolle. Und dann würde er auch endlich das Thema anschneiden, das sie beide stillschweigend ausgeklammert hatten – warum er das Porträt von Felicitas damals bei sich getragen hatte. Er wusste noch nicht, welche Worte er wählen sollte, um seine kindsköpfige Schwärmerei zu erklären, aber Ella würde ihn verstehen, so oder so.

Felicitas' Kunstpark? Das klang, als wollte sie sich anbiedern. Felicitas Andreesens Kunstpark? Noch schlimmer. Wie ihr eigenes Denkmal. Bremer Kunstpark? Zu unpersönlich. Welt der Kunst? Zu museal.
Drei Monate bis zur Eröffnung, und ihr wollte partout kein Name einfallen, der griffig und aussagekräftig war und die Neugierde weckte. Gewiss, sie hatte noch Zeit, doch die Einladungen für dreihundert Gäste mussten gedruckt und allmählich auf den Weg gebracht werden, damit möglichst viele ihr Folge leisten würden. Zudem saß ihr die Presse im Nacken, um in Erfahrung zu bringen, wie das Kind denn nun heißen sollte.
Kurz entschlossen riss Felicitas das Steuer herum. Sie hatte ohnehin vorgehabt, in dieser Woche mit Bernhard den

Stand der Dinge zu besprechen und offene Fragen zu klären, und da sie im Kontor nichts erwartete, was nicht auch noch bis morgen Zeit hatte, konnte sie ebenso gut jetzt zu ihm fahren. Ein Gefühl sagte ihr, dass sie ihn in seinem Atelier antreffen würde, und so lenkte sie den Wagen von den Wallanlagen Richtung Osterdeich und von dort zur Hastedter Heerstraße.

Bernhards dunkelroter Opel stand vor dem niedrigen Gebäude. Felicitas parkte dahinter und betrat das Atelier. Bernhard blickte kurz auf, als er ihre Schritte hörte, fuhr aber wortlos fort, eine Skulptur vorsichtig in Watte zu wickeln. Überall stapelten sich große Holzkisten, Holzwolle tanzte über den staubigen Boden, und bis auf wenige Gemälde, zwei Plastiken und das Modell vom Kunstpark waren Bernhards Werke und sämtliche Pinsel und Leinwände verschwunden.

»Was bedeutet das?«, fragte Felicitas und ärgerte sich, dass ihre Stimme viel zu alarmiert klang. Lässig nahm sie auf einer der Kisten Platz und fügte hinzu: »Lass mich raten. London? Oder Cornwall?«

Bernhard lachte. »Spricht da ein Herzenswunsch aus dir oder die Furcht, einen treuen Vasallen zu verlieren?« Behutsam legte er die eingewickelte Skulptur in eine offene Kiste und stopfte die Hohlräume mit Holzwolle aus.

»Lass die Spielchen, Bernhard. Aus mir spricht reine Neugierde. Also?«

Er wischte sich die Hände an der Drillichhose ab und kam näher. »Touché, meine Liebe. Dein Instinkt hat mich schon immer beeindruckt. London.«

Felicitas nickte. »Das heißt, du wirst zur Eröffnung nicht mehr da sein?«

»O doch. Glaubst du, das würde ich mir entgehen lassen? Nein, nein, meine Werke reisen nur voraus.«

»Und … was wirst du dort tun?«

»Malen und Gärten gestalten. Ich habe einen interessanten Auftrag für ein Anwesen in der Nähe von Chelsea. Donald McGregor hat es gekauft und mich gefragt, ob ich Interesse hätte, und ich habe zugegriffen. Ist mal was anderes als Bremer Tristesse.«

»Ich verstehe.« Felicitas machte eine Pause. Sie öffnete ihre Handtasche und griff nach ihrer Zigarettendose, doch als sie merkte, dass ihre Hände zitterten, ließ sie es bleiben. »Pierre hat zugesagt. Er hat in Paris alle Archive und Antiquariate auf den Kopf gestellt und ist fündig geworden, sodass wir als Eröffnung einen Reigen internationaler Kaffeemusiken präsentieren können, gespielt vom Violinsolisten der Pariser Staatsoper und begleitet vom Bremer Kaffeehausorchester. Klingt nicht schlecht, oder?«

»Ja.«

Stille dehnte sich aus. Schließlich sagte Felicitas: »Mir fällt kein Name ein.«

»Nenn es einfach Wunderland. Schließlich ist es doch ein Wunder, dass der Park nach all den Jahren endlich fertig wird.«

»O nein, das ist ja noch schlimmer als Felicitas' Kunstpark.«

Sie lachten beide. Für einen kurzen Moment wurde die Unbefangenheit jener Zeit wieder lebendig, als der Krieg noch in weiter Ferne lag. Felicitas sah sich mit dem Kaiser sprechen, Nussbaum in der Bürgerschaft bezwingen und unbeschwert und voller Optimismus ein kühnes Unternehmen beginnen, das ihr ohne Bernhards Hilfe aus der Hand geglitten wäre.

»Ich werde dich vermissen«, sagte sie leise, ohne ihn anzusehen.

»Es ist besser so.« Er stand auf und machte sich wieder an

einer der Kisten zu schaffen. Felicitas öffnete den Mund, um zu protestieren, schloss ihn aber wieder, als sie jäh begriff, dass er Recht hatte. Die eine gemeinsame Nacht würde für immer zwischen ihnen stehen, doch mit der geographischen Distanz wuchs ihre Chance, eines Tages doch noch Freunde zu werden.
Sie stand auf und ging zur Tür. »Ich wollte dich nicht stören. Wir sehen uns dann morgen.«

Kaum hatte sie ihr Büro betreten, klingelte das Telefon, und seufzend nahm Felicitas ab. Donald McGregors Stimme klang nicht so gelassen wie sonst.
»Es gibt Schwierigkeiten«, sagte er. »Die Märkte reagieren im Moment äußerst nervös.«
Felicitas war irritiert. In der Regel belästigte McGregor sie nicht mit den Details wirtschaftlicher Zusammenhänge.
»Das ist doch nichts Neues.«
»In diesem Fall ist die Lage ungleich riskanter, weshalb ich die Entscheidung, wie wir vorgehen, nicht allein treffen will. Es geht schließlich um Ihr Geld.«
»Was schlagen Sie vor?«
»Wir haben zwei Möglichkeiten. Entweder die Nerven behalten und die Anlagen bis auf einige wenige halten oder aber mit den Wölfen heulen und so viel wie möglich absetzen.«
»Letzteres bringt uns auf die sichere Seite«, entgegnete Felicitas. »Doch wir machen einen fetten Gewinn, wenn wir genau das nicht tun. Richtig?«
»Richtig.«
Angesichts der Millionen, die der neue Werbefeldzug insgesamt verschlungen hatte und noch verschlingen würde, zögerte Felicitas nicht lange. Ich kann es mir gar nicht leisten, nicht noch mehr Geld zu verdienen, schoss es ihr

durch den Kopf. Zum ersten Mal sah sie in aller Klarheit, welches Risiko sie eingegangen war und welche Konsequenzen das für sie und ihre Familie haben könnte. Eine Welle der Panik nahm ihr den Atem, kalter Schweiß stand ihr auf der Stirn.

»Halten«, sagte sie leise.

McGregor lachte anerkennend. »Das nenne ich Sportsgeist.«

Felicitas legte auf. Ihre Hände waren schweißnass. Ihr Blick fiel auf das Porträt von Heinrich, das sie hatte anfertigen lassen und das jetzt neben den Gemälden von Gustav und dessen Vater in ihrem Büro hing. Ich hoffe, ich tue das Richtige, dachte sie und starrte die Gesichter an, die ihren Blick tot und stumm erwiderten. Sie stieß den Stuhl beiseite, nahm ihre Tasche und verließ das Kontor, als wäre sie auf der Flucht. Steffen war es, den sie brauchte, der ihr helfen konnte, sich zu beruhigen, seine Umarmung und die zärtlichen Worte, die ihr stets das Gefühl gaben, die einzige Frau auf der Welt zu sein.

Steffen öffnete, und sie ging aufseufzend an ihm vorbei.

»Was für ein Tag«, murmelte sie und ließ sich auf das dunkelblaue Chintzsofa fallen, auf dem sie sich ungezählte Male geliebt hatten, weil der Weg ins Schlafzimmer häufig zu weit für ihre Leidenschaft war. Überall lagen Plakate und Fotos herum – Felicitas, Doña Isabella, Maria Simon. Lilian Harvey hatte kein Interesse an einer Reklamerolle gezeigt, aber Maria Simon, ein aufstrebender, bereits recht bekannter Filmstar, hatte die Chance erkannt, ihren Namen mithilfe der Kaffeewerbung buchstäblich in alle Munde zu bringen.

Steffen fuhr sich mit der Hand durchs Haar. »Ein Glas Wein?«

Felicitas nickte, obschon sie wusste, dass der Alkohol ihr

sofort zu Kopf steigen würde, weil sie zu wenig gegessen hatte.
Sie prosteten sich zu, und Felicitas begann von dem Gespräch mit McGregor zu erzählen, von ihrer Besorgnis und ihren Zweifeln.
»Ich frage mich immer wieder, was Heinrich getan hätte, und denke gleichzeitig …«, sie stockte und suchte nach Worten, »dass es an der Zeit ist, die Entscheidungen allein zu treffen.« Sie hob den Kopf und sah Steffen mit Tränen in den Augen an. »Ich muss Abschied von Heinrich nehmen. Kannst du das verstehen?«
Steffen nickte und wischte ihr zärtlich die Tränen fort.

Der Zug ratterte durch die Nacht. Felicitas lag auf dem schmalen Bett ihres Abteils und versuchte Umrisse der dahinfliegenden Landschaft auszumachen, doch alles, was sie erblickte, war ihr eigenes Gesicht, das sich in den Fenstern spiegelte. Schließlich fiel sie in einen unruhigen Schlaf.
In Frankfurt musste sie umsteigen. Es war zwar erst sieben Uhr morgens, doch es schien ihr, als wäre bereits die ganze Stadt auf den Beinen. Der Bahnhof wimmelte von Reisenden, die Gepäckträger waren allesamt wie die Maulesel beladen, und Felicitas hatte Mühe, sich mit ihrem Koffer zu dem Gleis durchzukämpfen, das ihr genannt worden war.
Die zehn Stunden, die noch vor ihr lagen, erschienen ihr wie eine zähe Masse verrinnender Minuten. Weder Lektüre noch gelegentliche Unterhaltungen mit den Abteilnachbarn vermochten sie zu zerstreuen. Immer wieder blickte sie auf die Landkarte in ihrer Hand und rief sich in Erinnerung, was der freundliche Mann von der Kriegsgräberfürsorge ihr mit auf den Weg gegeben hatte.
»Wenn Ihr Mann bei der alliierten Gegenoffensive bei Amiens gefallen ist, liegen seine sterblichen Überreste

möglicherweise in Moulin-sous-Touvent oder Vermandovillers.« Er hatte Felicitas bekümmert angesehen und hinzugefügt: »Aber gesagt ist das nicht. Bis heute werden bei Erdarbeiten ... nun ja, es werden immer wieder Tote geborgen.«

In Compiègne stieg Felicitas aus. Ein Taxifahrer, der vor dem kleinen Bahnhofsgebäude auf Kundschaft wartete und sich vor Freundlichkeit zunächst überschlug, aber, als er den deutschen Akzent hörte, in mürrisches Schweigen verfiel, fuhr sie zum Hotel Concorde, wo sie von Bremen aus ein Zimmer bestellt hatte.

Das weiß gestrichene Häuschen entpuppte sich als Pension, die Inhaberin als quirliges Temperamentsbündel mittleren Alters und gewaltiger Konfektionsgröße. Madame Sauvert ließ sich von Felicitas' mageren Französischbrocken nicht abschrecken und machte ihr lachend und mit Händen und Füßen klar, dass ein angenehmes Bad und danach Salat, gegrilltes Hühnchen und frisches Baguette auf sie warteten. Offensichtlich machte Madame Sauvert im Gegensatz zu dem Taxifahrer nicht Felicitas für den Ersten Weltkrieg verantwortlich, und sie begann sich ein wenig wohler zu fühlen.

Am nächsten Morgen fragte sie nach einem Taxi, das sie zunächst nach Moulin-sous-Touvent bringen sollte. Madame Sauvert begriff, zögerte einen Moment, band sich schließlich die Schürze ab und schickte einen unverständlichen Schwall französischer Worte in den ersten Stock. Eine Tür knarrte, Monsieur Sauvert brummte ein »d'accord« hinunter, und Madame nickte befriedigt.

»Bon«, sagte sie zu Felicitas und gab ihr zu verstehen, ihr zu folgen. Madame wuchtete sich in einen grauen Citroën, Felicitas setzte sich zögernd auf den Beifahrersitz. Schweigend fuhren sie durch kleine Dörfer und eine Landschaft, die sich nur ganz allmählich von den Wunden erholte, die tausende von Granaten und Bomben gerissen hatten. Zartes Grün begann sich über das Braun toter Erde zu legen und Meter für Meter wiederzubeleben. Nach zwanzig Minuten hatten sie Moulin erreicht. Madame Sauvert hielt vor dem Eingang des Soldatenfriedhofs und nickte Felicitas zu.

Das Gelände war mit Bäumen und Büschen bepflanzt, einige Männer waren damit beschäftigt, das Gräberfeld mit einer Hecke einzufrieden. Weiße Kreuze leuchteten sanft, als wäre eine Wolke vom Himmel gestürzt und in genau die tausendneunhundertdrei Teile zerbrochen, die es brauchte, um jedem Kriegstoten ein Stück Himmel mit auf seinen Weg zu geben. 1920, das hatte der Mann von der Kriegsgräberfürsorge ihr erzählt, hatten die französischen Militärbehörden Moulin-sous-Touvent als Sammelfriedhof angelegt, um die deutschen Toten aus Feldgräbern und provisorischen Gräberstätten aus fünfundzwanzig Kilometern Umfeld aufzunehmen. Viele Soldaten vom Infanterie-Regiment Bremen Nr. 75 waren 1914 in diesem Gelände gefallen, aber auch die deutschen Angriffe auf Amiens, Reims und Soissons und schließlich die alliierte Gegenoffensive hatten Leben um Leben auf beiden Seiten gekostet.

Felicitas ging durch die Reihen der Kreuze, unbehelligt von den Männern, die ihr nur ab und an einen Blick zuwarfen und sich dann wieder ihrer Arbeit widmeten. Vor dem Grab eines unbekannten Soldaten blieb sie stehen. Mitgefühl stieg in ihr auf mit diesem Unbekannten und den Menschen, die vielleicht um ihn weinten. Das Gefühl verebbte und ließ einer Unbestimmtheit Platz, als hätte Heinrich mit alldem hier nichts zu tun. Nichts mit diesem Grab, nichts mit Moulin, ja, irgendwie noch nicht einmal etwas mit diesem Land.

Sie verließ den Friedhof, ohne sich noch einmal umzudrehen.

»Ich wollte die Luft atmen, die er geatmet hat, und die Landschaft sehen, die er gesehen hat, aber ich habe mich ihm nicht näher gefühlt als in Bremen. Ich weiß nicht einmal mehr, warum ich diese Reise unternommen habe.« Felicitas blickte aus dem Fenster. In der Ferne schimmerte die strahlend weiße Kuppel von Sacré-Cœur. »Ich habe mich schon vor langer Zeit von Heinrich verabschiedet, ich habe es mir nur nicht eingestehen wollen. Was geblieben ist, ist ein sanftes Gefühl voller Frieden, eine andere Art der Liebe, aber die wird immer sein, ob sein Leichnam jemals gefunden wird oder nicht.«
»Hör auf, dich zu quälen.« Dorothee blickte Felicitas fest in die Augen. »Heinrich ist Vergangenheit. Du hast Glück, in Steffen einen Mann gefunden zu haben, der dich so sehr liebt, dass er dich sogar allein nach Frankreich reisen lässt, um von einem anderen Abschied zu nehmen.« Felicitas sah ihre Cousine verblüfft an. So viel Entschiedenheit war sie von ihr nicht gewohnt. Dorothee lächelte mit leisem Amüsement in den Augen, stand auf und öffnete die großen Fenster. Sofort fluteten Lärm und vibrierende Lebensfreude vom nahe gelegenen Boulevard St. Michel hinauf in den dritten Stock. Die Haustür klappte, und Dorothee fuhr herum. »Entschuldige mich bitte einen Augenblick. Du bist nicht der einzige Überraschungsgast.«
Dankbar für den Moment des Alleinseins, lehnte Felicitas sich zurück und betrachtete die genialisch anmutende Unordnung in dem großzügig möblierten Salon. Pierres Flügel dominierte den sonnendurchfluteten Raum. Die Möbelpacker werden schön geflucht haben, als sie ihn heraufwuchten mussten, dachte Felicitas und lächelte. Überall

lagen Noten und zerfledderte Folianten herum, Stapel von Büchern, wertvolle Erstausgaben neben schmalen Lyrikbändchen. Große Kissen mit persisch gemustertem Stoff lagen auf der Erde, drei benutzte Weingläser und heruntergebrannte Kerzen erzählten vom vergangenen Abend und davon, wie sehr Dorothee sich verändert hatte. Das schüchterne Mädchen, das sich vor jeder Maus fürchtete, gab es nicht mehr. Die Atmosphäre der französischen Metropole, jenes berühmte Savoir-vivre, das man in Bremen nicht einmal buchstabieren konnte, hatte sie mit einer Portion Gelassenheit und Selbstbewusstsein infiziert.
Stimmen drangen vom Flur in den Salon und rissen Felicitas aus ihren Gedanken. Schließlich öffnete sich die Tür.
»Nun komm schon«, sagte Dorothee und trat einen Schritt zur Seite.
»Guten Tag, Felicitas«, sagte Constanze.
Felicitas fuhr hoch. Schweigend musterten sie sich, als wüssten sie nicht, ob sie sich an die Gurgel gehen oder um den Hals fallen sollten.
»Wo ist Alexander?«, stieß Felicitas hervor, und ein eisiger Schreck befiel sie, als ihr klar wurde, dass die Frage womöglich völlig deplatziert war. »Entschuldige, ich weiß ja nicht einmal …«
»Ob er noch lebt, nicht wahr?« Constanze zuckte mit den Schultern. »Woher auch? Aber keine Sorge, er treibt sich in der Stadt herum. Er ist völlig aus dem Häuschen, hingerissen von Paris …«
»Und … Sergej?« Felicitas ging einen Schritt auf ihre Cousine zu. Constanze trug ein schlichtes graues Leinenkleid und wirkte schmaler als früher, die braunen Haare, in denen sich schon Grau zeigte, waren zu einem Knoten geschlungen. Wenig erinnerte an das selbstgefällige, mutwillige Geschöpf von einst, aber in ihrem abwartenden, fast ab-

schätzigen Blick spiegelte sich die Constanze, die sie gekannt hatte. Die vielen Jahre, die zwischen ihnen lagen, zerrannen zu einem Nichts. Felicitas sah sich in Sorau an Constanzes Krankenbett stehen und den kleinen Alexander halten. Wut stieg in ihr auf, weil Constanze sich einfach aus dem Staub gemacht und sie alle in Sorge zurückgelassen hatte, doch die Wut wurde zurückgedrängt von einer Ahnung, dass sie beide, jede auf ihre Art, versucht hatten ihren Weg zu finden und dafür getan hatten, was sie als richtig erachteten. Wem stand es zu, darüber ein Urteil zu fällen?

»Das ist eine lange Geschichte«, antwortete Constanze.

»Und wir haben viel Zeit«, sagte Dorothee und öffnete geschickt eine Flasche Rotwein. »À votre santé, mesdames!«, rief sie und ließ sich auf eins der Kissen fallen, ihre Schwester und ihre Cousine erwartungsvoll ansehend. Constanze und Felicitas taten es ihr nach. Während sie zunächst zögerlich, dann immer schneller und bunter erzählten, fiel die Sonne wie eine reife Apfelsine vom Himmel ins Pariser Häusermeer und tauchte den Salon in eine Woge aus Gold und Orange. Die drei merkten nicht, wie die Stunden dahinflogen. Der Rotwein und die Abenteuer ihrer Leben hatten sie beschwipst.

»Es ist wie damals, als wir auf den Betten lagen und uns kichernd unsere Jungmädchen-Geheimnisse anvertrauten«, sagte Felicitas.

»Ja, aber ich habe immer das Gefühl gehabt, gegen dich kämpfen zu müssen, Felicitas«, bekannte Constanze. »Deshalb sind wir von Sorau auch erst nach Paris gefahren. Ich … wollte die Dinge zwischen Dorothee und mir in Ordnung bringen. Ich bin nicht sicher, ob wir nach Bremen gefahren wären.«

»Du musst nicht gegen mich kämpfen«, erwiderte Felicitas, »das besorge ich schon ganz allein.«

»Darin sind wir uns ähnlich.« Constanze sah Felicitas herausfordernd an, lächelte aber dabei und wandte ihren Blick dann Dorothee zu. »Ich bin sehr froh, dass es dir besser geht«, sagte sie leise.

Dorothee nickte. »Es gibt Momente, in denen ich mir selbst plötzlich nicht mehr vertraue und mich fürchte, dass mich die alte Geschichte wieder einholt. Dann fühle ich mich wie gelähmt und außerstande, irgendetwas zu tun. Einmal ...« Sie stockte. »... war ich auf dem Weg ins Konservatorium zum Vorspielen ... Es war furchtbar. Aber diese Momente werden immer seltener. Irgendwann wird es vorbei sein.«

Sie schwiegen eine Weile. Schließlich fragte Felicitas: »Was wirst du jetzt tun, Constanze?«

»Ich weiß es nicht. Alexander soll in vier Wochen mit der Militärakademie beginnen. Und Fjodor möchte, dass wir heiraten. Aber Mutter hat mich inständig gebeten, in Sorau zu bleiben. Und Papa ... Es tut so weh, ihn so ... hilflos zu sehen.« Sie schluchzte leise auf, riss sich aber sofort wieder zusammen und putzte sich die Nase. »Nein, ich muss herausfinden, was ich selbst will. Ich habe lange genug die Träume eines anderen gelebt.«

Nach einer Woche verließ Felicitas Paris, nicht ohne Constanze das Versprechen abgenommen zu haben, gemeinsam nach Sorau zu reisen, bevor sie – falls sie – wieder in die Sowjetunion zurückkehren würde, was Felicitas bezweifelte. Die Spaziergänge im Bois de Boulogne, das Umherstreifen zwischen Bouquinisten an der Seine und Cafés auf den Champs-Élysées, die Rotwein-Abende mit Pierre und seinen Freunden im Quartier Latin – all dies hatte Constanze einen Schimmer leiser Mutwilligkeit in die Augen gezaubert. Und nicht nur ihr. Auch Felicitas ließ sich von der flirrenden Leichtigkeit der Stadt anstecken, die bunten Lichter und inspirierenden Eindrücke jagten wie ein Elixier durch ihre Adern.

Gestärkt und guter Dinge traf Felicitas in Bremen ein. Ein Berg unerledigter Arbeit wartete auf sie, aber anders als noch vor kurzem beharrte sie nicht darauf, alle Aufgaben selbst zu tun in der Annahme, nur sie allein würde ihren hohen Erwartungen gerecht. Sie bestellte Hausenberg und dessen Assistenten zu sich ins Büro und teilte die Aufgaben unter ihnen auf, bis auf das, was mit McGregor besprochen werden musste. Unmittelbar nach der Eröffnung des Kunstparks hatte sie vor, nach Berlin zu reisen, um einen Gedanken, der sie seit Paris nicht mehr losgelassen hatte, in die Tat umzusetzen – alles zu verkaufen bis auf das Kaffeeunternehmen. Mit dem Erlös würde sie einen neuen Vorstoß unternehmen, die Löhne der Arbeiter in Bremen wie in Brasilien anzuheben. Das Dickicht des Konsortiums war ihr schon lange über den Kopf gewachsen. Es wurde Zeit, sich davon zu befreien und sich auf das zu konzentrieren, wofür sie sich wirklich interessierte und was dazu beitrug, ihrer Verantwortung als Arbeitgeberin mehr als zuvor gerecht zu werden. Die Aussicht beglückte sie und verlieh ihr das Gefühl, ihrem Leben die richtige Wendung zu geben. Die Schatten der Vergangenheit lagen endlich hinter ihr.

Es klopfte. Elias Frantz steckte den Kopf herein, ohne auf Felicitas' Aufforderung zu warten.

»Der Kaffee von dieser Anaiza ist da!«, rief er atemlos. »Und ich muss schon sagen, Sie hatten den richtigen Riecher. Er ist einfach exzellent!« Er trat ein, eine Kanne und zwei Tassen schwenkend. »Sie müssen ihn unbedingt probieren. Er ist weich und würzig. Wir müssen ihn nicht einmal mit anderen mischen, weil er nicht den Hauch von Rio-Geschmack aufweist.«

»Gott sei Dank«, sagte Felicitas. Der berüchtigte Rio-Geschmack entstand in manchen Saisons, wenn Mikroorganismen sich über die Kaffeekirschen hermachten und dem Kaffee ein seltsames jodhaltiges Aroma verpassten, das nur mithilfe der Beimischung anderer Sorten überdeckt werden konnte. Sie nahm einen Schluck Kaffee. »Er ist perfekt.«
Frantz strahlte sie an. »Wenn Sie mir die Bemerkung gestatten, Frau Andreesen, Sie können verdammt stolz auf sich sein!«

Am Morgen des 28. September 1929 um acht Uhr in der Früh stand Felicitas vor dem Eingangsportal des Kunstparks. Sie hatte sich für ein schlichtes schmiedeeisernes Tor entschieden und auf einen Namen, der eigentlich in einem großzügigen Bogen darüber montiert werden sollte, verzichtet. »Es ist, was es ist«, hatte sie der Presse gestern beschieden. »Im Übrigen wird der Volksmund schon etwas Passendes finden. Schließlich heißt das Wasserwerk auf dem Stadtwerder auch nicht Wasserwerk, sondern umgekehrte Kommode.« Einige hatten beifällig gelacht, weil das 1873 vollendete Bauwerk tatsächlich so aussah und auch so genannt wurde, andere skeptisch die Augenbrauen gehoben, doch das war Felicitas gleich. Der Park war vollendet, endlich, und wurde seiner Bestimmung übergeben. Das war es, was zählte.
Morgennebel hüllte das Gelände in einen feinen weißen Schleier, die Pavillons und Häuser wirkten wie aus einer anderen, verwunschenen Welt. Felicitas folgte den gewundenen Pfaden und genoss das Gefühl, zum letzten Mal den Park für sich allein zu haben. Ab morgen würden Besucher aller Generationen, vom Kind bis zum Greis, hier umherstreifen, sich treiben und verzaubern lassen, Ge-

mälde betrachten, Jongleurinnen zusehen, bei Theaterspielen mitwirken, im brasilianischen Plantagenhaus Anaizas Kaffee trinken oder bei den aztekischen Öfen, die im Winter brennen sollten, eine kleine Rast einlegen. Bei den Ahornbäumen, die das Yin-Yang-Symbol bildeten, blieb sie stehen und atmete tief durch. Der Park würde ein Erfolg werden, daran bestand kein Zweifel.

Aufgeregte Stimmen rissen sie aus der Stille ihrer Gedanken. Eine Flut von Menschen, alle in Weiß gekleidet, strömte vom Portal Richtung Plantagenhaus. Jeder trug mindestens eine silberne mit weißem Leinen abgedeckte Platte, andere schleppten Holzkisten mit Gläsern, Service und Besteck. Sie winkte den Leuten zu und zog sich in den Theaterpavillon zurück, um ihre Eröffnungsrede noch einmal durchzugehen. Keine zehn Pferde hätten sie wieder in die Villa gebracht. Vorgestern waren ihre Mutter und Martin, gestern Pierre und Dorothee, erstaunlicherweise mit Constanze und Alexander, eingetroffen, und die Familie, selbst Gesa, fieberte dem Ereignis entgegen und machte Felicitas ganz nervös. Nein, da war es wirklich besser für ihre Nerven, sich die Zeit bis zur offiziellen Eröffnung in Gesellschaft des Ferrik'schen Nachlasses zwischen alten Theaterkostümen, Fotos und Schminktöpfchen zu vertreiben.

Vor einem Spiegel blieb sie stehen. Bald würde so mancher, der von der Bühne träumte, hier Platz nehmen und sich mit den Requisiten für ein perfektes Bühnengesicht vertraut machen. Felicitas lächelte. Dora Henning und einige andere Schauspielerinnen hatten sich bereit erklärt, den Unterricht wechselweise zu übernehmen, als Referenz an ihre verstorbene Lehrerin. Felicitas öffnete eine Puderdose und schnupperte. Der Duft zog sie zurück in die Jahre, da sie ihrer Mutter in der Garderobe des Schauspielhauses atemlos beim Schminken zugeschaut und fest daran geglaubt hatte, auch ihr, Felicitas, würde eines Tages das Publikum zu Füßen liegen. Sie schloss die Dose wieder, und ihr Blick fiel in den Spiegel. Ihr aschblondes Haar wellte sich bis zu den Schultern, die feinen Linien um Mund und Augen zeugten von verlorenen Träumen, unerfüllten Erwartungen, Anstrengungen und Kämpfen. Doch ihre aquamarinblauen Augen hatten nichts von ihrem kühlen Glanz verloren. Sie zwinkerte sich zu und zog die rote Kostümjacke glatt. »Vorhang auf«, sagte sie leise und verließ den Pavillon und die Erinnerungen.

Die Sonne hatte den Nebel bezwungen und ließ die Gäste blinzeln, die den Park mit einem Schlag zu ihrem machten. Das Kaffeehausorchester spielte einen Tango, ein Sänger mit dünnem Bärtchen schluchzte »Blue Mountain Coffee«, und Pierre winkte ihr fröhlich mit seinem Violinbogen zu.

Felicitas hatte ohne Rücksicht auf vergangene Fehden Freunde, Wegbegleiter, Geschäftspartner und Senatoren eingeladen, um sie an diesem Ereignis teilhaben zu lassen, selbst Hendrik Nussbaum und Anton und Désirée hatte sie nicht ausgeschlossen. Es war ein großer Tag, und Felicitas hatte nicht vor, ihn durch Kleinlichkeit zu verderben. Sie konnte es sich leisten, Größe zu zeigen. Wer damit ein Problem hatte, sollte eben wegbleiben. Gerade traf Bernhard mit zwei Blondinen links und rechts ein, von denen eine der anderen glich wie ein Ei dem anderem. In den letzten Wochen war er ihr nicht gerade eine Hilfe gewesen, aber sei's drum. Der Park war zu einem Gutteil sein Verdienst, und das würde sie in ihrer Rede gebührend unterstreichen. Als sie Steffen erblickte, wurden ihre Knie weich. Sie warf ihm eine Kusshand zu und rief einem Reporter, der den Weg ihrer zärtlichen Geste neugierig verfolgte, übermütig zu: »Sparen Sie sich Ihre Frage. Die Antwort ist Ja.«

Die Kapelle spielte den verabredeten Tusch. Felicitas straffte sich und bestieg das Podium. Lächelnd ließ sie ihre Blicke über die Köpfe der dreihundert Gäste schweifen und wartete, bis man kaum noch eine Stecknadel hätte zu Boden fallen hören.

»Sehr verehrte Damen und Herren, liebe Freunde, meine liebe Familie«, begann sie und führte die Anwesenden mitreißend und prägnant von der ersten Idee zum Park bis zu seiner heutigen Einweihung. »Und damit niemand vergisst, dass der Name Andreesen immer noch und vor allem mit Kaffee verknüpft ist, präsentieren wir Ihnen jetzt zwei Neuheiten aus unserem Hause: einen Kinofilm«, dabei ging ein Raunen durchs Publikum, »und eine ganz besondere Kaffeesorte, The Taste of Anaiza.«

Applaus brandete auf, und sofort drängten die Ersten zum Eingang des Plantagenhauses, um zu sehen, was es mit dem Zelluloid-Werk auf sich haben mochte. Da das Haus nur Platz für jeweils fünfzig Gäste bot, wurde gleichzeitig damit begonnen, die Häppchen zu servieren und Anaizas Kaffee auszuschenken.

»Köstlich!«, hörte Felicitas. »Ein bisschen stark, nicht wahr?« – »Was ist daran besonders? Schmeckt wie jeder Kaffee.« – »Spiel dich nicht auf, du hältst doch auch Kutteln für Kaviar.« Und immer wieder: »Köstlich, wirklich köstlich!« Später mischten sich die Ersten darunter, die den Film bereits gesehen hatten und nun eifrig, ablehnend, enthusiastisch oder verblüfft berichteten, was sich »Frau Andreesen da hat einfallen lassen«. – »Bahnbrechend!« Oder: »Interessant, aber was soll's?« Oder: »Man wird die Uhr danach stellen können, wann die geschätzten Hamburger Kollegen nachziehen werden.« Und, leise: »Ein

echtes Klasseweib, diese Andreesen. Mut wie ein Kerl!« – »Aber hübscher.«
Gelächter, Gemurmel und die Musik lagen über dem Park wie eine schützende Glocke aus hellen und dunklen Tönen. Felicitas schlängelte sich durch die Reihen, blieb hier stehen und umarmte dort, plauderte eine Weile und nahm Glückwünsche entgegen. Sie schwebte wie auf Wolken. Nur Steffen fehlte, um dieses Glücksgefühl, das sie durchflutete, vollkommen zu machen, aber im Meer der fein gekleideten Menschen konnte sie ihn nicht entdecken.
Suchend blickte sie sich um.
Zwei Kaffeetassen in der Hand, stand er plötzlich neben ihr. Seine grünen Augen blickten sie mit so viel Liebe an, dass es ihr fast den Atem nahm. »Auf die Zukunft«, sagte er, hob die Tasse und prostete ihr zu.
»Ja«, erwiderte sie, »auf die Zukunft.«
»Gehen wir nach Hause?«
Felicitas nickte.
Ja, das war es, was wirklich zählte. Sie lächelte und nahm Steffens Hand.

Alle Ereignisse, mit Ausnahme der historischen Gegebenheiten, und alle im Roman auftretenden Personen entspringen der Fantasie der Autorin. Ähnlichkeiten mit lebenden Personen sind nicht beabsichtigt und wären rein zufällig.

Karin Engel

Das Erbe der Kaffeeprinzessin

Roman

Knaur Taschenbuch Verlag

Prolog

1956

Niemand nahm von dem neunjährigen Kind, das an diesem späten Sonntagnachmittag auf einem weißen Pony am Ufer der Weser entlangtrabte, Notiz. Nur hier und da streifte es ein Blick, flogen ihm ein paar stumme Fragen hinterher. Aber an heißen Sommertagen wie diesem, da platinblonde Damen ihre perlmuttfarbenen Königspudel am Osterdeich spazieren führten, halbstarke Jungs im Gras lagen, sich gegenseitig in die Rippen pufften und den Mädchen in den schwingenden Petticoats hinterherpfiffen und Ehepaare im Sonntagsstaat gemessenen Schritts ihren Wohlstand zeigten, galten das Pony und seine Reiterin nur als ein Requisit mehr in dem Reigen der Indizien, die in der Summe den Beweis erbrachten, dass man wieder wer war in Deutschland.

Der Wind kitzelte schwarz schimmernde Locken aus Luizas streng geflochtenen Zöpfen und trocknete die feinen Schweißperlen auf Nase und Stirn. Das hellblaue Samtkleid war völlig ungeeignet für einen Ausritt und viel zu warm für die Jahreszeit, doch sie liebte den leuchtenden Stoff, weil er genau der Farbe ihrer aquamarinblauen Augen entsprach und damit, so meinte sie, von ihren dunklen Haaren und der Haut ablenkte, die gerade noch als gebräunt durchgehen mochte.

Als sie den Hafen erreichte, schlug ihr Herz schneller. Sie zügelte das Pony, saß ab und wartete im Schatten eines Reederei-Gebäudes, dass der Strom der Arbeiter, der zwischen den Schiffen und den Speichern hin und her wogte, abriss. Sachte legte sich die Dämmerung über das geschäftige Treiben, und schließlich läutete eine Schiffsglocke den frühen sonntäglichen Feierabend ein. Nach einer halben Stunde waren auch die letzten Schritte verklungen, und Luiza führte das Pony am Zügel.

»Psst, Komet«, wisperte sie und legte den ausgestreckten Zeigefinger auf ihre gespitzten Lippen. »Wir müssen ganz leise sein.«

Das Pony wackelte mit den Ohren, und Luiza war überzeugt, dass es sie verstanden hatte. Es war ihr einziger Freund, neben den Elfen natürlich, und verstand sie eigentlich immer. Als sie den ersten der Speicher erreichten, die ihrer Mutter gehörten, fingerte sie einen Schlüssel aus einer der Satteltaschen und steckte ihn ins Schloss der Seitentür, die leise aufglitt. Rabenschwarze Dunkelheit schlug Luiza entgegen, und sie biss sich auf die Lippe. Was sollte sie jetzt nur tun? Ihr schöner Plan zerrann mit den Tränen, die ihr über die zarten Wangen liefen. An alles hatte sie gedacht, nur nicht daran, eine Taschenlampe oder wenigstens eine Kerze und Zündhölzer mitzunehmen. Doch ohne einen Funken Helligkeit würde sie oder schlimmer noch Komet zwischen all den Kaffeesäcken stürzen. Ihr würde nichts anderes übrig bleiben, als zur Villa zurückzureiten und ihre Schätze vor Maries und Susannes neugie-

rigen Blicken zu verbergen, damit sie sie ihr nicht wegnahmen.
Gerade als sie wieder aufsitzen wollte, fiel ihr Blick auf die Schiffe, deren Ladungen vorhin gelöscht worden waren. Der geschwungene Schriftzug am Bug des einen ließ Luiza wie elektrisiert innehalten – *Brasilia.* Sie schluckte und schlang die Arme um den Hals des Ponys. Sie würde das Liebste verlassen müssen, das sie hatte. Mit der Ernsthaftigkeit einer Neunjährigen erkannte sie, dass der Preis zwar hoch war, aber nicht zu hoch im Vergleich zu dem, was sie verlieren würde, wenn sie diese Chance nicht ergriff. Und Komet würde sie gewiss verstehen. Sie küsste ihn auf die Nüstern, dann nahm sie die Satteltaschen von seinem Rücken und schlich zur Gangway.

Wenn Anita Lindström lächelte, formten sich ihre Wangen zu zwei prallen Bäckchen, die wie aufgepumpt aussahen und Gefahr liefen, die Unterlider ihrer rehbraunen Augen zu zwei Wülsten zu quetschen, wenn sie nicht durch Anitas erstaunliche mimische Disziplin daran gehindert wurden. Schon als Teenager hatte sie durch stundenlanges Training ihr Lächeln in das Format gezwungen, das Gesundheit und süße Unschuld ausstrahlte und ihr heute gutes Geld einbrachte. Sie war blond, fünfundzwanzig Jahre alt, trug die Haare wie Maria Schell und hatte schon in drei Reklamefilmen reüssiert. Genau die Richtige also.
Anita starrte in die Kaffeetasse, nahm vorsichtig einen Schluck und ließ dann dieses Lächeln sich über die ganze Szenerie legen wie ein Sonnenstrahl.
»Dieses Aroma! O Liebling, von heut an gibt es für dich ...« – hier senkte sie die Stimme eine Nuance und

sah ihrem Schauspielerkollegen Sebastian Lambard kokett in die Augen – »... für uns ... nur noch AnKa. Andreesen-Kaffee – der sanfte Genuss.«
»Und Schnitt! Danke schön, ihr beiden. Zehn Minuten Kaffee... Verzeihung, AnKa-Pause.«
Die Beleuchter lachten beifällig über den Kalauer, schalteten auf Pausenlicht und kletterten von ihren Hochsitzen hinunter in die Halle. Die Maskenbildnerin schlenderte zu Anita und Sebastian hinüber und begutachtete mit zusammengezogenen Augenbrauen das Make-up der beiden. Die Requisiteurin rückte die Kaffeetassen auf dem hellblauen Nierentisch wieder zurecht, pustete ein imaginäres Staubkörnchen von der schimmernden Resopalfläche und zupfte pro forma an den drei rosa Nelken in der schmalen Tütenvase herum. Der Kameramann zündete sich eine Zigarette an und schaute zu Niklas Fischer hinüber.
»Blau ist blöd«, raunte er ihm zu, als der Regisseur an ihm vorbei auf eine Frau in einem gepunkteten dunkelroten Seidenkostüm zuging. »Die Farbe lässt die Gesichter wie Milch und Spucke aussehen.«
»Dann mach was mit dem Licht«, brummte Niklas zurück.
Der Kameramann hob die Hände. »Schon gut, schon gut, man wird doch noch mal was dazu sagen dürfen ...«
Niklas ignorierte ihn. »Teresa, wir müssen darüber reden.«
»Wenn es etwas Neues ist, gern. Wenn du mir allerdings nur die üblichen Vorhaltungen machen willst, können wir uns das sparen.«
Niklas ließ sich auf den mit Leinen bespannten Regiestuhl neben ihr fallen. Der Stoff knarzte im Duett mit Niklas'

Knien, und Teresa warf ihm einen besorgten Blick zu. Niklas war nicht mehr der Jüngste, aber er war einer der Besten der Branche. Er beugte sich vor, stützte die Unterarme auf die Oberschenkel und legte die Fingerspitzen wie zu einem lässigen Gebet zusammen.

»Bist du sicher, dass du das so haben willst? Diese klebrige Süße, dieses verlogene Getue? Alle tanzen den Tanz um das Goldene Kalb namens schöne heile Welt. Aber du?«

»Niklas, bitte! Das haben wir doch schon zigmal durchgekaut. Ja, ich will es so. So und nicht anders.«

»Darf ich dich daran erinnern, dass deine Mutter Pionierarbeit auf diesem Gebiet geleistet hat? Sie war die Erste, die der Werbung nicht die Authentizität geopfert hat ...«

»Ich weiß«, sagte Teresa ungeduldig.

Sie kannte all die Geschichten, die sich um Felicitas Andreesens sensationellen Dokumentarfilm rankten, den sie mit Niklas und Steffen Hoffmann, Teresas Stiefvater, in Brasilien auf der Plantage von Terra Roxa gedreht hatte. Felicitas hatte damals, kurz vor der Weltwirtschaftskrise, den Weg der Kaffeekirsche vom Baum in der Hochebene von São Paulo über ihre Metamorphose zur gerösteten Bohne bis in die deutsche Kaffeekanne verfolgt und darauf bestanden, alles zu zeigen und kaum etwas zu beschönigen – die Hitze, die über den Feldern lag wie irisierendes Gold, und den Schweiß, der die Blusen der Frauen tränkte und die Rücken der Männer glänzen ließ, flinke dunkelbraune Hände, die mit traumwandlerischer Sicherheit die reifen roten Kaffeekirschen pflückten und die grünen verschonten, muskulöse Arme, die mit hölzernen Rechen die in der Sonne ausgelegten Früchte wendeten und sie zur Nacht mit Planen bedeckten, damit kein Tautropfen sie erneut benetzte. Felicitas hatte selbst durch den Film geführt, der in vielen deutschen Kinos als Vorprogramm gelaufen war und ihr und Andreesen-Kaffee ungeheure Popularität geschenkt hatte.

»Meine Stiftung ...«

»Damit wirbst du aber nicht.«

»Und du scheinst vergessen zu haben, dass Mutter auch andere Reklame betrieben hat. Glamouröse Auftritte von Schauspielerinnen ...«

»Durchaus nicht«, unterbrach Niklas sie, »aber erinnere dich, dass ihr Text ›Andreesen-Kaffee – genießen mit gutem Gewissen‹ lautete und darauf hinwies, dass Felicitas sich für die faire Entlohnung der Plantagenarbeiter eingesetzt hat. Das hier«, er lehnte sich zurück und breitete resigniert die Arme aus, »hätte sie nicht gutgeheißen.«

»Doch, das hätte sie«, beharrte Teresa und blitzte Niklas aus aquamarinblauen Augen an. »Die Zeiten haben sich geändert, und dieser Tatsache hätte Mutter sich gewiss nicht verschlossen. Und selbst wenn – ich leite jetzt das Werk, und ich entscheide. Du weißt ebenso gut wie ich, dass man heute keinen Blumentopf gewinnen kann, wenn man die Dinge zeigt, wie sie sind. Sollen wir Anita Lindström etwa sagen lassen, dass ein Pfund Bohnenkaffee dreizehn Mark fünfzig kostet und Otto Normalverbraucher dafür elf Stunden arbeiten muss? Sollen wir zeigen, wie die brasilianische Regierung Tausende Tonnen Kaffeebohnen bei Santos ins Meer schütten lässt, nur um den Preis stabil zu halten?« Niklas schwieg, und Teresa fügte hinzu: »Der Fernseher trägt das gute Leben in die Wohnstuben, eines, wo es kein Gestern gibt, dessen man sich schämen müsste. Statt Kaffee zu trinken und sich zu unterhalten und dabei zu riskieren, auf Abgründe zu stoßen, wollen die Menschen sehen, wie andere Kaffee trinken und sich unterhalten und das Wirtschaftswunder genießen.« Sie machte eine Pause. »Wenn du aussteigen willst …«

Niklas schüttelte den Kopf. »Nein, keine Sorge. Ich habe dir mein Wort gegeben, aus alter Verbundenheit.«

Teresa sprang auf und küsste ihn leicht auf die Wange. »Danke dir. Wir sehen uns morgen. Und grüß Diana Landauer von mir«, sagte sie lächelnd.

Anerkennende Blicke folgten ihrer grazilen Gestalt, die schnellen Schrittes die Halle durchquerte, gerade so, dass es beschäftigt und nicht nach Flucht aussah. Teresa winkte den Beleuchtern und den Schauspielern zu und brachte ein gelassenes Lächeln zustande, während sie innerlich bebte.

Brasilien, immer und immer wieder Brasilien. Konnte Niklas nicht einfach den Mund halten?

Die Uhr schlug zehn, als Teresa die weiße Villa an der Parkallee erreichte. Sie stellte ihren schwarzen Karmann Ghia neben Doras Mercedes, überlegte kurz, ob sie das Verdeck schließen sollte, ließ es aber bleiben. Die Nacht würde keinen Regen bringen, nur diamantene Sterne, mit denen der Himmel sich schmückte. Am Fuß der Marmortreppe, deren Stufen durch jahrzehntelanges Kommen und Gehen glatte Mulden in der Mitte aufwiesen, blieb Teresa einen Moment stehen und sog den Duft der späten Stunde ein, die nach Hitze und verblühenden Rosen roch. Die geschwungenen Bürgermeisterlampen ergossen ihr fahles Licht über Hainbuche und Lebensbaum, die das siebzehntausend Quadratmeter große Grundstück umfriedeten, und den samtgrünen Rasen, der sich den englischen Rosen zu Füßen legte. Teresa liebte das Haus, auch wenn es nur den wenigsten Menschen, die dort gelebt hatten, Glück gebracht hatte.

Kaum hatte sie die schwere Eingangstür geöffnet, stürzte Marie ihr entgegen, Susanne im Schlepptau.

»Teresa«, stieß Marie atemlos aus und fasste sich an die wogende Brust, »es ist ... etwas passiert!«

»Beruhige dich doch, Marie«, entgegnete Teresa, ließ ihre Tasche fallen und nahm die alte Frau sanft bei den Schultern. Marie, seit einem halben Jahrhundert in Diensten der Andreesens und mittlerweile fast siebzig, durfte sich nicht aufregen. Das Herz wollte nach Auskunft des Arztes nicht mehr so recht. »So schlimm wird es doch nicht sein.«

»Doch«, sagte Susanne mit kaum verhohlener Sensationslust in den Augen. »Luiza ist fort.«

»O mein Gott!« Teresa erbleichte. »Habt ihr auch überall nachgesehen? In den Abseiten, im Keller, in den Ställen?«

»Natürlich, gnädige Frau«, antwortete Susanne mit einem Unterton von Gereiztheit.

Marie sah sie scharf an und ergänzte: »Nachmittags hat sie in ihrem Zimmer gespielt, später wollte sie Komet striegeln. Wir haben uns nichts dabei gedacht. Doch als sie zum Abendessen nicht erschienen ist, haben wir das ganze Haus und den Garten auf den Kopf gestellt. Nichts. Dann haben wir versucht, Dora bei Christian zu erreichen, aber da hat niemand abgenommen. Schließlich haben wir die Polizei benachrichtigt ...«

»Warum habt ihr mich nicht angerufen, um Himmels willen?«

»Haben wir«, sagte Marie gepresst. »Aber in diesem Filmstudio haben sie offensichtlich andere Dinge zu tun, als ans Telefon zu gehen.«

Teresa seufzte. Wäre sie nach dem Gespräch mit Niklas nur gleich nach Hause gekommen. Stattdessen war sie ziellos durch Bremen gefahren, um den Kopf freizukriegen. Sie schloss die Augen und versuchte, die Beklemmung, die sich um ihre Brust legte, zu ignorieren.

»Was sagt die Polizei?«

Marie blickte betreten zu Boden. »Dass sie nichts machen können. Noch nicht. Und dass es sich gewiss nur um einen Dumme-Mädchen-Streich handelt. Vielleicht hat sie ja auch nur Angst vor den Zeugnissen, meinte der Beamte. Wenn sie bis morgen früh nicht wieder aufgetaucht ist, sollen wir uns wieder melden. Der hat Nerven!«

»Hoffentlich ist sie mit niemandem mitgegangen«, raunte Susanne und schrie auf, als Marie ihr eine Kopfnuss verpasste. »Ist doch wahr!«, beharrte sie trotzig. »So ein kleines hübsches Ding ist doch leichte Beute für …«

»Du hältst jetzt besser den Mund!«, fuhr Teresa das Mädchen an. »Macht bitte Kaffee. Stark, mit viel heißer Milch. Ich muss nachdenken.« Sie wandte sich zum Wintergarten, überlegte es sich aber anders. Luizas Zimmer lag im ersten Stock. Einst hatte Felicitas es bewohnt und mit allerlei Theaterrequisiten aus dem Fundus des Schauspielhauses zu einer exotischen, aber gemütlichen Kulisse ausgestattet, in der sie das strenge Reglement, das früher in der Villa geherrscht hatte, vergessen konnte. Teresa hatte den ebenholzschwarzen Elefanten aus Tschaikowskys Ballett *Der Nussknacker* ebenso an seinem Platz gelassen wie die bunten Decken und die reich verzierte Truhe einer werkgetreuen Inszenierung von Mozarts *Die Entführung*

aus dem Serail, doch mit einem weißen Bettchen, Mobiles mit Kasperlefiguren und weißen Phantasiepferdchen sowie einer Tapete mit rosa Röschen für ein mädchengerechtes Ambiente gesorgt.
Teresa stöhnte auf. Jagende Angst lähmte jeden klaren Gedanken, und mühsam versuchte sie, sich an die Hoffnung zu klammern, dass das Schicksal nicht so grausam sein konnte, ihr noch ein Opfer abzuverlangen. Ihr geliebtes Kind. Nein, es musste eine andere Erklärung geben.
Forschend blickte sie sich um. Nichts deutete darauf hin, dass etwas in ihrer Tochter vorgegangen war, das ihr, Teresa, verborgen geblieben war. Die Puppe, die sie so liebte, saß brav in ihrem mit kariertem Stoff bezogenen Kinderwagen, der Kaufmannsladen sah wie immer picobello aus, der kleine rote Arztkoffer mit dem weißen Kreuz auf der Vorderseite lehnte sorgsam verschlossen an Luizas Nachttisch, weil sie ihn stets griffbereit haben wollte, falls ihre Mutter, Komet oder Marie des Nachts krank werden sollten und ihrer Hilfe bedurften. Teresa lächelte wehmütig in sich hinein. Ihre kleine Tochter besaß das Herz einer Samariterin; keine Wespe durfte in ihrer Gegenwart getötet werden.
Nichts war anders als sonst. Zum ersten Mal jedoch fiel Teresa auf, wie aufgeräumt es aussah, vielleicht zu aufgeräumt für eine Neunjährige. Entsprach diese Ordnung Luizas Charakter, oder hielt man sie in der Schule dazu an? Teresa musste sich eingestehen, dass sie es nicht zu sagen vermochte.
Sie öffnete die Schreibtischschublade. Die Buntstifte lagen in Reih und Glied, daneben eine rote Mappe, in der Luiza ihre Zeichnungen aufbewahrte. Teresa schlug die

Mappe auf und blätterte die farbenfrohen Seiten durch – braune Ponys mit zu kurzen Beinen und zu großen Ohren, eine Blumenwiese, in deren Mitte ein schiefes rotes Haus stand, mächtige Bäume mit wackligen Zweigen, an denen rote Früchte baumelten, ein lachender Mann, der mit ausgebreiteten Armen auf einem braunen Ballon saß, auf den mit ungelenken Buchstaben das Wort »Kaffee« geschrieben worden war, und schließlich ein Schiff mit roten Segeln, zwei Frauen an Bord, die größere mit gelbem, die kleinere mit schwarzem Haar, die einem Mann an Land zuwinkten.
Unschlüssig blieb Teresa stehen und starrte in den Raum, als würde ihr aus irgendeiner Ecke die Antwort auf ihre Frage entgegenwispern und sie hätte sie bislang nur überhört. Schließlich löschte sie das Licht.
Auf dem Weg in die Halle fiel ihr Blick auf den Stapel Post vom Sonnabend, den zu sichten ihr keine Zeit geblieben war, ebenso wenig wie für die zuoberst liegende Zeitung. Geistesabwesend nahm sie die Briefe und die Zeitung und wandte sich zum Wintergarten. Kaffeeduft erfüllte den mit Palmen, Kakteen und Peddigrohrmöbeln im Kolonialstil ausgestatteten Raum. Zu angespannt, um sich zu setzen, blieb Teresa stehen und nahm einen Schluck von dem starken Kaffee. Halb elf. Sie würde der Polizei jetzt Beine machen, und wenn sie den Polizeipräsidenten selbst aus dem Schlaf klingeln musste. Sie zog das Telefon näher zu sich heran, während ihr Blick über die erste Seite der *Weser Nachrichten* wanderte. In der Meldungsspalte ganz unten leuchteten ihr die schwarzen Buchstaben entgegen. »Willkommen in der Hansestadt« hieß die Rubrik, und darunter standen die Namen der Schiffe, die im Bremer Hafen festgemacht hatten – *Señorita,* ein Schoner aus

Spanien, *Annika,* eine Viermastbark aus Dänemark, *Brasilia,* ein Kreuzfahrtschiff aus Brasilien …

Teresa hielt den Atem an. Eine Idee durchzuckte sie. Luizas Zeichnung … Konnte es sein …? Aber wieso …? Intuitiv wusste sie, dass ihre Ahnung sie nicht trog, und sie griff zum Telefon.

»Polizei Bremen!«, nuschelte eine Stimme desinteressiert in ihr Ohr.

»Teresa Andreesen«, sagte sie so ruhig wie möglich. »Verbinden Sie mich bitte mit dem zuständigen Beamten für … nun ja, ausgebüxte Kinder.«

Eine Stunde später klingelte es an der Haustür. Ein Polizist tippte sich an die Mütze und begrüßte Teresa lächelnd. Hinter ihm stand ein kräftiger braun gebrannter Mann in dunkelblauer Uniform und Kapitänsmütze, eine kleinlaute Luiza an der Hand. Grenzenlose Erleichterung durchflutete Teresa.

»Gott sei Dank«, murmelte sie, sank in die Knie und umarmte ihre Tochter. »Tu das bitte nie wieder, hörst du?«

»Guten Abend, gnädige Frau«, sagte der Mann mit der Kapitänsmütze mit hartem Akzent. »Mein Name ist Octavio da Silva, ich bin der Kapitän der *Brasilia.* Wir haben ihre Tochter unversehrt in einem der Rettungsboote gefunden. Weiß der Himmel, wie sie es geschafft hat, an den Wachen vorbeizukommen.«

»Ihr Tipp war goldrichtig«, sagte der Polizist. »Das nenne ich Mutterinstinkt. Das Pony gehört vermutlich auch der jungen Dame.« Lässig wies er auf seinen Kollegen, der Komet führte, die Satteltaschen über die Schulter geworfen hatte und die Villa abschätzig betrachtete.

Teresa nickte. »Marie, Susanne, schickt nach dem Stalljungen, er soll sich um Komet kümmern«, sagte Teresa

leise und zu Kapitän da Silva gewandt: »Möchten Sie einen Moment hereinkommen?«
»Vielen Dank, das ist sehr freundlich, aber ich denke, Ihnen steht der Sinn jetzt nicht nach fremder Gesellschaft. Sie erreichen mich bis übermorgen im Hafen, falls Sie sich den Ort des Geschehens anschauen möchten.« Er zog eine Karte aus der Innentasche seiner Uniform. »Sie erreichen das Schiff unter dieser Nummer. Rufen Sie vorher kurz an, dann stehe ich Ihnen zur Verfügung.« Da Silva lächelte unergründlich, und tausend Fältchen legten sich um seine schwarzen Augen, die wie Onyx schimmerten. »Gute Nacht, Frau Andreesen.«
Der Kies knirschte, als die drei Männer die Auffahrt hinuntergingen. Der Stalljunge, mit offenem Hemd und barfuß, tauchte aus der Dunkelheit auf und stürzte auf Komet zu. »Das ist vielleicht 'n Ding«, rief er strahlend. »Und ich hatte schon Angst, dass ich das Gatter offen gelassen hab.« Er streichelte das Pony. »Jetzt gibt's erst einmal eine Portion Hafer, hm? Hast Hunger, nicht wahr?« Leise auf das Tier einredend, verschwand der Junge mit ihm in Richtung der Stallungen.
Energisch wies Marie Susanne an, trotz der Wärme heiße Milch mit Honig zuzubereiten, falls das Kind sich eine Erkältung eingefangen hatte.
»Oder sonst was«, meinte Susanne. »Man weiß ja nie, was die aus dem Ausland hier einschleppen.«
»Susanne, rede keinen Blödsinn!« Teresa hatte es schon mehr als einmal bedauert, dass sie sich hatte breitschlagen lassen, Maries Nichte als Hilfe einzustellen. Susanne hielt sich für etwas Besseres und die Arbeit als Hausangestellte für unter ihrer Würde. Aber dieses Problem musste sie ein andermal lösen. Jetzt ging es einzig und allein um Luiza.

Was mochte sie nur dazu getrieben haben, ihr geliebtes Pony allein zu lassen und sich auf ein Schiff zu stehlen? Wollte sie allen Ernstes nach Brasilien durchbrennen, um ihren Vater zu finden, von dessen Existenz sie nichts, absolut gar nichts wissen konnte? Und wenn ja, warum?

»Bist du böse, Mama?«, fragte Luiza und setzte sich auf den Rand ihres Bettes, als wollte sie gleich wieder flüchten.

»Nein. Ich möchte nur wissen, warum du fortgelaufen bist.«

Luiza seufzte und begann zu weinen. »Ich weiß nicht … Es hat mich so gezogen …«

Teresa nickte. »Was hast du denn alles mitgenommen auf deine große Reise?« Sicher war es klüger, sich auf Umwegen an Luizas Beweggründe heranzutasten.

Luiza schluckte und wischte sich die Tränen ab. »Die Elfen in den Kaffeetassen«, murmelte sie.

»Die Elfen?«

»Ja. Wenn du und Marie und Susanne Kaffee getrunken habt, dann sind sie unten am Boden, manchmal auch am Rand. Sie sehen ganz braun aus, aber das ist nur, damit sie nicht jeder sieht. Aber ich kann sie sehen, und sie erzählen mir Geschichten.«

»Ich verstehe«, sagte Teresa, die nichts verstand, aber spürte, wie wichtig die Elfen für ihre Tochter waren. »Was erzählen sie denn so?«

»Oh, das ist ganz verschieden. Lustige und traurige Sachen. Dass Susanne drei Kinder haben wird, aber keinen Mann. Dass Marie noch lange bei uns bleibt …«

»Und was noch?«

Luiza stockte. »Einmal haben sie mir gesagt, dass du Papa lieb hast und dass er gar nicht tot ist …«, flüsterte sie, den

Blick gesenkt, »... und in Brasilien lebt. Und auf uns wartet ... Und dass Esperanza heilen kann wie Anaiza ...« Sie kletterte vom Bett, öffnete ihre Satteltaschen und wickelte zwei goldgefasste Kaffeetassen aus einem Handtuch. »Schau, das sind die Tassen ...«

»Aber Kind, die sucht Marie doch schon seit Weihnachten!«

»Ich weiß«, entgegnete Luiza zerknirscht. »Aber in diesen Tassen waren die Elfen, die von Papa erzählt haben. Ich musste sie einfach behalten. Schau nur.« Sie hielt Teresa die beiden Tassen hin, in denen eine dunkelbraune Masse klebte. »Und Omas Talisman hab ich auch mitgenommen. Wenn ich ihn ans Ohr halte, spricht er zu mir. Aber ich verstehe die Sprache nicht.« Sie hielt Teresa die hölzerne Figur hin, die Felicitas vor fast fünfzig Jahren von Anaiza bekommen hatte. Anaiza ... Manuel ... Teresa hielt den Atem an. Was ging hier vor? Sie zwang sich, ruhig zu bleiben.

»Was meinst du, wollen wir erst einmal schlafen gehen? Die Elfen möchten bestimmt auch, dass das kleine Mädchen jetzt die Äuglein schließt und etwas Schönes träumt, nicht wahr?«

Luiza setzte sich auf, den Ausdruck einer geduldigen Erwachsenen in den aquamarinblauen Augen. »Mama, das sind keine Kindermärchen. Das sind meine Freunde. Sie hänseln mich nicht wegen meiner dunklen Haut. Sie verstehen mich. Ich suchte einen Ort, an dem sie sich wohl fühlen würden, und dachte, die Kaffeeschuppen im Hafen ... Aber dann sah ich das Schiff ...« Sie brach ab.

»Ist ja gut, meine Kleine. Jetzt schlaf ein wenig, einverstanden?«

Luiza nickte und schlüpfte unter die Daunendecke. Sie

schlief ein, noch bevor Teresa das Licht gelöscht hatte. Marie kam ihr entgegen, die dampfende Milch auf einem Tablett, daneben zwei Kekse.
»Sie schläft schon«, sagte Teresa müde.
»Soll ich trotzdem …?«, fragte Marie und betrachtete die Milch zweifelnd.
»Ist schon recht. Gute Nacht, Marie.«
Langsam ging Teresa die Treppe hinunter, aufgewühlt und voller Schuldgefühle.
Was immer Luiza dazu befähigte, Dinge zu sehen und zu hören, die sie nicht wissen konnte, ängstigte sie nicht so sehr wie die Erkenntnis, dass sie, Teresa, ihrer Tochter einen Teil ihrer selbst vorenthalten hatte. Sie hatte sie mit Geschenken überhäuft, ihr das Wichtigste aber verweigert – die Wahrheit. Doch das Leben lässt sich nicht aussperren, es macht sich bemerkbar, irgendwie und irgendwann. Wenn sie ihrer Tochter helfen wollte, musste sie eine Entscheidung treffen.

TEIL I
1934–1939

1

»Da vorn!« Der Pilot wies mit dem Kopf nach rechts, und Felicitas Hoffmann blickte von ihren Akten hoch in das unendliche Blau dieses Septembertages, das am Horizont schon in das elfenbeinerne Grau der sich ankündigenden Dämmerung sank.
Sie rutschte auf ihrem Sitz ein wenig nach vorn. Ganz gleich, wie oft sie diesen Anblick schon hatte erleben dürfen, genoss sie ihn doch jedes Mal aufs Neue.
Der Pilot grinste, und Felicitas lächelte zurück. Sie wusste, dass der junge Mann sie bewunderte. Nach ihrem ersten Flug hatte er anerkennend durch die Zähne gepfiffen und gemeint, die meisten Frauen würden sich zimperlich geben und kleine spitze Schreie ausstoßen, sobald er die Motoren startete. Doch Felicitas hatte sich weder von dem ohrenbetäubenden Lärm noch von der schwindelerregenden Höhe, die die zweimotorige Ju 50 erreichte, je ins Bockshorn jagen lassen. Zweimal im Monat flog sie morgens nach Hamburg oder Leipzig, nahm ihre geschäftlichen Termine wahr und kehrte abends wieder zurück.
Elegant glitt die kleine Maschine übers Blockland und das schwarzbunte Vieh auf den Wiesen, das gleichmütig wei-

terkaute, flog über die Vorstadt, in der die Arbeiter und Angestellten Bremens, auch die ihres Unternehmens, in engen Häusern mit akkurat gepflegten Vorgärten wohnten, über Schwachhausen, den Bürgerpark, die prächtige Parkallee, wo Felicitas und ihre Familie wohnten, und schließlich über den Kunstpark, der in ganz Deutschland berühmt war für seine architektonische Kühnheit und die Einzigartigkeit seines Konzepts, das ausschließlich Frauen ein Forum für ihre Kunst bot. Seit seiner Eröffnung vor fünf Jahren erfreute sich der Park zunehmender Beliebtheit bei den Bremern, vor allem aber bei Gästen aus dem ganzen Reich und dem angrenzenden Ausland. Hingerissen betrachtete Felicitas die Schauspielschule mit dem pagodenförmigen blauen Dach, das in der Sonne glänzte wie Lapislazuli, den Kreis der Ahornbäume, die ein Yin-Yang-Motiv bildeten, das man nur aus der Luft erkennen konnte, die anmutig fließenden Spazierwege, die die Ateliers der Künstlerinnen miteinander verbanden, und das mit Palmblättern gedeckte Plantagenhaus, in dem der Dokumentarfilm über die Herstellung von Kaffee gezeigt wurde, den Felicitas, Steffen und Niklas in Brasilien gedreht hatten. Nun gut, er passte nicht wirklich ins Konzept des Parks, aber Felicitas hatte nicht widerstehen können, ihrer originären künstlerischen Idee einen Platz zu geben, den ihr niemand streitig machen konnte. Bis auf das Reichskulturministerium. Um ihr Lebenswerk zu retten, hatte sie Zugeständnisse machen und einige Künstlerinnen vor die Tür setzen müssen, deren Exponate zu wild, zu fremd, zu abstrakt waren. Auch der verbliebene Rest konnte nicht unbedingt als vom »völkischen Geist« beseelt bezeichnet werden, alle schrammten sie haarscharf an dem Verdikt vorbei, das Goebbels für Kunst ersonnen hatte, die er nicht verstand – entartete Kunst. Wenn Felicitas an die vielen geflohenen deutschen Künstler dachte, wurde ihr übel vor Hass und Abscheu gegen das, was in Deutschland vorging. Sie verscheuchte den Gedanken und konzentrierte sich auf das Bild, das ihr zu Füßen lag.

Heinrich wäre so stolz auf sie. Damals, vor zwanzig Jahren, als die Vorstellung für dieses kühne Unternehmen sie wie eine Vision überfallen hatte, hatte er, der älteste Sohn der reichen Kaffee-Andreesens, nicht wirklich daran geglaubt, dass seine Frau, ein junges Ding, so einen Plan in die Tat umzusetzen imstande sein könnte. Sie war das verhätschelte Kind zweier Schauspieler, war zwischen Kulissen, Requisiten und abgegriffenen Rollenbüchern aufgewachsen und hatte ihren eigenen Traum von der Bühne für die Liebe zu Heinrich begraben. Um zur Überraschung aller ganz erstaunliche andere Talente zum Leben zu erwecken – Tatkraft und Entschlossenheit, taktisches Kalkül und die Härte, die es braucht, um ein Unternehmen dieser Größe im Griff zu haben.

Felicitas lächelte in sich hinein. Der Kaiser hatte nicht schlecht gestaunt, als sie ihm, hochschwanger, beim Festbankett im Bremer Rathaus vor der Toilette aufgelauert hatte, um ihm ihre Idee nahezubringen und sich seiner Unterstützung zu vergewissern. Ihre Schwiegermutter wäre beinahe in Ohnmacht gefallen, aber Heinrich hatte sie bewundernd und verliebt angeschaut. 1913 … das Leben hatte seine strahlende, scheinbar unbesiegbare Pracht noch vor ihr ausgebreitet. So lange her …

Sanft setzte die kleine Maschine auf.

»Das war leider unser letzter Rundflug«, sagte der Pilot bedauernd auf dem Weg zu Felicitas' Wagen. »In Zukunft

dürfen wir nur noch von Norden einfliegen. Befehl von ganz oben.«
Felicitas nickte, ohne eine Miene zu verziehen. Es tat nicht gut, Unabänderliches zu bedauern.

Als Felicitas in die Villa Andreesen zurückkehrte, zog ein verführerischer Duft durch die Halle – Kükenragout. Marie verstand sich eher auf die deftigen Bremer Gerichte als auf die französische Küche, die Felicitas bevorzugte, und nachdem die Haushälterin zur letzten Dinnereinladung das Trüffelsoufflé als traurige undefinierbare Masse aus dem Ofen gezogen hatte, hatte Felicitas beschlossen, zukünftig auf sämtliche kulinarischen Raffinessen zu verzichten. Wurden ihr in anderen Bremer Häusern auch Filetspitzen in Weißwein vorgesetzt, mussten die Gäste bei Andreesens mit gepflegter Hausmannskost vorliebnehmen. Was günstiger war, weniger an Felicitas' Nerven zerrte und zudem den Vorteil hatte, dass die Familie in Kaufmannskreisen als bodenständig galt, allen Eigenwilligkeiten, die Felicitas sich leistete, zum Trotz.
Sie schaute auf ihre Taschenuhr, ein Geschenk von Heinrich, die sie stets bei sich trug. Die Papiere in ihrer Aktenmappe mussten warten. In einer Stunde würden die Gäste eintreffen. Sie musste sich noch umziehen und die Anforderungen des Tages mit Rouge und Lidstrich von ihren Zügen tilgen, was heute eindeutig länger dauerte als noch vor fünf Jahren. Leichtfüßig nahm sie zwei Treppenstufen auf einmal und lächelte, als sie ihrer in dem großen goldgerahmten Spiegel gewahr wurde. Nein, eigentlich konnte sie sich nicht beklagen. Gewiss, die Wangenpartie ließ ein wenig an Festigkeit zu wünschen übrig, und die steilen Falten über der Nasenwurzel gaben ihrer Miene einen

etwas strengen Ausdruck, aber die aquamarinblauen Augen funkelten herausfordernd wie eh und je, und ihre Figur hatte, obwohl sie vier Kinder geboren hatte, nichts Matronenhaftes an sich. Nur um die Taille hatte sie ein wenig zugelegt, doch das war nichts, woran Felicitas einen Gedanken verschwendete, solange sie eine Schneiderin hatte, deren geschickte Schnittkunst ein Nilpferd auf Stromlinie bringen würde.
Sie stürzte ins Schlafzimmer, riss die Spiegeltür ihres Kleiderschranks auf und nahm nach kurzem Zögern das dunkelrote Kleid aus chinesischer Seide vom Bügel. Der tiefe Ausschnitt war zwar gewagt, aber die züchtigen langen Ärmel stellten die Balance zwischen Provokation und Noblesse wieder her.
»Mutter, bist du da? Kann ich hereinkommen?«
Clemens. Wie immer im unpassendsten Moment und voller Zuversicht, dass ihm die Aufmerksamkeit seiner Mutter gewiss war. Sein Charme bestand zu einem Gutteil aus dieser entwaffnenden Unverfrorenheit und seinem burlesken Gehabe, mit dem er aus jeder Begegnung einen Auftritt machte. Er war seinem Großvater Max Wessels wie aus dem Gesicht geschnitten und hatte zweifelsohne dessen großes Talent geerbt. Während Felicitas ungerührt vor ihrer Frisiertoilette sitzen blieb und Make-up ins Gesicht klopfte, marschierte ihr Sohn mit großen Schritten, die Hände in den Hosentaschen, durch das Schlafzimmer, von der Tür zum Balkonfenster und wieder zurück, hin und her, bis er schließlich in der Mitte stehen blieb und theatralisch die Arme ausbreitete.
»Ich bin außerstande, eine Entscheidung zu treffen.«
»Wenn ich wüsste, worum es geht, könnte ich vielleicht etwas dazu sagen«, gab Felicitas amüsiert zurück und ver-

teilte mit einem Gänsequast großzügig losen Puder auf Wangen, Stirn, Kinn und Dekolleté.
Clemens strich sich eine widerspenstige braune Locke aus dem Gesicht und lehnte sich mit verschränkten Armen gegen den fragilen Spiegel.
»Was bist du für eine schöne Frau! Welch ein Jammer, dass du deine Bühnenkarriere wegen Papa aufgegeben hast.«
»Noch ein Wort«, sagte Felicitas kühl, »und du fliegst raus.«
»Entschuldige«, erwiderte Clemens zerknirscht. »Nun, es ist so: Der neue Intendant, dieser Stange, hat mir ein Engagement angeboten. Dreimal Komödie, zwei Klassiker, einen Liebhaber – und mit etwas Glück und wenn Klaus Marmann nach München geht, den Mephisto.«
»O Clemens, was für eine gute Nachricht!« Felicitas strahlte. Bis zu diesem Moment hätte sie keinen Pfifferling für Clemens' Laufbahn gegeben, denn Max Wessels hatte bis zu seinem Tod vor zwei Jahren nichts Besseres zu tun gehabt, als öffentlich gegen Hitler zu wettern, bis man ihm die Intendantur des Schauspielhauses entzogen hatte. Max hatte sich um Kopf und Kragen geredet ohne Rücksicht auf seinen Enkel, und das konnte ihm Felicitas über das Grab hinaus nicht verzeihen, denn an diesem Erbe hatte Clemens schwer getragen. Der Ruf seines Großvaters eilte ihm voraus, ganz gleich, an welchen Bühnen er vorsprach, und überdies neigte Clemens selbst dazu, kein Blatt vor den Mund zu nehmen. Wie oft hatte Felicitas ihm einzuschärfen versucht, etwas mehr Fingerspitzengefühl walten zu lassen, das man brauchte, um das künstlerisch Wünschenswerte mit dem politisch Machbaren unter einen Hut zu bringen. Aber wenn Stange den

jungen Hitzkopf tatsächlich engagieren wollte, zählte Talent offensichtlich heute doch noch etwas, nicht nur die rechte Gesinnung.

»Ich freue mich sehr für dich«, sagte sie.

Abrupt wandte er seinen Blick von ihr und setzte seinen Dauerlauf durch das Zimmer fort. »Wie kann ich das Angebot annehmen? Du weißt, dass ich mir nichts sehnlicher wünsche, aber welcher Mensch von Herz und Verstand kann mit Barbaren kooperieren, die das hohe Gut des eigenen Volkes, seine Bücher, auf den Scheiterhaufen werfen!« Die »Aktion wider den undeutschen Geist«, die der Nationalsozialistische Studentenbund ausgerechnet auf dem Spielplatz an der Nordstraße, dem traditionellen Versammlungsplatz der Bremer Arbeiterbewegung, im Beisein der SA, der Hitlerjugend und einer johlenden Menschenmenge durchgeführt hatte, hatte Clemens zugesetzt. »Gesa hat damit wohl kein Problem«, fügte er ironisch hinzu.

»Lass deine Schwester aus dem Spiel. Sie versucht, ihren Weg zu finden, gerade so, wie du es tust«, erwiderte Felicitas und erhob sich.

Resigniert winkte Clemens ab. »Ich sehe keinen Weg vor mir, absolut keinen.«

»Vielleicht denkst du einmal darüber nach, dass Stange mit dem Angebot ein nicht unerhebliches Risiko auf sich nimmt«, sagte Felicitas schneidend. Wenn sie eines hasste, dann dieses gottverdammte Selbstmitleid. »Die Zeiten sind nicht einfach, aber es nützt niemandem, am wenigsten dir, wenn du dich hängen lässt. Du hast genau zwei Möglichkeiten. Entweder du nimmst es an und zeigst allen Skeptikern, was du kannst, oder du lässt es sausen. Du hast die Wahl.« Sie küsste Clemens flüchtig auf die Wange

und hob die Augen gen Himmel. »Im Übrigen muss ich mich jetzt um meine Gäste kümmern …«
»Tststs«, neckte Clemens seine Mutter. »Das wird doch bestimmt wieder eine puppenlustige Angelegenheit! Wen erwartest du denn?«
»Van der Laakens, den Baumwollhändler Berger und seine Mutter, Frank Middeldorf …«
»Brrr.« Clemens machte ein Gesicht, als hätte er in eine Zitrone gebissen, und schnarrte: »Darf ich Ihnen, verehrte Frau Hoffmann, als kleines Zeichen meiner Bewunderung diese Vanilleschote überreichen?«
Felicitas verkniff sich das Lachen. Clemens hatte das enervierende Timbre des Gewürzgroßhändlers Middeldorf gar zu gut getroffen.
»Ich verstehe nicht, wie du dich mit diesem Typen abgeben kannst«, beharrte Clemens. »Er ist geizig, über die Maßen langweilig und sitzt im Dickdarm des Gauleiters von Weser-Ems …«
»Nun ist es aber genug«, sagte Felicitas ärgerlich. »Wenn du dich benimmst, kannst du gern zum Essen bleiben, andernfalls …«
»Gott steh mir bei«, erwiderte Clemens mit unwiderstehlichem Grinsen, küsste seine Mutter auf die Wange und verließ feixend das Schlafzimmer.
Felicitas schüttelte nachsichtig den Kopf. Wurde der Junge denn nie erwachsen? Was er vorne mit Charme und Geist aufbaute, stieß er, wenn er seinem Werk den Rücken wandte, mit dem Hintern wieder um. Andererseits, war es nicht natürlicher für einen jungen Menschen, gegen eine von oben diktierte Gleichmacherei zu opponieren, als sie, wie die Mehrheit es tat, kritiklos, Lemmingen gleich, zu inhalieren und ihr widerstandslos zu folgen? Im Gegen-

satz zu seinem Zwillingsbruder Christian, der mehr nach Heinrich schlug, hatte Clemens die rebellische Ader der Wessels geerbt, die Max auf den Intendantenstuhl gehievt und danach in Teufels Küche gebracht, seine Frau und Felicitas' Mutter, Helen Wessels, aus der Ehe fort in eine leidenschaftliche Liebesbeziehung zu einem ostpreußischen Gutsverwalter und Felicitas an die Spitze eines der größten Bremer Unternehmen getrieben hatte.
Mit List, Mut und einer Portion Härte hatte sie es verstanden, aus dem wenigen, was der Börsenkrach 1929 an Vermögen übrig gelassen hatte, kraftvoll einen neuen Anfang zu gestalten – Heinrichs Patent für den magenschonenden Kaffee verschaffte ihr eine unangefochtene Marktstellung. Während andere Kaffeeröster und die Baumwoll- und Tabakhändler noch unter der Rezession und der scharfen Devisenbewirtschaftung und den damit verbundenen Einfuhrkontrollen litten, hatte Felicitas nicht nur das Bremer Werk ausgebaut, sondern auch eine Niederlassung in Ostpreußen gegründet und damit den mächtigen Leipziger Kaffeeunternehmern schlaflose Nächte bereitet.
Zugegeben, dieser Charakterzug hatte ihr und ihren Eltern nicht immer Glück gebracht, aber ohne eine Portion Dynamit im Blut war es nicht möglich, das Leben bei den Hörnern zu packen und zu bezwingen. Man muss dafür jedoch nicht auf die Barrikaden klettern und Fahnen schwingen, dachte Felicitas. Es gibt elegantere Wege, seine Ziele durchzusetzen.
Felicitas erhob sich und strich die leise knisternde Seide glatt. Die Schläge der Standuhr drangen dumpf durch die Villa – neunzehn Uhr. Wo um Himmels willen blieb Steffen?

Beethovens Violinkonzert schwebte über dem Wintergarten und konkurrierte gegen dezentes Geschirrgeklapper und wohltemperiertes Geplauder. Die ärgerlich hohen Kaffee- und Baumwollpreise hatte die gepflegte Gesellschaft nur kurz gestreift, um sich rasch und etwas ausführlicher dem Thema zu widmen, das Bremen seit einigen Wochen beschäftigte – Hitlers in Aussicht gestellter Besuch in der Hansestadt.

»Es wäre ja wohl gelacht«, sagte Wilhelm van der Laaken dröhnend und spießte ein Stückchen von dem saftigen Huhn auf, »wenn wir es nicht schaffen würden, ihn endlich an die Weser zu locken.«

»Die Formulierung ›locken‹ scheint mir doch ein wenig danebengegriffen«, schulmeisterte Frank Middeldorf maliziös. »Der Terminplan des Führers lässt wenig Raum für Unwesentliches.«

»Mein lieber Middeldorf, Sie wollen doch wohl nicht behaupten, die Verleihung der Ehrenbürgerwürde der Stadt Bremen und die Eröffnung der Nordischen Kunsthochschule seien Kinkerlitzchen! Zweimal hat der Bürgermeister ihn eingeladen, zweimal hat er abgesagt. Das ist doch, mit Verlaub, ein Schlag ins Gesicht aller ... ähm ... patriotischen Bürger.« Van der Laakens rundes Gesicht rötete sich vor Empörung, doch bevor der alte Patriarch der Bremer Tabakhändler zu einem seiner gefürchteten verbalen Rundumschläge ansetzen konnte, wandte sich Felicitas ihm lächelnd zu.

»Allerdings muss man doch zugeben, dass fast jedes Dorf im Reich den Führer zum Ehrenbürger ernannt hat. Wenn er alle diese Urkunden persönlich in Empfang nehmen würde und für den Bau der Autobahn und andere zukunftsweisende Projekte keine Zeit mehr aufbringen könnte, würden sich die Bremer doch als Erste darüber ereifern, nicht wahr? Würden Sie mir bitte das Salz reichen, Herr van der Laaken?«

»Selbstverständlich, gnädige Frau«, murmelte van der Laaken und wich dem sanft tadelnden Blick seiner Ehefrau aus, die wie stets in zarte elfenbeinfarbene Spitze gehüllt war, welche ihr blasses Gesicht noch blasser erscheinen ließ.

»Nun, ich denke, den Stapellauf der *Scharnhorst* auf der AG Weser wird sich Hitler nicht entgehen lassen. Dieser Ostasiendampfer wird alle anderen in den Schatten stellen«, hielt Roland Berger ungeachtet Felicitas' subtilem Hinweis, das Thema zu wechseln, daran fest. Das Herz des Baumwollhändlers schlug für die Schifffahrt, und nur die Verpflichtung, das Erbe seines früh verstorbenen Vaters anzutreten, hatte ihn davon abgehalten, auf einem der Überseedampfer anzuheuern. Statt die sieben Weltmeere zu bereisen, saß der Fünfundzwanzigjährige nun seit fünf Jahren in Bremen fest, gestrandet im Berger'schen Kontorhaus am Wall, fünf Häuser neben den Büros von Andreesen-Kaffee. Die Enttäuschung, seiner wahren Passion niemals nachgeben zu dürfen, hatte sich in seine Züge gegraben und ließ ihn wie eine gekränkte Ausgabe von Willy Birgel wirken. Genau jener Typ, den bestimmte Frauen gar zu gerne erretten würden, dachte Felicitas und streifte Teresa hin und wieder mit einem prüfenden Blick. Doch ihre sechzehnjährige Tochter machte nicht den Eindruck, als wäre sie von Berger beeindruckt. Manierlich verspeiste sie das Kükenragout und beantwortete die Fragen ihrer Tischnachbarin, Eugenia Berger, die sich mäßig interessiert nach Teresas Reitkünsten erkundigte.

»Für die Olympischen Spiele wird es, fürchte ich, wohl

nicht reichen«, sagte Teresa artig. Hochleistungssport interessierte sie überhaupt nicht, aber ganz Felicitas' Tochter, wusste sie, wie man elegant ein neues Gesprächsthema aufs Tapet brachte, und Eugenia Berger nahm den Faden bereitwillig auf.

»Du meine Güte, in der Tat sind ja schon alle ganz verrückt danach. Ich verstehe zwar so gut wie nichts von Sport, aber sind diese vielen Disziplinen, man spricht ja von hundertsechsundzwanzig, nicht ein wenig zu viel des Guten?«

»O nein, ganz und gar nicht, im Gegenteil«, schaltete sich Frank Middeldorf ein. »Diese Spiele stellen eine historische Chance für unser Land dar, denn endlich werfen wir das Joch des Ersten Weltkriegs ab, indem sie hier in Deutschland ausgerichtet werden.«

»Immerhin, lieber Middeldorf«, sagte Berger, »haben wir diesen Krieg angezettelt. Es war schon ein Wunder, dass wir bereits wieder vor sechs Jahren, 1928, an den Spielen teilhaben durften.«

Felicitas runzelte die Stirn. Dieser Abend zerrte an ihren Nerven. Nicht nur Steffen glänzte durch Abwesenheit, auch Elisabeth hatte es vorgezogen, Reißaus zu nehmen. Sie beneidete ihre greise Schwiegermutter, die gleich nach dem Sherry mit leidendem Gesichtsausdruck auf ihr Alter hingewiesen, sich entschuldigt und zum allgemeinen Bedauern zurückgezogen hatte. In Wirklichkeit gab die Gesundheit der Neunzigjährigen keinen Anlass zur Klage, und Felicitas wusste, dass Elisabeth es sich bei einem Glas Rotwein und leiser Operettenmusik in ihrem Schlafzimmer im Obergeschoss gemütlich gemacht hatte, während Teresa und sie, Felicitas, hier unten Konversation treiben mussten. Es war so anstrengend und zugleich von quälender Langeweile. Welche Themen auch immer sie anschnitten, Middeldorf und van der Laaken kehrten wie eine hängengebliebene Schallplatte immer wieder zu denselben ermüdenden Sujets zurück. Gleich würde Middeldorf gegen Amerika zu Felde ziehen, wo sich eine breite Basis gegen den Austragungsort Berlin formierte und die Sportler aller teilnehmenden Länder aufforderte, die Spiele zu boykottieren, solange Hitler die deutschen Juden weiter diskriminierte. Daraufhin würde van der Laaken sich ereifern, seine Frau würde ihm die Hand mahnend auf den Unterarm legen und so weiter und so fort. Es brauchte nur einen strammen Nazi wie Frank Middeldorf, um eine Gesellschaft in Ödnis verenden zu lassen. Mochten Einladungen wie diese auch das Schmieröl in den geschäftlichen Beziehungen sein, so war Felicitas doch jedes Mal heilfroh, wenn sie es hinter sich hatte.

»Das IOC und Hitler haben sich längst geeinigt«, hörte sie Middeldorf mit halbem Ohr sagen, »natürlich werden jüdische Sportler starten.«

»Nun ja, die Fechterin Helene Mayer lebt seit zwei Jahren in den USA«, gab Roland Berger zu bedenken. »Sie ist Halbjüdin …«

»Und was ist mit Werner Seelenbinder?«, hielt Middeldorf dagegen. »Immerhin ist unser Deutscher Meister im Ringen ein aktenkundiger Kommunist und darf trotzdem starten.«

»Ich muss um Verzeihung bitten!« Mit einem Ton, der das Gegenteil von dem ausdrückte, was er gesagt hatte, betrat Steffen den Wintergarten. »Wir haben noch eine brandaktuelle Meldung auf Seite eins unterbringen müssen.« Formvollendet küsste er den Damen die Hand und nickte den Herren zu.

»Wie aufregend«, zirpte Eugenia Berger. »Darf man erfahren, um welches Ereignis es sich handelt, oder müssen wir bis morgen früh warten?«
Felicitas sah das Unheil kommen, doch ehe sie etwas dagegen unternehmen konnte, entfaltete Steffen eine druckfrische Zeitungsseite. »Ich ahnte doch, dass es Sie interessieren würde. Hier: ›Wie die *AIZ*, eine Prager Zeitung, schreibt, ist Hitlers Versicherung, die Nichtarier bei den Olympischen Spielen zu berücksichtigen, angeblich Schall und Rauch. Zum Beweis veröffentlichte die Zeitung eine Chronik der systematischen Ausschaltung der jüdischen Bevölkerung aus dem Sport sowie Fotos von jüdischen Sportlern, die nicht mehr starten dürfen.‹«
Stille. Dann fragte Frank Middeldorf gefährlich leise: »Herr Hoffmann, was wollen Sie damit sagen?«
Steffen hob irritiert die Augenbrauen. »Aber wir müssen doch entlarven, welche Lügen über das Deutsche Reich andernorts verbreitet werden. Die Bewegung gegen die Olympischen Spiele ist breit gefächert, Arbeiter- und Sportverbände in ganz Europa sind der Meinung, dass die nationalsozialistische Idee sich nicht mit dem olympischen Gedanken verträgt. Meinen Sie nicht, dass man seine Feinde kennen sollte, um sie zu bekämpfen?«
»Selbstverständlich«, erwiderte Middeldorf. »Die Frage ist aber doch, inwieweit unsere deutsche Presse solchen Elementen ein Forum bieten muss.«
»Sofern man ihnen auf diese Weise die Maske der Verführung vom Gesicht reißen kann, spricht wohl kaum etwas dagegen.« Steffens Stimme troff vor Ironie, und Middeldorf hätte ein Idiot sein müssen, um es nicht zu bemerken, doch zu Felicitas' Erstaunen lenkte der Gewürzhändler ein.

»Nun ja, ich verstehe nichts von der Journaille.«
»Ich auch nicht, und ich bin mit einem Chefredakteur verheiratet!« Felicitas' Lachen perlte durch den Raum und glättete den Rest der Welle, die zur Woge hätte werden können. Die Gäste stimmten ein, Stühle wurden gerückt, Kragen unauffällig gelockert. Zeit für Kaffee und Cognac.

»Bist du wahnsinnig geworden? Wie kannst du Middeldorf derart provozieren?«
»Der kann das vertragen. Du hast doch gesehen, wie er den Schwanz eingezogen hat.« Steffen lächelte und fuhr sacht mit der Hand über Felicitas' Wange. »Vertrau mir. Ich kann Typen wie ihn ganz gut einschätzen. Außerdem würde ich nichts tun, was dich in Gefahr bringen könnte.«
Felicitas wandte sich ab und ging schweigend in das Ankleidezimmer, das mit dem Schlafzimmer durch einen großzügigen Durchbruch verbunden worden war, die letzte einer Reihe von Baumaßnahmen, mit denen sie dem gesamten Obergeschoss der Villa Andreesen einen anderen Zuschnitt und ein anderes Ambiente verpasst hatte. Sie hatte sich nicht überwinden können, das Bett, in dem Heinrich, ihr verstorbener Mann, und sie leidenschaftliche Stunden verbracht hatten, und die Räume, in denen sie gelebt, gestritten, gelacht und geweint hatten, mit einem anderen Mann zu teilen, auch wenn sie ihn noch so sehr liebte. Und nachdem Ella, Heinrichs jüngere Schwester, geheiratet hatte und ausgezogen war, und Anton, Heinrichs jüngerer Bruder, und dessen Frau Désireé nicht gedachten, ihr Haus in der Pagentorner Straße wieder aufzugeben und in die Parkallee zurückzukehren, hatte

Elisabeth den Plänen ihrer Schwiegertochter zugestimmt. So besetzte eine Kolonne von Handwerkern drei Wochen lang die erste Etage, riss die Innenwände sämtlicher Räume mit Ausnahme der Kinderzimmer nieder, baute Rundbögen und kleine Mauervorsprünge und bemalte Wände mit durchscheinendem goldenem Ocker, wie es dem von Felicitas gewünschten maurischen Stil entsprach. Nur ihr eigenes Zimmer, diese mit Theaterrequisiten und Erinnerungen beladene Sphäre der Vergangenheit, ließ sie, wie es war.

Von weitem und ganz zart vernahm Felicitas die ersten Takte von Mozarts *Jupiter-Sinfonie* und lachte leise auf. Elisabeth besaß wirklich eine bemerkenswerte Konstitution. An einem anderen Abend wäre sie vielleicht noch auf einen Sprung zu ihr in den rechten Flügel gegangen, wie sie es öfter tat, um bei einem Sherry in Elisabeths ungeheuer britischem Salon ein wenig über die Gäste zu lästern oder sich einen von ihren scharfsinnigen Ratschlägen zu holen, wie dieses und jenes Problem in der Firma am besten zu handhaben sei. Aber nicht heute.

Achtlos ließ sie die seidene Robe zu Boden gleiten und schlüpfte in ein weißes Nachthemd, bodenlang und zart wie ein Windhauch. Es verfehlte seine betörende Wirkung selten, doch Felicitas war nicht in der Stimmung für leidenschaftliche Umarmungen. Rasch schlüpfte sie unter die Bettdecke.

»Himmel noch mal, war das anstrengend«, murmelte sie, gab Steffen einen müden Kuss und hoffte, er würde sich damit zufriedengeben.

»Noch böse?«, fragte er leise, und sie schüttelte stumm den Kopf, um einer Diskussion aus dem Weg zu gehen, für die sie zu erschöpft und die ohnehin sinnlos war.

Sie löschte das Licht auf ihrer Seite und schloss die Augen, die Seiten zählend, die Steffen leise umblätterte. Wahrscheinlich las er wieder eins der verbotenen Bücher, die er gerettet und in einer Abseite versteckt hatte.
Wann es begonnen hatte, vermochte Felicitas nicht genau zu sagen, doch mit jedem Tag verlor sich ein Stückchen jener liebevollen Vertrautheit, die ihr gemeinsames Leben so besonders gemacht hatte. Nur fünf Jahre lag es zurück, da Steffen Hoffmann sie behutsam aus der langen, allzu langen Trauer um Heinrich geführt hatte. Sie hatte Geborgenheit gesucht und bei ihm, dem ruhigen, gebildeten, humorvollen Mann, gefunden. Und noch viel mehr – Steffen gab ihr das Vertrauen in die eigenen Fähigkeiten zurück, die Lust, Neues zu wagen, und den Mut, gegen den Strom zu schwimmen. In Brasilien auf Don Alfredos Kaffeeplantage in der Hochebene von São Paulo hatte ihre Liebe begonnen, mit jedem Meter Zelluloid, den sie abdrehten, wuchs die Faszination, die beide füreinander empfanden. Drei Jahre später heirateten sie, und nie, niemals hätte Felicitas es für möglich gehalten, dass sie und Steffen einander fremd werden könnten. Daran war nur diese verdammte Zeitung schuld. Seitdem Steffen die *Weser Nachrichten* leitete, entfaltete er ein seltsames Sendungsbewusstsein. Gewiss, er war nicht so dumm, sich der Gleichschaltung der Presse durch die Nazis offen zu widersetzen, doch er vertraute darauf, dass die Bremer, die traditionell eher zur Sozialdemokratie neigten, zwischen den Zeilen zu lesen fähig waren und die Botschaft eines kritischen Nebensatzes hier und einer ironischen Schlagzeile dort verstünden. Die Rechnung ging auf. Während die *Weser Nachrichten* siebzigtausend Exemplare täglich verkauften, brachte es die nationalsozialisti-

sche Alternative *Der Nordstern* nur auf eine Auflage von knapp fünfunddreißigtausend. Da nützte es auch nichts, dass das Reichspropagandaministerium eine Woche der NS-Presse in Bremen beging, ein Musikkorps der Schutzpolizei vor dem Rathaus aufspielen ließ, SA- und SS-Leute den *Nordstern* in jedes Haus trugen, Werbeschilder aufstellten und per Lautsprecher ihre Parolen in allen Straßen verbreiteten. Die Bremer blieben stur und hielten den *Weser Nachrichten* die Treue. Die Verleger, ein älteres Brüderpaar, das seinen Wohnsitz ins klimatisch freundlichere Zürich verlegt hatte, zeigten sich sehr angetan von Steffens eleganter Art, der braunen Ideologie eine lange Nase zu drehen, und schickten in regelmäßigen Abständen hübsche Postkarten aus der Schweiz und im Herbst letzten Jahres sogar eine nicht unerhebliche Gratifikation. Felicitas hätte stolz auf Steffen sein können, wenn nicht der Erfolg seiner Strategie ihn unvorsichtig und ein wenig hochmütig gemacht hätte. Sein provozierender Auftritt heute Abend war nicht der erste dieser Art und bestimmt nicht der letzte, und wenn Felicitas nicht riskieren wollte, dass die Gestapo morgen vor ihrer Tür stand, musste sie dem Einhalt gebieten. Die Wut verscheuchte ihre Erschöpfung.

»So kann es nicht weitergehen.« Ihre Stimme klang frostiger, als sie es beabsichtigt hatte. Sie wollte ihn nicht abkanzeln, sondern nur zur Vernunft bringen, und deshalb hätte sie gern sanft etwas hinzugefügt, irgendetwas, doch ihr fiel nichts ein. Alles, was sie wollte, war, dass er aufhörte, sich wie Michael Kohlhaas zu benehmen. Steffen schlug das Buch zu und sah sie mit seinen grünen Augen an.

»Verzeih, Liebes, aber diese Bande von Speichelleckern ist einfach unerträglich.«

»Meinst du nicht, dass es klüger wäre, das Beste aus der politischen Situation zu machen? Wir beide tragen einen Haufen Verantwortung – für uns, für die Familie und die Mitarbeiter. Wir sollten sie schützen, statt sie durch blindes Heldentum zu gefährden.«

»Man kann aus dem Nationalsozialismus nicht das Beste machen, weil er nicht einen Funken Gutes enthält. Er wird Tod und Verderben über die Deutschen bringen ...«

»Du liebe Zeit, Steffen, wach auf! Die Nazis sind doch nur eine vorübergehende Erscheinung! Schau mal, 1932 haben mehr als 62 Prozent der Bremer gegen die Harzburger Front aus Hitler, von Papen, Hugenberg und Seldte gestimmt, und selbst bei der Reichstagswahl im vergangenen Jahr haben 52,9 Prozent Hitler ihre Stimme verweigert. Die Bremer stehen mit ihrer Meinung gewiss nicht allein da.«

»Felicitas, du machst dir etwas vor«, sagte Steffen gereizt.

Aufgebracht funkelte Felicitas ihn an. »Ich muss mich nicht verteidigen, aber lass dir eins gesagt sein: Andere Unternehmer sind 33 der Partei beigetreten, du kennst doch diesen Elitezirkel, der Himmler direkt in den Hintern kriecht, um Staatsaufträge zu bekommen. Wenn ich an diesen Mehlbaron aus Nürnberg denke, wird mir schlecht. Zu solchen Leuten gehöre ich nicht, und du wirst mir das nicht einreden.«

»Nein, aber du verkehrst mit ihnen. Wo ist der Unterschied?«

»Was soll ich deiner Meinung nach denn tun? Andreesen-Kaffee verkaufen und auswandern?«

»Keine schlechte Idee«, erwiderte er leichthin, wechselte aber sofort den Ton und sah Felicitas eindringlich an. »Ich meine es ernst, Felicitas, wir können nicht dasitzen und abwarten.«

»Doch, genau das können wir!«

Ihre Blicke trafen sich, wütend der ihre, ungläubig und fassungslos, als hätte Felicitas gerade verkündet, in die Partei eingetreten zu sein, der seine. »Wo ist die Frau geblieben, die Don Alfredo für sein Verbrechen zur Rechenschaft gezogen hat? Wo ist dein Sinn für Gerechtigkeit geblieben?«

»Das eine hat doch mit dem anderen nichts zu tun!« Resigniert legte Felicitas sich zurück und starrte schweigend an die Decke. Jedes weitere Wort schien sinnlos und trieb sie nur noch mehr voneinander fort.

Eine Stunde später lag sie immer noch wach, während Steffens regelmäßige Atemzüge ihr verrieten, dass er tief und fest schlief. Zu aufgewühlt, um Ruhe zu finden, stand sie leise auf, wickelte sich in ihren Morgenrock und huschte aus dem Schlafzimmer über den Flur in ihr kleines Reich, in das sie sich von jeher zurückzog, wenn sie ihre Gedanken ordnen und ihre Gefühle sortieren wollte. Sie machte Licht und betrachtete zufrieden das exotische Interieur mit dem ebenholzschwarzen Elefanten, den asiatischen Wandbehängen, orientalisch geschnitzten Tischchen, den vielen Kerzenleuchtern aus Messing und der Vitrine mit der hölzernen Figur, die ihr einst Anaiza im Dschungel nahe Terra Roxa geschenkt hatte. Hier hatte sie heimlich an ihrem Konzept für den Kunstpark gearbeitet, bevor sie Heinrich eingeweiht und vom Gelingen ihres kühnen Plans überzeugt hatte. Hier hatte sic auch die Idee für den Dokumentarfilm und den sensationellen Reklamefeldzug für Andreesen-Kaffee entwickelt. Irgendetwas in diesem Zimmer verlieh ihr die Kraft, die Probleme des Alltags vor der Tür zu lassen und Raum für aufregende, inspirierende, bahnbrechende Vorhaben zu schaffen. Was immer es war, es war genau das, was sie jetzt brauchte, um den Streit mit Steffen zu vergessen und nicht darüber nachzugrübeln, wie es mit ihnen weitergehen sollte, und in Herz und Hirn Platz zu machen für eine neue, große Idee.

Olympia! Olympische Spiele und Andreesen-Kaffee! Felicitas schalt sich, nicht längst darauf gekommen zu sein, dass die Athleten mehr brauchten als Sportbekleidung, tägliche Verpflegung und ein Dach über dem Kopf. Middeldorf, der über exzellente Kontakte nach Berlin verfügte, hatte durchblicken lassen, dass der Norddeutsche Lloyd mit der Kantinenbewirtschaftung im Olympischen Dorf beauftragt worden war. Doch der Lloyd war kein Kaffeeröster, also brauchte er, um die Athleten mit Kaffee zu versorgen, einen Kompagnon, und sie, Felicitas, würde alles daransetzen, dass seine Wahl auf sie und Andreesen-Kaffee fallen würde. Vermutlich hatten ihre Konkurrenten aus Hamburg und Leipzig ihre Kooperationsangebote bereits unterbreitet, doch die Tatsache, dass diesbezüglich noch keine Entscheidung gefallen war, ließ Felicitas hoffen. Eine zündende Idee genügte, um alle anderen in den Schatten zu stellen.

Sie nahm einen Skizzenblock und einen dicken roten Buntstift zur Hand und notierte alles, was ihr zu dem Thema einfiel, strich allzu Verrücktes wieder durch und malte rote Kringel um brauchbare Ansätze. Ein zartes Klopfen ließ sie zusammenfahren. Die Tür wurde geöffnet, und Teresa stand auf der Schwelle, hellwach. Mit einem Blick umfasste sie die Situation, schloss leise die Tür und setzte sich zu Felicitas' Füßen.

»Darf ich dir helfen?«
Felicitas lächelte entwaffnet. Schon als kleines Mädchen hatte Teresa es geliebt, ihrer Mutter bei der Arbeit zuzusehen, mucksmäuschenstill und stundenlang.
»Meinst du nicht, dass es dafür ein bisschen zu spät ist? Du solltest schlafen, mein Kind …«
Teresa schüttelte ihr zerzaustes Haar aus dem Gesicht und wand es zu einem aschblonden Knoten, was ihre strengen Züge unterstrich. Im letzten Jahr hatte sich der Babyspeck endgültig verabschiedet, alles Weiche, Mädchenhafte mitgenommen und eine herbe Schönheit offenbart, die so kühl und unergründlich wirkte, dass selbst Felicitas gelegentlich vergaß, dass Teresa erst sechzehn Jahre alt war. Das Seidenkleid, das sie heute Abend getragen hatte, hatte sie sehr erwachsen aussehen lassen, doch in dem karierten hochgeschlossenen Baumwollnachthemd mit den beiden roten Schleifen auf den Ärmeln steckte unübersehbar ein junges Mädchen, das etwas auf dem Herzen hatte. Und Felicitas wusste sehr genau, was das war. Wie ihr Vater Heinrich Andreesen war Teresa durchdrungen von dem Bedürfnis nach Harmonie. Ihre ausgeprägte Sensibilität ließ sie Unstimmigkeiten schon im Ansatz erkennen und mit diplomatischem Geschick glätten. Misslang ihr das, litt sie mehr unter den Auseinandersetzungen als die Kontrahenten selbst. Es lag auf der Hand, der Abend hatte Teresa zugesetzt, die Spannungen zwischen ihr, Felicitas, und Steffen bedrückten sie. Felicitas zögerte, entschied sich jedoch, nicht darauf einzugehen. Es wurde Zeit, dass Teresa lernte, sich das Leid der anderen nicht zu eigen zu machen. Flüchtig schlich sich der Gedanke in Felicitas' Bewusstsein, dass sie im Begriff war, so zu handeln wie ihre eigene Mutter, Helen Wessels,

deren Unnahbarkeit sie nie verstanden und gehasst hatte, doch ehe der Gedanke zur Erkenntnis reifen konnte, hatte sie ihn auch schon abgeschüttelt.

»Hier«, sagte sie und hielt Teresa den Skizzenblock hin, »ich mache mir Gedanken, wie ich unseren Kaffee am geschicktesten ins Olympische Dorf schmuggeln kann …«

Teresa las mit gerunzelter Stirn. »Du willst Buden rund um das Dorf aufbauen?«

»Warum nicht?«

»Ach, ich weiß nicht, das hat so etwas … so etwas Sesshaftes.«

»Wie meinst du das?«

»Na ja, Kaffee zieht doch um die halbe Welt, bevor wir ihn trinken können.« Teresa sprang auf und ging zu der Vitrine hinüber, in der eine geschnitzte Figur, beleuchtet vom Kerzenschein, schimmerte wie Onyx. »Denk doch nur an Brasilien! Wie lang dauert es allein, bis die Kaffeekirsche geerntet, getrocknet und zum Hafen gebracht wird.«

Felicitas lächelte darüber, wie geschickt Teresa mal wieder auf ihr Lieblingsthema zu sprechen kam. Teresa liebte Kaffee, seinen Duft, sie liebte die Lagerhäuser am Hafen, das gediegene Kaffeehaus am See und das Kontorhaus am Wall, in dem stets frisch gebrühter Kaffee angeboten wurde. Vor allem aber liebte sie es, wenn Felicitas von Brasilien erzählte, von den Kaffeeplantagen auf Terra Roxa, von Anaiza und ihrem Schattenkaffee, und nie wurde sie es müde, die alten Geschichten wieder und wieder zu hören. Wie gern wäre sie einmal dort.

Behutsam öffnete Teresa den kleinen Messinghaken, der die Vitrine verschloss, und nahm die Skulptur in die Hand, die eine lachende, vor Lebensfreude überschäumende Seite zeigte und eine dunkle, traurige, hoffnungslos verzweifelte. Felicitas hatte sich der Faszination dieses kleinen Kunstwerks nie entziehen können und freute sich, dass es Teresa ebenso erging.

»Wie alt warst du, als Anaiza dir die Figur schenkte?«, fragte Teresa, ohne den Blick von der Skulptur zu wenden.

»Das weißt du doch«, entgegnete Felicitas, fuhr aber dennoch fort: »Ich war gerade achtzehn und auf Hochzeitsreise mit deinem Vater.«

»Und da …?«

»Nun ja, Brasilien hatte mir seine zwei Gesichter offenbart, die fast schmerzliche Schönheit der Landschaft, die Gelassenheit der Menschen, aber auch die Schattenseiten einer Gesellschaft, die die Sklaverei offiziell abgeschafft hatte, sie inoffiziell jedoch weiter praktizierte.« Wenn sie an Terra Roxa dachte, zog sich ihr Herz zusammen. Felicitas meinte, das Geräusch der Palmblätter zu hören, die leise rauschend wie ein Fächer hinter ihr zusammenschlugen, als sie in den Dschungel eintauchte. Der Duft der feuchten Hitze stieg ihr in die Nase, sie sah die große Hütte aus Palmwedeln und notdürftigen Bretterwänden, ging hinein und erschrak, als sie das junge Mädchen erblickte, das auf einem Lager aus würzig riechenden Kräutern lag und gegen den Wundbrand, den Tod und die Scham ankämpfte, von weißen Männern vergewaltigt und geschlagen worden zu sein. Sie war mit einem Gast von Don Alfredo zusammengestoßen, und als er sie festhalten wollte, hatte sie ihm in die Hand gebissen. Felicitas hatte ihre Hilfe angeboten, doch Anaiza, die schweigsame, unergründlich wirkende Frau aus dem Dschungel, hatte sie mit ihren kohlschwarz glänzenden Augen durchdringend angesehen und auf Portugiesisch gesagt, dass der Zeitpunkt dafür erst noch komme, »wenn die Zeit der Tränen vorüber ist«. Felicitas erschauerte, als sie darüber nachsann, wie hellsichtig Anaizas Worte gewesen waren, die in einem Halbsatz die grausamen Folgen des Ersten Weltkriegs und Felicitas' persönliches Schicksal zusammengefasst hatten.

»Und dann hat sie dir die Figur geschenkt?«

»Ja, ohne ein weiteres Wort. Aber ich wusste, ich würde wiederkommen und Anaiza, dem Mädchen und vielleicht auch anderen helfen. Ich wusste nicht genau, wie ich es anstellen sollte, doch mit der Figur hatte Anaiza mir eine Aufgabe mit auf meinen Weg gegeben.«

»Deswegen hast du den Kunstpark gebaut, nicht wahr?«, sagte Teresa eifrig. »Damit Frauen aus aller Welt ein Forum haben, sich und ihre Kunst darzustellen, und sich auf diese Weise mehr Respekt und Achtung erkämpfen.«

Felicitas nickte.

»Und du hast begonnen, mit Anaiza Geschäfte zu machen.«

»Ja, und so bescheiden der Erlös aus dem Schattenkaffee auch ist, so sehr erfüllt es mich mit Genugtuung, ihr und den anderen Frauen zu helfen.« Felicitas blickte Teresa augenzwinkernd an. »Hilfsbereitschaft zu zeigen ist wunderbar, sofern man es sich leisten kann.«

Doch Teresa schüttelte den Kopf. »Du tust immer nur so zynisch, Mama. Du weißt, dass das Wundervollste an der Geschichte Anaizas Geschenk ist. Für mich wäre es das jedenfalls. Eine Vision zu haben, eine Aufgabe …«

»Das kommt noch früh genug«, erwiderte Felicitas leichthin. »Sei froh, dass du unbeschwert erwachsen werden kannst.«

»Du hattest in meinem Alter doch auch schon große Ziele. Du wolltest zur Bühne …«
»Und habe es nicht getan.«
»Aber du hattest wenigstens eine Idee, was du aus deinem Leben machen willst. Ich habe nicht mal den Ansatz einer Ahnung«, schimpfte Teresa.
»Doch, den hast du. Dort«, entgegnete Felicitas und wies auf Teresas Herz. »Dein Weg ist tief verborgen in deinem Innern, aber eines Tages wirst du ihn deutlich vor dir sehen.«
»Meinst du wirklich?« Teresa hob den Blick, die Verzweiflung der Jugend in den Augen, doch Felicitas widerstand der Versuchung, auszusprechen, was ihrer Meinung nach auf der Hand lag. Dass Teresa die ideale Nachfolgerin für das Unternehmen war, würde sie selbst erkennen müssen, sonst würde sie niemals das Gefühl loswerden, in eine Rolle hineingepresst worden zu sein, die sie gar nicht vorgehabt hatte zu spielen. Allerdings würde ein wenig subtile Nachhilfe von Felicitas' Seite sicherlich nicht schaden. »Ich meine das wirklich«, sagte sie. »Aber wolltest du mir nicht eigentlich helfen? Wie bringen wir Andreesen-Kaffee zu den Olympischen Spielen?«
»Nicht nur mit Buden«, antwortete Teresa energisch, »sondern mit beweglichen Verkaufstresen, die von Eseln gezogen und mit den Requisiten geschmückt werden, die für die Kaffeeländer typisch sind – Kaffeesäcke, Palmblätter, Gitarren, Orangen …«
»Du meinst, wir betonen die Herkunft des Kaffees und damit das internationale Flair der Spiele …«
»… und gleichzeitig die gute alte Bremer Kaffeetradition, indem wir Kaffeebüchsen und -becher und Kaffeepralinen und was uns sonst noch einfällt mit unserem Schriftzug versehen und verkaufen.« Teresa strahlte, und Felici-

tas nickte anerkennend. Nein, sie täuschte sich nicht. Mochte Gesa auch zum Film streben, Clemens zum Theater und Christian in die Medizin, ihre jüngste Tochter würde ihre Erbin sein.

2

Das Kaufhaus an der Obernstraße glich einem Bienenstock. Eigentlich gehörte es mit zu den vierundneunzig jüdischen Geschäften, die seit dem 31. März 1933 boykottiert werden sollten, doch nur einen Tag später war es wie durch ein Wunder von der Liste verschwunden und hatte seine Tore wieder öffnen können. Angeblich hatten die Geschäftsführer zugesichert, die zweiundfünfzig jüdischen Angestellten zu entlassen, was, wenn man es mit dem stillen Widerstand ernst meinte, ein mehr als triftiger Grund war, dieses Haus nicht mehr zu betreten. Andererseits wurden die Waren so preisgünstig angeboten, dass jemand, der auf den Pfennig achten musste, und das waren nicht wenige, einfach nicht daran vorbeikam, hier einzukaufen.

Kopfschüttelnd blieb Ella in der Porzellanabteilung vor einem Waschkrug stehen, einem dickbauchigen »Modell Adolf« mit Hitlers Porträt. Demnächst wird's wohl auch Nachttöpfe mit dem Konterfei des Führers geben, dachte Ella und lächelte grimmig. Das wäre doch mal eine gute Idee – scheiß auf Hitler. Aber dazu würde es wohl leider nicht kommen. Zwar prangte auf vielen Gebrauchsgegenständen, Spielen und Kinderbüchern mittlerweile ein Hakenkreuz im Zahnradkranz, ein Siegel, das man sich in Albert Speers »Amt für Schönheit der Arbeit« ausgedacht hatte, doch Goebbels hatte den inflationären Einsatz des Siegels inzwischen verboten. Kinderbälle oder Schokoladendosen mit Hakenkreuzen zu verzieren verletze die Würde der nationalsozialistischen Symbole, hieß es.

Ella rückte die Brille zurecht, die wie immer ein wenig schief auf ihrer Nase saß, und wandte sich den Regalen mit günstigem Geschirr zu. Sie wunderte sich jedes Mal aufs Neue, wie nachlässig die Mädchen im Gebrauch von Tellern, Tassen, Gläsern und Schüsseln waren. Fast täglich ging beim Abwaschen irgendetwas zu Bruch, und Ella oder eine der Lehrerinnen redeten den Mädchen ins Gewissen, sorgsamer mit Dingen umzugehen, die ihnen nicht gehörten. Doch dies war vermutlich genau der Punkt. Menschen achteten nur, was sie besaßen, auch wenn sie sich denjenigen, die ihnen die Dinge zur Verfügung stellten, eigentlich dankbar statt gedankenlos erweisen sollten. Da die Ermahnungen nicht fruchteten und Ella weder die Mittel noch die Lust hatte, ständig Geschirr nachzukaufen, hatte sie beschlossen, jedem Mädchen ein eigenes Essgeschirr mit Monogramm zu schenken, in der Hoffnung, dass der persönliche Besitz pfleglicher behandelt werden würde.

Sie entschied sich gegen die günstigeren, aber ungleich gröber gefertigten Steingutwaren und für zwei Service aus weißem Porzellan mit zartrosa Rosen. Dann händigte sie der Verkäuferin eine Liste mit den Monogrammen aus und erschrak, als sie den Preis hörte.

»Vielleicht möchten Sie es lieber selbst versuchen?«, sagte die junge Frau mitfühlend. »Mit Porzellanfarbe und ein wenig Übung …«

Ella schüttelte den Kopf. Nein, daraus würde nichts werden. Bevor die Mädchen den Pinsel angesetzt hatten, wären gewiss schon zwei Tassen zerbrochen. Und ihren Mann mochte sie nicht um den Gefallen bitten, der hatte weiß Gott genug zu tun.

Sie bedankte sich, steckte den Zettel ein, auf dem die Verkäuferin das Abholdatum notiert hatte, und eilte zur Kasse. Mit einem raschen Blick auf die runde Uhr, die wie ein Mond an einer Wand zu schweben schien, vergewisserte sie sich, dass es erst kurz vor vier war. Zeit genug, um am Liebfrauen-Kirchhof eine Bratwurst zu essen, bevor sie um halb fünf ihren Unterricht erteilen sollte. Genau genommen handelte es sich nicht um Unterricht im klassischen Sinn, sondern um einen Gesprächskreis, den Ella ins Leben gerufen hatte, um den Mädchen Politik, Geschichte und Kunst von der Antike bis heute aus weiblichem Blickwinkel nahezubringen. Da sie nicht daran gewöhnt waren, zu debattieren und ihre Meinung zu äußern, gestaltete Ella diese Stunden entweder in dem gemütlichen Kaminzimmer in der Schule oder in einem der Kunstpark-Pavillons im Bremer Stadtpark und sorgte stets für einige Leckereien und Limonade, um die Atmosphäre heiter und entspannt zu machen. Bislang hielt sich der Erfolg allerdings in Grenzen. Was auch kein Wunder ist, dachte Ella nachsichtig. Wenn man vierzehn, fünfzehn oder sechzehn war, schien es sicher verlockender, mit dem BDM Ausflüge zu unternehmen, an Lagerfeuern zu sitzen, zu singen und Volkstänze zu erlernen, als darüber nachzudenken, welche Kämpfe die Frauen ausgefochten hatten, um 1918 zum ersten Mal wählen zu dürfen. Ella hätte man, als sie in dem Alter war, gewiss nicht von der Faszination germanischer Rundtänze um dicke Eichen überzeugen können. Aber sie war ja auch stets einen anderen, ganz eigenen und selbst für ihre Familie unverständlichen Weg gegangen. Von der behüteten, reichen Andreesen-Tochter zur Gründerin und Leiterin einer Schule für Waisenmädchen. Es war weiß Gott nicht leicht gewesen, diesen Weg zu finden und ihn nach vielen Umwegen konsequent zu verfolgen, aber sie hatte es geschafft. Selbst ihre Mutter hatte neulich in einem seltenen Anflug von Großmut zugegeben, ihre Tochter lange, allzu lange unterschätzt zu haben.

Mit Genuss verspeiste Ella die wunderbar würzige Rostbratwurst, riss die trockene Brötchenhälfte in kleine Teile und warf sie den rund um den Wurstpavillon herumlungernden Spatzen und Tauben zu. Ein besonders mutiger Spatz stürzte sich auf das größte Stück und versuchte es vor seinen neidischen Artgenossen in Sicherheit zu bringen, musste die Beute aber aus drei Metern erreichter Höhe fallen lassen und setzte ihr unverdrossen nach, ungeachtet der Tatsache, dass das Stück auf der Hutkrempe einer alten Dame gelandet war, die sich erschrocken aufschreiend den Strohhut vom Kopf riss. Der Spatz floh, die alte Dame schaute verwirrt umher, und die Umstehenden verbissen sich ein Lachen. Ella liebte es, bei Claußen zu essen. Stets gab es etwas zu sehen, zu schmunzeln, zu erleben. Hier im Herzen der Stadt, unweit vom Bremer Dom und der Sögestraße, fanden sich Senatoren ein und Kaufleute, Verkäuferinnen und leichte Mädchen, Schüler des nahe gelegenen Gymnasiums und Matrosen, Reedersgattinnen und Gouvernanten – ein Spiegelbild der Bremer Gesellschaft, die die Wurst auf einen gemeinsamen Nenner brachte. Natürlich gab es auch Schaschlik und natürlich gab es auch noch jede Menge anderer Wurstbrate-

reien, doch wer etwas auf sich hielt, aß Rostbratwurst bei Claußen.
Für Ella hatte der Pavillon auch deshalb eine besondere Bedeutung, weil sie hier per Handschlag das Geschäft ihres Lebens gemacht hatte, den Kauf des Gebäudes am Osterdeich, das seit drei Jahren ihre Schule beherbergte. Sie hatte sich zwar ein anderes Objekt in den Kopf gesetzt, doch kurz vor Vertragsabschluss hatte der Besitzer, der eigentlich nach Österreich zu seiner Tochter und seinem Schwiegersohn hatte umziehen wollen, es sich anders überlegt. Der Grundriss des Hauses, seine Größe und der herrliche Garten – Ella war untröstlich gewesen.
Der Zufall oder eine Laune des Schicksals hatte Ella wenige Wochen nach dieser niederschmetternden Nachricht den Senftopf aus der Hand fallen lassen, der in tausend Teile zerbrach und den rehbraunen Nerzmantel des wurstessenden Gastes neben ihr über und über mit unschönen graugrünen Spritzern verzierte. Die Frau nahm es erstaunlicherweise mit Humor, stellte sich als Witwe des Studienrates a. D. Senkpiel vor und schien erfreut, eine Gelegenheit gefunden zu haben, sich mitzuteilen. Das Gespräch floss unauffällig dahin, wurde jedoch sehr lebhaft, als Ella einer Eingebung folgend von ihren unfreiwillig gestoppten Plänen zu erzählen begann. Die beiden Frauen einigten sich schnell. Nachdem Ella das geräumige Anwesen am Osterdeich gleich am nächsten Tag besichtigt hatte, vereinbarten sie einen Notartermin, der Ella zur neuen Besitzerin erklärte und der kinderlosen Minna Senkpiel die Mittel sicherte, die sie brauchte, um kurz darauf in die Vereinigten Staaten zu emigrieren.
Zwei Jahre hatten Ella und ihr Mann Thomas Engelke das Gefühl genossen, im Paradies gelandet zu sein. Ellas Plan,

eine Schule für alleinstehende Frauen und deren Kinder zu eröffnen, war zwar am Widerstand der Behörden gescheitert, doch sie ließ nicht locker, bis man ihr wenigstens die Eröffnung einer Schule für Waisenmädchen genehmigte. Thomas und Ella steckten ihr ganzes Vermögen in das Haus, kauften Mobiliar für die Klassenzimmer, richteten behagliche Schlafzimmer für die Mädchen ein, ließen das Dachgeschoss zu einer Wohnung mit einem Atelier für Thomas umbauen und waren berauscht von der Gewissheit, den Schwächsten der Gesellschaft tatkräftig und sinnvoll helfen zu können.

Nach der kleinen Meike, die Polizisten im Schnoor aufgegriffen hatten und deren Alter der Amtsarzt auf »vielleicht sechs, vielleicht acht« geschätzt hatte und die sich wochenlang weigerte, ein Sterbenswort von sich zu geben, kamen die Geschwister Anneliese und Hannelore, dann Katinka, Swantje, Wiebke, Ursula ... Es war nicht einfach, den Kindern die Disziplin der Schule nahezubringen und ihnen gleichzeitig Geborgenheit zu schenken, da die meisten irritiert, mitunter sogar abweisend auf die ungewohnte Zuwendung reagierten. Doch Ella und die Lehrerinnen ließen sich nicht entmutigen.

Ja, damals ... Es schien Ewigkeiten her. Ella schritt schnell aus und bemerkte mit Genugtuung, dass sie begann zu schwitzen. Bewegung war das Beste gegen dunkle Gedanken, die sie in letzter Zeit häufig heimsuchten. Es war aber auch zu dumm. Der Leiter der Schulbehörde, der ihre Arbeit mit außerordentlichem Wohlwollen begleitete, hatte Ella gesteckt, dass für Ende des Jahres ein Erlass zu befürchten stand, demzufolge auch die Privatschulen in ihrer Unterrichtsgestaltung nicht mehr frei und Leiter wie Lehrer solcher Anstalten nur dann tätig sein dürften, wenn es »im Geiste nationalsozialistischer Weltanschauung« geschah. Über die Zulassung der Lehrkräfte würde im Einzelnen der Senator für das Bildungswesen zu entscheiden haben. Wenn sich das bewahrheitete, und Ella zweifelte keine Sekunde daran, würden sie in ernsthafte Schwierigkeiten geraten, denn Ella hatte zwei Lehrerinnen eingestellt, die eine liberale, moderne Gesinnung besaßen, so dass es nur einen Ausweg gab – sie mussten dem Senator Theater vorspielen, ihn glauben machen, dass sie die neuen Lehrinhalte selbstverständlich mit Inbrunst vertreten würden. Ein riskanter und ein wenig naiver Plan, aber der einzige, den sie hatten. Erschwerend kam hinzu, dass Thomas' Vergangenheit als Sozialdemokrat und Ellas bescheidene Rolle in der Bremer Frauenbewegung aktenkundig waren.

Das schmiedeeiserne Tor ächzte, als Ella es öffnete, und sogleich verflog ihre düstere Stimmung. Zwei der Mädchen, Swantje und Meike, ließen einen selbst gebastelten roten Drachen im Sommerwind steigen, Anneliese und Wiebke lagen bäuchlings im Schatten der mächtigen Platane, und Andi, der schwarz gelockte Schulhund, setzte so vergeblich wie begeistert einem Zitronenfalter hinterher. Ella sog das Idyll auf, als müsste sie es für immer in ihrem Herzen festhalten.

»Guten Tag, Frau Engelke«, rief die lebhafte Anneliese und winkte. »Ist es heute nicht viel zu heiß für den Unterricht?«

»Keine Sorge, es gibt gekühlte Erdbeerlimonade«, antwortete Ella augenzwinkernd und setzte ihren Weg zum Haus fort. Andi hatte sie entdeckt und sprang vor Freude winselnd an ihr hoch. Während sie den Hund streichelte und leise auf ihn einredete, fragte sie sich, ob sie nicht zu viel versprochen und Fräulein Zinke die Erfrischung wie verabredet heute früh angesetzt hatte. Alle, die hier arbeiteten, waren eben nicht nur Lehrerinnen, sondern auch Küchenhilfen, Seelentrösterinnen, Putzfrauen, je nachdem, wo gerade eine helfende Hand nötig war. Mehr Hausangestellte als die Köchin konnten Ella und Thomas sich nicht leisten, und die hatte heute Vormittag einen Arzt aufsuchen müssen, weil sie sich mit dem Fleischmesser so tief geschnitten hatte, dass sie froh sein konnte, wenn ihr Zeigefinger überhaupt dranblieb.

Ella versetzte Andi einen Klaps. An der Haustür wartete Fräulein Zinke. Die kleinen, sorgfältig manikürten und gefalteten Hände ruhten wie stets unterhalb ihres flachen Busens, ihr streng gescheiteltes kinnlanges schwarzes Haar mit der einen grauen Strähne umspielte weich ihre etwas groben Züge mit dem kräftigen Kinn, von denen Thomas zu ulken pflegte, der liebe Gott habe vergessen, sie ins Reine zu zeichnen, und nichts deutete darauf hin, dass die Gelassenheit, die die ältere Lehrerin im Allgemeinen ausstrahlte, erschüttert worden war. Dennoch hatte Ella das unbestimmte Gefühl, dass etwas geschehen war.

»Frau Engelke, wir haben eine Aufgabe zu meistern«, sagte Fräulein Zinke denn auch prompt, als Ella in Hörweite war. Ihre Augen zeigten sowohl Besorgnis als auch Entschlossenheit, und Ella verkniff sich ein Lächeln. Das war typisch. Bei ihrem Vorstellungsgespräch hatte Ella »die vielfältigen Probleme« geschildert, die der Alltag und der Unterricht in einer Schule für Waisenmädchen mit sich bringen würde, doch Fräulein Zinke hatte resolut und knapp erwidert, sie bevorzuge das Wort Aufgabe. Diese Einstellung hatte Ella sehr beeindruckt, so sehr, dass sie sie in die Schulstatuten aufgenommen hatte – »Paragraf 5. Wir haben keine Probleme, sondern Aufgaben, die wir meistern wollen.«

Die beiden Frauen zogen sich in den angenehm kühlen Schulflur zurück, und Fräulein Zinke deutete nach oben.

»Die Aufgabe befindet sich aus Gründen, die Sie gleich erkennen werden, in meinem Privatzimmer.«

Irritiert folgte Ella ihrer Kollegin.

»Delia, hier ist unsere Schulleiterin. Du kannst Vertrauen zu ihr haben.«

Am Fenster saß ein schlankes Mädchen, den Rücken zur Tür, aufrecht, aber nicht steif. Tizianrote Strähnen ringelten sich aus dem festen Nackenknoten, mit dem sie versucht hatte, die Mähne zu bändigen. Neben dem Stuhl lag ein Bündel hastig zusammengeschnürter Kleider.

»Guten Tag«, sagte Delia fest und drehte sich um. Dunkelbraune, wache Augen dominierten ein spitzes Gesicht, dessen rechte Seite geschwollen und blutunterlaufen war und rotlila leuchtete.

»Um Himmels willen«, rief Ella, »wer hat dich denn so zugerichtet?«

»Ein paar Klassenkameradinnen«, antwortete Delia und zuckte mit den Schultern, als würde es sich nur um einen kleinen Streit unter Gleichaltrigen handeln und nicht um nackte Gewalt, die man ihr angetan hatte.

»Sie hänseln sie wegen ihres Vaters, rennen hinter ihr her und ziehen sie an den Haaren. Heute hat ihnen das wohl nicht mehr gereicht.« Fräulein Zinke war so wütend, dass ihre gewohnte Contenance sie verließ. Ihre Stimme zitterte leicht.

Delia schüttelte den Kopf. »Ganz so war es nicht. Gerda, das ist die Anführerin, hat mich gefragt, wann ich trotz meines verbrecherischen Vaters endlich wieder zum BDM gehen und damit meiner Pflicht als deutsches Mädchen nachkommen wolle, und da habe ich geantwortet, dass ich keinen Wert darauf lege, körperlich und geistig auf die zukünftige Rolle der Frau als Mutter und Gefährtin des Mannes vorbereitet zu werden, und dass mir dieses schwachsinnige Gefasel vom Typ der deutschen Frau, die ergänzend neben den Typ des deutschen Mannes tritt und deren beider Vereinigung die rassische Wiedergeburt unseres Volkes bedeutet, schon lange zum Hals heraushängt.«

Ella und Fräulein Zinke tauschten einen erstaunten Blick. Delia war offensichtlich mit einem für eine Sechzehnjährige erstaunlichen rhetorischen Scharfsinn gesegnet, jedoch nicht mit der Bauernschläue, sich im richtigen Moment verbal zurückzuhalten.

»Ein einfaches ›Ich weiß nicht‹ hätte vielleicht auch genügt«, sagte Ella, konnte sich aber ein pädagogisch unkluges Lachen nur mit Mühe verbeißen. Das System bot jedem einen Platz, Aufmärsche signalisierten Einigkeit, eine uniforme und homogene Masse taumelte im Glücksgefühl des »Jeder für alle, alle für jeden«, und dennoch setzten einige diesem ideologischen Geschwür den Reichtum eines freien Geistes entgegen. Zweifelsohne waren diese Gedanken richtig, doch Ella schwankte zwischen Hochachtung und der Besorgnis, wie sie dies unterstützen sollte, ohne sich und die Schule zu gefährden.

»Gut, Delia, du bleibst zunächst bei uns, wenn du willst, und ich rede mit deinem Schulleiter. Dann sehen wir weiter.« Sie lächelte Delia aufmunternd zu und verließ mit Fräulein Zinke das Zimmer.

»Wie haben Sie das Mädchen aufgegabelt?«, fragte Ella auf dem Weg ins Lehrerzimmer.

»Ich wollte in der Pause rasch noch ein Pfund Erdbeeren für die Limonade besorgen und habe den Küchenausgang benutzt. Als ich zurückkehrte, stand Delia wie aus dem Boden gewachsen vor mir.« Fräulein Zinke schüttelte den Kopf. »Die Familie hatte es wirklich nicht leicht.« Sie hielt kurz inne und fügte dann erklärend hinzu: »Delia ist die Tochter von Hendrik Nussbaum.«

»Hendrik Nussbaum?«, wiederholte Ella. Der Sozialdemokrat, der ihrer Schwägerin Felicitas wieder und wieder Knüppel zwischen die Beine geworfen hatte, um den Bau des Kunstparks zu verhindern.

»Wir waren Nachbarn am Peterswerder, gute Nachbarn. Delias Schwestern sind, soweit ich weiß, schon vor drei Jahren nach England ausgewandert, weil ihr Vater das so wollte. Er hat damit gerechnet, dass sich die Lage für ihn über kurz oder lang zuspitzen würde. Aber er wollte wohl seine kranke Frau nicht im Stich lassen. Mechthild Nussbaum hatte Krebs und ist vor Kurzem gestorben.«

»Und warum ist Delia in Bremen geblieben?«

»Aus dem gleichen Grund, denke ich. Gelegentlich habe ich ihr Nachhilfe in Latein gegeben, das einzige Fach, das ihr nicht besonders liegt. Es ist Ihnen sicher nicht entgangen, wie hochintelligent das Mädchen ist, aber auch extrem eigensinnig.«

»Nein, natürlich nicht. Was ist mit ihrem Vater?«

»Nachdem ich Delias Verletzungen versorgt und mich vergewissert hatte, dass ich das Mädchen in dem Zustand allein lassen kann, bin ich mittags zur Polizei gegangen, aber da konnte oder wollte mir niemand weiterhelfen. Und bei der Gestapo am Wall wurde mir nur zynisch versichert, dass ein Mann wie Hendrik Nussbaum gewiss das bekomme, was er verdiene.« Sie schnaubte verächtlich.

»Welche Schule besucht Delia?«
»Das Adolf-Hitler-Gymnasium an der Luisenstraße.«
»Auch das noch«, stöhnte Ella. Der Rektor war ein harter Brocken. Am besten brachte sie es gleich hinter sich.

Wie zu erwarten gewesen war, hatte sich der Rektor nicht kooperativ gezeigt und war nicht einen Zentimeter vom Weg der Paragrafen gewichen. Auch Ellas Hinweis, Delias Verletzungen seien seinem Ruf als unfehlbarer Schulleiter, der seine Schülerinnen im Griff hatte, nicht besonders zuträglich, hatte ihm nur ein geringschätziges Lachen entlockt. Erst als Ella so gelassen wie möglich hinzufügte, er könne doch froh sein, eine missliebige Schülerin loszuwerden, deren Herkunft mit einem Makel behaftet war, hatte der wohlbeleibte Mittsechziger, dessen rundes, glänzendes Hamstergesicht Sympathie auf den ersten Blick weckte, kurz gezögert. Die Versuchung war groß, das las Ella aus seiner Miene, doch entweder gönnte er ihr die Genugtuung nicht, doch noch ihren Willen durchzusetzen, oder er wollte trotz allem nicht auf eine seiner besten Schülerinnen verzichten.
»Montag früh zur ersten Stunde findet sich Delia wieder zum Unterricht ein«, sagte er und stand auf. Ella blieb sitzen.
»Delia ist sechzehn Jahre alt, sie ist ganz allein und völlig verängstigt. Sie wird dem Unterricht nicht folgen können aus Furcht vor dem Nachhauseweg, aus Furcht, wieder verprügelt zu werden.« Das entsprach zwar nicht ganz der Wahrheit, aber der Zweck heiligte die Mittel.
»Frau Engelke, was ich Ihnen gesagt habe, war keine Diskussionsgrundlage, sondern eine Entscheidung. Ich werde meiner Fürsorgepflicht nachkommen und mich darum

kümmern, dass das Mädchen in Ruhe gelassen wird. Wenn Sie mich jetzt bitte entschuldigen wollen …«

»Sie können mich ruhig hinauswerfen, durch die Hintertür komme ich wieder hinein«, gab Ella kühl zurück und nickte ihm zu. Die Schlacht hatte er gewonnen, den Krieg aber noch nicht. Hoch erhobenen Hauptes verließ sie das Büro des Rektors.

3

Mit einem Ruck, denn Gesa pflegte einer möglichen Katastrophe ohne Federlesens ins Auge zu sehen, zog sie den Frotteeturban vom Kopf und ließ das Handtuch achtlos auf den Boden neben den Küchenausguss fallen. »Sehr schön«, murmelte sie halblaut, als sie das Ergebnis ihres ersten Wasserstoffsuperoxid-Einsatzes in dem kleinen Handspiegel begutachtete. Ihre vor einer halben Stunde noch dunkelblonden Haare glänzten in hellem Honiggelb, ein hübscher Ton, nicht so strahlend wie Jean Harlows Platinblond, aber auffällig genug, um die Blicke der Leute auf sich zu ziehen. Der richtigen Leute. Das hätte sie schon viel eher tun sollen, dann wäre ihre Karriere gewiss schon aus den Startlöchern geschossen. Ein praller Hintern, ein wohlproportionierter Busen und die richtige Haarfarbe entschieden über Sein oder Nichtsein beim Film, da konnten Clemens und ihre Mutter hundertmal das Gegenteil behaupten. Jeder wusste, dass Theaterschauspieler kaum eine Chance beim Film hatten. Sie übertrieben vor der Kamera furchtbar, weil sie es gewohnt waren, für Zuschauer in zig Metern Entfernung zu spielen, und nicht begriffen, dass das Zelluloid die feinste Regung ihres Mienenspiels registrierte. Und dieses Chargieren nannte Clemens dann »wahres Talent«. Was hatte ihm sein »wahres Talent« außer einigen unwichtigen Rollen in Theatern der hintersten Provinz denn eingebracht? Gewiss, auch ihre Erfolge hielten sich noch in den engen Grenzen der Komparserie. Nur mit detektivischem Spürsinn mochte man sie in dem kleinen Ruderboot ausmachen, das in einer Szene in *Hochzeit am Wolfgangsee* zu sehen war, oder als eine der Spaziergänger wiedererkennen, die in Carl Boeses Schmonzette *Gruß und Kuss, Veronika* am Blumenladen der Titelheldin vorüberflanierten, doch Gesa dachte nicht daran, sich davon entmutigen zu lassen.

Energisch kämmte sie sich das feuchte Haar, das sich anmutig um ihr herzförmiges Gesicht kringelte. Ihre Familie würde sich noch wundern. Sorgfältig cremte sie sich ein und prüfte, ob kein Brauenhärchen aus der Reihe tanzte. Ungeschminkt strahlte Gesa blitzblanke Vitalität aus, doch ihr war der mit Lidstrich, Wimperntusche und dunkelrotem Lippenstift gezauberte Anblick der sinnlich-erotischen Gesa lieber, weil sie das Spiel, das damit einherging, besser beherrschte. Sie sah sich in die Augen und verzog das Gesicht. Hätte sie bloß das Aquamarinblau ihrer Mutter geerbt. Die funkelnde Kälte hätte ihrem Aussehen jene exquisite Note gegeben, um die sie Felicitas und Teresa heiß beneidete. Aber sei's drum, auch ohne dieses Erbe entsprach Gesa genau dem Typ, der dazu geboren war, die Leinwand zu erobern, und sie hatte nicht vor, sich diese Chance entgehen zu lassen.

»Es wird kalt ohne dich.« Gesa zog den Vorhang, der die

winzige Küche, die zugleich als Bad diente, vom ebenso winzigen Wohn- und Schlafzimmer trennte, beiseite, und Niklas schnappte nach Luft. »Du siehst umwerfend aus«, sagte er mit ehrlicher Bewunderung, und das Begehren glomm erneut in seinen Augen auf. »Komm her.« Gesa näherte sich dem Bett, und er zog sie an sich. Seine Finger strichen über ihren flachen Bauch hinauf zu den weichen, wogenden Brüsten, massierten die Brustwarzen so fest, dass Gesa aufstöhnte, und mit einer schnellen Bewegung hob Niklas sie auf seinen Schoß und drang in sie ein. Während er sie mit einer Hand festhielt, suchten die Finger der anderen nach der Perle in Gesas Schoß und reizten sie im Rhythmus seiner Stöße. Eine akrobatische Leistung, die ihre Wirkung nicht verfehlte. Als Gesa sich dem Höhepunkt näherte, erlaubte Niklas es sich, seiner eigenen Lust zu folgen, bis sie beide aufschrien. Als die Wellen der Lust verebbten, ließ Niklas sich auf den Rücken fallen und zog Gesa mit sich. Eine Weile lagen sie eng umschlungen, bis seine Finger begannen, ihre Schulterblätter nachzuzeichnen, die Rundungen ihrer Taille und den Schwung ihrer Hüften.
»O nein«, sagte Gesa kichernd und versuchte sich von ihm zu lösen. »Ende der Vorstellung. Wir sind sowieso schon spät dran, und ich habe mir gewiss kein neues Kleid gekauft, um heute im Bett zu bleiben. Los, du Faulpelz.«
»Du hast viel mehr davon, wenn du mit mir hierbleibst«, sagte er mit gespielt tiefem Timbre und wildem Errol-Flynn-Blick.
»Wenn du mich nicht sofort loslässt«, entgegnete sie mit Lilian-Harvey-Schmollmund, »hole ich die Polizei und erzähle denen, was du für schmutzige Dinge mit einem ehrbaren Mädchen anstellst.« Ihre Blicke trafen sich, doch

Gesa war nicht bereit, die Worte zu lesen, die sich darin formten. Geschmeidig entwand sie sich seiner Umarmung, und ihr Ton wurde eine Spur frostiger. »Es macht mir nichts aus, allein zum Odeon zu gehen, aber ich kann es nicht ausstehen, zu spät zu kommen.«

»Gewöhn dich beizeiten daran, Schatz, Filmstars scheren sich einen Teufel um die Uhrzeit und erscheinen, wann es ihnen passt«, erwiderte Niklas grinsend, doch Gesa spürte, dass sie ihn gekränkt hatte, und gab ihm rasch einen Kuss auf die Wange, bevor sie aufsprang und das silberne Abendkleid aus dem Schrank zerrte und es sich vor die nackte Brust hielt.

»Vielleicht kann ich dich ja doch überreden, mit der Sensation des Abends auf die Premiere zu gehen, was meinst du?«

»Schon gut, schon gut. Aber versprich dir nicht zu viel davon. Die Filmleute kreisen viel zu andächtig um sich selbst, als dass sie ihre Aufmerksamkeit einer interessanten Neuerscheinung schenken könnten.«

»Nicht, wenn sie mit einem echten Filmregisseur aufkreuzt.«

Niklas lächelte gutmütig. Die Bemerkung war reichlich übertrieben. Dennoch durfte er sich seit seinem Achtungserfolg mit *Immer wenn du da bist*, einer leichten Komödie mit dem beliebten Starlet Solveig Vermogen, zum Kreis der Erwählten zählen. Man hatte Notiz von ihm genommen und lud ihn zu Galas und Premieren ein, die er nur ungern besuchte, weil es ihm widerstrebte, als menschlicher Füllstoff, und nichts anderes war es doch, für anderer Leute zu großzügig konzipierte Selbstdarstellungsabende zu dienen.

»Sie haben bloß Angst, die Bude nicht voll zu kriegen«,

hatte er Gesa wissen lassen, doch sie sah die Dinge anders.
»Füllstoff hin oder her, es geht darum, dabei zu sein. Klappern gehört nun mal zum Handwerk.«
Niklas aber war bei seiner Haltung geblieben, so dass in Gesa irgendwann der Verdacht aufkeimte, er wolle sich nicht mit ihr zeigen, was sie ihm mit ihrer direkten Art auch sofort auf den Kopf zugesagt hatte – mit dem Ergebnis, dass er zwei Tage später mit der Einladung vor ihrer Tür stand.
»Du siehst, ich tue alles für dich«, hatte er ironisch gesagt, und sie hatte gelacht, weil sie beide es besser wussten.
Ihre Verbindung beruhte einzig und allein auf der körperlichen Anziehung, die sie füreinander empfanden. Vor fünf Jahren, als sie ihm in seinem Bett in Bremen ihre Unschuld geschenkt hatte, um ihm die Fotos, die er von ihr gemacht hatte, zu bezahlen, war das noch anders gewesen. Eine kurze, verschwitzte Angelegenheit, die sie so rasch vergaß, wie sie sich darauf eingelassen hatte. In Berlin waren sie sich vor kurzem wieder über den Weg gelaufen, und nach einem wilden Ausflug in versteckte Etablissements, wo man noch ohne Probleme ein wenig Kokain und Jazzmusik genießen konnte, in ihrer Wohnung gelandet, um überrascht festzustellen, dass aus dem egoistischen Liebhaber und der unterkühlten Frau von einst eine hochexplosive erotische Mischung entstanden war. Sie brannten füreinander, doch Gesa war nicht so dumm, diese Leidenschaft mit Liebe zu verwechseln, noch dem verführerischen Gedanken zu verfallen, Niklas sei bereit, mehr für sie zu tun als für jede andere Frau vor ihr, und das waren nicht wenige. Er sah gut aus, war muskulös, ohne wie ein Schrank auszusehen, und wusste, welche

Knöpfe ein Mann drücken musste, um einer Frau wahres Vergnügen zu bereiten. Mit Niklas war die Zeit der vorgetäuschten Orgasmen vorbei, und abgesehen von seinen nutzbringenden Kontakten war dies Grund genug, ihm nicht allzu arg zuzusetzen.

Gesa erwiderte sein Lächeln und warf ihm eine Kusshand zu.

Kurze Zeit später verließen sie ihre Wohnung. Gesas hohe Absätze klapperten auf den abgetretenen Treppenstufen und hallten in dem nur notdürftig beleuchteten Hinterhof wie ein zu lautes Metronom, das den Takt zum *Radetzkymarsch* vorgab. Gesa ging schnell, weil sie es vermeiden wollte, in ihrem glamourösen Aufzug gesehen zu werden, der die Nachbarn unweigerlich auf die Idee bringen würde, sie verfüge über Geld. Erstens wollte sie keinen Einbruch provozieren, und zweitens schuldete sie dem Vermieter noch Geld. Felicitas' monatlicher Wechsel reichte gerade für das Lebensnotwendige, und die Miete gehörte weniger dazu als eine Investition in die Zukunft in Form eines teuren Kleides und eines Taxis, das sie zum Odeon am Kurfürstendamm brachte.

Scheinwerfer tauchten die Masse der Menschen, die sich das Spektakel nicht entgehen lassen wollten und dicht aneinandergedrängt auf die Ankunft von Albert Lieven und Carola Höhn warteten, in ein unwirkliches Licht, Taxis und schwarze Limousinen hielten hintereinander und brachten den Verkehr zum Erliegen, Pfiffe und ohrenbetäubendes Hupen bildeten einen infernalischen Klangteppich. Besorgt legte Niklas seine Hand auf ihre Schulter. Doch weder der Lärm noch die fürsorgliche Geste schienen Gesa zu erreichen. Wie hypnotisiert starrte sie auf den roten Teppich. Alles, was sie wollte, lag direkt vor ihr.

4

Die Stadt ertrank in Rot. Hakenkreuzfahnen, wohin der Blick auch fiel.
Ella und Delia kämpften sich durch die Menschenmassen, die zur AG Weser strömten, um die Ankunft des Reichskanzlers zu erleben. Nach zwei kurzfristigen Absagen hatte man nicht mehr so recht daran glauben mögen, dass Hitler tatsächlich zum Stapellauf des prächtigen Ostasiendampfers erscheinen würde. Man war eher geneigt, dem Gerücht, er möge die einstige sozialdemokratische Hochburg nicht und meide sie deshalb wie der Teufel das Weihwasser, Glauben zu schenken. Aber nun stand er leibhaftig auf Bremer Boden, umringt von Generaldirektor Stapelfeld, General von Blomberg und dem Reichsverkehrsminister von Eltz-Rübenach. Die Arme schnellten nach oben, und ein kleines blondes Mädchen wackelte mit dem obligatorischen Blumenstrauß zögernd auf die Männer zu, knickste und lief, nachdem Hitler ihm über die Zöpfe gestrichen hatte, erleichtert zu seiner Mutter zurück.
Ella zog die Schultern hoch und vergrub das Gesicht im Nerzbesatz ihres Mantels. Es war bitterkalt an diesem 4. Dezember, und bis auf die BDM-Truppe und eine Abordnung der Hitler-Jungen, die vor Kälte, aber sicher auch vor fiebriger Erwartung rote Wangen hatten, trugen die meisten der Umstehenden dicke Schals, Mützen und Handschuhe und traten von einem Bein auf das andere, um den Kreislauf in Schwung zu bringen. Suchend schaute sie sich um, doch die anderen Schülerinnen und die Lehrerinnen waren nirgendwo auszumachen. Sie mussten

sich im Gedränge verloren haben. Ihr Blick streifte die Tribüne und blieb an Felicitas hängen.
»Guck mal, da oben ist Felicitas Hoffmann, meine Schwägerin«, sagte Ella zu Delia und wies auf die mit rotem Samt und einer Hakenkreuzfahne, deren Rot sich mit dem des Samtes biss, verkleidete Tribüne.
Delias Augen weiteten sich vor Bewunderung. »Die Kaffeeprinzessin?«
Ella nickte und lächelte. Falls Hendrik Nussbaum daheim über seine einstige Widersacherin hergezogen sein sollte, war seine feindliche Haltung nicht auf fruchtbaren Boden gefallen.
»Die ist toll«, sagte Delia. »Ein viel besseres Vorbild für ein Mädchen, das etwas aus seinem Leben machen will, als das Gesülze von der Mutterschaft, die angeblich unsere wichtigste Aufgabe sein soll.«
»Scht«, machte Ella, doch Delia grinste und fügte einen Ton leiser hinzu: »Besonders begeistert sieht Frau Hoffmann auch nicht aus.«
Das stimmte, Felicitas hatte ihr offizielles, stets ein wenig abweisend wirkendes Gesicht aufgesetzt, und dennoch bildeten das helle Oval mit den gleichmäßigen Zügen und das aschblonde Haar einen lichten Punkt inmitten der dunkel gekleideten und behüteten Riege der Kaufleute und Senatoren, die die Ehre hatten, der Zeremonie in unmittelbarer Nähe des Reichskanzlers beizuwohnen.
Nicht zum ersten Mal staunte Ella über Delias Beobachtungsgabe. Dennoch besaß sie nicht das Talent, Freunde zu gewinnen oder sich wenigstens hin und wieder denen anzuschließen, die ihrer strengen Prüfung standhielten. Sie war gleichbleibend freundlich, blieb aber immer auf

Distanz. Fräulein Zinke war der Ansicht, die Tatsache, dass Delia gezwungen war, weiterhin das Adolf-Hitler-Gymnasium zu besuchen, und am Osterdeich lediglich Kost und Logis in Anspruch nehmen dürfe, trage zu ihrer zurückgezogenen Haltung bei, und Ella hatte ihr zugestimmt. In der Tat war die Situation nicht günstig für die Entwicklung eines sensiblen, hochintelligenten Mädchens, und gewiss diente ihre Abwehr nur einem Grund – sich vor weiteren Verletzungen zu schützen. Umso wichtiger fand Ella es, sich so unaufdringlich und zugleich intensiv wie möglich um sie zu kümmern. Ihre Bemühungen fruchteten zwar nur allmählich, doch gerade eben hatte Ella begriffen, was Delia aus der Reserve locken könnte.

Während sie darüber nachsann, plätscherten die großen Worte an ihr vorbei, glitt der Dampfer unter »Heil Hitler«-Rufen in die Weser, der Reichskanzler und sein Minister entschwanden zurück zum Bahnhof, und die Bremer strömten heim.

»In der Kürze liegt die Würze«, raunte Felicitas Ella ironisch zu, als sie die Stufen der Tribüne vorsichtig hinuntergestiegen war, um ihre Schwägerin und deren junge Begleiterin zu begrüßen.

»Das kann man auch von dir sagen«, gab Ella trocken und leise zurück. »Wie bist du denn Herrn Middeldorf so schnell losgeworden?« Dann winkte sie Delia, die in höflichem Abstand gewartet hatte, näher und sagte laut: »Darf ich dir Delia Nussbaum vorstellen? Ich habe dir neulich von ihr erzählt.« Sosehr ihre Schwägerin Hendrik Nussbaum auch gehasst hatte, so unerwartet mitfühlend hatte sie auf Ellas Schilderung der Ereignisse reagiert und ihr ihre Hilfe zugesichert, falls sie vonnöten sein sollte, und

nicht zum ersten Mal war Ella der Gedanke durch den Kopf geschossen, dass Felicitas der widersprüchlichste Mensch war, den sie je gekannt hatte.
»Aber ja«, erwiderte Felicitas und reichte Delia die Hand. Das junge Mädchen errötete und nestelte sich so hastig die Fäustlinge herunter, dass sie zu Boden fielen.
»Was haltet ihr von einem heißen Kakao bei Andreesen?«, fragte Felicitas. »Ich brauche dringend deine Hilfe, Ella, in drei Wochen ist Weihnachten, und ich habe keine blasse Ahnung, womit ich Elisabeth, Gesa, Clemens und Christian eine Freude bereiten kann, ganz zu schweigen von Désirée und Anton.« Sie brach ab und wandte sich an Delia: »Und du«, meinte sie lächelnd, »kannst mir doch ganz bestimmt sagen, was sich eine Sechzehnjährige sehnlich wünscht, nicht wahr?«
Felicitas' Mangel an Takt ärgerte Ella, doch Delia machte es offensichtlich nichts aus, so unverblümt daran erinnert zu werden, dass es Menschen gab, die nicht so allein waren wie sie. »Nicht wirklich, aber ich könnte es ja versuchen«, erwiderte sie.
Felicitas nickte. »Dann sind wir uns ja einig.«
Auf dem Weg zu ihrem Auto sagte sie halblaut, damit Delia, die hinter ihnen herstapfte, es nicht hörte: »Mach nicht so ein Gesicht. Es nützt ihr nichts, wenn wir so tun, als wäre sie keine Waise. Du glaubst doch nicht im Ernst, dass wir Hendrik Nussbaum jemals wieder zu Gesicht bekommen. Außerdem erfahren wir auf diese Weise, was wir Delia schenken können. Ich gehe doch recht in der Annahme, dass du sie Heiligabend zu uns einzuladen gedenkst?«
Ella nickte. Offensichtlich war sie leicht zu durchschauen. »Wenn es dir nichts ausmacht. Ich habe das Gefühl, dass

Delia ein wenig Zuspruch von jemandem gebrauchen könnte, den sie bewundert.«
Felicitas grinste. »Ich hoffe nicht, dass du dabei an mich denkst.«

5

Stolz ragte die Spitze der Edeltanne bis knapp unter die Decke des Glasdachs, das das silbrigfahle Tageslicht in den Wintergarten strömen und ihn hell und großzügig wirken ließ. Felicitas hatte lange nach einem Architekten gesucht, der ihre Vorstellungen umzusetzen imstande war, doch der Aufwand hatte sich gelohnt.
»Die Palmen sehen ein bisschen beleidigt aus, weil sie Konkurrenz bekommen haben«, sagte Teresa und kletterte auf die Leiter, einen Karton mit fein gearbeiteten rot glänzenden Kugeln in der Hand, die sie an den oberen der weit geschwungenen Tannenäste befestigen wollte.
»Ich glaube, dass liegt eher daran, dass Marie mal wieder vergessen hat, sie zu gießen«, erwiderte Felicitas belustigt und kramte in den beiden Kisten, in denen sich in einem wilden Durcheinander Kerzen und Kerzenhalter, Weihnachtskugeln, Engelshaar, Lametta, Strohsterne und filigrane Figürchen aus Messing befanden sowie Weihnachtsmänner, Harfen, Trompeten und Engel. »Jedes Jahr nehme ich mir vor, den Baumschmuck sorgfältig zu behandeln oder das Sortieren Marie zu überlassen, aber es endet immer in einem Chaos. Hier.« Sie stand auf und reichte Teresa die golden ziselierte Baumspitze, deren unterer Rand so beschädigt war, als hätte sich eine Maus an ihm gütlich

getan, die aber seit mehr als fünfzig Jahren den Weihnachtsbaum der Andreesens krönte und erst ausgewechselt werden durfte, wenn sie ganz und gar auseinandergebrochen wäre. Auch der Tannenbaumständer hatte schon bessere Zeiten gesehen, aber Heinrichs Urgroßvater hatte das hölzerne, mit einem grünen Zaun eingefasste Geviert eigenhändig gezimmert, es musste deshalb in Ehren gehalten werden. Immerhin war es stabil, hielt jeden Stamm, egal wie mächtig, mit vier Schrauben fest in der Senkrechten und machte sich auch noch besonders hübsch und anheimelnd, wenn das Geviert mit Orangen, Äpfeln und Nüssen gefüllt wurde.

»Gut so?« Teresa sprang von der Leiter und begutachtete ihr Werk. Felicitas nickte, und gemeinsam machten sie sich daran, die unteren Äste des gewaltigen Baums zu schmücken. Eigentlich hatte Felicitas überhaupt keine Zeit dafür. In ihrem Arbeitszimmer lauerten einige unbeantwortete Schreiben, Elias Frantz, der Leiter der Andreesen-Labore, hatte ihr einen Berg handschriftlicher Notizen in die Hand gedrückt, die seine gesammelten Ideen für neue Kaffeeprodukte enthielten, und außerdem hatte sie sich dringend um drei Bewerbungen für den Kunstpark zu kümmern. Drei ihrer besten Künstlerinnen waren Knall auf Fall emigriert und mussten ersetzt werden. Doch das alles hatte zu warten.

Obgleich sie nicht religiös war, berührte der Zauber des Festes Felicitas im Innersten, überflutete sie mit bewegenden Bildern von Heiligabenden mit ihren Eltern Max und Helen und deren Gabe, die aufgeregte Erwartung ihrer kleinen Tochter mit hinreißenden Geschichten und liebevollen Geschenken aufs Schönste zu erfüllen. Später hatte sie begriffen, dass der Heiligabend nicht nur, aber eben auch eine weitere Kulisse für die brillante Schauspielkunst ihrer Eltern darstellte, was nichts daran ändern konnte, dass Felicitas jedes Jahr aufs Neue versuchte, diesem Urgefühl perfekter Harmonie wieder nahezukommen. Steffen hatte ihr erst gestern vorgeworfen, sie benutze Weihnachten als Vehikel, um ihr schlechtes Gewissen zu beruhigen und wenigstens einmal im Jahr »auf Familie zu machen«, wie er es nannte. Zwar war das Argument nicht ganz von der Hand zu weisen, traf aber eben nur die halbe Wahrheit. Weihnachten markierte für Felicitas einen Neuanfang, einen festlichen Versuch, allen das Gefühl von Geborgenheit zu vermitteln, egal, wie viel Streit und Meinungsverschiedenheiten ihnen die letzten Jahre beschert hatten. Aus diesem Grund hatte sie auch Anton und Désirée jedes Jahr eingeladen, wenngleich die Kluft aus Misstrauen und Eifersucht zwischen ihnen nur schwer zu überbrücken war. Felicitas würde ihm niemals verzeihen, dass er versucht hatte, sie des Betrugs zu bezichtigen, um die Geschäftsführung von Andreesen-Kaffee zu übernehmen, und er seinerseits würde sich nie damit abfinden, dass auf Geheiß seiner Mutter Elisabeth Andreesen nicht er, der Zweitgeborene, das Werk nach Heinrichs Tod leiten sollte, sondern seine Schwägerin. Aber dennoch, sie waren eine Familie und deshalb verpflichtet, den Konflikt für einige Stunden ruhen zu lassen.

»Fertig!«, rief Teresa und klappte die Kartons zu. »Er sieht noch besser aus als im letzten Jahr, findest du nicht?«

»Ja«, erwiderte Felicitas. Sie beobachtete ihre Tochter. Wie viel Lebensfreude aus jeder ihrer Bewegungen sprach. Nicht zum ersten Mal erkannte sie resigniert, dass man dazu neigte, sich mit den charakterlichen Problemen anderer viel intensiver auseinanderzusetzen, als einen Gedanken an das Vollkommene zu verschwenden. Teresa war mutig und loyal, liebevoll und mitfühlend – und wurde deshalb viel zu oft für schwierige Situationen eingespannt. Auch jetzt fiel Felicitas niemand ein, dem sie die Aufgabe anvertrauen konnte. Gesa war zu selbstverliebt, Christian zu ernst und Clemens zu großspurig.

»Ella und Thomas werden heute nach der Bescherung in der Schule zu uns kommen«, begann sie vorsichtig. »Sie werden einen Gast mitbringen. Die Tochter von Hendrik Nussbaum. Delia hat Schlimmes erlebt. Würdest du dich ein wenig um sie kümmern?«

»Natürlich. Wofür interessiert sie sich denn so?«

Felicitas breitete die Arme aus. »Ich habe keine Ahnung. Sie ist sehr intelligent, hat aber Schwierigkeiten, Kontakt zu knüpfen und Vertrauen zu fassen. Ihre Mutter ist vor einiger Zeit verstorben, und ihr Vater … befindet sich … nun, vermutlich in Haft.«

Ein Schatten flog über Teresas Gesicht, und sie wollte etwas erwidern, als ihr Gespräch von Steffen und Elisabeth unterbrochen wurde, die kauend in den Wintergarten spazierten, begleitet von einem unwiderstehlichen Duft von Zimt und Vanille.

»Ihr habt genascht«, sagte Teresa streng.

»Und wie! Marie hat sich selbst übertroffen. Diese Vanillekipferl!«

»Vergiss nicht die Dominosteine«, ergänzte Steffen genießerisch. »Wir konnten einfach nicht widerstehen.« Er zwinkerte Elisabeth zu, und beide grinsten, hocherfreut, die Neigung zu allem, was süß war und dick machte, miteinander zu teilen und die beneidenswerte Veranlagung zu besitzen, trotzdem schlank zu bleiben.

»Wie dumm, dass es für Naschkatzen nachher nur ein winziges Geschenk gibt«, entgegnete Felicitas trocken und fügte listig hinzu: »Es sei denn, sie erklären sich bereit, die restlichen Geschenke einzupacken …«
»Um Himmels willen, noch mehr Geschenke? Hast du das halbe Kaufhaus leer gekauft?«, fragte Steffen.
»Darauf könnt ihr wetten!« Felicitas lachte und ließ die drei allein. Eine Stunde blieb ihr noch, bis die ersten Gäste eintrudeln würden, Zeit genug, um auf ihrem Schreibtisch Klarschiff zu machen. Sie arbeitete zügig und konzentriert, sagte zwei Künstlerinnen ab, einer zu, verwarf zwei Drittel von Elias Frantz' unleserlichen Notizen, heftete den Rest sorgfältig ab und steckte die Akte in ihre Mappe. Das Kuvert aus feinstem Bütten lag auf dem Stapel der Weihnachtspost, die sie zum Schluss in Angriff nahm. Die Schreibmaschinenschrift war gewöhnlich, der Inhalt scharf wie ein Florett. »Die Angst wird in Zukunft Ihr ständiger Begleiter sein.«
Felicitas starrte auf die Buchstaben, doch nichts erinnerte sie an ähnliche Briefe, die sie wie andere reiche Bremer auch gelegentlich erhielt. Das gab sich wieder. Sie zuckte mit den Schultern, knüllte das Blatt zusammen und zielte auf den Papierkorb. Treffer, versenkt.

Die Stille, die am Morgen noch über dem Anwesen gelegen hatte, wich am Vormittag aufgeregter Geschäftigkeit. Aus der Küche drang das Geräusch von klapperndem Geschirr, eiligen Schritten zwischen Backofen und Speisekammer, Gelächter, Wortfetzen und wütendem Schluchzen der beiden Hausgehilfinnen, die sich ungerecht behandelt fühlten. Marie wehte durchs Haus wie ein Wirbelwind, beanstandete mit strenger Miene hier ein

Stäubchen und dort eine Schramme auf dem Holzfußboden, die nicht ordentlich gewachst worden war, und scheuchte den Hausburschen vom Dachgeschoss bis zum Salon, damit in jedem Kamin ein ordentliches Feuer brannte.
Dorothee und Pierre trafen als Erste ein. Der Zug war hinter Paris in einer Schneewehe stecken geblieben, und sie hatten die halbe Nacht nicht schlafen können aus Sorge, Heiligabend in Waggon 2 zubringen zu müssen. Beide waren übernächtigt, aber guter Dinge und strahlten, offenkundig immer noch so verliebt ineinander wie bei ihrer Hochzeit vor sechs Jahren. Ihre Mädchen, die dreijährige Stefanie und die vierjährige Sarah, purzelten in die Villa und nahmen sie mit unüberhörbarer Lebendigkeit in Beschlag.
Kurz nach ihnen standen Helen und Martin vor der Tür. Constanze half ihrem Vater aus dem Wagen, und gestützt von ihr und seiner Frau Verena taumelte Carl schwer atmend in die Halle. Trotz seines Alters war der Gutsherr immer noch ein Bär von einem Mann, wenngleich der Schlaganfall vor mehr als zwanzig Jahren ihn seiner Kraft und Behändigkeit größtenteils beraubt hatte. Dennoch glich es einem Wunder, dass er imstande war, die weite Fahrt vom ostpreußischen Sorau nach Bremen auf sich zu nehmen. Felicitas hatte den Plan, die Reise zu fünft in einem Auto anzutreten, wahnwitzig gefunden, doch Carl hatte darauf bestanden. Er hasste es, mit fremden Menschen in einem Waggon eingepfercht zu sein, und nahm lieber das Risiko auf sich, das es bedeutete, mit einem altersschwachen, gelegentlich asthmatisch röchelnden Wagen unterwegs zu sein.
»Ihr seid verrückt«, sagte Felicitas seufzend, umarmte

Carl und Verena und wandte sich dann, eine Spur weniger herzlich, ihrer Cousine Constanze zu und schließlich ihrer Mutter und deren zweitem Mann. Helen entging die Bedeutung der von ihrer Tochter gewählten Reihenfolge nicht, und sie schoss ihr einen warnenden Blick zu.
Martin nahm Felicitas ohne Umstände in den Arm. »Gut siehst du aus.«
»Das will ich meinen«, schaltete Steffen sich vergnügt ein. »Ich gebe ja auch mein Bestes, sie glücklich zu machen.« Galant küsste er Helens Hand. »Und du, liebe Schwiegermama, siehst aus wie das blühende Leben.« Er klopfte Martin auf die Schulter. »Komm, lass uns das Gepäck holen. Der Hausbursche ist mit seinen Nerven am Ende, und ich kann ein wenig Bewegung gebrauchen.«
»Und ihr«, mahnte Elisabeth, »wärmt euch jetzt erst einmal mit einem heißen Punsch auf.« Plaudernd ging sie mit Constanze, die finster dreinblickte, voran in den Salon.
»Welche Laus ist ihr denn nun schon wieder über die Leber gelaufen?«, fragte Felicitas.
»Alexander«, antwortete Helen kühl. »Er hat seiner Mutter geschrieben, dass er in St. Petersburg bleiben will.«
»Es hieß doch, er wolle nur ein paar Wochen bei seinem Vater bleiben.«
»Offensichtlich hat er es sich anders überlegt. Ich finde, man kann es ihm nicht verdenken, seine Heimat ist nun einmal Russland, schließlich ist er dort aufgewachsen. Aber natürlich ist Constanze außer sich.«
»Das kann ich mir vorstellen«, erwiderte Felicitas. »Das heißt, wir sollten sie mit Glacéhandschuhen anfassen.«
»Gute Idee. Im Übrigen gilt das nicht nur für deine Cousine«, sagte Helen, ohne Felicitas anzusehen. »Das eben war nicht nötig. Ich war der Meinung, wir hätten unsere

Streitigkeiten längst begraben, aber das ist offensichtlich nicht der Fall.«

»Es tut mir leid«, erwiderte Felicitas ebenso kühl. Jetzt war gewiss nicht der richtige Moment, um ihre Mutter mit dem zu konfrontieren, was ihr Vater ihr, Felicitas, auf dem Sterbebett anvertraut hatte. Und wieder einmal fragte sie sich, ob sie je den Mut aufbringen würde, die eine Frage zu stellen, die sie seit Jahren umtrieb.

»Wer bin ich?«

Stefanie und Sarah schürzten die Lippen und dachten angestrengt nach. »Onkel Clemens?«

»Hach, ihr Ahnungslosen! Ich bin der Schneeflock, und dies ist meine Schneeflockenfrau.« Das seltsame Paar, das von Kopf bis Fuß in Gänsedaunen gehüllt war, begann zu tanzen und sich zu drehen, was durch die steifen Kostüme zu komisch aussah und die Kinder in begeistertes Juchzen ausbrechen ließ. Stefanie, die wildere der beiden Schwestern, sprang auf und klammerte sich an Clemens' Beine.

»Du bist mein Schneeflockenonkel! Tanz mit mir!«

Clemens nahm sie auf den Arm, wirbelte sie umher und setzte sie behutsam wieder ab, um sich ihrer Schwester zuzuwenden. »Na, und du, kleines Mädchen, darf ich bitten?« Sarahs Augen glänzten vor Freude, ihre Wangen wie zwei blank polierte Äpfel. Sie kletterte vom Sofa und schlug der Länge nach hin. Ehe sie begreifen konnte, was passiert war, nahm Clemens sie hoch und sang lauthals das Lied vom Schneeflockenmann. »Ich tu mir niemals weh, denn ich bin ganz aus Schnee …« Sarah blinzelte ihre Tränen fort und versteckte ihr Gesicht verlegen in den weichen Daunen.

»Kinders, was ist denn hier los?« Elisabeth schlug lachend die Hände zusammen.
»Entschuldigen Sie, gnädige Frau«, entgegnete die Schneeflockenfrau und nahm ihre Daunenmaske vom Gesicht. »Wir haben gerade die Vormittagsvorstellung unserer Weihnachtsoperette beendet und hielten es für eine gute Idee, die Kinder zu überraschen.«
»Und Sie hatten recht! Herzlich willkommen, Dora.« Elisabeth reichte der Schauspielerin die Hand und lächelte sie höflich, aber reserviert an. Mehr Zugeständnisse war sie nicht zu machen bereit. Alles in ihr sträubte sich zu akzeptieren, dass die ehemalige, viel zu junge Geliebte von Max Wessels nach dessen Tod eine Verbindung mit ihrem Enkel pflegte. Deren wahre Natur hatte sich zwar noch nicht offenbart, und Clemens schwor Stein und Bein, dass er Dora in der Zeit der Trauer Trost gespendet habe und daraus eine wunderbare Freundschaft entstanden sei, doch Elisabeth misstraute seinen hehren Worten.
»Ich wäre auch nicht begeistert, eine achtunddreißigjährige Schwiegertochter zu bekommen, wenn mein Sohn selbst erst zwanzig ist«, hatte Felicitas zugegeben. »Aber ihm den Umgang mit ihr zu untersagen wäre weltfremd. Clemens würde sich das nicht bieten lassen, und außerdem spielen sie am selben Theater. Und ein Verbot würde die Sache nur spannender machen, meinst du nicht?« Also hatten sie sich darauf geeinigt, Dora Henning zum Fest einzuladen.
»Frohe Weihnachten, Dora«, sagte Felicitas. Ihrer Miene war nicht zu entnehmen, was sie dachte, nur in ihren Augen glomm ein Funke herzlicher Sympathie auf. Dora hatte sich nach Max' Tod diskret und umsichtig verhalten, keinem Reporter auch nur ein Sterbenswörtchen über ihr

Zusammenleben anvertraut und das kleine Erbe, das Max ihr zugedacht hatte, erst angenommen, nachdem Felicitas ihr versichert hatte, dass sie den letzten Willen ihres Vaters selbstverständlich respektiere. Dora Henning, davon war Felicitas überzeugt, war eine Frau von Format. Und schön und elegant dazu. Nur eben nicht die Richtige für ihren Sohn. »Ich zeige Ihnen, wo Sie sich umziehen können, denn so wollen Sie vermutlich nicht feiern.« Sie lächelten sich zu, und Felicitas fragte sich, ob sie Dora bei der Gelegenheit ein wenig auf den Zahn fühlen sollte, verwarf den Gedanken aber wieder, als Dora auf dem Weg nach oben stehen blieb.

»Ich habe gehört, die Theaterschule des Kunstparks ist sozusagen verwaist.«

»Das ist leider richtig«, gab Felicitas zu.

»Nun, was halten Sie davon, wenn ich mich darum kümmere? Ich würde sehr gern mein Wissen weitergeben und ein wenig, nun ja, pädagogisch wirksam werden, wenn Sie verstehen, was ich meine.«

»Ich denke, ja.« Felicitas erfasste blitzschnell, welche Möglichkeit Dora ihr gerade eröffnet hatte. Natürlich teilte die Freundin ihres verstorbenen Vaters dessen liberale Ansichten, hatte sie aber nie hinausposaunt, so dass ihr Leumund für die Nazis einigermaßen unbescholten sein musste. Wenn sie Dora die Leitung der Schule anvertraute, würde sie zwei Fliegen mit einer Klappe schlagen: Sie bekäme eine exzellente Schauspiellehrerin, die überdies klug genug war, ihre Ansichten subtil zu vertreten – und Dora würde Clemens seltener zu Gesicht bekommen.

»Es ist vielleicht nicht der geeignete Moment, um …«

»Aber warum nicht?«, unterbrach Felicitas sie. »Ich finde Ihre Idee ausgezeichnet.«

Als Felicitas eine halbe Stunde später in den Salon zurückkehrte, kamen ihr in der Halle Clemens, immer noch im Daunenkostüm, sein Bruder Christian und ihre Schwester Gesa entgegen.
»O mein Gott, was für eine furchtbare Fahrt«, seufzte Gesa und winkte ihrer Mutter lässig zu. »Die Abteile waren rappeldicke voll, und in unserem saß ein Ehepaar aus Pankow, das eine Gans dabeihatte. Eine lebendige Gans, wohlgemerkt. Könnt ihr euch das vorstellen? Dieser Gestank! Es war nicht zum Aushalten, und Christian hat die ganze Zeit geschlafen und mir ins Ohr geschnarcht. Alles, was ich will, ist ein Bad und meine Ruhe. Ist mein Zimmer noch meins oder ist es deinen vielen Umbauten zum Opfer gefallen, Mutter?«
»Frohe Weihnachten, Gesa«, erwiderte Felicitas ungehalten. »Wie immer ist deine gute Laune das schönste Geschenk.«
Gesa zuckte mit den Schultern und tänzelte die Treppe hinauf.
»Was hast du mit deinem Haar gemacht?«
»Seiner natürlichen Leuchtkraft ein wenig auf die Sprünge geholfen.«
»Es sieht gelb aus«, sagte Felicitas kopfschüttelnd zu Christian. »Findest du nicht?«
»Frohe Weihnachten, Mutter«, entgegnete er in gespielter Strenge, Felicitas' Ton nachahmend. Sie lachte und nahm ihn in den Arm. »War nicht Clemens der Tunichtgut und Schauspieler, während du der gute Sohn bist, der brav Medizin studiert?«
»Ja, aber manchmal spricht selbst aus mir das theatralische Erbe.« Sein Lächeln war ebenso charmant wie das seines Zwillingsbruders, doch Christian strahlte eine innere

Ruhe aus, die nur ein Mensch besaß, der seine Berufung gefunden hatte und ihr folgte. Die Tatsache, dass er von klein auf lieber über den Büchern gesessen hatte als im Sandkasten und dass ihm das Wissen so zuflog wie anderen Kindern die Ideen für Streiche, hatte Felicitas stets sowohl fasziniert als auch besorgt. Und auch jetzt, da er sich zu einem Musterstudenten entwickelt hatte, fürchtete sie, dass er über dem Lernen das Leben vergaß. Doch die Medizin war nun einmal seine Welt, eines Tages eine Praxis auf dem Land zu führen sein Traum. Und sie würde gewiss nichts dagegen unternehmen, das Schicksal wählte seine eigenen Korrekturen.

»Ich packe meine Sachen aus, und dann helfe ich dir, einverstanden?«

»Komm, Bruderherz«, sagte jetzt Clemens, »erzähl mir, was die Berliner Damenwelt so treibt.«

Christian warf Felicitas einen spitzbübischen Blick zu. »Nun ja, da wären Mitzi und Zenzi …«

»Zenzi? Bist du nach München geflüchtet, und wir ahnen nichts davon?«

Die Brüder entfernten sich lachend, und Felicitas' Herz flog ihnen hinterher. Sie waren wunderbare Söhne. Auch wenn Felicitas nicht das Ideal einer Mutter verkörperte, liebten sie sie ohne Wenn und Aber, ganz im Gegensatz zu Gesa, die keine Gelegenheit ausließ, sie an ihre Unzulänglichkeiten zu erinnern.

Im Salon wurden unterdessen Kaffee, Tee, Schnittchen und Kuchen gereicht, ein kleiner Imbiss, der genug Platz ließ für den Festschmaus am Abend. Elfriede ging mit der Kaffeekanne herum und schenkte ein, ihr Mann Arthur saß auf der Kante eines Sessels und drehte verlegen seine Daumen umeinander.

»Frohe Weihnachten, ihr beiden«, sagte Felicitas strahlend, umarmte Elfriede und nahm ihr die Kanne aus der Hand.
»Ach, mein liebes Kind!« Elfriede stupste Arthur an, und er schoss hoch, um sich zu verbeugen, was Felicitas verhinderte, indem sie ihm ihre Wange zum Kuss hinhielt.
»Schon vergessen, dass wir jetzt verwandt sind?«, raunte sie ihm so leise zu, dass die anderen es nicht hören konnten.
»Natürlich, natürlich«, murmelte er und sank zurück in den Sessel. Felicitas schenkte ihm ein aufmunterndes Lächeln. Mehr als dreißig Jahre hatten Elfriede und Arthur Engelke als gute Geister in Felicitas' Elternhaus in der Contrescarpe gewirkt, und sie gewöhnten sich nur allmählich an die Tatsache, durch die Heirat ihres Sohnes Thomas mit Ella Andreesen zur Familie zu gehören und damit zu denen, die bedient wurden, nicht umgekehrt. Es war ihnen deutlich anzumerken, wie fremd sie sich in dieser Rolle fühlten. Vor allem Arthur hätte wohl liebend gern den Sessel mit seiner Schubkarre getauscht, die Kaffeetasse mit seiner Heckenschere und den guten Anzug mit der Lederschürze, und er tat Felicitas leid. Sie liebte die beiden Alten von Herzen, sie waren die Seele der Contrescarpe 6, zwei Anker, wenn der Rest der Welt Schiffbruch erlitt, und deshalb hatte Felicitas ihnen angeboten, auch nach dem Tod ihres Vaters in dem Haus wohnen zu bleiben.
Die Kaffeerunde verlief gemütlicher, als Felicitas erwartet hatte. Clemens gab Anekdoten vom Theater zum Besten, und Pierre ergänzte ihn, indem er die Diven der französischen Oper, an der er als Solo-Violinist beschäftigt war, nachmachte. Worte und Witze flogen hin und her, dann

begannen sie die Bremer Honoratioren durch den Kakao zu ziehen.
»Beeilt euch«, japste Steffen und wischte sich die Lachtränen fort. »Wenn Anton und Désirée erscheinen, ist es mit dem Spaß vorbei.«
Eine Sekunde hing die Bemerkung im Raum und zersplitterte das Gefüge, das die aufgeräumte Stimmung geschaffen hatte. Keiner von uns weiß, was die anderen in Wahrheit denken, ging es Felicitas durch den Kopf. Und keiner will es wirklich wissen. Jeder hofft, dass er auf der richtigen Seite steht, aber keiner weiß, wo sie beginnt und wo sie endet.
Dora rettete die Situation. »Was haltet ihr beiden davon, mit der Mama und mir auf die Suche nach Weihnachtsengeln zu gehen? Ich hab gehört, dass sie sich gern im Schnee verstecken.« Fragend sah sie Dorothee an, die sofort aufsprang.
»Eine gute Idee. Ein wenig frische Luft wird uns guttun. Constanze, kommst du mit?«
»Nein, Pa muss jetzt seine Medikamente nehmen.«
»Ach was«, wehrte Carl ab und machte mit der gesunden linken Hand eine Bewegung, als würde er ein Insekt verscheuchen. »Geh nur, die Tabletten kann mir deine Mutter geben.«
Die Runde zerstreute sich, und Felicitas atmete auf. Elisabeth tätschelte ihr die Hand. »Es geschehen noch Zeichen und Wunder. Ich hatte erwartet, dass du Steffen zurechtweist. Dass du es nicht getan hast, lässt mich hoffen.«
»Worauf?«, fragte Felicitas misstrauisch.
»Nun, dass ihr eure Probleme in den Griff bekommt. Ich müsste schon blind und taub sein, um nicht zu bemerken, dass ihr in Schwierigkeiten seid.«

»Wir … haben nur unterschiedliche Ansichten«, entgegnete Felicitas vage.
Elisabeth beugte sich vor, und ihr Griff wurde erstaunlich fest. »Lass es nicht zu, dass dieses Würstchen von einem Reichskanzler deine Ehe ruiniert.« Abrupt ließ sie Felicitas' Arm los. »Jetzt weißt du, wie ich denke. Und wie denkst du?« Ohne eine Antwort abzuwarten, stand Elisabeth auf und ging aus dem Salon.

Den Rest des Nachmittags verbrachte jeder damit, die Zeit bis zur Bescherung möglichst entspannt zu überbrücken. Elisabeth widmete sich Mozarts *Figaro*, Verena und Carl hatten sich für ein Schläfchen zurückgezogen, Christian saß völlig versunken über einem dicken Buch am prasselnden Kaminfeuer in der Bibliothek und machte sich gelegentlich auf einem Klemmbrett Notizen. Helen und Martin waren zu einem Spaziergang in den Bürgerpark aufgebrochen, und Dorothee und Pierre lasen ihren Mädchen Weihnachtsgeschichten vor und bastelten mit ihnen Strohsterne, um ihre wachsende Aufregung so liebevoll wie vergeblich zu dämpfen. Während Elfriede mit Marie in der Küche einen Plausch über die Füllungsvarianten für Enten hielt, streifte Arthur durch den Garten, sah sich ab und zu prüfend um, ob niemand ihn beobachtete, und knipste dann mit geübter Hand hier einen verdorrten Zweig ab, dort einen wilden Trieb.
Felicitas stand am Fenster, halb entkleidet, weil sie gleich ein Bad nehmen wollte, und sah, wie Dora, Teresa und Clemens ihm zuwinkten, als sie an den Rosen vorbei zu den Stallungen schlenderten. Plötzlich fuhren sie erschrocken auseinander. Gesa preschte auf ihrem Hengst Apoll in gestrecktem Galopp hinter den Eichen hervor. Sie lach-

te, aber selbst auf die Entfernung erkannte Felicitas, dass Gesa Angst hatte. Apoll stand seit Wochen allein, getrennt von den Stuten, und sein ungebärdiges Wesen verlangte nach einer Herausforderung, die seine Aggressivität befriedigen würde. Er stieg, und mit einem schrecklichen dumpfen Geräusch schlug Gesas Körper auf dem Kiesweg auf. Apoll stieg wieder, während Dora und Teresa entsetzt schrien und Clemens versuchte, seine Zügel zu ergreifen.

Felicitas griff nach dem Bademantel und flog die Treppe hinunter, gefolgt von Steffen auf Socken. »Christian!«, schrie sie. Christian stürzte aus der Bibliothek und lief mit Felicitas und Steffen durch die Halle zur Hintertür. »Ruft einen Arzt, schnell!«, rief er Marie und Elfriede zu, die ihnen mit angstgeweiteten Augen entgegenliefen. Mit zitternden Händen griff Marie zum Telefon.

Gesa lag auf dem Rücken, ihr Atem ging flach. Das rechte Bein war in einem unnatürlichen Winkel vom Körper weggestreckt, die Arme lagen ausgebreitet, als wollte sie jemanden umarmen.

»Wir müssen den Stiefel aufschneiden«, sagte Christian, und ohne ein Wort reichte ihm Arthur sein Taschenmesser, mit dem er eben noch die Zweige gestutzt hatte. Behutsam setzte Christian die Klinge an, die zum Glück scharf genug war, einigermaßen mühelos durch das Leder zu schneiden, ohne Gesa unnötige und vermutlich schmerzhafte Bewegungen zuzumuten. Der Stiefel sprang auf, und Gesas rechter Knöchel schwoll augenblicklich an. »Holt Decken«, ordnete Christian sachlich an. »Wir müssen sie warm halten, bis der Arzt kommt.« Keiner wagte zu fragen, warum Christian sie nicht ins Haus bringen wollte, doch er beantwortete die stumme Frage. »Ich fürchte, sie hat sich einige Rippen gebrochen, möglicherweise haben sie ihre Lunge verletzt.«

»O Gott«, stieß Felicitas aus, »wie oft habe ich gesagt, dass wir den Hengst verkaufen müssen …«

»Aber Mama, es ist doch Gesas Lieblingspferd. Wie hättest du das tun sollen?«, flüsterte Teresa und fügte hinzu: »Das hätte sie dir nie verziehen. Außerdem hast du ihn doch selbst so gern geritten.«

Felicitas entgegnete nichts darauf. Wider besseres Wissen dieses Tier zu behalten war einer der unzähligen zumeist ungeschickten Versuche, Gesas ablehnende Haltung ihr gegenüber aufzuweichen. Wohin das führte, sah Felicitas jetzt, und auch, dass es an der Zeit war, ihr Verhältnis zueinander endlich zu bereinigen. Wenn noch Zeit bliebe … Felicitas unterdrückte ein Schluchzen. Steffen zog sie an sich, aber sie wehrte ihn ab. Apoll wieherte in der Ferne. Auf den Stock gestützt und kerzengerade kam Elisabeth vom Haus herüber. Mit großen Schritten eilte der Arzt an ihr vorbei, murmelte ein hastiges »Guten Abend« und beugte sich über Gesa. Nach wenigen Minuten nickte er und winkte zwei Sanitäter heran, die Gesa vorsichtig auf eine Trage legten und zudeckten.

»Gut, dass Sie den Stiefel aufgeschnitten und sie nicht bewegt haben«, sagte er in die Runde.

»Das war Christian. Er studiert Medizin, er glaubt, die Lunge ist verletzt«, platzte Teresa heraus, und der Arzt lächelte sie an und wandte sich dann Christian zu.

»Welches Semester?«

»Drittes«, antwortete Christian.

»Solche Kollegen können wir brauchen«, sagte der Arzt anerkennend und klopfte Christian auf die Schulter. Dann wechselte er den Ton. »Ich möchte Sie nicht beunruhigen, aber ich fürchte, sie hat in der Tat innere Verletzungen. Ich bringe sie jetzt in die St.-Jürgen-Klinik, und dann sehen wir weiter.«

»Ich komme mit«, sagte Felicitas. »Ich ziehe mich nur schnell um.«

»Ich begleite dich.« Steffen sah Felicitas an, in seinen Augen die stumme Bitte, ihn nicht abzuweisen. Felicitas nickte.

»Wir kommen auch mit«, sagten Teresa und Christian zugleich. Clemens' Blick glitt unentschlossen von Felicitas zu Dora und wieder zurück.

»Es macht keinen Sinn, wenn wir alle die Klinik belagern«, sagte Elisabeth energisch. »Nun macht schon«, trieb sie Felicitas und Steffen zur Eile an. »Wir kümmern uns um die anderen.«

Als Felicitas und Steffen außer Sichtweite waren, ging Elisabeth Richtung Stallungen.

»Großmutter, hältst du es für klug ...«, wandte Clemens vorsichtig ein, aber Elisabeth unterbrach ihn.

»Sage mir nicht, was ich zu tun habe.« Und entschlossen setzte sie ihren Weg fort.

Der Park lag in der Dämmerung, die Eichen, beleuchtet von Bürgermeisterlaternen, warfen mächtige Schatten. Ein leichter Wind bauschte die Weiden, die den Pfad zu den Stallungen säumten. Die Stuten wieherten, als sie die Schritte hörten. Elisabeth blieb stehen und schnalzte leise. Apoll stand vielleicht zwanzig Meter neben der Tränke, sein schwarzes Fell glänzte von Schweiß, weißer Schaum tropfte ihm aus dem Maul, und er wieherte kaum vernehmbar. Elisabeth schnalzte wieder, und Apoll riss den Kopf hoch. Instinktiv spürte sie, dass mit dem Tier irgendetwas nicht in Ordnung war. Vorsichtig ging sie auf ihn zu, die Tatsache ignorierend, dass sie neunzig war und nicht mehr über die Schnelligkeit und die Kraft verfügte, die man brauchte, um ein aus der Kontrolle geratenes Pferd zu dominieren. »Komm her«, raunte sie. Nur noch ein Meter trennte sie von dem Hengst, als sie es sah. Erst hielt sie es für Schweiß, doch als der Kies unter Apoll sich rot färbte, erkannte sie, dass es Blut war, das unter dem Sattel hervorquoll und zu Boden tropfte.

Knusprig braun und verführerisch duftend wartete der Festbraten darauf, verspeist zu werden. Doch die Stimmung war gedrückt, keiner fand den Appetit, Maries kulinarisches Meisterwerk zu würdigen.

»Wäre es nicht besser, wenn wir ins Krankenhaus fahren würden?«, fragte Helen, doch Elisabeth schüttelte den Kopf und blickte verstohlen zur Uhr.

»Ich bin erschöpft«, sagte sie. »Bitte esst weiter. Ich lege mich eine halbe Stunde hin, und dann wollen wir schauen, was das Christkind unseren kleinen Mädchen gebracht hat, nicht?«

Stefanie und Sarah nickten beglückt. Obschon sie den Ernst der Situation durchaus begriffen, brachte niemand es übers Herz, ihnen die Bescherung zu versagen.

Elisabeth erhob sich und verließ den Salon, wandte sich jedoch nicht zur Treppe, sondern schlich zur Hintertür. Sie hatte sich mit dem Tierarzt, der seit Jahren die Pferde der Andreesens betreute, aber dennoch natürlich nicht erfreut reagiert hatte, am Heiligabend zu einem Notfall gerufen zu werden, bei den Stallungen verabredet. Warum Elisabeth es für besser hielt, niemandem von Apolls Verletzung zu erzählen, vermochte sie nicht zu sagen, und so kam sie sich ein wenig lächerlich vor, im Schutz der Dunkelheit durch den Garten zu hasten, als wäre sie auf dem Weg zu einem heimlichen Geliebten. Sie lächelte grimmig. Steinalt, aber immer noch Sehnsucht im Herzen und genug Phantasie, darunter zu leiden, dass diese Zeiten vorbei waren. Sie scheuchte den Gedanken fort. Dr. Ehrenberg wartete bereits.

Apoll stand in seiner Box, die linke Hinterhand und die Flanke zitterten unkontrolliert. Der Tierarzt schnalzte leise und schob sich langsam an der Wand entlang. Sacht berührte er Apolls Nüstern, streichelte seinen Kopf und wanderte behutsam weiter zum Hals und zum Bauch. Vorsichtig öffnete er den Sattelgurt und hob den Sattel an. In dem Moment warf Apoll den Kopf zurück und stieg. Der Sattel flog über die Bretterwand, schoss knapp an Elisabeths Kopf vorbei und blieb im Gang liegen.

»Hoho, ist ja gut, mein Apoll, ist alles halb so schlimm.« Die leise gesprochenen Worte beruhigten den Hengst, und Dr. Ehrenberg machte sich daran, den Rücken des Tiers zu untersuchen. »Kein Wunder, dass er durchgegangen ist. Er hat mehrere Verletzungen, aber ich habe keine Ahnung, wie er sich die zugezogen haben könnte.« Er nahm eine Spritze aus seiner Tasche. »Ich werde die Stellen betäuben und vernähen. Morgen ist er wieder auf dem Damm.«

Elisabeths Gedanken überschlugen sich, doch sie zwang sich, konzentriert nachzudenken. Die Verletzungen befanden sich im vorderen Teil des Rückens. Da wohl kaum davon auszugehen war, dass Gesa ihr Tier hatte quälen wollen, musste es eine andere Ursache geben. Ihr Blick fiel auf den Sattel. Sie wuchtete ihn herum und betastete den blutgetränkten hellen Filz. Sechzig Jahre ihres Lebens war sie geritten, sie wusste, wie sich die Innenseite eines

Sattels anfühlte, wie die Nähte zu verlaufen hatten und wo sie sich kreuzten. Ungläubig starrte sie auf die drei Schnitte, die kaum zu sehen waren. Sie drückte den Filz flach, und drei Rasierklingen kamen zur Hälfte zum Vorschein, die jemand so geschickt festgenäht hatte, dass sie senkrecht blieben. Der Druck des Sattels allein reichte nicht aus, die Klingen in das Fleisch des Tiers zu treiben, aber sobald ein Reiter aufsaß, sich zum Galopp vorbeugte und die Oberschenkel an den Sattel presste … Welcher Mensch war so abgrundtief böse, einem Tier so etwas anzutun? Ein Dummejungenstreich war das ganz gewiss nicht. Wer dies zu verantworten hatte, hatte es auf Gesas Leben abgesehen. Oder auf Felicitas' … Mühsam stand Elisabeth auf. Sie spürte jeden einzelnen Knochen und fühlte sich plötzlich so erschöpft, wie sie vorhin vorgegeben hatte, es zu sein.

Dorothee und Constanze hatten Stefanie und Sarah zusammen mit den neuen Püppchen gerade ins Bett gebracht, als Ella, Thomas und Delia eintrafen und entsetzt hörten, was Teresa zu berichten hatte.
»Was sollen wir nur tun?«, fragte Ella. »Wäre es nicht besser, in die Klinik zu fahren?«
»Oma will, dass wir hierbleiben. Sie sagt, wir machen es nur noch schlimmer, wenn wir wie die aufgescheuchten Hühner um die Ärzte herumrennen.«
Ella schnaubte. »Das ist so typisch. Sie kommt nicht auf die Idee, dass Felicitas vielleicht ein wenig Unterstützung nötig haben könnte. Ich meine, sie muss doch vor Sorge außer sich sein.« Sie warf ihrer Mutter und Helen, die ein wenig abseits saßen und leise miteinander sprachen, einen empörten Blick zu.

»Sie sind von einem anderen Kaliber als du, Schwesterherz«, sagte Anton, der Ellas Blicke verfolgt hatte. Désirée legte ihm mahnend die Hand auf den Arm. »Das ist durchaus als Kompliment zu verstehen«, fügte er in gespielter Unschuld hinzu. »Frauen wie sie können wir in Deutschland gut gebrauchen. Zäh wie Leder, hart wie Kruppstahl …«

»Ach Anton, nun lass es doch gut sein«, seufzte Désirée. Nach ihrem Auszug aus der Villa, dem ein furchtbarer Streit zwischen Anton und seiner Mutter vorangegangen war, hatte es eine kurze Zeit gegeben, da Anton und Désirée wieder etwas mehr zueinander gefunden hatten. Die verwöhnte, ein wenig dumme junge Frau hatte an Format gewonnen, indem sie gezwungen war, ein Leben ohne Dienstboten und die Annehmlichkeiten eines vornehmen Haushalts wie der Villa zu führen. Anton seinerseits hatte seiner Spielsucht abgeschworen und sich den Nationalsozialisten verschrieben. Doch je eifriger er um sein Fortkommen in der Partei bemüht war, desto schneller versandete Désirées Vorstellung vom gemeinsamen Glück. Anton vernachlässigte sie wie eh und je und behandelte sie mit zynischer Geringschätzung, und Désirée schlüpfte zurück in die Rolle der demütigen Ehefrau.

»Magst du mir helfen, das Chaos zu beseitigen, das die Mädchen beim Auspacken der Geschenke angerichtet haben?«, wandte Teresa sich an Delia, um der angespannten Unterhaltung zu entgehen und überdies das zu tun, was Felicitas ihr aufgetragen hatte, wenngleich sie instinktiv wusste, dass Delia und sie nicht viel miteinander verband. Delia wirkte viel erwachsener, wie sie mit gefalteten Händen dasaß und ihre Blicke unaufdringlich von einem zum anderen wandern ließ. Jetzt sah sie erstaunt hoch, und Teresa hätte sich ohrfeigen können, als ihr bewusst wurde, dass Delia ihre Frage als unverhohlenen Hinweis auf ihre einfache Herkunft missverstehen könnte. »Oder wir spielen eine Partie Halma«, fügte sie lahm hinzu.

In Delias wachen Augen glomm ein amüsierter Funke auf, als sie erwiderte: »Schach wäre mir lieber.«

»Tut mir leid, das habe ich nicht gelernt, genau genommen habe ich mich nie dafür interessiert. Mein Bruder Clemens spielt allerdings ganz vorzüglich. Clemens?«

»Ich eile«, schmetterte er in sattem Bass und zwinkerte Delia zu. »Gespielt wird nach meiner Regel, und die lautet: Keine Tränen, auch wenn ich dich nach drei Zügen schachmatt setze.«

»Demnach wäre ein Ohnmachtsanfall erlaubt?«, gab Delia schlagfertig zurück.

Clemens lachte und führte sie zu dem mit grünem Leder bezogenen Spieltisch am anderen Ende des Salons. Wie sie die Figuren aus Ebenholz und Elfenbein sortierten und in Reih und Glied auf das Brett stellten, fesselte Teresas Aufmerksamkeit. Als ob sie das schon hundertmal zusammen gemacht hätten, dachte sie bei sich und warf Dora einen verstohlenen Blick zu, deren Züge keinerlei Regung zeigten. Dennoch war Teresa überzeugt, dass Dora die Vertrautheit zwischen den beiden durchaus nicht entgangen war.

Unterdessen hatten Ella, Thomas, Anton und Désirée die Idee aufgegriffen und sich einen Platz im Wintergarten gesucht, um sich mit Canasta die Zeit zu vertreiben, die immer langsamer zu vergehen schien. Teresa sammelte das achtlos fortgeworfene Geschenkpapier ein und machte es sich danach auf dem Sofa bequem, um in ihren neuen Büchern zu blättern. Am meisten freute sie sich über Jorge

Anamegas *Geschichten aus Brasilien*. Schon mit den ersten Sätzen verlor sie sich in der anderen Welt, die Sorge um Gesa geriet ebenso in den Hintergrund wie das leise Lachen, das gelegentlich zwischen Clemens und Delia hin und her perlte, wenn einer von ihnen eine Figur geschlagen hatte. Ellas Worte jedoch, die sie eindringlich an Anton richtete, drangen zu ihr durch. »Ich habe dich nie um etwas gebeten, Anton, aber jetzt brauche ich deine Hilfe. Der Vater des Mädchens …« Sie brach ab, als sie Teresas Blick bemerkte, und fuhr so leise fort, dass Teresa nichts mehr verstehen und sich wieder in die Schilderung des Amazonas vertiefen konnte.

Warum zum Teufel dauerte das bloß so lange! Felicitas verlor allmählich die Geduld, ihr Hintern tat weh vom stundenlangen Sitzen auf Holzstühlen, die sie nicht einmal ihrem Personal zumuten würde, und ihr Magen rebellierte. Ihr war fast schwindlig vor Hunger und vor Wut. Krankenschwestern und Ärzte hasteten geschäftig durch die grell beleuchteten, in trostlosem Elfenbein gestrichenen Gänge, und keiner hatte es für nötig gehalten, von ihnen Notiz zu nehmen, seit sie Gesa in den Operationssaal geschoben hatten. War das ein gutes Zeichen, eines, das dafür sprach, das die Verletzungen halb so schlimm waren? Oder ein schlechtes? Was, wenn Gesa stürbe … Wenn sie ein Krüppel sein würde …
Steffen, der sicher war zu wissen, was in seiner Frau vor sich ging, nahm ihre Hand. Doch Berührung war das Letzte, was Felicitas jetzt ertrug. Sie stand auf und begann auf dem Flur hin und her zu gehen, um Abstand zu gewinnen von Steffen, von dieser Klinik, von der ganzen Welt. Nur in der Konzentration auf sich selbst würde

sich der schützende Mantel der Kälte um sie legen, der die quälenden Gedanken abschirmte. Das grau marmorierte Linoleum dämpfte das Klackern ihrer hohen Absätze. Ihre Finger krampften sich um die goldene Taschenuhr, als wollten sie die Zeit zwingen, schneller zu vergehen. Vor ihrem inneren Auge sah sie Heinrichs Gesicht, so deutlich wie schon seit Jahren nicht mehr, hörte seine weiche Stimme, sah, wie er Gesa auf dem Schoß wiegte und wie sie ihre Ärmchen um seinen Hals schlang. Gesa war ein schwieriges Kind gewesen, trotzig und ständig von Zorn erfüllt, als wäre das Leben an sich eine immerwährende Ungerechtigkeit, und der Tod ihres geliebten Vaters hatte sie nur in diesem Glauben bestärkt. Als sie heranwuchs, hatte sie Zuflucht in einem kühlen Zynismus gesucht, mit dem sie ihre Verletzlichkeit überspielte, und Felicitas, zu ungeduldig und mit sich selbst beschäftigt, um einen Zugang zu ihrer Tochter zu finden, verlor die Zuversicht, dass die Pubertät Gesas Ecken und Kanten glatt polieren würde. Gewiss, sie finanzierte Gesas Ambitionen und achtete darauf, sie genauso fürsorglich und liebevoll zu behandeln wie ihre drei Geschwister, doch das täuschte weder sie noch Gesa darüber hinweg, wie ihr Verhältnis tatsächlich beschaffen war. Gelegentlich überfiel Felicitas der Vorsatz, irgendwie und endlich einmal die Dinge zwischen ihnen zu bereinigen, doch sie hatte keine Ahnung, wie sie das anstellen sollte. Was hätte sie auch zu sagen gehabt? Bitte vergib mir, dass dein Vater tot ist? Bitte verzeih, dass ich mich nicht auf dich gefreut habe, als ich dich austrug, weil mir ständig übel war und du es mir unmöglich machtest, meine Pläne voranzutreiben?

Sie schnaubte und zündete sich eine Zigarette an. Wahrscheinlich würde gleich ein Zerberus von einer Krankenschwester um die Ecke sausen und ihr das Rauchen verbieten. Umso besser! Dann würde sie aus ihr herauspressen, wie es um ihre Tochter stand, Herrgott noch mal! Tränen stiegen ihr in die Augen. Eine Tür klappte, und ein Arzt zog sich mit müder Geste die OP-Maske vom Gesicht. Während er sich die Handschuhe abstreifte, ging er auf Felicitas zu.

»Frau Hoffmann?«

»Wie geht es meiner Tochter?«

»Sie dürfen hier nicht rauchen.«

»Ach was …«

»Aber«, fuhr er fort, und ein Strahlen legte sich über sein breites sympathisches Gesicht, »wenn das Ihre Art ist zu feiern, rauchen Sie nur zu Ende. Ihre Tochter hat es geschafft.«

Felicitas schloss die Augen.

6

Drei Tage später ließ Gesa sich auf eigene Gefahr aus der Klinik entlassen.

»Tun Sie sich den Gefallen und bleiben Sie hier, bis die Verletzungen auskuriert sind«, mahnte der Arzt, der sie operiert hatte, mit sorgenvollem Blick. »Ihre Lunge ist noch angegriffen, und ob der Knöchel und das Schienbein wieder korrekt zusammengewachsen sind, können wir erst sagen, wenn wir den Gips abnehmen, also frühestens in zwei Wochen.« Er stockte, als er Gesas Entschlossenheit spürte. »Sie dürfen nicht vergessen, dass Sie einen komplizierten Trümmerbruch erlitten haben. Ihr Bein musste mit einer Metallplatte stabilisiert werden. Wenn Sie es zu früh belasten, gefährden Sie nicht nur den Heilungsverlauf, Sie müssen aller Voraussicht nach erhebliche Schmerzen in Kauf nehmen. Ich will Ihnen keine Angst machen …«

»Dann lassen Sie es doch bitte auch«, unterbrach ihn Gesa. »Ich bin vierundzwanzig und also für mich selbst verantwortlich, und ich hoffe, dass Sie den Mund halten.«

»Fräulein Andreesen, ich mache mir ernstlich Sorgen um Ihre Gesundheit«, beharrte der Arzt, und Gesa seufzte.

»Sehen Sie, ich bin Ihnen wirklich dankbar, aber ich muss unter allen Umständen zurück nach Berlin.« Überdies hatte sie es gründlich satt, sich von dicken alten Krankenschwestern herumkommandieren zu lassen und jeden Nachmittag eine Flut rührend besorgter Verwandter zu ertragen, die um ihr Bett herumstanden und sie betrachteten wie ein Insekt unterm Mikroskop. Am meisten fürchtete sie sich vor Felicitas' Besuchen, davor, dass ihre Mutter den Unfall zum Anlass nehmen würde, ihre Schuldgefühle vor Gesa auszubreiten, um Absolution zu erlangen und ihrer beider Verhältnis zu klären. Doch da gab es nichts zu klären, sie verstanden sich einfach nicht, hatten sich nie verstanden, und dieser emotionalen Distanz verdankte Gesa ihre Fähigkeit, sich andere Menschen und deren Probleme vom Leib zu halten, sich nicht einzulassen auf Verstrickungen gleich welcher Art, die sie nur unnötig von ihrem Weg ablenken würden. Zum Glück war Felicitas nie allein im Krankenhaus erschienen. Die Schleusen der Vergangenheit blieben also geschlossen. Gut so.

»Dann bleibt mir nur, Ihnen viel Glück zu wünschen«, sagte der Arzt reserviert und verließ kopfschüttelnd das Krankenzimmer. Vorsichtig ließ Gesa sich aus dem Bett gleiten und nahm die Krücken zur Hand. Sie rümpfte die Nase, keilte sie in die Ecke und hüpfte auf einem Bein zum Waschtisch. Kalter Schweiß legte sich auf Stirn und Nase, und ein stechender Schmerz durchfuhr sie. Von ferne meinte sie Felicitas' und Elisabeths Stimmen zu hören und humpelte zurück zum Bett.

»Liebes, wie geht es dir heute?« Elisabeth ließ sich auf einen Stuhl fallen und öffnete ihre Handtasche. »Ein wenig Obst, die Zeitung von heute, Pralinen ...«

»Ich werde fett wie Mae West«, murmelte Gesa, und Elisabeth lachte.

»Nie im Leben. Außerdem hast du abgenommen. Kein Mensch will eine Wasserleiche auf Zelluloid sehen. Also greif zu.«

Gesa klopfte auf ihre Schenkel. »Von wegen. Meine Beine sind gerade im Begriff, eine attraktive Stromlinienform anzunehmen ...«

Felicitas, die stehen geblieben war, taxierte ihre Tochter kühl. »Was soll der Unsinn? Du wirst in der Klinik bleiben, ob es dir passt oder nicht!«

Gesa lachte grimmig. »Hat der Arzt seinen Mund nicht halten können, nein? Tut mir leid, aber mein Entschluss steht fest. Auch in Berlin soll es den einen oder anderen Mediziner geben, der mich weiterbehandeln kann.«

»Aber du brauchst Pflege. Wer soll sich denn in Berlin um dich kümmern?«

»Keine Sorge, da gibt es jemanden.«

»Davon bin ich überzeugt.« Felicitas' Stimme troff vor Ironie, und Gesa starrte sie wütend an.

»Spiel dich bloß nicht als sorgende Mutter auf«, sagte sie aufgebracht.
»Genug.« Elisabeths energischer Ton stoppte die heranrollenden Wogen. »Felicitas, setz dich hin. Gesa, hör auf, dich wie ein verzogenes Gör zu benehmen. Hört mir zu, alle beide. Ich will, dass ihr euch vertragt, und ich will, dass du in Bremen bleibst, Gesa. Wir müssen jetzt zusammenhalten, und zwar mehr denn je.« Erst ungläubig, dann immer entsetzter hörten sie, was Elisabeth zu sagen hatte. »Wir müssen den Tatsachen ins Auge sehen«, schloss sie. »Ohne Zweifel handelt es sich nicht um einen Unfall, sondern um einen Anschlag, der einer von euch beiden galt. Keiner außer euch reitet Apoll.« Die Worte hingen im Raum, bleischwer, wie eine unsichtbare dunkle Macht.
Felicitas fing sich als Erste wieder. »Wenn ich dich richtig verstehe, hat derjenige viel Mühe aufgewandt, die Rasierklingen so einzunähen, dass sie nicht verrutschen. Das bedeutet zum einen, dass er sich den Sattel unauffällig ausleihen oder sich lange genug unerkannt im Stall aufhalten konnte, und zum anderen, dass er Wert darauf legt, dass sein raffinierter Plan als solcher erkannt wird. Wenn er Apoll eine Droge verabreicht hätte, Tollkirsche oder etwas Ähnliches, hätte dies zwar die gleiche Wirkung gehabt und er wäre durchgegangen, aber wir hätten sein Verhalten auf eine Kolik geschoben oder auf sein ohnehin nicht sehr sanftmütiges Wesen.«
Elisabeth nickte langsam. »Ich glaube, du hast recht. Er will sich an unserer Angst weiden, zugleich aber sicherstellen, dass wir seine kriminelle Intelligenz bewundern. Überdies hätte er die Droge Apoll kurz vor dem Ausritt verabreichen müssen, was kaum möglich gewesen wäre.

Der präparierte Sattel dagegen bot ihm die Möglichkeit, in aller Ruhe abzuwarten, wann es eine von euch erwischt.«
»O Gott«, stöhnte Gesa angewidert, »wir haben es bestimmt mit so einem perversen Typen zu tun. Wahrscheinlich hockt der den ganzen Tag in einem Büro, achtet darauf, dass seine Ärmelschoner nicht dreckig werden, kriecht dem Chef in den Hintern und geht nach Feierabend zu einer Domina, um sich ordentlich verhauen zu lassen, bevor er seine ekelhaften Pläne schmiedet.«
Elisabeth guckte sie schockiert an. »Du hast ja eine blühende Phantasie …«
»Wie dem auch sei«, schnitt Felicitas ihr das Wort ab, »wir sollten damit zur Polizei gehen.« Plötzlich fiel ihr der anonyme Brief wieder ein, dem sie so wenig Beachtung geschenkt hatte und der vermutlich längst im Küchenofen verfeuert worden war, wie alles weggeworfene Papier im Hause Andreesen. Dennoch nahm sie sich vor, den Papierhaufen in der Küche unter die Lupe zu nehmen, sobald sie wieder zu Hause waren. Nein, sie würde nicht mit ansehen, wie sie alle in einen schrecklichen Albtraum gerieten. Entschlossen stand sie auf. »Ich mache mich auf den Weg. Nachher sollten wir überlegen, wie wir das Gelände und die Villa besser vor Eindringlingen schützen. Vielleicht hat Steffen ja eine Idee.« Sie beugte sich vor und küsste Gesa flüchtig auf die Wange. »Mach dir keine Sorgen. Den Kerl haben wir eher hinter Schloss und Riegel, als du deine erste Hauptrolle im Kasten hast.«
»Mutter?« Der Schreck hatte Gesa die Farbe aus dem Gesicht getrieben, aber sie wirkte keineswegs ängstlich. Mit fester Stimme sagte sie: »Ich reise trotzdem nach Berlin zurück.«
Felicitas fuhr herum.

»Sieh mich nicht so an. Es hat doch keinen Sinn, hier herumzusitzen, während in Berlin die besten Rollen vergeben werden. Und … «, sie stockte, »… und ehrlich gesagt glaube ich nicht, dass der Kerl es auf mich abgesehen hat.«

»Wie du meinst«, entgegnete Felicitas kühl. Und zu Elisabeth gewandt: »Ich nehme den Wagen und sage dem Fahrer, dass er dich in einer Stunde abholen soll. Bis nachher.« Ohne ein weiteres Wort drehte sie sich um und verließ das Krankenzimmer. Krachend fiel die Tür ins Schloss.

Genervt hob Gesa die Arme hoch und ließ sie auf die Bettdecke fallen. »Es ist immer das Gleiche …«

»Man sollte annehmen, ihr wärt erwachsen genug, eure Differenzen vernünftig miteinander zu besprechen und auszuräumen«, meinte Elisabeth und bugsierte den Stuhl näher an Gesas Bett.

Gesa nahm Elisabeths Hand, die papieren und zerbrechlich in der ihren ruhte und sie mit einem Mal voller Schrecken gewahr werden ließ, dass diese Hand sie vielleicht schon bald, zu bald nicht mehr halten und trösten würde, und so zwang sie sich, ihre böse Bemerkung hinunterzuschlucken, um ihrer Großmutter das Herz nicht zusätzlich schwer zu machen, indem sie sich bockig und unversöhnlich zeigte. »Weißt du«, sagte sie sanft und streichelte die faltige kleine Hand, »es ist ja nicht so, dass ich Mutter nicht mag. Ich bewundere sie sogar für ihren unbeugsamen Willen und diese Kraft, mit der sie die Dinge anpackt und nicht lockerlässt. Als ich ein Kind war, habe ich nicht verstanden, warum es für Mutter wichtiger war, sich in einem Kontor zu verschanzen, statt mit mir zu spielen, und es hat mich furchtbar wütend gemacht, doch ich gehöre nicht zu den Menschen, die ihre Unzulänglichkeiten auf die Versäumnisse ihrer Eltern zurückführen. Vielleicht sind wir uns einfach nur zu ähnlich.«

Elisabeth hob die Augenbrauen. »Das stimmt schon, aber sich zurückzuziehen ist keine Lösung.« Ihr Ton wurde eindringlicher. »Ich beobachte schon länger, wie du dich von der Familie isolierst, Gesa. Du bist auf diese Idee fixiert, eine berühmte Filmschauspielerin zu werden, und nimmst kaum noch etwas anderes wahr. Was bleibt dir, wenn dieser Traum sich nicht erfüllt? Wenn du deine Gesundheit aufs Spiel setzt – für nichts? Was ist das für eine verrückte Idee, jetzt abzureisen – mit einem Gipsbein! Glaubst du im Ernst, deine Karriere läuft dir davon, weil du ein paar Wochen ausfällst?«

»Ach, Oma …«

»Nenn mich nicht Oma!«

»Großmutter, beim Film herrschen andere Gesetze …«

»Die ich aufgrund meiner fortschreitenden Senilität nicht zu begreifen imstande bin, ja?« Als Gesa den Blick senkte und nichts entgegnete, fuhr sie fort: »Oder steckt hinter alldem womöglich etwas ganz anderes? Ein Mann? Wer ist es?«

»Unsinn. Niklas holt mich bloß mit dem Wagen aus Bremen ab. Mehr ist da nicht.«

»Niklas?«

»Du kennst ihn doch. Der Regisseur, mit dem Mutter in Brasilien gedreht hat.«

»O ja, ich erinnere mich. Ein flotter junger Mann, sehr attraktiv. Und wenn er extra von Berlin nach Bremen fährt, nun, dann musst du mir nicht weismachen, dass er nichts für dich empfindet. Und wenn er etwas für dich empfindet, wird er einsehen, dass du lieber noch eine Weile in ärztlicher Obhut bleiben solltest.«

»So wie du das sagst, klingt alles ganz verdreht.« Gesa seufzte und rutschte tief unter die Bettdecke. Sie mochte es nicht zugeben, aber sie fühlte sich total erschöpft. Ihr Bein schmerzte entsetzlich, und bei dem Gedanken, dass sie nur um Haaresbreite einem feigen Mordanschlag entronnen war, wurde ihr übel. Sie wollte fort, nur fort. Gegen ihren Willen füllten sich ihre Augen mit Tränen. Sanft strich Elisabeth ihr übers Haar. »Ist ja gut, Liebes. Ruh dich jetzt aus. Morgen sehen wir weiter.«

Am nächsten Tag untersuchten zwei Polizeibeamte den Tatort. Unschlüssig und voll ängstlichem Respekt näherten sie sich Apoll, wichen zurück, als der Hengst schnaubte und mit den Augen rollte, und verließen seine Box, ohne eine Spur ausfindig gemacht zu haben, was Felicitas nicht anders erwartet hatte. Sie konfiszierten den präparierten Sattel und nahmen die Aussagen von Felicitas, Clemens, Dora, Elisabeth, dem Tierarzt und Gesa auf, die danach sofort nach Berlin abreiste.
Als das Land den Winter abschüttelte und die ersten Knospen und Triebe die Rückkehr des Frühlings anzeigten, drohten die Ermittlungen im Sande zu versickern, der Schrecken, der sie alle eine Weile umklammert hielt, verblasste, und die Überlegungen, die sie anstellten, wer für die Tat verantwortlich sein könnte, verloren an Schärfe. Insgeheim hatte Felicitas Anton im Verdacht gehabt, aber eine Intrige zu schmieden, wie er es in der Vergangenheit getan hatte, und einen Mord zu planen, waren eben doch zwei verschiedene Dinge. Obwohl sie Anton nicht mochte, seine Bosheit abgrundtief verabscheute und seine Hinterhältigkeit fürchtete, musste sie ihm dennoch zugestehen, dass er seine Macht als rechte Hand des Gauleiters

Weser-Ems nutzte, um die Polizeiarbeit in ihrer Sache unermüdlich voranzutreiben. Das würde er gewiss nicht tun, wenn er fürchten musste, selbst entlarvt zu werden. Abgesehen von Anton war Felicitas niemand eingefallen, der sie, und um sie ging es, darin war sie sich mit Gesa einig, so sehr hasste, dass er sie töten wollte. Gewiss war sie von zähen und umtriebigen Konkurrenten im Kaffeegeschäft umzingelt, gewiss hatte sie sich bei den Arbeitern in der Vergangenheit nicht nur Freunde gemacht – aber Mord? Das traute sie einfach niemandem zu.

Steffen schlug schließlich vor, sich mit einer Reise für eine Weile aus der Schusslinie zu bringen, und zu ihrem eigenen Erstaunen und Elisabeths stiller Genugtuung stimmte Felicitas zu. Kurz vor Ostern bestiegen sie die Fähre, die sie über den Kanal nach Dover und von dort nach London bringen sollte. Ein kühler Wind zerrte an Felicitas' Haaren, als sie an Deck stand, und schäumende Gischt spritzte hoch und benetzte ihr schönes Gesicht. Selbstvergessen sah sie den watteweißen Wolken zu, die sich zu fedrigen Gebirgen auftürmten, und genoss das Schreien der Möwen. Sie hatte sich lange nicht mehr so unbeschwert gefühlt. Glücklich suchte sie Steffens Blick.

7

Ellas Hoffnung, dass der Kontakt mit Felicitas sich förderlich auf Delia auswirken würde, hatte sich nicht erfüllt, im Gegenteil, ihr Schützling zog sich noch mehr in sich zurück. Immerhin wurden ihre ernsten Züge jetzt häufiger von einem stillen Lächeln erhellt, obwohl die Frage, wo ihr Vater sich aufhielt, ob er überhaupt noch am Leben war, immer noch nicht geklärt war. Fräulein Zinke hielt Delias neues Interesse am Theater für die Ursache dieser Entwicklung. Seit Dora Henning die Leitung der Theaterschule im Kunstpark übernommen hatte, verbrachte Delia fast jeden Nachmittag dort, studierte die klassische Bühnenliteratur von Goethe bis Shakespeare, erledigte kleinere Büroarbeiten, kümmerte sich um die Requisiten für die Aufführungen der Schauspielschüler und nahm gelegentlich am Sprech- und Stimmunterricht teil. Dora hatte sich rasch an Delias ständige Anwesenheit gewöhnt, ihr zurückhaltendes, gelassenes Auftreten brachte Ruhe in die quirlige, aufgeregte Atmosphäre der Schule, und wenn sie auch stets ein wachsames Auge auf die Begegnungen von Clemens und Delia hielt, hatte sie keinen Anlass, unzufrieden mit ihrer jungen selbst ernannten Assistentin zu sein.

»Es ist alles in bester Ordnung«, hatte sie Ella versichert. »Delia ist nicht der Typ, für den die Bühne sein Ein und Alles ist. Sie nimmt ihre Aufgaben nur erfreulich ernst. Vielleicht hat ihr eben dies gefehlt – das Gefühl, gebraucht zu werden.«

Dennoch machte Ella sich Sorgen. Als sie Thomas davon erzählte, wiegte er den Kopf und meinte schließlich: »Vermutlich ist sie heimlich in Clemens verliebt. Anders kann ich mir ihr plötzliches Beseeltsein vom Theater nicht erklären. Ich meine, mit ihrem Verstand könnte das Mädchen Physik studieren. Stattdessen klammert sie sich an eine bedeutungslose Theaterschule, in der Sechsjährige Ballett tanzen und Fünfzehnjährige das *Käthchen von Heilbronn* runterleiern.« Er grinste Ella spitzbübisch an,

und prompt fiel sie auf seine gespielte Provokation herein.
»Von wegen! Die Schule leistet erstklassige Arbeit …« Sie brach ab, als sie bemerkte, wie der Schalk in seinen Augen tanzte, und griff nach seinen Pinseln, die, im Ausguss liegend, grüne, blaue und rote Farbrinnsale auf der weißen Emaille hinterließen. »Und du? Was für ein quietschbuntes Kinderbild soll das denn werden? Das kauft doch kein Mensch!« Lachend lief sie ins Nebenzimmer und riss das Tuch von der Leinwand – ein sattes Alpenpanorama mit röhrendem Hirsch im Hintergrund. Es verschlug ihr die Sprache. »Du hast dich mal wieder übertroffen«, murmelte sie und trat näher. »Bist du sicher, dass niemand den Trick bemerkt?«
Thomas schüttelte den Kopf. »Das Bild hat Anton bestellt. Es entspricht ganz gewiss dem Geschmack, den man in seinen Kreisen pflegt. Und ich kann mir nicht vorstellen, dass er Verdacht schöpft.«
Ella brachte ein schiefes Lächeln zustande. Ihr war der Kunsthandel ihres Mannes nicht geheuer, doch sie wusste, dass er den einmal eingeschlagenen Weg fortsetzen würde, ganz gleich, wie sie darüber dachte. Sie wandte sich von dem Bild ab.
»Ich halte es für das Beste, jetzt gleich mit Delia zu reden. Die Sache geht mir nicht aus dem Kopf. Wenn du recht hast, kann ich die Uhr danach stellen, wann sie in Kummer und Herzeleid versinkt. Clemens liebt Dora und wird sie niemals aufgeben.«
»Ich glaube nicht, dass du etwas aus ihr herausbekommen wirst«, rief Thomas ihr hinterher, doch sie war schon auf dem Weg nach unten.
Als sie in Delias Zimmer trat, erkannte sie mit einem

Blick, dass Thomas' Ahnung richtig war. Auf Delias Schreibtisch lagen Zeitungsausschnitte und Bühnenporträts von Clemens – Clemens in Junkeruniform, Clemens als Schneeflockenmann, Clemens als Ritter und als Narr, Clemens, Clemens, Clemens.

»Kann ich nicht einmal auf Toilette gehen, ohne dass du mir nachspionierst?«

Ella fuhr herum. Mit Eiseskälte in den Augen, wie ein Raubvogel, der lange Zeit nach Beute gesucht hatte, um schließlich sein Ziel zu entdecken und sich darauf zu stürzen, funkelte Delia sie an.

»Delia«, Ella nahm ihren Mut zusammen, »diese Geschichte …«

»Lass nur«, schnitt Delia ihr das Wort ab. »Das verstehst du nicht.« Als sie Ellas gekränkten und besorgten Blick bemerkte, fuhr sie ein wenig sanfter fort: »Du kannst nichts dagegen tun. Ich will Clemens. Ich liebe ihn.«

8

London vibrierte vor Lebenslust. Sobald der feuchte, undurchdringliche Nebelschleier, der über der Stadt lag, von einer freundlichen Frühlingssonne gelüftet worden war, strömten die Menschen, Briten wie Gäste aus dem Ausland, in den St. James' Park, um das wunderbare Wetter für einen Spaziergang zwischen Blumenrabatten und steinalten Linden auf den geschwungenen, sorgfältig geharkten Kieswegen zu nutzen. Kleine Jungen in Tweedanzügen und blasse Mädchen in pastellfarbenen

Kleidchen und gewaltigen Seidenschleifen im hellroten Haar trotteten brav neben ihren Nannys her, die sich suchend umsahen, ob ihr heimlicher Verehrer wie verabredet an einem Baum lehnte, um auf eine scheinbar zufällige und daher unverfängliche Begegnung zu lauern. Wichtig dreinblickende Herren in dunklem Cut und mit Zylinder durchmaßen den Park mit langen Schritten, unterwegs zu einem bedeutsamen Geschäftstreffen und deshalb die Schönheit der Umgebung ignorierend. Hier und da begrüßten sich unverkennbar reiche, nach der neuesten Mode gekleidete Damen, verweilten eine kurze Zeit und tauschten die neuesten Klatschgeschichten aus dem Hochadel aus. »Indeed?« war die Floskel, die Felicitas und Steffen öfter hörten als jede andere, wenn sie an solchen Grüppchen vorbeikamen und unfreiwillig einige Gesprächsfetzen auffingen. Irgendwann ging Felicitas voller Schalk dazu über, in solchen Momenten Steffen mit weit aufgerissenen Augen anzuschauen und spitz und unüberhörbar »Oh my God! And what did the Earl of …« zu quietschen, um dann, wenn ihr die Aufmerksamkeit der Gruppe gewiss war, so zu tun, als würde sie im leisen Flüsterton fortfahren. Die entgeisterten Blicke, die sie beide daraufhin verfolgten, ließen sie ein ums andere Mal in Gekicher ausbrechen, als wären sie fünfzehn statt über vierzig.

Seitdem sie in London waren, hatten sie in stillem Einvernehmen weder über die Familie und die dramatischen Ereignisse noch über das Kaffeeunternehmen und die Zeitung und schon gar nicht über die politische Entwicklung in Deutschland gesprochen. Das pulsierende Leben der britischen Hauptstadt steckte sie an, sich treiben und mitreißen zu lassen. Begierig, keinen Palast, keinen Platz und kein Museum zu verpassen, machten sie sich jeden Vormittag nach dem Frühstück im Regency an der Vauxhall Bridge Road zu Fuß auf den Weg durch den St. James' Park, vorbei am Westminster Abbey, dem House of Parliament und hinunter zur Themse. Im Britischen Museum staunten sie über die ägyptischen Artefakte, in der National Portrait Gallery studierten sie die ernsten Gesichter aus der Tudor-Ära, und sie erklommen die fünfhundertdreißig Stufen vom Eingang der St.-Pauls-Kathedrale bis zu ihrem höchsten Punkt und genossen den Ausblick über ganz London.

Wenn sie Hunger verspürten, suchten sie sich ein bescheidenes Pub, bestellten Gurken-Sandwiches und lachten über den unsagbar dünnen, nach nichts außer heißem Wasser schmeckenden Kaffee. Am späten Nachmittag kehrten sie zurück ins Hotel und warfen sich schachmatt aufs Bett, massierten sich gegenseitig die wunden Füße und liebten sich, sofern sie nicht zu müde waren. London schien sie wieder zu dem Paar zu machen, das sie einst gewesen waren, das sich ohne Worte verstand und im gleichen Takt schwang, und ganz allmählich und ohne dass es ihr bewusst wurde, begann Felicitas auf den Frieden zwischen ihnen zu vertrauen.

Sobald die Dämmerung die typischen Londoner Nebel über der Themse aufsteigen ließ, von den zahllosen Straßenlaternen in ein milchiges Licht getaucht, kleideten sie sich wieder an und ließen sich von einem der schwarzen Taxis in die Oper oder ins Ballett nach Covent Garden fahren, um teilzuhaben an der barocken Szenerie aus schimmernden Lüstern, knisternden Seidenkleidern, schwerem Parfum, aufgetürmten Locken und blitzenden Juwelen. Wurden die Lichter gelöscht, verschmolz Felicitas mit dem Geschehen auf der Bühne. Wie lange war sie nicht mehr im Theater gewesen! *Le Sacre du Printemps*, *Manon Lescaut*, *Die Kameliendame* – die ergreifendsten Stücke des Tanzes und der Weltliteratur zogen, furios inszeniert und grandios besetzt, an ihr vorüber wie ein Wirbel aus Farben und Melodien, großen Gesten und eindringlichen Worten. Sie genoss jede Sekunde.

An einem dieser Abende holte die Realität, die sie so gnädig in Ruhe gelassen hatte, wieder ein. Sie hatten Karten für die Zwanzig-Uhr-Vorstellung von Shakespeares *Der Kaufmann von Venedig*, jenem Stück, das die Grausamkeit der Titelfigur als Folge erlittenen Unrechts darstellt. Shylock, der Jude, ein von der christlichen Gesellschaft zutiefst verletzter, diskriminierter Mensch, verlangt unbarmherzig die Einlösung des Schuldscheins, den ihm der Kaufmann Antonio, ein Christ, unterschrieben hat. Er besteht darauf, auch wenn dies Antonios Todesurteil bedeutet. Ausgetrickst und blamiert von einer juristischen Spiegelfechterei, ist Shylock am Ende der geprellte Bösewicht. Felicitas' Vater hatte diese Rolle mehr als einmal verkörpert, ihr eine zu Herzen gehende verzweifelte Widersprüchlichkeit verliehen, und sie konnte nicht widerstehen, den Vergleich mit dem gefeierten britischen Schauspieler Sir Harold Mortimer in dieser Rolle anzustellen, und obwohl die Brisanz des Stücks sie beide für einen Moment hatte zögern lassen, freute Felicitas sich jetzt auf die Vorstellung. Doch sie hatte die Briten unterschätzt. Als das Taxi vor dem altehrwürdigen Royal Court Theatre hielt, liefen an die dreißig Demonstranten vor dem Theater auf und ab, hielten Plakate hoch und skandierten etwas, was sie nicht verstand, doch zweifellos ging es dabei um Hitler, die Juden und deren Diskriminierung.

»Have a nice time«, wünschte ihnen der Taxifahrer und tippte sich ironisch an die Schirmmütze. Steffen reichte ihr seinen Arm. »Komm, ich lasse mich weder daheim noch in London von anderen Menschen davon abhalten, das zu tun, was ich für richtig erachte.«
Die Inszenierung, die sie in einer Loge verfolgten, verzichtete auf politische Anspielungen und Seitenhiebe gegen den Nachbarn auf dem Kontinent, und dennoch lag eine gereizte Anspannung in der Luft. Als sie das Theater nach fast drei Stunden verließen, atmete Felicitas erleichtert auf.
»Ich konnte mich gar nicht auf das Stück konzentrieren. Von allen Seiten haben sie uns missbilligend angestarrt, als wären wir gerade aus dem Tower geflohen.«
Steffen lächelte. »Das ist Unsinn, und du weißt es. Niemand macht uns verantwortlich für das, was in Deutschland geschieht. Nur die Scham darüber, die kann uns keiner nehmen.« Er bückte sich und hob eins der Plakate auf, das halb zerrissen im Rinnstein lag. »Hier muss es wohl noch hoch hergegangen sein«, meinte er und glättete das Papier. ›German Nazis, destroyers of the human rights.‹ Recht haben sie. Wäre nur schön, wenn ihre Regierung das ebenso sähe und deutliche Worte dafür fände, statt um Hitler herumzuscharwenzeln, als hätte er den Heiligen Gral gefunden.«
Hätte Felicitas diesen Moment vorübergehen lassen und ihn aus dem Protokoll dieser unbeschwerten Tage in die Fußnote verwiesen, hätte sich die Illusion eines Neuanfangs ihrer Liebe noch länger aufrechterhalten können, doch ihr Realitätssinn ließ es nicht zu.
»Als ob das so einfach wäre«, sagte sie. »Wie würdest du denn zum Beispiel unseren Bürgermeister davon überzeu-

gen, dass er sich für Andreesen-Kaffee in Berlin starkmacht? Ich habe ihm vor Augen geführt, wie gut es nicht nur unserem Unternehmen, sondern auch der Stadt zu Gesicht stünde, wenn die Olympia-Athleten Kaffee aus Bremen trinken würden. Aber ich konnte sagen, was ich wollte, er blieb störrisch wie ein Maulesel.« In der Tat hatte Bürgermeister Röhmcker ein Gesicht gemacht, als hätte er in eine Zitrone gebissen, als Felicitas vor ihrer Abreise nach London im Rathaus vorstellig geworden war. »Der Norddeutsche Lloyd stehe schon mit anderen Röstereien in Verhandlungen, meinte er. Mein Konzept sei viel zu aufwändig. Es gehe doch nur darum, die Leute mit Kaffee zu versorgen, und so weiter und so weiter. Überdies sehe man in Berlin den Kunstpark mit äußerster Skepsis. Ich konnte mir die Bemerkung gerade noch verkneifen, dass der Park längst geschlossen wäre, wenn es so wäre. Aber Röhmcker weiß genau, dass gegen die Künstlerinnen nichts vorliegt.« Sie bemerkte nicht, dass Steffens Gesichtsausdruck immer finsterer wurde. Missmutig kickte er das zerknitterte Plakat weg. Es hatte zu regnen begonnen, dicke Tropfen, die, durchleuchtet von dem matten Licht der Laternen, wie flüssige Diamanten schimmerten. Beide achteten nicht darauf und stapften schweigend weiter. Als Felicitas ihn schließlich fragend ansah, stieß er hervor: »Warum verzichtest du nicht einfach auf Olympia? Die Spiele werden ohnehin nur missbraucht, um die Welt über die wahren Absichten der Nazis zu täuschen.« In einem plötzlichen Impuls nahm er sie bei den Schultern. »Felicitas, lass uns hierbleiben, in London. Wir gehen fort aus Deutschland und lassen das alles hinter uns. Hier können wir wieder frei atmen. Ich könnte aufhören, um den Brei herumzuschreiben, und endlich die Wahrheit sagen.«

Entgeistert starrte Felicitas ihn an. Hatte Steffen eigentlich je begriffen, was ihr die Firma bedeutete – die wunderbare Möglichkeit, nicht das für eine Frau übliche Leben zwischen Küche und Kindern führen zu müssen? War ihm nicht bewusst, dass sie große Verantwortung empfand für die eintausendfünfhundert Arbeiter, denen sie gerechteren Lohn zahlte, als es die meisten Unternehmer taten? Und die Familie. Sollte sie die greise Elisabeth zurück- und ihre Kinder, wenngleich erwachsen, sich selbst überlassen? Wie er so dastand, mit blitzenden grünen Augen, voller Überzeugung, das einzig Richtige zu denken, erkannte sie und wehrte sich zugleich gegen diese Erkenntnis, dass ihre Liebe im Begriff war zu verlöschen. Sie sah zutiefst unglücklich drein, und mit einem Mal riss Steffen sich zusammen.

»Tut mir leid«, murmelte er. Er zog seine Smokingjacke aus und legte sie ihr über die bloßen Schultern. »Was hältst du davon, wenn wir uns mit Bernhard treffen? Ich weiß nicht, ob er sich zurzeit in der Stadt aufhält, aber einen Versuch wäre es wert. Vielleicht könnte er dir helfen.«

Die letzten Takte der Musik klangen aus, als Felicitas und Steffen am nächsten Abend das Restaurant des Savoy betraten. Unwillkürlich hielten sie einen Moment inne, als sie der Atmosphäre aus aristokratischer Noblesse und amerikanischer Ballroom-Lässigkeit, die ihnen entgegenschlug, gewahr wurden. Der schwarze Trompeter, wie die fünf anderen Musiker der Combo in rotes Jackett und schwarze Hose gekleidet, stand auf, um sich für den Applaus für sein Solo zu bedanken. Voller Lust an dieser Musik, stimmten sie ein weiteres Jazzstück an. Felicitas hatte sich bislang keine Gedanken darüber gemacht, doch

mit einem Mal fühlte sie sich angesichts der Tatsache, dass es dies vor nicht allzu langer Zeit auch in Deutschland gegeben hatte, seltsam unbehaglich. Jetzt gab es nur noch ein paar wenige geheime Lokale, in denen Swing gespielt wurde und wo man jederzeit damit rechnen musste, verhaftet zu werden.
Suchend glitt ihr Blick von Tisch zu Tisch. Als sie Bernhard entdeckte, schlug Felicitas' Freude, ihn wiederzusehen, sogleich in Ärger um, denn er saß an der Bar, ein Glas Whiskey vor sich, links von ihm eine schlanke Brünette, rechts eine Blondine, die ein unverschämt hoch geschlitztes grünes Seidenkleid trug und Bernhard etwas zuflüsterte, woraufhin er in schallendes Gelächter ausbrach.
»Er hat sich nicht verändert«, bemerkte Steffen.
»Offensichtlich nicht«, erwiderte Felicitas säuerlich.
Der Kellner brachte sie an ihren Tisch und rückte ihr den chintzbezogenen Messingstuhl zurecht.
»Would you please inform Mr. Servatius, that Mr. and Mrs. Hoffmann are arrived?«, bat Steffen ihn in holprigem Englisch. Der Kellner deutete einen Diener an und ging zur Bar hinüber. Bernhard drehte sich um, grinste, wandte sich dann wieder seinen Begleiterinnen zu und hauchte jeder einen Kuss auf die Wange. Dann kam er strahlend zu Felicitas und Steffen.
»Wie schön, euch zu sehen!« Er setzte sich und winkte dem Kellner, der sofort herbeieilte und in näselndem Ton eine Reihe verschiedener Menüs aufzählte. Schließlich bestellten sie Hummersuppe, Châteaubriand und Crème brûlée als Dessert. »Ihr seid selbstverständlich meine Gäste«, sagte Bernhard und schnitt Steffens Widerspruch sofort ab. »Ich bestehe darauf. Und nun wollen wir unser

Wiedersehen gebührend begießen. Wie wäre es mit einem Dom Perignon?«
»Wunderbar«, sagte Felicitas freundlich, aber mit einem ironischen Unterton, der Bernhard nicht entging. Gutmütig zwinkerte er ihr zu, nicht bereit, den Fehdehandschuh aufzunehmen.
»Das wurde ja auch mal Zeit, einen alten Freund in der Fremde zu besuchen. Wie gefällt euch London? Wart ihr schon in Covent Garden?«
Während Steffen von ihren Erlebnissen in London erzählte, wurden sie immer wieder unterbrochen. Distinguiert wirkende Herren im Cut, den Zylinder in der Hand, manche mit einem weißen Schal um den Hals, wie man es in Paris trug, blieben an ihrem Tisch stehen, nickten Felicitas und Steffen höflich zu und wechselten ein paar Worte mit Bernhard. Die meisten von ihnen Briten, doch waren auch ein Franzose, zwei Italiener und einige Deutsche darunter, deren Gesichter Felicitas vage bekannt vorkamen, ohne dass sie zu sagen vermochte, woher sie sie kannte. Felicitas war beeindruckt. Ganz offensichtlich waren Steffens Informationen richtig: Bernhard war tatsächlich zu einem sehr gefragten Architekten und Gartengestalter mit internationaler Kundschaft avanciert, und es schien, dass er mit der ihm eigenen zynischen Gelassenheit sein Netzwerk einflussreicher Kontakte, über das er schon in Bremen verfügt hatte, hier erfolgreich ausgebaut hatte. Der Sprung von der Weser an die Themse war ihm auch äußerlich gut bekommen. Für einen Fünfzigjährigen war sein Bauch bemerkenswert flach, das einst schwarze Haar war von wenigen grauen Strähnen durchgezogen, was seinem scharf geschnittenen Gesicht mit dem markanten Kinn mehr Seriosität verlieh.

Aber du bist und bleibst ein gewissenloser Pirat, dachte Felicitas, schwankend zwischen Ablehnung und leiser Bewunderung. Zweifellos würde Bernhard in der Lage sein, seinen Einfluss für sie geltend zu machen, er brauchte nur die richtigen Leute anzurufen, doch ebenso stand fest, dass sie dafür einen Preis würde zu zahlen haben, und sie war nicht sicher, ob sie dazu bereit war.

Doch schon hatte Steffen das Thema angeschnitten, plötzlich und unvermittelt, als wollte er die leidige Sache so schnell wie möglich hinter sich bringen. »Hast du eine Idee, wie Felicitas sich die Versorgung der Olympioniken mit Andreesen-Kaffee sichern kann?«

Felicitas runzelte die Stirn. Was dachte sich Steffen dabei, einfach für sie zu sprechen! Wie ein dummes Gänschen, dem die Ehe den Schneid abgekauft hatte, stand sie jetzt vor Bernhard da. Bemüht, sich ihren Ärger nicht anmerken zu lassen, legte sie Steffen sanft die Hand auf den Arm. »O bitte, lasst uns nicht vom Geschäft sprechen. Wir wollen uns amüsieren, nicht wahr?« Und mit einem koketten Blick zu Bernhard fuhr sie fort: »Unser Bürgermeister ist nun wirklich nicht der erste störrische Kerl, den ich zu guter Letzt doch noch vor meinen Karren spannen kann.« Abrupt stand sie auf. »Und nun entschuldigt mich bitte einen Moment.«

Mit undurchdringlichem Gesichtsausdruck sah Bernhard ihr nach, wie sie sich geschmeidig an den Tischen vorbei einen Weg bahnte. Die champagnerfarbene Seide schwang im Takt ihrer Bewegungen und zeichnete dezent den Schwung von Taille und Hüften nach. Viele Blicke folgten Felicitas; sie war ohne Zweifel eine der attraktivsten Frauen im Savoy. Steffen schien das allerdings nicht zu bemerken, seine Augen waren auf das Glas geheftet, das er geistesabwesend zwischen Daumen und Mittelfinger kreisen ließ.

»Was ist los mit dir, alter Knabe?«, fragte Bernhard leichthin. »Sorgen?«

Steffen schüttelte den Kopf. »Nicht direkt. Es ist nur einfach so …« Er stockte, unsicher, ob er Bernhard trotz der langen Zeit, die sie einander kannten, noch vertrauen konnte, und fügte schließlich vage hinzu: »Ich habe mich schon mal wohler gefühlt.«

»Habt ihr Streit wegen dieser Olympia-Geschichte? Ich hatte den Eindruck …«

»Sie hat sich in den Kopf gesetzt, die Athleten müssten ihren Kaffee trinken. Aber das ist es nicht. Es ist …«, er machte eine vage Handbewegung, »das alles.«

»Wenn ich dich nicht besser kennen würde, würde ich dir raten, es wie ich zu machen«, erwiderte Bernhard lässig. »Ich suche mir die Rosinen aus der missratenen Torte und warte ansonsten ab, bis die anderen das ungenießbare Zeug vernichtet haben. Aber ich fürchte, dafür bist du nicht der Typ.«

»Nein, wohl nicht. Manchmal wünschte ich, es wäre so.«

»Wegen Felicitas?«

»Auch. Unsere Ehe verläuft seit einiger Zeit nicht sehr harmonisch. Wir haben … Differenzen. Sie ist dir sehr ähnlich, packt die Dinge an, biegt sie sich so zurecht, dass sie in ihr Weltbild passen, und nimmt den Rest einfach nicht wahr.« Als hätte er zu viel preisgegeben, hob er abwehrend die Hände. »Versteh mich nicht falsch, ich mache ihr keinen Vorwurf. Aber ich muss für mich einen Weg finden, in irgendeiner Form Widerstand gegen diesen Irrsinn zu leisten. Worauf steuern wir denn zu? Die allgemeine Wehrpflicht wurde wieder eingeführt und die entmilitarisierte Rheinlandzone besetzt. Wer jetzt noch an Hitlers Beteuerungen glaubt, der Frieden sei ihm heilig, ist doch völlig vernagelt.«

»Aber als Chefredakteur hast du doch das beste Instrument in der Hand, das ein Journalist haben kann. Schreib zwischen den Zeilen, erfinde anonyme Leserbriefschreiber, was weiß ich.«

»Ja, was weißt du! Die Zensur sitzt uns ständig im Nacken, und die Redaktion ist unterwandert von Helfershelfern der Partei, die sich darüber mokieren, dass ich meinen Eintritt hinauszögere. Ich meine, ich will mich nicht beklagen, ich habe es wirklich besser getroffen als viele meiner Kollegen, die sie auf die Straße gesetzt haben.« Er machte eine Pause. »Trotzdem genügt es mir nicht, an doppeldeutigen Schlagzeilen zu feilen, während im Untergrund ganz andere Sachen geplant werden.«

Beunruhigt sah Bernhard seinem Freund in die Augen. »Du bringst Felicitas in Gefahr, wenn du so weitermachst.« Seine Gelassenheit war plötzlich dahin. Mit unterdrücktem Zorn in der Stimme fuhr er fort: »Geh doch in den Untergrund! Lass dich verhaften und zu Brei schießen. Denke nicht an Felicitas, die dann zum zweiten Mal einen Menschen verliert, den sie liebt. Ist es das, was du willst?« Er lehnte sich zurück und schüttelte den Kopf. »Wie feige ihr Helden in Wirklichkeit seid. Für eine große Sache wollt ihr kämpfen, aber keine Verantwortung für die Menschen übernehmen, die ihr zurücklasst.«

»Feige sind ja wohl eher Männer wie du, die so lange katzbuckeln, bis sie jegliches Profil verlieren. Von Charakter ganz zu schweigen.«

Bernhard lächelte ironisch. »Ich habe mir weiß Gott nichts vorzuwerfen. Während des Ersten Weltkriegs habe ich Monate in einem dieser elenden U-Boote gesessen und mein Leben für Volk und Vaterland und einen debilen Kaiser riskiert. Meines Wissens hast du damals studiert, statt deinen Hals zu riskieren. War es nicht so?«

Weil Felicitas an den Tisch zurückkehrte, antwortete Steffen nicht. Gleichwohl war die Spannung zwischen den beiden Männern nicht zu übersehen. Steffen starrte vor sich hin, Bernhard schenkte wortlos Champagner nach. Als die Kapelle einen Slowfox spielte, stand Bernhard auf.

»Felicitas, würdest du mir das Vergnügen eines Tanzes gewähren?«

»Gern.« Sie glitt in seinen Arm, und eine Weile überließen sie sich schweigend der einschmeichelnden Melodie. Seine Umarmung raubte ihr fast den Atem und ließ ihre Gedanken in die Vergangenheit wandern, zurück zu jener einen Nacht vor vielen Jahren, in der sie sich geliebt hatten, wild und ungestüm. Sie hatten nie über das Geschehene gesprochen noch darüber, was es ihm und ihr bedeutet hatte, doch die Erinnerung war unauslöschlich in ihrem Herzen eingebrannt. Selbst die sanfte Liebe zu Steffen hatte diese Nacht nicht vergessen machen können. Felicitas' Gesicht brannte, und sie mied Bernhards Blick, damit er nicht in ihren Augen las, was er nicht wissen sollte.

»Ich werde einen Weg finden, dir zu helfen«, beendete er schließlich das Schweigen. »Ein paar Leute in Berlin schulden mir noch einen Gefallen.« Er brach ab und zwang sie, ihm in die Augen zu sehen. »Mach Andreesen-Kaffee zur Nummer eins in Deutschland. Je erfolgreicher du bist, desto weniger können sie dir am Zeug flicken. Und dann nimm dein Geld und investiere es im Ausland.«

»Um Himmels willen«, murmelte sie, »ich habe mich gerade von meinen letzten Abenteuern dieser Art erholt.«
Bernhard lachte leise. »So schnell wird es keinen zweiten Börsenkrach geben. Allerdings wirst du in absehbarer Zeit Mühe haben, als Deutsche überhaupt noch einen Pfennig woanders als im Reich unterzubringen. Für diesen Fall biete ich dir einen schneidigen, doch sehr gewissenhaften Vermittler in London an.«
»Der vermutlich Bernhard Servatius heißt«, sagte sie trocken. Bernhard grinste, und Felicitas ertappte sich bei dem Gedanken, wie viel amüsanter es mit ihm doch war als mit ihrem Mann.
Als sie zum Tisch zurückkehrten, hatte Steffen sich wieder im Griff, und alle drei bemühten sich, eine unverfängliche Unterhaltung zu führen. Das Thema Olympia wurde nicht mehr angeschnitten. Der Kellner servierte das Essen, das ausgezeichnet war, ihnen aber dennoch die Gelegenheit gab, über die Qualität der englischen Küche zu lästern. Bernhard erzählte, dass er für sein Haus in Chelsea extra eine Köchin aus Deutschland engagiert hatte.
»Annelore bewahrt mich buchstäblich vor dem Verhungern«, bemerkte er lächelnd und fügte hinzu: »Aber gegen Maries Kükenragout kommt natürlich niemand an.«
»Überfällt dich eigentlich manchmal Heimweh nach Bremen?«, fragte Felicitas, deren Blick wie zufällig über Bernhards Hände glitt. Kein Ehering. Was nicht bedeuten musste, dass er allein lebte. Aber wenn es eine Frau gab, hätte er sie dann heute Abend nicht gebeten, ihn zu begleiten? Es sei denn, es handelte sich einmal mehr um eine jener Frauen, die, viel zu blond und viel zu leichtfertig, ihm das Bett warm hielten, aber nicht sein Herz berührten. Sie schalt sich für ihre Neugier und hoffte inständig, dass

Bernhard die tiefere Bedeutung ihrer Frage verschlossen blieb. Seine Miene ließ jedoch nicht erkennen, was er dachte.

»Wenn ich Zeit dafür fände, dann würde es mich vielleicht überfallen. Aber so ...« Er zuckte mit den Schultern. »Ich bin oft wochenlang auf Reisen. In London gibt es kaum mehr Gärten anzulegen, deren Größe eine Herausforderung für mich darstellen könnte. Also muss ich nach Wales und nach Cornwall, gelegentlich auch aufs Festland. In der Nähe von Paris habe ich vor kurzem ein hübsches Labyrinth aus Buchsbaum angelegt.«

»Nun ja, bei so viel internationalem Flair muss dir Bremen ja wie das letzte Kuhdorf erscheinen«, erwiderte Felicitas. Bernhards Augen trafen die ihren, und für eine Sekunde hielten ihre Blicke sich fest, zu lang, um Steffens Aufmerksamkeit zu entgehen.

Wenig später drängte er zum Aufbruch. »Unser Schiff legt in aller Herrgottsfrühe ab.«

»Wie schade«, sagte Bernhard. »Ich hätte euch gern mein kleines Reich gezeigt. Es würde euch bestimmt gefallen.« Er schüttelte Steffen die Hand und küsste Felicitas leicht auf die Wange. »Ich lasse von mir hören.«

9

Im August 1935 wurde Andreesen-Kaffee zum offiziellen Kaffeelieferanten der XI. Olympischen Sommerspiele in Berlin ernannt. Mit derselben Post erreichte Felicitas ein Schreiben von Bürgermeister Röhmcker, der seine Glückwünsche übermittelte und Felicitas in mageren Worten darauf hinwies, dass allerdings sowohl die Wassersportkämpfe in Kiel als auch die für zwei Tage geplante olympische Nachfeier in Bremen ohne Andreesen-Kaffee auskommen müsse. Schließlich sei man sich mit Berlin einig, dass auch andere Kaffeeproduzenten bei der Vergabe solch prestigeträchtiger Aufträge berücksichtigt werden müssten.

Felicitas überflog die letzten Zeilen des Briefs, legte ihn beiseite und nahm noch einmal das Schreiben vom Reichskulturministerium zur Hand, um sich jedes Wort auf der Zunge zergehen zu lassen. Sollten sie in Kiel und Bremen doch ihretwegen Muckefuck trinken! Berlin – das war es, was zählte. Sie hatte es geschafft! Unbändige Freude durchflutete sie. In Gedanken schon damit beschäftigt, wie sie die Produktion umstrukturieren musste, um den Bedarf zu decken, lief sie aus der Halle der Villa in den Garten, wo sie Elisabeth an diesem sonnigen Nachmittag vermutete, als die jähe Erkenntnis, dass nicht sie es geschafft hatte, sondern Bernhard, dass nicht ihr Konzept überzeugt hatte, sondern Bernhards Einfluss, sie ernüchterte. Sie ging in die Bibliothek und setzte sich an ihren Schreibtisch. Ihr Blick wanderte über die Bücher und die Gemälde. Unruhig trommelte sie mit der Spitze des Füllfederhalters auf die lederne Schreibunterlage.

Abhängigkeiten gleich welcher Art waren ihr ein Gräuel, doch sie kam nicht umhin, sich einzugestehen, dass sie nichts dagegen unternommen hatte, in eben diese zu geraten. Gewiss machte es einen Unterschied, ob sich Bernhard für sie einsetzte oder ob sie selbst irgendeinen Stabsführer dazu gebracht hatte, ein gutes Wort an oberster Stelle für sie einzulegen, doch das Ergebnis war dasselbe.

Unschlüssig, wie sie nun reagieren, ob sie Bernhard schriftlich danken oder ihn anrufen sollte, stand sie auf und stellte sich mit verschränkten Armen vor das weit geöffnete Fenster.

Pfauenaugen, Admirale, Zitronenfalter und Kohlweißlinge tanzten um einen Schmetterlingsstrauch, der anmutigen Choreografie der Natur folgend, die die Falter neckend antrieb, herauszufinden, warum ausgerechnet diese Blütenrispen so verführerisch dufteten. Zwei Pfauenaugen wurden es leid und flogen weiter zu den englischen Rosen, die sich in diesem Jahr so üppig rankten, dass Elisabeth noch zwei schmiedeeiserne Bögen hatte setzen lassen, die zusammen mit den bereits vorhandenen einen dicht bewachsenen rosa-weißen Pavillon bildeten. Felicitas beobachtete, wie Elisabeth mit zufriedener Miene den Inhalt ihres Rosenkorbs betrachtete, noch eine Blüte abschnitt und zu den anderen tat und sich dann auf die Liege aus tropischem Hartholz setzte, um einen Schluck Tee zu trinken. Teresa, spärlich bekleidet mit Badeanzug und einem bedruckten Seidentuch, das sie sich um die Hüften geknotet hatte, schlenderte auf ihre Großmutter zu und wechselte ein paar Worte mit ihr, bevor sie sich auf der zweiten Liege ausstreckte. Wie jedes Jahr verzauberte der norddeutsche Sommer mit seinem milden Klima und gelegentlichen warmen Landregen das Anwesen, das in der dunklen Jahreszeit so karg und abweisend wirkte, in ein mediterranes Paradies. Es war Elisabeths gestalterischem Geschick zu verdanken, dass die einheitliche Rasenfläche, die sich von der linken Seite des Hauses bis zu den Stallungen im östlichen Teil des Geländes erstreckte, inzwischen von halbhohen verwitterten Rotsteinmauern unterbrochen wurde, die hier mit Hainbuche und Phlox, dort

mit Geranium, Rittersporn, Wicken und Lavendel anheimelnde Nischen bildeten, denen der nahezu beständige Wind nichts anhaben konnte. Erst hinter den Stallungen und damit vom Haus aus nicht sichtbar durfte sich der Rasen wieder ungehindert entfalten und zur wilden Kleewiese werden. Der Gemüsegarten, den Felicitas und Marie im Ersten Weltkrieg angelegt hatten, war längst überwuchert, genau wie das Puppenhäuschen, das Gustav Andreesen vor fast fünf Jahrzehnten für Ella, Anton und Heinrich im hinteren Teil des Gartens hatte bauen lassen und in dem noch Gesa, Clemens, Christian und Teresa gespielt hatten.
Wenn man eins genau weiß von diesem Leben, dachte Felicitas plötzlich belustigt, dann nur, dass es weitergeht. Es sucht sich seine Wege und lächelt über unsere Bemühungen, es zu kontrollieren, weil sich am Ende ohnehin Bahn bricht, was sein soll. Dieser Gedanke, so fatalistisch wie untypisch für Felicitas, besaß in diesem Moment etwas Tröstliches für sie. Langsam ging sie zurück zum Schreibtisch und legte sich einen Bogen Briefpapier zurecht. Sie würde Bernhard freundlich für seine Mühe danken und ihn zu den Spielen nach Berlin einladen, eine elegante Geste, die der Höflichkeit genügte. Abgesehen davon würde sie nicht länger über eine Sache grübeln, die ohnehin entschieden war, sondern ihre Energie besser darauf verwenden, dass sie gelingen möge.
Voll Elan fuhr sie am nächsten Morgen ins Büro, um mit Elias Frantz, seinem neuen Assistenten und dem Prokuristen die anstehenden zusätzlichen Arbeiten zu planen und zu koordinieren. Sie brauchten Lagepläne vom Olympiagelände in Charlottenburg und vom Olympischen Dorf im märkischen Döberitz. Sie mussten festle-

gen, welche Requisiten – Obst, Pflanzen, Geschirr – geeignet waren, das Gesicht der Kaffee produzierenden Ländern deutlich zu machen und wie diese herbeigeschafft und frisch gehalten oder konserviert werden konnten. Die Verkaufsstände und Karren für die Esel mussten konstruiert und gebaut, die Tiere in Spanien gekauft werden. Geeignete Arbeiterinnen mussten gefunden werden, die sich zutrauten, die Stände zu bewirtschaften, und bereit waren zu lernen, wie sie am geschicktesten mit den Eseln umgingen. Genügend Unterkünfte mussten gefunden und die Frage geklärt werden, wo die Esel untergebracht werden konnten oder ob Felicitas eigens für die Tiere Ställe bauen lassen musste. Es mussten Tassen und Teller, Kaffeedosen und Servietten mit dem Schriftzug der Firma bedruckt werden und die Kaffeeproduktion im Bremer Werk ab sofort auf Höchststufe laufen, damit später keine Engpässe in der Versorgung auftraten. Und schließlich mussten sie ein logistisches Wunder vollbringen, Menschen, Tiere, Karren und Produkte pünktlich und unversehrt nach Berlin transportieren zu lassen.

Felicitas hatte genau neun Monate Zeit, dies alles zu bewerkstelligen, und versank vollkommen in dieser Aufgabe. Sie verließ die Villa in aller Herrgottsfrühe, blieb zwölf Stunden und länger im Kontor am Wall und fiel abends todmüde ins Bett.

Der Winter ging ins Land, ein neuer Frühling befreite Weser und Wiesen von Eis und Schnee, und Felicitas dankte dem Himmel, dass kein unerwartetes Ereignis den Alltag in der Villa durcheinandergebracht und sie gezwungen hatte, die Arbeit zu unterbrechen. In stillem Einvernehmen hatten Steffen und sie ihre Streitigkeiten auf sich beruhen lassen. Nur einmal hatte er angemerkt, wie wichtig ihm ihr Glück und ihr Erfolg seien, aber seine zugleich unglückliche wie entschlossene Miene hatte verraten, dass er sich nicht für immer mit den Gegebenheiten arrangieren, sondern eine Veränderung anstreben würde. Bis auf diesen kurzen Moment verlief alles zu Felicitas' Zufriedenheit, und sie war überzeugt, dass kaum etwas sie jetzt noch um ihre Zuversicht bringen konnte.

10

Vier Monate vor Beginn der Spiele reiste Felicitas nach Berlin, um sich vor Ort zu vergewissern, dass die Vorbereitungen für die Kaffeeverkaufsstände beim Olympiastadion und im Olympischen Dorf nach Plan verliefen. Begleitet wurde sie von Werner Briskow, dessen eigentliche Aufgabe es zwar war, dem Laborleiter Elias Frantz zu assistieren, der sich jedoch in den vergangenen Monaten so engagiert bei der Planung und überaus komplizierten Organisation des ehrgeizigen Vorhabens erwiesen hatte, dass sie beschlossen hatte, ihn mitzunehmen. Sein Wissen, reicher an Details als ihres, konnte hier und da nützlich sein, und das zurückhaltende Wesen des jungen Mannes, dessen sanftbrauner Blick hinter Brillengläsern so dick wie Flaschenböden ihm das Aussehen eines strebsamen Oberprimaners verlieh, ließ nicht befürchten, dass er ihr während der Fahrt mit allzu viel Geplauder auf die Nerven fallen würde.

Nach fünf Stunden erreichten sie Döberitz und hielten vor dem Empfangsgebäude des Olympischen Dorfes, das direkt an der Straße nach Hamburg lag. Ein untersetzter Mann in Uniform eilte herbei, der sich als »Lotze, Sekretär im Reichskulturministerium« vorstellte und sich wortreich für die chaotischen Zustände im Haus entschuldigte. Überall lagen Kabel herum, wuselten Arbeiter hin und her, wurde geklopft, gebohrt und gehämmert. »Die letzten Vorbereitungen, Sie verstehen ...«, sagte er und fügte hinzu: »Ich lasse Ihr Gepäck hinaufbringen, wäre Ihnen aber sehr verbunden, wenn ich Sie jetzt gleich über das Gelände führen dürfte. In zwei Stunden werde ich in Berlin zurückerwartet.«

»Kein Problem«, entgegnete Felicitas und lächelte ihn an, sich im Stillen fragend, ob der Mann sich immer so dienstbeflissen zeigte.

»Wunderbar«, sagte er und warf sich ein wenig in die Brust. »Dann sollten wir keine Zeit verlieren. Wie Sie sicher wissen, wurden die ersten Olympischen Dörfer 1924 in Paris und 1932 in Los Angeles errichtet. Hier ist es nun besonders gelungen, im Rückgriff auf die griechische Tradition einen Ort des Olympischen Geistes zu schaffen, einen geheiligten Ort der Ruhe ...« Er stockte unmerklich, fuhr aber sogleich fort: »... wo sich die männlichen Sportler zurückziehen können. Die Sportlerinnen wohnen in Berlin. Eigentlich darf überhaupt keine Frau dieses Gelände betreten.«

»Ich weiß«, entgegnete Felicitas trocken, »und es hat mich einige Mühe gekostet, die Herren in Berlin davon zu überzeugen, dass ich mir die Gegebenheiten trotzdem ansehen muss, um etwaige Abweichungen von den Lageplänen berücksichtigen zu können. Aber«, fügte sie mit mildem Spott hinzu, »es ist ja nur für eine Nacht.«

Der Sekretär ging nicht darauf ein. »Mit diesem Bau kann

das deutsche Volk städtebaulich, landschaftsgestaltend und baukünstlerisch einen Ausdruck seines innersten Wesens vermitteln.« Als Felicitas nichts erwiderte, wies er mit einer Handbewegung zum Ausgang und ging voran, um ihnen die Tür aufzuhalten.
Während sie über das Gelände liefen, setzte er seinen Vortrag fort: »Das Dorf besteht aus etwa hundertvierzig einstöckigen und fünf zweistöckigen ziegelgedeckten Wohnbauten. Hier sehen Sie das den stilistischen Ideen des Bauhauses verpflichtete Speisehaus mit seinen achtunddreißig für die verschiedenen Nationen bestimmten Speisesälen und Küchen, die ja für Sie von größerer Bedeutung sind, nicht wahr? Gleich erreichen wir das Hindenburghaus. Es verfügt über einen Theater- und Kinosaal, Trainingsräume und eine Ehrenhalle, die in Erinnerung an den 1934 verstorbenen Schirmherrn der Spiele erbaut wurde. Dort drüben befindet sich das Kommandantenhaus, eine Sport- und eine Schwimmhalle, und weiter hinten kommen wir zu dem Ärzte- und Krankenhaus und den Bauten für Verwaltung und Technik. Besonders hübsch ist übrigens der Waldsee mit der finnischen Sauna geraten.« Lotze schnaufte. Das Tempo, das er selbst angeschlagen hatte, überforderte sichtlich seine Kondition. Schwer atmend blieb er schließlich stehen und wischte sich die Stirn mit einem weißen Taschentuch ab, so dass Felicitas und Werner Briskow endlich Gelegenheit hatten, sich in Ruhe umzusehen. Die Häuser lagen perfekt eingebettet zwischen sanften Hügeln und mächtigen Bäumen, und vorwitziges Maiengrün hatte begonnen, die deutlich sichtbaren Narben, die die Bauarbeiten hinterlassen hatten, zu bedecken. Im August würde das am Reißbrett entstandene Propaganda-Dorf eine Idylle sein.

»Eindrucksvoll«, sagte Felicitas mit leiser Ironie, doch Lotze schien das nicht zu bemerken und nickte gewichtig.
»In der Tat. Hier spürt man den urdeutschen Geist einer beseelten märkischen Landschaft und gleichzeitig die Größe des neuen deutschen Geistes. Um das zu erreichen, mussten allerdings massive Erdbewegungen durchgeführt werden. Wir haben Wasserläufe reguliert, alte Bäume verpflanzt und neue angepflanzt. Im Grunde blieb kein Stein auf dem anderen.« Stolz blickte er um sich. »Aber es hat sich gelohnt.«
»Wie ich hörte, haben sich bereits einige ausländische Besucher und die Presse durchweg positiv geäußert«, schaltete Briskow sich ein, und Felicitas warf ihm einen prüfenden Blick zu, um herauszufinden, ob er mit dieser Bemerkung sein Missfallen über die Vergewaltigung einer Kulturlandschaft diplomatisch verpackte oder ob er sich bei Lotze einschmeicheln wollte. Seine Miene ließ jedoch nicht erkennen, was er dachte.
»Das will ich meinen«, erwiderte Lotze und blickte verstohlen auf die Uhr. »Falls Sie noch Fragen haben ...«
»Vielen Dank«, schnitt Felicitas ihm lächelnd das Wort ab. »Aber ich möchte jetzt mein Gepäck auspacken und einige Telefonate erledigen.«
»O gewiss«, sagte Lotze erleichtert. Gemeinsam gingen sie zum Haupthaus zurück.
Ihr Zimmer war mit einem geräumigen Bett, einem antiken Sekretär und einem Bauernschrank eingerichtet, in dem Felicitas rasch ihre wenigen Kleidungsstücke, die sie mitgenommen hatte, verstaute. Ihr Hinweis auf die dringenden Telefonate war nur ein Vorwand gewesen, Lotze loszuwerden. Die Fahrt hatte sie ermüdet, und aufatmend ließ sie sich auf das Bett fallen, als es an der Tür klopfte.

»Entschuldigen Sie die Störung«, sagte Werner Briskow. Röte schoss ihm in die Wangen. »Aber beim Empfang lag ein Brief für Sie, und ich dachte, er sei vielleicht wichtig.«

Felicitas bedankte sich, legte den Brief auf den Sekretär und ging zurück zum Bett. Doch die Müdigkeit war verflogen. Eine dunkle Ahnung stieg in ihr auf und veranlasste sie, aufzustehen und den Brief zur Hand zu nehmen. Das Kuvert trug den Poststempel des Vortags, und das Schriftbild unterschied sich nicht von anderen Schreibmaschinentypen. Dennoch wusste sie, was sie erwartete, als sie den Umschlag aufriss und den Bogen entfaltete.

»Es ist an der Zeit, Sie an Ihren ständigen Begleiter zu erinnern – die Angst. In den letzten Monaten mussten Sie den Eindruck gewinnen, sie habe sich davongemacht, nicht wahr? Aber nein! An Ihrer Stelle würde ich mir Gedanken machen, ob die Teilnahme an den Olympischen Spielen wirklich eine so gute Idee war. Und wie geht es eigentlich Ihrer schönen Tochter?«

Felicitas brach der Schweiß aus, und ihr Herz raste. Ihre Gedanken flogen durcheinander wie aufgescheuchte Dohlen. Was wollte dieser Mensch von ihr? Wo würde er dieses Mal zuschlagen? Warum zum Teufel nannte er seine Bedingungen nicht, von seinem Tun abzulassen?

Sie griff zum Telefonhörer, ließ ihn aber wieder sinken. Steffen würde ihr vermutlich nur raten, sofort nach Hause zu kommen und die Olympia-Sache abzublasen, und das war das Letzte, was sie tun würde. Aufgeben, sich einem feigen Verbrecher beugen, der nicht Manns genug war, mit offenem Visier zu kämpfen, sondern, wie es aussah, daran interessiert war, sie mürbe zu machen, ihren Willen zu brechen, um dann … Ja, was? Was wollte er damit erreichen?

Einen Moment lang blieb sie wie hypnotisiert sitzen, dann straffte sie sich und griff erneut zum Telefon. Elias Frantz musste jetzt alle Hebel in Bewegung setzen, um sämtliche Kaffeepartien, die das Werk in Kürze Richtung Berlin verlassen sollten, einer eingehenden Prüfung zu unterziehen. Die Kontrollen im ganzen Haus mussten verschärft werden, denn der Hinweis in dem Brief ließ keinen Zweifel daran, an welcher Stelle der Verbrecher versuchen würde, sie zu treffen. Ungenießbarer oder gar vergifteter Kaffee – das wäre der sichere Ruin für sie und das Unternehmen. Und sie musste ihm einschärfen, Stillschweigen zu bewahren und auf keinen Fall die Polizei zu benachrichtigen. Irgendein eifriger Beamter käme in vorauseilendem Gehorsam gewiss auf die Idee, den Vorfall in Berlin zu melden, und dann konnte sie an den Fingern einer Hand abzählen, wann das Reichskulturministerium ihr den glanzvollen Olympia-Auftrag entziehen würde.
Nachdem sie mit Elias Frantz gesprochen hatte, rief sie ihre Tochter in Berlin an.

11

Seid ihr bereit?«
Gesa nickte und drehte sich zu Niklas um, der seinen Blick prüfend über die zwölf jungen Frauen gleiten ließ, die mit weit ausgeschnittenen, üppig gerüschten Kleidern und hochgetürmten Lockenfrisuren in der nächsten und entscheidenden Szene des Films den stilistisch einigermaßen korrekten Hintergrund für einen australischen Nacht-

club Ende des 19. Jahrhunderts bilden sollten und nun, manche aufgeregt mit hochroten Wangen, andere beherrscht und ein wenig blasiert, darauf warteten, dass der Regieassistent Order gab, wann sie sich in der Kulisse einzufinden hatten. Sie hatten die Szene so oft geprobt, dass jede Komparsin im Schlaf ihre Position gefunden hätte, und dennoch war Gesa so nervös, dass sie die vergangene Stunde fast ununterbrochen auf der Toilette verbracht hatte. Immer noch war ihr speiübel, und besorgt nahm Niklas ihre eiskalte Hand in die seine.

»Was ist mit dir los?«

»Nichts«, wehrte Gesa ab und raffte die Röcke. »Lampenfieber, nichts weiter.« Sie zwang sich zu einem Lächeln und schloss sich den anderen an, die sich scherzend anschickten, die Garderobe zu verlassen.

Das Gekicher wich schlagartig angespannter Konzentration, als Zarah Leander und Willy Birgel an ihnen vorbeischlenderten, mit einem freundlichen Kopfnicken die Gruppe grüßten und dann ihr leises Geplauder fortsetzten. Der Regisseur nahm die beiden Stars des UFA-Films zur Seite und redete gestikulierend auf sie ein, und Gesa vermutete, dass er ihnen letzte Instruktionen ans Herz legte, um der zentralen Szene die richtige Portion Dramatik zu verleihen. Denn gleich würden sie sich wiedersehen, die Varietésängerin Gloria Vane und der ungetreue Sir Albert Finsbury, für den Gloria um ein Haar in dem australischen Straflager Paramatta gelandet wäre, wenn sie sich nicht einer Brautschau gestellt und in dem Farmer Henry Hoyer alias Viktor Staal einen gutmütigen Mann gefunden hätte, der sie jedoch auf dem Hof nicht halten kann, weil der Ruf der Bühne sie in den Nachtclub Sydney Casino treibt, wo sie wiederum Sir Albert begegnet, der sie beschwört, mit ihr ein neues Leben anzufangen. Da sie ihm jedoch nicht verzeihen kann, begeht er zum Schluss des Films Selbstmord, und Gloria kehrt nach Paramatta zurück, in der Hoffnung, dass Henry sie wieder aufnimmt.

Eine fürchterliche Schmonzette, wie Gesa fand, aber mit Sicherheit würde auch dieser Film mit dem Traumpaar ein Erfolg an der deutschen Kinokasse.

Gesa stellte sich an die vorgeschriebene Position neben einem der runden Nachtclubtische, Scheinwerfer so groß wie Weinfässer tauchten die Szenerie in ein zur schwülen Atmosphäre eines Etablissements dieser Art passendes weiches Licht, der Regisseur rief »Kamera ab!«, und augenblicklich vibrierte das Lokal vor Leben. Während Gesa einem Statisten wie verabredet verführerisch zulächelte, betrat die Leander die Bühne, und Gesa stellte wieder einmal neidlos fest, wie wunderschön die Schwedin war, wie bezwingend ihre Präsenz. So aristokratisch ihre Erscheinung, so bodenständig und uneitel ihr Benehmen. Erst gestern Abend nach der Probe hatte sie Gesa aufmunternd zugezwinkert und mit ihrer dunklen Stimme bemerkt, sie, Gesa, habe Talent, und gewiss werde irgendwann belohnt, wie unermüdlich sie sich einsetze. Mit leuchtenden Augen hatte Gesa ihr nachgesehen und ihr Glück gar nicht fassen können. Sie war Zarah Leander aufgefallen!

Vorsichtig verlagerte Gesa ihr Gewicht auf das linke Bein. Nein, um nichts in der Welt hätte sie auf diese Rolle, ganz gleich, wie unbedeutend sie war, verzichten mögen, die sie dem Assistenten des Produzenten verdankte, mit dem sie sich auf einer Premiere so gut verstanden hatte, dass es später zu zwei, drei Treffen in verschwiegenen Hotels geführt hatte. Selbst wenn sie den Kopf unter dem Arm trüge, würde sie sich nicht krank melden. Dass sie sich überhaupt so schlecht fühlte, lag einzig und allein an Niklas, der sich geweigert hatte, ihr noch mehr von den Tabletten zu besorgen, die sie brauchte, um die Schmerzen im Bein wenigstens für eine Weile zu lindern. Die Ärzte, einer nach dem anderen, hatten sich rundweg geweigert, ihr noch mehr Medikamente zu verschreiben, und stattdessen eine zweite Operation vorgeschlagen, was Gesa wütend abgelehnt hatte. Erst musste sie diesen Film überstehen, dann den nächsten. Der Kontrakt für *Hallo, Janine* mit Marika Rökk lag bereits zur Unterschrift vor, und ganz gewiss hatte sie nicht mit dem Assistenten geschlafen, um die Früchte dieser Affäre jetzt am Baum verfaulen zu lassen.

Danach aber, das hatte sie sich fest vorgenommen, würde sie eine Pause einlegen und sich behandeln lassen. Doch bis dahin brauchte sie diese Tabletten. Eine Weile hatte Niklas ihr welche besorgt, es sich mit einem Mal aber anders überlegt und ihr ins Gewissen geredet. Sie ruiniere ihre Gesundheit, hatte er gesagt, und er werde ihr dabei nicht länger helfen. Sie war völlig außer sich geraten, hatte ihn angeschrien und aus ihrer Wohnung geschmissen, und seitdem wechselten sie auf dem Set kaum ein Wort miteinander.

»Danke, das war's!«, rief der Regisseur und klatschte in die Hände. »Wir machen zehn Minuten Pause.«

Die Komparsen zerstreuten sich. Suchend blickte Gesa sich um und entdeckte ihre Mutter ein wenig abseits in lebhaftem Gespräch mit Niklas. Seufzend setzte sie sich in Bewegung.

»Gesa!« Ihre Mutter strahlte, überrascht und offenkundig erfreut, Niklas hier wiederzusehen. »Warum hast du mir nicht erzählt, dass ihr zusammenarbeitet? Ich war immer überzeugt, dass er dem Dokumentarfilm treu bleibt.«

»Man muss gelegentlich über seinen Tellerrand schauen«, meinte Niklas. »Aber jetzt müssen Sie mich entschuldigen, die nächste Szene …« Er küsste Felicitas auf die Wange und ging auf die Beleuchter zu, die sofort begannen auf ihn einzureden.

Felicitas sah ihm nach. »Ein hübscher Bursche.«

»Ich habe wenig Zeit«, sagte Gesa brüsk und verzog einen kurzen Moment ihr Gesicht vor Schmerzen, hatte sich aber sofort wieder in der Gewalt. »Wir drehen gleich die Anschlussszene.«

Verstimmt sah ihre Mutter sie an. »Schade, ich hatte gehofft, wir könnten vielleicht eine Kleinigkeit essen gehen und ein paar Dinge miteinander bereden.«

Gesa schüttelte den Kopf. »Ausgeschlossen, wir sind hier bestimmt nicht vor zehn Uhr fertig. Das hab ich dir doch auch schon am Telefon gesagt. Ich meine, wenn hier dauernd irgendwelche Mütter auftauchen würden, um ihre Töchter abzuholen, würde der Film nie fertig.«

Spott blitzte in den Augen ihrer Mutter auf, aber sie ging nicht auf Gesas letzte, wie sie selber fand, kindische Bemerkung ein.

»Können wir irgendwo ungestört miteinander reden?«

»Nicht wirklich«, antwortete Gesa. »Du siehst ja, überall wird gearbeitet. Was gibt es denn so Wichtiges?«

»Also schön«, sagte Felicitas mit einem Hauch von Resignation in der Stimme und machte eine Pause, bevor sie fortfuhr, die Worte sorgsam abwägend. »Ich habe einen zweiten anonymen Brief erhalten, und der Schreiber nennt deinen Namen und erkundigt sich nach deinem Befinden.«

Gesa wurde blass. »Droht er mir?«
»Nein, das tut er nicht, und aus diesem Grund werde ich auch keinen Poilzeischutz bekommen«, entgegnete Felicitas, die Wahrheit ein klein wenig frisierend. »Weder für dich noch für mich. Ich halte es für das Beste, dir einen Privatdetektiv zur Seite zu stellen, der dich rund um die Uhr im Auge behält.«
Eisiger Schrecken durchfuhr Gesa. Ein Privatdetektiv. Damit konnte sie ihre Tabletten endgültig abschreiben. Wie sollte sie sich illegal Medikamente verschaffen, wenn der Bluthund ihrer Mutter Tag und Nacht auf ihrer Spur blieb? »Auf gar keinen Fall«, sagte sie fest und trat einen Schritt zurück. »Was macht das hier für einen Eindruck? Alle werden über mich lachen.«
»Gesa, jetzt sei doch vernünftig!«, herrschte Felicitas sie ungeduldig an, doch Gesa schüttelte nur trotzig den Kopf.
»Nein, ich lasse mich von niemandem kontrollieren!« Sie drehte sich auf dem Absatz um und ließ ihre Mutter stehen.
Verblüfft sah Felicitas ihr nach. In einem ersten Impuls wollte sie ihr hinterherlaufen, doch aus Erfahrung wusste sie, dass dies die Abwehrhaltung ihrer Tochter nur noch verstärken würde. Andererseits musste sie etwas unternehmen, um Gesa vom Ernst der Situation zu überzeugen. Ihr Blick fiel auf Niklas, der das Gespräch mit den Beleuchtern beendet hatte und sich, die Stirn gerunzelt und einen Zigarillo rauchend, Notizen auf einem Klemmbrett machte. Wie Felicitas schon vorhin bemerkt hatte, schien er ungehalten und schlecht gelaunt, und sie fragte sich, ob er seine Entscheidung, bei einem Film wie diesem mitzuwirken, bereute oder ob seine Verstimmung

etwas mit Gesa zu tun hatte. Nach Weihnachten, als Elisabeth ihr von der Verbindung zwischen ihrer Tochter und Niklas erzählt, sie aber gebeten hatte, Gesa gegenüber nicht zu erwähnen, dass sie davon wusste, hatte Felicitas sich Hoffnungen hingegeben, der Einfluss des fröhlichen, zielstrebigen jungen Mannes könne Gesas schroffes Wesen ein wenig glätten. Zwar war dies ganz offenkundig nicht der Fall, aber weil Felicitas außer ihm niemanden kannte, der ihrer Tochter nahestand, blieb ihr keine andere Möglichkeit, als sich an ihn zu wenden.

»Niklas, könnten Sie mir einen Gefallen tun?«

Er blickte überrascht auf und nickte. »Natürlich. Was kann ich für Sie tun?«

»Es wäre nett, wenn Sie sich ein wenig um Gesa kümmern würden«, begann sie, unschlüssig, ob sie ihm die wahren Beweggründe ihrer Bitte anvertrauen sollte. »Ich mache mir Sorgen um sie.«

Niklas zog an seinem Zigarillo. »Meinen Sie nicht, dass Gesa den Braten sofort riechen würde? Sie ist nicht dumm, und wenn ich ihr Avancen machte, nachdem sie uns hat miteinander reden sehen, wird sie gewiss misstrauisch.«

Felicitas seufzte und beschloss, die Karten auf den Tisch zu legen. »Niklas, sie ist in Gefahr«, sagte sie und skizzierte knapp, was sich gestern ereignet hatte. Bestürzt ließ er das Klemmbrett sinken, und ein Anflug von Panik war in seinen Augen. Er liebt sie, erkannte Felicitas. Vielleicht ist es ihm gar nicht bewusst, aber er liebt sie, unglücklich und verzweifelt.

Die Pause war vorüber, und die Komparsen strömten zurück ins Studio.

»Ich tue, was ich kann«, sagte er leise. »Sie können sich auf mich verlassen.«

Felicitas verließ das Studio und fuhr vom UFA-Gelände in Babelsberg nach Charlottenburg. Am Fuß des Glockenturms, der markanten Attraktion des Olympiageländes, hatte sie sich mit Werner Briskow verabredet. Da das Gespräch mit Gesa weniger Zeit beansprucht hatte als gedacht, erreichte sie den Treffpunkt mehr als eine Stunde zu früh; eine unverhoffte Gelegenheit, eine Weile allein zu sein und die Gedanken zu sortieren. Sie parkte das weiße Cabrio hinter dem Glockenturm, ließ ihn rechts liegen und ging in Richtung Olympiastadion.

»He, wo wollen Sie denn hin?«, brüllte ihr ein Arbeiter nach, der, die Jacke über die Schulter geworfen und die Provianttasche unter den Arm geklemmt, sich wie die anderen anschickte, den Feierabend pünktlich zu beginnen, doch Felicitas kümmerte sich nicht darum und schlenderte langsam weiter. Das milchige Orange eines prachtvollen Sonnenuntergangs tauchte den gewaltigen Bau, der hundertzehntausend Menschen fassen sollte, in ein unwirkliches Licht, herumliegende Kabel zeichneten bizarre Muster auf die frisch verlegten Gehwege, und leere Zementsäcke und achtlos fortgeworfenes Butterbrotpapier, das von einem leichten Wind bald hierhin, bald dorthin getrieben wurde, verliehen der Szenerie etwas seltsam Trostloses, Gottverlassenes, einer Geisterstadt ähnlich, in die nie mehr ein Mensch einen Fuß setzen würde.

Felicitas sah sich um, wähnte sich allein, zog ihren knielangen engen Rock höher, kletterte behände über die Absperrgitter und gelangte über eine Steintreppe auf die Tribünen. Hier oben nahm der Wind zu, trieb ihr die Tränen in die Augen und ließ sie frösteln. Sie hielt ihre knopflose Kostümjacke mit beiden Händen zu, während ihr Blick über die leeren Ränge wanderte, über die Stahlkonstruktionen für die Flutlichter und das Oval des Rasens, der, von der Dämmerung der Farbe beraubt, wie ein tiefer schwarzer See wirkte. Ein Gefühl unendlicher Verlassenheit beschlich Felicitas. Sie starrte auf die Schwärze vor ihr und meinte hineinstürzen zu müssen, als sich eine schwere Hand auf ihre Schulter legte. Felicitas fuhr herum und erkannte den Arbeiter wieder, dessen Frage sie vorhin ignoriert hatte.

»Entschuldigen Sie, wenn ich Sie erschreckt habe, aber Sie dürfen hier nicht einfach so herumspazieren. Das ist viel zu gefährlich.«

Felicitas nickte, dankbar für die Unterbrechung. »Ich weiß, aber ich konnte der Versuchung nicht widerstehen, einen Blick zu riskieren.«

»Keine zehn Pferde brächten mich freiwillig hier hinauf«, sagte der Mann mit Nachdruck und fügte hinzu: »Ich finde es gespenstisch.«

Felicitas antwortete nicht darauf, gab dem Mann aber im Stillen recht. »Ich gehe dann wohl besser«, sagte sie, und der Mann nickte wortlos.

Gemeinsam stiegen sie die Treppe hinunter. Als sie das Absperrgitter erreichten, kam ihnen Werner Briskow aufgeregt entgegen. »Ich bin etwas zu früh dran, aber offensichtlich konnten Sie es auch nicht abwarten«, sagte er begeistert und breitete die Arme aus. »Ist es nicht gigantisch?«

»So kann man es nennen«, entgegnete Felicitas und warf dem Arbeiter einen Blick zu, den er grinsend erwiderte, bevor er sich auf den Weg machte. »Vielen Dank«, rief sie ihm nach, doch die Dunkelheit hatte den Mann bereits verschluckt. Dann sagte sie ungehalten: »Was für eine blöde Idee, sich um diese Zeit hier zu verabreden. Man sieht ja kaum mehr die Hand vor Augen.«

Werner Briskow lächelte eine Spur zu glatt, und Felicitas meinte zu spüren, wie ihr Herz einen Schlag aussetzte, als ihr bewusst wurde, dass sie völlig allein mit ihm war auf diesem dunklen, ausgestorbenen Gelände, das nicht den neugierigsten Olympiaanhänger noch locken würde, es zu dieser Uhrzeit erkunden zu wollen. Hatte nicht Briskow diesen Treffpunkt vorgeschlagen, die einsetzende Dunkelheit außer Acht lassend oder als willkommene Gelegenheit einkalkulierend? Niemand würde sie hören, wenn sie schrie, niemand ihr zu Hilfe eilen.
Hör auf, du siehst Gespenster, sagte sie sich, die aufkommende Panik mühsam niederkämpfend. Rasch trat sie einen Schritt zurück, schlüpfte aus ihren hochhackigen Schuhen, nahm sie in die Hände, die spitzen Absätze wie eine Waffe auf Werner Briskow gerichtet, und sagte lächelnd, doch mit einem lauernden Unterton: »Ich will mir in der Dunkelheit ja nicht den Hals brechen, nicht wahr?« Ohne auf seine Antwort zu warten, marschierte sie los, nur fort von ihm, zur rettenden Straße, zum Licht der Straßenlaternen und zu ihrem Auto. Sie hörte seine Schritte hinter ihr und lief schneller. Keuchend erreichte sie das Auto und wollte mit fliegenden Fingern aufschließen, doch die Schlüssel glitten ihr aus der Hand, und Werner Briskow griff danach. Felicitas fuhr hoch, bereit, ihm die Absätze ins Gesicht zu schlagen – und hielt inne. Mit der Dunkelheit war auch der Schrecken gewichen. Im Licht der Laternen war Werner Briskow wieder der schüchterne junge Mann, der sie nun betrübt und verwirrt ansah.
»Es tut mir leid«, stammelte er, »ich habe nicht an die Uhrzeit gedacht. Bitte verzeihen Sie mir meine Gedankenlosigkeit. So ein Fehler kommt ganz bestimmt nicht mehr vor.«

Felicitas atmete tief durch, verärgert, sich zum Narren gemacht zu haben, und zugleich im tiefsten Innern verschreckt, weil der Briefeschreiber im Begriff war, genau das zu erreichen, was er ihr prophezeit hatte – die Angst zu ihrem ständigen Begleiter zu machen.

»Schon gut«, erwiderte sie und fügte, einen heiteren Ton anschlagend, hinzu: »Was halten Sie davon, mit mir zu Abend zu essen? Ich bin halb verhungert.«

»Oh, vielen Dank, sehr gerne«, sagte er eilfertig und saß kaum auf dem Beifahrersitz, als Felicitas mit quietschenden Reifen anfuhr.

Während der nächsten beiden Tage waren sie damit beschäftigt, ihre Lagepläne mit den tatsächlichen Gegebenheiten vor Ort zu vergleichen, um erleichtert festzustellen, dass die Bauzeichner perfekt gearbeitet hatten. Sie hatten keinerlei Probleme zu erwarten, Esel, Karren und Verkaufsstände an den Ausgängen zu postieren und sie abends nach den Wettkämpfen wieder in die dafür vorgesehenen Unterstände am Murellenberg zu bringen, die zehn Minuten vom Olympiastadion entfernt errichtet worden waren. Die Konzentration, mit der Felicitas ihren Aufgaben nachging, bekam ihrer angegriffenen seelischen Verfassung gut und gab ihr die Kraft zurück, mit der sie von jeher unangenehme Dinge ins Hinterste ihres Bewusstseins verdrängt hatte. Ganz gelang ihr das dieses Mal jedoch nicht. Wie ein Tier, das Gefahr wittert, aber nicht weiß, aus welcher Richtung sie zu erwarten ist, blieb ein Teil ihrer Aufmerksamkeit stets geschärft. Selbst ihr Schlaf entbehrte seit dem Vorfall im Stadion der Tiefe, schon beim geringsten Geräusch fuhr Felicitas hoch und lauschte in die Dunkelheit.

Doch nichts geschah, weder in Berlin noch in Bremen, wo sie sich unmittelbar nach ihrer Rückkehr davon überzeugte, dass Elias Frantz die nötigen Sicherheitsmaßnahmen durchgeführt hatte.

»Wir sind noch dabei«, sagte er und sah Felicitas sorgenvoll aus umschatteten Augen an. Die Anspannung der letzten Tage war an dem fast Siebzigjährigen nicht spurlos vorübergegangen. »Jede Schraube wird untersucht, aber das kostet Zeit. Hausenberg hat zusätzlich angeordnet, dass die Taschen der Arbeiter morgens und abends durchsucht werden, um auszuschließen, dass irgendein Lump Gift ins Werk schmuggelt.« Mit beiden Händen stützte er sich auf seinen Labortisch und schüttelte den Kopf. »Gegen Sabotage ist man nicht gefeit, ganz gleich, wie wir uns anstrengen, sie zu verhindern. Wenn jemand uns schaden will, schafft er das auch. Es gibt zu viele Schlupflöcher, und der Kaffee geht durch zu viele Hände, ganz zu schweigen von den Kaffeepralinen. Und das Obst, mit dem die Karren dekoriert werden sollen …«

»Sie machen mir wirklich Mut«, gab Felicitas bissig zurück, rief sich aber sogleich zur Ordnung. Sarkasmus hatte der alte Mann, der sich seit so vielen Jahren über seine eigentliche Aufgabe hinaus für ihr Unternehmen einsetzte, nicht verdient. »Entschuldigen Sie, meine Nerven sind nicht die besten. Sie sollten jetzt nach Hause gehen und ein paar Tage ausspannen, das haben Sie sich redlich verdient. Herr Briskow kann hier weitermachen.«

»Ganz bestimmt werde ich das nicht tun, verehrte Frau Hoffmann«, entgegnete Elias Frantz würdevoll und straffte sich. »Wenn wir Olympia glücklich hinter uns gebracht haben, werde ich – vielleicht – einmal darüber nachdenken.«

Unwillkürlich musste Felicitas lächeln. Elias Frantz würde erst dann das Zepter des Laborchefs abgeben, wenn er das Mikroskop mit einer Kaffeekanne verwechselte, und solange sie es verantworten konnte, würde sie ihn gewähren lassen. Sie nickte ihm zu und wandte sich zur Tür, als er sie leicht am Arm berührte.

»Verstehen Sie mich nicht falsch, ich bin auf Ihrer Seite und überzeugt, dass Sie das Richtige tun, aber die Sache wird sich doch nicht von allein erledigen. Wie wollen Sie dem Kerl das Handwerk legen, wenn Sie sich weigern, die Polizei einzuschalten?«

Felicitas drehte sich zu ihm um und sah ihm in die Augen. »Ehrlich gesagt, lieber Frantz, habe ich keine blasse Ahnung.«

»Sie setzen möglicherweise Menschenleben aufs Spiel«, fügte er zögernd hinzu.

»Ich weiß«, erwiderte sie leise. »Aber wenn ich Olympia aufgebe, sind wir geliefert.«

12

Das gigantische Ausmaß des Unternehmens erfasste Felicitas erst, als am 1. Juli zwanzig Lastwagen vom Gelände des Andreesen-Werks in Bremen rollten, bis unters Dach beladen mit sechzigtausend Ein-Pfund-Paketen Kaffee für geschätzte 1,7 Millionen Tassen Kaffee für die Athleten und die Besucher der Spiele und für den Verkauf an fünfzig Verkaufsständen und Karren und mit, in einem vergitterten Transporter, ebenso vielen

Eseln, die ihre Panik mit markerschütterndem Gebrüll zum Ausdruck brachten. Die fünfzig Verkäuferinnen reisten wenige Tage später in einem Bus hinterher, dem ein zweiter folgte mit dem Gepäck, pro Nase drei Kostüme, in Farbe und Schnitt den Landestrachten der Kaffeeländer nachempfunden, und ein dritter mit Werner Briskow, dem sie die Verantwortung für die Vorbereitungen in Döberitz übertragen hatte, zwei Eselsführern und den Arbeitern, die die Stände aufbauen sollten.

Felicitas hatte sich entschieden, erst am 20. Juli nach Berlin zu fahren, ein symbolträchtiges Datum, wie sie fand, da an diesem Tag der Fackellauf beginnen sollte, jene von Carl Diem, dem Generalsekretär des deutschen Nationalen Olympischen Komitees, ersonnene Kombination aus klassischem Staffellauf und der Entzündung des »heiligen« olympischen Feuers, das im In- und Ausland den Friedenswillen des Dritten Reiches bekunden sollte.

Während sie das weiße Cabrio von Bremen über Hamburg nach Schwerin und durch Brandenburg nach Berlin steuerte, wurde die Fackel durch die Länder getragen, beginnend zwischen den Ruinen des antiken Olympia, wo dreizehn Mädchen in antiken Gewändern mit einem von der Firma Zeiss hergestellten Hohlspiegel eine Flamme entfachten und nach feierlichen Ansprachen damit das Olympische Feuer auf einem Altar entzündeten. Der Erzbischof von Tripolis segnete die Flamme. Die Zeremonie wurde vom Reichsrundfunk übertragen, und zeitgleich fand vor dem Berliner Rathaus eine Feierstunde statt. Neun Tage später erreichte der Staffellauf Wien, wo das Olympische Feuer auf dem Heldenplatz mit einer Lichtinszenierung begrüßt wurde, die die deutschen Berichterstatter ebenso begeisterte wie der von österrei-

chischen Nationalsozialisten angezettelte Aufruhr, mit dem sie ihren Willen, sich vom Deutschen Reich anschließen zu lassen, kundtaten.
In der Tschechoslowakei stieß die Inszenierung der Deutschen auf heftigen Protest. Weil auf dem offiziellen Plakat mit der Europakarte Teile des Sudetenlandes dem Deutschen Reich bereits zugeordnet waren, wurde an der Strecke mit Kundgebungen, Flugblättern und Plakaten protestiert. In Prag störten hitlerfeindliche Demonstranten die geplante feierliche Entzündung des Feuers, so dass die Olympische Flamme erlosch.
Doch diese Neuigkeiten gingen an Felicitas, den Verkäuferinnen und Arbeitern vorbei, alle waren emsig damit beschäftigt, die Verkaufsstände aufzubauen, mit Stoffen, Schleifen und Landesfahnen herzurichten und die Handhabung der Eselskarren zu üben. Als nicht so schwierig wie erwartet stellte sich der Umgang mit den Tieren heraus, die, nachdem sie wieder festen Boden unter den Hufen hatten, sich willig ins Geschirr spannen ließen und nur selten die den Eseln nachgesagte Sturheit an den Tag legten. Nur gelegentlich hatte einer von ihnen die Faxen dicke, keilte, gerade wenn die Trense sich seinem Maul näherte, wütend aus, ergriff die Flucht und raste zur allgemeinen Heiterkeit über das Olympiagelände, verfolgt von mehreren Arbeitern und Verkäuferinnen.
Obwohl Felicitas sich ständig der Bedrohung gewärtig war, erlebte sie die Zeit als überaus vergnügt. Sie mochte es, selbst tatkräftig zuzupacken, wo eine helfende Hand benötigt wurde, war sich nicht zu fein, mit den Arbeitern ein Bier zu trinken, zu helfen, die Esel zu tränken und das dicke dunkelgraue Fell zu striegeln, bis es glänzte. Sie half den Verkäuferinnen, die Trachtenkostüme anzupro-

bieren, und brachte ihnen eine Handvoll portugiesischer, kolumbianischer, französischer und englischer Worte bei, um ihrem Auftritt den letzten Schliff zu verpassen. Abends fiel sie erschöpft und zufrieden in ihr seidenbezogenes Hotelbett im Adlon und wünschte sich, die Zeit der Vorbereitung auf die Spiele möge länger dauern. Als sie Elisabeth am Telefon erzählte, wie sie die Tage verbrachte, hatte diese ihr dringend geraten, »das Fraternisieren mit den Untergebenen« zu unterlassen, weil es dazu angetan sei, deren Respekt zu untergraben. Doch Felicitas hatte eher den Eindruck, durch ihr unkompliziertes Benehmen in der Achtung ihrer Angestellten zu steigen, und dachte nicht daran, mit einem Mal die Chefin herauszukehren.

Am 1. August schließlich traf die Fackel in Berlin ein, und Felicitas schlüpfte zurück in die offizielle Rolle der erfolgreichen Unternehmerin, die von der Tribüne den Einzug der viertausendneunundsechzig Sportler aus neunundvierzig Ländern verfolgte, von denen nicht mal ein Zehntel Frauen waren. Die Hakenkreuzfahnen flatterten im Wind, Hitler sprach mit seiner seltsam abgehackten Stimme die Eröffnungsformel, und der Marathon-Olympiasieger von 1896, Spiridon Louis, überreichte dem Reichskanzler einen Olivenzweig. »Heil Hitler!« brandete es immer wieder durch das Stadion, tosender Applaus setzte ein, als die österreichische Mannschaft den Hitler-Gruß entbot, und ohrenbetäubendes Pfeifen, da die amerikanischen Sportler sich der Geste verweigerten. Bis auf dieses Detail verlief die Eröffnungsfeier fehlerlos.

Geradezu beängstigend perfekt, dachte Felicitas, als sie, müde vom stundenlangen Ausharren auf der harten Tribünenbank, ins Hotel Adlon zurückkehrte. Andererseits, konnte sie nicht aus eben dieser seelenlosen Perfektion neue Zuversicht schöpfen? Würde es wirklich jemand wagen, einen Anschlag auf Gesa, sie oder den Kaffee zu verüben – und sich sehenden Auges dem Zorn einer Regierung aussetzen, die dafür bekannt war, kurzen Prozess zu machen? Nur ein Lebensmüder würde das tun. Der Gedanke hob ihre Laune, und beschwingt lief sie durchs Foyer und direkt in Bernhards Arme.

»Was machst du denn hier?«, fragte sie verblüfft und musterte seinen hellen Anzug und den weißen Strohhut belustigt.

»Wie du siehst, befinde ich mich in der Sommerfrische«, entgegnete er selbstironisch. »Was man von dir ja nicht gerade behaupten kann.«

Felicitas sah an sich hinunter. In der Tat hatte sie sich schwergetan, ein passendes Ensemble für die prätentiöse Veranstaltung zu finden, und sich schließlich für ein blaues Kostüm entschieden, dessen Rock überdies zu lang war. »Ich bin ja auch nicht zum Vergnügen hier«, erwiderte sie schnippisch.

»Aber ich«, sagte Bernhard grinsend. »Ich hatte auf Rügen zu tun und dachte, ich nutze die Gunst der Stunde, deine Einladung anzunehmen und mir den einen oder anderen Wettkampf anzusehen.«

»Aber es gibt doch gar keine Karten mehr«, wandte sie ein.

Bernhard öffnete lachend die Innentasche seines Jacketts, aus der einige Billetts lugten. »Du weißt doch, liebste Felicitas, dass ich über ganz besondere Quellen verfüge, die ich im Bedarfsfall anzapfen kann«, erwiderte er und fügte hinzu: »Und in weiser Voraussicht habe ich für den Weitsprung, die Sprintstaffel, das Finale vom Feldhandball und vom Basketball selbstverständlich jeweils zwei Karten. Das Festspiel Olympische Jugend müssen wir uns aber nicht antun. Nun, was sagst du?«

Wieso nicht, dachte Felicitas und merkte mit Bestürzung, wie ihr Herz zu pochen begann. »Daraus wird nichts. Ich muss mich doch um die Stände kümmern und …«

»Ach was«, unterbrach er sie mit einem Funkeln in den Augen, »die Esel laufen schon von alleine los. Komm, sei keine Spielverderberin. Willst du einen entwurzelten Londoner, einen heimatlosen Halbjuden etwa im gräulichen Berlin alleine lassen?«

»Sei doch still!«, fuhr sie ihn an, während ihr Blick durch das Foyer flog, besorgt, dass jemand Zeuge ihres Gesprächs geworden war, was nicht der Fall schien. Reporter hantierten mit Notizblöcken und Fotokameras, groß wie Rollbraten, Leute vom Fernsehen, das die Spiele in fünfundzwanzig Berliner Hallen übertrug, liefen mit wichtiger Miene umher, und soignierte Herren in dunklen Anzügen tranken Kaffee und lasen Zeitung. Niemand achtete auf Felicitas und Bernhard.

»Sag ja, und ich behalte meine zweifelhafte Herkunft für mich.«

»Warum lädst du nicht eine von deinen üblichen Bekannten ein?«, entgegnete sie und bereute ihre Bemerkung sofort. Wie dumm war sie denn, ein paar amüsante Tage mit Bernhard auszuschlagen und sich stattdessen allein auf irgendwelchen Empfängen zu langweilen? Außerdem hatte sie allen Grund, ihm entgegenzukommen, verdankte sie ihm doch, ihr Ziel erreicht zu haben. Ihre Miene verriet offenkundig, was in ihr vorging, denn der flüchtige Schatten, der zuvor über Bernhards Gesicht gehuscht war, wich einem amüsierten Lächeln.

»Also sind wir uns einig«, sagte er und lüpfte seinen Hut. »Ich hole dich morgen früh um zehn Uhr ab.« Und ohne ihre Antwort abzuwarten, ließ er sie stehen.

13

Atemlose Stille lag über dem Olympiastadion, als der hochgewachsene Schwarze Anlauf nahm und mit einem gewaltigen, fast übermenschlichen Sprung über den Sand setzte. Vor Aufregung krampfte sich Felicitas' Hand in Bernhards Arm.

»Acht Meter sechs! Das gibt's doch gar nicht!« Sie sprang auf und jubelte mit den Massen mit, die den Star der Spiele feierten. Jesse Owens, wie alle zehn schwarzen amerikanischen Leichtathleten von der deutschen Presse verunglimpft und verhöhnt, hatte erneut mit seiner ungeheuren Leistung die Herzen der Zuschauer gewonnen, und nicht einmal die Tatsache, dass der Deutsche Lutz Long mit der Silbermedaille vorliebnehmen musste, konnte die Begeisterung darüber dämpfen.

»Du hast ja richtig Feuer gefangen«, sagte Bernhard, als der Jubel allmählich nachließ, doch Felicitas lächelte nur und ging nicht darauf ein. Tatsächlich verwunderte es sie selbst, mit welchem Enthusiasmus sie die Wettkämpfe verfolgte, mitfieberte, wenn es um Haaresbreiten ging, und entsetzt aufstöhnte, wenn etwas misslang, wie beim Staffellauf der Damen, als Marie Dollinger und Ilse Dörffeldt das Staffelholz verloren. Sie ließ sich die Regeln des Polospiels erläutern und schrie beim Fußball ständig

»Abseits« oder »Elfmeter!«, weil sie es genoss, aus sich herauszugehen und sich so lebendig und mutwillig wie lange nicht mehr zu fühlen.
Bis auf den Stich schlechten Gewissens, der Felicitas durchfuhr, sobald sie an Steffen dachte, störte nichts die quecksilbrige, inspirierte Spannung dieser Tage. Täglich trafen Lastwagen aus Bremen und Ostpreußen ein, die den dringend benötigten Nachschub brachten, der Kaffee verkaufte sich wie geschnitten Brot, die pittoresken Stände und Eselskarren zählten mit zu den beliebtesten Fotomotiven, und manch eine Verkäuferin war ganz betrunken von dem ungewohnten Gefühl, ständig im Mittelpunkt der Aufmerksamkeit zu stehen. Auch Felicitas konnte sich der Magie nicht entziehen, die es unweigerlich mit sich brachte, zu einer öffentlichen Person erklärt zu werden. Als am siebten Tag der Spiele eine britische Tageszeitung ihr Porträt vor einem der Eselskarren zeigte und Felicitas als »Go for Gold: The Fabulous German Coffee-Lady« titulierte, stieg kribbelnde Erregung in ihr auf, begleitet von übermütigem Stolz. Heimlich kaufte sie fünf Exemplare und versteckte sie zuunterst im Koffer, bevor sie sich sorgfältiger als sonst für das Abendessen umkleidete und zurechtmachte.
Gewöhnlich gingen Bernhard und sie nach den Wettkämpfen zurück ins Hotel, aßen auf dem Weg in kleinen Restaurants und tranken später an der Bar noch ein Glas Champagner. Doch heute Abend hatten sich zu Felicitas' Überraschung Gesa und Niklas angekündigt, und Bernhard hatte für acht Uhr einen der begehrten Tische im Leviathan reservieren können, dort, wo die Menüs zwar nur mittelmäßig gelangen, aber die Revuedarbietungen als die besten in ganz Berlin gerühmt wurden.

Während zehn völlig identisch aussehende Blondinen ein Potpourri populärer Schlager sangen und dazu eine fast akrobatisch anmutende Tanzformation zeigten, beobachtete Felicitas ihre Tochter verstohlen, die mit glänzenden, hungrigen Augen das Geschehen auf der Bühne verfolgte und gut gelaunt Anekdoten von den Dreharbeiten zum Besten gab. Sie wirkte wie ausgewechselt, und so sehr sich Felicitas auch bemühte, sich darüber zu freuen, dass ihre Tochter die Bedrohung so selbstbewusst überspielte, war sie außerstande, eine leise Irritation abzuschütteln.
»Denk dir nur, Mutter, Niklas arbeitet mit Leni Riefenstahl zusammen«, sagte Gesa nun laut und vernehmlich, so dass zwei Damen an den Nebentischen sich neugierig umdrehten.
»Na ja, zusammenarbeiten ist vielleicht nicht das richtige Wort«, wehrte Niklas ab. »Sie hat mir erlaubt, bei den Dreharbeiten für den Olympiafilm ein wenig zu assistieren ...«
»Heißt das, Sie kehren zu Ihrer alten Liebe, dem Dokumentarfilm, zurück?«, fragte Felicitas interessiert.
»Ich muss gestehen, dass ich hin- und hergerissen bin. Der Leander-Film hat mich zwar an meine Schmerzgrenze gebracht, was ich an Kitsch aushalten kann, aber so ganz lassen mag ich vom Spielfilm nicht. Und Propagandafilme finde ich eigentlich ganz und gar verzichtbar. Aber ich will lernen, mehr wissen, sonst komme ich nie über das Niveau meines letzten Films hinaus, und dieses Projekt ist unglaublich faszinierend. Allein, wie die Riefenstahl die Wettkämpfe und das Training der Sportler dokumentiert und gleichzeitig eine Geschichte voller Pathos erzählt, stellt konventionelle Sichtweisen völlig auf

den Kopf.« Er machte eine Pause. »Allerdings wird man geteilter Meinung darüber sein …«
Bernhard grinste. »Das kann ich mir schon vorstellen. Soweit ich weiß, sind absurd hohe Summen in dieses Unternehmen gesteckt worden, um aller Welt zu beweisen, dass Deutschland in der Lage ist, sämtliche bisherigen Spiele zu übertrumpfen. Der Film muss logischerweise genau diese Gigantomanie zeigen, sonst macht er ja für Hitler keinen Sinn.«
»Genau«, pflichtete Niklas ihm zu, erleichtert, offen sprechen zu können. »Die ganze Ästhetik zielt darauf ab zu zeigen, dass die Einzigen, die den olympischen Geist wirklich begriffen haben und ihn deshalb besser als jede andere Nation repräsentieren, die Deutschen sind. Abgesehen von der stilistischen Brillanz, mit der sie das darstellt, ist die Aussage, die damit transportiert werden soll, falsch und auf Dauer ziemlich nervtötend. Ich muss schon sagen, wenn Leni Riefenstahl nicht so eine begnadete Filmkünstlerin wäre, von der ich eine Menge lernen kann, hätte ich längst die Segel gestrichen.«
»Aber du solltest nicht vergessen, dass eine Leni Riefenstahl dir viele Türen öffnen kann«, sagte Gesa, kramte eine goldene Puderdose aus ihrem Abendtäschchen und schloss sie sofort wieder, als sie Felicitas' Blick spürte.
»Liebe Gesa«, entgegnete Bernhard und wies auf die Bühne, »auch wenn es uns allen lieber wäre, ist dies nicht die Realität. Das Getöse um die Spiele lenkt nur vom Eigentlichen ab. Ich glaube nicht, dass man ein allzu politischer Mensch sein muss, um zu begreifen, welche Bedeutung es hat, dass Hitler die Legion Condor nach Spanien entsandt hat, um Franco im Kampf gegen die Antifaschisten zu unterstützen.« Bernhards The-

menwechsel kam so unvermittelt, dass eine kurze Stille eintrat.

»Na ja, ein kommunistisches Spanien ist nun auch nicht besonders erstrebenswert«, warf Felicitas schließlich ein, die nur wusste, dass konservative spanische Generäle von Spanisch-Marokko aus eine Revolte gegen die linke republikanische Volksfrontregierung angeführt hatten.

Bernhard zuckte mit den Schultern. »Mag sein. Vor allem aber erschwert ein kommunistisches Spanien, das sich eng mit Frankreich und der Sowjetunion verbünden könnte, Hitlers Expansionspläne. Er will mehr, mehr Deutschland, mehr von Europa, und wenn er sich mit den italienischen Faschisten, die die Putschisten ebenfalls unterstützen, auf diese Weise gut stellt, ist er einen großen Schritt weiter.« Mit einer eleganten Bewegung griff er nach der Champagnerflasche und schenkte nach. »Interessanterweise sind es viele Kunstschaffende, die sich dem Kampf der Antifaschisten angeschlossen haben. Ich hörte von George Orwell und Ernest Hemingway und vielen anderen Dichtern aus aller Welt, die ihren Schreibtisch mit einem Versteck in den spanischen Bergen getauscht haben.« Seine Augen ruhten mit einem undefinierbaren Ausdruck auf Felicitas, dann glitt sein Blick wieder zu Niklas. »Sind Sie gefährdet, es ihnen gleichzutun?«

»Was redest du denn, Bernhard?«, fragte Felicitas ärgerlich, doch Niklas wehrte lächelnd ab.

»Schon gut, ich finde die Frage völlig legitim. Aber die Antwort lautet: Nein, ich habe keine Ambitionen, nach Spanien zu gehen, und ich glaube, dass dieser Weg nur für die in Frage kommt, die auf der Suche nach einem höheren Ziel und nach dem tieferen Sinn ihrer Existenz sind oder nach einer Antwort auf die Frage, ob Solidarität möglich ist. So was in der Art.«

Gesa runzelte die Stirn. »Aber dafür muss man doch nicht sein Leben aufs Spiel setzen!«

»Manche schon«, sagte Bernhard gleichmütig. »Andere besitzen die Fähigkeit, daran zu glauben, dass dies alles sie nichts angeht. Und viele denken überhaupt nicht.«

»Ich weiß, dass du mich für eine hirnlose Gans hältst«, gab Gesa scharf zurück, »aber auch dir sollte es nicht entgangen sein, dass die Menschen seit der Antike nach Unterhaltung dürsten, die ihren Alltag ein klein wenig erträglicher macht, und ich bin stolz darauf, mit meinen Fähigkeiten heute dazu beitragen zu können.« Mit einem süffisanten Lächeln fügte sie hinzu: »In den Gärten reicher Leute Fleißige Lieschen und Gerbera einzupflanzen ist dagegen natürlich eine hochpolitische Sache.«

Bernhard lachte lauthals. »Der Apfel fällt nicht weit vom Stamm, liebe Felicitas. Deine Tochter ist genauso giftig wie du, wenn sie in die Enge getrieben wird.«

Das Orchester spielte einen Tusch, der Felicitas' Erwiderung verschluckte, und die Blondinen gaben die Bühne frei für vier schwarz gekleidete Männer, die, mal in grünes, mal in rotes Licht getaucht, in perfekter Synchronizität und atemberaubender Geschwindigkeit weiße Kaninchen aus ihren Zylindern zauberten, brennende Kerzen verschwinden ließen und Spielkarten in rote Rosen verwandelten. Die Begeisterung über die Virtuosität der Künstler lenkte die Unterhaltung auf ungefährliches Terrain, die angespannte Stimmung verflog. Gegen Mitternacht verabschiedeten sich Gesa und Niklas. Als Felicitas und Bernhard wenig später das Varieté verließen, lag die Havelchaussee von einem silbernen Mond beschienen vor ihnen, und sie beschlossen, sich noch ein wenig die Beine zu vertreten, um sich weiter oben an der um diese Zeit meist noch belebten Heerstraße ein Taxi zu nehmen.

»Wenn ich es nicht besser wüsste, könnte ich auf die Idee verfallen, du würdest dich morgen nach Spanien aufmachen«, sagte Felicitas nach einer Weile und wartete, dass Bernhard etwas erwidern würde. Als er das nicht tat, fügte sie hinzu: »Und ich kann mich des Eindrucks nicht erwehren, dass du mir damit indirekt etwas zu verstehen geben wolltest.« Sie musterte ihn von der Seite und war überrascht zu sehen, dass sich nicht das leise Amüsement, mit dem er dem Leben gewöhnlich begegnete, auf seinem Gesicht zeigte, sondern Anspannung und ein gewisser Trotz, als würde er sich von zwiespältigen Empfindungen bedrängt fühlen und hätte sie lieber jetzt als gleich in den hintersten Winkel seines Wesens zurückgezwungen.

»Du hättest dich mehr um Steffen kümmern sollen«, sagte er mit gepresster Stimme. »Ich fürchte, er ist vom Virus der Sinnsuche infiziert.«

Felicitas zuckte zurück. »Du meinst, er könnte sich dem Kampf der Antifaschisten anschließen?« Sie schüttelte den Kopf. »Ausgeschlossen. Nein, das glaube ich nicht.«

»Dir kann aber doch nicht entgangen sein, dass er an den Zuständen in Deutschland zu verzweifeln beginnt? Dass ihm die Zeitung kein Forum mehr für seine journalistische Aufgabe bietet? Steffen hat die Ethik seines Berufs immer sehr hochgehalten …«

»Ich weiß.«

»… und da sie ihm mehr und mehr genommen wird, verliert er allmählich den Boden unter den Füßen.«

»Hat er dir das gesagt, damals in London?«

»Nun, er hat es angedeutet.« Bernhard blieb stehen und

suchte ihren Blick. »Steffen ist mein Freund, der einzige, den ich habe, seitdem Heinrich tot ist, und ich fühle mich nicht sehr heldenhaft, mit seiner Frau durchs nächtliche Berlin zu spazieren, während er …«

Felicitas schnaubte. »Das fällt dir ja reichlich früh ein.« Wütend wandte sie sich ab, gleichermaßen schockiert über die Aussicht, Steffen könnte sich in einen aussichtslosen Kampf stürzen, der doch eigentlich nicht der seine war, wie enttäuscht über die Gefühle, die Bernhard mit ihrem Beisammensein verband und die im krassen Gegensatz zu den ihren standen, die manches Mal und nur für kurze Momente süß und verführerisch durch ihre Adern gebraust waren. Keiner von beiden, schoss es ihr durch den Kopf, verschwendete anscheinend auch nur einen Gedanken an sie. Sollten sie doch beide nach Spanien gehen und sich die Köpfe wegschießen lassen. Verwirrt und zornig ließ sie Bernhard stehen.

»Felicitas!«, rief er ihr hinterher. »Nun sei doch nicht kindisch.«

Eine Bemerkung, die sie erst recht in Rage brachte. Hektisch blickte sie sich um, doch weit und breit war kein Taxi zu sehen. Sie marschierte weiter, überquerte die Heerstraße und war auf dem Weg zum Glockenturm, als Bernhard sie schließlich einholte und am Arm festhielt.

»Ich glaube, du hast da etwas missverstanden«, sagte er rau und brach ab. Das Brüllen mehrerer Tiere hallte über das ausgestorbene Gelände, angsterfüllt, unheimlich.

»Die Esel!«, rief Felicitas. »Das hört sich nach einer Kolik an. Komm, lass uns nachschauen.« Sie liefen los und kamen außer Atem nach fünf Minuten bei den Stallungen an. Die Tür war verschlossen, aber eine zweite, die zu dem dahinter liegenden lang gestreckten Schuppen gehörte, in dem die Eselskarren und Kaffeestände nachts untergebracht waren, stand sperrangelweit offen, und das Licht brannte.

»Du bleibst hier«, raunte Bernhard ihr zu.

»Ich denke gar nicht daran«, flüsterte Felicitas zurück. Schon beim Gedanken, allein in der Dunkelheit zu warten, wurde ihr übel.

Aufmerksam um sich spähend schlichen sie in den Schuppen.

»Nichts«, sagte Bernhard und zuckte mit den Schultern. »Da hat wohl einer vergessen, das Licht auszumachen. Vielleicht hatte er ein Bierchen zu viel intus.«

»Das glaube ich nicht«, erwiderte Felicitas und ging langsam an den bunt geschmückten Eselskarren und Ständen entlang. »Lass uns nach den Tieren sehen.«

Sie gingen zurück zum Stall und öffneten die Holztür. Die Esel standen in ihren Boxen, schnaubten vernehmlich und äugten ihnen entgegen. Felicitas tätschelte den Hals eines Grauen. »Sie sehen völlig gesund aus. Irgendetwas muss sie erschreckt haben.«

»Wahrscheinlich der Stallbursche«, meinte Bernhard, doch Felicitas schüttelte den Kopf.

»Warum sollte der nachts durch die Ställe laufen? Nein, das war jemand anders.« Sie wandte sich zur Tür. »Es hilft nichts, wir müssen alle Kaffeepackungen untersuchen.«

»Es ist ein Uhr morgens«, gab Bernhard zu bedenken, doch Felicitas war schon in den Schuppen geeilt.

»Tu, was ich dir sage«, forderte sie ihn leise, aber bestimmt auf und begann jedes Kaffeepäckchen mit dem geschwungen Andreesen-Schriftzug in die Hand zu nehmen, zu drehen und zu schütteln.

»Wonach suchen wir eigentlich?«, fragte Bernhard nach einer Weile.
Felicitas nickte grimmig und hielt ein Päckchen hoch. »Zum Beispiel danach.« Das Loch auf der unteren Rückseite des in braungoldenes Papier eingeschlagenen Päckchens war so klein, dass es niemandem eingefallen wäre, ihm eine besondere Bedeutung beizumessen, doch Felicitas wusste es besser. »Eine Injektionsnadel voll Gift …« Fast erleichtert, endlich einen handfesten Beweis zu haben, der die bange Frage beantwortete, ob und wann der Unbekannte erneut zuschlagen würde, holte sie tief Luft und erzählte Bernhard, in welcher Gefahr Gesa, sie und das ganze Unternehmen schwebten.
»Wer könnte dir das antun wollen?«, fragte er behutsam, Mitgefühl und Sorge in der Stimme.
»Ich habe keine Ahnung«, erwiderte sie, bemüht, die Tränen zurückzuhalten. Ohne ein Wort nahm Bernhard sie in den Arm und hielt sie fest umschlungen, was Felicitas vollends die Fassung raubte, weil sie es nicht gewohnt war, sich trösten zu lassen. Sich dem Schmerz und der Schwäche hinzugeben, war ihr stets hinderlich erschienen, wenn es galt, Schwierigkeiten zu überwinden, doch jetzt fühlte sie verwundert, wie sich mit jeder Träne der Knoten der Beklommenheit in ihrer Brust löste.
»Du hast schon ganz andere Dinge gemeistert«, sagte Bernhard schließlich und sah ihr beschwörend in die Augen. »Denk nur an diesen Sozialisten Nussbaum, dessen Mitstreiter dein Haus damals nach dem Krieg stürmen wollten. Du hast dich ihnen so mutig entgegengestellt.« Er reichte ihr ein Taschentuch und fügte hinzu: »Und diesem Schwein wirst du auch das Handwerk legen. Vertrau auf dich, Felicitas. Du besitzt mehr Kraft und Entschlos-

senheit als die meisten Frauen – und Männer –, die ich kenne.«
Geräuschvoll schnäuzte sie sich. »Du hast recht.« Sie begannen die Päckchen mit den winzigen Löchern von den unversehrten zu trennen. Nach einer halben Stunde war die Arbeit getan. Felicitas' rauchblaues Abendkleid aus Moiré und Brüsseler Spitze war staubig, Bernhards weißes Hemd, dessen Ärmel er aufgekrempelt hatte, wirkte auf verwegene Weise schmuddelig.
»Ich schulde dir ein neues Hemd«, sagte Felicitas mit schiefem Lächeln und nahm seine Hand. »Danke für deine Hilfe.«
Er sah ihr in die Augen. Beide fühlten die Stille, die sich auf sie senkte, jenes Innehalten, in dem Zeit und Raum ihre Konturen verlieren und das jedem ersten Kuss vorangeht und das, wenn das Zaudern den Zauber besiegt, sich fürs Erste davonmacht.
Es waren Bernhards Worte, die die Stille beendeten. »Am besten rufst du Werner Briskow jetzt gleich vom Hotel aus an, damit er morgen früh Nachschub hierher bringen lässt. Döberitz wird Tag und Nacht scharf bewacht, dein Kaffee ist dort so sicher wie im Führerhauptquartier.«
Felicitas nickte. »Ab sofort wird jeden Morgen nur noch die für den Tag benötigte Menge Kaffee hierher transportiert werden. Und diese Päckchen«, sie wies auf die annähernd zweihundert Pfund Kaffee, die sie in einer Ecke des Schuppens gestapelt hatten, »schicke ich nach Bremen. Elias Frantz soll sie untersuchen.«
Sie verließen den Schuppen und liefen durch die menschenleeren Straßen, vergeblich nach einem Taxi Ausschau haltend.
»Ich kann gut verstehen, dass du die Polizei da raushalten

willst«, sagte Bernhard nach einer Weile, »aber warum hast du Steffen angesichts der Situation nicht gebeten, dich zu begleiten?«

»Auf seine Vorhaltungen kann ich gut verzichten«, entgegnete Felicitas harscher als beabsichtigt. »Er war von Anfang an gegen mein Olympia-Engagement und würde nur die Gelegenheit nutzen …«

»Aber er ist dein Mann«, schnitt Bernhard ihr das Wort ab. »Vertraust du ihm so wenig?«

Sie ließ die Frage unbeantwortet und sagte stattdessen mit einer unbestimmten Geste: »Es lohnt nicht, sich in Konjunktiven zu ergehen. Steffen ist in Bremen, und du bist hier.«

»Ich reise morgen ab.«

Ungläubig sah Felicitas ihn an, doch seine Miene zeigte keine Regung. »Einen geeigneteren Moment konntest du dir nicht aussuchen«, sagte sie ironisch. »Wo geht es denn hin? London, Paris, Brüssel?«

»Paris«, antwortete er. »Der Termin duldet keinen Aufschub, es tut mir leid.«

»Das muss es nicht«, entgegnete Felicitas leichthin, um ihn nicht spüren zu lassen, wie sehr sie die Deutlichkeit verletzte, mit der er ihr zu verstehen gab, dass ihm andere Dinge wichtiger waren als sie, ganz gleich, in welcher Gefahr sie schwebte. »So war es doch schon immer zwischen uns. Nichts Halbes und nichts Ganzes.«

»Felicitas …«

»Lass gut sein, Bernhard.« Felicitas beschleunigte ihr Tempo, den Blick auf die Straße geheftet, gewohnt, ihren Weg alleine zu gehen.

Drei Tage später teilte Elias Frantz Felicitas das Ergebnis seiner Untersuchungen am Telefon mit.

»Kein Gift. Nicht die leiseste Spur von irgendetwas, das nicht in den Kaffee gehört. Absolut gar nichts«, sagte er mit fester Stimme und fügte etwas kleinlaut hinzu: »Es sei denn, es handelt sich um eine Substanz, die wir nicht kennen und die sich nur schwer nachweisen lässt.«
»Ja, gibt es denn so etwas?«, fragte Felicitas ungehalten.
»Nun ja, in Südamerika setzen Naturvölker ganz erstaunliche Drogen ein, die, wenn sie wohldosiert verabreicht werden, ekstatische Rauschzustände hervorrufen, die aber durchaus tödlich sein können. Die Medizinmänner und heilkundigen Frauen behandeln damit die Kranken. Zum Teil werden diese meist aus Kräutern gewonnenen Substanzen aber auch als Pfeilgifte für die Jagd eingesetzt.«
»Südamerika«, wiederholte Felicitas gedehnt.
»Briskow meinte, ihm sei auch ein hiesiges Wildkraut bekannt, das ebenfalls so gut wie keine Spuren hinterlassen soll.«
»Sie haben mit Briskow darüber geredet? Sind Sie wahnsinnig?«
»Keine Sorge, nur eine kleine Fachsimpelei. Der Junge ist viel zu naiv, um sich etwas dabei zu denken. Nun, dieses Kraut von anderen zu unterscheiden bedarf es eines geübten Blicks. Unser Unbekannter ist also entweder ein gewiefter Apotheker, oder er macht gemeinsame Sache mit einem Unbekannten Nummer zwei …«
»Oder er gibt ein wissenschaftliches Interesse vor und spannt einen arglosen Kräuterexperten vor seinen Karren«, warf Felicitas ein. »Briskow.«
»Ich würde für den Jungen meine Hand ins Feuer legen«, entgegnete Elias Frantz. »Er ist sozusagen mein Ziehsohn. Sein Vater ist Schweißer beim Bremer Vulkan und konnte mit einem intelligenten zarten Kerlchen nichts anfangen,

als ihn immerfort zu verprügeln und Nichtsnutz zu schimpfen. Außerdem hat der Junge doch gar kein Motiv. Nein, wenn Sie mich fragen, haben wir es mit zwei Unbekannten zu tun, was die Sache nicht einfacher macht.«

»Zwei Beteiligte bedeutet aber auch doppeltes Risiko für sie. Einer könnte die Nerven verlieren und einen Fehler machen, der beide verrät«, sagte Felicitas. Ihr Jagdinstinkt erwachte. »Bitte bringen Sie alles in Erfahrung, was dieses heimische Kraut und die südamerikanischen anbelangt. Ich habe das Gefühl, damit könnten wir ein großes Stück vorankommen. Und ich werde hier die Augen offen halten. Würde mich nicht wundern, wenn diese Verbrecher sich einen Spaß daraus machten, mich zu beobachten.«

Sie legte auf, riss sich den einfachen Strohhut vom Kopf und öffnete die Knöpfe ihres dunkelblauen Ensembles aus weit schwingendem wadenlangem Rock und taillierter Bluse mit halblangen gerüschten Ärmeln auf. Jetzt galt es mehr denn je, ihren Widersachern deutlich zu machen, dass sie sich nicht ins Bockshorn jagen ließ, ja, sie sogar zu provozieren mit einer zur Schau gestellten Stärke, einer lässigen Unbesiegbarkeit, um sie auf diese Weise vielleicht zu einer Unvorsichtigkeit hinzureißen. Felicitas lächelte zufrieden, als sie das leuchtend mohnrote ärmellose und eng geschnittene Sommerkleid vom Bügel nahm. Falls der Briefeschreiber und sein Komplize in Berlin waren, sollten sie etwas zu gucken haben.

Die Wettkämpfe, die sie zuvor mit Bernhard an ihrer Seite so enthusiastisch verfolgt hatte, glitten nun an ihr vorüber. Sie hörte auf, den Medaillenspiegel zu verfolgen, und während die deutsche Mannschaft von Sieg zu Sieg eilte und mit dreiunddreißig Gold-, sechsundzwanzig Silber- und dreißig Bronzemedaillen selbst die Vereinigten Staa-

ten von Amerika auf den zweiten Platz in der Gesamtwertung verwies, beobachtete Felicitas genau, wer sie mit Blicken verfolgte, wer ihre Nähe suchte oder sich bemühte, sie in ein Gespräch zu verwickeln. Sie nahm Einladungen zu Galadiners an, besuchte Empfänge der Partei und einiger Berliner Kaufleute, die Felicitas' originellen Einsatz fürs Vaterland priesen, und wohnte einer Ausstellungseröffnung mit Exponaten zweitklassiger Künstler bei, die ihren Erfolg dem Stempel »völkisch« verdankten, den sie sich selbst willig aufgedrückt hatten. Doch kein Blick und keine Unterhaltung erregten ihren Verdacht und störten den Fluss aus gepflegter Langeweile und selbst auferlegter angespannter Wachsamkeit.
Am 20. August, vier Tage nach dem Ende der Spiele, als alle Verkaufsstände, Eselskarren, die Tiere und die Verkäuferinnen, die Eselsführer und Werner Briskow wieder Richtung Bremen unterwegs waren, verließ auch Felicitas die Hauptstadt, unendlich erleichtert, davongekommen zu sein.

14

Halb Bremen schien auf den Beinen zu sein, Pimpfe in Uniform und mit Hakenkreuzfahnen an den Fahrrädern klingelten so übermütig wie ungeduldig die Reihen der blondbezopften Mädchen durcheinander. Gouvernanten mit ihren Schützlingen in weidengeflochtenen Kinderwagen, stockschwingende Kaufleute, die Anzugjacke salopp über die Schulter geworfen, die Ehefrauen in braven weißen Blusen und halblangen grauen Röcken zu ihrer Rechten, junge Pärchen und fröhliche Familien, SA-Offiziere und Arbeiter, sie alle strömten, ohne auf den Autoverkehr zu achten, über den Osterdeich und die Wiesen hinunter. Felicitas, von der Sonne geblendet, blinzelte über die Windschutzscheibe ihres Cabrios in die Menge, deren Ende nicht abzusehen war. Die Menschen kamen von Hastedt und vom Peterswerder, von der Hamburger Straße und der Stader Straße, und Felicitas, die es hasste, aufgehalten zu werden, schalt sich, nicht daran gedacht zu haben, einen Umweg zu fahren. Genau genommen hatte sie nicht damit gerechnet, dass die Idee der »Nacholympischen Spiele« so viele begeisterte Anhänger finden würde. Sie wandte sich nach links und erblickte das in Bremer Kampfbahn umbenannte Weserstadion, daneben die angeblich größte Tennisanlage Nordwestdeutschlands und dahinter, eher zu erahnen als zu sehen, das Schwimmbad. Das Wahrzeichen der Hansestadt, der Bremer Schlüssel, grafisch geschickt mit den olympischen Ringen verwoben, flatterte an den Fahnenmasten und hieß die japanischen Meisterschwimmer willkommen, die gegen die deutsche Olympiamannschaft antraten, die finnischen Turner, die amerikanische Handballmannschaft und eine Auswahl aus Niedersachsen sowie die Leichtathleten, die von Berlin nach Bremen gereist waren.

Da an ein baldiges Fortkommen ohnehin nicht zu denken war, steuerte Felicitas das Cabrio an die Seite, stieg aus und stakste mit ihren hohen Absätzen vorsichtig ein Stück Wiese hinunter, als ihre Aufmerksamkeit auf den Vorplatz des Stadions gelenkt wurde. Als sie näher kam, lachte sie ungläubig auf. Drei Eselskarren, bis aufs Haar mit den ihren identisch, standen dort, Kinder streichelten die Tiere,

und drei kostümierte Verkäuferinnen boten lauthals den Kaffee einer ihrer Konkurrenten aus Bremen an.
»Das ist einfach lächerlich«, entfuhr es ihr.
»Warum? Ich finde, es ist eine hübsche Idee«, sagte eine bekannte Stimme hinter ihr, und Felicitas fuhr herum.
»Gewiss, doch es ist und bleibt nun einmal meine Idee«, gab sie kühl zurück, ohne den Ton leiser Verdrossenheit unterdrücken zu können.
»Tja, wenn dein Rivale ein Jude wäre, könnte ich ja in deinem Sinne tätig werden und ihn von der Gestapo abholen lassen, aber es handelt sich um einen rechtschaffenen Deutschen. Tut mir leid, Felicitas.«
»Ach, Anton, verschone mich mit diesem Blödsinn«, erwiderte Felicitas.
»Was ist los?« Anton musterte sie mit einem Ausdruck, den sie, hätte sie es nicht besser gewusst, durchaus mit Besorgnis hätte verwechseln können. »Du siehst abgespannt aus. War vermutlich doch ein wenig zu viel für dich, diese Olympia-Sache.«
»Ich weiß, Anton, dass nicht jeder in der Lage ist, sich so über Gebühr einzusetzen«, erwiderte sie und hoffte, dass ihrem Schwager die feine Ironie nicht entging, »aber das persönliche Unvermögen zählt nun einmal nicht, sondern nur das Ergebnis. Wir können uns über Tausende von Bestellungen für Andreesen-Kaffee freuen, wir werden das Versandgeschäft von Japan bis Schottland ausweiten. Das spricht für sich, nicht wahr?« Sie lächelte ihn freundlich an. »Fahnen schwingen kann ich ja später noch.«
»Pass nur auf, dass dein loses Mundwerk dich nicht eines Tages in die Bredouille bringt«, entgegnete Anton missmutig, doch Felicitas sah ihn noch immer lächelnd an.
»Aber für den Fall haben wir doch dich, den schneidigen

Parteigenossen, in der Familie. Was bedeuten denn diese hübschen Abzeichen auf deiner Uniform?«
Anton bedachte sie mit einem bösen Blick und ließ sie stehen.
Felicitas sah ihrem Schwager nach, wie er auf eine Gruppe schwarz bestiefelter SA-Mitglieder zuging, die sofort die rechte Hand nach oben schnellen ließen, als sie seiner gewahr wurden. Anton erwiderte den Hitler-Gruß so nachlässig, wie der Reichskanzler selbst es gelegentlich tat, und marschierte hoch erhobenen Hauptes an ihnen vorbei.
Sein tadelloser Gang mit der unmerklichen Verzögerung war das Ergebnis einer ungeheuren Willensanstrengung, mit der Anton dem Verlust seines linken Beins im Ersten Weltkrieg begegnete. Mit stoischer Ruhe hatte er über Wochen und Monate geübt, das Holzbein so geschickt zu benutzen, bis er und die ganze Familie seine Versehrtheit irgendwann fast vergaßen. Diese Disziplin und der vollständige Mangel an Selbstmitleid hatten Felicitas von jeher Achtung vor ihm abgerungen, aber dennoch blieb Anton ihr unsympathisch, ein latent aggressiver und überheblicher Mensch, den die Arbeit in der und für die Partei auch noch dazu ermunterte, diese charakterlichen Schwächen zu kultivieren. Im gleichen Maße, wie die Anerkennung wuchs, die ihm im Gau Weser-Ems zuteil wurde, schien sein ohnehin nie sehr ausgeprägter Respekt vor den anderen, den Andersdenkenden und Anderslebenden, ins Bodenlose zu stürzen. Felicitas schüttelte den Kopf.
Wie machtvoll strömte das Gift der fixen Idee von der nordischen Rasse durch Antons Adern, dass es sogar die Tatsache, zu einem Viertel jüdisch zu sein, aus seinem Bewusstsein ätzte? Oder entsprang sein Verhalten einem

übermächtigen Bedürfnis, dazuzugehören und das zu bekämpfen, was ihn sich in der eigenen Familie unbehaust fühlen ließ? Das fremde Blut, das durch seine Adern floss, weil seine Mutter ihren Ehemann mit dessen bestem Freund betrogen hatte, dem jüdischen Kaufmann Ludger Servatius?

Trotz der Hitze fröstelte Felicitas. Was mit Anton geschehen war, hatte sie nie so deutlich wahrgenommen wie in diesem Augenblick, und es ängstigte sie, nicht so sehr um Antons willen, sondern weil sie mit einem Mal begriff, was Steffen die ganze Zeit umgetrieben hatte – die Angst vor einer Epidemie des Bösen, die alle ansteckte, die nur die geringste Disposition dafür zeigten. Und wer konnte das für sich ausschließen?

Felicitas drehte sich um und ging den Deich wieder hinauf, plötzlich von der Sehnsucht erfasst, Steffen wiederzusehen und ihre Gedanken mit ihm zu teilen.

Als sie die Halle der Villa betrat, hing der Duft von frisch gebackenem Graubrot in der Luft – eine rührende Geste von Marie, Felicitas mit ihrer Lieblingsspeise willkommen zu heißen. Teresa stürzte die Treppe hinunter und flog in die Arme ihrer Mutter.

»Du warst im Fernsehen! Und in allen ausländischen Zeitungen haben sie Fotos von dir und den Eselskarren gebracht! Du musst alles erzählen, haarklein!« Teresas Überschwang wirkte ansteckend, und Felicitas lachte hell auf.

»Und ich habe allen gesagt, dass die Eselskarren eigentlich deine Idee waren«, entgegnete sie. Teresa lächelte stolz, und Felicitas strich ihr zärtlich über die Wange, erleichtert, dass ihre Tochter die Kränkung, nicht nach Berlin mitreisen zu dürfen, allem Anschein nach überwunden hatte.

Felicitas' Begründung, die Großstadt sei kein Pflaster für ein junges Mädchen, hatte fadenscheinig geklungen, den wahren Grund, nämlich Teresa unter allen Umständen von der tödlichen Gefahr fernzuhalten, hatte sie ihr verschwiegen. Nachdenklich sah sie ihrer Tochter in die aquamarinblauen Augen, die gleichen, die ihr entgegenleuchteten, wenn sie in den Spiegel blickte, und die andere Menschen dazu verführten, auch eine charakterliche Ähnlichkeit in Mutter und Tochter zu vermuten. Doch Felicitas hätte sich niemals mit einer Erklärung zufriedengegeben, die ihr nicht in den Kram passte, ihr Sinn für Dramatik und ihr ausgeprägtes Ego ließen dies damals wie heute nicht zu. Anders Teresa. Es schien Felicitas, als ob ihre Tochter über eine feine Intuition verfügen würde, die sie wissen ließ, was nicht gesagt wurde, und erkennen, was hinter Worten verschleiert lag.

Felicitas fasste sie um die Taille und schlenderte mit ihr zum Wintergarten.

»Was gibt es Neues daheim?« Felicitas' Blick wanderte durch die Halle, glitt von dem geliebten Renoir zu den leicht verschossenen Gobelins, von denen ihre Schwiegermutter sich nicht trennen mochte, hin zu der marmornen Reproduktion von Michelangelos *Pieta* und den mächtigen Renaissance-Leuchtern, die die Statue einrahmten. Die kräftigen Farben des Isfahan leuchteten und schmeichelten dem prachtvollen Ambiente, das Reichtum und Behaglichkeit verband.

»Nicht viel«, antwortete Teresa ausweichend. »Clemens bereitet mit Dora und Delia eine Aufführung von *Penthesilea* im Kunstpark vor. Und Nenn-mich-nicht-Oma-Großmutter ist mit Frau van der Laaken in den Bürgerpark gefahren, ist aber zum Abendessen zurück.«

Felicitas nickte, froh, für eine bescheidene Frist der Entscheidung zu entkommen, ob sie ihre Schwiegermutter über den zweiten anonymen Brief und die damit verbundenen Geschehnisse in Berlin unterrichten sollte, was sie bislang vermieden hatte.

»Und Steffen ist sicher noch in der Redaktion«, sagte sie beiläufig, eigentlich keine Antwort erwartend, und war deshalb umso überraschter, Teresas Verlegenheit zu bemerken.

»Ich weiß es nicht«, sagte sie leise. »Er ist gestern ganz spät heimgekommen und heute in aller Herrgottsfrühe wieder weggefahren. Weder Oma noch ich haben ein Wort mit ihm gewechselt.«

»Na ja, das ist nun wirklich nichts Neues«, gab Felicitas mit einem schiefen Lächeln zurück. Sie nahm ihre Tochter mit beiden Händen an den Schultern. »Weißt du was? Ich ziehe mir etwas Bequemes an, und dann machen wir hinten im Garten ein Picknick mit Maries frischem Brot und Berliner Weiße. Ich hab ein paar Flaschen mitgebracht. Es ist süß, mit Himbeer- oder Waldmeistergeschmack und ein wenig Alkohol. Ein Glas wird uns aber nicht schaden. Was meinst du?«

»Prima«, erwiderte Teresa, doch ihr Lächeln teilte sich ihren Augen nicht mit.

15

Die dicht bewimperten dunkelbraunen Augen des Mannes, der sich Felicitas nicht vorgestellt hatte, ruhten mit einem Ausdruck kalter Gleichgültigkeit auf ihr.

»Wissen Sie, Frau Hoffmann, wir machen uns ernsthaft Sorgen«, sagte er gedehnt und klopfte aufreizend langsam mit der Spitze eines Bleistifts auf die Schreibtischplatte, »und wir wären Ihnen sehr verbunden, wenn Sie mit uns kooperieren würden.«
Felicitas nickte huldvoll und schlug elegant die Beine übereinander. Ihre Knie zitterten leicht, und sie hoffte, dass weder der Mann hinter dem Schreibtisch noch die beiden Uniformierten, die ihn stehend flankierten, es bemerken würden.
»Ich kann mich nur wiederholen«, entgegnete sie freundlich. »Als ich am 20. Juni nachmittags zu Hause eintraf, fand ich bloß meine Tochter Teresa vor, die mir sagte, dass mein Mann sehr früh das Haus verlassen hat. Ich machte mir keine Gedanken, weil er als Chefredakteur mitunter vierzehn Stunden am Tag arbeitet und ich daran gewöhnt bin. Nun, wir aßen mit meiner Schwiegermutter zu Abend und haben noch ein wenig geplaudert. Als ich um elf Uhr zu Bett ging, war mein Mann zwar noch immer nicht wieder daheim, aber, wie gesagt, das bin ich gewohnt.«
»Nun sind aber drei Tage vergangen, und wir fragen uns, warum Sie es immer noch nicht für nötig hielten, sich Gedanken zu machen«, sagte der Mann mit einem lauernden Unterton. »Denn wenn Sie sich Gedanken gemacht hätten, wären Sie doch gewiss zur Polizei gegangen, um eine Vermisstenanzeige aufzugeben. Das haben Sie aber nicht getan. Ein Redakteur der Zeitung hat uns auf das Verschwinden Ihres Mannes aufmerksam gemacht. Kommt Ihnen das nicht selbst ein wenig seltsam vor?«
»Verzeihen Sie, aber ist das nicht meine Sache?« Felicitas riss die Augen auf, bemüht, dem Mann vorzugaukeln,

nicht Überheblichkeit oder Missachtung seines Amtes, einzig ihre weibliche Naivität lasse sie diese Frage stellen, doch der Versuch misslang. Auf seinen Wink hin verließ einer der Uniformierten seinen Posten, trat auf Felicitas zu und ohrfeigte sie, schnell und hart. Ihr Kopf flog herum, und sie schrie auf.

»Bedauerlich, Frau Hoffmann, sehr bedauerlich, dass Sie mich zu gröberen Mitteln zwingen, da es uns doch völlig genügen würde zu erfahren, wo Ihr Mann sich aufhält.« Der Mann beugte sich nach vorn und fixierte sie. »Wir haben Erkundigungen eingezogen. Hier«, er klopfte auf einen dünnen roten Pappordner, »haben wir einige interessante Informationen, die Grund zu der Annahme geben, Ihr Mann könnte abgetaucht sein. Er gilt als Widerständler, als Volksverhetzer.« Nach einer Pause, in der nur das enervierende Geräusch des Bleistifts zu hören war, fuhr er fort: »Frank Middeldorf hat uns zum Beispiel erzählt, dass Ihr Mann defätistische Reden über das Olympia-Engagement des Reiches gehalten hat. Erinnern Sie sich zufällig daran?«

»Ja«, sagte Felicitas leise.

»Nun, dann geben Sie mir doch gewiss recht, wenn ich sein Verschwinden ein wenig verdächtig finde, nicht wahr?«

»Ja. Aber …«

»Aber?«

Felicitas holte tief Luft. »Mein Mann hat mich verlassen, weil ich … eine Liaison mit seinem besten Freund hatte.«

»Und jetzt beweint er Ihre Untreue hinter den sieben Bergen bei den sieben Zwergen!«, höhnte der Mann und knallte den Bleistift auf den Schreibtisch.

»Das weiß ich nicht«, erwiderte Felicitas verzweifelt.

»Wir haben schon länger … Probleme in unserer Ehe, wir haben uns oft gestritten …«
»Worüber?«
»Nun ja, unsere Ansichten gingen gelegentlich etwas auseinander. Mein Auftrag in Berlin war ihm ein Dorn im Auge …«
»Warum?«
»Weil er fürchtete, ich könnte einen anderen Mann kennenlernen, und so ähnlich war es ja auch. Als ich Bernhard in Berlin wiedersah, habe ich den Kopf verloren, wir beide haben den Kopf verloren, und Steffen hat es erfahren. Als ich zurück in Bremen war, wusste ich, dass er mich verlassen hat, ich habe es in dem Moment gefühlt, als ich das Haus betrat. Und später habe ich es lesen müssen … Er will mir nicht einmal sagen, wo er ist, er gibt mir keine Chance.« Sie öffnete ihre Handtasche und holte mit fliegenden Fingern einen zerknitterten, offensichtlich unzählige Male gelesenen Brief heraus und reichte ihn dem Mann. Der riss ihn an sich und überflog die Zeilen.
»Glauben Sie allen Ernstes, dass so ein paar selbstmitleidige Zeilen mich täuschen können?« Der Uniformierte, der Felicitas geschlagen hatte, ging bei diesen Worten erneut in Stellung, doch der Mann winkte ihn zurück und fragte in süffisantem Ton: »Wer ist dieser geheimnisvolle Bernhard? Wie heißt er mit Nachnamen, und wo finden wir ihn – oder existiert er nur in Ihrer beider Phantasie, so wie diese ganze erbärmliche Lügengeschichte?«
»Servatius«, flüsterte Felicitas. »Er heißt Bernhard Servatius.«
Der Mann stutzte, dann brach er in Gelächter aus.
»Kennen Sie ihn?«, fragte Felicitas schüchtern. Jetzt nur

keinen Fehler machen, schoss es ihr durch den Kopf, und so demütig, wie sie es vermochte, senkte sie den Blick.
Der Mann stand auf und trat zur Tür. »Sie können gehen.« An der Tür drehte er sich noch einmal um, und sein Blick nagelte Felicitas auf den harten Holzstuhl. »Vorläufig.«

Das Gestapo-Gebäude lag nur wenige Schritte von ihrem Kontor am Wall entfernt. Schon oft hatte Felicitas beobachtet, wie Menschen es verließen, schnellen Schrittes, die Angst im Nacken. Jetzt gehörte sie zu ihnen, eine Verdächtige, die sich nach allen Seiten umsah, bevor sie es wagte, in ihr Leben zurückzukehren, ein Leben, das für die Männer in den schwarzen Ledermänteln denselben Wert besaß wie das einer Schmeißfliege.
Wie konnte Steffen ihr das nur antun? Nach Spanien zu fliehen, um seinem Bedürfnis, gegen den Faschismus zu kämpfen, gerecht zu werden! Viele Worte hatte er in seinem Brief gefunden, den sie am Abend ihrer Rückkehr aus Berlin unter ihrem Kopfkissen entdeckt hatte – Erklärungen, die sie gnädig stimmen und seinen einsamen Entschluss nachvollziehbar machen sollten, inständige Bitten, nicht an seiner Liebe zu ihr zu zweifeln, die so tief und innig wie eh und je sei, doch aufgezehrt würde, wenn er sich diesen Schritt versage, und die Versicherung, dass er auf ein gemeinsames Leben hoffe, sobald wieder Freiheit in Spanien und Deutschland herrsche. »Meine geliebte Frau!« Seine Worte würden für immer in ihrem Herzen eingebrannt sein. »Falls die Gestapo dich verhört, gib denen den Brief, in dem ich dich der Untreue bezichtige. So schmerzlich es für dich und für mich ist, dir eine Affäre mit Bernhard, und sei es auch

nur zum Schein, zu unterstellen, so ist es doch die einzige Möglichkeit, dich zu schützen. Die Gestapo greift niemanden an, der gerade den Garten von Emmy Göring umgestaltet hat (so opportunistisch und verwerflich sein Engagement in meinen Augen auch ist). Hab Vertrauen zu ihm, trotz seiner Fehler ist er ein loyaler Freund. Er weiß Bescheid, ich habe ihm ein paar erklärende Zeilen nach London gesandt. Und nun wünsch mir Glück, mein Herz. In Liebe, Steffen.«

Unvermittelt liefen Felicitas die Tränen über die Wangen, die seit vier Tagen darauf drängten, vergossen zu werden, Tränen der Wut, der Verzweiflung und der schmerzhaften Einsicht, tatenlos zugesehen zu haben, wie das Band ihrer Liebe mit jedem Tag brüchiger geworden war, bis es zerriss.

Erleichtert, die meisten ihrer Angestellten in der Mittagspause zu wissen, schlüpfte Felicitas ins Kontorhaus. In ihrem Büro putzte sie sich die Nase und atmete einige Male tief durch.

»Haben Sie eine Minute für mich?« Ohne Felicitas' Antwort abzuwarten, schob sich Elias Frantz durch die Tür. Seine bekümmerte Miene verhieß keine guten Nachrichten. »Es gibt zwei Möglichkeiten«, sagte er schroff. »Entweder wir haben es hier mit Curare zu tun, einem südamerikanischen Pfeilgift, mit dem die Ureinwohner schon einen Teil der Besatzung von Christoph Kolumbus' Schiff zur Strecke gebracht haben. Eigentlich wirkt dieses Gift nur dann tödlich, wenn es direkt in die Blutbahn eindringt. Atmet man es lediglich ein, betäubt es die Sinne für eine Weile, man halluziniert, und es wird einem speiübel. Oder aber es ist das Coniin, das in unserem heimischen Schierling enthalten ist und genau wie Curare auf die Nerven wirkt. Die Schierlingswurzel sieht der von Pastinaken zum Verwechseln ähnlich, und mischt man sie unters Essen, ist sie so gut wie nicht nachweisbar. Das Problem ist, dass diese Gifte nur in höheren Dosierungen tödlich sind. Die minimalen Spuren, die wir nachweisen konnten, reichen bestenfalls für eine leichte Magenverstimmung aus.« Er kratzte sich am Kopf. »Wenn es sich denn überhaupt um Curare oder Coniin handelt. Mit hundertprozentiger Sicherheit kann ich das nicht sagen.«

»Mit anderen Worten, wir befinden uns in einer Sackgasse«, stellte Felicitas nüchtern fest. »Keine eindeutigen Spuren, nur vage Vermutungen.«

Der Laborleiter nickte. »Tut mir leid, Frau Hoffmann.«

Nachdem Elias Frantz ihr Büro verlassen hatte, stand Felicitas auf und griff nach ihrer Jacke. Sie hatte das Gefühl, ohnmächtig zu werden, wenn sie nicht sofort an die frische Luft hinauskäme, an die Weser, dort, wo das Leben noch nach Sonne und Sommer und Wasser roch statt nach Bitterkeit und Angst. Ein Blick aus dem Fenster ließ sie innehalten. Die schwarze Limousine stand vor dem Kontorhaus, zwei Männer saßen darin und sahen, der eine gelangweilt, der andere finster, geradeaus.

Was für ein Irrsinn, schoss es Felicitas durch den Kopf, zwei Männer für ihre Überwachung abzustellen, obwohl die Gestapo sich doch gleich nebenan befand. Und wissend, dass dies ihre ständigen Begleiter in den nächsten Wochen, vielleicht sogar Monaten sein würden, setzte sie sich wieder an ihren Schreibtisch und vergrub das Gesicht in den Händen. Steffen hatte ihr Leben durch seinen Egoismus gleichsam in ein Gefängnis verwandelt, und mochte sie auch Verständnis für seine Beweggründe auf-

bringen, das hier, schwor sie sich, würde sie ihm niemals verzeihen.
Das Läuten des Telefons ließ sie zusammenzucken.
»Das Schicksal findet schon seltsame Wege, nicht wahr?« Bernhard. »Nun sind wir mit dem Segen deines Ehemanns ganz offiziell ein Liebespaar. Im Moment bin ich hier unabkömmlich, aber sobald es geht, komme ich zu dir, mein Liebling.«
»Du verdammter ...«
»Ich weiß, ich weiß, du hast allen Grund, wütend auf mich zu sein, und ich verspreche dir, es wiedergutzumachen. Ich küsse dich, bis bald.«
»Warte!«, schrie sie, doch Bernhard hatte bereits aufgelegt und sich damit allen Fragen entzogen, die ihr seit Tagen auf der Seele brannten. Warum hatte er sie in Berlin auf eine mögliche Flucht Steffens aufmerksam gemacht, während der bereits seinen Abschiedsbrief formulierte? Was wusste er, was ihr entgangen war?
Felicitas starrte den Telefonhörer an, und plötzlich begriff sie. Bernhard musste davon ausgehen, dass ihr Telefon abgehört wurde. Sein seltsames Gebaren diente nur dazu, die Gestapo zu täuschen und ihr zwischen den Worten mitzuteilen, dass Steffens Brief in London angekommen war und dass er, Bernhard, gewillt war, die Maskerade mitzuspielen. Langsam, wie hypnotisiert, legte sie den Hörer auf.

»Ich schätze, ich war nicht sehr überzeugend«, sagte Bernhard.
»Nun, dass du sie liebst, wird sie dir wohl kaum abnehmen«, entgegnete Pierre und lächelte. »Aber der Sinn der Übung war ja auch ein anderer, und Felicitas ist klug genug, zwei und zwei zusammenzuzählen.«

»Mir ist nicht wohl bei der Sache.« Trotz der Hitze, die seit Wochen wie eine Käseglocke über Paris lag und selbst die dicken Mauern des Hauses am Boulevard St-Michel durchdrang, fröstelte Dorothee und zog ihren hellblauen Schal enger um die Schultern. »Es wäre mir wirklich lieber, wenn wir Felicitas einweihen könnten.«
»Je weniger sie weiß, desto weniger ist sie in Gefahr«, sagte Pierre mit leiser Ungeduld in der Stimme. »Das haben wir doch eingehend besprochen.«
Bernhard nickte. »Pierre hat recht. Und nun sollten wir uns um unseren Flüchtling kümmern.«

16

Kein Regenschirm vermochte dem peitschenden Regen standzuhalten, der an diesem Nachmittag die letzten Blätter von den Bäumen wirbelte und die Berliner Straßen in Sturzbäche verwandelte. Wer konnte, blieb daheim und hieß den November mit heißem Tee und Kerzenschein willkommen, und das waren an diesem Sonntag nicht wenige.
Als Gesa das in warmem Ocker getünchte Gründerzeithaus in der Lützowstraße verließ, fluchte sie leise und zog den Kragen ihres Mantels hoch und die Hutkrempe tiefer, eine hilflose Maßnahme, die nicht verhindern würde, dass sie bis auf die Haut durchnässt die nahe gelegene Mommsenstraße erreichen würde. Ein Taxi konnte sie sich nicht leisten, denn die neue Wohnung verschlang jeden Pfennig, den sie mit den Komparsenrollen verdiente.

Aber sie hätte auch keine Minute länger bei Albrecht Kronauer bleiben können. Der Mann war berühmt und hochgelobt für seine sensible Kameraführung, wie kein Zweiter vermochte er das Gesicht eines Stars zum Leuchten zu bringen, doch sein Genius bedurfte, wie es bei großen Künstlern häufig der Fall ist, eines Widerparts, an dem er sich reiben und entzünden konnte. In den Zwanzigerjahren, als jedes Tanzmädchen wusste, wie man sich eine Linie Kokain elegant verabreichte und mit Whiskey nachspülte, es in gewissen Kreisen sogar als Todsünde galt, nicht obsessiv zu leben, hatte Kronauer sich durch die Berliner Nächte treiben lassen, doch jetzt, da man sich bei derlei Zeitvertreib nicht mehr erwischen lassen durfte, hatte er die beiden oberen Etagen seines Hauses in die Art von düsterem Boudoir verwandelt, die ihm die erotische Spannung schenkte, nach der er lechzte. Allabendlich und an den drehfreien Sonntagen fand sich bei ihm eine illustre Clique ein, um zu trinken und zu zelebrieren, was nicht bekannt werden durfte, und Gesa, nicht ahnend, was auf sie zukommen würde, hatte es als besondere Ehre empfunden, in diesen Kreis aufgenommen zu werden. In den vergangenen Wochen hatte sie sich einige Male mit dem Kameramann in Bars und Restaurants getroffen, ihre Gespräche waren um den Film und die Kunst gekreist, doch Gesa war nicht so dumm, sein Interesse für rein beruflicher Natur zu halten. Sie wusste, dass er mehr von ihr wollte, und ihr war es recht. Kronauer war ein schöner Mann mit wallendem Blondhaar, markantem Kinn und jener Verlebtheit in den Zügen, die die Phantasie aufreizte. Es schien ihr fast, als hätte sie sich ein wenig in ihn verliebt, und so hatte sie sich an diesen Sonntagen eingefügt. Doch heute war sie nicht länger

imstande, Teil dieser bizarren Szenerie zu sein, und wusste nicht, ob sie es je wieder sein würde noch wollte.
Dicke Tropfen drangen durch den dünnen Wollstoff ihres Kostüms, gerade so, als wollten sie sie reinwaschen von dem, was sie überforderte. Als sie ihre Wohnung nach zwanzig Minuten erreichte, atmete sie auf. Sie zog sich aus, trocknete sich ab und schlüpfte unter die Bettdecke, hoffend, ihre aufgewühlten Sinne würden sich von der Wärme beruhigen lassen. Doch der Schmerz in ihrem Bein war so stark, dass sie keinen Schlaf fand, und schließlich stand sie wieder auf, nahm zwei Tabletten mit einem großen Glas Wasser und legte sich erneut hin. Ihr Vorrat, den Kronauer ihr ohne dumme Fragen zu stellen besorgt hatte, war bis auf einen kläglichen Rest verbraucht, und die jagende Angst, dass sie schon morgen, spätestens übermorgen Nachschub haben musste und keine Vorstellung besaß, woher sie den nehmen sollte, denn Kronauer würde sie nicht mehr bitten können, ließ sie nicht zur Ruhe kommen. Dennoch fiel sie nach einer Weile in einen flachen, unruhigen Schlaf.
Als es an der Tür läutete, fuhr sie hoch, überzeugt, nicht mehr als fünf Minuten geschlafen zu haben, doch ein Blick auf die Uhr bewies, dass es immerhin drei Stunden gewesen waren – zwanzig Uhr.
»Gesa?« Christians dunkle Stimme klang besorgt, und Gesa sprang aus dem Bett und warf sich einen Bademantel über.
Himmel noch mal, sie hatte ihren Bruder vergessen, ihren langweiligen Bruder, mit dem sie sich heute zum Abendessen verabredet hatte. In Familie zu machen war in diesem Augenblick wirklich das Letzte, wonach es sie verlangte, und eine Sekunde spielte sie mit dem Gedanken, so zu tun,

als wäre sie nicht daheim. Doch verantwortungsbewusst, wie er war, würde Christian gewiss erst bei ihrer Vermieterin im ersten Stock klingeln und nachfragen, dann Felicitas anrufen und sämtliche Pferde von Berlin bis Bremen scheu machen. Seufzend öffnete sie die Tür.

»Entschuldige, ich muss wohl eingeschlafen sein«, murmelte sie und ließ Christian eintreten.

»Hast du Schmerzen?«, fragte er mitfühlend und legte ihr seine Hand auf die Schulter.

»Nein«, log Gesa und fügte mit leisem Sarkasmus hinzu: »Bin nur ein wenig verkatert.«

Gesa liebte ihren Bruder mit einer lässigen Selbstverständlichkeit, die von der Affenliebe, die große Schwestern in der Regel für die kleineren Brüder aufbringen, weit entfernt war, und hin und wieder genoss sie es, ihn, den Braven, darauf hinzuweisen, dass es auch ein Leben jenseits von Büchern und Mikroskopen gab. Doch heute beließ sie es bei dieser einen Bemerkung. Sie fühlte sich immer noch wie durch die Mangel gedreht.

»Wollen wir lieber ein andermal miteinander essen?«

»Nein, nein, ich zieh mir nur rasch etwas über«, sagte sie leichthin. Aus dem Schlafzimmer rief sie ihm zu: »Weißt du, ich hätte große Lust, mal ganz woanders hinzugehen. Nicht dahin, wo sich halb Berlin trifft. Hast du eine Idee?«

»Am Tiergarten gibt es ein kleines Restaurant, eigentlich mehr eine Pinte, wo ich manchmal zu Mittag esse. Es ist aber wirklich nichts Besonderes.«

»Dann ist es gerade recht.« Sie drehte sich anmutig einmal um die eigene Achse. »Kann ich da so aufkreuzen?«

Christian musterte ihre weiten Hosen und den kleinen Streifenpulli, den Pferdeschwanz und ihr Gesicht, das sie von Rouge und Lidstrich befreit hatte. »Und ob!«

Der Regen hatte nachgelassen, die Straßen lagen wie blank geputzt im Schein der Laternen, und sie beschlossen, zwei Stationen mit der Tram zu fahren und den Rest des Weges zu Fuß zu gehen. Das kleine Restaurant befand sich am südlichen Ende des Tiergartens und hieß seine Gäste mit unaufdringlicher Klaviermusik und dem Duft von frisch gebackenem Kuchen willkommen. Sie setzten sich an den letzten freien der behäbigen, sauber gescheuerten Holztische und bestellten Kaffee, Likör, mit Schinken belegte Brote und Apfelkuchen mit Schlagsahne.

»Bist du auf den Geschmack der einfacheren Dinge gekommen?«, fragte Christian belustigt, als die Kellnerin ihre Bestellungen brachte.

Gesa zuckte mit den Schultern und steckte sich ein Cornichon in den Mund. »Scheint so«, antwortete sie spröde, um ihre widerstreitenden Gefühle zu verbergen, denn plötzlich drängte es sie, ihm zu erzählen, was ihr heute, und nicht nur heute, Nachmittag widerfahren war. Da war ein Sehnen in ihr, sich mitzuteilen, sich zu öffnen und diese Beklemmung, die ihr auf der Seele lag, mit Worten zu bannen. Sie sah ihn an, als sähe sie ihren Bruder zum ersten Mal. Warm und voller Liebe ruhten seine blauen Augen auf ihr, seine Arglosigkeit schnitt ihr ins Herz, und sie wusste, dass sie ihm niemals auch nur ein Sterbenswörtchen von dem anvertrauen durfte, was sie belastete.

»Ich hätte es wissen müssen. Du hast einen heimlichen Geliebten.«

Gesa blickte auf und schaute in ein Paar hellgrüne Augen, die sie mit einer Mischung aus Neugier und leisem Spott musterten. »Hallo, Solveig«, erwiderte Gesa mäßig begeistert.

Die hochgewachsene Frau lächelte und schüttelte ihre

schwarzen Wellen nach hinten. »Kommt her!«, rief sie ihren Begleitern zu, die sich folgsam in Bewegung setzten.
»Guten Abend, Gesa, schön, dich zu sehen«, sagte der eine von ihnen, ein Kollege vom Film, den Gesa flüchtig kannte. Der andere nickte ihr zu, wandte sich aber sofort wieder Solveig zu.
»Wollen wir wirklich hierbleiben?«, fragte er mürrisch. »Mit dem Ambassador kann das hier ja nicht gerade mithalten.«
Geschmeidig glitt Solveig auf den freien Platz neben Christian. »Das ist ja der Witz. Ich kann diese ewig gleichen Restaurants und Gesichter nicht mehr sehen.« Sie machte eine Pause. »Und nun möchte ich wissen, wer der schöne Unbekannte ist.«
»Nur der kleine Bruder«, sagte Christian. Lächelnd sah er Solveig an, die seinen Blick mit einem Ausdruck erwiderte, in dem Koketterie mit Berechnung konkurrierte, und Gesa bedauerte, dass sie ausgerechnet dieses Restaurant aufgesucht hatten.
Als Gesa zwei Stunden später und todmüde in die Mommsenstraße zurückkehrte, wartete Niklas am Treppenabsatz vor ihrer Wohnung auf sie.
»Wo zum Teufel hast du gesteckt?«, fuhr er sie an.
»Was geht dich das an?«, gab sie gleichmütig zurück, zu müde, um sich aufzuregen.
»Ich habe mir Sorgen gemacht«, sagte er. »Du bist den ganzen Tag nicht ans Telefon gegangen …«
»Niklas, du bist nicht meine Gouvernante«, erwiderte sie seufzend, »auch wenn meine Mutter das gerne hätte.« Bei ihren Worten schlug er die Augen nieder, und sie fügte mit leiser Ungeduld hinzu: »Du taugst nicht zum Detektiv, wirklich nicht. Dein plötzliches Interesse nach un-

serem Streit war viel zu aufgesetzt, um echt zu sein, und ich denke, es ist an der Zeit, diesen Unsinn zu lassen.« Sie schloss die Tür auf, machte aber keine Anstalten, ihn hineinzubitten. »Überdies ist es ja falscher Alarm gewesen. Ich meine, es ist doch nichts passiert, oder? Meine Mutter hat eben Feinde, die sich einen Spaß daraus machen, sie in Aufregung zu versetzen, und so, wie sie mit den Menschen umspringt, kann man ihnen das fast nicht verübeln. Na ja, ein Sturm im Wasserglas, was soll's. Du siehst, es geht mir gut. Also dann, gute Nacht, Niklas.«

»Warte«, sagte er und hielt die Tür fest, um Gesa daran zu hindern, sie zuzuschlagen. »Ich bin noch aus einem anderen Grund hier. Du musst *Hallo, Janine* absagen.«

»Bist du völlig verrückt? Das ist die einzige ernst zu nehmende Rolle, die mir je angeboten wurde!«

»Hör mir doch erst einmal zu!« Mit einer schnellen Bewegung drängte er sich an ihr vorbei und ging in die Küche, öffnete den Kühlschrank und holte eine angebrochene Flasche Weißwein heraus. »Hm, nicht schlecht, Chardonnay. In der nächsten Zeit wirst du weniger trinken müssen, mein Schatz. Großaufnahmen verraten jede Sünde, und ich möchte vermeiden, dass meine Geldgeber am Ende recht behalten, als sie meinten, du seist nicht unbedingt ihre erste Wahl.«

»Wovon redest du überhaupt?« Ostentativ schenkte sie sich ein Glas Weißwein ein und prostete ihm mit aufreizendem Lächeln zu.

»Andreas Dreyer ist emigriert, und mit ihm seine Frau.«

»Rosita ist fort? Aber warum?«

»Du liebe Zeit, Gesa, wo lebst du eigentlich! Du darfst nur künstlerisch arbeiten, wenn du Mitglied der Reichsfilmkammer bist ...«

»Das weiß ich, bin ja selbst Mitglied«, murmelte sie. »Und?«
»Na ja, Rosita und Andreas konnten nicht hinlänglich beweisen, dass sie in rassenideologischer und politischer Hinsicht, wie es so schön heißt, zuverlässig sind, und ehe sie in irgendeinem Arbeitslager verrotten, haben sie lieber die Konsequenzen gezogen und sind nach Amerika abgedampft.«
»Da sind sie ja in bester Gesellschaft«, sagte Gesa und trank das Glas aus. Der Regen hatte erneut eingesetzt und prasselte gegen die Fenster. »Deutschland verblutet«, fuhr sie unvermittelt fort. »Marlene Dietrich, Fritz Lang, Asta Nielsen, Curt Goetz, Fritz Kortner – alle fort. Immerhin sind noch Marika Rökk und Zarah Leander da.«
»Und Diana Landauer und Niklas Fischer.«
»Wer ist diese Diana Landauer?«
»Eifersüchtig?«, neckte er sie, doch sie zuckte mit den Schultern.
»Quatsch.«
Er lachte laut und fasste sie um die Taille. »Begreifst du denn nicht? Diana – das bist du! Die UFA hat mir die Regie des neuen Films übertragen, den Andreas drehen sollte.«
»Und was hat das mit mir zu tun?«
»Nun, außerdem musste Rositas Part neu besetzt werden. Sie sind einverstanden mit dir, unter der Bedingung, dass du deinen Namen änderst. Gesa klingt zu wenig glamourös. Na ja, und sie sähen es gern, wenn du dir deine Nase korrigieren lassen würdest. Um die Kosten musst du dir keine Gedanken machen. Was sagst du?«
»Du willst mich wohl für dumm verkaufen!«, entgegnete sie und verschränkte die Arme vor der Brust. »Warum

sollte die UFA ausgerechnet auf dich kommen? Außer einem Filmchen, einigen Regieassistenzen und einer Handvoll Dokumentationen hast du doch gar nichts vorzuweisen.«

Niklas lächelte spöttisch. »Im Gegensatz zu dir bin ich sehr geschickt darin, nur solche Affären einzugehen, die mich weiterbringen.«

Irritiert wich Gesa einen Schritt zurück. Nichts von dem, was er sagte, passte zu ihm. Seine kritische Haltung gegenüber der UFA von heute auf morgen über Bord zu werfen und mit irgendwelchen Affären zu prahlen, um dann die Hauptrolle mit ihr zu besetzen, einer Affäre, die längst Vergangenheit war, nein, das war nicht der Niklas, den sie zu kennen meinte. Schon drängten die Fragen sich auf ihre Lippen, als ihre Augen die seinen trafen und sie in ihnen sekundenkurz aufblitzen sah, was ihn bewegte, sich so seltsam zu verhalten. Doch der Gedanke, dass Niklas sie lieben könnte, ausgerechnet sie, schien so abwegig, dass sie ihn kurzerhand Kronauer und seinem Kokain zuschrieb.

»Wir werden ein gutes Gespann abgeben«, bemerkte sie lakonisch und ging in die Küche, um eine neue Flasche Wein zu öffnen.

17

Der neue Wind fegte durchs Land und ließ keinen Stein auf dem anderen. Wer sich gestern in der Illusion wiegte, die Nationalsozialisten wären eine vorübergehende Erscheinung, musste nun begreifen, dass dies ganz und gar nicht der Fall war, schlimmer noch, dass man sich daran gewöhnt hatte, dass Menschen, mit denen man Wand an Wand lebte, eines Morgens ihr Haus verließen, mit nichts als einem Koffer in der Hand und Todesangst im Herzen. Daran, in einem Land zu leben, das seinen Mitbürgern, sofern sie jüdischen Blutes waren, verwehrte, auf einer Parkbank einen Moment Atem zu holen, ihnen verbot, Kinos, Theater und Museen zu betreten, ihre Berufe auszuüben, sie ausschloss von jeglichem gesellschaftlichen Leben und damit vom Leben selbst. Daran, dass Menschen gefoltert und zu Tode gequält wurden, nur weil sie anderer Meinung waren als der kleine Mann mit dem eckigen gewichsten Bärtchen unter der Nase und seine Schergen, daran, dass nicht einmal mehr die Gedanken frei waren, von den Worten ganz zu schweigen. Abgesehen von den wenigen, die unter höchster Gefahr ihr Dasein einem unorganisierten Widerstand widmeten, gewöhnte Deutschland sich daran, der Bestialität das Heft zu überlassen, ihr nichts entgegenzusetzen außer dem frommen Wunsch des Einzelnen, selbst nicht davon betroffen zu sein, selbst nur Nutznießer der Ordnung zu sein, die auf den Straßen herrschte und Arbeitsplätze schuf, vor allem in der Rüstungsindustrie, was dem Land ungeahnten Aufschwung verlieh, ungeachtet der Frage, wozu so viele Waffen, so viel Munition denn nütze sein sollten. Das Ausland glaubte an die Appeasement-Politik des britischen Premiers Chamberlain, die mit Beschwichtigung und Diplomatie das deutsche Monstrum zu bändigen suchte, und schwieg. Der Terror wurde alltäglich.

Für Felicitas bedeutete die Überwachung durch die Gestapo zwar einerseits eine Einschränkung ihres persönlichen Freiraums, die das zuvor unbekümmerte Leben

der Familie, die Atmosphäre des unerschütterlichen »Uns kann keiner was« erheblich beeinträchtigte. Andererseits und perverserweise war es gerade die Anwesenheit der schwarz gekleideten Männer, die Felicitas zugleich Schutz bot.
Nur noch ein Brief hatte sie erreicht. In dem gratulierte ihr der anonyme Schreiber ironisch zu ihren neuen Begleitern, deretwegen er den Kontakt zu ihr leider ein wenig begrenzen müsse, und kündigte »ein unvergessliches Wiedersehen« an, sobald die Zeit dafür reif sei. »Erfreulich und den zu erwartenden Vorgang beschleunigend wäre es, wenn Sie sich schon einmal nach einer neuen Heimstatt umsehen würden, vorzugsweise in einer der ärmeren Gegenden Bremens, da nicht davon auszugehen ist, dass Sie sich, sobald ich meinen legitimen Anspruch auf das Patent für den magenschonenden Kaffee, das Sie bzw. Ihr verstorbener Gatte unrechtmäßig in Ihren Besitz gebracht haben, geltend gemacht habe, noch etwas Komfortableres leisten können. gez. Curare. PS: Wie niedlich, dass Sie sich die Zeit mit der Suche nach dem Gift vertreiben. Ein wenig mehr Heimatkunde wäre von Vorteil für Sie gewesen. 2. PS: Erschrecken Sie die hübsche Gesa nicht, sie kann nichts für die Verbrechen ihrer Mutter.«
Als sie Bernhard von dem Brief erzählte, nickte er und grinste. »Scheint, dass unser Freund kalte Füße bekommen hat.«
»Ja, und ich weiß nicht, was ich mir mehr wünschen soll – dass die Gestapo mich endlich in Ruhe lässt oder dieser Mistkerl. Beides ist abscheulich.«
»Warum schafft mein verehrter Halbbruder dir diese Bande nicht vom Hals? Ihm müsste doch sehr daran gelegen sein. Ich denke, es macht keinen guten Eindruck beim

Gauleiter, wenn die Familie seines besten Vasallen im Visier der Gestapo steht.«

»Du kennst doch Anton«, entgegnete Felicitas gleichmütig. »Elisabeth hat ihn natürlich sofort gebeten, seinen Einfluss geltend zu machen …«

»Aber er will sich nicht in die Belange anderer Staatsorgane einmischen. Die Unbestechlichkeit der Ministerien sei ja gerade das Bestechende der neuen Zeit.«

Felicitas lächelte ironisch. »So ähnlich hat er es tatsächlich formuliert. Elisabeth war so zornig, dass sie ihm beinahe an den Hals gesprungen wäre.«

»Das hätte ich gern gesehen.« Bernhard lachte leise. Der Grund ist klar. Er hat Angst, dass man seine Einmischung verdächtig finden und auch ihn unter die Lupe nehmen könnte. Seine Tarnung könnte dahin sein.«

»Aber es weiß doch niemand, dass er nicht Gustavs Sohn ist«, wandte Felicitas ein.

»Ich weiß es, du weißt es, Elisabeth auch. Elisabeth hält dicht, da ist er sich sicher. Aber wir beide sind ein Risiko für ihn.«

Er verstummte, als ein livrierter Kellner herantrat. Mit einem Glas Sekt in der Hand begannen sie an den Exponaten aus Speckstein vorbeizuschlendern, polierte Kostbarkeiten, exotische Tiere darstellend und abstrakte, gleichwohl harmonische Gebilde, denen man nichts »Unvölkisches« nachsagen konnte. Die Künstlerin, Stefanie Adamcyk von der Insel Rügen, eine etwas untersetzte braun gebrannte Mittvierzigerin mit blitzenden schwarzen Augen, genoss sichtlich das Interesse der Gäste und wurde nicht müde, es mit lebhafter Gestik und im Stakkato vorgetragenen Geschichten über die Entstehung ihres Werks wachzuhalten. Felicitas sah sich zufrieden um. Es

summte und brummte im Kunstpark. Halblautes Gemurmel und dezentes Gelächter, klingende Gläser, Richard-Strauss-Melodien, blinkende Orden und knisternde Seide. Dazu eine strahlende Maisonne und kein Wölkchen am Himmel. Sie hatte alle eingeladen, die nicht schon unterwegs in die Sommerfrische waren, denn diese Vernissage musste ein Erfolg, musste das Tagesgespräch in Bremen werden. Die Überwachung durch die Gestapo und Steffens Verschwinden waren nicht unbemerkt geblieben, Gerüchte machten die Runde, Felicitas stehe bereits mit einem Bein im Arbeitslager. Drei große Aufträge waren kurzfristig und unter fadenscheinigen Begründungen storniert worden, und wenn sie dem nicht Einhalt gebot, würde sie in Kürze Konkurs anmelden können.
Aber die Dinge ließen sich an diesem Sonnabendmorgen gut an. Sie hatte zwei, drei vielversprechende Gespräche geführt, ein wenig mit dem Bürgermeister geschäkert und mit zwei Hamburger Kaufleuten, die in Italien und Japan expandierten. Die Gebrüder von Moorbusch hatten nicht auf der Gästeliste gestanden. Bernhard hatte sie einfach mitgebracht, sie Felicitas vorgestellt, und die beiden hatten keine Zeit verloren, die berühmte »Coffee-Lady« wortreich und überaus charmant davon zu überzeugen, in ihr Boot zu steigen.
Mit einem hat Steffen recht behalten, dachte Felicitas und warf Bernhard einen schnellen Blick zu, er ist wahrhaftig ein loyaler Freund. Kein Monat war vergangen, ohne dass er die Gelegenheit genutzt hatte, überraschend in Bremen aufzukreuzen, statt von Berlin, wo er jetzt öfter zu tun hatte, direkt nach London zurückzukehren. Welche Geschäfte ihn in die Hauptstadt führten, erwähnte er mit keinem Wort, und Felicitas fragte auch nicht. Ein Teil von

ihm war ihr stets ein Rätsel geblieben, bis heute konnte sie sich des Eindrucks nicht erwehren, dass er niemanden je einen Blick in die geheimsten Winkel seiner Seele tun lassen würde, und mittlerweile hatte sie erkannt, dass dies der Grund war, weshalb sie sich von ihm zugleich angezogen wie abgestoßen fühlte.
Und dennoch war Bernhard, waren sein Humor, seine lässige Kraft und seine persönliche Integrität Labsal für ihre gereizten Nerven. Er schleppte sie ins Theater und zum Picknick in den Bürgerpark, entführte sie an die Nordsee und nach Worpswede. Bisweilen fühlte sich Felicitas an die Zeit nach dem Ersten Weltkrieg erinnert, da Bernhard schon einmal alles getan hatte, um sie über den Verlust eines geliebten Menschen zu trösten, damals, nachdem Heinrich vermisst gemeldet wurde und es nur geringe Hoffnung gegeben hatte, dass er je gefunden wurde, bis sie sich mit seinem Tod hatte abfinden müssen.
Jetzt, fast zwanzig Jahre später, ähnelte die Situation geradezu gespenstisch jener vergangenen. Steffen war fort, und niemand wusste, wo er war und ob er noch lebte, und Bernhard war an ihrer Seite.
»Ich habe immer noch nichts von Steffen gehört«, bemerkte sie leise.
Er seufzte verhalten und entgegnete: »Wie denn auch? Du kannst darauf wetten, dass die Gestapo es sofort spitzkriegen würde, wenn er versuchen würde, dich zu benachrichtigen, und sie würde es garantiert zum Anlass nehmen, dich noch mehr zu tyrannisieren. Es ist besser so.«
»Besser so? Du hast vielleicht Nerven.« Empört blitzte sie ihn an, dann schüttelte sie den Kopf und strich sich das Haar aus der Stirn. »Entschuldige, du kannst ja nichts dafür, dass ich einen Mann geheiratet habe, dem es wich-

tiger ist, auf dem Feld der Ehre zu sterben, als mit mir zu leben.«

Das klang so bitter, dass Bernhard spontan seinen Arm um sie legte.

»Es geht ihm gut«, sagte er eindringlich. »Aber frage mich niemals, woher ich das weiß. Niemals, hörst du?«

Abrupt ließ er sie los und winkte den beiden Hamburgern zu, die sofort näher kamen und, begeistert von dem Kunstpark, Felicitas mit Fragen bestürmten, ob sich ein ähnliches Vorhaben auch im Ausland realisieren ließe. Während sie antwortete, sah sie Bernhard in der Menge verschwinden. Ihr Herz raste.

Als die Höflichkeit es nach einer Weile endlich gestattete, sich von den beiden zu verabschieden, begab sich Felicitas auf die Suche nach Bernhard. So leicht wollte sie ihn nicht davonkommen lassen. Doch es war unmöglich, ihn unter den vielen Menschen, die durch den Park schlenderten oder plaudernd in kleinen Gruppen beisammenstanden, auszumachen. Erschwerend kam hinzu, dass sie ständig genötigt wurde, stehen zu bleiben, um Komplimente für die gelungene Veranstaltung entgegenzunehmen und hier und da ein paar Worte zu wechseln. Schließlich näherte sich die Vernissage ihrem Ende, die Gäste strebten dem Ausgang zu, und ein Reinigungstrupp machte sich daran, die Reste des Büfetts fortzuräumen, die Gläser einzusammeln und achtlos weggeworfenen Servietten hinterherzujagen, die der leichte Wind über den Rasen trieb, weißen Tauben gleich, die keine Kraft mehr besaßen, sich in die Lüfte zu erheben.

Von weitem sah sie Dora Henning auf sich zukommen.

»Wir haben es geschafft! Wie wäre es mit einem Kaffee?«

»Gute Idee«, erwiderte Felicitas, und gemeinsam gingen sie zu dem weiß getünchten Haus, dessen Fassade mit

Maskenmalereien verziert war, die den Besuchern signalisierte, dass sich hinter diesen Mauern die Schauspielschule befand.

Dora holte einige Male tief Luft, wobei sie leise durch die Nase einatmete und dann den Atem geräuschvoll durch den geöffneten Mund wieder ausstieß. Felicitas lachte und tat es ihr nach.

»Ich habe ganz vergessen, wie gut das tut«, sagte sie, nachdem sie eine Weile schnaufend nebeneinander hergegangen und von dem Reinigungspersonal skeptisch beäugt worden waren.

»Nicht wahr? Ich praktiziere diese Atmung jeden Abend, um die Anspannung aus dem Körper zu bekommen«, erwiderte Dora und lächelte Felicitas zu. »Nicht dass die Aufgabe hier zu anstrengend wäre, aber es gibt schon hin und wieder Situationen, die bewältigt werden wollen.«

»Zum Beispiel?«

Dora blieb stehen, riss die Augen auf und verfiel in einen tapsigen, linkischen Schritt. Dann quäkte sie mit enervierend hoher Stimme: »Sie spielen hier aber nur, was erlaubt ist, oder? Sonst sag ich's meinem Papa, und der ist bei der SA.« Dora schüttelte sich und verwandelte sich wieder in die elegante Vierzigjährige. »Manche BDM-Mädchen sind eine echte Pest. Ich kann sie aber von den Kursen schlecht ausschließen, weil wir sonst in der Tat irgendeinen Uniformträger auf dem Hals haben.«

»Und wie gehen Sie damit um?«

Sie hatten das Haus inzwischen erreicht und traten ein. Links von der Diele befand sich eine kleine Küche, in der es aromatisch nach frisch gebrühtem Kaffee duftete. Dora schenkte zwei Tassen voll, reichte eine Felicitas und stellte Sahne und Zucker auf den Tisch.

»Ich habe eine Geheimwaffe«, nahm sie das Gespräch wieder auf und zwinkerte Felicitas zu. »Sie heißt Delia und ist unglaublich gut darin, die Nervensägen in den Kursen anderweitig zu beschäftigen.«
»Wie das?«
»Sie spornt sie an, selbst Theaterstücke zu schreiben oder Kulissen zu bauen oder Kostüme zu nähen, kurz zu allem, was sie möglichst weit von der Bühne entfernt in Schach hält. Und sie redet ihnen dabei auf bezwingende Weise ein, dass nur sie dieser Aufgabe gerecht werden können.« Dora machte eine Pause und rührte gedankenverloren den Kaffee um. »Wenn sie nicht so jung wäre, könnte man Delias Gabe geradezu als demagogisch bezeichnen.«
»Ich habe Delia nur wenige Male erlebt, und mein Eindruck von ihr ist eher flüchtig«, bemerkte Felicitas. »Meine Schwägerin hat mir jedoch erzählt, dass sie sich ziemlich häufig hier aufhält, und ich hatte mich schon gefragt, ob Sie Ihnen nicht lästig fällt. Aber offenkundig tut sie das nicht.«
»Nein.« Dora stockte und machte eine unbestimmte Handbewegung, als würde sie nach Worten suchen. Schließlich fuhr sie zögernd fort: »Da ist allerdings etwas …«
»Ja?«
Dora griff nach einem Päckchen Zigaretten, hielt es Felicitas hin, die den Kopf schüttelte, nahm sich eine Zigarette heraus und klopfte die Spitze auf den Tisch, bevor sie sie anzündete und den Rauch langsam entweichen ließ. »Wie Sie wissen, leitet Ihr Sohn inzwischen einige unserer Kurse und ist zum absoluten Liebling aller Schülerinnen avanciert.«
Felicitas lächelte. »Ich weiß, er hat es mir erzählt.«
»Hat er Ihnen auch erzählt, dass Delia es mit ihrer Schwär-

merei ein wenig übertreibt? Sie schmuggelt Liebesbriefe in seine Anzugtaschen und lauert ihm auf, sobald er das Haus verlässt.«

»Nun ja, sie ist achtzehn und verliebt«, erwiderte Felicitas. Sie rief sich Delias schönes Gesicht in Erinnerung und ihre auffallende Klugheit. Eine Verbindung ihres Sohnes mit dieser jungen Frau wäre für beide von Vorteil. Clemens würde von ihrem Realismus und dem messerscharfen Verstand profitieren und sie von seiner Großherzigkeit und seinem unbekümmerten Charme. Überdies war Felicitas die Letzte, die der Herkunft eines Menschen allzu viel Bedeutung beimaß, schließlich hatte sie, Tochter von Komödianten, Jahre unter dem Dünkel ihrer Schwiegermutter gelitten. Warum also nicht? Sie würde den beiden gewiss keine Steine in den Weg legen. »Warten wir es ab«, sagte sie leichthin. »Solange es den Unterricht nicht über Gebühr stört …«

»Nein, das nicht«, erwiderte Dora gedehnt, und mit einem Mal begriff Felicitas.

Bestürzt starrte sie die Frau an, die nur wenige Jahre jünger war als sie selbst, die einmal die Geliebte ihres Vaters gewesen – und nun in ihren Sohn verliebt war. Die Zeichen hatte Felicitas stets gesehen, doch anders als Elisabeth nicht ernst genommen. Empörung flammte in ihr auf, aber noch etwas anderes – Mitgefühl. Was ihr bislang nicht aufgefallen war, jetzt wurde sie es gewahr. Dora sah zutiefst unglücklich aus, feine Linien um Mund und Augen zeugten von dem inneren Aufruhr, der in ihr, der weltgewandten, gebildeten Frau, angesichts dieser unerhörten Gefühle toben musste.

»Ich schätze Sie sehr, Dora«, sagte Felicitas behutsam, »doch versuchen Sie bitte nicht, mich zu Ihrer Verbündeten zu machen.« Sie hielt inne, die Worte sorgsam abwägend, um Dora nicht zu verletzen. »Clemens ist erst dreiundzwanzig Jahre alt. Es wird noch einige Jahre brauchen, bis er in seinem Beruf Wurzeln geschlagen hat. Zurzeit hängt er sein Mäntelchen doch in jede Windrichtung, die nur ein wenig neu und rebellisch riecht. Und dann, wenn er endlich sattelfest ist, wird er eine Familie gründen wollen. Dora, er wird Kinder haben wollen …«

»Ich weiß.«

»Selbst wenn er Sie jetzt liebt, würde er später darunter leiden, dass Sie ihm diesen Wunsch versagen müssen.« Felicitas verstummte und wandte den Blick ab, inständig hoffend, dass es damit getan sein möge. Sie hatte weiß Gott andere Probleme. Entschlossen erhob sie sich und griff nach ihrer Handtasche. »Wenn Sie mich jetzt entschuldigen wollen, ich habe noch zu tun. Vielen Dank für den Kaffee.«

Dora blieb sitzen, und ein feines Lächeln umspielte ihre Mundwinkel. »Ich muss Clemens diesen Wunsch nicht versagen. Ich erwarte ein Kind von ihm.«

Blitzschnell huschte Delia fort von der Tür, an der sie gelauscht hatte, und schlüpfte unbemerkt aus dem Haus.

Sie ließ es nicht zu, dass auch nur eine einzige Träne ihre Wangen benetzte. Mit jedem Schritt, der sie näher zum Osterdeich und der Waisenschule brachte, erkannte sie klarer, was sie zu tun hatte.

Lautlos schlich sie die Treppe zu ihrem Zimmer hinauf und begann, ihre Sachen aus dem Schrank zu zerren und in den Koffer zu stopfen. Das Leben hatte sie ein weiteres Mal betrogen, gerade als sie gelernt hatte, ihm zu vertrauen. Delia hielt inne und lächelte bitter. So viel Poesie ist

gar nicht nötig, dachte sie. Dir ist nur das passiert, was Tausenden Frauen tagtäglich widerfährt. Ihr Geliebter liebt eine andere. Punkt.
Sie streifte den schmalen Silberring vom Finger und legte ihn zwischen ihre Wäsche. Dann wuchtete sie den Koffer vom Bett und spähte hinunter in die Diele. Offenkundig waren alle Mädchen und die Lehrerinnen noch unterwegs. Fräulein Zinke hatte einen Bus gemietet, damit sie den Sonntagnachmittag einmal an der Ochtum statt wie so häufig im Bürgerpark verbringen konnten. Und wie meist hatte Delia sich dem gemeinsamen Ausflug mit dem Hinweis, sie würde in der Theaterschule gebraucht, entzogen.
»Wohin soll denn die Reise gehen?«
Delia fuhr herum. »Ich weiß es nicht«, antwortete sie wahrheitsgemäß.
»Ist irgendetwas geschehen? Hast du Nachricht von deinem Vater?«
»Nein«, sagte Delia knapp und nahm den Koffer wieder in die Hand.
»Aber Kind, was ist denn mit dir?«, fragte Ella besorgt und kam näher. Wegen stechender Kopfschmerzen hatte sie auf den Ausflug verzichtet und den Nachmittag in ihrer Wohnung unter dem Dach verbracht, während Thomas mit den Mädchen gefahren war und sogar den Hund mitgenommen hatte, damit Ella sich wahrhaftig einmal nur um sich selbst kümmern musste. Die Ruhe hatte ihr gutgetan, und sie war aufgestanden, um den Rest des sonnigen Maitages im Garten zu genießen. Als Delia nichts erwiderte, fuhr sie behutsam fort: »Du bist ja ganz durcheinander.«
»Ich muss weg.«
»Aber hier ist doch dein Zuhause.«

»Lass mich in Ruhe!«
Ella zuckte zusammen. »Ich verstehe. Bevor du gehst, möchte ich dir aber noch etwas geben. Die Kleineren haben es heute für dich gemacht.« Sie ging an Delia vorbei die Treppe hinunter und öffnete die Tür zum Büro. »Hier ist es.« Sie hielt Delia eine Collage aus leuchtenden Farben hin, in deren Mitte eine lachende Frau mit flammendem rotem Haar stand, an jeder Hand mehrere Kinder. »Geh nicht fort, Delia. Du wirst hier gebraucht, mehr, viel mehr, als du ahnst.«

18

Am 1. Dezember 1937 wurde Michael Andreesen geboren.
Lange bevor er sich mit einem markerschütternden Schrei in dieser Welt bemerkbar machen konnte, hatte er bereits das Leben in der Villa in ihren Grundfesten erschüttert. Elisabeth hatte wie vom Donner gerührt auf die Nachricht reagiert und zwei Wochen weder mit ihrem Enkel noch mit Felicitas ein Wort gewechselt. Felicitas ihrerseits floh, sooft sich die Gelegenheit bot, aus dem Haus, nach Hamburg zu den beiden Japan-Investoren, nach Königsberg in die Andreesen-Niederlassung, nach Berlin, um eine Auszeichnung für ihre Verdienste um die Olympischen Spiele entgegenzunehmen. Die zweimotorige Ju kam kaum noch zu Atem, und der Pilot bekam seine Familie nicht mehr zu Gesicht. Der Vater in spe betrank sich zwei Tage hintereinander und schwankte danach zwi-

schen kindlicher Freude und bodenloser Angst vor der Verantwortung, ein Kind in diesen Zeiten zu einem aufrechten Menschen zu erziehen, eine Besorgnis, die er nur Teresa gegenüber eingestehen konnte, dem einzigen Menschen, der sich einem Gespräch nicht entzog. Und Dora ließ die Familie brieflich wissen, dass sie das Kind zu bekommen entschlossen sei, ob mit oder ohne Clemens, mit oder ohne den Segen der Andreesens.

Nach einiger Zeit lichtete sich das Chaos der Gefühle und gab den Blick frei für die einzige Frage, die wichtig war: Was nun? Und die einzige Antwort, die die Andreesen-Frauen, geschult durch die Tücken des widrigen Schicksals, das ihnen in den Jahren zuvor schon nichts geschenkt hatte, in einmütiger Kampfbereitschaft finden konnten: Augen zu und durch.

Vorbei an dem Klatsch der Hansestadt, der Missbilligung und der Häme, vorbei an der Stütze der Konventionen, die Clemens und Dora nicht zurückgehalten hatte, vorbei an den Schuldgefühlen, den Sohn, den Enkel nicht hinreichend vor dem Leben bewahrt zu haben, und vorbei an dem eigenen Widerwillen angesichts der Vorstellung, eine fast zwanzig Jahre ältere Frau winde sich wollüstig in den Armen des Jüngeren.

Schließlich erfuhr der Rest der Familie davon, und ein Termin für die Hochzeitsfeier wurde festgesetzt. Felicitas und Elisabeth waren sich einig, dass Bescheidenheit jetzt nicht das Mittel der Wahl sein konnte. Bescheidenheit bedeutete nur, öffentlich klein beizugeben. Sie entschieden sich deshalb für ein gesundes Mittelmaß, sechzig Gäste, nicht zu viel und nicht zu wenig und vorwiegend aus dem Freundeskreis der Brautleute und damit aus einem Milieu, das sich aus Konventionen ohnehin nicht viel machte.

Zur Überraschung von Professor Becker, der die Schwangerschaft mit großer Besorgnis verfolgte, aber nur Felicitas die medizinische Schieflage einer Spätgebärenden erläutert hatte, verlief die Geburt ohne nennenswerte Komplikationen. Das Baby war nicht schmächtiger als andere, verfügte über prächtige Lungen und besaß ordentlichen Appetit. Die Mutter erholte sich binnen einer Woche, pfiff die Anweisungen des Arztes in den Wind und widmete sich bald darauf wieder der Schauspielschule. Allerdings verzichtete Dora auf die meisten ihrer Rollen im Schauspielhaus, nur die Maria Stuart, Schillers Hommage an die sinnliche, doch mit allen Tricks der Manipulation vertraute schottische Königin und Doras ersehnte Traumrolle, war sie nicht abzugeben bereit. Doch da das Stück nur zweimal im Monat auf dem Spielplan stand, sprach von Seiten des Theaters nichts gegen diese Regelung.
Längst hatte auch Clemens sich gefangen und erwies sich als ambitionierter Vater. Um seinem Sohn beizeiten die Freuden der Kultur nahezubringen, las er ihm jeden Abend Gedichte von Goethe, Eichendorff und Ringelnatz vor, überzeugt, das Kind begreife zwar nicht die Worte, gewiss aber den Rhythmus der Verse, ihre erhabene Schönheit und ihren Witz. Michaels Lachen war ihm Beweis genug, und den Spott seiner Frau, Mutter und Großmutter ließ er gutmütig über sich ergehen.
Der kleine Michael ließ die Villa leuchten. Es schien, als ob seine Existenz die besten Seiten seiner Angehörigen geweckt hätte, gerade so, als wollten sich alle gegenseitig versichern, welch großes Glück es letztlich doch bedeutete, wieder junges Leben im Haus zu haben. Und Michael revanchierte sich, indem er selten schrie.
Vielleicht, dachte Felicitas gelegentlich, verhielt es sich

auch umgekehrt. Da das Baby kaum Probleme bereitete, war es eine Freude, sich großzügig und einfühlend zu geben. Doch wie auch immer, die Wogen im Hause Andreesen hatten sich aufs Schönste geglättet, der Alltag kehrte zurück.

Nur Ellas seltsames Verhalten passte nicht ins Bild. Sie war Clemens gegenüber sehr spröde und schlug die Einladung zur Taufe am 14. März, zu der die ganze Familie anrücken wollte, aus unerfindlichen Gründen aus. Auch Elfriede und Arthur Engelke hatten abgesagt, angeblich, weil die Grippe sie beide bös erwischt habe. Felicitas nahm sich fest vor, Ella zur Rede zu stellen, vergaß es aber, als die Ereignisse dieser Tage persönliche und familiäre Empfindlichkeiten in den Hintergrund drängten.

Hitler erzwang den Rücktritt des österreichischen Bundeskanzlers Kurt Schuschnigg und ließ deutsche Truppen in Österreich einmarschieren. Im Radio hieß es, der Jubel der Bevölkerung kenne keine Grenzen.

Einen Tag nach dem »Anschluss« sagten Pierre und Dorothee ihre Reise nach Bremen ab und ließen durchblicken, dass sie aufgrund des anhaltenden Terrors, den die NSDAP gegen die Juden betrieb, deutschen Boden bis auf Weiteres nicht mehr zu betreten gedachten und in Paris bleiben würden. »Die nehmen doch keine Rücksicht darauf, dass jemand französischer Staatsbürger ist, solange er jüdischen Glaubens ist«, meinte Dorothee am Telefon. »Wer weiß, ob sie Pierre nicht sofort in ein Konzentrationslager stecken. Und mich gleich dazu.«

Obschon ihre Reaktion nachvollziehbar war, legte sich die Nachricht wie Mehltau über die kleine Gesellschaft, die zur Feier des Tages in Andreesens Kaffeehaus am See zusammengekommen war.

»Was sind das bloß für Zeiten«, murmelte Helen und warf Anton, der in Uniform und blank gewichsten Stiefeln erschienen war, einen prüfenden Blick zu.
»Ich habe die Nürnberger Gesetze nicht gemacht«, wehrte er sofort ab. »Aber wenn wir schon beim Thema sind, der Führer will nur erreichen, dass die Juden ausreisen. Insofern verhalten sich Dorothee und Pierre geradezu vorbildlich, wenn sie bleiben, wo sie sind. Wer nicht so schnell begreift, dass Deutschland den Deutschen gehört, braucht eben ein bisschen mehr Druck.«
»Dein Zynismus ist unerträglich«, erwiderte Helen laut und hart. »Was würdest du wohl sagen, wenn man dir morgen verbieten würde, die Straßenbahn zu benutzen, ins Theater zu gehen und deinen Beruf auszuüben? Würdest du deine Heimat sang- und klanglos verlassen oder gleich Selbstmord verüben? Ich wünschte dir, nur einen Tag lang in die Haut eines deutschen Juden schlüpfen zu müssen, dann würdest du nicht mehr so dumm und ignorant daherreden!«
Antons Züge entgleisten, seine Hautfarbe glich schlagartig verdorbener Milch. Nur Felicitas, Elisabeth und Bernhard wussten, dass Helen seinen wunden Punkt getroffen hatte, und einmal mehr fragte Felicitas sich, wie lange Anton seine Lebenslüge noch aufrechtzuerhalten vermochte und welchen Preis er dafür zahlen musste. Andererseits, konnte man es ihm angesichts der Lage verübeln, dass er mit dieser Maskerade versuchte, seine Haut zu retten? Ja, sagte Felicitas sich im Stillen. Er müsste sich noch nicht einmal öffentlich bekennen, Jude zu sein, es würde genügen, nicht mitzutun bei diesem Verbrechen. Er könnte sich auf seine Behinderung berufen und die Uniform ablegen. Aber dafür hatte er sich schon zu weit in das Übel verstrickt.

Ihr Blick glitt über den reich gedeckten Tisch und verfing sich in Bernhards Augen, die sie belustigt musterten, als könnte er ihre Gedanken lesen. Sie runzelte die Stirn und nahm sich vor, ihn endlich zu fragen, wie er es eigentlich bewerkstelligte, ständig von London nach Berlin zu reisen, ohne von den Nazis behelligt zu werden. Das konnte nicht mit rechten Dingen zugehen, und sie würde sich ganz gewiss nicht mehr mit halbgaren Andeutungen zufriedengeben.

»Bitte greift doch zu«, sagte sie betont munter in die Stille. »Unser Ehrengast muss sich leider mit einem Fläschchen Milch begnügen, aber das ist kein Grund, den Braten kalt werden zu lassen, nicht wahr?« Sie hasste sich für dieses Getue, aber Anton bloßzustellen war nicht ihre Aufgabe. Solange Elisabeth ihn deckte, würde sie kein Sterbenswörtchen über seine wahre Herkunft verlieren.

»Ihr könnt drauf wetten, dass selbst in Bremen demnächst Salzburger Nockerl serviert werden«, bemerkte Helen halblaut zu Martin gewandt, der ihr beschwichtigend die Hand auf den Arm legte.

»Das alte Österreich ist doch ohnehin mit 1918 untergegangen«, erwiderte Carl.

Elisabeth pflichtete ihm bei. »Niemand hat an diese Republik wirklich geglaubt, am wenigsten wohl die Österreicher selbst, sonst hätten die Nationalsozialisten ja nicht schon lange vor dem Anschluss Ämter und Behörden unterwandern können.«

»Ich habe von Leuten gehört, die in Salzburg auf Demokraten gemacht haben und heimlich in München der NSDAP beigetreten sind. Für alle Fälle gewissermaßen«, spann Helen den Faden weiter. »Menschen sind Oppor-

tunisten. Wenn wir Hitler hinter uns haben, will keiner ihm je zugejubelt haben.«
»So schnell wird es nicht gehen. Tausend Jahre sind lang«, räsonierte Carl und nahm sich noch von dem Rinderbraten. »Aber ich habe es bald hinter mir.«
»Und zwar schneller, als du denkst. Der Doktor hat gesagt, du sollst nicht so viel Fleisch essen«, wies Verena ihn zurecht und wandte sich erklärend zu Elisabeth. »Die Gicht.«
»Seit wann leidet er unter Gicht?«
»Oh, es begann vor einigen Monaten, nicht wahr, Carl. Der große Zeh schmerzte mit einem Mal so fürchterlich, dass wir sofort den Arzt zu uns riefen …«
Gegenüber von Elisabeth diskutierten Helen und Martin mit Dora, die sich leise über Hitlers Größenwahn ausließ und das Schlimmste für Österreich befürchtete. Teresa, die rechts von Martin saß, lenkte die Aufmerksamkeit ihrer Schwester rasch fort, indem sie Gesa in ein Gespräch über die Theater in Wien verwickelte, bis Gesa irgendwann halblaut die Bemerkung fallen ließ, ihretwegen hätte man gut auf den Anschluss verzichten können. Schließlich platzte Anton der Kragen.
»Was ist bloß los mit euch?«, rief er laut und erhob das Glas. »Sieg Heil! Das ist das, was alle aufrechten Deutschen in dieser Stunde dazu zu sagen haben dürften!«
»Ist ja gut, Anton«, murmelte Désirée mit einem Ausdruck von Unwilligkeit in den zarten Zügen. »Denk dran, dies ist eine Familienfeier.«
Bernhard erhob ebenfalls das Glas. »Ein Prosit auf den kleinen Michael!«
Alle bis auf Anton, der die Serviette auf den Tisch warf, taten es ihm nach.

»Mehr fällt dir dazu nicht ein?« Antons Augen verengten sich, und seine Stimme zitterte vor Wut.
»O doch«, antwortete Bernhard freundlich, aber mit süffisantem Unterton. »Ich denke, dies wird erst der Anfang sein. Wenn die Briten weiterhin um jeden Preis an einem Ausgleich mit Deutschland festhalten und auch Frankreich und Russland stillhalten, wird der Anschluss hingenommen. Und wir können die Uhr danach stellen, wann Hitler nach der Tschechoslowakei greift.«
»Genau«, bekräftigte Anton, musterte Bernhard aber misstrauisch.
Felicitas lächelte in sich hinein. Um Elisabeths willen musste er an einem Tisch mit seinem Halbbruder sitzen, den er verabscheute und der ihn obendrein unablässig daran erinnerte, dass er selbst nicht der Arier war, der er zu sein vorgab. Fast konnte er einem leid tun.
Das Gespräch erstarb und wich angespannter Beklemmung, die sich erst verlor, als der Nachtisch – Rote Grütze mit Vanillesoße – serviert wurde. Langsam kam die Unterhaltung wieder in Gang, sorgsam die Untiefen der Politik meidend. Nach dem anschließenden Kaffee wurde Michael, der die Stunden im Kaffeehaus ebenso selig verschlafen hatte wie zuvor die Taufzeremonie im Bremer Dom, in den brandneuen Kinderwagen aus lackiertem Korb mit karierter Paspelierung gelegt und windfest zugedeckt, damit er sich auf dem Spazierweg durch den Bürgerpark zurück in die Villa an der Parkallee nicht erkältete.
»Wer hatte bloß diese Idee, zu Fuß zu gehen?«, maulte Helen, mit beiden Händen den zierlichen Hut mit der Fasanenfeder, die der Wind arg zerzauste, festhaltend.
»Ich«, bekannte Felicitas. »Warum bist du nicht mit Elisabeth und Carl gefahren?«

»Weil ich mit dir reden wollte.«
Felicitas sah ihre Mutter misstrauisch von der Seite an und kam nicht umhin, zuzugeben, dass Helen nicht nur im schummrigen Licht des Kaffeehauses, sondern auch im unbarmherzigen Tageslicht für ihr Alter ziemlich gut aussah. Die Linien um den Mund und die aquamarinblauen Augen hatten sich gemildert, die Wangen wirkten fülliger. Das Leben auf dem Gut in Sorau und die Ehe mit dem stillen, gutmütigen Martin bekamen ihr ganz offensichtlich.
»Aber ich will nicht«, sagte sie mit fester Stimme.
Helen schüttelte missbilligend den Kopf. »Deine Laune ist wirklich zum Fürchten. Gestatte mir nur eine Bemerkung. Mir ist aufgefallen, dass Teresa sich immer mehr in sich zurückzieht.«
»Das kommt dir nur so vor, weil du sie so selten siehst.«
»Nein, daran liegt es nicht«, beharrte Helen und suchte Felicitas' Blick. »Sie wirkt unglücklich und viel zu erwachsen für ihr Alter. Ihr fehlen Gesas gesunder Egoismus und Clemens' Leichtigkeit.«
»Leichtfertigkeit trifft es wohl besser«, gab Felicitas ironisch zurück. Einen Moment schwiegen sie und beobachteten Clemens, den Kinderwagen schiebend, und Christian, die sich mit Dora und Gesa unterhielten. Teresa lief ein wenig abseits vom Weg und hielt ihr Gesicht der fahlen Märzsonne entgegen.
Schließlich nahm Helen das Gespräch wieder auf. »Vielleicht solltest du dich mehr um sie kümmern. Du könntest sie doch einmal auf eine deiner Reisen mitnehmen.«
»Wenn ich deinen Rat brauche, lasse ich es dich wissen.« Felicitas' Stimme troff vor Sarkasmus. Abrupt wandte sie sich von ihrer Mutter ab, blieb stehen und wartete auf Bernhard, der, die Hände in den Taschen seines Kutscher-

mantels, lächelnd hinter der Familie herspazierte, als würde er eine amüsante Salonkomödie verfolgen.

»Danke für die Einladung«, sagte er und bot ihr seinen Arm. »Falls du allerdings hoffst, dass du mich auf diese Weise herumkriegst, etwas preiszugeben, muss ich dich enttäuschen.« Sein Ton war hart, härter, als er je zu ihr gesprochen hatte, und sie begriff, dass sie nichts von dem erfahren würde, was sie so brennend interessierte. Er vertraut mir nicht, erkannte sie, ließ es aber nicht zu, dass er ihre Bestürzung bemerkte.

»Schon gut«, erwiderte sie leichthin. Das Zwielicht blendete sie, und sie schirmte ihre Augen mit einer Hand ab. Erstes zartes Grün hatte sich wie ein leises Versprechen auf bessere Zeiten über Bäume und Büsche des Parks gelegt. Am Ufer des Emmasees tollten unter der Aufsicht einer älteren, ganz in Schwarz gekleideten Frau fünf kleine Mädchen in blauen Sonntagskleidern umher und bewarfen die zutraulich heranschwimmenden Entenpaare so eifrig wie ungeschickt mit Brotresten. Die Szene erinnerte Felicitas an ihre Spaziergänge mit Steffen durch den St. James' Park, und sie fragte sich, wie ihr Leben aussehen würde, wenn sie mit ihm nach London gegangen wäre. Einfacher? Wohl kaum. Liebevoller vielleicht. Nicht so einsam wie jetzt, da sie sich gelegentlich zwei Glas Rotwein verordnete, um die Kälte des Alleinseins in den Nächten zu überstehen. Vielleicht, nur vielleicht. Denn, so schoss es ihr durch den Kopf, die Einsamkeit, die wir in uns tragen, kann ein anderer nicht von uns nehmen. Wer das erwartet, missbraucht die Liebe.

»Bist du wirklich der Meinung, dass wir auf einem Pulverfass sitzen?«, fragte sie nach einer Weile in gedämpftem Ton.

»Da kannst du sicher sein«, antwortete Bernhard.

Und er behielt recht.
Wenige Wochen später wurde Gauleiter Bürckel beauftragt, eine Abstimmung in Österreich vorzunehmen, und neunundneunzig Prozent der Bevölkerung stimmten für Hitler. Tausende politische Gegner wurden verhaftet, jüdische Bürger, darunter Max Reinhardt und Stefan Zweig, wurden vertrieben oder begingen Selbstmord. Ungehindert verleibte sich das Reich den Reichtum des kleinen Nachbarn ein – neunzigtausend Kilogramm an gemünztem und ungemünztem Gold, Valuten und Devisen im Wert von fast sechzig Millionen Schilling wurden an die Reichsbank Berlin transferiert, eintausendneunhundertneun Lokomotiven, zweihundertneunundvierzig elektrische Triebfahrzeuge und die gesamten staatlichen Betriebe gingen in deutschen Besitz über, und Hermann Göring ließ verlauten, dass die deutsche Aufrüstung ohne den Anschluss nicht so reibungslos verlaufen wäre.
Im September forderte Hitler die Abtretung der sudetendeutschen Gebiete der Tschechoslowakei an das Deutsche Reich und drohte offen mit Gewalt. Um den bedrohten Frieden zu retten, beschloss die Münchner Konferenz, an die die Menschen in Frankreich, Italien und Großbritannien große Hoffnungen geknüpft hatten, am 29. September, Hitler nichts in den Weg zu legen. Der Preis war hoch. Die Tschechoslowakei verlor wirtschaftlich und strategisch bedeutende Gebiete, wichtige Industriezweige, Lagerstätten für Erze, hochwertige Braunkohlevorkommen und Holzvorräte, über die nun Deutschland verfügte. Darüber hinaus vermochte Berlin in Ruhe abzuwarten, bis der verbliebene Rumpfstaat aus Slowakei und Karpato-Ukraine, der aus eigener wirtschaftlicher Kraft nicht mehr lebensfähig war, heim ins Reich geholt werden

konnte. Die Tage höchster Anspannung, die über Europa lagen und viele an den Sommer 1914 erinnerten, wichen trügerischer Erleichterung.

Dann kam der 7. November 1938.

Der siebzehnjährige deutsch-polnische Jude Herschel Grynszpan, verzweifelt über das Schicksal seiner Eltern, die mit siebzehntausend Leidensgenossen von der Gestapo zur deutsch-polnischen Grenze gebracht worden waren, wo sie, von den polnischen Behörden zurückgewiesen, ein erbärmliches Dasein im Niemandsland fristen mussten, verübte ein Attentat auf den deutschen Legationssekretär Ernst vom Rath in Paris. Ein Akt hilfloser Rache, der als Vorwand genutzt wurde, eine Welle der Gewalt gegen Juden übers Land zu jagen. Angeheizt von Goebbels antisemitischer Hetzrede und seiner Bemerkung, Pogromaktionen nicht zu behindern, setzten die Gauleiter SA-Trupps in der Nacht vom 9. auf den 10. November in Marsch.

Das Pogrom ließ das Blut in den Adern derjenigen gefrieren, die noch nicht verlernt hatten hinzuschauen. Synagogen waren in Brand gesteckt, jüdische Geschäfte zerstört, Wohnungen und Häuser verwüstet worden. Fast hundert Juden waren hingemetzelt, an die dreißigtausend jüdische Männer verhaftet und in Konzentrationslager verschleppt worden.

Die Zeitungen stellten die mörderische, menschenverachtende Hatz als notwendige Maßnahme gegen den »ewigen Juden« dar. Auch die *Weser Nachrichten,* nach Steffens Weggang unter neuer, stramm parteikonformer Leitung, feierten die Ausschreitungen als konsequente Wehrhaftigkeit.

»Die Synagoge an der Garstenstraße ist nur noch eine Ruine«, sagte Teresa tonlos beim Frühstück. »Das jüdische Gemeindehaus und das Rosenakhaus haben sie verwüstet und den jüdischen Fahrradhändler in der Neustadt umgebracht. Die anderen Bremer Juden wurden in der Nacht aus den Wohnungen geholt und im Hof des Alten Gymnasiums zusammengetrieben. Die Frauen wurden anderntags entlassen, während die Männer im Zuchthaus Oslebshausen und von dort im Konzentrationslager Sachsenhausen interniert wurden.« Ihre Stimme kippte, und sie warf ihrer Mutter einen hilflosen Blick zu. »Was sollen wir denn jetzt nur tun?«

»Ich weiß es nicht«, erwiderte Felicitas wahrheitsgemäß. In der Tat schien es nichts zu geben, was man dem Terror entgegensetzen konnte, ohne das eigene Leben und das der Familie zu gefährden. Es galt, einen Weg zu finden, der ein Minimum an Courage mit größtmöglicher Sicherheit verband, vielleicht eine Art innerer Widerstand, der die persönliche Integrität bewahrte und die Seele schützte.

»Schon klar, dass wir nicht auch nach Spanien marschieren können«, sagte Teresa mit einem schiefen Lächeln, und bei diesen Worten erkannte Felicitas, dass sie wenigstens für ihre Tochter etwas tun konnte, etwas, und dies konstatierte sie mit grimmiger Genugtuung, das sogar Helen zufriedenstellen würde.

Die Frage war nur noch, wie sie, Felicitas, das bewerkstelligen sollte.

19

Wie idyllisch sich die kleinen Häuser auf dem alten Terrassensporn aneinandergeschmiegt hatten und sich von den Bächen Anhangabaú und Tamanduateí hatten umarmen lassen. Die romantische Kulisse, so trügerisch sie sich auch erwiesen hatte, hatte so perfekt zu einer Hochzeitsreise gepasst, ihrer Hochzeitsreise. Verschwitzt, noch ein wenig müde von der langen Schiffsreise, aber glücklich hatte sie neben Heinrich gesessen, die exotischen Eindrücke aufgesogen wie ein Schwamm, überzeugt, geradewegs in ein Leben voller Liebe und Harmonie zu fahren. Paolo hatte den schwarz glänzenden Mercedes wild gestikulierend und laut schimpfend durch die Menschenmenge manövriert.

Felicitas lächelte, als sie an ihren ersten Besuch in São Paulo vor zweiunddreißig Jahren dachte.

Die Romantik war längst dahin, genau wie ihre Illusionen. Eisenbahnlinien und strahlenförmig in die Hochebene führende Straßen zerlegten São Paulo in ein wildes Schnittmuster, der alte Stadtkern hatte moderner Architektur weichen müssen, und große Gebäude prägten das Antlitz der schnell wachsenden Stadt. Allein das Martinelli-Hochhaus, vor zehn Jahren erbaut, verfügte über dreißig Stockwerke. Nur das Völkergemisch – Italiener, Japaner, Libanesen, Türken, Koreaner, Juden und Spanier – wogte wie eh und je durch die Straßen, Sambarhythmen tönten aus Bars und Restaurants und mischten sich mit dem Lärm des Autoverkehrs.

Mit großen Augen verfolgte Teresa das Treiben und lehnte sich so weit aus dem offenen Wagen, dass der Fahrer, ein junger Portugiese, unentwegt in den Rückspiegel sah und so besorgt wie vergeblich »Señorita, atençião!« rief. Doch Teresa nahm seine Worte gar nicht wahr. Fasziniert glitten ihre Augen bald hierhin, bald dorthin, sie schienen gleichsam jedes Detail festhalten zu wollen. Der Fotoapparat lag vergessen auf ihrem Schoß.

»Anton würde umkommen vor Wut, wenn er das hier sehen könnte. Kein sogenannter Arier weit und breit«, bemerkte Teresa begeistert. Ihre blauen Augen blitzten vor übermütigem Schalk, und Felicitas lachte.

»Der Bürgermeister sicherlich auch. Dabei war er doch der Meinung, dieses Land sei uns Deutschen näher, als wir ahnen.«

»Wie kommt er denn auf die Idee? Nichts ist vom Gleichschritt der Braunhemden weiter entfernt als diese überschäumende Lebensfreude.«

»Na ja, er meinte wohl weniger die Mentalität der Menschen als vielmehr die Staatsform, und ganz unrecht hat er damit wohl auch nicht«, erwiderte Felicitas. »Vor zehn Jahren war Brasilien bis unter den Zuckerhut verschuldet und produzierte wie verrückt Kaffee, um das Defizit auszugleichen. In der Wirtschaftskrise stürzte der Preis jedoch ins Bodenlose, was zum wirtschaftlichen Zusammenbruch des Landes führte.« Felicitas war nicht sicher, ob ihre Tochter ihr überhaupt zuhörte, fuhr aber dennoch fort: »Getulio Vargas machte sich die Gunst der Stunde zunutze und errichtete eine Diktatur. Seit zwei Jahren sind andere Parteien in Brasilien verboten. Vargas' Wort gilt und niemandes sonst.«

Sie machte eine Pause. Ihr Blick fiel auf zwei ältere Männer in schwarzen Mänteln und mit gedrehten Bartlocken. Sie unterhielten sich angeregt mit einer jungen Frau mit gelb gefärbtem Haar und einem bunt gestreiften Tuch, das sie so über Schultern, Rücken und Bauch verknotet hatte, dass ihr winziges Baby bequem an ihrer Brust schlummern konnte. Die nackten Beinchen bewegten sich nicht, nur die krausen schwarzen Löckchen wippten mit jeder vehementen Geste, mit der die Frau ihre Worte unterstrich. Als zwei untersetzte Polizisten um die Straßenecke bogen, verabschiedeten sich die Männer hastig und gingen in entgegengesetzter Richtung davon.

»Es wird gemunkelt, der Staatspräsident unterhalte enge Beziehungen zur NSDAP«, fügte Felicitas gedankenverloren hinzu und ärgerte sich sogleich, dass ihr diese Bemerkung entschlüpft war, denn Teresa wandte sich ihr sofort und mit einem Ausdruck gespannter Konzentration zu.

»Willst du mir nicht endlich sagen, wie es wirklich war, Mama?«

»Ach, Liebes«, entgegnete Felicitas leichthin, »wie oft willst du mich noch damit löchern? Ich habe es dir doch gesagt. Ich habe Röhmcker so lange zugesetzt, bis er nachgegeben hat.«

»Das ist fast unmöglich«, erwiderte Teresa und sah ihre Mutter prüfend an, doch Felicitas lächelte nur. Ganz gewiss würde sie ihnen beiden die Reise nicht damit verderben, dass sie Teresa schilderte, mit welchen Mitteln sie den Bürgermeister davon zu überzeugen versucht hatte, dass sie sich um ihre Geschäfte in Brasilien kümmern musste, dringend und persönlich. Paolo Manero, ihr Kontaktmann in Terra Roxa, zuständig für Felicitas' berühmten Schattenkaffee, sei spurlos verschwunden, und alles gehe drunter und drüber und mache ihre Anwesenheit erforderlich, so sie drohende Verluste ihres Unternehmens abwenden wolle – das hatte sie Röhmcker weisgemacht. Argwöhnisch hatte er ihre Argumente jedoch in Zweifel gezogen und ihr unterstellt, sich aller Schwierigkeiten entledigen und dem Reich den Rücken kehren zu wollen.

»Ich habe seit eineinhalb Jahren nichts mehr von meinem

Mann gehört, kein Brief, kein Anruf, nichts. Ich weiß nicht, ob er überhaupt noch lebt, und wenn ja, wo«, hatte Felicitas mit gesenktem Blick bemerkt. »Diese … meine Liaison mit Herrn Servatius hat mein Leben … ziemlich durcheinandergebracht, und daran trage ich weiß Gott genug. Aber«, sie hob den Kopf und schenkte Röhmcker einen glasklaren Blick mit einem Anflug verzweifelter Tapferkeit, »es gibt keinen Grund, mich überwachen zu lassen, geschweige denn anzunehmen, ich wolle Deutschland verlassen. Glauben Sie, ich hätte diese ganze anstrengende Olympia-Aufgabe auf mich genommen, wenn mein Herz nicht für dieses Land schlüge?« Felicitas steigerte sich so in die Rolle hinein, von der sie hoffte, sie würde Röhmcker erweichen, dass es ihr wahrhaftig gelang, zwei Tränen zustande zu bringen, die sich äußerst wirkungsvoll von ihren Wimpern lösten und sacht ihre Wangen hinunterrollten. Röhmcker hatte sich geräuspert, und schließlich hatte Felicitas ihren letzten Trumpf ausgespielt und ihm mit leiser Stimme die Firma als Faustpfand versprochen, sollten sich seine Befürchtungen bewahrheiten. Ihr wurde jetzt noch übel, als sie sich in Erinnerung rief, wie sich seine dünnen Lippen zu einem väterlichen Lächeln verzogen hatten.

»Warum wenden Sie sich nicht an Ihren Schwager? Immerhin verfügt er als rechte Hand des Gauleiters Weser-Ems über erheblichen Einfluss.«

»Eben deshalb«, hatte Felicitas entgegnet. »Würde ich Antons Stellung ausnutzen, käme das doch einem Schuldeingeständnis gleich. Nein, ich habe ein gutes Gewissen. Deshalb trage ich Ihnen mein Anliegen vor.« Sie hoffte inständig, dass Röhmcker nicht über drei Ecken zu Ohren gekommen war, dass Anton sich geweigert hatte, sich

um seiner Schwägerin willen in die Angelegenheiten der Gestapo einzumischen, aus gutem, sehr eigennützigem Grund, wie Felicitas wusste.
Röhmcker räusperte sich erneut, und Felicitas meinte schon zu spüren, dass ihr Auftritt, so demütigend, erniedrigend und im Grunde widerlich opportunistisch sie ihn selbst empfand, sich gelohnt hatte, als sein väterliches Lächeln plötzlich unverhohlener Genugtuung wich. Der Bürgermeister schürzte die Lippen und nickte bedächtig. »Wie aufschlussreich zu erleben, wie viel schauspielerisches Talent Sie doch von Ihren Eltern geerbt haben, verehrte Frau Hoffmann. Ich habe es sehr genossen, in der Tat, zumal Sie mir in der Vergangenheit nicht gerade mit besonderer Aufmerksamkeit begegnet sind.« Felicitas öffnete den Mund, doch Röhmcker ließ sie nicht zu Wort kommen. »Sie hätten sich die Mühe jedoch sparen können. Fahren Sie nur, und kommen Sie gesund und erholt zurück.«
Verblüfft hatte Felicitas sich verabschiedet.
Als sie Bernhard wenig später von dem Gespräch erzählte, hatte er nur genickt und sie besorgt angesehen.
»Es heißt, dass Vargas mit der Gestapo kooperiert und seine politische Polizei mit ihrer Hilfe ausbilden lässt. Nicht offiziell natürlich, weil er seine guten Beziehungen zu den USA und seinen Ruf als Mann des Volkes und Vater der Armen nicht aufs Spiel setzen will. Aber ich möchte wetten, dass man in Santos bereits Gewehr bei Fuß steht, um deine Überwachung zu gewährleisten. Du musst sehr vorsichtig sein, Felicitas.«
Zornig hatte sie ihn angeblitzt. »Das heißt, Röhmcker hat sich einen Spaß daraus gemacht, mich zappeln zu lassen. Und die Gestapo bin ich auch nicht los.« Sie hatte leise

geseufzt und den Kopf geschüttelt. »Und ich war mir so verdammt schlau vorgekommen.«
Der Fahrer bremste abrupt und ließ eine Schulklasse die Straße überqueren, was Felicitas aus ihren Gedanken riss.
»Denk nicht darüber nach«, sagte sie zu Teresa. »Alles, was zählt, ist das Jetzt.«

Sie erreichten die Fazenda in Terra Roxa am frühen Nachmittag. Das Weiß der hohen getünchten Mauer, die das stolze Anwesen begrenzte, strahlte über die rote Erde.
Kaum hatte der Wagen die Auffahrt erreicht, erschien Doña Isabella auf der Veranda. Sie war ganz in Schwarz gekleidet, und ihr herzliches Lächeln war mit Wehmut vermischt.
»Don Alfredo?«, fragte Felicitas behutsam, und Isabella nickte.
»Vor einer Woche haben wir ihn begraben müssen. Ein grauenhaftes Fieber ...« Ihre schwarzen Augen füllten sich mit Tränen, und Felicitas drückte ihre Hände.
»Es tut mir so leid«, sagte sie leise. »Unter diesen Umständen ist es wohl besser, wir reisen wieder ab. Sicherlich können Sie jetzt keine Gäste gebrauchen.«
»Im Gegenteil, ich bin froh darüber.« Isabellas Blick glitt zu Teresa, und ein seltsamer Ausdruck zwischen Anerkennung und leisem Misstrauen zeigte sich auf ihrem Gesicht, der so schnell wieder verschwand, dass Felicitas meinte, sich getäuscht zu haben. »So schön wie die Mutter«, bemerkte Isabella. Dann seufzte sie tief und nahm mit einer dramatischen Geste beide Frauen in die Arme.
»Ich bestehe darauf, dass Sie bleiben. Manuel wird sich auch freuen, nicht mehr jeden Abend mit einer alten, ge-

schwätzigen Frau verbringen und ihr Taschentücher reichen zu müssen.«
»Wer ist Manuel?«
Aufmerksam betrachtete Felicitas den jungen portugiesischen Fahrer, der sich darangemacht hatte, ihr umfangreiches Gepäck in die Fazenda zu tragen.
»Jorge haben Sie ja schon kennengelernt«, erwiderte Isabella, ohne auf Felicitas' Frage einzugehen. »Nach Paolos Beförderung durch Andreesen-Kaffee mussten wir ja für Ersatz sorgen, was sich als viel schwieriger erwies, als wir gedacht hatten. Jorge ist bestimmt der zehnte oder elfte Kandidat. Seine Vorgänger waren allesamt faul oder unzuverlässig oder beides. Nun ja, Jorge ist seit einem halben Jahr bei uns und macht sich bisher ganz gut. Mal sehen, wie lange seine Energie reicht.«
Da Isabella nichts hinzufügte, um ihre Bemerkung über Manuel zu ergänzen, fragte Felicitas: »Wie geht es Paolo?«
Sie und Teresa folgten Doña Isabella ins Haus, dessen Ambiente, wie Felicitas mit einem Blick feststellte, nicht verändert worden war. Seit zweiunddreißig Jahren luden helle Peddigrohrmöbel ein, die neue Welt in Übersee gemütlich zu erobern, ihr mit Muße zu begegnen statt mit preußischer Disziplin und europäischem Hochmut. Die wenigen Teppiche mit aztekisch anmutenden Mustern auf dem honigfarbenen Holzfußboden, zwei mächtige Palmen in Tongefäßen, so groß wie Weinfässer, und ausgesuchtes brasilianisches Kunsthandwerk verliehen dem weitläufigen Wohnraum jenes koloniale Gepräge, das angetan war, dem Tag, geschützt vor der sengenden Sonne und eingebettet in das Gefühl aristokratischer Gelassenheit, bei Kaffee und Zitronenlikör beim Dahingehen Gesellschaft zu leisten. Doch Felicitas wusste nur allzu gut,

dass die Leichtigkeit des Lebens bloß eine Seite von Terra Roxa war. Die andere, das war die harte Arbeit der unzähligen Kaffeepflücker, der karge Lohn, den sie erhielten, und die unerbittliche Hand, mit der Don Alfredo seine Geschäfte geführt hatte.

»Ich habe ihn zwar lange nicht zu Gesicht bekommen, aber Anaiza erzählte, es gehe ihm gut«, antwortete Doña Isabella, während sie durch den Wohnraum zu den Gästezimmern im hinteren Flügel der Fazenda gingen. »Anaiza ist ihm nach wie vor ein bisschen unheimlich, und die Tatsache, dass nur Frauen den Schattenkaffee pflücken, hat ihm wohl in der ersten Zeit überhaupt nicht gepasst. Aber er erledigt seine Arbeit gewissenhaft.« Sie grinste breit. »Inzwischen hat er sich sogar ein Haus am Rande des Dschungels gebaut. Eines Tages werden die beiden noch heiraten.«

»Wollte er nicht seine Familie aus Portugal nachkommen lassen?«

»Soweit ich weiß, war seine Frau es leid, darauf zu warten, und hat sich längst einen anderen genommen.« Sie zuckte mit den Schultern. »Er ist zwar nicht mehr jung, aber das Haus und seine Stellung wirken anziehend auf arme Mädchen. Irgendeine wird sich finden.«

Sie stieß die Tür zu einem der geräumigen Gästezimmer auf, das, ähnlich eingerichtet wie der Wohnraum, hell und einladend wirkte. Es verfügte über ein Bad, zwei Himmelbetten und einen Salon, von dem aus man auf die Veranda gelangte, die um die ganze Fazenda führte.

Felicitas staunte über Doña Isabellas Feinfühligkeit. Ohne die Umstände zu kennen, hatte sie Steffens Abwesenheit richtig gedeutet und ihr ein anderes Zimmer gegeben als vor zehn Jahren, da sie mit Steffen und Niklas hier gewesen war, um den Dokumentarfilm über die Plantage zu drehen. Damals waren Steffen und sie sich nähergekommen, und wenn die Erinnerungen sie auch auf Schritt und Tritt sowohl an Heinrich als auch an Steffen verfolgten, war es doch ein wenig leichter, nicht auch noch im selben Bett liegen zu müssen wie einst.

»Um sieben Uhr wird das Essen serviert. Es gibt gebratenes Hühnchen und Salat. Ich dachte, etwas Leichtes ist nach der Reise am besten. Und danach trinken wir Zitronenlikör und erzählen vom Leben.« Sie nickte Mutter und Tochter zu und verschwand.

Felicitas nahm Teresa in die Arme. »Nun, ist es so, wie du es dir erträumt hast?«

»Mehr als das, es ist überwältigend. Ich kann es kaum erwarten, über das Land zu reiten und den Dschungel zu sehen.« Teresa strahlte, dann legte sich fast unmerklich ein Schatten über ihr Gesicht. »Ich habe nur den Eindruck, Doña Isabella wäre es lieber gewesen, du wärst alleine gekommen.«

»Aber nein, sie ist nur traurig und mitgenommen vom Tod ihres Mannes und hat versucht, so gut es ging ihre Gefühle zu überspielen. Du bist ihr noch fremd, das ist alles.«

Wie eine reife Orange, schwer und müde, hing die Sonne am Horizont, als die Gäste aus Deutschland mit ihrer Gastgeberin und dem jungen Mann, den Isabella als Manuel vorstellte, auf der Westseite der Veranda Platz nahmen. Das Silber der Terrinen und des fein ziselierten Bestecks schimmerte im Licht elfenbeinfarbener Kerzen, und die Blüten einer üppigen Orchidee verströmten einen süßen, betäubenden Duft, der sich auf die Brust legte und die Sinne benebelte.

Feierlich erhob Doña Isabella das Glas mit dem leichten, perlenden Rosé.

»Auf Don Alfredo, Gott hab ihn selig, und auf Manuel …«, sie machte eine kleine Pause, »… unseren Sohn.«

Verwundert prostete Felicitas ihr zu. Doña Isabella und Don Alfredo hatten keinen gemeinsamen Sohn, so viel stand fest. Das hätte sie gewusst. Hatte sich Doña Isabella am Ende einen jungen Liebhaber ins Haus geholt und tarnte ihn als Sohn, so wie ältere Männer ihre jüngeren Gespielinnen gern als Nichte präsentierten? Nun, Doña Isabella, um vieles jünger als ihr verstorbener Mann, hatte sich gut gehalten. Ihre aristokratischen Züge waren zwar ein wenig schlaff ums Kinn geworden, und die Taille hatte an Umfang gewonnen, doch ihr lebendiges Wesen und die blitzenden schwarzen Augen ließen fast vergessen, dass sie mehr als sechzig Jahre zählte. Andererseits schien Manuel gerade halb so alt zu sein und machte nicht den Eindruck, als hätte er es nötig, sich einer verwitweten Kaffeebaronin an den Hals zu werfen. Er sah umwerfend aus, seine milchkaffeebraune Haut schimmerte, er hatte wie Don Alfredo ebenmäßige Züge mit hohen Wangenknochen und einer etwas zu spitzen Nase, doch das Bestechende lag in seiner Ausstrahlung, mit der er Felicitas fesselte, ohne dass sie hätte sagen können, warum. Teresa schien es ähnlich zu gehen. Ihre Tochter nahm kleine Schlucke von dem Rosé und wich Manuels Augen, die gelegentlich auf ihr ruhten, nicht aus, sondern erwiderte seinen Blick mit dem ihr eigenen zurückhaltenden, gleichwohl faszinierten Ausdruck.

Schnell fuhr Doña Isabella fort: »Ich bin so froh, dass Manuel bei mir ist. Diese Zeit hätte ich ohne ihn nicht überstanden. Nachbarn und Freunde meinen es ja gut, aber das eigene Fleisch und Blut können sie nicht ersetzen.«

Welches Geheimnis Manuel auch immer umgeben mochte, Doña Isabella hatte offenkundig nicht vor, es zu lüften. Sie öffnete die silberne Schüssel, fächelte sich mit einer Hand genießerisch den Duft des Hühnchens zu und nickte zufrieden. »Seit Ewigkeiten habe ich nicht mehr selbst gekocht. Don Alfredo mochte es nicht, wenn ich mich zu freundschaftlich mit dem Personal stellte. Nun, heute habe ich sein Gesetz gebrochen, und ich muss sagen, ich habe nichts verlernt.«

Während des Essens, das tatsächlich vorzüglich geraten war, floss die Unterhaltung dahin. Felicitas erzählte von den Schwierigkeiten, den Kunstpark trotz der rigiden Kulturpolitik des Reiches mit interessanten Künstlerinnen zu besetzen, dass Elisabeth Andreesen noch immer rüstig und im Besitz ihrer geistigen Kräfte war und dass Clemens und seine Frau einen hübschen, gesunden Sohn bekommen hatten. Den Altersunterschied der beiden verschwieg sie und warf Teresa einen warnenden Blick zu. Als sie das Essen beendet und zum Zitronenlikör übergegangen waren, traute sich Felicitas endlich, nach Don Alfredos plötzlichem Tod zu fragen, und sofort ergriff Manuel das Wort.

»Ist es Ihnen, Frau Hoffmann, und dir, Isabella, recht, wenn Teresa und ich ein wenig spazieren gehen? Vielleicht möchtest du jetzt allein mit Frau Hoffmann reden ...«

Doña Isabella nickte und tätschelte ihm die Hand, und Manuel stand auf und strahlte Teresa an. »Interessieren Sie sich für Pferde?«

»Wenn ich nach diesem Essen nicht reiten muss, schon«, erwiderte sie lakonisch. »Es war wirklich köstlich, Doña Isabella. Und reichlich!«

Manuel lachte, und gemeinsam verließen sie die Veranda.

Doña Isabella sah ihnen nach. »Er ist sehr feinfühlig«, sagte sie und schenkte ihnen von dem Zitronenlikör nach. Eine Weile schwiegen sie, bis Doña Isabella unvermittelt ausstieß: »Es war kein Fieber. Alfredo ist qualvoll an Syphilis zugrunde gegangen.« Sie stockte und starrte in die Dunkelheit. »Wir sind alt genug, Felicitas, um uns gegenseitig nichts vorzumachen. Alles, was Sie über Alfredo gedacht haben, war richtig. Er war ein Raubtier, ein Lump, der Menschen, ganz gleich ob seine Frau oder seine Arbeiter, als Besitz betrachtete und meinte, sie deshalb schlecht behandeln zu dürfen. Aber ich habe ihn geliebt. Mein Gott, ich habe ihn so sehr geliebt.« Sie hielt erneut inne, den Blick auf ihre kleinen fleischigen Hände mit den Eheringen, die sie zusammen am Ringfinger der linken Hand trug, gesenkt. »Vor zehn Jahren brach die Krankheit aus, sein Körper war übersät mit hellen Flecken, und gelegentlich verließ ihn sein Gedächtnis. Was glauben Sie, warum er damals so schnell nachgab, als Sie ihn baten, Anaizas Schattenkaffee zu tolerieren?« Sie lachte leise und wehmütig. »Da begannen seine Kräfte schon nachzulassen …«

»Den Eindruck hatte ich ehrlich gesagt nicht«, erwiderte Felicitas. Sie erinnerte sich noch genau, wie aufgebracht Don Alfredo reagiert hatte, als sie ihm angedroht hatte, ihn wegen des Missbrauchs einer blutjungen Kaffeepflückerin vor Gericht zu bringen, falls er sich weigern sollte, Anaizas bescheidenen Kaffeeanbau im Innern des Dschungels zu unterstützen.

»Doch er hat Ihnen seine Hilfe zugesichert, nicht wahr?«

»Ja, das stimmt. Und er hat Wort gehalten …«

»Unmittelbar nachdem Sie, Steffen und Niklas abgereist waren, besuchte er Anaiza. Die Ärzte in São Paulo hatten ihm keine Hoffnung gemacht, je wieder gesund zu werden, und so beschloss er, sich ihrer Heilkunst anzuvertrauen. Deshalb hat er zugesagt, Ihnen und Anaiza keine Steine in den Weg zu legen. Er dachte, eine Hand wäscht die andere. Er lässt sie gewähren, und sie macht ihn dafür gesund.«

»Und sie hat sich darauf eingelassen, obwohl …?«

»Sie wusste genau, was für ein Mensch Alfredo war, aber sie ist eine Heilerin. Wer Hilfe braucht, wird nicht abgewiesen.«

»Aber gegen die Syphilis war auch sie machtlos.«

»Nicht ganz. Mit ihren Kräutern hat sie es geschafft, dass er länger lebte, als die Ärzte es für möglich gehalten haben. Die letzten Wochen konnte er zwar nur mehr im Bett liegen, doch ich empfand es als ein Wunder und eine große Gnade, dass er noch bei mir war.« Doña Isabella seufzte schwer. »Und dann brach der Tag an, an dem Alfredo starb. Anaiza wusste es, und sie stand in aller Herrgottsfrühe vor der Fazenda, den schönsten jungen Mann an der Seite, den ich je gesehen habe – Manuel. Sie wuschen und salbten seinen Körper mit heiligen Ölen, und als es zu Ende ging, nahm Anaiza Manuels Hände und legte sie in Alfredos. Dein Sohn, sagte sie zu ihm, du lebst in ihm weiter. Fürchte dich nicht. Als Alfredo die Augen schloss, begann sie zu Preto Velho, dem Geist der alten afrikanischen Sklaven, zu beten.«

Die Nachtluft strich über Felicitas' nackte Arme. Stille senkte sich über die Veranda, begleitet vom leisen Zirpen der Grillen. Felicitas war beeindruckt von Doña Isabellas Offenheit und zugleich irritiert über die verrückte Geschichte, die ihrer Ansicht nach mehr Fragen aufwarf als beantwortete.

»Ahnen Sie es nicht, Felicitas? Gott rückt die Dinge immer wieder an ihren Platz, und was gestern hoffnungslos und verloren erschien, ist morgen die Lösung unserer Probleme.« Sie hielt kurz inne. »Manuel ist der Sohn der Frau, die Alfredo vor zweiunddreißig Jahren vergewaltigt hat. Ja, Felicitas, er hat sie nicht nur geschlagen, auch wenn er Stein und Bein geschworen hat. Und jetzt ist es meine Aufgabe, Manuel das zu geben, was ihm zusteht.«

»Ich verstehe.«

Isabella lachte leise. »Nein, Sie verstehen gar nichts. Aber das kommt noch. Lernen Sie Manuel kennen, dann werden Sie verstehen. So«, sie klatschte in die Hände und beugte sich nach vorn, »und nun sind Sie an der Reihe. Was ist passiert in deiner Seele, Felicitas?«

Die unvermittelte Frage und die vertrauliche, liebevolle Anrede überrumpelten Felicitas. Tränen schossen ihr in die Augen, der vertraute Widerwille, sich zu öffnen, regte sich, doch er hatte keine Chance, dieses Mal nicht. Felicitas begann zu erzählen, von den anonymen Briefen, ihrer jagenden Angst, von Steffens Flucht und ihrer Sorge um ihn, von der Gestapo, die sie hier wie dort überwachte, und der Maskerade, die sie mit Bernhard spielte und die, und sie erschrak, als ihr diese Worte über die Lippen kamen, ihre Gefühle verwirrte.

Sie stockte. Und plötzlich breitete sich die Erkenntnis in ihrem Innern aus, die so lange darauf gewartet hatte, sich zu verströmen.

Ich liebe ihn. Ich liebe Bernhard.

Die Hände im Schoß, saß sie da und wusste nichts mehr zu sagen.

Doña Isabella nickte bedächtig.

Unter Doña Isabellas sanfter Regie verbrachten sie die Tage in heiterer Unaufgeregtheit. Sie schliefen lange, frühstückten ausgiebig und mit wachsendem Appetit, lasen und ritten jeden Abend, wenn die Hitze ein wenig nachließ, hinaus hinter die Felder, am Rand des Dschungels entlang. Sie sprachen wenig, überließen sich in stillem Einvernehmen der Freiheit, die das weite Land ihnen schenkte. Was das Leben in Bremen so schwer und deprimierend machte, löste sich in der flirrenden Luft und der Geruhsamkeit auf, die über der Plantage lag. Die Kaffeepflücker kümmerten sich nicht weiter um die Gäste, und außer dem Personal, Doña Isabella und Manuel bekamen sie keinen Menschen zu Gesicht.

Nach kurzer Zeit wirkte Felicitas erholt, sie hatte ein wenig zugenommen, was ihrem Gesicht das Spitze, Strenge nahm und ihr ausgezeichnet stand, und Doña Isabella hielt es einige Tage nach ihrer Ankunft für an der Zeit, ihre Lebensgeister zu erfrischen und einen Einkaufsbummel in São Paulo zu unternehmen.

Teresa winkte den beiden Frauen zu, als sie nach dem Frühstück aufbrachen.

»Bist du sicher, dass du lieber hierbleiben möchtest?«, rief Felicitas noch aus dem Wagen, und Teresa nickte. Die Frage hatte sie schon mehr als einmal bejaht, denn sie verspürte nicht die geringste Lust, sich in den Trubel der lauten, hektischen Millionenstadt zu stürzen, um Kleider zu kaufen, die sie nicht brauchte. Alles, was sie brauchte, war hier.

Von klein auf hatte sie Bücher über Brasilien verschlungen und ihre Mutter wieder und wieder gelöchert, ihr von Terra Roxa zu erzählen, weil sie es liebte zu fühlen, wie der Gleichmut, mit dem sie ihrem stillen Leben begegnete, dann von ihr wich und einem Licht und einer Freude Platz machte, die sie stets für sich behalten und wie einen Schatz gehütet hatte. Oft hatte sie darüber nachgedacht, was es mit dem Licht und der Freude auf sich haben könnte, ob ein Stück Erde, aus welchen Gründen auch immer, diesen Funken in einem Menschen entzünden konnte oder ob diese Vorstellung nur ihrem Bedürfnis entsprach, zu sich selbst zu finden, war aber zu keinem Schluss gekommen. Doch jetzt, da sie hier war, wirklich und wahrhaftig hier, wusste sie mit der sicheren Intuition, die ihr zu eigen war, dass dieses Land ihr das Licht und die Freude für immer zum Geschenk machen würde, wenn sie klug genug wäre, es zu erkennen.

Ziellos schlenderte sie an den Feldern entlang und beobachtete die Kaffeepflücker, die mit geübter Hand und gelassener Miene die roten Kirschen vom Strauch holten und in die Kiepen auf ihren Rücken schnippten. Dann und wann blieb Teresa stehen und nahm einen Schluck Wasser aus der Feldflasche. Gern hätte sie sich ein wenig unterhalten, doch ihr Portugiesisch war mäßig, und sie wollte den Arbeitern auch nicht lästig fallen oder gar daran schuld sein, dass sie ihr Pensum nicht schafften. Als sie sich unbeobachtet fühlte, berührte sie die dunkel glänzenden Blätter und strich sanft über eine der fünfzackigen weißen Sternblüten, die in leuchtend weißen Trauben an den Kaffeepflanzen hingen und ihren jasminähnlichen Duft verströmten.

»Zwischen Blüte und Frucht liegen neun Monate, wie bei einem Menschenkind.«

Wie aus dem Boden gewachsen stand Manuel plötzlich neben ihr. Als hätte sie damit gerechnet, wandte Teresa sich ihm lächelnd zu, und wie er es stets tat, begann er

unvermittelt zu erzählen, die üblichen Floskeln, die ein Gespräch einleiteten, wie Teresa es kannte, außer Acht lassend.
»Ein Baum ist wie ein geschlossener Kreislauf. Er blüht und trägt grüne Früchte, die Blüten vergehen, die Kirschen werden rot und reif, und gleichzeitig beginnt eine neue Blütezeit, und neue Früchte wachsen. Es hört niemals auf. Für den Pflanzer bedeutet das, mehrmals im Jahr ernten zu können, für den, der schaut, ist es einfach ein Wunder.« Mit einer Handbewegung forderte er sie auf, mit ihm zu gehen. Sie folgten einem schmalen Pfad zwischen den Pflanzen, auf dem nur wenige Pflücker arbeiteten, an denen sie sich vorbeischieben mussten. »Die meisten Europäer halten diese Arbeitsweise für altmodisch und unproduktiv«, bemerkte er, »aber das Pflücken gelingt nun einmal am besten von Hand. Eine einzige unreife Kirsche, noch gelblich oder orangefarben, wird im Röster niemals dunkel genug und kann den Geschmack jedes Kaffees beeinträchtigen, in dem nur ein Partikel davon enthalten ist. Auch überreife schwärzliche Früchte verderben die ganze Partie.«
»Meine Mutter hat mir erzählt, dass es Maschinen gibt, die mit Bürsten ausgerüstet sind und durch die Reihen fahren und Kirschen, Blätter und Zweige zu Boden reißen, die dann wieder geharkt und sortiert werden müssen. Das klingt zwar modern, aber produktiv scheint mir das auch nicht zu sein, wenn man hinterher mühsam alles wieder sortieren muss«, erwiderte Teresa. Sie hob eine rote Kirsche auf, die zu Boden gefallen war, und rollte sie in der Hand hin und her. Sie fühlte sich fest und zart zugleich an.
Manuel sah ihr aufmerksam zu. »Bis vor kurzem …« Er

zögerte, fuhr dann aber mit fester Stimme fort: »Don Alfredo hat die Arbeiter nach der Stripping-Methode ernten lassen. Ähnlich wie die Maschine reißen die Hände alles herunter, um später die reifen Kirschen mit einer Harke von den unreifen zu trennen. Ich bin froh, dass Doña Isabella eingewilligt hat, dass wir nun auf traditionelle Art pflücken. Das geht langsamer, ist aber schonender. Das Herz des Kaffees schlägt in Brasilien, aber es stirbt, wenn man die Pflanzen lieblos behandelt. « Er machte eine kurze Pause. »Willst du sehen, wie sie gezogen werden?«

Teresa errötete bei der vertraulichen Anrede, und kleine Schmetterlinge tanzten ihr durch Herz und Blut. Sie nickte und folgte ihm zu einem umfriedeten Garten, in dem mächtige Bananenstauden wuchsen, deren Blätter zartgrüne Setzlinge beschatteten. Teresa wusste aus ihren Büchern und von ihrer Mutter, dass ein Kaffeebaum aus einer Bohne entstand, die noch umgeben von einer Pergamenthülle knapp unterhalb der Oberfläche in ein gut drainiertes sandiges Beet eingepflanzt wurde. An der Unterseite der Bohne tat sich nach einer Weile ein Riss auf, aus dem ein winziger Trieb spross, der sich im Boden verankerte und die Bohne nach oben drückte. Sobald sich das erste Blattpaar gebildet hatte, fiel die leere Schale zu Boden. Doch sie hatte nicht geahnt, wie überwältigend der Anblick von Tausenden dieser Pflänzchen war.

»Hier ist Doña Isabellas Kaffeebaumschule«, sagte Manuel mit leuchtenden Augen. »Siehst du dort hinten die Bretterverschläge?«

»Ja. Was ist das?«

»Nun, die winzigen Sämlinge werden eingetopft und vier Jahre lang genährt und vor der Sonne und dem Regen geschützt. Nach und nach werden die Bretter entfernt, um die Pflanzen an das Wetter zu gewöhnen. Mit einem Jahr kommen sie hier ins Freibeet unter den Schutz der Bananenstauden. Bei guter Pflege können sie fünfundzwanzig Jahre alt werden.«

Er kniete sich hin und begann die Blätter eines Pflänzchens zu streicheln, das etwas mickriger aussah als die anderen.

»Unsere weise Mutter sagt, die Pflanzen wissen, wer ihnen Gutes will, und belohnen ihn mit besonderer Ernte. Weißt du, was Caracolito sind?«

Teresa schüttelte den Kopf, obwohl sie es wusste, denn sie wollte nicht, dass er aufhörte zu reden. Sie mochte die Art, wie er das »r« rollte, sie mochte die Worte, die er für die Kaffeepflanzen fand, und wie er sie, Teresa, dabei ansah, Leidenschaft für das, was er hier tat, in den schwarzen Augen.

»Perlenförmige Bohnen von Kirschen, die nur eine Bohne statt des üblichen Paares enthalten«, fuhr er fort. »Die Perle ist rundlicher und kleiner und gibt einen exzellenten Kaffee. Unsere weise Mutter Anaiza erntet sehr viele Caracolitos …«

Anaiza. Ihr Wissen in seinen Augen. Seine schwarzen Augen. Seine Hingabe an das Land, die sie berührte. Die sengende Sonne. Der Duft von Jasmin. Seine Hände, die so behutsam die kleine Pflanze hielten. Irgendwo weit entfernt kreischte ein Hyazinthenpapagei, und Jabirus erhoben sich in die Lüfte.

Das Kaleidoskop in ihrem Innern bündelte sich und wurde zu dem Licht und der Freude, die ihr so vertraut waren. Und mit einem Mal wusste Teresa, was es damit auf sich hatte.

Am späten Nachmittag kehrten Doña Isabella und Felicitas aus São Paulo zurück, im Gepäck einen Haufen bunter Sommerkleider, ebenso bunte Basttaschen, Parfum, Süßigkeiten, Wein, würziges Gebäck und einen Plan, der Teresa den Atem raubte.
»Wir fahren ins Pantanal«, sagte Doña Isabella beim Abendessen ganz nebenbei, so als wäre es bereits beschlossene Sache. »Manuel, traust du es dir zu, die Plantage ein paar Tage allein zu leiten?«
»Natürlich«, erwiderte Manuel, fragte dann jedoch: »Aber meinst du nicht, dass es besser wäre, einen männlichen Begleiter zu haben? Die Zeiten sind unruhig ...«
Doña Isabella wiegte den Kopf, während ihr Blick schnell von ihm zu Teresa ging. »Nun ja, Paolo könnte in der Zeit unserer Abwesenheit die Stellung halten. Er kennt die Fazenda wie seine Westentasche. Ich werde mit ihm sprechen.«
»Du bist wirklich fest entschlossen«, sagte Felicitas amüsiert. »Eigentlich wollte ich morgen Anaiza besuchen.«
»Ach, wir sind doch nur zehn Tage fort. Schau, Felicitas, ich habe mehr als dreißig Jahre meines Lebens keinen Fuß von Terra Roxa bewegt, und außer São Paulo und Rio kenne ich keinen Quadratzentimeter dieses Landes. Nein, es wird höchste Zeit für mich. Und wenn ich es jetzt nicht tue ...« Sie brach ab, ihr Blick, schmerzerfüllt, glitt in die Weite.
»Was meinst du, Teresa?«, fragte Felicitas. »Wir haben noch fast drei Wochen Zeit, bis unser Schiff ablegt.«
Teresa nickte überwältigt. Ihre Sehnsucht malte Wasserläufe, die im Atlantik endeten, Regenwälder, Steppen und Sümpfe in den wolkenlosen Himmel. Das Pantanal! Eines der größten Sumpfgebiete der Erde und Heimat für Jagu-

are, Wölfe und Papageienschwärme, Ringstörche, die Jabirus, Riesenottern, Wildschweine und Kaimane.
»Es ist gar keine so große Sache«, sagte Doña Isabella abwinkend, als sie Teresas entrückte Miene bemerkte. »Wir fliegen von São Paulo nach Campo Grande und fahren von dort zu meiner Schwester. Sie besitzt eine Fazenda, arbeitet als Wildhüterin und führt Reisende durch die Sümpfe. Ein kerniges Weib, ihr werdet sehen.« Sie lachte. »O Gott, ich habe sie seit einer Ewigkeit nicht gesehen. Ich hoffe, wir erkennen uns überhaupt wieder.«

20

Der Flug nach Campo Grande und die Fahrt zu Doña Inez' Fazenda war beschwerlicher und gefährlicher, als Doña Isabella ihnen in Aussicht gestellt hatte, und Felicitas wurde das Gefühl nicht los, dass ihre Gastgeberin absichtlich gelogen hatte, um sie zu dieser gemeinsamen Reise zu bewegen. Doch das Pantanal, das sie nach zwei Tagen endlich und trotz eines verrückten Piloten, der den Steuerknüppel anscheinend mit einer Sambatrommel verwechselte, unversehrt erreichten, entschädigte für alle Strapazen. Überall grünte und blühte es so verschwenderisch, dass Felicitas meinte schwindlig zu werden.
Die weiße Fazenda ruhte auf einem sanften Hügel, in sicherer Entfernung der Überschwemmung, die die Ebene des Pantanal einmal im Jahr in ein Meer verwandelte, doch nahe genug am Rio Negro und den zahlreichen Seen und Tümpeln, die die ablaufenden Wasser im Sommer

hinterließen und Jaguaren, Pumas und Jabirus damit ihr Überleben sicherten. Vor dem flachen Gebäude standen zwei mit Schlamm bespritzte, ziemlich klapprige Geländewagen, an denen sich einige Männer in weißen Hemden und olivfarbenen Hosen zu schaffen machten, die Strohhüte gelegentlich mit einer Geste, die Ratlosigkeit ausdrückte, in den Nacken schiebend.

»Die verfluchten Dinger haben mal wieder ihren Geist aufgegeben«, knurrte eine kleine, drahtige Frau mit wettergegerbtem Gesicht und schien ansonsten von ihrer Ankunft wenig Notiz zu nehmen. Als Doña Isabella als Letzte aus dem Kübelwagen stieg, der sie die kurvenreiche Strecke vom Flugplatz in Campo Grande mehr schlecht als recht in die Hochebene gebracht hatte, nickte die Frau ihr zu.

»Isabella«, sagte sie ohne jede Sentimentalität und fügte mit rustikaler Herzlichkeit hinzu: »Na, das wurde ja auch Zeit.«

»Komm her, Inez, altes Raubein«, murmelte Doña Isabella und drückte ihre Schwester, die sie um mehr als einen Kopf überragte, an ihren großen Busen.

Linkisch und ein wenig unwirsch machte sich Doña Inez von ihr los, betrachtete ihre Gäste, als würde sie deren Tauglichkeit für das vorgesehene touristische Programm prüfen, und wies schließlich kurz und bündig an, beizeiten schlafen zu gehen, weil sie pünktlich um sieben Uhr aufbrechen würde.

»Wer verschläft, bleibt hier«, verkündete sie, nickte ihnen zu und verschwand, den Arbeitern etwas zurufend, das Felicitas nicht verstand.

»So ist sie halt«, sagte Doña Isabella entschuldigend zu Felicitas, Teresa und Manuel, die sich das Lachen verbeißen mussten. »Deshalb hat sie auch nie heiraten wollen. ›Was soll mir ein Mann bringen, was ich nicht selber tun kann?‹, hat sie mich einmal gefragt, und in gewisser Weise hat sie ja nicht unrecht. Wenn die Liebe einen nicht gerade packt …«

»Mach dir keine Gedanken, Isabella«, erwiderte Felicitas. »Wir werden mit Inez schon zurechtkommen.«

Am nächsten Morgen standen zehn gesattelte, mit Wasserflaschen ausgerüstete Pferde und außer den Neuankömmlingen noch zwei Ehepaare in Kakikleidung vor der Fazenda, die ihnen beim Abendessen als Mr. und Mrs. Carmichael und Mr. und Mrs. Taylor vorgestellt worden waren.

Fehlt nur noch, dass wir einschließlich der Pferde strammstehen, dachte Felicitas amüsiert, als Doña Inez die Reihe entlangging, hier eine Trense befühlte, dort einen Gurt straff zog und währenddessen erläuterte, worauf sie beim Ritt hinunter zu den Wasserstellen zu achten hatten.

»Wir werden so viel Lärm machen, dass sich die Riesenotter rasch aus dem Staub machen wird. Falls nicht, verhalten Sie sich ruhig. Vor allem die Damen« – sie betonte das Wort, als würde es sich um eine ansteckende Krankheit handeln – »müssen sich ihre spitzen Schreie verkneifen. Beißen Sie notfalls in den Sattelknauf, aber um Himmels willen schreien Sie nicht. Das scheucht die Pferde auf, die ungeübten Reiter unter Ihnen werden abgeworfen, und – zack! – haben wir den Schlamassel. Die Otter ist weg, Ihr Bein ist gebrochen, und ich kann sehen, wie ich Sie nach Hause schaffe.«

»Eine Unverschämtheit«, murmelte Mrs. Carmichael.

»Liebchen, sie ist die Beste«, entgegnete ihr Mann, ein dickleibiger gutmütig dreinschauender Mittvierziger.

»Vor ihr kuschen angeblich sogar Jaguare, erzählt man sich, und sie soll die Tiere sieben Meilen gegen den Wind wittern.«

Doña Inez saß auf, wartete, bis alle es ihr nachgetan hatten, und ritt in langsamem Tempo voran, einer der Arbeiter, ein wenig Proviant im Gepäck, bildete die Nachhut. Über schmale Pfade erreichten sie nach einer Stunde die Ebene, doch statt direkt auf die Wasserstelle zuzureiten, wandte Doña Inez ihr Pferd nach links und begann einen großen Bogen zu schlagen, bis sie zu einem dicht bewachsenen Hügel kamen. Sie saßen ab, banden die Pferde an und folgten Doña Inez, die voranmarschierte, vorsichtig das Dickicht mit der Machete teilend, bis die kleine Gruppe schließlich eine Lichtung erreichte – und stumm vor Bewunderung stehen blieb. Der Blick auf die nahe Wasserstelle glich einem Blick ins Paradies.

Als hätte Gott eine Handvoll Diamanten vom Himmel heruntergeworfen, glitzerten und funkelten sanfte Wellen, tanzten über den See, leckten an den sandigen Ufern und schienen mit den Sumpfhirschen zu spielen, die, ein wenig breitbeinig, den mächtigen Kopf gebeugt, in scheinbarer Gemütsruhe tranken. In sicherer Entfernung von ihnen pirschte sich ein Puma heran und verschwand wieder, als er seinen Durst gestillt hatte. Seinen Platz nahmen bald darauf einige Tapire ein, und von links näherten sich fünf Jabirus, zwei Meter große majestätische Ringstörche, die mit ihren dünnen Beinen graziös durchs seichte Wasser staksten.

Plötzlich hob ein Tier nach dem anderen den Kopf, bis alle die fremde Witterung aufgenommen hatten und das Weite suchten.

»Die sehen wir so schnell nicht wieder, der verdammte

Wind hat gedreht«, sagte Doña Inez enttäuscht. Sie schnupperte und fixierte die Frauen. »Wäre besser, wenn es morgen ohne Parfum ginge. Die Kaimane ...« Ohne den Satz zu beenden, wandte sie sich an den Arbeiter, und gemeinsam machten sie sich daran, eine Decke auszubreiten und das bescheidene Picknick – Brot, scharfe Würstchen, Obst und eine Art Sandkuchen – auszupacken.

»Warum sind Sie Wildhüterin geworden?«, fragte Teresa und knabberte vorsichtig an einem der Würstchen, die, wie sie von ihrer Mutter wusste, wie die Hölle brannten.

»Mir ist nichts Besseres eingefallen«, antwortete Doña Inez und zuckte mit den Schultern. »Außerdem weiß ich bei Tieren immer, woran ich mit ihnen bin. Sie mögen gefährlich und wild sein, aber sie sind niemals falsch.«

»Das ist ja eine menschenfreundliche Einstellung«, warf Felicitas ein.

»Ich bin lieber mit einem Jaguar im Busch als mit zehn Menschen in einem Raum.«

»Sehr charmant«, sagte Mr. Taylor. »Wenigstens dürfen wir dazu beitragen, dass Sie Ihr Geld verdienen.«

Doña Inez lachte laut auf und setzte zu einer Erwiderung an, als Manuel ihr zuvorkam.

»Danke für den schönen Tag«, sagte er schlicht und ohne jede Ironie. »Und dafür, dass Sie uns trotz Ihrer Vorbehalte an Ihrer Kenntnis teilhaben lassen.«

Seine freundlichen Worte hingen in der Luft, und niemand wagte sie zu vertreiben. Doña Inez brummte und begann die Essensreste zusammenzupacken.

Auf dem Rückweg überließ Teresa sich ihren Gedanken, von den Bewegungen des Pferdes sanft in eine angenehme Müdigkeit geschaukelt.

»Sie ist eine verletzte Seele«, bemerkte Manuel, der neben ihr ritt, nach einer Weile leise.

»Aber andere zu verletzen macht sie auch nicht gesund«, erwiderte Teresa. »Bis auf die eine Frau sind wir alle freundlich zu ihr. Wir haben nichts getan, was so ein Verhalten rechtfertigt.«

»Darum geht es nicht.«

»Worum dann? Es gibt doch ein paar Höflichkeitsregeln.«

»Wir sollten ihren Schmerz annehmen.«

Fragend sah Teresa ihn an. Seine Worte schlugen eine Saite tief in ihrem Innern an, nur ihr Verstand weigerte sich, den Sinn zu erfassen. Sie wünschte, er würde fortfahren, doch Manuel wandte sich Felicitas und Doña Isabella zu, deren Gesichtsfarbe ein beängstigendes Knallrot angenommen hatte.

»Ich bin völlig am Ende«, keuchte sie und wischte sich die schweißnasse Stirn mit einem schwarzen Spitzentüchlein ab. »Weiß der Himmel, welcher Teufel mich geritten hat, an so einer Strapaze teilzunehmen.«

»Die Abenteuerlust«, bemerkte Felicitas süffisant. »›Ich habe dreißig Jahre meines Lebens keinen Fuß von Terra Roxa bewegt‹ – deine Worte!«

»›Es ist gar keine so große Sache‹«, zitierte Manuel sie gutmütig lächelnd, und Doña Isabella drohte ihnen mit ausgestrecktem Zeigefinger.

»Macht euch nur lustig! Mir reicht es. Morgen bleibe ich auf der Fazenda.«

»Du willst dir die Bootsfahrt entgehen lassen? Das ist nicht dein Ernst. Du sitzt doch bloß auf deinen vier Buchstaben und lässt dich durch die Gegend rudern.« Felicitas' aquamarinblaue Augen funkelten mutwillig.

»Ich bleibe daheim, das ist mein letztes Wort. Ich habe genug von Sumpfhirschen und Tapiren.«

Tatsächlich war Doña Isabella auch am nächsten Morgen nicht bereit, an dem Ausflug teilzunehmen, und Felicitas beschloss, ihr auf der Fazenda Gesellschaft zu leisten und den Tag im Schatten eines Jacarandabaums lesend und Zitronentee trinkend zu vertrödeln. Ihr Interesse an Fauna und Flora war ohnehin begrenzt, genau genommen hatte sie die Reise nur gemacht, weil sie wusste, wie sehr Teresa sich darüber freute. Doch ihre Tochter war schließlich in guten Händen, so dass sie, Felicitas, sich einen faulen Tag gönnen konnte. Einen Tag, an dem sie es vielleicht wagen würde, sich Gedanken um die Zukunft zu machen, was sie bislang vermieden hatte. Die Unberechenbarkeit ihrer Gefühle machte ihr zu schaffen. Sie schalt sich, den einen nicht halten zu können und den anderen nicht wirklich zu wollen, denn wenn es nicht so wäre, hätte sie dann so lange gebraucht zu erkennen, dass sie ihn, Bernhard, liebte? Und dann, was sollte sie mit dieser Erkenntnis eigentlich anfangen? Ach übrigens, Bernhard, ich liebe dich. Deshalb bin ich dir jahrelang aus dem Weg gegangen. Darauf wartete er bestimmt sehnsüchtig. Ausgerechnet er, dieser Pirat, der von einer Eroberung zur anderen geeilt war.

Eine feine, leise Stimme hielt dagegen: Du weißt, dass er dich liebt.

Sie vernahm die Stimme durchaus, sie berauschte sich sogar daran, doch am Ende war es wie stets – sie fürchtete sich vor der Liebe, und um vor ihr zu fliehen, war der letzte Winkel Gottes gerade richtig. Seufzend streckte sie sich auf der Liege unter dem Jacarandabaum aus und starrte blicklos in den klaren blauen Himmel. Doña Isa-

bella hatte es sich etwas weiter entfernt bequem gemacht, und Felicitas war dankbar, dass sie sie mit ihren Gedanken allein ließ.
Von weitem hörte sie die Rufe des Arbeiters, der die Pferde vor die Fazenda trieb. Hell klang Teresas Lachen zu ihr herüber.

Der Rio Negro schob sich träge an breiten Flussufern und Böschungen vorbei, ideale Verstecke für Anakondas, Kaimane und Riesenottern. Lautlos glitten die drei Boote durch das Wasser, und dann und wann stob ein Papageienschwarm laut schimpfend auf. Mit einer eleganten Bewegung und ohne jedes Geräusch tauchte Doña Inez das Paddel ins Wasser. Aufmerksam glitt ihr Blick vom Ufer zum Wasser und zurück, keine Mücke entging diesen wachen dunklen Augen.
»Ein Kaiman«, flüsterte sie einmal, hob das Paddel an und deutete in die Mitte des Flusses. Gespannt verfolgte Teresa die sachten Wellen, doch nichts geschah. Nach einer Weile drehte sie sich um und sah, wie ein riesiger Kaiman zwanzig Meter hinter ihnen auftauchte und sich ans Ufer schleppte. Doña Inez hatte sich nicht getäuscht. »Er hatte wohl keinen Appetit auf uns.« Doña Inez zuckte mit den Schultern und paddelte weiter. »Vielleicht sind die nächsten ja etwas hungriger.«
Teresa warf Manuel einen Blick zu, in dem Empörung und Ratlosigkeit lagen, den er mit einem aufmunternden Lächeln erwiderte.
Sobald sich die Gelegenheit bot, würde sie ihn auf seine gestrige Bemerkung ansprechen, nahm Teresa sich vor. Doña Inez' beständige Unfreundlichkeit fing an, ihr auf die Nerven zu fallen, mehr noch, mit einer Reiseleiterin

unterwegs zu sein, die Menschen zu verachten schien, jagte ihr Angst ein. Was, wenn es ihr plötzlich einfiel, sie alle im Stich zu lassen? Und sei es nur kurz, für einen Augenblick zynischen Vergnügens?

Plötzlich wirkte der Fluss bedrohlich, das undurchdringliche Dickicht der Böschungen schien auf sie zuzugleiten. Teresas Herz begann zu pochen, und kalter Schweiß brach ihr aus.

Manuel, der ihre Bedrängnis spürte, nahm ihre Hand und streichelte sie sanft.

»Du musst atmen«, murmelte er. »Atme und denke dabei nur ans Atmen. Ein … aus … ein … aus …«

Nach einer Weile hatte Teresa sich etwas beruhigt, ließ aber Manuels Hand nicht los. Die Berührung seiner warmen, muskulösen Hand tat ihr gut, es schien, als ob eine unsichtbare Kraft von ihm zu ihr hinüberfließen würde.

»Da vorne halten wir«, befahl Doña Inez und begann, das Boot zum linken Ufer zu dirigieren, dorthin, wo ein schmaler hochbeiniger Steg ins Wasser ragte. Die beiden Boote mit den Ehepaaren und den Arbeitern folgten. Geschickt kletterte Doña Inez auf den Steg und vertäute die Boote mit energischen Bewegungen, wobei sie kurze Informationen ausstieß, dass dieser Liegeplatz seinerzeit von der Regierung für die Wildhüter gebaut und mit einem mannshohen Zaun umgeben worden war, damit sie auf ihren Streifzügen durch den Sumpf einigermaßen geschützt Rast machen konnten.

Die Arbeiter reichten ihr eine Kiste mit Proviant und mehrere Angeln. Mrs. Carmichael, sichtlich erschöpft und verängstigt, nahm auf einer der ausgebreiteten Decken Platz und rührte keinen Finger. Sie schien nur einen

einzigen Wunsch zu haben, nämlich den, diese Fahrt möge möglichst bald ihr Ende finden.
»Soll der alte Drachen sich doch wundern«, murmelte Mrs. Taylor ihr grinsend zu und nestelte an ihrer Angel herum, um einen fedrigen Blinker zu befestigen. »Sie weiß nicht, dass ich Bezirksmeisterin im Friedfisch-Angeln war. Das ist zwar einige Jahre her, aber Fisch ist Fisch, und für einen Piranha wird's schon noch reichen.«
Ihr Mann lachte, und gemeinsam suchten sie sich einen Platz am Ufer, nicht weit entfernt von den anderen, aber weit genug, dass Doña Inez die Stirn runzelte. »Stellen Sie sich auf den Steg, das bekommt Ihren Beinen besser.«
Das Ehepaar ignorierte die Bemerkung und blieb, wo es war.
Teresa hatte keine Lust zu angeln und schichtete mit Mr. Carmichael, der seiner Frau hin und wieder besorgte Blicke zuwarf, Holzscheite auf und beobachtete ihrerseits Manuel, der sich leise mit Doña Inez unterhielt.
Als der erste Fisch anbiss, stürzte Doña Inez auf Mr. Taylor zu. »Ein Bosaki. Vergessen Sie's.« Behutsam nahm sie den kleinen gelben Fisch vom Haken und warf ihn zurück ins Wasser. So ging es weiter. Fisch für Fisch landete wieder im Wasser. Erst als ein grüngoldener, länglicher Fisch an Mrs. Carmichaels Angel zappelte, flog ein Leuchten über Doña Inez' faltiges Gesicht. »Gut gemacht!«, rief sie und hieb den Fisch kraftvoll auf einen Stein. »Branderra! Daraus werden wir eine Suppe kochen, bei der euch Hören und Sehen vergehen wird.«
Als fünf Branderras, anmutig und so würdevoll im Tod, dass Teresa der Anblick ins Herz schnitt, in der Sonne lagen, begann Doña Inez ihr Werk, schnippelte und würzte, schmeckte ab und nickte schließlich zufrieden. Ein

aromatischer, verführerischer Duft hing in der Luft, und selbst Mrs. Carmichael kostete nach kurzem Zögern von der Suppe, um dann lustvoll aufzuseufzen.

»Das bringt ein Pferd wieder auf die Beine«, stellte sie fest, und Doña Inez nickte voller Genugtuung, als sie in die Runde blickte und sah, dass es ausnahmslos allen schmeckte.

Manuel zwinkerte Teresa zu. Siehst du, was ich meine? schienen seine Augen zu fragen, doch Teresa schüttelte unmerklich den Kopf. Nein, das genügte nicht als Erklärung. Als die Teller abgeräumt waren und sich eine schläfrige, satte Stimmung ausbreitete, der alle, bis auf Manuel, Teresa und Doña Inez, die sich, ein Gewehr unter den Arm geklemmt, zurückgezogen hatte, gerne nachgaben, so dass man hier und da einen leisen Schnarcher vernahm, war die Gelegenheit gekommen, auf die Teresa gewartet hatte. Manuel saß auf dem Steg, die Beine angezogen, die Knie mit den Händen umfasst, und schaute auf das Wasser. Leise, um die anderen nicht zu wecken, schlich Teresa zu ihm und ließ sich neben ihm nieder.

Unvermittelt wie stets begann er zu sprechen. »Die weise Mutter hat mich geheilt von meiner Wut und meinem Zorn auf einen Vater, der keiner war. Jetzt kann ich Doña Isabella in ihrem Schmerz helfen.«

»Aber wie geht das, ich meine, wie soll man das machen?«

»Wenn dich ein Mensch ärgert, wirst du wütend. Du willst ihn genauso verletzen, wie er dich verletzt hat, du willst dich rächen und denkst dir aus, wie du das tun könntest.« Er machte eine kurze Pause. »Es ist, als ob dein Haus in Flammen stehen würde, und du würdest dem Brandstifter hinterherrennen, statt die Flammen zu löschen.«

»Ich verstehe«, erwiderte Teresa mit gerunzelter Stirn. »Und wie lösche ich die Flammen?«
»Indem du ganz bei dir bleibst, in deinem Innern. Atmen und schauen, atmen und wahrnehmen, was ist. Ganz gegenwärtig sein. Nicht ans Gestern denken, nicht ans Morgen, nicht an den anderen Menschen. Nur atmen und dich fühlen. Deinen Körper fühlen, deine Haut, die vom Wind gestreichelt wird, deine Ohren, die den Ruf eines Vogels aufnehmen.«
»Dann bin ich trotzdem noch wütend.«
»Ja, aber deine Wut wird sich verändern«, erwiderte Manuel lächelnd. »Nach einer Weile erkennst du, dass die Wut des anderen durch seine Tat in dir ist. Aber du wirst wissen, dass die Saat der Wut nur dann aufgehen kann, wenn sie auf fruchtbaren Boden fällt, auf deinen fruchtbaren Boden. Wenn du das akzeptieren kannst, wenn du fühlst, dass die Wut ein kleiner Teil von dir ist, kannst du sie umarmen. Liebe deine Wut, und sie vergeht.« Seine Augen ruhten auf ihr, die Intensität seines Blicks berührte Teresa so tief, dass sie die Augen senkte. Mit ruhiger Stimme fuhr Manuel fort: »Irgendwann erkennst du, dass die Wut des anderen seiner Angst und seinen Verletzungen entspringt, die andere ihm zugefügt haben, bewusst oder unbewusst. Und dann wird in dir der Wunsch wach, ihn zu heilen. Du fragst dich nicht mehr, wie du dich rächen kannst, sondern wie du ihm helfen kannst.«
Seine Worte verwirrten Teresa, kamen ihr aber zugleich seltsam vertraut vor. War es nicht ungefähr das, was sie empfand, wenn sie sich nicht einmischte, wenn sie versuchte, Streitigkeiten zu schlichten, und sich fernhielt von aggressiven Menschen? Und suchte sie nicht immer den Beweggrund für das Verhalten der anderen herauszufin-

den? Wie oft hatte sie Gesas Launen über sich ergehen lassen, wissend, dass ihre Schwester im Grunde ihres Herzens nicht böse zu ihr sein wollte, aber aus vielerlei Gründen – der Tod ihres Vaters war gewiss einer davon – nicht anders zu handeln vermochte. Dennoch, die andere Wange hinzuhalten, wie es in der Bibel stand, konnte auch nicht der Weisheit letzter Schluss sein. Sie, Teresa, neigte jedenfalls seit einiger Zeit immer mehr dazu, sich zurückzuziehen. Die Schwierigkeiten ihrer Mutter mit Steffen und der Gestapo, Antons unselige Entwicklung, Gesas selbstzerstörerisches Verhalten, all dies schuf eine seltsame, bedrohliche Atmosphäre in der Villa, der sie nicht mit Mitgefühl und Verständnis begegnen konnte.

»Ich habe Angst«, flüsterte Teresa und starrte in das dunkle Wasser.

»Du musst dich schützen«, erwiderte Manuel. »Es geht ganz leicht, und ich werde es dir zeigen. Aber nicht hier und nicht jetzt. Und zuvor muss ich um Erlaubnis bitten, denn das ist Curandero-Wissen, schamanisches Wissen von unserer weisen Mutter.«

Schweigen legte sich zwischen sie, und Teresa überließ sich ihren Gedanken. Ein Mensch wie Manuel war ihr noch nie begegnet, und mochten seine Worte für andere vielleicht verrückt klingen, ihr kamen sie einer Offenbarung gleich, als würden sie eine Tür in ihrem tiefsten Innern öffnen, die zu ihrem wahren Wesen führte. Das hier ist das eigentliche Abenteuer, dachte sie versonnen. Jenseits des Busches. Sie brannte darauf, mehr zu erfahren.

Ein Geräusch ließ sie herumfahren.

»Das war ein Schuss!« Manuel sprang auf. Die entsetzten Blicke der anderen Expeditionsteilnehmer konzentrierten sich auf ihn, als hätten sie im stillen Einvernehmen ihn in diesem Moment zu ihrem Anführer erklärt.

»Mr. Taylor, Sie kommen mit mir, Mr. Carmichael und Juan, Sie bleiben hier bei den Frauen«, sagte er leise und wandte sich nach Westen. Das Dickicht schlug fast lautlos hinter ihm zusammen, und im Bruchteil einer Sekunde entschied Teresa, ihm zu folgen. Mr. Carmichael versuchte sie am Arm festzuhalten, aber geschmeidig wie eine Katze entwand sie sich seinem Griff.

Nach wenigen Metern und mit mehr Glück als Verstand hatte sie Manuel und Mr. Taylor eingeholt. Erschrocken bedeutete Manuel ihr umzukehren, doch sie schüttelte den Kopf. Manuel schloss die Augen und vollführte eine seltsame Bewegung mit beiden Händen. Mr. Taylor starrte ihn mit hochgezogenen Brauen an. Dann gingen sie weiter, Teresa dicht an Manuels Seite. Trotz ihrer Furcht nahm sie seinen Duft so intensiv wahr wie nie zuvor, eine herbe Mischung aus Schweiß und etwas Ähnlichem wie Sandelholz. Ihr Herz machte einen Sprung, und ihr Schoß stand in Flammen. Mit hochrotem Kopf und gesenktem Blick marschierte sie weiter. Nach etwa zehn Minuten hielt Manuel inne.

»Hier muss es sein.«

Er lauschte in die Stille. Dann hörten sie es. Ein leises, unterdrücktes Schluchzen. Vorsichtig teilte Manuel das Dickicht, und da sahen sie Doña Inez. Die alte Frau kniete auf der Erde, die Hände vors Gesicht geschlagen, ihren Oberkörper hin- und herwiegend wie eine Mutter, die ihr Kind beruhigen will. Vor ihr, lang ausgestreckt, lag ein Jaguar, einen Pfeil im linken Hinterlauf. Mit einem unterdrückten Schrei riss Doña Inez den Pfeil aus seinem Fleisch und schleuderte ihn fort.

»Wilderer«, flüsterte Manuel. »Sie schießen mit vergifteten Pfeilen, doch das Curare wirkt oft nicht schnell genug, und die Tiere verenden qualvoll. Doña Inez hat ihn mit einem Schuss erlöst.«

Der Anblick des toten Tieres und der verzweifelten Doña Inez erschütterte Teresa. Tränen liefen ihr über die Wangen.

»Siehst du jetzt, was ich meine, Teresa?«, flüsterte Manuel dicht an ihrem Ohr. »Sie trägt die Liebe und das Mitgefühl in sich. Indem du ihre Liebe nährst, hilfst du ihr. Nähre ihren Zorn, und weder dir noch ihr ist geholfen.«

Dann wandte er sich an Mr. Taylor. »Ich denke, wir sind uns darüber einig, dass Doña Inez lediglich einen Warnschuss abgegeben hat. So ist es doch, Mr. Taylor?«

Mr. Taylor nickte bedächtig. »Ich denke, Sie haben recht. Ein Warnschuss, nichts weiter.«

Leise zogen sie sich zurück.

Zwei Tage später verließen sie das Pantanal und kehrten nach Terra Roxa zurück.

Insgeheim war Felicitas erleichtert, der Muße und den damit verbundenen sich im Kreis drehenden Gedanken den Rücken kehren und sich auf die Arbeit konzentrieren zu können, die sie nun endlich in Angriff nehmen wollte. Es wurde Zeit, mit Doña Isabella und Manuel über die Entwicklung des Kaffeehandels und die Konsequenzen für Andreesen-Kaffee zu sprechen, denn Brasilien, das auf den internationalen Preisverfall des Kaffees bislang damit reagiert hatte, die Bohnen ins Meer zu schütten, um das Angebot knapp zu halten und so den Preis in die Höhe zu treiben, war inzwischen dazu übergegangen, den Kaffeeberg zu Instantkaffee zu verarbeiten. Die Nachfrage in vielen

Ländern der Dritten Welt war enorm, und es galt, einen Weg zu finden, an dieser Einnahmequelle teilzuhaben. Vielleicht sahen die beiden eine Möglichkeit, wie sie das gemeinsam bewerkstelligen konnten. Doch zunächst wollte sie Anaiza besuchen und sich mit eigenen Augen ein Bild von der Entwicklung ihres Schattenkaffees machen.

Als Felicitas am Morgen nach ihrer Rückkehr zu den Stallungen schlenderte, stand Paolo schon mit gesattelten Pferden bereit.

»Darauf ich haben gewartet! Sie und ich reiten – das ist Geschmack von gestern auf Zunge«, rief er ihr in seinem absurd-poetischen Deutsch zu und strahlte über das runde braune Gesicht. Er war schlanker, als sie ihn in Erinnerung hatte, aber temperamentvoll wie eh und je. Unablässig redend und gestikulierend half er ihr auf die sanft dreinblickende hellbraune Stute und bestieg selbst einen mächtigen Rappen, der unruhig tänzelte, mit den Augen rollte und nicht sehr vertrauenerweckend wirkte, doch, wie sie von Doña Isabella wusste, Paolos ganzer Stolz war.

»Hast du meine Tochter gesehen, Paolo? Ich wollte sie fragen, ob sie mich begleiten möchte, aber …«

»Oh, sie ist schon fort«, entgegnete Paolo gleichmütig und wies mit dem Kopf in Richtung Dschungel. »Sie ist mit Manuel geritten.«

Überrascht sah sie Paolo an. Das war so gar nicht Teresas Art, einfach zu verschwinden und nicht Bescheid zu sagen. Felicitas runzelte die Stirn.

»Nicht böse sein, Señora«, gurrte Paolo mit einem vielsagenden Blick. »Die beiden sind jung …« Er machte eine Pause und schaute traurig in die Ferne. »Ich wünschte, mir würde auch begegnen die Liebe …«

Eine hitzige Bemerkung lag Felicitas auf der Zunge, doch sie schluckte sie hinunter. Paolo sehnte sich offenkundig so sehr nach einer Frau und einer Familie, dass er in einem gemeinsamen Ausritt eines jungen Mädchens und eines Mannes gleich eine Liebesaffäre vermutete.

»Ich weiß, was passiert ist, Paolo, und es tut mir leid«, erwiderte Felicitas mit weicher Stimme.

Paolo nickte dankbar und ließ sein Pferd in einen geruhsamen Trab fallen.

Nach einer Stunde erreichten sie den Rand des Dschungels und die Stelle, wo einst Anaizas Holzhütte gestanden hatte und sie sich zum ersten Mal begegnet waren. Machtvoll drängten die Erinnerungen heran, doch Felicitas schüttelte sie ab. Die Gegenwart war es, was zählte, und sie freute sich darauf, die alte Frau wiederzusehen, die ihr Leben entscheidend beeinflusst hatte.

Der alte Pfad in den Dschungel, dereinst schmal und schwer zu finden, war ausgebaut worden, schnurgerade und breit genug für die Transporter, die Anaizas Kaffeekirschen nach Terra Roxa und von dort zum Hafen von Santos brachten.

»Der Fortschritt«, sagte Paolo stolz, warf sich in die Brust und Felicitas einen Blick zu, der Anerkennung erwartete.

»Praktisch«, erwiderte Felicitas gedehnt und fügte in Gedanken hinzu: Doch die mystische Idylle ist dahin, der Zauber, der dich gefangen nimmt, sobald du in das dichte Grün eintauchst und die Welt, wie du sie kennst, hinter dir lässt.

Eine seltsame Trauer überfiel sie.

»Anaiza stur wie tausend Maultiere«, meinte Paolo jedoch dann mürrisch und sackte wieder zusammen. »Wir wollen Weg bis zur Plantage, aber sie sagen, Weg darf nur

zweihundert Meter in den Dschungel, dann Schluss. Von Plantage die Säcke werden mit Maultieren transportiert wie vor hundert Jahren.« Er schüttelte den Kopf. »Sie dagegen etwas tun, no, Señora?«
»Nein«, antwortete Felicitas. »Anaiza ist der Boss, sie entscheidet.« Sie lächelte, als sie das Ende des ausgebauten Wegs erreichten und den schmalen, dicht bewucherten Pfad, der sich von dort aus weiter in den Dschungel schlängelte. Manche Dinge änderten sich nie, und Anaizas Respekt vor der Natur gehörte zum Glück dazu.
Sie saßen ab und führten die Pferde, bis der Pfad auf die vertraute Lichtung stieß, an deren südlichem Ende Anaizas Haus stand. Die Heilerin erwartete sie bereits. Paolo nickte ihr kurz zu und brachte die Tiere zu einer hölzernen Tränke.
»Du spät.« Anaiza sah sie mit diesem Blick an, der direkt in die Seele schaute und Ausflüchte sinnlos machte.
»Du sprichst unsere Sprache.« Verblüfft starrte Felicitas sie an, und Anaiza grinste.
»Un poco. Manuel …« Dann wiederholte sie: »Du spät.«
Felicitas nickte. »Ich hatte Angst vor dem, was du sehen könntest. Es ist so viel passiert …«
»Sim.« Anaiza trat auf sie zu, legte ihr die linke Hand in die Mitte des Oberkörpers, wo es sogleich warm wurde und kribbelte, und umarmte sie dann. Eine Weile standen sie still da. Felicitas schloss die Augen und gab sich dem wunderbaren Gefühl hin, geborgen und willkommen zu sein. Ein sanfter Wind streichelte die Blätter der mächtigen Bäume, sie wisperten und raschelten, als würden sie Geschichten in einer unbekannten Sprache erzählen, leises Gelächter und Gesänge näherten sich von ferne.
Schließlich lösten sie sich voneinander. Anaiza nahm

Felicitas bei der Hand, und gemeinsam gingen sie hinüber zum Haupthaus, das von vielen kleineren Hütten umringt war. Dahinter begann das Reich des Kaffees. Unendlich viele Kaffeepflanzen wuchsen in diesem Teil des Dschungels, der lichter war als der übrige und so viel Sonne durchließ, dass die Pflanzen gediehen, jedoch genügend Schatten spendete, so dass die ausnahmslos weiblichen Pflücker ihre Arbeit nicht in sengender Hitze, sondern unter angenehmeren, menschenwürdigen Bedingungen verrichten konnten. Die Kirschen reiften hier zwar langsamer als auf den Feldern von Terra Roxa, doch genau das war es, was ihnen ein einzigartiges Aroma verlieh.

In Felicitas' Augen war das, was Anaiza hier zustande gebracht hatte, ein kleines Wunder. Ein Wunder, das jeder Kaffeepflanzer, jeder Röster, dem Felicitas je davon erzählt hatte, als Märchen abgetan hatte, als Hirngespinst einer romantischen Frau oder, schlimmer, als raffinierten Werbetrick einer mit allen Wassern gewaschenen Geschäftsfrau. Kaffeepflanzen, die in der feuchten Hitze des Dschungels wuchsen! So etwas gab es nicht, basta. Felicitas lächelte in sich hinein. Man musste es in der Tat schon mit eigenen Augen gesehen haben, um es zu glauben.

Sie setzten sich auf die bunten Decken, die vor dem Haupthaus lagen. In der Glut eines Feuers stand ein verbeulter Metalltopf, dessen dunkelbrauner Inhalt leise brodelte. Melonengroße, in einem Kreis angeordnete Steine und sorgfältig nach den Himmelsrichtungen in die Erde gepiekste Federn verbreiteten eine archaische Stimmung, so als würde jederzeit ein rituelles Fest beginnen.

»Viele Caracolitos?«, fragte Felicitas. Anaiza nickte, doch ein Schatten flog über ihr Gesicht. Sie griff in die tiefe Tasche ihres dunkelroten Kattunrocks, und nachdem sie gefunden hatte, was sie gesucht hatte, hielt sie Felicitas ihre ausgestreckte Hand mit einer Kaffeekirsche hin. Rot und rund leuchtete die Frucht auf ihrem breiten, von erstaunlich wenigen Linien durchzogenen Handteller. Sie zuckte mit den Schultern.

»Kaffee sim, pero …« Sie sackte in sich zusammen und tat so, als schliefe sie.

Felicitas hob die Augenbrauen. Wollte Anaiza ihr mitteilen, dass sie zu alt war für das Kaffeegeschäft, zu müde, um sich weiter darum zu kümmern? Das konnte nicht sein. Die Jahre waren fast spurlos an der vielleicht Fünfundsiebzigjährigen – so genau kannte niemand ihr Alter – vorübergegangen, und sie wirkte heute wie damals entschlossen und stark.

Hilfe suchend wandte sie sich an Paolo, der näher gekommen und vor dem Steinkreis stehen geblieben war.

»Du musst übersetzen, Paolo«, sagte Felicitas und deutete auf den Platz neben sich, doch Paolo schüttelte den Kopf.

»Dürfen nur Frauen«, murmelte er und drehte verlegen seinen Hut in der Hand.

Felicitas begriff. Offensichtlich lag sie so falsch mit ihrem Eindruck nicht, und dieses Lager vor dem Haus hatte eine besondere, vielleicht sogar heilige Bedeutung.

»Frage Anaiza, was es mit dieser Kirsche auf sich hat.«

Nach einigem Hin und Her zwischen Paolo und Anaiza hatte Felicitas ein ungefähres Bild dessen gewonnen, was Anaiza Sorgen bereitete. Anscheinend hatte sie mehrere Kaffeebäume entdeckt, die schmächtiger wuchsen als die anderen, und die geernteten Früchte beiseite getan, geröstet und daraus Kaffee bereitet, einen Kaffee mit feinstem,

leicht nussigem Aroma, der jedoch keinerlei belebende Wirkung zeigte.
»Kaffee ohne Koffein?«
»Sim«, sagte Paolo, und Anaiza nickte.
»Anaiza haben Angst, dass Kaffeepflanzen krank und andere anstecken. Sie alles versucht, Kräuter, Gesänge, Zauber, aber nichts haben geholfen.«
»Sind denn tatsächlich andere Kaffeepflanzen nun auch davon betroffen?«, fragte Felicitas. Eine Kaffeekrankheit hatte in ihrem unruhigen Leben, wo ohnehin nichts am richtigen Platz war, gerade noch gefehlt.
»No.«
Und wenn es …? Ein flüchtiger, atemberaubender Gedanke schob sich in ihr Bewusstsein.
»Wir nehmen eine Pflanze mit nach Bremen«, sagte sie entschlossen. »Mein Laborleiter wird der Sache auf den Grund gehen und ein Gegenmittel erfinden. Wenn es notwendig ist, kommen wir wieder.« Aufmunternd sah sie Anaiza in die Augen, doch statt Furcht, die sie erwartet hatte, las sie seltsamerweise Schalk und einen Hauch von Genugtuung. Der Eindruck verflüchtigte sich sofort, als Anaiza freudig in die Hände klatschte. Ihre Augen leuchteten wieder warm und wissend.
»Es beginnt nachher ein kleines Fest«, übersetzte Paolo. »Ihnen zu Ehren, aber auch, um den Toten der letzten Monde ein fröhliches Geleit zu geben. Bis es so weit ist, sollen Sie im Haus ausruhen.«
Der Rhythmus der Trommeln und das leise Gekicher zweier Mädchen, die sie vom Fenster aus beobachteten, weckten Felicitas. Sie hatte tief und fester geschlafen als sonst, traumlos, was sie ein wenig enttäuscht sein ließ, weil sie insgeheim damit gerechnet hatte, dass ihr hier, in

dieser besonderen Atmosphäre, im Schlaf der richtige Weg in die Zukunft gewiesen wurde. Als sie sich aufsetzte, fiel ihr Blick auf ein fließendes Gewand, das, feuerrot bis hellblau schimmernd, neben ihrem Lager aus Blättern und Decken lag. Sie hatte nicht bemerkt, wer es dort hingelegt hatte noch wann, doch ganz offensichtlich war es für sie bestimmt. Nach kurzem Zögern und einem strengen Blick zu den Mädchen, die sogleich ihre Köpfe zurückzogen und kichernd verschwanden, zog sie ihre beige Baumwollhose und die weiße Bluse aus, schlüpfte in das ärmellose Gewand und schloss es in der Taille mit einem Gürtel, der ganz und gar aus feinen roten und grünen Federn bestand.

Ein wenig unsicher trat sie vor das Haus. Mit ausgebreiteten Armen kam Anaiza, die ein ähnliches Gewand trug und einen hohen Kopfschmuck aus Federn, Schlangenhaut und Steinen, die wie dunkles Gold schimmerten, auf sie zu und führte Felicitas in die Mitte des Kreises, wo bereits drei ältere Frauen saßen und ihr ernst und feierlich zunickten, ihren leisen Gesang nicht unterbrechend.

Mehr als zwanzig Trommlerinnen in kurzen Röcken, die blanke Brust mit Federketten spärlich verhüllt, standen am Rand der Lichtung, die sie mit ihrer stolzen Haltung und dem hypnotischen Rhythmus, den sie den Instrumenten entlockten, gegen den Rest der Welt abzuschirmen schienen. Zumindest kam es Felicitas so vor. Suchend sah sie sich um, war aber nicht überrascht, Paolo nirgendwo ausmachen zu können. Vermutlich hatte er, dem Anaizas Heilkunst zutiefst suspekt war, das Weite gesucht und wartete am Ende des Wegs auf sie.

Nun, dann muss er wohl etwas länger warten, dachte Felicitas amüsiert. Dies hier schien ein richtiges Fest zu werden, vier Feuer, exakt nach den Himmelsrichtungen angeordnet, loderten bereits, verführerische Düfte von gewürztem, gebratenem Fleisch und frisch gebackenem Brot hingen in der Luft, und nach und nach strömten Frauen, Männer und Kinder, festlich herausgeputzt, auf die Lichtung, um zu feiern, zu essen, zu lachen. Felicitas ließ sich von der heiteren Stimmung anstecken, und obwohl sie kaum ein Wort verstand, fühlte sie sich ausgesprochen wohl. Zwei Frauen zeigten ihr, wie sie das in Palmblätter gewickelte und in Wasser gegarte klein gehackte Gemüse essen musste, ohne dass es ihr aufs Kleid kleckerte, und wie sie die scharfen Würstchen genießen konnte, ohne wiederbeatmet werden zu müssen – Luft anhalten, abbeißen, kauen und im Hinunterschlucken wieder einatmen. Der erste Versuch misslang, beim zweiten hustete sie, und lachend winkte sie schließlich ab.

»Mama!«

»Teresa!« Felicitas verschluckte sich fast noch einmal. »Wie siehst du denn aus?«

»Das ist ein Gewand, das die Anwärterinnen tragen. Ich durfte es mir ausleihen.«

»Die Anwärterinnen«, wiederholte Felicitas und betrachtete verständnislos das fließende grüne Kleid, das die zarte Figur ihrer Tochter fast ätherisch wirken ließ.

»Die Schülerinnen, die bei Anaiza die Heilkunst erlernen«, erklärte Manuel, der mit einem gewinnenden, aber unverkennbar verlegenen Lächeln auf Felicitas zukam. Auch er trug statt des Kakianzugs einen ledernen Schurz und einen federgeschmückten Umhang. »Ihr Gewand, Señora, gehört dagegen einer Meisterin. Anaiza. Es ist eine große Ehre, dass sie es Ihnen überlassen hat.«

Mit gerunzelter Stirn flog ihr Blick von ihm zu Teresa, und Paolos Worte kamen ihr wieder in den Sinn.

»Verzeihen Sie, ich habe versäumt, Sie um Erlaubnis zu bitten, Teresa hierherzubringen«, sagte Manuel höflich, dem Felicitas' Verstimmung nicht entgangen war.

»In der Tat«, gab Felicitas kühl zurück. Sie wusste nicht, was sie davon halten sollte, und einem ersten Impuls nachgebend, griff sie nach Teresas Arm.

»Ach, Mama, sei doch nicht so förmlich«, sagte Teresa und bedeckte die Hand ihrer Mutter mit ihrer kleinen, schmalen. »Ich bin so glücklich hier, alles ist so aufregend und so ... anders ...« Mit leuchtenden Augen sah sie sich um.

Plötzlich verstummten die Trommeln.

Anaiza erhob sich, die Arme gen Himmel gestreckt, die Handflächen wie eine Schale haltend.

»Sie heißt alle willkommen«, übersetzte Manuel leise. »Und dankt ihnen, dass sie Ihnen, Señora, zu Ehren von nah und fern gekommen sind.« Anaiza warf sich auf die Erde und begann eine eigentümlich bezirzende Melodie zu singen. Manuel fuhr fort: »Jetzt beschwört sie die Geister, den Toten auf ihrer Reise zu helfen.«

Nach einer Weile setzten die Trommeln wieder ein, und nach und nach fingen die Frauen an, im Kreis zu tanzen, stampfend und zugleich schwerelos, graziös und archaisch, mit den Gegensätzen spielend, als könnte die Kraft dieses Tanzes die Dualität des Lebens außer Kraft setzen. Fasziniert sah Teresa den Tänzerinnen zu. Nach einer Weile löste sie sich von ihrer Mutter, ging auf den Kreis zu und ließ sich hineingleiten in den hypnotisierenden Rhythmus, dem ihre Füße wie von selbst folgten.

»Entschuldigen Sie mich«, sagte Manuel und begab sich zu Teresa.

Ein eigenartiger junger Mann, dachte Felicitas. Still und in sich gekehrt, beteiligte er sich selten an Gesprächen, und wenn er gelegentlich doch ein paar Worte beisteuerte, waren sie von einem sanften Mitgefühl getragen, das man vielleicht einem schwächlichen Charakter, der stets den bequemen Weg suchte, hätte zuschreiben können, wenn nicht diese Kraft von Manuel ausginge, die vermutlich von derselben Quelle gespeist wurde, die Anaizas Wissen und Klugheit nährte.
Von Isabella wusste sie, dass er nach dem Tod seiner Mutter vor zwölf Jahren der Dschungelplantage den Rücken gekehrt hatte, um erst eine Schule in Rio und schließlich die Universität zu besuchen und Betriebswirtschaft zu studieren. Das Geld dafür hatte Anaiza ihm gegeben. Doch nach dem Studium war er zurückgekehrt, um für immer zu bleiben. »Bis auf Anaiza hat es wohl niemand verstanden«, hatte Isabella gesagt. »Er sieht aus wie ein Filmschauspieler, ist intelligent, und alle Wege stehen ihm offen, aber er ist der Überzeugung, sein Glück hier zu finden. Und ich bin sehr glücklich, dass er so denkt. Eines Tages wird er heiraten, und auf meiner Fazenda wird das Leben wieder erwachen.«
Felicitas schüttelte die Erinnerung an Isabellas Worte ab. Was reimte sie sich in ihrer mütterlichen Sorge hier eigentlich zusammen? Das war ja lächerlich.
Abrupt wandte sie sich ab, um sich etwas zu trinken zu holen, als Anaiza sich ihr in den Weg stellte. Sie legte Felicitas die Hand auf die Mitte der Brust. Dann sagte sie ein paar Worte und wies mit einer leichten Kopfbewegung zu den Tanzenden hinüber. Als Felicitas sich widerwillig umdrehte, deutete Anaiza auf Manuel und Teresa, die miteinander tanzten, als wären sie allein auf der Welt.

Anaizas Gesten waren unmissverständlich.
»Nein«, sagte Felicitas und sah Anaiza in die Augen. »Meine Tochter wird nicht hierbleiben.«
Anaiza lächelte mitfühlend.
Trotz der Hitze fröstelte Felicitas. Es wurde Zeit, zur Fazenda zurückzukehren.

Das Frühstück am nächsten Morgen verlief in ungewohntem Schweigen. Teresa kaute auf ihrem Brötchen herum, als wäre es aus Sägemehl gebacken, und mied den Blick ihrer Mutter. Doña Isabella hatte die Ellbogen auf den Tisch gestützt, hielt ihre Tasse mit beiden Händen umfasst und trank ihren Kaffee in kleinen Schlucken, die Stirn gerunzelt, die Augen ohne Glanz. Nur Manuel aß wie stets langsam und konzentriert, sah gelegentlich von seinem Teller auf, lächelte kurz, um sich dann wieder seinem Essen zu widmen.
Genau wie Anaiza, dachte Felicitas bissig. Wahrscheinlich soll selbst das Frühstück ein heiliges Ritual darstellen.
Zorn und Sorge hatten sie gestern Abend überflutet, und ein unruhiger Schlaf hatte diese Gefühle nicht beruhigen können. Sie war erbost, umso mehr, da ihre Überlegungen, was nun zu tun sei, zu nichts geführt hatten. Was war schon groß passiert? Ihre Tochter war ohne um Erlaubnis zu fragen auf ein Fest gegangen. Mein Gott, sie stand kurz vor ihrem einundzwanzigsten Geburtstag. Sie, Felicitas, hatte in diesem Alter schon mehr als einen Tabubruch hinter sich, abgesehen davon, dass sie mit siebzehn geheiratet hatte. Sollte sie ihrer Tochter jetzt etwa ins Gewissen reden? Oder Manuel? Ich möchte nicht, dass Teresa der Kopf verdreht wird, sie ist ohnehin eine Träumerin, zu gut für diese Welt. Und, fügte Felicitas selbstironisch hin-

zu, sie soll mein Erbe antreten, mein Werk fortsetzen, weshalb ihr Platz in Deutschland ist und gewiss nicht in Brasilien auf einer gottverlassenen Plantage am Ende der Welt, ganz gleich, was Anaiza darüber denkt.

Doña Isabella räusperte sich. »Felicitas, Teresa, ich muss euch leider etwas mitteilen, was ihr schon eher hättet wissen müssen, doch die Post und mit ihr auch die Zeitungen erreichen die Plantage mitunter mit Verzögerung.« Sie seufzte, erhob sich schwerfällig und ging hinüber zu einem zierlichen Sekretär, öffnete die mittlere Schublade und kehrte mit einigen Ausgaben der *São Paulo Nazionale* zurück, die sie auf den Tisch legte und mit ihren kleinen fleischigen Händen glatt strich, unnötigerweise, denn sie waren nicht zerknittert.

»Gestern erklärten Großbritannien und Frankreich dem Deutschen Reich den Krieg. Diese Reaktion auf Hitlers Überfall auf Polen am 1. September erfolgte rascher, als politische Beobachter der bisherigen Appeasement-Politik Chamberlains zugetraut hätten …« Mit leiser, aber fester Stimme las sie weiter, nur ihre Hände zitterten.

Während sie las, kroch langsam, ganz langsam die Angst in Felicitas' Blut. Ihre Augen weiteten sich, ihr Herz raste. Teresa schien es ähnlich zu gehen, sie presste eine Hand auf den Mund, als würde sie einen Schrei unterdrücken, und sah Hilfe suchend zu Manuel, der jedoch die Augen geschlossen hatte, die Hände gefaltet wie zum Gebet.

Isabellas Stimme erstarb. Keiner sagte ein Wort.

»Komm, Teresa«, meinte Felicitas schließlich und stand auf. »Wir müssen packen. Es werden bald nicht mehr so viele Schiffe nach Deutschland fahren.«

Teil II
1939–1948

21

Auch wenn sie stets die beneidenswerte Fähigkeit besessen hatte, sich auf das für sie Wesentliche zu konzentrieren und Ereignisse, die nicht unmittelbar mit ihren Zielen zusammenhingen, auszublenden, kam Felicitas im Oktober 1939 nicht umhin zu bemerken, dass ihr Leben und das aller im Begriff stand, auf eine Katastrophe zuzusteuern, die der des Ersten Weltkriegs mindestens glich, wenn sie sie nicht sogar überstieg.

Denn anders als 1914 zeigte der Krieg sein hässliches Gesicht, indem er Narben in ihre Heimatstadt schlug, noch bevor eine einzige Bombe der Alliierten das tat. Überall wurden Deckungsgräben ausgehoben, zur Vorsicht, wie es hieß, was viele Menschen in ihrem Vertrauen in ein Regime, das dieses Vertrauen nicht verdiente, für bare Münze nahmen. Auf dem Gaswerk, dem Überseemuseum und anderen Gebäuden wurden Flakgeschütze aufgestellt und junge Männer und Mädchen, den Kinderschuhen gerade entwachsen, darin unterwiesen, sie zu bedienen. Das Wahrzeichen Bremens, der stolze Roland, war mit einer starken, mit Sand gefüllten Holzverschalung ummantelt, das Rathaus mit Stützen versehen und die Säulen der Arkaden, die seinen Balkon trugen, waren mit Ziegelsteinen

ummauert worden, damit sie dem Druck von Bomben standhielten. Vor allem jedoch ängstigte Felicitas die Tatsache, dass es nicht ein schwacher Kaiser war, der einen Krieg nicht verhinderte, sondern ein einziger Mensch eine ganze Nation in den Rassenfanatismus und in einen Krieg trieb, kalkuliert und von menschenverachtender Effizienz. Keine Sekunde hatte sie an das Märchen geglaubt, der Feldzug gegen Polen wäre nur eine Reaktion auf wiederholte Übergriffe des Nachbarn im Osten. Elisabeth und sie waren sich in der Einschätzung der Lage einig, und auch darin, diese Auffassung, die, sofern sie ruchbar würde, Schutzhaft, Folter und Tod bedeutete, mit niemandem, nicht einmal mit Teresa, zu teilen. Darüber hinaus hatten sie einen Plan gefasst. So schnell wie möglich sollte ein Teil ihres Privatvermögens mit Bernhards Hilfe ins Ausland transferiert werden. Sollte es Anzeichen dafür geben, dass der Krieg sich zu dem Flächenbrand entwickelte, den sie befürchteten, würde die Familie emigrieren. Voraussetzung für das Gelingen dieses Unternehmens war jedoch, dass Felicitas es schaffte, sich aus der Schusslinie der Gestapo zu bringen, die nach ihrer Rückkehr aus Brasilien die Überwachung fortgesetzt hatte.
Der leichte Nieselregen wurde stärker, und Felicitas beschleunigte ihre Schritte. Ihr Magen knurrte, da sie nicht gefrühstückt hatte, doch sie wusste, dass ihr Appetit erst dann zurückkehren würde, wenn sie die Unterredung hinter sich gebracht hatte.
Sie betrat das Rathaus, klappte den Regenschirm zu und sah sich suchend um. Überall hingen Hakenkreuzfahnen, und es wimmelte von Uniformierten, die selbstbewusst durch das altehrwürdige Gebäude stolzierten, und Menschen unterschiedlichen Alters und Geschlechts, die die

Treppen hinauf- und hinuntergingen. Türen klappten, Stiefel knallten, Absätze klapperten.
»Da hinten«, meinte eine mollige Blondine und wies, während sie an Felicitas vorbeiging und sie neugierig musterte, auf einen Schirmständer in einer Ecke neben der in den ersten Stock führenden Treppe.
»Danke«, sagte Felicitas. Dem Eindruck der souveränen Gelassenheit und generösen Kooperationshaltung, die sie zu zeigen vorhatte, wäre ein triefender Schirm nicht unbedingt zuträglich gewesen. Sie strich ihre aschblonden halblangen gewellten Haare glatt, rückte das weinrot gemusterte seidene Halstuch, das einen reizvollen Kontrast zu dem streng geschnittenen silbergrauen Schneiderkostüm bildete, zurecht, holte unauffällig tief Luft und erklomm die Stufen.
Vor dem Büro des Bürgermeisters blieb sie stehen und nannte ihren Namen und ihr Anliegen. Ein junger Mann mit weichen Gesichtszügen und einer lustigen Stupsnase, die seinem Gesicht einen arglosen Ausdruck verlieh, schüttelte entschuldigend den Kopf.
»Der Bürgermeister befindet sich in einer Sitzung.«
»Aber ich habe einen Termin«, wandte Felicitas ein und biss sich auf die Lippe.
Der junge Mann sah sie an, als wäre sie von allen guten Geistern verlassen. Schließlich sagte er: »Sie können warten.« Dann vertiefte er sich wieder in ein Schriftstück, das vor ihm auf dem gewaltigen Nussbaumschreibtisch lag.
»Danke«, sagte Felicitas freundlich. Sie wusste, wie wichtig es war, sich angemessen ehrerbietig zu zeigen, selbst wenn sie sich am liebsten auf den Tisch erbrochen hätte.
Zwei Stunden ließ der Bürgermeister sie warten. Dann wurde die Tür zu seinem Büro geöffnet. Leutselig verab-

schiedete Röhmcker sich von zwei Herren mittleren Alters in dunklen Anzügen, und Felicitas erhob sich von dem unbequemen Holzstuhl. Huldvoll lächelnd schritt sie auf den Bürgermeister zu und hielt ihm die Hand hin, die er nach kurzem Zögern ergriff.
»Bitte«, sagte er knapp, ließ Felicitas vorangehen und schloss nach einem Blick auf den jungen Mann und einer Geste, als sähe er auf seine Armbanduhr, die Tür.
»Was führt Sie zu mir, Frau Hoffmann?« Sein Ton war höflich, doch Felicitas entging die Ungeduld in seiner Stimme nicht.
»Um es kurz zu machen, Herr Bürgermeister, ich möchte Ihnen ein Angebot unterbreiten. Das heißt, dem Dritten Reich.«
Röhmcker hob die Augenbrauen, und Felicitas fuhr fort. Ihr Puls raste, denn was sie zu sagen beabsichtigte, war tollkühn.
»Mein Unternehmen entwickelt derzeit vielversprechende Produkte, die von großem Nutzen für Deutschland sein werden. Neben der Kaffeeproduktion, die zurzeit auf besseren Ersatzkaffee umgestellt wird, als es je gegeben hat, bereiten wir eine kalorienreiche Substituternährung vor, die der Logistik des Frontnachschubs zum Vorteil gereichen könnte. Das bedeutet ein Maximum an Ernährung für die deutschen Soldaten bei einem Minimum an Transportvolumen.« Sie machte eine kleine Pause. »Jedoch sehe ich mich nicht länger in der Lage, dieses Vorhaben weiter voranzutreiben. Meine nervliche Verfassung ist aufgrund der beständigen, und ich muss betonen, nicht gerechtfertigten Überwachung nicht die beste …«
»Aber Ihr Laborleiter wird sich der Dinge doch annehmen können, nicht wahr?«, erwiderte Röhmcker süffi-

sant, und Felicitas schoss die Bemerkung durch den Kopf, die sie vor einiger Zeit während eines Empfangs im Schütting aufgeschnappt hatte: Weil der Bürgermeister vor seiner Amtszeit und lange vor der Machtergreifung der NSDAP für die Partei tätig war und bei SA-Einsätzen stets Latten aus Zäunen herausbrach und damit auf andere Menschen losging, um sie zu verprügeln, wurde er im Volksmund Latten-Heini genannt. Ein Witz bei seiner feisten Figur – wie ein Mehlsack thronte er hinter dem Schreibtisch –, und so ernst die Situation auch war, musste Felicitas sich doch ein Grinsen verkneifen.

»Nein. Meine Kenntnisse verdanke ich internationalen Kontakten, und sie bleiben deshalb auch bei mir. Meine Mitarbeiter erhalten nur Teilinformationen. Darüber hinaus«, fuhr Felicitas ungerührt fort, »möchte ich einen Beitrag zum deutschen Gemeinwesen leisten. Das Dritte Reich erhält die Hälfte des Firmenumsatzes, wenn ich unbehelligt meinen Entwicklungen nachgehen kann. Und der Vermittler, in dem Fall Sie, bekommt eine prozentuale Beteiligung an dem Geschäft.«

Scheinbar gelassen spielte Röhmcker mit seinem Füllfederhalter. »Man könnte das auch Erpressung nennen, Frau Hoffmann.«

»Da wir unter uns sind, Herr Röhmcker, muss ich Ihnen sagen, dass es mir ganz gleich ist, wie Sie es nennen. Wenn Sie sich weigern, mein Angebot nach Berlin weiterzuleiten, werde ich dafür sorgen, dass man es dort erfährt.« Sie beugte sich ein wenig nach vorn und fuhr leise und mit Eiseskälte in der Stimme fort: »Ich werde Himmel und Hölle in Bewegung setzen, das schwöre ich Ihnen. Sie haben vor nicht allzu langer Zeit ein Spiel mit mir getrieben und gewonnen. Jetzt bin ich am Zug.« Elegant erhob sie sich. »Sie sollten darüber nachdenken.« Sie hielt inne, als wollte sie dem etwas Versöhnliches hinzufügen, ganz so, wie er es mit ihr getan hatte, vor einem Jahr, als sie seine Hilfe benötigt hatte. »Und wir vergessen beide, dass Ihre Frau nichts von Ihrer Geliebten weiß, und die Gestapo nichts davon, dass sie Jüdin ist.« Sie nickte ihm zu und verließ das Büro. Ihre Knie zitterten, als sie die Treppe hinunterging.

Eine kühle Oktobersonne hatte den hartnäckigen Regen vertrieben, die bleigraue Wolkendecke aufgerissen, und die Menschen, die an diesem Mittag über den Marktplatz hasteten, klappten ihre Schirme zu und gingen gemächlicheren Schrittes weiter. Am Eingang zur Böttcherstraße stand mit dem Rücken zu ihr ein hochgewachsener Mann mit schwarzen Haaren, die Schläfen leicht ergraut, und nestelte ungeduldig an seinem Kragen herum. Felicitas' Herz machte einen Sprung. Sie eilte dem Mann entgegen, doch im Näherkommen bemerkte sie ihren Irrtum. Der Mann sah sie irritiert an, und Felicitas bog in die Marktstraße ab.

Ich benehme mich wirklich wie ein Backfisch, dachte sie, wildfremden Männern hinterherzulaufen, nur weil eine Bewegung sie an Bernhard erinnerte.

Um ihr klopfendes Herz zu beruhigen, rief sie sich in Erinnerung, welchen Entschluss sie auf der Fahrt von Brasilien gefasst hatte, einsam an Deck stehend, mit den Sternen und einer bewegten See als Zeugen. Die Familie ging vor und musste in Sicherheit gebracht werden, dann würde sie versuchen, Steffen ausfindig zu machen. Sie würde nicht wieder Jahre darauf verwenden, zu hoffen und zu warten, wie sie es damals getan hatte, als Heinrich im Ersten Weltkrieg von einer Sondermission an der Somme nicht zurückgekehrt und als vermisst gemeldet worden war. Jahre, in denen sie kein Leben und keine Liebe in sich verspüren konnte. Verlorene Jahre. Nein, dieses Mal würde es anders werden. Sie würde Steffen finden. Wäre er tot, würde sie ihren Frieden mit ihm machen. Wäre er noch am Leben, könnte sie die Dinge mit ihm klären. Das war sie Steffen schuldig.

Erst dann wäre sie frei, an Bernhard zu denken, an eine Zukunft mit ihm.

Und wie in der Vergangenheit vernahm sie die leise Stimme in ihrem Innern nicht, die sie daran erinnerte, dass die Zeit kostbar ist – und begrenzt.

Ein malzig-herber, leicht bitterer Duft empfing sie, als sie das Kontorhaus am Wall betrat, und statt direkt in ihr Büro zu gehen, konnte sie der Versuchung nicht widerstehen, bei Elias Frantz reinzuschauen. Eine Tasse Kaffee wäre jetzt genau das Richtige, und in seinem Labor brodelte stets eine Kanne frisch gebrühter eigener Mischung auf dem Ofen.

Gut gelaunt winkte Frantz ihr zu, einen seiner blau gepunkteten Becher in der Hand und auf einem Schluck Kaffee herumkauend wie auf einem Stück Brot. Werner Briskow lehnte an einem Regal mit Büchern, zerfledderten Notizbüchern, Reagenzgläsern und Glasphiolen und sprang in Habtachtstellung, als er Felicitas erblickte.

»Wir verkosten gerade«, sagte er eilfertig und wies auf eine Anzahl Becher, die in Reih und Glied auf einem halbhohen Arbeitstisch standen, alle mit dampfender brauner Flüssigkeit gefüllt und mit einem weißen Zettel beklebt.

»Und?«, fragte Felicitas, nahm einen der Becher in die Hand und rümpfte die Nase, als sie an dem Inhalt roch.

»Bitte nichts durcheinanderbringen«, sagte Elias Frantz mit strenger Miene und stellte den Becher zurück in die Reihe. »Dies ist eine aus dem 17. Jahrhundert bekannte Mischung aus Kastanien, Nüssen und Bohnen. Sie wird wohl nicht in die engere Wahl kommen …«
»Und dies«, schaltete sich Werner Briskow ein, »haben wir aus Erbsen, Getreide, Brot und Reis hergestellt. Dem Aroma fehlt allerdings auch der letzte Pfiff.«
»Aber wenn wir Eicheln, Bucheckern, Mandeln, Kichererbsen, Kräuter, Beeren, Feigen und Datteln hinzufügen, könnte es etwas werden«, ergänzte Frantz und grinste über das ganze breite sympathische Gesicht.
Felicitas lachte. »Schmeckt denn überhaupt etwas davon so lecker, wie es im ganzen Haus duftet?«
»Doch, gewiss«, erwiderte der Laborleiter und hielt ihr einen anderen Becher hin.
»Ziemlich dünn«, meinte Felicitas.
»Das ist eine französische Variante, mit Tonerde gestreckter Bohnenkaffee – Muckefuck«, erklärte Frantz und sah seinen Assistenten aufmunternd an.
»Das Wort leitet sich ab von Mocca faux, was so viel heißt wie falscher Kaffee«, nahm Werner Briskow das Stichwort schnell und ein wenig naseweis auf, wie Felicitas fand. Er wurde rot, als sie ihn ansah, und sie fragte sich, wie in aller Welt sie jemals vor ihm Angst gehabt haben konnte, mager und schüchtern, wie er war.
»Wir haben mehr als genug Möglichkeiten, einen schmackhaften Ersatzkaffee zu entwickeln«, unterbrach Frantz ihre Gedanken. »Nur das Mischungsverhältnis der einzelnen Ingredienzien bereitet uns noch Kopfzerbrechen. Der Zichorienkaffee wird aber aller Voraussicht nach die Grundlage bilden.«

Felicitas verzog das Gesicht. Die gerösteten und im Mörser zerstoßenen Wurzeln der Wegwarte, einer Verwandten des Chicorée, lieferten das braune Zichorienpulver, das geröstet ein bitteres Aroma entwickelte, das man nur mit viel gutem Willen als kaffeeähnlich bezeichnen konnte, das jedoch in Zeiten, da der Bohnenkaffee knapp wurde, stets wieder Einzug in die Küchen Europas gefunden hatte. Wie im Ersten Weltkrieg. Felicitas hatte dieses Gebräu gehasst und sich geschworen, nie wieder einen Schluck davon zu nehmen, eher würde sie Wasser trinken.

»Zichorien regen die Leber- und Gallenfunktion an und fördern damit die Eiweiß- und Fettverdauung in Magen und Darm«, erklärte Werner Briskow mit schuldbewusstem Gesichtsausdruck, als wäre er für den gewöhnungsbedürftigen Geschmack verantwortlich.

»Keine Sorge«, sagte Elias Frantz zu Felicitas gewandt. »Wir mischen mit geröstetem Gerstenmalz. Und gesund ist das Zeug auch. Wurde schon den Burgfräulein im Mittelalter gegen Magenbeschwerden, Appetitlosigkeit, Verdauungsprobleme, Husten und Fieber verabreicht.«

»Appetitlosigkeit«, stöhnte Felicitas. »Damit können wir im Krieg ja vortrefflich werben.«

»Allerdings hätten wir da noch etwas anderes zu bieten«, sagte Elias Frantz gedehnt und zwinkerte Werner Briskow zu, der sofort aufsprang, zum Ofen hinüberging und behutsam, fast zärtlich, einen Becher mit dem Inhalt aus der Kanne füllte und Felicitas reichte.

»Das ist köstlich«, sagte Felicitas und fügte ironisch hinzu: »Was ist das? Zerstoßener Thymian mit einem Hauch Mohn?«

Elias Frantz lachte. »Das ist astreiner Bohnenkaffee.« Er

blickte Felicitas mit funkelnden Augen an. »Gewonnen aus einer Kaffeepflanze, die es eigentlich gar nicht gibt.«

»Um Himmels willen, bitte sprechen Sie nicht in Rätseln!«

Der Laborleiter hob beschwichtigend die Hände. »Schon gut, schon gut. Was Sie gerade mit Genuss verkostet haben, ist das Ergebnis eines Kultivierungsexperiments, das Briskow und ich gewagt haben. Die vermeintlich kranke Kaffeepflanze, die Sie aus Brasilien mitgebracht haben, ist im Gegenteil eine äußerst robuste, bislang unbekannte Sorte, die im Gewächshaus gedeiht, und das sogar schneller als die herkömmlichen Sorten. Ihr einziger Schönheitsfehler ist in der Tat der vollständige Mangel an Koffein.«

»Sie meinen, mit dem Anbau dieser Pflanze besäßen wir einen natürlichen koffeinfreien Kaffee und wären damit der Konkurrenz um mehrere Nasenlängen voraus?«

Elias Frantz nickte. »Ganz genau. Darüber hinaus enthält diese Pflanze noch einen anderen Stoff, der mit nichts zu vergleichen ist, was wir kennen, aber seine Wirkung ist ähnlich wie Koffein äußerst belebend und überdies förderlich für Magen und Darm. Hier ist unser Bericht.«

Felicitas nahm das Schriftstück entgegen und begann in den Seiten zu blättern. »Das ist phantastisch«, murmelte sie. Irgendetwas in diesen Papieren ließ sie stutzen, sie wandte die Blätter hin und her, doch was immer es war, wollte sich partout nicht ins Licht ihres Bewusstseins locken lassen, und schließlich schob sie die kurze Irritation auf die Überraschung und die damit verbundenen elektrisierenden Perspektiven für das Unternehmen.

»Gute Arbeit«, lobte sie den Laborleiter. »Es wird im Moment allerdings ziemlich schwierig sein, die erforderlichen Flächen für die Gewächshäuser zu erwerben. Wenn dieser Kaffee so einschlägt, wie ich es mir vorstelle, brauchen wir eine Menge Land …«

»Zuvor sollten wir uns aber die Rechte sichern«, warf Frantz ein.

»Die gehören Anaiza«, erwiderte Felicitas. In Gedanken kehrte sie in den Dschungel zurück und sah Anaiza vor sich, wie sie ihrer Sorge über die seltsamen Kaffeekirschen vehement Ausdruck verlieh, doch sich dann, als Felicitas zugesichert hatte, sich darum zu kümmern und gegebenenfalls einen ihrer Angestellten mit einem Gegenmittel zu ihr zu schicken, eine Mischung aus Schalk und Berechnung in ihre Züge schlich, die sich Felicitas nicht hatte erklären können. Jetzt begriff sie. Anaiza hatte mitnichten an eine Krankheit der Pflanze geglaubt; sie wusste, um welchen Schatz es sich bei ihrer Entdeckung handelte, und auch, dass Felicitas alles daransetzen würde, die Rechte für ihr Unternehmen zu sichern.

Eisiger Schrecken durchfuhr sie. Was würde Anaizas Preis sein? Teresa?

Felicitas weigerte sich, den Gedanken zu Ende zu führen. Niemals würde ihre alte Weggefährtin, der sie so viel verdankte, das Schicksal zwingen wollen. Niemals. Aber andererseits, was wusste sie eigentlich wirklich von ihr? Wenn der gute Geist von Preto Velho aus ihr sprach, war es dann nicht ebenso gut möglich, dass ein anderer, nicht so freundlicher Götze in ihr lebte und ihre Handlungen dominierte? Energisch rief sie sich zur Ordnung. Sie begann ja selbst schon Gespenster zu sehen.

»Ich werde mich darum kümmern«, sagte sie vage und fuhr mit geschäftsmäßiger Miene fort: »Leider müssen wir uns auch mit der Produktion von Kriegsgütern beschäftigen, Pappe, Wellblech, Trockengemüse, das Übliche. Darüber hinaus müssen wir ein neues Lebensmittel entwickeln.« In kurzen Worten setzte sie Elias Frantz und Werner Briskow ins Bild, wobei sie vorgab, den Auftrag unter dem Siegel absoluter Verschwiegenheit vom Bürgermeister erhalten zu haben. Denn die Geschichte, die sie Röhmcker aufgetischt hatte, war nur ein Bluff, ebenso ihre Andeutung, sie wisse von seiner jüdischen Geliebten, die allerdings auf Elisabeths Konto ging. Frau van der Laaken hatte so etwas läuten hören und Elisabeth brühwarm und im Brustton aufrichtiger Empörung davon erzählt.

Elias Frantz sah unbehaglich drein. »Das wird nicht einfach werden.«

»Versuchen Sie's«, gab Felicitas betont munter zurück.

22

Der Laufstall, der Teresa wie jeder seiner Art mehr an eine Behausung für Kaninchen als für kleine Kinder gemahnte, war dem zweijährigen Michael längst zu klein geworden, und sobald die Aufmerksamkeit der Erwachsenen ein wenig nachgab, versuchte er das Hindernis, das sich zwischen ihm und seinen Bauklötzen, die seinen Forschungsdrang schon lange nicht mehr befriedigten, und der ungleich faszinierenderen Welt befand, zu überwinden.

Fast wäre es ihm dieses Mal gelungen, doch Teresa war schneller und fing ihren Neffen gerade noch rechtzeitig ab. Lachend nahm sie ihn auf den Arm und drehte sich einmal um die eigene Achse.

»Na, du kleiner Schatz, was hältst du davon, wenn wir deine Eltern abholen?«

Michael nickte gewichtig. »Tata.« So nannte er seinen Vater, der dem Kleinen jeden Morgen die ersten Takte von Beethovens *Neunter* vorsang, genauer, schmetterte, was Dora inzwischen so auf die Nerven ging, dass sie Clemens dringend um eine Erweiterung des Repertoires gebeten hatte.

»Tatatata«, trällerte Teresa und marschierte mit Michael zur Garderobe. Trotz der recht milden Frühlingsluft entschied sie sich, ihm zur Vorsicht eine gefütterte Jacke anzuziehen und eine von Marie gestrickte bunt geringelte Mütze aufzusetzen. Sie selbst entschied sich für einen leichten dunkelroten Wollmantel mit schwarzem Seidenbesatz an Kragen und Ärmeln.

Während sie, die Sportkarre vor sich herschiebend, die Parkallee entlangschritt, die nach der Rückkehr der Legion Condor aus dem Spanischen Bürgerkrieg in Franco-Allee umbenannt worden war, atmete sie tief ein, als wollte sie die Winterluft mit aller Macht aus jeder Pore ihres Körpers vertreiben. Ihre aquamarinblauen Augen glänzten, ein leichter Wind wirbelte ihr aschblondes Haar, das in Wellen bis auf die Schultern fiel, anmutig durcheinander, und ihr Gang, in der Vergangenheit stets verhalten, fast linkisch, hatte nun etwas Federndes und zugleich Forderndes, als liefe Teresa dem Leben energisch entgegen.

Sie lachte in sich hinein, als sie dessen gewahr wurde. »Es ist gut, ein Ziel zu haben, Michael«, sagte sie, überzeugt, dass er, wenn schon nicht jedes Wort, so doch den Sinn verstand. »Auch wenn du lange vergeblich danach suchst und schon ganz verzweifelt bist, darfst du nicht aufgeben. Irgendwann gibt das Schicksal dir einen Wink, und plötzlich begreifst du, wo es langgeht.«

Sie überholte zwei junge Frauen in BDM-Uniform, und siedend heiß fiel ihr ein, dass sie an diesem Nachmittag zum Arbeitsdienst hätte erscheinen müssen. Es hatte vergangene Woche mächtigen Ärger gegeben, weil Teresa wieder einmal geschwänzt hatte. Der Vater ihrer Klassenkameradin Manuela war bei Felicitas vorstellig geworden. Die Familie wohnte zwei Häuser weiter und pflegte mit den Andreesens seit Jahren gute nachbarschaftliche Beziehungen, so dass er es wagte, offen zu sprechen. »Meine Tochter ist so fanatisch, dass sie es fertigbringt, Teresa anzuzeigen«, hatte er Felicitas gewarnt, woraufhin sie ihrer Mutter in die Hand versprochen hatte, den wöchentlichen Dienst ab sofort pflichtgemäß zu absolvieren. »Eine Anzeige hat uns gerade noch gefehlt«, hatte Felicitas gemeint, und Teresa hatte zerknirscht genickt.

Vielleicht kann ich Professor Becker überreden, mir ein Attest auszustellen, überlegte sie, als sie den Bürgerpark erreichte. Rückenschmerzen, Unwohlsein, irgendetwas wird sich doch wohl finden.

Entschlossen, sich nicht die gute Laune verderben zu lassen, schob sie den Gedanken an den Arbeitsdienst und ihr schlechtes Gewissen fort und begann ihrem Neffen, der mit wachen Augen und sehr konzentriert seine Umgebung musterte, ein Lied vorzusummen.

Ein Jahr noch, vielleicht eineinhalb, und dies alles läge hinter ihr. Ihre Mutter hatte hocherfreut zugestimmt, als Teresa sie gefragt hatte, ob sie nach bestandenem Abitur in die Firma eintreten könne, um das Kaffeegeschäft von der Pike

auf zu erlernen. Da nicht zu befürchten war, dass sie als eine der Besten ihres Jahrgangs die Prüfung nicht bestehen würde, waren sie übereingekommen, dass Teresa am 1. Juni, in gut zwei Wochen also, mit der Ausbildung beginnen sollte. Was sie ihrer Mutter allerdings verschwiegen hatte – sobald der Krieg vorüber und ihre Ausbildung beendet sein würde, würde sie ihre Koffer packen und nach Brasilien zurückkehren. Nach Terra Roxa – zu Manuel.
Mit ihren Kenntnissen würde sie ihm und Doña Isabella helfen, die Plantage zu leiten, und er und Anaiza würden sie in der Kunst unterweisen, das Leben auf eine Art zu sehen und zu führen, die über alles hinausging, was Teresa je für möglich gehalten hatte.
»Die Liebe wird dich leiten, wenn du es willst«, hatte Manuel ihr zum Abschied gesagt und sie sanft geküsst. »Aber überfordere dich nicht, hör auf deine innere Stimme. So einfach ändert man sein Leben nicht. Wir leben anders als die meisten Menschen, und das könnte nicht immer einfach für dich sein.«
Teresa hatte gelächelt und nichts erwidert.
In der Vergangenheit hatte sie, ohne dies je irgendjemandem anzuvertrauen, unter einem vagen Gefühl der Unzulänglichkeit gelitten, als wäre ihr Wesen irgendwie zu lau temperiert. Nichts von der Entschlossenheit und dem Esprit ihrer Mutter schien ihr zu eigen, und das Leben in Reichtum und Wohlstand war nicht dazu angetan, diese Eigenschaften zu wecken. Nie hatte sie um etwas kämpfen müssen.
Aber jetzt hatte diese Leidenschaft von ihr Besitz ergriffen. Sie wusste, was sie wollte, endlich, und dieses Wissen um ihre Bestimmung verlieh ihr eine nie gekannte Kraft, einen Weg jenseits des bekannten zu erkennen und ihn

beherzt einzuschlagen. Mitunter konnte sie, bis zu ihrer schicksalhaften Begegnung mit Manuel seelisch und körperlich jungfräulich, es kaum glauben, wie sehr die Liebe den innersten Kern ihres Wesens berührte und in Schwingung versetzte, und weil dieses Gefühl mit jedem Tag stärker und tiefer wurde, wuchs Teresas Glaube, nichts, absolut nichts würde sie daran hindern können, ihren Plan in die Tat umzusetzen, weder die Sorge ihrer Mutter noch die Tatsache, dass im Reich die Verbindung einer Deutschen zu einem dunkelhäutigen Brasilianer als Rassenschande verteufelt wurde.

Der Himmel bewölkte sich, und Teresa beschleunigte ihre Schritte, was Michael für ein tolles Spiel hielt. Er lachte fröhlich und schwang seine kleine rote Rassel. Als die ersten dicken Tropfen fielen, erreichten sie den Eingang des Kunstparks und wenig später den pagodenförmigen Bau der Theaterschule, unter deren weit geschwungenem Dach sich zahlreiche Besucher drängten, um auf das Ende des Schauers zu warten.

Schwungvoll wuchtete Teresa die Karre mit Michael die drei Stufen empor.

Das Haus, in dem es in der Regel lustig und laut zuging, in dem gesungen und rezitiert wurde, empfing sie mit ungewohnter Stille. Zögernd ging Teresa an Doras Büro und den Garderoben vorbei zum Bühnenraum.

Sieben als Soldaten verkleidete Männer und sieben blondbezopfte Mädchen, in lange fließende weiße Gewänder gehüllt, standen mit bedrückten Mienen am seitlichen Rand der Bühne, in deren Mitte die Hauptdarstellerin hockte und leise weinte.

»Das darf einfach nicht wahr sein!«, schluchzte sie. »Ich habe Wochen für diese Rolle geübt!«

»Anna, so beruhige dich doch.« Dora drückte ihre Zigarette aus, schwang sich vom Regietisch, auf dem sie rittlings gesessen hatte, hinunter und stellte sich vor die Bühne, die Arme vor der Brust verschränkt. »Ihr habt alle engagiert gearbeitet, doch das ändert nichts daran, dass das Reichskulturministerium Aufführungen von *Lysistrate* zurzeit nicht gerne sieht. Da wir uns im Krieg befinden, hält man es an oberster Stelle nicht für sinnvoll, ein Stück zu geben, in dem die Frauen ihre Männer aus ihren Betten verbannen, um sie zum Frieden zu bewegen.«
»Aber man kann doch Aristophanes nicht den Mund verbieten! Einem Dichter, der seit zweitausenddreihundert Jahren auf den Bühnen dieser Welt geachtet und verehrt wird!«
»Doch, das geht«, schaltete sich Clemens ein und stellte sich neben seine Frau. »Und wir alle täten besser daran, dies einfach zu akzeptieren. Im Grunde tragen Dora und ich die Verantwortung für eure Enttäuschung, denn wir hätten von Anfang an damit rechnen müssen, dass genau dies geschieht.« Unsicher, ob die Schülerinnen ihm seine Haltung abnehmen würden, die nicht seiner wahren Gesinnung entsprach – viel lieber hätte er die Mädchen in ihrer Wut angestachelt und zum Sturm gegen Berlin aufgerufen –, fügte er hinzu: »Wir werden ein neues Stück einstudieren. Eine Komödie, vielleicht ein Commedia-dell'Arte-Stück, für das wir auch den meisten Teil eurer Kostüme verwenden können.«
Dora zündete sich eine neue Zigarette an. »In zwei Tagen treffen wir uns hier wieder. Bis dahin haben Clemens und ich uns Gedanken gemacht und werden mit euch unsere Vorschläge diskutieren.«
»Kann man *Lysistrate* nicht ein wenig umschreiben?«,

fragte ein Mädchen listig. »Statt den Männern den Krieg auszutreiben, könnten die Frauen sie doch von ihrer Trunksucht heilen wollen …«

Clemens nickte anerkennend. »Gute Idee, aber ich fürchte, auch diesen Trick wird man uns nicht durchgehen lassen. Nein, es bleibt dabei. Wir dürfen kein Risiko eingehen. Ihr wollt doch nicht, dass die Schule geschlossen wird, oder?«

Die Mädchen, auch Anna, nickten und trotteten von der Bühne.

»Bist du sicher, dass du nicht doch lieber ans Theater willst, statt in Kaffee zu machen?«, neckte Clemens seine Schwester, die lachend abwehrte.

»O nein, vielen Dank. Die kleinen Dramen im Büro, die mich erwarten, reichen mir völlig, und Diskussionen mit dem Reichskulturministerium locken mich auch nicht besonders.«

Michael streckte die Ärmchen nach seinem Vater aus, und mit Schwung hob Clemens ihn auf die Bühne, wo er sogleich begann, sich an liegen gebliebenen Requisiten, Lanzen aus Pappe, Kerzenhalter aus Ton und einigen Reisigbündeln zu schaffen zu machen.

»Es sieht ganz so aus, als ob wenigstens unser Junior eines Tages das künstlerische Familienerbe fortführen würde«, sagte Clemens schmunzelnd.

Dora schüttelte nachsichtig den Kopf. »Nicht jeder Pups ist Ausdruck theatralischer Begabung.«

»Es tut mir leid um eure Premiere«, unterbrach Teresa das Geplänkel. »Ihr habt so viel Zeit und Mühe investiert. Glaubt das Reichskulturministerium wirklich, dass eine Komödie, die vielleicht von ein paar hundert Menschen besucht wird, deren Kriegsmoral untergräbt? Überhaupt

– Kriegsmoral. Das ist doch ein Widerspruch in sich. Entweder man führt Krieg, oder man denkt an die Moral. Beides zusammen geht nicht.«

»Sehr weise, kleine Schwester. Aber mit diesem Gedanken wirst du dir kaum Freunde machen. Solange Hitler gewinnt, denkt kaum jemand an ethische Fragen.«

Teresa nickte betrübt. In der Tat schien es nichts und niemanden zu geben, der dem Reichskanzler Einhalt zu gebieten vermochte. Polen war binnen weniger Wochen nach dem Überfall der Deutschen besiegt und zwischen dem Reich und seinem russischen Verbündeten aufgeteilt worden. Am 9. April hatte Hitler Dänemark und Norwegen angegriffen, um zu verhindern, dass die Briten von Skandinavien aus eine Wirtschaftsblockade gegen Deutschland errichten, und vor wenigen Tagen waren deutsche Truppen in die Niederlande, Luxemburg, Belgien und Frankreich einmarschiert. Angeblich sollten sich bereits 1,2 Millionen französische, britische, belgische und niederländische Soldaten in deutscher Kriegsgefangenschaft befinden.

»Nein, gewiss nicht«, sagte Dora hart. »Sie scheren sich einen Teufel darum, diese Verbrecher.« Ihre Augen füllten sich mit Tränen, und sie wandte sich ab.

Fragend suchte Teresa Clemens' Blick.

»Ich werd's schon irgendwie überstehen«, murmelte Clemens.

»Um Himmels willen, soll das bedeuten …?«

»Ja, gestern Morgen kam der Brief. In einer Woche darf ich mich zu den ruhmreichen Truppen des Dritten Reiches gesellen.« Er stand stramm und verzog das Gesicht zu einer Fratze.

»Und Christian?«

Clemens zuckte mit den Schultern. »Was glaubst du? Mein lieber Bruder hat sein Studium mit Glanz und Gloria abgeschlossen, und so eine medizinische Koryphäe wird man doch nicht als Kanonenfutter verschwenden.«
»Weiß Mutter es schon?«, fragte Teresa.
»Ja und nein. Ich meine, sie war dabei, als ich den Brief öffnete, aber ich hatte den Eindruck, der Inhalt erreichte sie nicht. Sie sah mich mit großen Augen an und verließ dann ohne ein weiteres Wort den Wintergarten.«
»Sie hat Angst«, sagte Dora leise. »Genau wie ich. Wir haben beide gesehen, was der Krieg aus den Menschen macht, wie er Leib und Seele zerstört.«
»Hör auf!«, bat Clemens seine Frau leise. »Ich will nicht darüber nachdenken.« Behutsam nahm er seinen Sohn, der es sich inzwischen auf Lysistrates Lager aus Stroh gemütlich gemacht hatte und selig auf einem Halm herumnuckelte, auf den Arm und gab ihm einen Kuss. »Kommt, lasst uns nach Hause gehen.«

23

Bei aller innigen Zuneigung zu seinem Sohn und zu seiner Frau war und blieb die größte Liebe in Clemens Andreesens Leben das Theater, und nachdem die Westoffensive der Deutschen am 10. Mai 1940 begonnen hatte, drei Fünftel Frankreichs von deutschen Truppen besetzt worden war und die Soldaten sich landauf, landab in Dörfern und Städten eingenistet hatten, überzeugte Clemens die Offiziere seiner Garnison nach einiger Zeit von der erbau-

enden Wirkung einer improvisierten Frontbühne. So vertrieb er sich und seinen Kameraden fortan jeden Abend das Heimweh in der Fremde mit Goethe, Schiller, Shakespeare und frivolen Couplets. Seine Beliebtheit wuchs bei Kameraden und Offizieren gleichermaßen, bis es einem Oberstleutnant zu bunt wurde. Er witterte, ganz zu Recht, volkszersetzende Ambitionen in Clemens' quecksilbrigem Wesen. Sein mephistophelischer Charme, mit dem er auf impertinente und geradezu unnatürliche Weise die Herzen seiner Kameraden gewann, war ihm zutiefst zuwider, und obschon er es nicht wagte, Clemens' Vorführungen zu verbieten, versuchte er, ihn an die Kandare zu nehmen.
Feldwebel Andreesen wurde den Kurieren zugeteilt, die sich täglich von Lorrison bei Orléans nach Paris durchschlugen, um Nachrichten und Dokumente ins deutsche Hauptquartier zu überbringen. Zwar hatte sich die Lage seit dem Waffenstillstand von Compiègne beruhigt, aber dennoch konnte kein deutscher Soldat sicher sein, den Forêt de Fontainebleau, einen dichten Hochwald aus Eichen, Birken und Buchen auf sandigen Hügeln, ungehindert zu passieren, und musste ständig gewahr sein, dass in den Schluchten und hinter den seltsam geformten Sandsteinfelsen französische Partisanen lauerten.
Clemens nahm den Befehl mit Gelassenheit zur Kenntnis. Das Schicksal war ihm bis dahin wohlgesinnt gewesen, und es gab keinen Grund, warum es das nicht weiterhin sein sollte. Außerdem lockte ihn die Aussicht ungemein, seinen Dienst mit einem verbotenen Bummel durch die Stadt des Savoir-vivre, der Mode, der Liebe und der Bohème abzurunden. Fast ein Jahr war er nun schon in Frankreich, ohne dass er und seine Kameraden einen Blick auf den Eiffelturm hatten werfen können. Clemens lechzte

nach Abwechslung und verdrängte jeden Gedanken an mögliche Konsequenzen. Wer würde schon die Stunden bis zu seiner Rückkehr zählen? Und falls es dem übereifrigen Oberstleutnant doch einfallen sollte, ihn nach dem Grund der Verzögerung zu fragen, so würde er ihm irgendein Märchen auftischen. Phantasie besaß Clemens schließlich im Überfluss und zudem die Geistesgegenwart, die richtige Geschichte zur richtigen Zeit an den Mann zu bringen.

Im April 1941 bot sich die Gelegenheit, die waghalsige Idee in die Tat umzusetzen. Nachdem Clemens mit dem Jeep die fünfzig Kilometer nach Paris unbehelligt zurückgelegt und zwei versiegelte Aktenordner dem zuständigen SS-Offizier überreicht hatte, entschied er, direkt zum Quai de Montebello zu fahren. Dort, wo die Bouquinisten Mengen an antiquarischen Schätzen anboten, war für einen von Kriegs wegen der Bücher entwöhnten Schauspieler der richtige Ort, um das Flair von Paris zu inhalieren. Er parkte den Wagen in einer Seitenstraße des nahe gelegenen Boulevard St-Michel.

Sein Herz klopfte schneller, als er sich des Risikos bewusst wurde, das es bedeutete, allein als deutscher und somit verhasster Soldat unterwegs zu sein. Sein Blick fiel auf die bescheidene Auslage eines Herrenausstatters, Thierry Henry – Pour Hommes, im Souterrain eines vierstöckigen Mietshauses, und nach kurzem Zögern betrat Clemens das Geschäft. Der Verkäufer, vermutlich Monsieur Henry selbst, wie Clemens nach einem kurzen Blick auf den untersetzten Mann Mitte sechzig mit blassem Gesicht, fleischiger Nase und glänzenden schwarzen Augen, die ihm das Aussehen einer gut genährten Feldmaus verliehen, meinte.

Monsieur Henry betrachtete Clemens misstrauisch und rang sich ein unfreundliches »Bonjour« ab.

»J'ai besoin d'un pantalon et d'une chemise blanche ou noire, s'il vous plaît, monsieur«, sagte Clemens freundlich, und die Miene des Mannes hellte sich ein wenig auf. Mit vorgeschobener Unterlippe und Kennerblick betrachtete er Clemens' Figur, nahm dann zwei Hemden, ein weißes und ein schwarzes, und drei Hosen in gedeckten Tönen aus den auf Hochglanz polierten Holzregalen und wies auf eine Umkleidekabine.

»Parfait«, murmelte er, als Clemens nach einer Weile den Vorhang zur Seite zog und sich im Spiegel betrachtete.

»C'est mieux, n'est-ce pas?«, fragte Clemens, und der Mann nickte unmerklich. In der Tat war es besser, weil ungefährlicher, wie ein Fanzose gekleidet zu sein.

Clemens bezahlte und wollte seine Uniform zusammenschnüren, als Monsieur Henry ihm ein Stück Packpapier hinhielt.

»C'est mieux aussi«, sagte er.

Clemens grinste, und der Franzose grinste zurück.

So viel zum Thema Erbfeind, dachte Clemens, nickte dem Mann zu und trat auf die Straße. Nach einem Blick auf die Uhr beschleunigte er seine Schritte. Zwei Stunden, mehr waren nicht drin, sonst würde ihn auch die beste Geschichte der Welt nicht retten.

Die Sonne brannte von einem wolkenlosen Frühlingshimmel. Die Bouquinisten saßen träge neben ihren Holzbuden, fächelten sich Luft zu und riefen, die Zigarette im Mundwinkel, ihren Kollegen dann und wann etwas zu. Ungestört und entzückt blätterte Clemens in prächtigen Folianten, französischen Übersetzungen der Werke von Thomas Mann und Stefan Zweig, in Originalausgaben von Jean-Paul Sartre und Alexandre Dumas, und angesichts der wunderbaren Fülle überfordert, sich zu entscheiden, sah er hoch und ließ seinen Blick über die Bücher, die glitzernde, gemächlich dahinfließende Seine und die wenigen Menschen wandern, die an diesem frühen Nachmittag durch das Quartier Latin spazierten. Plötzlich hielt er inne. Der verhaltene Gang. Die Hand, die ungeduldig eine schwarze Haarsträhne aus der Stirn strich. War es möglich?

Behutsam, als gälte es, ein scheues Tier nur ja nicht zu erschrecken, legte Clemens die Bücher zurück und folgte dem dunkel gekleideten Mann, der in etwa fünfzig Metern Entfernung die Straße überquerte. Mit jedem Meter wuchs Clemens' Gewissheit, dass er sich nicht getäuscht hatte. Schließlich wagte er es, den Mann zu überholen und ihm ins Gesicht zu sehen.

»Steffen!«

Gehetzt sah Steffen ihn an, und Clemens spürte, dass er für den Bruchteil einer Sekunde versucht war, so zu tun, als wäre er, Steffen, ein anderer und Clemens habe ihn mit jemandem verwechselt.

»Steffen, um Himmels willen, was machst du hier?«, setzte Clemens deshalb nach und hielt ihn am Arm fest. »Wir sind alle in größter Sorge um dich. Mutter ist vor Angst wie betäubt, und du spazierst in aller Seelenruhe durch Paris.«

»Nicht hier«, zischte Steffen und schüttelte Clemens' Hand ab. »Komm mit.«

Ohne ein weiteres Wort bog Steffen in die Rue Dauphine ein und lief durch das Gewimmel von Gassen, bis er gegenüber von dem Geschäft, in dem Clemens das Hemd und die Hose gekauft hatte, war, und öffnete, nachdem er sich aufmerksam umgesehen hatte, eine Holzpforte. Farne, Astilben, Alium und eine Kletterrose, die sich so verzweifelt wie unbeugsam zur Sonne emporstreckte, hatten sich auf den wenigen Quadratmetern zu einer verwilderten Sinfonie zusammengefunden. Nur ein Bistrotisch mit angeschlagener Marmorplatte, zwei verwitterte Holzstühle und eine vergessene Puppe mit blonden Zöpfen, die brav auf einer windschiefen Bank saß und auf ihre kleine Besitzerin zu warten schien, deuteten darauf hin, dass dieser Ort nicht immer so verlassen war. Steffen ließ sich auf einen Stuhl fallen.

»Ist das dein neues Zuhause?«, fragte Clemens sarkastischer, als er es beabsichtigt hatte. Sein Stiefvater war magerer, als er ihn in Erinnerung hatte, und seine Kleidung wirkte nachlässig, doch in seinen grünen Augen las Clemens Entschlossenheit.

»Eines von vielen«, antwortete Steffen vage. Nach kurzem Zögern fügte er hinzu: »Du kannst mir glauben, dass es mir nicht leichtgefallen ist, Felicitas und euch im Ungewissen zu lassen. Doch wenn ich Kontakt mit euch aufgenommen hätte, wärt ihr und ich und viele andere in größte Gefahr geraten.«

»Meinst du nicht, dass du deine Bedeutung ein wenig überschätzt?«

Steffen schüttelte stumm den Kopf.

Schweigen legte sich zwischen sie, ein unüberwindbarer Abgrund aus Vorwürfen und Schuldgefühlen, Unverständnis einerseits und dem aus der Vertrautheit des Zusammenlebens gespeisten Wissen, wie der andere denkt und reagiert, und ehe Clemens die Frage formuliert hatte, die ihm plötzlich durch den Kopf schoss, ahnte er ebenso bestürzt wie fasziniert die Antwort.

»Du gehörst zur Résistance«, sagte er. Denn was sollte die Andeutung seines Stiefvaters anderes bedeuten? Nach der Niederlage Frankreichs war General Charles de Gaulle in London an die Spitze des Freien Frankreichs getreten, hatte das französische Nationalkomitee gegründet und zur Fortsetzung des Kriegs aufgerufen. Seine Landsleute hatten auf ihre Weise reagiert. Die Widerstandsbewegung gegen die deutsche Besatzungsmacht und den mit ihr zusammenarbeitenden État Français von Marschall Pétain operierte aus dem Untergrund, das weit verzweigte Netz der Mitstreiter ermöglichte überraschende Überfälle und verheerende Sabotageakte und bereitete den deutschen Besatzern erhebliches Kopfzerbrechen.
Steffen stand auf. »Fahr zurück zu deinen Kameraden, überleb diesen verdammten Krieg, und kehr heim zu deiner Frau und deinem Kind. Vergiss das alles hier. Ich bitte dich.«
»Woher weißt du von Michael und Dora?«
»Von Dorothee und Pierre«, antwortete Steffen widerwillig. Unsicher blickte er sich um.
Mit zwei Schritten sprang Clemens auf seinen Stiefvater zu. »Du hast was getan? Du hast sie besucht? Hast du auch nur eine blasse Ahnung, was du damit anrichtest? Deine Frau und deine Familie werden von der Gestapo überwacht. Mutter kann keinen Schritt machen, ohne dass ein Ledermantel ihr auf den Fersen ist. Wenn herauskommt, dass du mit Dorothee und Pierre Kontakt hast, kann man die Uhr danach stellen, wann die Gestapo auch hier aufkreuzt.«
»Scht! Mach nicht so einen Lärm, Clemens.«
Entgeistert starrte Clemens Pierre an.
»Die Dinge liegen ein wenig anders«, sagte Pierre, trat

aber nicht näher, sondern blieb in der Tür stehen, deren Existenz durch eine geschickte Holzverschalung kaum auffiel. »Es tut mir leid, aber es ist nicht die Zeit noch der Ort, sie dir zu erläutern. Steffen hat recht. Fahr zurück. Bring dich und uns nicht unnötig in Gefahr.«

»Ich will wissen, was hier gespielt wird«, beharrte Clemens. »Meint ihr nicht, dass ich ein Recht darauf habe?«

»Nein, in diesem Fall nicht«, entgegnete Pierre ruhig. »Was wir tun, geht nur uns und das Freie Frankreich etwas an. Aber es ist der richtige Weg, der einzige, der für uns in Frage kommt.«

Hinter ihm schoben sich Sarah und Stefanie durch die Tür. Ehe Pierre sie zurückhalten konnte, stürzten sie auf Clemens zu. »Onkel Clemens, Onkel Clemens!«, riefen sie begeistert.

Entsetzt sah Clemens sie an. »Bonjour, meine Süßen«, sagte er, um einen heiteren Ton bemüht, und gab jeder einen Kuss auf die Wange. Kopfschüttelnd und wütend blickte er von Pierre zu Steffen.

»Sie sind die beste Tarnung, die wir haben«, erklärte Pierre. »Für die Nachbarn sind wir eine ganz normale französische Familie. Zwei süße Mädchen, eine hübsche Frau, ein französischer Jude, der nicht mehr an der Oper spielen darf, und sein Bruder Jean-Claude, ein verkrachter Dichter.« Mit einer knappen Handbewegung deutete er auf Steffen.

»Erzähl eine Geschichte!«, forderte Sarah Clemens strahlend auf.

»Nächstes Mal«, sagte Clemens und tätschelte ihr den Kopf. Zu Pierre und Steffen gewandt fügte er hinzu: »Ich bin als Kurier eingeteilt. Sobald ich wieder in Paris bin, komme ich zu euch.«

»Tu das nicht, Clemens, ich bitte dich!«
»Wer weiß, vielleicht kann ich euch einmal von Nutzen sein«, erwiderte er leichthin, denn sein angeborener Sinn für Dramatik und ein plötzlich keimender Wagemut arbeiteten in ihm und entwarfen ein furioses Szenario, wie er, Clemens Andreesen, die Wehrmacht zum Narren halten und seinem Widerwillen gegen das Dritte Reich und diesen verdammten Krieg Raum und Gestalt verleihen konnte. Ein deutscher Soldat in der Résistance! Gegen seine Natur, die nach sofortiger Offenbarung seiner spontanen Eingebung und anerkennender Bestätigung verlangte, verkniff sich Clemens jedoch jede weitere Erklärung, nickte den beiden Männern zu und wandte sich zur Tür.
»Bis dann!«
Als er die Tür öffnete, blickte er in die Mündung eines Maschinengewehrs.
Oberstleutnant Claußen lächelte Clemens voller Genugtuung an. »Hat mich mein Instinkt doch nicht getrogen. Bitte nach Ihnen, Monsieur«, sagte er ironisch, und als Clemens zögerte, versetzte er ihm einen Schubs. »Vite, vite, da geht's lang! Und nehmen Sie Haltung an, Mephisto, auch wenn Sie die Uniform abgelegt haben.«
Das Letzte, was Clemens wahrnahm, als er die kleine Gasse hinunterlief, sich angstvoll fragend, wie er das alles in Lorrison erklären sollte, war der Schmerz, der sich durch seinen Rücken fraß und sich irgendwann, als er zusammensackte und auf das Pflaster schlug, in ein helles, tröstliches Licht, Scheinwerfern auf einer Bühne gleich, verwandelte.
»Ein Deserteur, auf der Flucht erschossen. Wie bedauerlich«, bemerkte Oberstleutnant Claußen und nickte zwei Soldaten zu. »Die anderen beiden kommen mit.«

»Und die Kinder?«, wagte einer von ihnen, ein schmaler Rothaariger, zu fragen.
Oberstleutnant Claußen drehte sich zu Sarah und Stefanie um. »Na, wie wär's, wollt ihr mit dem Onkel mitgehen?«
Die Mädchen schüttelten die Köpfe und klammerten sich an ihren Vater.
»Bitte«, sagte Pierre, »es liegt doch nichts gegen uns vor. Clemens wollte nur …«
»Mund halten«, fuhr ihn der Oberstleutnant an und fixierte Pierre und Steffen mit seinen hellbraunen Augen, deren beständig freundlicher Ausdruck verstörender wirkte, als es ein kalter, todesverachtender Blick vermocht hätte. »Das Gespräch zwischen Ihnen, dessen Zeuge wir sein durften, war überaus aufschlussreich, und in der Kommandantur wird man sich freuen, es fortzusetzen.«
Mit einer lässigen Handbewegung wies er auf die Mädchen. »Mitnehmen. Und den Rest dieses Kakerlaken-Nestes durchsuchen und ausräuchern.«

Pierre und Steffen wurden abgeführt und in den an der Straße geparkten Transporter gestoßen. Zwei Soldaten packten Clemens' Leichnam an Schultern und Füßen und wuchteten ihn hinauf, ein anderer trieb die verängstigten Mädchen vor sich her.
»O Gott, meine Kinder!«
Dorothee sprang auf, doch blitzschnell hielt Bernhard ihr den Mund zu und zerrte sie zurück in die Sicherheit des Souterrains.
»Lass mich!«, schrie Dorothee und schlug wild um sich, bis Bernhard sie ohrfeigte, um sie zur Besinnung zu bringen. Schluchzend sank sie an seine Brust.
»Les boches«, knurrte Monsieur Henry und reichte Bern-

hard eine Flasche Cognac, die er Dorothee an die Lippen zwang, bis sie zwei Schlucke getrunken hatte.

»Wir müssen verschwinden, Dorothee«, sagte er leise und eindringlich. »Du hilfst deiner Familie nicht, wenn wir auch noch entdeckt werden.« Er stand auf und zog sie mit sich. »Komm.« Er nickte Monsieur Henry zu. »Merci bien.«

Dieser hielt ihn am Ärmel fest. »Ich bin stolz, Sie bei mir zu haben, Monsieur«, sagte er auf Französisch. »Wir alle wissen zu schätzen, was Sie für Frankreich tun. Gott schütze Sie.«

Sie warteten, bis der Transporter um die Ecke gebogen war, öffneten die Hintertür des Ladens, die auf eine schmale Gasse führte, und liefen gerade so schnell an den Häusern entlang, dass es nach geschäftiger Eile und nicht nach Flucht aussah. Nach einer Viertelstunde erreichten sie den Quai d'Orsay.

»Lass uns einen Kaffee trinken«, schlug Bernhard vor und steuerte auf ein Bistro zu, dessen Tische im Schatten einer mächtigen Kastanie standen, doch Dorothee hielt ihn zurück.

»Ich kann jetzt nicht still sitzen, ich muss mich bewegen, sonst werde ich verrückt.«

»Na gut.« Mit einem bedauernden Blick zu dem Kellner, der an der Eingangstür lehnte und sich mit der Speisekarte Luft zufächelte, folgte Bernhard Dorothee.

»Warum bist du nicht hineingegangen?«, fragte Dorothee nach einer Weile. »Madame Celine hatte das Zeichen, dass die Luft rein ist, wie verabredet ins Kellerfenster des Vorderhauses gestellt.«

Bernhard zuckte mit den Schultern. »Ich weiß, ich habe den Kaktus von weitem erkannt, aber als ich aus der Rue Dauphine kam, kehrte sie gerade mit dem Fahrrad vom

Einkaufen zurück, und mir schoss durch den Kopf, dass sie möglicherweise nicht mitbekommen hat, wenn es Anlass zur Vorsicht gegeben hätte.«

»Madame Celine war immer zuverlässig.«

»Durchaus. Dennoch hatte ich ein seltsames Gefühl. Zum Glück. So konnte ich wenigstens dich aufhalten.«

Dorothee blickte starr geradeaus. »Es wäre besser gewesen, du hättest es nicht getan. Vielleicht hätten sie mir die Kinder gelassen …«

»Oder du wärst jetzt tot.«

Sie erwiderte nichts, griff nur stumm nach Bernhards Hand.

Schweigend setzten sie ihren Weg fort. Von weitem glitzerte die Stahlkonstruktion des Eiffelturms in der Sonne, die sich langsam anschickte, der Dämmerung den Vortritt zu lassen.

In Gedanken kehrte Dorothee zurück in die Zeit vor vier Jahren, als sie und Pierre glücklich waren und die Hoffnung sich noch nähren ließ, dass sich ihre schlimmsten Befürchtungen schon nicht bestätigen würden. Dennoch hatte Pierre vorsichtshalber erste Kontakte zu einer jüdischen Organisation geknüpft, die für den Fall der Fälle Fluchtszenarien entwickelte und Verstecke vorbereitete. Dann tauchte aus heiterem Himmel Steffen am Boulevard St-Michel auf und bat sie, auf seinem Weg in den Spanischen Bürgerkrieg eine Nacht bei ihnen verbringen zu dürfen. Überfragt, wie sie darauf reagieren sollten, benachrichtigten sie die Organisation und baten um Hilfe. Es erschien zu ihrer größten Verblüffung Bernhard Servatius und offenbarte sich ihnen als Drahtzieher und Verbindungsmann der Organisation nach England. Ausgerechnet er, der allen als leicht-

fertig galt, als Bonvivant, dem nichts heilig schien außer dem eigenen Wohlergehen.
Er überredete Steffen, einstweilen in Paris zu bleiben, und besorgte ihm eine Anstellung in der Setzerei einer kleinen linksorientierten Zeitung. Dann war eins zum anderen gekommen. Die Deutschen hatten das nördliche Frankreich besetzt, Bernhard hatte begonnen, auch für die Résistance zu arbeiten, und Pierre, Steffen und sie hatten ihm zugearbeitet. Es hatte kein Zurück gegeben. Und jetzt war alles dahin. Ihre Kinder und ihr Mann auf dem sicheren Weg in ein Konzentrationslager, wenn die Folterer der Gestapo noch etwas von ihnen übrig ließen.
»Du gehst in den Untergrund«, sagte Bernhard. »Wir treffen uns um sechs mit Antoine im Deux Magots, er kann dich nach Loches mitnehmen. Der Besitzer des Guts arbeitet mit uns zusammen. Dort bist du erst einmal sicher. Der Mann gehört zu den bekanntesten burgundischen Weinbauern und beliefert die deutsche Führung mit exquisitem Rotwein, so dass so schnell kein Verdacht auf ihn fallen wird.«
»Und du? Was wirst du tun?«
»Ich weiß es nicht. Es wird nicht einfacher für mich, selbst wenn Pierre und Steffen nur meinen Decknamen preisgeben. Ein Wunder ohnehin, dass ich noch nicht aufgeflogen bin.« Sein Blick glitt über sie hinweg.
Doch Dorothee ließ sich nicht täuschen. »Und wenn die ganze Welt zusammenbrechen würde, du würdest Felicitas jetzt nicht allein lassen, nicht wahr? Du willst nach Deutschland, zu ihr.«
»Das scheint in eurer Familie zu liegen.«
»Was?«
»Menschen zu durchschauen, die alles daransetzen, eben

dies zu vermeiden.« Er schwieg einen Moment und musterte Dorothee eindringlich. »Hältst du es für möglich, dass du auch die schauspielerische Begabung geerbt hast?«

Zwei Tage später hasteten im Morgengrauen ein SS-Obersturmbannführer und eine resolut dreinblickende Krankenschwester die Stufen zur Kommandantur am Place de Tanreglise hinauf. Der wachhabende Soldat stand stramm und grüßte mit hoch erhobenem rechten Arm. »Wo sind die Gefangenen aus dem Quartier Latin?«, zischte Bernhard ihn an.

»Ich bin nicht befugt, Ihnen …«

»Jetzt hören Sie mir gut zu«, unterbrach Bernhard ihn streng. »Wir kommen geradewegs aus Lorrison. Oberstleutnant Claußen ist gestern zusammengebrochen. Diphtherie. Eine Katastrophe! Das ganze Lager ist abgeriegelt. Alle Personen, die mit Claußen in den letzten Tagen Kontakt hatten, müssen in Quarantäne gebracht werden, und zwar schnell, bevor es niemanden mehr gibt, der diese gottverdammte Kommandantur am Laufen hält. Haben Sie mich verstanden, Mann?«

»Diphtherie hat eine Inkubationszeit von zwei Tagen«, fügte Dorothee grimmig hinzu. »Wer in dieser Zeit nicht geimpft wird, sieht die Radieschen in Kürze von unten.«

Das war natürlich völliger Blödsinn, verfehlte aber seine Wirkung nicht. Der Soldat riss die Augen auf und stammelte. »Nun, die Gefangenen, die Oberstleutnant Claußen hierher gebracht hat …« Nervös blätterte er in einem Aktenordner. »Also, der eine wurde gestern nach Deutschland deportiert. Der andere ist noch hier. Und dann sind da noch zwei Kinder, Mädchen …«

»Worauf warten Sie noch? Holen Sie die Gefangenen unverzüglich her!«
Der Soldat rannte los. Nach einer Viertelstunde kehrte er zurück, einen Unteroffizier im Schlepptau, der Steffen grob vor sich herstieß. Verängstigt klammerten sich Stefanie und Sarah aneinander, die Augen flehend auf die Krankenschwester gerichtet. Ein Funke des Erkennens glomm in Stefanies Augen auf, der Dorothee nicht entging. Sie reagierte prompt. »Keine Handschellen? Was sind das für Zustände hier? Ist man in dieser Kommandantur der Meinung, Kinder könnten nicht flüchten?« Sie drängte den Unteroffizier zur Seite, nahm die Mädchen an die Hand und rauschte grußlos davon. »Name?«, brüllte Bernhard seinen Freund an.
»Steffen Hoffmann.«
»Mitkommen.« Bernhard wedelte mit einer Pistole, und Steffen stolperte ihm voraus. An der Tür drehte Bernhard sich um und maß die beiden Soldaten mit einem abschätzigen Blick. »Wegtreten.«
Der Unteroffizier trat vor. »Entschuldigen Sie …«
»Entschuldigen Sie, Obersturmbannführer, heißt das«, brüllte Bernhard. »Mann, Mann, Mann, wenn der Führer wüsste, welche laxen Sitten in Paris gepflegt werden …«
»Entschuldigen Sie, Obersturmbannführer, aber Unteroffizier Schröder und ich, nun, wir hatten beide Kontakt zu den Gefangenen. Nehmen Sie uns nicht mit?«
»Für deutsche Soldaten ist das Krankenhaus Saintes Soeurs zuständig. Melden Sie sich unverzüglich dort! Haben Sie verstanden?«
Bernhard drehte sich um und ging schnell, aber nicht zu schnell zu dem Kübelwagen, am Steuer ein Feldwebel, der Gas gab, kaum dass Bernhard saß. Keiner von ihnen, nicht

einmal die Kinder, sagte ein Wort. Mit angespannter Aufmerksamkeit betrachteten sie die Straßen und Plätze der französischen Hauptstadt, an denen sie vorüberfuhren, bis der Fahrer mit einem Nicken zu verstehen gab, dass ihnen niemand auf den Fersen war. Der Wagen bog in den Boulevard Suchet ein und von dort in den Bois de Boulogne, fuhr langsam durch den nebelverhangenen Park bis zur Route de L'Hippodrome, einem Sandweg von nicht ganz zwei Metern Breite. Im Schutz einiger Linden wartete ein Lastwagen. Die Plane flatterte sachte im leisen Wind und gab den Blick frei auf die Ladung – bauchige Weinfässer mit ins Holz gebranntem Monogramm.

»Und los«, flüsterte Bernhard und nahm Dorothee am Arm. »Auf den Wagen, schnell. Aber seid leise!«

Sie huschten aus dem Kübelwagen. Ein Mann mit Baskenmütze und Lederjacke kam ihnen entgegen. »Das ist Monsieur Faubert«, sagte Bernhard, »der Gutsbesitzer. Er bringt euch nach Loches.«

»Bonjour«, murmelte Monsieur Faubert und tippte sich an die Mütze.

Er half Stefanie und Sarah auf die Ladefläche, Dorothee und Steffen folgten ihnen.

»Ihr müsst in die leeren Weinfässer klettern, ganz hinten«, flüsterte Bernhard. »Viel Glück! Und Dorothee, wir finden ihn.«

»Bernhard, sag Felicitas …«, begann Steffen, brach aber ab. »Lass mich mit dir gehen.«

»Bist du wahnsinnig! Sieh zu, dass du in dieses Weinfass kommst, wenn du deiner Frau in diesem Leben noch etwas sagen möchtest.«

Steffen zögerte, tat dann aber, wie ihm geheißen. »Danke für alles, mein Freund.«

Monsieur Faubert löste das Seil, mit dem er die Plane hochgezogen hatte.
»Bonne chance, Bernhard«, murmelte er. Dann startete er den Motor und fuhr mit seiner brisanten Ladung davon.
»Gute Arbeit«, sagte der Fahrer und riss die Uniformjacke auf. »Aber wenn ich die noch lange auf dem Leib habe, kriege ich die Krätze.«
Bernhard nickte. »Los, lass uns verschwinden.«

24

Es ist nicht nötig, dass die Juniorchefin jeden Tag länger arbeitet als der Rest der Belegschaft.« Elias Frantz stand im Türrahmen und blickte Teresa mit gespieltem Ernst an. Als kleines Kind hatte sie auf seinen Knien gesessen und versonnen die Reagenzgläser in seinem Labor betrachtet, später hatte sie bei ihm Hilfe gesucht, wenn sie die verhassten Hausaufgaben in Mathematik wieder einmal nicht geschafft hatte. Das stille Mädchen mit den wissenden blauen Augen war Elias Frantz ans Herz gewachsen, und er beobachtete ihre Entwicklung mit gewisser Sorge. Nicht, dass es tatsächlich Anlass dafür gegeben hätte, aber er hatte noch gut in Erinnerung, wie schwer ihrem Vater, Heinrich Andreesen, damals die Rolle des Erben gefallen war, und tat nun, was er konnte, um Teresa den Start zu erleichtern.
»Lieber Onkel Elias« – Teresa war bei der kindlichen Anrede geblieben, weil sie ihn von Herzen mochte und eine Abkehr vom Vertrauten den gutmütigen Laborleiter ge-

kränkt hätte –, »ich bin jung und frisch und begierig, alles zu lernen.« Sie lächelte ihn gewinnend an.
Zwar war es vor allem natürlich ihre Mutter, die sie in den vergangenen Monaten umfassend und effizient in die Geheimnisse der Betriebsführung eingeweiht hatte und keine Gelegenheit verstreichen ließ, ihr ökonomische Strategien nahezubringen und höchst nützliche, am Rande der Legalität vorbeischrammende Taschenspielertricks, doch Elias Frantz eröffnete ihr die Welt, die sie eigentlich interessierte, die Welt des Kaffees und die der Entwicklung. Es faszinierte Teresa über die Maßen, wie aus einer Idee Schritt für Schritt ein Produkt geformt wurde, und die Konzentration, mit der sie die Informationen in sich aufnahm, überraschte sie selbst, beeindruckte Frantz und ließ Werner Briskow vor Bewunderung fast in die Knie gehen.
Kein Zweifel, ihre Entscheidung, in die Firma einzutreten, war richtig gewesen. Teresa liebte die Arbeit, die sie von morgens acht bis abends sieben, manchmal acht Uhr in Atem hielt, von den vielen süßen Momenten, in denen sie an Manuel dachte, einmal abgesehen. Gelegentlich nagten Schuldgefühle an ihr, verurteilte sie ihre wahren Zukunftspläne als eigennützig, was jedoch nicht dazu führte, von ihnen zu lassen.
Elias Frantz erwiderte ihr Lächeln, blieb aber unschlüssig in der Tür stehen. »Es ist zu gefährlich für dich, allein hier zu bleiben«, beharrte er. »Wenn ein Fliegerangriff …«
»Diese Akte noch, und dann fahre ich nach Hause«, unterbrach sie ihn. »Versprochen.«
»Na schön, Teresa. Bis morgen dann.«
Als die schwere Eichentür des Kontors ins Schloss fiel, atmete Teresa auf. Sie schlug die Akte zu, nahm ihre

Handtasche und Maries Einkaufsbeutel und lief den Korridor entlang, vorbei an der Produktionshalle und den Labors, bis sie den Raum erreichte, in dem die aussortierten Prototypen des streng geheimen neuen Produkts und die Ingredienzien, die man zu seiner Herstellung benötigte, lagerten. Rasch stopfte sie die Taschen voll, nahm gerade so viel, dass es morgen nicht bemerkt werden würde, und hastete zum Hintereingang der Firma, wo sie ihren Wagen abgestellt hatte.

Die Stille hallte von den Häuserwänden wider, ein gespenstischer Gruß aus der Vergangenheit, der Teresa frösteln ließ. Vor wenigen Monaten hatten hier noch Rufe und Gelächter der sich in den Feierabend verabschiedenden Belegschaft von einem florierenden Unternehmen gezeugt, doch ein Arbeiter nach dem anderen war an die Front geschickt worden. Die wenigen, deren Alter oder körperliche Verfassung einen Kriegseinsatz nicht zuließen, gaben ihr Bestes, um die Produktion bei Andreesen-Kaffee in Gang zu halten – ein hoffnungsloses Unterfangen. Andere Firmen begegneten den Produktionsrückständen damit, sogenannte Fremdarbeiter einzustellen, ein Schritt, zu dem Felicitas sich zu Teresas grenzenloser Erleichterung bislang aber nicht hatte durchringen können. Denn die Rekrutierung der »Freiwilligen«, so munkelte man, geschah durch Razzien und Menschenjagden in den besetzten Gebieten. Wochenmärkte und ganze Dörfer wurden umstellt und alle Arbeitsfähigen zum Arbeitseinsatz ins Großdeutsche Reich abtransportiert, wo sie und die Kriegsgefangenen aus Ost und West in der Rüstungsindustrie, der Landwirtschaft, im Hafen und bei Aufräumarbeiten nach Luftangriffen arbeiten mussten. Sie durften keine öffentlichen Verkehrsmittel benutzen, nicht an Gottesdiensten teilnehmen, nach Einbruch der Dunkelheit das Lager nicht verlassen, keine Kontakte mit Deutschen knüpfen. Geschlechtsverkehr mit einer Deutschen wurde mit dem Tod bestraft. »Der Feind ist Feind!«, hatte es in den *Weser Nachrichten* geheißen, und so durften die Arbeiter nicht zusammen mit Deutschen in Luftschutzbunkern auf Entwarnung warten, obwohl sie die Gebäude errichtet hatten, lebten in überfüllten Baracken, wurden schlecht verpflegt und brutal behandelt. Die Funktionäre der Deutschen Arbeiter-Front redeten von bunten Abenden, die das Leben der Fremdarbeiter erquickten, aber daran glaubte Teresa nicht. Die Elendszüge entkräfteter Männer, die jeden Tag von den Lagern zu ihren Arbeitsstätten marschierten, sprachen für sich. Teresa bedauerte die Männer, die mager und hohläugig aussahen, traurig, verzweifelt und wütend wirkten, doch zugleich fürchtete sie sich vor ihnen und davor, was geschähe, wenn ihre Wut sich einmal Bahn brechen könnte.

Sie startete das weiße Cabrio, das ihre Mutter ihr überlassen hatte, und fuhr in ruhigem Tempo über die Adolf-Hitler-Brücke nach Huckelriede. In einer Seitenstraße parkte sie den Wagen, nahm die Taschen und sah sich angespannt um. Kein Mensch weit und breit. Irgendwo kläffte ein Hund.

Mit klopfendem Herzen nahm sie die Päckchen aus den Taschen und warf sie eins nach dem anderen über den mit Stacheldraht gesicherten zwei Meter hohen Bretterzaun. Die Riegel aus Haferflocken, Trockenfrüchten, Honig und einem Extrakt aus der Kaffeepflanze, die Elias Frantz entwickelt hatte, schmeckten zwar wie gepresstes Sägemehl, hatten aber so viele Kalorien, dass sie einen Menschen einen Tag länger am Leben halten konnten.

Wenn ich es hier für einen Fremden tue, dachte Teresa wie jedes Mal, tut es in Frankreich auch ein Mensch für Clemens.

Das letzte Lebenszeichen ihres Bruders hatten sie vor vier Wochen erhalten; eine Postkarte mit dem Eiffelturm und einigen ironischen Zeilen über das anhaltend schöne Wetter in der »unverhofften Sommerfrische«, und Teresa hatte ein ungutes Gefühl beschlichen. Sie hatte überlegt, was Manuel in dieser Situation tun würde, und war zu dem Schluss gekommen, dass er etwas Gutes gegen das Böse und die Angst setzen, ein Licht entzünden würde in der Dunkelheit. Und so hatte sie in Erfahrung gebracht, wo sich die Baracken für die vielen hundert Polen, Franzosen und Belgier befanden, um jeden Tag eine andere anzusteuern und Lebensmittel einzuschmuggeln, wenn es irgendwie möglich war. Teresa hatte Angst, tat aber trotzdem, was sie für die Pflicht des Herzens hielt.

Rasch wendete sie das Cabrio und fuhr nach Hause in die Parkallee, die für sie Parkallee bleiben würde, ganz gleich, wie viele Francos dagegen zu Felde ziehen mochten.

Milchiger Abendnebel dämpfte das strahlende Weiß der Villa und ließ sie wie eine mächtige, bizarr geformte Perle schimmern. In friedlichen Zeiten hatten die hell erleuchteten Fenster wie goldene Einsprengsel gewirkt, jetzt sorgten dreilagige Vorhänge für die vorgeschriebene Verdunkelung. Dennoch fürchtete Teresa sich bei jedem Luftangriff, dass die strahlende Fassade ein perfektes Ziel für die Bomben der Alliierten bildete, obschon es hieß, zivile Gebäude würden nicht angegriffen. Bremen galt als besonders stark gefährdet, waren doch hier viele kriegswichtige Industrien angesiedelt – auf den Werften wurden

U-Boote gebaut, bei Borgward Militärtransporter, Flugzeuge bei Focke-Wulf. Zudem lag die Weserstadt in der Einflugschneise für die Luftangriffe auf das Ruhrgebiet und die Reichshauptstadt Berlin, und seitdem in der Nacht zum 18. Mai 1940 die ersten Sprengbomben gefallen waren, sechzehn Menschen getötet und Häuser in der Bucht-, Bürger- und Sandstraße und das Diakonissen-Krankenhaus in der Nordstraße zerstört hatten, glaubte kaum noch jemand daran, dass die Alliierten die Bevölkerung verschonen würden.

Der Kies knirschte, als Teresa die Auffahrt zur Villa erreichte, um den Brunnen in deren Mitte herumfuhr und mit dem Kühler in Fahrtrichtung neben den Wagen von Herrn und Frau van der Laaken und des Gewürzhändlers Frank Middeldorf stehen blieb. Seufzend stieg sie aus. Ihr Interesse an der kleinen Abendgesellschaft, die ihre Mutter heute früh erwähnt hatte, tendierte gegen null, und während sie ihre Handtasche vom Beifahrersitz nahm und Maries Einkaufsbeutel darin verstaute, überlegte sie, wie sie unauffällig und ohne unhöflich zu sein darum herumkommen könnte. Ein leises Geräusch ließ sie innehalten.

»Teresa, nicht erschrecken.« Bernhards Stimme war kaum zu erkennen.

»Was machst du …«

»Pscht.«

Zwei Fußgänger hasteten auf dem Bürgersteig an der Villa vorüber.

»Teresa«, fuhr Bernhard fort, als die Schritte verklungen waren, »geh ins Haus, lösch das Licht im hinteren Flur und öffne die Seitentür. Beeil dich!«

Teresa zögerte keine Sekunde, überzeugt, dass Bernhard

gute Gründe für sein seltsames Verhalten hatte. Leise schloss sie die Haustür auf und schlüpfte ins Haus.
Aus dem Wintergarten waren gedämpfte Stimmen und das Klirren von Gläsern, die aneinandergestoßen wurden, zu hören. Auf Zehenspitzen schlich Teresa durch die Halle in den hinteren Teil des Gebäudes, in dem sich Küche und Speisekammer, der Aufgang für das Personal, eine schmale Treppe zum Keller sowie eine Tür befanden, die in den Garten führte. Mit fliegenden Händen drehte sie den Schlüssel um, und Bernhard schlüpfte in den Korridor.
»Wo kann ich unbehelligt warten?«
Teresa begriff sofort. »Im Keller.«
»Gut.« Bernhard lächelte Teresa aufmunternd zu und schlich die Stiege hinunter.
Teresa konzentrierte sich auf ihren Atem, wie sie es von Manuel gelernt hatte. Als ihr wild pochendes Herz sich ein wenig beruhigt hatte, ging sie hinüber in den Wintergarten.
»Kind, du siehst angegriffen aus«, bemerkte Frau van der Laaken. »Muten Sie Ihrer Tochter nicht doch zu viel zu? Diese Arbeit im Kontor ist meiner Meinung nach eher für einen Mann geeignet.« Sie lachte und schlug die Hand vor den Mund. »Ach, entschuldigen Sie, es geht mich ja eigentlich nichts an …«
Felicitas, die die konservative Einstellung ihrer Gäste hinlänglich kannte, erwiderte leichthin: »Ich kann ihr eben keinen Wunsch abschlagen.«
»Ich finde das sehr wacker«, schaltete sich der Gewürzhändler ein. »Solange eine junge Frau keine Familie hat, um die sie sich kümmern muss, soll sie ruhig auf diese Weise zum Gelingen der neuen Ordnung beitragen. Wenn sie nur darüber ihre eigentliche Aufgabe nicht vergisst.«

»Die Tochter unserer Nachbarn soll guter Hoffnung sein«, lenkte Frau van der Laaken das Gespräch auf ihr Lieblingsthema, den neuesten Klatsch aus der guten Gesellschaft Schwachhausens. »Dabei befindet sich ihr Ehemann an der Westfront und hatte seit Monaten keinen Heimaturlaub. Das ist wirklich eine Schande, nicht wahr?«
»Wo die Liebe hinfällt«, entgegnete Dora lächelnd. Sie wusste, dass ihre Verbindung mit Clemens allseits auf Empörung gestoßen war, und machte sich einen Spaß daraus, mit scheinbar harmlosen Bemerkungen zu verstehen zu geben, wie wenig sie das scherte.
Felicitas unterdrückte ein Grinsen, klingelte nach Marie und bat sie, Kaffee und Butterkuchen zu servieren, woraufhin die Unterhaltung sich auf die kulinarischen Vorzüge der Bremer Küche konzentrierte und ausgiebige Versicherungen, der Krieg werde gewiss nicht so lang dauern, dass es zu Engpässen in der Versorgung der Bevölkerung kommen werde.
Nervös nippte Teresa an ihrem Kaffee, mit den Gedanken bei Bernhard. Was mochte nur geschehen sein, dass er hier Zuflucht suchen musste, voller Sorge, entdeckt zu werden?
Endlich schlug die Uhr elf, und die Gäste verabschiedeten sich.
»Bernhard ist im Weinkeller«, flüsterte Teresa ihrer Mutter zu.
Felicitas sah sie scharf an. Dann reagierte sie, wie Teresa es gehofft hatte.
»Marie«, rief sie ihrer Angestellten zu, die das Geschirr hinaustrug. »Geh nur schon ins Bett. Das Geklapper des Geschirrs macht mich wahnsinnig. Ich habe rasende Kopfschmerzen.«

Marie brummte in sich hinein. Es passte ihr gar nicht, ihr Refugium im Chaos zu hinterlassen, aber mit einem Blick auf die Standuhr in der Halle nickte sie.

»Wie wäre es mit einem kleinen Absacker?«, schlug Dora vor.

Als Felicitas den Kopf schüttelte, zuckte sie mit den Schultern. »Dann gute Nacht allerseits. Kommst du mit, Elisabeth?«

»Gleich. Ich hole mir nur noch ein Glas Wasser.«

Teresa und Felicitas wechselten einen kurzen Blick.

»Das kann ich doch tun«, erwiderte Dora und war schon auf dem Weg in die Küche, als Elisabeths scharfer Ton sie innehalten ließ.

»Dora, ich will nicht wie eine senile alte Frau behandelt werden.«

»Schon gut. Also dann …«

Dora ging die Treppe hinauf, und als die Tür im ersten Stock zufiel, wandte sich Elisabeth mit einem listigen Lächeln ihrer Schwiegertochter und ihrer Enkelin zu. »So, und jetzt möchte ich wissen, was hier gespielt wird. Kopfschmerzen! Eine bessere Ausrede fiel dir wohl nicht ein!«

»Es gab keine Möglichkeit, es zu verhindern.«

Bernhard lehnte an einem Regal, das bis unter die Decke des Kellers mit Weinflaschen gefüllt war, Teresa kauerte auf den Terrazzofliesen, Elisabeth und Felicitas auf Holzkisten, die mit prächtigen Wappen verschiedener Weingüter aus Frankreich und Italien verziert waren. Teresa weinte leise. Felicitas und Elisabeth blickten stumm geradeaus. Es schien, als hätten Bernhards Worte sie nicht erreicht.

»Dora muss es wissen«, sagte Felicitas schließlich.
»Nein. Offiziell wird es heißen, Clemens sei im Kampf gefallen, und ihr müsst bei der Version bleiben. Zu viele Mitwisser, selbst wenn sie vertrauenswürdig erscheinen, sind eine Gefahr für uns. Auch wo Steffen, Dorothee und die Kinder sich aufhalten, muss unter uns bleiben.«
»Es wird Dora ja auch nicht trösten, wenn sie die wahren Umstände erfährt, im Gegenteil«, pflichtete Elisabeth Bernhard bei. Sie beugte sich vor und betrachtete ihn, als sähe sie ihn zum ersten Mal. »Meine Hochachtung, Bernhard.«
Bernhard winkte ab. »Es gehört nicht viel dazu zu erkennen, dass in diesen Zeiten jeder auf seine Weise etwas tun muss, um das Monster zur Strecke zu bringen. Ich verfüge über viele Kontakte, also nutze ich sie.« Er machte eine Pause und setzte mit leiser Ironie hinzu: »Außerdem entspricht es meiner Abenteuerlust.«
»Was wirst du jetzt tun?«, fragte Elisabeth.
»Ich muss für eine Weile untertauchen. Wenn sie Pierre zum Reden bringen, wird mich nicht mal mehr die Masche, die Gärten der Nazis anzulegen und Emmy Göring in den Hintern zu kriechen, vor dem KZ bewahren. Außerdem … haben sie begonnen, die Juden systematisch zu töten.«
Elisabeth stand auf. Neue Kraft schien sie zu durchströmen. »Du bleibst hier.«
»Das ist unmöglich. Die Gestapo hat euch im Visier.«
»Eben deshalb«, entgegnete Elisabeth. »Wir bringen dich in der Abseite unter. Nicht einmal Dora ist die Trompe-l'œil-Malerei aufgefallen, mit denen mein Mann, Gott hab ihn selig, sie einst vor neugierigen Blicken verbarg. Wisst ihr nicht mehr, wie wir im Ersten Weltkrieg die Wertsa-

chen und selbst einige Möbel dort versteckt haben?« Voller Genugtuung suchte sie Felicitas' Blick, doch ihre Schwiegertochter nickte nur.
Die Trauer um ihren Sohn wühlte in ihrem Innern wie ein wildes Tier, das in seiner Gier nichts übrig lassen würde außer einem vagen Gedanken, der flüchtig in ihr Bewusstsein drang und sie beschämte. Steffen lebte, sie war es ihm schuldig, auf seine Rückkehr zu hoffen. Aber Bernhard würde hier sein, bei ihr.
Sie sah ihm in die Augen und las, dass er dasselbe dachte.

25

Die kleine Susanne zerrte sich die Gasmaske vom Gesicht.
»Das riecht eklig«, sagte die Sechsjährige bestimmt. Ihr Vater befand sich an der Westfront, und ihre Mutter war vor zwei Wochen spurlos verschwunden, und da sich trotz intensiver Nachforschungen keine Angehörigen fanden, die das Kind aufnehmen konnten, hatte Ella sie zu sich genommen.
»Ich weiß, das ist das Gummi«, erwiderte Ella seufzend. »Aber wir müssen das trotzdem üben. Die Maske kann euer Leben retten, das wisst ihr doch.«
Die Schülerinnen nickten.
»Müssen wir die Dinger denn wirklich mit nach Crimmitschau nehmen?«, fragte Wiebke.
»Ja, aber nur zur Vorsicht. In Sachsen kann euch nichts geschehen. Da ist es ruhig und schön. Es wird euch gefal-

len«, antwortete Ella munterer, als ihr zumute war. »Und eure Gasteltern werden nett zu euch sein.« Sie wusste, wie lahm das klang, aber beim besten Willen brachte sie es nicht fertig, der sogenannten Kinderlandverschickung etwas abzugewinnen. Warum sollten die Kinder im Osten Deutschlands sicherer aufgehoben sein als daheim? Gewiss, Bremen wurde inzwischen allzu häufig von Luftangriffen britischer Bomber heimgesucht, während die Ostfront fest in deutscher Hand lag. Die Rundfunkmeldungen überschlugen sich in ihren Schilderungen über den siegreichen Angriff auf die Sowjetunion, der im Juni 1941 begonnen hatte. Doch Ella fürchtete, dass es nur eine Frage der Zeit sein würde, wann die Russen zurückschlagen und sich für die erlittenen Verluste und die tiefe Demütigung rächen würden. Und dann wären die Kinder auch in Sachsen nicht mehr sicher.

»Und jetzt packen wir noch ein paar Leckereien ein.« Strahlend stand Delia in der Tür, die Arme voll mit Äpfeln, in Butterbrotpapier eingewickelten Broten und Sandkuchen, den Ella gestern Abend noch gebacken hatte.

»Warum kannst du nicht mit uns kommen?«, fragte Susanne mit vorgeschobener Unterlippe.

»Weil ich arbeiten muss, meine Süße, das weißt du doch«, antwortete Delia und begann, den Proviant auf die Koffer der Schülerinnen zu verteilen. Sie hasste den Kriegshilfsdienst, zu dem der Reichsarbeitsdienst die weibliche Jugend verdonnert hatte, umso mehr, da sie gestern die Nachricht erhalten hatte, dass ihr Einsatz um weitere sechs Monate verlängert worden war.

Doch sie ließ sich ihren Unmut nicht anmerken, wie Ella wieder einmal erfreut feststellte. Aus dem in tiefster Seele verletzten Mädchen war in den vergangenen vier Jahren

eine umsichtige, einfühlsame junge Frau geworden, die niemanden darunter leiden ließ, wie übel ihr das Schicksal mitgespielt hatte. Die unglückliche Liebe zu Clemens, seine Versprechungen und das doppelte Spiel, das er mit Dora und Delia getrieben hatte, hätte in dem jungen Mädchen den Keim des Zynismus, der Härte und Unversöhnlichkeit säen können. Doch das Gegenteil war der Fall gewesen. Die Arbeit mit den Kindern hatte Delias Direktheit die Schärfe genommen, und die Kühle ihrer nüchternen Intelligenz wurde durch eine soziale Kompetenz ergänzt, die niemand außer Ella ihr zugetraut hätte. Die Kleinen liebten Delia, bewunderten ihr tizianrotes Haar und versuchten ihre Sprechweise, die die Endungen der Wörter nicht verschluckte, wie es in Bremen üblich war, sondern betonte, zu imitieren. Die Größeren hatten sich erst daran gewöhnen müssen, dass Delia, nicht viel älter als sie selbst, ihre Hausaufgaben kontrollierte und Ausflüge, Unternehmungen und Arbeitsgemeinschaften organisierte, lernten ihre ruhige Gelassenheit aber nach kurzer Zeit zu schätzen. Als Felicitas ihnen vor vier Wochen von Clemens' Tod erzählt hatte, hatte Ella das Schlimmste befürchtet und Delia keine Minute aus den Augen gelassen, doch sie hatte sich erstaunlich schnell gefangen.
Wehmütig dachte Ella darüber nach, dass die Gemeinschaft ab morgen nicht mehr existieren würde. Aber nur für eine Weile, beruhigte sie sich. Ihre Schülerinnen würden ja nicht ewig in Sachsen bleiben.
»Fertig!«, rief Delia, und gemeinsam begannen sie das Gepäck in die Halle zu tragen.
Der Weg zum Hauptbahnhof führte am Wall und am Herdentor entlang und glich einer bizarren Möbel- und Accessoire-Ausstellung. Aus den von Bomben zerstörten

Häusern hatten die Menschen gerettet, was zu retten war, und es auf dem Bürgersteig gesammelt zum Abtransport in die Häuser und Wohnungen von Verwandten oder in die Unterkunft, die man ihnen zuweisen würde.

Ein röhrender Hirsch aus Porzellan reckte sich zwischen Glasflakons und dickbauchigen Vasen mit Blumendekors, ein Kochtopf stand verloren auf einer Frisierkommode, aus deren Schublade noch ein Lockenwickler am weißroten Gummiband baumelte, eine Sammeltasse mit goldenem Rand thronte auf einem bescheidenen Stapel Schellack-Schallplatten, irgendwo fächerte ein leiser Wind die Seiten eines abgegriffenen Exemplars von Hitlers *Mein Kampf* auf, bauschte zerfledderte Gardinen, deren Besitzer die Reichsverordnung offensichtlich nicht ernst genommen hatten, derzufolge Gardinen und Vorhänge abgenommen werden mussten, »um sie der Vernichtung durch Luftangriffe zu entziehen«, wie es hieß.

Gardine gerettet, Mensch tot, dachte Ella sarkastisch und fragte sich, wie viele dieser sinnentleerten Verordnungen man sich in Berlin noch ausdenken wollte.

Wussten die da oben nicht, dass immer neue, furchtbarere Waffen vom Himmel fielen? Splitterbomben, Phosphorbomben, Stabbrandbomben, Flüssigkeitsbrandbomben, Kautschukbomben. Brandbomben gefährdeten die Dachgeschosse, aber die ungleich größeren Sprengbomben zerstörten auch die oberen Etagen der Häuser. Doch am meisten gefürchtet waren die Luftminen, die beim Niedergehen einen entsetzlichen heulenden Ton hervorriefen und den Menschen, die in ihren Kellern Zuflucht suchten, keine Chance ließen. Luftminen durchschlugen sämtliche Geschosse und begruben jedes Leben unter Schutt und Asche.

Ohrenbetäubender Lärm schlug Ella und ihren Schützlingen entgegen, als sie den Hauptbahnhof erreichten und die Halle zu den Gleisen durchquerten. Der Zug nach Sachsen stand schon bereit. Eine Kapelle spielte *Maikäfer flieg*, Kinder lärmten, lachten oder weinten, Mütter und Großeltern trösteten, putzten Nasen, lächelten aufmunternd, drängten die eigenen Tränen zurück oder ließen ihnen freien Lauf.

Ella und Delia winkten, bis der Zug nicht mehr zu sehen war.

In Gedanken versunken gingen sie zurück zum Osterdeich. Beiden graute vor dem verlassenen Gebäude. Delia gab vor, in Ruhe lesen und früh zu Bett gehen zu wollen. Ella umarmte sie. »Wenn du die Stille nicht mehr aushältst, weißt du, wo du uns findest.«

»Ganz bestimmt werde ich euren ersten freien Abend seit Monaten stören«, erwiderte Delia, zwinkerte Ella zu und verschwand in ihrem Zimmer.

Langsam stieg Ella die Treppen empor. Aus Sicherheitsgründen wäre es wirklich an der Zeit, die Dachwohnung mit zwei Zimmern im Erdgeschoss zu tauschen. Doch sie konnte sich einfach nicht entschließen, die gemütlichen Räume mit dem atemberaubenden Blick über die Weser bis in die Neustadt zu räumen, und außerdem hatten sie im Parterre gar keinen Platz. Nachdem Fräulein Zinkes Haus am Peterswerder bei einem Luftangriff dem Erdboden gleich gemacht worden war, hatten sie mit vereinten Kräften einen Klassenraum renoviert und mit zusammengeliehenem Inventar so gut es ging hergerichtet, und es war ja wohl schlecht möglich, die alte Lehrerin, die sich im St.-Jürgen-Krankenhaus von dem Schock erholen musste, unters Dach zu verfrachten.

Als sie die Tür zu ihrer Wohnung öffnete, umfing Ella schmeichelnde Klaviermusik. Das Wohnzimmer, wegen Fräulein Zinkes Notstand von einigen Möbeln befreit, wirkte hell und luftig. In der Mitte lag eine karierte Wolldecke, darauf ein Tablett mit einer dekantierten Flasche Rotwein, zwei Gläsern, zwei weißen Tafelkerzen, einer silbernen Schale mit Cornichons, Käsewürfeln und einem Korb mit dünn geschnittenem hellem Brot. Neben dem Tablett lagen zwei Kissen.
Andi sprang wedelnd vor Freude um Ella herum.
»Komm zu mir, geliebtes Weib«, flüsterte Thomas grinsend. »Die Brut ist aus dem Haus, und Eros übernimmt die Regie ...«
»Wie?«, rief Ella in gespielter Empörung aus. »Hast du nichts zu tun? Alle Aufträge weggearbeitet?«
»Morgen Nachmittag bringe ich das letzte Bild zu Anton. Désirée ist von meinen Arbeiten entzückt, aber der Meinung, bis auf Weiteres hätten sie genug Gemälde. Und ich habe mir eine schöpferische Pause verdient«, erwiderte Thomas und fügte hinzu: »... die ich am Busen meiner Frau zu verbringen gedenke.« Zu dem Hund gewandt sagte er: »Das ist nicht jugendfrei, mein Junge. Geh auf deinen Platz.« Artig trottete Andi in die Küche und legte sich in sein Körbchen hinter der Tür, die Thomas rasch zuzog. »Geschafft! Wir sind allein.«
Ella lachte und schmiegte sich in seine Arme. »Ach, Thomas, was für ein Glück, dass wir uns haben.« Seit elf Jahren waren sie miteinander verheiratet, und wenn es auch für beide nicht die ganz große Liebe war, so verband sie doch die Gabe, sich liebevoll zu unterstützen und den anderen darin zu bestärken, seinen Weg zu gehen. Sie hielt ihm den Rücken frei, seiner künstlerischen Berufung zu

folgen, er lehrte sie, Vertrauen zu sich selbst zu entwickeln, und heiterte sie auf, wenn sie sich überfordert und mutlos fühlte. Wie jetzt.

Als der Käse verzehrt, der Wein getrunken und die Kerzen abgebrannt waren, schliefen sie eng umschlungen auf der Decke ein.

Um dreiundzwanzig Uhr sieben heulte die Sirene los. Fliegeralarm!

Sofort sprang Ella auf, schlüpfte in Rock und Pulli und zerrte die Reisetasche mit dem Nötigsten – Papiere und Dokumente, Schmuck, Thomas' Lieblingsskizzen und einige wenige Kleidungsstücke – aus dem Wohnzimmerschrank.

»Wo bleibst du?«, schrie sie Thomas hinterher, der in sein Atelier gelaufen war, und riss ihren und seinen Mantel von der Garderobe im Flur.

»Lauf zu Delia, ich komme sofort!«, rief er ihr zu. Sie hörte, wie er das für Anton und Désirée bestimmte, einsfünfzig mal einsfünfzig große Gemälde in dem barocken Rahmen zur Tür schleifte.

»Bist du wahnsinnig?« Ellas Stimme kippte vor Angst. Welcher Teufel war in ihn gefahren? Mehr als fünfzig Luftangriffe hatten sie schon überstanden, waren immer sofort und Hand in Hand aus dem Haus gerannt, nie hatte er eins der Gemälde mitgenommen.

»Lauf«, keuchte er. »Ich schaff das schon.«

Ella rannte die Treppe hinunter. Delia schoss aus ihrem Zimmer, kalkweiß im Gesicht. Sie drückte Ella ihre Tasche in die Hand. »Ich helfe ihm.« Und ohne auf Ellas Entsetzen zu achten, stürmte sie Thomas entgegen, der das Bild bereits in den ersten Stock gewuchtet hatte. Der Heulton der Sirenen schmerzte, am Osterdeich liefen die

Menschen in Todesangst zu den Bunkern, irgendwo zerbarsten Fenster, der Horizont loderte im Schein der Flammen.

»O Gott, lieber Gott, hilf uns«, stammelte Ella. Kalter Schweiß lief ihr über den Körper, ihre Knie zitterten, als sie die Taschen vor der Haustür absetzte. Angstvoll drehte sie sich um, da hatten Thomas und Delia den Flur erreicht und machten sich daran, das Bild in den Keller zu bringen.

»Verdammt noch mal«, stöhnte Ella und lief zu ihnen.

»Mach die Kellertür auf!«, schrie Thomas.

Ella rüttelte an der Tür. Verschlossen.

Sie rannte ins Büro. Welcher Schlüssel ist es? Welcher verdammte Schlüssel?

Endlich. Dieser musste es sein.

Mit fliegenden Fingern stieß sie den Schlüssel ins Schloss, und knarrend sprang die alte Holztür auf.

Morgen öle ich das Schloss, schoss es Ella durch den Kopf, und die Unsinnigkeit dieses Gedankens angesichts des Infernos, das um sie herum tobte, ließ sie hysterisch auflachen. Nach fünf Minuten, die Ella wie eine Ewigkeit vorkamen, standen Thomas und Delia wieder vor ihr.

»Mein wichtigstes Werk werde ich ganz bestimmt nicht Herrn Churchill opfern«, sagte Thomas lapidar und wischte sich die schweißnassen Hände an seiner grauen Tuchhose ab. »Kommt jetzt!«

Er nahm die Reisetaschen an sich, und gemeinsam liefen sie zur Pforte der Schule.

»Wo ist der Hund?« Wie angewurzelt blieb Thomas stehen und starrte Ella an. Dann drehte er sich um und lief zurück ins Haus. Die Schreie seiner Frau gingen im Lärm herabfallender Bomben unter.

»Ich schaute das Land an,
siehe, das war wüst und öde,
und den Himmel,
und er war finster.
Ich sah die Berge an,
und siehe, die bebten,
und alle Hügel zitterten.
Ich sah, und siehe, da war kein Mensch,
und alle Vögel unter dem Himmel waren weggeflogen.
Ich sah, und siehe, das Gefilde war eine Wüste,
und alle Städte darin waren zerbrochen.«

Die volle Stimme des Pastors trug die Worte des Propheten Jeremia über den Osterholzer Friedhof, wo sich eine kleine Trauergemeinde am Familiengrab der Andreesens eingefunden hatte, um Thomas Engelke zu Grabe zu tragen.

Ella nahm kaum etwas wahr, nicht die Hand ihrer Mutter, die die ihre festhielt, noch Felicitas, die sie von Zeit zu Zeit musterte, als würde sie fürchten, Ella könnte jeden Moment in Ohnmacht fallen. Die Gesichter ihrer Angehörigen und Freunde verschwammen im Strom ihrer Tränen, der nicht enden wollte. Nur für einen flüchtigen Augenblick registrierte sie, dass Anton Mühe hatte, die Fassung zu bewahren, und auch, dass er irritiert war von den Worten eines Künstlers, der Thomas' Werk würdigte, weil sie nicht zu den Bildern zu passen schienen, die er, Anton, daheim an den Wänden hängen hatte.

Ella fürchtete sich vor dem Moment, da der Eichensarg mit dem Gebinde lachsfarbener Rosen hinabgelassen wurde. Es graute ihr vor dem verstörenden Geräusch der kleinen Schaufel, die sich in die vom Regen schwere Erde

graben und sie auf das Holz hinabfallen lassen würde, immer und immer wieder.
»Komm, mein Kind«, sagte Elisabeth leise, nachdem der letzte Trauergast seine Pflicht erfüllt hatte. »Wir gehen nach Hause.«
Ella zuckte zusammen. Nach Hause. Wo sollte das sein? Eine einzige Luftmine hatte ihr alles genommen. Den Mann, die Schule, ihren Lebenstraum.

Während Ella mit Elisabeth die Allee zum Ausgang des Friedhofs entlangschritt, nahm Felicitas Delia zur Seite.
»Ella wird in die Villa zurückkehren«, sagte sie ohne Umschweife, »es ist der einzige Ausweg, auch wenn sie das nicht wahrhaben will. Thomas' Eltern sind viel zu gebrechlich und mit ihrem eigenen Schmerz beschäftigt, um sich um ihre Schwiegertochter zu kümmern. Und im Hotel kann sie nicht ernsthaft bleiben wollen.« Sie zögerte. »Ich wollte dir anbieten, ebenfalls bei uns zu wohnen. Wir haben genügend Platz und …«
»Ich gehe fort«, unterbrach Delia sie leise.
Mit gerunzelter Stirn sah Felicitas die junge Frau an. »Du weißt schon, dass Ella sehr an dir hängt, nicht wahr?« Und dass du ihr viel zu verdanken hast, fügte sie im Stillen hinzu.
Delia nickte, ihre Augen schwammen in Tränen. »Ich weiß, es klingt herzlos, aber ich habe schon länger darüber nachgedacht, Bremen zu verlassen. Es wird Zeit für mich, einen Beruf zu ergreifen und auf eigenen Füßen zu stehen. Ich kann doch nicht ewig an Ellas Tropf hängen.« Und nach einer kleinen Pause sagte sie mit fester Stimme: »Vielleicht ist dieser Augenblick, da sie selbst ganz von vorn beginnen muss, der richtige.«

»In Ordnung. Wenn es dir recht ist, werde ich es ihr sagen.«
»Nein, das tue ich selbst.«
Das Mädchen hat Format, dachte Felicitas und bedauerte, wie wenig Kontakt sie zu Ella und ihrem Schützling in den vergangenen Jahren gehabt hatte. Bis heute wusste sie nicht, was ihre Schwägerin so verärgert hatte, dass sie sich veranlasst sah, sich fast völlig aus dem Familiengeschehen zurückzuziehen. Aber das war jetzt nicht mehr wichtig.
»Wo wirst du hingehen?«
»Nach Berlin«, antwortete Delia. »Ich werde versuchen, eine Arbeit zu bekommen, irgendetwas, was mir eine Zukunft ermöglicht. Die Kinder haben mir zwar viel Freude bereitet, aber auf Dauer …« Ihre melodiöse Stimme verlor sich.
»Mein Sohn Christian fährt heute Abend noch nach Berlin zurück. Er könnte dich doch mitnehmen«, schlug Felicitas vor.
Ein Schatten flog über Delias Gesicht.
»Du musst dich nicht schämen. Warum solltest du mit dem Zug fahren, wenn es günstiger und bequemer im Auto geht?«
Delia senkte den Kopf. »Nein, das geht nicht. Ich … muss noch etwas erledigen.«
»Überleg es dir.« Sie winkte Dora zu, die am Ende der Allee stand und auf sie wartete. »Aber jetzt müssen wir erst einmal diese Kaffeetafel überstehen. Ella und meine Mutter werden sich gewiss schon wundern, wo wir bleiben.«

Um Mitternacht stand Felicitas auf, zog sich den Morgenmantel über und spähte auf den Flur der Galerie im ersten Stock, die vom Nachtlicht in der Halle sanft erhellt wurde. Der Likör, den sie bei der Kaffeetafel hatten reichen lassen, und der Rotwein, auf den Elisabeth beim Abendessen bestanden hatte, entfalteten offenkundig die erhoffte Wirkung. Kein Laut störte die Stille des Hauses. Leise schloss sie die Tür hinter sich und schlich die Treppe hinunter. Im Wintergarten zog sie den Wandteppich mit der farbenprächtigen Darstellung eines türkischen Teehauses zur Seite und pochte sacht an die dahinter verborgene, mit reichlich Stuck so geschickt verkleidete Tür, dass niemand die hauchdünnen Einschnitte bemerken würde, zumal sich dasselbe Motiv mit exakt den gleichen Einschnitten dreifach in dem Raum wiederfand.

Geräuschlos glitt die Tür auf.

»Alles überstanden?«

Felicitas nickte. »Delia wird nicht bei uns wohnen«, sagte sie und blickte Bernhard erleichtert an. »Ella könnte jedoch ein Problem werden. Sie ist feinfühlig genug, um zu merken, dass irgendetwas nicht stimmt.« Sie seufzte leise. Es war ohnehin schwierig genug, seine Anwesenheit vor Dora und dem aufgeweckten, stets neugierigen Michael zu verbergen, ganz zu schweigen von Marie, die bereits des Öfteren kopfschüttelnd in der Speisekammer gestanden und sich vermutlich gefragt hatte, woher der immense Appetit der Damen herrühren mochte, die sich des Nachts über die Reste des Abendessens hermachten.

Wenn Felicitas darüber nachdachte, dass ihr Haus seit vier Wochen eine Keimzelle des Widerstands war, wurde ihr übel vor Angst, doch bei dem Gedanken, Bernhard könnte sie verlassen, schnürte eine ungleich größere Furcht ihr die Kehle zu. Sie liebte ihn mit einer Intensität, die ihr fast unheimlich war. Es schien, als hätte eine höhere Macht die Schleusen ihrer Seele geöffnet, die ihren Körper nun mit einer Süße fluteten, die ihr den Atem raubte und ihr zu-

gleich die Kraft zurückgab, die sie, zermürbt durch die Widrigkeiten der vergangenen Jahre, schon verloren geglaubt hatte.
Drei Tage hatte sie widerstanden, ihm nur das Essen gebracht, sich mit ihm unterhalten und fasziniert zugehört, wenn er sie einen Blick in sein anderes, riskantes Leben jenseits von Bars, Restaurants und Empfängen werfen ließ. In der vierten Nacht hatte eine innere Stimme zaghaft erst, dann immer drängender gefragt: Worauf wartest du? Hat nicht Steffen dich verlassen und damit jedes Recht auf dich und deine Treue verwirkt?
Als sie in dieser Nacht an die verborgene Tür pochte, hatten sie keine Worte gebraucht. Das Begehren formulierte auf seine Weise und übersetzte sehnsüchtige Wünsche in Flammen der Leidenschaft, die sie seitdem jede Nacht aufs Neue schürten. Für dieses Glück, das das Schicksal Felicitas zu einem Zeitpunkt schenkte, da sie aufgehört hatte, darauf zu hoffen, war sie jedes Risiko einzugehen bereit.
»Liebste«, flüsterte Bernhard rau und zog sie an sich.
Augenblicklich pulste das Verlangen durch Felicitas' Adern, ihre aquamarinblauen Augen glänzten dunkel vor Lust, und sie hob ihm ihren Mund entgegen.
»Ich muss fort«, sagte er und zerstörte den Zauber. »Ich bringe euch nur in Gefahr, es ist unverantwortlich.«
»Unsinn«, erwiderte Felicitas und strich ihm zärtlich eine grauschwarze Strähne aus dem Gesicht. »Das haben wir doch schon alles besprochen.«
Sanft löste er sich von ihr, in seinen Augen die stumme Bitte um Verständnis.
»Felicitas, ich muss meine Aufgabe fortführen. So viele Menschen setzen auf mich, ich kann sie nicht enttäuschen

und mich hier wie ein Feigling verkriechen. Ich liebe dich über alles, aber die Situation ist unerträglich für mich.«
»Das ist nicht feige. Sie werden jeden Stein umdrehen, bis sie euch gefunden haben, und dann gnade euch Gott.«
»Du hast recht, ich weiß, aber wir müssen dem Nationalsozialismus die Stirn bieten, sonst hat diese Welt keine Zukunft. Willst du den Rest deiner Tage in einem Land leben, dessen Regime jedes Menschenrecht mit Füßen tritt, das unterjocht, foltert, mordet? Ich nicht. Und wenn ich auch nur den geringsten Teil dazu beitragen kann, diesen Schlächtern das Handwerk zu legen, so muss ich das tun.« Als sie nichts erwiderte, fügte er hinzu: »Bitte halte mich nicht zurück.«
Vor nicht allzu langer Zeit hätte Felicitas sich mit der Frage gequält, warum die Männer, die sie liebte, lieber die Gefahr suchten, statt das Leben mit ihr zu teilen. Doch was ihrem Sohn angetan worden war, hatte ihr ein für alle Male die Augen geöffnet, dass Hitler nicht nur einen Krieg gegen andere Nationen führte, sondern Krieg gegen das Leben selbst.
»Pass auf dich auf«, sagte sie, mühsam die aufsteigenden Tränen niederkämpfend.

26

Das Licht schien Gesa direkt ins Gesicht. Geblendet schloss sie die Augen. Sie lächelte, breitete die Arme aus und nahm den Applaus mit jeder Faser ihres Körpers auf. Filmpremieren gehörten zu den angenehmeren Seiten ihres Lebens, weil sie nur in diesen Momenten, wenn das Publikum klatschte, wirklich begriff, dass ihre Arbeit gefiel, dass die Menschen sie mochten und bisweilen sogar verehrten. Einen eindeutigeren Beweis für ihren Erfolg lieferten die Einspielergebnisse ihrer Filme und die ständig steigenden Gagen, aber Geld bedeutete Gesa nicht viel. Sie war in Reichtum groß geworden und würde eines Tages ein Vermögen erben, also gab es keinen Grund, sich darum zu sorgen.

Nein, der Applaus war es, der sie spüren ließ, dass sie alles richtig machte und sich nichts vorzuwerfen brauchte, ganz gleich, wie die selbst ernannten Intellektuellen darüber dachten, die in Kaffeehäusern herumsaßen und die Dialektik des Seins diskutierten, statt einen konkreten, praktischen Beitrag zu leisten, der den Menschen dieses Landes wirklich von Nutzen war.

Gesa war nicht ignorant genug zu glauben, ihre Filme hätten auch nur im Entferntesten etwas mit Kunst zu tun, wenngleich sie in den leichten Komödien wie *Die Hutmacherin* oder *Unverhofftes Glück* so hübsch sang und tanzte, dass sie Marika Rökk durchaus das Wasser reichen konnte. Aber Unterhaltung an sich war nichts Verwerfliches, auch dann und erst recht nicht, wenn sie für eineinhalb Stunden von diesem Krieg und seinen vielen Opfern ablenkte. Nur die Instrumentalisierung ihrer Person machte ihr zu schaffen. Solange sie noch nicht in der Liga einer Zarah Leander spielte, durfte sie sich dem Reichskulturministerium gegenüber keine Extravaganzen erlauben. Das bedeutete, sie musste ausnahmslos jeden dieser grässlichen Empfänge besuchen, auf denen Diana Landauer dann herumgereicht wurde wie ein prämiertes Hündchen und sich stets schön und bester Laune zu präsentieren hatte.

Bei dem Gedanken zerstob der Traum.
Gesa öffnete die Augen. Als sie erkannte, wo sie sich befand, schloss sie sie wieder und sank zurück in einen bleiernen Schlaf.
Durch das geschlossene zweiflüglige Fenster schickte eine barmherzige Märzsonne ihre Strahlen, als wäre sie nur dafür bestimmt, diesem verlorenen Wesen Wärme und Hoffnung zu schenken.
Es war der 13. März 1942. Gesa Andreesen alias Diana Landauer, das gefeierte Nachwuchstalent des deutschen Films, war gestern im Berliner UFA-Palast während der Premiere ihrer Komödie *Du kannst es nicht lassen* zusammengebrochen und in die Privatklinik Dr. Moldenhauer gebracht worden.

»Starke Schmerzmittel, Kokain, zu viel Sekt und mangelhafte Ernährung; das wirft auf Dauer auch Menschen mit robusterer Konstitution um.« Dr. Moldenhauer blickte Christian über den Rand seiner Hornbrille an. Buschige Brauen wölbten sich über vorstehende hellbraune Augen und dominierten die weichen Züge des Arztes.
»Körperlich wird sie in vier Wochen wieder auf dem Damm sein, aber die Psyche ... Sie wird Hilfe benötigen, um zu lernen, die Finger von Medikamenten und Drogen zu lassen und sich vernünftig zu ernähren. Ich werde mich ihrer persönlich annehmen, aber ich sage Ihnen ganz ehrlich, dass ich meine Zweifel hege, ob unsere Therapie auf fruchtbaren Boden fällt. Hat sie jemanden, der sich um sie kümmert?«
Christian zuckte mit den Schultern. »Meine Schwester und ich hatten in den vergangenen Jahren relativ wenig Kontakt, daher kenne ich ihren Freundeskreis nicht. Mei-

ne … Verlobte kennt Gesa ganz gut, sie gehen gelegentlich miteinander aus, und dann ist da natürlich ihr Freund.«
»Niklas Fischer, dieser Regisseur, ich weiß.« Bedächtig wiegte der Arzt den Kopf.
»Kann ich sie jetzt sehen?«, fragte Christian.
Dr. Moldenhauer stand auf und begleitete ihn zu Gesas Zimmer, das am Ende eines langen Flurs lag, der mit Grünpflanzen und Aquarellbildern aufgelockert war.
»Und bitte, keine Vorwürfe! Damit erreichen Sie nichts, im Gegenteil.«
Christian nickte und öffnete leise die schwere weiß lackierte Tür.
Trotz der unnatürlichen Blässe hatte Gesas herzförmiges Gesicht nichts von seiner Strahlkraft verloren. Nur die Augen, die auf den Filmplakaten stets zu aquamarinblauen Seen retuschiert wurden, flackerten unruhig, umschattet von tiefen dunklen Ringen.
»Du schaust aus wie die Kameliendame«, begrüßte Christian seine Schwester, weil er wusste, dass sie sich über das Kompliment, gelogen oder nicht, freuen würde.
Müde winkte Gesa ab. »Vorhang auf für die ungeschminkte Wahrheit! Was tust du hier?«
»Niklas hat angerufen und erzählt, was gestern geschehen ist. Und da dachte ich mir, ich komme auf einen Sprung vorbei …«
Gesa schüttelte sich ein Kissen zurecht, lehnte sich zurück und sah ihren Bruder spöttisch an. »Du bist ein schlechter Lügner, Christian Andreesen. Vielmehr wird es so gewesen sein, dass Niklas dich händeringend gebeten hat, das Kindermädchen zu spielen, bis er das Studio heute Abend verlassen kann.«

»Er macht sich Sorgen, das ist doch klar. Wir sind alle besorgt. Mutter und Teresa stehen in den Startlöchern …«

»Um Himmels willen, Christian, tu mir einen Gefallen und halte mir die Familie vom Leib. Ich ertrage es nicht, Mutter die aufgeregte Glucke mimen zu sehen. Außerdem ist es wirklich nicht nötig. Ich bin überarbeitet und brauche Ruhe, weiter nichts.«

»Gesa …«, hob er an, als sie ihn sofort unterbrach.

»Wir haben uns lange nicht gesehen.«

»Das kann man wohl sagen«, entgegnete er, und es war ihm unbehaglich zumute. Seit Niklas' Anruf machte er sich fortwährend Vorwürfe. Hätte er die Zeichen nicht erkennen müssen? Gewiss, ihre Begegnungen hatten sich auf gelegentliche Abendessen beschränkt, weder Gesa noch er hatten Zeit und Muße, geschwisterliche Bande zu pflegen, zumal sie sich im Grunde wenig zu sagen wussten. Aber dennoch – ihre Veränderung hätte ihm auffallen und er hätte darauf reagieren müssen. Er war doch Arzt! Obwohl, war er es wirklich – noch?

»Guck nicht wie ein ertappter Dieb«, meinte Gesa. »Das sollte doch kein Vorwurf sein. Ich schätze, dein aufreibendes Privatleben lässt dir wenig Zeit. Solveig ist eben eine harte Nummer … Und was du da erforschst, will ich lieber gar nicht wissen.«

»Ja, besser nicht«, entgegnete er. Mit den Händen in den Hosentaschen stellte er sich ans Fenster und sah hinaus auf den weitläufigen Park. Ein Gärtner war damit beschäftigt, die mit geäderten weißen Steinen gepflasterten Wege, die sich anmutig zwischen mächtigen Platanen schlängelten, zu kehren. Eine junge Frau in einem weißen Bademantel ging barfuß und völlig in sich versunken über den Rasen, vom Haupthaus näherte sich Dr. Moldenhauer mit wehendem Arztkittel und wechselte einige Worte mit ihr, bis die Frau schließlich seinen Arm nahm und langsam mit ihm zurück ins Haus ging. Christian unterdrückte einen Seufzer.

Wie oft er seinen Entschluss bereut hatte, seinen Traum von einer eigenen Landpraxis aufzugeben für die lukrative Stelle in der Forschung, die er seit drei Jahren innehatte, vermochte er nicht zu sagen. Anfangs hatte es ihm geschmeichelt, dass man ihm, der keinerlei praktische Erfahrungen, nur einen herausragenden Universitätsabschluss vorzuweisen hatte, eine bedeutsame Aufgabe übertrug, und voller Elan hatte er sein Büro an Berlins Peripherie bezogen. Er wurde einem Team von fünf Medizinern zugeteilt, die gemeinsam daran arbeiteten, ein Gegenmittel gegen die katastrophalen Wirkungen chemischer Waffen auf den menschlichen Organismus zu entwickeln. Nach vielen Rückschlägen war es ihnen gelungen, doch die Befriedigung, die Christian angesichts der Tatsache empfand, mit seiner Arbeit dazu beizutragen, dass Menschenleben gerettet werden konnten, währte nicht lange. Zwei Tage später erhielt seine Gruppe den Befehl, ein Gegenmittel gegen das Gegenmittel zu finden. Den Grund erfuhren Christian und seine Kollegen nicht, doch es gehörte nicht viel dazu, sich auszurechnen, was die deutsche Rüstungsindustrie mit dem Ergebnis ihrer Forschungen anfangen würde. Sie würde ihre Waffen damit ergänzen, um dem Gegner die Chance zu nehmen, die Verletzten zu heilen.

Die ungeheuerliche, aber berechtigte Vermutung verbitterte Christian zutiefst, umso mehr, da er nicht den Mut fand, alles hinzuschmeißen. Und das alles um einer Frau willen, die ihn in Atem hielt. Solveig trieb ihn an, sie beschwor ihn, sein Talent nicht an den Durchschnitt zu verschwenden und gemeinsam mit ihr »Spuren zu hinterlassen in diesem Leben«, wie sie es nannte. Ihre Worte waren zu seinem eigenen Erstaunen auf fruchtbaren Boden gefallen, doch die Saat entwickelte sich anders als erhofft. Christian verbrachte immer öfter zehn Stunden und mehr im Labor, und wenn er abends müde und erschöpft in die Kantstraße zurückkehrte, erwarteten ihn entweder ein Haufen angetrunkener Filmleute, die Solveig gern um sich scharte, oder eine elektrisierte Solveig, die es kaum erwarten konnte, sich mit ihm ins Berliner Nachtleben zu stürzen. Die Abende, an denen sie allein blieben, sich unterhielten und einander nah waren, nicht nur körperlich, wurden immer seltener. Nichts war von dem Zauber der Zweisamkeit geblieben, auch wenn er sich einzureden versuchte, irgendwann würde sich alles zum Guten wenden.

Mit einem resignierten Lächeln wandte Christian sich seiner Schwester zu. »Gesa, du solltest dich einer Kur unterziehen. Du bist spindeldürr … Das Kokain …«

»Ohne Tabletten überstehe ich nicht einen einzigen Drehtag. Die Schmerzen machen mich wahnsinnig«, erwiderte sie tonlos.

»Sind es wirklich die Schmerzen, Gesa? Oder ist es nicht doch eher die Angst davor, sie könnten dich wieder quälen? Wartest du mit der Einnahme, bis du die Schmerzen verspürst, oder nimmst du die Tabletten sofort nach dem Aufwachen?«

Gesa schnaubte vernehmlich. »Soll ich warten, bis ich im Studio ohnmächtig werde, weil mein Bein sich anfühlt, als hätte sich ein Hai darin verbissen?« Mit leisem Zynismus fügte sie hinzu: »Weißt du, manchmal denke ich, es wäre besser gewesen, in Bremen zu bleiben, einen netten Mann zu heiraten und einen Haufen Kinder in die Welt zu setzen.«

»Es ist doch nicht zu spät dafür. Du bist noch jung, und Niklas liebt dich!«

»Du weißt nicht, wovon du sprichst. Ich soll zurück in ein normales Leben? Ich wüsste gar nicht, wie ich das anfangen sollte. Frag doch Solveig. Sie hat es versucht – mit dir. Aber …« Gesa biss sich auf die Lippe. Das hatte sie nicht sagen wollen. Verdammtes Kokain, das machte leichtsinnig, rücksichtslos.

Christian grinste schief. »Schon gut. Im Grunde weiß ich es längst.« Er stand auf und küsste sie auf die Wange. »Ich komme morgen wieder. Brauchst du irgendetwas?«

Betreten schüttelte Gesa den Kopf.

Nachdem Christian gegangen war, stand sie auf und trat zum Fenster. Die barfüßige Frau lief wieder über den Rasen, blieb gelegentlich stehen und zog den linken Fuß hoch, betrachtete ihn und setzte ihn vorsichtig, als wäre er aus Reispapier, wieder ab. Dann lachte sie und breitete die Arme aus.

Unangenehm berührt drehte Gesa sich um und ließ ihren Blick über das Interieur ihres Zimmers gleiten. Bis auf die Wandfarbe, die jetzt in einem frischen Gelb leuchtete, hatte sich nach ihrem letzten Aufenthalt vor einem Jahr kaum etwas verändert – die Seerosen von Monet hingen neben der Tür zu dem geräumigen Bad, der Buchenholzschrank roch nach Politur, und die Deckenlampe aus Messing spendete abends ein warmes Licht. Auf einem Marmortisch lagen Magazine und einige Bücher, daneben lud eine zierliche Chaiselongue zum Verdösen ganzer Tage ein, und ein dicker Wollteppich schluckte das Geräusch ihrer Schritte. Wer nicht wusste, wo er sich befand, und das waren bei diesem Krankheitsbild nicht wenige Patienten, mochte sich in einem kleinen verschwiegenen teuren Hotel wähnen.

Nur der Zimmerservice stört das Bild ein wenig, dachte Gesa ironisch – kräftige weiß gekleidete Männer, die dich in null Komma nichts ans Bett schnallen, wenn du versuchst zu türmen.

Sie fröstelte, schlüpfte zurück unter die Decke und versuchte zu schlafen, doch ihr Geist ließ sich nicht in die erhoffte Bewusstlosigkeit drängen. Auch später, als sie das Abendessen verzehrt hatte und am offenen Fenster stand, darauf vertrauend, dass die frische, kalte Luft sie schon müde machen würde, hielt er sie eisern wach, bis endlich jene Fähigkeit in ihr lebendig wurde, die sie von ihrer Mutter und Großmutter geerbt hatte und die so lange unter Illusionen und Selbsttäuschungen verschüttet war – die Fähigkeit, den Dingen nüchtern ins Auge zu blicken.

Es hatte keinen Sinn mehr, sich etwas vorzumachen. Sie hatte ihr Ziel erreicht, aber das Leben aus den Augen verloren. Und es gab nur einen Ort, der ihr die Chance schenken würde, wieder ins Lot zu kommen.

Um von der Klinik am Wannsee zu seinem Arbeitsplatz nach Zepernick zu gelangen, steuerte Christian den dunkelblauen Opel über die Potsdamer Chaussee stadteinwärts. Kurz vor Friedenau überlegte er es sich plötzlich anders und bog rechts in die Albrechtstraße. Als er die Walsroder Straße erreichte, stellte er den Wagen ab und ging die wenigen Meter bis zum Haus Nummer 10 zu Fuß. Es war empfindlich kühl geworden, und er schlug

den Kragen seines grauen Tuchmantels hoch. Unschlüssig blieb er stehen. Die Namen auf dem verwitterten Türschild waren kaum zu entziffern, bis auf ihren. Akkurate steile Buchstaben, mit Tinte auf Pappe geschrieben. Schließlich drückte er auf den Klingelknopf.
Was war schon dabei? Außerdem hatte seine Mutter ihn gebeten, gelegentlich nach ihr zu sehen.
Der Summer surrte so unfreundlich kurz, als wäre man im vierten Stock nicht erfreut über Besucher, müsse jedoch seiner Pflicht genügen, falls der Blockwart seine Runde machte. Rasch drückte Christian die schwere Holztür mit dem abgesprungenen grauen Lack auf. Im Flur roch es nach gekochtem Kohl, die Deckenlampe war kaputt, der Aufzug verschlossen. Mit großen Schritten, zwei Stufen auf einmal nehmend, stieg Christian die knarzenden Treppen hinauf.
»Guten Tag, Delia.«
»Guten Tag.« Abweisend blieb Delia in der geöffneten Tür stehen und machte keine Anstalten, ihn hereinzubitten.
»Ich wollte dich fragen, ob du Lust hast, mit mir essen zu gehen. Ich war gerade in der Nähe …«
»Nein … Ich bin darauf nicht eingerichtet.« Mit einer knappen Handbewegung wies sie auf ihre weiten Hosen, an denen nichts auszusetzen war, wie Christian fand.
»Ich komme gerade aus der Klinik, meine Schwester …«
»Ich weiß«, unterbrach Delia ihn erneut. »Alle Zeitungen sind voll davon.«
Ihre braunen Augen sahen ihn aufmerksam an und, wie es ihm schien, ein wenig ängstlich, als würde sie fürchten, er könnte ihr zu nahe treten.
»Entschuldige, ich wollte dich nicht belästigen«, sagte er deshalb und wich einen Schritt zurück, im Begriff, lässig

die Hand zu heben und sich mit einer freundlichen Floskel zu verabschieden. Doch er blieb stehen, nicht imstande, sich von ihren Augen zu lösen. »Ich habe niemanden, mit dem ich darüber reden kann«, sagte er und wusste in dem Moment, dass es die Wahrheit war.

»Das kann ich gut nachfühlen«, erwiderte Delia lakonisch und wandte sich kurz um, zögerte und griff schließlich nach ihrem Mantel, der an einem schmucklosen Haken auf dem winzigen Flur hing. »An der nächsten Ecke gibt es eine kleine Bierwirtschaft. Frikadellen und so. Nichts Besonderes, aber man kann es aushalten. Gehen wir.«

Das Lokal hieß »Zum Lindwurm«, womit offensichtlich der schmale, längliche Schnitt der drei ineinander übergehenden Räume gemeint war, die mit rustikalen Holztischen und Stühlen möbliert und kaum dekoriert waren. Über der Theke hing das Porträt einer lieblich lächelnden Magd, die von schnatternden Gänsen umringt wurde, auf dem Tresen standen benutzte Gläser und der einzige Gegenstand der Ausstattung, der ein bisschen was hermachte, ein sechsarmiger Messingleuchter, gesichert mit einer um den rechten Tresenpfeiler geschlungenen Kette mit Vorhängeschloss.

Sie entschieden sich für einen der Tische im vorderen Raum, wo außer ihnen nur noch zwei ältere Männer bei Korn und Bier saßen, und bestellten Bier, Frikadellen, Gewürzgurken und Brot.

»Schieß los«, sagte Delia.

Christian zögerte. Seine Empfindungen zu offenbaren war ungewohnt für ihn.

»In den Zeitungen schreiben sie, Diana Landauer sei völlig überarbeitet«, fügte Delia hinzu. »Aber wenn das alles wäre, würdest du nicht so blass um die Nase aussehen.«

»Gut erkannt«, erwiderte Christian seufzend und beschloss, ihr die Wahrheit zu sagen, statt sie auf einen Nervenzusammenbruch zu reduzieren, um Gesa nicht zu kompromittieren. Denn welchen Sinn hätte dieses Gespräch dann? Es gab weiß Gott genug Konflikte in seinem Leben, die er beständig unter den Teppich kehrte, und er hatte es satt, zu lügen und zu beschönigen. Außerdem, wenn Delia nicht vertrauenswürdig wäre, hätte sie längst die Geschichte von Gesas Reitunfall vor einigen Jahren und andere Details aus ihrem Familienleben an die Presse verkauft. Das Geld hätte sie, den Anschein hatte es zumindest, gut gebrauchen können. Ihre Kleidung war sauber, aber abgetragen, und freiwillig wohnte gewiss niemand in diesem heruntergekommenen Mietshaus. Christians Menschenkenntnis war zwar nicht sehr ausgeprägt, aber Delias Gelassenheit, ja sogar ihre Reserviertheit, die von Solveigs kapriziöser Theatralik so weit entfernt war wie die Weser von der Seine, weckten in ihm das Gefühl, sich auf sicherem Boden zu bewegen.
»Du denkst also, du hättest dich mehr um deine Schwester kümmern müssen«, bemerkte Delia, nachdem Christian die Situation geschildert hatte. »Ich glaube nicht, dass das etwas geändert hätte. Jeder muss seine eigenen Erfahrungen machen.«
»Mag sein, aber was macht das Leben für einen Sinn, wenn man die Nöte eines nahestehenden Menschen nicht zu erkennen vermag?«
»Das sagt der Arzt in dir. Der Mensch Christian Andreesen hatte offensichtlich anderes im Kopf, und das ist normal. Begreifen wir nicht alle erst dann, was wesentlich ist, wenn es fast zu spät ist?«
Der Wirt servierte die Frikadellen, knallte einen blumen-

topfgroßen Henkelkrug mit Senf auf den Tisch und wünschte: »Juten Hunger, wa!« Delia grinste, löffelte sich ein wenig Senf auf den Teller und tunkte den braun gebratenen, noch warmen Hackfleischklops hinein.
»Die sind wirklich gut hier«, sagte sie aufmunternd, da Christian keine Anstalten machte, mit dem Essen zu beginnen.
»Ich sehe dir gern zu«, erwiderte Christian lächelnd. »Nichts ist langweiliger als eine Frau, die wie ein Vögelchen an einem Salatblatt knabbert. Dein Appetit ist ansteckend.«
Für einen Moment verdüsterte sich Delias Miene, und Christian fürchtete, dass sie ihren Entschluss schon bereute, mit ihm hierher gegangen zu sein. Kein Wunder, wenn wir die ganze Zeit nur über meine Malaise reden, dachte er. Als ob sie nicht genügend eigene Sorgen hätte, allein in der Großstadt, ohne Geld, ohne Freunde, geschweige denn Angehörige.
»Was macht deine Suche nach einer Arbeit?«, beeilte er sich, sie aus der Reserve zu locken, doch Delia schwieg beharrlich.
»Ich muss gehen«, sagte sie nach einer Weile und stand auf. »Vielen Dank für das Essen.« Ohne ein weiteres Wort verließ sie das Lokal.
Christian kam sich wie ein Trottel vor, bezahlte und fuhr nach Hause in die Kantstraße. Eine Woche später schrieb er Delia einen Brief, entschuldigte sich für sein egoistisches Verhalten, erklärte, dass es ihm fern liege, sie zu bedrängen, und lud sie »in aller Freundschaft« zu einem Spaziergang in den Botanischen Garten und ein Abendessen ein, um seinen Fauxpas wiedergutzumachen. »Ich werde am Sonntag um 15 Uhr vor deinem Haus auf dich warten.«

Sie erschien um fünf Minuten vor sechzehn Uhr.
»Wäre es dir lieber gewesen, wenn ich fortgefahren wäre?«
»Ja.«
Christian zuckte zusammen. »Du bist wenigstens ehrlich«, sagte er und fügte ironisch hinzu: »Noch fünf Minuten Geduld, und du wärst mich los gewesen.«
Sie machte einen zaghaften Schritt auf ihn zu. »Christian …«
»Ist schon gut. Du musst dich nicht entschuldigen.«
Unverwandt und mit einem flehenden Ausdruck ruhten ihre braunen Augen auf ihm, schienen ihn abzutasten und in sein Innerstes vorzudringen.
»Es gibt da etwas, was du wissen solltest«, sagte sie leise.

27

Die Tropfen aus Pflanzenextrakten, die Gesa seit sechs Wochen dreimal täglich einnahm, hielten die Schmerzen in ihrem Bein in Grenzen. Doch das Leben ohne Tabletten fühlte sich seltsam an, so als wäre ein Teil ihres Bewusstseins für immer verloren gegangen und hätte nur eine wispernde große schwarze Leere hinterlassen, die sie magisch anzog, sich ihr zu nähern. Gesa hatte sich angewöhnt, mit der Leere auf ihre eigene Art fertigzuwerden. Ein gezischtes »Halt die Klappe!« bannte die Versuchung eher, als sich ständig mit den eigenen Träumen und deren Bedeutung zu befassen, um auf diese Weise der Ursache für ihre Abhängigkeit auf die Spur zu kommen. Sie träumte wenig, erinnerte sich selten, und irgendwann hatte sie dem Psychoanalytiker einfach ein paar Märchen aufgetischt, die der Mann begierig aufgegriffen und seziert hatte. Seinen Ausführungen hatte sie nur mit halbem Ohr gelauscht, denn sie brauchte keinen Seelenarzt, um zu wissen, was mit ihr los war.

Sie bestach einen Pfleger und verließ in der Nacht zum 4. Mai unbemerkt die Klinik von Dr. Moldenhauer. Angetan mit einer schwarzen Kurzhaarperücke und einer Sonnenbrille bestieg sie das Taxi, das ohne Licht und mit laufendem Motor auf der Straße wartete. Der Fahrer, ein hagerer Mann Mitte fünfzig, machte große Augen, als sie ihn fragte, ob es ihm möglich sei, sie nach Bremen zu fahren, und nachdem sie sich auf einen Preis geeinigt hatten, ließ Gesa sich in die schwarzen Polster im Fond des Mercedes fallen. Einige Male setzte der Fahrer an, seinen Gast in ein Gespräch zu verwickeln, doch da Gesa nur einsilbig und widerwillig antwortete, gab er es schließlich auf.

In Schwerin machten sie kurz Rast. Während der Fahrer tankte, kaufte Gesa in einem kleinen Lebensmittelgeschäft Mettwurst, Käse, Brötchen und Milch. Die Aussicht, mit einem Wildfremden zu picknicken, der nicht wusste, welchen prominenten Namen sein Fahrgast trug, amüsierte sie. Und sie hatte Hunger, brüllenden Hunger auf etwas Deftiges. An einer wenig befahrenen Allee hielten sie an, setzten sich in das taufeuchte Gras und machten sich über den Imbiss her.

»Morjen hat mein Enkel Jeburtstach«, nuschelte der Fahrer kauend und nestelte aus der Hosentasche ein Foto, das eine junge Frau mit einem Baby auf dem Arm und einen freundlich dreinblickenden Offizier zeigte.

»Hübsch«, murmelte Gesa.
»Is'n altet Bild. Der Kleene wird schon fünf und wünscht sich 'n Fahrrad mit Hakenkreuzfahne.« Der Fahrer seufzte schwer und starrte auf das Foto. »Ick weeß nich. Mein Sohn liecht in Dünkirchen, und wir koofen dat Kind 'ne Hakenkreuzfahne. Macht doch keenen Sinn.«
»Sie dürfen so etwas nicht sagen«, erwiderte Gesa sanft. »Sie wissen doch gar nicht, wer ich bin.«
»Nee, aber dat Se was zu verberjen ham, sieht 'n Blinder mit Krückstock. Die Brille!« Er lächelte flüchtig. »Und det Haar. Na, jeht mich ja nüscht an.«
»Mein Bruder ist gefallen«, sagte Gesa und nahm die Brille ab. »Der Mann meiner Tante ist von einer Luftmine zerfetzt worden, und zwei unserer Angehörigen werden seit einem Jahr vermisst. Und ich habe bis jetzt nicht einmal die Zeit gefunden, um sie zu weinen.«
Der Fahrer nickte. »Det kommt noch.«
Sie schwiegen eine Weile, dann packten sie die Reste des Essens zusammen und fuhren weiter.
Am Nachmittag erreichten sie die Hansestadt.
Marie schlug die Hände zusammen, als sie Gesa erkannte. »Ach du liebe Güte! Dein schönes Haar! Hat der Herr Niklas dir das eingeredet? Für welche Rolle soll das denn gut sein?«
Gesa lachte laut und riss sich die Perücke vom Kopf. In langen Wellen floss ihr honigblondes Haar auf die Schultern. »Für die schöne blonde Geheimagentin, die die Reporter des Satans abhängen muss …«
»Um Himmels willen, diese Meute! Standen in den letzten Wochen x-mal vor der Tür, um uns auszuhorchen. Vor zwei Wochen habe ich einen richtig am Schlafittchen gepackt. Er und seinesgleichen sollen sich hinter die Oh-

ren schreiben, dass du nicht hier bist und dass wir auch nix sagen, habe ich ihm eingeschärft. Seitdem hat sich keiner mehr hier blicken lassen.«

»Wo sind Großmutter und Teresa? Und Mutter?«

»Wenn sie geahnt hätten, dass du kommst, wären sie hier. Aber so? Teresa ist in der Firma, Frau Andreesen senior beim Bridge und deine Mutter unterwegs nach Königsberg. Und wo die Frau Dora mit dem Kleinen hin ist, weiß der Himmel.« Vorwurfsvoll blickte Marie Gesa an und schüttelte den Kopf. »Du hast immer schon deinen eigenen Kopf gehabt, mein liebes Kind, aber deiner Mutter zu verbieten, dich am Krankenbett zu besuchen, ist ein bisschen happig.«

Gesa wandte sich ab. »Hat sie das gesagt?«

»Das braucht sie nicht. Ich weiß auch so Bescheid.«

»Ach, hör auf zu grummeln, Marie. Ich bin müde und hungrig.«

Damit ließ sie Marie stehen, ergriff ihren Koffer und ging die Treppe hoch.

Mit klopfendem Herzen öffnete sie die Tür zu ihrem Mädchenzimmer und seufzte erleichtert auf. Insgeheim hatte sie befürchtet, nein, sie war überzeugt davon, dass ihre Mutter in den vier Jahren, die sie nicht mehr in Bremen gewesen war, längst einen maurischen Salon oder ein Schuhzimmer oder was auch immer daraus gemacht hatte, und die Tatsache, dass dem nicht so war, trieb ihr die Tränen in die Augen. Sie ließ sich auf das Bett fallen und starrte an die Decke, die mit einem aquarellierten Horoskoprad bemalt war. Als Fünfjährige hatte sie die Darstellung in einem Lexikon entdeckt und war so fasziniert davon, dass sie ihrem Vater so lange in den Ohren gelegen hatte, bis er nachgegeben und das Deckengemälde hatte anfertigen lassen. In den Nächten, wenn die Trauer um ihn sich um die Brust schnürte wie ein eiserner Ring, hatte Gesa immer die Nachttischleuchte angeschaltet und oft stundenlang wach gelegen, den Blick unverwandt auf das Universum über ihr gerichtet, auf Venus und Pluto, die Fische und die Jungfrau und all die anderen Planeten und Tierkreiszeichen. Der ewige Kreislauf ohne Anfang und ohne Ende hatte damals etwas Tröstliches besessen und verfehlte auch heute seine Wirkung nicht.

Leise klopfte es an der Tür, und Gesa fuhr hoch.

»Mein liebes Kind!« Langsam und auf einen Stock gestützt kam ihre Großmutter näher. »Du hast geschlafen wie ein Murmeltier. Lass dich ansehen.« Wache mattgrüne Augen musterten Gesa von Kopf bis Fuß. »Filmstars! Magere Hühnchen seid ihr!«

»Ich habe in den letzten sechs Wochen immerhin drei Kilo zugenommen«, protestierte Gesa und blies ihre Wangen auf. »Die Kamera wird denken, sie hätte einen Mops vor sich.« Sie sprang vom Bett auf und umarmte Elisabeth stürmisch. Ihre Großmutter wirkte zerbrechlich, strahlte aber wie eh und je Stärke und Entschlossenheit aus.

»Oder Hermann Göring«, feixte Elisabeth.

»Tststs, Oma … Hast du etwas gegen den Dicken?«

»Nenn mich nicht Oma!«

»Wie geht es dir, Groooooßmutter?«

»Allmählich bleibt es selbst mir nicht verborgen, dass ich nicht mehr zwanzig bin. Die Hundert nehme ich noch mit, dann werde ich mich langsam verabschieden.«

»Sag so etwas nicht.« Gesas Miene verdüsterte sich, und sie ließ sich zurück aufs Bett fallen. Sie war nach Hause zurückgekehrt, um sich das Gefühl der Sicherheit zu erkämpfen, das ihr abhanden gekommen war, und jeder Ge-

danke an schmerzliche Veränderungen, die das vertraute Gefüge bedrohen könnten, erschreckte sie.
Mit einem tiefen Seufzer setzte sich ihre Großmutter neben sie und nahm Gesas Hand in die ihre.
»Christian hat uns gesagt, was mit dir los ist. Du weißt, dass ich keine Freundin von beschönigendem Gerede bin. Andere Großmütter würden sich vermutlich ihrer Rolle entsprechend darauf beschränken, dir deine Rekonvaleszenz mit Gebäck und heiteren Anekdoten zu versüßen.« Sie machte eine Pause. Dann fuhr sie fort: »Wasch dir die Schminke ab und schau in den Spiegel. Du musst erkennen, wer du wirklich bist. Und dafür ist es nötig, dass du mit deiner Mutter deinen Frieden machst. Sie ist nicht schuld an deinem Unglück. «
»Das weiß ich«, erwiderte Gesa trotzig.
»Mag sein, dass dein Verstand es weiß, aber nicht dein Gefühl.« Elisabeth erhob sich schwerfällig. Ihre Hand, die sich auf Gesas Schulter stützte, zitterte leicht. »Und jetzt komm, der Tee wird kalt.«

In stillem Einvernehmen ging die Familie nach der ersten Wiedersehensfreude dazu über, Gesas Anwesenheit in der Villa als selbstverständlich und nicht weiter der Rede wert hinzunehmen. Weder ihr glamouröses Leben in Berlin noch der Grund für ihre Rückkehr nach Bremen waren Gegenstand der Unterhaltung. Jeder ging einfach seinen Dingen nach. Teresa arbeitete im Kontor, und Dora bereitete die Aufführung eines Kinderstücks vor, das sie selbst geschrieben und ihrem verstorbenen Mann gewidmet hatte. Ella hielt sich für gewöhnlich in ihrem Zimmer auf und malte, und Elisabeth spielte Bridge und verbrachte viel Zeit in ihrem geliebten Rosengarten. Abends aßen sie gemeinsam, spielten Karten oder lasen. Die Tage flossen im gleichförmigen Takt banaler Alltagsereignisse dahin, und die Wonnen des Gewöhnlichen besänftigten Gesas aufgepeitschtes Gemüt. Selbst die Luftangriffe, die sie in den zwei Wochen dreimal aus dem Bett und, weil Elisabeth sich weigerte, das Haus zu verlassen, in den Weinkeller statt in den Luftschutzbunker jagten, erschütterten Gesas zuversichtliche Stimmung nicht, im Gegenteil. Die Angst zu sterben fegte den Rest ihrer emotionalen Lethargie fort, jenen Dämon, der sie dazu gebracht hatte, sich so selbstzerstörerisch zu verhalten, wie sie es getan hatte.

Sie ahnte die Zusammenhänge mehr als sie zu begreifen, und manches Mal fragte sie sich, was Dr. Moldenhauer wohl dazu zu sagen hätte. Er hatte von Schuld gesprochen, davon, dass sie unbewusst ihre Mutter dafür strafen wollte, dass sie die Lücke, die der Tod ihres Vaters in ihr Leben gerissen hatte, mit einem anderen Mann gefüllt hatte. Und davon, dass sie, Gesa, sich so zutiefst verlassen fühlte, dass sie niemandem gestattete, ihr wirklich nahe zu kommen, nicht einmal sich selbst. Das Publikum erfülle lediglich eine Ersatzfunktion, die Illusion des Geliebtwerdens.

Doch sie schüttelte die Erinnerung an die Gespräche mit dem Arzt stets wieder ab. Dies war ein anderes Kapitel, dem sie sich erst dann stellen konnte, wenn sie wieder ganz bei Kräften sein würde.

Sie verließ das Anwesen nicht, sondern streifte stundenlang durch den Garten, striegelte und umsorgte die Pferde und überließ sich dem Rhythmus des Seins, das nichts von Schuld und Verstrickung, Erwartungen und Enttäuschungen wusste.

An einem späten Nachmittag drei Wochen nach ihrer Ankunft kam Teresa, in Kostüm und mit Aktenmappe unter dem Arm, in den Stall geschlendert.

»Er vermisst dich«, sagte sie und wies auf Apoll, der seine weichen Nüstern an Gesas Schulter rieb. »Nur Mutter reitet ihn gelegentlich, aber sie hat zu wenig Zeit, sich wirklich um ihn zu kümmern.«

»Du bist früh dran«, wich Gesa aus.

»Ja.« Teresa zögerte einen Moment, dann fügte sie hinzu: »Ich bin seit Ewigkeiten nicht mehr geritten. Wir könnten in den Bürgerpark reiten und am Emmasee picknicken, wie früher.«

Gesa nickte. Vielleicht war die Idee gar nicht so schlecht. Einmal wieder auf Apolls Rücken zu sitzen und sich mit dem Trauma ihres Unfalls zu konfrontieren, wäre gewiss in Dr. Moldenhauers Sinn. Die Panik kroch in ihr hoch, als sie Apolls Sattel aus der Reitkammer holte. Ihr Herz jagte, als sie die Trense in sein Maul schob und das Tier aus dem Stall führte.

»Alles in Ordnung?«, fragte Teresa leise, als sie wenig später umgekleidet und mit einem Rucksack in der Hand zurückkehrte.

»Alles bestens«, erwiderte Gesa mit gepresster Stimme und vermied Teresas Blick. »Nimmst du Tita?«

»Ja. Die beiden mögen sich, dann gibt es unterwegs keine Probleme.« Teresa verschwand im Stall und sattelte die hellbraune Stute.

»Es wäre mir lieb, wenn wir es langsam angehen könnten«, sagte Teresa und saß auf.

»Mir auch«, entgegnete Gesa, bemüht, sich ihre Beklommenheit nicht anmerken zu lassen, und saß ebenfalls auf, beherzt, aber mit Furcht im Nacken. Apoll spürte ihre

Ambivalenz, wieherte und tänzelte. Entsetzt unterdrückte Teresa einen Schrei. Gesa jedoch reagierte instinktiv und mit der Sicherheit der erfahrenen Reiterin. Als der Hengst schließlich gehorsam in einen leichten Trab fiel, durchströmte sie ein Gefühl unendlichen Glücks.

Fast zwei Stunden durchstreiften sie die grüne Oase inmitten der Stadt, die Bremer Kaufleute lange vor Ende des 19. Jahrhunderts mit Brücken und Seen, Pavillons und Alleen, Wiesen und Wegen zu einem gartenarchitektonischen Kunstwerk für die Allgemeinheit hatten anlegen lassen. Verschwitzt und außer Atem erreichten sie den Emmasee, banden die Pferde an einen jungen Ahorn und ließen sich am Ufer ins Gras fallen. Gesa lauschte dem Glück in sich nach und gab sich dem Frieden hin, der so trügerisch wie bezaubernd über diesem Ort lag. Eine leichte Brise kräuselte die Oberfläche des Wassers, das in der Sonne glitzerte wie flüssiges Silber, einige rot und grün lackierte Ruderboote trieben an ihnen vorbei, irgendwo quakte ein Frosch, eine Clique junger Mädchen auf Fahrrädern nahm Kurs auf das Kaffeehaus am See, das den Andreesens gehörte.

»Und du hast deine Begeisterung für die Firma entdeckt«, bemerkte Gesa nach einer Weile.

»Hm«, machte Teresa. Dann richtete sie sich auf, sammelte ein paar kleine Steine und warf sie nacheinander ins Wasser, wo sie mit leisem Glucksen untergingen. »Es ist nicht nur der Kaffee«, sagte sie zögernd und begann von Manuel zu erzählen, von seiner Einstellung zum Leben, die sie so sehr berührt hatte, und von der tiefen Liebe, die sie für ihn empfand. »Das Wissen, dass es ihn gibt und dass ich eines Tages zu ihm zurückkehre, hilft mir über alles hinweg. Auch über Clemens' Tod.«

»Woher willst du wissen, dass er auf dich wartet?«, wandte Gesa ein. »Ihr habt euch seit drei Jahren nicht gesehen.«
»Das ändert nichts. Es ist, als berührten sich unsere Seelen …«
»Ich beneide dich«, stellte Gesa sachlich fest.
»Aber du hast doch Niklas«, wandte Teresa vorsichtig ein.
Gesa schüttelte den Kopf. »Ich habe ihn nicht gut behandelt. Wahrscheinlich hat er die Nase gestrichen voll von mir, und ich kann es ihm nicht einmal verdenken.«
Teresa öffnete den Rucksack. »Hast du Hunger?«
»Und wie«, sagte Gesa lachend und nahm eines der Päckchen entgegen, die ihre Schwester ihr reichte.
»Was ist das?«, fragte sie und biss vorsichtig in den nach Honig duftenden Riegel.
»Das hat Elias Frantz entwickelt. Eine Art konzentriertes Lebensmittel für die Soldaten. Damit will Mutter Hitler ködern und sich die Gestapo vom Hals schaffen, aber der Bürgermeister, dieser Idiot, lässt sie am ausgestreckten Arm verhungern.«
Gesa kaute mit gerunzelter Stirn. »Schmeckt ganz gut. Kein Kaviar, aber immer noch besser als tagaus, tagein Bohnen. Könnt ihr denn genug davon produzieren?«
»Im Moment noch nicht. Wir brauchen mehr Korn und Honig. Aber bevor wir entsprechende Mengen einkaufen, braucht Mutter die Gewissheit, dass die Wehrmacht ihr die Riegel auch abnimmt.«
»Da beißt sich die Katze in den Schwanz«, sagte Gesa ironisch. Sie schwieg einen Moment, dann grinste sie ihre Schwester an, und ihre Augen blitzten. »Man könnte die Dinge ja ein wenig beschleunigen. Was meinst du wohl, was passiert, wenn ich den richtigen Leuten auf die Nase

binde, dass eine grandiose Erfindung zum Segen der Soldaten in Bremen schmort, während der Bürgermeister Däumchen dreht?«
Überrascht erwiderte Teresa: »Das würdest du tun?«
»Mit Vergnügen. Gib mir ein paar von diesen Riegeln mit, irgendeiner der hohen Herren wird schon anbeißen. Aber sag nichts zu Mutter, bis ich etwas erreicht habe.«
»Du willst doch aber noch nicht abreisen!«
»Es wird Zeit. In drei Wochen ist Drehbeginn für meinen neuen Film, und zuvor habe ich haufenweise Termine für Kostümproben, Standfotos, Make-up, Frisuren et cetera pp.«
»Gesa, das ist zu früh! Du hast gerade einen Nervenzusammenbruch hinter dir!«
»Nennen wir die Dinge doch beim Namen, Schwesterherz«, erwiderte Gesa gelassen. »Ich war süchtig und wahrscheinlich bin ich es noch, jedenfalls hier.« Sie tippte sich an die Schläfe. »Aber es hat keinen Sinn, sich vom Rest der Welt abzuschotten. Wenn ich der Versuchung nicht widerstehen kann, ist es völlig unerheblich, wo ich mich aufhalte, in Bremen oder im Studio.«
»Das glaube ich nicht. Ich denke, es macht durchaus einen Unterschied, ob du bei deiner Familie bist oder genau in dem Umfeld, wo du dir angewöhnt hast … dieses Zeug zu nehmen.«
»Wahrscheinlich hast du recht. Aber wenn ich nicht stark genug bin, holt mich die Sucht ohnehin früher oder später ein.« Leise fügte sie hinzu: »Ich will auch wegen Niklas zurück nach Berlin. Wir haben beide für den Erfolg gekämpft, und er setzt auf mich. Dieser Film ist ihm so wichtig. Ich kann ihn nicht im Stich lassen. Außerdem muss ich mir endlich klar werden, was ich für ihn empfinde.«

»Willst du nicht wenigstens warten, bis Mutter wieder zu Hause ist? Du solltest dich mit ihr aussprechen«, wandte Teresa behutsam ein.
»Ich weiß, und das werde ich auch. Aber nicht jetzt. Ich muss erst mein Leben in den Griff bekommen.«
Sie erhob sich und klopfte sich die Krümel von der Reithose. In einigen Metern Entfernung standen die Mädchen, die vorhin an Gesa und Teresa vorbeigefahren waren, und beobachteten sie, kichernd die einen, mit großen Augen die anderen. Schließlich löste sich eins aus der Gruppe und kam langsam näher.
»Entschuldigen Sie bitte, aber sind Sie nicht Diana Landauer?«
Als Gesa nickte, ging ein leises Raunen durch die Reihe. Aufgeregt stürzte das Mädchen zu seinen Freundinnen zurück, und alle begannen hastig in ihren Rucksäcken zu kramen.
»Siehst du«, sagte Gesa leise zu Teresa gewandt, »es macht keinen Sinn, sich zu verstecken.«
Und als sie begann, ihren Namenszug auf Zettel und in Oktavheftchen zu schreiben, öffneten sich ihre Züge zu jenem Diana-Landauer-Strahlen, das die Kamera so sehr liebte.

28

Entnervt legte Felicitas die Zeitung weg. Das Propagandageschreibsel höriger Journalisten war nicht das Papier wert, auf dem es gedruckt wurde. Keiner wagte zu formulieren, was niemandem verborgen bleiben konnte – dass die blühenden Landschaften Deutschlands mehr und mehr einer pockennarbigen Ödnis ähnelten, die Städte in Schutt und Asche versanken und die Illusion, der Reichskanzler führe sein Volk zum sicheren Sieg und zur Herrschaft über ganz Europa, wenn nicht sogar der Welt, spätestens nach dem Ende der »Blitzkriege« allmählich der Ahnung hätte weichen müssen, dass das Tausendjährige Reich im Begriff stand, möglicherweise nicht einmal das zwölfte Jahr seiner Existenz zu erleben. Doch die Propaganda-Maschinerie funktionierte reibungslos und hielt weite Teile der Bevölkerung nach wie vor bei der Stange. Am 7. November 1942 landeten starke alliierte Verbände in Marokko und Algerien, und nachdem die 6. Armee nach zermürbendem, furchtbarem Kampf in Stalingrad kapituliert hatte, rief Joseph Goebbels am 18. Februar 1943 den »totalen Krieg« aus. Eine hysterische Phrase, und dennoch jubelten ihm die Massen beharrlich weiter zu, ungeachtet der Tatsachen, dass am 13. Mai deutsche und italienische Streitkräfte in Nordafrika die Waffen streckten und amerikanische und britische Bomber dazu übergingen, ihre Angriffe auch tagsüber zu fliegen und die Flächenbombardements auf ganz Deutschland auszudehnen. Im Juli ging die Rote Armee in die Offensive und gewann bis Jahresende Smolensk und Kiew zurück. Italien kapitulierte, nachdem die Alliierten im Süden gelandet waren, und die neue Regierung erklärte Deutschland sogleich den Krieg. Am 6. Juni 1944 passierte das, was nach Auffassung der Nationalsozialisten undenkbar war: Die Alliierten landeten in der Normandie. Die Amerikaner durchbrachen den Westteil der deutschen Front und zwangen die deutschen Truppen, sich auf eine improvisierte neue Linie zurückzuziehen, die belgisch-niederlän-

dische Grenze westlich Elsass-Lothringens. Hitler, dem Attentat im Führerhauptquartier um Schnurrbartbreite entronnen, hatte ihnen nichts entgegenzusetzen außer dem Wahn, im letzten Moment könnte die »Wunderwaffe« – was immer das sein sollte – das Ruder herumreißen.
Felicitas' Blick fiel auf die Standuhr, die ihren Dienst trotz ihres Alters immer noch zuverlässig versah. Kurz nach siebzehn Uhr. Zeit, sich umzukleiden. Was die BBC zu den neuesten Entwicklungen zu sagen hatte, würde sie nach ihrer Rückkehr erfahren, dann, wenn sich die ganze Familie wie jeden Abend zu später Stunde vor dem Volksempfänger versammeln und mit klopfenden Herzen auf das Bummbummbummbumm warten würde, jene vier dumpfen Töne, die inzwischen fast jedes deutsche Kind dem britischen Sender zuordnen konnte. Natürlich war es verboten, BBC zu hören, und mancher Bürger war schon in »Schutzhaft« gelandet, weil ein linientreuer Nachbar sein Ohr an die Wand nach nebenan gepresst, die vier Töne erkannt und sogleich Meldung gemacht hatte. Doch immer mehr Menschen gingen dieses Risiko ein, weil es die einzige Möglichkeit war zu erfahren, was wirklich im Land vor sich ging – jenseits dessen, was Goebbels und seine Mannen die Bevölkerung glauben machen wollten.
Felicitas richtete sich sorgfältig her, pinselte mit einem Rest Wangenrot einen Hauch von Frische auf ihr angespanntes Gesicht und verließ die Villa.
Als sie den großen Saal des Rathauses betrat, segelte Bürgermeister Röhmcker jovial lächelnd sogleich auf sie zu, ergriff ihre Hand und hielt sie ein wenig zu lange fest. »Sie sehen hinreißend aus, wenn Sie mir diese Bemerkung gestatten, verehrte Frau Hoffmann!« Dann senkte er die Stimme: »Ich glaube, die Dinge stehen gut. Mir wurde si-

gnalisiert, dass man Ihr Angebot wohlwollend zu prüfen gedenkt.« Er machte eine Pause und sah Felicitas erwartungsvoll an.

»Das ist eine gute Neuigkeit«, erwiderte Felicitas verhalten. Sie wollte Röhmcker nicht verprellen, war aber auch nicht bereit, begeistert nach dem armseligen Wurstzipfel zu schnappen, den er ihr vor die Nase hielt. Oft genug hatte er in den letzten Jahren Andeutungen dieser Art fallen lassen, und oft genug war sie drauf und dran gewesen, die benötigten Rohstoffe einzukaufen, doch nie hatte sich auch nur der Ansatz eines Fortschritts abgezeichnet, und sie war es gründlich leid, umso mehr, da sie ihre Offerte nicht zurücknehmen konnte, selbst jetzt nicht, da es kein Korn und keinen Honig mehr gab. Man machte Hitler kein Angebot und widerrief es dann einfach, es sei denn, man war lebensmüde.

Doch zu ihrer Überraschung ließ es Röhmcker nicht bei seinen üblichen Versprechungen bewenden, sondern fügte hinzu: »Der Schachzug, Ihre Tochter ganz oben ein wenig Reklame für Ihr Produkt betreiben zu lassen, war nicht von schlechten Eltern.« Er schien die Verblüffung, die sich auf ihrem Gesicht ausbreitete, nicht zu bemerken, und zwinkerte ihr anerkennend zu. »Noch ein klein wenig Geduld, und das Geschäft wird unter Dach und Fach sein. Sie werden jedoch verstehen, dass in Berlin zunächst dringlichere Entscheidungen anstehen.«

»Immerhin gehöre ich nicht mehr zum Kreis der Verfemten, wie Ihre Einladung beweist, obwohl die Anwesenheit der Gestapo vor meinem Haus eine andere Sprache spricht«, erwiderte sie ironisch und machte Anstalten, sich zu den Gästen zu begeben, als Röhmcker sie zurückhielt.

»Ich habe mich erkundigt«, sagte er leise und eindringlich. »Sie werden nicht überwacht.«
Felicitas verzog das Gesicht. »Und wer sitzt dann Tag und Nacht in einem schwarzen Auto vor der Villa und vor dem Kontorhaus? Wer folgt mir auf Schritt und Tritt?«
»Die Gestapo jedenfalls nicht«, entgegnete er mit leisem Ärger in der Stimme. »Glauben Sie, ich hätte Ihrem Wunsch entsprochen und Ihr Angebot weitergeleitet, wenn Sie nicht über jeden Zweifel erhaben wären?« Entgeistert starrte Felicitas ihn an, das Blut wich aus ihren Zügen. »Es gab wohl eine Zeit, da man es für angebracht hielt, ein Auge auf Sie zu haben«, fuhr er fort, »aber das ist längst vorbei, genau genommen seit Beginn des Kriegs.« Er grinste. »Wenn man alle Ehefrauen überprüfen sollte, deren Männer etwas auf dem Kerbholz haben, hätten wir ja viel zu tun. Außerdem haben Sie Ihre aufrechte Gesinnung ja hinlänglich unter Beweis gestellt.«
Mit diesen Worten ließ er sie stehen und wandte sich den anderen Gästen zu – Kaufleute und Anwälte die meisten, außerdem zwei Pastoren, drei Mediziner und eine Handvoll SS-Offiziere, von denen zwei Felicitas vage bekannt vorkamen. Sie standen in kleinen Gruppen beieinander, plauderten und leerten ihre Sektgläser, die ein junges, sehr nervöses Mädchen in schwarzem Kleid, weißer Schürze und Häubchen auf einem für ihre grazile Gestalt viel zu großen und schweren Silbertablett balancierte und jetzt Felicitas mit einem fragenden Gesichtsausdruck hinhielt.
»Danke«, sagte Felicitas freundlich. Die Wut über Röhmickers Eröffnung verdrängte ihr Erstaunen über Gesas eigenmächtiges Verhalten. Wenn sie gewusst hätte, dass sie nicht im Fadenkreuz der Gestapo stand, hätte sie dem Mann, geschweige denn Hitler, niemals ein solches Ange-

bot unterbreitet. Aber wer zum Teufel spielte dann mit ihr Räuber und Gendarm? Wer besaß so viel sarkastische Energie, sie mit einem solch üblen Trick zu quälen – und vor allem, mit welchem Motiv? Geistesabwesend erwiderte sie die Grüße einiger Unternehmer und wechselte hier und da ein paar Worte, als ein Gong den Beginn des Festmahls ankündigte, mit dem man Hitlers rasche Genesung nach dem Attentat zu würdigen und zu feiern gedachte.

Mit einer geschmeidigen Bewegung glitt der Gewürzhändler Frank Middeldorf an ihre Seite. »Ich habe die Ehre, Ihr Tischherr sein zu dürfen«, näselte er und begleitete Felicitas in den Nebensaal, wo die Gäste an einem mit Damasttüchern, schimmerndem weißem Porzellan und funkelndem Silberbesteck gedeckten ovalen Tisch mit gewaltigen Ausmaßen Platz nahmen. Während der Gewürzhändler sein Lieblingsthema – die ungemein komplizierte, aber lohnende Entwicklung eines eigenen Gewürzes für die nordische Rasse – vor Felicitas auszuwalzen begann, bemühte sie sich, die Speisefolge zu entziffern, die auf einem Blatt cremeweißen Büttenpapiers auf jedem Teller lag, anmutig dekoriert mit einer gelben Schleife und einer gelben Teerose.

Mockturtelsuppe, dazu Sherry, las sie. Steinbutt mit holländischer Sauce, dazu 1937er Piesporter Grafenberg vom Weingut des Reichsgrafen von Kesselstadt, Mastente mit Erbsen und Bohnen, dazu 1926er Chateau St. Hilaire Portets, und als Dessert Weingelee, Kaffee und Likör.

Das Wasser lief ihr im Mund zusammen, doch zugleich stieg unbändiger Widerwille in ihr hoch. Wie viele Lebensmittelmarken sie dafür wohl aufgebracht haben, dachte sie empört. Auf den Straßen Bremens standen

Frauen stundenlang für einen Liter dünne Wurstbrühe an, in den Ruinen der Häuser spielten Kinder, die Beine und Arme so dünn wie Streichhölzer, alte Menschen, abgezehrt, ausgemergelt, die Köpfe Totenmasken gleich, konnten sich kaum noch auf den Beinen halten. Die Marken reichten hinten und vorne nicht, und der Schwarzmarkt gedieh. Wer Mumm besaß oder verzweifelt genug war, stellte sich in der Dämmerung an die einschlägigen Straßenecken und tauschte seine letzte Habe gegen ein Ei, ein Brot, ein Pfund Kaffee. Wer Pech hatte und erwischt wurde, konnte froh sein, nicht zum Tode verurteilt zu werden. Jeden Tag machten sich Hunderte Frauen auf den Weg zu Fuß oder per Rad und fielen in die Dörfer der Umgebung ein, um Lebensmittel zu hamstern, oft beschimpft, meistens übervorteilt von den Bäuerinnen, die ihnen den Speck nicht gönnten, aber auf den x-ten Messingleuchter, den Schmuck und die Teppiche auch nicht verzichten mochten, die ihnen dargereicht wurden. Zum Glück hatte Marie Verwandte in Syke, die mit Eiern, Milch und Gemüse nicht knauserten, und dennoch reichte es in der Villa gerade für das Nötigste.
Zornig blickte Felicitas an sich hinunter. Beinahe wäre sie zu spät gekommen, weil sie kein einziges Kleid gefunden hatte, das nicht um ihre mageren Kurven herumschlackerte wie ein Ein-Mann-Zelt im Wind, so dass sie gezwungen gewesen war, ihr hellblaues Taftkleid mit einer grauen Seidenschärpe auf Taille zu bringen. Und hier briet man Mastenten! Kein Wunder, dass der dicke Göring nach wie vor aus allen Nähten platzte.
»In der Suppe für Ostflüchtlinge soll sich das Fleisch einer im Tierpark Hagenbeck verendeten sechsundvierzigjährigen Elefantenkuh befunden haben«, raunte eine ver-

traute Stimme in ihr linkes Ohr, und Felicitas fuhr herum.
»Guten Abend«, sagte sie, jäh ihrer Schlagfertigkeit beraubt, und reichte Bernhard die Hand, in den aquamarinblauen Augen die stumme Frage: Was tust du hier, bist du wahnsinnig?
Gut gelaunt zwinkerte er ihr zu, grüßte nonchalant in die Runde und setzte sich auf den freien Platz zwischen sie und die Tochter des betagten Fabrikanten Gerber. Während der erste Gang serviert wurde, floss die Unterhaltung munter dahin. Bernhard brillierte wie eh und je mit kleinen Anekdoten, gab vor, sich für die ehrgeizigen Pläne von Frank Middeldorf zu interessieren, und antwortete freimütig auf neugierige Fragen, in welchen fremden Gefilden und für wen er in der letzten Zeit denn Gärten angelegt habe, man habe ihn ja so lange nicht zu Gesicht bekommen. Felicitas brachte kaum einen Bissen hinunter, seine Tollkühnheit schnürte ihr die Kehle zu, doch mit eiserner Selbstbeherrschung zwang sie die jagende Angst zurück und brachte es nach einer Weile fertig, sich mit kühlem Charme an den Gesprächen zu beteiligen. Verstohlen musterte sie ihn von der Seite. Sein Haar war fast weiß geworden in den zwei Jahren, da sie sich nicht gesehen hatten, doch es stand ihm verteufelt gut. Wenn er lächelte, legten sich feine Falten wie ein Strahlenkranz um seine Augenwinkel, und er lächelte viel an diesem Abend, wenn auch aus einem anderen Grund als der Rest der Gesellschaft, der lachte, aß und der Überzeugung zuprostete, so schlimm würde es schon nicht ausgehen mit dem Krieg.
Um zweiundzwanzig Uhr dreißig zerstörten die Sirenen jäh die aufgeräumte Stimmung. Einige Frauen stießen spitze Schreie aus, einige Männer erbleichten, andere taten

so, als ginge sie der Fliegeralarm nichts an. »Nur die Ruhe, meine Damen!«, tönte Bürgermeister Röhmcker. »Wir lassen uns doch von dem Gelump nicht das Dessert verderben, nicht wahr?« Er schnippte mit den Fingern, und die Kellnerinnen, blass und verängstigt, servierten das Weingelee. Schweigend begannen die Gäste zu löffeln, Blicke huschten hin und her, selbst die beiden Offiziere, die Felicitas gegenübersaßen, hatten erkennbar Mühe, zuversichtlich dreinzuschauen. Die Minuten zerrannen zäh wie selbst gekochte Seife. Die Sirenen heulten.

»So, jetzt noch ein Tässchen Kaffee und einen Cognac, und dann sollten wir uns ins Unvermeidliche schicken.« Selbstgefällig, die Spitzen seiner fleischigen Finger zu einem Dreieck aneinandergelegt, fixierte Röhmcker seine Gäste. Offenkundig bereitete es ihm höchstes Vergnügen, sie zappeln zu lassen. Die Kellnerinnen räumten die Dessertschalen ab und kehrten wenig später mit Kaffeekannen und zierlichen Etageren mit Pralinen und Gebäck zurück. Das junge Mädchen, das Felicitas zuvor den Sekt kredenzt hatte, zitterte so, dass sie die bauchige Kanne fallen ließ, gerade als sie Bernhards Tasse in die Hand nehmen wollte. Das Porzellan schlug auf dem Boden auf, zersprang in tausend Stücke, der kochend heiße Kaffee spritzte auf Bernhards rechten Smokingärmel und bedeckte Felicitas' Kleid vom Dekolleté bis zum Saum mit Flecken. Erschrocken fuhr Felicitas hoch. Hektisch stürzte das Mädchen zum Serviertisch und kam mit Damastservietten zurück.

»Lassen Sie nur«, sagte Felicitas lässig zu dem Mädchen und sah den Bürgermeister bedauernd an. »Wenn Sie mich dann bitte entschuldigen wollen. Mit dem Malheur auf dem Kleid kann ich unmöglich länger bleiben.«

»Aber selbstverständlich, gnädige Frau. Ich hoffe, Sie haben sich nicht verletzt.«
»Nein«, entgegnete Felicitas knapp, bedachte Bernhard mit einem vielsagenden Blick und rauschte davon.
Ihr Aufbruch brachte Bewegung in die Runde. Die meisten hatten ohnehin nur auf eine günstige Gelegenheit gewartet, sich elegant verdrücken zu können.
»Ich schließe mich an«, erklärte Frank Middeldorf. »Morgen früh erwartet mich ein wichtiger Termin. Gewürze ... Sie verstehen ...«
»Ich begleite Frau Hoffmann«, sagte Bernhard, was im allgemeinen Stimmengewirr jedoch unterging. Rasch holte er Felicitas ein, und sie liefen die Treppen hinunter und durch die Halle des Rathauses ins Freie, gefolgt von den Offizieren und Frank Middeldorf.
In Finsternis getaucht lag der Marktplatz mit dem verbarrikadierten Roland vor ihnen. Felicitas schlüpfte aus ihren hochhackigen Schuhen und rannte los.
»Mein Wagen steht in der Wachtstraße«, schrie Bernhard, doch seine Worte gingen im Lärm der nahenden Bomber unter. Blind vor Angst lief Felicitas weiter. Bernhard packte sie am Arm, stürzte auf den Wagen zu, riss die Türen auf und startete mit quietschenden Reifen.
18. August 1944, dreiundzwanzig Uhr sechsundfünfzig. Bremen stand im Begriff, den 132. Luftangriff und die schlimmste Bombennacht seit Beginn des Kriegs zu erleben. Während der nächsten Dreiviertelstunde sollten 500 Flugzeuge 68 Minenbomben, 2323 Sprengbomben, 10 800 Phosphorbomben und 108 000 Stabbrandbomben abwerfen und das Hafenquartier, den gesamten Westen der Stadt bis zum Waller Ring, 8248 Wohngebäude, 34 öffentliche Gebäude, 37 Industrieanlagen, 4

Kirchen, darunter die Stefaniekirche, und das Fockemuseum zerstören.
Die Hände um das Lenkrad gepresst, jagte Bernhard den roten Opel durch die Wachtstraße über den Wall Richtung Hauptbahnhof, das Inferno aus gierig züngelnden Flammen, zerberstendem Glas, detonierenden Bomben und dem enervierenden Gebrumm der angreifenden Maschinen kaltblütig ignorierend. Während Felicitas in stummem Entsetzen dem Untergang ihrer Heimat zusah, starben 1054 Männer, darunter Elias Frantz und Wilhelm van der Laaken und viele weitere Frauen und Kinder. 49 100 Menschen wurden obdachlos.
In halsbrecherischem Tempo raste Bernhard die Findorffstraße hinter dem Hauptbahnhof entlang, dann drosselte er die Geschwindigkeit und bog vom Weidedamm auf einen Waldweg in den Bürgerpark ein. »Hier bleiben wir.«
»Bist du verrückt? Ich will nach Hause! Sofort! Teresa ...«
»Du kannst nichts für sie tun.« Er nahm ihre Hände und hielt sie fest umklammert. »Wir warten, bis der Spuk vorbei ist, dann fahren wir rüber. Aber einstweilen sind wir hier sicherer. Wozu sollten sie den Park bombardieren?«
Bernhard machte den Motor aus, zündete zwei Zigaretten an und reichte Felicitas eine. Schweigend rauchten sie, den Blick unverwandt auf den Emmasee gerichtet, der wie ein feuchter Spiegel vor ihnen lag.
»Wieso bist du hier?«
»Dein Enthusiasmus ist ja kaum auszuhalten ...«
»Ach, du weißt doch, wie ich es meine«, erwiderte Felicitas ungeduldig. »Du tauchst nach zwei Jahren mir nichts, dir nichts im Rathaus auf, plauderst mit den SS-Leuten, als wären sie deine engsten Freunde, erzählst von irgendwelchen Gärten, die es wahrscheinlich gar nicht gibt ...«

»Scht«, machte er, nahm ihre Hand und küsste sie. »Nicht böse sein. Zur Tarnung habe ich in Paris mit den Deutschen zusammengearbeitet und ihnen haufenweise Konzepte für Parkanlagen verkauft, die, sobald der Krieg vorbei ist, angelegt werden sollen – schöner als Versailles. Kein Mensch hat je Verdacht geschöpft, ich könnte etwas mit der Résistance zu tun haben. Gewiss, ich gelte als ein wenig halbseiden, aber das ist auch alles. Als die Amerikaner Paris befreiten, beschloss ich zurückzukehren. Für die Deutschen ist es das perfekte Alibi – linientreuer Gartenarchitekt wieder daheim!« Als sie nichts entgegnete, nahm er ihr Kinn in die Hand und zwang sie, ihm in die Augen zu sehen. »Was ist los?«
»Du bist Halbjude«, flüsterte Felicitas.
Abrupt ließ er sie los. »Lass das bitte meine Sorge sein. Nur wenige wissen darum, und der Einzige, der gerne davon Gebrauch machen würde, ist Anton, und der wird sich hüten.«
Felicitas starrte ihn an. »Du hast dich nicht verändert, Bernhard«, sagte sie bitter. »Damals wie heute ist es dir völlig gleich, was die Menschen, die dir nahestehen, empfinden.« Es tat ihr weh, ihn zu verletzen, doch indem er sein Leben aufs Spiel setzte, zeigte er ihr mehr als deutlich, wie viel ihm ihre Liebe wert war.
Ein Schatten flog über sein Gesicht. »Dorothee und den Mädchen geht es gut«, sagte er schließlich. »Steffen … geht es auch gut.«
Die Art, wie er die Worte dehnte, passte nicht zu Bernhard, und Felicitas brauchte einen Moment, um zu begreifen, was er ihr damit schonend sagen wollte. Widersprüchliche Empfindungen kämpften in ihr, doch schließlich nickte sie. »Es ist gut so. Dorothee braucht einen Mann an ihrer Seite,

der sie stützt … und die gleichen Ziele verfolgt. Hat er … ich meine, lässt er mir etwas ausrichten?«

»Er bittet dich um Vergebung. Und er wünscht uns alles Gute.«

»Was ist mit Pierre?«, fragte sie leise.

»Sie haben ihn nach Dachau gebracht.«

»Nach Dachau?«, wiederholte Felicitas tonlos.

»Das ist wenigstens nicht Auschwitz.«

»Gibt es irgendetwas, was wir für ihn tun können?«

»Nichts außer beten.«

»Ja.« Sie nickte und sah hinaus. Aus dem Rauch, der über der Stadt lag, stiegen die Erinnerungen an jene Zeiten auf, da sie den Kaiser vor der Toilette im Rathaus abgefangen und ihn charmant gezwungen hatte, ihren Plänen für einen Kunstpark zu lauschen. Und wie sie in der Bürgerschaft aufgestanden und ihren Widersacher, den Sozialdemokraten Nussbaum, mit wilder Empörung und vibrierender Entschlossenheit zum Schweigen gebracht hatte. Doch rasch schob sie die Gedanken beiseite. Es führte zu nichts, die Vergangenheit zu beschwören. Das hier waren andere Dimensionen, Dimensionen des Bösen, denen niemand mit Hoppla-jetzt-komm-ich-Attitüde beikam.

»Wirst du noch überwacht?«, fragte Bernhard leise, als würde er sich scheuen, das Thema anzusprechen.

Felicitas runzelte die Stirn. »Ich weiß es nicht. Das schwarze Auto folgt mir auf Schritt und Tritt, aber Röhmcker hat gesagt, die Gestapo wurde abgezogen.«

»Das kann ein Trick sein«, wandte Bernhard ein.

»Glaube ich nicht. Dafür ist Röhmcker zu blöd.«

»Du solltest ihn nicht unterschätzen. Aber es kann ja nicht schaden, wenn wir versuchen herauszufinden, wer dich beschattet.«

»Nein, das lässt du sein.« Mit funkelnden Augen wandte sie sich ihm zu. »Hör mir gut zu, Bernhard Servatius. Ich bin dein Hasardeurentum leid. Entweder du kommst jetzt mit mir und bleibst verdammt noch mal so lange in der Villa, bis dieser Krieg vorbei ist, oder du kannst dich dahin scheren, wo der Pfeffer wächst. Ich habe es satt, mich zu Tode zu ängstigen.«
»Täusche ich mich, oder war das gerade eine Liebeserklärung?«
»Ach, halt doch den Mund«, sagte sie ungnädig, ließ es aber zu, dass er sie an sich zog und küsste. In diesem Moment der Innigkeit bemerkten sie nicht, wie sich allmählich Stille über die Stadt senkte. Und auch nicht, dass sich eine Gestalt aus dem Schatten des Opel löste und geschützt von der Dunkelheit zu einem wartenden Auto schlich.

Als sie die Andreesen-Villa erreichten, entrang sich Felicitas' Brust ein Seufzer der Erleichterung. Bis auf einige geborstene Fensterscheiben und zahlreiche Einschusslöcher in der Fassade war das Haus unversehrt geblieben. Bernhard und Felicitas stürzten in die Halle.
»Gott sei Dank!«, rief Felicitas und umarmte Teresa, die weinend in ihre Arme flog.
»Die anderen sind noch im Keller«, stammelte ihre Tochter schluchzend. »Ella ist vor Angst fast wahnsinnig geworden und hat ohne Unterlass geschrien, bis Oma ihr ein paar Backpfeifen verabreicht hat. Und jetzt bewegt Oma sich nicht mehr und sagt keinen Ton.«
Sie eilten in den Weinkeller. Ella lehnte an der Wand, die Hände vors Gesicht geschlagen, ihr Oberkörper zuckte. Dora hockte auf dem Fußboden, wiegte Michael auf dem

Schoß, streichelte sein zerzaustes Haar und flüsterte ihm beruhigende Worte ins Ohr. »Bald geht es Oma wieder gut«, sagte sie. »Sie hat bestimmt nur einen Schreck gekriegt.« Hilfesuchend sah sie Felicitas und Bernhard an, dann glitt ihr Blick zu Elisabeth, die zusammengesunken auf zwei übereinandergestapelten Weinkisten saß, als wäre fast alles Leben aus ihrem Körper gewichen, bis auf einen Rest, der sie atmen ließ. Bei dem Anblick gefror Felicitas das Blut in den Adern.

»Dora, geh mit Michael nach oben«, ordnete Bernhard an. »Wo ist Marie?«

»Als die Entwarnung kam, ist sie losgerannt, als wären die Russen hinter ihr her«, antwortete Dora.

»Hat sie gesagt, wohin sie will?«

»Nein.«

»Na schön. Teresa, koch du dann bitte Tee.«

»Wir haben keinen Tee mehr.«

»Dann mach heißes Wasser.« Behutsam nahm Bernhard Elisabeths Hand und fühlte nach ihrem Puls. »Ich vermute, sie hat einen Schock erlitten. Zudem ist sie unterkühlt, wir müssen sie wärmen.« Er fing Felicitas' skeptischen Blick auf. »Keine Sorge, in den letzten zwei Jahren habe ich mehr als einmal Erste Hilfe leisten müssen. Ich trage sie nach oben.«

Nachdem Felicitas Ella in ihr Zimmer geführt und ihr die letzten Schlaftabletten eingeflößt hatte, die sie im Bad hatte finden können, ging sie hinüber in Elisabeths Schlafzimmer, wo Teresa eilig ein Feuer im Kamin zu entzünden versuchte. Plötzlich klappte die Haustür geräuschvoll auf und wieder zu. Felicitas stürzte an die Balustrade.

»Marie!«

Schnaufend erklomm Marie die Treppe, den greisen Professor Becker im Schlepptau. Der Arzt, der Felicitas' vier Kindern auf die Welt geholfen und jahrzehntelang die Krankheiten der Andreesens behandelt hatte, konnte sich selbst kaum auf den Beinen halten, machte sich aber unverzüglich daran, Elisabeth zu untersuchen.

»Ich hab bei den Beckers Sturm geklingelt«, flüsterte Marie Felicitas zu. »Und seine Frau hat aus dem Fenster gebrüllt, ich solle sie in Ruhe lassen, aber als ich zurückbrüllte, dass es um Elisabeth Andreesen geht, ist er sofort runtergekommen.«

»Danke, Marie«, sagte Felicitas. Die Treue der alten Frau zu der Familie trieb ihr die Tränen in die Augen.

Nachdem der Arzt Elisabeth untersucht hatte, erhob er sich mit einem tiefen Seufzer und drückte Felicitas die Hand. »Sie hat einen leichten Schlaganfall erlitten. Im Moment können wir nur hoffen, dass die Gnade ihres eisernen Willens ihr auch dieses Mal zuteil wird.«

»Ich fahre sie nach Hause«, sagte Bernhard, doch Professor Becker schüttelte den Kopf. »Lassen Sie nur, ich habe es ja nicht weit.« Er verabschiedete sich und ging leise die Treppe hinunter.

Elisabeth schlief, sachte wie ein Wimpernschlag hob und senkte sich das Federbett im Takt ihrer Atemzüge. Felicitas hatte sich den Ohrensessel, in dem ihre Schwiegermutter jeden Abend saß und ihren geliebten Mozart-Opern lauschte, näher ans Bett gerückt und starrte blicklos vor sich hin. Teresa schlief auf dem kleinen mit Chintz bezogenen Sofa und fuhr immer wieder hoch, wenn Bernhard neues Holz aufschichtete. Als der Morgen graute, schlug Elisabeth die Augen auf. Ihre Lippen bewegten sich, und Felicitas neigte sich über sie, um die Worte verstehen zu können. Dann lachte sie leise und schüttelte den Kopf.

»Was hat sie gesagt?« Aufgeregt kam Teresa näher.
»Sie hat gesagt: ›Jetzt dürft ihr mich Oma nennen.‹«
Die beißende Selbstironie, mit der Elisabeth Andreesen in den folgenden Tagen ihrer Erkrankung begegnete, täuschte jedoch niemanden, am wenigsten sie selbst, darüber hinweg, dass ihre Genesung keine wesentlichen Fortschritte machte. Sie verbrachte halbe Tage in oberflächlichem Schlaf. Auch gehorchten ihr Zunge und Lippen nur unzureichend, so dass die kurzen, giftigen Sätze, die sie gelegentlich von sich gab, kaum zu verstehen waren. Professor Becker mahnte zur Geduld und strikten Schonung der Patientin, doch instinktiv fühlte Felicitas, dass dies nicht die Therapie war, die ihre Schwiegermutter wieder auf die Beine brachte. So fasste sie einen einsamen Entschluss, den sie sogleich in die Tat umsetzte. Sie vergewisserte sich, dass Elisabeth allein in ihrem Zimmer war, und trat zu ihr ans Bett.
»Hör zu«, sagte Felicitas eindringlich. »Ich erinnere mich noch gut daran, wie du mir geholfen hast, damals, als Heinrich gestorben und jedes Leben in mir mit ihm dahingegangen war. Weißt du noch? Du hast nicht lockergelassen, mich angespornt und an mich geglaubt. Und das Gleiche mache ich jetzt mit dir. Ich lasse nicht zu, dass du dich aufgibst, hast du verstanden?«
Elisabeth nickte. Ein Funke glomm in ihren matten Augen auf, und Felicitas wusste, dass sie auf dem richtigen Weg war. »Wir werden ab sofort jeden Tag üben, bis du sitzen kannst. Wenn du sitzen kannst, üben wir, bis du stehen und schließlich wieder gehen kannst. Gemeinsam werden wir es schaffen, ganz gleich, was der Arzt sagt.«
Und so begannen sie dem Schicksal zu trotzen, jeden Tag aufs Neue, unermüdlich und mit jener Entschlossenheit, die den Andreesen-Frauen zu eigen war.

»Zäh wie Leder, hart wie Kruppstahl!« Lächelnd stand Bernhard eines Nachmittags in der Tür, als Elisabeth sich, gestützt von Felicitas, gerade zum ersten Mal anschickte, aufrecht sitzen zu bleiben. »Ich bin tief beeindruckt, meine Damen!«, rief er aus und deutete eine kleine Verbeugung an. Dann fügte er hinzu: »Marie hat Gott weiß wo ein Päckchen Tee aufgetrieben und lässt fragen, ob sie ihn hier servieren soll.«

»Das ist zu beschwerlich für sie«, sagte Felicitas. »Kannst du ihr das Tablett abnehmen?«

»Wollte ich, aber sie hat mir auf die Finger geklopft und gemeint, das käme gar nicht in Frage, dass Gäste sich selbst bedienen müssen.«

»Du liebe Zeit«, murmelte Felicitas. »Als ob wir keine anderen Sorgen hätten.« Behutsam ließ sie ihre Schwiegermutter wieder in die Kissen sinken und ging aus dem Zimmer. In der Halle fiel ihr Blick auf die Zeitung und das cremeweiße Kuvert, das in der Silberschale auf dem Tischchen neben der Garderobe lag. Ihr Herz schlug schneller. Obschon sie seit Kriegsbeginn keinen anonymen Brief mehr erhalten hatte, vermochte allein der Anblick des Büttenpapiers und die mit Maschine geschriebene Adresse die Angst von einst erneut zu wecken. Sie starrte den Brief an, dann riss sie ihn kurz entschlossen auf.

»Mein liebes Kind«, las sie, »unsere Situation ist verzweifelt. Der Russe wird bald hier sein, und Verena und Carl weigern sich, das Gut zu verlassen. Martin ist schwer erkrankt und Constanze kurz davor, den Verstand zu verlieren, weil Alexander sich nicht mehr meldet. Ich weiß, dass es ziemlich viel verlangt ist, und dennoch: Komm und hilf uns! Ohne dich werden wir es nicht schaffen. In

Liebe …« Unterzeichnet waren die Zeilen mit einem hingehuschten H.
Langsam ließ Felicitas den Brief sinken, die Augen vor Schreck geweitet. Der Ton des Briefs, knapp, ohne jede elegante Eloquenz, auf die ihre Mutter noch nie völlig verzichtet hatte, ließ keinen Zweifel aufkommen: Helen, die stets kühl und diszipliniert auf die Anfordernisse, die das Leben an sie stellte, reagiert hatte, war zutiefst verstört und verängstigt. Furchtbares musste sich in Sorau seit Felicitas' letztem Besuch zugetragen haben, sonst würde ihre Mutter gewiss nicht auf den Gedanken verfallen, ihre Tochter im fernen Bremen um Hilfe zu bitten. Nun ja, dachte sie schuldbewusst, es sind immerhin zwei Jahre vergangen, eine lange Zeit, zu lang. Sie hätte es wissen müssen, dass die Sorauer erst in letzter Minute den Mund aufmachen würden, und sich deshalb nicht darauf einlassen dürfen, Helens Beteuerungen zu glauben, sie kämen schon zurecht. Hätte, hätte! Jetzt war es zu spät, sich Vorwürfe zu machen, jetzt galt es, die Suppe auszulöffeln, die die falsch verstandene Eitelkeit ihrer Mutter und das eigene Versäumnis ihr eingebrockt hatten.
Als Felicitas die getippten Zeilen erneut las, schob sich ein flüchtiger Gedanke in ihr Bewusstsein, zu flüchtig, um die Sorge und die jagenden Überlegungen zu verdrängen, was nun zu tun sei.
»Schlechte Nachrichten?«
Felicitas nickte und hielt Bernhard den Brief hin.
»Wie kann sie das von dir verlangen?«, sagte er, als er die Zeilen überflogen hatte. »Die Lage im Osten ist völlig aussichtslos, achtundzwanzig deutsche Divisionen sind vernichtet worden, und wer weiß, wie viele Soldaten tot oder in Gefangenschaft. In der deutschen Front klafft ein

gewaltiges Loch, der Weg ins Baltikum, nach Memel und nach Ostpreußen ist offen. Die Briten haben Königsberg bombardiert.« Und leise fügte er hinzu: »Du kannst ihnen nicht helfen, Felicitas.«

»Ich muss und ich werde fahren«, erwiderte Felicitas. »Noch nie hat meine Mutter mich um etwas gebeten, und jetzt, da sie in Not ist, werde ich sie nicht im Stich lassen.« Aufgebracht hieb sie mit der Faust auf die Wand ein. »Ich hätte schon viel eher etwas unternehmen müssen. Sie sind doch viel zu alt, um sich allein auf den Weg zu machen. Und bis auf die zwei betagten Fuhrknechte sind alle Arbeiter fort. Wer soll ihnen denn helfen?« Sie wehrte seine Hand ab, die er beruhigend auf ihre Schulter legen wollte. »Bernhard«, sagte sie tonlos, »ich würde es mir nie verzeihen, wenn ich es nicht tue. Es muss eine Möglichkeit geben, sie alle da rauszuholen, und bei Gott, ich werde sie finden.«

Bernhard grinste. »Wer ist jetzt eigentlich der Hasardeur von uns beiden?«

In der darauffolgenden Nacht verließen sie Bremen. Sie hatten nur das Nötigste für die Fahrt eingepackt, ein paar Kleidungsstücke und Proviant für unterwegs, einen Laib Maisbrot, Speck und eingelegte Gurken. Felicitas hatte ihrer Tochter und Dora eingeschärft, an ihrer Statt mit Elisabeth zu üben, konsequent und ohne Rücksicht auf den zu erwartenden Widerstand, den die alte Frau der Aussicht entgegensetzen würde, sich von ihrer Enkelin und der ungeliebten Mutter ihres Urenkels helfen zu lassen. Zu Elisabeth hatte sie gesagt: »Wenn wir zurück sind, will ich dich laufen sehen.« Was ihre Schwiegermutter mit einem feinen Lächeln und der geflüsterten Bemerkung quittiert hatte: »Umgekehrt wird ein Schuh draus. Ich verspreche dir, wieder zu gehen, wenn du mir versprichst, gesund heimzukommen.« Anerkennung, aber vor allem Besorgnis spiegelten sich in ihren Augen, und rasch, bevor Wehmut und Verzagtheit ihr Herz erreichen konnten, hatte Felicitas sich verabschiedet. In der Halle hatten Teresa, Dora, Ella und Marie gewartet, um mit einer letzten Umarmung vielleicht doch noch das erreichen zu können, was Teresas Tränen, Doras sachliche Argumente, Ellas Panik und Maries Missbilligung nicht geschafft hatten – Felicitas von ihrem Entschluss abzubringen.

Im Schutz der Dunkelheit fuhren sie Richtung Hamburg los, nach Schwerin und von dort weiter nach Königsberg. Sie fuhren ohne Scheinwerfer, schmalen Straßen und Feldwegen folgend, die der dunkle Kübelwagen, den Bernhard Gott weiß wie und wo aufgetrieben hatte, schnurrend meisterte. Zwei Benzinfässer, fest vertäut auf der Ladefläche und unter einer Plane verborgen, vermittelten das beruhigende Gefühl, Sorau in jedem Fall zu erreichen – sofern sie nicht entdeckt und konfisziert werden würden. Um das zu verhindern, versteckten sie den Wagen am Tag hinter Hecken oder in verlassenen Ställen, fielen in einen oberflächlichen Schlaf und warteten Hand in Hand, bis das lichte Grau der Dämmerung ins Schwarz der Nacht überging.

Der Irrsinn dieses Unternehmens entfaltete eine eigenartige Wirkung. Mit jedem Kilometer ließ Felicitas ihre Welt hinter sich. Es gab nur noch sie und ihn, ein vollkommenes Miteinander jenseits aller Erwartungen, Ängste und Verletzungen, jenseits von Gestern und Morgen, ein Niemandsland des Seins, das sich zwischen sie und die Gefahr legte wie ein See aus flüssiger Hoffnung. Wenn ich jetzt stürbe, könnte ich den Tod willkommen heißen, wenn er mir nur gestattete, Bernhards Hand zu halten, bis es vorbei ist, dachte Felicitas, als der achte Tag ihrer Reise sich neigte und sie ihren schlafenden Geliebten betrachtete. Zärtlich küsste sie ihn auf den Mund, er erwachte, und wie von selbst fanden ihre Körper noch einmal zueinander.

Im Morgengrauen des 14. September erreichten sie das Gut.

Totenstille lag über dem Anwesen. Sanft und golden wogte das Korn, das niemand mehr ernten würde. Die Ziegen und die Schar Gänse, die auf der Hauskoppel gemeckert und geschnattert hatten, waren fort. Die meisten Trakehner hatte Carl in der Annahme, die Tiere würden ohnehin von der Wehrmacht konfisziert, unmittelbar nachdem Hitler in Polen eingefallen war für einen guten Preis an den Nachbarn verkauft, einen Baron, der zwar verwundert, aber beherzt zugegriffen hatte. Doch selbst Matti und Flocke, ein betagter Hengst und seine Gefährtin, die Carl behalten hatte, weil seine Frau ihn unter Tränen darum gebeten hatte, konnte Felicitas nirgendwo entdecken. Ihr Blick glitt über die mächtigen Eichen, die die Zufahrt zum Haus säumten, und verlor sich in der Ferne der akkurat eingezäunten Felder, die ihr und ihren Cousinen, als sie Kinder waren, vortreffliche Verstecke gewesen waren, Orte verträumter Nachmittage unter einem weit gespannten Himmel. Auf dem Rücken liegend hatten Constanze, Dorothee und sie ihre Sehnsucht und ihre Hoffnungen auf die Reise geschickt und an eine verheißungsvolle Zukunft geglaubt, während das weiche Gras ihre Körper wärmte und in der Gewissheit wiegte, dass dieses Land ihnen auf immer Schutz und Heimstatt gewähren würde.

Felicitas fröstelte. Der Gedanke, dass, würde nicht ein Wunder geschehen, sich schon bald die Ketten russischer Panzer durch die Äcker und Wälder pflügen und alles zerstören würden, was in mühevoller Arbeit von Generationen aufgebaut worden war, schmerzte so sehr, dass ihr der Atem stockte. Dankbar, dass Bernhard sie ihren Erinnerungen und Gefühlen überließ, wandte sie sich ihm nach einer Weile zu.

»Vor einiger Zeit habe ich mit dem Nachbarn verhandelt, um ihm ein Stück Land abzuschwatzen«, sagte sie, bemüht, sich ihre Erschütterung nicht allzu sehr anmerken zu lassen. »Nach dem Krieg wollte ich versuchen, hier eine besondere Kaffeepflanze anzubauen.« Sie lächelte schief. »Wie gut, dass er abgelehnt hat.«

Die mächtige Eingangstür des Gutshauses öffnete sich einen Spalt breit, dann stürzte Constanze, im Morgenrock und mit entgeisterter Miene, aus dem Haus.

»Was wollt ihr denn hier?«

»Dreimal darfst du raten«, entgegnete Felicitas betont munter, griff nach ihrer Tasche und ging an ihrer Cousine vorbei ins Haus.

Wortlos folgte Constanze ihr in die Küche, füllte einen Kessel mit Wasser und trat zornig gegen die Herdklappe.

»Das Mistding ist schon wieder ausgegangen«, murmelte sie und machte sich mit gerunzelter Stirn daran, das Holz neu zu schichten.

»Lass nur«, sagte Felicitas. »Wir sollten ohnehin keine Zeit verlieren …«

Fragend sah Constanze sie an, dann begriff sie. Ein dünnes Lächeln spielte um ihre Mundwinkel, als sie aufstand und sich den Staub von ihrem Morgenrock klopfte. »Den Weg hättest du dir sparen können.« Sie schnaufte verächtlich.

»Glaubst du allen Ernstes, einer von uns würde auch nur einen Jota weichen? Wir haben keine Angst vor der Roten Armee, im Gegenteil! Die Gräuelmärchen sind doch samt und sonders erstunken und erlogen!«
Die beiden Frauen maßen sich mit Blicken, die stille Fehde zweier starker, konträrer Charaktere, die nach der Mädchenzeit begonnen hatte, flammte erneut zwischen ihnen auf, und wütende Worte drängten sich Felicitas auf die Lippen, doch sie beherrschte sich. Dies war nicht der geeignete Moment, um eine Grundsatzdcbatte über die Seele jenes Landes zu führen, in das ihre Cousine dem Mann ihres Herzens vor langer, langer Zeit so naiv wie entschlossen gefolgt war, um zwar die Menschen kennen- und lieben zu lernen, doch am Ende enttäuscht von der Liebe und desillusioniert vom Elend des stalinistischen Alltags nach Hause zurückzukehren. Ruhig entgegnete sie: »Constanze, niemand von uns behauptet, die Russen seien schlechte Menschen, aber was Hitler angerichtet hat, werden sie vergelten wollen. Sie werden morden und brandschatzen, ganz so, wie die Wehrmacht es vermutlich getan hat. Deshalb müssen wir fort von hier, besser heute als morgen.«
Plötzlich stand Helen in der Tür, das inzwischen fast weiße Haar zu einem Knoten geschlungen, die von feinen Falten durchzogenen, aber immer noch edlen Züge von einem erstaunten Lächeln erhellt. »Der Sinn für Dramaturgie ist dir nicht abhandengekommen, Felicitas. Was verschafft uns denn diese Überraschung?« Mit drei Schritten war sie bei ihrer Tochter und nahm sie kurz in den Arm. Dann wandte sie sich an Bernhard: »Für einen romantischen Ausflug hättet ihr euch ein lohnenderes Ziel aussuchen sollen. Und wie seht ihr überhaupt aus?« Amü-

siert musterte sie Felicitas' derbe Drillichhosen und die marineblaue Wolljacke, die schon bessere Zeiten gesehen hatte.

»Ein Schneiderkostüm würde schlecht zum Anlass ihrer Reise passen. Felicitas ist nämlich der Meinung, uns retten zu müssen«, sagte Constanze bissig.

Kopfschüttelnd musterte Helen ihre Tochter. »Das ehrt dich, aber daraus wird nichts. Verena und Carl sind entschlossen zu bleiben, und Martin …«

Sie brach ab, und Constanze vollendete den Satz. »Das Herz … Er würde die Strapazen einer Reise nicht überstehen.«

»Außerdem ist es verboten.« Verena war unbemerkt die Treppe heruntergekommen. Helens Schwägerin war noch schmaler geworden, die klein geblümte Kittelschürze hing wie ein Sack an ihr herunter. »Der Gauleiter hat ausdrücklich gesagt, dass es streng bestraft wird, wenn man versucht zu fliehen.«

Felicitas' Gedanken überschlugen sich. Natürlich war sie davon ausgegangen, dass ihre Hilfe willkommen sein würde, nicht, dass sie ihre Familie erst noch überzeugen musste zu tun, was das einzig Richtige war. Die Situation war tatsächlich völlig verfahren, schlimmer, als es der Brief ihrer Mutter hatte vermuten lassen. Offenkundig war nicht nur Constanzes Starrsinn das Problem, auch Verenas Mutlosigkeit musste ihre Mutter zu ihrem Hilferuf veranlasst haben, von dem sie, einen anderen Schluss ließen die Reaktionen ihrer Verwandten nicht zu, niemandem erzählt hatte. Warum aber ihre Mutter selbst jetzt noch so ahnungslos tat, blieb rätselhaft, doch Felicitas maß dem keine Bedeutung zu. Was immer Helen sich dabei denken mochte, änderte nichts an den Tatsachen.

Felicitas' Stimme gefror zu Eis. »Die Alliierten zerbomben die Städte, und ihre Waffen nehmen keine Rücksicht auf das Alter und die Gesinnung der Menschen. Wir haben Babys gesehen, die von den Flammen verkohlt auf der Straße lagen, alte Frauen, denen die Luftminen Arme und Beine abgetrennt haben. Was Hitler der Menschheit angetan hat, werden wir büßen müssen, jeder von uns. Das Einzige, was vielleicht noch zu retten ist, ist das nackte Leben. Das einzige Leben, das wir haben.«

»Ich werde die Fuhrwerke herrichten«, sagte Bernhard ruhig, als Felicitas ihren Worten nichts hinzufügte. »Eins werden wir mit Stroh und Decken zu einem Krankenlager für Martin und Carl herrichten, und ich werde es fahren. Das zweite übernimmst du, Constanze. Verena und eure Fuhrknechte werden euch begleiten. Felicitas und Helen nehmen den Wagen und das Gepäck. Jeder kann einen Koffer und eine Tasche mitnehmen. Keine Teppiche, keine Lampen, keine Gemälde. Wir fahren in Abständen voneinander und ausschließlich nachts.« Bernhard nickte Felicitas zu. »Wo habt ihr die Pferde versteckt?«

Sein Blick ging von Constanze zu Verena und Helen, die schließlich achselzuckend antwortete: »In der Waschküche.« Zögernd fügte sie hinzu: »So schlecht ist der Plan nicht …«

Wütend verließ Constanze die Küche und lief Bernhard nach. »Das wollen wir doch mal sehen, wer hier Herr auf dem Gut ist!«

»Constanze, so beruhige dich doch!«, rief Verena ihr mit zitternder Stimme hinterher. Sie nestelte ein Taschentuch aus ihrer Schürze und fuhr sich über die Augen. »Das ist einfach zu viel für mich …«

»Ach, Tantchen«, sagte Felicitas leise, »mach dir keine

Sorgen. Wir schaffen das schon.« Dann wandte sie sich ihrer Mutter zu: »Es tut mir leid, dass ich erst jetzt komme. Irgendwie habe ich immer noch daran glauben wollen, dass die Ostfront gehalten wird. Dein Brief hat mir Gott sei Dank die Augen geöffnet.«

»Welcher Brief?« Irritiert sah Helen ihre Tochter an.

»Dein Brief: ›Mein liebes Kind, unsere Situation ist verzweifelt‹«, zitierte Felicitas. »›Komm und hilf uns!‹«

Helen schüttelte den Kopf. »Seit wann rede ich dich mit ›Mein liebes Kind‹ an! Nein, ich habe dir keinen Brief geschrieben. Wie käme ich denn dazu, dich in solche Gefahr zu bringen!« Ihre Stimme wurde weich. »Aber ich bin sehr stolz auf dich, Felicitas. Und dein Vater wäre es auch. Die Natur hat dir das Beste von uns beiden mitgegeben.«

Felicitas' Mund wurde trocken, unentschlossen sah sie ihre Mutter an. Die Frage, die ihr seit Jahren auf der Seele brannte, rutschte ihr über die Lippen, ehe sie es verhindern konnte. »Kurz bevor Vater starb, vertraute er mir an, dass er fürchte, Martin könne mein Vater sein, nicht er. Ist das so?«

»Das ist typisch Max. Die ewigen Jagdgründe greifen schon nach ihm, aber er muss noch rasch einen Verdacht loswerden.« Verärgert runzelte Helen die Stirn. »Entschuldige, Felicitas, du kannst ja nichts dafür.« Sie versank in Schweigen.

»Ist das so?«, wiederholte Felicitas mit undurchdringlicher Miene.

Helen seufzte. »Die Wahrheit ist, ich weiß es nicht. Ich war mit Martin zusammen, bevor ich mich aus heiterem Himmel für deinen Vater entschied und mit ihm fortging, weg von Sorau. Drei Monate später stellte ich fest, dass ich schwanger war. Rein biologisch könnte also jeder von ihnen dein Vater sein.« Ihr Ton wurde eindringlich. »Aber das ändert nichts an der Tatsache, dass du Max' Tochter bist. Er hat dich über alles geliebt.«

Das Geräusch quietschender Bremsen ließ sie zusammenzucken.

»Hände hoch! An die Wand!«, brüllte jemand.

Felicitas und Helen stürzten ans Fenster. Zwei Feldwebel, Gewehre im Anschlag, sprangen aus einem Kübelwagen und rannten auf Bernhard zu.

»Du willst dich wohl vom Acker machen, du feiger Verräter! Willst dich vorm Volkssturm drücken!«, schrie einer von den beiden und stieß ihm die Waffe in die Rippen. Der andere Soldat riss die Tür des Gutshauses auf. »Los, alle rauskommen. Zack, zack!«

»Schnell, lauf hinten hinaus zu Martin«, flüsterte Felicitas.

»Nein, ich bleibe bei dir.«

»Nun mach schon! Und nimm Verena mit!«, beharrte Felicitas. Dann straffte sie sich und ging dem Soldaten mit hoch erhobenem Kopf entgegen. »Kann ich Ihnen helfen?«, fragte sie so beherrscht und freundlich, wie es ihr möglich war.

»Wer ist noch im Haus?«

»Meine alte Mutter, meine alte Tante, mein bettlägeriger Onkel«, zählte sie auf und versuchte den Blick des jungen Soldaten festzuhalten, dessen sanfte braune Augen einen ängstlichen Ausdruck zeigten, der seinen barschen Ton Lügen strafte.

»Alle müssen raus. Und schnell«, wiederholte er und fuchtelte mit dem Gewehr herum.

»Sie können nicht laufen«, erwiderte Felicitas ruhig. »Ich sagte doch, sie sind alt und krank.«

Grob drängte er sie beiseite und stürmte die Treppe hinauf. Felicitas überlegte blitzschnell. Wenn es ihr gelang, den Soldaten, der Bernhard in Schach hielt, zu überwältigen, hätten sie eine Chance. Sie hatte keine Ahnung, was die beiden von ihnen wollten, aber das war jetzt auch unerheblich.

»Was hat mein Mann denn verbrochen?«, rief Felicitas dem Soldaten zu, als sie vor die Tür trat.

»Alle Männer sind aufgefordert, dem Feind entgegenzutreten«, antwortete er aufgebracht, »egal, ob jung oder alt. Wer seiner Pflicht nicht nachkommt, wird wie ein Fahnenflüchtiger behandelt.«

»Niemand von uns will fliehen«, entgegnete Felicitas. »Mein Mann kümmert sich doch nur um das Fuhrwerk, um unsere kranken Angehörigen nach Königsberg zu fahren. Sie benötigen dringend Hilfe. Nach seiner Rückkehr hätte er sich sofort gemeldet, nicht wahr, Liebling?« Unschuldig lächelte sie den Soldaten an und ging auf ihn zu. »Kann ich Ihnen etwas zu essen anbieten? Wir haben nicht viel, aber Sie und Ihr Kamerad brauchen es nötiger als wir.« Und mit ernster Miene fügte sie hinzu: »Wir wissen es zu schätzen, was der deutsche Soldat für die deutsche Bevölkerung tut, ja, wir beten jeden Abend für unsere tapfere Wehrmacht.«

»Danke«, sagte der Soldat, einen Hauch von Unsicherheit in den Augen. Für einen winzigen Moment wich die Spannung aus seinen Armen, das Gewehr senkte sich unmerklich, was Bernhard, der mit erhobenen Händen und mit dem Rücken zum Scheunentor stand, nicht entging. Mit einem Satz hechtete er nach vorn, drückte den Gewehrkolben nach oben, und der Soldat fiel hintenüber. Aus dem Augenwinkel sah Felicitas, wie der andere Sol-

dat aus dem Haus stürzte, sein Gewehr auf Bernhard gerichtet.
»Nein!«, schrie Felicitas und warf sich in Bernhards Arme, um ihn zu schützen.
Der Schuss drang durch den Rücken direkt in Felicitas' Herz.

29

Im Januar 1945 war Ostpreußen vom übrigen Deutschland abgeschnitten, von der Memel bis zu den Karpaten nahm die Rote Armee das Land des Feindes in Besitz. Eine einzige Woge aus Panzerketten pflügte Äcker, Felder und Wälder um, Schwärme von Granaten zerlegten Häuser und Dörfer in ihre Bestandteile. Wer bislang die Augen vor den Tatsachen verschlossen hatte, war nun gezwungen, sich ins Unvermeidliche zu schicken. Koffer wurden hastig gepackt, Teppiche zusammengerollt und mit Möbeln, Gemälden, Lampen und Bettwäsche auf Planwagen verstaut, bis die Ladung schwindelerregende Höhen annahm. Was partout nicht mehr hineinpassen wollte oder zu wertvoll war, es der Gefahr eines langen, unwägbaren Trecks auszusetzen, wurde im Garten der Gutshäuser vergraben, in der Hoffnung, den Schatz aus silbernen Bestecken, Leuchtern und Schmuck zu heben, sobald der Krieg vorüber war und man wieder in die Heimat zurückkehren würde. Doch mit dem letzten Blick auf die alten Eichen, von den Ururgroßeltern gepflanzt, die umfriedeten Hügel, die die Grabplatten der Familien trugen, die im Sommer kornblumengesprenkelten Wiesen, so saftig grün, als hätte der Atem der Schöpfung hier länger verweilt als anderswo, begann die Erkenntnis sich ins Gemüt zu schleichen, dass es nie wieder so sein würde wie einst. Viele ahnten es, kaum einer sprach es aus: Die Menschen verließen nicht nur die Heimat, sie verloren ihre Seele.

Quälend langsam schlichen die Trecks auf verstopften, tief verschneiten Landstraßen gen Westen dahin, ein ums andere Mal von flüchtenden deutschen Truppen von der Straße gedrängt oder von sowjetischen Einheiten buchstäblich überrollt. Junge Mädchen und Frauen schnitten sich die Haare ab und vermummten sich bis zur Unkenntlichkeit, um den Vergewaltigungen zu entgehen, mit denen russische Soldaten Vergeltung übten für fünfundzwanzig Millionen tote Landsleute. In den bitterkalten Nächten erfroren Alte, Kranke und Kinder, entkräftete Mütter, blind für das Unfassbare, trugen ihre toten Babys, bis sie ihnen einfach aus der Hand glitten und im Schnee liegen blieben, kleine Körper, weiß gefroren wie Puppen aus Porzellan.

Die Millionen Menschen, denen die Flucht über das Eis des Frischen Haffs gelang, wurden in Lagern aufgefangen und notdürftig versorgt, bis sie zu Verwandten weiterreisen konnten oder irgendwo einquartiert wurden, selten willkommen, häufig nur geduldet und misstrauisch beäugt von denen, die das wenige, was sie noch hatten, nun auch noch mit Fremden teilen sollten.

Bremen glich inzwischen einem zahnlosen Monster, ganze Straßenzüge existierten nicht mehr, nur die Betonbunker hielten dem fortwährenden Bombardement stand. Wie durch ein Wunder hatte die Villa Andreesen keine nennenswerten Schäden davongetragen. Die beiden Salons im Erdgeschoss, in denen Elisabeth einst ihre geliebte Teestunde nach britischer Manier mit feinstem Porzellan und Gurkensandwiches so dünn wie Oblaten zelebriert hatte, waren mit Matratzen und Decken und Pappe vor den zerbrochenen Fenstern zu Schlafzimmern hergerichtet worden, die allerdings noch ihrer Bestimmung harrten. Ella, die aus tiefster Depression allmählich zurück ins Leben drängte, hatte es sich in den Kopf gesetzt, ihre Waisen zurückzuholen und wenn schon nicht am Osterdeich, dann wenigstens hier um sich zu scharen. Doch ihr Vorhaben erwies sich als äußerst schwierig. Weder brachte sie in Erfahrung, ob und wann die Mädchen wieder in Bremen eingetroffen, noch, welchen Heimen und Behelfsheimen in Bremen und der Umgebung sie überstellt worden waren. Dennoch verbrachte sie Tag für Tag mit der Suche nach ihren Schützlingen, schrieb, telefonierte und hoffte. Dann und wann dachte sie an Delia, doch ebenso rasch glitten ihre Gedanken wieder fort und verloren sich.

Teresa war beständig damit beschäftigt, etwas Essbares zu organisieren, aber der Kampf ums Überleben vertrieb nicht die entsetzliche Angst um ihre Mutter und ihre Angehörigen. In der ersten Zeit hatten sie und Elisabeth sich gegenseitig versichert, dass es schwierig und langwierig sei, einen Treck zusammenzustellen und die unendlich vielen Kilometer über Land zu bewältigen, noch dazu mit dem kranken Martin und dem siechen Carl. Gesa telegrafierte, dass sie und Christian so oft es ihnen möglich war in den Flüchtlingslagern nachfragten, ob die Familie angekommen sei oder wenigstens jemand etwas über den Treck aus Sorau wisse. Doch mit jedem weiteren Tag wich die Zuversicht einer lähmenden Furcht.

Eines Nachmittags im Februar hielt ein schwarzer Mercedes auf der verschneiten Auffahrt. Marie, die eisern an hochherrschaftlicher Tradition festhielt, öffnete, nahm Hut und Mantel des Gastes mit undurchdringlicher Miene entgegen und beschied ihm reserviert, dass sie ihn bei der gnädigen Frau anmelde, und er möge so lange in der Halle warten.

»Was verschafft mir die Ehre?« Kühl und gelassen, ein Abbild ihrer Mutter, trat Teresa dem Bürgermeister entgegen und reichte ihm die Hand.

»Heil Hitler!«, knurrte er, missbilligend wie ein Oberlehrer, dem die Dummheit seiner Schüler, die das Einmaleins partout nicht begreifen wollten, auf die Nerven ging.

Mit einem feinen Lächeln ignorierte Teresa seinen Gruß. »Ich fürchte, ich kann Ihnen gar nichts anbieten, wir sind nicht auf Besuch vorbereitet. Darf es eine Tasse Ersatzkaffee sein?«

Röhmcker schnaubte und schüttelte den Kopf. »Ihre Frau Mutter …«

»… ist unterwegs.« Teresa zögerte. Obwohl der Grund für Felicitas' Abwesenheit nicht ehrenrührig sein mochte, würde der Bürgermeister das gewiss anders sehen, und so fügte sie nur vage hinzu: »Sie hat leider nicht gesagt, wann sie zurückkommt.«

»Wie bedauerlich«, erwiderte Röhmcker und versank für einen Moment in dumpfes Brüten. Schließlich öffnete er seine Aktenmappe und entnahm ihr ein Kuvert, auf dem ein Reichsadler prangte. »Nun gut, ich hätte die Angelegenheit gern mit ihr besprochen, meine Zeit ist jedoch begrenzt. Geben Sie ihr diesen Brief. Vergessen Sie es aber um Himmels willen nicht.«

Kaum hatte er die Villa verlassen, ging Marie hinüber zu

Teresa. »Der hatte es aber eilig«, sagte sie. »Und wenn ich keinen Knick in der Optik habe, habe ich zwei Koffer auf dem Rücksitz gesehen.«
»Du meinst, er will das sinkende Schiff verlassen?«
»Da wäre er wohl nicht der Erste.«
»Wenn er fliehen wollte, hätte er sich wohl kaum die Mühe gemacht, meiner Mutter diesen Brief zu bringen.«
Sie nahm das Kuvert in die Hand, drehte es hin und her, dann erbrach sie das rote Wachssiegel auf der Rückseite, entfaltete den Bogen und erstarrte. Eine Million Riegel. Ebenso gut hätten sie ein Kalb mit drei Köpfen verlangen können.
Wieder und wieder las Teresa den Brief und schüttelte über die Ungeheuerlichkeit, ja, den Irrsinn seines Inhalts den Kopf, doch der Befehlston der knappen Zeilen ließ keinen Zweifel daran, dass es dem Reichskanzler bitter ernst war. Binnen zwei Wochen wurde Felicitas Hoffmann aufgefordert, ihrem Angebot nachzukommen und den Truppen des Deutschen Reiches »fürs Erste« eine Million Stärkungsriegel zur Verfügung zu stellen. Für weitere Instruktionen, wann, wo und wie die Ladung nach Berlin transportiert werden würde, sollte Felicitas binnen zwei Tagen in der Reichskanzlei vorstellig werden.
In heller Aufregung schlüpfte Teresa in ihren Mantel. Der Bürgermeister würde nicht erfreut sein, dass sie das Siegel erbrochen und den streng geheimen Inhalt gelesen hatte, doch das spielte jetzt keine Rolle. Er musste ihr helfen. Schließlich, so versuchte sie sich zu beruhigen, fiel es auf ihn zurück, wenn das mit seiner Hilfe eingefädelte Geschäft nicht zustande kommen würde. Als sie außer Atem im Rathaus eintraf, ließ man ihr nach einer Stunde mittei-

len, dass der Bürgermeister bis auf Weiteres nicht zu sprechen sei.
»Richten Sie ihm bitte aus, dass es wichtig ist«, beharrte Teresa.
»Ich sagte doch, er ist nicht hier«, wiederholte der Mann mit der Hakenkreuzbinde.
»Wann kommt er denn zurück? Verstehen Sie nicht, es ist wirklich wichtig!«
Mit gleichmütiger Miene wandte sich der Mann ab, und Teresa begriff, dass Marie mit ihrer Vermutung recht gehabt hatte.
Mit bleischweren Schritten verließ sie das Rathaus. Leichter Nieselregen fiel, der Himmel war von jenem lichten Grau, der einen glauben lassen konnte, bald würden sich die Wolken teilen und einer fahlen Sonne Platz machen, bis man am Ende des Tages feststellen musste, vergeblich auf Besserung gehofft zu haben. Die Tropfen, zu fein, um abzuperlen, durchnässten den Wollstoff ihres Mantels, doch sie achtete nicht darauf. Sie lief durch die Straßen, den Blick gesenkt. Es gab nur eins, was sie tun konnte, um ihre Familie zu retten.

30

Berlin bot ein weit schlimmeres Bild der Zerstörung als Bremen, und die Menschen hasteten mit leeren Gesichtern, aus denen Angst, Verzweiflung und Hoffnungslosigkeit jede Regung getilgt hatten, an ihr vorbei. Betäubender Lärm drang an ihre Ohren, die Kälte fraß sich

durch ihren weinroten Wollmantel, ihre Beine in den dünnen Strümpfen fühlten sich an, als wären sie aus Holz. Eine halbe Stunde wartete Teresa an Gleis 3, dann begann sie langsam und unablässig von einem Ende des Hauptbahnhofs zum anderen zu wandern. Schließlich gab sie es auf. Entweder hatte Gesa ihr Telegramm nicht erhalten, oder sie hatte keine Zeit, sie abzuholen. Selbst jetzt wurde doch wahrhaftig noch gedreht! Oder …? Eisiger Schrecken durchfuhr Teresa.
Ihr wird schon nichts passiert sein, versuchte sie sich zu beruhigen. Atmen, tief atmen und nur ans Atmen denken. Nach wie vor half Manuels Übung ihr in Momenten, da Panik und Ängste ihr den Mut nahmen, zur Ruhe. Freilich brauchte es in diesen Zeiten mehr, viel mehr als drei Atemzüge, um sich einige köstliche Sekunden lang vollkommen frei und heil zu fühlen, und immer öfter ertappte sie sich dabei, wie sie den heilenden Atem nur als eine Möglichkeit unter vielen abtat, sich in die Illusion von einer besseren Welt zu retten. Und doch hörte sie nicht damit auf. Das, so fürchtete sie, würde das Band zwischen ihr und Manuel beschädigen, das über die Jahre zwar ein wenig nachgegeben hatte, aber immer noch stark genug war, um Teresas Sehnsucht Nacht für Nacht übers Meer nach Brasilien zu ihm fliegen zu lassen. Dennoch musste sie sich eingestehen, dass sie bisweilen nicht mehr zu unterscheiden vermochte, ob die Liebe zu ihm wirklich noch so lebendig war oder ob sie sich daran klammerte, weil es das Einzige war, woran sie noch glaubte.
Sie schüttelte den Gedanken ab und begab sich zum Ausgang. Die spontane Idee, erst ihren Bruder aufzusuchen, verwarf sie sofort wieder. Was sie ihrer Schwester zu sagen hatte und worum sie sie bitten wollte, duldete keinen

Aufschub, und irgendwann würde sie ja gewiss daheim auftauchen. Teresa hatte keine blasse Ahnung, wohin sie sich wenden sollte, geschweige denn, ob eine Straßenbahn in der Nähe der Bernadottestraße hielt, die westlich vom Grunewald lag, wo ihre Schwester seit einem Jahr wohnte. Dreimal unternahm Teresa den Versuch, nach dem Weg zu fragen, erhielt jedoch statt einer Antwort nur ein Schulterzucken, bis ein Junge in Militärmantel und Stahlhelm ihr grinsend zurief: »Nach Babelsberg? Aus'm Hauptbahnhof raus und denn immer der Nase nach. Heil Hitler!« Er grüßte zackig, indem er den Reichskanzler nachahmte, dessen rechter Arm in der Regel zur Brust statt nach oben schnellte, als würde ihm ein zu kurzes und überdies unberechenbares Gummiband im Ellbogen fortwährend einen Streich spielen. Teresa sah dem Jungen nach, der viel zu klein für den riesigen Mantel war und ständig über den Saum stolperte. Es sah lächerlich und anrührend zugleich aus, doch die Schar Jungen, die ihm folgte, hatte dafür keinen Blick, sondern nur die eigene bedeutende Rolle vor Augen, die Goebbels ihnen mit seinem unsäglichen Befehl zum Volkssturm aufgehalst hatte.

Seufzend nahm Teresa ihren Koffer und marschierte los, vorbei an qualmenden Ruinen, Bombenkratern, Männern und Frauen, die, die Hände blutig zerschrammt, sich durch Schutt und Asche wühlten, in der Hoffnung, etwas Brauchbares zu retten, versprengten Soldatentrupps, die dem Chaos eisern in Reih und Glied begegneten, als würde es sie nichts angehen, und Kindern, die auf der Straße mit Bombensplittern spielten wie mit Bauklötzen. Nach drei Stunden bog sie in die Breite Straße ein, von der es angeblich nicht mehr weit bis zur Bernadottestraße sein sollte. Hier waren nur noch wenige Menschen unterwegs, und für einen Moment hielt Teresa inne. Ihre Füße in den Pumps mit halbhohem Absatz schmerzten unerträglich, und vor Hunger stieg Übelkeit in ihr auf. Das Schneetreiben wurde dichter, und entschlossen ging sie weiter. Auf keinen Fall durfte sie sich jetzt noch verlaufen. Immer geradeaus, links, dann die zweite rechts, rief sie sich in Erinnerung, was ihr eine freundliche alte Frau an der Ecke Mecklenburger Straße eingeschärft hatte, und tatsächlich stand sie zehn Minuten später vor Gesas Haus – eine hübsche kleine Villa, weiß, im klassizistischen Stil gehalten, von einer unberührten Schneedecke sanft umrundet und von einem schmiedeeisernen, dicht mit Efeu berankten Zaun vor der Außenwelt abgeschirmt, wenn nicht das Tor sperrangelweit offen gestanden hätte.

Fast wie daheim in Bremen, dachte Teresa, als sie die Auffahrt entlangging. Sogar die Stufen der geschwungenen Treppe ähnelten denen, die zur Eingangstür der Villa Andreesen führten, und Teresa musste unwillkürlich schmunzeln. Offenkundig hing ihre Schwester mehr an ihrem Elternhaus, als sie, Teresa, gedacht hatte, doch Gesa würde diesen Gedanken vermutlich weit von sich schieben. Erleichtert, es endlich geschafft zu haben, sprang Teresa die Treppe hinauf und klingelte.

»Es ist niemand da«, sagte jemand hinter ihr, und Teresa fuhr herum.

Als die Dämmerung sich senkte, nahm die Dunkelheit von Teresa Besitz, als flösse sie in jede Pore ihres Körpers.

Mutter ist tot, erschossen …

»Sie haben Bernhard, Martin und Carl mitgenommen. Im

Dezember hieß es, sie wären an Grippe gestorben«, fuhr Constanze tonlos fort. »Dann haben wir uns auf den Weg gemacht. Mit einem Fuhrwerk und zwei Gäulen immerhin. Wir hatten mehr Hafer als Brot mit«, fügte sie lakonisch hinzu und suchte Teresas Blick. Ihre Stimme wurde lebhafter, und in ihren Augen spiegelte sich ein Anflug von Bewunderung. »Deine Großmutter hätte es fast geschafft. Ich weiß nicht, wie und woher sie die Kraft genommen hat, aber irgendwie hat sie durchgehalten. Bis vor zwei Tagen. Plötzlich bekam sie Fieber und …« Constanze stockte. »Kurz bevor sie das Bewusstsein verlor, hat sie gesagt: ›Der Brief, Teresa muss den Brief finden. Es ist wichtig.‹«

»Welchen Brief?«

»Ich weiß es nicht. Vielleicht war es nur das Fieber …«

»Und … deine Mutter?«, fragte Teresa mit tränenerstickter Stimme.

»Sie hatte nie Helens Konstitution …« Constanzes Worte verloren sich, und eine Weile standen sie schweigend beieinander. »Komm«, sagte Constanze schließlich, »es hat keinen Sinn, noch länger zu warten. Wir sollten zusehen, einen Platz für die Nacht zu ergattern.« Mit einer energischen Bewegung schlang sie die Pferdedecke, die ihren Mantel ersetzte, fester um ihre mageren Schultern und ging vorsichtig die vereisten Stufen hinunter.

»Wir können zu Christian fahren«, meinte Teresa, doch Constanze schüttelte den Kopf.

»Da bin ich zuerst hin. In der Kantstraße ist niemand. Das heißt, eine ziemlich wütende Frau öffnete, und als ich sagte, wer ich bin, schlug sie mir die Tür vor der Nase zu.«

»Das war bestimmt Solveig«, entgegnete Teresa müde.

»Gesa hat einmal erwähnt, dass sie ein wenig schwierig sein soll.« Ihre Augen brannten, ein Gefühl schmerzhafter Leere hatte sich in ihr ausgebreitet, und dennoch war ihr Verstand in der Lage, auf die Erfordernisse zu reagieren. »Vielleicht ist Delia daheim. Ich glaube, sie wohnt in der Walsroder Straße, irgendwo hinter Friedenau.«
Das Fuhrwerk hatte Constanze hinter der Villa abgestellt. Matti und Flocke, abgemagert und entkräftet, schnaubten leise, als sie näher kamen.
»Wir sollten die Tiere schonen«, sagte Constanze und nahm Flocke am Zügel. Mit bloßen Händen schaufelte Teresa den dicken, pappigen Schnee, der fast die Hälfte der Räder bedeckte, fort, und langsam setzten sich die Pferde in Bewegung.
Um Mitternacht erreichten sie die Walsroder Straße.
»Geh nur«, sagte Constanze. »Wir dürfen den Wagen nicht allein lassen.«
»Aber du musst dich hinlegen, du bist völlig erschöpft.«
»Jetzt schau halt erst, ob jemand daheim ist.« Ungeduldig wedelte Constanze mit der Hand, als müsste sie eine lästige Fliege verscheuchen, und Teresa schoss durch den Kopf, wie sehr sich ihre Mutter und deren Cousine in ihrer kurz angebundenen Art und ihrer Entschlossenheit, sich nicht unterkriegen zu lassen, doch ähnelten. Constanze wirkte mitgenommen, gewiss, doch ihre Trauer würde sie mit sich allein abmachen, ganz so, wie Felicitas es getan hätte. Vielleicht war es dieser vollständige Mangel an Selbstmitleid, der ihre Mutter überhaupt dazu befähigt hatte, ihre Pläne stets in die Tat umzusetzen, ganz gleich, wie aussichtslos oder verwegen sie scheinen mochten, und bei dem Gedanken daran, was sie, Teresa, in Berlin noch zu meistern hatte, hoffte sie inständig, einen

Funken von diesem kühlen Feuer in sich entzünden zu können.

»Wer bist du denn?«
Das kleine Mädchen steckte in einem blau-weiß geringelten Schlafanzug, blonde Locken kringelten sich an Schläfen und Ohren, Augen, klar und funkelnd wie Aquamarine, musterten die Besucherin aufmerksam, ob sie einer Antwort würdig sei.
»Antonia«, sagte sie schließlich sachlich.
»Gut, Antonia also«, entgegnete Teresa, bemüht, ihr Erstaunen über die ungewöhnliche Augenfarbe des Mädchens, die der eigenen so sehr glich, abzuschütteln. »Weißt du, ich suche eine Frau, die heißt Delia Nussbaum, und ich war der Meinung, sie wohnt hier.« Auf der Türklingel am Haus hatte zwar ihr Name gestanden, doch in diesen Zeiten bedeutete das nichts. Enttäuscht wandte sie sich ab.
»Das ist meine Mutter«, sagte das Mädchen. »Und wer sind Sie?«
Delias Tochter. Diese Augen. Mit einem Mal fügten sich die Puzzlestücke zu einem Bild zusammen. Ungläubig starrte Teresa das Kind an.
»Antonia, ich habe dir hundertmal verboten, die Tür zu öffnen, wenn ich im Keller bin«, rief Delia, die Treppen hinaufhastend. Als sie Teresa vor ihrer Wohnungstür erblickte, blieb sie abrupt stehen.
»Mama, wer ist das?«
Delia suchte Teresas Blick und las, was sie nicht anders erwartet hatte. Dann sagte sie mit fester Stimme: »Antonia, das ist deine Tante Teresa, die Schwester deines Vaters.«
Wenig später saßen sie in Delias kleinem Wohnzimmer.
»Als ich erfuhr, dass Dora ein Kind von Clemens erwar-

tet, wollte ich nichts als fort, egal wohin«, erzählte sie leise. »Ella hat mich erwischt, wie ich mich aus dem Haus stehlen wollte.« Sie zuckte mit den Schultern, ein leises Lächeln in den Mundwinkeln. »Sie ist sehr überzeugend, wenn es um Menschen geht, die sie gern hat.« Delia zögerte, dann fuhr sie fort: »Kurz und gut, sie hat so lange auf mich eingeredet, bis ich einwilligte, in Bremen zu bleiben und das Kind in ihrer Obhut zur Welt zu bringen. Damit die Mädchen keinen Verdacht schöpften, hat sie eine abenteuerliche Geschichte von meinem Liebsten erfunden, der leider einem tragischen Unfall zum Opfer fiel, bevor wir heiraten konnten. Nun ja, die Geschichte war traurig und romantisch genug, dass den Mädchen die kleinen Unstimmigkeiten nicht auffielen.« Sie lachte unfroh. »Nicht einmal die seltsame Tatsache, dass ich bis zur Entbindung das Haus nicht verlassen habe, hat sie gehindert, an das Märchen zu glauben.«

»Vielleicht wollten sie es glauben, um dich nicht zu kränken.«

»Mag sein.« Nachdenklich betrachtete Delia ihre Tochter, die im Schlafzimmer, das von einer Schiebetür vom Wohnzimmer abgetrennt werden konnte, jetzt aber geöffnet war, temperamentvoll auf zwei Teddys einredete, die in der Mitte des Bettes thronten und selbst gestrickte rosa Leibchen trugen.

»Hat Clemens es gewusst?«

»Nein. Einige Male hat er versucht, mit mir zu sprechen, aber Ella und Fräulein Zinke haben ihn abgewimmelt. Ella war furchtbar böse auf ihn. Nachdem er Dora geheiratet hatte und Michael geboren war, hat er es nie wieder probiert. Nun, er hätte auch ganz schön was von Ella zu hören bekommen.«

»Das war also der Grund, weshalb sie sich bei uns so rar gemacht hat.« Teresa schüttelte den Kopf. »Typisch. Tante Ella macht sich den Kampf der anderen so sehr zu eigen, dass sie alles andere aus den Augen verliert.«

»Immerhin hat sie dafür gesorgt, dass ich in der St.-Jürgen-Klinik entbinden konnte, ohne dass dumme Fragen gestellt wurden«, erwiderte Delia. »Ihr Bruder Anton hat seinen Einfluss spielen lassen.«

»Anton?« Teresa konnte es nicht fassen. Ausgerechnet das Enfant terrible der Familie, das braune Schaf, dem niemand, selbst die eigene Mutter nicht, über den Weg traute, spielte seiner Schwester zuliebe den guten Menschen. Unvorstellbar.

»Ja, ihm ist es auch zu verdanken, dass ich das Kind wiederbekommen habe. Erst hielt ich es für das Beste, Antonia bei Pflegeeltern aufwachsen zu lassen, weil ich ihr doch nicht einmal ein Zuhause bieten konnte. Aber irgendwann habe ich es nicht mehr ausgehalten, und ich wandte mich an Anton, weil er mir schon einmal geholfen hatte. Als ledige Mutter und noch dazu Tochter eines Sozialdemokraten hätte ich keine Chance gehabt, aber ich hätte alles darum gegeben, Antonia zu mir zu holen, selbst wenn das bedeutete, von einem Nazi Hilfe anzunehmen.« Delia stand auf. »Ich mache uns einen Tee.«

Während Delia in der winzigen Küche Tee aufbrühte, ruhte Teresas Blick unablässig auf dem Kind, das völlig selbstvergessen damit beschäftigt war, sich zwei Schals wie einen Turban um die Locken zu winden. Als sie damit fertig war, paradierte sie vor den Teddys auf und ab, die Miene ernst, die Arme gewichtig vor der Brust verschränkt. Teresa lächelte traurig.

»Weißt du, das Haus am Osterdeich war mein Zuhause,

und Ella und Thomas haben mich wie ihre Tochter behandelt«, sagte Delia, als sie mit einem Tablett zurückkehrte, darauf zwei dampfende Teebecher. »Doch der Wunsch, ein neues Leben anzufangen, weit weg von Bremen und der Gefahr, Dora oder deiner Mutter über den Weg zu laufen, wurde irgendwann immer mächtiger. Als Thomas starb und das Haus zerstört war, hielt ich den richtigen Zeitpunkt für gekommen.«

»Bist du denn niemals auf die Idee verfallen, dass unsere Familie dich mit offenen Armen aufgenommen hätte?« Teresas Ton geriet vorwurfsvoller, als sie es beabsichtigt hatte, doch der Gedanke, dass ihr Bruder und ihre Mutter gestorben waren, ohne von Antonias Existenz zu wissen, verbitterte sie so sehr, wie Ellas unbegreifliche Verschwiegenheit sie erzürnte.

»Darüber habe ich nicht nachgedacht«, gestand Delia freimütig. »Ich wollte nur niemals mit Dora und ihrem Sohn zusammentreffen, geschweige denn unter einem Dach wohnen. Das hätte mein Stolz nicht zugelassen.«

»Ich verstehe«, erwiderte Teresa und meinte es auch so. Die Vorstellung, Manuel würde sie so hinters Licht führen, wie ihr Bruder Clemens es mit Delia getan hatte, jagte ihr einen Schauer über den Rücken. Leise fügte sie hinzu: »Du musst ihn gehasst haben.«

»O nein, ich habe ihn geliebt, obwohl ich wusste, dass er schwach ist, ein geborener Schauspieler, der Rolle und Wirklichkeit nicht auseinanderhalten kann … Aber dennoch.« Mit beiden Händen umfasste sie den Becher, um sich die klammen Finger ein wenig zu wärmen. »Ich liebe ihn immer noch, aber anders, ich sehe in ihm vor allem den Vater meines Kindes. Nicht mehr, aber auch nicht weniger. Zumal …« Sie zögerte und musterte Teresa, als würde sie

prüfen, wie viel sie ihr noch zumuten konnte, dann zuckte sie mit den Schultern. »Ach, irgendwann müsst ihr es ja doch erfahren. Christian und ich werden heiraten.«
Plötzlich wurde die Wohnungstür aufgerissen. Constanze blieb im Flur stehen und klopfte sich den Schnee von der Pferdedecke. Sie warf Teresa einen erbosten Blick zu. »Wenn Christian mich nicht erlöst hätte, wäre ich da draußen festgefroren.« Sie rieb die Hände aneinander. »Er kommt gleich nach«, sagte sie zu Delia, »bringt nur die Pferde in den Hinterhof zu irgendeinem Meier oder Müller, was weiß ich.« Ihr Blick glitt von Teresa zu Delia, wanderte durch den Raum und blieb schließlich an Antonia hängen. »Wusste Felicitas es?«
Teresa schüttelte den Kopf. Tränen schossen ihr in die Augen.

Am nächsten Morgen schlug Teresa die Augen auf und blickte direkt in die von Antonia, die im Schneidersitz vor der Couch saß. »Du hast meine Augen«, sagte das Mädchen ernst.
»Das sind meine Augen«, erwiderte Teresa, auf das Spiel ihrer Nichte eingehend. »Aber weißt du, eigentlich gehören sie deiner Großmutter Felicitas. Und die hat sie von ihrer Mutter Helen, deiner Urgroßmutter.«
»Hm«, machte Antonia, der die Namen nichts sagten. »Im Unterricht heißt es, blaue Augen gehören zur nordischen Rasse, aber trotzdem hänseln mich die anderen Mädchen, weil meine Mutter rote Haare und braune Augen hat. Hexenbastard rufen sie mir nach.«
»Sie sind wahrscheinlich bloß neidisch auf deine hellen Augen und darauf, dass deine Mutter schöner ist als ihre.«

»Glaub ich auch.« Antonia lächelte Teresa an. »Willst du frühstücken? Onkel Christian hat Maisbrot mitgebracht.«
»Später vielleicht«, erwiderte Teresa. Sie würde erst dann einen Bissen hinunterbekommen, wenn sie es hinter sich hatte. »Wo sind die anderen?«
»Mama macht die Wäsche für die Nachbarin. Die hat Verwandte auf dem Land und hat uns zwei Eier versprochen, wenn Mama ihr hilft. Onkel Christian ist zur Arbeit gegangen, und Tante Constanze schläft noch.« Antonia stand auf und verzog das Gesicht in gespielter Verzweiflung. »Und ich muss in die Schule!«
Ihre Schritte hallten durch den Treppenflur. Rasch zog Teresa sich an, schrieb »Bin spazieren gegangen, in einer Stunde zurück« auf einen Zettel und schob ihn durch die Schiebetür, damit sich Constanze keine Sorgen machte, wenn sie aufwachte. Dann ging sie zur Post und ließ sich mit dem Filmstudio verbinden, in dem sie Gesa vermutete, doch dort ließ man Teresa wissen, dass Fräulein Landauer Außenaufnahmen zu absolvieren habe und ganz gewiss nicht zu sprechen sei.
Teresa legte auf. Ihr würde nichts anderes übrig bleiben, als die Sache allein durchzufechten. Sie holte tief Luft und machte sich auf den Weg.
Kein Wind bauschte die länglichen roten Fahnen mit den Hakenkreuzen, die schlaff wie gewaltige Ochsenzungen, die zum Trocknen aufgehängt worden waren, vor der neuen Reichskanzlei baumelten. Das Gebäude an der Wilhelmstraße wirkte in seiner strengen Architektur bedrohlich, und Teresa verlangsamte ihre Schritte.
Mit klopfendem Herzen betrat sie die Halle, das Blut rauschte in ihren Ohren und dämpfte die Geräusche der Geschäftigkeit, klappende Türen, klingelnde Telefone,

klackende Absätze und laute Stimmen. Eine junge Frau, ungefähr in Teresas Alter, trug schwer an einem Pappkarton, aus dem eine Briefwaage und ein paar dünne Aktenordner lugten, und unwillkürlich fielen Teresa die sarkastischen Worte ihres Bruders wieder ein. Die Verbrecher werden sich in den Führerbunker verkriechen und in aller Seelenruhe abwarten, bis unser Land dem Erdboden gleichgemacht ist, hatte er gesagt. Dann hatte er seinen Mantel angezogen und die Wohnung verlassen. Besorgt hatten Teresa und Delia sich angesehen, aber keinen Versuch unternommen, ihn zurückzuhalten. Jeder musste auf seine Weise mit der Trauer fertigwerden.

»Entschuldigen Sie bitte«, sagte Teresa.

Freundliche braune Augen musterten sie mäßig interessiert, aber wachsam.

»Ja, bitte?«

»Ich habe einen Termin beim Reichskanzler.«

Die Augenbrauen der Frau schossen in die Höhe. Sie setzte den Pappkarton ab und erwiderte misstrauisch: »Das kann ich mir kaum vorstellen.«

»Ich habe eine Einladung erhalten, das heißt, meine Mutter hat sie bekommen«, sagte Teresa und reichte ihr das Kuvert mit dem erbrochenen Siegel.

»Das ist erst in einer Woche«, entgegnete die Frau, faltete den Brief wieder zusammen und hielt ihn Teresa hin, die jedoch nicht danach griff.

»Ich weiß. Es ist nur so, dass meine Mutter diesen Termin nicht wahrnehmen kann.«

Die junge Frau ließ den Brief sinken und runzelte die Stirn. »Das wird der Führer nicht gern hören …«

»Meine Mutter ist tot.«

Einen Moment senkte die Frau den Blick, dann sah sie

Teresa mitfühlend an. »Das tut mir sehr leid, Fräulein Hoffmann.«
»Andreesen.«
»Fräulein Andreesen. Mein herzliches Beileid.«
»Danke schön.«
»Entschuldigen Sie, aber ich muss Sie das fragen: Gibt es schon jemanden, der die Angelegenheit, deretwegen Ihre Mutter hier vorstellig werden sollte, weiter verfolgen wird?«
»Nein«, schluchzte Teresa auf und nestelte ein Spitzentuch aus ihrer schwarzen Handtasche. »Unsere ganze Familie ist bei dem Treck ums Leben gekommen, nur meine Tante hat es geschafft, und meine Großmutter in Bremen ist todkrank. Und ich weiß auch nichts von irgendwelchen Riegeln. Unsere Speicher sind zerbombt, und der Laborleiter liegt im Krankenhaus …«
»Schscht, Kindchen«, sagte die Frau und legte ihre Hand tröstend auf Teresas Arm. »Beruhigen Sie sich doch. Herr Hitler ist doch kein Unmensch. Ich bin eine seiner Sekretärinnen, ich werde ihm mitteilen, welche unglücklichen Umstände die Sache etwas hinauszögern, und Sie suchen die Unterlagen heraus, die von Nutzen sein könnten. Dann sehen wir weiter.« Sie nickte Teresa zu und wuchtete den Pappkarton wieder hoch. »Sie hören in Kürze von uns.«
»Danke, Sie sind sehr freundlich zu mir«, sagte Teresa mit tränenerstickter Stimme und verabschiedete sich, den Blick gesenkt, bis sie das Gebäude verlassen hatte und außer Sichtweite war. Dann hob sie den Kopf und zwinkerte dem Himmel zu. Eine bühnenreife Leistung, fand sie. Offensichtlich hatte nicht nur ihr Bruder das schauspielerische Talent ihrer Mutter und ihrer Großeltern geerbt.

Zwar hatte sie, Teresa, nur einen Aufschub bewirkt, aber wenn die Alliierten so weitermarschierten, hatte der Reichskanzler bestimmt andere Sorgen, als sich um Getreideriegel aus Bremen zu kümmern.

Am nächsten Tag fuhr Teresa mit dem Zug nach Bremen. Constanze hatte sich beharrlich geweigert, sie zu begleiten. Es sei ohnehin nur noch eine Frage der Zeit, bis die Waffen schweigen würden, und dann wolle sie sofort nach Sorau zurückkehren. Auch Christian war nicht zu bewegen gewesen, Berlin zu verlassen. Einerseits fürchtete er sich vor den Konsequenzen, sollte er seinen verhassten Dienst in der Forschungsabteilung einfach quittieren, andererseits hatte er damit begonnen, jeden Abend und in der Regel auch nachts in den Bunkern die Verwundeten zu behandeln, und fühlte sich moralisch verpflichtet, dies fortzuführen. Er, Delia und Antonia würden nachkommen. Wann, hatte Christian nicht gesagt.
Die Fahrt in dem hoffnungslos überfüllten Zug schien kein Ende zu nehmen. Teresa hatte einen Sitzplatz am Gang ergattert, links von ihr saß eine ältere Frau, die, die Arme fest an ihren korpulenten Körper gedrückt, einen himmelblauen Topflappen häkelte, rechts von ihr döste ein alter Mann. In den Gängen stapelten sich Koffer und verschnürte Pappkartons, unter den Bänken lagen gerollte Kleiderbündel, und es stand sogar der eine oder andere Käfig mit verschreckt dreinblickendem magerem Geflügel dort, das von unzähligen Augenpaaren hungrig und lauernd betrachtet wurde. Wer keinen Platz auf den Holzbänken bekommen hatte, machte es sich auf seinem Koffer bequem oder versuchte sich, so gut es ging, irgendwo anzulehnen. Einige Kinder lagen in den Gepäcknetzen

und schliefen. Zwei kleine Jungen beobachteten fasziniert, wie der kahle Kopf des alten Mannes immer wieder in den Nacken sank, bis sein Mund sperrangelweit offen stand und sich ein gewaltiger Schnarcher seinem Rachen entrang. Der Mann erschreckte jedes Mal und ließ den Kopf dann auf die Brust sinken, um das Schnarchen zu verhindern, doch die Bewegungen des Zugs zwangen seinen Kopf erneut nach hinten. Die Jungen kicherten. Einer zwirbelte einen Fetzen Papier zu einer Kugel und versuchte sie in den offenen Mund des alten Mannes zu schnippen, was ihm nicht gelang, ihm aber eine Ohrfeige seiner Mutter eintrug, die plötzlich wie eine Feder von der Holzbank schnellte. Gelegentlich hielt der Zug auf offener Strecke an und riss die Menschen aus ihrer Lethargie. Man stürzte an die Fenster, um den Grund für den Halt auszumachen, Mutmaßungen und aufgeregte Rufe flogen hin und her, bis es endlich weiterging.

Am frühen Abend lief der Zug in den Hauptbahnhof ein, und Menschen, Koffer und Käfige ergossen sich auf die Gleise. Noch ein Fußmarsch, dachte Teresa und nahm seufzend ihren Koffer. Sie hatte zwar telegrafiert, rechnete aber nicht damit, dass Dora oder Ella sie abholen würde, weil sie nur den Tag ihrer Abreise hatte nennen können, nicht, welchen Zug sie nehmen würden, da es Glückssache war, überhaupt einen Platz zu bekommen. Doch als sie das Gebäude verließ, wartete Dora unmittelbar davor, elegant am Kühler des alten Mercedes-Cabrios lehnend und eine Zigarette rauchend.

»Dafür«, sagte sie und deutete ironisch auf den sich kringelnden Rauch, »ist eine Erstausgabe von Goethes *Werther* draufgegangen.«

Teresa lachte. Doras unsentimentale Begrüßung war genau das, was sie jetzt brauchte. Was sie der Familie mitteilen musste, würde ohnehin allen das Herz schwermachen. Sie hatte es nicht über sich gebracht, ihnen die furchtbaren Neuigkeiten am Telefon mitzuteilen, zumal sie dies in der Post, in aller Öffentlichkeit also, hätte tun müssen, doch bei dem Gedanken, es nun gleich ihrer Großmutter sagen zu müssen, wurde ihr die Kehle eng. Und wie sie Ella begegnen sollte, ohne ihr direkt ins Gesicht zu springen, wusste sie auch noch nicht. Dora entging Teresas Verfassung nicht. Sie drückte die Zigarette aus und sagte aufmunternd: »Na komm, Marie hat Kürbisbrot gebacken, und Michael hat dir ein Willkommensbild gemalt.«

Als sie die Halle der Villa Andreesen betraten, war Ella damit beschäftigt, dickes Packpapier von mehreren Paketen zu entfernen.

»Gott sei Dank, Teresa! Du bist zurück!« Ella strahlte über das ganze runde Gesicht, dann fügte sie hinzu: »Anton hat mir einige von Thomas' Bildern zurückgegeben. Weil mir doch nichts von ihm geblieben ist.«

»Wie reizend«, murmelte Dora spöttisch. Sie zog den Mantel nicht aus. »Ich sehe nur schnell nach Michael. Er ist bestimmt wieder im Stall, obwohl ich es ihm verboten habe. Bis gleich.«

Teresa wandte sich Ella zu. Sie wusste nicht, was sie sagen sollte. Dem Anton, den sie kannte, sah diese mitfühlende Geste überhaupt nicht ähnlich, aber nach dem, was sie von Delia erfahren hatte, passte dies durchaus ins Bild. Andererseits, was Anton sich an List und Tücke und Intrige in der Vergangenheit hatte einfallen lassen, um ihrer Mutter zu schaden, konnte man schon als kriminelle Energie bezeichnen und machte es Teresa fast unmöglich, daran zu glauben, ihr Onkel Anton gehöre zu den Menschen, die es für nötig hielten, ihre weichen, sensiblen Seiten mit Härte und Bosheit zu kaschieren. Abgesehen davon war er ein Nationalsozialist von der ersten Stunde an, schon nach dem Ersten Weltkrieg hatte er Versammlungen rechter Gesinnungsgenossen unterstützt und sich Hitler angeschlossen, und allein deswegen schien es ihr ratsam, auf der Hut zu bleiben.

In Ellas Augen funkelte der Schalk, ein verschmitztes Lächeln erhellte ihre Züge. »Wenn der gute Anton wüsste, welchen Schatz er in seinem Haus beherbergt hat …«

Das eingerissene Packpapier ließ eine idyllische Waldszene erahnen, mit einem Zwölfender im Mittelpunkt. Der übliche Kitsch, fand Teresa, behielt ihre Meinung jedoch für sich. Ella, der Teresas Blick nicht entgangen war, vertiefte ihr Lächeln.

»Du wirst schon sehen«, sagte sie und fügte mit verschwörerischer Miene hinzu: »Später, wenn er fort ist.« Mit einer Kopfbewegung wies sie auf den Wintergarten, aus dem jetzt gedämpfte, aber zweifellos erregte Stimmen in die Halle drangen.

Fragend sah Teresa ihre Tante an, doch Ella zuckte mit den Schultern und widmete sich wieder den Bildern. Auf Zehenspitzen schlich Teresa zur Tür.

»Ich habe einen Anruf aus Berlin erhalten, und ich muss schon sagen, was deine geliebte Felicitas sich da erlaubt hat, ist nicht nur eine Beleidigung für das deutsche Volk, sondern eine Gefahr für die ganze Familie.«

O Gott! Vor Entsetzen schlug Teresa die Hand vor den Mund. Warum hatte sie nicht mit der Möglichkeit gerechnet, dass man in der Reichskanzlei zwei und zwei zusammenzuzählen imstande war und in Erfahrung brachte, dass Anton Andreesen, die rechte Hand des Gauleiters

Weser-Ems, etwas mit Andreesen-Kaffee zu tun hatte? Und ihn natürlich sofort alarmierte, damit diese wichtige Sache nicht einer unbedarften, von Schluchzern geschüttelten Tochter, als die sie sich präsentiert hatte, überlassen wurde. Unbändige Wut stieg in ihr auf, Wut auf ihn, am meisten aber auf sich selbst. Niemals hätte ihre Mutter sich so ungeschickt angestellt.

»Ach, du und deine Geschichten, Anton«, erwiderte Elisabeth leise und schleppend, Silben und Konsonanten tropften wie in Zeitlupe von ihren Lippen, und Teresas Herz zog sich zusammen. So krank, wie ihre Großmutter war, würde es ihr doch nicht einfallen, sich von ihrem Sohn für dumm verkaufen zu lassen.

»Offensichtlich hat Felicitas« – er spie ihren Namen geradezu aus – »allen vorgegaukelt, sie hätte eine Spezialnahrung für Soldaten entwickelt, und dem Führer – man stelle sich diese Unverfrorenheit vor! – ein Geschäft vorgeschlagen, was sie natürlich nicht einzuhalten gedachte. Ich habe sofort mit Werner Briskow Kontakt aufgenommen, und weißt du, was er mir gesagt hat? Da habe man in Berlin wohl etwas falsch verstanden, es handle sich um ganz normale Keksriegel, die man infolge der fehlenden Rohstoffe nun eben nicht herstellen könne. Kannst du mir mal sagen, wie ich das dem Führer erklären soll?«

Teresa hörte, wie Anton aufgebracht hin und her lief. Ihre Gedanken überschlugen sich.

Plötzlich blieb er stehen, holte geräuschvoll Luft und sagte mit gesenkter Stimme: »Sieh mal, mir tut es ja auch leid, dass sie tot ist, aber ich bitte dich inständig, übergib mir die Leitung der Firma. Ich bin mit der Parteimaschinerie vertraut, und in Berlin wird man mir vertrauen. Ich werde den Karren aus dem Dreck holen, das verspreche ich dir, Mutter.«

Jetzt reichte es. Ganz gleich, wie mildtätig er sich Delia und Ella gegenüber gezeigt hatte und wie logisch und aufrichtig seine Worte in diesem Moment klingen mochten, war und blieb er doch ein Intrigant. In Wahrheit hatte er es nicht verwunden, dass seine Mutter Felicitas das Unternehmen nach Heinrichs Tod anvertraut hatte, und ihm war jedes Mittel recht, es endlich an sich zu bringen. Das durfte sie, Teresa, um ihrer Mutter willen nicht zulassen. Mit einem Ruck riss sie die Tür auf und starrte angewidert auf ihren uniformierten Onkel, der neben Elisabeth auf dem Sofa saß und ihre Hände hielt.

»Hör bloß auf, den Scheinheiligen zu spielen! Du willst doch nur die Reste der Firma und das Patent für den magenschonenden Kaffee verhökern und dich nach Südamerika absetzen!« Ihre Stimme durchschnitt die Luft wie ein Florett, ihre aquamarinblauen Augen hielten Antons Blick stand.

»Pass auf, was du sagst«, zischte er wütend, hatte sich jedoch sogleich wieder in der Gewalt und fügte in milderem Ton, aber eindringlich hinzu: »Ich bin der Einzige, der die Sache noch retten kann! Denkst du allen Ernstes, den Worten einer siebenundzwanzigjährigen Frau würde man mehr Glauben schenken als mir?«

»Nein«, antwortete Teresa kühl, und ehe sie die Worte zurückhalten konnte, fügte sie hinzu: »Aber wenn du dich nicht raushältst, lasse ich dich auffliegen.«

»Teresa!«, ächzte Elisabeth entsetzt, und Anton schoss wutentbrannt in die Höhe.

»Wie kannst du es wagen!«, schrie er.

»Hört auf, alle beide!« Elisabeths Stimme war nur mehr

ein Wispern. »Teresa, was du gesagt hast, ist unverzeihlich, und ich kann nur hoffen, dass du es nicht so gemeint hast. Was dich anbelangt, Anton, so habe ich dich von allen meinen Kindern am meisten geliebt«, fuhr sie mühsam fort. »Aber du hast mir so viel Kummer bereitet. Dieser braune Sumpf ... Nein, ich habe dir damals die Firma nicht überlassen, und ich werde es auch heute nicht tun.« Sie machte eine Pause. »Ich will nicht, dass unser guter Name besudelt wird.«

»Wie du meinst, Mutter.« Mit einer angedeuteten Verbeugung verabschiedete er sich von seiner Mutter, ignorierte seine Nichte und verließ den Wintergarten.

»Woher weißt du es?«, fragte Elisabeth tonlos.

»Es ist lange her, ich war fünf Jahre alt, da habt ihr euch eines Abends entsetzlich gestritten, du, Mutter und Anton. Marie hatte Ausgang, Fräulein Finkemann schlief tief und fest und ich lag in meinem Bett und ängstigte mich. Da bin ich hinuntergelaufen ... Seitdem weiß ich es.«

»Und hast nie darüber gesprochen ...« Voller Hochachtung sah Elisabeth ihre Enkelin an.

Teresa senkte den Kopf. »Was ich gesagt habe, tut mir leid. Aber ich musste ihm Einhalt gebieten.«

»Schon gut, mein Kind«, erwiderte Elisabeth.

31

How are you?« Jack sah aus wie Elvis Presley, was ihm den Flirt mit den deutschen Fräuleins in der Regel ungemein erleichterte, und obschon Teresa nie mehr als ein amüsiertes Lächeln für ihn übrig hatte, war er gleichbleibend freundlich und machte sich in der Villa nützlich, sofern Captain Rodetzky es ihm gestattete. Jetzt war Jack damit beschäftigt, aus einem Louis-quinze-Stuhl, der eigentlich zu einem Sekretär im blauen Salon gehörte, und zwei Rädern, die er von einem Fahrrad mit völlig marodem Gestänge montiert hatte, einen Rollstuhl für Elisabeth zu bauen. Er hockte auf dem Rasen, neben sich Werkzeug und eine Colaflasche. Als Teresa an ihm vorüberging, blickte er hoch und strahlte sie an. Seine braun gebrannten schlanken Hände, mit denen er überaus geschickt hantierte, und seine sehnigen Unterarme, die das nachlässig hochgekrempelte Hemd erkennen ließ, weckten in ihr sanftes Begehren, und rasch wandte Teresa den Blick ab.

Obwohl sie Manuel seit sechs Jahren nicht gesehen hatte und Zweifel sie bedrängten, ob seine Liebe so viel Zeit überdauern würde, ja, sie manchmal sogar überzeugt war, sie selbst hinge lediglich einer Illusion nach, verspürte sie kein Interesse, eine Liaison mit einem Amerikaner anzufangen, ganz gleich, wie attraktiv und gutherzig er sein mochte und wie sehr ihr Körper danach verlangte. In der Villa Andreesen herrschte Friede, und sie würde ihn nicht gefährden, indem sie Eifersüchteleien zwischen den GIs schürte.

Seit einigen Wochen hatten die Amerikaner die von Bomben verschonte Villa besetzt, die geräumig genug war, um zwanzig Soldaten zu beherbergen, und deren klassizistische Architektur sie überdies an daheim, an Georgia, erinnerte, woher Captain Rodetzky und etliche seiner Männer stammten. Zunächst hatte er darauf bestanden, dass die Familie auszog, aber Teresa weigerte sich so vehement wie charmant, und als sie die gebrechliche Elisabeth ins Felde führte, der man einen Umzug nicht zumuten konnte, hatte der Captain schließlich nachgegeben. So richteten Teresa, Ella, Dora und Michael sich mit Sack und Pack in der obersten Etage ein, wo früher die Dienstboten und seit Kriegsbeginn nur noch Marie wohnte. Elisabeth durfte in ihrem Zimmer im ersten Stock bleiben, wo sie ihrem Protest gegen die Anwesenheit der Besatzer auf ihrem Grund und Boden lautstark mit Puccini, Rossini und Mozart Luft machte, bis der Plattenspieler seinen Geist aufgab. Jack reparierte das Gerät und schenkte Elisabeth eine Glenn-Miller-Platte, eine Geste, die die Stimmung in der Villa nachhaltig veränderte. Mit den ersten Tönen der *Moonlight Serenade,* die durchs Haus wehten, legte sich ein Hauch von Frieden auf die Gemüter. Die Amerikaner gingen ihren Aufgaben nach und die Familie den ihren. So paradox es Teresa und ihren Angehörigen vorkam, dass die Besatzer ihnen gelegentlich ein Päckchen Kaffee zukommen ließen, so deutlich führte es ihnen vor Augen, dass sie es schlechter hätten treffen können im Deutschland der Stunde null.

Der Kontrollrat der Alliierten rang in Berlin darum, wie die Zukunft der Menschen in diesem Land aussehen sollte, dem einstigen Feindesland, das nun in vier Besatzungszonen aufgeteilt worden war, eine sowjetische, französische, britische und amerikanische. Bremen besaß den Status einer amerikanisch besetzten Enklave, und dies stellte die Unabhängigkeit des Landes Bremen wieder her, und weil die Amerikaner überdies die Stadt an der Weser und Bremerhaven als Nachschubhäfen für ihre Truppen in Mitteleuropa nutzen wollten, hatten sie großes Interesse, die zerbombten Hafenanlagen zu reparieren, versenkte

Schiffe aus den Becken und die Minen zu heben, die dort vermutet wurden. Sie setzten Wilhelm Kaisen, den sozialdemokratischen Senator für das Wohlfahrtswesen von 1928 bis 1933, der die zwölf Jahre der braunen Diktatur auf einer Siedlerstelle am Rande Bremens als Kleinlandwirt überlebt hatte, am 6. Juni wieder in sein ehemaliges Amt ein, und nicht wenige rechneten damit, dass die amerikanische Militärregierung ihn schon bald zum Bürgermeister machen würde. Die Amerikaner brauchten seine Kompetenz, und dennoch rechneten ihnen viele Bremer, auch die Andreesens, diese Geste hoch an.

»Fine, thank you!«, rief Teresa ihm unverbindlich zu und beschleunigte ihre Schritte. Sie war spät dran, Ella und Dora waren gewiss schon längst am Wall, um das zu tun, was Millionen Menschen im ganzen Land versuchten – aus den Millionen Kubikmetern Trümmer, die die Städte bedeckten und Straßen und Schienen blockierten, Stein für Stein das Fundament für einen neuen Anfang zu sammeln. Bei einem der letzten Luftangriffe waren die Kaffeespeicher im Überseehafen vollständig zerstört und die Häuser am Wall stark beschädigt worden. Das Kontorgebäude und die Produktionshalle waren zwar so gut wie unversehrt, doch Tonnen von Schutt hatten Vorder- und Hintereingang versperrt. An den Kunstpark erinnerten nur mehr der Pagodenbau der Schauspielschule und das brasilianische Plantagenhaus, und die bange Frage, wie es weitergehen, wie all dies instand gesetzt und vor allem, wie das finanziert werden sollte, hatte Besitz von Teresa genommen. Sie stand mit der Frage auf und ging mit ihr schlafen, ohne einer Antwort auch nur ein Jota näherzukommen, im Gegenteil, je mehr sie sich den Kopf zermarterte, desto drängender wurde die Angst, diese Aufgabe

nicht zu bewältigen. Dazu kamen die verheerenden Nachrichten, welche Schuld die Deutschen auf sich geladen hatten, in welch unvorstellbarem Ausmaß sich Hitler und seine Schergen an der Menschheit vergangen hatten, so unvorstellbar, dass kaum jemand dafür Worte finden wollte und konnte, weder jetzt noch später.
Rasch reihte Teresa sich in eine der langen Schlangen von Frauen ein, die damit beschäftigt waren, alle noch gut erhaltenen Steine aus den Ruinen der Häuser am Wall zu bergen und den anhaftenden Mörtel mit Hämmern abzuklopfen. Suchend blickte sie sich um, konnte Ella und Dora unter den vielen gesenkten Köpfen mit den ums Haar geschlungenen bunten Tüchern jedoch nicht ausmachen. Um sich gegen den beißenden Mörtel- und Ziegelstaub zu schützen, zog sie ihr Kopftuch vor den Mund und begann mit der Arbeit. Die eintönige Tätigkeit und das gleichbleibende Pickpickpick der Hämmer beruhigten ihre Nerven. Gelegentlich blickte sie auf, wenn einer der Bauarbeiter, die sich durch den Schutt gruben, etwas fand, was sich noch verwenden ließ, einen Heizkessel, einen Herd, einen zerschrammten Stromzähler. War das Wetter so sommerlich wie heute, ruhte Teresas Blick häufig versonnen auf der nahen Weser, die wie eh und je munter Richtung Meer strömte, während an ihren Deichwiesen das Treibgut der Nachkriegszeit vorüberzog, zerlumpte Bürger mit Koffern und Säcken, aus der Gefangenschaft entlassene Soldaten, Obdachlose, Flüchtlinge, die nicht wussten, wohin, weil die Stadt hoffnungslos überfüllt war.
Das größte Problem war der Hunger, der mit jedem Tag unerträglicher wurde. Pro Woche und Nase wurden 1,7 Kilo Brot, 7/8 Liter Milch, 2,5 Kilogramm Kartoffeln, 15 Gramm Käse, 150 Gramm Fleisch, 100 Gramm

Fett, 200 Gramm Zucker, 100 Gramm Marmelade und 125 Gramm Sojaflocken ausgegeben, insgesamt 1206 Kalorien, zu viel, um zu sterben, und zu wenig, um zu Kräften zu kommen. Einmal in der Woche fuhren Dora und Marie aufs Land, nach Syke zu Maries Verwandten. Die Reichsbahn hatte Stehwaggons eingeführt; alle Sitze und Trennwände waren herausgerissen. Wo früher dreißig Reisende Platz fanden, zwängten sich nun zweihundertfünfzig zusammen, um in Bremens Umgebung zu hamstern, was die Rucksäcke fassen konnten. Doch die Hamsterfahrten waren verboten, denn was es auf dem Land gab, unterlag der Zwangsbewirtschaftung. Wer es trotzdem riskierte, musste mit Gefängnis rechnen. Nachdem Dora mit vierzig Zigaretten erwischt und zu einundzwanzig Tagen Haft verurteilt worden war, beschloss die Familie, eine Weile auf die Fahrten zu verzichten und das Beste aus dem wenigen zu machen. Marie griff deswegen auf Notrezepte zurück. Sie ließ einen Kopf Weißkohl weich kochen, drehte ihn mit einem halben Kilogramm gekochter Steckrüben durch den Fleischwolf, gab eine Tasse geriebenes Brot dazu (das ohnehin wegen des hohen Maismehlgehalts in der Regel schon auf dem Weg vom Bäcker nach Hause zerfiel), würzte die Masse, formte sie zu langen Laiben und briet sie an. Nachdem Captain Rodetzky eine der falschen Bratwürste gekostet hatte, fanden auf geheimnisvollen Wegen Bohnen, Ananas, Schokolade und Cornedbeef den Weg in Maries Speisekammer. Dennoch reichte es gerade für das Nötigste.

»Teresa?«

Teresa fuhr zusammen, als die junge Frau neben ihr, mit der sie schon häufiger einige Worte gewechselt hatte, sie ansprach.

»Wo bist du denn mit deinen Gedanken?«, fragte sie lächelnd und wies mit der Hand auf den Eingang des Kontorhauses. »Ich glaube, du kannst jetzt rein.«
Teresa ließ den Hammer und den Stein, den sie gerade bearbeitet hatte, fallen und kletterte vorsichtig über den Schuttberg, der zur Hälfte abgetragen worden war. Im Innern des Hauses roch es muffig. Durch die Erschütterungen, die die Bomben verursacht hatten, wiesen Wände und Decken Risse auf, Putzplacken und Deckenbalken waren herabgefallen und hatten Schreibtische, Lampen und vor allem die chemisch-technische Ausstattung der Labors und die Röstmaschinen in der Produktionshalle beschädigt. Etliche Spinnen hatten die Abwesenheit der Besitzer ausgenutzt und Netze von beachtlicher Größe gesponnen, die sich in Teresas Haar verfingen, als sie durch die Räume ging.
Es würde lange dauern, das Haus wieder in Schuss zu bekommen, aber unmöglich war es nicht. Sie brauchte ein paar helfende Hände, hundert Säcke Zement, Besen, Soda und Seife – und genügend Geld, um neue Maschinen zu kaufen. Da war sie wieder, die eine quälende Frage, die das Gedankenkarussell in Gang setzte, das sich stoisch und unverdrossen drehte, ohne Anfang, ohne Ende. Entnervt ließ sie sich auf Felicitas' Schreibtischstuhl fallen und starrte das Porträt von Hans Heinrich Andreesen an, der missbilligend auf sie herabzusehen schien, als würde er ihr ebenso wenig wie sie sich selbst zutrauen, die Nachfolge ihrer Mutter anzutreten. Um den nutzlosen Überlegungen zu entkommen, begann sie den Inhalt der Schreibtischschubladen zu inspizieren. Die Mittellade war verschlossen. Zu ungeduldig, um in dem Chaos nach einem kleinen Schlüssel zu suchen, nestelte Teresa eine Nadel

aus ihrer Hochfrisur und stocherte so lange damit in dem Schloss herum, bis es mit einem leisen Klicken nachgab. Eine dünne Mappe lag in der Lade, sonst nichts. Mit wachsender Erregung blätterte sie die wenigen Seiten durch, fassungslos, dass ihre Mutter ihr so wenig vertraut hatte, dass sie es für nötig gehalten hatte, ihr diesen Bericht zu verheimlichen. Fassungslos auch, da sie mit einem Mal begriff, dass sie die Lösung für ihre Probleme in Händen hielt.

»Hier steckst du!« Dora lehnte in der Tür. »Ella und ich haben dich gesucht.«

»Du liebe Zeit, hier gibt es ja eine Menge zu tun«, seufzte Ella und wischte sich den Schweiß von der Stirn. Beide blickten Teresa irritiert an, die sie strahlend anlächelte, als wäre sie nicht ganz bei Verstand.

32

Im März 1946 verließ die *Eusebia* Bremerhaven. Die stampfenden Motoren, das Tuten des Nebelhorns, das leise Schmatzen der Wellen am Bug des Dampfers und das Kreischen aufgeregter Möwen bildeten eine Sinfonie, die nach Aufbruch und Abenteuer klang. Die Passagiere, in der Mehrzahl schlicht und zweckmäßig gekleidet, nicht wie einst, da auf den Kreuzfahrtschiffen große Roben und prächtige Pelze zur Schau getragen wurden, standen an der Reling und winkten Freunden und Angehörigen am Kai zu, die den Abschied mit gemischten Gefühlen betrachteten. Taschentücher wurden geschwenkt und an die

Augen gedrückt, Köpfe geschüttelt und Seufzer ausgestoßen. Doch die Menschen an Bord hatten sich für den Weg ins Ungewisse entschieden, ganz gleich, wie fremd und fern das Land sein mochte, versprach es ihnen doch einen neuen Anfang und neues Glück jenseits der Katastrophe, die sie gerade überlebt hatten. Seitdem man die deutschen Grenzen endlich wieder passieren durfte, hatten schon etliche tausend Emigranten diese Chance ergriffen.
Teresa lächelte Dora, Michael und Ella zu, obwohl die drei sie aus der Entfernung gewiss kaum erkannten, und sah zu, wie ihre Gestalten mit jedem Meter, den das Schiff zurücklegte, kleiner und kleiner wurden, bis sie mit dem Meer und dem bleigrauen Himmel zu einem trüben Horizont verschwammen. Je weiter das Schiff aufs offene Meer hinausfuhr, desto vehementer drängte die Sonne zwischen die Wolkengebirge, bis der Himmel endlich aufriss und sich blassblau über die Unendlichkeit spannte. Gemächlich schritt Teresa über das Deck, Runde um Runde, vorbei an verliebten Paaren, Familien und entschlossen wirkenden Männern, die ihr, der einzigen allein reisenden Frau, interessierte oder abschätzige Blicke zuwarfen, was Teresa aber überhaupt nicht wahrnahm. Wogen der Zuversicht durchfluteten sie und zwangen sowohl die Furcht zurück, ihr wunderbarer Plan könnte sich als Schimäre erweisen, als auch das Unbehagen, ganz auf sich allein gestellt zu sein.
Sie ging hinunter in ihre Kabine, um ihre Sachen auszupacken und sich ein Buch und eine leichte Decke zu holen. Zum Glück hatte sie eine Doppelkabine buchen können und musste sich den sechs Quadratmeter großen Raum nicht wie andere Passagiere mit drei Mitreisenden, sondern nur mit einem teilen, der sich zu ihrem Erschrecken

jedoch als Mann entpuppte. Behäbig thronte er auf dem unteren Bett und schraubte einen lederbezogenen Flachmann auf.

»Möge es nützen«, murmelte er, als Teresa die Kabine betrat. »Möchten Sie auch einen?«, fragte er und nahm, ohne Teresas Antwort abzuwarten, einen zierlichen silbernen Becher aus einem Picknickkorb. Als Teresa dankend ablehnte, streckte er ihr die Hand hin. »Hauke von Moorbusch. Ich hoffe, Sie haben nichts dagegen, wenn ich das untere Bett okkupiere, aber Sie sehen ja selbst, dass artistische Leistungen nicht zu meinen Fähigkeiten zählen.« Er grinste Teresa entwaffnend an, und unwillkürlich erwiderte sie das Lächeln. Zwar passte es ihr ganz und gar nicht, eine Woche mit einem fremden Mann auf engstem Raum zu verbringen, doch von diesem beleibten Mittfünfziger mittlerer Größe schien keinerlei Gefahr auszugehen. Freundliche hellbraune Augen musterten sie vergnügt, sein ovales Gesicht mit den Hängebäckchen glänzte wie ein polierter Apfel und erinnerte Teresa vage an ihren Großvater Gustav Andreesen, den sie nur von Fotos kannte. »Sagen Sie, kennen wir uns?«, fuhr er fort. »Ich vergesse niemals ein Gesicht, Namen schon eher, das heißt, eigentlich immer, was in meinem Beruf nicht von Vorteil ist, aber Gesichter erkenne ich noch nach Jahren wieder.«

»Nicht, dass ich wüsste.« Ihr Ton gefror, und augenblicklich revidierte sie ihren ersten Eindruck. Wenn er glaubte, sich mit dem ältesten Spruch der Welt in ihr Vertrauen schleichen zu können, war er schief gewickelt.

»Entschuldigen Sie, ich wollte Ihnen nicht zu nahe treten«, entgegnete er höflich und widmete sich wieder seinem Flachmann, während Teresa ihren Koffer auspackte. Nach einer Weile sagte er: »Tut mir leid, aber dies war der

letzte freie Platz an Bord, und um ihn zu bekommen, habe ich mein bescheidenes Reisebudget um einiges erleichtern müssen. Wenn es Ihnen lieber ist, können wir einige Regeln aufstellen. Ich verlasse die Kabine morgens als Erster, kehre nur zu einem Mittagsschläfchen zurück und gehe um Mitternacht schlafen. Sie stehen also unbeobachtet auf und gehen unbeobachtet zu Bett. Was halten Sie davon?«
Teresa nickte. »In Ordnung. Es hilft ja nichts.«
»Nein, da müssen wir durch. Alle. So oder so.« Er zögerte. »Was treibt Sie denn nach Brasilien, wenn ich fragen darf?«
»Oh, ich will Verwandte besuchen, die ich seit sechs Jahren nicht mehr gesehen habe«, antwortete Teresa leichthin. »Sie leben auf einer Fazenda nahe São Paulo.«
Damit klemmte sie ihr Buch unter den Arm und verließ die Kabine. Ganz gewiss würde sie weder ihm noch sonst jemandem erzählen, was sie vorhatte.
Am Abend nach ihrer Entdeckung in Felicitas' Büro hatte Teresa ihre Großmutter, Ella und Dora eingeweiht, erst zögernd, dann immer drängender, und je mehr Worte sie fand, desto wahrscheinlicher wurde das Gelingen ihres Plans. Nur die Finanzierung bereitete ihr erhebliches Kopfzerbrechen, denn Felicitas' und Elisabeths persönliches Vermögen lag in London fest. Mit einem breiten Grinsen hatte Ella schließlich eins von Thomas' Bildern herbeigeschleppt und behutsam ein wenig von der obersten Farbschicht abgelöst, bis das darunter befindliche Gemälde allmählich zum Vorschein kam – ein kubistisches Farbspektakel, das man in Hitler-Deutschland als entartet gebrandmarkt hätte. Um seine Bilder, die vor 1933 in der Kunstwelt Anerkennung und etliche Käufer gefunden hatten, vor den Nazis zu schützen, war Tho-

mas kurz nach der Machtergreifung Hitlers einfach dazu übergegangen, seine Werke mit idyllischen Landschaftsbildern und kitschigen Stillleben zu übermalen, um sie nach und nach Anton Andreesen unterzuschieben. Sicherer als bei einem Nazi konnten Thomas Engelkes Bilder nicht sein. »Ich habe bis jetzt keinen Versuch gemacht, sie zu verkaufen, weil man in den Geschäften ja ohnehin nichts Gescheites fürs Geld bekommt«, hatte Ella gemeint. »Aber ein Schiffsbillett ist natürlich etwas anderes.« Zunächst hatte Teresa sich gesträubt, dieses Opfer, als solches empfand sie Ellas Angebot, anzunehmen, doch Ella hatte abgewinkt. »Was soll ich mit all den Gemälden? Es wäre Thomas' Wunsch gewesen, sie als Zeugnis dieser schrecklichen Zeit, die hinter uns liegt, in die Welt zu bringen, und genau das werden wir jetzt tun.« Es gestaltete sich jedoch schwieriger als angenommen, einen solventen Käufer zu finden, bis Teresa sich schließlich an den *Bremer Kurier* wandte. Der Chefredakteur zeigte sich entzückt von Thomas' Cleverness und druckte die Geschichte. Kurz darauf wechselte das Gemälde den Besitzer.

Am selben Tag buchte Teresa die Passage von Bremerhaven nach Santos, freudig erregt und zugleich schuldbewusst. Sie brauchte Anaiza, um die Firma zu retten. Doch wenn Manuel sie immer noch wollte, würde es zweifelhaft sein, ob sie die Kraft aufbringen würde, dem Paradies jenseits des Atlantiks noch einmal den Rücken zu kehren, um das Werk ihrer Mutter fortzuführen.

Wie bei Teresas erstem Besuch in Brasilien empfing die Hafenstadt Santos die Passagiere mit jener Mischung aus überschäumender Lebensfreude und einem Fatalismus,

der die Nerven der Einwohner schützte und ihrer Mentalität entsprach, die Neuankömmlinge jedoch schon bald irritieren würde. Das nordeuropäische Korsett aus Disziplin, Genauigkeit und unbedingtem Willen zur Leistung saß in der Regel zu stramm, als dass der betörende Rhythmus des »Was du heut nicht kannst besorgen, verschieb getrost auf übermorgen« es nachhaltig zu lockern vermochte. Doch einstweilen strömten sie alle von Bord, voller Hoffnungen und Erwartungen, den Traum vom besseren Leben vor Augen.
Muntere Sambaklänge, zuweilen etwas schräg, weil ein junger Gitarrist danebengriff, sobald er eine blonde Frau gesichtet hatte, und es waren viele blonde Frauen unter den Passagieren, empfing die Auswanderer. Die Luft roch nach Meer, verdorbenem Fisch und Benzin. Unzählige Lastkraftwagen standen am Pier, die Ladeflächen bis zum Rand mit Kaffeesäcken beladen. Die Fahrer hupten, entweder weil sie die Gäste ihres Landes begrüßen oder ihnen Beine machen wollten, damit sie ihre Ladung schneller loswerden konnten. Nach einem Blick auf einen der schwarzlockigen Fahrer, der ungeduldig mit der Faust aufs Lenkrad hieb, vermutete Teresa eher das Letztere. In der Vergangenheit hatten die europäischen Auswanderer vor allem Ärger gemacht, den Brasilianern die Arbeitsplätze weggeschnappt oder sich sogar zu Kaffeebaronen emporgearbeitet, die die Löhne niedrig hielten, wie einst der verstorbene Don Alfredo auf der Fazenda in Terra Roxa, der eigentlich Alfred geheißen hatte.
Verloren stand Teresa am Kai. In Bremen hatte sie es für eine gute Idee gehalten, Manuel und Doña Isabella zu überraschen, doch jetzt, inmitten der lärmenden Geschäftigkeit, die sie schwindlig machte, sank ihr Mut.

»Darf ich Sie nach Rio mitnehmen?« Hauke von Moorbusch stand schwer atmend ob der Hitze neben einem Mercedes mit laufendem Motor.
Höflich lächelnd schüttelte Teresa den Kopf. Die Zutraulichkeit dieses Mannes war ihr suspekt. Obwohl sie eisern bei ihrer stummen Reserviertheit blieb, hatte er sein ganzes Leben vor ihr ausgebreitet. Sie hatte erfahren, dass er aus Hamburg stammte und vor dem Krieg mit seinem inzwischen verstorbenen Bruder eine Firma für Vergnügungsparks unterhalten hatte, dann nach London ausgewandert und nun bestrebt war, das Geschäft allein und in großem Stil von Deutschland aus wieder anzukurbeln. Vom brasilianischen Karneval, der angeblich alles übertraf, was es weltweit an bunter Feierlaune zu sehen gab, erhoffte er sich Ideen und Inspirationen. Er wisse zwar noch nicht genau, erklärte er, wofür, und im Vertrauen, seine Finanzdecke reiche noch nicht einmal für die Eröffnung eines Flohzirkus, aber bei Gott, er werde es schaffen. Nur ohne Rolf sei es halt schwierig. Wenn man so lange gemeinsam gearbeitet und sich blind verstanden habe … Überwältigt von der Erinnerung an bessere Zeiten war er verstummt, hatte sich geräuschvoll geschnäuzt und Teresa seine Karte aufgedrängt.
»Danke«, sagte sie noch, weil er sie gekränkt anblinzelte. »Es ist gewiss nicht so schwierig, ein Taxi zu bekommen. Ich will spätestens morgen in Terra Roxa eintreffen«, fügte sie erklärend hinzu, damit er sie nicht am Ende für ein leichtes Mädchen hielt, das ihr Glück an der Copacabana suchte.
Hauke von Moorbusch hielt kurz inne, dann glomm ein schwacher Funke des Erkennens in seinen freundlichen braunen Augen auf, und zufrieden wie ein Kater, der die

Maus doch noch erwischt hatte, ließ er sich in den Fond des Wagens fallen. »Auf bald«, sagte er mit einer eigentümlichen Betonung und zwinkerte ihr zu.

Während sie dem Wagen nachsah, hielt ein klappriges Taxi neben ihr. »Terra Roxa«, warf sie dem jungen Mann lässig hin, der sie daraufhin stumm ansah, bis ein breites Grinsen seine Züge aufhellte. Terra Roxa, das waren viele Kilometer, und das bedeutete viel Geld. Eifrig sprang er aus seinem Auto, wuchtete Teresas Gepäck in den Kofferraum und hielt ihr strahlend die Tür auf. Aufatmend sank Teresa in die nach Zigarettenrauch riechenden Polster und überließ sich dem Brummen des altersschwachen Motors.

Die wenigen Fotos, die Teresa vor sechs Jahren von Terra Roxa gemacht hatte, und ihre Erinnerungen an die zauberhaften Tage mit Manuel konnten der Wirklichkeit nicht standhalten. Die Jacarandabäume waren mächtiger, ihre Blätter grüner, die Wasserfälle und Bäche klarer, die verspielten Rufe der Papageien melodischer und lauter, und die weiße Fazenda leuchtete heller inmitten der roten Erde und der ausgedehnten Felder, auf denen wie eh und je Tausende von Kaffeepflanzen wuchsen. Und Manuel war schöner als in ihren berückendsten Träumen. Regungslos stand er auf der Veranda des Hauses, den Blick unentschlossen in die Ferne gerichtet, einer vagen Ahnung nachgebend, es könnte an diesem Tag etwas Wichtiges geschehen, wichtiger als die Geschäfte, denen er in der Regel am Nachmittag nachzukommen pflegte.

Ihr Blick umfasste ihn schon, als das Taxi noch Hunderte von Metern entfernt war, und ihr Herz begann zu klopfen, jagte unbändige Freude durch ihre Adern und zwang alle Befürchtungen, ihre Liebe könnte erloschen sein, in den hintersten Winkel ihres Bewusstseins zurück. Sie bezahlte den Taxifahrer, der ihr Gepäck aus dem Kofferraum hievte und hupend davonfuhr, eine gewaltige rote Staubwolke aufwirbelnd wie ein wütender Drache. Der Staub rieselte sanft herab und bedeckte ihre aschblonden Haare, die sich aus dem nachlässig geschlungenen Knoten gelöst hatten, und ihr elfenbeinfarbenes Leinenkostüm mit dem schmalen Rock, der an ihren Beinen klebte, weil die Hitze ihren Körper in Schweiß badete. Ihre aquamarinblauen Augen funkelten mit dem Himmel um die Wette und tauchten in Manuels dunkle, fast schwarze, und für einen Moment schien es, als würde die Welt den Atem anhalten, um zwei Menschen Gelegenheit zu geben, einzig den Pulsschlag der Liebe wahrzunehmen und die verlorene Zeit nicht als solche zu empfinden.

Mit zwei Schritten war Manuel bei ihr und nahm Teresas Gesicht in seine Hände. »Dein Weg hat dich wieder zu mir geführt«, stellte er mit leisem Erstaunen in der Stimme fest. »Anaiza hat es gewusst, aber ich habe nicht gewagt, daran zu glauben.«

»Es hat immer nur dich gegeben«, flüsterte Teresa und schlang ihre Arme um seine Taille. So standen sie da, atmeten den Duft des anderen ein, bis das Begehren erwachte und jede Faser ihrer Körper um Erlösung bettelte.

»Teresa …«, sagte Manuel rau und wich zurück, doch rasch legte sie ihm einen Finger auf den Mund.

»Nichts sagen.« Sie nahm ihn bei der Hand, und sie gingen ins Haus.

Von einem tiefen Gongschlag, der durch die Fazenda dröhnte, wurden sie am frühen Abend geweckt. »Hast du Hunger?«, murmelte Manuel dicht an ihrem Ohr, bevor er daran zu knabbern begann.

»Ja«, antwortete sie in einem Ton, der eindeutig Lebensmittel aller Art ausschloss, und schmiegte ihren nackten Körper eng an den seinen, bis sie erneut zueinanderfanden, zärtlicher dieses Mal, ohne die Hast des ersten leidenschaftlichen Verlangens. Die Stille des Danach deckte sie behutsam zu, bis geschäftige Stimmen aus dem Erdgeschoss sie zerriss.

»Wir sollten etwas essen«, sagte Manuel und erhob sich. Er ging hinüber zum Waschtisch und goss aus einem mit Orchideen bemalten Porzellankrug etwas Wasser in die Schüssel. Mit energischen, fast ärgerlichen Bewegungen wusch er sich, ohne darauf zu achten, den Holzboden vor Spritzern zu schützen.

Wie ein dunkelbrauner Seehund, dem es nicht passt, mit so wenig Wasser auskommen zu müssen, dachte Teresa belustigt und kicherte in sich hinein. In dem messingbeschlagenen Spiegel, der über dem Waschtisch hing, trafen sich ihre Blicke, glücklich der ihre, ernst der seine. Als er sich abgetrocknet hatte, drehte er sich zu ihr um.

»Du musst wissen, dass Isabella uns vor einiger Zeit verlassen hat«, sagte er tonlos. »Ein Verkehrsunfall. So gebrechlich, wie sie war, wollte sie partout zum Einkaufen nach São Paulo fahren, und Paolo und einer der jüngeren Fahrer haben sie begleitet.« Mit beiden Händen fuhr er sich durch das nasse schwarze Haar. »Auf der schnurgeraden Straße kurz vor der Stadt hat der Fahrer die Kontrolle über den Wagen verloren. Er und Paolo starben noch am Unfallort. Isabellas Leben haben sie eine Woche lang mit allen Mitteln zu retten versucht, doch auch für sie war es wohl an der Zeit zu gehen.« Er hielt inne, dann fügte er hinzu: »Du weißt, wie ich über den Tod denke, ein schreckliches Wort dafür, dass wir diese Welt verlassen, um in einer anderen weiterzuleben. Anaiza hat ihnen das letzte Geleit gegeben und das wunderbarste Ritual gestaltet, das ich je erlebt habe. Gleichwohl vermisse ich Isabella sehr.«

»Es tut mir so leid«, flüsterte Teresa mit Tränen in den Augen. Das Glücksgefühl der ersten Stunden auf Terra Roxa verebbte, und Scham flutete heran, Manuel womöglich mit ihrer Lust überfahren zu haben.

»Teresa, nicht doch«, sagte er sanft. »Du hast keinen Grund, dir Vorwürfe zu machen. Woher solltest du wissen, was in den letzten Jahren hier geschehen ist?« Sein Blick glitt von ihr fort. »Da gibt es noch etwas …«, begann er, als es wild an der Tür zu klopfen begann. »Komme gleich«, rief er, doch das Klopfen hörte nicht auf. »Ziehst du dir bitte etwas über?«, sagte er, und sein drängender Ton veranlasste Teresa, ohne nachzufragen rasch in Rock und Bluse zu schlüpfen und die Haare notdürftig zu glätten. Als sie fertig war, öffnete Manuel die Tür. Ein kleines dickes Mädchen mit einem gewaltigen Windelpaket unter seinem gelben Kleidchen stolperte ins Zimmer und geradewegs auf Teresa zu. »Das ist Esperanza«, sagte Manuel. »Meine Tochter.«

Ungläubig starrte Teresa die Kleine an.

»Entschuldige, Manuel, wir sind gerade zurückgekommen, und sie wollte unbedingt zu Papa …« Eine hochgewachsene Frau, etwa dreißig, erschien hinter dem Kind, lehnte sich lässig an den Türrahmen und warf Teresa einen interessierten Blick aus halb geschlossenen Augen zu. Dann sagte sie: »Ich lege noch ein Gedeck mehr auf. Soll ich die Kleine mitnehmen?«

»Nein, Consuela, das ist nicht nötig. Wir kommen gleich nach.« Consuela nickte, wandte sich geschmeidig um, und ihre Schritte verklangen. Manuel, die Hände in den Hosentaschen, den Kopf leicht gesenkt, als würde er eine saftige Ohrfeige erwarten, blieb mitten im Zimmer stehen. »Consuela kümmert sich um meine Tochter. Esperanzas Mutter ist vor zwei Jahren nach Rio gereist und nicht zurückgekommen. In einem Brief teilte sie mir mit, dass sie das Leben auf der Fazenda nicht aushalte …«

Sosehr Teresa sich auch bemühte, ihre abgrundtiefe Enttäuschung in Mitgefühl und Verständnis zu verwandeln, es gelang ihr nicht.
Kurz und heftig sei ihre Liebe gewesen, hatte Manuel gesagt, eine schicksalhafte Begegnung, der er weder ausweichen wollte noch konnte, teils, weil er sich einsam fühlte und sich nach einer eigenen Familie sehnte und trotz Anaizas Prophezeiung, Teresa komme eines Tages zurück nach Terra Roxa, nicht wirklich daran glaubte, teils, weil er wie Anaiza überzeugt war, dass alles, was geschah, einer göttlichen Bestimmung folgte, in diesem Fall der Bestimmung, Esperanzas Seele in die Welt zu helfen, einer alten Seele, weise und mit der Begabung zu heilen und zu helfen beschenkt. »Ich weiß, dass du anders darüber denkst, dass du es als Verrat empfindest, was ich getan habe, und es tut mir in der Seele weh, für deinen Schmerz verantwortlich zu sein. Aber ich werde mich für Esperanza nicht entschuldigen.«
Seine Worte hallten in ihr wider, als sie am nächsten Morgen in der Früh und ohne Frühstück zu den Stallungen marschierte, sich das am freundlichsten dreinschauende Pferd aussuchte, sattelte und davontrabte, ziellos, entlang der ausgedehnten Felder, die im Süden an das Felsmassiv von Terra Roxa reichten und im Norden an das smaragd-

grüne Band des Dschungels. Manuel, dem die Fazenda nun gehörte, hatte sein Versprechen wahr gemacht und in regelmäßigen Abständen zwischen die Kaffeepflanzen Bäume setzen lassen, die in wenigen Jahren groß genug sein würden, um den Arbeitern bei ihrer schweißtreibenden Tätigkeit ein wenig Schatten zu spenden. Unter wirtschaftlichen Gesichtspunkten war diese Entscheidung unklug, denn im hart umkämpften Kaffeemarkt zählte jede Kaffeekirsche, doch das war Manuel offenkundig nicht so wichtig wie das Wohlergehen seiner Leute.

Ihr Herz flog ihm zu, und ein tiefer Seufzer entrang sich ihrer Brust. Enttäuschung und Wut kämpften in ihr, Wut auf ihn und die Selbstverständlichkeit, mit der er ihre Liebe hatte hintanstellen können, aber auch und vor allem auf sich selbst. Wie blauäugig musste man sein, anzunehmen, ein gut aussehender Mann wie Manuel würde mehr als sechs Jahre auf einen Traum vertrauen, statt sich dem Naheliegenden zuzuwenden, sobald es sich ihm bot! Man musste schon eine Heilige sein, um seine spirituelle Begründung für sein Verhalten nachvollziehen zu können, und das war sie ganz gewiss nicht. Ihre Kultur und ihre Erziehung machten es unmöglich, das Verständnis aufzubringen, das er von ihr erwartete. Ich bin nicht für dieses Leben gemacht, sagte sie sich, ich werde Manuels Einstellung nicht teilen können.

Und indem ihr lang gehüteter Wille, aus Bremen fortzugehen, nachgab, meldeten sich alle Bedenken, die sie stets verdrängt hatte, hämisch zu Wort: Du hast nicht die Kraft, in der Fremde zu leben, du sprichst ja noch nicht mal ordentlich Portugiesisch. Die Brasilianer werden dich nicht akzeptieren, du wirst für immer die weiße Frau aus Deutschland bleiben. Eure Kinder werden dich hassen, weil du ihnen ein Leben zwischen den Welten aufzwingst. Du wirst die Kultur und die Sitten deiner Heimat vermissen, und wenn die Liebe verlischt, hast du nichts mehr. Nein, es würde nicht funktionieren. Die Liebe zu ihm hatte ihre Vollkommenheit verloren und damit die Energie, ihr, Teresa, über alle Klippen hinwegzuhelfen.

Sie würde nur noch Anaiza um die Kaffeepflanzen bitten und dann von Terra Roxa verschwinden.

Nach einer halben Stunde und zu ihrer Überraschung ohne nennenswerte Orientierungsprobleme hatte sie den Weg am Rand des Dschungels erreicht, der zu der Lichtung und zu Anaizas Hütte führte. Und als hätte es nur darauf gewartet, sich endlich Bahn brechen zu können, überfiel sie wie einst das unbestimmte Gefühl, hier verwurzelt zu sein, mehr, viel mehr als in Bremen, doch sie drängte es fort.

Die ovale Lichtung lag noch im Schatten. In bunte Stoffe gehüllte Frauen waren damit beschäftigt, ein Feuer zu entzünden, und schenkten Teresa kaum Beachtung, im Gegensatz zu den halb nackten Kindern, die sie neugierig musterten. Teresa lächelte ihnen zu, ging hinüber zum Haupthaus und trat ein, zögernd, da sie nicht sicher war, ob Anaiza nicht vielleicht noch schlief. Doch die alte Frau erwartete sie bereits.

»Du bist gekommen«, sagte sie mit Genugtuung in der Stimme und legte die linke Hand erst auf ihre Brust, dann auf Teresas.

»Du sprichst unsere Sprache noch besser«, sagte Teresa erstaunt und erfreut, sich nun nicht mit in Sand gemalten Zeichen und Symbolen mühsam verständlich machen zu müssen.

»Manuel mir helfen. Meine Tochter soll verstehen mich«,

erwiderte Anaiza und musterte Teresa besorgt. »Ich weiß, Felicitas tot. Ihr Schlimmes erlebt. Ich machen dich frei. Komm.« Sie nahm Teresa behutsam am Arm und bedeutete ihr, sich auf dem Lager auszustrecken, den Kopf nach Norden, die Augen geschlossen.

Es kann ja nicht schaden, dachte Teresa und machte es sich bequem. Als sie die Augen schloss, überfiel sie augenblicklich eine erschöpfte Schläfrigkeit. Nur von fern drangen die Geräusche des Dschungels und Anaizas leises Murmeln zu ihr. Ihr Kopf fühlte sich an, als würden Schraubzwingen ihn zusammenpressen, dann ließ der Druck allmählich nach, und Farben schienen durch ihren Körper zu strömen, ein Grün, ein helles Blau, ein Sonnengelb, das unterhalb ihres Brustkorbs verweilte, bis es eine rötliche Färbung annahm, die sich warm, fast heiß ihren Weg bis zu den Fußspitzen bahnte und sich schließlich in einem strahlenden Weiß auflöste, dem Teresas Körper sich ergab wie ihrem lang vermissten Liebhaber. Dann wurde etwas, das sich wie ein glatter, leichter Stein anfühlte, fast unerträglich langsam über ihren Kopf, ihre Arme, Brust, Rumpf und Beine geführt, bis das Weiß zurückkehrte und Teresa in einen kurzen, aber tiefen, entspannten Schlaf fiel. Als sie erwachte, hockte Anaiza vor dem Lager, lächelte sie an und hielt feierlich das Ei hoch, mit dem sie Teresas Körper gestreichelt hatte. Sie klopfte die Schale behutsam auf und ließ Dotter und Eigelb auf einen flachen Stein gleiten und betrachtete das Ergebnis aufmerksam. Ein zufriedenes Lächeln umspielte ihre Mundwinkel.

»Muito bem. Nun alle Angst fort«, sagte sie, »Leben in dir kann wieder fließen.« Sie öffnete den Mund, um etwas hinzuzufügen, ließ es jedoch dabei bewenden.

»Das war wunderbar«, erwiderte Teresa. »Diese Farben… Was war das?«
»Geist von Esperanza«, antwortete Anaiza gleichmütig. »War mächtige Heilerin, Curandera. Deshalb Manuels Tochter auch Esperanza.« Sie nickte Teresa zu und ging nach nebenan. Nach einer Weile kehrte sie zurück und reichte ihr einen Becher mit einer dampfenden Flüssigkeit. Ein wenig benommen setzte Teresa sich auf und begann schweigend zu trinken. Das Gebräu schmeckte nur entfernt nach Kaffee, das erdige Aroma von Pilzen und Kräutern dominierte.
»Ist gut für …«, sagte Anaiza und rieb sich den Bauch.
»Für den Magen, meinst du«, erwiderte Teresa und lächelte mühsam, weil ihr Magen sich gerade heftig gegen die ungewohnte, wenig schmackhafte Mixtur zu wehren begann. Ohne dass sie es verhindern konnte, entfuhr ihr ein kräftiger Rülpser, und Anaiza lachte schallend. Teresa stimmte mit ein und beschloss, zur Sache zu kommen. »Vielen Dank für deine … nun, Behandlung.« Ein anderes Wort fiel ihr für das, was ihr soeben widerfahren war, nicht ein. »Ich habe eine große Bitte. Erinnerst du dich an den Kaffee, den du mit Mutter einmal getrunken hast? Den ohne Koffein?« Sie legte beide Hände ans Ohr, um anzudeuten, was dem Kaffee angeblich fehlte, und tat dann so, als durchführe sie ein Stromstoß zum Zeichen, dass die Pflanze offensichtlich einen anderen Muntermacher enthielt. »Ich brauche diesen Kaffee für unsere Firma. Kannst du liefern?«
»Du nicht bleiben?« Die dunkelbraunen Augen weiteten sich, blankes Erstaunen mischte sich mit leiser Resignation. »Ich haben gewartet, bis du zurück. Ich erst kann gehen ins Reich der Geister, wenn sehen dich und Ma-

nuel zusammen, und eure Kinder. Wie Prophezeiungen es sagen.«

»Nein«, erwiderte Teresa leise. »Ich liebe ihn. Aber nein, ich kann nicht hierbleiben.«

Anaiza schnaufte spöttisch. »Weil er hat Kind!« Sie breitete die Arme aus und hob ihren Blick zum Himmel, als würde sie hoffen, die Götter würden herabsteigen und Teresa den Schleier gekränkter Eitelkeit von den Augen zu ziehen.

»Das ist es nicht allein. Schau, ich kann doch nicht tatenlos zusehen, wie die Firma sang- und klanglos dem ärgsten Widersacher meiner Mutter in die Hände fällt, und das wird sie, wenn ich nichts unternehme. Ich muss eine Möglichkeit finden, Andreesen-Kaffee wieder aufzubauen. Und den Kunstpark, der doch dazu da war, die Verständigung zwischen den Völkern zu fördern und den Frauen ein Forum …«

»War Felicitas' Traum«, fuhr Anaiza ihr energisch ins Wort. »Nicht richtig für dich.«

»Du verstehst das nicht, Anaiza. Alles, was ich brauche, ist dieser besondere Kaffee.«

Bekümmert schüttelte Anaiza den Kopf. »Ich dir nicht kann geben. Wird kein Glück bringen.«

»Das kann nicht dein Ernst sein!« Wütend und verzweifelt sah Teresa die alte Frau an. »Du kannst mich doch nicht zwingen hierzubleiben!«

Unbewegt erwiderte Anaiza ihren Blick. Dann erhob sie sich mühsam von ihrem Lager.

»Komm«, sagte sie schwer atmend und stützte sich auf Teresas Schulter. Mit schleppenden Schritten bewegte sie sich auf den Rand der Lichtung zu und tauchte hinein in das Dickicht aus Farnen und Schlingpflanzen. Nach einer

Weile ließ sie Teresa jäh los, bückte sich und riss eine Pflanze samt Wurzel aus dem Boden. »Hier«, sagte sie. »Und jetzt geh.«

Teresa starrte das zarte Pflänzchen in ihrer Hand an. »Wir brauchen Tausende davon! Und Felder, um sie anzubauen!«

»Du forderst Schicksal heraus. Nun du müssen selber sehen, wie geht.« Mit einem ebenso mitfühlenden wie besorgten Blick wandte Anaiza sich um und ließ Teresa stehen.

33

Während Teresa in Brasilien war, hatte Anton Andreesen der amerikanischen Militärregierung die rührselige Geschichte aufgetischt, er sei Halbjude und habe bei der ganzen Sache nur mitgemacht, um sich zu schützen. Elisabeth wurde befragt und bestätigte seine Geschichte, so dass seiner Entnazifizierung nichts im Wege stand, wie es bei vielen der sechseinhalb Millionen NSDAP-Mitglieder der Fall war. Denn die Amerikaner sahen sich vor dem Problem, wie ein demokratisches Gemeinwesen entstehen, wie eine Verwaltung aufgebaut werden sollte, wenn diejenigen, die das Wissen mitbringen, mehr oder weniger eng mit der Nazi-Herrschaft verstrickt waren. Über fünfundsechzig Prozent der Beamten und achtzig Prozent der Richter, vierhunderteinundneunzigtausend Lehrer, zweiundsiebzigtausend Ärzte und nahezu die gesamte deutsche Mittelschicht.

Andere stellten sich gegenseitig Persilscheine aus, redeten

von großer Zurückhaltung, mit der das Amt des Gauleiters oder Blockwarts ausgeübt worden war, von der Milde und Güte und so weiter und so weiter. Millionen Entlastungspapiere kursierten, die Entnazifizierung geriet zur Farce, bis die Amerikaner so hart durchgriffen, dass es Dörfer und Gemeinden gab, in denen kein Tierarzt und kein Anwalt mehr praktizieren, kein Beamter und kein Journalist zum Bleistift greifen durfte. Schließlich mussten die dreizehn Millionen in der US-Zone lebenden und über achtzehn Jahre alten Deutschen einen Fragebogen mit hundertachtundzwanzig Fragen ausfüllen, die Auskunft darüber geben sollten, ob jemand als Mitläufer oder gefährlicher Nazi einzustufen war.

Anton jedoch hatte leichtes Spiel, sein Argument war einfach unschlagbar und ersparte ihm zehn Jahre Arbeitslager. Umgehend hatte er einen Anwalt aufgesucht.

Der Brief erreichte Teresa am Morgen des 28. Mai im Büro. Er war an sie gerichtet, nicht an Elisabeth Andreesen, und darin forderte der Anwalt Baumann Teresa auf, die Leitung der Firma mit sofortiger Wirkung an Anton Andreesen abzugeben, andernfalls würde man sie verklagen.

Teresa zerriss das Schreiben. Solange Elisabeth lebte, konnte Anton Feuer spucken, wie er wollte. Elisabeth hatte sie, Teresa, zu Felicitas' Nachfolgerin erklärt, schriftlich und notariell beglaubigt und mit einem Attest versehen, das Elisabeths geistige Zurechnungsfähigkeit bestätigte, so dass man sich bei Gericht erst nach ihrem Tod mit Antons Ansprüchen würde auseinandersetzen müssen. Angesichts von Elisabeths biblischem Alter würde dies zwar nur eine Frage der Zeit sein, doch energisch schob Teresa den Gedanken beiseite. Endlich hatte sie zu

einer Tatkraft und Entschlossenheit gefunden, die ihrer Mutter alle Ehre gemacht hätte, und sie war nicht bereit, sich ins Bockshorn jagen zu lassen. Hatte sie zuvor nur die dunkle Seite der Stunde null gesehen, sah sie jetzt die lichte, roch den frischen Wind, der durch das Land fegte, und spürte eine unbändige Lust zu leben. Und ihr Onkel würde ihr das nicht verderben.
Liebevoll betrachtete sie die zarten Stängel, die aus einer mit viel Sand vermischten Erde ans Licht drängten – unter einer Hundert-Watt-Birne, die die Strahlkraft der brasilianischen Sonne simulieren sollte. Die Kaffeepflanze, die Anaiza ihr in die Hand gedrückt hatte, hatte die Überfahrt nach Bremerhaven in einem mit Erde gefüllten Zahnputzbecher überlebt und wuchs und gedieh, und Werner Briskows behutsame Hände hatten ihr sogar schon eben jene zarte Triebe entlockt. Doch es würde Jahre und Jahre dauern, sie zu kultivieren und großflächig anzubauen, ganz zu schweigen von der Frage, wo sie das Land dafür hernehmen sollte, jetzt, da die Ländereien in Ostpreußen verloren waren. Mehr als einmal hatte sie eine Welle des Zorns auf Anaiza erfasst, als sie darüber nachdachte, dass sie mit diesem besonderen Kaffee das Haus Andreesen mit einem Schlag an die Spitze der norddeutschen Kaffeeröster hätte bringen können, doch sie musste den Tatsachen ins Auge sehen: Ihr ehrgeiziger Plan war fehlgeschlagen. Bis auf Weiteres würde sie auf den konventionellen Kaffeehandel angewiesen sein, der, da machte sie sich nichts vor, ihr keine herausragende Position in der Zukunft sichern würde. Es gab einfach zu viele andere Mitstreiter in Bremen und Hamburg, die am zaghaft erwachten Aufschwung teilhaben wollten. Neben dem militärischen Nachschub der Amerikaner wurden im

Bremer Hafen inzwischen auch Lebensmittel, Kohle, Erz und Wolle umgeschlagen – und Kaffee. In Kürze würde die fünfhunderttausendste Tonne aus Übersee erwartet und der wer weiß wievielte Konkurrent, der wie so viele um die Kaffeekirschen tanzte wie ums Goldene Kalb.
Sie sah auf die Uhr. »Bis morgen!«, rief sie Werner Briskow zu, der ihr jedoch keine Beachtung schenkte. Mit hochrotem Kopf war er über ein Mikroskop gebeugt, so konzentriert und selbstvergessen wie sein verstorbener Mentor Elias Frantz. Welches gnädige Schicksal Briskow den Kriegsdienst erspart hatte, wusste sie nicht, aber es tat gut, wenigstens einen bekannten Menschen um sich zu haben, wenngleich dieser auch ziemlich schüchtern und linkisch war und so gar nichts von der laut dröhnenden Fröhlichkeit verbreitete, mit der Frantz das Labor einst zum Mittelpunkt des Hauses am Wall gemacht hatte.
Rasch warf sie einen Blick in die Produktionshalle. Von hundert Röstmaschinen war gerade ein Drittel wieder gangbar gemacht worden, und die Frauen, die den Platz der im Krieg getöteten Arbeiter einnahmen, hatten noch erhebliche Mühe, mit der Mechanik zurechtzukommen und die Kirschen auf die Sekunde genau zu rösten. Aber schon zog der Duft frisch gerösteten Kaffees wieder durch die Halle und die Büros und erfüllte Teresa mit Zuversicht, die nur dadurch etwas getrübt wurde, dass ihre körperliche Verfassung zu wünschen übrig ließ. Captain Rodetzky und seine Männer versorgten sie und die Familie zwar mehr denn je mit Schokolade, Speck und sogar frischem Obst, aber dennoch fühlte sie sich häufig abgeschlagen und tonnenschwer, als zöge eine unsichtbare Macht sie in die Knie. Dass sie ihr Frühstück jeden Mor-

gen erbrach und ihre Regel seit einiger Zeit nicht mehr bekam, hatte ihr Verstand auf ihre Arbeitsbelastung geschoben, obwohl sie tief im Innern wusste, was tatsächlich mit ihr los war.

Doch es brauchte erst die Kompetenz des Arztes, der nun, zwei Stunden nachdem sie die Firma am Wall verlassen und sich widerwillig zu der Praxis ein paar Häuser weiter begeben und auf den Behandlungsstuhl gelegt hatte, gleichmütig verkündete, sie sei in anderen Umständen. Die Frage nach dem Vater verkniff er sich, warf Teresa nur einen besorgten Blick zu und ermahnte sie, regelmäßig zur Untersuchung zu erscheinen und sich ein wenig zu schonen.

Mit fliegenden Fingern kleidete Teresa sich wieder an.

In ihr wuchs das Leben. Die Gewissheit durchfuhr sie wie eine Mischung aus Sonnenstrahlen und Gewitterblitzen. Sie war sich nicht sicher, ob sie dieses Geschenk des Schicksals als Erinnerung an ihre große Liebe annehmen oder als deutlichen Hinweis begreifen sollte, dass ihre Entscheidung, Manuel zu verlassen, falsch war.

»Weder noch«, beschied ihre Großmutter ihr am selben Nachmittag mit der ihr eigenen weisen Nüchternheit. »Ich habe mich von derart sakralen Deutungen des Lebens nie beeindrucken noch mein Verhalten diktieren lassen, und du solltest das auch nicht tun. Es ist natürlich bedauerlich, dass du nicht heiraten willst, doch wie die Dinge stehen, ist das nicht zu ändern und im Grunde auch nicht wünschenswert. Wer soll denn wo leben? Du in Brasilien? Gott behüte! Manuel in Bremen? Der arme Mann. Nein, nein, es ist, wie es ist, basta. Dein Kind ist schließlich nicht das erste in unserer Familie, das ohne Vater aufwachst.« Aufmunternd sah sie ihre Enkelin an und fügte listig hinzu: »Zur Taufe laden wir die ganze Familie ein. Ich will endlich meine Urenkelin Antonia kennenlernen.«

Als Jack Teresas immer runder werdenden Bauch zur Kenntnis nahm, schnappte er ein wie ein Karabinerhaken, bis er sich besann und ihr einen etwas formlosen Heiratsantrag machte, bei dem ihm vor Aufregung der Kaugummi aus dem Mund fluppte und vor Teresa auf dem Kies in der Auffahrt der Villa liegen blieb. Georgia würde ihr gut gefallen, meinte er treuherzig, akzeptierte ihr Nein jedoch mit einer gewissen Erleichterung.

Im Januar 1947 erblickte Luiza das Licht der Welt.

34

Gott, ist die winzig! Und so artig!«

Mit unkindlicher Gelassenheit in den aquamarinblauen Augen betrachtete Luiza das süß duftende Wesen, das sich über sie beugte und ihr die Sicht aus dem Kinderwagen mit einer Wolke honigblonder, gewellter Haare versperrte, und beherzt griff sie nach dem Zeigefinger mit dem dunkelrot lackierten Nagel und umklammerte ihn so fest sie konnte.

»Kraft für zwei«, bemerkte Gesa lächelnd und fügte lakonisch, aber mehr für sich hinzu: »Die wird sie auch brauchen.« Dann richtete sie sich auf, strich die Haare zurück und sah ihre Schwester stirnrunzelnd an. »Milchkaffeebraune Haut, schwarze Haare. Du bist dir hoffentlich im Klaren, dass du Probleme haben wirst. Sie ist entzückend,

aber die Menschen werden in erster Linie das Fremde sehen, den Mischling.«
Teresa zuckte zusammen, ließ sich aber nicht anmerken, wie sehr sie Gesas Worte kränkten, zumal sie leider ins Schwarze trafen. Von sechzig Einladungen war ein Viertel mit fadenscheinigen Begründungen ausgeschlagen worden.
Captain Rodetzky, der mit Jack und vier Offizieren ein wenig abseits stand, hatte Gesas letzte Bemerkung aufgeschnappt und trat näher. »In Amerika ist das fast schon normal, und auch die Deutschen werden sich irgendwann daran gewöhnen müssen, meinen Sie nicht?«
»Aber sicher«, erwiderte Gesa glatt. Sie öffnete ihre Handtasche aus grünem Krokodilleder und entnahm ihr ein in rosa Seidenstoff gewickeltes Päckchen. »Und bis es so weit ist, soll sie der heilige Christophorus beschützen.« Behutsam band sie dem Baby die zartgoldene Kette mit einem winzigen Medaillon um, das den Schutzheiligen der Reisenden zeigte. »Weil sie doch gewissermaßen zwischen den Welten lebt.«
»Sie ist Bremerin«, entgegnete Teresa energisch und funkelte ihre Schwester missbilligend an. »Im Übrigen braucht man keine braune Haut, um sich Probleme einzuhandeln, es genügt, wenn man allzu eifrig mit den Wölfen heult.« Damit wandte Teresa sich ab und überließ Gesa dem Captain, der höflich, aber mit unverhohlener Skepsis eine Unterhaltung begann. Wenig später dröhnte sein herzhaftes Lachen durch das Kaffeehaus am See, wo sich die Gäste nach der Taufe im Bremer Dom zu einem Mittagessen mit anschließender Kaffeetafel eingefunden hatten.
Teresa konnte sich ein Lächeln nicht verkneifen. Kein

Mann würde ihrer hübschen Schwester auf Dauer widerstehen, selbst dann nicht, wenn sie in den Propagandafilmen der Nazis eine nicht unbeträchtliche Rolle gespielt hatte und jetzt darum kämpfte, ein Engagement zu finden. Doch Teresa zweifelte nicht, dass es Gesa gelingen würde. Sie war immer noch etwas zu mager, aber das eng geschnittene taubenblaue Kostüm betonte ihre Sanduhr-Figur, und mit ihren rot geschminkten, vollen Lippen, dem blonden Haar und dem Blick einer schläfrigen Raubkatze entsprach sie genau dem Typ, der im Kino der Amerikaner Konjunktur hatte.

»Man merkt ihr nicht an, dass sie quasi arbeitslos ist«, sagte sie leise zu Niklas, der Gesa und den Captain aufmerksam beobachtete und bereits das dritte Glas Sekt in der Hand hielt.

»Hat sie es dir noch nicht erzählt? Die Italiener wollen sie haben. Eine blöde Klamotte um eine Meisterdiebin, die ihre Beute unter den Armen verteilt. Zum Kotzen.« Er fuhr sich mit der Hand durchs Haar und warf Teresa einen entschuldigenden Blick zu. »Tut mir leid.«

»Freust du dich denn gar nicht für sie?«

»Ehrlich gesagt, nein. Die Produktion ist zweitklassig, ach, was sage ich, drittklassig. Das hat eine Diana Landauer nicht nötig. Wenn sie einmal mit diesem Schund anfängt, wird sie es schwer haben, den Absprung zu finden. Ich hasse es, wenn Menschen ihr Talent vergeuden.« Er grinste. »Na gut, *Blumen für Nachtschwester Marion* war natürlich auch nicht gerade Shakespeare. Aber abgesehen davon hatten wir … nun ja, wir hatten Pläne.«

Fragend sah Teresa ihn an.

»Dokumentarfilme«, fuhr er fort. »Wir wollten gemeinsam die Konzepte entwickeln. Sie meinte, es wäre nur gerecht, schließlich hätte ich zugunsten ihrer Karriere Spielfilme gedreht, jetzt sei es an der Zeit, sich zu revanchieren. Na ja, du kennst Gesa. Was interessiert mich mein Gerede von gestern!«

»Niklas, denk dir nur, Captain Rodetzkys Schwager ist auch Dokumentarfilmer, er besitzt sogar eine Produktionsfirma!« Strahlend kam Gesa auf ihn zu, den Captain im Schlepptau, dessen Hand sie nun fest drückte. »Lassen Sie sich von Niklas' schlechter Laune nicht die Ihre verderben.« Sie lachte und zog Teresa mit sich. »Er denkt, ich bleibe für immer in Italien, dieser Idiot«, raunte sie ihr zu.

»Kann man ihm nicht verdenken«, erwiderte Teresa leise. »Oder willst du wirklich ins ernste Fach wechseln?«

»Natürlich nicht, und das habe ich auch nie behauptet. Ich will einen Dokumentarfilm mit ihm drehen. Einen! Aber der Mann hört ja nie zu.«

»Ihr braucht das, nicht wahr? Ein bisschen Streit, ein wenig Theater und Dramatik ...«

Gesa zuckte mit den Schultern. »Wir sind immer noch zusammen. Irgendeine höhere Macht erlaubt es uns anscheinend nicht, ohne den anderen zu sein, egal, wie heftig unsere Differenzen sind.«

Ein Schatten flog über Teresas Gesicht, und Tränen stiegen ihr in die Augen.

»Mach dir bloß keine Vorwürfe«, sagte Gesa eindringlich. »Du hast das einzig Richtige getan. Mich wundert vielmehr, dass du diesen Kerl nicht in der Luft zerrissen hast. Schau, da kommen Christian und Delia.« Sie hielt inne. »Und Antonia. Du meine Güte, das Kind ist Mutter wie aus dem Gesicht geschnitten.«

Teresa wandte sich um, froh über die Unterbrechung, die

sie einer Antwort enthob, und ging den Dreien entgegen, die abwartend im Eingang zu dem großen Saal des Kaffeehauses standen. Delia trug ein elfenbeinfarbenes Kleid mit schwingendem Rock und schmalem Gürtel, das ihre tizianroten Haare reizvoll leuchten ließ, doch die Blässe ihres Gesichts betonte. Ohne Zweifel kostete es sie Überwindung, ihrer einstigen Rivalin Dora und der Familie Andreesen gegenüberzutreten, und auch Christian wirkte nervös. Gesa brach das Eis.

»Habt ihr es doch geschafft, euch vor dem Gottesdienst zu drücken!«, rief sie lachend und küsste ihren Bruder auf die Wange. Christian winkte ab.

»Von wegen. Der Zug hatte Verspätung …«

»Wenn ihr mit Gesa und Niklas gefahren wärt«, schaltete Teresa sich ein, indem sie den leichten Ton ihrer Schwester aufgriff, »wäre das nicht passiert, aber ihr wolltet euch ja partout das Erlebnis durch die Lappen gehen lassen, mit der weltbesten Autofahrerin unterwegs zu sein.«

Gesa lachte gutmütig, wissend, dass ihre waghalsigen Fahrkünste schon immer Anlass zu kleinen Sticheleien gegeben hatten. Das Geplänkel wurde unterbrochen, als Dora, Ella und Elisabeth näher kamen. Elisabeth ließ den Arm ihrer Tochter los, auf den sie sich gestützt hatte, weil sie sich weigerte, den von Jack gezimmerten Rollstuhl außerhalb des Hauses zu benutzen, und lächelte Delia zu.

»Willkommen in der Familie, meine Liebe. Lang genug hat's gedauert, bis ihr euch nach Bremen bemüht habt, und die entsprechenden Vorhaltungen spare ich mir für später auf.« Damit warf sie Dora einen auffordernden und zugleich warnenden Blick zu. Die Nachricht, dass Clemens ein Verhältnis mit Delia gehabt hatte, hatte Dora damals zur Kenntnis genommen, doch mit keinem Wort kommentiert, so dass weder Elisabeth noch Teresa oder Ella einzuschätzen vermochten, wie sie ihrer einstigen Rivalin begegnen würde. Doch Dora bewahrte Haltung und reichte Delia die Hand. Dann winkte sie Michael zu sich. Sofort unterbrach der Zehnjährige das Spiel mit Jack, der versuchte, ihm das Pokern beizubringen, und lief zu seiner Mutter hinüber. Er wusste, was ihn erwartete, und hatte Teresa heute Morgen gestanden, dass er zwar lieber einen Bruder hätte, es jedoch auch sehr aufregend finde, eine Schwester zu bekommen, »die schon fertig ist«, wie er es nannte.

»Michael, sag Delia und deiner Halbschwester Antonia guten Tag.«

»Tag.« Er deutete einen halben verlegenen Diener an und starrte Antonia an, als würde er prüfen, ob mit diesem großäugigen Wesen tatsächlich etwas anzufangen war. »Willst du mitpokern?«, fragte er schließlich lässig. »Jack zeigt mir gerade, wie man blufft.«

»Na schön«, erwiderte Antonia ein wenig von oben herab. Seite an Seite schlenderten sie hinüber zu dem Tisch am Fenster, an dem Jack saß und grinsend die Karten mischte. Sieben Augenpaare folgten den Kindern.

»Das wird schon«, bemerkte Ella. Dann wandte sie sich Delia und Christian zu. »Ich freue mich so für euch.« Vor Rührung stiegen ihr Tränen in die Augen. Umständlich nestelte sie ein Taschentuch aus dem Ärmel ihres geblümten Baumwollkleids. »Entschuldigt, ich habe seit damals … etwas nah am Wasser gebaut.«

»Das ist doch kein Wunder«, entgegnete Delia einfühlsam und umarmte Ella.

»Morgen bestellen wir das Aufgebot«, sagte Christian.

»Wir wollen hier heiraten, damit du, Großmutter, dabei sein kannst.«
»Ich danke dir, das ist eine gute Nachricht«, erwiderte Elisabeth und fügte hoffnungsvoll hinzu: »Können wir dann davon ausgehen, dass ihr auch in Bremen wohnen werdet? Wenn Captain Rodetzky und seine Mannen uns eines Tages verlassen, wäre die Villa geräumig genug …«
Christian sah drein, als hätte er sich vor dieser Frage gefürchtet. »Später vielleicht«, wich er aus. »Aber zunächst werden wir wohl in Potsdam wohnen. Ein Kollege, den ich aus der Forschungsabteilung kenne, hat mich gefragt, ob wir gemeinsam eine Praxis eröffnen wollen. Er besitzt ein großes Haus auf dem Land, es wäre ideal …«
»Ach, Christian, wie schön«, sagte Teresa, obwohl die Neuigkeit sie enttäuschte. Wie ihre Großmutter hatte sie gehofft, dass die Familie, wenn sie schon so viele Tote zu verkraften hatte, wenigstens gemeinsam in Bremen leben würde.
»Aber in der Ostzone? Es heißt, die Russen wollen irgendwann die Grenze dichtmachen!«, warf Ella besorgt ein.
»Das ist doch nur dummes Gerede«, winkte Gesa ab. »Deutschland teilen? Warum sollten die Sowjets das tun? Sie profitieren letzten Endes nur vom Westen.« Sie hakte ihre Großmutter unter. »Kommt, ich habe einen Bärenhunger!«
Während die anderen vorausgingen, nahm Teresa Christian zur Seite.
»Wo ist Constanze?«
Er zuckte mit den Schultern. »Sie hat in letzter Minute abgesagt. Irgendeine Versammlung, die sie auf keinen Fall versäumen wollte.«

»Ist ja reizend«, erwiderte Teresa und schüttelte den Kopf.
»Nimm es ihr nicht übel. Sie tut zwar immer so robust, aber die Flucht hat sie nicht so gut weggesteckt, wie sie meint. Sie redet nur über die Ungerechtigkeit der Alliierten und trifft sich mit Menschen, die ihr Schicksal teilen, und jetzt hat sie sich die Idee in den Kopf gesetzt, einen Verein zu gründen, der dafür kämpfen soll, dass die vertriebenen Ostpreußen, Schlesier und Pommern wieder zurück in ihre Heimat dürfen.«
»Da hat sie sich ja etwas vorgenommen. Die polnische Regierung hat diese Gebiete doch schon vor zwei Jahren zu den ihren erklärt.«
»Du kennst sie doch. Herausforderungen hat sie ja noch nie gescheut. Jedenfalls lässt sie euch und Dorothee Grüße ausrichten. Habt ihr Nachricht von ihr?«
»Ja, vor einiger Zeit hat sie einen Brief an Mutter geschrieben«, sagte Teresa. »Es gefällt ihr in Frankreich, und sie will dort bleiben. Sie lebt auf einem kleinen Gut in Burgund. Stefanie und Sarah sind wohlauf und sprechen besser französisch als deutsch. Und sie ist nicht allein. Wer der Mann ist, hat sie aber nicht gesagt, nur, dass sie zu gegebener Zeit nach Bremen kommen wollen. Daraufhin habe ich ihr zurückgeschrieben und erzählt, was mit Mutter und Bernhard geschehen ist, und sie zur Taufe eingeladen, aber keine Antwort erhalten.«
»Vielleicht ist es ihr unangenehm, uns den Mann vorzustellen. So empfindsam, wie Dorothee ist, denkt sie gewiss, wir würden es ihr verübeln oder sie für leichtfertig halten, dass sie nicht ein Leben lang um ihren Pierre trauert.«
»Mag sein, aber eigentlich müsste sie uns doch besser kennen.«

Ein leises, aber nachdrückliches Hüsteln lenkte Teresas Aufmerksamkeit auf den Oberkellner, der sogleich herbeieilte. »Frau Andreesen, wir wären dann so weit.«
Nach dem bescheidenen Mittagessen – Mockturtle, Bratkartoffeln und falscher Hase – beschlossen die Gäste, sich bis zum Kaffee ein wenig die Beine zu vertreten. Während Gesa sich um Luiza und Elisabeth kümmerte und Christian und Ella mit den anderen zu einem kurzen Spaziergang um den Emmasee aufbrachen, schlenderte Teresa mit Delia und Antonia Richtung Stadtwald. An einer Weggabelung trafen sie Dora und Michael. Dora zögerte unmerklich, doch ihr Sohn hatte sich bereits in Bewegung gesetzt, um seiner Halbschwester sein Fahrtenmesser zu zeigen, mit dem er einen soeben gefundenen daumendicken glatten Ast in einen Zauberstab verwandeln wollte.
»Delia möchte zum Kunstpark«, rief Teresa ihr zu, froh über die zufällige Begegnung, die den beiden Frauen vielleicht helfen könnte, die Fremdheit zu überbrücken. An der steifen Festtagstafel würde das gewiss nicht gelingen. »Kommst du mit?«
Nach einem raschen Blick zu Delia nickte Dora.
Nach fünf Minuten erreichten sie das schmiedeeiserne Portal des Parks. Ein Flügel der Tür hatte sich aus der oberen Verankerung gelöst, so dass er wie betrunken an seiner anderen Hälfte hing. Wilder Wein wucherte über den filigranen Bogen mit dem Schriftzug des Parks, der sich stolz und unversehrt über dem Eingang wölbte, und die Backsteinmauer sah mit ihren Hunderten von Einschusslöchern wie ein Schweizer Käse aus, was der Stabilität aber offenkundig nichts anhaben konnte. Ließ dieser Anblick noch hoffen, deprimierten die nächsten Schritte zutiefst. Sooft Teresa schon durch die Anlage

gegangen war, so wenig vermochte sie sich an die Tatsache zu gewöhnen, dass nichts mehr vom Lebenswerk ihrer Mutter übrig geblieben war. Wo einst fünfzig Gebäude gestanden hatten, jedes in einem anderen Stil erbaut, klafften Ruinen, und einzig der Theaterpavillon und das brasilianische Plantagenhaus, die beschädigt worden waren, doch wieder instand gesetzt werden könnten, erinnerten an den Glanz vergangener Tage. Hier waren Choreographien entstanden und Gemälde, Skulpturen und Novellen, hier war geprobt und gerungen worden, gelebt und gelacht.

Schweigend liefen sie über die Wege, die nur noch zu erahnen waren. Immer wieder tauchte Michael ins hohe Gras, um nach einer Weile triumphierend zurückzukehren, einmal einen farbverschmierten eingetrockneten Pinsel in der Hand, ein anderes Mal ein Stück bunte Leinwand und einen halb verbrannten Ballettschuh.

»Es wäre mir lieb, wenn du das sein lassen würdest«, mahnte Dora ihren Sohn, doch schon war Michael wieder verschwunden, zu hingerissen von den Schätzen einer untergegangenen Welt.

»Willst du den Park wieder herrichten lassen?«, fragte Delia, Mitgefühl und Skepsis zugleich in den braunen Augen.

»Lieber heute als morgen, aber ich habe keine blasse Ahnung, wie ich das finanzieren soll. In der Bürgerschaft wurde das Thema letzte Woche auch diskutiert, mit dem Ergebnis, dass ich mich innerhalb der nächsten vier Wochen entscheiden soll, was ich will. Die sind vielleicht lustig … In ein, zwei Jahren, wenn sich die Firma erholt hat, sähe die Sache anders aus. Aber jetzt?« Teresa blickte zu Boden. Die Worte Anaizas schossen ihr plötzlich durch den Kopf. »Ich werde den Stadtpark zurückgeben müssen.«

»Ein Jammer«, sagte Delia und zögerte, dann fügte sie leise hinzu: »Versteh mich nicht falsch, aber manchmal ist es besser loszulassen.«

»Ich weiß«, erwiderte Teresa und straffte sich. »Kommt, Schluss mit den trüben Gedanken, heute ist Luizas Taufe, ein Glückstag.«

»Wo ist Antonia?«, rief Delia und sah sich suchend um.

»Sie wollte unbedingt zum Pavillon«, meinte Michael mürrisch. »Ich hab ihr gesagt, dass es da drinnen langweilig ist, aber sie wollte nicht auf mich hören.«

Sie gingen zum Pavillon, doch Antonia war nirgends zu sehen.

»Drinnen kann sie nicht sein, die Tür ist abgeschlossen«, sagte Teresa.

»Sie ist bestimmt durch das kaputte Fenster geklettert, das hätte ich auch gemacht«, rief Michael und schwang sich auf das Fensterbrett, ehe seine Mutter ihn daran hindern konnte. »Da passt doch ein Elefant durch!«

Strahlend und stolz öffnete er wenig später von drinnen das zweiflüglige Fenster, und Teresa, Dora und Delia kletterten hindurch, kichernd, die engen Röcke bis zu den Schenkeln gerafft.

»Pscht, hört mal.« Dora legte den Zeigefinger an ihren gespitzten Mund und lauschte der melodischen, gedämpften Stimme. »Sie rezitiert Goethe!«, fügte Dora erstaunt hinzu und betrachtete Delia mit erwachtem Interesse. Leise schlichen sie vom Büro über den Flur zum Theatersaal und spähten hinein.

Antonia stand auf der Bühne. Durch ein Loch im Dach des Pavillons schien die Sonne und ließ ihr aschblondes

Haar wie eine Gloriole leuchten, und die aquamarinblauen Augen funkelten. Die letzten Worte verklangen. Völlig selbstvergessen starrte sie in den Zuschauerraum, dann breitete sie die Arme aus und verbeugte sich graziös.
Gebannt verfolgte Teresa die Bewegungen ihrer Nichte, die nicht einen Moment das für eine Zehnjährige typische linkisch-kokette Spiel mit dem imaginären Rampenlicht zeigten, sondern eine verblüffende souveräne Selbstverständlichkeit in sich trugen. Es war, als würde die Zeit einen Blick in das Gestern von Felicitas und Clemens gewähren, denen das Schicksal es verwehrt hatte, ihr Glück auf der Bühne zu finden. Vielleicht war es an Antonia, diesen Weg zu Ende zu gehen.
Dora hatte offensichtlich den gleichen Gedanken gehabt. »Wir sollten wenigstens die Schauspielschule wieder eröffnen«, sagte sie energisch.
Delia pflichtete ihr bei: »Das ist eine gute Idee. Damit würde das Kernstück des Parks erhalten bleiben.«
Teresa schüttelte den Kopf und wandte sich ab. Ein Torso wäre gewiss das Letzte, was ihre Mutter gutgeheißen hätte.
Sie ging voraus zum Büro und setzte sich auf das Fensterbrett, entnervt von den ständig wiederkehrenden und so vergeblichen Überlegungen, wie sie das Ruder doch noch herumreißen könnte. Gleich morgen würde sie dem Bürgermeister ihren Entschluss mitteilen. Dieses Hin und Her führte zu nichts. Während sie ihre Blicke über das Gelände gleiten ließ, kämpfte sich ein kleiner dicker Mann, das Jackett salopp über die Schulter geworfen, durch das Dickicht, als würde ein überdimensionaler Ball langsam durch das Gras kullern. Es sah zu komisch aus. Von weitem winkte er ihr zu und kam schnaufend näher.

»Verzeihen Sie, dass ich Sie am heiligen Sonntag überfalle!«

»Herr von Moorbusch!« Perplex starrte Teresa ihn an.

»Genau, genau! Sie erinnern sich, das ist gut!« Immer noch schwer atmend reichte er ihr seine kleine fleischige Hand. Er strahlte über das ganze braun gebrannte Gesicht, und seine Knopfaugen blitzten. »Ich wusste bereits in Santos, woher ich Sie kenne, das heißt, Ihre Frau Mutter. Sie sind ihr sehr, sehr ähnlich, und wie schon gesagt, ich vergesse nie ein Gesicht. Und nachdem ich mir ein Bild gemacht habe, würde ich Ihnen nunmehr gern einen Vorschlag unterbreiten.«

»Ich muss zurück zum Emmasee«, wehrte Teresa ab. »Meine Gäste warten schon.«

Aber Hauke von Moorbusch war nicht bereit, sich kurz abfertigen zu lassen. »Wenn Sie gestatten, werde ich Sie begleiten«, erwiderte er höflich, doch mit einem Unterton, der den versierten Geschäftsmann verriet. »Es wäre für uns beide von Vorteil. Ich habe mir nämlich Folgendes gedacht …«

Während sie zum Emmasee spazierten, lauschte Teresa seinen kurzatmigen, aber prägnanten Ausführungen, verwundert erst und ein wenig misstrauisch, dann immer aufgeregter, bis sie begriff, dass dieser kleine dicke Mann ihre Rettung bedeutete.

»Gesa, sei so nett und begleite mich auf die Terrasse.«

»Ist es nicht ein wenig zu kühl dafür?« Besorgt rückte Gesa ihrer Großmutter die altrosa Stola zurecht, die sie um die Schultern trug.

»Tu, was ich dir sage, mein Kind«, erwiderte Elisabeth ungeduldig und erhob sich ächzend. Christian sprang auf,

setzte sich jedoch sofort wieder, als ihn ein warnender Blick aus ihren wachen mattgrünen Augen traf.
»Du hast dich rar gemacht, Gesa«, sagte Elisabeth und sank vorsichtig auf einen Gartenstuhl am äußersten Ende der Terrasse. Als Gesa verstockt schwieg, wie sie es schon als Kind getan hatte, wenn etwas zur Sprache kam, was ihr nicht behagte, fügte Elisabeth behutsam, doch getragen von jener resoluten, fast gnadenlosen Direktheit, mit der sie Gespräche dieser Art stets führte, hinzu: »Ich vermute, es ist wegen deiner Mutter. Du hast so lange gewartet, dich mit ihr auszusöhnen, bis es zu spät war. Und das bedrückt dich so sehr, dass du dich weigerst, nach Hause zu kommen. Habe ich recht?«
»Ja. Ja und nein. Weißt du, ich kämpfe darum, überhaupt wieder ein Bein in die Tür zu bekommen, und in Berlin …«
»Unsinn, erspar mir solche Ausflüchte. Wenn Marika Rökk wieder filmt, wird es dir auch gelingen. Du tust ja gerade so, als wärst du Mata Hari!« Elisabeth hustete und drückte die Hand auf ihre Brust. »Elender Katarrh. Dieser fürchterliche Winter hat mir doch sehr zugesetzt. Ich bin froh, dass der Frühling endlich da ist.« Ein leises Lächeln erhellte ihre runzligen Züge. Sie schloss kurz die Augen, um sich der Sonne hinzugeben. »Gesa, ich möchte, dass du weißt, wie sehr deine Mutter dich geliebt hat.«
»O nein, Teresa war immer ihr Liebling, mit mir hat sie sich vor allem gestritten.«
»Das beruhte auf Gegenseitigkeit. Du hast ihr schließlich auch nichts geschenkt. Aber das hat nichts mit der Liebe zu tun. Felicitas hat sich um dich gesorgt, sie fürchtete, du würdest den falschen Weg einschlagen, was sich ja leider

auch bewahrheitet hat, und sie hat darunter gelitten, dir nicht helfen zu können.«
»Ja, so sehr hat sie darunter gelitten, dass sie sofort nach Bremen geeilt ist, als ich bei euch Zuflucht suchte.« Gesas Worte sollten ironisch klingen, doch die Bitterkeit, die in ihnen schwang, war nicht zu überhören.
»Ihr habt beide das gelebt, was euch wichtig war, mein Kind«, entgegnete Elisabeth. »Du musst deinen Frieden mit ihr machen. Wenn du es nicht tust, wirst du zeit deines Lebens darunter leiden, und ganz gleich, welchen Weg du einschlägst oder welche Entscheidungen du triffst, wird dich immer der Zweifel begleiten, ob du es um deinetwillen tust oder nur deshalb, weil es das Gegenteil von dem ist, was sie getan hätte. Viel zu viele Menschen führen einen inneren Rachefeldzug gegen die, die ihnen vermeintlich Unrecht getan haben, statt ihr Leben in die Hand zu nehmen. Denk an Anton.«
»Ich weiß.« Gesa seufzte verhalten. Der Unmut, sich dies alles sagen lassen zu müssen, spiegelte sich in ihren Zügen, bis ihr Sinn für Selbstironie gewann. »Du meine Güte, ich bin siebenunddreißig Jahre alt und hänge immer noch am Rockzipfel meiner Mutter? Kann ja nicht wahr sein.«
Elisabeth lächelte. »Eben. Und jetzt geh und amüsiere dich.«
Gesa hauchte einen Kuss in die Luft und schwebte davon. An der Tür drehte sie sich noch einmal um, doch Elisabeth hatte die Augen geschlossen und bot ihr Gesicht der Sonne dar.
Gelächter und leise Kaffeehausmusik wehten von ferne zu ihr herüber, doch Elisabeth schenkte dem keine Beachtung, noch begriff sie es als Aufforderung, sich der

Gesellschaft wieder anzuschließen. Besorgt kam ihr Enkel Christian alle naselang angeschlendert, um sich nach ihrem Befinden zu erkundigen und ihr noch eine Tasse Kaffee, ein Stück Butterkuchen oder einen Likör zu offerieren, doch sie lehnte jedes Mal ab und bat ihn schließlich mit kaum verhohlener Ungeduld in der Stimme, sie eine Weile allein zu lassen. Die vielen Leute machten sie nervös, und sie war zutiefst erschöpft. Es war viel angenehmer, hier draußen in der äußersten Ecke der auf einem Ponton gebauten Terrasse zu sitzen, beschattet von einer halbhohen Magnolie und von den Wellen, die in einem hypnotisierenden Rhythmus gegen die Planken des Pontons schlugen und ihn sacht in Schwingung versetzten, in eine schläfrige Gelassenheit geschaukelt zu werden.
Obschon es noch früh im Jahr war, gerade Anfang Mai, hatte die Natur die Wintermüdigkeit abgestreift wie eine ungeliebte Hülle, die das Knospen und Aufbrechen allzu lange verhindert hatte und nun mit Macht verdrängt werden sollte. Einige Tage zuvor hatte es noch geregnet, dicke Tropfen hatten von morgens bis nachts Beete und Rasenflächen unter Wasser gesetzt und auf kahlen Ästen und Zweigen balanciert wie Perlen auf einer Schnur. Rotkehlchen, Heckenbraunellen und Amseln waren im Rausch der Frühlingsgefühle aufgestiegen und übers Land geflogen auf der Suche nach geeigneten Nistplätzen und pudelnass und resigniert zu ihren angestammten Hecken zurückgekehrt. Doch vorgestern hatte ein kräftiger Wind von Westen eingesetzt, die Regenwolken gen Osten abgedrängt und Platz für die lang ersehnte Sonne gemacht, die sich über Deutschland legte wie eine Glucke aufs Ei und sich nicht fortrührte, bis neues Leben sich regte, das zag-

haft erst, dann ungestüm, fast wild die dunkle Kahlheit mit sattem Grün bedeckte.
Zufrieden mit der Entwicklung, zogen Entenpaare und Blesshühner ihre Kreise auf dem See, erste Hummeln machten sich über den Nektar der vielen hundert Narzissen her, die das Ufer säumten, junge Paare hatten Ruderboote gemietet und ließen sich forttreiben in die weit verzweigte Kanallandschaft des Bürgerparks, wo es immer ein stilles Plätzchen unter Brücken gab, das die Küsse und Liebkosungen den Blicken der Spaziergänger entzog.
Elisabeths Blick glitt über Bäume und Büsche. Die Beschaulichkeit sickerte warm in ihr Herz wie die Umarmung eines vertrauten Menschen, den man vielleicht nicht mehr leidenschaftlich liebt, doch um keinen Preis der Welt missen möchte.
Die Bäume waren höher, ihre Kronen stolzer und ausladender als damals, als sie Gustav Andreesens Ruderboot mit dem ihren gerammt hatte, um dem Schicksal ein wenig nachzuhelfen. Wenn sie es nicht getan hätte, wäre sie vielleicht glücklicher geworden, doch wer konnte das sagen? Vielleicht bemaß sich Glück vor allem darin, die Konsequenzen für eine Entscheidung zu tragen, die man einmal getroffen hatte, und Verantwortung für das eigene Tun zu übernehmen, statt sich als Opfer der Umstände zu betrachten.
So gesehen bin ich eine glückliche Frau, dachte Elisabeth und lächelte in sich hinein.
Aus dem Augenwinkel nahm sie eine Bewegung wahr, eine von vielen an diesem Nachmittag, doch irgendetwas veranlasste sie, dieses Mal den Kopf zu wenden.
Als sie den gedrungenen Mann mit dem runden, wie ein polierter Apfel glänzenden Gesicht erblickte, der sich ge-

rade von Teresa verabschiedete und stillvergnügt, die braune Aktenmappe schwenkend, begann, seines Weges zu gehen, durchfuhr sie eine seltsame, erschütternde Freude. Sie hob den rechten Arm, ihr Mund öffnete sich, doch kein Laut kam über ihre Lippen. Sie erhob sich leichtfüßig, ließ die Jahrzehnte ihres Lebens und die Mühsal des Alters in dem Gartenstuhl zurück wie einen zu klein gewordenen Mantel und folgte Gustav in das Licht, das immer heller und heller wurde, bis Elisabeth beseligt die Augen schloss.

Drei Tage später trug die Familie Elisabeth Andreesen auf dem Osterholzer Friedhof zu Grabe. Die Trauerfeier wurde so gestaltet, wie die Verstorbene es verfügt hatte, schlicht, ohne den liturgischen Bombast, der ihr so verhasst gewesen war, umrahmt von ihrem geliebten Mozart, dessen Requiem sie in voller Länge »zu hören wünsche«, wie sie es ausgedrückt hatte, und das die Friedhofsverwaltung zu einer Änderung ihres gewohnten Zeitplans, der Beerdigungen in der Regel eine Stunde zubilligte, zwang. Keine Maus passte mehr in die Kapelle, es schien, als ob das alte Bremen von sich selbst Abschied nehmen und einer Ära die letzte Ehre erweisen würde, die lange vor der Jahrhundertwende so pracht- und hoffnungsvoll begonnen und ihre historische Chance am Ende so kläglich vertan hatte.

Nur einen Tag, nachdem Anton Andreesen mit rot geränderten Augen, aber beherrschter Miene neben Teresa, Christian, Ella und Gesa gestanden und die Kondolenzbekundungen der mehr als vierhundert Trauergäste entgegengenommen hatte, erreichte Teresa der Brief, den sie, wenngleich nicht so pietätlos schnell, so doch erwartet

hatte. Anton beanspruchte die Leitung von Andreesen-Kaffee für sich und strebte eine entsprechende Klage gegen Teresa an.
Und mit hoher Wahrscheinlichkeit, so Lamprecht & Möller, die Anwälte der Familie, die Teresa, Christian und Gesa unverzüglich konsultierten, hätte dieses Ansinnen Aussicht auf Erfolg.
»Sie sind die Enkel, aber er ist Elisabeth Andreesens Sohn, seine Weste ist wieder rein, und er erfreut sich bester Gesundheit. Äußerst fraglich, ob das Gericht diese Tatsachen einfach beiseite schiebt«, sagte Dr. Lamprecht und zwirbelte gedankenverloren seinen mit der Brennschere nach oben gebogenen Bart, den er, siebzigjährig, trug wie einst Kaiser Wilhelm II.
»Wenn er den Richter aus guten alten Tagen kennt, dann gewiss nicht«, bemerkte Teresa sarkastisch. »Was ist mit dem Kunstpark? Kann er sich den auch unter den Nagel reißen?«
»Nein«, schaltete sich Dr. Möller, der jüngere Sozius, energisch ein. »Den hat Ihre Frau Mutter noch vor der Eröffnung von der Firma abgekoppelt.«
»Immerhin wird Herr Andreesen nicht darum herumkommen, sie alle am zu erwartenden Gewinn der Kaffeeproduktion zu beteiligen«, fügte Dr. Lamprecht hinzu und blickte aufmunternd in die Runde. »Sie werden also nicht mittellos dastehen, vorausgesetzt natürlich, Herr Andreesen reüssiert im Markt. Darüber hinaus werden Sie ja auch irgendwann über das Vermögen, das Felicitas Hoffmann in London festgelegt hat, verfügen können. Die Frage ist nur, wann dies der Fall sein wird.«
»Es geht ums Prinzip«, sagte Teresa düster. »Großmutter wollte mit allen Mitteln verhindern, dass Anton die Firma

bekommt. Diesen Wunsch darf ein Gericht doch nicht missachten!«

»Das wird es auch nicht. Dennoch können Sie nicht davon ausgehen, dass die Klage abgewiesen wird. Wir können höchstens versuchen, einen Kompromiss auszuhandeln.«

Gesa, Teresa und Christian wechselten einen Blick. »Tun Sie das«, sagte Christian.

Sie kehrten in die Villa zurück, und kurze Zeit später machten sich Gesa und Niklas, Christian, Delia und Antonia auf den Weg zurück nach Berlin.

»Es ist eine Schande, das mit Anton«, bemerkte Marie am nächsten Morgen, als sie und Teresa in der Küche standen und Pfannkuchen backten. Captain Rodetzky hatte gestern einen Sack Mehl und zwei Steigen frische Eier in die Speisekammer gezaubert, und Marie hatte aus gelagertem Kellerobst Apfelmus dazu gekocht. Ein köstlicher Duft zog durchs Haus, der selbst Luiza betörend ins Näschen stieg. Sie erwachte und brabbelte vergnügt vor sich hin, und ihre aquamarinblauen Augen blickten erwartungsvoll. Teresa nahm ihre Tochter aus dem Weidenkorb, der auf dem Küchentisch stand, und küsste sie voller Inbrunst.

»Na, du kleiner Schatz«, flüsterte sie liebevoll. »Hast du gut geschlafen?«

»Bestimmt«, meinte Marie. »Ich hab nie ein zufriedeneres Baby erlebt. Weint nicht, quengelt nicht. Sie ist dir darin sehr ähnlich. Als hättest du gewusst, dass deine Mutter Ruhe brauchte, damals, als dein Vater nicht zurückgekommen war aus dem Krieg …« Sie brach ab, peinlich berührt, etwas geäußert zu haben, was alte Wunden aufreißen könnte und neue gleich dazu.

»Schon gut«, winkte Teresa ab. »Du hast ja recht. Die Parallelen sind nicht zu übersehen. Auch Luiza wächst ohne Vater auf. Und sie scheint zu ahnen, dass meine Nerven nicht die besten sind.« Sie verschwieg, was sie in manchen Nächten wach bleiben ließ, die bange Frage, ob sie ihrem Kind eine Bürde auferlegte, ob ihre, Teresas, innere Unruhe ihm womöglich die Lebensfreude raubte. Doch wenn Luiza in ihrem Bettchen lag und selig schlief oder hingebungsvoll das selbst gebastelte Mobile aus Sonne, Mond und Sternen beobachtete, das Jack ihr zur Taufe geschenkt hatte, schienen ihre Sorgen unbegründet. Obwohl der Zweifel beständig an ihr nagte, besonders dann, wenn sie spazieren ging und sich hin und wieder damit konfrontiert sah, dass Menschen, die sich wohlwollend über den Kinderwagen beugten, nur mühsam ihre Irritation verbargen. Rasch schob sie den Gedanken beiseite. »Ich bin zum Mittagessen zurück«, sagte sie zu Marie, bettete Luiza behutsam in ihr Körbchen und band sich die Schürze ab. »Viel Spaß euch beiden.«

Nachdem sie im Büro am Wall die Post gesichtet hatte, machte sich Teresa zu ihrem gewohnten Rundgang durch die Produktionshalle auf, der wie stets im Labor endete. Werner Briskow leistete gute Arbeit, und obschon sie aus dem schüchternen Mann nicht recht schlau wurde, schätzte sie seinen Sachverstand und die Hingabe, mit der er sich seinen Aufgaben widmete. Jeden Vormittag trank sie mit ihm eine Tasse Kaffee und ließ sich währenddessen auf den neuesten Stand bringen. Zurzeit galt es zwar in erster Linie, genügend Bohnenkaffee in altbewährter Mischung herzustellen, doch sobald der Markt Morgenluft wittern würde und die Menschen wieder über genügend Geld verfügten, wollte Teresa mit neuen Sorten die Nachfrage ankurbeln. An Ideen mangelte es Werner Briskow nicht, aber die eine, zündende, die Andreesen-Kaffee von anderen Röstereien abheben würde, ließ noch auf sich warten.

»Allmählich wird es eng hier«, bemerkte Briskow und wies auf die vielen Kaffeepflanzen, die auf den Fensterbänken standen und sich dankbar der Sonne hingaben.

»Ich weiß«, erwiderte Teresa munter. »Und die Lösung des Problems liegt zum Greifen nahe.« Sie schürzte die Lippen und schaute drein wie die Sphinx. »Sie erfahren es als Erster«, fügte sie geheimnisvoll hinzu. »Es gibt einen überaus solventen Interessenten für die Pflanzen ...« Sie schämte sich ein bisschen, als sie sah, wie ehrlich erfreut Briskow auf die angebliche Entwicklung der Dinge reagierte. Natürlich hatte sie nicht vor, die Kaffeepflanzen zu verkaufen, nur, sie eines Nachts mit Doras und Jacks Hilfe verschwinden zu lassen. Jack wusste zwar noch nichts von seinem Glück, doch Teresa war überzeugt, dass er nicht zögern würde, ihr zu helfen, und ganz gewiss würde er in der Lage sein, im Park des Anwesens an der Parkallee ein Gewächshaus zu errichten. Mit Glasscheiben, die sie Gott weiß wo auftreiben würde, aber mit diesem Problem würde sie sich befassen, wenn es so weit war.

»Ich sehe mir noch einmal die Unterlagen an«, sagte Teresa und nahm den dicken Leitz-Ordner aus dem Regal neben der Tür, in dem eine Akte neben der anderen stand. Elias Frantz hatte seine Aufzeichnungen über die Jahre sorgfältig archiviert, und Werner Briskow tat es ihm nach. »Also dann, bis morgen.« Sie nickte ihm zu und verließ das Labor. Zurück in ihrem Büro, schloss sie die Schreibtischlade auf, entnahm ihr die schmale Mappe mit dem Bericht über die koffeinfreie Kaffeepflanze und stopfte sie zusammen mit dem Ordner in ihre Aktentasche. Keinen einzigen Hinweis auf die Sensation aus Brasilien würde Anton hier finden, und selbst wenn es ihr wider Erwarten nicht gelingen sollte, Briskow zum Schweigen zu verdonnern oder es sich zu erkaufen, wäre der Verbleib der Pflanzen dennoch ihr Geheimnis. Der Plan war zweifellos brüchig, aber ihre einzige Chance, nach Antons Firmenübernahme ein eigenes Unternehmen auf die Beine zu stellen. Die Pflanzen waren ihr Faustpfand für eine bessere Zukunft.

Und der Kunstpark! Sie lächelte versonnen. Wenn von Moorbusch Wort hielt, würde es in ein paar Jahren nicht nur in Bremen einen Kunstpark geben, sondern in London, Paris, vielleicht sogar in Tokio.

»Ich fungiere sozusagen als Agent«, hatte er ihr erklärt. »Ich mache meinen ausländischen Geschäftspartnern die Idee schmackhaft, was mir angesichts der Einzigartigkeit des Konzepts sicher nicht schwerfallen wird. Wenn die einmal Blut geleckt haben, werden sie mir die Lizenz für den detailgetreuen Nachbau abbetteln.«

»Und was haben Sie davon?«, hatte Teresa skeptisch gefragt.

»Ruhm und Ehre – und die Provision natürlich, die sich am Preis der Lizenz bemisst.« Seine Augen funkelten listig, als er hinzufügte: »Überdies werden sich Zulieferfirmen und Architekten darum reißen, an dem Projekt teilzuhaben, und mir gewiss die eine oder andere Zuwendung angedeihen lassen.«

Um das Bremer Original zu retten, wollte von Moorbusch die erste Lizenz so rasch wie möglich an den Mann bringen. »Mit dem Geld können Sie immerhin den Pavillon und das Plantagenhaus instand setzen lassen und dann Zug um Zug die anderen Gebäude neu errichten.«

»Die Frist läuft in drei Wochen aus«, hatte Teresa zu bedenken gegeben, doch von Moorbusch hatte abgewinkt.
»Fristen lassen sich verlängern. Besorgen Sie mir möglichst viele Unterlagen über den Park, vor allem Fotos, und eine Abschrift der Lizenz, und ich nehme in der Zwischenzeit Kontakt mit unserer potenziellen Kundschaft auf.«
Für morgen hatten sie einen Termin vereinbart. Teresa war sicher, die Unterlagen hier im Büro ihrer Mutter zu finden, das jetzt das ihre war, doch ihre Suche verlief ergebnislos. Nach dem Mittagessen stellte sie die Bibliothek in der Villa und Felicitas' Schreibtisch auf den Kopf. Vergeblich. Als sie auch in den geheimen Abseiten, die Bernhard vor langer Zeit als Versteck gedient hatten, nichts fand, begann leise Verzweiflung in ihr hochzukriechen, doch sie riss sich zusammen. Irgendwo mussten sie doch sein. Wehmütig dachte sie an ihre Großmutter, die gewiss Rat gewusst, wenn nicht sogar den Platz gekannt hätte, wo Felicitas wichtige Dinge verwahrt hatte.
Plötzlich schoss Teresa ein Gedanke durch den Kopf. Felicitas' Truhe! In dem mächtigen Möbel hatte ihre Mutter damals ihre Aufzeichnungen vor neugierigen Blicken versteckt, als noch niemand, nicht einmal ihr Vater, geschweige denn ihre Großmutter von ihren ehrgeizigen Kunstpark-Plänen Wind kriegen sollte. Obwohl es gewiss nicht Felicitas' Wesen entsprach, einer sentimentalen Regung folgend die Papiere an einem Ort zu belassen, der seine Funktion längst verloren hatte, war es einen Versuch wert.
Teresa lief die Treppe hinauf und klopfte an die Tür zu Felicitas' früherem Zimmer, in dem jetzt Captain Rodetzky lebte. Niemand antwortete, und Teresa trat ein. Der

Amerikaner hatte die Chaiselongue näher zum Kamin gerückt, einige Kleidungsstücke und Bücher lagen herum, doch ansonsten hatte er nichts an dem Interieur verändert, das Teresa mit seiner abenteuerlichen Mischung aus Theaterrequisiten und orientalischem Flair verzauberte, wie damals, als sie ein Kind war, auf dem kleinen Elefanten aus Ebenholz saß und gebannt den Erzählungen ihrer Mutter lauschte.
Rasch nahm sie den gestickten Tischläufer von der Truhe, die neben dem kleinen Sekretär stand, und hob den schweren Deckel an. Der Inhalt war mit Brokatstoff bedeckt. Als sie ihn vorsichtig anhob, beschlich sie eine vage Beklemmung, als hätte sie nicht das Recht, in das Privatleben ihrer Mutter einzudringen und Dinge zu betrachten, die nicht für ihre, Teresas, Augen bestimmt waren – in Seidenpapier gewickelte gepresste Rosen, der Schleier eines Hochzeitskleides, ein alter, zerliebter Teddy, ein Karton mit Fotos, Theaterprogramme, Kinderschühchen, ein aus Palmblättern gefertigtes Tagebuch, eine golden lackierte Südseemuschel und ein mit Sternen beklebter Schmuckkasten, in dem sich eine gehämmerte Silberkette zwischen Kinderringen und funkelnden bunten Talmibroschen schlängelte. Unter all diesen Schätzen, die ihrer Mutter offensichtlich viel bedeutet hatten, verbarg sich ein recht großer Pappkarton. Als sie ihn öffnete, seufzte sie erleichtert auf. Zuoberst lag eine detailgetreue Skizze der gesamten Anlage, darunter Grundrisse der fünfzig Häuser, Fotos und drei dicke Kladden mit Aufzeichnungen. Gleich morgen würde sie versuchen, jemanden ausfindig zu machen, der sich auf Abschriften verstand.
Teresa nahm den Pappkarton aus der Truhe und verstaute den Rest wieder. Als sie das Tagebuch in die Hand nahm,

rutschten mehrere Papiere heraus. Sie starrte sie an. Hin- und hergerissen zwischen schlechtem Gewissen und drängender Neugier, entfaltete sie schließlich zögernd eins der Blätter und begann zu lesen.
Helens Brief aus Ostpreußen.
Wie seltsam, dass ihre Mutter ihn aufgehoben hatte. Ein paar getippte Zeilen und ein hingehuschtes H. Andererseits wusste Teresa, dass beider Verhältnis schwierig gewesen war, stets überschattet von Helens Entschluss, ihren Mann und Felicitas' Vater zu verlassen, und geprägt von Helens kühler Verschlossenheit. Vielleicht bedeutete dieser Hilferuf Felicitas viel, zeigte er doch, wie verbunden sich Helen trotz allem ihrer Tochter fühlte.
Gedankenverloren nahm Teresa das nächste Blatt und warf einen kurzen Blick darauf.
Vor Entsetzen und Abscheu vergaß sie zu atmen. Anonyme Briefe. Eloquent, elegant und ekelerregend perfide. Wieder und wieder las sie die Worte. Weder begriff sie, warum jemand ihrer Mutter so etwas angetan hatte, noch, warum sie es der Familie verheimlicht hatte. Ihr Blick blieb an einem Wort hängen – Curare. Sie wusste, dass sie es schon einmal gehört hatte. Angestrengt dachte sie nach. Schließlich durchzuckte sie die Erkenntnis. Curare! So hatte Manuel das Gift bezeichnet, das den Leoparden getötet hatte.
Teresas Herz jagte. Was hatte das zu bedeuten? Doch nur eins – dass der Schreiber dieser Briefe sich entweder gut mit südamerikanischen Giften auskannte oder selber aus Südamerika stammte.
Mühsam zwang sie sich zur Ruhe und las jeden Brief noch einmal konzentriert durch. Und ganz von fern schlich sich etwas in ihr Bewusstsein, ein vages Erken-

nen, so als würde sie nach einem Namen suchen, der ihr auf den Lippen lag, sich aber partout nicht formen wollte. Entschlossen nahm sie die Briefe und den Pappkarton an sich, machte die Truhe wieder zu und verließ das Zimmer. Sie musste auf andere Gedanken kommen, diesen Schock verdauen und nachdenken. Ein strammer Spaziergang wäre genau das Richtige. Sie stürmte in die Halle und zur Haustür, ohne auf Marie zu achten, die Luiza gerade in ihren Kinderwagen bettete und ihr fragend nachsah.
Teresa ging schnellen Schrittes die Parkallee entlang, die Grüße der Nachbarn geistesabwesend nur mit einem Nicken quittierend. Als sie den Bürgerpark erreichte, verlangsamte sie das Tempo und blieb plötzlich wie vom Blitz getroffen stehen. Auf dem Absatz kehrtmachend, rannte sie den Weg zurück.
»Was ist denn mit dir los?«, fragte Marie, die ihr mit Luiza im Kinderwagen entgegenkam, kopfschüttelnd.
»Später«, rief Teresa und lief weiter.
Sie stürzte ins Haus und in die Bibliothek und riss mit fliegenden Fingern den Bericht über den koffeinfreien Kaffee aus ihrer Aktentasche und die Briefe aus der Schreibtischlade, in der sie sie vorhin verstaut hatte. Mit wachsender Erregung verglich sie die Schriftstücke.
Das war es also.
Die Briefe und der Bericht wiesen den gleichen Fehler auf, einen minimalen Fehler beim großen G und kleinen e, der kaum auffiel, aber dennoch prägnant genug war, um nur einen Schluss zuzulassen: Die anonymen Briefe, Helens Hilferuf und der Laborbericht mussten mit derselben Schreibmaschine geschrieben worden sein – der Schreibmaschine aus dem Labor.

Das bedeutete, dass nicht Helen den Brief geschrieben hatte, sondern ein anderer, der Felicitas nach Ostpreußen locken wollte. Das also hatte Helen mit ihren letzten Worten gemeint.
Und das bedeutete auch, dass nur jemand dafür verantwortlich sein konnte, der Zugang zum Labor hatte. Für Elias Frantz hätte Teresa ihre Hand ins Feuer gelegt, und außerdem war er zu dem Zeitpunkt, da Felicitas Helens Brief erhalten hatte, schon tot. Also blieb nur einer übrig – Werner Briskow.

»Warum?« Irritiert blickte Werner Briskow hoch.
Wie ein überreifer Kürbis hing die Sonne am Horizont, nicht bereit unterzugehen, bis sie ihre letzten goldenen Strahlen verschenkt hatte. Das Labor war in ein fast unwirkliches Licht getaucht, als Teresa es betrat, gefasst, aber entschlossen, Briskow zur Rede zu stellen, und zwar sofort. Die leise Furcht, die sie auf dem Weg ins Kontor beschlichen hatte, da ihr bewusst wurde, wie wenig sie Briskow kannte und dass hinter seiner schüchternen Fassade nicht nur kriminelle Energie gärte, sondern möglicherweise auch eine gefährliche Unberechenbarkeit, die ihr zum Verhängnis werden könnte, wenn sie ihn mit ihrem Verdacht konfrontierte, wurde von Teresas unbändigem Willen zur Wahrheit im Zaum gehalten.
Wenn er mich angreift, schreie ich so laut, dass sich die Röstmaschinen erschrecken, sagte sie sich und fing bei dieser Vorstellung zu kichern an, rief sich aber sofort zur Ordnung. Werd jetzt bloß nicht hysterisch. Bleib kühl und sachlich und zeig keine Angst.
»Entschuldigen Sie, aber was meinen Sie?« Briskow warf

dem Mikroskop einen bedauernden Blick zu. Offenkundig fühlte er sich bei einer überaus fesselnden Tätigkeit gestört.

»Muss ich das wirklich näher erläutern?«, fragte Teresa schneidend und warf die Briefe und den Bericht auf den Arbeitstisch, so dass mikroskopisch feiner Staub aufwirbelte und in den leuchtenden Sonnenstrahlen tanzte. »Niemand wäre Ihnen auf die Schliche gekommen, wenn Sie nicht so dumm gewesen wären, die Analyse der koffeinfreien Kaffeepflanze auf derselben Schreibmaschine zu verfassen wie die anonymen Briefe an meine Mutter und ...« Sie machte eine Pause und fügte mit kalter Verachtung hinzu: »... den Brief, der sie das Leben kostete.«

Angst flackerte in Briskows Augen auf. »Das habe ich nicht getan. Warum sollte ich?«

»Sie werden schon Ihre Gründe gehabt haben, und die Amerikaner werden Sie Ihnen mit Sicherheit aus der Nase ziehen.«

»Um Himmels willen, Frau Andreesen, Sie müssen mir glauben! Ich habe niemals einen anonymen Brief an Ihre Mutter geschrieben. Ich habe sie verehrt.«

Verärgert winkte Teresa ab. »Ach, hören Sie doch auf mit dem Schmus. Zu diesem Labor haben nur Sie, meine Mutter, ich und Elias Frantz Zugang gehabt – und ein Toter schreibt keine Briefe, ebenso wenig wie ich. Und jetzt behaupten Sie bloß noch, meine Mutter hätte sich selbst anonyme Briefe geschickt. Vielleicht war ihr ja langweilig ...« Teresas Stimme troff vor Sarkasmus. Ihre Augen fixierten Briskow, als wollten sie ihn auf dem Holzstuhl festnageln, auf den er sich hatte sinken lassen, kraftlos, die schmalen Schultern hochgezogen.

»Da war noch jemand«, sagte er schließlich, den Blick zu Boden gerichtet.
»Wer?«, zischte Teresa.
Briskow schluckte. Dann fasste er sich und sah Teresa in die Augen. »Ihr Onkel, Anton Andreesen.«
Teresa starrte ihn an, und Briskow begann zu erzählen. Wie Anton seine Bekanntschaft gesucht und ihn um den Gefallen gebeten hatte, ab und zu und spät am Abend, damit niemand es mitbekam, in die Halle und das Labor zu dürfen. »Er hat mir gesagt, wie sehr er darunter leidet, von seiner Familie geschnitten zu werden, und dass er wenigstens manchmal hier sein wollte, um der Erinnerungen willen.«
»Und das haben Sie ihm abgenommen?«
Briskow zuckte mit den Schultern. »Ich weiß, wie das ist, wenn man nicht akzeptiert wird, immer als Sündenbock herhalten muss. Meine Eltern …« Er brach ab. »Ich überließ ihm den Schlüssel, damit er sich ein Duplikat anfertigen lassen konnte.«
»Ohne Gegenleistung? Was für eine rührende Geschichte!«, höhnte Teresa und hätte Briskow am liebsten mit voller Wucht das Selbstmitleid aus den weichen Zügen geschlagen.
»Er hat mir ein wenig Geld gegeben, nicht viel. Als der Krieg ausbrach, hat er dafür gesorgt, dass ich nicht eingezogen wurde. Er hat mir das Leben gerettet …«
»Und meine Mutter auf dem Gewissen.« Teresa raffte die Briefe und den Bericht zusammen. »Geben Sie mir Ihren Schlüssel, Briskow, nehmen Sie Ihre Sachen, und verschwinden Sie.«
»Aber …«
»Nichts aber.« Als sie die Verzweiflung in seinen Augen

las, hielt sie inne. Im Grunde war auch er nur ein Opfer von Antons Machenschaften. Wissend, dass Briskow ein Experte in der Toxikologie war, hatte Anton das Pfeilgift Curare nur ins Spiel gebracht, um Briskow in Verdacht geraten zu lassen, aus demselben Grund, aus dem er die Schreibmaschine aus dem Labor benutzt hatte. Briskow selbst tat gewiss keiner Fliege etwas zuleide. Dennoch, er hatte sich illoyal verhalten. Sie würde es nicht ertragen, dem Mann, der Mitschuld am Tod ihrer Mutter hatte und an den seelischen Belastungen, die sie hatte ertragen müssen, täglich im Labor zu begegnen.
»Tut mir leid«, sagte sie leise.

35

Im März 1948 wurde der Prozess gegen Anton Andreesen eröffnet. Schon nach wenigen Stunden zeichnete sich ab, dass dem Angeklagten der Mord an Felicitas Andreesen nicht nachzuweisen war. Constanze schilderte die Ereignisse, die sich im August 1944 in Sorau zugetragen hatten, doch wie es zu dem tödlichen Schuss kam, hatte sie nicht mit eigenen Augen gesehen und konnte nur wiedergeben, was Helen ihr erzählt hatte. Dr. Möller hatte nichts unversucht gelassen, den Soldaten ausfindig zu machen, der für Felicitas' Tod verantwortlich war, doch sowohl seine als auch die Spur seines Kameraden verloren sich irgendwo in der Weite des ehemaligen Ostpreußen. Überdies bestritt Anton vehement, die Briefe verfasst zu haben. Er gab lediglich zu, sich mit einem nachgemachten

Schlüssel Zugang zum Betrieb verschafft zu haben, und sein Rechtsanwalt Werner Baumann führte wortreich ins Feld, in welcher seelischen Zwangslage sein Mandant sich befunden hatte. »Von der Mutter belogen und missachtet und durch die politischen Umstände gezwungen, seine wahre Herkunft zu verleugnen. Ein furchtbarer Konflikt, der sich jedoch nicht grausam Bahn brach, um anderen zu schaden – im Gegenteil! Anton Andreesen nutzte seine Position, um zu helfen.«

Delia, Ella und Werner Briskow wurden in den Zeugenstand gerufen und schilderten wahrheitsgemäß, wie Anton sich ihnen gegenüber verhalten hatte. Dann wurde ein Sachverständiger gehört, der die sichergestellte Schreibmaschine, die Briefe und den Bericht untersucht hatte. Das Ergebnis war niederschmetternd. »Vieles deutet darauf hin, dass der Täter diese Schreibmaschine benutzt hat, aber mit hundertprozentiger Sicherheit lässt sich das nicht sagen. Das Fabrikat ist sehr verbreitet. Nach Angaben des Werks wurden von diesem Typ mehr als zehntausend verkauft, die zu einem Großteil auch noch in Gebrauch sein dürften.« Der Vorsitzende Richter schaute bedenklich drein und schürzte die Lippen.

Schließlich zog Rechtsanwalt Baumann seinen größten Trumpf aus dem Ärmel.

»Es wird Zeit, die ganze Sache aus einer anderen Perspektive zu betrachten. Wem würde es eigentlich nützen, wenn mein Mandant verurteilt würde?« Mit diesen Worten drehte er sich zu Teresa, Gesa und Christian um, die als Nebenkläger an Dr. Möllers Seite saßen, und wies theatralisch mit dem Finger auf Teresa. »Nur einer – Teresa Andreesen. Sie würde die Leitung der Firma behalten, die ihr Anton Andreesen zu Recht streitig macht. Der Pro-

zess ist anhängig. Sie allein ist die Nutznießerin dieser Farce, der mein Mandant hier ausgeliefert ist!«
Ein Raunen ging durch die Reihen der Zuschauer. Teresa wurde blass. Gesa sprang auf. »So eine Unverschämtheit! Seinetwegen wäre ich beinahe im Rollstuhl gelandet!«
Der Richter mahnte Ruhe an und vertagte die Sitzung auf den nächsten Tag.
Der Prozess wirbelte viel Staub auf, die Bremer Zeitungen berichteten spaltenlang, Gerüchte kursierten, und Mutmaßungen beherrschten die Unterhaltungen der Bremer.
Teresa und Gesa brannten vor Empörung.
»Es muss doch verdammt noch mal eine Möglichkeit geben, ihm seine Selbstgefälligkeit, diese widerliche Sicherheit, die er zur Schau stellt, auszutreiben«, presste Teresa hervor, als sie am selben Abend vor dem Kamin im Salon saßen.
»Wie ich diese neue Gerichtsbarkeit einschätze, würde denen noch nicht einmal ein Geständnis genügen!«, höhnte Constanze. »Beweise wollen sie haben!«
Captain Rodetzky hatte der Familie den behaglichen Raum zu Prozessbeginn wieder zur Verfügung gestellt, eine Geste, die sie, angespannt und nervös, kaum als solche wahrgenommen hatten, bis Gesa sich ihrer Manieren und des attraktiven Äußeren des Captain entsann und ihn soeben auf ein Glas Rotwein eingeladen hatte. Jetzt stand der Captain am Kamin und betrachtete Teresa so mitfühlend wie wachsam.
»In dubio pro reo. Im Zweifel für den Angeklagten«, bemerkte er. »Das ist der Grundsatz, den wir in Amerika beherzigen. Auch wenn es Sie schmerzt, ist diese Rechtsprechung gesünder als die, die sie gewohnt waren.«

Gesa schnaubte. »Schon klar. Das heißt nichts anderes als: Recht haben und recht bekommen sind zweierlei.«

»Von Désirée ist wohl keine Hilfe zu erwarten?«, fragte Christian.

»Ich glaube nicht. Sie hat die Aussage ja verweigert«, antwortete Teresa. Ihre Tante war ein Schatten ihrer selbst, die Blicke, die sie ihren Angehörigen im Gerichtssaal zuwarf, indifferent, als könnte sie sich zwischen Trotz und Hilflosigkeit nicht entscheiden.

»Ganz bestimmt nicht«, sagte Gesa wegwerfend. »Ihr ganzes Leben hat sich nur um Anton gedreht, und wenn sie ihm in den Rücken fällt, bleibt ihr nichts mehr. Menschen neigen nicht dazu, sich selbst in Frage zu stellen. Ich weiß, wovon ich rede«, fügte sie ironisch hinzu.

»Ich wette, dass Anton auch die Gestapo auf uns gehetzt hat«, sagte Teresa plötzlich. Fragend richteten sich aller Augen auf sie. »An dem Abend, bevor Mutter und Bernhard nach Sorau aufgebrochen sind, nahm sie mich beiseite und meinte, ich solle mir keine Sorgen machen, vor allem nicht wegen der Gestapo. Der Bürgermeister habe ihr da was Interessantes gesteckt, und wenn sich das bewahrheiten würde, wären wir die falsche Bande bald los. Falsche Bande – genau so hat sie sich ausgedrückt. Und tatsächlich, sie haben sich hier nie wieder blicken lassen. Das ist doch seltsam. Sie konnten schließlich nichts von der Reise wissen.«

Niemand sagte ein Wort, nur das Knistern der Flammen durchschnitt die Stille.

»Nun ja, ich schätze, die verfügten über genügend Mittel und Wege, um immer auf dem Laufenden zu sein …«, sagte Christian, doch Teresa fiel ihm ins Wort und sah Captain Rodetzky eindringlich an.

»Wo ist Röhmcker jetzt?«
»Er hatte sich in der Nähe von … wie heißt das, Worp… swede oder so ähnlich, in einem abgelegenen Haus versteckt. Glaubte, er fiele in der Einsamkeit niemandem auf. Soweit ich weiß, ist er zu zehn Jahren Zuchthaus verurteilt worden.«
Teresa hielt den Atem an. »Wäre es möglich, ihn zu befragen? Wenn Anton wirklich etwas damit zu tun hat, wird Röhmcker das vielleicht wissen …«
Captain Rodetzky nickte langsam. »Das wäre zumindest einen Versuch wert.«

Der Richter hatte dem Antrag der Staatsanwaltschaft stattgegeben und den Prozess ausgesetzt, bis der Strafgefangene Röhmcker gehört werden konnte, was nicht so bald der Fall sein sollte, da der Zeuge an Grippe und hohem Fieber litt und weder vernehmungs- noch transportfähig war. Zwei Wochen später machten sich zwei Sicherheitsbeamte früh um vier auf den Weg von Berlin nach Bremen, um den seiner Leibesfülle beraubten, aber keineswegs geschwächten Röhmcker pünktlich um neun Uhr im Gerichtsgebäude am Richtweg abzuliefern. Auf halber Strecke klagte der Gefangene über Magendrücken. Als die Würgegeräusche, die aus der Sicherheitszelle des Transporters nach vorn drangen, zu asthmatisch klangen, um weiterhin ignoriert zu werden, hielt der Fahrer an einem Rastplatz. Sein Kollege stieg aus, öffnete die Hecktür und fragte Röhmcker mit vorgehaltener Pistole, was ihm fehle. Ob es die Morgennebel waren, die die Konturen allen Seins verschwimmen ließen, oder ob der Beamte übermüdet war und deshalb nicht schnell genug reagierte, entzog sich nachfolgenden Ermittlungen. Jedenfalls überwältigte Röhmcker den verdutzten Beamten lautlos mit einem gezielten Hieb auf die rechte Schläfe und entkam wieselflink in der Unendlichkeit des bleiernen Graus.

Einen Tag später wurde Röhmckers Bremer Anwalt, der seinen Mandanten mit einer geschickten Verteidigung zwei Jahre zuvor vor lebenslanger Haft bewahrt hatte, beim Vorsitzenden Richter vorstellig und überreichte ihm ein beglaubigtes Protokoll, das als Beweismittel akzeptiert und bei Sitzungsbeginn verlesen wurde.

»Aus privatem Interesse habe ich Nachforschungen anstellen lassen bezüglich der Frage, warum Felicitas Hoffmann von der Geheimen Staatspolizei überwacht wurde. Wie mir der Leiter, Hauptmann Erich Schmidt, versicherte, wurde die Genannte nur von Juli 1936 bis September 1939 observiert. Warum die Genannte sich dennoch einer Überwachung ausgesetzt sah, entzieht sich meiner Kenntnis und, wie mir Schmidt sagte, auch der seinen. Es gab danach nie wieder eine Anordnung, Felicitas Hoffmann zu observieren.«

Ein feines Lächeln umspielte Antons Mund, als der Richter endete und mit undurchdringlicher Miene in die Runde blickte.

»Herr Verteidiger, Sie haben das Wort.«

»Vielen Dank, Herr Vorsitzender. Wie Sie wissen, wurden sämtliche Aufzeichnungen der Bremer Gestapo im April 1945 vernichtet, zum selben Zeitpunkt, da Erich Schmidt aus dem Leben schied. So bedauerlich es natürlich ist, dass Herr Röhmcker seine Aussage nicht persönlich zu machen imstande ist, gibt es definitiv keinen Grund, an seinen Worten zu zweifeln. Herr Röhmcker hat kein Motiv, die Unwahrheit zu sagen.«

»Ich glaub's ja wohl nicht!«, flüsterte Gesa wütend. »Ausgerechnet Röhmcker soll die Wahrheit sagen. Das ist doch einfach lächerlich!«

Resigniert schloss Teresa die Augen. Das war's. Anton würde davonkommen.

»Es war Anton!« Désirées Stimme war mehr ein Wispern, doch es schlug im Saal ein wie eine Bombe.

»Wollen Sie eine Aussage machen?«, fragte der Richter und beugte sich vor.

Désirée nickte.

»Einspruch!«, rief Antons Anwalt. »Herr Richter, die Beweisaufnahme ist mit der Verlesung des Protokolls abgeschlossen worden.«

»Abgelehnt.« Der Richter beugte sich erneut vor und musterte Désirée, die sich erhoben hatte, die Hände gefaltet, die schmalen Schultern nach oben gezogen, als würde sie frieren, dem Blick ihres Mannes ausweichend. Als sie in den Zeugenstand trat, wirkte sie, das Gesicht von Kummer gezeichnet, wie ein ängstliches kleines Mädchen, und Teresa fürchtete, sie würde in Ohnmacht fallen, bevor sie ihre Aussage auch nur beginnen konnte, doch schon mit den ersten Worten schien Désirée an Kraft zu gewinnen.

»Was Herr Röhmcker zu Protokoll gegeben hat, lässt den Schluss zu, meine Schwägerin habe sich das alles nur eingebildet. Aber dem ist nicht so. Mein Mann hat zwei Kameraden gedungen, Tag für Tag vor ihrem Haus zu stehen. Offiziell waren sie bei Anton in der Verwaltung des Gaus Weser-Ems angestellt, aber da haben sie nie gearbeitet.«

»Hat er Ihnen das erzählt?«, fragte Dr. Möller behutsam.

»Nicht sofort, er hat ja nie über seine Arbeit gesprochen.

Ich weiß es deshalb so genau, weil ich mit angehört habe, wie er mit den Männern gesprochen hat.«

»Wie konnten Sie das? Waren die Männer bei Ihnen daheim?«

Désirée schüttelte den Kopf. »Eines Morgens, es war kurz vor Weihnachten 1939, bin ich sehr früh losgegangen, um beim Bäcker Kürbisbrot, Klaben und Butterkuchen für Heiligabend zu bestellen. Aber ich hatte mein Portemonnaie vergessen, also bin ich wieder zurückgelaufen. Da ich glaubte, dass Anton noch schlief, habe ich die Tür ganz leise aufgeschlossen und bin in die Küche gehuscht. Als ich wieder zur Haustür schlich, hörte ich, wie er im Wohnzimmer telefonierte. ›Sie bleiben bis auf Weiteres auf Ihrem Posten in der Parkallee‹, hat er gesagt. ›Felicitas Hoffmann ist ein Volksschädling. Und wir werden das beweisen.‹«

»Was geschah dann?«

»Nun, ich war so aufgeregt, dass ich zitterte. Das Portemonnaie fiel mir aus der Hand und klatschte auf den Terrazzo, und das hat Anton gehört. Er legte auf und kam in den Flur.« Désirée stockte, und es schien, als würde sie gleich in Tränen ausbrechen, aber sie fasste sich wieder. »Er ohrfeigte mich. Dann entschuldigte er sich und sagte, wie gut es uns bald gehen würde und dass Felicitas nicht mehr lange durchhalten würde …«

»Hat er Ihnen von den anonymen Briefen erzählt?«

»Zunächst nicht. Später jedoch brüstete er sich damit, wie elegant und feinsinnig er sie formuliert habe.«

Dr. Möller trat näher an den Zeugenstand heran. »Warum war ihm das so wichtig?«

»Er meinte, je feiner das Florett sei, das er benutze, umso weniger würde Felicitas ihn verdächtigen, denn das durfte sie auf keinen Fall. Er fürchtete, sie würde dann herumposaunen, dass er Halbjude ist.«

»Vielen Dank, Frau Andreesen. Keine weiteren Fragen.« Er nickte Désirée zu, dann wandte er sich an Antons Verteidiger. »Ihre Zeugin.«

Baumann stand auf, spreizte seinen Talar wie ein hungriger Rabe sein Gefieder und betrachtete Désirée eine herausfordernde Weile schweigend, doch sie hielt seinem Blick stand.

»Erst verweigern Sie die Aussage. Dann tischen Sie uns ein Märchen auf, das nicht einmal mein kleiner Enkel Ihnen abnehmen würde. « Nach diesem Stakkato senkte er die Stimme. »Liege ich so falsch, wenn ich annehme, Sie missbrauchen das Gericht, um Ihre Eheprobleme auf Ihre Art zu beseitigen? Indem Sie sich an Ihrem Mann für etwas rächen, das mit diesem Prozess nichts, aber auch gar nichts zu tun hat?«

»Nein, ich meine ja.« Verunsichert sah Désirée zu Boden.

»Bitte?«, setzte Baumann lauernd nach, und Désirée straffte sich.

»Ich sage nur, was ich weiß.«

»Und warum erst jetzt? Sie hätten Ihre Schwägerin doch warnen können.«

»Felicitas war sehr impulsiv. Und entschlossen. Sie hätte Anton vielleicht wirklich verraten, und das konnte ich doch nicht riskieren.«

Der Verteidiger seufzte und breitete die Arme aus. »Wie rührend!«

»Nennen Sie es, wie Sie wollen«, zischte Désirée plötzlich. »Damals wäre Anton ins KZ gewandert. Und ich wahrscheinlich gleich mit.«

»Ich wiederhole meine Frage: Warum jetzt?«
»Weil ich es satt habe zu lügen. Erst entpuppte sich mein Mann als Spieler, der abends lieber zockte, als bei mir zu sein. Dann kam Hitler, und Anton zwang mich, dieses niederträchtige Spiel mitzuspielen, um ihn zu schützen. Ich habe mein ganzes Leben lang eine Lüge nach der anderen gelebt. Ich kann nicht mehr. Ich will nur, dass es vorbei ist.« Die letzten Worte schrie sie hinaus, dann brach ihre Stimme.
»Keine weiteren Fragen.«
Wenig später, nachdem Verteidigung und Staatsanwaltschaft ihre Plädoyers gehalten haben, zog sich das Gericht zur Beratung zurück.
»Ob das reicht?«, fragte Gesa Dr. Möller auf dem Weg in ein Büro im zweiten Stock des Gebäudes, wo sie auf das Urteil warten konnten, und zündete sich eine Zigarette an.
»Ich weiß es nicht. Der Staatsanwalt ist ja recht forsch vorgegangen, aber um einen Menschen für zwanzig Jahre in Haft zu schicken, braucht es mehr, fürchte ich«, antwortete der Anwalt und schlüpfte aus seinem Talar. »Die Indizien sind mager. Der Sattel ist nicht mehr da, der als Beweisstück für einen Mordanschlag hätte dienen können. Was die dunklen Andeutungen bezüglich des Giftes in dem einen Brief zu bedeuten haben, wusste wohl nur Ihre Mutter. Die Soldaten sind nicht ausfindig zu machen. Et cetera pp.« Dr. Möller seufzte. »Und der Auftritt von Frau Andreesen war gelinde gesagt nicht sehr überzeugend.«
»Für ihre Verhältnisse war sie mehr als tapfer«, bemerkte Teresa. Sie ging zum Fenster und sah auf den Richtweg hinunter. Feiner Nieselregen putzte das Kopfsteinpflaster

blank, schräg gegenüber spielten ein paar Kinder Hinkepinke.
Was, wenn Anton nicht verurteilt werden würde? Der Tod meiner Mutter würde nicht gesühnt. Und ich verliere die Firma. Nimm es als Zeichen, schoss es ihr plötzlich durch den Kopf. Wenn Anton davonkommt, hat Anaiza recht, und du gehörst zu Manuel. Erhält er jedoch seine gerechte Strafe, führst du fort, was du hier angefangen hast.
Ein Klopfen an der Tür riss sie aus ihren Gedanken. Der Gerichtsdiener meldete, dass man sich zur Urteilsverkündung nunmehr wieder in Saal I einzufinden habe.
Zuschauer, Anwälte, Zeugen, die Familie, der Angeklagte, alle erhoben sich, als der Richter und die Beisitzer zurückkehrten.
»Im Namen des Volkes ergeht folgendes Urteil: Der Angeklagte wird wegen Erpressung und fahrlässiger Körperverletzung in Tateinheit mit Amtsmissbrauch zu zehn Jahren Haft verurteilt.«
Zehn Jahre!
Teresa stöhnte leise auf. Das war nicht genug! Und schon gar kein Wink des Schicksals, sondern eine Strafe für die, die noch an die Gerechtigkeit glaubten.
Zusammengesunken nahm Anton den Urteilsspruch hin, keine Regung bewegte seine Miene, doch Teresa meinte in seinen Augen einen stillen Triumph zu erkennen. Unbändiger Hass durchströmte sie, als hätte ihr Innerstes darauf gewartet, eine dunkle Seite der Leidenschaft in ihr zu entfachen, weil die helle unter ihren verlorenen Träumen begraben lag und für immer dahin schien. Sie erschrak, als sie sich dessen bewusst wurde, doch sie war außerstande, einen anderen Gedanken zuzulassen außer dem, Anton so

lange zu verfolgen, bis seine Schuld bewiesen war. Ihr Herz verschloss sich.
Sie reichte Dr. Möller die Hand und schritt hoch erhobenen Hauptes aus dem Saal, ohne auf ihre Familie zu warten und ohne Désirée eines Blickes zu würdigen.

36

Ungläubig standen die Bremer und Millionen Menschen von Kiel bis Garmisch vor den Schaufenstern der Geschäfte, die sich scheinbar über Nacht gefüllt hatten mit dem, was man nur noch vom Hörensagen kannte – Toaster und Tapeten, Couchtische und Rasierapparate, elektrische Küchenmaschinen und moderne Hüte und Mäntel, feinstes Porzellan und bunt gemusterte Tischdecken. Es war der 20. Juni 1948, der Tag der Währungsreform, die deutlicher als die Staatsgründung ein Jahr später den Beginn einer neuen Zeit markieren sollte. Das Wirtschaftswunder nahm seinen Lauf, spülte vierzig Deutsche Mark in die Tasche eines jeden und forderte ihn auf, daran teilzuhaben, wie immer es seine Phantasie, seine Beharrlichkeit, sein Können und Charakter zuließen.
In Teresas Fall bedeutete das, mehr Kaffee zu importieren und mehr Instantkaffee zu produzieren. Die praktische Handhabung dieser Variante des Kaffeekochens würde sich, so meinte sie, zu einem Renner entwickeln, sollte sich die soziale Marktwirtschaft tatsächlich als das Erfolgsrezept erweisen, wie von Ludwig Erhard vielfach beschworen. Würde es wieder brummen in den Büros und

Hallen, würde die Zeit knapp, um Kaffee aufzubrühen, aber nicht, um rasch eine Tasse löslichen Kaffee zu trinken. Eine unelegante, ganz und gar unkultivierte Kaffeezubereitung, gewiss, doch eine satte Chance für das Unternehmen. Während Marie sich um Luiza kümmerte, verbrachte Teresa ganze Tage und halbe Nächte am Wall, verhandelte mit Röstmaschinenherstellern, trieb den neu eingestellten Chemiker an, geschmackliche Verbesserungen zu entwickeln, und brütete über einer Werbekampagne, die finanzierbar war und dem Instantkaffee ein frischeres, junges Image verleihen sollte. Sie arbeitete konzentriert und hasste es, unterbrochen zu werden. Doch da sie zum Frühstück nur ein halbes Brötchen hinuntergewürgt und das Mittagessen vergessen hatte, kamen Hauke von Moorbuschs Anruf und seine Einladung zum Essen gerade richtig.

»Meine liebe Teresa!« Geräuschvoll faltete er den *Bremer Kurier* zusammen und blitzte sie voller Genugtuung an. Sie saß kaum, als er herausplatzte: »Ich will ohne Umschweife zur Sache kommen. Das Urteil behagt Ihnen nicht, und Sie können mir glauben, wie gut ich das nachvollziehen kann. Aber für unsere Sache ist es dennoch ein Gewinn, ein Trumpf!« Er nahm einen großen Schluck Kaffee und sah sich ungeduldig nach dem Kellner um, der am Eingang zur Küche stand und leise mit seiner Kollegin schwatzte, bis sie ihn auf die Handzeichen des Gastes aufmerksam machte. Eilfertig kam der junge Mann an ihren Tisch am Fenster, und Teresa bedachte ihn mit einem kühlen Blick. Sie waren nicht die einzigen Gäste in Andreesens Kaffeehaus am Marktplatz an diesem Nachmittag, doch die Nachlässigkeit ihres Angestellten gefiel ihr nicht.

»Entschuldigen Sie die Unaufmerksamkeit, Frau An-

dreesen, aber meine Frau«, er errötete bis unter die Haarwurzeln, »kommt heute nieder.«
»Schon gut«, entgegnete Teresa reserviert. »Noch ein Kännchen Kaffee, Herr von Moorbusch?«
»Ja, und einen Cognac bitte.«
»Für mich eine Tasse Kaffee und ein Stück Wickelkuchen.«
Von Moorbusch senkte die Stimme. »Sie wissen, auf welche Schwierigkeiten ich gestoßen bin. Von den drei Investoren, die ich habe kontaktieren können, war bislang keiner daran interessiert, die Lizenz für den Park zu erwerben. Das Argument war stets dasselbe: Einer Deutschen würde ich nicht einmal den Stein der Weisen abkaufen.«
Teresa konnte ihre Ungeduld nur schlecht verbergen und wollte es auch gar nicht. Das alles hatte er, ihr einstiger Hoffnungsträger, schon mehrmals erläutert, sie konnte seine Formulierungen inzwischen auswendig mitsingen. Sie war es leid, denn die Frist, die ihr die Bürgerschaft eingeräumt und wieder und wieder verlängert hatte, war nun endgültig verstrichen. Wilhelm Kaisen, der hochmotivierte und kompetente Bürgermeister der Freien Hansestadt Bremen, hatte ihr sein Bedauern ausgesprochen, gleichwohl darauf hingewiesen, dass die Entscheidung nunmehr endgültig war. Man musste vorankommen in der Stadt, und das war nicht möglich, wenn man die Dinge auf die lange Bank schob. Immerhin hatte Teresa es geschafft, ihm das Recht abzutrotzen, den Pavillon und das Plantagenhaus zu bewirtschaften, doch der Kunstpark, das heißt, das, was der Krieg davon übrig gelassen hatte, war verloren. Von Moorbuschs Versprechungen hatten sich als Worthülsen entpuppt, und sie ärgerte sich, dass sie eingewilligt hatte, ihn zu treffen.

Ihr Unwille entging ihm nicht, und so beeilte sich von Moorbusch, zum Kern zu kommen. »Ich habe das Pferd nunmehr anders aufgezäumt. Das Urteil rückt Ihre selige Frau Mutter in ein neues Licht. Sie ist ein unglückliches Opfer, eine Märtyrerin, wenn Sie mir diese Wendung gestatten – und das nötigt den Leuten Respekt ab.« Er hüstelte und sah Teresa erwartungsvoll an. Als sie nichts erwiderte, fuhr er fort: »Um meine Theorie zu testen, habe ich gleich nach der Urteilsverkündung ein wenig telefoniert. Und was soll ich Ihnen sagen: Es gibt einen ernsthaften Interessenten.«
»Ihr Wort in Gottes Ohr«, bemerkte Teresa lakonisch.
Schlagfertig gab von Moorbusch zurück: »Ich werde es Ihm ausrichten.«
Überrascht musterte sie ihn. Ihre trockene Art, seinen hochfliegenden Plänen zu begegnen, hatte er in der Vergangenheit meist mit kindlicher Gekränktheit quittiert. Seine Siegesgewissheit war neu und vielleicht ein Indiz für einen möglichen Erfolg. Vielleicht, vielleicht aber auch nicht, dachte sie gereizt. Doch eine Alternative hatte sie schließlich nicht. Sie nickte ihm zu. »Sie haben freie Hand.«
»Auch wenn in Deutscher Mark bezahlt würde?«, fragte er, schwenkte lässig das Cognacglas und verfolgte konzentriert, wie die goldene Flüssigkeit sanftc Kreise zog, als würde er darin bereits Teresas Antwort lesen.
Mit spöttischem Lächeln sagte Teresa: »Wer immer es ist, er glaubt vermutlich, auf diese Art günstiger davonzukommen.« Sie hielt inne. »In Ordnung, unter der Voraussetzung, dass wir die Lizenz nicht für ein Butterbrot verscherbeln.«
Von Moorbusch strahlte. »Es ist eine Sie«, sagte er ge-

dehnt. »Emiglia Contessa Venarisci aus Facciabellá bei Rom, eine begnadete Landschaftsmalerin, die am liebsten selbst eine Weile im Kunstpark gelebt und gearbeitet hätte, ihre Werke aber nicht für gut genug befand und überdies ein Bambino nach dem anderen in die Welt gesetzt und deshalb nie mit Ihrer Mutter Kontakt aufgenommen hat.«
Verblüfft sah Teresa ihn an. »Woher kennen Sie die Dame?«
Er schürzte die Lippen. »Nun, ich habe ein wenig im Notizbuch meines Bruders geblättert. Ich wusste, dass er schon damals, nachdem wir Ihrer Mutter vorgestellt wurden, mit der Contessa darüber gesprochen hatte. Sie waren … eng befreundet, wenn Sie wissen, was ich meine.«
»Und sie besitzt genügend Geld? Ich meine, die Lizenz kostet ja nicht die Welt, aber …«
»Ich schwöre Ihnen«, unterbrach von Moorbusch sie genüsslich, »Sie werden in Kürze mehr Butterbrote kaufen können, als Sie essen können. Wie klingt zum Beispiel die Zahl fünftausend in Ihren Ohren?«
Teresa starrte ihn an, als wäre er nicht ganz bei Trost. Von Moorbusch lachte dröhnend und rief nach der Rechnung. »Bin etwas in Eile«, sagte er entschuldigend. »Ihr Einverständnis voraussetzend habe ich nämlich in zehn Minuten einen Termin bei Dr. Möller. Ich hoffe, er spricht Italienisch«, fügte er großspurig hinzu.
Sie verließen das Kaffeehaus, und Teresa begleitete von Moorbusch zur Knochenhauerstraße, wo er seinen Wagen, einen ziemlich in Mitleidenschaft gezogenen, verbeulten und mit Einschusslöchern garnierten Opel abgestellt hatte. Argwöhnisch betrachtete Teresa das Gefährt, dem sie nicht zutraute, mehr als einen Kilometer zu überleben.

»Sieht klappriger aus, als er ist«, bemerkte von Moorbusch, dem ihr Blick nicht entgangen war, »und bewahrt mich vor Diebstahl. Jeder glaubt, die Rostlaube tut's nicht mehr. Aber sie fährt! Und wie! Darf ich Sie irgendwo hinbringen?«

»Vielen Dank, aber ich gehe die paar Schritte zu Fuß. Der Tag verspricht schön zu werden.«

»Nicht wahr?« Er reichte ihr die Hand und hielt sie fest. Der Schalk, der dem kleinen dicken Mann stets im Nacken saß, und die fast naive Begeisterung, die er irritierenderweise beständig an den Tag legte, wichen für einen Moment väterlicher Besorgnis. »Haben Sie ein wenig Vertrauen ins Leben, Teresa.« Es schien, als wollte er diesen Worten etwas hinzufügen, doch er besann sich. »Auf Wiedersehen. Sie hören von mir.«

Er hupte und fuhr davon. Teresa sah dem Wagen nach, bis er um die Ecke gebogen war, dann drehte sie sich um und begann Richtung Sögestraße zu schlendern, das Gefühl genießend, welches diese unerwartete Wendung der Ereignisse mit sich brachte. Fünftausend Mark! Das bedeutete drei Röstmaschinen und vielleicht ein paar neue Kleider. Sie beschloss, Dora zu besuchen, den einzigen Menschen, mit dem sie die Freude teilen konnte. Ella war schon lange nicht mehr sie selbst und Luiza noch zu klein. Und Freunde und Freundinnen hatte sie nicht.

»*Faust* mit Gustaf Gründgens? Ist er denn noch politisch opportun?« Teresa hatte die Entwicklung des deutschen Theaters in den letzten Jahren zwar nur mäßig interessiert verfolgt, doch Gründgens' Verstrickungen mit dem NS-Regime waren ihr nicht verborgen geblieben. Seine Darstellung des Mephisto in Goethes *Faust* war ebenso legendär wie Görings Vorliebe für den Mimen unumstritten, was man dem genialen Schauspieler heute zur Last legte. Energisch trieb Dora einen Tapeziernagel, viel zu zierlich für den salzgurkengroßen Hammerkopf, in die Wand und trat einen Schritt zurück, um das Ergebnis zu betrachten.

»Das vielleicht nicht gerade, aber an seiner künstlerischen Größe gibt es nichts zu deuteln. Er ist einer der Besten. Und in dieser Schauspiel- und Ballettschule wird man das zu würdigen wissen, das schwöre ich dir!«

Teresa lächelte. Nachdem sie Dora den Vorschlag unterbreitet hatte, die Schule zu übernehmen, hatte sie sich mit beeindruckendem Engagement dieser Aufgabe gewidmet, die Schulen abgeklappert und das Einverständnis der Rektoren eingeholt, Informationsabende für Eltern abhalten zu dürfen, und den Intendanten des Theaters am Ostertor, das auf der Ruine des Schauspielhauses errichtet worden war, um Unterstützung gebeten. Das Interesse war dürftig, doch Dora dachte nicht daran aufzugeben, im Gegenteil, sie war fest davon überzeugt, dass, waren die Mägen erst einmal gefüllt, die Einsicht reifen würde, wie bedeutsam es für den Standort Bremen sein könnte, wenn man den schauspielerischen Nachwuchs fördern würde. Die größte Hürde stellten die Aufräumarbeiten dar, und vieles musste sie allein, nur mit Hilfe einiger Halbwüchsiger, denen sie kostenlose Kurse versprochen hatte, bewältigen. Das Ergebnis konnte sich dennoch sehen lassen. Die Fenster waren repariert, der Bühnenboden instand gesetzt und alte Theaterplakate aus Doras persönlicher Sammlung schmückten die Wände des Flurs. Es fehlte zwar noch an Mobiliar, aber das machte Dora nichts aus.

»Wir brauchen eine Bühne«, sagte sie leichthin, als Teresa

sie darauf hinwies, und entrollte das nächste Plakat. »Mehr nicht.«
»Stühle für den Zuschauerraum, ein Schreibtisch, Vorhangstoff, ein neues Klosett vielleicht?« Gern hätte Teresa das Spiel noch etwas hingezogen, doch sie hielt es nicht länger aus und setzte Dora rasch ins Bild. »Wenn alles gut geht«, schloss sie, »unterzeichnen wir in Kürze den Vertrag.«
»Herzlichen Glückwunsch! Oh, wie wunderbar! Dann steht der Eröffnung ja bald nichts mehr im Wege. Und ich werde alles einladen, was nicht bei drei auf den Bäumen ist«, sagte sie gut gelaunt. »Bevor du fragst, ja, einschließlich Delia und Antonia. Die Kleine ist so unglaublich begabt. Clemens wäre vernarrt in seine Tochter.« Dora nahm den Hammer wieder hoch, ein letzter Hieb, und auch Jennifer O'Rourke, die schönste Manon Lescaut, die man im Londoner Covent Garden je gehört und gesehen hatte, hing an der Wand und tat den Dienst, den alle Plakate hier verrichteten – die beschädigten, eingerissenen Tapeten zu überdecken, die zu ersetzen es an Material gefehlt hatte. Dann nahm sie ein gerahmtes Bild von Clemens hoch und hielt es neben das der Londoner Heroine.
Sie schwiegen einen Moment. Jede hing ihren Gedanken nach an die, die nicht mehr waren. Schließlich ging Teresa hinüber zum Fenster im Büro und sah hinaus.
»Was machen wir bloß mit dem Plantagenhaus?«, sagte sie mit einem resignierten Unterton. Die Löcher in den Palmholzwänden hatte sie mit eigenhändig auf Latten geschraubten Weidenzweigen verdeckt, die jedoch kurze Zeit darauf ebenso wie der Holzfußboden von Plünderern herausgerissen und vermutlich verheizt worden waren. Doch das allein war nicht das Problem. »Früher at-

mete das Haus den Geist meiner Mutter, heute wirkt es leblos, eine leere Hülle …«

Dora kam näher und legte Teresa eine Hand auf die Schulter. »Es ist an dir, es mit neuem Leben zu füllen.«

»Das ist leicht gesagt. Meine Phantasie ist reichlich begrenzt.«

»Du machst es dir zu schwer, Teresa«, erwiderte Dora. »Niemand zwingt dich, einen großen Wurf hinzulegen. Die Vision deiner Mutter war sicher einzigartig, aber du erreichst nichts, wenn du dich dadurch unter Druck setzen lässt. Denk doch einfach mal an das Naheliegende. Hier wird eine Theaterschule eröffnet, Kinder werden kommen und Besucher …«

»… die ein paar Schritte weiter gern eine Tasse Kaffee oder eine Erdbeermilch trinken würden«, ergänzte Teresa ironisch.

»Zum Beispiel.« Dora sah auf ihre Armbanduhr. »Himmel, ich muss mich beeilen. Michael muss zum Zahnarzt.« Sie warf den Hammer hin, griff nach ihrer Tasche und kramte den Schlüssel für die Schule hervor. »Hier, fang. Vergiss bitte nicht abzuschließen. Bis nachher. Und denk dran: Du hast Zitronen bekommen, jetzt mach Limonade draus.« Sie winkte Teresa zu und lief hinaus, trotz ihrer einundfünfzig Jahre elastisch und wie stets so entschlossen, als gälte es, dem Leben jeden Tag aufs Neue zu beweisen, dass es gar nicht erst zu versuchen brauchte, Dora Andreesen unterzukriegen. Teresa war nicht entgangen, wie sehr Dora nach wie vor unter Clemens' grausamem Tod litt und an seinem Verrat, und dennoch ließ sie nicht zu, dass die Trauer und die Verletzung sie beherrschten. Ihre betonte Munterkeit und ihr beständiger Drang, sich zu beschäftigen, waren ihre Art, damit zurechtzukom-

men. Doch gelegentlich schoss sie auch übers Ziel hinaus, fand Teresa. Wie gerade eben.
Auch wenn Dora es sicherlich gut meinte, noch ein Kaffeehaus zu eröffnen war wirklich eine blöde Idee. Sie besaßen bereits zwei, die mehr schlecht als recht liefen, ein drittes machte überhaupt keinen Sinn. Teresa runzelte die Stirn und betrachtete das Plantagenhaus unwillig.
Und wie ein Echo aus der Vergangenheit hallte mit einem Mal Manuels Stimme in ihr wider: »Das Herz des Kaffees schlägt in Brasilien …«

37

Acht Jahre später

Das Haus lag in nachtschwerer, vollkommener Stille, die Schatten der Vergangenheit zogen sich zurück, bis auf die, denen Teresa sich noch zu stellen hatte. Sie stand auf und schlich leise die Treppe hinauf. Aus Ellas Zimmer drang dumpf eine Kindermelodie auf den Flur. Teresa horchte einen Moment, dann verlor sich Ellas Stimme. Anfangs hatten sie erschrocken auf Ellas Veränderung reagiert, die kein Arzt und kein Psychiater in den Griff bekam, doch inzwischen hatten sie sich daran gewöhnt, dass die alte Frau nicht mehr ganz bei sich war, in der Nacht sang und am Tag blicklos umherging und stundenlang vor Thomas' Gemälden verharrte, die Teresa in der Halle hatte aufhängen lassen. Teresa schlich weiter zu Luizas Zimmer. Kein Laut war zu hören, und um ihre Tochter nicht zu wecken, unterdrückte sie den Impuls, hineinzugehen und sie sacht zu küssen, das zerzauste schwarze Haar zu berühren und die milchkaffeebraune Haut zu streicheln. In ihrem Schlafzimmer, das so spartanisch eingerichtet war, dass es einer Nonne zur Ehre gereicht hätte, ließ Teresa sich aufs Bett sinken. Wie hatte sie nur annehmen können, das alles würde sie nicht eines Tages wieder einholen?

»Das Herz des Kaffees …«, sagte Teresa leise und seufzte. Niemand, am wenigsten sie selbst, hatte sich damals vorstellen können, was sich daraus entwickeln sollte. O Coracão de Café – Das Herz des Kaffees – hatte Teresa ihre brasilianischen Kaffeehäuser genannt, die es inzwischen in zwanzig westdeutschen Städten gab. Ihr Konzept, internationale Kaffee- und Kuchenrezepte in südamerikanischem Ambiente zu servieren, hatte den Nerv der Menschen getroffen, die sich nach Jahren ertragener Tristesse dem Fernweh und der Sehnsucht nach Exotik in die Arme warfen. Auf Servietten gedruckt gab es die Rezepte und eine Handvoll portugiesischer Worte gratis dazu, die Wände jedes Plantagenhauses waren geschmückt mit Gemälden und Masken, und in mit Palmblättern verzierten Vitrinen warteten kleine und größere Reproduktionen der Figur, die Anaiza einst Felicitas geschenkt hatte, auf Käufer. Von jeder Mark, die der Verkauf der Werke in die Kassen spülte, floss ein Zehntel in die O-Coracão-Stiftung, die bedürftige Frauen und Kinder in Deutschland und Brasilien unterstützte. Teresa galt als mutige, beherzte Unternehmerin, und natürlich ahnte niemand, wie sehr sie unter ihrer grandiosen Idee litt. Als sie das Bremer Plantagenhaus 1949 eröffnete, hatte sie gemeint, die Zeit würde die Erinnerungen an Brasilien und Manuel verblassen lassen, doch mit jeder neuen Filiale wuchs der Schmerz, als würde ihr das Schicksal die Heilung verweigern. Sie stürzte sich in die Arbeit und ließ Gewächshäuser für die koffeinfreien Kaffeepflanzen errichten, die vor einem Jahr zum ersten Mal Früchte getragen hatten. Zu wenig, um daraus eine eigene Marke zu produzieren, aber genug, um an dem Vorhaben festzuhalten. Die wenige freie Zeit, die ihr blieb, verbrachte sie mit Luiza, Dora und Michael, und einmal wöchentlich traf sie sich mit den beiden Privatdetektiven, die, bislang vergeblich, Beweise für Antons Schuld finden sollten.

Wenn Teresa die Angespanntheit ihres Alltags und die Enge ihrer Welt gründlich satt hatte, reiste sie mit Hauke von Moorbusch nach Facciabella, um die Arbeiten am Kunstpark zu begutachten und sich von der Gastfreundschaft der Contessa und dem Charme ihres Sohnes bezaubern zu lassen; sie besuchte Amsterdam, Paris und Helsinki, um den Verkauf der Lizenzen anzukurbeln, und ergab sich gelegentlich den Forderungen ihres Körpers und der Sehnsucht ihrer Seele, eine Heimat für ihr Herz zu finden. Doch kein Mann, so geistreich, attraktiv und bemüht er auch war, brachte ihr Innerstes zum Klingen.

Aber hatte sie deswegen das Recht, ihrer Tochter die Wahrheit vorzuenthalten? Diesem kleinen Mädchen, das Manuels Haarfarbe und ihre, Teresas, Augen besaß, das zwei Kulturen miteinander vereinte, aber nicht wusste, wie sein Vater aussah, und das Teresa jeden Tag daran erinnerte, dass sie die Liebe ihres Lebens verloren – aber auch nicht um sie gekämpft hatte?

Und wie das zartrosa Leuchten eines Sonnenaufgangs zeigte sich plötzlich ein Gedanke am Horizont, dort, wo

Unbewusstes zu einer Ahnung aufsteigen und sich zu Wissen verdichten kann, und ihr Körper straffte sich wie der eines Vogels, der sich nach langer kalter Nacht anschickt, die Schwingen auszubreiten, um sich den Lüften anzuvertrauen, die ihn zu dem Licht und der Freude emportragen werden.

Als der Morgen dämmerte, griff Teresa zum Telefon. »Kapitän da Silva, bitte.«

Sie musste eine Weile warten, dann tönte seine tiefe Stimme durch den Hörer, angenehm überrascht.

»Ich würde mich sehr freuen, wenn Sie uns heute besuchen kommen. Bringen Sie unbedingt Ihre entzückende Tochter ...«

»Kapitän da Silva«, unterbrach Teresa ihn und fühlte, wie ihr Herz schneller schlug. »Ist auf der *Brasilia* noch Platz für zwei Passagiere?«

Und als die Frage heraus war, atmete sie dreimal tief durch.

* * *

